메가스터디 수능 기출 '올픽

어떻게 다른가?

✦ 수능 기출 완벽 큐레이션 ✦

출제 시기 분류

기출문제를 최근 3개년과 그 이전으로 분류하여
각각 **BOOK❶**, **BOOK❷**로 구분

▼

교과서 연계 기출 선별

국어/문학 교과서에 수록된 작품과 작가를 뽑아
교과서 연계 기출문제만을 **BOOK❷**에 수록

▼

입체형·요점정리형 해설

직관적으로 정오답을 판단할 수 있는
입체형 · 요점정리형 해설 시스템 전면 도입

▼

BOOK❶ 최신 기출 ALL × **BOOK❷** 우수 기출 PICK

방대한 역대 기출문제들을 분류 ▸ 선별하여 수능 대비에 최적화된 해설 방식으로 다가갑니다.
많은 문제만 단순하게 모아 놓은 기출문제집은 그만!
수능 기출 '올픽'으로 효율적이고 완벽한 기출 학습을 시작해 보세요.

메가스터디 수능 기출 '올픽'에 도움을 주신 선생님들

수능 기출 '올픽' BOOK❷ 우수 기출문제 엄선 과정에 참여하신 전국의 선생님들께 진심으로 감사드립니다.

가유림 이레국어논술
강윤숙 핵심학원
권영수 지니국어
김두남 양덕종로엠스쿨
김선희 김선희 국어대장
김승원 공부길목 리드인 독서논술국어학원
김영호 솟대국어학원
김옥경 1교시 국어영역
김옥선 한슬국어논술
김윤슬 윤슬국어
김윤정 뿌리깊은국어학원
김은정 광안고려학원
김정아 김정아 국어교습소
김지나 도담 국어교습소
김태호 중일고등학교
김혁재 코나투스재수종합반
김현아 광명북고등학교
김혜경 주감학원
김혜린 김혜린국어논술학원
김혜정 아름국어학원
노동운 유일여자고등학교
노신득 국산국어
류도희 유일여자고등학교
문미진 엠투엠수학국어학원
박근홍 풍산고등학교
박동민 인천 역전타 에듀 학원
박예슬 박예슬 국어학원
박인수 박인수 수능연구소
박정임 올바른국어학원
박진록 박진록 국어전문학원
박찬솔 베스트교육 인천연수점
박희옥 이박국어논술학원
배성현 국어논술자신감
백지은 정음국어학원
선동진 엠베스트에스이최강학원
손호심 손호심국어학원
송창현 대기고등학교
심해영 스터닝 학원
유병우 이유국어
유찬호 11월의 로렐 학원
이동익 든든한 국어
이빛나 일신여자고등학교
이세민 원탑학원
이승준 베이스학원
이승준 창원여자고등학교
이영철 차준호국어논술학원
이은정 정국어학원
이정자 수어람
이준석 벼리국어학원
이효준 수학서당학원
이희용 이탑스앤엠이케이학원
장영주 씨투엠학원
전계순 서현학원
전제영 이젠 국어교습소
정래원 정래원쌤 국어학원
정미진 글을품은학당
정서은 정서은 국어논술
정영국 대전한스터디 입시학원
정현숙 손호심 국어학원
조은숙 연암학원
조현수 한뜻학원
채수남 수국어학원
최동순 청주신흥고등학교
최일혁 목동전문가그룹학원
홍수경 목동 엘리엠학원

국어 문학

발행일 2024년 12월 13일
펴낸곳 메가스터디(주)
펴낸이 손은진
개발 책임 배경윤
개발 송향미, 송연재, 김인순
디자인 이정숙, 주희연, 신은지
마케팅 엄재욱, 김세정
제작 이성재, 장병미
주소 서울시 서초구 효령로 304(서초동) 국제전자센터 24층
대표전화 1661.5431
홈페이지 http://www.megastudybooks.com
출판사 신고 번호 제 2015-000159호
출간제안/원고투고 메가스터디북스 홈페이지 <투고 문의>에 등록

메가스터디BOOKS

'메가스터디북스'는 메가스터디㈜의 교육, 학습 전문 출판 브랜드입니다.
초중고 참고서는 물론, 어린이/청소년 교양서, 성인 학습서까지 다양한 도서를 출간하고 있습니다.

국어 **문학**

BOOK ❶

역대 수능 기출문제 중에는 최근 출제 경향에 맞지 않는 문제가 많습니다.
기출문제는 무조건 다 풀기보다 최근 3개년 수능·평가원 기출문제를 중심으로
최신 수능 경향을 파악하며 학습해야 합니다.

수능 기출 학습 시너지를 높이는 '올픽'의 BOOK❶ × BOOK❷ 활용 Tip!

BOOK❶의 최신 기출문제를 먼저 푼 후, 본인의 학습 상태에 따라 **BOOK❷**의 교과서 연계 기출문제까지 풀면 효율적이고 완벽한 기출 학습이 가능합니다!

BOOK 1 구성과 특징

▶ 2015 개정 교육과정으로 치러진 **최근 3개년의 수능 · 평가원의 모든 기출문제**를 담았습니다.

1 수능 대표 유형

- 수능 국어영역 문학에서 자주 출제되는 대표 유형을 갈래 복합, 시가 문학, 산문 문학으로 나누어 제시하였습니다.
- 유형 분석과 더불어, 해당 유형을 확인할 수 있는 기출문제를 제시하여 문제 해결 전략을 습득할 수 있도록 하였습니다.

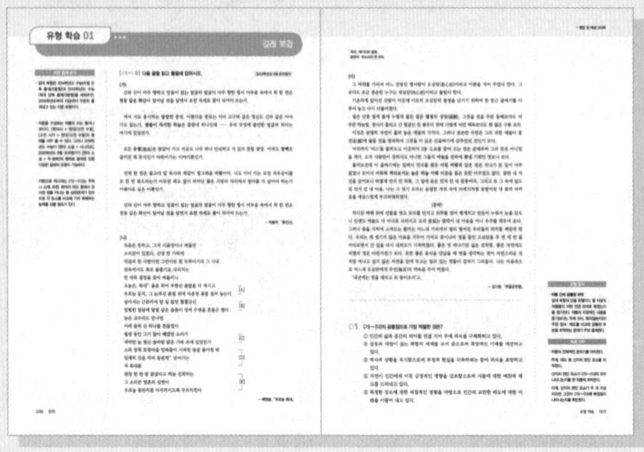

2 갈래별 기출 학습

- 최근 3개년의 모든 기출문제를 갈래별로 제시하였습니다.
- 정답률이 낮았던 문제는 매운맛 픽 으로 별도 표시하여 집중 학습할 수 있도록 하였습니다.

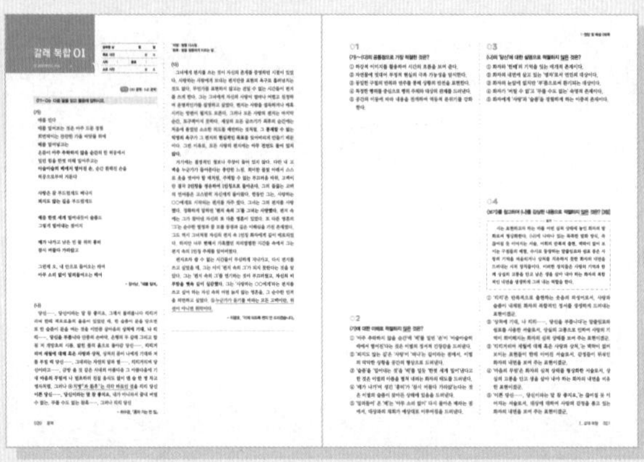

3 지문의 핵 분석

- 기출 지문의 존재 이유는? 문제를 풀기 위한 것! **문제, 선지와의 관련성을 밝힌 지문 분석**을 통해 일반적 독해가 아니라 문제를 풀기 위한 독해에 초점을 맞추었습니다.
- 지문에 대한 필수 정보인 해당 연도 **EBS 연계와 교과서 연계 정보**를 제시하였습니다.

4 띵 해설

- "이 선지는 어디까지 맞는 말이고, 어디까지 틀린 말일까?" **❶선지에 직접 첨삭하여 한눈에 보여 주는 띵 해설**로 빠른 이해, 가장 편리한 학습을 도모하였습니다.
- 해설에도 해설이 필요하지 않나요? 주절주절 읽기 힘든 **줄글 해설에서 과감하게 벗어나 ❷요점 정리형 해설을 제공**합니다.
  정답 띵!동! 왜 정답인지를 알고 생각을 띵(THINK)!
  오답 땡! 땡! 왜 오답인지를 알고 철저한 대비를!
- 낮은 정답률의 매운맛 문제는 꿀피스 Tip! 으로 확실히 해결할 수 있도록 하였습니다.

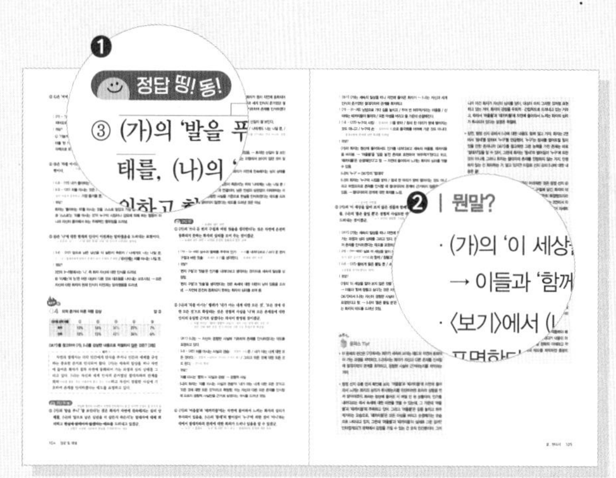

5 집중! 기출 속 문학 개념어 19

- 문제의 선지에 사용된 중요 개념 · 필수 개념을 선별하였습니다.
- 사전식 뜻풀이만으로는 알쏭달쏭한 문학 개념어. **개념어의 의미를 단계별로 분석하였고 풍성한 삽화와 예문, 기출 TIP**을 제공하여 완벽 대비할 수 있도록 하였습니다.

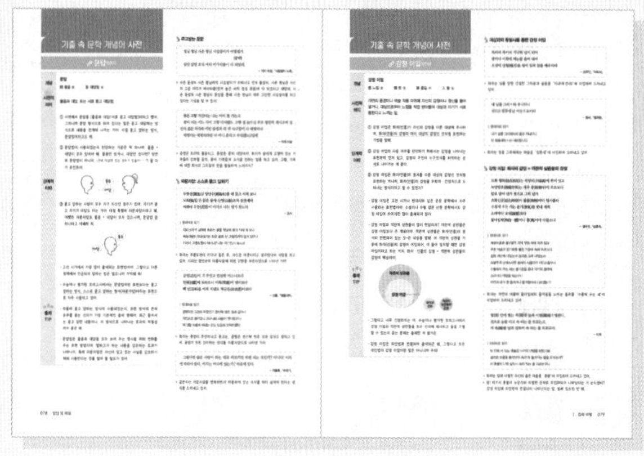

BOOK ❷ 우수 기출 PICK

BOOK ❷에는 교과서 작가·작품과 연계하여, 최근 3개년 이전 기출문제 중 수험생이 꼭 풀어야 하는 **필수 세트만을 선별하여 담았습니다.**

BOOK 1 차례

▸▸▸ 유형 학습

I 갈래 복합

고전 시가

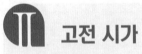

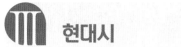

현대시

고전 소설

현대 소설

문학 최근 3개년 수능 · 평가원 연도별 출제 목록

	2023학년도	2024학년도	2025학년도
6월	**고전 소설** [18~21번] 작자 미상, 「소현성록」 EBS 연계	**고전 소설** [18~21번] 작자 미상, 「상사동기」 EBS 연계	**고전 소설** [18~21번] 작자 미상, 「이대봉전」 EBS 연계
6월	**갈래 복합** [22~27번] (가) 황희, 「사시가」 (나) 조우인, 「자도사」 EBS 연계 (다) 공선옥, 「그 시절 우리들의 집」	**갈래 복합** [22~26번] (가) 권호문, 「한거십팔곡」 EBS 연계 (나) 김낙행, 「기취서행」	**갈래 복합** [22~26번] (가) 작자 미상, 「우부가」 EBS 연계 (나) 성현, 「타농설」
6월	**현대 소설** [28~31번] 채만식, 「미스터 방」	**현대 소설** [27~30번] 최명익, 「무성격자」	**현대 소설** [27~30번] 임철우, 「아버지의 땅」 EBS 연계
6월	**현대시** [32~34번] (가) 신동엽, 「향아」 EBS 연계 (나) 기형도, 「전문가」	**현대시** [31~34번] (가) 조지훈, 「맹세」 EBS 연계 (나) 오규원, 「봄」	**현대시** [31~34번] (가) 이기철, 「청산행」 EBS 연계 (나) 김현승, 「사실과 관습: 고독 이후」
9월	**고전 소설** [18~21번] 작자 미상, 「정수정전」 EBS 연계	**고전 소설** [18~21번] 작자 미상, 「숙영낭자전」	**고전 소설** [18~21번] 수산, 「광한루기」
9월	**갈래 복합** [22~27번] (가) 박두진, 「별 - 금강산시 3」 (나) 신경림, 「길」 EBS 연계 (다) 백석, 「편지」	**갈래 복합** [22~27번] (가) 박용래, 「월훈」 EBS 연계 (나) 김영랑, 「연 1」 (다) 서영보, 「문의당기」	**갈래 복합** [22~27번] (가) 백석, 「북방에서 - 정현웅에게」 EBS 연계 (나) 문태준, 「살얼음 아래 같은 데 2 - 생가」 (다) 유본예, 「이문원노종기」
9월	**현대 소설** [28~31번] 최인훈, 「크리스마스 캐럴 5」	**현대 소설** [28~31번] 양귀자, 「원미동 시인」 EBS 연계	**현대 소설** [28~31번] 윤흥길, 「날개 또는 수갑」 EBS 연계
9월	**고전 시가** [32~34번] (가) 이현보, 「어부단가」 EBS 연계 (나) 박인로, 「소유정가」	**고전 시가** [32~34번] (가) 정철, 「성산별곡」 EBS 연계 (나) 작자 미상, 「생매 잡아 길 잘 들여」	**고전 시가** [32~34번] (가) 정철, 「풍파에 일렁이던 배」 (나) 정철, 「심의산 서너 바퀴」 (다) 조존성, 「호아곡」 EBS 연계
수능	**고전 소설** [18~21번] 조위한, 「최척전」 EBS 연계	**고전 소설** [18~21번] 작자 미상, 「김원전」 EBS 연계	**고전 소설** [18~21번] 작자 미상, 「정을선전」 EBS 연계
수능	**갈래 복합** [22~26번] (가) 이황, 「도산십이곡」 EBS 연계 (나) 김득연, 「지수정가」 (다) 김훈, 「겸재의 빛」	**갈래 복합** [22~27번] (가) 김종길, 「문」 (나) 정끝별, 「가지가 담을 넘을 때」 EBS 연계 (다) 유한준, 「잊음을 논함」	**갈래 복합** [22~27번] (가) 장석남, 「배를 밀며」 EBS 연계 (나) 허수경, 「혼자 가는 먼 집」 (다) 이광호, 「이젠 되도록 편지 안 드리겠습니다」
수능	**현대 소설** [27~30번] 최명희, 「쓰러지는 빛」	**현대 소설** [28~31번] 박태원, 「골목 안」	**현대 소설** [28~31번] 이청준, 「배꼽을 주제로 한 변주곡」
수능	**현대시** [31~34번] (가) 유치환, 「채전」 (나) 나희덕, 「음지의 꽃」 EBS 연계	**고전 시가** [32~34번] (가) 김인겸, 「일동장유가」 EBS 연계 (나) 유박, 「화암구곡」	**고전 시가** [32~34번] (가) 작자 미상, 「갑민가」 EBS 연계 (나) 작자 미상, 「녹양방초 언덕에」

▸▸▸ 유형 학습

유형 학습 01

갈래 복합

지문 출제 분석

- 갈래 복합은 2014학년도 수능(수필 단독 출제/2문항)과 2016학년도 수능(희곡 단독 출제/3문항)을 제외하면, 2005학년도부터 지금까지 꾸준히 출제되고 있는 지문 유형이다.
- 지문을 구성하는 작품의 수는 둘이나 셋이다. [현대시 + 현대/고전 수필], [고전 시가 + 현대/고전 수필]의 형태를 자주 볼 수 있다. 그러나 2019학년도 수능이 [현대 소설 + 시나리오], 2022학년도 9월 모의평가가 [현대 소설 + 극 문학]의 형태로 출제된 만큼 다양한 갈래의 조합이 가능하다.
- 지문으로 제시되는 (가)~(다)는 주제나 소재, 표현, 화자의 태도 등에서 유사한 점을 지니는 등 상관관계가 있으므로 각 요소를 비교해 가며 독해하는 능력을 갖출 필요가 있다.

[01~05] 다음 글을 읽고 물음에 답하시오. 2019학년도 6월 모의평가

(가)

산과 산이 마주 향하고 믿음이 없는 얼굴과 얼굴이 마주 향한 항시 어두움 속에서 꼭 한 번은 **천동 같은 화산**이 일어날 것을 알면서 요런 자세로 꽃이 되어야 쓰는가.

저어 서로 응시하는 쌀쌀한 풍경. 아름다운 풍토는 이미 고구려 같은 정신도 신라 같은 이야기도 없는가. **별들이 차지한 하늘**은 끝끝내 하나인데 …… 우리 무엇에 불안한 얼굴의 의미는 여기에 있었던가.

모든 **유혈**(流血)은 꿈같이 가고 지금도 나무 하나 안심하고 서 있지 못할 광장. 아직도 **정맥**은 끊어진 채 휴식인가 야위어가는 이야기뿐인가.

언제 한 번은 불고야 말 독사의 혀같이 **징그러운 바람**이여. 너도 이미 아는 모진 겨우살이를 또 한 번 겪으라는가 아무런 죄도 없이 피어난 꽃은 시방의 자리에서 얼마를 더 살아야 하는가 아름다운 길은 이뿐인가.

산과 산이 마주 향하고 믿음이 없는 얼굴과 얼굴이 마주 향한 항시 어두움 속에서 꼭 한 번은 천동 같은 화산이 일어날 것을 알면서 **요런 자세**로 **꽃**이 되어야 쓰는가.

– 박봉우, 「휴전선」

(나)

득음은 못하고, 그저 시골장이나 떠돌던
소리꾼이 있었다, 신명 한 가락에
막걸리 한 사발이면 그만이던 흰 두루마기의 그 사내
꿈속에서도 폭포 물줄기로 내리치는
한 대목 절창을 찾아 떠돌더니
오늘은, 왁새* 울음 되어 우항산 솔밭을 다 적시고 ┐
우포늪 둔치, 그 눈부신 봄빛 위에 자운영 꽃불 질러 놓는다 ┘[A]
살아서는 근본마저 알 길 없던 혈혈단신 ┐
텁텁한 얼굴에 달빛 같은 슬픔이 엉켜 수염을 흔들곤 했다 ┘[B]
늙은 고수라도 만나면
어깨 들썩 산 하나를 흔들었다
필생 동안 그가 찾아 헤맸던 소리가 ┐
적막한 늪 뒷산 솔바람 맑은 가락 속에 있었던가 ┘[C]
소목 장재 토평마을 양파들이 시퍼런 물살 몰아칠 때 ┐
일제히 깃을 치며 동편제* 넘어가는 │[D]
저 왁새들 ┘
완창 한 판 잘 끝냈다고 하늘 선회하는 ┐
그 소리꾼 영혼의 심연이 │[E]
우포늪 꽃잔치를 자지러지도록 무르익힌다 ┘

– 배한봉, 「우포늪 왁새」

* 왁새: 왜가리의 별명.
* 동편제: 판소리의 한 유파.

(다)

그 바위를 가리켜 어느 건방진 옛사람이 오심암(吾心岩)이라고 이름을 지어 주었다 한다. 그보다도 조금 겸손한 누구는 세심암(洗心岩)이라고 불렀다 한다.

기운차게 일어선 산발이 이곳에 이르러 오심암의 절경을 남기기 위하여 한 둥근 골짜기를 이루어 놓고 다시 다물어졌다.

짙은 단풍 빛에 붉게 누렇게 물든 **검은 절경**의 성장(盛裝), 그것을 선을 두른 동해보다도 더 푸른 하늘빛, 천사가 흘리고 간 헝겊인 듯 봉우리 위에 가볍게 비낀 백옥보다도 흰 엷은 구름 조각.

이것은 분명히 자연이 흘려 놓은 예술의 극치다. 그러나 겸손한 자연은 그의 귀한 예술이 홍진(紅塵)에 물들 것을 염려하여 그것을 이 깊은 산골짜기에 감추었던 것인가 보다.

어귀까지 '버스'를 불러오고 이곳까지 2등 도로를 끌어 오는 것은 본래부터 그의 뜻은 아니었을 게다. 오직 사람만이 장하지도 아니한 그들의 예술을 천하에 뽐낼 기회만 엿보나 보다.

둘러보건대 이 골짜기에는 일찍이 먼지를 품은 **미친 바람**과 같은 것은 지나가 본 일이 아주 없었나 보아서 **아득히 쳐다보이는 높은 하늘 아래** 티끌을 품은 듯한 아무것도 없다. 잠깐 내 자신을 굽어보니 허옇게 먼지 낀 의복, 그 밑에 숨은 먼지 낀 내 몸뚱어리, 그리고 또 그 속에 엎드린 먼지 낀 내 마음, 나는 그 팃기 모르는 순결한 자연 속에 쓰레기처럼 동떨어진 내 몸의 더러움을 새삼스럽게 부끄러워하였다.

(중략)

차디찬 **바위** 위에 신발을 벗고 모자를 던지고 외투를 벗어 팽개치고 반듯이 누워서 눈을 감으니 인생도 예술도 다 어디로 사라지고 오직 끝없는 **망각**이 내 마음을 아니 우주를 채우며 온다. 그러나 몸을 식히며 스며드는 **찬기**는 어느새 거리에서 멀리 떨어진 우리들의 위치를 깨닫게 한다. 우리는 채 씻기지 않은 마음을 거두어 가지고 잠시나마 정을 들인 오심암을 두 번 세 번 돌아다보면서 간 길을 다시 내려오기 시작하였다. 좋은 벗 떠나기란 싫은 것처럼, 좋은 자연에도 석별의 정은 마찬가진가 보다. 또한 좋은 음식을 만났을 때 벗을 생각하는 것이 자연스러운 것처럼 떠나고 싶지 않은 자연을 앞에 두고는 멀리 있는 벗들이 갑자기 그리웁다. 나는 마음속으로 어느새 오심암에게 무언(無言)의 약속을 주어 버렸다.

'내년에는 벗을 데리고 또 찾아오마'고.

– 김기림, 「주을온천행」

---

01 (가)~(다)의 공통점으로 가장 적절한 것은?

① 인간의 삶과 공간의 의미를 연결 지어 주제 의식을 구체화하고 있다.
② 갈등과 대립이 없는 화합의 세계를 보여 줌으로써 희망적인 미래를 예견하고 있다.
③ 역사적 상황을 직시함으로써 부정적 현실을 극복하려는 참여 의식을 표방하고 있다.
④ 자연이 인간에게 미친 긍정적인 영향을 강조함으로써 사물에 대한 예찬적 태도를 드러내고 있다.
⑤ 특정한 장소에 대한 직접적인 경험을 바탕으로 인간의 교만한 태도에 대한 비판을 이끌어 내고 있다.

유형 분석

- **작품 간의 공통점 파악**
갈래 복합의 단골 유형이다. 둘 이상의 작품들이 어떤 연관 관계로 묶였는지를 평가한다. 작품의 지엽적인 내용을 묻기보다는 주제 의식, 화자(글쓴이)의 주된 정서 · 태도를 비교해 공통된 부분을 파악하는 문제가 주로 출제된다.

해결 전략

- 작품의 전체적인 분위기를 파악한다.
- 주제, 태도 등 선지의 판단 요소를 파악한다.
- 선지의 판단 요소가 (가)~(다)에 모두 나타나는지를 한 작품씩 파악한다.
- 이때, 선지의 판단 요소가 두 개 이상이라면 그것이 (가)~(다)에 빠짐없이 나타나는지를 확인한다.

유형 분석

- **표현상의 특징과 효과 파악**
시 문학이 포함된 갈래 복합에서 출제되는 유형이다. 선지에 구체적인 표현법과 시상 전개 방식을 제시하고 이것이 작품이 나타나는지, 그로 인한 효과는 적절한지 묻는다. 한 작품에 대한 문제보다는 다른 작품과의 비교를 통해 표현상의 공통점과 차이점을 알아보는 문제가 주로 출제된다.

해결 전략

- 선지에 제시된 표현법과 시상 전개 방식을 체크한다.
- 시어, 어조, 이미지, 시행 배열, 구조 등을 확인하며 작품에서 구체적인 근거를 찾는다.
- 다른 작품과 비교하는 경우 기준이 되는 특징이 두 작품 모두에 적용될 수 있는지 살핀다.
- 표현상의 특징을 확인했다면, 선지에서 표현상 특징과 엮여 제시된 '효과' 부분도 작품의 내용에 비추어 적절성을 따져본다.

02 (가), (나)에 대한 설명으로 적절하지 않은 것은?

① (가)는 설의적 표현으로 현실에 대한 화자의 안타까움을 드러내고 있다.
② (나)는 청각의 시각화를 통해 소재의 생동감을 부각하고 있다.
③ (가)는 시간의 흐름에 따라, (나)는 시선의 이동에 따라 시상을 전개하고 있다.
④ (가)는 동일한 시구를 반복하여, (나)는 인물에 대한 이야기를 활용하여 주제 의식을 강조하고 있다.
⑤ (가)와 (나)는 모두 화자의 인식을 자연물에 투영하여 시적 정서를 환기하고 있다.

유형 분석

- **시어 · 시구의 의미와 기능 파악**
시의 문맥 속에서 특정 의미를 나타내거나 특정 기능을 수행하는 시어 · 시구를 정확하게 이해하고 있는지를 묻는 문제 유형이다. 시어 · 시구의 의미와 이미지, 기능에 대해 설명한 선지의 적절성을 판단하는 문제, 서로 유사하거나 대립되는 시어들 간의 공통점이나 차이점을 파악하는 문제 등이 출제된다.

해결 전략

- 시적 상황이나 작품의 앞뒤 맥락, 작품의 전체적인 분위기를 고려하여 시어 · 시구의 의미와 기능을 파악한다.
- 시어 · 시구의 의미, 기능과 더불어 표현상 특징을 고려하여 시어의 함축적 의미를 파악한다.

03 (가)와 (다)에 대한 감상으로 가장 적절한 것은?

① (가)의 '천동 같은 화산'은 신뢰를 잃은 상황이 초래한 불안한 현실을, (다)의 '검은 절경'은 아름다움을 잃은 풍경에서 느껴지는 암울한 심정을 드러내고 있다.
② (가)의 '별들이 차지한 하늘'은 하나로 이어진 세계를, (다)의 '아득히 쳐다보이는 높은 하늘 아래'는 흠결 없는 세계를 그려내고 있다.
③ (가)의 끊어진 '정맥'은 '유혈'을 이겨 낸 삶의 의지를, (다)의 엄습하는 '찬기'는 정든 곳을 떠나야 하는 절망감을 환기하고 있다.
④ (가)의 '징그러운 바람'은 미래에 닥칠지 모를 모진 상황을, (다)의 '미친 바람'은 삶에서 지켜야 할 소중한 존재를 상징하고 있다.
⑤ (가)의 '꽃'은 죄 없이 '요런 자세'로 삶에 순응하는 존재를, (다)의 '바위'는 지나온 과거를 '망각'하며 삶을 회의하는 존재를 표현하고 있다.

04 〈보기〉를 참고하여 [A]~[E]를 이해한 내용으로 적절하지 않은 것은?

보기

이 시의 화자는 '우포늪'에서 왁새 울음소리를 들으며, 득음을 못한 채 생을 마감했던 한 '소리꾼'을 상상적으로 떠올리고 있다. 화자는 왁새 울음소리에서 고단하고 외로웠던 소리꾼이 평생을 추구했던 절창을 연상함으로써, 우포늪의 생명력이 소리꾼의 영혼을 절창으로 이끌었음을 표현하고자 했다. 자연과 인간이 어우러진 세계에서 창조되는 예술의 경지와 우포늪의 아름다움을 조화롭게 형상화한 것이다.

① [A]: 화자는 왁새 울음소리와 우포늪의 풍경을 연결 지어 소리꾼이 추구했던 절창을 상상적으로 떠올리고 있다.
② [B]: 득음의 경지를 찾아 떠돌았던 소리꾼의 얼굴에 묻어나는 삶의 비애를 감각적으로 표현하고 있다.
③ [C]: 소리꾼이 평생 추구했던 절창을 우포늪에서 찾아낸 화자의 정서를 드러내고 있다.
④ [D]: 화자가 상상적으로 떠올린 세계를 우포늪 일대의 현실적 공간과 결부하고 있다.
⑤ [E]: 날아가는 왁새와 완창을 한 소리꾼을 대비하여 자연과 인간이 통합된 예술의 형상을 사실적으로 보여 주고 있다.

유형 분석

- **외적 준거에 따른 작품 감상**
  외적 준거란 작품 이외에 추가로 제공된 자료를 말하는데 창작 의도, 작가, 주제, 표현 방식, 사회적 배경, 교훈 등 작품과 관련된 모든 요소를 포함한다. 이 유형은 외적 준거를 〈보기〉로 제시하고, 이를 기준으로 작품을 올바르게 해석하거나 감상할 수 있는지를 묻는 문제가 주로 출제된다.

해결 전략

- 화자, 시어, 표현 등을 중심으로 작품의 내용을 이해한다.
- 〈보기〉로 제시된 작가의 상황, 작가 의식, 시대 현실, 작품의 효용성, 주제 의식, 시어의 상징성 등에 관한 정보를 충실히 파악한다.
- 외적 준거의 관점에서 작품을 감상하고 있는지, 작품의 내용에서 벗어난 해석은 아닌지 비교하며 선지의 적절성을 판단한다.

05 〈보기〉는 '선생님'의 안내에 따라 학생들이 (다)를 감상한 내용이다. ⓐ~ⓔ 중 적절하지 않은 것은? [3점]

보기

선생님: 수필은 글쓴이의 성찰을 보여 준다는 점에서 반성적이고, 깨달음을 전한다는 점에서 교훈적이며, 인생과 사회에 대한 인식과 판단을 드러낸다는 점에서 비판적인 특징을 갖습니다. 글쓴이의 발상과 통찰은 제재에서 새로운 의미를 이끌어 내고, 글쓴이의 문체는 내용을 효과적으로 표현하는 데 활용되지요. 그러면 이 작품에 드러난 수필의 특징을 확인해 봅시다.

학생 1: 가을의 풍경을 효과적으로 그려 내기 위해 감각적인 문체를 활용하고 있음을 알 수 있어요. ······ ⓐ
학생 2: '예술의 극치'와 '장하지도 아니한' 예술을 대비하는 데에서, 인간에 대한 비판적 인식을 엿볼 수 있어요. ······ ⓑ
학생 3: '오심암'의 경치에서 '겸손한 자연', '순결한 자연'을 이끌어 내는 데에서, 대상의 새로운 의미에 대한 통찰을 엿볼 수 있어요. ······ ⓒ
학생 4: 인간의 삶에서 자연이 '티끌'처럼 작아 보인다고 한다는 점에서, 사색을 통해 교훈을 얻는 수필의 특성을 확인할 수 있어요. ······ ⓓ
학생 5: '먼지 낀 의복'을 보고 '몸뚱어리'와 '마음'에 대한 부끄러움을 떠올린 데에서, 스스로를 돌아보는 반성적인 태도를 확인할 수 있어요. ······ ⓔ

① ⓐ ② ⓑ ③ ⓒ
④ ⓓ ⑤ ⓔ

유형 분석

- **글쓴이의 관점 파악**
  수필은 글쓴이의 개성이 나타나는 글이며, 체험에서 얻은 인생에 대한 깊은 통찰과 사색을 통해 독자에게 깨달음을 주는 글이므로 글쓴이의 관점, 가치관, 독특한 표현 등과 관련한 문제가 반드시 출제된다.

해결 전략

- 글의 중심 소재, 대상을 파악한다.
- 중심 소재, 대상에 대한 글쓴이의 태도와 관점 등을 파악한다.
- 다른 작품과 엮어 묻고 있다면, 작품 간의 연관 관계에 주의하여 공통점과 차이점을 파악한다.

지문 출제 분석

- 고전 시가는 주제나 화자의 태도 등이 유사한 두세 작품들이 묶여 [시조 + 시조] 또는 [시조 + 가사]의 형태로 출제되는 지문 유형이다. 그러나 내용과 분량이 충분한 가사 작품의 경우 [가사] 단독으로 출제되는 모습도 자주 볼 수 있다.
- 고전 시가는 EBS 연계율이 높은 편이다. 그러나 가장 최근인 2025학년도 수능과 2024학년도 수능, 9월 모의평가에서 일부 시조 작품이 비연계로 출제되며 [EBS 연계+비연계]의 구성을 보였다.
- 현대시는 주제나 소재, 화자의 태도 등이 유사한 두 작품이 묶여 [현대시 + 현대시]의 형태로 출제되는 지문 유형이다.
- 현대시는 최근 EBS 교재에 수록된 작품과 연계하여 [EBS 연계 + 비연계] 구성을 자주 보이는데, 비연계의 경우 문학사적으로 중요한 작가, 교과서 수록 작품 등이 두루 출제되어 왔다.
- 갈래 복합이 [현대시 + 수필] 또는 [고전 시가 + 수필]처럼 시 문학을 포함할 경우, 갈래 복합으로 포함되지 않은 한 갈래만이 독립된 지문으로 출제된다. 갈래 복합에 현대시가 포함되었다면 고전 시가가, 고전 시가가 포함되었다면 현대시가 독립된 지문으로 출제되는 식이다.

[01~03] 다음 글을 읽고 물음에 답하시오. 2018학년도 9월 모의평가

(가)

꿈을 아느냐 네게 물으면,
플라타너스,
너의 머리는 어느덧 파아란 하늘에 젖어 있다.

너는 사모할 줄을 모르나,
플라타너스,
너는 네게 있는 것으로 그늘을 늘인다.

먼 길에 올 제,
㉠홀로 되어 외로울 제,
플라타너스,
너는 그 길을 나와 같이 걸었다.

이제 너의 뿌리 깊이
나의 영혼을 불어넣고 가도 좋으련만,
플라타너스,
나는 너와 함께 신이 아니다!

수고론 우리의 길이 다하는 어느 날,
플라타너스,
너를 맞아 줄 검은 흙이 먼 곳에 따로이 있느냐?
나는 오직 너를 지켜 네 이웃이 되고 싶을 뿐,
그곳은 아름다운 별과 나의 사랑하는 창이 열린 길이다.

– 김현승, 「플라타너스」

(나)

선뜻! 뜨인 눈에 하나 차는 영창
달이 이제 밀물처럼 밀려오다.

미욱한 잠과 베개를 벗어나
부르는 이 없이 불려 나가다.

한밤에 ㉡홀로 보는 나의 마당은
호수같이 둥긋이 차고 넘치노나.

쪼그리고 앉은 한옆에 흰 돌도
이마가 유달리 함초롬 고와라.

연연턴 녹음, 수묵색으로 짙은데
한창때 곤한 잠인 양 숨소리 설키도다.

비둘기는 무엇이 궁거워* 구구 우느뇨,
오동나무 꽃이야 못 견디게 향그럽다.

– 정지용, 「달」

* 궁거워: 궁금하여.

---

01 (가)에 대한 설명으로 가장 적절한 것은?

① 반복적 호명을 통해 중심 대상으로 초점을 모으고 있다.
② 반어적 표현을 활용하여 대상의 이중성을 부각하고 있다.
③ 색채어를 활용하여 대상의 고풍스러운 모습을 드러내고 있다.
④ 현재형 진술을 통해 대상의 역동적 성격을 보여 주고 있다.
⑤ 상승적 이미지를 활용하여 사물의 변화 과정을 표현하고 있다.

유형 분석

- **표현상의 특징과 효과 파악**

→ p.010 참고

02 ㉠과 ㉡에 대한 이해로 가장 적절한 것은?

① ㉠은 화자의 관조적 자세를, ㉡은 화자의 반성적 자세를 보여 준다.
② ㉠은 화자가 경험한 시련을, ㉡은 화자가 간직한 추억을 환기한다.
③ ㉠은 화자의 무기력한 태도를, ㉡은 화자의 담담한 태도를 표현한다.
④ ㉠은 화자의 적막한 처지를, ㉡은 화자를 둘러싼 고즈넉한 분위기를 드러낸다.
⑤ ㉠은 현실에 대한 화자의 회의감을, ㉡은 앞날에 대한 화자의 기대감을 부각한다.

유형 분석

- **화자의 정서와 태도 파악**
  화자가 대상이나 상황에 대해 취하는 정서와 태도를 제대로 이해하고 있는지를 묻는 문제 유형이다. 화자의 정서와 태도는 대부분 시적 상황에 대한 반응이므로 시적 상황과 결부하여 물을 수 있다. 화자의 정서 및 태도를 표현한 선지들 중 적절한 것을 찾는 문제, 두 작품의 화자와 시적 대상을 비교하는 문제 등이 주로 출제된다.

해결 전략

- 작품 속 화자나 시적 대상을 찾고, 작품에 드러난 시적 상황을 파악한다.
- 화자의 목소리, 즉 어조를 통해 화자의 정서와 태도를 파악한다.
- 시적 상황과 관련하여 시어나 시구에 담긴 화자의 정서와 태도를 파악한다.

유형 분석

- 외적 준거에 따른 작품 감상

→ p.011 참고

03 〈보기〉를 바탕으로 (가)와 (나)를 감상한 내용으로 적절하지 않은 것은? [3점]

보기

(가)와 (나)는 특정한 공간에서 사물과 교감하는 화자의 내면을 보여 준다. (가)의 화자는 삶의 여정이자 구도적 공간인 '길'에서 이상 세계인 '하늘'을 지향하는 소망을 드러낸다. (나)의 화자는 달밤의 조화로운 풍경을 포착하는 심미적 공간인 '마당'에서 사물의 아름다움에 대한 충만한 정서를 드러낸다.

① (가)의 화자는 '플라타너스'와 '같이' 걷는 모습에서, (나)의 화자는 '흰 돌'의 '유달리' 고운 '이마'를 알아채는 모습에서 사물과의 교감을 보여 주는군.

② (가)의 화자는 '어느 날'에 이르는 과정을 통해 삶의 여정을 드러내고, (나)의 화자는 '한밤'에 '밀물'처럼 밀려온 달빛을 통해 조화로운 풍경을 포착하는군.

③ (가)의 '창'은 화자와 '하늘'을 잇는 매개체로서 이상 세계의 완전함을, (나)의 '영창'은 화자의 내면과 외부 세계를 잇는 매개체로서 화자의 만족감을 상징하는군.

④ (가)는 반짝이는 '별'의 이미지를 활용하여 화자가 지향하는 세계의 아름다움을, (나)는 차고 넘치는 '호수'의 이미지를 활용하여 화자가 느끼는 '마당'의 아름다움을 표현하는군.

⑤ (가)의 화자는 '플라타너스'와 '이웃'이 되어 구도의 '길'을 함께하고자 하는 소망을, (나)의 화자는 오동 꽃이 '못 견디게 향그럽다'고 표현하여 자연에 대한 감흥을 드러내는군.

[01~04] 다음 글을 읽고 물음에 답하시오. 2020학년도 수능

[앞부분의 줄거리] 아들 유세기가 부모의 허락 없이 백공과 혼사를 결정했다고 여긴 선생은 유세기를 집에서 내쫓는다.

백공이 왈,

"혼인은 좋은 일이라 서로 헤아려 잘 생각할 것이니 어찌 이같이 좋지 않은 일이 일어나는가? 내가 한림의 재모를 아껴 이같이 기별해 사위를 삼고자 하였더니 선생 형제는 도학 군자라 예가 아닌 것을 문책하시는도다. 내가 마땅히 곡절을 말하리라."

이에 백공이 유씨 집안에 이르러 선생 형제를 보고 인사를 하고 나서 흔쾌히 웃으며 가로되,

"제가 두 형과 더불어 죽마고우로 절친하고 또 아드님의 특출함을 아껴 제 딸의 배필로 삼고자 하여, 어제 세기를 보고 여차여차 하니 아드님이 단호하게 말하고 돌아가더이다. 제가 더욱 흠모하여 염치를 잊고 거짓말로 일을 꾸며 구혼하면서 '정약'이라는 글자 둘을 더했으니 이는 진실로 저의 희롱함이외다. 두 형께서 과도히 곧이듣고 아드님을 엄히 꾸짖으셨다 하니, 혼사에 도리어 훼방이 되었으므로 어찌 우습지 않으리까? 원컨대 두 형은 아드님을 용서하여 아드님이 저를 원망하게 하지 마오."

선생과 승상이 바야흐로 아들의 죄가 없는 줄을 알고 기뻐하면서 사례하여 왈,

"저희 자식이 분에 넘치게 공의 극진한 대우를 받으니 마땅히 그 후의를 받들 만하되, 이는 선조로부터 대대로 내려오는 가법이 아니기에 감히 재취를 허락하지 못하였소이다. 저희 자식이 방자함이 있나 통탄하였더니 그간 곡절이 이렇듯 있었소이다."

백공이 화답하고 이윽고 돌아가서 다시 혼삿말을 이르지 못하고 딸을 다른 데로 시집보냈다. 선생이 백공을 돌려보낸 후에 한림을 불러 앞으로 더욱 행실을 닦을 것을 훈계하자 한림이 절을 하면서 명령을 받들었다. 차후 더욱 예를 삼가고 배우기를 힘써 학문과 도덕이 날로 숙연하고, 소 소저와 더불어 백수해로하면서 여덟 아들, 두 딸을 두고, 집안에 한 명의 첩도 없이 부부 인생 희로를 요동함이 없더라.

승상의 둘째 아들 세형의 자는 문희이니, 형제 중 가장 빼어났으니 산천의 정기와 일월의 조화를 타고 태어나 아름다운 얼굴은 윤택한 옥과 빛나는 봄꽃 같고, 호탕하고 깨끗한 풍채는 용과 호랑이의 기상이 있으며, 성품이 호기롭고 의협심이 강하여 맑고 더러움의 분별을 조금도 잃지 않으니, 부모가 매우 사랑하여 며느리를 널리 구하더라.

(중략)

화설, 장 씨 ㉠ 이화정에 돌아와 긴 단장을 벗고 난간에 기대어 하늘가를 바라보며 평생 살아갈 계책을 골돌히 헤아리자, 한이 눈썹에 맺히고 슬픔이 마음속에 가득하여 생각하되,

[A] '내가 재상가의 귀한 몸으로 유생과 백년가약을 맺었으니 마음이 흡족하고 뜻이 즐거울 것이거늘, 천자의 귀함으로 한 부마를 뽑는데 어찌 구태여 나의 아름다운 낭군을 빼앗아 가 위세로써 나로 하여금 공주 저 사람의 아래가 되게 하셨는가? 도리어 저 사람의 덕을 찬송하고 은혜를 읊어 한없는 영광은 남에게 돌려보내고 구차한 자취는 내 일신에 모이게 되었도다. 우주 사이는 우러러 바라보기나 하려니와 나와 공주의 현격함은 하늘과 땅 같도다. 나의 재주와 용모가 저 사람보다 떨어지는 것이 없고 먼저 혼인 예물까지 받았는데 이처럼 남의 천대를 감심할 줄 어찌 알리오? 공주가 덕을 베풀수록 나의 몸엔 빛이 나지 않으리니 제 짐짓 능활하여 아버님, 어머님이나 시누이를 제 편으로 끌어들인다면 낭군의 마음은 이를 좇아 완전히 달라질지라. 슬프다, 나의 앞날은 어이될고?'

생각이 이에 미치자 북받쳐 오르는 한이 마음속에 가득 쌓이기 시작하니 어찌 좋은 뜻이 나

지문 출제 분석

- 고전 소설은 3~4문항의 단독 지문으로 출제되는 것이 일반적이다. 수능의 경우, 최근 EBS 교재와의 연계율이 매우 높다.
- 고전 소설은 작자 미상의 작품이 대부분이지만, 교과서 수록 이력이 있거나 문학사적으로 중요한 작가의 작품들이 많이 출제되어 왔다. 김만중의 「사씨남정기」가 대표적인 사례로, 수능(2018 · 2008 · 2000)에 3회 이상 출제된 교과서 수록 작품이다.
- 현대 소설도 3~4문항의 단독 지문으로 출제되는 것이 일반적이다. EBS 연계 작품이라 하더라도 작가 연계인 경우가 많고, 최근 수능 및 모의평가를 감안한다면 비연계로 출제될 가능성도 있어 보다 깊이 있는 학습이 필요한 영역이다.
- 현대 소설은 작품 가운데에서, 갈등 상황이 극명하게 드러난 지문이나 시대적 현실이 잘 반영된 지문을 발췌하여 지문으로 제시하는 경우가 많다.

리오? 정히 눈물을 머금고 마음을 붙일 곳 없어하더니, 문득 세형이 보라색 두건과 녹색 도포를 가볍게 나부끼며 이르러 장 씨의 참담한 안색을 보고 옥수를 잡고 어깨를 비스듬히 기대게 하며 물어 왈,

"그대 무슨 일로 슬픈 빛이 있나뇨? 나를 좇음을 원망하는가?"

장 씨가 잠시 동안 탄식 왈,

"낭군은 부질없는 말씀 마옵소서. 제가 낭군을 좇는 것을 원망했다면 어찌 깊은 규방에서 홀로 늙는 것을 감심하였사오리까? 다만 제가 귀댁에 들어온 지 오륙일이 지났으나 좌우에 친한 사람이 없고 오직 우러르는 바는 아버님, 어머님과 낭군뿐이라 어린 여자의 마음이 편안하지 못한 바이옵니다. 공주가 위에 계셔 온 집의 권세를 오로지 하시니 그 위의와 덕택이 저로 하여금 변변찮은 재주 가진 하졸이 머릿수나 채워 우물 속에서 하늘을 바라보는 것 같게 만드옵니다. 제가 감히 항거할 뜻이 있는 것이 아니나 평생의 신세가 구차하여 슬프고, 진양궁에 나아가면 궁비와 시녀들이 다 저를 손가락질하며 비웃어 한 가지 일도 자유롭게 하지 못하게 하옵고, 제 입에서 말이 나면 일천여 시녀가 다 제 입을 가리니, 공주의 은덕에 의지하여 겨우 실례를 면하고 돌아왔사옵니다." [B]

부마가 바야흐로 장 씨의 외로움을 가련하게 여기고 공주의 위세가 장 씨를 억누르는 것을 좋지 않게 여기고 있다가 장 씨의 이렇듯 애원한 모습을 보자 크게 불쾌하여 장 씨를 위한 애정이 샘솟는 듯하였다. 은근하고 간곡하게 장 씨를 위로하고 그 절개와 외로움에 감동하여 이날부터 발자취가 ㉡이화정을 떠나지 않았다. 연리지와 같은 신혼의 정은 양왕의 꿈에 빠진 듯 어지럽고, 낙천의 마음이 취한 듯 기쁘고 즐거워 바라던 바를 다 얻은 듯한 마음은 세상에 비할 데가 없더라.

– 작자 미상, 「유씨삼대록」

유형 분석

- **중심 사건 및 갈등 파악**
  사건의 내용을 파악하거나 그 사건을 둘러싼 인물들의 심리, 태도를 묻는 문제 유형이다. 특정한 사건을 기점으로 갈등이 발생하는 경우가 많은데, 그 부분을 특정 지어 사건의 인과 관계, 인물 간의 갈등 구도 등을 물을 수 있다.

해결 전략

- 작품 속 상황과 사건 등 전체적인 이야기의 흐름을 파악한다.
- 이야기의 흐름 속에서 등장인물들의 말과 행동을 바탕으로 갈등의 원인과 전개 과정, 해결 양상을 파악한다.

01 이같이 좋지 않은 일에 대한 이해로 적절하지 않은 것은?

① 백공의 거짓말 때문에 일어난 일이다.
② 백공이 한림을 곤경에 처하게 한 일이다.
③ 선생과 승상 사이에서 의견 대립이 심화된 일이다.
④ 한림이 선생과 승상으로부터 꾸지람을 당한 일이다.
⑤ 백공이 한림을 자신의 딸과 혼인시키려다 일어난 일이다.

02 [A]와 [B]에 대한 설명으로 적절하지 않은 것은?

① [A]와 [B]는 모두 과거 사건에 대한 정보를 제공하고 있다.
② [A]와 [B]는 모두 비유적 진술을 통해 자신이 처한 상황을 부각하고 있다.
③ [A]는 [B]와 달리 타인에 대한 자신의 원망을 의문형 표현을 활용하여 드러내고 있다.
④ [B]는 [A]와 달리 대화 상대의 환심을 사기 위해 자신의 우월한 지위를 드러내고 있다.
⑤ [A]는 앞으로의 일을 추정하는, [B]는 지난 일을 토로하는 방식으로 자신의 우려를 제시하고 있다.

유형 분석

- **말하기 방식 파악**
  인물의 발화를 [A], [B]로 묶어 그 둘의 내용과 형식을 비교하여 파악하는 문제 유형이다. 이야기의 흐름 속에서 인물이 어떤 의도로 이런 말을 하고 있는 것인지를 물으면서, [A]와 [B]의 표현 방식은 어떻게 다른지를 파악하는 문제가 주로 출제된다.

해결 전략

- 이야기의 전체적인 흐름을 이해한다.
- [A]와 [B]의 화자와 청자를 알고, 각각 어떤 상황에서 무엇을 의도한 말인지 내용을 파악한다.
- [A]와 [B]의 화자가 자신의 의도를 전달하기 위해 선지에서 제시하고 있는 표현 방식을 말하기에 활용하고 있는지 확인한다.

03 '장 씨'를 중심으로 ㉠과 ㉡을 이해한 내용으로 가장 적절한 것은?

① ㉠은 학문을 연마하는 공간이고, ㉡은 덕행을 닦는 공간이다.
② ㉠은 불신을 드러내는 공간이고, ㉡은 조소를 당하는 공간이다.
③ ㉠은 한탄을 드러내는 공간이고, ㉡은 애정을 확인하는 공간이다.
④ ㉠은 계책을 꾸미는 공간이고, ㉡은 외로움을 인내하는 공간이다.
⑤ ㉠은 선후 시비를 따지는 공간이고, ㉡은 오해를 해소하는 공간이다.

유형 분석

- **배경(소재)의 의미와 기능 파악**
  사건 전개 과정 및 인물의 심리, 처지와 관련하여 특정한 배경(소재)이 어떤 의미나 기능을 지니는지 묻는 문제 유형이다. 하나의 배경(소재)에 대해 묻기도 하지만, 둘 이상의 배경(소재)을 지시선으로 표시하고 그들의 의미와 기능을 비교하는 문제가 출제되기도 한다.

해결 전략

- 사건의 전개 양상, 작품의 분위기, 인물의 처지나 심리, 작품의 주제 등을 파악한다.
- 인물의 처지나 심리, 작품의 주제 등과의 관계를 고려하여 배경, 소재의 의미를 파악한다.
- 시간의 변화나 공간의 이동에 따른 사건의 전개 양상, 전후 관계에 주목하여 배경, 소재의 역할을 파악한다.

유형 분석

- **외적 준거에 따른 작품 감상**
  작품의 내 · 외적인 정보를 담은 관련 자료를 〈보기〉로 제시하고 인물, 사건, 배경, 구성, 서술 방식 등 소설의 모든 요소를 종합적으로 올바르게 판단할 수 있는지 묻는 문제 유형이다. 〈보기〉의 관점에서 작품 감상의 적절성을 묻거나 특정한 구절의 의미를 묻는 문제가 주로 출제된다.

해결 전략

- 〈보기〉의 감상 기준, 즉 말하고자 하는 바를 정확히 이해한다. 작품에 형상화된 시대적 · 사회적 배경, 역사적 사실, 갈등에 대한 인물들의 대응 양상, 갈등의 제시 방식과 여러 사건 간의 관계 등 작품의 심층적 이해를 위한 정보가 제시되므로, 이를 바탕으로 작품 이해와 해석이 적절한지 판단할 수 있어야 한다.
- 작품에서 〈보기〉의 내용과 연관 지을 수 있는 부분을 찾아, 선지의 적절성을 확인한다.

04 〈보기〉를 참고하여 윗글을 감상한 내용으로 적절하지 않은 것은? [3점]

보기

「유씨삼대록」은 유씨 3대 인물들의 이야기들을 연결한 국문 장편 가문 소설이다. 각 이야기는 그 자체로 완결성을 갖추고 있어 독립적이지만, 혼사나 그로부터 파생된 각각의 갈등이 동일한 가문 내에서 전개된다는 점에서 연결된다. 이러한 갈등은 가법이나 인물의 성격에서 유발된다. 가문의 구성원들은 혼사를 둘러싼 갈등이 가문의 안정과 번영을 저해한다고 여겼기에, 가문 차원에서 이를 해결해 간다.

① 유세기 이야기와 유세형 이야기를 보니, 각각의 갈등이 한 가문의 혼사를 중심으로 발생한다는 점에서 두 이야기가 서로 연결되어 있음을 알 수 있군.

② 유세기의 혼사 문제에 선생과 승상이 관여한 것을 보니, 혼사를 둘러싼 갈등 해결이 가문 구성원들의 문제로 다루어짐을 알 수 있군.

③ 유세기가 혼사와 관련한 곤욕을 치른 것과 유세형이 공주를 멀리한 것을 보니, 가법과 인물의 성격 간의 대립이 갈등의 원인임을 알 수 있군.

④ 백공이 유세기를 사위 삼으려는 것과 천자가 유세형을 부마 삼은 것을 보니, 혼사가 혼인 당사자 개인의 문제에 그치지 않음을 알 수 있군.

⑤ 유세기가 평생 첩을 두지 않고 소 소저와 해로했다는 것을 보니, 유세기를 둘러싼 혼사 갈등이 해소되며 이야기 하나가 마무리됨을 알 수 있군.

I 갈래 복합

갈래 복합 01

2025학년도 수능

공부한 날	월	일
목표 시간	분	초
시작 :	종료 :	
소요 시간	분	초

작가 (가) 문학 (나) 문학

01-06 다음 글을 읽고 물음에 답하시오.

(가)

배를 민다
배를 밀어보는 것은 아주 드문 경험
희번덕이는 잔잔한 가을 바닷물 위에
배를 밀어넣고는
온몸이 **아주 추락하지 않을 순간**의 한 허공에서
밀던 힘을 한껏 더해 밀어주고는
아슬아슬히 배에서 떨어진 손, 순간 환해진 손을
허공으로부터 거둔다

사랑은 참 부드럽게도 **떠나**지
뵈지도 않는 길을 부드럽게도

배를 한껏 세게 밀어내듯이 **슬픔**도
그렇게 **밀어내는 것**이지

배가 나가고 남은 빈 물 위의 **흉터**
잠시 머물다 가라앉고

그런데 오, 내 안으로 들어오는 배여
아무 소리 없이 밀려들어오는 **배**여

– 장석남, 「배를 밀며」

(나)

당신……, 당신이라는 말 참 좋지요, 그래서 불러봅니다 킥킥거리며 한때 적요로움의 울음이 있었던 때, 한 슬픔이 문을 닫으면 또 한 슬픔이 문을 여는 것을 이만큼 살아옴의 **상처에 기대, 나 킥킥……, 당신을 부릅니다** 단풍의 손바닥, 은행의 두 갈래 그리고 합침 저 개망초의 시름, 밟힌 풀의 흙으로 돌아감 당신……, **킥킥거리며 세월에 대해 혹은 사랑과 상처,** 상처의 몸이 나에게 기대와 저를 부빌 때 당신……, 그대라는 자연의 달과 별……, 킥킥거리며 당신이라고……, 금방 울 것 같은 사내의 아름다움 그 아름다움에 기대 **마음의 무덤**에 나 벌초하러 진설 음식도 없이 맨 술 한 병 차고 병자처럼, 그러나 ⓐ치병*과 환후*는 각각 따로인 것을 킥킥 당신 **이쁜 당신……, 당신이라는 말 참 좋지요,** 내가 아니라서 끝내 버릴 수 없는, 무를 수도 없는 참혹……, 그러나 킥킥 당신

– 허수경, 「혼자 가는 먼 집」

*치병: 병을 다스림.
*환후: 병을 정중하게 이르는 말.

(다)

그녀에게 편지를 쓰는 것이 자신의 존재를 증명하던 시절이 있었다. 사랑하는 사람에게 보내는 편지만큼 표현의 욕구로 흘러넘치는 것도 없다. 무언가를 표현하지 않고는 견딜 수 없는 시간들이 편지를 쓰게 한다. **그**는 그녀에게 자신의 사랑이 얼마나 어렵고 진정하며 운명적인가를 설명하고 싶었다. 편지는 사람을 설득하거나 매혹시키는 방편이 될지도 모른다. 그러나 모든 사랑의 편지는 마지막 순간, **도구적**이지 못하다. 세상의 모든 글쓰기가 최후의 순간에는 처음에 품었던 소소한 의도를 배반하는 것처럼. 그 **통제할 수 없는 익명의 욕구**가 그 편지의 **현실적인 목표**를 잊어버리게 만들기 때문이다. 그런 이유로, 모든 사랑의 편지에는 **아무 전언도 들어 있지 않다.**

거기에는 결정적인 정보나 주장이 들어 있지 않다. 다만 내 고백을 누군가가 들어준다는 충만한 느낌, 희미한 불빛 아래서 스스로 옷을 벗어야 할 때처럼, 주체할 수 없는 부끄러움 따위. 고백이란 결국 **2인칭을 경유하여 1인칭으로 돌아온다.** 그의 들끓는 고백의 언어들은 고스란히 자신에게 돌아왔다. 한동안 그는, 사랑하는 ○○에게로 시작되는 편지를 자주 썼다. 그녀는 그의 편지를 사랑했다. 정확하게 말하면 **'편지 속의 그'를 그녀는 사랑했다.** 편지 속에는 그가 찾아낸 자신의 **또 다른 영혼**이 있었다. 또 다른 영혼의 '그'는 순수한 열정과 끝 모를 동경과 깊은 이해심을 가진 존재였다. 그도 역시 그녀처럼 자신의 편지 속 1인칭 화자에게 깊이 매료되었다. 하지만 너무 뻔해서 가혹했던 지리멸렬한 시간들 속에서 그는 편지 속의 1인칭 주체를 잊어버렸다.

편지조차 쓸 수 없는 시간들이 무심하게 지나가고, 다시 편지를 쓰고 싶었을 때, 그는 이미 '편지 속의 그'가 되지 못한다는 것을 알았다. 그는 '편지 속의 그'를 연기하는 것이 부끄러웠고, **자신의 비루함을 뼛속 깊이 실감했다.** 그는 '사랑하는 ○○에게'라는 편지를 쓰고 싶어 하는 자신 속의 어떤 늙지 않는 영혼을, 그 순수한 인격을 외면하고 싶었다. ⓑ누군가가 듣기를 바라는 모든 고백이란, 위선이 아니면 위악이다.

– 이광호, 「이제 되도록 편지 안 드리겠습니다」

01

(가)~(다)의 공통점으로 가장 적절한 것은?

① 하강적 이미지를 활용하여 시간의 흐름을 보여 준다.
② 자연물에 빗대어 부정적 현실의 극복 가능성을 암시한다.
③ 동일한 구절의 반복과 변주를 통해 상황의 반전을 표현한다.
④ 특정한 행위를 중심으로 행위 주체와 대상의 관계를 드러낸다.
⑤ 공간의 이동에 따라 내용을 전개하여 역동적 분위기를 강화한다.

02

(가)에 대한 이해로 적절하지 않은 것은?

① '아주 추락하지 않을 순간'에 '배'를 밀던 '손'이 '아슬아슬히 배에서 떨어진'다는 것은 이별의 정서적 긴장감을 드러낸다.
② '뵈지도 않는 길'은 '사랑'이 '떠나'는 길이라는 점에서, 이별의 막막한 상황을 공간의 형상으로 드러낸다.
③ '슬픔'을 '밀어내는 것'을 '배'를 밀듯 '한껏 세게 밀어'낸다고 한 것은 이별의 아픔을 떨쳐 내려는 화자의 태도를 드러낸다.
④ '배가 나가'며 생긴 '흉터'가 '잠시 머물다 가라앉'는다는 것은 이별의 슬픔이 잦아든 상태에 있음을 드러낸다.
⑤ '밀려들어' 온 '배'는 '아무 소리 없이' 다시 돌아온 배라는 점에서, 대상과의 재회가 예상대로 이루어짐을 드러낸다.

03

(나)의 '당신'에 대한 설명으로 적절하지 않은 것은?

① 화자와 '한때'의 기억을 잇는 매개적 존재이다.
② 화자의 내면에 살고 있는 '병자'로서 연민의 대상이다.
③ 화자의 눈앞에 없지만 '부'름으로써 환기되는 대상이다.
④ 화자가 '버릴 수 없'고 '무를 수도 없는' 숙명적 존재이다.
⑤ 화자에게 '사랑'과 '슬픔'을 경험하게 하는 이중적 존재이다.

04

〈보기〉를 참고하여 (나)를 감상한 내용으로 적절하지 않은 것은? [3점]

보기

시는 표현하고자 하는 바를 어떤 심적 상태에 놓인 화자의 발화로써 형상화한다. (나)에 나타나 있는 독특한 발화 방식, 즉 끊어질 듯 이어지는 서술, 어휘의 반복적 출현, 맥락이 없어 보이는 구절들의 배열, 수시로 등장하는 말줄임표와 쉼표 등은 사랑의 기억을 떠올리거나 상처를 치유하지 못한 화자의 내면을 드러내는 시적 장치들이다. 이러한 장치들은 사랑의 기억과 함께 상실의 고통을 안고 남은 생을 살아 내야 하는 화자의 복합적인 내면을 생생하게 그려 내는 역할을 한다.

① '킥킥'은 반복적으로 출현하는 웃음의 의성어로서, 사랑과 슬픔이 내재된 화자의 복합적인 정서를 생생하게 드러내는 표현이겠군.
② '상처에 기대, 나 킥킥……, 당신을 부릅니다'는 말줄임표와 쉼표를 사용한 서술로서, 상실의 고통으로 인하여 사랑의 기억이 희미해지는 화자의 심적 상태를 보여 주는 표현이겠군.
③ '킥킥거리며 세월에 대해 혹은 사랑과 상처,'는 맥락이 없어 보이는 표현들이 한데 이어진 서술로서, 감정들이 뒤섞인 화자의 내면을 보여 주는 표현이겠군.
④ '마음의 무덤'은 화자의 심적 상태를 형상화한 서술로서, 상실의 고통을 안고 생을 살아 내야 하는 화자의 내면을 비유한 표현이겠군.
⑤ '이쁜 당신……, 당신이라는 말 참 좋지요,'는 끊어질 듯 이어지는 서술로서, 대상에 대하여 사랑의 감정을 품고 있는 화자의 내면을 보여 주는 표현이겠군.

05

ⓐ, ⓑ에 대한 이해로 가장 적절한 것은?

① ⓐ는 치병의 노력으로도 환후가 사라지는 것은 아니라는 화자의 인식을 말한다.
② ⓐ는 화자가 대상의 아름다움을 발견함으로써 자신의 환후를 의식하지 않게 되었음을 말한다.
③ ⓑ는 사랑의 편지가 상대를 향한 표현일 때, 위선과 위악에서 벗어날 수 있음을 말한다.
④ ⓑ는 더 나은 자신을 드러내려는 욕망이야말로 상대를 매혹하는 진정한 요인임을 말한다.
⑤ ⓐ와 ⓑ는 모두, 아픔을 겪는 이나 고백을 하는 이가 그 아픔이나 고백의 실체를 지각하지 못함을 말한다.

06

〈보기〉를 바탕으로 (다)를 이해한 내용으로 적절하지 않은 것은?

보기

(다)에서 편지는 받는 사람뿐만 아니라 쓰는 사람 자신을 향한 것이기도 하다. 상대에 대한 열망으로 사랑의 편지를 쓰지만 결국 그것은 자신을 표현하는 글이다. 자신을 이상화하려는 욕구에 빠져 있기에 편지는 '그녀'가 사랑할 만한 '그'로 채워진다. 사랑의 편지를 받은 '그녀'는 '편지 속의 그'를 사랑하고, 편지를 쓰는 '그'도 '편지 속의 그'에게 매료되어 있다. 그러나 이런 식의 자기 고백이 지속될 수 없는 까닭은 이 이상화된 '그'와 실제의 '그' 사이의 간극이 주는 부끄러움 때문이다.

① '익명의 욕구'를 '통제할 수 없'다는 것은 상대를 향한 '그'의 사랑이 운명적인 것이어서 사랑을 멈출 수 없음을 말하는군.
② '아무 전언도 들어 있지 않다'는 것은 '처음에 품었던 소소한 의도'를 잊음으로써, 상대를 향한 글쓰기의 '현실적인 목표'가 실패로 돌아갔음을 말하는군.
③ '2인칭을 경유하여 1인칭으로 돌아온다'는 것은 편지가 상대를 향한 '도구적' 기능을 하지 못하고 자기 고백에 그치게 됨을 말하는군.
④ "편지 속의 그'를 그녀는 사랑했다'는 것은 편지를 받은 그녀가 사랑한 상대는 편지 속의 '또 다른 영혼'임을 말하는군.
⑤ '자신의 비루함을 뼛속 깊이 실감했다'는 것은 실제 자신과 이상화된 자신 사이의 간극을 자각한 '그'가 부끄러움에 빠져 있음을 말하는군.

갈래 복합 02

2025학년도 9월 모의평가

공부한 날		월	일
목표 시간		분	초
시작 :		종료 :	
소요 시간		분	초

작가 (가) 국어 문학 (나) 문학

01-06 다음 글을 읽고 물음에 답하시오.

(가)

아득한 옛날에 나는 떠났다
㉠ 부여를 숙신을 발해를 여진을 요를 금을
흥안령을 음산을 아무우르를 숭가리를
범과 사슴과 너구리를 배반하고
송어와 메기와 개구리를 속이고 나는 떠났다

나는 그때
㉡ 자작나무와 이깔나무의 슬퍼하던 것을 기억한다
갈대와 장풍의 붙드던 말도 잊지 않았다
㉢ 오로촌이 멧돌을 잡아 나를 잔치해 보내던 것도
쏠론이 십릿길을 따라 나와 울던 것도 잊지 않았다

나는 그때
㉣ 아무 이기지 못할 슬픔도 시름도 없이
다만 게을리 먼 앞대로 떠나 나왔다
그리하여 따사한 햇귀에서 하이얀 옷을 입고 매끄러운 밥을 먹고 단 샘을 마시고 낮잠을 잤다
밤에는 먼 개소리에 놀라나고
아침에는 지나가는 사람마다에게 절을 하면서도
나는 나의 부끄러움을 알지 못했다

그동안 돌비는 깨어지고 많은 은금보화는 땅에 묻히고 가마귀도 긴 족보를 이루었는데
이리하여 또 한 아득한 새 옛날이 비롯하는 때
㉤ 이제는 참으로 이기지 못할 슬픔과 시름에 쫓겨
나는 나의 옛 하늘로 땅으로 — 나의 태반으로 돌아왔으나

이미 해는 늙고 달은 파리하고 바람은 미치고 보래구름만 혼자 넋 없이 떠도는데

㉥ 아, 나의 조상은 형제는 일가친척은 정다운 이웃은 그리운 것은 사랑하는 것은 우러르는 것은 나의 자랑은 나의 힘은 없다 바람과 물과 세월과 같이 지나가고 없다

– 백석, 「북방에서 – 정현웅에게」

(나)

겨울 아침 언 길을 걸어
물가에 이르렀다
나와 물고기 사이
창이 하나 생겼다
물고기네 지붕을 튼 ⓐ 살얼음의 창
투명한 창 아래
물고기네 방이 한눈에 훤했다
나의 생가 같았다
창으로 나를 보고
생가의 식구들이
나를 못 알아보고
사방 쪽방으로 흩어졌다
젖을 갓 뗀 어린것들은
찬 마루서 그냥저냥 **그네끼리 놀고**
어미들은
물속 쌓인 돌과 돌 그 틈새로
그걸 깊은 데라고
그걸 가장 깊은 속이라고 떼로 들어가
나를 못 알아보고
무슨 **급한 궁리를 하**느라
그 비좁은 구석방에 빼곡히 서서
마음아, 너도 아직 이 생가에 **살고 있는가**
시린 물속 시린 물고기의 눈을 달고

– 문태준, 「살얼음 아래 같은 데 2 – 생가」

(다)

이문원 동쪽 늙은 나무가 있는데 적어도 **백여 년**은 된 것 같다. 그 몸통은 울퉁불퉁 옹이가 졌고 가지는 구불구불 뻗어서 멀찍이서 보면 가파른 산등성이나 성난 파도 같았고 다가가서 보면 둥그스름한 큰 집채 같았다. ⓑ 기둥으로 나무를 받쳐 놓았는데 그 기둥이 모두 열두 개이다. 나무 옆에 누각이 있는데 바로 내가 이불을 들고 가서 숙직하는 장소이다. 좌우에 책을 쌓아 놓고 교정하느라 바쁘게 시간을 보내다가 이따금 나무 곁을 산책하였다. 쏴쏴 불어오는 긴 바람 소리를 들으며 **넓찍이 드리운 서늘한 그늘** 아래를 거닐면 몸은 대궐 안 관청에 있어도 숲속의 소나무와 바위 사이로 **훌쩍 벗어나 있는 기분**이 든다.

하루는 내가 동료에게 다음과 같이 말했다.

"이 나무는 정말 특이하군! 대체로 **풀과 나무**가 살아가려면 제각기 **몸을 보전하는 계책**이 있기 마련일세. 풀명자나 배, 귤이나 유자, 사과나 석류 같은 나무들은 열매가 커도 가지가 그 무게를 충분히 감당할 수 있다네. 하지만 질경이나 냉이, 강아지풀 같은 풀들은 살아가려면 땅바닥에 붙어 있어야 하네. 그래야 말발굽이 짓밟거나 수레가 밟고 지나가도 더 손상을 입지 않지. 지금 저 늙은 나무는 줄기의 길이가 몸통보다 갑절로 뻗어 사방에 드리워도

잘라 낼 줄 모르네. 만약 받쳐 주는 기둥이 없으면 부러지고야 말 걸세. **조물주**가 이 나무에게는 사람의 손을 빌려 온전하도록 한 것인가?"

아! 내가 **암소**의 뿔을 보니 **뿔이 구부러져 안쪽으로 향**했는데 심한 것은 사람이 반드시 **톱으로 잘라** 내야만 광대뼈를 뚫는 걱정을 모면하였다. 이제야 알겠구나. 늙은 나무를 가축에 견주자면 뿔을 잘라 내야 온전해질 수 있는 암소와 같다. **가축**이 인간에게 의지하여 살아가듯이 늙은 나무도 인간에게 의지하여 살아간다.

나는 **저 깊은 산중 인적 끊긴 골짜기**에 이렇듯이 번성하게 자란 늙은 나무를 아직까지 보지 못했다.

– 유본예, 「이문원노종기」

01

(가)~(다)의 공통점으로 가장 적절한 것은?

① 비판적 태도로 현실의 부정적 측면을 부각하고 있다.
② 역사적 상황을 묘사하여 비극적 현실을 부각하고 있다.
③ 빗대어 표현하는 방식으로 '나'의 인식을 드러내고 있다.
④ 영탄적 어조로 대상에 대한 '나'의 경외감을 드러내고 있다.
⑤ 향토적 소재를 활용하여 '나'의 과거에 대한 그리움을 드러내고 있다.

02

[태반]과 [생가]에 대한 설명으로 가장 적절한 것은?

① (가)의 화자는 태반에서 상실감을 느끼고 있고, (나)의 화자는 생가에서 서글픔을 느끼고 있다.
② (가)의 화자는 태반에서 소외감을 느끼고 있고, (나)의 화자는 생가에서 느꼈던 수치심을 떠올리고 있다.
③ (가)에서 태반은 이별을 수용하는 공간이고, (나)에서 생가는 만남을 기약하는 공간이다.
④ (가)에서 태반은 화자의 희망이 드러나는 공간이고, (나)에서 생가는 화자의 절망이 드러나는 공간이다.
⑤ (가)에서 태반은 생명의 섭리를 지향하는 공간이고, (나)에서 생가는 생명의 섭리를 거부하는 공간이다.

03

㉠~㉥을 이해한 것으로 적절하지 않은 것은?

① ㉠에서는 여러 민족, 나라, 지명을 열거하여, 화자가 떠나온 공간을 북방으로 포괄되는 동질적 공간으로 표현하고 있다.
② ㉡에서는 의인화된 자연물을 제시하여, 화자가 북방을 떠나면서 느낀 슬픔을 드러내고 있다.
③ ㉢에서는 이별하던 장면을 유사한 통사 구조로 제시하여, 화자가 북방에서의 기억을 여전히 간직하고 있음을 보여 주고 있다.
④ ㉣의 시구가 ㉤에서 반복, 변주되는 것을 통해, 상반된 상황이 시간의 추이에 따라 일치되는 과정을 드러내고 있다.
⑤ ㉥에서 '없다'와 그 앞에 열거된 시어들을 통해, 화자가 가깝게 느끼고 가치를 부여했던 것들이 부재함을 표현하고 있다.

04

〈보기〉를 참고하여 (나)를 감상한 내용으로 적절하지 않은 것은? [3점]

> 보기
>
> 이 시에서 성년이 된 화자는 얼음 아래의 물고기를 보면서 유년 시절 자신의 생가를 회상한다. 화자는 물고기의 움직임을 지켜보면서 '물고기네'의 여기저기를 본다. 그리고 '물고기네'의 모습에 화자의 생가에 대한 기억이 겹쳐진다. 화자는 자신을 물고기에 투영하면서, 성년이 된 지금도 여전히 생가에서의 '시린' 기억을 간직하고 있는 자신을 발견한다.

① '투명한 창'을 통해 본 물고기의 생활 공간을 '물고기네 방'이라고 표현한 것을 보니, 화자는 얼음 아래 물고기의 공간과 자신의 생가를 겹쳐 보고 있군.
② '창으로 나를 보'고 '사방 쪽방으로 흩어'지는 물고기들의 움직임을, 화자는 '생가의 식구들'이 자신을 못 알아본 것으로 표현하였군.
③ '젖을 갓 뗀 어린것들'이 '그네끼리 놀고'라고 표현한 것을 보니, 화자는 물고기들이 노는 모습을 통해 유년 시절 생가에서 지내던 아이들의 모습을 떠올리고 있군.
④ 화자는 '비좁은 구석방에'서 '급한 궁리를 하'는 물고기의 모습에 유년 시절 생가에서 외따로 지내야 했던 자신의 모습을 투영하고 있군.
⑤ 화자는 '마음아, 너도 아직' 생가에서 '살고 있는가'라고 하여, 성년인 자신의 마음속에 유년의 기억이 자리 잡고 있음을 드러내고 있군.

05

ⓐ와 ⓑ에 대한 이해로 가장 적절한 것은?

① ⓐ는 화자의 불안을 심화하는, ⓑ는 글쓴이의 의지를 북돋아 주는 역할을 한다.
② ⓐ는 화자의 이상향을 형상화하는, ⓑ는 글쓴이의 태도를 전환하는 역할을 한다.
③ ⓐ는 ⓑ와 달리, 화자에게 책임감을 떠올리게 하는 계기가 된다.
④ ⓑ는 ⓐ와 달리, 글쓴이가 처한 상황을 극복하게 하는 역할을 한다.
⑤ ⓐ와 ⓑ는 모두 대상을 새롭게 주목하게 하는 계기를 마련하고 있다.

06

〈보기〉의 [A]에 들어갈 학생의 말로 적절하지 않은 것은?

보기

선생님: 여러분, 「이문원노종기」는 이문원의 늙은 나무가 인간의 도움을 받아 오랫동안 무성하게 자라고 있는 점에 착안한 글입니다. 서로 다른 생명체가 각각 이익을 주거나 받는 현상을 중심으로, 「이문원노종기」를 다시 읽어 보려고 해요. 이런 관점에서 이 작품을 감상해 볼까요?

학 생: ________________ [A] ________________

선생님: 네, 잘 말했습니다.

① '이문원 동쪽 늙은 나무'가 '백여 년'을 살 수 있었던 것은, 인간이 나무를 보살펴 주었기 때문입니다.
② 글쓴이가 '널찍이 드리운 서늘한 그늘'로 인해 '훌쩍 벗어나 있는 기분'이 든 것은, '이문원 동쪽 늙은 나무'에게서 인간이 이익을 얻은 경우에 해당합니다.
③ '풀과 나무'가 '몸을 보전하는 계책'이 있는 것은, '조물주'가 서로 다른 생명체가 이익을 주고받도록 해 준 경우에 해당합니다.
④ '암소'의 '뿔이 구부러져 안쪽으로 향'하는 위험을 인간이 '톱으로 잘라'서 해결해 주는 것은, '가축'이 인간에게 의지하며 살아가는 경우에 해당합니다.
⑤ 글쓴이가 '이문원 동쪽 늙은 나무'가 '저 깊은 산중 인적 끊긴 골짜기'에서 자란 나무보다 번성하게 자랐다고 한 것은, 인간의 도움이 필요하다는 것을 말하기 위함입니다.

갈래 복합 03

2025학년도 6월 모의평가

공부한 날		월	일
목표 시간		분	초
시작 :	종료 :		
소요 시간		분	초

01-05 다음 글을 읽고 물음에 답하시오.

(가)

저 건너 ⓐ꽁생원은 팔자를 원망토다
제 아비 덕분으로 **돈천이나 가졌더니**
술 한 잔 밥 한 술을 **친구 대접 하였던가**
주제넘게 아는 체로 ㉠음양술수(陰陽術數) 현혹되어
이장도 자주 하며 이사도 힘을 쓰고
당대발복(當代發福) 예 아니면 피란처가 여기로다
올 적 갈 적 행로상에 ㉡처자식을 흩어 놓고
유무(有無) 상관 아니하고 **공것**을 바라도다
기인취물(欺人取物) 하자 하니 두 번째는 아니 속고
공납(公納) 범용 하자 하니 일가 중에 부자 없고
뜬재물을 경영하여 경향출입 싸다닐 제
재상가에 ㉢청질하다 봉변당해 물러서며
남의 고을 걸태 하다 혼금(閽禁)에 쫓겨 오기
혼인 중매 선채* 돈에 창피당해 뺨 맞으며
가대* 흥정 구문 먹기 ㉣핀잔 듣고 자빠지고
불의행실(不義行實) 찌그렁이 위조문서 비리호송(非理好訟)
부자나 후려 볼까 ㉤감언이설 꾀어 보자
언막이에 보막이며 은광이며 금광이라
큰길가에 색주가며 노름판에 픈돈 떼기
남북촌에 뚜쟁이로 인물 초인(招引) 하여 볼까
산진매 수진매로 사냥질로 놀아나기
혼인 핑계 어린 딸이 백 냥짜리 되었구나
대종손 양반 자랑 산소나 팔아 볼까
아낙은 친정살이 자식은 머슴살이
일가에게 인심 잃고 **친구**에게 손가락질
부지거처(不知去處) 나간 후에 소문이나 들었던가

– 작자 미상, 「우부가」

*선채(先綵): 혼례 전에 신랑 집에서 신부 집으로 보내는 비단.
*가대(家垈): 집이나 토지 등을 통틀어 이르는 말.

(나)

경인년(庚寅年)에 큰 가뭄이 들어 정월부터 가을 7월에 이르기까지 **비가 내리지 않**았다. 봄에는 논밭을 갈지 못했고, 여름에는 **김을 맬 수가 없**었다. 들판에 있는 풀은 하나같이 누렇게 말랐고, 논밭의 곡식도 모두 시들었다.

부지런한 농부가 말하기를,

"김을 매도 죽을 것이고 김을 매지 않아도 죽을 것이다. 편안히 앉아 기다리는 것보다는 힘을 다하여 곡식을 살리는 게 나을 것이다. 만일 비가 내린다면 어찌 그동안 들인 노력이 모두 허사가 되겠는가."

라고 하였다. 그러므로 논밭은 이미 갈라졌으나 김매기를 그치지 아니하고 싹이 이미 시들었어도 **풀 뽑기를 쉬지 아니하여**, 한 해가 다 가도록 부지런히 일을 하면서 자신이 할 일에 최선을 다하였다.

ⓑ게으른 농부는 말하기를,

"김을 매도 죽을 것이고 김을 매지 않아도 죽을 것이다. 바쁘게 일하면서 수고로운 것보다는 아무 일도 하지 않고 **그냥 쉬는 것이 나을 것**이다. 만일 비가 오지 않으면 이것 모두 무익하게 될 것이다."

라고 하였다. 그러므로 밭에서 일하는 농부들을 보고 비웃기를 그치지 않았고, 들밥을 내가는 아녀자들을 보고 조롱하기를 그만두지 않으면서, 한 해가 다 가도록 물러나 앉아 천명을 기다리고 있었다.

나는 일찍이 가을걷이할 무렵 파산(坡山)의 들판에 가 보았다. 그 밭의 절반은 황폐하였고 절반은 곡식이 잘 가꾸어져 있었는데, 절반은 곡식이 성글게 달렸고 절반은 빽빽하게 달려 있었다. 어떤 농부는 목을 뻣뻣이 세우고 하늘을 우러러보고, 또 어떤 농부는 술에 취해 잠이 들어 있었다. 마을 노인에게 이유를 물으니,

"저 황폐하고 성긴 곡식은 목을 뻣뻣이 세우고 하늘을 우러러보는 자들이 무익하다고 여겨 김을 매지 않은 것이고, 잘 가꾸어져 빽빽한 곡식은 술에 취한 채 목이 메어 잠든 자들이 정성과 힘을 다하여 살린 것이다. 한때의 편안함을 탐내었다가 일 년 내내 굶주리게 되었고, 한때의 괴로움을 참아 일 년 내내 배불리 지낼 수 있게 되었다."

라고 하였다.

아, 열심히 일하여 얻고, 편안하게 놀다가 잃는 것은 비단 농사일만이 아닐 것이다. 오늘날 시서(詩書)를 공부하여 벼슬길에 나아가기를 도모하는 사람들도 어찌 이와 다를 것인가?

ⓒ선비들은 젊었을 때에 학문에 뜻을 두고 밤낮없이 부지런히 노력하여 육경(六經)과 온갖 사서(史書)를 탐구하지 않음이 없고 문장과 아름다운 글귀를 익히지 않음이 없다. 저마다 재주를 품고 기이한 재주를 쌓아 과거 시험장에 나아가 솜씨를 겨루어, 한 번에 뜻을 이루지 못하면 못마땅해하고, 두 번에 뜻을 얻지 못하면 마음이 흐려지고, 세 번에도 뜻을 얻지 못하면 스스로 낙심하여 말하기를,

"공명에는 분수가 있어서 학문으로 이룰 수 있는 것이 아니며, 부귀는 운명에 달려 있으니 역시 학문으로 이룰 수 있는 것이 아니다."

라고 한다. 그동안 배운 것을 버리고 아울러 이전에 쌓아 온 바를 버려서 어떤 이는 중도에 그만두기도 하고 또 어떤 이는 문(門)에 거의 다 이르렀다가 되돌아간다. 아홉 길 높이로 산을 쌓고도 한 삼태기의 힘을 마저 쏟지 않는 것과 같으니, 어찌 게을러서 김을 매지 않는 자들과 같지 않으리오.

학문의 수고로움은 농부들이 봄, 여름, 가을의 세 계절을 고생하는 것에 비할 바가 아니나, 학문을 하여 얻는 공이 어찌 농사를 지어 얻는 이로움 정도뿐이겠는가. 농사를 지어 입과 배를 채우는 것

은 그 이로움이 적으나, 학문을 하여 명성을 취하는 것은 그 이로움이 크다. 이로움이 작은 일도 오히려 부지런히 하지 않을 수 없는데, 하물며 **큰 일을 하면서 부지런하**지 않을 수 있겠는가. 마음을 수고롭게 하는 군자는 도리어 몸을 수고롭게 하는 소인이 끝까지 노력함을 알지 못한다. 그러므로 이 글을 지어 그들을 깨우치는 바이다.

– 성현, 「타농설」

01

(가)와 (나)에 대한 설명으로 가장 적절한 것은?

① (가)는 열거의 방식을, (나)는 대조의 방식을 활용하여 주제를 부각하고 있다.
② (가)는 (나)와 달리, 대구적 표현을 활용하여 인물에 대한 태도의 변화를 드러내고 있다.
③ (나)는 (가)와 달리, 반어적 표현을 활용하여 인물에 대한 기대감을 높이고 있다.
④ (가)와 (나)는 모두, 계절적 배경을 활용하여 향토적 분위기를 조성하고 있다.
⑤ (가)와 (나)는 모두, 해학적 표현을 활용하여 인물 간의 우호적 관계를 드러내고 있다.

02

㉠~㉤을 이해한 내용으로 적절하지 않은 것은?

① ㉠은 집터나 묏자리를 통해 길운을 바라는 꽁생원이 관심을 보이는 대상이다.
② ㉡은 재물을 모은 꽁생원이 함께 풍요로운 삶을 누리고 싶은 대상이다.
③ ㉢은 재물을 경영하여 부를 증식하려는 꽁생원이 권력가의 권세를 이용하기 위한 방법이다.
④ ㉣은 집이나 땅을 중개하여 이문을 취하려는 꽁생원이 흥정 과정에서 겪은 부정적 반응이다.
⑤ ㉤은 부자의 재산으로 이익을 얻으려는 꽁생원이 부자를 꾀는 수단이다.

03

ⓐ~ⓒ에 대한 이해로 가장 적절한 것은?

① ⓐ는 도박과 음주에 빠져 있고, ⓑ는 파산의 들판에서 술에 취해 잠들어 있다.
② ⓐ는 부모의 혜택을 받지 못하여 팔자를 원망하고, ⓒ는 분수를 알아 자신의 배움에 한계가 있다고 생각한다.
③ ⓐ는 혼인을 중매하는 일에 성공하지 못하여 창피를 당하고, ⓒ는 과거 시험에서 뜻을 이루지 못하여 수치를 당한다.
④ ⓑ는 가뭄에 김을 매지 않아 다른 농부들의 조롱을 받고, ⓒ는 한때의 괴로움을 참지 못하여 공명을 이루지 못한다.
⑤ ⓑ는 김매기를 하여도 작물이 죽을 것이라고 생각하고, ⓒ는 학문에 힘을 쏟아도 부귀를 이루지 못할 수 있다고 생각한다.

04

(나)에 대한 설명으로 적절하지 않은 것은?

① 인물들의 말을 인용하여 특정 상황에 대한 서로 다른 태도를 드러내고 있다.
② 글쓴이의 주장과 그에 대한 반박을 제시하여 화제에 대한 상반된 입장을 나타내고 있다.
③ 물음에 답하는 인물을 통해 글쓴이가 관찰한 상황이 발생하게 된 이유를 제시하고 있다.
④ 다른 사람에게 교훈을 전달하고자 하는 글쓴이의 의도를 드러내며 글을 마무리하고 있다.
⑤ 글쓴이의 경험을 통해 얻은 깨달음을 바탕으로 논의의 대상을 다른 상황으로 확장하고 있다.

05

〈보기〉를 참고하여 (가), (나)를 감상한 내용으로 적절하지 않은 것은? [3점]

보기

당면한 현실에 대응하는 양상에 따라 삶에 대한 평가는 달라진다. 요행을 바라면서 책임감 없는 삶을 사는 경우에는 부정적으로, 현실적 한계를 극복하고자 노력하는 삶을 사는 경우에는 긍정적으로 평가된다. (가)에서는 당대 규범에서 벗어나 세속적 욕망을 추구하며 요행을 바라는 태도에 대한 경계가, (나)에서는 운명론적 태도에서 벗어나 삶의 주체로서 문제를 성실하게 해결하는 자세에 대한 권면이 나타나고 있다.

① (가)의 '공것'과 '뜬재물'은 정당한 노력을 기울이지 않고 요행을 바라는 태도를 알 수 있는 소재이군.
② (나)의 '비가 내리지 않'아'김을 맬 수가 없'는 것을 보니, 농부들이 농경에 부적합한 환경이라는 문제 상황에 당면하게 된 것을 알 수 있군.
③ (가)의 '공납'을 유용하려는 것에서 이익을 위해 규범을 무시하는 태도를, (나)의 '그냥 쉬는 것이 나을 것'에서 불행한 결과를 예단하는 운명론적 태도를 확인할 수 있군.
④ (가)의 '돈천이나 가졌더니', '친구 대접 하였던가'에서 재물을 베푸는 데 인색한 물욕을, (나)의 '풀 뽑기를 쉬지 아니하여'에서 한계 상황을 극복하고자 하는 의지를 확인할 수 있군.
⑤ (가)의 '일가'와 '친구'에게서 소외당한 꽁생원의 말로에서 무책임한 삶에 대한 경계가, (나)의 '큰 일을 하면서 부지런하'기를 촉구하는 데에서 게으른 농부에 대한 권면이 나타나는군.

갈래 복합 04

2024학년도 수능

공부한 날	월	일
목표 시간	분	초
시작 :	종료 :	
소요 시간	분	초

01-06 다음 글을 읽고 물음에 답하시오.

(가)

흰 벽에는 ——
어련히 해들 적마다 나뭇가지가 그림자 되어 떠오를 뿐이었다.
그러한 정밀*이 천년이나 머물렀다 한다.

단청은 연년(年年)이 빛을 잃어 두리기둥에는 틈이 생기고, 별과 바람이 쓰라리게 스며들었다. 그러나 험상궂어 가는 것이 서럽지 않았다.

기왓장마다 푸른 이끼가 앉고 세월은 소리없이 쌓였으나 ㉠문은 상기 닫혀진 채 멀리 지나가는 바람 소리에 귀를 기울이는 밤이 있었다.

주춧돌 놓인 자리에 가을풀은 우거졌어도 봄이면 돋아나는 푸른 싹이 살고, 그리고 한 그루 진분홍 꽃이 피는 나무가 자랐다.

유달리도 푸른 높은 하늘을 눈물과 함께 아득히 흘러간 별들이 총총히 돌아오고 사납던 비바람이 걷힌 낡은 처마 끝에 찬란히 빛이 쏟아지는 새벽, 오래 닫혀진 문은 산천을 울리며 열리었다.

—— 그립던 깃발이 눈뿌리에 사무치는 푸른 하늘이었다.

– 김종길, 「문」

* 정밀: 고요하고 편안함.

(나)

이를테면 수양의 늘어진 ㉡가지가 담을 넘을 때
그건 수양 가지만의 일은 아니었을 것이다
얼굴 한번 못 마주친 애먼 뿌리와
잠시 살 붙였다 적막히 손을 터는 꽃과 잎이
혼연일체 믿어주지 않았다면
가지 혼자서는 한없이 떨기만 했을 것이다 [A]

한 닷새 내리고 내리던 고집 센 비가 아니었으면
밤새 정분만 쌓던 도리 없는 폭설이 아니었으면
담을 넘는다는 게
가지에게는 그리 신명 나는 일이 아니었을 것이다
무엇보다 가지의 마음을 머뭇 세우고
담 밖을 가둬두는
저 금단의 담이 아니었으면
담의 몸을 가로지르고 담의 정수리를 타 넘어
담을 열 수 있다는 걸
수양의 늘어진 가지는 꿈도 꾸지 못했을 것이다 [B]

그러니까 목련 가지라든가 감나무 가지라든가
줄장미 줄기라든가 담쟁이 줄기라든가
가지가 담을 넘을 때 가지에게 담은
무명에 획을 긋는
도박이자 도반*이었을 것이다 [C]

– 정끝별, 「가지가 담을 넘을 때」

* 도반: 함께 도를 닦는 벗.

(다)

나는 이홍에게 이렇게 말했다.

"ⓐ너는 잊는 것이 병이라고 생각하느냐? 잊는 것은 병이 아니다. 너는 잊지 않기를 바라느냐? 잊지 않는 것이 병이 아닌 것은 아니다. ⓑ그렇다면 잊지 않는 것이 병이 되고, 잊는 것이 도리어 병이 아니라는 말은 무슨 근거로 할까? 잊어도 좋을 것을 잊지 못하는 데서 연유한다. 잊어도 좋을 것을 잊지 못하는 사람에게는 잊는 것이 병이라고 치자. 그렇다면 잊어서는 안 되는 것을 잊는 사람에게는 잊는 것이 병이 아니라고 말할 수 있다. ⓒ그 말이 옳을까?

천하의 걱정거리는 어디에서 나오겠느냐? 잊어도 좋을 것은 잊지 못하고 잊어서는 안 될 것은 잊는 데서 나온다. 눈은 아름다움을 잊지 못하고, 귀는 좋은 소리를 잊지 못하며, 입은 맛난 음식을 잊지 못하고, 사는 곳은 크고 화려한 집을 잊지 못한다. 천한 신분인데도 큰 세력을 얻으려는 생각을 잊지 못하고, 집안이 가난하건만 재물을 잊지 못하며, 고귀한데도 교만한 짓을 잊지 못하고, 부유한데도 인색한 짓을 잊지 못한다. 의롭지 않은 물건을 취하려는 마음을 잊지 못하고, 실상과 어긋난 이름을 얻으려는 마음을 잊지 못한다.

그래서 잊어서는 안 될 것을 잊는 자가 되면, 어버이에게는 효심을 잊어버리고, 임금에게는 충성심을 잊어버리며, 부모를 잃고서는 슬픔을 잊어버리고, 제사를 지내면서 정성스러운 마음을 잊어버린다. 물건을 주고받을 때 의로움을 잊고, 나아가고 물러날 때 예의를 잊으며, 낮은 지위에 있으면서 제 분수를 잊고, 이해의 갈림길에서 지켜야 할 도리를 잊는다.

ⓓ먼 것을 보고 나면 가까운 것을 잊고, 새것을 보고 나면 옛것을 잊는다. 입에서 말이 나올 때 가릴 줄을 잊고, 몸에서 행동이 나올 때 본받을 것을 잊는다. 내적인 것을 잊기 때문에 외적인 것을 잊을 수 없게 되고, 외적인 것을 잊을 수 없기 때문에 내적인 것을 더더욱 잊는다.

ⓔ그렇기 때문에 하늘이 잊지 못해 벌을 내리기도 하고, 남들

이 잊지 못해 질시의 눈길을 보내며, 귀신이 잊지 못해 재앙을 내린다. 그러므로 잊어도 좋을 것이 무엇인지를 알고 잊어서는 안 되는 것이 무엇인지를 아는 사람은 내적인 것과 외적인 것을 서로 바꿀 능력이 있다. 내적인 것과 외적인 것을 서로 바꾸는 사람은, 다른 사람의 잊어도 좋을 것은 잊고 자신의 잊어서는 안 될 것은 잊지 않는다."

– 유한준, 「잊음을 논함」

01

(가)~(다)에 대한 설명으로 가장 적절한 것은?

① (가)는 명시적 청자에게 말을 건네는 방식으로 화자의 감정을 드러낸다.
② (가)는 동일한 색채어를, (나)는 유사한 문장 구조를 반복적으로 제시하며 시상을 전개한다.
③ (가)와 (나)는 모두, 사라져 가는 대상에 대한 화자의 안타까움을 드러낸다.
④ (나)는 사물을 관조함으로써, (다)는 세태를 관망함으로써 주제 의식을 부각한다.
⑤ (가), (나), (다)는 모두, 대상과 소통하며 문제 해결 과정을 연쇄적으로 제시한다.

02

〈보기〉를 참고하여 (가)를 감상한 내용으로 적절하지 않은 것은?

> **보기**
>
> (가)에서 순환하는 자연이 가진 변화의 힘은 인간 역사의 쇠락과 생성에 관여한다. 인간의 역사는 쇠락의 과정에서도 생성의 기반을 잃지 않고, 자연과 어우러지며 자연의 힘을 탐색하거나 수용한다. 이를 통해 '문'은 새로운 역사를 생성할 가능성을 실현하게 되고, 인간의 역사는 '깃발'로 상징되는 이상을 향해 다시 나아갈 수 있게 된다.

① '흰벽'에 나뭇가지가 그림자로 나타나는 것은, 천년을 쇠락해 온 인간의 역사가 자연의 힘을 탐색하는 과정에서 자연의 모습에 영향을 미친 결과를 보여 주는군.
② '두리기둥'의 틈에 볕과 바람이 쓰라리게 스며드는 것을 서럽지 않다고 한 것은, 쇠락해 가는 인간의 역사가 자연이 가진 변화의 힘을 수용함을 드러내는군.
③ '기왓장마다' 이끼와 세월이 덮여 감에도 멀리 있는 바람 소리에 귀를 기울이는 것은, 자연의 영향을 받으면서도 자연이 가진 변화의 힘에서 생성의 가능성을 찾는 모습이겠군.
④ '주춧돌 놓인 자리'에 봄이면 푸른 싹이 돋고 나무가 자라는 것은, 생성의 기반을 잃지 않은 인간의 역사가 자연과 어우러져 생성의 힘을 수용하는 모습이겠군.
⑤ '닫혀진 문'이 별들이 돌아오고 낡은 처마 끝에 빛이 쏟아지는 새벽에 열리는 것은, 순환하는 자연 속에서 인간의 역사를 다시 생성할 가능성이 나타남을 보여 주는군.

03

(나)에 대한 이해로 가장 적절한 것은?

① [A]에서는 '얼굴 한번 못 마주친' 상황과 '손을 터는' 행위가 '한없이' 떠는 가지의 마음으로 인한 것임을 드러낸다.
② [B]에서는 '고집 센'과 '도리 없는'을 통해 가지가 '꿈도 꾸지 못'하게 만든 두 대상의 성격을 부각한다.
③ [B]에서는 '가지의 마음을 머뭇 세우'는 대상을 '신명 나는 일'에 연결하여 '정수리를 타 넘'는 행위의 의미를 드러낸다.
④ [A]에서 '가지만의'와 '혼자서는'에 나타난 가지의 상황은, [B]에서 '담 밖'을 가두어 [C]에서 '획'을 긋는 가지의 모습으로 이어진다.
⑤ [A]에서 '않았다면'과 [B]에서 '아니었으면'이 강조하는 대상들의 의미는, [C]에서 '목련'과 '감나무' 사이의 관계에서도 나타난다.

04

ⓐ~ⓔ에 대한 설명으로 적절하지 않은 것은?

① ⓐ: 잊는 것에 대한 '나'의 생각을 전개하기 위한 물음이다.
② ⓑ: 잊음에 대한 '나'의 생각이 어디에서 비롯된 것인지에 대한 답을 제시하기 위해 던지는 물음이다.
③ ⓒ: 잊음에 대해 '나'가 제시한 가정적 상황이 틀리지 않았음을 강조하기 위한 물음이다.
④ ⓓ: 잊지 못하는 것과 잊어버리는 것의 관계를 대비적 표현을 통해 제시하며 잊음에 대한 '나'의 생각을 드러내는 진술이다.
⑤ ⓔ: 잊음의 대상을 제대로 구분하지 못할 때 일어날 수 있는 일을 열거하여 잊음에 대한 '나'의 생각이 옳음을 강조하는 진술이다.

05

㉠과 ㉡에 대한 이해로 가장 적절한 것은?

① ㉠은 주변 대상의 도움을 받으며 미래로 나아가고, ㉡은 주변 대상에게 도움을 주며 미래를 대비한다.
② ㉠은 자신의 자리를 지켜 내는, ㉡은 자신의 영역을 확장하는 모습을 보인다.
③ ㉠은 주변과 단절된 상황을 극복하려 하고, ㉡은 외부의 간섭을 최소화하려 한다.
④ ㉠과 ㉡은 외면의 변화를 통해 내면의 불안을 감추려 한다.
⑤ ㉠과 ㉡은 과거의 행위에 대해 반성하는 모습을 보인다.

06

〈보기〉를 참고하여 (나), (다)를 감상한 내용으로 적절하지 않은 것은? [3점]

보기

(나)와 (다)에는 주체가 대상을 바라보고 사유하여 얻은 인식이 드러난다. 이는 대상에서 발견한 새로운 의미를 보여 주는 방식이나, 대상의 속성에 주목하여 얻은 깨달음을 제시하는 방식으로 나타난다.

① (나)는 '수양'을 부분으로 나눠 살피고 부분들의 관계가 '혼연일체'라는 것을 발견해 수양이 하나의 통합된 대상이라는 인식을 드러내는군.
② (다)는 '잊어도 좋을 것'과 '잊어서는 안 될 것'에 대해 사유하여 타인과 자신의 관계 속에서 지켜야 할 자세에 대한 깨달음을 드러내는군.
③ (다)는 '내적인 것과 외적인 것을 서로 바꾸는 사람'의 특성에 주목해 잊음의 본질에 대한 깨달음이 바람직한 삶의 태도를 이끈다는 인식을 드러내는군.
④ (나)는 '담쟁이 줄기'의 속성에 주목해 담쟁이 줄기가 담을 넘을 수 있다는, (다)는 잊어서는 안 될 것을 잊는 데 주목해 '내적인 것'을 잊으면 '외적인 것'에 매몰된다는 인식을 드러내는군.
⑤ (나)는 담의 의미를 사유하여 담이 '도박이자 도반'이라는, (다)는 '예의'나 '분수'를 잊지 않아야 함에 주목해 '잊지 않는 것이 병이 아닌 것은 아니'라는 깨달음을 드러내는군.

갈래 복합 05

2024학년도 9월 모의평가

공부한 날	월	일
목표 시간	분	초
시작 :	종료 :	
소요 시간	분	초

작가 (가) 국어 (나) 문학

01-06 다음 글을 읽고 물음에 답하시오.

(가)

첩첩산중에도 없는 마을이 여긴 있습니다. 잎 진 사잇길 저 모랫둑, 그 너머 강기슭에서도 보이진 않습니다. 허방다리* 들어내면 보이는 마을.

갱 속 같은 마을. ㉠꼴깍, 해가, 노루꼬리 해가 지면 집집마다 봉당에 불을 켜지요. 콩깍지, 콩깍지처럼 후미진 외딴집, 외딴집에도 불빛은 앉아 이슥토록 창문은 모과빛입니다.

기인 밤입니다. 외딴집 노인은 홀로 잠이 깨어 출출한 나머지 무우를 깎기도 하고 고구마를 깎다, 문득 바람도 없는데 시나브로 풀려 풀려 내리는 짚단, 짚오라기의 설레임을 듣습니다. 귀를 모으고 듣지요. ㉡후루룩 후루룩 처마 깃에 나래 묻는 이름 모를 새, 새들의 온기를 생각합니다. 숨을 죽이고 생각하지요.

참 오래오래, 노인의 자리맡에 밭은기침 소리도 없을 양이면 벽 속에서 겨울 귀뚜라미는 울지요. 떼를 지어 웁니다, 벽이 무너지라고 웁니다.

어느덧 밖에는 눈발이라도 치는지, 펄펄 함박눈이라도 흩날리는지, 창호지 문살에 돋는 월훈(月暈).

– 박용래, 「월훈」

*허방다리: 짐승 따위를 잡기 위해 풀 등을 덮어 위장한 구덩이.

(나)

내 어린 날!
아슬한 하늘에 뜬 연같이
바람에 깜박이는 연실같이
내 어린 날! 아슴풀하다*

하늘은 파랗고 끝없고
편편한 연실은 조매롭고*
오! 흰 연 그새에 높이
㉢아실아실* 떠 놀다 내 어린 날!

바람 일어 끊어지던 날
엄마 아빠 부르고 울다
㉣희끗희끗한 실낱이 서러워
아침저녁 나무 밑에 울다

오! 내 어린 날 하얀 옷 입고
외로이 자랐다 하얀 넋 담고
㉤조마조마 길가에 붉은 발자욱
자욱마다 눈물이 고이었었다

– 김영랑, 「연 1」

* 아슴풀하다: '아슴푸레하다'의 방언.
* 조매롭고: '조마롭다'의 방언. 보기에 마음이 초조하고 불안하다.
* 아실아실: '아슬아슬'의 방언.

(다)

ⓐ신위가 **자기 집** 이름을 '문의당'이라 하고 ⓑ나에게 편지를 보내 말했다.

"내 천성이 물을 좋아하는데, 도성 안이라 **볼만한 샘이나 못**이 없어 비록 **물을 보는 법**을 알고 있어도 **써 볼 데가 없**는 것이 늘 아쉬웠습니다. 그런데 **천하의 지도를 보고** 깨우친 점이 있었습니다.

넘실거리는 큰 바다 사이로 아홉 개 대륙, 일만 개 나라가 펴져 있는데 큰 나라는 범선이 늘어선 듯하고, 작은 나라는 갈매기와 해오라기가 출몰하는 듯했습니다. 천하만국에 두루 살고 있는 사람들은 모두 물 가운데 있는 존재일 뿐입니다. 이것이 제 집의 이름을 '**문의**(文漪)*'라고 한 까닭입니다. 그대는 저를 위해 이 집의 기문을 지어 주시기 바랍니다."

나는 편지를 보고 웃으며 말했다.

"세상에는 본래 그 실물은 없으면서도 이름을 차지하는 경우가 있으니, 지금 그대가 집에 이름을 붙인 것이 바로 그 실물이 없는 것이라고 할 수 있겠소. 비록 그러하나 그대도 이에 대해 할 말이 있을 것이오. 지금 **바다의 섬 가운데 집을 짓고 사는 사람**이 있다면, 사람들은 반드시 **물에 산다고** 하지 산에 산다고 하지 않겠지요. 섬사람 중에는 담장을 두르고, 집을 짓고, 문을 닫고 **들어앉아 사는 사람**도 있게 마련이니, 그가 날마다 파도와 깊은 물을 가까이 접하지는 않는다고 하여, 물에 사는 게 아니라고 한다면 옳지 않겠지요. 이와 같은 이치를 **사람들**이 모두 그렇다고 인정하는데, 어찌 유독 그대의 말에만 의심을 품겠소?

대지는 하나의 섬이고, 세상 사람들은 섬사람이라오. 비록 **배를 집으로 삼아** 물 위를 떠다니면서 날마다 **물과 더불어** 살아가는 사람이라 하더라도, 그 형편상 눈을 한곳에 두고 꼼짝하지 않을 수는 없을 것이고, 잠시 **눈길을 돌려**서 잠깐 동안이나마 물이 있다는 것을 생각하지 못할 때가 반드시 있을 것이오. 이때에는 겨우 반걸음을 움직인 것이나 천 리를 간 것이나 매한가지라 할 것이오."

– 서영보, 「문의당기」

* 문의: 물결무늬.

01

(가)~(다)의 공통점으로 가장 적절한 것은?

① 설의적 표현을 사용하여 인물의 정서를 강조하고 있다.
② 묘사의 방식을 활용하여 대상의 특징을 구체화하고 있다.
③ 말을 건네는 방식을 사용하여 주제 의식을 심화하고 있다.
④ 과거의 장면을 회상하여 현재 상황에 대한 원인을 포착하고 있다.
⑤ 가상의 상황을 설정하여 현실에 대한 긍정적 인식을 이끌어 내고 있다.

02

〈보기〉를 참고하여 (가)를 감상한 내용으로 적절하지 않은 것은?

보기
(가)는 적막한 산골 마을을 배경으로 그곳에 사는 한 노인의 모습을 관찰하여 들려주는 시이다. 향토적인 정경 속에서 낯설게 느껴지는 일상에 감각적으로 집중하는 노인을 통해 점점 사라져 가는 것들에 대한 관심을 드러내고, 노인의 삶이 마주한 깊은 정적 속 울음소리를 통해 인간의 쓸쓸함을 고조하고 있다. 이러한 노인의 모습은 외딴집 창호지 문살에 비친 달무리의 이미지로 형상화되고 있다.

① '첩첩산중에도 없는 마을'을 '여긴 있'다고 한 데서, 노인이 살아가는 곳은 쉽게 보기 어려울 것 같은 장소임을 짐작할 수 있겠군.
② '강기슭에서도 보이진 않'는 '후미진 외딴집'이라는 배경 설정에서, 적막한 공간의 분위기를 추측할 수 있겠군.
③ '봉당에 불을 켜'는 분위기와 '콩깍지'의 이미지로 나타낸 향토적 정경에서, 사라져 가는 것들에 대한 관심을 유추할 수 있겠군.
④ '짚오라기의 설레임'을 '귀를 모으고 듣'고 '새들의 온기'를 '숨을 죽이고 생각하'는 것은, 일상을 자연스럽게 받아들이는 노인의 감각을 부각한 것으로 볼 수 있겠군.
⑤ '밭은기침 소리도 없'는데 '겨울 귀뚜라미'가 우는 상황과 눈발이 치는 듯한 '밖'의 달무리 이미지가 어우러져, 노인의 고독을 형상화한 것으로 이해할 수 있겠군.

03

(나)에 대한 설명으로 적절하지 않은 것은?

① 1연에서 '연'과' 연실'의 모습에 빗대어 '내 어린날'의 기억을 '아슴풀하다'라고 표현하고 있다.
② 2연에서 '조매롭고'로 표현된 '연실'의 긴장은 3연에서 연실이 '바람 일어 끊어지던 날'의 정서를 고조하고 있다.
③ 3연에서 '울다'의 반복과 4연에서 '눈물이 고이었었다'를 통해 '내 어린날'의 상황을 짐작할 수 있게 하고 있다.
④ 4연에서 '외로이 자랐다'와 이어진 '하얀 넋'은 '붉은 발자욱'에 함축된 정서와 상반되는 의미를 이끌어 내고 있다.
⑤ 1연과 4연의 '내 어린날'은 2연의 '내 어린날'의 기억을 통해 떠올린 유년 시절을 표상하는 의미를 지니고 있다.

04

㉠~㉤에 대한 설명으로 적절하지 않은 것은?

① ㉠: 아주 짧은 순간에 해가 지는 모습을 나타낸 말로, 시간의 변화를 함축하고 있다.
② ㉡: 소리를 통해 연상되는 새의 모습을 감각적으로 형상화하고 있다.
③ ㉢: 높이 날아오른 연을 동경하는 심리를 드러내고 있다.
④ ㉣: 서러움을 느끼게 하는 대상인 실낱의 모습을 표현하고 있다.
⑤ ㉤: 외롭고 슬픈 어린 시절의 정서를 함께 담아내고 있다.

05

ⓐ, ⓑ에 대한 이해로 적절하지 않은 것은?

① ⓐ는 '볼만한 샘이나 못'이 없는 곳에 산다고 생각하다가, '천하의 지도를 보고' 깨달은 바에 따라 자신이 물 가운데 살고 있는 것이나 다름없다는 발상으로 사고를 전환한다.
② ⓐ가 '자기 집'을 '문의'라고 한 것에 ⓑ가 동의한 이유는 ⓐ의 상황이 '배를 집으로 삼아' 사는 사람의 상황보다 집에 '들어앉아 사는 사람'의 상황에 가깝다고 생각했기 때문이다.
③ ⓑ는 '바다의 섬'에 '집을 짓고 사는 사람'의 삶에 주목하여, 바라보는 관점을 달리하면 세상 모든 사람들이 섬에 살고 있다는 논리가 성립한다고 생각한다.
④ ⓑ가 ⓐ의 발상이 타당하다고 하는 이유는, '바다의 섬 가운데' 살더라도 그것을 가리켜 '물에 산다고' 보는 것이 ⓑ의 생각만이 아니라 '사람들'의 판단과도 일치하기 때문이다.
⑤ ⓑ는 '물과 더불어' 사는 사람도 '눈길을 돌'리는 순간이 있는 것과 ⓐ가 '물을 보는 법'을 '써볼 데가 없'다 하는 것은 물을 보지 못할 때가 있다는 점에서 유사하다고 생각한다.

06

〈보기〉를 바탕으로 (가), (다)를 이해한 내용으로 가장 적절한 것은? [3점]

> **보기**
>
> 문학 작품 속의 소재들은 연관성 속에서 서로 유사 혹은 대립의 관계를 이룸으로써 의미를 생성하거나 그 특징을 부각하는 효과를 드러낸다.

① (가)의 '허방다리 들어내면 보이는 마을', '갱 속 같은 마을'은 얕음과 깊음의 대비를 이루어 숨어 있는 두 공간의 차이를 부각하고 있군.
② (가)의 '무우'와 '고구마'는 차가움과 따뜻함의 대비를 이루어 밤에 출출함을 달래기 위해 먹는 다양한 음식의 속성을 부각하고 있군.
③ (다)의 '아홉 개 대륙'과 '일만 개 나라'는 바다 안의 육지라는 유사성으로 관계를 맺으며 '천하의 지도'라는 새로운 의미를 생성하고 있군.
④ (다)의 '파도'와 '깊은 물'은 바다의 형상이라는 유사성으로 관계를 맺으며 물에 사는 사람이 살면서 만나게 되는 환경이라는 의미를 생성하고 있군.
⑤ (가)의 '창문은 모과빛'과 '기인밤'은 밝음과 어둠의 대비를, (다)의 '갈매기'와 '해오라기'는 크고 작음의 대비를 이루어 각 소재가 가진 특징을 부각하고 있군.

갈래 복합 06

2024학년도 6월 모의평가

공부한 날		월	일
목표 시간		분	초
시작 :	종료 :		
소요 시간		분	초

01-05 다음 글을 읽고 물음에 답하시오.

(가)

㉠ 평생에 원하느니 다만 충효뿐이로다
이 두 일 말면 금수(禽獸)나 다르리야
마음에 하고자 하여 ㉡ 십재 황황(十載遑遑)*하노라 〈제1수〉

비록 못 이뤄도 임천(林泉)이 좋으니라
무심 어조(魚鳥)는 절로 한가하였나니 [A]
조만간 세상일 잊고 너를 좇으려 하노라 〈제3수〉

출(出)하면 치군택민* 처(處)하면 조월경운*
명철 군자는 이것을 즐기나니
하물며 **부귀 위기라 가난하게 살리로다** 〈제8수〉

날이 저물거늘 **도무지 할 일 없어**
소나무 문을 닫고 달 아래 누웠으니 [B]
세상에 티끌 마음이 일호말(一毫末)도 없다 〈제13수〉

성현의 가신 길이 ㉢ 만고(萬古)에 한가지라
은(隱)커나 현(見)커나 **도(道)가 어찌 다르리** [C]
한가지 길이오 다르지 않으니 아무 덴들 어떠리 〈제17수〉

강가에 누워서 강물 보는 뜻은
세월이 빠르니 ㉣ 백세(百歲)인들 길겠느뇨
㉤ 십 년 전 진세(塵世) 일념이 얼음 녹듯 한다 〈제19수〉

– 권호문, 「한거십팔곡」

*십재 황황: 십 년을 허둥지둥함.
*치군택민: 임금에게 충성하고 백성에게 혜택을 베풂.
*조월경운: 달 아래 고기 낚고 구름 속에서 밭을 갊.

(나)

[D] 몇 칸의 집을 수선하려 함에, 아내가 취서사로 들어가 겨릅*을 구해 오길 권하였다. 유택은 안 된다고 하고, 유평은 해 보자고 하는데, 나도 스스로 생각해 보니, 절은 기와를 쓰기에 겨릅은 그다지 아끼는 것이 아니고, 다만 민간의 요구와 요청에 응하는 것이기에, 이를 요구하더라도 의리를 심히 해치지 않을 듯하였다. 그래서 다시 의견을 널리 구해 보지 않았다.

마침 처숙부 상사공이 약을 지으려고 취서사로 가게 되었는데, 내가 가고자 함을 알고 따르게 하였다. 대개 공 또한 안 된다고 생각하지는 않았기 때문이다.

이윽고 취서사에 도착하니 근방 마을에서 모여든 자가 거의 승려들 수와 맞먹었는데, 모두 겨릅 때문에 온 자들이었다. 좌우에서 낚아채 가며 많이 가지려 다투고, **시끌벅적하게 뒤섞여 밟아 대**어 곧 시장판을 만들었으며, 가져감이 많고 적음은 그 힘의 강약에 따랐으나 승려들은 참견하는 바가 없었다. 그런데 늦게 도착하여 종도 없는 자는 승려들을 나무라며, 심지어 가혹한 일을 하기까지 했지만 또한 얻을 수 없었다.

(중략)

나는 마음속으로 민망히 생각하였지만, 이미 그 속에 가 있었기에 [의리]를 [이욕]에 빼앗겨서 초연히 **버리고 돌아오지 못하였다**. 상사공의 힘으로 수십 묶음을 얻어 햇빛에 말려 보관할 수 있었으니, 다 상사공의 도움 덕분이었다.

[E] 스스로 헛걸음하지 않은 것을 매우 다행스럽게 여겼는데, 집으로 돌아오자 멍하기가 마치 술에서 막 깨어난 사람이 잔뜩 취했을 때를 되짚어 생각하는 듯하였다.

내 아내는 비록 원대한 식견이 있는 사람은 아니지만, 내가 항상 곤궁함 때문에 치욕을 입을까 걱정하였으니, 가령 이와 같을 줄 알았다면 반드시 나의 행차를 권하지 않았을 것이고, 유평도 또한 마땅히 찬동하지 않았을 것이다.

상사공은 청렴하고 정직하여 주고받음이 구차하지 않다. 거처하는 집 아래채가 세 칸의 초가집이니, 마땅히 겨릅이 필요하였을 것이다. 그리고 막 삼계 서원 원장이 되었는데, 취서사가 바로 삼계 서원에 귀속된 절이었다. 그때 서원의 노비가 개인적으로 취서사에 가서 머물고 있는 자가 서너 명 있었으니, 진실로 가지려고 하면 힘이 없을 걱정이 없었다. 그런데 담담하게 한마디도 간섭함이 없었으니, 그 마음속으로 반드시 나를 비난하였을 것이다. 그런데도 애써 나를 위하여 저와 같이 마음과 힘을 써 주신 것은 다만 나의 곤궁함을 불쌍히 여겨서일 뿐이리라.

맹자는 "**궁해도 의(義)를 잃지 않는다.**" 하였고, 이극은 "궁할 때에 그 해서는 안 될 일을 살펴본다." 하였다. 나는 궁함 때문에 이미 스스로 **의를 잃**어서 평소에 하지 않던 행동을 했고, 또 어른에게까지 폐를 끼쳤으니 참으로 부끄러워할 일이다. 이미 뉘우칠 줄 알았으니, **이후에는 마땅히 조심**해야겠기에 이를 갖추어 기록하고, 또 유택이 나를 아껴 약이 되는 유익한 말을 했음을 드러낸다.

– 김낙행, 「기취서행」

*겨릅: 껍질을 벗긴 삼대.

01

[A]~[E]의 표현상 특징에 대한 설명으로 가장 적절한 것은?

① [A]는 자연물을 대상화하여 그 자연물에 역동성을 부여하고 있다.

② [B]는 근경에서 원경으로 시선을 이동하여 인간과 자연의 차이점을 강조하고 있다.

③ [C]는 성현의 말을 인용함으로써 화자가 지닌 궁금증을 드러내고 있다.

④ [D]는 점층적인 표현으로 앞으로 해야 할 일의 중요성을 환기하고 있다.

⑤ [E]는 비유적 표현을 통해 자신의 행동을 돌아보는 글쓴이의 상태를 부각하고 있다.

02

㉠~㉤을 이해한 내용으로 적절하지 않은 것은?

① ㉠은 화자의 인생을 포괄한다는 점에서 충효를 중요하게 여겨 온 화자의 생각을 강조한다.

② ㉡은 화자가 돌이켜 보는 삶의 기간을 가리킨다는 점에서 충효를 실현하려고 애쓴 세월을 나타낸다.

③ ㉢은 유구한 세월이라는 의미를 드러낸다는 점에서 성현의 도는 예나 지금이나 변함없음을 강조한다.

④ ㉣은 흘러간 시간이 길다는 의미를 드러낸다는 점에서 세월이 빨리 지나가는 것에 대한 화자의 안타까움을 강조한다.

⑤ ㉤은 과거의 한때를 가리킨다는 점에서 현재 자연에서 여유를 느끼는 상황과 대비되는 시절을 나타낸다.

03

〈보기〉를 참고하여 (가)를 이해한 내용으로 가장 적절한 것은?

> 보기
>
> 권호문의 「한거십팔곡」은 지향하는 삶을 실천하는 태도의 변화 과정을 형상화한 연시조로, 〈제1수〉부터 〈제19수〉까지의 내용이 긴밀히 연결되어 있다.

① 〈제3수〉의 '임천이 좋으니라'에는 〈제1수〉의 '마음에 하고자 하여'에 담긴 태도와는 다른 태도가 나타난다.

② 〈제3수〉의 '너를 좇으려' 했던 태도는 〈제8수〉에서 '출'하는 모습으로 실현되어 나타난다.

③ 〈제8수〉의 '이것을 즐기나니'에는 〈제1수〉의 '이 두 일'을 더 이상 추구하지 않겠다는 의도가 드러난다.

④ 〈제13수〉의 '달 아래 누'운 모습에는 〈제3수〉에서 '절로 한가하였'던 삶으로 되돌아가고 싶어 하는 태도가 나타난다.

⑤ 〈제17수〉에서 '아무 덴들' 상관없다고 하는 화자의 생각은 〈제19수〉에서 '일념'으로 바뀌어 나타난다.

04

의리 와 이욕 을 중심으로 (나)를 이해한 내용으로 적절하지 않은 것은?

① 글쓴이는 겨릅을 얻은 것을 다행스럽게 여겼던 것은 자신이 '이욕'에 빠졌기 때문이라고 본다.
② 글쓴이는 아내가 자신에게 취서사에 가길 권한 것은 글쓴이가 '이욕'에 빠지게 될 줄 몰랐기 때문이라고 본다.
③ 글쓴이는 겨릅을 얻도록 상사공이 자신을 도와준 것은 글쓴이가 '의리'를 해칠 것을 걱정했기 때문이라고 본다.
④ 글쓴이는 취서사에 가는 것을 유택이 반대한 것은 글쓴이를 아껴 '의리'를 해치지 않기를 바랐기 때문이라고 본다.
⑤ 글쓴이는 겨릅을 구하러 가는 것에 유평이 동의한 것은 그 일이 '이욕'에 빠지는 것은 아니라고 생각했기 때문이라고 본다.

05

〈보기〉를 참고하여 (가), (나)를 감상한 내용으로 적절하지 않은 것은? [3점]

> 보기
>
> (가)와 (나)에는 작가가 유학자로서의 신념을 바탕으로 자신이 선택한 가치를 추구하는 삶이 나타난다. (가)에는 출사와 은거 사이에서의 고민과 그 해소 과정이, (나)에는 경제적 문제로 인해 곤란을 겪은 상황에 대한 성찰이 나타난다. 한편 (나)는 세속적 가치를 떨치지 못해 과오를 저질렀던 상황이 나타난다는 점에서 (가)와 차이를 보인다.

① (가)의 '부귀 위기라 가난하게 살리로다'에서 자신이 선택한 가치를 추구하려는 작가의 태도를 엿볼 수 있군.
② (나)의 '궁해도 의를 잃지 않는다.'에서 작가가 추구하는 유학자로서의 신념을 엿볼 수 있군.
③ (가)의 '세상에 티끌 마음이 일호말도 없다'에서 세속적 가치에 구애되지 않은 모습을, (나)의 '버리고 돌아오지 못하였다'에서 세속적 가치를 떨치지 못한 모습을 엿볼 수 있군.
④ (가)의 '도무지 할 일 없어'에서 출사하지 못한 것에 대해 고민하는 모습을, (나)의 '시끌벅적하게 뒤섞여 밟아 대'는 모습에서 경제적 문제로 곤란을 겪는 상황을 확인할 수 있군.
⑤ (가)의 '도가 어찌 다르리'에서 출사와 은거 사이에서의 고민이 해소되었음을, (나)의 '의를 잃'은 것에 대해 '이후에는 마땅히 조심'하겠다는 다짐에서 성찰적 태도를 확인할 수 있군.

갈래 복합 07

2023학년도 수능

공부한 날	월	일
목표 시간	분	초
시작 :	종료 :	
소요 시간	분	초

작가 (가) 문학 (다) 국어 문학

01-05 다음 글을 읽고 물음에 답하시오.

(가)

이런들 어떠하며 저런들 어떠하료
초야우생(草野愚生)이 이렇다 어떠하료
하물며 **천석고황(泉石膏肓)**을 고쳐 므슴하료 〈제1수〉

연하(烟霞)로 **집을 삼고** 풍월(風月)로 **벗을 삼아**
태평성대에 병으로 늙어 가네
이 중에 바라는 일은 **허물이나 없고자** 〈제2수〉 [A]

춘풍(春風)에 화만산(花滿山)하고 추야(秋夜)에 월만대(月滿臺)라
사시 가흥(佳興)이 **사람과 한가지라**
하물며 어약연비(魚躍鳶飛) 운영천광(雲影天光)이야 어느 끝이 있으리 〈제6수〉

– 이황, 「도산십이곡」

(나)

산가(山家) 풍수설에 동구 못이 좋다 할새
십 년을 경영하여 한 땅을 얻으니
형세는 좁고 굵은 암석은 많고 많다
옛 길을 새로 내고 **작은 연못** 파서
활수*를 **끌어 들여** 가는 것을 **머물게 하니**
맑은 거울 **티 없어 산 그림자** 잠겨 있다 [B]
천고(千古)에 황무지를 아무도 모르더니
일조(一朝)에 진면목을 **내 혼자 알았노라**
처음의 이 내 뜻은 물 머물게 할 뿐이더니
이제는 돌아보니 **가지가지 다 좋구나**
백석은 치치(齒齒)하여 은도로 새겨 있고
벽류는 콸콸 흘러 옥 술잔을 때리는 듯
첩첩한 산들은 좌우의 병풍이요
빽빽한 소나무는 전후의 울타리로다
구곡 상하대는 층층이 둘러 있고
삼경(三逕) 송국죽(松菊竹)은 줄지어 벌여 있다
하물며 바위 벼랑 높은 위에 노송이 용이 되어 구부려 누웠거늘
운근(雲根)을 베어 내고 ㉠작은 정자 붙여 세워
띠 풀로 지붕 이고 자르지 않으니 이것이 어떤 집인가
남양의 제갈려인가 무이의 와룡암인가*
다시금 살펴보니 필굉 위언의 그림의 것이로다
무릉도원을 예 듣고 못 봤더니
이제야 알겠구나 이 진짜 거기로다

– 김득연, 「지수정가」

*활수: 흐르는 물.
*남양의 제갈려, 무이의 와룡암: 옛 현인이 은거한 거처.

(다)

내 초로의 어느 가을날, 나는 겸재가 동해안을 따라 내려가면서 동해 승경을 화폭에 옮겼던 월송정, 망양정, 청간정, 성류굴을 일삼아 떠돌아다녔다. 망양정은 옛 기성면의 바닷가에서 지금의 근남면 산포리로 옮겨 세운 지가 140여 년이 넘어, 기성면의 ㉡옛 망양정 자리는 도로 공사로 단애의 허리가 잘리워 나가, 바닷물은 단애 끝으로부터 멀찌감치 쫓겨났고 그 사이는 시멘트 칠갑이 되어 있었다. 정자 터는 사방이 깎여져 나갔고 화폭 속의 소나무 숲도 베어져 버린 채, 그 언덕은 그저 무의미한 흙더미로 변해 있었다. 마을의 고로(古老)들도 그곳에 들어서 있던 정자를 본 일은 없었고, 다만 그들의 증조나 고조로부터 전해 오는 구전에 의해 그 흙더미가 망양정 옛터였음을 옮길 뿐이었다.

겸재의 화폭을 마음속에 앞세우고 겸재 실경산수(實景山水)의 자리를 찾을 적에 그곳에 옛 정자가 이미 오래전에 없어져 버린 그 허전한 사태는 그다지 허전하지 않았다. 왜 그런가. 현실 속의 정자에 오르면 화폭 속의 정자는 보이지 않는다. 육신의 눈을 앞세워 정자를 찾아오는 자에게는 풍경 전체 속에서 인간세의 위치와 규모를 대표하는 상징으로서의 정자는 보이지 않는다.

(중략)

[C] **먼 산을 그릴 때** 그는 그 산과 인간 사이의 거리를 그리는 것이 아니라, **그 거리를 들여다보는 시선의 깊이를 그린다.** 먼 것들은 원근상의 거리에 의해 격리되는 것이 아니라, 깊이에 의해 자리 잡는다. 겸재의 화폭 속에서 풍경은 **가깝다는 이유만으로 사실성을 부여받지 않**고 또 멀다는 이유만으로 사실성을 박탈당하지 않는다. 대체로 그의 그림 속에서는 **인간과 인간에 직접 관련된 것들**–정자, 집, 배, 나귀, 가마, 화분, 성곽 같은 것들이 **비교적 명료한 사실성을 띠**고 있지만, 그 사실성은 원근에 의해 정립되는 사실성이 아니라, **세계를 관찰하는 인간과의 관계 속**에서 **정립**되는 사실성이다.

– 김훈, 「겸재의 빛」

01

(가)~(다)의 공통점으로 가장 적절한 것은?

① 대상에 주목하여 대상과 관련된 가치를 추구하는 자세를 나타내고 있다.
② 부정적인 현실을 비판하며 좌절을 극복하려는 의지를 부각하고 있다.
③ 현실을 통찰하며 관용적 삶에 대한 지향을 보여 주고 있다.
④ 계절감을 활용하여 환경의 다양한 변화를 표현하고 있다.
⑤ 가상의 상황을 제시하여 환상적 분위기를 강화하고 있다.

02

[A], [B]에 대한 설명으로 적절하지 않은 것은?

① [A]의 〈제1수〉 초장은 유사한 어휘의 반복을 통해 리듬감을 형성하고 있다.
② [A]의 〈제2수〉 초장은 〈제1수〉 종장의 시상을 이어받아 자연 친화적인 모습을 드러내고 있다.
③ [B]에서는 '산 그림자'가 담긴 '작은 연못'의 경관을 묘사하여 깨끗한 자연의 형상을 보여 주고 있다.
④ [A]의 '집을 삼고'와 '벗을 삼아'는 화자와 대상의 가까운 관계를, [B]의 '끌어 들여'와 '머물게 하니'는 화자가 대상을 가까이하려는 행동을 제시하고 있다.
⑤ [A]의 '허물이나 없고자'는 미래에 대한 화자의 바람을, [B]의 '티 없어'는 대상을 관찰하기 전에 나타난 화자의 심리를 표현하고 있다.

03

〈보기〉를 바탕으로 (가), (나)를 이해한 내용으로 적절하지 않은 것은? [3점]

> 보기
>
> 「도산십이곡」에서 강호는 자연의 이치와 인간이 지향하는 이치가 일치된 이상적 공간으로, 「지수정가」에서 강호는 자연에서 생활하면서 자연의 가치를 새롭게 발견할 수 있는 공간으로 나타난다. 「도산십이곡」에서는 조화로운 자연과 합일하는 화자가 등장하며, 「지수정가」에서는 자연의 구체적인 모습을 묘사하며 자연의 가치를 확인한 화자가 등장한다.

① (가)의 '초야우생'은 인간이 지향하는 이치와 자연의 이치가 일치된 공간에 존재하는 화자가 스스로를 이르는 말이겠군.
② (나)의 '내 혼자 알았노라'는 자연에서 생활하면서 자연의 가치를 발견한 화자의 심정을 드러내는 말이겠군.
③ (가)의 '천석고황'은 이상적 공간에 다다르지 못한 것에 대한 화자의 아쉬움이, (나)의 '무릉도원'은 현실적 공간을 이상적 공간으로 바라보는 화자의 인식이 나타난 말이겠군.
④ (가)의 '사람과 한가지라'는 자연의 이치와 인간이 지향하는 이치가 다르지 않음을 확인한 화자의 인식이, (나)의 '가지가지 다 좋구나'는 자연의 가치를 확인한 화자의 심정이 나타난 말이겠군.
⑤ (가)의 '춘풍에 화만산하고 추야에 월만대라'는 계절의 양상을 통해 조화로운 자연을, (나)의 '벽류는 콸콸 흘러 옥 술잔을 때리는 듯'은 화자가 발견한 자연의 아름다운 모습을 드러낸 말이겠군.

04

㉠과 ㉡을 이해한 내용으로 가장 적절한 것은?

① ㉠은 화자가 노력을 기울여 만든 인공물이고, ㉡은 글쓴이가 의도하지 않게 찾아낸 장소이다.
② ㉠은 현실에서 명예를 실현하려는 의지를, ㉡은 현실에서 편의를 실현한 결과를 보여 준다.
③ ㉠은 화자에게 만족하며 머무르는 삶에 대해, ㉡은 글쓴이에게 허전하지 않은 이유에 대해 생각하게 한다.
④ ㉠은 화자에게 일상적인 유용성을 상실한 공간이고, ㉡은 글쓴이에게 본래적인 유용성을 상실한 공간이다.
⑤ ㉠은 화자에게 자신의 삶을 가다듬는 역할을 수행하고, ㉡은 글쓴이에게 자신의 삶을 비판하는 계기로 작용한다.

05

〈보기〉를 바탕으로 [C]를 읽은 독자의 반응으로 적절하지 않은 것은?

보기

겸재는 산을 그리면서도 뺄 건 빼고 과장할 것은 과장하면서 필요한 경우에는 자리를 옮겨 가면서까지 자신이 생각하는 구도로 풍경을 재구성하였다. 한 폭의 그림 속에서 물과 바다, 하늘과 땅, 그리고 정자와 인간을 포함한 모든 대상이 화가의 시선에 의해 재구성되어 회화의 구도상 의미를 지닌 자리에 놓일 때야말로 진정한 그림의 요체가 드러나기 때문에, 겸재의 그림은 실물과 똑같이 그리는 것이 능사가 아니라는 점을 증명하고 있다.

① '먼 산을 그릴 때' 그 거리에 집착하지 않는 까닭은, 실물과 똑같이 그리는 것이 능사가 아니기 때문이겠군.
② '그 거리를 들여다보는 시선의 깊이를 그린다'는 뜻은, 화가가 자신의 시선으로 풍경을 재구성하는 작업이 중요하다는 의미이겠군.
③ '가깝다는 이유만으로 사실성을 부여받지 않'는 까닭은, 대상을 표현할 때 뺄 건 빼고 과장할 것은 과장할 수 있다는 화가의 생각 때문이겠군.
④ '인간과 인간에 직접 관련된 것들'을 '비교적 명료한 사실성을 띠'도록 그린다는 뜻은, 대상을 회화의 구도상 의미를 지닌 자리로 옮겨 풍경의 원근감을 보이는 그대로 실현해야 한다는 의미이겠군.
⑤ '세계를 관찰하는 인간과의 관계 속'에서 사실성이 '정립'되는 까닭은, 화가의 의도에 따라 풍경을 재구성하는 창작 작업을 통해 그림의 요체가 드러나기 때문이겠군.

갈래 복합 08

2023학년도 9월 모의평가

공부한 날		월	일
목표 시간		분	초
시작	:	종료	:
소요 시간		분	초

작가 (나) 국어 문학 (다) 국어 문학

01-06 다음 글을 읽고 물음에 답하시오.

(가)

아아 아득히 내 첩첩한 산길 왔더니라. **인기척 끊**이고 새도 짐승도 있지 않은 **한낮** 그 **화안한 골 길**을 다만 아득히 나는 머언 생각에 잠기어 왔더니라.

백화(白樺) 앙상한 사이를 바람에 백화같이 불리우며 물소리에 흰 돌 되어 씻기우며 나는 총총히 외롬도 잊고 왔더니라

살다가 오래여 삭은 장목들 흰 팔 벌리고 서 있고 풍설(風雪)에 깎이어 날선 봉우리 훌 훌 훌 창천(蒼天)에 흰 구름 날리며 섰더니라

쏴아 — 한종일내 — 쉬지 않고 부는 물소리 안은 바람소리…… **구월** 고운 낙엽은 날리어 푸른 담(潭) 위에 호르르르 낙화같이 지더니라.

어젯밤 잠자던 동해안 어촌 그 검푸른 밤하늘에 나는 장엄히 뿌리어진 허다한 **바다의 별들**을 보았느니,

이제 나의 이 **오늘밤** 산장에도 얼어붙는 바람 속 우러르는 나의 **하늘에 별들**은 쓸리며 다시 **꽃과 같이 난만(爛漫)하여라.**

– 박두진, 「별 – 금강산시 3」

(나)

사람들은 자기들이 길을 만든 줄 알지만
길은 순순히 **사람들의 뜻**을 좇지는 않는다 [A]
사람을 끌고 가다가 문득
벼랑 앞에 세워 **낭패**시키는가 하면
큰물에 우정 제 허리를 동강 내어
사람이 부득이 저를 버리게 만들기도 한다 [B]
사람들은 이것이 다 사람이 만든 길이
거꾸로 사람들한테 세상 사는
슬기를 가르치는 거라고 말한다 [C]
길이 사람을 밖으로 불러내어
온갖 곳 온갖 사람살이를 구경시키는 것도
세상 사는 이치를 가르치기 위해서라고 말한다
그래서 길의 뜻이 거기 있는 줄로만 알지
길이 사람을 밖에서 안으로 끌고 들어가
스스로를 깊이 들여다보게 한다는 것은 모른다 [D]
길이 밖으로가 아니라 안으로 나 있다는 것을
아는 **사람**에게만 **길**은 고분고분해서
꽃으로 제 몸을 수놓아 향기를 더하기도 하고 [E]
그늘을 드리워 사람들이 땀을 식히게도 한다
그것을 알고 나서야 **사람들**은 비로소
자기들이 길을 만들었다고 말하지 않는다 [F]

– 신경림, 「길」

(다)

고요하니 즐거운 이 밤 초롱초롱 맑게 고인 샘물 같은 눈으로 나는 지금 **당신**께서 보내 주신 맑고 고운 수선화 한 폭을 들여다봅니다. 들여다보노라니 그윽한 향기와 새파란 꿈이 안개같이 오르고 또 노란 슬픔이 연기같이 오릅니다. 나는 이제 이 긴긴 밤을 당신께 이 **노란 슬픔의 이야기**나 해서 보내도 좋겠습니까.

남쪽 바닷가 어떤 낡은 항구의 처녀 하나를 나는 좋아하였습니다. 머리가 까맣고 눈이 크고 코가 높고 목이 패고 키가 호리낭창하였습니다.

(중략)

어느 해 유월이 저물게 **실비 오는 무더운 밤**에 처음으로 그를 안 나는 여러 아름다운 것에 그를 견주어 보았습니다 — 당신께서 좋아하시는 산새에도 해오라비에도 또 진달래에도 그리고 산호에도……. 그러나 나는 어리석어서 아름다움이 닮은 것을 골라낼 수 없었습니다.

총명한 내 친구 하나가 그를 비겨서 수선이라고 하였습니다. 그제는 나도 기뻐서 그를 비겨 수선이라고 하였습니다. 그러한 나의 수선이 시들어 갑니다. 그는 스물을 넘지 못하고 또 **가슴의 병**을 얻었습니다. 이 이야기는 이만하고 나의 노란 슬픔이 더 떠오르지 않게 나는 당신의 보내 주신 맑고 고운 수선화의 폭을 치워 놓아야 하겠습니다.

밤이 **아직 샐 때가** 멀고 또 복밥을 먹을 때도 아직 되지 않았습니다. 이제 나는 어머니의 바느질 그릇이 있는 데로 가서 무새 헝겊이나 얻어다가 알룩달룩한 각시나 만들면서 **이 남은 밤**을 당신께서 좋아하실 내 시골 **육보름*** 밤의 이야기나 해서 보내도 좋겠습니까.

육보름으로 넘어서는 밤은 집집이 안간으로 사랑으로 웃간에도 맏웃간에도 다락방에도 허텅에도 고방에도 부엌에도 대문간에도 외양간에도 모두 째듯하니 불을 켜 놓고 복을 맞이하는 밤입니다. 달 밝은 마을의 행길 어데로는 **복덩이가 돌아다닐 것도 같은 밤**입니다. 닭이 수잠을 자고 개가 밤물을 먹고 도야지깃을 들썩이는 밤입니다. **새악시 처녀들**은 새 옷을 입고 복물을 긷는다고 벌을 건너기도 하고 고개를 넘기도 하여 부잣집 우물로 가서 반동이에 옹패기에 찰락찰락 물을 길어 오며 별 같은 이야기를 **자깔자깔** 하는 밤입니다. 새악시 처녀들은 또 복을 가져오노라고 달을 보고 웃어 가며 살괭이같이 여우같이 **부잣집**으로 가서는 날쌔기도 하게 기왓골의 **기왓장을 벗겨 오**고 부엌의 솥뚜껑을 들어 오고 곱새담의 짚날을 뽑아 오고……. 이렇게 **허물없는 즐거움** 속에 **끼득깨득** 하는 그들은 산에서 내린 무슨 암짐승이 되어 버리는 밤입니다.

– 백석, 「편지」

* 육보름: 정월 대보름 다음날.

01

(가)~(다)의 공통점으로 가장 적절한 것은?

① 빗대어 표현하는 방식으로 대상의 속성을 드러내고 있다.
② 과거를 회상하는 방식으로 현재의 의미를 나타내고 있다.
③ 영탄적인 어조로 대상에서 촉발된 인상을 표현하고 있다.
④ 예스러운 종결 표현으로 고풍스러운 느낌을 자아내고 있다.
⑤ 계절감을 드러내는 표현으로 시간의 경과를 보여 주고 있다.

02

〈보기〉를 참고하여 (가), (나)를 감상한 내용으로 적절하지 않은 것은? [3점]

보기

(가)에서 화자는 금강산으로 가는 길에서 만난 자연의 모습을 자신의 내면에 투영하여 형상화하고 있다. 자연의 외적 모습을 바라보는 데 그치지 않고 주관적 대상으로 묘사하여, 화자와 자연의 정서적 교감을 드러낸다.

(나)에서 화자는 길에 대한 사람들의 생각이 자신의 관점에만 치우쳐 있어서 내면의 길을 찾지 못하고 있음을 일깨우고 있다. '밖'과 '안'을 대비하여 내적 성찰의 중요성을 이끌어 내는 길의 상징적 의미를 진술함으로써, 길에 대해 사람들이 깨달음을 얻어 가는 과정을 보여 준다.

① (가)는 '화안한 골 길'과 '백화 앙상한 사이'를 통해, 화자가 여정 속에서 만난 자연의 모습을 묘사하고 있군.
② (가)는 '바다의 별들'과 '하늘에 별들'을 통해, 화자의 내면에 투영된 자연에 대한 주관적 인상을 형상화하고 있군.
③ (나)는 '벼랑 앞에'서 '낭패'를 겪는 사람들의 상황을 보여 줌으로써, 자신의 관점으로만 길을 이해한 사람들을 일깨우려 하고 있군.
④ (나)는 '세상 사는 이치'에서, 내면의 길을 찾아내어 내적 성찰을 이끌어 낸 사람들의 생각을 담아내고 있군.
⑤ (가)는 '꽃과 같이 난만하여라'에서, (나)는 '꽃으로 제 몸을 수놓아 향기를 더하기도 하고'에서, 대상에 대한 화자의 긍정적인 태도를 엿볼 수 있군.

03

(가), (다)에 대한 이해로 가장 적절한 것은?

① (가)의 '구월'은 화자의 고뇌가 심화되는 시간으로 볼 수 있다.
② (다)의 '고요하니 즐거운 이 밤'은 '당신'과의 재회에 대한 기대감이 고조되는 시간으로 볼 수 있다.
③ (가)의 '어젯밤'은 화자가, (다)의 '복덩이가 돌아다닐 것도 같은 밤'은 글쓴이가 고독감을 느끼는 시간으로 볼 수 있다.
④ (가)의 '오늘밤'은 화자가 고향에 대한 기억을 되살리는, (다)의 '실비 오는 무더운 밤'은 글쓴이가 지난날을 후회하는 계기로 볼 수 있다.
⑤ (가)의 '인기척 끊긴 '한낮'은 화자가 생각에 잠길 만한, (다)의 '아직 샐 때가' 먼 '이 남은 밤'은 글쓴이가 이야기를 계속할 만한 시간으로 볼 수 있다.

04

(가)에 대한 이해로 적절하지 않은 것은?

① 1연에서 '아득히', '왔더니라'를 반복하여, '첩첩한 산길'과 '머언 생각에 잠기'는 화자의 내면을 조응시키고 있다.
② 2연의 '물소리에 흰 돌 되어 씻기우며'에서, 자연과의 관계에서 느끼는 화자의 정서를 드러내고 있다.
③ 3연의 '오래여 삭은 장목들'과 '풍설에 깎이어 날선 봉우리'를 통해, 자연의 유구함에서 풍기는 분위기를 표상하고 있다.
④ 3연의 '훌 훌 훌', 4연의 '쏴아', '호르르르'와 같은 표현으로, 자연의 풍경을 생동감 있게 형상화하고 있다.
⑤ 5연의 '동해안'과 6연의 '산장'이라는 공간의 대조를 통해, 장소의 이동에 따른 화자의 태도 변화를 부각하고 있다.

05

[A]~[F]에 대한 이해로 적절하지 않은 것은?

① [A]에서 '길'이 '사람들의 뜻'을 좇지 않는다는 진술의 구체적인 양상을 [B]에서 확인할 수 있다.
② [B]에서의 경험을 [C]에서 '사람들'이 어떻게 수용하는지를 밝히고 있다.
③ [C]의 '사람들'이 미처 깨닫지 못한 바가 무엇인지를 [D]에서 밝히고 있다.
④ [E]와 같이 제 뜻을 굽혀 '사람'에게 복종하는 '길'의 모습은 [B]와 대비되고 있다.
⑤ [F]에서 깨달음을 얻은 '사람들'의 태도는 [A]의 '사람들'의 태도와 대비되고 있다.

06

〈보기〉를 참고하여 (다)를 감상한 내용으로 적절하지 않은 것은?

보기

'당신'에게 쓰는 편지 형식의 이 수필에서 글쓴이는 개인적 경험과 공동체적 경험으로 대비되는 두 가지 이야기를 들려준다. 수선화에서 연상된 이야기가 글쓴이에게 슬픔을 환기하는 기억이라면, 고향의 풍속 이야기는 일탈이 용인되는 유쾌한 축제로 그려진다. 이를 통해 독자는 슬픔과 즐거움이라는 삶의 양면성을 경험하게 된다.

① 글쓴이가 '당신'에게 말하는 형식으로 되어 있어 독자는 자신이 편지의 수신인이 된 것처럼 친근함을 느낄 수 있겠군.
② '노란 슬픔의 이야기'는 '가슴의 병'을 얻은 여인과 관련된 개인적 경험으로 볼 수 있겠군.
③ '육보름'에 대한 '당신'과 글쓴이의 경험을 대비한 것은 삶의 양면성을 보여 주려는 의도로 볼 수 있겠군.
④ '부잣집'의 '기왓장을 벗겨 오'는 '새악시 처녀들'의 행동은 축제 같은 분위기 속에 일시적으로 용인된 것이겠군.
⑤ '자깔자깔', '끼득깨득'과 같은 음성 상징어에서 '새악시 처녀들'의 '허물없는 즐거움'과 쾌감을 느낄 수 있겠군.

갈래 복합 09

2023학년도 6월 모의평가

공부한 날		월	일
목표 시간		분	초
시작 :	종료 :		
소요 시간		분	초

작가 (다) 국어 문학

01-06 다음 글을 읽고 물음에 답하시오.

(가)

강호에 봄이 드니 이 몸이 일이 많다
나는 그물 깁고 아이는 밭을 가니
뒷 뫼에 엄기는 약을 **언제** 캐려 하나니 〈제1수〉

삿갓에 도롱이 입고 세우(細雨) 중에 호미 메고
산전을 흩매다가 **녹음**에 누웠으니
목동이 우양을 몰아다가 **잠든 나**를 깨와다 〈제2수〉

대추 볼 붉은 골에 밤은 어이 떨어지며
벼 벤 그루에 게는 어이 내리는고
술 익자 체 장수 **돌아가니** 아니 먹고 어이리 〈제3수〉

뫼에는 **새** 다 긏고 들에는 갈 이 없다
외로운 배에 삿갓 쓴 **저 늙은이**
낚대에 맛이 깊도다 눈 깊은 줄 아는가 〈제4수〉

– 황희, 「사시가」

(나)

건곤이 얼어붙어 삭풍이 몹시 부니
하루 쬔다 한들 열흘 추위 어찌할꼬
은침을 빼내어 **오색실** 꿰어 놓고
임의 터진 옷을 깁고자 하건마는
㉠ 천문구중(天門九重)에 갈 길이 아득하니
아녀자 깊은 정을 임이 **언제** 살피실꼬
㉡ 음력 섣달 거의로다 새봄이면 늦으리라
동짓날 자정이 지난밤에 **돌아오니**
만호천문(萬戶千門)이 차례로 연다 하되
자물쇠를 굳게 잠가 **동방(洞房)**을 닫았으니
눈 위에 서리는 얼마나 녹았으며
뜰 가의 매화는 몇 송이 피었는고
㉢ 간장이 다 썩어 넋조차 그쳤으니
천 줄기 원루(怨淚)는 피 되어 솟아나고
반벽청등(半壁靑燈)은 빛조차 어두워라
황금이 많으면 매부(買賦)나 하련마는
㉣ 백일(白日)이 무정하니 뒤집힌 동이에 비칠쏘냐
평생에 쌓은 죄는 다 나의 탓이로되
언어에 공교 없고 눈치 몰라 다닌 일을
풀어서 헤여 보고 다시금 생각거든
조물주의 처분을 누구에게 물으리오
사창 매화 달에 가는 한숨 다시 짓고
㉤ 은쟁(銀箏)을 꺼내어 원곡(怨曲)을 슬피 타니
주현(朱絃) 끊어져 다시 잇기 어려워라
차라리 죽어서 **자규**의 넋이 되어
밤마다 이화에 피눈물 울어 내어
오경에 잔월(殘月)을 섞어 **임의 잠**을 깨우리라

– 조우인, 「자도사」

(다)

그 집은 **그 집 아이들**에게 작은 우주였다. 그곳에는 많은 비밀이 있었다. 자연 속에는 눈에 보이는 것 말고도 눈에 보이지 않는 무한한 비밀이 감춰져 있었다. 그는 그 집에서 크면서 자연 속에 감춰진 [비밀들]을 깨달아 갔다.

석양의 북새, 혹은 **낮게 깔리는 굴뚝 연기**를 보고 그는 비설거지를 했다. 그런 다음 날은 틀림없이 **비**가 올 것이므로. 비가 온 날 저녁에는 또 지렁이가 밤새 운다는 것을 그는 알고 있었다. 똑또르 똑또르 하는 지렁이 울음소리. 냄새와 소리와 맛과 색깔과 형태 들이 그 집에서는 선명했다. 모든 것들이 말이다. 왜냐하면 봄과 여름과 가을과 겨울과 아침과 낮과 저녁과 밤이 그 집에서는 뚜렷했으므로. 자연이 그러한 것처럼 사람들의 삶이 명료했다.

이제 그 집을 떠난 그에게는 모든 것이 불분명하다. 아침과 저녁이 불분명하고 사계절이 불분명하고 오감이 불분명하다. 병원에서 태어나 수십 군데 이사를 다니고 나서 겨우 장만한 **아파트. 그 사각진 콘크리트 벽 속**에 살고 있는 **그의 아이**는 **여름에 긴팔 옷을 입고 겨울에 반팔 옷을 입는**다.

돈은 은행에서 나고 먹을 것은 슈퍼에서 나는 것으로 아는 아이는, 수박이 어느 계절의 과일인지 분간하지 못하는 아이는 그래서 봄 여름 가을 겨울을 알지 못한다. 아침 저녁의 냄새와 소리와 맛과 형태와 색깔이 어떻게 다른지 알지 못한다.

어머니의 부음을 듣고 그는 그가 나고 성장한 그 노란 집으로 갔다. 팔 남매를 낳고 기르느라 조그마해질 대로 조그마해진 어머니는 바로 자신의 아이들을 낳았던 그 자리에 자신의 몸을 부려 놓고 있었다.

그 집, 노란 그 집에 **탄생과 죽음**이 있었다. 그 집 안주인의 죽음 이후 그 집은 적막해졌다. 아무도 그 집에 들어와 살지 않을 것이며 누구도 아이를 그 집에서 낳지 않을 것이며 그러므로 죽음 또한 그 집에서는 일어나지 않을 것이다. 그 집의 역사는 그렇게 끝이 난 것이다.

우리들의 어머니의 죽음과 함께 조왕신과 성주신이 살지 않는 우리들의 집은 이제 적막하다. 더 이상의 탄생과 죽음이 없는 우리들의 집은 쓸쓸하다.

우리는 오늘 밤도 쓸쓸한 집으로 돌아들 간다.

– 공선옥, 「그 시절 우리들의 집」

01

(가)~(다)의 공통점으로 가장 적절한 것은?

① 어조의 변화를 통해 긴장감을 조성하고 있다.
② 자연과 인간의 대비를 통해 세태를 비판하고 있다.
③ 대상과의 문답을 통해 주제 의식을 부각하고 있다.
④ 초월적 공간을 설정하여 고조된 감정을 드러내고 있다.
⑤ 시간을 나타내는 표현을 활용하여 내용을 전개하고 있다.

02

(가)의 시상 전개에 대한 설명으로 가장 적절한 것은?

① 〈제1수〉의 초장, 중장은 풍경 묘사이고, 종장은 이에 대한 감상의 표현이다.
② 〈제2수〉의 초장, 중장은 인물의 행위가 순차적으로 나열된 것이다.
③ 〈제2수〉의 초장과 중장에 있는 인물의 행위는 〈제3수〉의 초장에서 그 결과로 나타난다.
④ 〈제3수〉의 초장의 장면은 중장과 인과적 관계로 연결된다.
⑤ 〈제4수〉의 초장의 동적인 분위기는 중장의 정적인 분위기로 전환된다.

03

〈보기〉에 따라 (나)의 ㉠~㉤을 이해한 내용으로 적절하지 않은 것은?

보기

> **선생님:** 이 작품의 제목에 쓰인 '자도(自悼)'는 '자신을 애도한다'는 뜻으로, 죽음에 견줄 만큼의 극단적인 슬픔을 드러낸 것입니다. 이 점에 주목하여 작품을 읽어 봅시다.

① ㉠을 통해, 임과 만날 가능성이 희박하다는 비관적 인식이 자신을 애도하게 만든 배경임을 알 수 있어요.
② ㉡을 통해, 새봄을 맞이하여 이별의 슬픔을 극복하기 위해 마음을 다잡으려 노력하고 있음을 알 수 있어요.
③ ㉢을 통해, 임에 대한 사무치는 그리움이 너무나 커서 자신을 애도할 수밖에 없는 상황임을 알 수 있어요.
④ ㉣을 통해, 무정한 임 때문에 자신의 처지가 바뀔 가능성이 없음을 깨닫고 좌절감을 느끼고 있음을 알 수 있어요.
⑤ ㉤을 통해, 임을 향한 원망의 마음을 음악으로 표현하여 내면의 슬픔을 토로하고 있음을 알 수 있어요.

04

(가)와 (나)의 시어에 대한 이해로 가장 적절한 것은?

① (가)의 '녹음'은 평온한 분위기의, (나)의 '동방'은 암울한 분위기의 장소이다.
② (가)의 '언제'는 미래의 어느 시기를, (나)의 '언제'는 과거의 어느 시기를 가리킨다.
③ (가)의 '새'와 (나)의 '자규'는 모두 화자의 감정이 이입된 대상물이다.
④ (가)의 '잠든 나'의 '잠'과 (나)의 '임의 잠'은 모두 꿈을 통해서라도 소망을 실현하기 위한 매개이다.
⑤ (가)의 '돌아가니'와 (나)의 '돌아오니'는 모두 화자가 새로운 상황에 기대감을 갖는 계기이다.

05

비밀들을 중심으로 (다)를 이해한 내용으로 적절하지 않은 것은?

① '그 집'을 떠난 후 그의 오감이 불분명한 것은 비밀들이 그의 '아파트'에 감춰져 있기 때문이다.

② '그 집 아이들'은 '그 집'에서 '낮게 깔리는 굴뚝 연기'에 감춰진 '비'에 관한 비밀들을 깨달을 수 있었다.

③ '그의 아이'가 '여름에 긴팔 옷을 입고 겨울에 반팔 옷을 입는' 것은 비밀들을 모르고 살아가는 모습을 보여 준다.

④ '그 집'의 역사가 어머니의 죽음 후 끝났다고 한 것은 비밀들과 함께할 사람들의 '탄생과 죽음'이 사라졌기 때문이다.

⑤ '그 사각진 콘크리트 벽 속'에 사는 '그의 아이'는 비밀들을 알아차릴 줄 아는 감각을 익히지 못해 삶이 불분명하다.

06

〈보기〉를 참고하여 (가)~(다)를 감상한 내용으로 적절하지 않은 것은? [3점]

> 보기
>
> 시조, 가사, 수필에서 작가는 대개 1인칭으로 나타나므로 작가 정보를 활용하면 작품을 더 풍부하게 해석할 수 있다. 그런데 작가는 자신을 다른 인물로 상정하여 표현하기도 한다. 이 경우에도 작가를 그 인물에 투영해서 읽을 수 있다. (가)는 작가가 나이 들어 벼슬에서 물러나 전원에서 생활하며 지은 시조라는 점, (나)는 작가가 임금에게 충언하는 시를 쓴 죄로 옥에 갇혔을 때 지은 가사라는 점, (다)는 작가가 시골에서 성장한 경험을 반영하여 쓴 수필이라는 점을 고려하여 작품을 해석할 수 있다.

① (가)의 '저 늙은이'가 작가라면, 전체적으로 이 작품은 연로한 작가가 느끼는 전원생활의 흥취를 드러낸 것이겠군.

② (가)의 '저 늙은이'가 작가가 아니라면, 〈제4수〉는 '낚대'의 깊은 맛에 몰입하며 '나'와는 달리 한가롭게 지내는 인물에 대한 심리적 거리감을 드러낸 것이겠군.

③ (나)의 '아녀자'가 작가라면, 이 작품은 '은침'과 '오색실'로 '임의 터진 옷'을 깁는 상황을 설정하여 임금에 대한 곧은 충심을 표현한 것이겠군.

④ (다)의 '그'가 작가라면, 이 작품은 '그 집'에서 성장하고 떠났던 자신의 경험을 타인의 것처럼 전달함으로써 개인적인 경험에 거리를 두고 객관화하여 표현한 것이겠군.

⑤ (다)의 '우리들'에 작가 자신이 포함되므로, 이 작품은 작가 자신의 개인적 경험을 확장하여 유사한 경험을 가진 독자들의 공감을 이끌어 내려 한 것이겠군.

Ⅱ 고전 시가

고전 시가 01

2025학년도 수능

공부한 날		월	일
목표 시간		분	초
시작 :		종료 :	
소요 시간		분	초

01-03 다음 글을 읽고 물음에 답하시오.

(가)

어져 어져 저기 가는 저 사람아
네 행색을 보아 하니 군사 도망 네로구나
허리 위로 볼작시면 베적삼이 깃만 남고
허리 아래 굽어보니 헌 잠방이 노닥노닥
곱장 할미 앞에 가고 전태발이 뒤에 간다
십 리 길을 하루 가니 몇 리 가서 엎어지리
내 고을의 양반 사람 타도 타관 옮겨 살면
천히 되기 상사여든 본토 군정(軍丁) 싫다 하고
자네 또한 도망하면 일국 일토(一土) 한 인심에
근본 숨겨 살려 한들 어데 간들 면할쏜가
차라리 네 살던 곳에 아무렇게나 뿌리박혀
칠팔월에 ㉠인삼 캐고 구시월에 돈피* 잡아
공채 신역 갚은 후에 그 나머지 두었다가
함흥 북청 홍원 장사 돌아들어 잠매할 때
후한 값에 팔아 내어 살기 좋은 넓은 곳에
가사 전토(家舍田土) 다시 사고 살림살이 장만하여
부모처자 보전하고 새 즐거움 누리려무나
어와 생원인지 초관인지
그대 말씀 그만두고 **이내** 말씀 들어 보소
이 내 또한 갑민(甲民)*이라 이 땅에서 생장하니 이때 일을 모를쏘냐
우리 조상 남쪽 양반 진사 급제 계속하여
금장 옥패 빗기 차고 시종신을 다니다가
시기인의 참소 입어 변방으로 쫓겨 와서
국내 변방 이 땅에서 칠팔 대를 살아오니
조상 덕에 하는 일이 읍중 구실 첫째로다
들어가면 좌수 별감 나가서는 풍헌 감관
유사 장의 채지 나면 체면 보아 사양터니
애슬프다 내 시절에 원수인의 모해로써
군사 강정 되단 말가 내 한 몸이 헐어 나니
좌우전후 수다 일가 차차 충군(充軍) 되것고야
조상 제사 이내 몸은 하릴없이 매여 있고
시름없는 친족들은 자취 없이 도망하고
여러 사람 모든 신역 내 한 몸에 모두 무니
한 몸 신역 삼 냥 오 전 돈피 두 장 의법이라
열두 사람 없는 구실 합쳐 보면 사십육 냥
해마다 맡아 무니 석숭*인들 당할쏘냐

– 작자 미상, 「갑민가」

*돈피: 담비 가죽.
*갑민: 갑산의 백성.
*석숭: 중국 진나라 때의 부자.

(나)

녹양방초 언덕에 소 먹이는 **아희**들아
앞내 ㉡고기 뒷내 고기를 다 몽땅 잡아내 다래끼*에 넣어 주거든 네 소 궁둥이에 얹어다가 주렴
우리도 서주(西疇)*에 일이 많아 바삐 가는 길이매 가 전할동 말동 하여라

– 작자 미상

*다래끼: 물고기나 작은 물건 등을 넣는 바구니.
*서주: 서쪽 밭.

01

(가)에 대한 설명으로 적절하지 않은 것은?

① 대구 표현으로 외양을 묘사하여 대상의 처지를 드러낸다.
② 행위의 실행을 가정하여 부정적 전망을 제시한다.
③ 의문의 표현을 사용하여 상대의 행적에 대해 의심한다.
④ 과거와 현재를 대비하여 악화된 처지를 보여 준다.
⑤ 구체적 수치를 제시하여 감당하기 힘든 현실을 드러낸다.

02

㉠, ㉡에 대한 이해로 가장 적절한 것은?

① ㉠은 ㉠을 언급하는 화자가 이주해 가려는 땅에서 재배할 약재이다.
② ㉡은 ㉡을 언급하는 화자가 말을 건네는 상대에게 노동의 대가로 주는 보상이다.
③ ㉠과 ㉡은 모두, 각각을 언급하는 화자가 유흥을 목적으로 구하려는 물품이다.
④ ㉠과 ㉡은 모두, 각각을 언급하는 화자가 획득하려면 상대의 도움이 필요한 대상이다.
⑤ ㉠과 ㉡은 모두, 각각을 언급하는 화자가 보기에 상대가 했으면 하는 행위의 대상이다.

03

〈보기〉를 참고하여 (가), (다)를 감상한 내용으로 적절하지 않은 것은? [3점]

> 보기
>
> 조선 후기의 가사나 사설시조에서는 입장이 다른 발화자가 등장하는 대화체를 사용해 작중 상황을 극의 한 장면처럼 만들기도 한다. 대화를 통해 사실성을 추구하는 작품의 경우, 구체적 소재와 다각적인 내용으로 그 시대 삶의 모습을 보여 준다. 대화를 통해 유희성을 보이는 작품의 경우, 대화가 논쟁, 의견 불일치 등 의외의 상황으로 전개되면서 재미가 생겨나며, 때로 등장하는 불완전한 표현은 이러한 작품이 내용 자체보다 대화의 전개 양상에 주목함을 보여 준다.

① (가)의 '그대'가 '자네'의 선택과 다른 권유를 함으로써 '자네'가 풀어낸 사연은, 당시 갑산 백성이 겪었음 직한 고통을 사실적으로 보여 주는군.
② (가)의 '이내' 말씀은 집안의 내력과 사회적 지위를 구체적으로 언급하며 사회의 부조리를 해결하자는 입장으로, '그대' 말씀과 의견이 일치하지 않는군.
③ (나)는 선행하는 화자의 요청에 대해 '우리'가 선행하는 화자의 기대에 어긋난 대답을 하면서 대화가 의외의 상황으로 펼쳐지는군.
④ (나)의 선행하는 화자가 '고기'를 누구에게 주라고 하는지 명시하지 않아 불완전한 표현이 된 것은 이 작품이 내용보다 대화의 전개 양상에 주목한다는 것을 드러내는군.
⑤ (가)의 '그대'는 길 가는 '자네'를, (나)의 선행하는 화자는 소 먹이는 '아희들'을 불러 말을 건네고 있어 작품의 상황이 극 중 장면처럼 보이는군.

고전 시가 02

2025학년도 9월 모의평가

공부한 날		월	일
목표 시간		분	초
시작 :		종료 :	
소요 시간		분	초

작가 (가) 국어 문학 (나) 국어 문학

01-03 다음 글을 읽고 물음에 답하시오.

(가)

풍파에 **일렁이던 배** 어디로 갔단 말인가
구름이 험하거늘 처음 나왔는가 어찌하여
허술한 배 두신 분네는 모두 조심하소서

\- 정철

(나)

심의산(深意山) 서너 바퀴 감돌아 휘돌아 들어
오뉴월 한낮에 살얼음 엉긴 위에 된서리 섞어 치고 **자취눈** 내렸거늘 보았는가 임아 임아
온 놈이 온 말을 하여도 **임**이 짐작하소서

\- 정철

(다)

아이야 구럭 망태 찾아라 서쪽 산에 날 늦겠다
밤 지낸 고사리 벌써 아니 자랐으랴
이 몸이 이 나물 아니면 조석(朝夕) 어이 지내리 〈제1수〉

아이야 도롱이 삿갓 차려라 동쪽 시내에 비 내린다
기나긴 낚싯대에 **미늘*** **없는 낚시** 매어
저 고기 놀라지 마라 내 흥 겨워하노라 〈제2수〉

아이야 죽조반(粥早飯) 다오 남쪽 논밭에 일 많구나
서투른 따비*는 누구와 마주 잡을꼬
두어라 성세궁경(聖世躬耕)*도 역군은(亦君恩)이시니라 〈제3수〉

아이야 소 먹여 내어라 북쪽 마을에서 새 술 먹자
잔뜩 취한 얼굴을 달빛에 실어 오니
어즈버 희황상인(羲皇上人)*을 오늘 다시 보는구나 〈제4수〉

\- 조존성, 「호아곡」

*미늘: 고기가 물면 빠지지 않게 만든 낚시 끝의 안쪽에 있는 작은 갈고리.
*따비: 풀뿌리를 뽑거나 밭을 가는 데 쓰는 농기구.
*성세궁경: 태평한 세월에 자기가 직접 농사를 지음.
*희황상인: 세상일을 잊고 한가하고 태평하게 숨어 사는 사람을 이르는 말.

01

(가)~(다)의 공통점으로 가장 적절한 것은?

① 말을 건네는 방식을 통해 화자의 요구를 전달하고 있다.
② 대상을 의인화하여 화자와 자연의 유대감을 나타내고 있다.
③ 과거와 현재를 대비하여 미래에 대한 전망을 드러내고 있다.
④ 물음의 방식을 활용하여 대상에 대한 친밀감을 표현하고 있다.
⑤ 풍경을 사실적으로 묘사하여 계절의 변화상을 그려 내고 있다.

02

(다)에 대한 이해로 적절하지 않은 것은?

① 각 수의 첫 음보를 동일한 시어로 제시하여 시상 전개에 안정감을 부여하고 있다.
② 〈제1수〉와 〈제2수〉에서는 생활 도구를 언급하여 화자가 살아가는 모습을 보여 주고 있다.
③ 〈제1수〉 중장과 〈제3수〉 중장에서 나타나는 화자의 걱정은 각 수의 종장에서 강화되고 있다.
④ 〈제1수〉 종장과 〈제3수〉 초장에서는 간단한 먹을거리를 언급하여 화자의 소박한 생활을 드러내고 있다.
⑤ 〈제4수〉 종장은 첫 음보의 감탄 표현을 활용하여 시상을 집약하고 있다.

03

〈보기〉를 참고하여 (가)~(다)를 감상한 내용으로 적절하지 않은 것은? [3점]

보기

정철과 조존성이 살았던 16세기 후반~17세기 초반에는 정치 참여 과정에서 당파 간의 대립과 투쟁이 극심해지면서 정치적 공격을 받은 문인들이 벼슬에서 파직, 유배되거나 산림에 은거하는 등 정계에서 소외된 상태에 놓이는 경우가 잦았다. 이 과정에서 문인들은 정치 경험을 바탕으로 정치 현실에 대한 비판과 경계, 처세관, 자연에 몰입하려는 태도 등을 작품에 드러내었다.

① '풍파'가 험난한 정치 현실이고 '일렁이던 배'가 시련을 겪은 관료라면, (가)의 초장은 당쟁에 휘말린 사람이 정치적 소외 상태에 놓인 것을 의미하겠군.
② '구름이 험하거늘'이 정치적 위기의 조짐에 해당하고 '허술한 배 두신 분네'가 신진 관료라면, (가)의 종장은 화자가 정치 경험이 충분치 않은 이들에게 정치의 험난함을 알려 주는 것이겠군.
③ '심의산'이 화자의 심회이고 '오뉴월'의 '자취눈'이 화자의 복잡한 심정을 비유한 표현이라면, (나)의 초장과 중장에서는 당쟁의 상황에서 굳은 마음을 견지하려는 화자의 의지를 드러내는 것이겠군.
④ '온 놈이 온 말을 하'는 상황이 비방과 모략이 난무하는 현실이고 '임'이 임금이라면, (나)의 종장은 온갖 참소를 임금이 잘 판단해 달라는 것이겠군.
⑤ '미늘 없는 낚시'가 욕심 없이 사는 삶을 의미한다면, (다)의 〈제2수〉 종장은 자연과 더불어 지내는 화자의 흥을 드러내는 것이겠군.

고전 시가 03

2024학년도 수능

공부한 날	월	일
목표 시간	분	초
시작 :	종료 :	
소요 시간	분	초

01-03 다음 글을 읽고 물음에 답하시오.

(가)

장풍에 돛을 달고 **육선**이 함께 떠나
삼현과 **군악** 소리 해산을 진동하니
물속의 어룡들이 응당히 놀라리라
해구를 얼른 나서 오륙도를 뒤 지우고
고국을 돌아보니 야색이 아득하여
아무것도 아니 뵈고 연해 각진포에
불빛 두어 점이 구름 밖에 뵐 만하다 [A]
배 방에 누워 있어 내 **신세**를 생각하니
가뜩이 심란한데 대풍이 일어나서
태산 같은 성난 물결 천지에 자욱하니
크나큰 만곡주가 **나뭇잎** 불리이듯
하늘에 올랐다가 지함에 내려지니
열두 발 쌍돛대는 차아처럼 굽어 있고
쉰두 폭 초석 돛은 반달처럼 배불렀네
(중략)
날이 마침 극열하고 석양이 비치어서
끓는 땅에 엎디어서 말씀을 여쭈오니
속에서 불이 나고 관대에 땀이 배어 [B]
물 흐르듯 하는지라 나라께서 보시고서
너희 더위 어려우니 먼저 나가 쉬라시니
곡배하고 사퇴하니 천은이 망극하다
더위를 장히 먹어 막힐 듯하는지라
사신들도 못 기다려 하처로 돌아오니
누이도 반겨하고 딸은 기뻐 우는지라
일가 친척들이 나와서 위문하네
여드레 겨우 쉬어 공주로 내려가니
처자식들 나를 보고 죽었던 이 고쳐 본 듯
기쁘기 극한지라 어리석은 듯 앉았구나 [C]
사당에 현알하고 옷도 벗고 편히 쉬니
풍도의 험하던 일 저승 같고 꿈도 같다
손주 안고 어르면서 한가히 누웠으니
강호의 산인이요 **성대**의 일반이로다

– 김인겸, 「일동장유가」

(나)

꼬아 자란 충석류*요 틀어 지은 고사매*라
삼봉 괴석에 달린 솔이 늙었으니
아마도 화암 풍경이 **너뿐**인가 하노라 〈제1수〉

막대 짚고 나와 거니니 양류풍 불어온다
긴 파람 짧은 노래 **뜻대로 소일**하니
어디서 초동과 목수(牧叟)는 웃고 가리키나니 〈제6수〉

맑은 물에 벼를 갈고 **청산**에 섶을 친 후
서림 풍우에 소 먹여 돌아오니
두어라 **야인 생애**도 자랑할 때 있으리라 〈제9수〉

– 유박, 「화암구곡」

* 충석류: 석류나무로 만든 분재.
* 고사매: 매화를 고목에 접붙인 분재.

01

(가), (나)의 표현상 특징에 대한 설명으로 가장 적절한 것은?

① (가)는 과거를 회상하는 표현을 통해 현재 상황에 대한 아쉬움을 드러내고 있다.
② (가)는 사물의 형태가 변화한 모습을 묘사하여 외부 환경의 영향력을 부각하고 있다.
③ (나)는 계절을 나타내는 어휘를 활용해 애달픈 정서를 부각하고 있다.
④ (나)는 두 인물의 행위를 대비하여 대상에 대한 평가를 드러내고 있다.
⑤ (가)와 (나)는 모두 영탄적 표현을 통해 대상에 대한 경외감을 드러내고 있다.

○ 정답 및 해설 087쪽

02

[A]~[C]에 대한 이해로 적절하지 않은 것은?

① [A]에서는 선상에서 불빛 두어 점에 의지해, 떠나온 곳을 가늠하는 행위를 통해 출항 후의 모습이 드러난다.

② [B]에서는 신하들의 고충을 헤아리는 임금의 배려에 감격한 마음이 드러난다.

③ [C]에서는 갑작스러운 상황에 감정을 표현하지 못하고 무심하게 대응하는 가족들의 모습이 드러난다.

④ [A]에서는 포구를 돌아보지만 보고 싶은 것이 보이지 않는 상황이, [B]에서는 격식을 갖추기 위해 뜨거운 땅에 엎드려 있는 일을 힘겨워하는 상황이 드러난다.

⑤ [A]에서는 예기치 않게 맞닥뜨린 여정상의 위험이, [C]에서는 과거의 위험했던 경험에 대한 소회가 드러난다.

03

〈보기〉를 참고하여 (가), (나)를 감상한 내용으로 적절하지 않은 것은? [3점]

보기

조선 후기 시가에서는 경험과 외물에 대한 관심이 확대되었다. 「일동장유가」는 사행을 다녀온 경험을 생생하게 표현하며 그에 대한 정서를 솔직하게 드러냈다. 「화암구곡」은 포착된 자연의 양상에 따라 강호에서의 자족감, 출사하지 못한 선비로서 생활 공간인 향촌에 머물 수밖에 없는 데 따른 회포, 취향이 반영된 자연물로 구성한 개성적 공간에서의 긍지를 드러냈다.

① (가)는 배가 '나뭇잎'처럼 파도에 휩쓸리고 하늘에 올랐다 떨어지는 것 같다고 하여 대풍을 겪은 체험을 생동감 있게 드러내는군.

② (나)는 화암의 풍경이라 인정할 만한 것이 '너뿐'이라고 하여 자신이 기른 화훼로 조성한 공간에 대한 자긍심을 드러내는군.

③ (가)는 '육선'에 탄 사신단이 만물이 격동할 만한 '군악'을 들으며 떠나는 데 주목해 경험에 대한 관심을, (나)는 꼬이고 틀어진 모양으로 가꾼 식물에 주목해 외물에 대한 관심을 드러내는군.

④ (가)는 배에서 '신세'를 생각하는 모습으로 사행길의 복잡한 심사를, (나)는 '청산'에서의 삶에서 느끼는 자랑스러움을 '야인 생애'로 표현하여 겸양의 태도를 드러내는군.

⑤ (가)는 집으로 돌아와 한가하게 지내며 '성대'를 누리는 삶에 대한 만족감을, (나)는 양류풍에 감응하며 '뜻대로 소일'하는 강호의 삶에 대한 자족감을 드러내는군.

고전 시가 04

2024학년도 9월 모의평가

공부한 날	월	일
목표 시간	분	초
시작 :	종료 :	
소요 시간	분	초

작가 (가) 국어 문학

01-03 다음 글을 읽고 물음에 답하시오.

(가)

청강 녹초변에 소 먹이는 아이들이
석양에 흥이 겨워 피리를 빗기 부니
물 아래 잠긴 **용**이 잠 깨어 일어날 듯
내 기운에 나온 학이 제 깃을 던져 두고 반공에 솟아 뜰 듯
소선(蘇仙)* 적벽은 추칠월이 좋다 하되
팔월 십오야를 모두 어찌 칭찬하는가
구름이 걷히고 물결이 다 잔 적에
하늘에 돋은 달이 솔 위에 걸렸거든
잡다가 빠진 줄이 **적선**(謫仙)*이 헌사할샤
공산에 쌓인 잎을 삭풍이 거둬 불어
떼구름 거느리고 눈조차 몰아오니
천공이 호사로워 옥으로 꽃을 지어
만수천림을 꾸며곰 낼세이고
앞 여울 가리 얼어 독목교(獨木橋) 비꼈는데
막대 멘 늙은 중이 어느 절로 간단 말고
산옹의 이 부귀를 남더러 자랑 마오
경요굴(瓊瑤窟)* 숨은 세계 찾을 이 있을세라
산중에 벗이 없어 서책을 쌓아 두고 [A]
만고 인물을 거슬러 혜여하니
성현도 많거니와 호걸도 하도 할샤
하늘 삼기실 제 곧 무심할까마는
어찌한 시운(時運)이 흥망이 있었는고
모를 일도 하거니와 애달픔도 그지없다
기산의 늙은 고블* 귀는 어찌 씻었던고
박 소리 핑계하고 지조가 가장 높다
인심이 낯 같아야 볼수록 새롭거늘
세사는 구름이라 험하기도 험하구나
엊그제 빚은 **술**이 얼마나 익었느냐
잡거니 밀거니 실컷 기울이니
마음에 맺힌 시름 조금은 풀리나다

– 정철, 「성산별곡」

* 소선: 소동파를 신선에 빗댄 말.
* 적선: 이태백을 신선에 빗댄 말.
* 경요굴: 눈 내린 성산의 모습을 빗댄 말.
* 고블: 기산에 은거한 인물인 허유.

(나)

생매 잡아 길 잘 들여 먼 산 두메로 꿩 사냥 보내고 흰 말 구불구종* 갈기 솔질 활활 쇨쇨 하여 임의 집 송정 뒤 잔디 잔디 금잔디밭에 말 말뚝 꽝꽝쌍쌍 박아 숭마 바 고삐 길게 늘려 매고

앞내 여울 **고기** 뒷내 여울 고기 오르는 고기 내리는 고기 자나 굵으나 굵으나 자나 주섬주섬 낚아 내여 시내 동으로 뻗은 움버들 가지 와지끈 뚝딱 꺾어 거꾸로 잡고 잎사귀 셋만 남기고 주루룩 훑어 아가미 너슬너슬 꿰어 시내 잔잔 흐르는 물에 납작 실죽 청바둑돌로 임도 모르고 아무도 모르게 가만히 살짝 자기자 장단맞춰 지근지지 눌러 놓고 동자야 이 뒤에 학 타신 **선관**이 날찾거든 그물 낚싯대 종이 종다래끼* 파리 밥풀통 고추장 **술병**까지 가지고 뒷내 여울로 오라고 일러만 주소

아마도 산중호걸이 **나**뿐인가 하노라

– 작자 미상

* 구불구종: 말 모는 하인.
* 종다래끼: 작은 바구니.

01

(가), (나)에 대한 설명으로 가장 적절한 것은?

① (가)는 영탄적 표현을 통해 인물에 대한 그리움을 드러내고 있다.
② (나)는 음성 상징어를 통해 인물의 역동성을 드러내고 있다.
③ (가)는 (나)와 달리 공간의 이동을 통해 다양한 대상의 면모를 드러내고 있다.
④ (나)는 (가)와 달리 시간의 흐름에 따라 인물의 심리 변화를 드러내고 있다.
⑤ (가)와 (나)는 모두 대구를 사용하여 대조적 대상의 속성을 드러내고 있다.

02

[A]에 대한 이해로 적절하지 않은 것은?

① '삭풍'이 가을 잎을 쓸고 간 자리에 구름을 불러와 '공산'을 눈 세상으로 만들었다고 한 것에는, 인물이 거처한 공간의 아름다움에 대한 인식이 계절에 따른 자연의 변화를 통해 드러난다.

② '앞 여울'을 건너가는 노승을 발견하고 '경요굴'이 들키지 않기를 바라는 것에는, 빼어난 경치를 소중하게 여기는 태도가, 숨어 있는 세계가 알려질 것에 대한 염려를 통해 드러난다.

③ 만족스러운 외적 풍경에서 눈을 돌려 벗이 없는 '산중'에서 '만고 인물'을 생각하는 것에는, 정신적 세계에 주목하는 태도가, 적적한 상황에 놓인 인물의 행위를 통해 드러난다.

④ 하늘의 이치가 제대로 구현되지 못했음을 '시운'의 '흥망'에서 발견하고도 모를 일이 많다고 한 것에는, 인물의 담담한 태도가, 이상에 미치지 못하는 현실을 수용하는 것을 통해 드러난다.

⑤ 세상을 등진 인물의 삶을 '기산'의 '고블'에 비유한 것에는, 험한 세사와의 단절과 은거 지향에 대한 긍정적 인식이 인물의 선택에 대한 평가를 통해 드러난다.

03

〈보기〉를 바탕으로 (가)와 (나)를 감상한 내용으로 적절하지 않은 것은? [3점]

보기

고전 시가에서 자연은 작품에 따라 다양하게 그려진다. (가)의 자연은 속세와 구별되는 청정한 이상 세계로 그려지며, 신선의 이미지를 통해 탈속적이고 고고한 가치를 추구하는 곳이다. (나)의 자연은 풍요롭게 그려지는 현실적 풍류의 장으로, 활달하고 흥겹게 놀이를 펼치는 곳이며, 신선의 이미지를 통해 멋이 고조된다.

① (가)의 '옹'은 피리 소리로 조성된 탈속적 분위기를 환상적으로 표현하는 소재이고, (나)의 '생매'는 고고한 취향을 사실적으로 보여 주는 소재이군.

② (가)의 '학'은 이상적 세계의 아름다움을 구현하는 소재이고, (나)의 '고기'는 풍요롭고 생동하는 세계를 표현하는 소재이군.

③ (가)의 '소선', '적선'은 청정한 강호의 세계에서 떠올린 인물의 이미지이고, (나)의 '선관'은 '나'가 현재의 행위를 함께하고 싶은 인물을 멋스럽게 표현한 이미지이군.

④ (가)의 '산옹'은 계절에 따른 산의 모습을 바라보며 이상 세계의 삶을 지향하는 인물이고, (나)의 '나'는 사냥과 고기잡이를 통해 현실의 즐거움을 향유하는 인물이군.

⑤ (가)의 '술'은 강호에서 세상에 대한 시름을 달래 주는 소재이고, (나)의 '술병'은 풍류의 장에 흥취를 더해 줄 소재이군.

고전 시가 05

2023학년도 9월 모의평가

공부한 날	월	일
목표 시간	분	초
시작 :	종료 :	
소요 시간	분	초

작가 (나) 문학

01-03 다음 글을 읽고 물음에 답하시오.

(가)

이 중에 시름없으니 **어부(漁父)**의 생애로다
일엽편주를 만경파(萬頃波)에 띄워 두고
인세(人世)를 다 잊었거니 날 가는 줄을 아는가 〈제1수〉

굽어보면 천심 녹수 돌아보니 만첩 청산
십장 홍진(十丈紅塵)이 얼마나 가렸는가 [A]
강호에 월백(月白)하거든 더욱 무심(無心)하여라 〈제2수〉

청하(靑荷)에 밥을 싸고 **녹류(綠柳)에 고기 꿰어**
노적 화총(蘆荻花叢)에 배 매어 두고
일반 청의미(一般淸意味)를 어느 분이 아실까 〈제3수〉

㉠산두(山頭)에 한운(閑雲) 일고 수중(水中)에 백구(白鷗) 난다
무심코 다정한 것 이 두 것이로다
㉡일생에 시름을 잊고 너를 좇아 놀리라 〈제4수〉

– 이현보, 「어부단가」

(나)

때마침 부는 **추풍(秋風)** 반갑게도 보이도다
말술이 다나 쓰나 술병 메고 벗을 불러
언덕 너머 어촌에 내 놀이 가자꾸나
흰 두건을 젖혀 쓰고 **소정(小艇)**을 타고 오니
㉢바람에 떨어진 갈대꽃 갠 하늘에 눈이 되어
석양에 높이 날아 어지러이 뿌리는데
갈잎에 닻 내리고 **그물로**
잔잔한 강물 속 자린은순(紫鱗銀脣)* **수없이 잡아내어**
연잎에 담은 회와 항아리에 채운 술을
실컷 먹은 후에
태기 넓은 돌에 높이 베고 누웠으니
희황천지(羲皇天地)*를 오늘 다시 보는구나
잠시 잠들어 뱃노래에 깨어 보니
추월(秋月)이 만강(滿江)하여 밤빛을 잃었거늘
반쯤 취해 시 읊으며 배 위로 건너오니
강물 아래 잠긴 달은 또 어인 달인 게오 [B]
달 위에 배를 타고 달 아래 앉았으니
문득 의심은 월궁(月宮)에 올랐는 듯
물외(物外)의 기이한 경관 넘치도록 보이도다
청경(淸景)을 다투면 내 분에 두랴마는
즐겨도 말리는 이 없으니 나만 둔가 여기노라
놀기를 탐하여 돌아갈 줄 잊었도다
㉣아이야 닻 들어라 만조(晩潮)에 띄워 가자
푸른 물풀 위로 **강풍(江風)**이 짐짓 일어
귀범(歸帆)을 재촉하는 듯
아득하던 앞산이 뒷산처럼 보이도다
잠깐 사이 날개 돋아 연잎배 탄 신선된 듯
연파(烟波)를 헤치고 월중(月中)에 돌아오니
㉤동파(東坡) 적벽유(赤壁遊)*인들 이내 흥(興)에 미치겠는가
강호 흥미(興味)는 나만 둔가 여기노라

– 박인로, 「소유정가」

*자린은순: 물고기를 아름답게 표현하는 말.
*희황천지: 복희씨(伏羲氏) 때의 태평스러운 세상.
*동파 적벽유: 중국 송나라 때 소식(蘇軾)이 적벽에서 했던 뱃놀이.

01

㉠~㉤에 대한 이해로 적절하지 않은 것은?

① ㉠은 대구를 통해 자연 경물의 모습을 제시함으로써 한적한 분위기를 조성하고 있다.
② ㉡은 자연 경물을 '너'로 지칭하여 관계를 맺음으로써 이들과 동화하려는 의지를 표출하고 있다.
③ ㉢은 자연 경물의 모습을 감각적으로 표현함으로써 물가의 아름다운 풍경을 묘사하고 있다.
④ ㉣은 명령형 어미를 사용하여 '아이'가 해야 할 행동을 제시함으로써 자연 경물에 대한 인식의 변화를 촉구하고 있다.
⑤ ㉤은 유사한 놀이를 즐겼던 과거 인물과 비교함으로써 화자의 자긍심을 드러내고 있다.

○ 정답 및 해설 097쪽

02

[A], [B]에 대한 설명으로 가장 적절한 것은?

① [A]에서 화자는 달을 절대적 존재로 인식하고 강호 자연에서 '무심'한 삶을 살 수 있도록 기원하고 있다.

② [A]에서 화자는 달에 인격을 부여하여 '녹수'와 '청산'으로 둘러싸인 강호 자연의 가을 달밤 정경을 묘사하고 있다.

③ [B]에서 화자는 하늘의 달과 강물에 비친 달 사이에 놓임으로써 '월궁'에 오른 듯한 신비로움을 표현하고 있다.

④ [B]에서 화자는 시간의 흐름에 따라 모양을 달리 하는 달의 특성을 활용하여 계절의 변화를 다채롭게 나타내고 있다.

⑤ [A]와 [B]에서 강호 자연에 은거한 화자는 달을 대화 상대이면서 동시에 위안의 대상으로 여기고 있다.

03

〈보기〉를 바탕으로 (가), (나)를 감상한 내용으로 적절하지 않은 것은? [3점]

보기

'어부'는 정치 현실과 거리를 둔 은자로 형상화된다. 이때 '어부 형상'은 어부 관련 소재, 행위, 정서 등의 어부 모티프와 연관하여 작품별로 공통적인 속성을 가지면서 다양한 변주를 보인다. (가)는 어부와 관련된 상황의 일부를 초점화하여 유유자적한 삶을 사는 어부를, (나)는 어부와 관련된 여러 상황을 이어가며 흥취 있는 삶을 사는 어부를 형상화하고 있다.

① (가)의 '어부'는 '십장 홍진'으로 표현된 정치 현실에서 벗어나 뱃놀이를 즐기며 '인세'의 근심과 시름을 다 잊고 한가로움을 추구하려고 하는군.

② (나)의 '추풍'은 뱃놀이의 흥취를 북돋우는 자연 현상이고, '강풍'은 흥취의 대상을 강에서 산으로 옮겨 가는 자연 현상이라 볼 수 있군.

③ (가)의 '일엽편주'와 (나)의 '소정'은 화자가 소박한 뱃놀이를 즐기고 있다는 것을 알려 주는 어부 형상 관련 소재라고 할 수 있군.

④ (가)의 '녹류에 고기 꿰어'에는 어부의 삶과 관련된 일부 행위를 통해 유유자적한 삶이, (나)의 '그물로', '수없이 잡아 내어', '실컷 먹은'에는 뱃놀이의 여러 상황들이 연결되어 흥취를 즐기는 삶이 나타나고 있군.

⑤ (가)의 '어부'는 강호 자연의 삶 속에서 홀로 자족감을 표출하고 있고, (나)의 어부는 벗들과 함께한 흥겨운 뱃놀이를 통해 만족감을 표출하고 있군.

우선 무엇이 되고자 하는지를 자신에게 말해라.

그리고 해야 할 일을 해라.

현대시

현대시 01

2025학년도 6월 모의평가

공부한 날	월	일
목표 시간	분	초
시작 :	종료 :	
소요 시간	분	초

작가 (나) 문학

01-04 다음 글을 읽고 물음에 답하시오.

(가)

손 흔들고 떠나갈 미련은 없다
며칠째 청산에 와 발을 푸니
㉠ 흐리던 산길이 잘 보인다.
상수리 열매를 주우며 인가를 내려다보고
쓰다 둔 편지 구절과 버린 칫솔을 생각한다.
남방으로 가다 길을 놓치고
두어 번 허우적거리는 여울물
산 아래는 때까치들이 몰려와
모든 야성을 버리고 들 가운데 순결해진다.
길을 가다가 자주 뒤를 돌아보게 하는
서른 번 다져 두고 서른 번 포기했던 ⓐ 관습들
서쪽 마을을 바라보면 나무들의 잔숨결처럼
㉡ 가늘게 흩어지는 저녁 연기가
한 가정의 고민의 양식으로 피어오르고
생목 울타리엔 들거미줄
맨살 ㉢ 비비는 돌들과 함께 누워
실로 이 세상을 앓아 보지 않은 것들과 함께
잠들고 싶다.

- 이기철, 「청산행」

(나)

나는 차를 앞에 놓고
고즈넉한 저녁에 호올로 마신다.
내가 좋아하는 차를 마신다.
그러나 이것은 다만 사실일 뿐,
차의 짙은 향기와는 관계 없이
이것은 물과 같이 담담한 사실일 뿐이다.

누구의 시킴을 받아
참새 한 마리가 땅에 떨어지는 것도 아니고
누구의 손으로 들국화를 어여삐 가꾼 것도 아니다.
차를 마시는 것은
이와 같이 ㉣ 스스로 달갑고 가장 즐거울 뿐,
이것은 다만 사실이며 또 ⓑ 관습이다.
나의 고즈넉한 관습이다.

물에게 물은 물일 뿐
소금물일 뿐,
앞으로 남은 십년을 더 살든지 죽든지
나에게도 나는 나일 뿐,
㉤ 이제는 차를 마시는 나일 뿐,

이 짙은 향기와는 관계도 없이
차를 마시는 사실과 관습은
내가 아는 내게 대한 모든 것이다.
그리고 모든 것에 대한 모든 것도 된다.

- 김현승, 「사실과 관습: 고독 이후」

01

(가), (나)에 대한 설명으로 적절하지 않은 것은?

① (가)는 인격화한 대상을 통해 화자의 심리를 내포하고 있다.
② (나)는 대상을 한정하는 어휘들을 사용하여 주제 의식을 강조하고 있다.
③ (가)는 (나)와 달리, 공간의 이동에 따라 포착된 사물을 통해 화자의 태도를 드러내고 있다.
④ (나)는 (가)와 달리, 화자를 거듭 명시하면서 시상을 전개하고 있다.
⑤ (가)와 (나)는 모두, 자연물에 화자의 정서를 투영함으로써 대상에 대한 친밀감을 드러내고 있다.

02

ⓐ, ⓑ에 대한 이해로 가장 적절한 것은?

① ⓐ는 '길을 가다가 자주 뒤를 돌아보게' 하는 것이라는 점에서 다시 돌아갈 수 없는 그리움의 대상이다.
② ⓑ는 '호올로' 하는 행위라는 점에서 행위 주체의 사회적 고립을 드러내고 있다.
③ ⓐ는 바라봄의 대상인 '서쪽 마을'과 관련되어 있다는 점에서 피안에 대한 지향을, ⓑ는 일과를 마친 '저녁'과 관련되어 있다는 점에서 안식에 대한 지향을 드러내고 있다.
④ ⓐ는 '서른 번 다져 두고 서른 번 포기'한 것이라는 점에서 내면의 갈등을, ⓑ는 '고즈넉한' 상황에서 이루어지는 '담담한 사실'이라는 점에서 내면의 평정함을 내포한다.
⑤ ⓐ는 사물들을 '내려다보'아 촉발된 것이라는 점에서 자기 연민의 성격을, ⓑ는 '달갑고', '좋아하는' 것이라는 점에서 자기 위안적 성격을 띠고 있다.

03

㉠~㉤에 대한 이해로 적절하지 않은 것은?

① ㉠은 대상이 이전에는 제대로 파악되지 않았음을 드러내는 표현이다.
② ㉡은 '저녁 연기'의 형상으로 '한 가정'의 상황과 처지를 시각화한 표현이다.
③ ㉢은 '맨살'을 드러낸 '돌들'이 부대끼는 형상으로 세파에 시달리는 모습을 나타내는 표현이다.
④ ㉣은 '차를 마시는 것'이 화자의 선호에 따른 주체적 행위임을 드러내는 표현이다.
⑤ ㉤은 '나'에 대한 현재의 인식이 이전과는 달라졌음을 드러내는 표현이다.

04

〈보기〉를 참고하여 (가), (나)를 감상한 내용으로 적절하지 않은 것은? [3점]

> 보기
>
> 자연과 절대자는 각각 인간에게 안식을 주거나 인간과 세계를 규정하는 중요한 준거로 인식되어 왔다. (가)는 세속의 일상을 떠나 자연에 들어온 화자가 점차 자연에 동화되어 가는 과정과 심리 상태를 그리고 있다. (나)는 자신과 세계 인식의 준거였던 절대자와의 관계를 회의하고 자신이 경험한 사실에 기초하여 존재를 인식하겠다는 태도를 표명하고 있다.

① (가)의 '쓰다 둔 편지 구절과 버린 칫솔을 생각한다'는 것은 자연에 온전히 동화되지 못하는 화자의 심리를 보여 주는 것이겠군.
② (나)의 '차를 마시는' 행위가 '내가 아는 내게 대한 모든 것', '모든 것에 대한 모든 것'으로 확장되는 것은 경험적 사실을 '나'와 모든 존재들에 대한 인식의 유일한 근거로 삼겠다는 의식이 반영된 것이겠군.
③ (가)의 '발을 푸니' '잘 보인다'는 것은 화자가 자연에 친숙해지는 심리 상태를, (나)의 '앞으로 남은 십년을 더 살든지 죽든지'는 절대자에 대해 회의하고 현실에 얽매이지 않겠다는 태도를 드러내고 있겠군.
④ (가)의 '여울물'과 '때까치들'에는 자연에 들어와서 느끼는 화자의 심리가 투사되어 있음을, (나)의 '참새'의 떨어짐이 '누구'에 의한 것이 '아니'라는 데에서 절대자와의 관계에 대한 회의가 드러나 있음을 알 수 있겠군.
⑤ (가)의 '이 세상을 앓아 보지 않은 것들과 함께'는 자연에 동화되려는 태도를, (나)의 '물은 물일 뿐'은 경험적 사실로만 대상을 인식하겠다는 태도를 드러내는 것이겠군.

현대시 02

2024학년도 6월 모의평가

공부한 날		월	일
목표 시간		분	초
시작 :		종료 :	
소요 시간		분	초

작가 (가) 문학

01-04 다음 글을 읽고 물음에 답하시오.

(가)

만년(萬年)을 싸늘한 바위를 안고도
뜨거운 가슴을 어찌하리야

어둠에 창백한 꽃송이마다
깨물어 피터진 입을 맞추어

마지막 한방울 피마저 불어 넣고
해돋는 아침에 죽어가리야

사랑하는 것 사랑하는 모든 것 다 잃고라도
흰뼈가 되는 먼 훗날까지
그 뼈가 부활하여 다시 죽을 날까지

거룩한 일월(日月)의 눈부신 모습
임의 손길 앞에 나는 울어라.

마음 가난하거니 임을 위해서
내 무슨 자랑과 선물을 지니랴

의로운 사람들이 피흘린 곳에
솟아 오른 대나무로 만든 피리뿐

흐느끼는 이 피리의 아픈 가락이
구천(九天)에 사모침을 임은 듣는가.

미워하는 것 미워하는 모든 것 다 잊고라도
붉은 마음이 숯이 되는 날까지
그 숯이 되살아 다시 재 될 때까지

못 잊힐 모습을 어이 하리야
거룩한 이름 부르며 나는 울어라.

- 조지훈, 「맹세」

(나)

저기 저 담벽, 저기 저 라일락, 저기 저 별, 그리고 저기 저 우리 집 개의 똥 하나, 그래 모두 이리 와 ㉠내 언어 속에 서라. 담벽은 내 언어의 담벽이 되고, 라일락은 내 언어의 꽃이 되고, 별은 반짝이고, 개똥은 내 언어의 뜰에서 굴러라. ㉡내가 내 언어에게 자유를 주었으니 너희들도 자유롭게 서고, 앉고, 반짝이고, 굴러라. 그래 봄이다.

봄은 자유다. 자 봐라, 꽃피고 싶은 놈 꽃피고, 잎 달고 싶은 놈 잎 달고, 반짝이고 싶은 놈은 반짝이고, 아지랑이고 싶은 놈은 아지랑이가 되었다. ㉢봄이 자유가 아니라면 꽃피는 지옥이라고 하자. 그래 봄은 지옥이다. ㉣이름이 지옥이라고 해서 필 꽃이 안 피고, 반짝일 게 안 반짝이던가. 내 말이 옳으면 자, ㉤자유다 마음대로 뛰어라.

- 오규원, 「봄」

01

(가), (나)에 대한 설명으로 적절하지 않은 것은?

① (가)는 1연과 6연에서 물음의 형식을 활용하여 화자의 상황 인식을 보여 준다.
② (가)는 4연과 9연에서 상황을 가정하는 표현을 활용하여 화자의 의지를 강조한다.
③ (나)는 반복적인 표현을 제시하면서 쉼표를 사용하여 리듬감을 형성한다.
④ (가)는 대비되는 시어를 활용하여 대상의 양면성을 드러내고, (나)는 반복되는 행위를 제시하여 대상의 효용성을 드러낸다.
⑤ (가)는 같은 시구를 5연, 10연의 마지막에서 반복하여 화자의 정서를 강조하고, (나)는 1연 끝 문장의 시어를 2연 첫 문장으로 연결하며 그 의미를 드러내고 있다.

02

아픈 가락에 대한 이해로 가장 적절한 것은?

① 임에게 자랑스레 내보일 화자의 자부심을 포함한다.
② 의로운 사람들이 보여 준 희생과 설움을 담고 있다.
③ 대나무에 서린 임의 뜻을 잊으려는 화자를 질책한다.
④ 피리의 흐느낌에 호응하여 화자의 억울함을 해소한다.
⑤ 구천에 사무친 원망을 살아남은 사람들에게 전달한다.

03

다음에 따라 (가), (나)를 감상한 내용으로 적절하지 않은 것은? [3점]

보기

선생님: (가)는 부재하는 임을 기다리며 더 나은 세상에 대한 바람을 드러내고, (나)는 봄과 같은 세계에서, 대상들과 함께 자유를 누리려는 바람을 드러냅니다. 그러나 (가)는 대상에게 의미를 부여하는 화자의 시선이 두드러짐에 비해, (나)는 화자가 주목하는 대상들의 모습이 두드러진다는 차이를 보여요. 이 차이가 주변 존재들을 대하는 태도나 바람을 실현하는 방식에 반영되기도 해요.

① (가)의 화자가 바라는 세상은 '해돋는 아침'과 같이 '어둠'을 벗어나 밝음을 회복한 세상일 거야.
② (나)의 화자가 지향하는 세계에서 대상들은 '자유롭게 서고, 앉고, 반짝이고,' 구를 거야.
③ (가)의 화자는 '꽃송이'를 '창백한' 대상으로 바라보고, (나)의 화자는 대상들 각각의 모습에 주목하여 그 개별성을 드러내고 있어.
④ (가)의 화자는 '피마저 불어 넣'는 희생적 태도를 보이고, (나)의 화자는 대상들이 원하는 바를 실현하게 하여 '자유'를 함께 누리려는 태도를 보이고 있어.
⑤ (가)의 화자는 '붉은 마음'을 바쳐 부재하는 '임'을 기다리고, (나)의 화자는 '담벽' 안에서 '봄'과 같은 세계를 대상들과 공유하려 하고 있어.

04

〈보기〉를 참고하여 ㉠~㉤의 의미를 설명한 것으로 가장 적절한 것은?

보기

(나)는 언어의 한계와 가능성에 대한 시인의 탐구를 보여 준다. 언어를 사용함으로써 대상을 파악할 수 있지만 그 결과는 다시 언어에 구속된다는 필연적 한계를 갖는다. 그래서 시인은 기존의 언어 사용 방식을 벗어나려는 시도를 한다. 이를 통해 언어와 대상이 기존의 관습에서 벗어나 자유를 향해 나아갈 수 있는 가능성을 모색한다.

① ㉠은 자신의 언어 속에서도 기존의 언어 사용 방식이 유지된다는 생각을 의미한다.
② ㉡은 대상을 파악하는 행위까지 포기하면서 자유를 얻고자 하는 의도를 나타낸다.
③ ㉢은 새로운 표현을 시도하여 언어와 대상이 자유를 얻을 가능성을 모색하는 과정을 나타낸다.
④ ㉣은 대상들을 구속에서 벗어나게 하기 위해 외부 상황에 변화를 주었음을 의미한다.
⑤ ㉤은 언어의 새로운 가능성을 실현하여 자신이 제한한 의미에 따라 대상들이 움직임을 의미한다.

현대시 03

2023학년도 수능

공부한 날		월	일
목표 시간		분	초
시작 :		종료 :	
소요 시간		분	초

작가 (나) 국어 문학

01-04 다음 글을 읽고 물음에 답하시오.

(가)

한여름 채전으로 ㉠가 보아라

수염을 드리운 몇 그루 옥수수에 가지, 고추, 오이, 토란, 그리고 **울타리**엔 덤불을 이룬 **넌출** 사이로 반질반질 윤기 도는 크고 작은 박이며 호박들!

이 ㉡지극히 범속한 것들은 제각기 타고난 바탕과 생김새로 주어서 아낌없고 받아서 아쉼 없는 황금의 햇빛 속에 일심으로 자라고 영글기에 숨소리도 들릴세라 적적히 여념 없나니

㉢과분하지 말라 의혹하지 말라 주어진 대로를 정성껏 충만시킴으로써 스스로를 족할 줄을 알라 오직 여기에 목숨의 유열과 천지와의 화합에 있거니

한여름 채전으로 가 보아라

나비가 심방 오고 풍뎅이가 찾아오고 잠자리가 왔다 가고 바람결에 스쳐 가고 **그늘**이 지나가고 **비**가 내리고 햇볕이 다시 나고 …… 이같이 ㉣많은 손님들의 극진한 축복과 은혜 속에

이 지극히 범속한 것들의 지극히 충족한 ㉤빛나는 생명의 양상을 한여름 채전으로 와서 보아라

– 유치환, 「채전」

(나)

우리는 썩어 가는 참나무 떼,
벌목의 슬픔으로 서 있는 이 땅 [A]
패역의 **골짜기**에서
서로에게 기댄 채 **겨울**을 난다
함께 썩어 갈수록
바람은 더 높은 곳에서 우리를 흔들고 [B]
이윽고 잠자던 **홀씨**들 일어나
우리 몸에 뚫렸던 상처마다 버섯이 피어난다 [C]
황홀한 **음지**의 꽃이여
우리는 서서히 썩어 가지만
너는 **소나기**처럼 후드득 피어나 [D]
그 고통을 순간에 멈추게 하는구나
오, 버섯이여
산비탈에 구르는 낙엽으로도
골짜기를 떠도는 바람으로도 [E]
덮을 길 없는 우리의 몸을
뿌리 없는 너의 독기로 채우는구나 [F]

– 나희덕, 「음지의 꽃」

01

(가)와 (나)의 공통점으로 가장 적절한 것은?

① 사물의 모습에 대한 긍정적 인식을 바탕으로 중심 제재에 대한 예찬적 태도를 드러내고 있다.
② 주어진 현실에 순응하는 모습을 통해 중심 제재를 바라보는 비관적 태도를 암시하고 있다.
③ 풍경을 관조적으로 응시하는 시선으로 중심 제재의 외적 아름다움을 표현하고 있다.
④ 인간의 행위에 대한 우호적 관점을 토대로 중심 제재의 심미적 속성을 강조하고 있다.
⑤ 장소에 대한 부정적 인식을 심화하여 중심 제재와의 정서적 거리를 부각하고 있다.

02

㉠~㉤의 시적 기능에 대한 설명으로 적절하지 않은 것은?

① ㉠을 반복하고 변주하여 '채전'에서 겪을 수 있는 경험의 소중함을 느끼게 하려는 화자의 의도를 드러내고 있다.
② ㉡을 수식어로 반복하여 '범속한 것들'로부터 '충족한' 느낌을 받는 화자의 정서를 강조하고 있다.
③ ㉢에서 부정 명령형을 사용하여 '주어진 대로' '족할 줄을 알'아야 한다는 화자의 인식을 제시하고 있다.
④ ㉣에서 사물을 인격화하여 '극진한 축복과 은혜'와 대비되는 화자의 시선을 반영하고 있다.
⑤ ㉤에서 관념을 시각화하여 '목숨의 유열과 천지와의 화합'이 이루어진 대상에 대한 화자의 생각을 표현하고 있다.

03

[A]~[F]에 대한 이해로 가장 적절한 것은?

① [A]에서 참나무가 벌목으로 썩어 가는 모습은, [B]에서 바람에 흔들리는 나무의 모습과 순환적 관계를 형성한다.

② [B]에서 참나무의 상태에 변화를 가져온 움직임은, [C]에서 버섯이 피어나는 상황과 순차적 관계를 형성한다.

③ [C]에서 참나무의 상처에 생명이 생성되는 순간은, [D]에서 나무의 고통이 멈추는 과정과 대립적 관계를 형성한다.

④ [D]에서 참나무의 모습에 일어난 변화는, [E]에서 낙엽이나 바람이 처한 상황과 인과적 관계를 형성한다.

⑤ [E]에서 참나무의 주변에 존재하는 사물들은, [F]에서 나무를 채워 주는 존재로 제시된 대상과 동질적 관계를 형성한다.

04

〈보기〉를 바탕으로 (가)와 (나)를 감상한 내용으로 적절하지 않은 것은? [3점]

보기

생명 현상을 제재로 삼은 시는 대체로, 생명체들의 풍요로움을 감각적으로 형상화하거나, 생명 파괴의 현실을 극복하는 모습을 형상화한다. (가)는 만물의 조화로운 성장과 충만한 생명력에 자족하는 태도를, (나)는 인간의 욕망에 의한 상처와 고통으로 황폐화된 현실을 강인한 생명력이 피어나는 공간으로 변화시키는 모습을 드러낸다. 이러한 두 양상은 표면적으로 드러난 생명의 모습에서는 차이를 보이지만, 생명체들이 어우러져 살아가는 모습을 보여 준다는 점에서는 동일한 지향성을 지닌다고 할 수 있다.

① (가)의 '한여름'은 생명체들의 풍요로움을 감각적으로 드러내는, (나)의 '겨울'은 생명 파괴의 현실을 이겨 내는 시간적 배경으로 설정되어 있군.

② (가)의 '울타리'는 만물이 함께 살아가는 공간을 드러내는 경계로, (나)의 '골짜기'는 인간의 욕망이 투영된 장소로 제시되어 있군.

③ (가)의 '넌출'은 어우러진 생명체들이 현실의 삶에 자족하게 되는, (나)의 '홀씨'는 공존하던 생명체들이 흩어지게 되는 계기를 드러내고 있군.

④ (가)의 '그늘'은 만물이 성장을 이루어 가는 배경으로서의, (나)의 '음지'는 현실의 고통을 극복하는 장소로서의 의미를 함축하고 있군.

⑤ (가)의 '비'는 생명의 충만함과 조화로움을 갖게 하는, (나)의 '소나기'는 황폐화된 현실에 생명력을 환기하는 대상으로 표상되어 있군.

현대시 04

2023학년도 6월 모의평가

공부한 날	월	일
목표 시간	분	초
시작 :	종료 :	
소요 시간	분	초

작가 (가) 국어 문학 (나) 국어 문학

01-03 다음 글을 읽고 물음에 답하시오.

(가)

향아 너의 고운 얼굴 조석으로 우물가에 비최이던 오래지 않은 옛날로 가자

수수럭거리는 수수밭 사이 걸찍스런 웃음들 들려 나오며 호미와 바구니를 든 환한 얼굴 그림처럼 나타나던 석양……

구슬처럼 흘러가는 냇물가 맨발을 담그고 늘어앉아 빨래들을 두드리던 전설같은 풍속으로 돌아가자

눈동자를 보아라 향아 회올리는 무지갯빛 허울의 눈부심에 넋 빼앗기지 말고

철따라 푸짐히 두레를 먹던 ㉠정자나무 마을로 돌아가자 미끈덩한 **기생충의 생리**와 허식에 인이 배기기 전으로 눈빛 아침처럼 빛나던 우리들의 고향 병들지 않은 젊음으로 찾아 가자꾸나

향아 허물어질까 두렵노라 얼굴 생김새 맞지 않는 **발돋움의 흉낼**랑 그만 내자

들국화처럼 소박한 목숨을 가꾸기 위하여 맨발을 벗고 콩바심하던 **차라리 그 미개지에로 가자** 달이 뜨는 명절밤 비단치마를 나부끼며 **떼지어 춤추던** 전설같은 풍속으로 돌아가자 냇물 굽이치는 싱싱한 마음밭으로 돌아가자.

– 신동엽, 「향아」

(나)

이사온 그는 이상한 사람이었다
그의 집 담장들은 모두 빛나는 유리들로 세워졌다

골목에서 놀고 있는 부주의한 아이들이
잠깐의 실수 때문에
풍성한 햇빛을 복사해내는
그 유리 담장을 박살내곤 했다

그러나 얘들아, 상관없다
유리는 또 갈아 끼우면 되지
마음껏 이 골목에서 놀렴

유리를 깬 아이는 얼굴이 새빨개졌지만
이상한 표정을 짓던 다른 아이들은
아이들답게 곧 **즐거워했다**
견고한 송판으로 담을 쌓으면 어떨까
주장하는 아이는, 그 아름다운
골목에서 즉시 추방되었다

유리 담장은 매일같이 깨어졌다
필요한 시일이 지난 후, 동네의 모든 아이들이
충실한 그의 부하가 되었다

어느 날 그가 **유리 담장**을 떼어냈을 때, ㉡그 골목은
가장 햇빛이 안 드는 곳임이
판명되었다, **일렬로** 선 아이들은
묵묵히 벽돌을 날랐다

– 기형도, 「전문가」

01

(가), (나)에 대한 설명으로 가장 적절한 것은?

① (가)는 과거를 회상하며 현실을 관망하는 태도를 드러내고 있다.
② (나)는 상징성을 띤 사건의 전개를 통해 주제를 암시하고 있다.
③ (가)와 (나)는 모두 음성 상징어를 활용하여 상상 세계의 경이로움을 나타내고 있다.
④ (가)와 (나)는 모두 동일한 시구의 반복과 변주를 통해 시적 분위기를 고조하고 있다.
⑤ (가)는 위로하는 어조로, (나)는 충고하는 어조로 시적 청자에게 말을 건네고 있다.

02

㉠과 ㉡을 비교한 내용으로 가장 적절한 것은?

① ㉠은 '향'에게 귀환이 금지된 공간이고, ㉡은 '아이들'에게 이탈이 금지된 공간이다.
② ㉠은 '향'이 자기반성을 수행하는 공간이고, ㉡은 '아이들'이 '그'의 요청을 수행하는 공간이다.
③ ㉠은 '향'이 본성을 찾아가는 낯선 공간이고, ㉡은 '아이들'이 개성을 박탈당한 상실의 공간이다.
④ ㉠은 '향'의 노동과 놀이가 공존하던 공간이고, ㉡은 '아이들'의 놀이가 사라지고 노동만 남은 공간이다.
⑤ ㉠은 '향'과 화자의 우호적 관계가 드러나는 공간이고, ㉡은 '아이들'과 '그'의 상생 관계가 드러나는 공간이다.

03

〈보기〉를 참고하여 (가), (나)를 감상한 내용으로 적절하지 않은 것은? [3점]

보기

(가)와 (나)는 모두 부정적 현실을 비판한 작품이다. (가)는 물질문명의 허위와 병폐에 물들어 가는 공동체가 농경 문화의 전통에 바탕을 두고 건강한 생명력과 순수성을 회복하기를 소망하는 작가 의식을 담고 있다. (나)는 환영(幻影)을 통해 대중의 이성을 마비시키고 대중을 획일적으로 길들이는 권력의 기만적 통치술에 대한 비판 의식을 담고 있다.

① (가)에서 '차라리 그 미개지에로 가자'라는 화자의 권유는 공동체의 터전을 확장하여 순수성을 지켜 나가려는 의식을 보여 주는군.
② (나)에서 골목이 '가장 햇빛이 안 드는 곳'으로 판명되었다는 것은 '유리 담장'이 대중을 기만하는 환영의 장치였음을 보여 주는군.
③ (가)에서 '기생충의 생리'는 자족적인 농경 문화 전통에 반하는 문명의 병폐를, (나)에서 '주장하는 아이'의 추방은 획일적으로 통제된 사회의 모습을 보여 주는군.
④ (가)에서 '발돋움의 흉내'를 낸다는 것은 물질문명에 물들어 가는 상황을, (나)에서 '곧 즐거워했다'는 것은 권력의 술수에 대중이 길들여지고 있는 상황을 보여 주는군.
⑤ (가)에서 '떼지어 춤추던' 모습은 농경 문화 공동체의 건강한 생명력을, (나)에서 '일렬로', '묵묵히' 벽돌을 나르는 모습은 권력에 종속된 대중의 형상을 보여 주는군.

내 비장의 무기는 아직 손 안에 있다.

그것은 희망이다.

고전 소설

고전 소설 01

2025학년도 수능

공부한 날	월	일
목표 시간	분	초
시작 :	종료 :	
소요 시간	분	초

01-04 다음 글을 읽고 물음에 답하시오.

[앞부분의 줄거리] 승상 정을선이 출정한 사이 정렬부인의 모략으로 충렬부인이 옥에 갇히자 시비 금섬이 충렬부인을 피신시키고 자진한다. 옥에서 얼굴이 상한 금섬의 시신이 발견되자 왕비는 월매를 문초한다. 전장에서 정을선은 호첩이 전한 편지를 읽는다.

원수가 대경하여 호첩을 불러 **연고**를 물으시고 인하여 중군장에게 분부하시되 '나는 집에 변이 있어 먼저 가니 중군장은 차후에 인솔하여 오라.' 하고 밤낮 삼 일 만에 득달하니 이때에 왕비의 시비 월매가 종시 토설치 아니하매 **매를** 많이 맞고 여쭈오되

"어서 바삐 죽이시면 금섬의 뒤를 좇아가겠나이다."

한데 왕비 크게 노하여 목을 베라 할 즈음에 이때 승상이 필마로 달려오다가 월매 죽이려 하는 거동을 보고 급히 소리를 지르며 말에서 내려 이를 구호하매 문왈

"충렬부인은 어디 계시냐?"

월매 인사를 모르다가 승상을 보고 방성통곡 왈

"승상은 바삐 충렬부인을 살리소서."

한데 승상이 급히 문왈

"어디 계시냐?"

한데 월매 울며 왈

"소인이 걷지 못하오니 어찌 가오리까?"

한데 급히 종을 불러 월매를 업히고 구덩이를 찾아가 보니 부인이 아기를 안고 있거늘 아기는 잠을 깊이 들었는지라. 승상이 **통곡** 왈

"부인은 눈을 떠 나를 보소서."

한데 부인이 눈을 떠 보니 승상이 왔거늘 정신 아득하여 인사를 모르다가 겨우 인사를 차려 왈

"이것이 꿈인가 생시인가 구년지수의 해 갈고 칠년대한의 빗발같이 바라더니 지금 구덩이에서 만날 줄 알았으리까. 승상은 나의 누명을 씻겨 주소서."

하며 인사를 모르는지라. 그 참혹한 형상을 어디에 비하리오. **슬픔에 매우 야위어 뼈가 드러**나게 되었는지라. 승상이 아기를 안아 월매를 주고 부인을 구한 후에 자리를 마련하여 옥석을 구별할새, 왕비전에 뵈온대 왕비 못내 반기시며 **사연**을 낱낱이 이르시되 승상 왈

㉠"이 일은 소자가 이미 아는 바이오니 염려 마옵소서."

하며 왈

㉡"처음에 그놈이 충렬부인 방에 간 줄 어찌 알으셨나이까?"

왕비 왈

"사촌 오라비가 이르기로 알았노라."

하신대 승상이 복록을 찾는데 벌써 제 **죄**를 알고 후원에 올라가 이미 죽었는지라. 하릴없어 옥졸을 잡아들여 엄히 문왈

"너희는 어찌 충렬부인 아닌 줄 알았느냐? 바로 아뢰라."

하신대 옥졸이 급히 여쭈오되

"얼굴이 상하여 아모란 줄 모르오나 손길이 곱지 못하오매 소인 등 소견에 충렬부인이 천하일색이라 하더니 손이 곱지 아니하더라 하올 제 정렬부인의 시비 금연이 이를 듣고 묻기에 자세히 이르고 부디 다른 데 가서 이 말 말라 당부하옵더니, 필연 금연의 입을 통해 발설이 된가 하나이다."

한데 승상이 금연을 잡아들여 문왈

"이 말을 듣고 네게 국문하니 바른대로 고하라."

하는 소리가 벼락이 꼭두에 임한 듯하고 궁궐이 뒤집히는 듯하더라. 이때에 정렬부인이 **승상의 호통 소리**를 듣고 똥을 한 무더기를 싸고 자빠졌는지라. 금연이 하릴없어 바로 아뢰나니라 하고 정렬부인 하던 말이며 제가 남복을 하고 충렬부인 침소로 들어간 말이며 이불 속에 누웠다가 달아난 말이며 정렬부인이 앓는 체하고 누웠사오매 충렬부인이 약으로 구병하며 곁에 있으시매 침소로 가라 강권하여 침소로 마지못하여 가시매 복록이 왕비께 참소하던 연유를 낱낱이 아뢴대 왕비 곁에 있다가 **앙천통곡**하시며 왈

"내 밝지 못하여 **악녀**의 꾀에 빠져 충렬부인을 죽이려 하였나니 무슨 면목으로 충렬부인을 보리오."

하시며 자결코자 하거늘 승상이 붙들고 울며 왈

"모친이 너무 과도히 하시면 소자가 먼저 죽으려 하나이다."

왕비 금침에 누워 일어나지 못하더라. 승상이 정렬부인을 결박하여 땅에 꿇리고 크게 노하여 왈

"너는 무엇이 부족하여 충렬부인을 해코자 하느냐. 어찌 일시를 살리리오. 내 임의로는 죽이고 싶으나 황상께 아뢰고 죽게 하리라."

하고 **상소**하니 그 글에 하였으되

"대사마 대도독 대원수 정을선은 돈수백배하고 아뢰나니 신이 서융을 쳐 사로잡고, 백성을 진무하고 돌아오려 할 때, 집에서 급한 소식을 듣고 군사를 중군장에게 맡기옵고 필마로 올라와 본즉, 정렬부인이 이러이러한 변을 일으켰사오니 세상에 이러하온 일이 있사오닛가."

하고 금연이 흉계를 꾸민 일과 월매가 당하던 고초를 낱낱이 아뢰었다.

– 작자 미상, 「정을선전」

01

㉠, ㉡과 관련하여 윗글을 이해한 내용으로 적절하지 않은 것은?

① ㉠을 보니, 호접에게 물은 '연고'의 내용은 왕비가 말한 '사연'의 내용과 관련이 있겠군.
② ㉠을 보니, 승상이 황상에게 올린 '상소'에 들어 있는 내용은 '이미 아는 바'와 같겠군.
③ ㉡을 보니, 승상은 '사연'의 진상을 밝히는 데에 왕비가 '그놈'의 행위를 알게 된 경위가 중요하다고 생각했겠군.
④ ㉡에 대한 왕비의 대답을 보니, 왕비에게 '그놈'의 행위에 대해 제보한 사람이 있었군.
⑤ ㉡이 제시된 후에 드러난 복록의 상황을 보니, 복록은 자신이 지은 '죄'에 대하여 심리적 중압감을 느꼈겠군.

02

누명과 관련한 설명으로 가장 적절한 것은?

① 누명이 벗겨지면서, 누명을 썼던 인물은 자신의 어리석음을 탓하고 있다.
② 누명을 쓴 인물의 요청으로 남주인공은 누명을 씌운 인물의 처벌을 유보한다.
③ 누명의 내용은 누명을 쓴 인물이 남몰래 자신의 처소에서 벗어나 구덩이에 있다는 사실이다.
④ 누명을 씌우기 위한 계략에는 누명을 쓰는 인물을 특정 장소로 가게 하는 것이 포함되어 있다.
⑤ 누명이 벗겨지는 계기는 남주인공이 자신의 어머니가 극단적 선택을 하겠다는 것을 만류한 것이다.

03

〈학습 활동〉을 수행한 결과로 적절하지 않은 것은?

학습 활동

「정을선전」은 모략을 중심으로 사건이 전개되므로 인물 간 소통 양상을 파악하는 것이 중요하다. 윗글을 바탕으로 인물 간에 나타난 소통의 내용을 정리해 보자.

	인물 A	인물 B	소통의 내용
①	원수	중군장	A가 B에게 군사를 이끌고 가 서융을 사로잡으라고 명령함.
②	승상	월매	A가 B에게 충렬부인이 있는 곳이 어디인지 물음.
③	옥졸	금연	B가 A로부터 옥중 시신의 정체와 관련한 정보를 얻음.
④	옥졸	승상	A가 B에게, 금연이 옥중 시신에 대하여 발설했을 것이라는 의혹을 제기함.
⑤	금연	승상	B가 A로부터 정렬부인이 거짓으로 앓아 누웠었다는 정보를 얻음.

04

〈보기〉를 참고하여 윗글을 이해한 내용으로 적절하지 않은 것은? [3점]

보기

「정을선전」은 영웅소설과 가정소설의 상투적인 면모가 혼재되어 나타난다. 이를테면, 가정 안팎의 서사는 남주인공을 매개로 연결되고, 사건이 선악 구도로 전개되며, 인물의 고난과 감정은 극대화된다. 이 과정에서 일부다처제에서 비롯되는 가정 내 갈등이 개인의 인성 문제로 축소된다. 그러면서도 상전의 수족에 불과한 하층의 시비가 능동적인 행위자로 등장하거나, 가정과 사회에서 상층인 인물이 희화화된다.

① 정을선이 황상에게 올린 상소에서, 대원수와 가장으로서의 모습이 드러나는 것으로 보아, 가정 안팎의 사건에 남주인공이 두루 관여하고 있음을 알 수 있군.
② 승상이 충렬부인을 구출하는 장면에서, '슬픔에 매우 야위어 뼈가 드러'난 부인의 모습과 '통곡'하는 승상의 모습은 인물의 고난과 감정이 극대화된 형상임을 알 수 있군.
③ 왕비가 '앙천통곡'하는 장면에서, 충렬부인의 수난이 '악녀'의 탓이라는 인식이 드러나면서 일부다처제의 문제가 개인의 인성 문제로 축소되고 있음을 알 수 있군.
④ 월매가 '매를' 맞는 장면에서, 월매는 자신이 모시는 주인에게 죽음을 각오하고 진실을 밝힘으로써 능동적인 행위자를 지향하고 있음을 알 수 있군.
⑤ 정렬부인이 '승상의 호통 소리'에 반응하는 장면에서, 가정의 상층 인물이 자신의 위엄이 실추되는 행동을 보이면서 희화화되고 있음을 알 수 있군.

고전 소설 02

2025학년도 9월 모의평가

공부한 날	월	일
목표 시간	분	초
시작 :	종료 :	
소요 시간	분	초

01-04 다음 글을 읽고 물음에 답하시오.

제1회 봄놀이

오작교에선 선랑(仙郞)이 봄바람에 취하고
버드나무 언덕에선 가인(佳人)이 그네를 뛰네

'광한루기'는 작품 전체의 제목이다. 광한루가 없었더라면 이도린이 놀러 가지 않았을 것이요, 이도린이 놀러 가지 않았더라면 춘향이 이도린을 만날 수 없었을 것이요, 춘향이 이도린을 만나지 못했더라면 8회로 구성된 한 편의 작품이 무엇을 바탕으로 탄생할 수 있었겠는가. 광한루 하나가 공중에 솟구쳐 있었기에 이도린이 놀러 갈 수밖에 없었고, 춘향이 이도린을 만날 수밖에 없었으며, 8회로 구성된 한 편의 작품이 만들어질 수밖에 없었다. [A]

(중략)

그네 뛰는 모습을 이도린이 보고 자기도 모르게 눈앞이 어질어질하여 김한에게 말했다.

"너는 저런 것을 본 적이 있느냐? 저것이 금이냐, 옥이냐? 아니면 귀신이냐? 그것도 아니면 선녀냐? 너는 저것을 아느냐?"

김한이 대답했다.

"금도 아니고 옥도 아닙니다. 낙수(洛水)에 빠져 죽은 이의 넋도 사라지고, 양대(陽臺)에서 구름과 비를 만들었던 여인의 일도 이제 아득하기만 한데, 어떻게 귀신 같고 선녀 같은 아가씨가 요즘 세상에 나타났겠습니까?"

"그렇다면 누구란 말이냐?"

"이 사람은요……."

"이 사람이 누구냐?"

"도련님께서는 교방 행수 기생 월매를 기억하시는지요?"(이게 무슨 말이야?)

"저렇게 젊고 아리따운 여인을 어떻게 반쯤은 쭈글쭈글해진 노파에다 비교할 수 있느냐?"

"저 사람은 월매의 딸 춘향입니다. 노래도 잘하고 춤도 잘 추며 글도 잘하고 바느질도 잘하며 그 용모와 자태는 정말 절색입니다. 남원의 절색일 뿐 아니라 도내의 절색이요, 도내의 절색일 뿐 아니라 국내의 절색이라 해도 손색이 없습니다."

이도린이 매우 기뻐하며 말했다.

"풍류를 즐길 만한 인연이 정말이지 다른 데 있는 것이 아니구나. 네가 가서 불러 오거라."

"도련님께서는 저 아이를 불러다가 무엇을 하시려고요?"

"고운 얼굴 한번 보려고 그런다." ㉠(어찌 그렇지 않을 수 있겠는가?)

"도련님께서 저 아이를 보시고 무엇 하시려고요?"(눈치 빠른 김한)

"내가 이 일을 하든 저 일을 하든 네가 알아서 뭘 하느냐?"

"부른다 해도 저 아이는 오지 않을 것입니다."

"오고 안 오고는 저 아이한테 달렸지 너한테 달리지 않았으니, 너는 그 새 주둥이 같은 입을 그만 닥치거라."

이에 김한이 머리를 떨구고 갔다.

원래 춘향은 풍경을 즐기려는 옆집 여자 아이를 따라 나온 것이었다. 채색 줄로 만든 그네를 탔는데, 봄바람에 옷자락이 흐트러져 버드나무 가지를 꽉 잡은 채 그네를 멈추고 옷매무새를 바로잡으려 했다. 그때 갑자기 광한루 위에서 사람의 말소리가 들리자(이게 누구지?) 춘향은 몸을 돌려 [꽃그늘] 속으로 들어가 숨고서는 주변을 둘러보았다. 이도린이 꽃무늬가 있는 작은 종이를 손에 쥐고 홀로 광한루 동쪽 난간에 기대어 있었는데, 그 모습이 티 없이 맑아 춘향은 은연중에 찬탄하는 말을 내뱉었다. 갑자기 김한이 바쁜 걸음으로 와서 불렀다.

"춘향 낭자 어디 있소?"

춘향이 다시 몸을 돌려 숨었기 때문에 아무 소리도 나지 않았다. 김한이 이리저리 찾아보다가 꽃그늘에까지 와서 춘향을 발견했다.

(중략)

김한이 웃으며 말했다.

"춘향은 노여워 말고 내 말 한번 들어 보오. 어제 남문 밖 큰길에서 까치 같은 옷차림의 사령들이 쌍쌍이 앞에서 인도하고, 호랑이 무늬의 활집을 진 군관들이 대열을 이루며 뒤에서 호위한 채, 한 귀인이 구름 같은 가마에 앉아 아전들과 기생들 사이를 누비고 다녔는데, 낭자는 그 사람이 누군지 아오?"

"네가 또 쓸데없는 말을 하는구나. 내가 어찌 본관 사또를 몰라보겠느냐?"

"내가 말한 귀인은 바로 사또 자제 도련님이오."(기특한 김한)

"사또 자제 도련님이 나와 무슨 상관이냐?"

"낭자, 우리 도련님을 한번 만나러 갑시다."

"도련님이 어떻게 춘향인지 추향인지 알겠느냐? 네가 춘향입네, 기생입네 하면서 농지거리해서 일을 벌였겠지. 나는 죽어도 못 간다, 죽어도 못 가."

"춘향 낭자, 그대는 현명하고 지혜로운 사람이면서 이다지도 사리를 분별하지 못하오? 속담에도 '까마귀 날자 배 떨어진다.'라고 했듯이 도련님께서 춘흥이 발한 것이 우연히 오늘이며, 낭자가 그네 뛰며 논 것도 마침 이때이니, 이는 참으로 그렇게 하지 않았는데도 그렇게 된 것이오. 도련님께서 낭자를 보시고는 '귀신이냐? 선녀냐?'라고 물으시기에, '귀신도 아니고 선녀도 아닙니다.'라고 말했고, '그럼 누구냐?'라고 하시기에, '행수 기생의 딸입니다.'라고 말했소. 젊은 사내가 어찌 한 번쯤 그 아름다움을 살피려 하지 않겠소? 춘향 낭자는 잘 헤아려서 처신하시오. 갈 수 있으면 가는 것이고, 못 가겠다면 못 가는 것이지만, 화와 복이 눈앞에 놓여 있으니 낭자는 잘 생각하시오."

춘향이 한참 동안 잠자코 있다가 말했다.
"네 말이 일리가 있다."

– 수산, 「광한루기」

01

윗글에 대한 이해로 가장 적절한 것은?

① 이도린은 춘향이 자신에게 호감을 느꼈다는 사실을 알지 못했다.
② 춘향은 그네를 타기 위해 나들이에 나섰지만 기대했던 바를 달성하지 못했다.
③ 이도린은 춘향을 부르면 이도린 자신을 만나러 올 것이라는 김한의 말을 믿었다.
④ 이도린은 월매가 춘향의 어머니라는 사실을 알고 있었지만 이를 모르는 척했다.
⑤ 옆집 여자 아이는 이도린을 만나기 위해 춘향과 함께 왔지만 풍경을 즐기는 것에 만족했다.

02

꽃그늘에 대한 이해로 가장 적절한 것은?

① 춘향이 그네를 타기 위해 기다리는 장소
② 춘향이 김한을 기다리며 머물고 있는 장소
③ 춘향이 몸을 감추고 이도린을 바라보는 장소
④ 김한이 이도린을 만나서 대화를 나누는 장소
⑤ 이도린이 춘향과 만나기 위해 미리 약속한 장소

03

윗글에서 '김한'의 역할을 이해한 것으로 가장 적절한 것은?

① 이도린에게 눈앞에 보이는 것이 금과 옥이 아니라고 알려 주어, 이도린의 무지를 일깨우는 비판자 역할을 한다.
② 이도린에게 춘향이 선녀 같은 아가씨라고 말하여, 이도린이 춘향의 고귀한 신분을 알게 하는 조력자 역할을 한다.
③ 이도린에게 풍류를 즐길 만한 상대가 춘향이라고 이야기하여, 이도린이 춘향을 부르게 하는 중개자 역할을 한다.
④ 춘향에게 춘향 자신이 지혜로운 사람임을 일깨워 주어, 춘향이 이도린을 만나지 못하도록 하는 방해자 역할을 한다.
⑤ 춘향에게 이도린과의 만남은 거듭된 우연으로 이루어진 인연임을 알려 주어, 두 사람을 만나게 하는 매개자 역할을 한다.

04

〈보기〉를 참고하여 [A], ㉠을 이해한 내용으로 적절하지 않은 것은? [3점]

> 보기
>
> 「광한루기」는 '수산(水山)'이라는 호를 쓴 사람이 「춘향전」을 바탕으로 지은 한문 소설로, 총 8회로 이루어져 있다. 각 회의 앞부분에는 내용을 소개하는 시구와 해당 회에 대한 견해가 제시되어 있고, 본문 속에는 인물이나 사건 등에 대한 짤막한 평이나 감상이 작은 글씨로 제시되어 있다. 「광한루기」의 독자는 이와 같은 다양한 비평적 견해를 이야기와 함께 읽으면서 작품을 감상할 수 있다.

① [A]에서는 시구를 활용하여, '봄바람'과 '버드나무 언덕'이 어우러진 봄날의 분위기를 보여 주면서 해당 회의 배경을 드러내고 있군.
② [A]를 통해 해당 회의 주요 공간인 '광한루'를 소개하여, 그 공간의 역할을 드러내고 있군.
③ [A]에서는 두 인물이 만나게 되는 계기를 서술하여, 서사 전개의 개연성을 보여 주고 있군.
④ ㉠은 인물의 말에 대한 평을 통하여, 독자에게 이도린의 반응이 당연하다는 점을 강조하여 보여 주고 있군.
⑤ [A]와 ㉠을 통해 독자에게 작품의 감상법을 다양하게 설명하여, 「광한루기」를 8회로 구성한 이유를 부각하고 있군.

고전 소설 03

2025학년도 6월 모의평가

공부한 날		월	일
목표 시간		분	초
시작 :	종료 :		
소요 시간		분	초

01-04 다음 글을 읽고 물음에 답하시오.

장 소저가 남복을 벗고 담장 소복으로 여복을 개착하고 금로에 향을 사르며 시랑의 영위 먼저 차린 후 제문을 읽으니, ⓐ그 글에 하였으되,

'유세차 기축 삼월 정묘 삭 십오 일에 기주 장 한림의 딸 애황은 감히 이부 시랑 이 공 영위 앞에 아뢰나이다. 오호 애재라! 소첩의 부친이 대인과 사귐이 깊사옵더니, 그 후에 대인은 귀자를 두시고 부친은 소첩을 얻으시니 피차에 동년 동일생이라. 부친이 신기한 꿈을 꾸고는 대인과 **진진지연***을 깊이 맺었더니, 슬프다, 양가 시운이 불리하여 대인은 **간신의 모해**를 입어 외딴섬에 유배 가시고, 부친은 대인의 억울함과 소첩의 앞길이 그릇됨을 원통히 여겨 걱정과 분노가 병이 되어 중도에 **세상을 버**리시니, 모친 또한 부친의 뒤를 따라 별세하시니, 외롭고 연약한 소첩은 의지할 곳이 없더라. 간적 왕희가 첩의 고독함을 업신여겨 **혼인을 강제하**옵기로 변복 도주하였다가, 남자로 행세하여 용문에 올라 남적을 멸하고 대공을 이룸은, 적자 왕희를 없이하여 원통함을 풀고 대인과 공자를 찾아 혼약을 이루기 위함이었는데, 사신의 말을 들으니 대인 부자가 형적이 없다 하니, 반드시 수중고혼이 되신지라. 어찌 참통치 않으리잇고. 이에 한 잔 술을 바치옵나니 삼가 바라건대 존령은 흠향하옵소서.'

하였더라.

(중략)

각설. 이 공자 대봉이 부친을 모시고 ㉠용궁을 떠나 여러 날 만에 ㉡황성에 올라와 머물 곳을 정한 후, 흉노의 머리 벤 것을 봉하여 성상께 올릴새 상소를 지어 전후사연을 주달하였거늘, 이때 성상이 이 시랑 부자의 생사를 알지 못하시고 장 소저의 앞길을 애련히 여기사 마음에 잊지 못하시더니, 또 장 소저의 상표가 이르렀거늘 상이 반기사 급히 열어 보시니 왈,

'신첩 장애황은 일장 표를 용탑 하에 올리나이다. 신첩이 성상의 큰 은혜를 받자와 바닷가에서 제를 올려 고혼을 위로하오나, 이승과 저승이 판이하게 달라 영혼이 자취가 없사오니, 비록 앞에 와 흠향하온들 어찌 알 리 있사오리잇가. 아득한 경상과 슬픈 마음을 진정치 못하와 제를 지내며 통곡하옵더니, 천우 신조하와 삭발 승려를 만나오니 이 곧 시랑 이익의 처 양씨라. 비록 **성혼 행례**는 아니 하였사오나 어찌 시어머니와 며느리 사이가 아니리잇가. 일비일희하여 즐겁기 무궁하오니, 이는 다 성상의 넓으신 덕택으로 말미암음이라. 그러나 왕희 부자는 국가를 혼란스럽게 한 간신이옵고 신첩의 원수라. 바라건대 폐하는 왕희 부자를 엄형 국문하사 국법을 밝히시고, 그 부자를 신첩에게 내어 주시면 남선우 베던 칼로 난신을 죽여 이익의 부자에게 제하여 영혼을 위로하리이다.'

하였더라.

상이 다 보신 후 정히 처결코자 하시더니, 이때 또 하나의 표문이 올라오거늘, 상이 의괴하여 열어 보시니 ⓑ그 소에 하였으되,

'죄신 이대봉은 황공함과 두려운 마음으로 머리를 조아려 절을 올리며 한 장 표문을 황상 용탑 하에 바치옵나이다. 신의 부자가 간신 왕희의 모함을 입었사오나, 폐하의 성덕을 입사와 이 한목숨에 너그러움을 베풀어 ㉢해도에 내치신 덕택으로 유배지로 가옵더니, 도중을 향하와 배를 타고 대해 중에 행하옵더니, 뜻밖에 뱃사람들이 달려들어 아비를 결박하여 물에 던지거늘, 신의 아비 죽는 양을 보고 또한 뒤를 따라 수중에 빠지오매 거의 죽게 되었삽더니, 마침 서해 용왕의 구함을 입어 살아나 서역 천축국 ㉣백운암에 가 팔 년을 의탁하였나이다. 생각하옵건대 신의 부자가 국가의 죄인이라. 타처에 오래 있사옴이 옳지 않아 세상에 나와 수중에 빠진 아비 유골이나마 찾고 고국에 있는 어미를 찾아보고자 하와 중원으로 돌아가옵다가, 농서에서 한나라 장수 이릉의 영혼을 만나 갑옷과 투구를 얻고, 사평에서 오추마를 얻으며, 화용도에서 관 공의 영혼을 만나 칼을 얻어, 황성으로 향코자 하옵다가, 반적 흉노가 천자의 자리를 범하여 황성을 함몰하고 어가가 ㉤금릉으로 행하셨다 함을 듣고, 분심을 이기지 못하와 전죄를 무릅쓰고 천 리를 달려와 금릉에 이르러 자칭 충의장군이라 하옵고 필마단창으로 적군을 파하고 적장 묵특남과 동돌수를 베어 성상의 급하심을 구하옵고, 흉노가 도망하는 것을 따라 서릉도에 들어가 흉노를 베었나이다. 돌아오는 길에 해중에서 풍랑을 만나 나흘 밤낮을 정처 없이 가다가 천우신조하옵고, 성상의 하해지덕으로 무인절도에 다다라 바람이 그치오며, 그 섬에 올라가 죽었던 아비를 만났사오니 황명을 기다리지 아니하고 감히 함께 와 대죄하옵나니, 신의 부자의 죄 만 번 죽어도 아까울 것이 없나이다. 그러하오나 왕희는 국가의 난신적자요 신의 원수라. 뱃사람이 재물 없이 적소로 가는 죄수를 무단히 살해하올 일은 만무하온즉, 이는 반드시 왕희의 사주를 받은 것으로, 의심할 바 없는지라 바라옵건대 성상은 엄형 국문하옵신 후 왕적을 내어 주시고 신의 죄를 다스리옵소서.'

하였더라.

– 작자 미상, 「이대봉전」

*진진지연(秦晉之緣): 혼인의 인연.

01

㉠~㉤에 대한 설명으로 가장 적절한 것은?

① ㉠은 이대봉이 이릉의 영혼을 만나 갑옷과 칼을 얻은 공간이다.
② ㉡은 흉노가 침범한 곳이자 이대봉이 흉노를 처단한 공간이다.
③ ㉢은 장 한림 부부가 간신의 모해로 유배 간 공간이다.
④ ㉣은 이대봉이 중원으로 향하기 전에 머물던 공간이다.
⑤ ㉤은 동돌수가 이대봉을 피해 달아난 공간이다.

02

장 소저에 대한 이해로 적절하지 않은 것은?

① 부친과 이 시랑이 '진진지연'을 맺은 데에는 신기한 꿈이 영향을 미쳤을 것이라고 알고 있다.
② 이 시랑이 '간신의 모해'를 입은 것은 시운이 좋지 않았기 때문이라고 생각했다.
③ 부친이 '세상을 버'린 까닭은 혼약이 어그러진 것과 이 시랑의 죽음에 대한 분노 때문이라고 여겼다.
④ 왕희가 '혼인을 강제하'는 것으로 판단하여 변복 도주했다.
⑤ '성혼 행례'는 하지 않았으나, 승려가 된 양씨를 시어머니로 대했다.

03

〈보기〉의 [A]에 들어갈 말로 적절하지 않은 것은?

> 보기
>
> **선생님:** 고전 소설에서는 제문, 표문 등과 같은 다양한 글이 활용되기도 해요. 윗글의 ⓐ와 ⓑ에서 글을 바치는 사람과 받는 상대가 누구인지 고려하여, 글의 특징이나 기능에 대해 말해 보세요.
>
> **학 생:** [A]
>
> **선생님:** 네, 맞아요.

① ⓐ는 망자에게 바치는 제문이고, ⓑ는 성상에게 바치는 표문이에요.
② ⓐ는 상대의 원통함을 위로하기 위하여, ⓑ는 상대에게 사건 경과를 알려 특별한 조치를 요청하기 위하여 작성되었어요.
③ ⓐ와 달리 ⓑ에는 글을 바치는 사람이 스스로를 낮추는 표현이 사용되었어요.
④ ⓐ에서 글을 바치는 사람이 오해했던 사건의 실상이 ⓑ에서 드러나고 있어요.
⑤ ⓐ와 ⓑ는 모두 글을 바치는 사람과 상대를 서두에서 밝히고 있어요.

04

〈보기〉를 참고하여 윗글을 감상한 내용으로 적절하지 않은 것은? [3점]

> 보기
>
> 「이대봉전」에서 주인공은 공적 가치와 사적 목표를 실현하기 위해 노력한다. 공적 가치는 국가 차원의 사건에 참여하는 당위로 제시되고, 사적 목표는 가문의 일원으로서 그 사건 해결에 가담하는 동력이 된다. 현실계나 비현실계의 존재들 또한 주인공의 이러한 문제 해결 과정에 조력한다. 공적 활약을 통해 공적 가치의 권위를 인정하는 이면에 사적 목표의 추구를 배치하는 이러한 구도는 영웅소설이 지향하는 '충'이라는 이념을 훼손하지 않으면서도 사적 목표의 추구를 정당화한다.

① 장애황이 혼약을 이루기 위해 대공을 세웠다고 한 데에서, 혼약이 국가 차원의 사건에 참여하는 동력이 되었음을 알 수 있군.
② 장애황이 난신 왕희를 국법으로 다스린 후 자신에게 내어 달라고 한 데에서, 공적 권위를 존중하되 사적 목표도 실현하고자 하는 마음을 알 수 있군.
③ 흉노의 침입으로 성상이 피신했다는 소식에 분노하여 이대봉이 출전한 데에서, 국가 차원의 문제 해결에 참여하는 당위성을 확인할 수 있군.
④ 표류하던 이대봉이 천우신조로 무인절도에서 이 시랑과 재회한 데에서, 비현실계의 존재가 이대봉의 공적 활약에 조력한 것을 확인할 수 있군.
⑤ 이대봉이 흉노 제압을 공으로 드러낸 후 성상에게 왕희의 처벌을 요구한 데에서, 충의 이념을 훼손하지 않으면서도 사적 목표의 정당성을 확보하려는 인물의 의중을 확인할 수 있군.

고전 소설 04

2024학년도 수능

공부한 날		월	일
목표 시간		분	초
시작 :		종료 :	
소요 시간		분	초

01-04 다음 글을 읽고 물음에 답하시오.

황상과 만조백관이 어찌할 줄 모르더니 좌장군 서경태가 급히 입직군을 동원하여 칼을 들고 내달아 크게 꾸짖길,

"이 몹쓸 흉악한 놈아, 어찌 이런 변을 짓느냐?"

하고 칼을 들어 치니 아귀가 몸을 기울여 피하고 입을 벌려 숨을 들이쉬니 서경태가 날리어 아귀 입으로 들어갔다. 상이 보시다가 크게 놀라,

"짐이 여러 번 **전장**을 지내었으되 이런 일은 보도 듣도 못하였으니 제신 중에 뉘 이 짐승을 잡아 짐의 한을 씻으리오."

정서장군 한세충이 나와 아뢰길,

"소장이 비록 재주 없으나 저것을 베어 황상께 바치리이다."

하고 황금 투구에 엄신갑을 입고 팔 척 장창을 들고 청룡마를 내달아 외쳐 말하길,

"흉적은 목을 늘여 내 칼을 받으라."

아귀가 크게 웃고 말하길,

"아까는 내 숨을 들이쉬니 모기 같은 것도 삼켰으니 지금은 숨을 내쉴 것이니 네 눈을 부릅뜨고 자세히 보라."

하고 입을 벌려 숨을 내부니 황상과 만조백관이 오 리나 밀려갔다. 아귀가 궁중이 텅 빈 것을 보고 세 공주를 등에 업고 돌아갔다.

이때 황상이 제신과 함께 정신을 겨우 차려 환궁하시니 세 공주가 다 없었다. 상께 이 연고를 아뢰니 상이 크게 놀라 하교하시되,

"이런 해괴한 변이 천고에 없으니 경들의 소견이 어떠하뇨?"

하고 용루를 흘리시니 **조정**에 모인 여러 신하가 감히 우러러보지 못하였다. [A]

이우영이 아뢰길,

"전 좌승상 김규가 지모 넉넉하오니 불러 문의하심이 마땅할까 하나이다."

상이 깨달아 조서를 내려 김규를 부르셨다.

이때 승상이 원을 데리고 평안히 지내더니 천만의외에 사관이 조서를 가지고 왔거늘 받자와 본즉,

"전임 좌승상에게 부치나니 그사이 **고향**에서 무사한가. ⓐ짐은 불행하여 공주를 잃고 종적을 모르니 통한함을 어찌 측량하리오. 경에게 옛 벼슬을 다시 내리나니 바삐 올라와 고명한 소견으로 짐의 아득함을 깨닫게 하라."

하였다. 승상이 사관을 후대하고 ㉠국변을 물으니 아귀 작란하던 일과 세 공주 잃은 말을 대강 고하니 승상이 못내 슬퍼하며 상경하여 사은숙배하니, 상이 보시고,

"경이 고향에 돌아감은 짐이 불명한 탓이로다. 국운이 불행하여 세 공주를 일시에 잃었으니 짐의 이 원을 어찌하리오? 경의 소견으로 이 일을 도모하면 평생의 한을 풀리로다."

승상이 엎드려 아뢰길,

"소신이 자식이 있삽는데 창법 검술이 일세에 무쌍하와 매일 종적 없이 다니옵기 연고를 물으니 **철마산**에 가 무예를 익히다가 일일은 그 산에서 아귀라 하는 짐승을 만나 겨루고 그 뒤를 좇아 바위 구멍으로 들어감을 보았노라 하옵기 과연 허언이 아닌가 싶사오니 ⓑ자식을 불러 들으심이 마땅하올까 하나이다."

[중략 부분의 줄거리] 원은 황상을 뵙고 원수가 되어 철마산 아귀의 소굴로 들어간다.

원수가 백계를 생각하다가 갑자기 깨달아 공주께 아뢰기를,

"독한 술을 많이 빚어 좋은 안주를 장만하여야 계교를 베풀리이다."

하고, 약속을 정해 여러 여자를 청하여 여차여차하게 계교를 갖추고 기다리라고 하였다.

이때 아귀가 원의 칼에 상한 머리 거의 나으니 모든 시녀를 불러 말하기를,

ⓒ"내 병이 조금 나았으니 사오일 후 세상에 나가 남두성을 잡아 죽여 이 원한을 풀리라. 너희는 나를 위하여 마음을 위로하라."

여자들이 이 말을 듣고 크게 기뻐하여 각각 술과 성찬을 권하기를,

"대왕의 상처가 나으시면 첩 등의 복인가 하나이다. ⓓ수이 차도를 얻사오면 남두성 잡기야 어찌 근심하리오? 주찬을 대령하였사오니 다 드시어 첩 등의 우러르는 마음을 즐겁게 하소서."

아귀가 가져오라 하거늘, 여러 여자가 일시에 한 그릇씩 드리니 아홉 입으로 권하는 대로 먹으니 그 수를 알 수 없었다. 술이 취하매 여러 여자가 거짓으로 위로하여,

"장군은 잠깐 잠을 청하여 아픔을 잊으소서."

아귀가 듣고 잠을 자려 하거늘, 막내 공주가 곁에 앉아 말하길,

"보검을 놓고 주무소서. 취중에 보검을 한번 휘둘러 치면 잔명이 죄 없이 상할까 하나이다."

아귀가 말하기를,

"장수가 잠이 드나 칼을 어찌 손에서 놓으리오마는 혹 실수함이 있을까 하노니 머리맡에 세워 두라."

하고 주거늘, 공주가 받아 놓고 잠들기를 기다렸다. 아귀가 깊이 잠들었거늘, 비수를 가지고 **협실**로 나와 원수에게 잠들었음을 이르고 함께 후원에 이르러 큰 기둥을 가리키며,

"원수의 칼로 저 기둥을 쳐 보소서."

원수가 칼을 들어 기둥을 치니 반쯤 부러졌다. 공주가 크게 놀라 말하기를,

"만일 그 칼을 썼더라면 성사도 못하고 도리어 큰 화가 미칠 뻔하였습니다."

아귀가 쓰던 비수로 기둥을 치니 썩은 풀이 베어지는 듯하였다.

– 작자 미상, 「김원전」

01

[A]의 서술상 특징에 대한 설명으로 가장 적절한 것은?

① 서술자가 개입하여 인물에 대한 평가를 제시하고 있다.
② 대화를 통해 인물 간의 위계나 관계를 보여 주고 있다.
③ 현재와 과거를 교차하여 장면의 전환을 보여 주고 있다.
④ 인물의 회상을 통해 인물 간 갈등의 원인을 암시하고 있다.
⑤ 상황에 대한 인물의 반응을 과장되게 서술하여 사건의 비극성을 완화하고 있다.

02

㉠과 관련하여 윗글을 이해한 내용으로 적절하지 않은 것은?

① 황상은 ㉠의 심각성을 이전의 '전장'과 비교하고, 그때의 경험에 근거하여 ㉠에 대한 대처 방안을 찾아낸다.
② 이우영은 ㉠의 해결을 위해 '조정'에서 황상의 질문에 답하며 ㉠에 대처할 방안을 찾아 줄 지모 있는 인물을 거명한다.
③ 황상은 ㉠의 여파가 미치지 않은 '고향'에서 편안히 지내던 승상에게 ㉠으로 인한 위기 상황을 알린다.
④ 승상은 ㉠의 원흉인 아귀를 원이 '철마산'에서 본 것을 황상에게 아뢰고, ㉠을 해결할 단서를 제공할 인물을 천거한다.
⑤ 원은 ㉠의 해결 방안을 떠올리고, '협실'에서 공주를 만나 ㉠을 해결할 수 있는 기회가 왔음을 알게 된다.

03

ⓐ~ⓓ에 대한 설명으로 가장 적절한 것은?

① ⓐ와 ⓑ에서는 상대에 대한 신뢰를 바탕으로, 숨겨 온 사실을 드러내고 있다.
② ⓑ와 ⓒ에서는 자신의 위세를 드러내어, 상대의 복종을 이끌어 내고 있다.
③ ⓐ에서는 자신의 감정을 상대에게 드러내고, ⓓ에서는 자신들의 의도를 상대에게 숨기고 있다.
④ ⓑ에서는 당위를 내세워 상대의 행위를 요구하고, ⓓ에서는 상대의 안위를 우려하여 자제를 요청하고 있다.
⑤ ⓒ에서는 상대에게 자신의 목표를 위해 행동할 것을 촉구하고, ⓓ에서는 상대의 목표를 위해 행동할 것을 약속하고 있다.

04

〈보기〉를 참고하여 윗글을 감상한 내용으로 적절하지 않은 것은? [3점]

보기

「김원전」은 당대의 보편적 가치인 충군을 주제로, 초월적 능력을 지닌 주인공과 기이한 존재인 적대자의 필연적 대결 관계를 보여 준다. 특히 적대자의 압도적 무력에 맞서는 과정에서 인물에 따라, 혹은 인물이 처한 상황에 따라 다른 대응 방식을 보여 줌으로써 독자의 흥미를 자극한다.

① 서경태가 입직군을 동원해 아귀와 맞서고 원수가 계교를 마련해 아귀를 상대하는 데서, 압도적 무력을 지닌 적대자에 대응하는 양상이 서로 다름을 알 수 있군.
② 한세충이 황상의 한을 씻고자 아귀에게 대항하고 승상이 황상의 불행에 슬퍼하며 상경하는 데서, 인물들이 충군의 가치를 지키고 있음을 알 수 있군.
③ 원이 아귀의 머리를 상하게 한 것과 아귀가 남두성인 원에게 원한을 갚겠다고 다짐하는 데서, 주인공과 적대자의 대결이 피할 수 없는 것임을 알 수 있군.
④ 공주가 황상에게는 국운의 불행으로 잃은 대상이지만 원수에게는 약속대로 아귀를 잠들게 하는 인물인 데서, 여성 인물이 사건의 피해자이자 해결을 돕는 존재임을 알 수 있군.
⑤ 일세에 무쌍한 무예를 갖춘 원수가 아귀의 비수로 기둥을 베어 보는 데서, 주인공이 적대자를 처치하기 위해 자신의 계획대로 초월적 능력을 시험하고 있음을 알 수 있군.

고전 소설 05

2024학년도 9월 모의평가

공부한 날		월	일
목표 시간		분	초
시작 :	종료 :		
소요 시간		분	초

01-04 다음 글을 읽고 물음에 답하시오.

선군이 한림원에 다녀온 후 편지 먼저 하는지라. 노복이 주야로 내려와 상공께 편지를 드리니, 한 장은 부모님께, 한 장은 낭자에게 부친 편지거늘, 부모님께 올린 편지를 상공이 열어 보니,

"문안드립니다. 그사이 부모님께서는 평안하셨나이까? 저는 부모님 덕분에 무탈하옵니다. 또한 천은을 입어 금번에 장원 급제하여 한림학사로 입조하여 도문*하니, 일자는 금월 망일이오니 잔치는 알아서 준비해 주옵소서." [A]

하였더라.

낭자에게 온 편지를 부인 정 씨 **춘양**에게 주며,

"ⓐ이 편지는 네 어미에게 부친 편지라. 네가 잘 간수하라."

하고 부인 통곡하니 춘양이 그 편지를 받고 울며 동춘을 안고 방에 들어가 어미 시신 흔들고 울며, 편지 열어 낯에 대고 통곡 왈,

"어머님 일어나소. 아버님 편지가 왔나이다. 일어나소. 아버님 장원 급제하여 내려오시나이다."

하며 편지로 낯을 덮으며,

"동춘은 연일 젖 먹자고 웁니다. 어머님 평시 글을 좋아하시더니 아버님 편지 왔사온데 어찌 반기지 아니하시나이까? 춘양은 글을 몰라 어머님 영전에 읽어 드리지 못하나니 답답하나이다."

하고 할머님께 빌며,

"할머님께서 어머님 영전에 가 편지를 읽으시면 어머님 영혼이 감동할 듯하나이다."

하니 정 씨 마지못해 방에 들어가 울면서 편지를 읽는지라.

"낭자께 문안 전하니, 애정 담은 편지 한 장 올리나이다. 우리의 태산 같은 정이 천리에 가림에, 낭자의 얼굴을 보고 싶어도 볼 수 없고, 낭자를 생각하지 않아도 절로 생각이 납니다. 요사이 그대의 그림이 전과 빛이 달라 날로 변하나이다. 무슨 병이 들었는지 몰라 객창 등불 아래에서 수심으로 잠들지 못하니 답답합니다. 낭자의 지극한 정성으로 장원 급제하여 이 몸이 영화롭게 내려가니, 어찌 낭자의 뜻을 맞추지 아니하였으리오? 날짜는 금월 모일이니 바라건대 낭자는 천금 같은 옥체를 보존하소서. 내려가 반갑게 만나사이다." [B]

정 씨 보기를 다함에 더욱 슬픈 마음을 진정치 못하여 통곡하며,

"ⓑ슬프다, 춘양아! 가련타, 동춘아! 너희 어미 잃고 어찌 살라 하는가?"

[중략 부분의 줄거리] 선군은 숙영이 시아버지로부터 가문의 명예를 실추했다는 오해를 받고 자결한 것을 알게 된다. 숙영은 장례 중 부활해 선군과 집에 돌아온다.

상공과 정 씨 부인 내달아 낭자를 붙들고 통곡하며,

"낭자는 어디를 갔다 왔느냐?"

하며 참혹한 마음을 이기지 못하더라. 낭자 상공과 정 씨 부인 앞에 가 절하고 사뢰되,

"ⓒ첩은 천상의 죄 있으니 천명이 아닌 것이 없습니다. 너무 한탄치 마옵소서."

하며,

"ⓓ옥황상제님이 우리를 올라오라 하시니 천명을 거스르지 못하여 올라가옵나이다."

하니, 상공 부부 더욱 처량한 심사를 측량치 못할러라. 낭자 백학선과 약주 한 병을 드리며,

"ⓔ이 백학선은 몸이 추우면 더운 바람이 나오니 천하 유명한 보배이옵고, 약주는 기운 불편하시거든 드십시오. 백학선과 약주를 몸에 지니시오면 백세 무양하오리다."

하고,

"**부모님 돌아가실 때 연화궁**의 세계로 모셔 가오이다. 천상 선관이 연화궁에 자주 다니오니 극락 연화궁으로 오시면 반가이 만나 뵈오리다."

하고 선군더러,

"우리 올라갈 때가 급하였으니, 하직하고 **올라가사이다**."

하니 선군이 부모지정을 잊지 못하여 새로이 슬퍼하니, 선군과 낭자 **부모를 위로하여 나아가 엎드려** 고왈,

"소자 등은 세상 연분이 다하였삽기로 오늘 하직하옵나이다."

하고 인하여 **하직**하며,

"부모님 내내 평안하옵소서."

하고 청사자 한 쌍을 몰아 한림은 동춘을 낭자는 춘양을 안고, 구름에 싸여 올라가는지라.

상공 부부 낭자와 선군이 천궁에 올라간 후로 망연해하며 **세간을 다 나누어 주**고, 백세를 살다가 한날한시에 별세하더라.

– 작자 미상, 「숙영낭자전」

* 도문: 과거 급제하고 집에 오던 일.

01

'춘양'에 대한 설명으로 가장 적절한 것은?

① 아버지를 보고 싶은 심정을 어머니 영전에서 언급한다.
② 할머니로부터 아버지의 편지를 받아 어머니에게 읽어 준다.
③ 할머니와 함께 어머니 생전의 일화에 대해 이야기를 나눈다.
④ 동생이 어머니가 살아 있는 줄 알고 찾아가려 하자 동생을 막아선다.
⑤ 아버지의 소식을 어머니에게 전하고 싶은 마음을 행동으로 표출한다.

02

[A], [B]에 대한 이해로 가장 적절한 것은?

① [A]에서는 자신의 안부를 전한 뒤 곧이어 받는 이의 안부를 묻는다.
② [B]에서는 받는 이를 만나고 싶지만 당장 그럴 수 없는 처지를 언급하며 안타까운 심정을 드러낸다.
③ [B]에서는 받는 이의 건강에 문제가 있다는 소식을 듣고 걱정하는 마음을 드러낸다.
④ [A]와 [B]에서 모두 자신이 뜻한 바를 이루었음을 전하고, 받는 이에게 그 공을 돌리며 감사해한다.
⑤ [A]와 [B] 모두 당부의 말을 전하는데, [A]에서는 받는 이가 글쓴이의 노력을 알아주길 바라고, [B]에서는 받는 이가 스스로 잘 처신하기를 바란다.

03

ⓐ~ⓔ를 이해한 내용으로 적절하지 않은 것은?

① ⓐ: 편지의 수신인이 누구인지 말해 주며 상대가 편지의 중요성을 인식하게 하고 있다.
② ⓑ: 손주들을 호명하며 격해진 감정과 그들을 불쌍해하는 마음을 표출하고 있다.
③ ⓒ: 자신의 운명은 하늘의 뜻이라고 함으로써 집에 온 자신을 책망하지 말 것을 부탁하고 있다.
④ ⓓ: 옥황상제의 부름을 거절할 수 없다고 말함으로써 이별이 예정되어 있음을 언급하고 있다.
⑤ ⓔ: 백학선과 약주를 선물함으로써 상대를 걱정하는 마음을 드러내고 있다.

04

〈보기〉를 참고하여 윗글을 감상한 내용으로 적절하지 않은 것은? [3점]

보기

「숙영낭자전」에서 승천은 인간 세상의 명분에 구속받지 않는 가족 사랑을 모색한다는 의의를 갖는다. 작품에서는 상공의 잘못이 개인의 문제이기 이전에 가문이라는 명분을 중시하는 인간 세상의 구조적 문제라고 보았다. 그래서 숙영 부부는 가문이라는 명분이 작동하지 않는 천상으로 보내고, 상공 부부는 가문의 무의미함을 깨닫게 하여 구조적 문제에 대응하는 한 방식을 보여 주었다. 하지만 숙영 부부를 천상에 간 뒤에도 부모를 잘 섬기려는 모습으로 그려 낸 것은, 가족 사랑의 보편적 가치를 환기하기 위한 것이다.

① 숙영이 '부모님 돌아가실 때 연화궁'으로 모셔가겠다고 하는 데에서, 연화궁에서 숙영과 부모를 만나게 하여 가족 사랑의 보편적 가치를 환기하려는 것을 확인할 수 있군.
② 숙영이 선군에게 천궁으로 '올라가사이다'라고 하는 데에서, 숙영 부부를 천상으로 보내 가문이라는 명분이 작동하지 않는 곳에서 살게 하려는 것을 확인할 수 있군.
③ 숙영 부부가 '부모를 위로하여 나아가 엎드려 고'하는 데에서, 승천을 망설이는 모습을 보여 주어 숙영 부부를 부모를 잘 섬기는 인물로 그려 낸 것을 확인할 수 있군.
④ 숙영 부부가 부모에게 '하직' 인사를 하는 데에서, 숙영 부부로 하여금 부모를 떠나게 하여 인간 세상의 구조적 문제에 대응하는 양상을 보여 준 것을 확인할 수 있군.
⑤ '상공 부부'가 '세간을 다 나누어 주'는 데에서, 가족을 잃어 허망해하는 상공 부부의 모습을 보여 주어 가문의 무의미함을 깨닫게 한 것을 확인할 수 있군.

고전 소설 06

2024학년도 6월 모의평가

공부한 날	월	일
목표 시간	분	초
시작 :	종료 :	
소요 시간	분	초

01-04 다음 글을 읽고 물음에 답하시오.

십여 일이 지날 무렵 노비 막동이 눈물을 흘리며 물었다.

"낭군께선 늘 언행이 호방하시고 재주가 무리 중에 탁월해 거침없으시더니, 요즘에는 울적해 하시니 말 못할 근심이 있는 듯하옵니다. 사모하는 이라도 있으신지요?"

김생이 슬퍼하며 느낀 바를 사실대로 말하니 막동이 한참 생각하고 말했다.

"소인이 낭군을 위해 마륵의 ㉠ 계책을 올릴 테니, 낭군께선 애태울 일이 없으십니다."

"그게 무엇이더냐?"

"낭군께선 급히 주효(酒肴)를 성대히 마련하시고 바로 미인이 머문 집으로 가셔서 손님을 전별(餞別)하려는 듯 하십시오. 방 하나를 빌려 잔치를 벌이시고 이놈을 불러 손님을 모셔 오라 하시면, 제가 명을 받들어 나갔다가 한 식경 후에 돌아와 '손님이 오십니다.'라 하지요. 낭군께서 다시 명하시면 제가 또 명을 받고 날이 저물 때쯤 돌아와, '손님께서 오늘은 송별객이 많아 심히 취해 갈 수 없으니 내일 꼭 가겠노라 하셨습니다.'라 하지요. 이때 낭군께선 주인을 불러 앉으라 하시고 그 주효를 먹게 하고, 기색을 드러내지 말고 물러나십시오. 다음 날도 그렇게 하고 그다음 날도 그렇게 하시면, 처음엔 고맙게 여길 것이요, 두 번째는 은혜에 감격할 것이며, 세 번째는 필히 의문을 품을 것입니다. 은혜를 느끼면 보답을 생각할 것이고, 은혜에 감격하면 죽음으로써 보답하고자 생각할 것이며, 의문이 생기면 하시고 싶은 바를 물어볼 것입니다. 이때 흉금을 털고 말하신다면 일은 거의 다 된 것입지요."

생은 진정 그럴듯하다 여기고 기뻐하며 말했다.

"내 일이 잘 되겠구나!"

생은 그 계책에 따라 즉시 주효를 갖추어서 곧바로 그 집에 가 전별 자리를 마련하였다.

(중략)

생이 사모하는 이가 필시 이곳에 없는 줄 알고 낯빛을 바꾸며 말했다.

"이 몸이 할멈에게 후의(厚意)를 입었으니 어찌 사실대로 말하지 않겠나? 과연 모월 모일 모처에서 오다가 길에서 마침 한 낭자를 보았다네. 나이는 대략 십오륙 세에 푸른 적삼에 붉은 치마를 입었고, 백릉버선에 자색 신을 신었지. 진주 비녀를 꽂고 새하얀 옥반지를 끼고, 홍화문 앞길을 지나가고 있었다네. 내 마음이 화사해지고 춘정을 이기지 못해 뒤따랐는데, 마지막에 이른 곳이 곧 할멈의 집이었네. 그날 이후로 마음이 혼미하여 만사가 흐릿하며, 오로지 그 낭자만 생각했다네. 맑은 눈동자와 하얀 이가 자나 깨나 잊히지 않아 상심하며 애태우길 하루 이틀이 아니었네. 할멈이 나를 보고 낯빛이 파리하다 했는데 왜 그랬겠나? 그래서 손님을 전별한다며 할멈을 번거롭게 한 것이네."

노파가 이 말을 듣고 몹시 애처로워했으나 생이 마음에 둔 사람이 누군지 몰랐다. 한동안 깊이 생각하다가 문득 깨닫고서 말했다.

"그런 애가 있습죠. 바로 죽은 제 언니의 딸이에요. 이름은 영영이고 자(字)는 난향이죠. 만약에 정말 그렇다면 참으로 어려운 일입니다. 참 어려운 일이에요!"

"왜 그러한가?"

"이 애는 회산군 댁 시비예요. 궁에서 나고 자라 문 앞길도 밟지 못한 지 오래랍니다. 자색(姿色)이 고운 것은 낭군께서 이미 보셨으니 굳이 말할 것 없지만 고운 마음이며 얌전한 몸가짐은 양반집 규수와 다를 게 없지요. 게다가 음률과 문장을 알아 나리께서 어여삐 여기시고 장차 소실(小室)로 맞으려 하셨지만, 부인의 시샘이 하동의 사자후보다 심하여 그렇게 못 하고 있을 뿐이옵니다. 지난번 그 애가 올 수 있었던 것은 한식 때를 맞아 그 애가 어미의 제사를 이곳에서 지내려고 부인께 말미를 얻었기 때문이지요. 그리고 때마침 나리께서 외출하신 터에 올 수 있었지 그렇지 않았던들 낭군께서 어찌 얼굴을 볼 수 있었겠습니까? 아이고! 낭군께서 다시 만나시기는 참으로 어렵습죠. 참으로 어려워요!"

생이 하늘을 우러러 탄식하며 말했다.

"아, 끝난 것이로구나! 나는 필시 죽겠구나!"

노파가 안타까워 멍하니 서 있다가 다시 말했다.

"딱 한 가지 ㉡ 방법이 있습죠. 단오가 꼭 한 달 남았습니다. 그때 이 몸이 죽은 언니를 위해 제사상을 차리고 부인께 영영에게 반나절의 말미를 주도록 청한다면, 만에 하나 낭군의 뜻을 이룰 수 있을 것입니다. 낭군께선 돌아가시어 때를 기다렸다가 오시지요."

생이 기뻐하며 말했다.

"할멈 말대로 된다면야 인간의 5월 5일이 천상의 7월 7일이 되겠소!"

생과 노파는 각각 만복을 기원하며 헤어졌다.

– 작자 미상, 「상사동기」

01

윗글의 대화에 대한 설명으로 가장 적절한 것은?

① 시간 표지를 활용하여 사건의 추이를 드러낸다.
② 앞날의 일을 가정하여 인물 간 갈등의 심화를 암시한다.
③ 인물에 대한 논평을 활용하여 갈등의 해소 방안을 제시한다.
④ 인물의 내력을 요약적으로 제시하여 성격의 변화를 보여 준다.
⑤ 인물의 성격을 고사에 빗대어 사건을 새로운 국면으로 전환한다.

02

윗글의 내용에 대한 이해로 적절하지 않은 것은?

① 막동은 생의 근심이 사모하는 마음 때문일 것이라 추측했다.
② 생이 노파의 집에서 손님을 전별하는 일을 벌인 데 대해 노파는 번거로움을 호소하였다.
③ 노파는 생이 찾는 자색이 고운 여인이 죽은 언니의 딸인 것을 깨달았다.
④ 노파는 생의 사연을 애처롭게 여기고 자신이 영영에 대해 아는 바를 알려 주었다.
⑤ 생은 천상의 일에 빗대어 영영을 만나는 일의 기쁨을 표현하였다.

03

㉠과 ㉡에 대한 설명으로 가장 적절한 것은?

① ㉠과 ㉡은 모두 생에게 실현 가능성에 의구심을 갖게 한다.
② ㉠과 ㉡은 모두 생의 의도를 숨기기 위해 상황의 급박함을 부각하는 방식을 취한다.
③ ㉠은 막동의 제안을 생이 실행함으로써 이루어지고, ㉡은 생의 제안을 노파가 실행함으로써 이루어질 수 있다.
④ ㉠이 이루어지면 생은 노파에게 속내를 드러낼 기회를 얻게 되고, ㉡이 이루어지면 생이 영영과 만날 기회를 얻게 된다.
⑤ ㉠에서 생은 노파에게 접근하기 위해 가상의 존재를 내세우고, ㉡에서 생은 영영과의 만남을 위해 권력자의 위세를 내세운다.

04

〈보기〉를 참고하여 윗글을 감상한 내용으로 적절하지 않은 것은? [3점]

보기

「상사동기」는 남녀가 결연의 어려움을 극복하고 애정을 추구하는 서사라는 점에서, 애정 전기 소설의 전통을 따르면서도 전대 소설보다 현실성이 강화되었다. 감정에 충실하여 애정을 우선시하는 주인공의 성격, 서사 진행에 적극 개입하는 보조적 인물의 등장, 환상성을 벗어나 일상에 밀착된 배경의 설정 등에서 이를 확인할 수 있다. 또한 신분적 한계를 지닌 여성과의 결연 과정에서 애정 성취를 가로막는 사회적 관습으로 인한 갈등이 드러난다는 점에서 소설사적 의의가 있다.

① 생이 첫눈에 반한 영영과의 애정 추구에 적극적으로 나서는 점에서, 감정에 충실한 인물의 성격을 확인할 수 있군.
② 막동과 노파가 생의 애정 성취를 돕기 위해 나서는 점에서, 사건에 적극 개입하는 보조적 인물의 등장을 확인할 수 있군.
③ 생이 길을 가다 우연히 영영을 마주치고 노파의 집까지 뒤따르는 것에서, 사건 전개가 일상적 공간 속에서 이루어짐을 확인할 수 있군.
④ 영영이 회산군 댁 시비인 까닭에 두 인물의 만남이 어려운 점에서, 여성 주인공의 신분적 한계로 인해 애정 성취에 곤란을 겪는 것을 확인할 수 있군.
⑤ 회산군 부인의 허락을 구하려는 노파에게 생이 동조하는 것에서, 사회적 관습 안에서 현실적인 애정 성취 방법을 찾는 인물의 내적 갈등을 확인할 수 있군.

고전 소설 07

2023학년도 수능

공부한 날	월	일
목표 시간	분	초
시작 :	종료 :	
소요 시간	분	초

작품 국어 문학

01-04 다음 글을 읽고 물음에 답하시오.

혼례를 마친 후 최척이 아내와 함께 장모를 모시고 집으로 돌아오매 하인들이 기뻐했다. 대청에 오르자 **친척들**이 축하하여 온 집안에 기쁨이 넘쳤고, 이들을 기리는 소리가 사방의 이웃으로 퍼졌다. 시집에 온 옥영은 소매를 걷고 머리를 빗어 올린 채 손수 물을 긷고 절구질을 했으며, 시아버지를 봉양하고 남편을 대할 때 효와 정성을 다하고, 윗사람을 받들고 아랫사람을 대할 때는 성의와 예의를 두루 갖췄다. **이웃 사람들**이 이를 듣고는 모두 양홍의 처나 포선의 아내도 이보다 낫지 않을 것이라고 칭찬했다.

최척은 결혼한 후 구하는 것이 뜻대로 되어 재산이 점차 넉넉히 불었으나, 다만 일찍이 자식이 없는 것이 걱정이었다. 최척 부부는 후사를 염려하여 ㉠매월 초하루가 되면 몸과 마음을 깨끗이 하고 함께 만복사에 올라 부처께 기도를 올렸다. 다음 해 갑오년 ㉡정월 초하루에도 만복사에 올라 기도를 했는데, 이날 밤 장육금불이 옥영의 꿈에 나타나 말했다.

"나는 **만복사의 부처**로다. 너희 정성이 가상해 기이한 **사내아이**를 점지해 주니, 태어나면 반드시 특이한 징표가 있을 것이다."

옥영은 ㉢그달에 바로 잉태해 열 달 뒤 과연 아들을 낳았는데, 등에 어린아이 손바닥만 한 **붉은 점**이 있었다. 그래서 최척은 아들 이름을 몽석(夢釋)이라고 지었다.

최척은 피리를 잘 불었으며, ㉣매양 꽃 피는 아침과 달 뜬 밤이 되면 아내 곁에서 피리를 불곤 했다. 일찍이 날씨가 맑은 ㉤어느 봄날 밤이었는데, 어둠이 깊어 갈 무렵 미풍이 잠깐 일며 밝은 달이 환하게 비췄으며, 바람에 날리던 꽃잎이 옷에 떨어져 그윽한 향기가 코끝에 스며들었다. 이에 최척은 옥영과 술을 따라 마신 후, 침상에 기대 피리를 부니 그 여음이 하늘거리며 퍼져 나갔다. 옥영이 한동안 침묵하다 말했다.

"저는 평소 여인이 시 읊는 것을 좋게 여기지 않습니다. 그런데 이처럼 맑은 정경을 대하니 도저히 참을 수가 없군요."

옥영은 마침내 절구 한 수를 읊었다.

왕자진이 피리를 부니 달도 내려와 들으려는데,
바다처럼 푸른 하늘엔 이슬이 서늘하네.
때마침 날아가는 푸른 난새를 함께 타고서도,
안개와 노을이 가득해 봉도 가는 길 찾을 수 없네.

최척은 애초에 자기 아내가 이리 시를 잘 읊는 줄 모르고 있던 터라 놀라 감탄하였다.

[중략 부분의 줄거리] 전란으로 가족과 이별한 최척은 명나라 배를 타고 안남에 이르러 처량한 마음에 피리를 불었다.

최척은 동방이 밝아 오자, 강둑을 내려가 **일본인 배에 이르러 조선말로 물**었다.

"어젯밤 시를 읊던 사람은 조선 사람 아닙니까? 나도 조선 사람이어서 한번 만나 보았으면 합니다. 멀리 **다른 나라를 떠도는 사람**이 비슷하게 생긴 **고국 사람을 만나**는 것이 어찌 그저 기쁘기만 한 일이겠습니까?"

옥영도 생각하기를 어젯밤 들은 **피리 소리**가 조선의 곡조인 데다, 평소 익히 들었던 것과 너무나 흡사했다. 그래서 남편 생각에 감회가 일어 절로 시를 읊게 되었던 것이다. 옥영은 자기를 찾는 사람의 목소리를 듣고는 황망히 뛰쳐나와 최척을 보았다. 둘은 서로 마주하고 놀라 **소리를 지르며 끌어안**고 백사장을 뒹굴었다. 목이 메고 기가 막혀 마음을 안정할 수 없었으며, 말도 할 수 없었다. 눈에서는 **눈물이 다하자 피가 흘러내**려 서로를 볼 수도 없을 지경이었다. 양국의 **뱃사람들**이 저잣거리처럼 모여들어 구경했는데, 처음에는 친척이나 잘 아는 친구인 줄로만 알았다. 뒤에 그들이 부부 사이라는 것을 알고 서로 돌아보며 소리쳐 말했다.

"이상하고 기이한 일이로다! 이것은 하늘의 뜻이요, 사람이 이룰 수 있는 일이 아니로다. 이런 일은 옛날에도 들어 보지 못하였다."

최척은 옥영에게 그간의 소식을 물었다.

"산속에서 붙들려 강가로 끌려갔다는데, 그때 아버지와 장모님은 어찌 되었소?"

옥영이 말했다.

"날이 어두워진 뒤 배에 오른 데다 정신이 없어 서로 잃어버렸으니, 제가 두 분의 안위를 어떻게 알겠습니까?"

두 사람이 손을 붙들고 통곡하자, 옆에서 지켜보던 사람들도 슬퍼하며 눈물을 닦지 않는 이가 없었다.

- 조위한, 「최척전」

01

윗글에 대한 설명으로 가장 적절한 것은?

① 시를 삽입하여 인물 간의 갈등 양상이 구체화되는 상황을 드러내고 있다.
② 인물의 행위가 연속적으로 나열된 장면을 통해 신분의 변화 과정을 드러내고 있다.
③ 주변 인물이 알고 있는 사례를 근거로 주요 인물에 대해 상반된 평가를 내리게 하고 있다.
④ 감각적인 배경 묘사를 통해 인물의 행동이 전개되는 상황의 낭만적 분위기를 부각하고 있다.
⑤ 인물 간 대화가 오가는 장면을 보여 주어 이전 사건에 따른 다른 인물들의 현재 행선지를 드러내고 있다.

02

윗글의 인물에 대한 이해로 적절하지 않은 것은?

① '뱃사람들'은 최척과 옥영의 관계가 자신들이 생각하던 것과 달라 놀라워했다.
② '최척'은 강둑을 내려가 자신을 '다른 나라를 떠도는 사람'이라 말하며 자신의 처지와 심정을 드러냈다.
③ '최척'은 옥영의 시에 대한 재능을 결혼 전에 알고 있었지만, 옥영이 시를 읊기 전까지 이를 모른 척했다.
④ '옥영'은 가정의 구성원들을 정성스러운 마음으로 대했고, 옥영이 시집온 후 최척의 집안은 점차 부유해졌다.
⑤ '친척들'은 최척의 결혼을 경사로 받아들였고, '이웃 사람들'은 옥영의 행실을 칭찬했다.

03

㉠~㉤에 대한 이해로 가장 적절한 것은?

① ㉠은 인물의 심리적 갈등이 발생하는, ㉢은 ㉠에서 발생한 갈등이 심화되는 시간의 표지이다.
② ㉢과 ㉤은 모두 과거의 행위를 통해 인물의 성격이 변화됨을 드러내는 시간의 표지이다.
③ ㉣은 인물의 행위가 반복적으로 일어나는, ㉤은 ㉣ 중 한 시점을 특정하는 시간의 표지이다.
④ ㉡은 ㉠에서부터 이어진 행위를 알려 주는, ㉤은 그 행위가 완결된 순간을 지시하는 시간의 표지이다.
⑤ ㉡과 ㉢은 인물의 소망이 실현되어 가는 과정에 포함되는, ㉤은 인물의 소망이 좌절된 시간의 표지이다.

04

〈보기〉를 바탕으로 윗글을 감상한 내용으로 적절하지 않은 것은? [3점]

보기

「최척전」에는 하나의 문제 상황이 해결되면 또 다른 문제가 확인되는 서사 구조가 나타나고 있다. 이 과정에서 도움을 주는 신이한 존재를 나타나게 하거나, 예언의 실현을 보여 주는 특이한 증거를 활용하거나, 문제 해결의 계기가 되는 소재를 제시하거나, 공간적 배경을 확장하여 다양한 국적의 사람들을 등장시키는 등의 서사적 장치들이 확인된다. 이러한 서사 구조와 다양한 서사적 장치는 독자가 이야기에 흥미를 가지고 그것을 자연스럽게 수용하는 데 기여한다.

① 옥영의 꿈에 나타난 '만복사의 부처'는, 옥영이 겪고 있는 현실적인 문제를 해결하는 데 도움을 주는 신이한 존재로서 역할을 한다고 볼 수 있겠군.
② 몽석의 몸에 나타난 '붉은 점'은, '사내아이'의 출생과 관련한 예언이 실제로 이루어졌음을 확인할 수 있는 특이한 증거로 활용된다고 볼 수 있겠군.
③ 최척이 '일본인 배에 이르러 조선말로 물'어보는 것과 '고국 사람을 만나'려 하는 것은, 서사 전개 과정에서 공간적 배경을 조선뿐 아니라 다른 나라로도 확장한 것과 관련이 있겠군.
④ 옥영이 들은 '피리 소리'는, 옥영이 최척을 떠올리게 하여 이별의 상황을 해결하는 계기가 되는 소재로 작용하고 있다고 볼 수 있겠군.
⑤ 최척과 옥영이 '소리를 지르며 끌어안'는 것은 문제의 해결에 따른 기쁨과, '눈물이 다하자 피가 흘러내'리는 것은 또 다른 문제 확인에 따른 인물의 불안감과 관련이 있겠군.

고전 소설 08

2023학년도 9월 모의평가

공부한 날	월	일
목표 시간	분	초
시작 :	종료 :	
소요 시간	분	초

01-04 다음 글을 읽고 물음에 답하시오.

이때 예부 상서 진량을 황제 가장 총애하시니 진량이 의기양양하고 교만 방자한지라. 정 상서 일찍 진량이 소인인 줄 알고 황제께 간하되 황제 종시 그렇지 않다 하심에, 진량이 이 일을 알고 정 상서를 해하려 하더라. 차시 황제의 탄생일이 되었는지라, ㉠마침 정 상서 병이 있어 상소하고 참석지 못하였더니 황제 만조백관더러 묻기를,

"정 상서의 병이 어떠하더뇨?"

하시고 사관을 보내려 하시니 진량이 나아가 왈,

"정 상서는 간악한 사람이라 그 병세를 신이 자세히 아옵니다. 상서가 요사이 황제께 조회하는 것이 다르옵고 신이 상서의 집에 가오니 상서의 말이 수상하옵더니 오늘 조회에 불참하오니 반드시 무슨 생각 있는 줄 아나이다."

황제 대경하여 처벌하려 하시거늘 중관이 아뢰길,

"정 상서의 죄 명백함이 없으니 어찌 벌로 다스리오리까?"

황제 듣지 않고 절강에 귀양을 정하시니 중관이 명을 듣고 정 상서의 집에 나아가 황명을 전하니, 상서 크게 울며,

"내 일찍 국은을 갚을까 하였더니 소인의 참언을 입어 이제 귀양을 가니 어찌 애달프지 않으리오."

하고 칼을 빼어 서안을 치며 말하기를,

"소인을 없애지 못하고 도리어 해를 입으니 누구를 원망하리오."

하며 눈물을 흘리니 부인은 애원 통도하고 친척 노복이 다 서러워하더라.

사관이 재촉 왈,

"㉡황명이 급하오니 수이 행장 차리소서."

정 상서가 일변 행장을 준비하여 부인더러 이르기를,

"나는 천만 의외에 귀양 가거니와 부인은 여아를 데리고 조상 제사를 받들어 길이 무탈하소서."

하고 즉시 발행할새, 모녀 가슴이 막혀 아무 말도 못하더라. 정 상서 여러 날 만에 귀양지에 이르니 절강 만호가 관사를 깨끗이 하고 정 상서를 머물게 하더라.

차설. 정 상서 적거한 후로 슬픔을 머금고 세월을 보내더니 석 달 만에 홀연 득병하여 마침내 세상을 영결하니 절강 만호 슬퍼 놀라 황제께 ⓐ장계로 보고하고 부인께 기별하니라. 이때 부인과 정수정이 정 상서를 이별하고 눈물로 세월을 보내더니 일일 문득 시비 고하되,

"절강에서 사람이 왔나이다."

하거늘 부인이 급히 불러 물으니 답하기를,

"㉢정 상서께서 지난달 보름께 별세하셨나이다."

하는지라. 부인과 정수정 이 말을 듣고 한마디 소리를 내며 혼절하니 시비 등이 창황망조하여 약물로 급히 구함에 오랜 후에야 숨을 내쉬며 눈물이 비 오듯 하더라.

[중략 부분의 줄거리] 남장을 한 정수정은 장원 급제한 뒤 북적을 물리친다. 이후 황제에게 자신이 여성임을 밝히고 정혼자인 장연과 혼인한다. 호왕이 침공하자 정수정은 대원수, 장연은 중군장으로 출전한다.

㉣대원수 호왕에 승리하여 황성으로 향할새 강서 지경에 이르러 한복더러 묻기를,

"**진량의 귀양지가 여기서 얼마나 되는**가?"

"수십 리는 되나이다."

대원수 분부하되 철기를 거느려 결박하여 오라 하니 한복 등이 듣고 나는 듯이 가 바로 내실로 들어갈새 진량이 대경하여 연고를 묻거늘 한복이 칼을 들어 시종을 베고 군사를 호령하여 진량을 결박하여 본진으로 돌아와 대원수께 고하되, 대원수 이에 진량을 잡아들여 장하에 꿇리고 노기 대발하여 부친 모해하던 죄상을 문초하니 진량이 다만 살려 달라 빌거늘, 대원수 무사를 호령하여 빨리 베라 하니 이윽고 무사 진량의 머리를 드리거늘, 대원수 **제상을 차려 부친께 제사 지내**더라.

황제께 ⓑ첩서를 올려 승전을 알리고, 중군장 장연을 기주로 보내고 대군을 지휘하여 경사로 향하여 여러 날 만에 궐하에 이르니, 황제 백관을 거느려 대원수를 맞아 치하하시고 좌각로 평북후를 봉하시니 대원수 사은하고 청주로 가니라.

차설. 장연이 기주에 이르러 모친 태부인 뵈옵고 전후사연을 고하되 태부인이 듣고 통분 왈,

"너를 길러 벼슬이 공후에 이르니 기쁨이 측량없던 차에 **전쟁터에서 부인에게 욕을 보고 돌아**올 줄 어찌 알았으리오."

장연의 다른 부인들인 원 부인과 공주가 아뢰기를,

"정수정 벼슬이 높으니 능히 제어치 못할 것이요, 저 사람 또한 대의를 알아 삼가 화목할 것이니 이제는 노하지 마소서."

태부인이 그렇게 여겨 이에 시녀를 정하여 서찰을 주어 청주로 보내니라. 이때 정수정은 전쟁에서 **장연 징계한 일로 심사 답답**하더니 시비 문득 아뢰되 기주 시녀 왔다 하거늘 불러들여 ㉤서찰을 본즉 태부인의 서찰이라. 기뻐 즉시 회답하여 보내고 익일에 행장 차려 갈새, 홍군 취삼으로 봉관 적의에 명월패 차고 수십 시녀를 거느려 성 밖에 나오니, 한복이 정수정을 **호위**하여 기주에 이르러 **태부인께 예**하고 두 부인으로 더불어 예필 좌정함에, 태부인이 지난 일에 조금도 거리낌이 없으니, 정수정 또한 태부인을 지성으로 섬기더라.

- 작자 미상, 「정수정전」

01

윗글의 인물에 대한 이해로 적절하지 않은 것은?

① '황제'는 자신이 총애하는 사람의 말을 듣고 정 상서를 처벌하기로 결심한다.
② '중관'은 정 상서를 처벌하기에는 그 죄가 분명하지 않음을 황제에게 주장한다.
③ '정 상서'는 자신이 소인의 참언 때문에 뜻하지 않게 귀양을 가게 되었다고 생각한다.
④ '한복'은 대원수의 명령에 따라 진량의 귀양지로 가서 그의 죄를 묻고 처벌을 내린다.
⑤ '원 부인'과 '공주'는 정수정이 도리를 지켜 원만하게 지낼 것임을 내세워 태부인을 진정시킨다.

02

㉠~㉤에 대한 이해로 적절하지 않은 것은?

① ㉠으로 진량에게는 정 상서를 모함할 기회가 생긴다.
② ㉡으로 정 상서는 비보가 전해질 것을 짐작하게 된다.
③ ㉢으로 부인과 정수정은 충격을 받고 정신을 잃게 된다.
④ ㉣로 정수정은 황제로부터 노고에 대한 보답을 받게 된다.
⑤ ㉤으로 정수정은 걱정을 덜며 떠날 채비를 하게 된다.

03

ⓐ, ⓑ에 대한 이해로 가장 적절한 것은?

① ⓐ는 자신의 귀양살이를 보고할 목적으로 작성되었다.
② ⓐ는 황제와의 갈등을 해결하기 위한 목적으로 작성되었다.
③ ⓑ는 호왕과 벌인 전쟁의 결과를 보고할 목적으로 작성되었다.
④ ⓑ는 황제를 직접 만나 보고하는 것을 피할 목적으로 작성되었다.
⑤ ⓐ와 ⓑ에 담긴 소식은 황제 외의 사람들에게는 알려지지 않았다.

04

〈보기〉를 참고하여 윗글을 감상한 내용으로 적절하지 않은 것은? [3점]

보기
정수정은 국가적 위기를 해결하는 영웅이자, 부친의 원수를 갚는 효녀이고, 부녀자로서의 덕목을 지녀야 하는 장씨 가문의 여성이다. 정수정은 주어진 상황과 조건에 따라 세 역할 사이에서 갈등하기도 하지만, 결과적으로는 모든 역할에 충실하며 다양한 능력과 덕목을 갖춘 인물로 형상화된다.

① '진량의 귀양지가 여기서 얼마나 되는'지 묻는 '대원수'의 발언에서, '진량'을 찾아 부친의 한을 풀어 주려는 '정수정'의 효녀로서의 면모가 드러남을 알 수 있군.
② '제상을 차려 부친께 제사 지내'는 '대원수'의 모습에서, '정수정'은 부친의 원수를 갚는 효녀로서의 소임을 수행하여 죽은 부친의 넋을 위로하고 있음을 알 수 있군.
③ '장연'이 '전쟁터에서 부인에게 욕을 보고 돌아'왔다며 통분하는 '태부인'의 모습에서, '태부인'은 '정수정'이 아내의 역할보다 대원수의 역할을 중시한 것에 대해 못마땅해함을 알 수 있군.
④ '장연 징계한 일로 심사 답답'한 '정수정'의 모습에서, '정수정'은 군대를 통솔했던 국가적 영웅으로 돌아가고 싶어 함을 알 수 있군.
⑤ '한복'의 '호위'를 받으며 기주로 가서 '태부인께 예'하는 '정수정'의 모습에서, 국가적 영웅의 면모를 유지하는 '정수정'이 며느리로서의 역할도 수행함을 알 수 있군.

고전 소설 09

2023학년도 6월 모의평가

공부한 날		월	일
목표 시간		분	초
시작	:	종료	:
소요 시간		분	초

01-04 다음 글을 읽고 물음에 답하시오.

상서의 셋째 부인 여씨는 둘째 부인 석씨의 행실과 마음 씀이 매사 뛰어남을 보고 마음속에 불평하여 생각하되, '이 사람이 있으면 내게 상서의 총애가 오지 않으리라.' 하여 좋은 마음이 없더라. 날이 늦어져 모임이 흩어진 후 상서의 서모(庶母) 석파가 청운당에 오니 여씨가 말하길,

"석 부인은 실로 적강선녀라. 상공의 총애가 가볍지 않으리로다."

석파가 취해 실언함을 깨닫지 못하고 왈,

"석 부인은 비단 얼굴뿐 아니라 덕행을 겸비하여 시모이신 양 부인이 더욱 사랑하시나이다."

이때 석씨가 석파를 청하자 석파가 벽운당에 이르러 웃고 왈,

"나를 불러 무엇 하려 하느뇨? 내 석 부인이 받는 총애를 여 부인에게 자랑하였나이다."

석씨가 내키지 않아 하며 당부하되,

"㉠후일은 그런 말을 마소서."

하니, 석파 웃더라.

여씨의 거동이 점점 아름답지 않으나 양 부인과 상서는 내색 하지 않더라. 일일은 상서가 문안 후 청운당에 가니 여씨 없고, 녹운당에 이르니 희미한 달빛 아래 여씨가 난간에 엎드려 화씨의 방을 엿듣는지라, 도로 청운당에 와 시녀로 하여금 청하니 여씨가 급히 돌아오니 상서가 정색하고 문 왈,

"부인은 깊은 밤에 어디 갔더뇨?"

여씨 답 왈, / "㉡문안 후 소 부인의 운취각에 갔더이다."

상서는 본래 사람을 지극한 도로 가르치는지라 책망하며 왈,

"부인이 여자의 행실을 전혀 모르는지라. 무릇 여자의 행세 하나하나 몹시 어려운지라. 어찌 깊은 밤에 분주히 다니리오? 더욱이 다른 부인의 방을 엿들음은 **금수의 행동**이라 전일 말한 사람이 있어도 전혀 믿지 않았더니 내 눈에 세 번 뵈니 비로소 그 말이 사실임을 알지라. 부인은 다시 이 행동을 말고 과실을 고쳐 나와 함께 늙어갈 일을 생각할지어다."

하며 기세가 엄숙하니, 여씨가 크게 부끄러워하더라.

이후 여씨 밤낮으로 생각하더니, 문득 옛날 강충이란 자가 저주로써 한 무제와 여 태자를 **이간**했던 일을 떠올리고, 저주의 말을 꾸며 취성전을 범하니 일이 치밀한지라 뉘 능히 알리오?

일일은 취성전에서 양 부인이 일찍 일어나 앉았으나 석씨가 마침 병이 나서 문안에 불참하매 시녀 계성에게 청소시키니, 계성이 짐짓 침상 아래를 쓸다가 갑자기 **봉한 것**을 얻어 내며,

"알지 못하겠도다. 누가 잃은 것인고? 필연 동료 중 잃은 것이니 임자를 찾아 주리라."

하고 스스로 혼잣말 하거늘 부인이 수상히 여겨 가져오라 하여 풀어 보니, **그 글**에 품은 한이 흉악하여 차마 보지 못할 바이러라. 필적이 산뜻하니 완연히 석씨의 것이라 크게 괴히 여겨 다시 보니 그 언사의 흉함이 차마 바로 보지 못할지라. 양 부인이 불을 가져다가 사르고 시녀들을 당부하여 왈,

"너희들이 이 일을 누설한즉 죽을죄를 당하리라."

좌우 시녀 듣고 송구하여 입을 봉하되, 홀로 계성은 누설치 못함을 조급해하고 양 부인은 이후 석씨와 자녀를 보나 내색하지 않더라.

[중략 부분의 줄거리] 석씨가 쫓겨난 후, 첫째 부인 화씨를 모함하려고 여씨가 여의개용단을 먹고 화씨로 둔갑해 나타나자, 상서는 친누나 소씨, 의남매 윤씨, 석파를 불러 모아 함께 실상을 밝히려 여씨의 심복을 찾는다.

시녀가 여씨 심복 미양을 가리켜 아뢰니, 상서가 미양을 잡아내어 엄하게 조사하더라. 미양이 혼비백산하여 사실대로 고하고 두 가지 약을 내어 드리니, 소씨 등이 다투어 보고 웃되, 상서는 홀로 눈을 들어 보지 않으니 사악한 빛을 보지 않으려 함이라. 석파가 그중 **회면단**을 물에 풀어 두 화씨에게 나누어 주니 진짜 화씨 노기 가득하여 먹고 왈,

"약을 먹더라도 부모님 남긴 몸이 달리 되랴? 네 굳이 내 얼굴이 되고자 하니, 이 무슨 괴이한 생각으로 패악을 떨려 하느뇨?"

상서 왈,

"어지럽게 굴지 말라."

진짜 화씨는 회면단을 마시되 용모 변치 않더라. 상서가 또 여씨에게 권하니, 여씨 먹지 않거늘 윤씨 웃고 왈,

"아니 먹는 죄 의심되도다."

소씨 나아가 우김질로 들이붓더라. 여씨가 마지못하여 먹으니 화씨 변하여 여씨 되는지라. 좌우 사람들이 박장대소하더라. 상서 바야흐로 단정히 고쳐 앉으며 왈,

"군자 있는 곳에는 요사스러운 일이 없거늘 이 아우가 어질지 못하여 집안에 이런 변이 있으니 대장부 되어 아녀자를 거느리지 못하여 이런 행동거지 있으니 어찌 부끄럽지 않으리오. 석씨를 모함함도 여씨의 일이니 누님은 따져 물으소서."

석파가 먼저 나서며 미양을 붙들고 물으니 미양이 당초부터 여씨가 계교를 꾸몄던 일들을 낱낱이 말하더라. 소씨, 윤씨 두 사람이 웃으며 왈,

"이제 보건대, 당초 우리 의심이 그르지 않았도다."

석파가 몹시 좋아해 뛰면서 기쁨을 이기지 못하고, 여씨는 부끄러움을 이기지 못하여 움직이지 못하고, 화씨는 꾸짖기를 마지않더라. 날이 새어 취성전에 들어가 **어젯밤 일**을 일일이 아뢰더라. 양 부인이 놀라고 여씨를 불러 마루 아래에 꿇리고 벌주니 가장 엄숙하여 언어 명백하며 들음에 모골이 송연하더라. 이에 여씨를 내치고 계성과 미양 등을 엄히 다스리고 집안을 평정하더라.

– 작자 미상, 「소현성록」

01

윗글에 대한 설명으로 가장 적절한 것은?

① 배경 묘사를 통해 인물의 성격 변화를 암시하고 있다.
② 독백을 반복하여 내적 갈등의 해결 과정을 드러내고 있다.
③ 과거와 현재를 교차하여 사건을 입체적으로 전개하고 있다.
④ 한 인물과 다른 인물들 간의 다면적 갈등 관계를 제시하고 있다.
⑤ 두 공간에서 동시에 일어나는 사건을 병렬적으로 배치하고 있다.

02

윗글의 내용에 대한 이해로 적절하지 <u>않은</u> 것은?

① 석파는 집안사람들과 교류하며 집안일에 관여한다.
② 상서는 남의 말의 진위를 직접 확인하여 판단한다.
③ 여씨는 상서의 책망에도 부끄러워하지 않는다.
④ 양 부인은 권위를 지니고 가족과 시녀들을 통솔한다.
⑤ 소씨는 여씨를 압박하여 의혹을 해소하려 한다.

03

맥락을 고려하여 ㉠과 ㉡을 이해한 내용으로 가장 적절한 것은?

① ㉠은 석파의 독선을 질책하는 말이고, ㉡은 상서의 오해를 증폭시키는 말이다.
② ㉠은 석파의 안전을 도모하기 위한 말이고, ㉡은 상서를 위험에 빠뜨리기 위한 말이다.
③ ㉠은 석파에 대한 호의를 표현하는 말이고, ㉡은 상서에 대한 불신을 표현하는 말이다.
④ ㉠은 석파의 경솔함을 염려하는 말이고, ㉡은 상서의 의심을 피하기 위해 한 말이다.
⑤ ㉠은 석파에게 얻은 정보를 불신하는 말이고, ㉡은 상서가 가진 정보를 몰라서 하는 말이다.

04

〈보기〉를 참고하여 윗글을 감상한 내용으로 적절하지 <u>않은</u> 것은? [3점]

> 보기
>
> 음모 모티프는 인물이 욕망을 실현하기 위해 음모를 실행하는 이야기 단위이다. 음모의 진행 과정에 환상적 요소가 사용되기도 하고 조력자가 등장해 음모자를 돕기도 한다. 음모가 실행되면서 서사적 긴장이 고조되는데, 음모자의 욕망 실현이 지연되면 서사적 긴장은 일시적으로 이완된다. 이때 음모자가 또 다른 음모를 꾸미나 결국 음모의 실체가 드러나며 죄상에 따라 처벌된다.

① 여씨가 자신을 석씨와 견주고 양 부인과 석씨를 '이간'하려는 데서, 석씨와의 경쟁 관계를 의식한 여씨의 욕망에서 음모가 비롯됨을 알 수 있군.
② 여씨가 꾸민 '봉한 것'이 계성을 통해 양 부인에게 건네진 데서, 상하 관계에 있는 음모자와 조력자에 의해 서사적 긴장이 고조됨을 알 수 있군.
③ '그 글'이 불살라지고 시녀들의 누설이 금지된 데서, 양 부인에 의해 음모의 실행이 저지되어 서사적 긴장이 일시적으로 이완됨을 알 수 있군.
④ '회면단'을 먹고 여씨가 본래 모습으로 돌아오는 데서, 음모자가 욕망의 실현을 위해 준비한 환상적 요소가 음모의 실체를 드러내는 도구로 작용함을 알 수 있군.
⑤ 상서는 '금수의 행동'을 한 여씨를 교화하려 했지만 양 부인은 '어젯밤 일'로 여씨를 내친 데서, 처벌 방법을 두고 대립이 있음을 알 수 있군.

마지막 스퍼트! 이 순간 나의 감회는?

Date: ___________

V 현대 소설

현대 소설 01

2025학년도 수능

공부한 날	월	일
목표 시간	분	초
시작 :	종료 :	
소요 시간	분	초

01-04 다음 글을 읽고 물음에 답하시오.

㉠불편스런 일이 한두 가지가 아니었다. 하지만 허원은 그렇게 스스로 주의하고 고통을 감내해 냈기 때문에 자신의 비밀을 남 앞에 감쪽같이 숨겨 나갈 수 있었다. 아무도 그의 비밀을 눈치챈 사람이 없었다. 비밀이 탄로 나지 않는 한 그의 일상 생활은 더 이상 불편을 겪을 필요도 없었다. 인체 생리나 해부학 서적 같은 걸 뒤져봐도 성인의 배꼽은 거의 아무런 기능도 수행하지 않음을 알 수 있었다. 적어도 그의 외모나 바깥 생활은 정상을 유지할 수 있었다. 그 점만이라도 무척 다행이었다. 그는 일단 안도의 한숨을 내쉬었다.

㉡— 그깟 놈의 배꼽, 안 가지고 있음 어때.

그쯤 체념을 하고 될 수 있으면 배꼽에 관한 일들을 잊어버리려 했다. ㉢자신으로부터 배꼽이 사라져 버린 사실을, 그리고 그 때문에 생긴 모든 불편을 잊고, 그 배꼽 없는 생활에 스스로 익숙해져 버리기를 바라 마지않았다. 하지만 문제는 그렇게 간단하지 않았다. 아무리 일상생활에선 드러나게 불편한 점이 없다 해도 그는 역시 배꼽이 없는 자신에 대해 좀처럼 익숙해질 수가 없었다. 그는 자꾸만 허전해서 견딜 수가 없어지곤 했다. 있느니라 여기고 지낼 때는 그처럼 무심스럽던 일이 그런 식으로 한번 **의식의 끈**을 **건드려** 오자 허원의 상념은 잠시도 그 잃어버린 배꼽에서 떠나 있을 수가 없었다.

그는 마침내 **회사 출근**마저 단념하기에 이르렀다. 그러자 신통하게도 **늦잠 버릇**이 깨끗이 자취를 감춰 버렸다. 그는 눈만 뜨면 사라져 없어진 배꼽 때문에 기분이 허전했고, 그러면 그 허망감을 쫓기 위해 배꼽에 관한 끝없는 상념들을 쌓기 시작했다.

(중략)

그리하여 배꼽에 관한 허원의 지식과 **사념**은 자꾸 더 **심오하고 추상적인** 것이 되어 갔다. 그에게는 어느덧 그 나름의 독특한 배꼽론 같은 것이 윤곽을 지어 가고 있었다. 하지만 그러면 그럴수록 허원은 더욱더 허전해지고, 아무 곳에도 발이 닿아 있는 것 같지 않고, 혼자서 외롭게 허공을 둥둥 떠다니고 있는 것처럼 느껴졌다. 그러면 그는 또 거듭 그 허망감을 쫓기 위해 자신의 배꼽론을 완벽하게 발전시켜 나갔다. 마치 그렇게 하여 그는 자신의 사념 속에서 잃어버린 배꼽을 되찾아내고, 그것으로 그 **실물**을 대신해 어떤 식으로든 자신과 세상 간에 큰 불편이 없도록 화해시키고 그것으로 그 난감스런 허망감을 채우려는 듯이. 그의 배꼽론은 가령 이런 식으로까지 발전되어 있었다.

— 우리는 누구나 **배꼽**을 가지고 있다…… 우리는 우리들의 어머니로부터 **탯줄**이 끊어지는 순간 이 우주의 한 단자(單子)로서 고독하게 존재하게 되었다. 그러나 우리는 영원히 그 탯줄의 기억을 잊지 않는다. 우리 영혼은 언제까지나 그 어머니의 탯줄과 이어지려 하고, 또다시 그 어머니의 어머니의 탯줄과 이어져 나가면서 우리 **존재**를 설명하고 근원을 밝혀 나가며, 마침내는 마지막 어머니의 탯줄이 이어지는 우리들의 **우주와 만나**게 된다…… 우리의 배꼽은 우리가 그 마지막 우주와 만나고자 하는 향수의 표상이며 가능성의 상징이며 존재의 비밀로 나아가는 형이상학이다. 그 비밀의 문이다……

그는 어느덧 배꼽에 대해 당당한 일가견을 이룬 배꼽 전문가가 되어 가고 있었다.

㉣어느 해 여름이었다. 하니까 그것은 허원이 자신의 배꼽을 잃어버리고 나서 불편하기 그지없는 세 번째의 여름을 맞고 있을 때였다. 그는 물론 배꼽을 잃어버린 자신에 대해 아직도 완전한 익숙해지질 못하고 있었다. **그의 사념** 역시 언제나 그 눈에 보이지 않는 배꼽에 매달려 거기에서밖에는 영영 더 이상 자유로워질 수가 없었다. 그 대신 허원은 이제 그 자신의 **배꼽론**에 대해선 매우 **확고한 경지**에 도달해 있었다.

그럴 즈음이었다. 허원은 문득 **세상 사람들**이 수상쩍어지기 시작했다. 어느 때부턴지는 확실히 알 수 없었지만, 세상 사람들 역시 무슨 이유에선지 이 인간 장기의 한 조그만 흔적에 대해 **심상찮은 관심**을 나타내기 시작한 것이다. 배꼽에 대한 사람들의 관심 역시 기왕부터 있어 온 것을 여태까지 서로 모르고 지내 오다가 비로소 어떤 기미를 알아차리게 된 것인지, 혹은 사람들로 하여금 그런 관심을 내보이게 할 만한 무슨 우연찮은 계기가 마련되었는지는 확실치가 않았다. 그리고 무엇 때문에 사람들에게서 그런 관심이 시작되었는지 그 이유를 알 수도 없었다. 하지만 그것은 어쨌든 **사실**이었다. 주의를 기울여 보니 관심의 정도도 여간이 아니었다. 한두 사람, 한두 곳에서만 나타난 현상이 아니었다. 그것은 이미 일반적인 현상이 되어 가고 있었다. 그리고 그렇듯 **배꼽 이야기**가 **일반화**의 기미를 엿보이기 시작하자 사람들은 이제 그걸 신호로 아무 흉허물 없이 터놓고 지껄이거나 신문, 잡지 같은 데서 진지하게 논의의 대상을 삼기도 하였다. ㉤배꼽에 관한 논의가 그렇듯 갑자기 시중 일반에까지 성행하기 시작한 것이다.

기묘한 현상이었다.

– 이청준, 「배꼽을 주제로 한 변주곡」

01

㉠~㉤의 서술 방식에 대한 설명으로 가장 적절한 것은?

① ㉠: 누구의 생각을 누가 말하는지 명시한 표현을 나타내어 서술하고 있다.
② ㉡: 인물의 생각을 서술자가 평가하며 그 심화된 의미를 함축하여 서술하고 있다.
③ ㉢: 인물의 의식을 인물 자신의 생생한 목소리를 통해 서술하고 있다.
④ ㉣: 인물의 상황에 관련된 정보를 부가하여 서술하고 있다.
⑤ ㉤: 인물 행동의 진행 과정을 순차적으로 서술하고 있다.

02

비밀의 서사적 기능으로 가장 적절한 것은?

① 자신의 신념을 인물이 돌이켜 본 결과로, 새로운 세계관을 바탕으로 하는 주제를 형성한다.
② 얽힌 인간관계를 인물이 성찰하는 전환점으로, 갈등으로 인한 위기감을 완화한다.
③ 일상적이지 않은 경험을 인물이 의식한다는 표지로, 인물의 심리적 동요를 부른다.
④ 상충된 이해관계를 인물이 조정하는 단서로, 심화된 사회적 갈등을 해소한다.
⑤ 기성의 질서에 인물이 저항한다는 신호로, 돌발적 사건의 발생을 알린다.

03

'허원'을 중심으로 윗글을 이해한 내용으로 적절하지 않은 것은?

① '허원'은 '실물'과 관련하여 시작된 '사념'을 통해 '존재'의 의미를 발견해 간다.
② '허원'은 '실물'이 몸에서 큰 기능을 하지 않는다는 것을 알고 일단 안도감을 느끼게 된다.
③ '허원'은 '사념'을 방편으로 삼아 자신의 현재 상태에 대해 다른 방향에서 접근하고자 한다.
④ '허원'은 '심상찮은 관심'의 원인에 대해 궁금해하면서 '세상 사람들'에게 주의를 기울이게 된다.
⑤ '허원'은 '실물'에 대한 인식을 '세상 사람들'과 공유하게 되면서, 그간 이어 온 '사념'을 더 이상 지속하지 않게 된다.

04

〈보기〉를 참고하여 윗글을 감상한 내용으로 적절하지 않은 것은? [3점]

보기

「배꼽을 주제로 한 변주곡」은 주인공이 배꼽을 잃어버렸다는 허구적 설정으로 시작하여, 이후 배꼽을 둘러싼 희화적 에피소드들이 이어진다. 주인공은 으레 있어야 할 것이 없어져 불편한 생활을 이어 가던 중 배꼽에 관심을 갖는 이들이 늘어나고 있음을 알게 된다. 이 과정에서 배꼽에 관련된 개인적 상황은 물론 인간 존재와 사회 상황에 대한 심층적 의미의 탐색이 이루어진다.

① '의식의 끈'이 '건드려'짐으로써 주인공이 비정상적 문제 상황에 지속적으로 주목하게 된 것이겠군.
② '회사 출근'을 포기하게 되고 '늦잠 버릇'이 사라진 상황은, 주인공의 일상이 변화된 모습을 보여 준다고 할 수 있겠군.
③ '배꼽'을 '탯줄'에 연관하여 이해하는 것은, 개인에 관련된 생각을 '우주와 만나'는 '심오하고 추상적인' 생각으로 확장하는 실마리가 된다고 할 수 있겠군.
④ '그의 사념'이 도달한 '배꼽론'의 '확고한 경지'는 사소한 것의 심층적 의미를 탐색할 때 이를 수 있으므로, 그 사소한 것에 얽매이지 않는 자유로운 상태에서 실현이 가능해지겠군.
⑤ '기묘한 현상'은, '배꼽 이야기'가 '일반화'되는 상황이 뜻밖이지만 '사실'로 나타나는 현상을 두고 일컬은 말이라고 할 수 있겠군.

현대 소설 02

2025학년도 9월 모의평가

공부한 날		월	일
목표 시간		분	초
시작 :		종료 :	
소요 시간		분	초

작가 국어 문학

01-04 다음 글을 읽고 물음에 답하시오.

[앞부분의 줄거리] 동림산업은 사무직 남자 사원들에게까지 제복 착용을 확대하는 정책을 시행하기로 했다. 이를 위해 준비 위원회를 결성해 전체 사원이 새로운 제복을 착용하도록 결정했으나, 그 결과에 불만을 품은 사무직 남자 사원들이 있었다.

"**이미 끝난 일이야**. 지금 와서 아무리 떠들어대 봤자 제복은 벌써 우리 몸에 절반쯤이나 입혀져 있어."

민도식이 나서서 **험악해진 분위기**를 간신히 가라앉혔다.

"준비 위원회를 구성하고 회의를 소집한 건 처음부터 요식 행위에 지나지 않았던 거야. 경영자 독단으로 처리하지 않고 사원들의 의사를 물어서 전폭적인 지지를 얻어 가지고 결정했다는 인상을 대내외에 풍길 필요가 있었던 거야. 이제 길은 두 가지뿐야. ㉠나머지 절반을 찾아서 마저 몸에 꿰든가, 아니면 기왕 우리 몸에 입혀진 절반을 아예 벗어 버리든가 각자가 알아서 결정할 일이야. 저기 좀 보라고. 저 사람 아까부터 우릴 비웃고 있어. 제복 얘기 앞으로는 그만하기로 하지."

생산부 공원 복장을 한 사내가 엇비뚜름한 자세로 이쪽을 돌아다보며 ⓐ야릇한 웃음을 입가에 물고 있었다. 그를 보더니 장상태가 화를 벌컥 내면서 큰 소리로 미스 윤을 불렀다.

"이봐, 저기 앉은 저 사람 내가 좀 보잔다고 전해!"

ⓑ눈이 휘둥그레진 미스 윤이 종종걸음으로 그에게 다가가기 전에 그쪽에서 자진해서 먼저 일어섰다. 그가 충분히 알아들을 수 있을 정도로 장의 목소리가 컸던 것이다.

"저를 부르셨습니까?"

여전히 웃음기를 입에 문 얼굴이 장을 정면으로 상대했다.

"당신 뭐야? 뭔데 어제부터 남의 얘길 엿듣고 비웃지, 비웃길?"

"비웃음으로 보셨다면 용서하십쇼. 엿듣고 싶은 생각은 없었습니다. 가만히 앉아 있어도 들릴 정도로 선생님들 말소리가 컸습니다. 말씀 내용이 동림산업에 계신 분들 같아서 저도 모르게 관심이 갔나 봅니다."

"오오라, 그러고 보니 당신도 동림 가족의 일원이 분명하군. 부서가 어디야?"

"생산부 제1 공장입니다. 거기서 잡역부로 근무하고 있습니다."

"이름은?"

"권입니다."

"이름이 권이다? 그럼 성까지 아주 짝을 채워 보게."

"성이 권입니다."

만만한 상대를 만난 장은 권 씨를 노리갯감으로 삼아 화풀이할 작정임을 분명히 하면서 동료들에게 은밀히 눈짓을 보냈다. 함께 놀이에 끼어들라는 뜻일 것이다.

[A] 그러나 도식이 보기엔 첫눈에 결코 만만한 상대가 아니었다. 그는 참을성 좋게 여전히 웃고 있었다. 그것은 생산부 공원들이 본사의 사무직을 대할 때 일반적으로 갖는 비굴한 표정이 아니었다. 그렇다고 적대감도 아닌 그것은 일종의 자신감의 표현임이 분명했다. 두툼한 입술과 커다란 눈이 얼핏 눈에 띄는 특징이었다. 장상태하고 비교해서 둘이 서로 어금어금할 정도로 작은 체구였다. 실제 나이는 장보다 두세 살쯤 위일 것 같은데 적어도 이삼십 년은 더 세상을 살아 냈을 법한 관록 같은 게 엿보이는 얼굴이었고, 그것이 교양이라는 것하고도 연결되어 잡역부라던 자기소개가 아무래도 믿어지지 않는 그런 사람이었다.

"짝을 채우기 싫다 이거지? 좋았어. 그런데 자네가 하는 잡역 일하고 무슨 상관이 있어서 우리 얘기에 이틀 동안이나 관심이 갔지?"

"물론 상관은 없습니다. 그렇지만 한쪽에선 작업 중에 팔이 뭉텅 잘려져 나간 사람이 있고 그 팔 값을 찾아 주려고 투쟁하는 사람들이 있는 반면에 다른 한쪽에선 몸에 걸치는 옷 때문에 자기 인생을 걸려는 분들도 계시구나 하는 생각이 들어서 **그냥 지나칠 수가 없었습니다.**"

그 순간 장상태의 얼굴색이 하얗게 질리는 것 같았다.

(중략)

체육 대회가 열리는 제1 공장까지 가자면 다른 날보다 더 일찍 나서야 되는데도 여전히 밍기적거리고만 있는 남편 곁에서 아내는 시종 근심스런 눈초리를 거두지 않았다. 제복 때문에 **총각 사원 하나**가 사표를 던졌다는 소문을 아내는 믿지 않았다. 사표를 제출한 게 아니라 강제로 모가지가 잘린 거라고 굳게 믿고 있었다.

"까짓것 난 필요 없어. 거기 아니면 밥 빌어먹을 데 없는 줄 알아? 세상엔 아직도 유니폼 안 입는 회사가 수두룩하단 말야!"

ⓒ거듭되는 재촉에 이렇게 큰소리로 대거리를 했지만 결국 민도식은 뒤늦게나마 집을 나서고 말았다.

시내를 멀리 벗어나서 교외에 널찍하게 자리 잡은 제1 공장 앞에 당도했을 때는 벌써 개회식이 시작된 뒤였다. 공장 정문 철책 너머로 **검정 곤색 일색**의 운동장을 넘어다보는 순간 민도식은 갑자기 ⓓ숨이 턱 막혀 옴을 느꼈다. 새로 맞춘 제복으로 단장한 남녀 전 사원이 각 부서별로 군대처럼 질서 정연하게 도열해 서서 연단에 선 지휘자의 손끝을 우러러보며 사가(社歌)를 제창하기 직전의 예비 운동으로 목청을 가다듬는 헛기침들을 하고 있었다. 이윽고 공장 일대를 한바탕 들었다 놓는 우렁찬 노래가 터지기 시작했다. 노래 부르는 사원들 모두가 작당해서 ⓔ지각한 사람을 야유하는 듯한 기분이 들었다. 검정 곤색의 제복들이 일치단결해 가지고 사복 차림으로 꽁무니에 따라붙으려는 유일한 사람을 완강히 거부하는 듯한 기분에 사로잡혔다. 세상 전체가 온통 제복투성이인 가운데 저 혼자만 외돌토리로 떨어져 있는 셈이었다. 자기 한 사람쯤 불참한다 해도 아무렇지도 않게 체육 대회 개회식은 진행될 수 있다는 사실이 민도식을 무척 화나면서도 그지없이 외롭게 만들었다. 정문으로 들어서지도 못하고 그렇다고 뒤돌아서서 나오지도 못한 채 그는 일단 멈춘 자리에 붙박여 버린 듯 언제까지고 움직일 줄을 몰랐다.

– 윤흥길, 「날개 또는 수갑」

01

[A]의 서술상의 특징으로 가장 적절한 것은?

① 인물의 행위를 사실적으로 그려 내어 내적 갈등을 표면화하고 있다.
② 과거와 현재를 교차하여 인물이 겪는 인식의 변화를 드러내고 있다.
③ 공간적 배경을 구체적으로 묘사하여 인물이 처한 상황을 드러내고 있다.
④ 서술자가 특정 인물의 시선을 통해 인물의 특징을 관찰하여 알려 주고 있다.
⑤ 서술자가 인물의 경험을 삽화 형식으로 나열하여 사건을 입체적으로 보여 주고 있다.

02

㉠의 의미와 관련하여 윗글을 이해한 내용으로 적절하지 않은 것은?

① '이미 끝난 일이야'라는 말로 보아, 남자 사원들 중에 ㉠을 마저 입을지를 결정해야 하는 상황에 직면했다고 생각하는 사람이 있음을 알 수 있다.
② '험악해진 분위기'로 보아, ㉠과 관련된 문제로 남자 사원들 사이에 소란스러운 일이 있었음을 알 수 있다.
③ '그냥 지나칠 수가 없었습니다'라는 말로 보아, 권 씨도 남자 사원들과 마찬가지로 ㉠을 마저 입을지를 선택하는 일이 무엇보다 중요한 문제라고 생각하고 있음을 알 수 있다.
④ '총각 사원 하나'에 대한 아내의 반응으로 보아, 아내는 총각 사원이 ㉠ 때문에 회사를 스스로 그만두었다는 소문을 믿지 않고 있음을 알 수 있다.
⑤ '검정 곤색 일색'으로 보아, 체육 대회에 참석한 전체 사원이 ㉠을 마저 입게 되었음을 알 수 있다.

03

ⓐ~ⓔ에 대한 이해로 적절하지 않은 것은?

① ⓐ는 권 씨가 사무직 사원들의 대화에 관심이 있었음을 나타내는 반응이다.
② ⓑ는 장상태가 화를 내며 큰 소리로 명령하였기 때문에 미스 윤이 드러낸 반응이다.
③ ⓒ는 아내가 집을 나서지 않고 있는 남편 때문에 걱정하여 보인 반응이다.
④ ⓓ는 전체 사원들이 같은 옷을 입고 군대처럼 도열한 모습을 본 민도식에게 나타난 반응이다.
⑤ ⓔ는 사원들이 사복을 입은 민도식에 대한 불만을 드러내는 반응이다.

04

〈보기〉를 바탕으로 윗글을 감상한 내용으로 적절하지 않은 것은? [3점]

> 보기
>
> '중도적 주인공'은 자신이 속한 집단의 논리를 비판적으로 인식하면서도 집단의 논리를 따를지 여부를 결정하지 못하는 상태에 있는 인물이다. '중도적 주인공'은 인식 측면에서는 집단의 논리에 숨겨진 문제를 읽어 내는 주체적인 관점을 보인다. 그러나 행동 측면에서는 자신의 인식에 따라 적극적으로 행동하지 못하거나, 집단에 동화되지 못한 채 집단 논리의 수용 여부를 두고 머뭇거리는 모습을 보인다.

① 동료에게 '준비 위원회'의 '회의'에 담긴 '경영자'의 숨은 의도를 파악하여 발언하는 것을 보니, 민도식은 '동림산업'이 내세우는 논리에 대해 비판적으로 인식하는 주체적인 관점을 지니고 있다고 볼 수 있군.
② 권 씨를 '노리갯감'으로 삼자는 장상태의 '눈짓'을 읽었지만 이에 선뜻 동참하지 않은 것을 보니, 민도식은 '작업 중' 사고를 둘러싼 '투쟁'과 '몸에 걸치는 옷'을 둘러싼 논쟁에 적극적으로 참여하고 있지 않다고 볼 수 있군.
③ 아내에게 '큰소리'로 자신의 생각을 말하면서도 '뒤늦게나마 집을 나서'는 것을 보니, 민도식은 '동림산업'의 문제를 인식하고 있으면서도 회사를 떠나지 못하는 상황에 놓여 있다고 볼 수 있군.
④ '사복 차림'으로 체육 대회에 가지만 자신을 '꽁무니에 따라붙으려는' 사람이라고 생각하는 것을 보니, 민도식은 집단의 논리를 거부하고 싶지만 집단에 소속되고 싶은 마음도 지니고 있다고 볼 수 있군.
⑤ '제1 공장' 정문 앞에서 '붙박여 버린 듯' 움직이지 않는 모습을 보니, 민도식은 '동림산업'의 정책에 대한 비판을 적극적인 행동으로 옮길지 여부를 결정하지 못하고 있다고 볼 수 있군.

현대 소설 03

2025학년도 6월 모의평가

공부한 날		월	일
목표 시간		분	초
시작 :		종료 :	
소요 시간		분	초

작가 문학

01-04 다음 글을 읽고 물음에 답하시오.

어머니의 변명은 끝끝내 내 마음을 어루만져 주지 못했다. 그 후로 나는 좀처럼 아버지에 대한 얘기를 꺼내지 않게 되었다. 뜻밖에도 아버지의 죄를 순순히 시인하는 그녀의 ⓐ한마디가 내게는 그토록 엄청난 충격으로 깊이 남겨졌던 탓이리라. ㉠바로 그 순간부터 나는 아버지의 그 죄라는 것을 내 스스로 함께 나누어 지니고 만 느낌이었고, 그 때문에 나이에 걸맞지 않게 나는 눈빛이 깊고 어두운 아이가 되어 가고 있었다. 그리고 그때부터 아버지의 무서운 환영은 저주처럼 내 곁을 따라다니기 시작했다. 그는 언제나 시커먼 어둠 저편에 숨어서 음산하기 그지없는 눈빛으로 나를 쏘아보고 있었다. 그는 어디에나 숨어 있었다. 내 어릴 때 이따금 고개를 디밀어 들여다보면 마루 밑 저편 깊숙이 도사리고 있던 그 까마득한 어둠 속에도 그 어둠 속에서 술술 기어 나오던 그 눅눅하고 음습한 냄새 속에서도 내가 한 번도 얼굴을 본 적이 없는 그 사내는 핏발 선 눈알을 번득이며 나를 쏘아보고 있는 것이었다. 그건 어디서 묻었는지도 모르는, 오랜 시간이 흐른 뒤에까지 지워지지 않는 핏자국처럼 내게는 저주와 공포의 **낙인**으로 깊이 박혀져 있었다. 그리고 그 낙인을 가슴에 지닌 채, 나는 끝끝내 나를 휘감고 있는 어떤 엄청난 **죄악감과 불길한 예감**으로부터 영영 벗어날 수가 없었다.

[중략 부분의 줄거리] 나와 부대원들은 훈련에 대비해 참호를 파다가 발견한 유해를 인근 마을의 노인과 함께 수습하여 매장하는 일을 행한다.

두개골과 다리뼈를 꼼꼼히 문질러 닦은 뒤, 노인은 몸통뼈에 묶인 줄을 풀어내기 시작했다. 완강하게 묶인 매듭은 마침내 노인의 손끝에서 풀리어졌다. 금방이라도 쩔걱쩔걱 쇳소리를 낼 듯한 철삿줄은 싱싱하게 살아 있었다. 살을 녹이고 뼈까지도 녹슬게 만든 그 오랜 시간과 땅 밑의 어둠을 끝끝내 견뎌 내고 그렇듯 시퍼렇게 되살아 나오는 그것의 놀라운 끈질김과 냉혹성이 언뜻 소름끼치도록 무서움증을 느끼게 했다.

노인은 손목과 팔에 묶인 결박까지 마저 풀어낸 다음 허리를 펴고 일어서더니 **줄 묶음**을 들고 저만치 걸어 나갔다. 그가 허공을 향해 그것을 멀리 **내던지**는 순간 나는 까닭 모르게 마당가에서 하늘을 치어다보며 서 있는 어머니의 가녀린 목 줄기와 그녀가 아침마다 소반 위에 떠서 올리곤 하던 하얀 **물 사발**이 눈앞에 떠올랐다가 스러져 버리는 것이었다.

㉡나는 담배를 피워 물었다. 멀리 메마른 초겨울의 야산이 헐벗은 등을 까 내놓고 죽은 듯이 엎드려 있었다. 사위는 온통 잿빛의 풍경이었다. 피잉, 현기증이 일었다.

광주리를 머리에 인 어머니가 **모래밭**을 걸어오고 있었다. 돌돌거리며 흐르는 물소리를 거슬러 강변 모래밭을 어머니가 혼자 저만치서 다가오고 있었다. 모래밭은 하얗게 햇살을 되받아 쏘며 은빛으로 반짝였다. 허리띠를 질끈 동인 어머니의 치맛자락이 흐느적이며 바람결에 흔들리고 있었다. 나는 햇살에 부신 눈을 가늘게 오므리고 줄곧 그녀를 지켜보고 있었다. 그때였다. 꿈속에서처럼 나는 그녀의 뒤를 바짝 따라오고 있는 한 **사내의 환영**을 보았다. 그건 아버지였다. ㉢언젠가 어머니의 낡은 반닫이 깊숙한 옷가지 밑에 숨겨져 있던 액자 속에서 학생복 차림으로 서 있던 그대로 그건 영락없는 그 사내였다. 나를 어머니의 배 속에 남겨 놓은 채 어느 바람이 몹시 부는 날 밤, 산길을 타고 지리산인가 어디로 황황히 떠나가 버렸다는 사내. 창백해 뵈는 뺨에 마른 몸집의 그 사내가 어머니와 함께 걸어오고 있는 것이었다. 놀란 눈으로 풀밭에 앉아 나는 그들을 지켜보고 있었다. 이윽고 어머니의 눈썹과 코, 입의 윤곽과 야윈 목 줄기까지 뚜렷이 드러날 만큼 가까워졌을 때 사내의 환영은 어느 틈에 사라져 버리고 없었다. 몇 번이나 눈을 비비고 보았으나 역시 마찬가지였다. 하얗게 반짝이는 모래밭 위로 어머니가 찍어 내는 발자국만 유령처럼 끈질기게 그녀의 발꿈치를 뒤따라오고 있을 뿐이었다.

우리는 관 대신에 신문지로 싼 **유해**를 맨 처음 그 자리에 다시 묻어 주었다. 도톰하니 봉분을 만들고 뗏장까지 입혀 놓고 보니 엉성한 대로 형상은 갖춘 듯싶었다. 노인은 술을 흙 위에 뿌려 주었다. 그리고 자신이 먼저 한 모금 마신 다음에 잔을 돌렸다. 오 일병이 노파가 준 북어를 내놓았고, 덕분에 작은 술판이 벌어졌다. 음복인 셈이었다.

"얌마, 이런 느닷없는 장례식도 모두 너희 두 놈들 때문이니까, 자 한 잔씩 마셔라."

"그래그래, 어쨌든 너희들은 좋은 일 했으니 천당 가도 되겠다."

소대장이 병을 기울였고 다른 녀석들도 낄낄대며 ⓑ한마디씩 보태었다.

술이 가득 차오른 반합 뚜껑을 나는 두 손으로 받쳐 들었다. ㉣저것 봐라이. ㉮날짐승도 때가 되면 돌아올 줄 아는 법이다. 어머니가 말했다. 저만치 웬 사내가 서 있었다. 가슴과 팔목에 철삿줄을 동여맨 채 사내는 이쪽을 응시하며 구부정하게 서 있었다. 퀭하니 열려 있는 그 사내의 눈은 잔뜩 겁에 질려 있는 채로였다. 애앵. 총성이 울렸고 그는 허물어지듯 앞으로 고꾸라지고 있었다. ㉤불현듯 시야가 부옇게 흐려 왔다.

아아. 아버지는 지금 어디에 쓰러져 누워 있을 것인가. 해마다 머리맡에 무성한 ㉯쑥부쟁이와 엉겅퀴꽃을 지천으로 피워 내며 이제 아버지는 어느 버려진 밭고랑, 어느 응달진 산기슭에 무덤도 묘비도 없이 홀로 잠들어 있을 것인가.

– 임철우, 「아버지의 땅」

01

㉠~㉤의 서술 방식에 대한 설명으로 적절하지 않은 것은?

① ㉠: '나'의 지각 내용을 '나'가 서술하는 상황으로 인물과 서술자가 겹쳐 있다.
② ㉡: 서술의 주체를 알 수 있는 표지가 분명하게 제시되어 서술자와 지각의 주체가 뚜렷이 구분된다.
③ ㉢: '나'가 아니라 '나'가 지각하는 대상을 주어로 서술함으로써 지각의 대상을 부각하는 효과가 나타난다.
④ ㉣: 인용 부호 없이 서술된 발화에서 인물의 목소리가 드러난다.
⑤ ㉤: 지각의 주체를 알리는 표지가 나타나지 않아서 누가 지각한 바를 서술한 것인지 모호한 상황이 빚어진다.

02

윗글에서 ⓐ와 ⓑ의 서사적 기능에 대한 설명으로 가장 적절한 것은?

① ⓐ가 이야기의 심화된 주제를 구현하는 제재라면, ⓑ는 이야기의 주제를 가늠하도록 하는 단서이다.
② ⓐ가 이야기를 절정에 치닫도록 하는 추진력이라면, ⓑ는 이야기를 결말에 이르게 하는 원동력이다.
③ ⓐ가 이야기의 긴장감이 형성되는 요인이라면, ⓑ는 이야기의 긴장감이 완화됨을 드러내는 표지이다.
④ ⓐ가 이야기의 위기감이 해소된 종착점이라면, ⓑ는 이야기의 위기감이 고조된 정점이다.
⑤ ⓐ가 이야기를 일으키는 시발점이라면, ⓑ는 이야기의 전모가 드러나게 되는 귀결점이다.

03

㉮와 ㉯에 대한 이해로 가장 적절한 것은?

① ㉮는 ㉯에 비해 능동적이므로 인물이 처한 문제 상황에 미치는 영향력이 크다.
② ㉮는 ㉯와 달리, 시간과 공간에 관여되면서 이야기의 배경에 실감을 더하게 된다.
③ ㉯는 ㉮와 달리, 희망적인 성격이 강하므로 인물이 원하는 바를 집약한 결과이다.
④ ㉯에서 연상되는 상황이 현실이 될 경우 ㉮에 투영된 염원은 실현 가능성이 사라진다.
⑤ ㉮와 ㉯ 모두, 관념적 의미가 부여됨으로써 인물이 이념에 편향되어 있음이 알려진다.

04

〈보기〉를 참고하여 윗글을 감상한 내용으로 적절하지 않은 것은? [3점]

> 보기
>
> 부정적인 방향으로 응고된 기억을 돌이켜 긍정적인 방향으로 재편함으로써 심리적 안정을 도모하는 기회를 마련할 수 있다. 심리 요법의 일환으로 적용되는 '기억 재응고화'는 마음의 상처로 남은 기억을 재구성하여 다른 의미와 가치에 대응시킴으로써, 사람들로 하여금 부정적 기억으로 빚어진 심리적 불안정에 대응할 힘을 회복하도록 돕는 원리이다.

① '낙인'과도 같은 유년의 기억을 성인이 되어서도 떨쳐 버리지 못했다는 고백에 비추어 보면, 응고된 기억의 영향력에서 벗어나는 일이 쉽지 않음을 짐작할 수 있겠군.
② '죄악감과 불길한 예감'을 유발한 동인을 추적해 보면, '아버지'에 관한 기억이 마음의 상처로 남음으로써 '나'의 심리적 불안정이 비롯되고 있음을 추정할 수 있겠군.
③ '줄 묶음'을 '내던지'는 '노인'의 행위와 '물 사발'을 올리는 '어머니'의 행위가 이어지며 제시되는 부분을 보면, '나'의 기억을 재응고화하기 위한 이들의 노력을 확인할 수 있겠군.
④ '모래밭'에서의 '어머니' 형상과 '사내의 환영'이 어우러지는 장면에서, '아버지'에 대해 굳어져 있던 기억이 재편될 수 있는 가능성이 시사된다고 할 수 있겠군.
⑤ '아버지'에 대한 이미지가 '유해'에 대응되면서 '나'의 정서적 반응에 변화가 생기는 것을 보면, 부정적인 기억을 재구성함으로써 심리적 안정을 회복해 가는 경위를 엿볼 수 있겠군.

현대 소설 04

2024학년도 수능

공부한 날		월	일
목표 시간		분	초
시작 :		종료 :	
소요 시간		분	초

01-04 다음 글을 읽고 물음에 답하시오.

한참 정이와 별의별 말이 다 오고 가고 하였을 때, '불단집*'에서 마악 설거지를 하고 있던 갑순이 할머니가 뛰어나왔다. 갑득이 어미는, 경우에 따라서는 그들 모녀를 상대하여서도, 할 말에 궁하지는 않다고 은근히 마음에 준비가 있었던 것이나, 뜻밖에도 갑순이 할머니는 자기 딸의 역성을 들려고는 하지 않고,

㉠"애최에 늬가 말 실수헌 게 잘못이지, 남을 탄해 뭘 허니? 이게 모두 모양만 숭업구……, 온, 글쎄, 그만 허구 들어가아. 늬가 잘못했어. 네 잘못이야."

하고 도리어 딸을 나무라던 것을, 갑득이 어미는 그 당장에는, 귀에 솔깃하여,

"그렇지. 자계가 먼저 말을 냈지. 나야 그저 대꾸헌 죄밖엔 없으니까. 잘했든 잘못했든 자계가 시초를 낸 게니까 ——"

하고, 뽐내도 보았던 것이나, 나중에 깨달으니, 그것은 얼토당토않은 생각으로, 갑순이 할머니가 그렇게 자기 딸을 꾸짖으며 한사코 집으로 데리고 들어간 것에는,

㉡"아, 그 배지 못헌 행랑것허구, 쌈이 무슨 쌈이냐?"

"똥이 무서워 피허니? 더러우니까 피허는 게지!"

하고, 그러한 사상이 들어 있었던 것이 분명하였다.

사실, 을득이 녀석이 나중에 보고하는데 들으니까, 저녁때 돌아온 집주름 영감이 그 얘기를 듣고 나자,

"걔두 그만 분별은 있을 아이가, 그래 그런 상것허구 욕지거리를 허구 그러다니……."

쩻, 쩻, 쩻 하고 혀를 차니까, 늙은 마누라는 또 마주 앉아서,

"그렇죠, 그렇구 말구요. 쌈을 허드래두 같은 양반끼리 해야지, 그런 것허구 허는 건, 꼭 하늘 보구 침 뱉기지. 그 욕이 다아 내게 돌아오지, 소용 있나요."

㉢그리고 후유우 하고 한숨조차 내쉬는데, 방 안에서들 그러는 소리가 대문 밖까지 그대로 들리더라 한다.

[중략 부분의 줄거리] 골목 안 아홉 가구가 공동변소처럼 쓰는 불단집 소유의 뒷간에 양 서방이 갇힌다.

그는 아무리 상고하여 보아도 도무지 나갈 도리가 없는 것에 은근히 울화가 올랐다.

'제 집 뒷간두 아니구 남의 집 것을 그렇게 기가 나서 꼭꼭 잠그구 그럴 건 뭐 있누? 늙은이두 제엔장헐…….'

㉣인제는 할 수가 없으니, 소리를 한번 질러 볼까? —— 하기도 하였으나, 이러한 경우에 있어, 사람들은, 흔히 자기가 꼭 어떠한 수상한 인물인 듯싶게 스스로 느껴지는 경향이 있다. 그래, 그는 생각 끝에,

"아, 누가 문을 잠갔어어어?"

"문 좀 여세요오. 아, 누가……."

하고, 그러한 말을 제법 외치지도 못하고 그저 중얼대며, 한참이나 문을 잡아, 흔들어 자물쇠 소리만 덜거덕거렸던 것이다.

을득이한테 저의 아비가 불단집 뒷간에 가 갇히어 있다는 말을 듣고, 어인 까닭을 모르는 채 그곳까지 뛰어온 갑득이 어미는, 대강 사정을 알자, 곧 이것은 평소에 자기에게 좋지 않은 생각을 품고 있는 갑순이 할머니가 계획적으로 한 일임에 틀림없다고 혼자 마음에 단정하고,

[A] "아아니, 그래, 애아범이 미우면 으떻게는 뭇 해서, 그 더러운 뒷간 속에다 글쎄 가둬야만 헌단 말예요? 그래 노인이 심사를 그렇게 부려야 옳단 말예요?"

하고, 혼자 흥분을 하였다. 갑순이 할머니는, 그것은 전혀 예기하지 못하였던 억울한 말이라, 그래, 눈을 둥그렇게 뜨고, 손조차 내저어 가며,

[B] "그건, 괜한 소리유, 괜한 소리야. 이 늙은 사람이 미쳐서 남을 뒷간 속에다 가둬? 모르구 그랬지, 모르구 그랬어. 난 꼭 아무두 없는 줄만 알구서, 그래, 모르구 자물쇨 챘지. 온, 알구야 왜 미쳤다구 잠그겠수?"

발명을 하였으나,

[C] "모르긴 왜 몰라요. 다아 알구서 한 짓이지. 그래 자물쇨 챌 때, 안에서 말하는 소리두 뭇 들었단 말예요? 듣구두 모른 체했지. 듣구두 그냥 잠가 버린 거야."

하고, 갑득이 어미는 덮어놓고 시비만 걸려는 것을, 구경 나온 이웃 사람들이,

"아무러기서루니 갑순이 할머니께서 아시구야 그러셨겠소?"

"노인이 되셔서 귀두 어두시구 그래 몰르셨지!"

하고 말들이 있었고, 정작, 양 서방이 또 머뭇거리다가,

"자물쇨 채실 때, 내가 얼른 소리를 냈어두 아셨을 텐데, 미처 뭇 그래 그리 된 거야."

하고, 그러한 말을 매우 겸연쩍게 하여, 갑득이 어미는 집주름집 마누라를 좀 더 공박할 것을 단념하여 버릴 수밖에 없는 동시에,

㉤"오오, 그러니까, 채, 무어, 말할 새두 없이 문이 잠겨져서, 그냥 갇힌 채, 누구 오기만 기대린 게로군?"

"그래, 얼마 동안이나 들어가 있었어?"

"뭐어 오래야 갇혔겠수? 동안이야 잠깐이겠지만……."

– 박태원, 「골목 안」

* 불단집: 집 밖에도 전등을 단, 살림이 넉넉한 집.

01

윗글에 대한 설명으로 가장 적절한 것은?

① 집 안에서의 대화가 이웃에 노출되어 인물의 속내가 드러난다.
② 서로의 말실수에 대한 비난이 인물 간 다툼의 원인임이 드러난다.
③ 이웃의 갈등을 곁에서 지켜보고 있는 인물들의 냉담함이 드러난다.
④ 이웃을 무시하는 인물의 차별적 언행을 함께 견뎌 내려는 사람들의 결연함이 드러난다.
⑤ 곤경에 빠진 가족의 상황을 다른 가족에게 전한 것이 이웃 간 앙금을 씻는 계기가 됨이 드러난다.

02

[A]~[C]에 대한 설명으로 적절하지 않은 것은?

① [A]에서 인물은 상대의 행위가 옳지 않다고 판단하여, 반복적으로 추궁하며 상대가 잘못했음을 분명히 한다.
② [B]에서 인물은 상대의 주장이 사실과 다르다며, 모르고 그랬다는 말을 반복함으로써 자신의 억울함을 알린다.
③ [C]에서 인물은 추측을 바탕으로 상대의 발언이 신뢰하기 어렵다고 반박하고, 상대의 반응에 아랑곳하지 않고 거짓으로 답했다며 몰아붙인다.
④ [A]에서 인물은 상대의 행위와 동기를 함께 비난하고, [B]에서 인물은 상대의 비난을 파악하지 못해 자신의 행위에 대해서만 인정한다.
⑤ [A]에서 인물이 상대에게 화를 내자, [B]에서 인물은 당황하며 자신을 방어하지만, [C]에서 갈등 상황은 지속된다.

03

집주름 영감과 양 서방에 대한 이해로 가장 적절한 것은?

① 집주름 영감이 딸의 행동을 분별없다고 탓한 이유는 아내가 갑득이 어미 앞에서 딸을 나무란 뒤 남편에게 밝힌 생각과 같다.
② 집주름 영감은 아내와 갑득이 어미의 갈등이 드러나지 않게 하는, 양 서방은 결과적으로 이들의 갈등을 완화하는 역할을 한다.
③ 양 서방이 여러 궁리를 하면서도 뒷간을 빠져나오지 못한 이유는 아내에게 밝힌 사건의 경위와 무관하다.
④ 양 서방은 아내가 갑순이 할머니에게 한 말과 이에 대한 이웃들의 반응을 듣고도 아내에게 무덤덤한 태도를 보이고 있다.
⑤ 양 서방이 자신의 상황을 갑순이 할머니에게 알리지 못했다고 말한 것은 누가 뒷간 문을 잠갔는지에 대한 의문이 풀려서 화가 누그러졌기 때문이다.

04

〈보기〉를 참고하여 ㉠~㉤을 이해한 내용으로 적절하지 않은 것은? [3점]

> 보기
>
> 서술자는 자신의 시선만으로 서술하기도 하고 인물의 시선으로 초점화하여 서술하기도 한다. 그런데 이 작품에서는 두 서술 방식이 겹쳐 나타나는 경우가 있다. 이때 서술자는 인물과 거리를 둠으로써 그들의 말이나 생각, 감정 등에 대한 태도를 드러낸다. 이 밖에도 쉼표의 연이은 사용은 시간의 지연이나 인물의 상황 등을 드러낸다. 이러한 서술 기법은 문맥 속에서 글의 의미를 다양하게 보충한다.

① ㉠: 말줄임표 이후 쉼표를 연이어 사용한 것은, 인물이 자신의 생각을 감추거나 다른 할 말을 떠올리면서 시간의 지연이 있음을 드러낸 것이겠군.
② ㉡: 서술자 시선의 서술과 인물의 시선으로 초점화한 서술이 겹쳐 나타난 것은, 상황을 잘못 인지한 채 상대의 생각을 추측하는 인물에게 서술자가 거리를 두고 있음을 드러낸 것이겠군.
③ ㉢: 말을 전하는 '~라 한다'의 주체가 인물일 수도 있고 서술자일 수도 있게 서술한 것은, 인물의 경험을 전하기만 하고 특정 인물의 편에 서지 않으려는 서술자의 태도를 드러낸 것이겠군.
④ ㉣: 인물의 생각에 대해 쉼표를 연이어 사용하며 설명한 것은, 인물이 생각을 실행에 옮기지 못하고 망설이는 상황을 드러낸 것이겠군.
⑤ ㉤: 감탄사 이후 쉼표를 연이어 사용한 것은, 인물이 새로운 정보를 바탕으로 사건을 파악하는 상황을 드러낸 것이겠군.

현대 소설 05

2024학년도 9월 모의평가

공부한 날	월	일
목표 시간	분	초
시작 :	종료 :	
소요 시간	분	초

작가 국어 문학

01-04 다음 글을 읽고 물음에 답하시오.

몽달 씨 나이가 스물일곱이라니까 나보다 스무 살이나 많지만 우리는 엄연히 친구다. 믿지 않겠지만 내게는 스물일곱짜리 남자 친구가 또 하나 있다. 우리 집 옆, 형제슈퍼의 김 반장이 바로 또 하나의 내 친구인데 그는 원미동 23통 5반의 반장으로 누구보다도 씩씩하고 재미있는 사람이었다. 나는 **매일같이** 슈퍼 앞의 비치파라솔 의자에 앉아 그와 함께 낄낄거리는 재미로 하루를 보내다시피 하였는데 **요즘**은 내가 의자에 앉아 있어도 전처럼 웃기는 소리를 해 주거나 쭈쭈바 따위를 건네주는 법 없이 다소 퉁명스러워졌다. ㉠그 까닭도 나는 환히 알고 있지만 모르는 척하는 수밖에. 우리 집 셋째 딸 선옥이 언니가 지난달에 서울 이모 집으로 훌쩍 떠나 버렸기 때문인 것이다. 김 반장이 선옥이 언니랑 좋아지내는 것은 온 동네가 다 아는 일이지만 선옥이 언니 마음이 요새 좀 싱숭생숭하더니 기어이는 이모네가 하는 옷 가게를 도와준다고 서울로 가 버렸다. 선옥이 언니는 얼굴이 아주 예뻤다. 남들 말대로 개천에서 용이 났다고 해도 과언이 아닐 만큼 지지리 궁상인 우리 집에 두고 보기로는 아까운 편인데, 그 지지리 궁상이 지겨워 맨날 뚱하던 언니였다.

(중략)

집으로 가다 말고 문득 형제슈퍼 쪽을 돌아보니 음료수 박스들을 차곡차곡 쟁여 놓는 일에 땀을 뻘뻘 흘리고 있는 몽달 씨가 보였다. ㉡실컷 두들겨 맞고 열흘간이나 누워 있었던 사람이라 안색이 차마 마주보기 어려울 만큼 핼쑥했다. 그런데도 뭐가 좋은지 **히죽히죽** 웃어 가면서 열심히 박스들을 나르고 있는 게 아닌가. 그것도 김 반장네 가게에서. 아무리 눈을 크게 뜨고 보아도 몽달 씨가 분명했다. 저럴 수가. ㉢어쨌든 제정신이 아닌 작자임이 틀림없었다. 아무리 정신이 좀 헷갈린 사람이래도 그렇지, 그날 밤의 김 반장 행동을 깡그리 잊어버리지 않고서야 저럴 수가 없다는 게 내 생각이었다.

잊었을까. 그날 밤 머리의 어딘가를 세게 다쳐서 김 반장이 자기를 내쫓은 부분만큼만 감쪽같이 지워진 것은 아닐까. 전혀 엉뚱한 이야기만도 아니었다. 텔레비전에서도 보면 기억 상실증인가 뭔가로 자기 아들도 못 알아보는 연속극이 있었다. 그런 쪽의 상상이라면 나를 따라올 만한 아이가 없는 형편이었다. 내 머릿속은 기기괴괴한 온갖 상상들로 늘 모래주머니처럼 빽빽했으니까. 나는 청소부 아버지의 딸이 아니라 사실은 어느 부잣집의 버려진 딸이다, 라는 식의 유치한 상상은 작년도 못 되어 이미 졸업했었다. 요즘의 내 상상이란 외계인 아버지와 지구인 엄마와의 사랑, 뭐 그런 쪽의 의젓한 것이었다. ㉣아무튼 나의 기막힌 상상력으로 인해 몽달 씨는 부분적인 기억 상실증 환자로 결정되었다. 그렇다면 이제는 확인할 일만 남은 셈이었다. 오래 기다릴 필요도 없었다. 나는 김 반장네 가게 일을 거들어 주고 난 뒤 비치파라솔 밑의 **의자**에 앉아 **뭔가**를 읽고 있는 몽달 씨에게로 갔다. 보나 마나 주머니 속에 잔뜩 들어 있는 종잇조각 중의 하나일 것이었다. ㉤멀쩡한 정신도 아닌 주제에 이번엔 기억 상실증이란 병까지 얻어 놓고도 여태 시 따위나 읽고 있는 몽달 씨 꼴이 한심했다.

"ⓐ이거, 또 시예요?"

"ⓑ그래. 슬픈 시야. 아주 슬픈……."

몽달 씨가 핼쑥한 얼굴을 쳐들며 행복하게 웃었다. 슬픈 시라고 해 놓고선 웃다니. 나는 이맛살을 찡그리며 몽달 씨 옆에 앉았다.

그리고 아주 낮은 목소리로 물었다.

"ⓒ이제 다 나았어요?"

"ⓓ응. 시를 읽으면서 누워 있었더니 금방 나았지."

금방은 무슨 금방. 열흘이나 되었는데. 또 한 번 나는 몽달 씨의 형편없는 정신 상태에 실망했다.

"**그날** 밤에 난 **여기**에 앉아서 다 봤어요."

"무얼?"

"ⓔ김 반장이 아저씨를 쫓아내는 것……."

순간 몽달 씨가 정색을 하고 내 얼굴을 쳐다보았다. 예전의 그 풀려 있던 눈동자가 아니었다. 까맣고 반짝이는 눈이었다. 그러나 잠깐이었다. 다시는 내 얼굴을 보지 않을 작정인지 괜스레 팔뚝에 엉겨 붙은 상처 딱지를 떼어 내려고 애쓰는 척했다. 나는 더욱 바싹 다가앉았다.

"ⓕ김 반장은 나쁜 사람이야. 그렇지요?"

몽달 씨가 팔뚝을 탁 치면서 "아니야"라고 응수했는데도 나는 계속 다그쳤다.

"ⓖ그렇지요? 맞죠?"

그래도 몽달 씨는 못 들은 척 팔뚝만 문지르고 있었다. 바보같이. 기억 상실도 아니면서……. 나는 자꾸만 약이 올라 견딜 수 없는데도 몽달 씨는 마냥 딴전만 피우고 있었다.

– 양귀자, 「원미동 시인」

01

윗글에 대한 이해로 가장 적절한 것은?

① 몽달 씨는 김 반장이 자기를 매정하게 대했으나, 김 반장네 가게 일을 해 주고 있다.

② 김 반장은 선옥을 좋아했으나, 선옥이 서울로 가자 '나'를 통해 선옥과의 관계를 회복해 나갔다.

③ '나'는 김 반장을 좋은 친구라고 생각했으나, 김 반장이 빈둥거리며 실없는 행동을 해서 당황했다.

④ 선옥은 자신의 집안 형편에 대해 부정적으로 생각하고 있지만, '나'는 집안 형편을 그렇게 생각하지 않는다.

⑤ '나'는 몽달씨를 친구라 여겼으나, 몽달 씨가 김 반장 가게에 다시 나온 것을 보고 그렇게 생각한 것을 후회했다.

02

ⓐ~ⓖ에 대한 이해로 적절하지 않은 것은?

① ⓐ는 상대를 못마땅해하는 발언이지만, ⓒ를 고려하면 상대의 상태에 대한 관심에서 비롯된 것이라고 할 수 있다.
② ⓑ와 ⓓ의 시에 대한 인물의 태도를 고려하면, 인물이 시를 통해 위안을 얻었음을 알 수 있다.
③ ⓔ는 ⓓ를 듣고 실망하여, 상대의 새로운 반응을 기대하며 한 발언이라고 할 수 있다.
④ ⓕ는 ⓔ에 대한 상대의 반응이 예상을 벗어났지만, 상대가 보여 준 판단을 수용하기 위한 질문이라고 할 수 있다.
⑤ ⓖ는 ⓕ의 주장을 확인하는 질문으로, 상대의 태도를 탐탁지 않게 여기는 마음이 반영된 발언이라고 할 수 있다.

03

형제슈퍼를 중심으로 확인할 수 있는 인물의 행위에 대한 설명으로 가장 적절한 것은?

① '나'가 '매일같이' 김 반장과 재미있게 낄낄거렸던 행위는 '그날'보다 앞선 시간대에 이루어지며, '그날'의 일을 지켜보기만 한 '나'의 부정적 자기 인식으로 이어지고 있다.
② 김 반장이 '나'를 퉁명스럽게 대하는 행위는 '요즘'보다 앞선 시간대에 이루어지며, '나'에게 반성을 유도하고 있다.
③ 몽달 씨가 '히죽히죽' 웃는 행위는 현재 '여기'에서 '나'에게 속내를 감추는 행위보다 앞선 시간대에 이루어지며, '나'에게 진심을 드러내어 보여 주고 있다.
④ '의자'에서 '뭔가'를 읽는 몽달 씨의 행위는 '여기'에서 환기된 '그날'의 경험보다 앞선 시간대에 이루어지며, '나'가 '그날' 느꼈을 긴박감과 대비되는 이완된 상황을 보여 주고 있다.
⑤ '여기'에서 목격된 '그날' 김 반장의 행위는 '요즘'보다 이후의 시간대에 이루어지며, '나'가 김 반장을 이전과 다르게 평가하는 원인으로 기능하고 있다.

04

〈보기〉를 바탕으로 ㉠~㉤을 이해한 내용으로 적절하지 않은 것은? [3점]

> 보기
>
> 미성숙한 어린아이가 서술자라도 합리적 정보를 제공하면 독자는 서술자를 신뢰하게 된다. 그러나 작가는 때로 합리성이 부족한 어린아이의 특성을 강화하여 독자가 서술자를 의심하게 한다. 이때 독자는 서술자가 제공하는 정보가 틀릴 수 있다고 생각하면서 서술자와 다른 각도에서 작품이 전하려는 의미를 탐색하게 된다. 이 경우에도 독자는 서술자가 제공하는 제한된 정보에 의존할 수밖에 없으므로, 서술적 상황과 작품이 전하려는 의미가 서로 달라져 작품을 더욱 집중해서 읽게 된다.

① ㉠: 문제적 상황의 원인을 파악하여 이에 대응하고, 인물의 태도 변화를 설명할 수 있는 정보를 제시한다는 점에서 독자가 서술자를 신뢰하도록 유도하고 있군.
② ㉡: 인물이 처한 부정적 상황을 보여 주고, 인물의 안색과 그 이유에 대해 여러 정보를 제공한다는 점에서 독자가 서술자를 신뢰하도록 유도하고 있군.
③ ㉢: 논리적 연관을 무시하고, 추측에 근거하여 인물의 의식 상태를 단정하는 모습을 통해 독자가 작품에 더욱 집중하면서, 서술자와 다른 각도로 생각하도록 유도하고 있군.
④ ㉣: 인물에 대해 적극적으로 탐색하고, 인물의 상태를 스스로 진단하여 그 정보를 제공하는 모습을 통해 독자가 서술자를 신뢰하도록 유도하고 있군.
⑤ ㉤: 시에 대한 이해가 부족하고, 합당한 이유 없이 인물의 취향을 비난하는 모습을 통해 독자가 작품에 더욱 집중하면서, 서술자와 다른 각도로 생각하도록 유도하고 있군.

현대 소설 06

2024학년도 6월 모의평가

공부한 날		월	일
목표 시간		분	초
시작 :	종료 :		
소요 시간		분	초

01-04 다음 글을 읽고 물음에 답하시오.

[앞부분의 줄거리] 아버지가 위독하다는 소식을 듣고 귀향한 정일은 용팔에게 재산 상속에 관한 이야기를 듣는다.

아버지가 아직도 지키고 있는 그의 재산을 넘겨다보는 듯한 용팔이가 따지는 산판알이 거침없이 한 자리씩 올라가는 것을 유심히 바라보고 있는 자신을 의식하며 보고 있을 때, 이렇게 대강만 놓아도, 하고 산판을 밀어 놓으며 쳐다보는 용팔의 눈과 마주치게 되자 정일이는 흠칫 놀라게 되는 자신의 얼굴이 붉어지는 것을 깨달았다. ⓐ여기 대한 상속세만 해도 큰돈인데 안 물고 할 수 있는 이것은 제 말씀대로 하시지요. 이렇게 결정적으로 말하는 용팔이는 정일이의 앞에 위임장을 내놓으며 도장을 치라고 하였다.

[A] 정일이는 더욱 불쾌하여졌다. 잠이 부족한 신경 탓도 있겠지만 자기의 눈을 기탄없이 바라보는 용팔이의 얼굴에 발라 놓은 듯한 그 웃음이 말할 수 없이 미웠다. 이 소인 놈! 하는 의분 같은 ㉠심열이 떠오르며, 언제 내가 이런 음모를 하자고 너와 공모를 하였던가? 하고 그의 뺨을 갈기고 싶은 충동을 느끼었다. 그러나 정일이는 금시에 미끄러지는 듯한 웃음이 자기 얼굴에 흐름을 깨달았다. 이러한 심열은 신경 쇠약의 탓이 아닐까? 의분이랄 것도 없고 결벽성도 아니고 그런 것을 공연히 이같이 한순간에 뒤집히는 자기 마음 한 모퉁이에 상식을 농쳐 뿌린 결과가 어떤가? 해 보자 하는 놓치기 쉬운 어떤 힌트같이 번쩍이는 생각을 보자 정일이는 조급히 도장을 뒤져내며, 자 칠 대로 치우, 나는 어디다 치는 것도 모르니까 하였다. 이렇게 지껄이듯이 말하는 정일이는 자기가 실없이 웃기까지 하는 것을 들을 때 내가 지금 더 심한 심열에 떠 있지 않은가? 하는 생각에 갑자기 말과 웃음과 표정까지 없어지고 말았다.

ⓑ도장을 치고 난 용팔이는 공손히 정일이에게 돌리며, 잔금은 제가 장인께 말씀드리겠습니다, 하고 일어선다. 중문으로 들어가는 용팔이의 뒷모양을 바라보던 정일이는 갑자기 불러내고 싶었다. 궁둥이를 들먹하고 부르는 손짓까지 하였으나 탄력 없이 벌어진 입에서는 말이 나오지 않았다. 창졸간에 용팔이를 어떻게 불러야 할지 몰라서 주저되는 것같이도 생각되었다. 중문 안으로 들어가는 용팔이의 뒷모양은 마치 심한 장난을 꾸미다가 용기를 못 내는 자기를 남겨 두고 ⓒ그걸 못 해? 내 하마 하고 나서는 동무의 모양같이 아슬아슬한 것이었다. 종시 용팔이가 중문 안으로 사라져서 불러낼 기회를 놓치고 말았다고 후회하면서도 내가 정말 후회하는 것이라면 지금이라도 따라가서 붙들 수도 있지 않은가? 이렇게 생각하는 정일이는 용팔이가 이 말을 시작하였을 때부터 자기는 육감으로 벌써 예기하였던지도 모를 일이 지금 일어나리라는 기대가 앞서는 것을 느끼며 ⓓ정일이는 실험의 결과를 기다리는 듯이 숨을 죽이고 귀를 기울이고 있었다. 예사로운 말소리는 들리지 않는 거리이므로 긴장한 정일이의 귀에도 한참 동안은 아무런 말도 들리지 않았다. 아버지도 종시 죽음에 굴복하고 마는가? 이렇게 생각되어 정일이는 긴장하였더니만큼 허전한 실망에 담배를 붙이려고 성냥을 그었을 때 자기의 귀를 때리는 듯한 아버지의 격분한 고함 소리를 들었다.

(중략)

사실 이렇게 되어서까지도 죽기가 싫은가 하고 아버지를 눈 찌푸리고 바라보는 자기는 죽음의 공포를 해탈한 무슨 수양이 있는 것이 아니라 단지 애써 살려는 의지력이 없는 것뿐이다. ⓔ아버지는 한 번도 자기의 생활을 회의하거나 죽음을 생각할 필요가 없었던 사람이므로 이같이 죽음과 싸울 수 있는 것이 아닐까 생각하였다. 그래서 정일이는 어떤 위대한 의지력을 우러러보는 듯한 마음으로 아버지의 고통을 바라보고 있는 자기를 발견하는 때가 있었다.

[B] 그때 심한 구토를 한 후부터 한 방울 물도 먹지 못하고 혓바닥을 축이는 것만으로도 심한 구역을 하게 된 만수 노인은 물을 보기라도 하겠다고 하였다. 정일이는 요를 둑여서 병상을 돋우고 아버지가 바라보기 편한 곳에 큰 물그릇을 놓아 드렸다. 그러나 그 물그릇을 바라보기에 피곤한 병인은 어디나 눈 가는 곳에는 물이 보이기를 원하였다. 그래서 큰 어항을 병실에 가득 늘어놓고 물을 채워 놓았다. 병인은 이 어항에서 저 어항으로 ㉡서늘한 감각을 시선으로 핥듯이 돌려 보다가 그도 만족하지 못하여 시원히 흐르는 물이 보고 싶다고 하였다. 정일이는 아버지가 보기 편한 곳에 큰 물그릇을 놓고 대접으로 물을 떠서는 작은 폭포같이 들이 쏟고 또 떠서는 들이 쏟기를 계속하였다. 만수 노인은 꺼멓게 탄 혀를 벌린 입 밖에 내놓고 황홀한 눈으로 드리우는 물줄기를 바라보고 있었다. 그 눈을 볼 때 정일이는 걷잡을 사이도 없이 자기 눈에 눈물이 솟아오름을 참을 수가 없었다. 정일이는 일찍이 그러한 눈을 본 기억이 없다고 생각하였다. 더욱이 아버지의 얼굴에서! 자기 아버지에게서 저러한 동경에 사무친 황홀한 눈을 보게 되는 것은 의외라고 할밖에 없었다.

- 최명익, 「무성격자」

01

윗글의 서술상의 특징으로 가장 적절한 것은?

① 회상 장면을 병치하여 사건의 흐름을 반전시킨다.
② 사물의 세부를 구체적으로 묘사하여 장면의 현장성을 강화한다.
③ 중심인물의 반복적인 동작을 강조하여 내적 갈등을 표면화한다.
④ 서술자가 풍자적 어조를 활용하여 중심인물에 대한 비판적 입장을 드러낸다.
⑤ 서술자가 중심인물의 시선에 의존하여 사건의 양상을 제한적으로 나타낸다.

02

ⓐ~ⓔ에 대한 이해로 적절하지 않은 것은?

① ⓐ는 정일이 주목하는 용팔의 이해타산적인 태도를 드러낸다.
② ⓑ는 용팔이 정일에게 예의를 갖추어야 하는 위치임을 드러낸다.
③ ⓒ는 용팔의 행위에 대한 정일의 실망스러운 마음을 드러낸다.
④ ⓓ는 아버지와 용팔 간 대화의 결과를 정일이 주시하고 있음을 드러낸다.
⑤ ⓔ는 아버지가 보여 주는 삶의 태도에 대한 정일의 평가를 드러낸다.

03

[A], [B]를 고려하여 ㉠과 ㉡을 이해한 내용으로 가장 적절한 것은?

① ㉠은 용팔의 '웃음'에 대한 정일의 불쾌감으로 인해, ㉡은 아버지가 내비치는 '황홀한 눈'으로 인해 발생한다.
② ㉠은 정일이 갈등 끝에 '도장'을 찍음으로써, ㉡은 아버지가 사무치는 '동경'을 포기함으로써 지속된다.
③ ㉠은 정일의 '신경 쇠약'을 일으키는 원인이고, ㉡은 아버지가 '꺼멓게 탄 혀'의 고통을 줄이기 위한 방편이다.
④ ㉠은 용팔에 대한 미움이 '뺨을 갈기고 싶은 충동'으로 격화되는 정일의 마음을, ㉡은 '물그릇'에서 '어항', '드리우는 물줄기'로 심화되는 아버지의 갈망을 함축한다.
⑤ ㉠은 용팔의 '공모' 요구로 인해 표면화된 정일의 물질 지향적인 태도를, ㉡은 '심한 구역' 이후로 아버지가 '물'에서 얻고자 하는 육체적 안정에 대한 추구를 드러낸다.

04

〈보기〉를 참고하여 윗글을 감상한 내용으로 적절하지 않은 것은? [3점]

> 보기
>
> 「무성격자」의 정일은 자신을 구속하는 속물적 욕망을 경멸하고 현실에서의 적극적인 행동을 주저하는 한편, 자신과 주변에 관심을 집중한다. 그는 주변 대상을 관찰하여 그 의미를 파악하고, 파악한 내용에 반응하며, 그런 자신을 분석하기도 한다. 나아가 관찰과 분석을 수행하는 자신의 내면마저 대상화함으로써 인간 심리의 중층적 구조를 드러낸다.

① 산판알을 놓으며 이익을 따지는 상대를 경멸하면서도 산판알이 올라가는 것을 주목하는 데에서, 자신을 구속하는 속물적 욕망으로부터 자유롭지 못한 모습을 찾을 수 있군.
② 상대의 웃음에서 공모 의사를 읽어 내자 얼굴에 흐르는 미끄러지는 듯한 웃음을 깨닫는 데에서, 상대에 대한 불쾌감을 웃음으로 무마하려는 자신을 의식하는 모습을 찾을 수 있군.
③ 중문 안으로 들어가는 상대를 불러내지는 못하고 자신이 그를 부르지 못한 이유를 생각하는 데에서, 행동을 주저하고 자신에게로 관심을 돌리는 모습을 찾을 수 있군.
④ 상대의 고통을 바라보며 의지력을 우러러보는 듯한 마음이 있는 자신을 발견하는 데에서, 상대와의 차이를 인식하는 스스로의 내면마저 대상화하는 모습을 찾을 수 있군.
⑤ 물줄기를 바라보는 상대로부터 이전에는 한 번도 보지 못한 눈을 확인하는 데에서, 주변 대상을 관찰하여 상대가 내비치는 생에 대한 강렬한 동경을 파악하는 모습을 찾을 수 있군.

현대 소설 07

2023학년도 수능

공부한 날		월	일
목표 시간		분	초
시작 :	종료 :		
소요 시간		분	초

01-04 다음 글을 읽고 물음에 답하시오.

밤이 깊어지면, **시장 안의 가게들**은 하나씩 문을 닫고, 길가에 리어카를 놓고 팔던 상인들은 제각기 과일이나 생선, 채소들을 끌고 다리 위로 올라오는 것이었다.

그 모양을 이만큼에 서서 흔들리는 버드나무 가지 사이로 바라보면, 리어카마다 켜져 있는 카바이드 불빛이, 마치 난간에 무슨 꽃 등불을 달아 놓은 것처럼 요요하였다. [A]

돈이 없어도 염려가 안 되는 곳.

그 사람들은 대부분 어머니를 알았다.

모르는 사람들도 곧 알게 되었다.

벽오동집 아주머니.

오동나무 아주머니. [B]

그렇게 어머니를 불렀다.

어느새 나무는 그렇게도 하늘 높이 자라서 저기만큼 걸린 매곡교 다릿목에서도 그 무성한 가지와 잎사귀를 올려다볼 만큼 되었던 것이다.

거기다가, 우리 집에서 날아간 오동나무 씨앗이 앞뒷집에 떨어져 싹이 나고, 어느 해 바람에 불려 갔는지 그보다 더 먼 건넛집에도, 심지 않은 오동나무가 저절로 자라나게 되었다.

그래서 나는 속으로 우리 동네를 벽오동촌이라고 별명 지었다. [C]

그것은 어쩌면 이 가난한 동네의 한 호사였는지도 모른다.

아버지가 어머니와 혼인하시고, 작천의 친정 어머니를 남겨 두신 채, 신행 후에 전주로 돌아와 맨 처음 터를 잡은 곳이 바로 이 **천변**이었다.

동네 뒤쪽으로는 산줄기가 병풍처럼 둘러쳐져 있고, 앞쪽으로는 흰모래 둥근 자갈밭을 데불은 시냇물이 흐르며 거기다 시장까지 가까운 이곳은, 삼십 년 전 그때만 하여도, 부성 밖의 한적하고 빈한한 동네였을 것이다. [D]

물론 우리도 중간에 **집을 고치**고, 이어 내고, 울타리를 바꾸었으나, 그저 움막처럼 나뭇가지를 얼기설기 얽은 뒤, 풍우나 피하자는 시늉으로 지은 집들도 많았을 것이다.

이 울타리 안에서 해마다 더욱더 무성하게 자라는 오동나무는 유월이면, 아련한 유백색의 비단 무늬 같은 꽃을 피웠다. 그윽한 꽃이었다.

그 나무는 나보다 더 나이가 많았다.

나를 낳으시던 해, 지팡이만 한 나무를 구해다가 앞마당에 심으시며

"기념."

이라고 웃으셨다는 아버지.

"처음에는 저게 자랄까 싶었단다. 그러던 게 이듬해는 키를 넘드라."

해마다 이른 봄이면, 어린아이 손바닥만 하던 잎사귀가 어느 결에 손수건만 해지고, 그러다가 초여름에는 부채처럼 나부낀다.

그리고 가을에는 종이우산만큼이나 넓어지는 것 같았다.

하늘을 덮는 잎사귀, 그 무성한 잎사귀들…….

그 잎사귀 **서걱거리는 소리**가 골목 어귀 천변에까지 들리는 성싶었다.

어머니는 물끄러미 냇물만 바라보고 계시더니, 문득 고개를 돌려,

"영익이 언제 다녀갔지?"

하고 물으셨다.

"사흘 됐나? 그저께 아니었어요?"

어머니는 어둠 속에서 고개를 끄덕이셨다. [E]

어머니의 고개는 무거워 보였다.

"참, 어머니 지금 저기, 불빛 뵈는 저 산마루에 절, 저기가 영익이 있는 데예요?"

나는 동편 산마루의 깜박이는 불빛을 가리키며 무심한 듯 물었다.

"아니다. 그건 승암사라구 중바위산 아니냐. 그 애 공부하는 덴 이 오른쪽이지…… 기린봉 중턱에 있는 절이야. 여기서는 잘 뵈지도 않는구나."

그러면서 어머니는 눈을 들어, 어두운 밤하늘에 뚜렷한 금을 긋고 있는 산줄기를 바라보셨다. 산은 검고 깊었다.

동생 영익이는 벌써 이 년째 그 산속의 절에서 사법 고시 준비를 하고 있었다.

그는 말이 없고 우울한 때가 많았다.

그리고 그저께 집에 내려와, 이사 날짜가 결정되었다는 말을 듣고는 아무 말도 없이 고개를 떨어뜨리더니

"내가……."

하고 무슨 말을 이으려다 말고 그냥 산으로 올라갔었다.

그때 영익이의 말끝에 맺힌 숨소리는 '흡' 하고 내 가슴에 얹혀 아직도 내려가지 않은 것만 같았다.

우리가 이사하기로 된 집의 **구조**는 지극히 **천박**하였다.

우선 대문이 번화한 도로변으로 나 있는 데다가 오래되고 낡아서 녹이 슨 철제였다. 그것은 잘 닫히지도 않아 비긋하니 틀어진 채 열려 있었다.

그리고 마당은 거의 없다는 편이 옳았다. 그나마 손바닥만 한 것을 시멘트로 빈틈없이 발라 놓았고, 방들은 오밀조밀 붙어 있어 개수만 여럿일 뿐, 좁고 어두웠다.

그중에 한 방은 아예 전혀 **채광 통풍조차**도 되지 않았다.

그것도 원래는 **창문**이었는데, 아마 바로 옆에 가게를 이어 내느라고 **막아 버린** 모양이었다. 그 가게란 양품점으로, 레이스가 많이 달린 네글리제와 여자용 속옷, 스타킹 따위를 고무 인형에 입혀 세워 놓은 곳이었다.

뿐만 아니라 그 가게를 중심으로 앞뒤에 같은 양품점들이 늘어서 있고 그 옆에는 양장점, 제과소, 음식점, 식료품 잡화상들이 있었다.

여기저기서 들려오는 **불규칙한 마찰음**, 무엇이 부딪쳐 떨어지는 소리, 어느 악기점에선가 쿵, 쿵, 울려 오는 스피커 소리…… 끼익, 하며 숨넘어가는 자동차 소리.

한마디로 그 집은, 아스팔트의 바둑판, 환락과 유행과 흥정의 경박한 거리에 금방이라도 쓸려 버릴 것처럼 위태해 보였다.

그리고 우리가 이제 이사 올 집이라고, 그 집 문간에 옹숭그리고 서서 철제 대문 사이로 안을 기웃거리며 들여다보는 **우리들**은 어쩐지 **잘못 날아든 참새들 같**기만 하였다.

– 최명희, 「쓰러지는 빛」

01

윗글에 대한 이해로 가장 적절한 것은?

① '영익'은 가족의 상황을 알고서도 제 생각을 분명히 드러내지 않는다.
② '어머니'는 아들이 출가하여 소식이 끊긴 뒤 그의 근황을 궁금해한다.
③ '나'는 동생의 말을 듣고서 그가 현재 어디에 머무르고 있는지 알게 된다.
④ '시장 안의 가게들'은 밤늦게 물건을 사기 위해 사람들이 모여드는 곳이다.
⑤ '천변'은 아버지와 어머니가 결혼할 때부터 사람들이 북적였던 번화한 동네이다.

02

[A]~[E]의 서술 방식에 대한 설명으로 적절하지 않은 것은?

① [A]: '이만큼에 서서'와 '바라보면'을 보면, 서술자가 대상을 지각할 수 있는 위치에서 서술하고 있음을 알 수 있다.
② [B]: 호명하는 말을 각각 하나의 문단에 서술하여, 그 호칭이 두드러져 보이는 효과가 나타난다.
③ [C]: '나'와 '우리' 같은 표현을 사용하여, 서술자가 자기 경험을 바탕으로 하는 이야기를 서술하면서 자신의 내면을 드러낸다.
④ [D]: '동네였을 것이다'를 보면, 서술자가 과거 상황에 대해 확정적으로 진술하지 않고 추측의 의미를 담아 서술하고 있음을 알 수 있다.
⑤ [E]: 누가 한 말인지 명시하지 않은 것을 보면, 대화 상황에서 말하는 이와 서술자가 다르다는 사실을 알 수 있다.

03

윗글의 '오동나무'에 대한 이해로 가장 적절한 것은?

① '나'가 계절의 자연스러운 변화와 세월의 흐름을 느끼게 되는 경험적 대상이다.
② 가난한 마을이지만 사람들로 하여금 호사를 누릴 수 있게 하는 경제적 기반이다.
③ '어머니'가 결혼 후에 심고 정성을 다해 키워 내어 무성해진 애착의 결실이다.
④ 동네 사람들이 마을의 특징에 부합한 별명을 자기 마을에 붙일 때 적용한 단서이다.
⑤ '아버지'가 자식을 얻은 기쁨을 이웃과 나눌 생각에 마을 곳곳에 심은 상징적 기념물이다.

04

〈보기〉를 바탕으로 윗글을 감상한 내용으로 적절하지 않은 것은? [3점]

보기

> 집에 대한 정서적 반응은 집의 구조, 주변 환경, 거주 기간 등의 요인에 따라 다를 수 있다. 자신이 거주하는 집의 내 · 외부와 관계를 맺으며 충분한 시간 동안 쌓은 경험들은 현재 살고 있는 집에 대한 정서를 형성하는 데 영향을 주며, 다른 낯선 공간에 대한 정서적 반응에 영향을 주기도 한다. 「쓰러지는 빛」은 이사할 처지에 놓인 한 가족의 이야기를 통해 집에 대한 '나'의 정서적 반응을 보여 준다.

① '나'가 '천변' 집에 살면서 추억을 형성해 온 시간들은, 이사할 처지에 놓인 현재의 상황을 불편하게 여기는 요인이 될 수 있겠군.
② '집을 고치'던 경험을 바탕으로 '구조'가 '천박'한 집의 여건을 살펴보는 것에서, 거주 환경의 변화에 적응하여 낯선 공간에 친숙해지고자 하는 '나'의 생각을 확인할 수 있겠군.
③ '서걱거리는 소리'와 '불규칙한 마찰음'에서 드러나는 집 주변 환경의 차이는, 두 집에 대해 '나'가 느끼는 친밀감의 차이를 유발할 수 있음을 예상할 수 있겠군.
④ '창문'을 '막아 버린' 방은 '채광 통풍조차' 되지 않는 속성으로 인해, 지금 살고 있는 집에 대한 '나'의 정서적 반응과는 다른 정서적 반응을 일으키는 요인이 될 수 있겠군.
⑤ '우리들'의 상황이 '잘못 날아든 참새들 같'다고 한 것은, 변화될 거주 여건을 낯설어하는 심리를 비유적으로 드러낸 것이라 할 수 있겠군.

현대 소설 08

2023학년도 9월 모의평가

공부한 날		월	일
목표 시간		분	초
시작 :	종료 :		
소요 시간		분	초

작가 문학

01-04 다음 글을 읽고 물음에 답하시오.

그런 일이 있은 지 한 달쯤 지나니 내 겨드랑에 생긴 이변의 전모가 대강 드러났다. **파마늘**은 어김없이 밤 12시부터 새벽 4시 사이에 솟구친다는 것. **방**에 있으면 쑤시고 밖에 나가면 씻은 듯하다는 것. 까닭은 전혀 알 길이 없다는 것 등이었다. **의사**는 나에게 전혀 이상이 없다고 잘라 말했다. 그도 그럴 것이 그 시간에는 내 겨드랑은 멀쩡했기 때문이다. 그때부터 나의 괴로움은 비롯되었다. 파마늘은 전혀 불규칙한 사이를 두고 튀어나왔다. 연이틀을 쑤시는가 하면 한 일주일 소식을 끊고 하는 것이었다. 하루 이틀이지 이렇게 줄곧 밖에서 새운다는 것은 못 할 일이었다. 나는 제집이면서 꼭 **도적놈**처럼 **뜰**의 어느 구석에 숨어서 밤을 지내야 했기 때문이다. 그런 생활이 두 달째에 접어들었을 때 나는 견디다 못해서 담을 넘어서 밖으로 나가 보았다. 그랬더니 참으로 이상한 일도 다 있었다. 뜰에 나와 있어도 가끔 뜨끔거리고 손을 대 보면 미열이 있던 것이 거리를 거닐게 되면서는 아주 깨끗이 편한 상태가 되었다. 이렇게 되면서 독자들은 곧 짐작이 갔겠지만, 문제가 생겼다. 내가 의료적인 이유로 산책을 강요당하게 되는 시간이 행정상의 **통행 제한**의 시간과 우연하게도 겹치는 점이었다. 고민했다. 나는 부르주아의 썩은 미덕을 가지고 있었다. 관청에서 정하는 규칙은 따라야 한다는 것이 그것이다. 12시부터 4시까지는 모든 **시민**은 밖에 나다니지 말기로 되어 있다. 모든 사람이 받아들이는 규칙이니까 **페어플레이**를 지키는 사람이면 이것은 소형(小型)의 도덕률일 수밖에 없다. 그러나 이 도덕률을 지키는 한 내 겨드랑은 요절이 나고 나는 죽을는지도 모른다.

[중략 부분의 줄거리] '나'는 겨드랑이에 파마늘 같은 것이 돋으면 밤거리를 몰래 산책하곤 한다. '나'는 밤 산책 중 종종 다른 사람들과 마주친다.

오늘은 경관을 만났다. 나는 얼른 몸을 숨겼다. 그는 부산하게 내 앞을 지나갔다. 그 순간 나는 내가 레닌*인 것을, 안중근인 것을, 김구인 것을, 아무튼 그런 인물임을 실감한 것이다. 그가 지나간 다음에도 나는 ㉠<u>은신처</u>에서 나오지 않았다. 공화국의 시민이 어찌하여 그런 엄청난 변모를 할 수 있었는지 모를 일이다. 나는 정치적으로 백치나 다름없는 감각을 가진 사람이다. 위에서 레닌과 김구를 같은 유(類)에 놓은 것만 가지고도 알 만할 것이다. 그런데 경관이 지나가는 순간에 내가 **혁명가**였다는 것도 분명한 사실이다. 혁명가라고 자꾸 하는 것이 안 좋으면 **간첩**이래도 좋다. 나는 그 순간 분명히 간첩이었던 것이다. 그런데 내가 간첩이 아닌 것은 역시 분명하였다. 도적놈이래도 그렇다. 나는 분명히 도적놈이었으나 분명히 도적놈은 아니었다. 나는 아주 희미하게나마 혁명가, 간첩, 도적놈 그런 사람들의 마음이 알 만해지는 듯싶었다. 이 맛을 못 잊는 것이구나 하고 나는 생각하였다. 나도 물론 처음에는 치료라는 순전히 **공리적인** 이유로 이 산책에 나섰다. 그러나 지금으로서는 반드시 그런 것만은 아니다. 설사 내 겨드랑의 달걀이 영원히 가 버린다 하더라도 이 금지된 산책을 그만둘 수 있을지는 심히 의심스럽다. 나의 산책의 성격은 **변질**되기 시작하였다. **누룩 반죽**처럼.

기적(奇蹟). 기적. 경악. 공포. 웃음. 오늘 세상에도 희한한 일이 내 몸에 일어났다. 한강 근처를 산책하고 있는데 겨드랑이 간질간질해 왔다. 나는 속옷 사이로 더듬어 보았다. 털이 만져졌다. 그런데 닿임새가 심상치 않았다. 털이 괜히 빳빳하고 잘 묶여 있는 느낌이다. 빗자루처럼. 잘 만져 본다. 아무래도 보통이 아니다. 나는 ㉡<u>바위틈</u>에 몸을 숨기고 윗옷을 벗었다. 속옷은 벗지 않고 들치고는 겨드랑을 들여다보았다. 나는 실소하고 말았다. 내 겨드랑에는 새끼 까마귀의 그것만 한 아주 치사하게 쬐끄만 **날개**가 돋아나 있었다. 다른 쪽 겨드랑을 또 들여다보았다. 나는 쿡 웃어 버렸다. 그쪽에도 장난감 몽당빗자루만 한 것이 달려 있는 것이었다. 날개가 보통 새들의 것과 다른 점이 그 깃털이 곱슬곱슬한 고수머리라는 것뿐이었다. 흠. 이놈이 나오려는 아픔이었구나 하고 나는 생각했다. 나는 그 날개를 움직이려고 해 보았다. **귓바퀴**가 말을 안 듣는 것처럼 그놈도 움직이지 않았다. 나는 참말 부끄러워졌다.

– 최인훈, 「크리스마스 캐럴 5」

*레닌: 러시아의 혁명가.

01

윗글의 서술상 특징으로 가장 적절한 것은?

① 시간의 순서를 뒤바꾸어 이야기의 인과 관계를 재구성하고 있다.

② 유사한 사건을 반복해서 제시하며 서술의 초점을 분산시키고 있다.

③ 장면에 따라 서술자를 달리하여 사건의 의미를 입체적으로 조명하고 있다.

④ 공간의 이동에 따른 인물의 경험을 다른 인물의 시선을 통해 서술하고 있다.

⑤ 사건에 대한 중심인물의 내적 반응을 중심인물 자신의 목소리를 통해 제시하고 있다.

02

윗글에 대한 이해로 적절하지 않은 것은?

① '의사'가 '나'의 증상을 진단하지 못한 것은 '나'의 증상이 '의사' 앞에서는 나타나지 않았기 때문이다.
② '나'는 자신의 집에서 '도적놈'과 비슷한 방식으로 행동하곤 했다.
③ '뜰'에서의 '나'의 고통은 '방'에서보다는 덜하지만 완전히 사라지지는 않는다.
④ '나'는 '시민'이 정한 규칙을 준수해야 하는 '페어플레이'를 지키지 못하게 되어 고민한다.
⑤ '혁명가'와 '간첩'은 '나'가 자신의 행동을 이해하기 위해 자신과 비교해 보는 대상이다.

03

㉠과 ㉡에 대한 이해로 가장 적절한 것은?

① ㉠은 정신적 안정을, ㉡은 신체적 회복을 위한 공간이다.
② ㉠은 윤리적인, ㉡은 정치적인 이유로 몸을 숨기는 공간이다.
③ ㉠은 ㉡과 달리, 타인의 출현으로 인해 몸을 감춘 공간이다.
④ ㉡은 ㉠과 달리, 반복적으로 사용하는 공간이다.
⑤ ㉠과 ㉡은 모두, 과거의 자신을 긍정하는 공간이다.

04

〈보기〉를 바탕으로 윗글을 감상한 내용으로 적절하지 않은 것은? [3점]

보기

「크리스마스 캐럴 5」는 자유가 억압된 시대적 상황에서 자유의 가능성과 한계를 묻는 작품이다. '나'의 겨드랑이에 돋은 정체불명의 파마늘이 주는 통증은 자유에 대한 요구를, 그로 인한 밤 '산책'은 자유를 위한 실천을 의미한다. 작품은 처음에는 명료하지 않고 미약했던 자유를 향한 의지가 밤 산책을 거듭하면서 심화되는 모습과 함께 그 과정에서 생기는 문제점을 드러낸다.

① '통행 제한'으로 인해 산책의 자유가 제한된 상황은, 단순히 이동의 자유에 대한 억압만이 아니라 자유가 억압되는 시대적 상황 자체에 대한 문제 제기라고 할 수 있겠군.
② '파마늘'이 돋을 때의 극심한 통증은, 자유가 그만큼 절박하게 요구되었던 상황을 보여 주는 동시에 자유를 얻기 위해 필요한 고통을 암시하기도 하겠군.
③ '공리적인' 목적을 가지고 있었던 산책이 점차 '누룩 반죽'처럼 '변질'되었다는 표현은, 자유의 필요성이 망각되어 자유를 위한 실천의 목적이 훼손되는 문제점에 대한 비판이겠군.
④ 정체불명의 파마늘이 '날개'의 형상으로 바뀐 것은, 처음에는 명료하지 않았던 자유를 향한 의지가 산책을 통해 심화되었다는 것을 의미하겠군.
⑤ '날개'가 '귓바퀴' 같다는 점에 대해 '나'가 느낀 부끄러움은, 여러 차례의 산책에도 불구하고 자유를 의지대로 실현하기 어려웠던 한계에 대한 인식으로 볼 수 있겠군.

현대 소설 09

2023학년도 6월 모의평가

공부한 날		월	일
목표 시간		분	초
시작 :	종료 :		
소요 시간		분	초

01-04 다음 글을 읽고 물음에 답하시오.

[앞부분의 줄거리] 해방 직후, 미군 소위의 통역을 맡아 부정 축재를 일삼던 방삼복은 고향에서 온 백 주사를 집으로 초대한다.

"서 주사가 이거 두구 갑디다."

들고 올라온 각봉투 한 장을 남편에게 건네어 준다.

"어디?"

그러면서 받아 봉을 뜯는다. 소절수 한 장이 나온다. 액면 만 원짜리다.

미스터 방은 성을 벌컥 내면서

"겨우 둔 만 원야?"

하고 소절수를 다다미 바닥에다 홱 내던진다.

"내가 알우?"

"우랄질 자식 어디 보자. 그래 전, 걸 십만 원에 불하 맡아다, 백만 원 하난 냉겨 먹을 테문서, 그래 겨우 둔 만 원야? 엠병헐 자식, ㉠내가 엠피*헌테 말 한마디문, 전 어느 지경 갈지 모를 줄 모르구서."

"정종으루 가져와요?"

"내 말 한마디에, 죽을 눔이 살아나구, 살 눔이 죽구 허는 줄은 모르구서. 흥, 이 자식 경 좀 쳐 봐라……. 증종 따근허게 데와. 날두 산산허구 허니."

새로이 안주가 오고, 따끈한 정종으로 술이 몇 잔 더 오락가락하고 나서였다.

백 주사는 마침내, **진작부터 벼르던 이야기**를 꺼내었다.

백 주사의 아들 ㉡백선봉은, 순사 임명장을 받아 쥐면서부터 시작하여 8 · 15 그 전날까지 칠 년 동안, 세 곳 주재소와 두 곳 경찰서를 전근하여 다니면서, 이백 석 추수의 토지와, 만 원짜리 저금통장과, 만 원어치가 넘는 옷이며 비단과, 역시 만 원어치가 넘는 여편네의 패물과를 장만하였다.

남들은 주린 창자를 졸라맬 때 그의 광에는 옥 같은 정백미가 몇 가마니씩 쌓였고, 반년 일 년을 남들은 구경도 못 하는 고기와 생선이 끼니마다 상에 오르지 않는 날이 없었다. [A]

××경찰서의 경제계 주임으로 있던 마지막 이 년 동안은 더욱더 호화판이었었다. 8 · 15 그날 밤, **군중**이 그의 집을 습격하였을 때에 쏟아져 나온 물건이 쌀 말고도

광목 여섯 필 [B]

고무신 스물세 켤레

지카다비 여덟 켤레

빨랫비누 세 궤짝

양말 오십 타

정종 열세 병

설탕 한 부대

이렇게 **있었더란다**. 만 원어치 여편네의 패물과, 만 원어치의 옷감이며 비단과, 만 원짜리 저금통장은 고만두고 말이었다. [C]

물건 하나 없이 죄다 빼앗기고, 집과 세간은 조각도 못 쓰게 산산다 부수고, 백선봉은 팔이 부러지고, 첩은 머리가 절반이나 뽑히고, 겨우겨우 목숨만 살아, 본집으로 도망해 왔다.

일변 고을에서는, 백 주사가, 자식이 그런 짓을 해서 산 토지를 가지고, **동네 사람**한테 거만히 굴고, 작인들한테 팔 할 가까운 도지를 받고, 고리대금을 하고 하였대서, 백선봉이 도망해 와 눕는 그날 밤, 그의 본집인 백 주사네 집을 습격하였다. [D]

집과 세간 죄다 부수고, 백선봉이 보낸 통제 배급 물자 숱한 것 죄다 빼앗기고, **가족**들은 죽을 매를 맞고, 백선봉은 처가로, 백 주사는 서울로 각기 피신하여 목숨만 우선 보전하였다. [E]

백 주사는 비싼 여관 밥을 사 먹으면서, 울적히 거리를 오락가락, 어떻게 하면 이 분풀이를 할까, ⓐ어떻게 하면 빼앗긴 돈과 물건을 도로 다 찾을까 하고 궁리를 하는 것이나, 아무런 묘책도 없었다.

그러자 오늘은 우연히 이 미스터 방을 만났다. 종로를 지향 없이 거니는데, 지나가던 자동차가 스르르 멈추면서, 서양 사람과 같이 탔던 신사 양반 하나가 내려서더니, 어쩌다 눈이 마주치자

"아, 백 주사 아니신가요?" / 하고 반기는 것이었었다.

자세히 보니, 무어 길바닥에서 신기료장수를 한다던 코삐뚤이 삼복이가 분명하였다.

"자네가, 저, 저, 방, 방……."

"네, 삼복입니다."

"아, 건데, 자네가……."

"허, 살 때가 됐답니다."

그러고는 ⓑ내 집으루 갑시다, 하고 잡아끄는 대로 끌리어 온 것이었었다.

의표하며, 집하며, 식모에 침모에 계집 하인까지 부리면서 사는 것하며, 신수가 훤히 트여 가지고, 말도 제법 의젓하여진 것 같은 것이며, ⓒ진소위 개천에서 용이 났다고 할 것인지.

옛날의 영화가 꿈이 되고, 일조에 몰락하여 가뜩이나 초상집 개처럼 초라한 자기가, ⓓ또 한 번 어깨가 옴츠러듦을 느끼지 아니치 못하였다. 그런 데다 이 녀석이, 언제 적 저라고 무엄스럽게 굴어, 심히 불쾌하였고, 그래서 ⓔ엔간히 자리를 털고 일어설 생각이 몇 번이나 나지 아니한 것도 아니었었다. 그러나 참았다.

보아하니 큰 세도를 부리는 것이 분명하였다. 잘만 하면 그 힘을 빌려, 분풀이와, 빼앗긴 재물을 도로 찾을 여망이 있을 듯싶었다.

– 채만식, 「미스터 방」

*엠피(MP): 미군 헌병.

○ 정답 및 해설 208쪽

01

윗글의 대화를 중심으로 '방삼복'을 이해한 것으로 가장 적절한 것은?

① 자신이 꾸미고 있는 일에 관심 없는 상대에게 자기 업무를 떠넘기는 뻔뻔함을 보이고 있다.
② 질문에 대꾸하지 않음으로써 상대가 같은 질문을 반복하도록 거드름을 피우고 있다.
③ 눈앞에 없는 사람을 비난하고 위협함으로써 함께 있는 상대에게 자신의 위세를 드러내고 있다.
④ 차에서 내려 상대에게 먼저 알은체하며 동승자에게 자신의 인맥을 과시하고 있다.
⑤ 상대가 이름을 제대로 말하기 전에 말을 가로채 상대에 대한 열등감을 감추고 있다.

02

㉠과 ㉡에 대한 설명으로 가장 적절한 것은?

① ㉠과 ㉡에는 모두 외세에 기대어 사익을 추구하는 인물의 부정적 모습이 드러난다.
② ㉠과 ㉡에는 모두 외세와 이를 돕는 인물 간의 권력 관계가 일시적으로 역전된 모습이 드러난다.
③ ㉠과 ㉡에는 모두 사회적 지위를 이용하여 타인의 권익을 침해하는 인물이 몰락하는 모습이 드러난다.
④ ㉠에는 권력을 향한 인물의 조바심이, ㉡에는 권력에 의한 인물의 좌절감이 드러난다.
⑤ ㉠에는 자신의 권위에 대한 인물의 확신이, ㉡에는 추락한 권위를 회복할 수 있다는 인물의 자신감이 드러난다.

03

ⓐ~ⓔ에 대한 이해로 적절하지 않은 것은?

① ⓐ: 스스로는 문제 해결이 불가능한 상태임을 강조하여 인물의 답답한 처지를 보여 준다.
② ⓑ: 방삼복의 제안에 엉겁결에 따라가는 모습을 통해 인물이 얼떨떨한 상태임을 보여 준다.
③ ⓒ: 신수가 좋고 재력이 대단해 보이는 방삼복의 모습에 고향 사람에 대한 자부심을 갖게 되었음을 보여 준다.
④ ⓓ: 자신의 처지를 방삼복과 비교하면서 주눅이 들었음을 보여 준다.
⑤ ⓔ: 방삼복에게 도움을 받을 수 있다는 기대감과 그에 대한 반감이 뒤섞여 있음을 보여 준다.

04

〈보기〉를 참고하여 [A]~[E]를 감상한 내용으로 적절하지 않은 것은? [3점]

보기

'진작부터 벼르던 이야기'는 백 주사가 자신과 가족의 억울함을 하소연하는 부분이다. 그런데 서술자는 그 '이야기'를 서술자의 시선뿐 아니라 여러 인물들의 시선으로 초점화하여 서술함으로써 독자와 작중 인물 간의 거리를 조절한다. 또한 세부 항목을 하나씩 나열하여 장면의 분위기를 고조하고 정서를 확장하는 서술 방법으로 독자에게 현장감을 전해 준다. 이때 독자는 백 주사와 그의 가족에게 고통받았던 사람들의 입장에 서서 그들을 비판적으로 보게 된다.

① [A]: 백선봉의 풍요로운 생활을 '남들'의 굶주린 생활과 비교하여 서술함으로써 독자가 그를 비판적으로 보게 하고 있군.
② [B]: 부정하게 모은 많은 물건들을 하나씩 나열하여 습격 당시 현장의 들뜬 분위기를 환기함으로써 '군중'의 놀람과 분노를 독자에게 전하려 하고 있군.
③ [C]: '있었더란다'를 통해 누군가에게 들은 것처럼 전하면서도, 전하는 내용을 '군중'의 시선으로 초점화하여 독자가 '군중'의 입장에 서도록 유도하고 있군.
④ [D]: '동네 사람'의 시선으로 초점화하여 백 주사의 만행을 서술함으로써 백 주사가 습격의 빌미를 제공한 것처럼 독자가 느끼게 하고 있군.
⑤ [E]: 백 주사 '가족'의 몰락을 보여 주는 사건들을 백 주사의 시선으로 일관되게 초점화하여 그들에게 고통받았던 사람들의 편에 선 독자가 통쾌함을 느끼게 하고 있군.

Speed Check

유형 학습

01	▸	01 ①	02 ③	03 ②	04 ⑤	05 ④	
02	▸	01 ①	02 ④	03 ③			
03	▸	01 ③	02 ④	03 ③	04 ③		

Ⅰ 갈래 복합

01	▸	01 ④	02 ⑤	03 ②	04 ②	05 ①	06 ①
02	▸	01 ③	02 ①	03 ④	04 ④	05 ⑤	06 ③
03	▸	01 ①	02 ②	03 ⑤	04 ②	05 ⑤	
04	▸	01 ②	02 ①	03 ③	04 ③	05 ②	06 ⑤
05	▸	01 ②	02 ④	03 ④	04 ③	05 ②	06 ④
06	▸	01 ⑤	02 ④	03 ①	04 ③	05 ④	
07	▸	01 ①	02 ⑤	03 ③	04 ③	05 ④	
08	▸	01 ①	02 ④	03 ⑤	04 ⑤	05 ④	06 ③
09	▸	01 ⑤	02 ②	03 ②	04 ①	05 ①	06 ②

Ⅱ 고전 시가

01	▸	01 ③	02 ⑤	03 ②
02	▸	01 ①	02 ③	03 ③
03	▸	01 ②	02 ③	03 ④
04	▸	01 ②	02 ④	03 ①
05	▸	01 ④	02 ③	03 ②

Ⅲ 현대시

01	▸	01 ⑤	02 ④	03 ③	04 ③
02	▸	01 ④	02 ②	03 ⑤	04 ③
03	▸	01 ①	02 ④	03 ②	04 ③
04	▸	01 ②	02 ④	03 ①	

Ⅳ 고전 소설

01	▸	01 ②	02 ④	03 ①	04 ④
02	▸	01 ①	02 ③	03 ⑤	04 ⑤
03	▸	01 ④	02 ③	03 ③	04 ④
04	▸	01 ②	02 ①	03 ③	04 ⑤
05	▸	01 ⑤	02 ②	03 ③	04 ③
06	▸	01 ①	02 ②	03 ④	04 ⑤
07	▸	01 ④	02 ③	03 ③	04 ⑤
08	▸	01 ④	02 ②	03 ③	04 ④
09	▸	01 ④	02 ③	03 ④	04 ⑤

Ⅴ 현대 소설

01	▸	01 ④	02 ③	03 ⑤	04 ④
02	▸	01 ④	02 ③	03 ⑤	04 ②
03	▸	01 ②	02 ③	03 ④	04 ③
04	▸	01 ①	02 ④	03 ①	04 ②
05	▸	01 ①	02 ④	03 ⑤	04 ④
06	▸	01 ⑤	02 ③	03 ④	04 ②
07	▸	01 ①	02 ⑤	03 ①	04 ②
08	▸	01 ⑤	02 ④	03 ③	04 ③
09	▸	01 ③	02 ①	03 ③	04 ⑤

MEMO

MEMO

MEMO

수능 기출
올픽

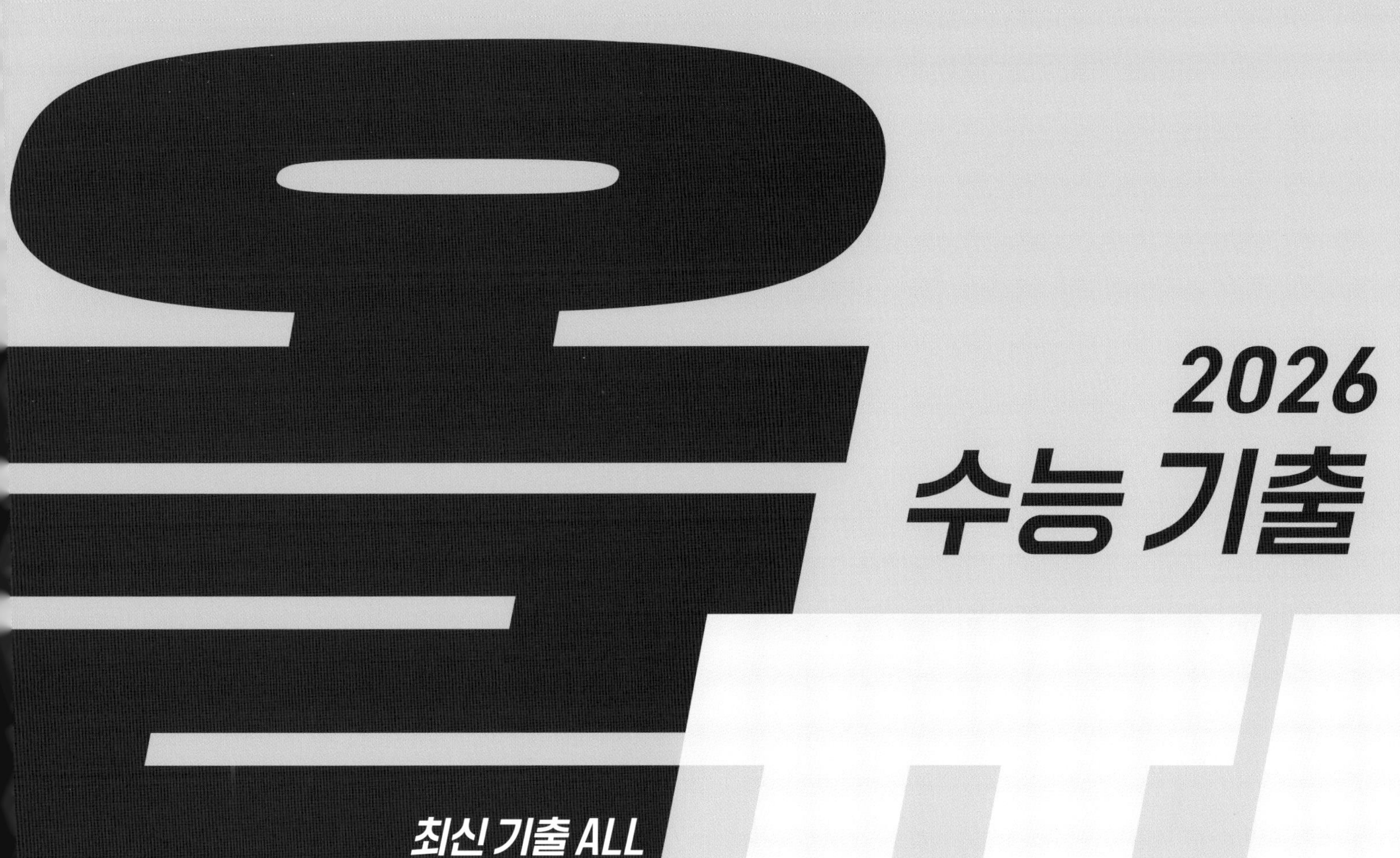

우수 기출 PICK

국어 문학

BOOK 1 최신 기출 ALL

정답 및 해설

메가스터디BOOKS

국어 **문학**

BOOK 1

정답 및 해설

INDEX 기출 속 문학 개념어

BOOK 1
최신 기출 ALL

BOOK 2
교과서 연계 기출 PICK

▸ 본문 008쪽

유형 학습 01

2019학년도 6월 모의평가

01 ① 02 ③ 03 ② 04 ⑤ 05 ④

(가) 박봉우, 「휴전선」

EBS 연결 고리
2019학년도 수능특강 문학 099쪽

해제 이 작품의 화자는 남북이 '휴전선'을 마주하고 팽팽한 긴장감 속에서 대치하고 있는 분단과 휴전의 현실을 제시하고 있다. 화자는 남북 어느 한 쪽의 이데올로기에 편향되지 않는 균형적 시각에서 현실에 대한 인식을 보여 준다. 화자는 '휴전선'이라는 소재를 통해 남북이 분단되어 대치하고 있는 상황에 대한 안타까움을 보이며, 휴전으로 인해 일시적인 평화가 이루어졌지만 전쟁의 재발이 내재된 불안한 현실에 대한 비판적 인식을 드러내고 있다. 또한 이러한 현실을 고발하고 비판하는 데 그치지 않고 '꼭 한 번은 천둥 같은 화산이 일어날 것을 알면서 요런 자세로 꽃이 되어야 쓰는가'라고 하면서 분단의 현실에 대한 문제 제기를 바탕으로 분단 극복과 통일에 대한 염원을 부각하고 있다.

주제 남북 분단의 현실 극복에 대한 의지

짜임

1연	남북 분단으로 인한 대치 상황과 이에 대한 개탄
2연	남북이 긴장과 불안 속에 대치하고 있는 현실
3연	전쟁의 공포로 인해 고통받는 우리 민족의 현실
4연	전쟁의 재발과 분단의 고착화에 대한 불안과 염려
5연	분단의 극복과 통일에 대한 염원

1연 산과 산이 마주 향하고 믿음이 없는 얼굴과 얼굴이 마주 향한 항
[01-③] [02-⑤] 부정적인 현실(남북 분단의 역사적 상황) 인식
시 어두움 속에서 꼭 한 번은 **천동 같은 화산**이 일어날 것을 알면서 요런

자세로 꽃이 되어야 쓰는가.
[01-③, 02-①] 설의적 표현 → '요런 자세로 꽃이 되어서는 안 된다.'는 의미로, 현실 참여를 통한 부정적 현실 극복 촉구

2연 저어 서로 응시하는 쌀쌀한 풍경. 아름다운 풍토는 이미 고구려

같은 정신도 신라 같은 이야기도 없는가. **별들이 차지한 하늘**은 끝끝내 하
[03-②] 현실과 대조되는 하나로 이어진 세계 형상화
나인데 …… 우리 무엇에 불안한 얼굴의 의미는 여기에 있었던가.
[01-①] [02-①] 인간의 삶(분단)과 공간(휴전선)의 의미 연결 → 주제 의식 구현

3연 모든 **유혈**(流血)은 꿈같이 가고 지금도 나무 하나 안심하고 서 있

지 못할 광장. 아직도 **정맥**은 끊어진 채 휴식인가 야위어가는 이야기뿐인가.
[03-③] 설의적 표현 → 분단된 민족의 현실 강조

4연 언제 한 번은 불고야 말 독사의 혀같이 **징그러운 바람**이여. 너도
[02-⑤] [03-④] 전쟁에 대한 공포와 불안감 → 자연물에 투영
이미 아는 모진 겨우살이를 또 한 번 겪으라는가 아무런 죄도 없이 피어난
[02-①] 설의적 표현
꽃은 시방의 자리에서 얼마를 더 살아야 하는가 아름다운 길은 이뿐인가.

5연 산과 산이 마주 향하고 믿음이 없는 얼굴과 얼굴이 마주 향한 항
[02-④, ⑤] 수미상관(동일한 시구 반복), 꽃 = 부정적 현실에 순응하는 존재
시 어두움 속에서 꼭 한 번은 천동 같은 화산이 일어날 것을 알면서 **요런**

자세로 **꽃**이 되어야 쓰는가.

(나) 배한봉, 「우포늪 왁새」

EBS 연결 고리
비연계

해제 이 작품의 화자는 자운영 꽃이 만발하고 양파들이 시퍼런 물살을 몰아치는 계절에 우포늪의 왁새가 하늘을 선회하는 것을 보고 있다. 그리고 왁새의 울음소리를 들으며 득음하지 못한 채 진정한 소리를 찾아 헤매던 어느 소리꾼을 상상하고, 이를 통해 우포늪이 가진 생명력의 가치와 소중함을 일깨우고 있다.

주제 우포늪이 가진 생명력과 그 가치

짜임

1~7행	전생의 소리꾼이 왁새가 되어 우포늪에 나타남.
8~13행	우포늪에서 발견한, 소리꾼이 찾아 헤매던 진정한 소리
14~19행	우포늪에서 구현된 예술적 경지와 우포늪의 아름다움

1~7행 득음은 못하고, 그저 시골장이나 떠돌던
[02-④] 인물에 대한 이야기 활용 → 주제 의식 강조
소리꾼이 있었다, 신명 한 가락에

막걸리 한 사발이면 그만이던 흰 두루마기의 그 사내

꿈속에서도 폭포 물줄기로 내리치는
[02-②] 공감각적 심상(청각의 시각화) → 절창(소리꾼의 소리)의 생동감 부각
한 대목 절창을 찾아 떠돌더니

오늘은, 왁새* 울음 되어 우항산 솔밭을 다 적시고 [A]
[04-①] 왁새 소리가 울려 퍼지는 풍경 → 소리꾼의 절창과 연결
우포늪 둔치, 그 눈부신 봄빛 위에 자운영 꽃불 질러 놓는다

8~13행 살아서는 근본마저 알 길 없던 혈혈단신 [B]

텁텁한 얼굴에 달빛 같은 슬픔이 엉켜 수염을 흔들곤 했다
[04-②] 감각적 묘사 → 소리꾼의 삶의 비애 형상화
늙은 고수라도 만나면

어깨 들썩 산 하나를 흔들었다

필생 동안 그가 찾아 헤맸던 소리가 [C]
[01-④] [04-③] 우포늪이 인간에게 미친 영향 → 우포늪의 아름다움과 가치 예찬
적막한 늪 뒷산 솔바람 맑은 가락 속에 있었던가

14~19행 소목 장재 토평마을 양파들이 시퍼런 물살 몰아칠 때
[04-④] 우포늪 일대의 현실적 공간 → 화자의 상상적 세계와 결부됨.
일제히 깃을 치며 동편제* 넘어가는 [D]
[02-⑤] 소리꾼의 예술적 염원과 생명력 → 자연물(왁새들)에 투영
저 왁새들

완창 한 판 잘 끝냈다고 하늘 선회하는
[04-⑤] '왁새 = 소리꾼' 동일시 → 화자의 상상
그 소리꾼 영혼의 심연이 [E]

우포늪 꽃잔치를 자지러지도록 무르익힌다
[01-①] 인간(소리꾼)의 삶과 공간(우포늪)의 의미 연결 → 주제 의식 구현

* 왁새: 왜가리의 별명.
* 동편제: 판소리의 한 유파.

(다) 김기림, 「주을온천행」

EBS 연결 고리
비연계

해제 이 작품의 글쓴이는 오심암 또는 세심암이라고 불리는 바위의 절경과, 그 주변의 단풍, 푸른 하늘, 흰 구름 등의 가을 풍경이 어우러진 장관을 보고 예술의 극치를 보이면서도 겸손한 자연이라며 예찬하는 태도를 보인다. 한편, 겸손한 자연과 대조적으로, 장하지도 아니한 예술을 뽐낼 기회만 노리는 인간에 대한 비판적인 태도를 보인다. 그리고 먼지 하나 없는 순결한 자연을 보면서 먼지로 더러워진 몸과 마음을 가진 글쓴이 자신을 스스로 반성한다.

주제 오심암의 자연 경관에 대한 예찬과 세속적인 삶에 대한 성찰

짜임

1~4문단	오심암과 그 주변 자연의 아름다운 광경
5문단	겸손한 자연과 대조되는 인간에 대한 비판
6문단	순결한 자연과 대조되는 글쓴이의 자신에 대한 반성
7문단	벗들을 데리고 다시 오심암을 찾을 날을 기약하며 돌아옴.

1문단 그 바위를 가리켜 어느 건방진 옛사람이 오심암(吾心岩)이라고 이름을 지어 주었다 한다. 그보다도 조금 겸손한 누구는 세심암(洗心岩)이라고 불렀다 한다.

2문단 기운차게 일어선 산발이 이곳에 이르러 오심암의 절경을 남기기 위하여 한 둥근 골짜기를 이루어 놓고 다시 다물어졌다.

3문단 짙은 단풍 빛에 붉게 누렇게 물든 **검은 절경**의 성장(盛裝), 그것을 선을 두른 동해보다도 더 푸른 하늘빛, 천사가 흘리고 간 헝겊인 듯 봉우리 위에 가볍게 비낀 백옥보다도 흰 엷은 구름 조각.
[03-①] 단풍으로 물든 오심암의 경치 묘사
[05-①] 시각적 이미지(색채어) + 비유(직유법) + 비교법 → 감각적 경치 묘사

4문단 이것은 분명히 자연이 흘려 놓은 예술의 극치다. 그러나 겸손한 자연은 그의 귀한 예술이 홍진(紅塵)에 물들 것을 염려하여 그것을 이 깊은 산골짜기에 감추었던 것인가 보다.
[01-⑤] [05-②, ③]특정 장소(오심암)에서의 경험 → 예술의 극치, 겸손한 자연

5문단 어귀까지 '버스'를 불러오고 이곳까지 2등 도로를 끌어 오는 것은 본래부터 그의 뜻은 아니었을 게다. 오직 사람만이 장하지도 아니한 그들의 예술을 천하에 뽐낼 기회만 엿보나 보다.
[01-⑤] [05-②] 특정 장소(오심암)에서의 경험 → 인간의 교만함에 대한 비판 유도

6문단 둘러보건대 이 골짜기에는 일찍이 먼지를 품은 **미친 바람**과 같은 것은 지나가 본 일이 아주 없었나 보아서 **아득히 쳐다보이는 높은 하늘 아래** 티끌을 품은 듯한 아무것도 없다. 잠깐 내 자신을 굽어보니 허옇게 먼지 낀 의복, 그 밑에 숨은 먼지 낀 내 몸뚱어리, 그리고 또 그 속에 엎드린 먼지 낀 내 마음, 나는 그 팃기 모르는 순결한 자연 속에 쓰레기처럼 동떨어진 내 몸의 더러움을 새삼스럽게 부끄러워하였다.
[03-④] 오심암의 깨끗함과 대비
[03-②] 흠결 없는 세계 형상화
[01-①] [05-③, ⑤] 인간(세속에 물들어 더러움.)의 삶과 공간(오심암 - 자연)의 의미 연결

(중략)

7문단 차디찬 **바위** 위에 신발을 벗고 모자를 던지고 외투를 벗어 팽개치고 반듯이 누워서 눈을 감으니 인생도 예술도 다 어디로 사라지고 오직 끝없는 **망각**이 내 마음을 아니 우주를 채우며 온다. 그러나 몸을 식히며 스며드는 **찬기**는 어느새 거리에서 멀리 떨어진 우리들의 위치를 깨닫게 한다. 우리는 채 씻기지 않은 마음을 거두어 가지고 잠시나마 정을 들인 오심암을 두 번 세 번 돌아다보면서 간 길을 다시 내려오기 시작하였다. 좋은 벗 떠나기란 싫은 것처럼, 좋은 자연에도 석별의 정은 마찬가진가 보다. 또한 좋은 음식을 만났을 때 벗을 생각하는 것이 자연스러운 것처럼 떠나고 싶지 않은 자연을 앞에 두고는 멀리 있는 벗들이 갑자기 그리웁다. 나는 마음속으로 어느새 오심암에게 무언(無言)의 약속을 주어 버렸다.
[03-⑤] 바위에서 세속적 삶을 잊은 모습
[03-③] 글쓴이가 속세에서 먼 곳에 있음을 환기함.

'내년에는 벗을 데리고 또 찾아오마'고.

---

01 작품 간의 공통점 파악 답 ①

선지별 선택 비율	①	②	③	④	⑤
	80%	4%	5%	5%	3%

(가)~(다)의 공통점으로 가장 적절한 것은?

정답 띵!동!

① 인간의 삶과 공간의 의미를 연결 지어 주제 의식을 구체화하고 있다.
→ (가) 휴전선 (나) 우포늪 (다) 오심암

| (가) – 〈2연〉 우리 무엇에 불안한 얼굴의 의미는 여기에 있었던가.
| (나) – 〈6~7행〉 오늘은, 왁새 울음 되어 우항산 솔밭을 다 적시고 / 우포늪 둔치, 그 눈부신 봄빛 위에 자운영 꽃불 질러 놓는다
| (나) – 〈17~19행〉 완창 한 판 잘 끝냈다고 하늘 선회하는 / 그 소리꾼 영혼의 심연이 / 우포늪 꽃잔치를 자지러지도록 무르익힌다
| (다) – 〈4문단〉 그러나 겸손한 자연은 그의 귀한 예술이 홍진에 물들 것을 염려하여 그것을 이 깊은 산골짜기에 감추었던 것인가 보다.
| (다) – 〈5문단〉 오직 사람만이 장하지도 아니한 그들의 예술을 천하에 뽐낼 기회만 엿보나 보다.
| (다) – 〈6문단〉 잠깐 내 자신을 굽어보니 ~ 나는 그 팃기 모르는 순결한 자연 속에 쓰레기처럼 동떨어진 내 몸의 더러움을 새삼스럽게 부끄러워하였다.

| 뭔말?
· (가)는 '여기', 휴전선이라는 공간을 남북 분단과 연결 지어 우리 민족이 처한 비극적 현실과 이에 대한 극복 의지를 구체화함.
· (나)는 진정한 소리를 찾아 헤매던 소리꾼의 삶과 생명력 넘치는 우포늪이라는 공간을 연결 지어 우포늪이 가진 생명력과 그 가치를 형상화함.
· (다)는 오심암이라는 겸손하고 순결한 자연과 교만하고 세속에 물든 인간의 삶을 대조하여 자연에 대한 예찬과 동시에 인간에 대한 비판 의식을 드러냄.

오답 땡!

② ~~갈등과 대립이 없는 화합의 세계를 보여 줌으로써 희망적인 미래를 예견하고 있다.~~
→ (나), (다) X
(가) 갈등과 대립이 없는 세계를 희망하고 있으나 보여 주거나 예견 X

| (가) – 〈2연〉 별들이 차지한 하늘은 끝끝내 하나인데 …… 우리 무엇에 불안한 얼굴의 의미는 여기에 있었던가.

| 뭔말?
· (가)는 갈등과 대립이 없는 세계를 희망하고는 있지만, 그런 세계를 보여 주고

있지 않고 희망적인 미래를 예견하고 있지도 않음.

· (나), (다)는 갈등과 대립이 없는 화합의 세계를 보여 주거나 희망적인 미래를 예견하고 있지 않음.

③ ~~역사적 상황을 직시함으로써 부정적 현실을 극복하려는 참여 의식을 표방하고 있다.~~ → (나), (다) X / (가)만 해당함.

| (가) – 〈1연〉 산과 산이 마주 향하고 믿음이 없는 얼굴과 얼굴이 마주 향한 항시 어두움 속에서 → 남북 분단이라는 역사적 상황, 부정적 현실

| (가) – 〈1연〉 꼭 한 번은 천동 같은 화산이 일어날 것을 알면서 요런 자세로 꽃이 되어야 쓰는가. → 부정적 현실 극복을 위한 참여 의식 촉구

| 뭔말?

· (가)는 남북 분단이라는 역사적 상황(= 산과 산이 마주 향하고 믿음이 없는 얼굴과 얼굴이 마주 향한 항시 어두움 속)을 직시하고, '요런 자세로 꽃이 되어야 쓰는가'라며, 부정적 현실을 극복하려는 참여 의식을 드러냄.

· (나), (다)는 역사적 상황에 대한 직시나 부정적 현실을 극복하려는 참여 의식을 보이고 있지 않음.

④ ~~자연이 인간에게 미친 긍정적인 영향을 강조함으로써 사물에 대한 예찬적 태도를 드러내고 있다.~~ → (가) X / (나), (다)만 해당함.

| (나) – 〈12~13행〉 필생 동안 그가 찾아 헤맸던 소리가 / 적막한 늪 뒷산 솔바람 맑은 가락 속에 있었던가

| (나) – 〈17~19행〉 완창 한 판 잘 끝냈다고 하늘 선회하는 / 그 소리꾼 영혼의 심연이 / 우포늪 꽃잔치를 자지러지도록 무르익힌다

| (다) – 〈6문단〉 둘러보건대 이 골짜기에는 일찍이 먼지를 품은 미친 바람과 같은 것은 지나가 본 일이 아주 없었나 보아서 ~ 나는 그 티끼 모르는 순결한 자연 속에 쓰레기처럼 동떨어진 내 몸의 더러움을 새삼스럽게 부끄러워하였다.

| 뭔말?

· (가)는 자연이 인간에게 미친 긍정적인 영향이나 사물에 대한 예찬적 태도를 드러내고 있지 않음.

· (나)는 소리꾼이 필생 동안 찾아 헤맸던 소리가 우포늪 뒷산 솔바람 맑은 가락 속에 있었다고 하여, 우포늪이 인간에게 미친 영향을 강조하면서 우포늪의 아름다움과 그 가치를 예찬하는 태도를 보임.

· (다)는 먼지를 품은 미친 바람이 지나가 본 일 없는 오심암의 깨끗함과 순수함을 강조하면서 인간의 더러움을 부끄러워함. 이것은 인간의 자기반성을 이끈 오심암의 영향을 강조하면서, 오심암을 예찬하는 태도와 연결됨.

⑤ ~~특정한 장소에 대한 직접적인 경험을 바탕으로 인간의 교만한 태도에 대한 비판을 이끌어 내고 있다.~~ → (가), (나) X / (다)만 해당함.

| (다) – 〈4문단〉 겸손한 자연은 그의 귀한 예술이 홍진에 물들 것을 염려하여 그것을 이 깊은 산골짜기에 감추었던 것인가 보다.

| (다) – 〈5문단〉 어귀까지 '버스'를 불러오고 이곳까지 2등 도로를 끌어 오는 것은 본래부터 그의 뜻은 아니었을 게다. 오직 사람만이 장하지도 아니한 그들의 예술을 천하에 뽐낼 기회만 엿보나 보다.

| 뭔말?

· (다)는 오심암이라는 특정 장소에서의 경험을 바탕으로, 겸손한 자연과 대조적으로 장하지 아니한 예술을 뽐내려는 인간의 교만한 태도를 비판함.

· (가)와 (나)는 각각 휴전선, 우포늪이라는 특정한 장소가 나타나지만 그곳에서의 직접 경험은 제시되지 않았으며 인간의 교만한 태도에 대해서도 다루지 않음.

02 표현상 특징 파악 — 답 ③

선지별 선택 비율	①	②	③	④	⑤
	3%	8%	78%	4%	3%

(가), (나)에 대한 설명으로 적절하지 않은 것은?

정답 띵!동!

③ ~~(가)는 시간의 흐름에 따라, (나)는 시선의 이동에 따라 시상을 전개하고 있다.~~ → (가)와 (나) 모두 찾아볼 수 없는 내용

| 뭔말?

· (가)는 남북 분단이라는 현실을 안타까워하며 민족의 화합을 열망하고 있을 뿐, 시간의 흐름에 따라 시상을 전개하고 있지 않음.

· (나)는 우포늪 왁새의 울음소리를 통해 어느 소리꾼의 삶을 상상하며 우포늪의 생명력을 노래하고 있을 뿐, 시선의 이동은 나타나지 않음.

오답 땡!

① (가)는 설의적 표현으로 현실에 대한 화자의 안타까움을 드러내고 있다.

| (가) – 〈1, 5연〉 요런 자세로 꽃이 되어야 쓰는가.

| (가) – 〈2연〉 신라 같은 이야기도 없는가. ~ 불안한 얼굴의 의미는 여기에 있었던가.

| (가) – 〈4연〉 너도 이미 아는 모진 겨우살이를 또 한 번 겪으라는가 아무런 죄도 없이 피어난 꽃은 시방의 자리에서 얼마를 더 살아야 하는가 아름다운 길은 이 뿐인가.

| 뭔말?

· (가)는 설의적 표현으로 남북 분단 속에서의 불안한 현실과 그에 대한 안타까움을 드러냄.

② (나)는 청각의 시각화를 통해 소재의 생동감을 부각하고 있다.

| (나) – 〈4~5행〉 꿈속에서도 폭포 물줄기로 내리치는(→ 시각) / 한 대목 절창을 찾아(→ 청각) 떠돌더니

| 뭔말?

· (나)는 '한 대목의 절창'이라는 청각적 이미지를 '폭포 물줄기로 내리치는'과 같이 시각화하여 나타냄으로써, 소리꾼의 소리(= 절창)를 생동감 있게 표현함.

④ (가)는 동일한 시구를 반복하여, (나)는 인물에 대한 이야기를 활용하여 주제 의식을 강조하고 있다.

| (가) – 〈1, 5연〉 산과 산이 마주 향하고 믿음이 없는 얼굴과 얼굴이 마주 향한 항시 어두움 속에서 꼭 한 번은 천동 같은 화산이 일어날 것을 알면서 요런 자세로 꽃이 되어야 쓰는가. → 수미상관

| (나) – 〈1~2행〉 득음은 못하고, 그저 시골장이나 떠돌던 / 소리꾼이 있었다, 신명 한 가락에

| (나) – 〈12~13행〉 필생 동안 그가 찾아 헤맸던 소리가 / 적막한 늪 뒷산 솔바람 맑은 가락 속에 있었던가

| (나) – 〈18~19행〉 그 소리꾼 영혼의 심연이 / 우포늪 꽃잔치를 자지러지도록 무르익힌다

| 뭔말?

· (가)는 1연과 5연에 동일한 시구를 배치하는 수미상관의 방식을 활용하여 분단 극복의 의지를 강조함.

· (나)는 화자가 상상한 어느 소리꾼에 대한 이야기를 우포늪 왁새와 연결 지어 우포늪에서 찾은 예술의 경지, 우포늪의 아름다움과 생명력 등을 강조함.

⑤ **(가)와 (나)는 모두 화자의 인식을 자연물에 투영하여 시적 정서를 환기하고 있다.**

| (가) – <1연> 어두움 속에서 꼭 한 번은 천동 같은 화산

| (가) – <4연> 언제 한 번은 불고야 말 독사의 혀같이 징그러운 바람

| (나) – <6~7행> 오늘은, 왁새 울음 되어 ~ 그 눈부신 봄빛 위에 자운영 꽃불 질러 놓는다

| (나) – <15~16행> 일제히 깃을 치며 동편제 넘어가는 / 저 왁새들

| (나) – <19행> 우포늪 꽃잔치를 자지러지도록 무르익힌다

| 뭔말?

· (가)는 언제 또 일어날지 모를 전쟁에 대한 공포, 불안감을 '(천동 같은) 화산', '(독사의 혀같이 징그러운) 바람'이라는 자연물에 투영하여 환기함.

· (나)는 진정한 소리를 찾아 헤매며 노력했던 소리꾼의 예술적 염원과 생명력을 '우포늪 왁새'라는 자연물에 투영하여 나타냄.

03 시구의 의미와 기능 감상 　　답 ②

선지별 선택 비율	①	②	③	④	⑤
	5%	73%	6%	5%	8%

(가)와 (다)에 대한 감상으로 가장 적절한 것은?

정답 띵!동!

② **(가)의 '별들이 차지한 하늘'은 하나로 이어진 세계를, (다)의 '아득히 쳐다보이는 높은 하늘 아래'는 흠결 없는 세계를 그려내고 있다.**

| (가) – <2연> 별들이 차지한 하늘은 끝끝내 하나인데 …… 우리 무엇에 불안한 얼굴의 의미는 여기에 있었던가.

| (다) – <6문단> 둘러보건대 이 골짜기에는 일찍이 먼지를 품은 미친 바람과 같은 것은 지나가 본 일이 아주 없었나 보아서 아득히 쳐다보이는 높은 하늘 아래 티끌을 품은 듯한 아무것도 없다.

| 뭔말?

· (가)의 '별들이 차지한 하늘'은 '끝끝내 하나'라는 점에서 남북이 '휴전선'으로 나누어진 우리 민족의 현실과는 대조되는, 하나로 이어진 세계를 보여 줌.

· (다)의 '아득히 쳐다보이는 높은 하늘 아래'는 '먼지를 품은 미친 바람과 같은 것은 지나가 본 일이 아주 아주 없었'던 곳이며, '티끌을 품은 듯한 아무것도 없다'고 하였으므로 흠결 없는 세계를 보여 줌.

오답 땡!

① **(가)의 '천동 같은 화산'은 신뢰를 잃은 상황이 초래한 불안한 현실을, (다)의 '검은 절경'은 ~~아름다움을 잃은 풍경에서 느껴지는 암울한 심정을~~ 드러내고 있다.**
└ 검은 절경 = 아름다운 풍경을 표현한 말

| (가) – <1연> 산과 산이 마주 향하고 믿음이 없는 얼굴과 얼굴이 마주 향한 항시 어두움 속에서 꼭 한 번은 천동 같은 화산이 일어날 것을 알면서 요런 자세로 꽃이 되어야 쓰는가.

| (다) – <3문단> 짙은 단풍 빛에 붉게 누렇게 물든 검은 절경의 성장, 그것을 선을 두른 동해보다도 더 푸른 하늘빛, 천사가 흘리고 간 헝겊인 듯 봉우리 위에 가볍게 비낀 백옥보다도 흰 엷은 구름 조각.

| 뭔말?

· (가)의 '천동 같은 화산'은 남북이 대치한 '항시 어두움 속에서 꼭 한 번은' 일어날 것이라는 점에서 신뢰를 잃은 상황에서 일어날 수 있는 또 다른 전쟁, 불안한 현실을 의미함.

· 그러나 (나)의 '검은 절경'은 앞 문단에서 언급한 '오십암의 절경'에 대응하며, 짙은 단풍으로 물든 오십암의 아름다운 풍경을 표현한 말에 해당함.

┌ 끊어진 정맥 = 분단된 우리 민족 현실

③ **(가)의 끊어진 '정맥'은 ~~'유혈'을 이겨 낸 삶의 의지를~~, (다)의 엄습하는 '찬기'는 ~~정든 곳을 떠나야 하는 절망감을 환기~~하고 있다.**
└ 찬기 = 속세로부터 멀리 떨어진 곳

| (가) – <3연> 모든 유혈은 꿈같이 가고 지금도 나무 하나 안심하고 서 있지 못할 광장. 아직도 정맥은 끊어진 채 휴식인가 야위어가는 이야기뿐인가.

| (다) – <7문단> 그러나 몸을 식히며 스며드는 찬기는 어느새 거리에서 멀리 떨어진 우리들의 위치를 깨닫게 한다.

| 뭔말?

· (가)의 끊어진 '정맥'은 '모든 유혈은 꿈같이' 간 뒤, '야위어가는 이야기'로, 전쟁으로 인해 남과 북으로 분단된 우리 민족의 현실을 의미함.

· (다)의 엄습하는 '찬기'는 '어느새 거리에서 멀리 떨어진 우리들의 위치를 깨닫게 한다.'라는 내용과 관련지어 볼 때, 글쓴이가 거리(= 속세)로부터 멀리 떨어진 곳에 있음을 환기하는 기능을 함.

④ **(가)의 '징그러운 바람'은 미래에 닥칠지 모를 모진 상황을, (다)의 '미친 바람'은 ~~삶에서 지켜야 할 소중한 존재~~를 상징하고 있다.**
└ 미친 바람 = 먼지를 품은 것 = 부정적인 존재

| (가) – <4연> 언제 한 번은 불고야 말 독사의 혀같이 징그러운 바람이여. 너도 이미 아는 모진 겨우살이를 또 한 번 겪으라는가 ~ 이뿐인가.

| (다) – <6문단> 둘러보건대 이 골짜기에는 일찍이 먼지를 품은 미친 바람과 같은 것은 ~ 아무것도 없다.

| 뭔말?

· (가)의 '징그러운 바람'은 '언제 한 번은 불고야 말' 대상이라는 점에서 미래에 닥칠지도 모를 모진 상황(전쟁)을 상징함.

· 그러나 (나)의 '미친 바람'은 먼지를 품은 바람이라는 점에서, 오십암의 깨끗한 존재와 대비되는 더러운 것, 부정적인 존재에 해당함.

⑤ **(가)의 '꽃'은 죄 없이 '요런 자세'로 삶에 순응하는 존재를, (다)의 '바위'는 ~~지나온 과거를 '망각'하며 삶을 회의하는 존재~~를 표현하고 있다.**
└ 바위 = 세속적 삶을 잊을 수 있게 하는 존재

| (가) – <4연> 너도 이미 ~ 아무런 죄도 없이 피어난 꽃은 시방의 자리에서 얼마를 더 살아야 하는가 아름다운 길은 이뿐인가.

| (가) – <5연> 산과 산이 마주 향하고 믿음이 없는 얼굴과 얼굴이 마주 향한 항시 어두움 속에서 꼭 한 번은 천동 같은 화산이 일어날 것을 알면서 요런 자세로 꽃이 되어야 쓰는가.

| (다) – <7문단> 차디찬 바위 위에 신발을 벗고 모자를 던지고 외투를 벗어 팽개치고 반듯이 누워서 눈을 감으니 인생도 예술도 다 어디로 사라지고 오직 끝없는 망각이 내 마음을 아니 우주를 채우며 온다.

| 뭔말?

· (가)의 '꽃'은 아무런 죄 없이 피어남. 그러나 '천동 같은 화산'이 일어날 것을 알면서도 '요런 자세'로 있다는 점에서 부정적 현실에 순응하는 존재에 해당함.

· 그러나 (다)의 '바위'는 '인생도 예술도 다 어디로 사라지고 오직 끝없는 망각'으

로 채워 준다고 하였으므로, 세속적인 삶을 잠시나마 잊을 수 있게 해 주는 존재에 해당함.

04 외적 준거에 따른 작품 감상 답 ⑤

선지별 선택 비율	①	②	③	④	⑤
	4%	4%	13%	35%	42%

〈보기〉를 참고하여 [A]~[E]를 이해한 내용으로 적절하지 않은 것은?

보기

이 시의 화자는 '우포늪'에서 왁새 울음소리를 들으며, 득음을 못한 채 생을 마감했던 한 '소리꾼'을 상상적으로 떠올리고 있다. 화자는 왁새 울음소리에서 고단하고 외로웠던 소리꾼이 평생을 추구했던 절창을 연상함으로써, 우포늪의 생명력이 소리꾼의 영혼을 절창으로 이끌었음을 표현하고자 했다. 자연과 인간이 어우러진 세계에서 창조되는 예술의 경지와 우포늪의 아름다움을 조화롭게 형상화한 것이다.

정답 띵! 동!

⑤ **[E]: 날아가는 왁새와 완창을 한 소리꾼을 ~~대비하여~~ 자연과 인간이 통합된 예술의 형상을 ~~사실적으로 보여 주고 있다~~.**

(→ 왁새 = 소리꾼 → 동일시)
(→ 화자의 상상을 바탕으로 한 것. 사실 X)

| 〈보기〉 이 시의 화자는 '우포늪'에서 왁새 울음소리를 들으며, 득음을 못한 채 생을 마감했던 한 '소리꾼'을 상상적으로 떠올리고 있다. ~ 자연과 인간이 어우러진 세계에서 창조되는 예술의 경지와 우포늪의 아름다움을 조화롭게 형상화한 것이다.

| (나) – [E] 완창 한 판 잘 끝냈다고 하늘 선회하는 / 그 소리꾼 영혼의 심연이 / 우포늪 꽃잔치를 자지러지도록 무르익힌다

| 뭔말?

· [E]에서 '완창 한 판 잘 끝냈다고 하늘 선회하는 / 그 소리꾼 영혼의 심연'은 하늘을 나는 왁새와 완창을 잘 끝낸 소리꾼의 영혼을 동일시하는 부분임.

· 또한 〈보기〉에 따르면, 이 시의 화자는 '상상'을 바탕으로 자연과 인간이 어우러진 세계에서 창조되는 예술의 경지를 형상화하였으므로, 이것을 사실적으로 보여 주고 있다는 진술도 적절하지 않음.

오답 땡!

① **[A]: 화자는 왁새 울음소리와 우포늪의 풍경을 연결 지어 소리꾼이 추구했던 절창을 상상적으로 떠올리고 있다.**

| 〈보기〉 이 시의 화자는 '우포늪'에서 왁새 울음소리를 들으며, 득음을 못한 채 생을 마감했던 한 '소리꾼'을 상상적으로 떠올리고 있다. 화자는 왁새 울음소리에서 고단하고 외로웠던 소리꾼이 평생을 추구했던 절창을 연상함으로써,

| (나) – [A] 오늘은, 왁새 울음 되어 우항산 솔밭을 다 적시고 / 우포늪 둔치, 그 눈부신 봄빛 위에 자운영 꽃불 질러 놓는다

| 뭔말?

· [A]에서는 소리꾼의 영혼이 오늘 왁새의 울음이 되어 우포늪에 울려 퍼진다고 함. 이것은 왁새 울음소리가 우포늪으로 울려 퍼지는 풍경을 보며, 소리꾼이 추구했던 절창이 우포늪에 퍼지고 있는 것처럼 상상적으로 떠올린 것에 해당함.

② **[B]: 득음의 경지를 찾아 떠돌았던 소리꾼의 얼굴에 묻어나는 삶의 비애를 감각적으로 표현하고 있다.**

| 〈보기〉 화자는 왁새 울음소리에서 고단하고 외로웠던 소리꾼이 평생을 추구했던 절창을 연상함으로써,

| (나) – [B] 살아서는 근본마저 알 길 없던 혈혈단신 / 텁텁한 얼굴에 달빛 같은 슬픔이 엉켜 수염을 흔들곤 했다

| 뭔말?

· [B]에서는 소리꾼의 모습을 '텁텁한 얼굴에 달빛 같은 슬픔이 엉켜 수염을 흔들곤 했다'와 같이 표현함.

· 이는 득음의 경지를 찾아 떠돌았던 소리꾼의 얼굴에 묻어나는 고단함, 외로움 등의 삶의 비애를 감각적으로 표현한 구절에 해당함.

③ **[C]: 소리꾼이 평생 추구했던 절창을 우포늪에서 찾아낸 화자의 정서를 드러내고 있다.**

| (나) – [C] 필생 동안 그가 찾아 헤맸던 소리가 / 적막한 늪 뒷산 솔바람 맑은 가락 속에 있었던가

| 뭔말?

· [C]에서 '필생 동안 그가 찾아 헤맸던 소리'는 소리꾼이 평생 추구했던 절창을 의미함.

· 그리고 이것이 '적막한 늪 뒷산 솔바람 맑은 가락 속에 있었'음을 발견한 화자의 감탄 혹은 깨달음의 정서를 영탄적인 어조를 이용해 표현하고 있음.

④ **[D]: 화자가 상상적으로 떠올린 세계를 우포늪 일대의 현실적 공간과 결부하고 있다.**

(→ 일제히 깃을 치며 동편제 넘어가는 왁새들의 모습)
(→ 소목 장재 토평 마을)

| 〈보기〉 이 시의 화자는 '우포늪'에서 왁새 울음소리를 들으며, 득음을 못한 채 생을 마감했던 한 '소리꾼'을 상상적으로 떠올리고 있다.

| (나) – [D] 소목 장재 토평마을 양파들이 시퍼런 물살 몰아칠 때 / 일제히 깃을 치며 동편제 넘어가는 / 저 왁새들

| 뭔말?

· [D]에서 '일제히 깃을 치며 동편제 넘어가는 / 저 왁새들'은 상상적으로 떠올린 세계의 모습인데, 화자는 이 모습을 '소목 장재 토평마을'이라는 현실의 공간과 결부하고 있음.

05 글쓴이의 관점 파악 답 ④

선지별 선택 비율	①	②	③	④	⑤
	5%	19%	12%	59%	3%

〈보기〉는 '선생님'의 안내에 따라 학생들이 (다)를 감상한 내용이다. ⓐ~ⓔ 중 적절하지 않은 것은? [3점]

보기

선생님: 수필은 글쓴이의 성찰을 보여 준다는 점에서 반성적이고, 깨달음을 전한다는 점에서 교훈적이며, 인생과 사회에 대한 인식과 판단을 드러낸다는 점에서 비판적인 특징을 갖습니다. 글쓴이의 발상과 통찰은 제재에서 새로운 의미를 이끌어 내고, 글쓴이의 문체는 내용을 효과적으로 표현하는 데 활용되지요. 그러면 이 작품에 드러난 수필의 특징을 확인해 봅시다.

학생 1: 가을의 풍경을 효과적으로 그려 내기 위해 감각적인 문체를 활용하고 있음을 알 수 있어요. ························ ⓐ

학생 2: '예술의 극치'와 '장하지도 아니한' 예술을 대비하는 데에서, 인간에 대한 비판적 인식을 엿볼 수 있어요. ························ ⓑ

학생 3: '오심암'의 경치에서 '겸손한 자연', '순결한 자연'을 이끌어 내는 데에서, 대상의 새로운 의미에 대한 통찰을 엿볼 수 있어요. …… ⓒ

찾아볼 수 없는 내용

학생 4: ~~인간의 삶에서 자연이 '티끌'처럼 작아 보인다고~~ 한다는 점에서, 사색을 통해 교훈을 얻는 수필의 특성을 확인할 수 있어요. …… ⓓ

학생 5: '먼지 낀 의복'을 보고 '몸뚱어리'와 '마음'에 대한 부끄러움을 떠올린 데에서, 스스로를 돌아보는 반성적인 태도를 확인할 수 있어요. …… ⓔ

정답 띵! 동!

④ ⓓ

| (다) – 〈6문단〉 둘러보건대 이 골짜기에는 일찍이 먼지를 품은 미친 바람과 같은 것은 지나가 본 일이 아주 없었나 보아서 아득히 쳐다보이는 높은 하늘 아래 티끌을 품은 듯한 아무것도 없다. 잠깐 내 자신을 굽어보니 허옇게 먼지 낀 의복, 그 밑에 숨은 먼지 낀 내 몸뚱어리, 그리고 또 그 속에 엎드린 먼지 낀 내 마음, 나는 그 팃기 모르는 순결한 자연 속에 쓰레기처럼 동떨어진 내 몸의 더러움을 새삼스럽게 부끄러워하였다.

| 뭔말?

· (다)의 글쓴이는 인간의 삶에서 자연이 '티끌'처럼 작아 보인다고 하지 않음.

· (다)의 글쓴이는 티끌 하나 품지 않은 자연(오심암)의 순결함을 느끼며, 때 묻은 자신의 모습을 부끄러워하고 있을 뿐임.

오답 땡!

① ⓐ

| (다) – 〈3문단〉 짙은 단풍 빛에 붉게 누렇게 물든 검은 절경의 성장(盛裝), 그것을 선을 두른 동해보다도 더 푸른 하늘빛, 천사가 흘리고 간 헝겊인 듯 봉우리 위에 가볍게 비낀 백옥보다도 흰 엷은 구름 조각.

| 뭔말?

· (다)의 글쓴이는 오심암 주변의 가을 풍경을 효과적으로 그려 내기 위해 '붉게 누렇게', '검은', '푸른', '백옥', '흰' 등에서 시각적 이미지를, '천사가 흘리고 간 헝겊인 듯'에서 비유적 표현을, '~보다도'에서 구름과 백옥의 색을 비교하는 방식을 사용하는 등 감각적 문체를 활용하고 있음.

② ⓑ

| (다) – 〈4문단〉 이것은 분명히 자연이 흘려 놓은 예술의 극치다. 그러나 겸손한 자연은 ~ 그것을 이 깊은 산골짜기에 감추었던 것인가 보다.

| (다) – 〈5문단〉 오직 사람만이 장하지도 아니한 그들의 예술을 천하에 뽐낼 기회만 엿보나 보다.

| 뭔말?

· (다)에서 글쓴이는 자연을 '예술의 극치'라며 예찬하고 있지만, 인간은 '장하지도 아니한 예술'을 뽐낼 기회만 엿본다며 인간에 대한 비판적 인식을 드러냄.

③ ⓒ

| (다) – 〈4문단〉 그러나 겸손한 자연은 그의 귀한 예술이 홍진에 물들 것을 염려하여 그것을 이 깊은 산골짜기에 감추었던 것인가 보다.

| (다) – 〈6문단〉 잠깐 내 자신을 굽어보니 ~ 나는 그 팃기 모르는 순결한 자연 속에 쓰레기처럼 동떨어진 내 몸의 더러움을 새삼스럽게 부끄러워하였다.

| 뭔말?

· (다)에서 글쓴이가 오심암을 통해 스스로 뽐내지 않는 '겸손한 자연', 팃기 모르는 '순결한 자연'을 이끌어 낸 데서, 오심암의 새로운 의미에 대한 통찰이 나타남.

⑤ ⓔ

| (다) – 〈6문단〉 잠깐 내 자신을 굽어보니 허옇게 먼지 낀 의복, 그 밑에 숨은 먼지 낀 내 몸뚱어리, 그리고 또 그 속에 엎드린 먼지 낀 내 마음, 나는 그 팃기 모르는 순결한 자연 속에 쓰레기처럼 동떨어진 내 몸의 더러움을 새삼스럽게 부끄러워하였다.

| 뭔말?

· (다)의 글쓴이는 티끌 하나 없는 오심암을 바라보다가, 자신의 '먼지 낀 의복', '먼지 낀 내 몸뚱어리', '먼지 낀 내 마음'을 부끄러워하고 있으므로 반성적 태도를 확인할 수 있음.

▸ 본문 012쪽

유형 학습 02

2018학년도 9월 모의평가

01 ① 02 ④ 03 ③

(가) 김현승, 「플라타너스」

EBS 연결 고리
2018학년도 수능완성 국어 258쪽

해제 이 작품은 '플라타너스'에게 인격을 부여하여 말을 건네며 플라타너스를 인생의 동반자로 삼고자 하는 화자의 내면을 투영하고 있다. 화자는 플라타너스를 꿈을 가진 존재, 넉넉한 사랑을 베풀 줄 아는 덕성을 지닌 존재로 보고 있으며 외로운 삶을 함께해 준 동반자로 인식하고 있다. 화자는 생의 마지막까지 플라타너스를 인생의 동반자로 삼아 함께 이상을 지향하며 살아가기를 소망하고 있다.

주제 고독한 삶의 동반자인 플라타너스

짜임

1연	꿈을 가진 플라타너스
2연	넉넉한 사랑을 주는 플라타너스
3연	고독한 삶의 동반자인 플라타너스
4연	인간의 유한성에 대한 자각
5연	플라타너스와 영원한 동반자로 살아가고 싶은 소망

1연 꿈을 아느냐 네게 물으면,

플라타너스,
[01-①] 매 연마다 반복적 호명 → 중심 대상으로 초점화
너의 머리는 어느덧 파아란 하늘에 젖어 있다.
[01-③] 색채어 활용 → 꿈을 가진 존재의 이미지 형성

2연 너는 사모할 줄을 모르나,

플라타너스,

너는 네게 있는 것으로 그늘을 늘인다.

3연 먼 길에 올 제,

㉠홀로 되어 외로울 제,
[02-④] 화자의 적막한 처지가 드러남.
플라타너스,

너는 그 길을 나와 같이 걸었다.
[03-①] 화자와 사물(플라타너스)과의 교감

4연 이제 너의 뿌리 깊이

나의 영혼을 불어넣고 가도 좋으련만,

플라타너스,

나는 너와 함께 신이 아니다!

5연 수고론 우리의 길이 다하는 어느 날,
[03-②] 죽음에 이르기까지의 여정
플라타너스,

너를 맞아 줄 검은 흙이 먼 곳에 따로이 있느냐?
[01-③] 색채어 활용 → 죽음 후 안식처의 이미지 형성

나는 오직 너를 지켜 네 이웃이 되고 싶을 뿐,
[03-⑤] 플라타너스와 함께 구도의 길을 가겠다는 소망
그곳은 아름다운 별과 나의 사랑하는 창이 열린 길이다.
[03-③, ④] 아름다운 별 → 화자가 지향하는 세계의 아름다움, 창 = 하늘을 볼 수 있는 수단

(나) 정지용, 「달」

EBS 연결 고리
비연계

해제 이 작품은 달빛을 받아 더욱 곱게 보이는 흰 돌, 달그림자로 인해 수묵색으로 짙게 보이는 녹음 등을 시각적 이미지를 사용하여 드러내고 있다. 그 광경에 숨소리, 비둘기의 울음소리 등의 청각적 이미지와 오동나무의 꽃향기라는 후각적 이미지가 조화를 이루면서 달밤의 고즈넉한 정취를 감각적으로 형상화하고 있다.

주제 달빛이 비친 마당의 조화로운 풍경에 대한 정취와 감흥

짜임

1연	영창에 비친 달빛
2연	달빛에 이끌리어 마당으로 나옴.
3연	달빛으로 가득 찬 한밤의 마당
4연	달빛을 받아 더 고운 흰 돌
5연	달빛에 비친 녹음과 고즈넉한 정취
6연	자연과 조화를 이룬 달밤의 고즈넉한 정취

1연 선뜻! 뜨인 눈에 하나 차는 영창
[03-③] 화자로 하여금 달빛 쏟아지는 마당에 나가도록 유도하는 역할
달이 이제 밀물처럼 밀려오다.

2연 미욱한 잠과 베개를 벗어나

부르는 이 없이 불려 나가다.

3연 한밤에 ㉡홀로 보는 나의 마당은
[02-④] 화자를 둘러싼 고즈넉한 분위기 형성
호수같이 둥긋이 차고 넘치노나.
[03-②, ④] 마당에 나선 화자가 보게 된 아름다운 풍경

4연 쪼그리고 앉은 한옆에 흰 돌도

이마가 유달리 함초롬 고와라.
[03-①] 화자가 대상(흰 돌)을 관조한 결과 → 교감하는 모습

5연 연연턴 녹음, 수묵색으로 짙은데

한창때 곤한 잠인 양 숨소리 설키도다.

6연 비둘기는 무엇이 궁거워* 구구 우느뇨,

오동나무 꽃이야 못 견디게 향그럽다.
[03-⑤] 자연에 대한 충만한 감흥이 드러남.

* 궁거워: 궁금하여.

01 표현상 특징 파악

답 ①

선지별 선택 비율	①	②	③	④	⑤
	90%	2%	3%	2%	1%

(가)에 대한 설명으로 가장 적절한 것은?

정답 띵! 동!

① 반복적 호명을 통해 중심 대상으로 초점을 모으고 있다.
→ 1~5연에서 '플라타너스'를 반복적으로 부름.

| (가) – 〈1~5연〉 플라타너스,

| 뭔말?

· (가)는 '플라타너스'를 청자로 설정하고, 매 연마다 반복적으로 호명함으로써 중심 대상인 '플라타너스'로 관심이 집중되도록 유도하고 있음.

오답 땡!

② ~~반어적 표현을 활용~~하여 ~~대상의 이중성~~을 부각하고 있다.
→ 찾아볼 수 없는 내용 → 플라타너스의 긍정적인 면만 나타냄. 이중성 X

| 뭔말?

· (가)는 반어적 표현을 활용하고 있지 않음.

· 또한 플라타너스의 긍정적인 면을 일관되게 표현하고 있을 뿐, 대상의 이중성을 부각하고 있지 않음.

③ 색채어를 활용하여 ~~대상의 고풍스러운 모습~~을 드러내고 있다.
→ 플라타너스의 예스러운 면 묘사 X

| (가) – 〈1연〉 플라타너스, / 너의 머리는 어느덧 파아란 하늘에 젖어 있다.

| (가) – 〈5연〉 플라타너스, / 너를 맞아 줄 검은 흙이 먼 곳에 따로이 있느냐?

| 뭔말?

· (가)의 1연에 쓰인 색채어 '파아란'은 플라타너스가 꿈을 가진 존재임을 표현하기 위한 말로, 플라타너스의 고풍스러운 모습을 드러내고 있지 않음.

· (가)의 5연에 쓰인 색채어 '검은'은 플라타너스가 죽은 뒤 가게 될 안식처를 표현하기 위한 말로, 플라타너스의 고풍스러운 모습을 드러내고 있지 않음.

④ 현재형 진술을 통해 ~~대상의 역동적 성격~~을 보여 주고 있다.
→ 찾아볼 수 없는 내용

| (가) – 〈1연〉 너의 머리는 어느덧 파아란 하늘에 젖어 있다.

| (가) – 〈2연〉 너는 네게 있는 것으로 그늘을 늘인다.

| 뭔말?

· (가)의 '젖어 있다', '늘인다'에서 플라타너스와 관련한 현재형 진술이 나타남.

· 그러나 플라타너스의 긍정적인 면을 보여 주는 진술의 한 부분일 뿐, 플라타너스의 역동적 성격과는 관계 없음.

⑤ ~~상승적 이미지를 활용~~하여 ~~사물의 변화 과정~~을 표현하고 있다.
→ 찾아볼 수 없는 내용 → 찾아볼 수 없는 내용

| 뭔말?

· (가)는 상승적 이미지를 활용하고 있지 않으며, 플라타너스의 변화 과정도 나타나지 않음.

02 화자의 정서와 태도 파악

답 ④

선지별 선택 비율	①	②	③	④	⑤
	2%	5%	2%	87%	1%

㉠과 ㉡에 대한 이해로 가장 적절한 것은?

정답 띵! 동!

④ ㉠은 화자의 적막한 처지를, ㉡은 화자를 둘러싼 고즈넉한 분위기를 드러낸다.

| (가) – 〈3연〉 먼 길에 올 제, / ㉠홀로 되어 외로울 제, / 플라타너스, / 너는 그 길을 나와 같이 걸었다.

| (나) – 〈3연〉 한밤에 ㉡홀로 보는 나의 마당은 / 호수같이 둥긋이 차고 넘치노나.

| 뭔말?

· (가)의 '홀로 되어'는 외로웠던 삶의 여정을 표현하는 과정에서 나온 표현이므로 ㉠은 화자의 적막한 처지를 드러냄.

· (나)의 '홀로 보는'은 달빛 가득한 마당의 고즈넉한 풍경을 바라보며 감흥에 빠져 있는 상황에서 나온 표현이므로 ㉡은 화자를 둘러싼 고즈넉한 분위기를 드러냄.

오답 땡!

① ㉠은 화자의 ~~관조적 자세~~를, ㉡은 화자의 ~~반성적 자세~~를 보여 준다.
→ 쓸쓸함, 적막함 → 고즈넉함

| 뭔말?

· ㉠ '홀로 되어'는 화자의 쓸쓸한 상황, 적막한 처지 등을 보여 주는 말일 뿐, 관조적 자세와는 거리가 멂.

· (나)의 '홀로 보는'은 화자가 달빛 가득한 마당의 고즈적한 풍경에 빠진 상황을 가리키는 말일 뿐, 반성적 자세와는 거리가 멂.

② ㉠은 화자가 ~~경험한 시련~~을, ㉡은 화자가 ~~간직한 추억~~을 환기한다.
→ 외로웠던 과거 → 찾아볼 수 없는 내용

| 뭔말?

· ㉠ '홀로 되어'는 과거 외로웠던 화자의 처지를 가리킬 뿐, 화자가 경험한 구체적 시련을 환기하지 않음.

· (나)의 '홀로 보는'은 화자가 현재 마당의 고즈넉한 풍경을 바라보고 있는 모습을 표현한 것이므로, 화자가 간직한 추억을 환기하지 않음.

③ ㉠은 화자의 ~~무기력한 태도~~를, ㉡은 화자의 ~~담담한 태도~~를 표현한다.
→ 외로웠던 과거 → 찾아볼 수 없는 내용

| 뭔말?

· ㉠ '홀로 되어'는 과거 외로웠던 화자의 처지를 가리킬 뿐, 무기력한 태도와는 거리가 멂.

· (나)의 '홀로 보는'은 화자가 달빛 받은 마당의 풍경에 감탄하고 있는 상황에서 나온 말이므로 담담한 태도와는 거리가 멂.

⑤ ㉠은 ~~현실에 대한 화자의 회의감~~을, ㉡은 ~~앞날에 대한 화자의 기대감~~을 부각한다.
→ 찾아볼 수 없는 내용 → 찾아볼 수 없는 내용

| 뭔말?

· ㉠ '홀로 되어'는 과거 외로웠던 화자의 처지를 가리키지만, 이 고독한 삶의 여정

에 플라타너스가 함께하며 위로가 되어 주었다고 하였으므로 현실에 대한 회의감과는 거리가 멂.

· ⓒ '홀로 보는'은 화자가 현재 마당의 고즈넉한 정취에 젖어 충만감을 느끼고 있는 모습으로, 앞날에 대한 기대감과는 거리가 멂.

03 외적 준거에 따른 작품 감상 답 ③

선지별 선택 비율	①	②	③	④	⑤
	4%	6%	76%	4%	8%

〈보기〉를 바탕으로 (가)와 (나)를 감상한 내용으로 적절하지 않은 것은? [3점]

보기

(가)와 (나)는 특정한 공간에서 사물과 교감하는 화자의 내면을 보여 준다. (가)의 화자는 삶의 여정이자 구도적 공간인 '길'에서 이상 세계인 '하늘'을 지향하는 소망을 드러낸다. (나)의 화자는 달밤의 조화로운 풍경을 포착하는 심미적 공간인 '마당'에서 사물의 아름다움에 대한 충만한 정서를 드러낸다.

정답 띵!동!

창 = 이상 세계인 하늘을 볼 수 있게 하는 수단 = 매개체

③ (가)의 '창'은 화자와 '하늘'을 잇는 매개체로서 ~~이상 세계의 완전함~~을, (나)의 '영창'은 ~~화자의 내면과 외부 세계를 잇는 매개체로서 화자의 만족감~~을 상징하는군.

영창 = 화자를 마당으로 이끄는 역할, 달빛 쏟아지는 마당 = 화자의 만족감 유발

| 〈보기〉 (가)의 화자는 삶의 여정이자 구도적 공간인 '길'에서 이상 세계인 '하늘'을 지향하는 소망을 드러낸다. (나)의 화자는 달밤의 조화로운 풍경을 포착하는 심미적 공간인 '마당'에서 사물의 아름다움에 대한 충만한 정서를 드러낸다.

| (가) – 〈5연〉 나는 오직 너를 지켜 네 이웃이 되고 싶을 뿐, / 그곳은 아름다운 별과 나의 사랑하는 창이 열린 길이다.

| (나) – 〈1연〉 선뜻! 뜨인 눈에 하나 차는 영창 / 달이 이제 밀물처럼 밀려오다.

| 뭔말?

· (가)의 '창'은 하늘을 향해 열려 있음. '창' = 화자와 '하늘'을 잇는 매개체

· 그러나 (가)의 '창'은 이상 세계(= 하늘)를 볼 수 있게 하는 수단이지, 이상 세계의 완전함을 함축하는 대상이 아님.

· (나)의 '영창'은 달빛이 밀려옴을 느끼게 하여, 화자를 마당으로 나가게 하는 역할을 할 뿐, 화자의 내면과 외부 세계를 잇는 매개체는 아님.

· 또한 (나)의 화자는 달빛 쏟아지는 마당에서 만족감을 느끼고 있지, '영창' 자체가 화자의 만족감을 상징하는 것은 아님.

오답 땡!

플라타너스를 동반자로 여기는 것 = 교감하는 모습

① (가)의 화자는 '플라타너스'와 '같이' 걷는 모습에서, (나)의 화자는 '흰 돌'의 '유달리' 고운 '이마'를 알아채는 모습에서 사물과의 교감을 보여 주는군.

흰 돌에 대한 화자의 관심 = 교감하는 모습

| 〈보기〉 (가)와 (나)는 특정한 공간에서 사물과 교감하는 화자의 내면을 보여 준다.

| (가) – 〈3연〉 먼 길에 올 제, / 홀로 되어 외로울 제, / 플라타너스, / 너는 그 길을 나와 같이 걸었다.

| (나) – 〈4연〉 쪼그리고 앉은 한옆에 흰 돌도 / 이마가 유달리 함초롬 고와라.

| 뭔말?

· (가)의 화자가 '플라타너스'와 '같이' 걸었다는 것은 플라타너스가 고독한 삶의 여정을 함께하는 동반자가 되었다는 것으로, 화자와 대상 간의 교감을 보여 줌.

· (나)의 화자가 '흰 돌'의 '유달리' 고운 '이마'를 알아채는 모습은, 흰 돌을 유심히 바라보고 마음을 준 결과로 볼 수 있으므로 화자와 대상 간의 교감을 보여 줌.

죽음(= 어느 날)에 이르기까지의 시간

② (가)의 화자는 '어느 날'에 이르는 과정을 통해 삶의 여정을 드러내고, (나)의 화자는 '한밤'에 '밀물'처럼 밀려온 달빛을 통해 조화로운 풍경을 포착하는군.

달빛 아래 마당을 이루고 있는 대상들(돌, 녹음, 비둘기, 꽃)의 조화로움

| 〈보기〉 (가)의 화자는 삶의 여정이자 구도적 공간인 '길'에서 이상 세계인 '하늘'을 지향하는 소망을 드러낸다. (나)의 화자는 달밤의 조화로운 풍경을 포착하는 심미적 공간인 '마당'에서 사물의 아름다움에 대한 충만한 정서를 드러낸다.

| (가) – 〈5연〉 수고론 우리의 길이 다하는 어느 날,

| (나) – 〈1연〉 선뜻! 뜨인 눈에 하나 차는 영창 / 달이 이제 밀물처럼 밀려오다.

| (나) – 〈3연〉 한밤에 홀로 보는 나의 마당은 / 호수같이 둥긋이 차고 넘치노나.

| 뭔말?

· (가)의 '어느 날'은 '수고론 우리의 길이 다하는' 날이므로, 죽음의 순간을 의미함. 따라서 '어느 날'에 이르는 과정은 삶의 여정이라고 할 수 있음.

· (나)의 화자는 '한밤'에 '밀물'처럼 밀려온 달빛을 보고는 마당으로 나가서, 이마가 고운 흰 돌, 수묵색으로 짙은 녹음, 구구 우는 비둘기, 못 견디게 향기로운 오동나무 꽃 등 조화로운 풍경을 포착하게 됨.

④ (가)는 반짝이는 '별'의 이미지를 활용하여 화자가 지향하는 세계의 아름다움을, (나)는 차고 넘치는 '호수'의 이미지를 활용하여 화자가 느끼는 '마당'의 아름다움을 표현하는군.

| 〈보기〉 (가)의 화자는 삶의 여정이자 구도적 공간인 '길'에서 이상 세계인 '하늘'을 지향하는 소망을 드러낸다. (나)의 화자는 달밤의 조화로운 풍경을 포착하는 심미적 공간인 '마당'에서 사물의 아름다움에 대한 충만한 정서를 드러낸다.

| (가) – 〈5연〉 나는 오직 너를 지켜 네 이웃이 되고 싶을 뿐, / 그곳은 아름다운 별과 나의 사랑하는 창이 열린 길이다.

| (나) – 〈3연〉 한밤에 홀로 보는 나의 마당은 / 호수같이 둥긋이 차고 넘치노나.

| 뭔말?

· (가)의 '아름다운 별' = 이상 세계인 '하늘'에 떠 있는 존재이므로, 반짝이는 '별'의 이미지를 통해 화자가 지향하는 세계의 아름다움을 나타낸다는 설명은 적절함.

· (나)의 '호수같이 둥긋이 차고 넘치노나.'는 마당 가득 달빛이 비추는 광경을 표현한 말이므로, 차고 넘치는 호수의 이미지를 통해 화자는 자신이 느끼는 마당의 아름다움을 표현하고 있음.

⑤ (가)의 화자는 '플라타너스'와 '이웃'이 되어 구도의 '길'을 함께하고자 하는 소망을, (나)의 화자는 오동 꽃이 '못 견디게 향그럽다'고 표현하여 자연에 대한 감흥을 드러내는군.

| 〈보기〉 (가)의 화자는 삶의 여정이자 구도적 공간인 '길'에서 이상 세계인 '하늘'을 지향하는 소망을 드러낸다. (나)의 화자는 달밤의 조화로운 풍경을 포착하는 심미적 공간인 '마당'에서 사물의 아름다움에 대한 충만한 정서를 드러낸다.

| (가) – 〈5연〉 나는 오직 너를 지켜 네 이웃이 되고 싶을 뿐, / 그곳은 아름다운 별과 나의 사랑하는 창이 열린 길이다.

| (나) – 〈6연〉 오동나무 꽃이야 못 견디게 향그럽다.

| 뭔말?

· (가)에서 '길'은 삶의 여정이자 구도적 공간이므로, 화자가 '플라타너스'와 '이웃'이 되어 '아름다운 별과 나의 사랑하는 창이 열린 길'을 가겠다는 것은 구도의 길을 함께하고자 하는 소망으로 볼 수 있음.

· (나)의 화자는 마당에서 본 오동 꽃이 '못 견디게 향그럽다'고 표현하여 자연에 대한 감흥이 매우 큼을 드러냄.

▸ 본문 015쪽

유형 학습 03

2020학년도 수능

01 ③ 02 ④ 03 ③ 04 ③

작자 미상, 「유씨삼대록」

EBS 연결 고리
2020학년도 수능특강 문학 282쪽

해제 이 작품은 18세기 초반에 창작되어 널리 향유된 국문 장편 소설로, 유씨 가문 주요 인물들의 이야기가 3대에 걸쳐 펼쳐지는데, 1대의 이야기는 유우성의 승진과 공적, 2대의 이야기는 유우성의 세 자녀들의 혼사와 입신, 3대의 이야기는 유세형의 자녀 중 관, 현 형제와 유세창의 아들 몽을 중심으로 내용이 전개된다. 지문에는 2세대인 유세기의 혼사 문제, 유세형과 그의 아내인 진양 공주, 그리고 둘째 부인인 장 씨 사이의 갈등이 그려지고 있다. 이 작품은 가문의 번영에 관한 이야기만을 다루지 않고 인생살이의 다채로운 모습을 밀도 높게 보여 주어 인생에 대한 다양한 깨달음을 준다는 평가를 받고 있다. 특히 '진양 공주전'이라 평가되기도 할 만큼 진양 공주가 중요한 역할을 하고 있으며, 진양 공주는 살아서나 죽어서나 유씨 가문을 수호하는 전인적인 인물로 그려지고 있다.

주제 유씨 가문 3대의 가정사

짜임

1대 이야기	1대인 유우성에 대한 이야기로, 유우성이 벼슬에 오르고 전장에 나아가 공을 세우는 이야기가 중심을 이룸.
2대 이야기	2대의 이야기로, 유우성의 아들들인 유세기, 유세형, 유세창의 이야기가 중심이 되며, 각 인물이 겪는 혼사 문제와 그로 인해 파생된 가정 내 갈등과 시련, 입신(立身) 등의 이야기가 전개됨. 지문으로 제시된 부분은 2대의 이야기 중 유세기와 유세형의 이야기 일부이다.
3대 이야기	3대의 이야기로, 유세형의 아들인 관, 현 형제, 유세창의 아들인 몽의 이야기가 중심을 이룸.

1 **[앞부분의 줄거리]** 아들 유세기가 부모의 허락 없이 백공과 혼사를 결정했다고 여긴 선생은 유세기를 집에서 내쫓는다.

2 백공이 왈,

"혼인은 좋은 일이라 서로 헤아려 잘 생각할 것이니 어찌 이같이 좋지 않은 일이 일어나는가? 내가 한림의 재모를 아껴 이같이 기별해 사위를 삼고자 하였더니 선생 형제는 도학 군자라 예가 아닌 것을 문책하시는도다. 내가 마땅히 곡절을 말하리라."

이에 백공이 유씨 집안에 이르러 선생 형제를 보고 인사를 하고 나서 흔쾌히 웃으며 가로되,

"제가 두 형과 더불어 죽마고우로 절친하고 또 아드님의 특출함을 아껴 제 딸의 배필로 삼고자 하여, 어제 세기를 보고 여차여차 하니 아드님
[01-⑤] [04-④] 한림이 백공으로 인해 위기에 처함. → 혼사가 백공의 주도로 다루어짐.
이 단호하게 말하고 돌아가더이다. 제가 더욱 흠모하여 염치를 잊고 거짓말로 일을 꾸며 구혼하면서 '정약'이라는 글자 둘을 더했으니 이는 진
[01-①, ②, ④] 백공이 거짓으로 일을 꾸민 탓에 유세기가 꾸지람을 듣고 집에서 쫓겨나는 일이 일어남.
실로 저의 희롱함이외다. 두 형께서 과도히 곧이듣고 아드님을 엄히 꾸짖으셨다 하니, 혼사에 도리어 훼방이 되었으므로 어찌 우습지 않으리까? 원컨대 두 형은 아드님을 용서하여 아드님이 저를 원망하게 하지 마오."

선생과 승상이 바야흐로 아들의 죄가 없는 줄을 알고 기뻐하면서 사례
[01-③] 선생과 승상은 가법을 어겼다는 이유로 유세기를 집에서 쫓아냄. 백공이 찾아와 오해가 해소됨.
하여 왈,

"저희 자식이 분에 넘치게 공의 극진한 대우를 받으니 마땅히 그 후의를 받들 만하되, 이는 선조로부터 대대로 내려오는 가법이 아니기에 감
[04-③] 유세기가 혼사 문제로 가법을 어겼다는 오해를 받아 곤욕을 치름.
히 재취를 허락하지 못하였소이다. 저희 자식이 방자함이 있나 통탄하였더니 그간 곡절이 이렇듯 있었소이다."

3 백공이 화답하고 이윽고 돌아가서 다시 혼삿말을 이르지 못하고 딸을 다른 데로 시집보냈다. 선생이 백공을 돌려보낸 후에 한림을 불러 앞으로 더욱 행실을 닦을 것을 훈계하자 한림이 절을 하면서 명령을 받들었다. 차후 더욱 예를 삼가고 배우기를 힘써 학문과 도덕이 날로 숙연하고, 소 소저와 더불어 백수해로하면서 여덟 아들, 두 딸을 두고, 집안에 한 명
[04-⑤] 유세기의 혼사 갈등 해소 → 하나의 이야기가 완결됨.
의 첩도 없이 부부 인생 희로를 요동함이 없더라.

4 승상의 둘째 아들 세형의 자는 문희이니, 형제 중 가장 빼어났으
[04-⑥] 유세형이 이야기가 새로 시작됨.
니 산천의 정기와 일월의 조화를 타고 태어나 아름다운 얼굴은 윤택한 옥과 빛나는 봄꽃 같고, 호탕하고 깨끗한 풍채는 용과 호랑이의 기상이 있으며, 성품이 호기롭고 의협심이 강하여 맑고 더러움의 분별을 조금도 잃지 않으니, 부모가 매우 사랑하여 며느리를 널리 구하더라.

(중략)

5 화설, 장 씨 ㉠이화정에 돌아와 긴 단장을 벗고 난간에 기대어 하
[03-③] 유세형이 부마가 된 후 자신이 천대 받는다며 하소연함. → 한탄을 드러내는 공간
늘가를 바라보며 평생 살아갈 계책을 골똘히 헤아리자, 한이 눈썹에 맺히고 슬픔이 마음속에 가득하여 생각하되,

'내가 재상가의 귀한 몸으로 유생과 백년가약을 맺었으니 마음이 흡족하고 뜻이 즐거울 것이거늘, 천자의 귀함으로 한 부마를 뽑는
[04-④] 혼사가 혼인 당사자가 아닌 천자의 주도로 다루어짐.
데 어찌 구태여 나의 아름다운 낭군을 빼앗아 가 위세로써 나로 하여금 공주 저 사람의 아래가 되게 하셨는가? 도리어 저 사람의 덕
[02-③] 의문형 표현 → 타인에 대한 원망 표현 ①
을 찬송하고 은혜를 읊어 한없는 영광은 남에게 돌려보내고 구차한 자취는 내 일신에 모이게 되었도다. 우주 사이는 우러러 바라보기나 하려니와 나와 공주의 현격함은 하늘과 땅 같도다. 나의 재주
[02-②] 공주와 자신의 차이를 비유를 통해 강조함.
와 용모가 저 사람보다 떨어지는 것이 없고 먼저 혼인 예물까지 받았는데 이처럼 남의 천대를 감심할 줄 어찌 알리오? 공주가 덕을
[02-③] 의문형 표현 → 타인에 대한 원망 표출 ②
베풀수록 나의 몸엔 빛이 나지 않으리니 제 짐짓 능활하여 아버님, 어머님이나 시누이를 제 편으로 끌어들인다면 낭군의 마음은 이를
[02-⑤] 앞으로의 일을 가정하여 추정하는 방식 → 우려하는 마음 제시
좇아 완전히 달라질지라. 슬프다, 나의 앞날은 어이될고?' [A]

6 생각이 이에 미치자 북받쳐 오르는 한이 마음속에 가득 쌓이기 시작하니 어찌 좋은 뜻이 나리오? 정히 눈물을 머금고 마음을 붙일 곳 없어 하더니, 문득 세형이 보라색 두건과 녹색 도포를 가볍게 나부끼며 이르러 장 씨의 참담한 안색을 보고 옥수를 잡고 어깨를 비스듬히 기대게 하며 물어 왈,

"그대 무슨 일로 슬픈 빛이 있나뇨? 나를 좇음을 원망하는가?"

장 씨가 잠시 동안 탄식 왈,

"낭군은 부질없는 말씀 마옵소서. 제가 낭군을 좇는 것을 원망했다면 어찌 깊은 규방에서 홀로 늙는 것을 감심하였사오리까? 다만 제가 귀댁에 들어온 지 오륙일이 지났으나 좌우에 친한 사람이 없고 오직 우러르는 바는 아버님, 어머님과 낭군뿐이라 어린 여자의 마음이 편안하지 못한 바이옵니다. 공주가 위에 계셔 온 집의 권세를 오로지 하시니 그 위의와 덕택이 저로 하여금 변변찮은 재주 가진 하졸이 머릿수나 채워 우물 속에서 하늘을 바라보는 것 같게 만드옵니다. 제가 감히 항거할 뜻이 있는 것이 아니나 평생의 신세가 구차하여 슬프고, 진양궁에 나아가면 궁비와 시녀들이 다 저를 손가락질하며 비웃어 한 가지 일도 자유롭게 하지 못하게 하옵고, 제 입에서 말이 나면 일천여 시녀가 다 제 입을 가리니, 공주의 은덕에 의지하여 겨우 실례를 면하고 돌아왔사옵니다." [B]

[02-②] 장 씨의 하소연, 공주의 위세에 눌린 자신의 처지를 비유적으로 나타냄.

[02-⑤] 진양궁에서 있었던 지난 일을 토로하는 방식 → 자신의 신세에 대한 우려 제시

7 부마가 바야흐로 장 씨의 외로움을 가련하게 여기고 공주의 위세가 장 씨를 억누르는 것을 좋지 않게 여기고 있다가 장 씨의 이렇듯 애원한 모습을 보자 크게 불쾌하여 장 씨를 위한 애정이 샘솟는 듯하였다. 은근하고 간곡하게 장 씨를 위로하고 그 절개와 외로움에 감동하여 이날부터 발자취가 ㉡이화정을 떠나지 않았다. 연리지와 같은 신혼의 정은 양왕의 꿈에 빠진 듯 어지럽고, 낙천의 마음이 취한 듯 기쁘고 즐거워 바라던 바를 다 얻은 듯한 마음은 세상에 비할 데가 없더라.

[04-③] 유세형이 공주를 멀리한 이유

[03-③] 이화정 - 유세형이 장 씨와 신혼의 정을 나눈 공간 → 애정을 확인하는 공간

01 작품의 내용 파악 답 ③

선지별 선택 비율	①	②	③	④	⑤
	8%	3%	76%	7%	4%

이같이 좋지 않은 일에 대한 이해로 적절하지 않은 것은?

└→ 유세기가 부모의 허락 없이 백공과 혼사를 결정했다고 여긴 선생 형제가 유세기를 내쫓은 일

정답 띵! 동!

③ ~~선생과 승상 사이에서 의견 대립이 심화된 일이다.~~

└→ 선생과 승상은 유세기가 가법을 어겼다고 생각하며 쫓아냄. 오히려 의견 일치!

| 뭔말?

· '이같이 좋지 않은 일' = 유세기가 부모의 허락 없이 백공과 혼사를 결정했다고 여긴 선생 형제가 유세기를 내쫓은 일 → 선생과 승상 간의 의견 대립 X

· 선생과 승상은 백공이 말하는 곡절을 듣고, '저희 자식이 방자함이 있나 통탄하였더니'라고 하였고, 유세기의 죄가 없다는 사실을 알고 기뻐하므로 선생과 승상은 오히려, 유세기를 두고 의견이 일치했음 추측할 수 있음.

오답 땡!

① 백공의 거짓말 때문에 일어난 일이다.

| ⟨2⟩ 제가 더욱 흠모하여 염치를 잊고 거짓말로 일을 꾸며 구혼하면서 '정약'이라는 글자 둘을 더했으니 이는 진실로 저의 희롱함이외다. 두 형께서 과도히 곧이듣고 아드님을 엄히 꾸짖으셨다 하니

| 뭔말?

· 원인: 백공이 거짓말로 일을 꾸며 구혼하면서 '정약'이라는 글자 둘을 더함.

· 결과: 선생 형제는 유세기가 가법을 어겼다고 오해하여 엄히 꾸짖고, 유세기가 집에서 쫓겨나는 '이같이 좋지 않은 일'이 발생함.

② 백공이 한림을 곤경에 처하게 한 일이다.

| 뭔말?

· 백공의 거짓말로 인해 한림(= 유세기)이 오해를 받아 집에서 쫓겨나게 되므로, '이같이 좋지 않은 일'은 백공이 한림을 곤경에 처하게 한 일에 해당함.

④ 한림이 선생과 승상으로부터 꾸지람을 당한 일이다.

| ⟨2⟩ 이는 진실로 저의 희롱함이외다. 두 형께서 과도히 곧이듣고 아드님을 엄히 꾸짖으셨다 하니

| 뭔말?

· 백공이 거짓말로 일을 꾸며 구혼한 일로 선생과 승상이 한림(= 유세기)을 엄히 꾸짖었다고 하였으므로, '이같이 좋지 않은 일'은 한림이 선생과 승상으로부터 꾸지람을 당한 일에 해당함.

⑤ 백공이 한림을 자신의 딸과 혼인시키려다 일어난 일이다.

| ⟨2⟩ 제 딸의 배필로 삼고자 하여, 어제 세기를 보고 여차여차 하니 ~ 거짓말로 일을 꾸며 구혼하면서 '정약'이라는 글자 둘을 더했으니 이는 진실로 저의 희롱함이외다.

| 뭔말?

· '제 딸의 배필로 삼고자'로 보아 백공이 자신의 딸과 한림(= 유세기)을 혼인시키려고 거짓말을 했다가, 한림이 집에서 쫓겨나는 '이같이 좋지 않은 일'이 발생함.

02 발화의 의미와 기능 파악 답 ④

선지별 선택 비율	①	②	③	④	⑤
	2%	3%	5%	85%	3%

[A]와 [B]에 대한 설명으로 적절하지 않은 것은?

정답 띵! 동!

④ ~~[B]는 [A]와 달리 대화 상대의 환심을 사기 위해 자신의 우월한 지위를 드러내고 있다.~~

└→ 장 씨가 유세형에게 환심을 사려는 모습은 드러나지 않음.

| 뭔말?

· [A]는 장 씨의 혼잣말로 대화 상대가 나타나지 않음.

· [B]는 장 씨가 유세형에게 공주의 위세에 억눌린 자신의 처지를 하소연하는 말임. 장 씨가 유세형의 환심을 사려고 자신의 우월한 지위를 드러내는 모습은 찾아볼 수 없음.

오답 땡!

① [A]와 [B]는 모두 과거 사건에 대한 정보를 제공하고 있다.

→ 장 씨가 유세형과 백년가약을 맺은 일

| [A] 내가 재상가의 귀한 몸으로 유생과 백년가약을 맺었으니 ~ 천자의 귀함으로 한 부마를 뽑는데 어찌 구태여 나의 아름다운 낭군을 빼앗아 가 위세로써 나로 하여금 공주 저 사람의 아래가 되게 하셨는가? → 유세형이 부마가 되어 공주와 맺어진 일

→ 장 씨가 공주의 위세에 눌려 살며, 진양궁에서 비웃음을 당한 일

| [B] 진양궁에 나아가면 궁비와 시녀들이 다 저를 손가락질하며 비웃어 한 가지 일도 자유롭게 하지 못하게 하옵고, 제 입에서 말이 나면 일천여 시녀가 다 제 입을 가리니, 공주의 은덕에 의지하여 겨우 실례를 면하고 돌아왔사옵니다.

| 뭔말?

· [A]는 장 씨가 유세형과 백년가약을 맺은 일, 유세형이 부마로 뽑힌 일 등을 언급하므로 과거 사건에 대한 정보를 제공하고 있음.

· [B]는 장 씨가 공주의 위세로 인해 억눌려 살며 진양궁에서 비웃음당한 일 등을 언급하므로 과거 사건에 대한 정보를 제공하고 있음.

② [A]와 [B]는 모두 비유적 진술을 통해 자신이 처한 상황을 부각하고 있다.

| [A] 나와 공주의 현격함은 하늘과 땅 같도다. → 공주의 위세에 눌린 장 씨의 상황

| [B] 그 위의와 덕택이 저로 하여금 변변찮은 재주 가진 하졸이 머릿수나 채워 우물 속에서 하늘을 바라보는 것 같게 만드옵니다. → 공주의 위의와 덕택에 눌려 구차해진 장 씨의 상황

| 뭔말?

· [A]에서 장 씨는 '하늘과 땅 같도다'라고 하여 공주와 자신의 현격한 차이를 말함으로써 공주의 위세에 눌린 자신의 상황을 부각함.

· [B]에서 장 씨는 '변변찮은 재주 가진 하졸이 머릿수나 채워 우물 속에서 하늘을 바라보는 것 같게 만드옵니다'라고 하여 공주의 위의와 덕택에 눌려 신세가 구차해진 자신의 상황을 부각함.

③ [A]는 [B]와 달리 타인에 대한 자신의 원망을 의문형 표현을 활용하여 드러내고 있다. → [A] 공주에 대한 장 씨의 원망

| [A] 천자의 귀함으로 한 부마를 뽑는데 어찌 구태여 나의 아름다운 낭군을 빼앗아 가 위세로써 나로 하여금 공주 저 사람의 아래가 되게 하셨는가?

| [A] 나의 재주와 용모가 저 사람보다 떨어지는 것이 없고 먼저 혼인 예물까지 받았는데 이처럼 남의 천대를 감심할 줄 어찌 알리오?

| 뭔말?

· [A]에서 장 씨는 공주에 대한 원망과 공주의 아래가 되어 천대를 받는 자신의 상황에 대한 한탄을 의문형 표현을 활용하여 드러냄.

· [B]의 '제가 낭군을 좇는 것을 원망했다면 어찌 깊은 규방에서 홀로 늙는 것을 감심하였사오리까?'는 의문형 표현을 활용한 것이긴 하나, 장 씨가 유세형을 원망하는 마음이 없음을 표현한 설의적 표현에 해당함.

→ 공주로 인해 유세형의 마음이 달라질 가능성

⑤ [A]는 앞으로의 일을 추정하는, [B]는 지난 일을 토로하는 방식으로 자신의 우려를 제시하고 있다. → 장 씨가 진양궁에서 비웃음을 당한 일

| [A] 공주가 덕을 베풀수록 나의 몸엔 빛이 나지 않으리니 제 짐짓 능활하여 아버님, 어머님이나 시누이를 제 편으로 끌어들인다면 낭군의 마음은 이를 좇아 완전히 달라질지라. 슬프다, 나의 앞날은 어이될고?

| [B] 진양궁에 나아가면 궁비와 시녀들이 다 저를 손가락질하며 비웃어 한 가지 일도 자유롭게 하지 못하게 하옵고, 제 입에서 말이 나면 일천여 시녀가 다 제 입을 가리니,

| 뭔말?

· [A]에서 장 씨는 공주가 가족들을 제 편으로 끌어들여 낭군(유세형)의 마음이 달라질 일을 추측하면서 '나의 앞날은 어이될고?'와 같이 우려를 드러냄.

· [B]에서 장 씨는 진양궁에서 있었던 지난 일을 토로하는 방식으로 자신의 신세에 대한 우려를 드러냄.

03 공간의 기능 비교 답 ③

선지별 선택 비율	①	②	③	④	⑤
	1%	2%	90%	3%	2%

'장 씨'를 중심으로 ㉠과 ㉡을 이해한 내용으로 가장 적절한 것은?

정답 띵! 동!

③ ㉠은 한탄을 드러내는 공간이고, ㉡은 애정을 확인하는 공간이다.

| ⟨5~6⟩ 장 씨 ㉠ 이화정에 돌아와 긴 단장을 벗고 난간에 기대어 하늘가를 바라보며 평생 살아갈 계책을 골똘히 헤아리자, 한이 눈썹에 맺히고 슬픔이 마음속에 가득하여 생각하되, ~ 생각이 이에 미치자 북받쳐 오르는 한이 마음속에 가득 쌓이기 시작하니 어찌 좋은 뜻이 나리오?

| ⟨7⟩ 은근하고 간곡하게 장 씨를 위로하고 그 절개와 외로움에 감동하여 이날부터 발자취가 ㉡ 이화정을 떠나지 않았다. 연리지와 같은 신혼의 정은 양왕의 꿈에 빠진 듯 어지럽고, 낙천의 마음이 취한 듯 기쁘고 즐거워 바라던 바를 다 얻은 듯한 마음은 세상에 비할 데가 없더라.

| 뭔말?

· ㉠ '이화정'에서 장 씨는 유세형이 부마가 되어 자신이 천대받는 처지에 놓이게 되었다며 하소연을 하므로 ㉠ '이화정'은 한탄을 드러내는 공간임.

· 장 씨의 한탄을 들은 유세형이 ㉡ '이화정'에 머물면서 장 씨와 신혼의 정을 나누었다고 했으므로 ㉡ '이화정'은 애정을 확인하는 공간임.

오답 땡!

① ㉠은 ~~학문을 연마하는 공간~~이고, ㉡은 ~~덕행을 닦는 공간~~이다.

| 뭔말?

· ㉠ '이화정'과 ㉡ '이화정'에서 장 씨가 학문을 연마하거나 덕행을 닦는 모습은 나타나지 않음.

② ㉠은 ~~불신을 드러내는 공간~~이고, ㉡은 ~~조소를 당하는 공간~~이다.

| 뭔말?

· ㉠ '이화정'에서 장 씨는 자신의 처지를 한탄하고 있을 뿐, 불신을 드러내지는 않음.

· 또한 ㉡ '이화정'은 장 씨와 유세형이 함께하고 있는 공간으로 장 씨가 유세형의 위로와 사랑을 받고 있을 뿐, 조소를 당하지는 않음.

④ ㉠은 ~~계책을 꾸미는 공간~~이고, ㉡은 ~~외로움을 인내하는 공간~~이다.

| 뭔말?

· ㉠ '이화정'에서 장 씨는 자신의 처지를 한탄하고 있을 뿐, 계책을 꾸미고 있지 않음.

· 또한 ㉡ '이화정'은 장 씨가 유세형과 신혼의 정을 나누는 장소이므로 외로움을 인내하는 공간이 아님.

⑤ ㉠은 ~~선후 시비를 따지는 공간~~이고, ㉡은 ~~오해를 해소하는 공간~~이다.

| 뭔말?

· ㉠ '이화정'에서는 장 씨는 일의 선후 시비를 따지고 있지 않음.

· 또한 장 씨가 누군가를 오해하고 있는 것은 아니므로 ㉡ '이화정'은 오해를 해소하는 공간이 아님.

04 외적 준거에 따른 작품 감상 답 ③

선지별 선택 비율	①	②	③	④	⑤
	4%	5%	71%	7%	10%

〈보기〉를 참고하여 윗글을 감상한 내용으로 적절하지 않은 것은? [3점]

보기

「유씨삼대록」은 유씨 3대 인물들의 이야기들을 연결한 국문 장편 가문 소설이다. 각 이야기는 그 자체로 완결성을 갖추고 있어 독립적이지만, 혼사나 그로부터 파생된 각각의 갈등이 동일한 가문 내에서 전개된다는 점에서 연결된다. 이러한 갈등은 가법이나 인물의 성격에서 유발된다. 가문의 구성원들은 혼사를 둘러싼 갈등이 가문의 안정과 번영을 저해한다고 여겼기에, 가문 차원에서 이를 해결해 간다.

정답 띵!동!

유세형이 공주를 멀리한 것은 가법과 관련한 대립 X

③ 유세기가 혼사와 관련한 곤욕을 치른 것과 유세형이 공주를 멀리한 것을 보니, ~~가법과 인물의 성격 간의 대립이 갈등의 원인~~임을 알 수 있군.

→ 유세기는 백공의 거짓말 때문에 곤욕을 치름.

| 〈보기〉 이러한 갈등은 가법이나 인물의 성격에서 유발된다.

| 〈2〉 "저희 자식이 분에 넘치게 공의 극진한 대우를 받으니 마땅히 그 후의를 받들 만하되, 이는 선조로부터 대대로 내려오는 가법이 아니기에 감히 재취를 허락하지 못하였소이다. 저희 자식이 방자함이 있나 통탄하였더니 그간 곡절이 이렇듯 있었소이다." → 유세기가 가법을 어겼다고 선생과 승상이 오해를 한 것이지, 실제로 가법을 어긴 것 X

| 〈7〉 부마가 바야흐로 장 씨의 외로움을 가련하게 여기고 공주의 위세가 장 씨를 억누르는 것을 좋지 않게 여기고 있다가 장 씨의 이렇듯 애원한 모습을 보자 크게 불쾌하여 장 씨를 위한 애정이 샘솟는 듯하였다.

| 뭔말?

· 유세기가 혼사와 관련한 곤욕을 치른 이유: 백공의 거짓말로 인해, 선생과 승상이 유세기가 가법을 어겼다고 오해를 했기 때문임.

· 유세기가 자신의 의지로 혼사를 결정하면서 실제로 가법을 어긴 것이 아니므로 '가법과 인물의 성격 간의 대립'이 갈등의 원인인 것이 아님.

· 유세형이 공주를 멀리한 것은 장 씨의 하소연을 듣고 '공주의 위세가 장 씨를 억누르는 것을 좋지 않게 여'겼기 때문이므로 '가법과 인물의 성격 간의 대립'이 갈등의 원인인 것이 아님.

오답 땡!

① 유세기 이야기와 유세형 이야기를 보니, 각각의 갈등이 한 가문의 혼사를 중심으로 발생한다는 점에서 두 이야기가 서로 연결되어 있음을 알 수 있군.

| 〈보기〉 각 이야기는 그 자체로 완결성을 갖추고 있어 독립적이지만, 혼사나 그로부터 파생된 각각의 갈등이 동일한 가문 내에서 전개된다는 점에서 연결된다.

| 뭔말?

· 백공의 거짓말로 인해 발생한 유세기의 혼사 갈등 문제가 마무리된 후 유세형과 아내 장 씨 간의 이야기가 전개됨. 그런데, 유세형이 부마가 되고 장 씨가 천대를 받아 한스러움을 느끼는 사건 역시 혼사와 관련됨.

· 유세기 이야기와 유세형 이야기는 모두 유씨 가문의 혼사를 중심으로 갈등이 발생하고 있다는 점에서 서로 연결된 것을 알 수 있음.

② 유세기의 혼사 문제에 선생과 승상이 관여한 것을 보니, 혼사를 둘러싼 갈등 해결이 가문 구성원들의 문제로 다루어짐을 알 수 있군.

| 〈보기〉 가문의 구성원들은 혼사를 둘러싼 갈등이 가문의 안정과 번영을 저해한다고 여겼기에, 가문 차원에서 이를 해결해 간다.

| 〈2〉 내가 한림의 재모를 아껴 이같이 기별해 사위를 삼고자 하였더니 선생 형제는 도학 군자라 예가 아닌 것을 문책하시는도다.

| 〈2〉 저희 자식이 분에 넘치게 공의 극진한 대우를 받으니 마땅히 그 후의를 받들 만하되, 이는 선조로부터 대대로 내려오는 가법이 아니기에 감히 재취를 허락하지 못하였소이다.

| 뭔말?

· 선생과 승상은 유세기가 부모의 허락 없이 혼사를 결정했다고 생각하여 유세기를 문책하는 등 혼사 문제에 관여하는 모습을 보임.

· 백공이 찾아와 사실을 밝히자 선생과 승상이 '선조로부터 대대로 내려오는 가법이 아니기에 감히 재취를 허락하지 못하였소이다.'라고 한 데서 혼사 및 혼사를 둘러싼 갈등 해결이 가문 구성원들의 문제로 다루어짐이 나타남.

→ 혼인 당사자가 아닌 그들의 아버지가 혼인을 주도하는 상황

④ 백공이 유세기를 사위 삼으려는 것과 천자가 유세형을 부마 삼은 것을 보니, 혼사가 혼인 당사자 개인의 문제에 그치지 않음을 알 수 있군.

| 〈보기〉 가문의 구성원들은 혼사를 둘러싼 갈등이 가문의 안정과 번영을 저해한다고 여겼기에, 가문 차원에서 이를 해결해 간다.

| 〈2〉 제가 두 형과 더불어 죽마고우로 절친하고 또 아드님의 특출함을 아껴 제 딸의 배필로 삼고자 하여,

| 〈5〉 천자의 귀함으로 한 부마를 뽑는데 어찌 구태여 나의 아름다운 낭군을 빼앗아 가 위세로써 나로 하여금 공주 저 사람의 아래가 되게 하셨는가?

| 뭔말?

· 백공이 유세기를 사위 삼기 위해 거짓말한 행위 등은 혼인 당사자인 딸이 아니라 아버지인 백공의 주도로 일어난 일로, 혼사가 혼인 당사자 개인의 문제에 그치지 않음을 보여 줌.

· 천자가 유세형을 부마 삼은 것은 혼인 당사자인 유세형이 아니라 천자의 주도로 일어난 일로, 혼사가 혼인 당사자 개인의 문제에 그치지 않음을 보여 줌.

⑤ 유세기가 평생 첩을 두지 않고 소 소저와 해로했다는 것을 보니, 유세기를 둘러싼 혼사 갈등이 해소되며 이야기 하나가 마무리됨을 알 수 있군.

| 〈보기〉 각 이야기는 그 자체로 완결성을 갖추고 있어 독립적이지만,

| 〈3〉 차후 더욱 예를 삼가고 배우기를 힘써 학문과 도덕이 날로 숙연하고, 소 소저와 더불어 백수해로하면서 여덟 아들, 두 딸을 두고, 집안에 한 명의 첩도 없이 부부 인생 희로를 요동함이 없더라. → 유세기 이야기의 완결

| 〈4〉 승상의 둘째 아들 세형의 자는 문희이니, → 유세형 이야기가 새롭게 시작됨.

| 뭔말?

· 유세기의 혼사와 관련한 오해가 풀리고 유세기는 소 소저와 더불어 백수해로했다고 한 다음, 바로 이어 유세형의 이야기가 시작되고 있음.

· 이것은 유세기를 둘러싼 혼사 갈등이 해소되면서 완결성을 갖춘 이야기 하나가 마무리되고, 독립된 새로운 이야기가 시작되는 상황으로 볼 수 있음.

▸본문 020쪽

갈래 복합 01

2025학년도 수능

01 ④	02 ⑤	03 ②
04 ②	05 ①	06 ①

(가) 장석남, 「배를 밀며」

EBS 연결 고리
2025학년도 수능완성 국어 250쪽

교과서 연계 정보
작가 문학 미래엔

해제 이 작품은 사랑하는 사람을 떠나보내는 일을 물 위의 배를 밀어내는 행위에 빗대어 이별의 슬픔과 이별한 상대에 대한 그리움을 노래하고 있다. 이 시에서 '배'는 사랑 또는 사랑하는 이를, '배'를 미는 행위는 이별을 의미한다. 화자는 사랑을 떠나보내는 과정에서 '슬픔'도 밀어내며 '빈 물 위의 흉터'도 가라앉는다고 표현하여 이별의 슬픔과 상처에서 벗어나고자 하는 심리를 보여 준다. 그러나 마지막 연에서 '배'가 밀려 들어온다고 표현함으로써 그리움에서 벗어나는 일이 쉬운 일이 아님을 드러낸다.

주제 이별의 슬픔과 이별한 상대에 대한 그리움

짜임

1연	배를 밀어 본 경험
2연	배가 떠나가듯이 부드럽게 떠나는 사랑
3연	이별의 슬픔을 극복하려는 의지
4연	금세 가라앉을 것이라 생각한 이별의 상처
5연	사랑을 떠나보내지 못한 마음

1연 배를 민다
[01-④] '배'를 미는 행위를 중심으로 화자와 '배'의 관계를 드러냄.
배를 밀어보는 것은 아주 드문 경험
[01-③] 시구의 변주
희번덕이는 잔잔한 가을 바닷물 위에
[01-②] 자연물을 활용함.
배를 밀어넣고는

온몸이 **아주 추락하지 않을 순간**의 한 허공에서
[01-①] 하강적 이미지
밀던 힘을 한껏 더해 밀어주고는

아슬아슬히 배에서 떨어진 손, 순간 환해진 손을
[02-①] 이별의 정서적 긴장감
허공으로부터 거둔다

2연 **사랑**은 참 부드럽게도 **떠나지**
[01-③] 부드럽게도: 동일한 구절의 반복
뵈지도 않는 길을 부드럽게도
[02-②] 이별의 막막한 상황을 공간의 형상으로 드러냄.

3연 **배를 한껏 세게 밀어**내듯이 **슬픔도**

그렇게 **밀어내는 것**이지
[02-③] 이별의 아픔을 떨쳐 내려 함.

4연 **배가 나가**고 남은 빈 물 위의 **흉터**

잠시 머물다 가라앉고
[02-④] 이별의 슬픔이 잦아든 상태

5연 그런데 오, 내 안으로 들어오는 배여

아무 소리 없이 밀려들어오는 배여
[02-⑤] 이별한 상대에 대한 그리움을 느낌.

(나) 허수경, 「혼자 가는 먼 집」

EBS 연결 고리
비연계

교과서 연계 정보
작가 문학 천재(김)

해제 이 작품은 사랑의 기억과 이별의 고통을 지니고 있어도 계속해서 삶을 살아가야 함을 노래하고 있다. 화자는 사랑의 기억과 사랑하는 이에 대한 깊은 그리움을 표현한다. 이 시에서 '킥킥거리며' 웃는 웃음은 '당신'에 대한 그리움과 '당신'의 부재로 인한 아픔을 함축한다. '한 슬픔이 문을 닫으면 또 한 슬픔이 문을 여는 것'이라는 표현과 같이 화자에게는 사랑을 떠나보낸 아픔뿐만 아니라 남겨진 삶 자체가 상처이다. 그러나 화자는 '당신'을 향한 마음을 '끝내 버릴 수 없는, 무를 수도 없는 참혹'이라고 표현하며 슬프지만 남은 삶을 살아 내려고 한다. 이 작품에 나타나 있는 끊어질 듯 이어지는 서술, 시어의 반복, 말줄임표와 쉼표의 사용 등은 사랑의 기억과 함께 상실의 고통을 안고 살아가야 하는 화자의 복합적인 내면을 효과적으로 드러낸다.

주제 사랑의 기억으로 인한 고통과 위안을 얻고자 하는 마음

짜임

1	'당신'을 부르며 느끼는 슬픔과 상처
2	'당신'과의 이별로 인한 슬픔과 고통
3	'당신'을 향한 사랑과 참혹한 마음

[01-③] 특정 구절을 반복, 변주함.
1 당신……, 당신이라는 말 참 좋지요, 그래서 불러봅니다 킥킥거리
[01-④] '당신'을 부르는 행위를 중심으로 화자와 '당신'의 관계를 드러냄.
며 한때 적요로움의 울음이 있었던 때, 한 슬픔이 문을 닫으면 또 한 슬픔
[03-①] 화자와 당신의 기억이 담긴 시간
이 문을 여는 것을 이만큼 살아옴의 **상처에 기대, 나 킥킥……, 당신을 부**
[04-①, ②] 사랑과 슬픔이 내재된 웃음, 사랑의 기억을 떠올림.
릅니다 2 단풍의 손바닥, 은행의 두 갈래 그리고 합침 저 개망초의
[01-②] 자연물을 활용함.
시름, 밟힌 풀의 흙으로 돌아감 당신……, **킥킥거리며 세월에 대해 혹은**
[03-③] '당신'의 부재 → 화자의 눈앞에 없음.
사랑과 상처, 상처의 몸이 나에게 기대와 저를 부빌 때 당신……, 그대라
[03-⑤] [04-③] '당신'으로 인해 사랑과 슬픔을 경험함. 감정이 뒤섞인 화자의 내면
는 자연의 달과 별……, 킥킥거리며 당신이라고……, 금방 울 것 같은 사

내의 아름다움 그 아름다움에 기대 **마음의 무덤**에 나 벌초하러 진설 음식
[04-④] 상실의 고통을 안고 살아야 하는 화자의 내면을 비유함.
도 없이 맨 술 한 병 차고 병자처럼, 그러나 ⓐ치병*과 환후*는 각각 따
[03-②] 병자: 사랑의 상처와 고통 [05-①] 치병의 노력으로도 환후(이별의 아픔)이 사라지지 않음.
로인 것을 3 킥킥 당신 **이쁜 당신……, 당신이라는 말 참 좋지요,**
[04-⑤] '당신'에 대한 사랑의 감정
내가 아니라서 끝내 버릴 수 없는, 무를 수도 없는 참혹……, 그러나 킥킥
[03-④] 숙명적인 존재로서의 '당신'
당신

*치병: 병을 다스림.
*환후: 병을 정중하게 이르는 말.

(다) 이광호, 「이제 되도록 편지 안 드리겠습니다」

EBS 연결 고리
비연계

해제 이 작품은 편지를 통해 전달되는 내용과 감정, 편지의 본질을 탐구하는 수필이다. 글쓴이는 사랑의 편지를 비롯한 모든 글쓰기가 결국엔 '처음에 품었던 소소한 의도'를 배반한다고 말하는데, 이는 '통제할 수 없는 익명의 욕구'가 글쓰기의 '현실적인 목표'를 잊게 만들기 때문이다. 즉, 사랑의 편지는 상대에 대한 열망으로 시작되지만, 결국엔 편지 쓰는 이를 이상화하는 글이 되고 만다. '들끓는 고백의 언어'로 가득 찬 사랑의 편지는 '그녀'가 '편지 속의 그'를 사랑하게 만들고, 편지를 쓰는 '그'도 '편지 속의 그'에게 빠져들게 된다. 그러나 '편지 속의 그'와 실제 '그' 사이의 괴리에서 오는 부끄러움으로 인해 이러한 자기 고백은 지속될 수 없게 된다. 작품의 제목인 '이제 되도록 편지 안 드리겠습니다'는 진실된 소통을 추구하고자 하는 의지의 표현으로 볼 수 있다.

주제 사랑의 편지와 이를 통해 알 수 있는 글쓰기의 본질

짜임

처음	사랑하는 사람에게 보내는 편지의 본질과 한계
중간	자기 고백으로 이상화되는 편지 속 그의 모습
끝	편지 속 이상화된 그와 실제 자신 간의 괴리로 인한 부끄러움

처음 그녀에게 편지를 쓰는 것이 자신의 존재를 증명하던 시절이 있었
[01-④] '편지'를 쓰는 행위를 중심으로 '그'와 '그녀'의 관계를 드러냄
다. 사랑하는 사람에게 보내는 편지만큼 표현의 욕구로 흘러넘치는 것도 없다. 무언가를 표현하지 않고는 견딜 수 없는 시간들이 편지를 쓰게 한다. **그**는 그녀에게 자신의 사랑이 얼마나 어렵고 진정하며 운명적인가를 설명하고 싶었다. 편지는 사람을 설득하거나 매혹시키는 방편이 될지도 모른다. 그러나 모든 사랑의 편지는 마지막 순간, **도구적**이지 못하다. 세상의 모든 글쓰기가 최후의 순간에는 **처음에 품었던 소소한 의도**를 배반하는 것처럼, 그 **통제할 수 없는 익명의 욕구**가 그 편지의 **현실적인 목표**를 잊어버리게 만들기 때문이다. 그런 이유로, 모든 사랑의 편지에는 **아무**
[06-①, ②] 익명의 욕구로 인해 사랑을 표현하려는 편지의 목적(현실적인 목표)을 달성하지 못함.
전언도 들어 있지 않다.

중간 거기에는 결정적인 정보나 주장이 들어 있지 않다. 다만 내 고백을 누군가가 들어준다는 충만한 느낌, 희미한 불빛 아래서 스스로 옷을 벗어야 할 때처럼, 주체할 수 없는 부끄러움 따위. 고백이란 결국 **2인칭을**
[06-③] 편지가 도구적 기능을 하지 못하고 자기 고백에 그치게 됨.
경유하여 1인칭으로 돌아온다. 그의 들끓는 고백의 언어들은 고스란히 자신에게 돌아왔다. 한동안 그는, 사랑하는 ○○에게로 시작되는 편지를 자주 썼다. 그녀는 그의 편지를 사랑했다. 정확하게 말하면 **'편지 속의 그'**
[01-③] 특정 구절을 변주함.
를 그녀는 사랑했다. 편지 속에는 그가 찾아낸 자신의 **또 다른 영혼**이 있
[06-④] '편지 속 그' = 이상화된 편지 속 그의 모습 = 또 다른 영혼 → 그녀가 사랑한 상대
었다. 또 다른 영혼의 '그'는 순수한 열정과 끝 모를 동경과 깊은 이해심을 가진 존재였다. 그도 역시 그녀처럼 자신의 편지 속 1인칭 화자에게 깊이 매료되었다. 하지만 너무 뻔해서 가혹했던 지리멸렬한 시간들 속에서 그는 편지 속의 1인칭 주체를 잊어버렸다.

끝 편지조차 쓸 수 없는 시간들이 무심하게 지나가고, 다시 편지를 쓰고 싶었을 때, 그는 이미 '편지 속의 그'가 되지 못한다는 것을 알았다. 그는 '편지 속의 그'를 연기하는 것이 부끄러웠고, **자신의 비루함을 뼛속**
[06-⑤] 편지 속 이상화된 자신과 실제 자신 간의 간극 → 부끄러움을 느끼게 함
깊이 실감했다. 그는 '사랑하는 ○○에게'라는 편지를 쓰고 싶어 하는 자신 속의 어떤 늙지 않는 영혼을, 그 순수한 인격을 외면하고 싶었다. ⓑ누군가가 듣기를 바라는 모든 고백이란, 위선이 아니면 위악이다.
[05-③, ④, ⑤] 상대가 존재하는 모든 고백은 위선 또는 위악임.

01 표현상 특징 파악 답 ④

선지별 선택 비율	①	②	③	④	⑤
화작	2%	2%	4%	89%	1%
언매	1%	0%	2%	95%	0%

(가)~(다)의 공통점으로 가장 적절한 것은?

정답 띵! 동!
→ (가)는 '배'를 미는 행위, (나)는 '당신'을 부르는 행위, (다)는 '그녀'에게 사랑의 편지를 쓰는 행위

④ 특정한 행위를 중심으로 행위 주체와 대상의 관계를 드러낸다.
→ (가)는 화자와 '배', (나)는 화자와 '당신', (다)는 '그'와 '그녀', '편지 속의 그'의 관계를 드러냄

| (가) - 〈1연〉 배를 민다 / 배를 밀어보는 것은 아주 드문 경험 ~ 온몸이 아주 추락하지 않을 순간의 한 허공에서 / 밀던 힘을 한껏 더해 밀어주고는 / 아슬아슬히 배에서 떨어진 손, 순간 환해진 손을 / 허공으로부터 거둔다

| (나) - 〈1〉 당신……, 당신이라는 말 참 좋지요, 그래서 불러봅니다 ~ 당신을 부릅니다

| (다) - 〈처음〉 그녀에게 편지를 쓰는 것이 자신의 존재를 증명하던 시절이 있었다. 사랑하는 사람에게 보내는 편지만큼 표현의 욕구로 흘러넘치는 것도 없다.

| (다) - 〈중간〉 편지조차 쓸 수 없는 시간들이 무심하게 지나가고, 다시 편지를 쓰고 싶었을 때, 그는 이미 '편지 속의 그'가 되지 못한다는 것을 알았다.

| 뭔말?

- (가)는 '배'를 미는 행위를 통해 화자와 사랑하는 이를 상징하는 '배'의 관계를 드러냄.
- (나)는 '당신'을 부르는 행위를 통해 화자와 '당신'의 관계를 드러냄.
- (다)는 '편지'를 쓰는 행위를 통해 '그'와 '그녀' 또는 이상화된 '그'의 모습인 '편지 속의 그'와의 관계를 드러냄.

오답 땡!

① ~~하강적 이미지를 활용하여~~ ~~시간의 흐름을 보여 준다.~~
→ (다) X → (가), (다) X

| (가) - 〈1연〉 배를 밀어넣고는 / 온몸이 아주 추락하지 않을 순간의 한 허공에서 / 밀던 힘을 한껏 더해 밀어주고는

| (나) - 〈2〉 단풍의 손바닥, 은행의 두 갈래 그리고 합침 저 개망초의 시름, 밟힌 풀의 흙으로 돌아감 당신……

| 뭔말?

- (가)에서 '온몸이 아주 추락하지 않을 순간의 허공'을 하강적 이미지로 볼 여지가 있으나, 시간의 흐름을 드러낸다고 보기 어려움.
- (나)에서 '단풍', '은행' 등을 가을의 조락(초목의 잎 따위가 시들어 떨어짐.)과 연관 지어 보면 하강적 이미지로 볼 여지가 있음.
- (다)는 하강적 이미지를 활용하여 시간의 흐름을 보여 주지 않음.

→ (가), (나)에 자연물 O, (다)는 자연물 X

② 자연물에 ~~빗대어 부정적 현실의 극복 가능성을 암시~~한다.

→ (가), (나), (다) 모두 X

| (가) – 〈1연〉 희번덕이는 잔잔한 가을 바닷물 위에 / 배를 밀어넣고는

| (나) – 〈2〉 단풍의 손바닥, 은행의 두 갈래 그리고 합침 저 개망초의 시름, 밟힌 풀의 흙으로 돌아감 ~ 그대라는 자연의 달과 별

| 뭔말?

· (가)에서는 '가을 바닷물', (나)에서는 '단풍', '은행', '개망초', '풀', '흙', '달', '별' 등의 자연물을 활용하고 있으나, 이에 빗대어 부정적 현실의 극복 가능성을 암시하고 있지 않음.

· (다)에는 자연물이 나타나 있지 않으며, 부정적 현실의 극복 가능성도 암시하고 있지 않음.

③ 동일한 구절의 반복과 변주를 통해 ~~상황의 반전을 표현한다~~.

→ (가), (나), (다) 모두 O　　→ (가), (나), (다) 모두 X

| (가) – 〈1연〉 배를 민다 / 배를 밀어보는 것은 아주 드문 경험 / 희번덕이는 잔잔한 가을 바닷물 위에 / 배를 밀어넣고는

| (가) – 〈2연〉 사랑은 참 부드럽게도 떠나지 / 뵈지도 않는 길을 부드럽게도

| (나) – 〈1연〉 당신……, 당신이라는 말 참 좋지요, 그래서 불러봅니다 킥킥거리며 ~ 이만큼 살아옴의 상처에 기대, 나 킥킥……, 당신을 부릅니다

| (다) – 〈중간〉 한동안 그는, 사랑하는 ○○에게로 시작되는 편지를 자주 썼다. 그녀는 그의 편지를 사랑했다. 정확하게 말하면 '편지 속의 그'를 그녀는 사랑했다. 편지 속에는 그가 찾아낸 자신의 또 다른 영혼이 있었다.

| 뭔말?

· (가)에는 '배를 민다'의 변주와 '부드럽게도'의 반복이 나타나지만, 이를 통해 상황의 반전을 표현하고 있지 않음.

· (나)에는 '당신', '킥킥거리며' 등의 반복과 변주가 나타나지만, 이를 통해 상황의 반전을 표현하고 있지 않음.

· (다)에는 '그녀는 그의 편지를 사랑했다'라는 구절의 변주가 나타나고 '편지 속의 그'를 '또 다른 영혼'으로 변주했지만, 이를 통해 상황의 반전을 표현하고 있지 않음.

⑤ ~~공간의 이동~~에 따라 내용을 전개하여 ~~역동적 분위기를 강화~~한다.

→ (가), (나), (다) 모두 X　　→ (가), (나), (다) 모두 X

| 뭔말?

· (가), (나), (다) 모두 공간의 이동이 나타나지 않고, 역동적 분위기도 강화되지 않음.

02 작품의 내용 이해　　답 ⑤

선지별 선택 비율	①	②	③	④	⑤
화작	1%	3%	2%	4%	87%
언매	0%	1%	1%	1%	94%

(가)에 대한 이해로 적절하지 않은 것은?

정답 띵! 동!

⑤ '밀려들어' 온 '배'는 '아무 소리 없이' 다시 돌아온 배라는 점에서, ~~대상과의 재회가 예상대로 이루어짐~~을 드러낸다.

→ 이별 후 그리움을 느낌.

→ 대상과의 재회를 예상 X

| (가) – 〈1~2연〉 배를 민다 ~ 사랑은 참 부드럽게도 떠나지 / 뵈지도 않는 길을 부드럽게도

| (가) – 〈3연〉 배를 한껏 세게 밀어내듯이 슬픔도 / 그렇게 밀어내는 것이지

| (가) – 〈5연〉 그런데 오, 내 안으로 들어오는 배여 / 아무 소리 없이 밀려들어오는 배여

| 뭔말?

· (가)의 화자는 '배'를 밀듯이 사랑을 떠나보내고 슬픔도 밀어내려 함.

· (가)의 5연에서 '아무 소리 없이' '내 안으로 들어오는 배'는 이별 후에 예상치 못하게 그리움을 느끼는 상황을 나타냄.

· 따라서 (가)의 화자가 대상과의 재회를 예상하거나 재회했다고 볼 수 없음.

오답 땡!

① '아주 추락하지 않을 순간'에 '배'를 밀던 '손'이 '아슬아슬히 배에서 떨어진'다는 것은 이별의 정서적 긴장감을 드러낸다.

| (가) – 〈1연〉 배를 밀어넣고는 / 온몸이 아주 추락하지 않을 순간의 한 허공에서 / 밀던 힘을 한껏 더해 밀어주고는 / 아슬아슬히 배에서 떨어진 손, 순간 환해진 손을 / 허공으로부터 거둔다

| 뭔말?

· (가)에서 '배'를 미는 것은 이별의 상황을 나타냄.

· (가)의 1연에서 '아주 추락하지 않을 순간', '아슬아슬히 배에서 떨어진 손'은 이별하는 순간의 정서적 긴장감을 표현한 것으로 볼 수 있음.

② '뵈지도 않는 길'은 '사랑'이 '떠나'는 길이라는 점에서, 이별의 막막한 상황을 공간의 형상으로 드러낸다.

| (가) – 〈2연〉 사랑은 참 부드럽게도 떠나지 / 뵈지도 않는 길을 부드럽게도

| 뭔말?

· (가)에서 '배'는 사랑 또는 사랑하는 이를 의미함.

· (가)의 2연에서 '배'가 '뵈지도 않는 길'을 떠난다는 것은 이별의 막막한 상황을 공간의 형상을 통해 드러낸 것으로 볼 수 있음.

③ '슬픔'을 '밀어내는 것'을 '배'를 밀듯 '한껏 세게 밀어'낸다고 한 것은 이별의 아픔을 떨쳐 내려는 화자의 태도를 드러낸다.

| (가) – 〈3연〉 배를 한껏 세게 밀어내듯이 슬픔도 / 그렇게 밀어내는 것이지

| 뭔말?

· (가)에서 '배'를 미는 것은 이별의 상황을 나타내므로, '슬픔'도 함께 밀어내는 것은 이별의 아픔을 떨쳐 내려는 화자의 태도를 드러낸다고 볼 수 있음.

→ 이별의 슬픔과 상처

④ '배가 나가'며 생긴 '흉터'가 '잠시 머물다 가라앉'는다는 것은 이별의 슬픔이 잦아든 상태에 있음을 드러낸다.

| (가) – 〈4연〉 배가 나가고 남은 빈 물 위의 흉터 / 잠시 머물다 가라앉고

| 뭔말?

· (가)의 '배가 나가고 남은 빈 물 위의 흉터'는 이별의 슬픔과 상처를 의미하므로, 이것이 '잠시 머물다 가라앉'는다는 것은 이별의 슬픔이 잦아든 화자의 상태를 드러낸다고 볼 수 있음.

03 시어의 의미와 기능 파악　　답 ②

선지별 선택 비율	①	②	③	④	⑤
화작	3%	83%	5%	5%	2%
언매	2%	90%	2%	3%	1%

(나)의 '당신'에 대한 설명으로 적절하지 않은 것은?

정답 띵!동!

② ~~화자의 내면에 살고 있는 '병자'로서~~ 연민의 대상이다.
└→ '병자'는 화자의 내면 속 사랑의 상처와 고통. '당신'을 가리키는 시어 X

| (나) - ⟨2⟩ 금방 울 것 같은 사내의 아름다움 그 아름다움에 기대 마음의 무덤에 나 벌초하러 진설 음식도 없이 맨 술 한 병 차고 병자처럼

| 뭔말?

· (나)에서 '마음의 무덤'은 '당신'의 부재로 인해 화자 내면에 존재하는 사랑의 상처와 고통을 의미하며, '나'가 '병자처럼' '마음의 무덤'을 간다고 하였음.

· 따라서 '병자'는 '당신'의 부재로 인한 사랑의 상처와 고통을 느끼는 화자 자신을 가리키는 표현이며, 이를 '당신'에 대한 설명으로 볼 수 없음.

오답 땡!

① 화자와 '한때'의 기억을 잇는 매개적 존재이다.

| (나) - ⟨1⟩ 한때 적요로움의 울음이 있었던 때, 한 슬픔이 문을 닫으면 또 한 슬픔이 문을 여는 것을 이만큼 살아옴의 상처에 기대, 나 킥킥……, 당신을 부릅니다

| 뭔말?

· (나)의 화자는 '한때 적요로움의 울음이었던 때'의 기억을 바탕으로 '당신'을 부름.

· 따라서 '당신'은 화자와 '한때'의 기억을 잇는 매개적 존재로 볼 수 있음.

③ 화자의 눈앞에 없지만 '부'름으로써 환기되는 대상이다.
└→ '당신'의 부재

| (나) - ⟨1⟩ 한때 적요로움의 울음이 있었던 때, 한 슬픔이 문을 닫으면 또 한 슬픔이 문을 여는 것을 이만큼 살아옴의 상처에 기대, 나 킥킥……, 당신을 부릅니다

| 뭔말?

· (나)에서 '이만큼 살아옴의 상처'는 당신의 부재로 인한 사랑의 아픔과 고통을 의미한다고 볼 수 있음.

· 따라서 '당신'은 화자의 눈앞에 없지만 '부'름을 통해 환기되는 대상이 맞음.

④ 화자가 '버릴 수 없'고 '무를 수도 없는' 숙명적 존재이다.

| (나) - ⟨3⟩ 킥킥 당신 이쁜 당신……, 당신이라는 말 참 좋지요, 내가 아니라서 끝내 버릴 수 없는, 무를 수도 없는 참혹……, 그러나 킥킥 당신

| 뭔말?

· (나)에서 '당신'은 사랑의 아픔과 고통을 느끼게 하지만, '내가 아니라서 끝내 버릴 수 없는, 무를 수도 없는' 숙명적인 대상으로 볼 수 있음.

⑤ 화자에게 '사랑'과 '슬픔'을 경험하게 하는 이중적 존재이다.

| (나) - ⟨1⟩ 한 슬픔이 문을 닫으면 또 한 슬픔이 문을 여는 것을 이만큼 살아옴의 상처에 기대, 나 킥킥……, 당신을 부릅니다

| (나) - ⟨2⟩ 킥킥거리며 세월에 대해 혹은 사랑과 상처, 상처의 몸이 나에게 기대와 저를 부빌 때 당신 ~ 금방 울 것 같은 사내의 아름다움 그 아름다움에 기대 마음의 무덤에 나 벌초하러 진설 음식도 없이 맨 술 한 병 차고 병자처럼

| 뭔말?

· (나)에서 '슬픔', '상처'는 '당신'으로 인한 사랑의 슬픔을, '사랑', '아름다움'은 '당신'을 향한 화자의 사랑을 의미하므로, '당신'은 '사랑'과 '슬픔'을 모두 경험하게 하는 이중적 존재로 볼 수 있음.

04 외적 준거에 따른 작품 감상 답 ②

선지별 선택 비율	①	②	③	④	⑤
화작	2%	84%	4%	4%	4%
언매	1%	92%	1%	2%	1%

⟨보기⟩를 참고하여 (나)를 감상한 내용으로 적절하지 않은 것은? [3점]

보기

시는 표현하고자 하는 바를 어떤 심적 상태에 놓인 화자의 발화로써 형상화한다. (나)에 나타나 있는 독특한 발화 방식, 즉 끊어질 듯 이어지는 서술, 어휘의 반복적 출현, 맥락이 없어 보이는 구절들의 배열, 수시로 등장하는 말줄임표와 쉼표 등은 사랑의 기억을 떠올리거나 상처를 치유하지 못한 화자의 내면을 드러내는 시적 장치들이다. 이러한 장치들은 사랑의 기억과 함께 상실의 고통을 안고 남은 생을 살아 내야 하는 화자의 복합적인 내면을 생생하게 그려 내는 역할을 한다.

정답 띵!동!

② '상처에 기대, 나 킥킥……, 당신을 부릅니다'는 말줄임표와 쉼표를 사용한 서술로서, 상실의 고통으로 인하여 ~~사랑의 기억이 희미해지는~~ 화자의 심적 상태를 보여 주는 표현이겠군.
└→ 사랑의 상처를 치유하지 못한

| ⟨보기⟩ 수시로 등장하는 말줄임표와 쉼표 등은 사랑의 기억을 떠올리거나 상처를 치유하지 못한 화자의 내면을 드러내는 시적 장치들이다.

| (나) - ⟨1⟩ 한때 적요로움의 울음이 있었던 때, 한 슬픔이 문을 닫으면 또 한 슬픔이 문을 여는 것을 이만큼 살아옴의 상처에 기대, 나 킥킥……, 당신을 부릅니다

| 뭔말?

· (나)의 '상처에 기대, 나 킥킥……, 당신을 부릅니다.'에서 쉼표와 말줄임표를 활용한 서술이 드러남.

· 화자는 '상처에 기대'어 '당신'을 부르고 있으므로, 사랑의 상처와 고통을 느끼고 있다고 볼 수 있음.

· ⟨보기⟩에 따르면 말줄임표와 쉼표는 사랑의 기억을 떠올리거나 상처를 치유하지 못한 화자의 내면을 드러내는 시적 장치들임.

· 따라서 '상처에 기대, 나 킥킥……, 당신을 부릅니다'는 사랑의 기억이 희미해지는 화자의 심적 상태를 보여 준다고 할 수 없음.

오답 땡!

① '킥킥'은 반복적으로 출현하는 웃음의 의성어로서, 사랑과 슬픔이 내재된 화자의 복합적인 정서를 생생하게 드러내는 표현이겠군.

| ⟨보기⟩ 어휘의 반복적 출현 ~ 등은 사랑의 기억을 떠올리거나 상처를 치유하지 못한 화자의 내면을 드러내는 시적 장치들이다. 이러한 장치들은 사랑의 기억과 함께 상실의 고통을 안고 남은 생을 살아 내야 하는 화자의 복합적인 내면을 생생하게 그려 내는 역할을 한다.

| (나) - ⟨1⟩ 킥킥거리며 한때 적요로움의 울음이 있었던 때, 한 슬픔이 문을 닫으면 또 한 슬픔이 문을 여는 것을 이만큼 살아옴의 상처에 기대, 나 **킥킥**……, 당신을 부릅니다

| (나) - ⟨3⟩ 킥킥 당신 이쁜 당신……, 당신이라는 말 참 좋지요, 내가 아니라서 끝내 버릴 수 없는, 무를 수도 없는 참혹……, 그러나 킥킥 당신

| 뭔말?

· (나)에서 반복적으로 나타나는 '킥킥'은 웃음의 의성어(사람이나 사물의 소리를 흉내 낸 말)임.

· (나)의 '킥킥'은 '한때 적요로움의 울음', '이만큼 살아옴의 상처', '이쁜 당신', '참혹' 등과 연관되어 사랑과 슬픔이 내재된 화자의 복합적인 정서를 생생하게 드러내는 표현으로 볼 수 있음.

③ **'킥킥거리며 세월에 대해 혹은 사랑과 상처,'는 맥락이 없어 보이는 표현들이 한데 이어진 서술로서, 감정들이 뒤섞인 화자의 내면을 보여 주는 표현이겠군.**

| 〈보기〉 맥락이 없어 보이는 구절들의 배열 ~ 등은 사랑의 기억을 떠올리거나 상처를 치유하지 못한 화자의 내면을 드러내는 시적 장치들이다. 이러한 장치들은 사랑의 기억과 함께 상실의 고통을 안고 남은 생을 살아 내야 하는 화자의 복합적인 내면을 생생하게 그려 내는 역할을 한다.

| (나) – 〈2〉 킥킥거리며 세월에 대해 혹은 사랑과 상처, 상처의 몸이 나에게 기대와 저를 부빌 때 당신……,

| 뭔말?

· (나)의 '킥킥거리며 세월에 대해 혹은 사랑과 상처'는 맥락이 없어 보이는 표현들이 이어진 서술임.

· 〈보기〉에서 맥락이 없어 보이는 구절들의 배열은 사랑의 기억과 함께 상실의 고통을 안고 살아가야 하는 화자의 복합적인 내면을 그려내는 역할을 한다고 함.

· 따라서 '킥킥거리며 세월에 대해 혹은 사랑과 상처'는 감정들이 뒤섞인 화자의 내면을 보여 주는 표현으로 볼 수 있음.

④ **'마음의 무덤'은 화자의 심적 상태를 형상화한 서술로서, 상실의 고통을 안고 생을 살아 내야 하는 화자의 내면을 비유한 표현이겠군.**

| 〈보기〉 (나)에 나타나 있는 독특한 발화 방식 ~ 등은 사랑의 기억을 떠올리거나 상처를 치유하지 못한 화자의 내면을 드러내는 시적 장치들이다. 이러한 장치들은 ~ 상실의 고통을 안고 남은 생을 살아 내야 하는 화자의 복합적인 내면을 생생하게 그려 내는 역할을 한다.

| (나) – 〈2〉 금방 울 것 같은 사내의 아름다움 그 아름다움에 기대 마음의 무덤에 나 벌초하러 진설 음식도 없이 맨 술 한 병 차고 병자처럼, 그러나 치병과 환후는 각각 따로인 것을

| 뭔말?

· (나)에서 화자는 '마음의 무덤에' '병자처럼' 간다고 하였는데, 이는 화자의 내면에 존재하는 사랑의 아픔과 고통을 형상화한 것으로 볼 수 있음.

· 〈보기〉에서는 (나)의 시적 장치들이 상실의 고통을 안고 남은 생을 살아 내야 하는 화자의 내면을 그려 내는 역할을 한다고 함.

· 따라서 '마음의 무덤'은 상실의 고통을 안고 생을 살아 내야 하는 화자의 내면을 비유한 표현이라고 볼 수 있음.

⑤ **'이쁜 당신……, 당신이라는 말 참 좋지요.'는 끊어질 듯 이어지는 서술로서, 대상에 대하여 사랑의 감정을 품고 있는 화자의 내면을 보여 주는 표현이겠군.**

| 〈보기〉 끊어질 듯 이어지는 서술 ~ 등은 사랑의 기억을 떠올리거나 상처를 치유하지 못한 화자의 내면을 드러내는 시적 장치들이다.

| (나) – 〈3〉 킥킥 당신 이쁜 당신……, 당신이라는 말 참 좋지요, 내가 아니라서 끝내 버릴 수 없는, 무를 수도 없는 참혹……, 그러나 킥킥 당신

| 뭔말?

· (나)의 '이쁜 당신……, 당신이라는 말 참 좋지요.'에서 끊어질 듯 이어지는 서술을 확인할 수 있으며, '이쁜 당신'이라는 표현에서 '당신'을 향한 사랑의 감정을 짐작할 수 있음.

· 〈보기〉에서 (나)의 끊어질 듯 이어지는 서술은 사랑의 기억을 떠올리는, 화자의 내면을 드러내는 시적 장치라고 함.

· 따라서 '이쁜 당신……, 당신이라는 말 참 좋지요.'는 대상에 대해 사랑의 감정을 품고 있는 화자의 내면을 보여 주는 표현이라고 볼 수 있음.

05 작품의 맥락 이해 답 ①

선지별 선택 비율	①	②	③	④	⑤
화작	65%	4%	8%	7%	14%
언매	75%	2%	5%	4%	11%

ⓐ, ⓑ에 대한 이해로 가장 적절한 것은?

정답 띵!동!

① **ⓐ는 치병의 노력으로도 환후가 사라지는 것은 아니라는 화자의 인식을 말한다.**

| (나) – 〈2〉 금방 울 것 같은 사내의 아름다움 그 아름다움에 기대 마음의 무덤에 나 벌초하러 진설 음식도 없이 맨 술 한 병 차고 병자처럼, 그러나 ⓐ치병(→ 병을 다스림.)과 환후(→ 병을 정중하게 이르는 말)는 각각 따로인 것을

| 뭔말?

· (나)의 ⓐ는 '병을 다스림'과 '병'은 다른 것임을 표현한 것으로, 병을 다스리려는 치병의 노력은 할 수 있으나 그렇다고 환후(병) 자체가 낫는 것은 아니라는 의미임.

오답 땡!

② **ⓐ는 화자가 대상의 아름다움을 발견함으로써 ~~자신의 환후를 의식하지 않게 되었음을 말한다~~.**
└→ 화자는 사랑의 아픔을 계속 느낌.

| (나) – 〈2〉 금방 울 것 같은 사내의 아름다움 그 아름다움에 기대 마음의 무덤에 나 벌초하러 진설 음식도 없이 맨 술 한 병 차고 병자처럼, 그러나 ⓐ치병(→ 병을 다스림.)과 환후(→ 병을 정중하게 이르는 말)는 각각 따로인 것을

| (나) – 〈3〉 이쁜 당신……, 당신이라는 말 참 좋지요, 내가 아니라서 끝내 버릴 수 없는, 무를 수도 없는 참혹……, 그러나 킥킥 당신

| 뭔말?

· (나)에서 '사내의 아름다움'이 환기되지만, 화자는 여전히 '병자처럼' '당신'을 떠올리며 '참혹'한 사랑의 슬픔과 상처를 느낌.

· 즉, 대상의 아름다움을 발견한다고 해서 자신의 '환후'를 의식하지 않게 되는 것은 아님.

③ **ⓑ는 사랑의 편지가 상대를 향한 표현일 때, 위선과 위악에서 ~~벗어날 수 있음~~을 말한다.**
└→ 위선과 위악에 해당함.

| (다) – 〈끝〉 그는 '편지 속의 그'를 연기하는 것이 부끄러웠고, 자신의 비루함을 뼛속 깊이 실감했다. 그는 '사랑하는 ○○에게'라는 편지를 쓰고 싶어 하는 자신 속의 어떤 늙지 않는 영혼을, 그 순수한 인격을 외면하고 싶었다. ⓑ 누군가가 듣기를 바라는 모든 고백이란, 위선이 아니면 위악이다.

| 뭔말?

· (다)에서 사랑하는 상대에게 편지를 쓰며 '편지 속의 그'를 연기하는 것은 부끄러운 일이라고 하였으며, ⓑ에서는 누군가가 듣기를 바라는 모든 고백은 위선과 위악이라고 함.

· 따라서 상대를 향한 표현이 담긴 사랑의 편지는 누군가가 듣기를 바라는 고백으로 볼 수 있으므로, 이는 위선과 위악에 해당함.

┌→ 이상화된 자신

④ ⓑ는 더 나은 자신을 드러내려는 욕망이야말로 ~~상대를 매혹하는 진정한 요인임~~을 말한다.

└→ 상대를 매혹하는 진정한 요인 X → 아무 전언도 없는 글이 됨.

| (다) - 〈처음〉 통제할 수 없는 익명의 욕구가 그 편지의 현실적인 목표를 잊어버리게 만들기 때문이다. 그런 이유로, 모든 사랑의 편지에는 아무 전언(→ 전하는 말)도 들어 있지 않다.

| (다) - 〈중간〉 그녀는 그의 편지를 사랑했다. 정확하게 말하면 '편지 속의 그'를 그녀는 사랑했다.

| (다) - 〈끝〉 ⓑ누군가가 듣기를 바라는 모든 고백이란, 위선이 아니면 위악이다.

| 뭔말?

· (다)에서 사랑의 편지에는 '아무 전언'도 들어 있지 않으며, 그녀는 실제 '그'가 아닌 이상화된 '편지 속의 그'를 사랑하게 된다고 함.

· 따라서 더 나은 자신을 드러내려는 욕망은 상대를 매혹하는 진정한 요인이 될 수 없음.

⑤ ⓐ와 ⓑ는 모두, 아픔을 겪는 이나 고백을 하는 이가 ~~그 아픔이나 고백의 실체를 지각하지 못함~~을 말한다.

└→ ⓐ X, ⓑ X

| (나) - 〈2〉 금방 울 것 같은 사내의 아름다움 그 아름다움에 기대 마음의 무덤에나 벌초하러 진설 음식도 없이 맨 술 한 병 차고 병자처럼, 그러나 ⓐ치병(→ 병을 다스림.)과 환후(→ 병을 정중하게 이르는 말)는 각각 따로인 것을

| (다) - 〈끝〉 그는 '편지 속의 그'를 연기하는 것이 부끄러웠고, 자신의 비루함을 뼛속 깊이 실감했다. 그는 '사랑하는 ○○에게'라는 편지를 쓰고 싶어 하는 자신 속의 어떤 늙지 않는 영혼을, 그 순수한 인격을 외면하고 싶었다. ⓑ누군가가 듣기를 바라는 모든 고백이란, 위선이 아니면 위악이다.

| 뭔말?

· (나)의 ⓐ는 병을 다스리려는 노력은 할 수 있으나 그렇다고 병 자체가 낫는 것은 아니라는 의미임. 또한 아픔을 겪는 화자가 '치병(병을 다스림.)'에 대해 언급한 것으로 보아, 그 병이 대상의 부재에서 비롯된 사랑의 아픔과 상처라는 것을 알고 있다고 볼 수 있음.

· (다)의 ⓑ에서 누군가가 듣기를 바라는 고백은 위선 아니면 위악이라고 하였는데, 이는 고백을 하는 이가 이상화된 자신을 내세운 편지를 쓰며 부끄러움을 느꼈음을 표현한 것임. 고백의 실체를 지각하지 못한다고 볼 수 없음.

06 외적 준거에 따른 작품 감상 답 ①

선지별 선택 비율	①	②	③	④	⑤
화작	59%	13%	14%	8%	3%
언매	70%	10%	12%	4%	1%

〈보기〉를 바탕으로 (다)를 이해한 내용으로 적절하지 않은 것은?

보기

(다)에서 편지는 받는 사람뿐만 아니라 쓰는 사람 자신을 향한 것이기도 하다. 상대에 대한 열망으로 사랑의 편지를 쓰지만 결국 그것은 자신을 표현하는 글이다. 자신을 이상화하려는 욕구에 빠져 있기에 편지는 '그녀'가 사랑할 만한 '그'로 채워진다. 사랑의 편지를 받은 '그녀'는 '편지 속의 그'를 사랑하고, 편지를 쓰는 '그'도 '편지 속의 그'에게 매료되어 있다. 그러나 이런 식의 자기 고백이 지속될 수 없는 까닭은 이 이상화된 '그'와 실제의 '그' 사이의 간극이 주는 부끄러움 때문이다.

정답 띵!동!

① '익명의 욕구'를 '통제할 수 없'다는 것은 ~~상대를 향한 '그'의 사랑이 운명적인 것이어서 사랑을 멈출 수 없음~~을 말하는군.

└→ 편지의 현실적인 목표를 잊어버리게 된다는 것

| 〈보기〉 자신을 이상화하려는 욕구에 빠져 있기에 편지는 '그녀'가 사랑할 만한 '그'로 채워진다.

| (다) - 〈처음〉 그는 그녀에게 자신의 사랑이 얼마나 어렵고 진정하며 운명적인가를 설명하고 싶었다. 편지는 사람을 설득하거나 매혹시키는 방편이 될지도 모른다. ~ 세상의 모든 글쓰기가 최후의 순간에는 처음에 품었던 소소한 의도를 배반하는 것처럼. 그 통제할 수 없는 익명의 욕구가 그 편지의 현실적인 목표를 잊어버리게 만들기 때문이다. 그런 이유로, 모든 사랑의 편지에는 아무 전언도 들어 있지 않다.

| 뭔말?

· (다)에서 '그'는 편지를 통해 자신의 사랑이 얼마나 어렵고 진정하며 운명적인가를 설명하고 싶었으나, '통제할 수 없는 익명의 욕구'에 따른 '편지'에는 '아무 전언도 들어 있지 않'게 됨.

· 〈보기〉에 따르면 사랑의 편지에는 자신을 이상화하려는 욕구가 담겨 있고, 편지 속의 이상화된 '그'는 실제의 '그'와 다르므로 의미가 없다는 것으로 이해할 수 있음.

· 따라서 '익명의 욕구'를 '통제할 수 없다'는 것은 사랑을 멈출 수 없다는 뜻이 아니라, 운명적 사랑이나 사랑의 진정성을 전달하는 현실적 목표를 잊어버린다는 의미임.

오답 땡!

② '아무 전언도 들어 있지 않다'는 것은 '처음에 품었던 소소한 의도'를 잊음으로써, 상대를 향한 글쓰기의 '현실적인 목표'가 실패로 돌아갔음을 말하는군.

| 〈보기〉 자신을 이상화하려는 욕구에 빠져 있기에 편지는 '그녀'가 사랑할 만한 '그'로 채워진다.

| (다) - 〈처음〉 세상의 모든 글쓰기가 최후의 순간에는 처음에 품었던 소소한 의도를 배반하는 것처럼. 그 통제할 수 없는 익명의 욕구가 그 편지의 현실적인 목표를 잊어버리게 만들기 때문이다. 그런 이유로, 모든 사랑의 편지에는 아무 전언도 들어 있지 않다.

| 뭔말?

· (다)에서 편지에 '아무 전언도 들어 있지 않다'고 한 것을 통해 '전언'은 '처음에 품었던 소소한 의도', '현실적인 목표'로 볼 수 있음.

· 그러나 '통제할 수 없는 익명의 욕구'로 인해 '현실적인 목표'가 실패로 돌아가고, 그 결과 '편지'에는 '아무 전언도 들어 있지 않'게 됨.

③ '2인칭을 경유하여 1인칭으로 돌아온다'는 것은 편지가 상대를 향한 '도구적' 기능을 하지 못하고 자기 고백에 그치게 됨을 말하는군.

| 〈보기〉 (다)에서 편지는 받는 사람뿐만 아니라 쓰는 사람 자신을 향한 것이기도 하다. 상대에 대한 열망으로 사랑의 편지를 쓰지만 결국 그것은 자신을 표현하는 글이다.

| (다) - 〈처음〉 모든 사랑의 편지는 마지막 순간, 도구적이지 못하다. 세상의 모든 글쓰기가 최후의 순간에는 처음에 품었던 소소한 의도를 배반하는 것처럼.

| (다) - 〈중간〉 고백이란 결국 2인칭을 경유하여 1인칭으로 돌아온다. 그의 들끓는 고백의 언어들은 고스란히 자신에게 돌아왔다.

| 뭔말?

· (다)에서는 편지가 '2인칭'인 '그녀'를 대상으로 쓰였으나, 결국 '1인칭'으로 돌아

오는 자기 고백에 그치게 된다고 말하고 있음.

· 이는 모든 사랑의 편지가 '도구적'이지 못하고 '최후의 순간에는 처음에 품었던 소소한 의도를 배반하는' 것과 관련됨.

· 즉, 처음에 사랑의 편지는 '그녀'를 대상으로 하여(2인칭) 자신의 사랑을 표현하는 의도로 쓰였을 것이나, 점차 처음의 의도를 잃게 되고 자기 고백적인 글(1인칭)에 그치게 됨을 나타낸 것임.

④ **"편지 속의 그'를 그녀는 사랑했다'는 것은 편지를 받은 그녀가 사랑한 상대는 편지 속의 '또 다른 영혼'임을 말하는군.**

| 〈보기〉 자신을 이상화하려는 욕구에 빠져 있기에 편지는 '그녀'가 사랑할 만한 '그'로 채워진다. 사랑의 편지를 받은 '그녀'는 '편지 속의 그'를 사랑하고, 편지를 쓰는 '그'도 '편지 속의 그'에게 매료되어 있다.

| (다) – 〈중간〉 그녀는 그의 편지를 사랑했다. 정확하게 말하면 '편지 속의 그'를 그녀는 사랑했다. 편지 속에는 그가 찾아낸 자신의 또 다른 영혼이 있었다.

| 뭔말?

· (다)에서 '편지 속의 그'는 자기 고백적 편지 속에서 이상화된 '그'의 모습이며, 이는 '또 다른 영혼'을 의미함.

· 따라서 편지를 받은 '그녀'가 사랑한 상대는 실제 '그'가 아닌 '편지 속의 그'이자 '또 다른 영혼'임.

⑤ **'자신의 비루함을 뼛속 깊이 실감했다'는 것은 실제 자신과 이상화된 자신 사이의 간극을 자각한 '그'가 부끄러움에 빠져 있음을 말하는군.**

| 〈보기〉 이런 식의 자기 고백이 지속될 수 없는 까닭은 이 이상화된 '그'와 실제의 '그' 사이의 간극이 주는 부끄러움 때문이다.

| (다) – 〈중간〉 편지 속에는 그가 찾아낸 자신의 또 다른 영혼이 있었다. 또 다른 영혼의 '그'는 순수한 열정과 끝 모를 동경과 깊은 이해심을 가진 존재였다.

| (다) – 〈끝〉 그는 이미 '편지 속의 그'가 되지 못한다는 것을 알았다. 그는 '편지 속의 그'를 연기하는 것이 부끄러웠고, 자신의 비루함을 뼛속 깊이 실감했다.

| 뭔말?

· (다)에서 '편지 속의 그'는 '순수한 열정과 끝 모를 동경과 깊은 이해심을 가진 존재'로 이상화된 '그'의 모습임.

· (다)에서 '그'는 '편지 속의 그'를 연기하는 것이 부끄럽다고 했는데, 이는 실제로 자신이 '편지 속의 그'가 되지 못한다는 것을 깨달았기 때문임.

· 따라서 '자신의 비루함을 뼛속 깊이 실감했다'는 것은 실제 자신과 이상화된 자신 사이의 간극을 자각한 '그'의 부끄러움을 나타낸 것으로 볼 수 있음.

▸ 본문 023쪽

갈래 복합 02

2025학년도 9월 모의평가

01 ③	02 ①	03 ④
04 ④	05 ⑤	06 ③

(가) 백석, 「북방에서 – 정현웅에게」

EBS 연결 고리

2025학년도 수능특강 문학 101쪽

교과서 연계 정보

작가 국어 미래엔, 비상(박영), 창비, 해냄

문학 금성, 동아, 미래엔, 비상, 좋은책, 지학, 천재(김), 천재(정), 창비, 해냄

해제 이 작품은 작가가 친구에게 보내는 편지의 성격을 띤 시로, '나'가 북방을 떠났다가 다시 북방으로 회귀하는 구조로 시상이 전개된다. 이때, '나'는 일제 강점기의 현실 속에서 유민으로 살아가는 우리 민족, 또는 우리 민족사를 비유하는 것으로 볼 수 있다. 그리고 북방은 과거 우리 민족의 영화가 있던 공간이며, 우리 민족사를 아우르는 역사적 공간으로서의 의미를 내포한다. 북방을 떠나온 '나'는 현실의 슬픔과 시름에 쫓겨 다시 북방으로 돌아가는데, 그곳은 이제 과거의 영화가 사라지고 아무런 자랑도 힘도 없는 곳으로 남아, 화자는 상실감과 절망감을 느낀다.

주제 ① 우리 민족의 역사에 대한 성찰과 부끄러움
② 일제 강점기 현실에서 느끼는 상실감

짜임

1연	아득한 옛날 북방의 터전을 떠나온 '나'
2연	'나'가 떠나는 것을 아쉬워하는 북방의 자연과 민족들
3연	먼 앞대에서 편안하지만 부끄럽게 살게 된 '나'
4연	슬픔과 시름을 피해 북방으로 돌아온 '나'
5연	과거의 영화가 사라진 허무한 모습의 북방
6연	자랑과 힘이 사라진 '나'의 현실

1연 아득한 옛날에 나는 떠났다
[01-②] 우리 민족이 북방을 떠나온 역사적 상황 암시
㉠ 부여를 숙신을 발해를 여진을 요를 금을
[03-①] 과거 북방에 있던 민족과 나라 열거
흥안령을 음산을 아무우르를 숭가리를
[03-①] 북방에 있는 지명 열거
범과 사슴과 너구리를 배반하고

송어와 메기와 개구리를 속이고 나는 떠났다

2연 나는 그때

㉡ 자작나무와 이깔나무의 슬퍼하던 것을 기억한다
[03-②] 의인화. 북방을 떠나던 화자의 슬픔이 투영됨.
갈대와 장풍의 붙드던 말도 잊지 않았다

㉢ 오로촌이 멧돌을 잡아 나를 잔치해 보내던 것도
[03-③] 유사한 통사 구조로 이별 장면을 제시함.
쏠론이 십릿길을 따라 나와 울던 것도 잊지 않았다

3연 나는 그때

㉣ 아무 이기지 못할 슬픔도 시름도 없이
[01-②] [03-④] 북방을 떠나 한반도를 향해 남하하던 때의 상황 암시
다만 게을리 먼 앞대로 떠나 나왔다

그리하여 따사한 햇귀에서 하이얀 옷을 입고 매끄러운 밥을 먹고 단 샘을 마시고 낮잠을 잤다

밤에는 먼 개소리에 놀라나고

아침에는 지나가는 사람마다에게 절을 하면서도

나는 나의 부끄러움을 알지 못했다

4연 그동안 돌비는 깨어지고 많은 은금보화는 땅에 묻히고 가마귀도 긴 족보를 이루었는데

이리하여 또 한 아득한 새 옛날이 비롯하는 때

ⓜ이제는 참으로 이기지 못할 슬픔과 시름에 쫓겨
[01-②] [03-④] 일제 강점기 우리 민족이 생존을 위해 북방으로 쫓겨 간 역사적 상황 암시

나는 나의 옛 하늘로 땅으로 — 나의 태반으로 돌아왔으나
[02-①] 화자가 새로운 삶을 위해 돌아간 북방 → 화자의 기대가 좌절되는 상실의 공간

5연 이미 해는 늙고 달은 파리하고 바람은 미치고 보래구름만 혼자 넋없이 떠도는데

6연 ⓗ아, 나의 조상은 형제는 일가친척은 정다운 이웃은 그리운 것은 사랑하는 것은 우러르는 것은 나의 자랑은 나의 힘은 없다 바람과 물과 세월과 같이 지나가고 없다
[01-④] [03-⑤] 영탄법, 열거법 - 화자가 가깝게 여기며 가치를 부여했던 것들
[03-⑤] 부재 → 상실감
[01-③] 비유적 표현. 북방에서 기대했던 것들의 부재 → 상실감 유발

(나) 문태준, 「살얼음 아래 같은 데 2 – 생가」

EBS 연결 고리
비연계

교과서 연계 정보
작가 | 문학 미래엔, 좋은책, 천재(정)

1~2행 겨울 아침 언 길을 걸어

물가에 이르렀다

3~8행 나와 물고기 사이

창이 하나 생겼다

물고기네 지붕을 튼 ⓐ살얼음의 창
[05-⑤] 화자가 물속에 주목하게 되는 계기

투명한 창 아래

물고기네 방이 한눈에 훤했다

나의 생가 같았다
[01-③] [04-①] 비유적 표현. '물고기네 방'을 생가에 빗댐.

9~12행 **창으로 나를 보고**
[04-②] 행위 주체: 물고기

생가의 식구들이
[04-②] 물고기를 비유한 대상

나를 못 알아보고
[04-②] 물고기가 화자를 보고 놀라 도망침. → 화자가 관찰한 모습

사방 쪽방으로 흩어졌다

13~21행 **젖을 갓 뗀 어린것들**은
[04-③] 어린 물고기의 모습. 유년 시절 생가의 어린아이들과 대응됨.

찬 마루서 그냥저냥 **그네끼리 놀고**

어미들은
[04-④] 물속 돌 틈 사이로 숨어드는 물고기의 모습

물속 쌓인 돌과 돌 그 틈새로

그걸 깊은 데라고

그걸 가장 깊은 속이라고 떼로 들어가

나를 못 알아보고

무슨 **급한 궁리를 하**느라
[04-④] 물속 돌 틈에 숨어 있는 물고기의 모습을 의인화함.

그 비좁은 구석방에 빼곡히 서서

22~23행 **마음아, 너도 아직 이 생가에 살고 있는가**
[01-④] [04-⑤] 영탄법. 화자의 마음속에 유년의 기억이 자리 잡고 있음.

시린 물속 시린 물고기의 눈을 달고
[02-①] 촉각적 이미지를 활용해 생가를 떠올리며 느낀 서글픈 정서를 표현함.

해제 이 작품은 얼음 아래 물속을 헤엄쳐 다니는 물고기 떼를 본 화자가 유년 시절의 생가를 회상하며 그에 대한 정서를 노래한 시이다. 어느 겨울 아침, 물가를 지나던 화자는 투명한 얼음 밑 '물고기네 방'을 보고 유년 시절의 생가를 떠올리며, 물고기 떼를 생가 가족과 동일시한다. 그리고 물고기들의 움직임을 관찰하면서 가족들의 모습을 겹쳐 보고, 자신의 마음속에 여전히 유년 시절의 추억이 남아 있음을 드러내면서 '시린'이라는 촉각적 이미지를 통해 화자의 서글픈 정서를 나타내고 있다.

주제 유년 시절 생가에 대한 추억과 서글픔

짜임

1~2행	살얼음이 언 물가에 이른 '나'
3~8행	물속의 '물고기네 방'을 보고 유년 시절의 생가를 떠올리는 '나'
9~12행	'나'를 보고 사방으로 흩어지는 물고기들
13~21행	물고기들과 가족들의 모습을 겹쳐 보는 '나'
22~23행	유년 시절 생가에 대한 기억과 서글픔

(다) 유본예, 「이문원노종기」

EBS 연결 고리
비연계

해제 이 작품은 글쓴이가 이문원에서 근무할 때 겪었던 경험과 깨달음을 서술한 고전 수필이다. 글쓴이는 이문원 동쪽 늙은 나무를 사람이 열두 개의 기둥으로 받쳐 놓은 것을 보고, 저 나무가 백여 년 넘게 무성한 모습으로 번성할 수 있었던 것은 인간의 보살핌이 있었기 때문이라는 깨달음을 얻는다. 그리고 글쓴이는 대개의 풀과 나무처럼 제각기 몸을 보전하는 계책이 있어 홀로 생존하는 존재도 있지만, 암소(가축)와 인간, 늙은 나무와 인간의 관계처럼 서로 도움이나 효용을 주고 받으면서 살아가는 존재도 있음을 드러내고 있다.

주제 서로를 의지하며 살아가는 삶의 중요성

짜임

1문단	늙은 나무를 받치는 기둥 및 늙은 나무가 글쓴이에게 주는 효용
2문단	일반적인 풀, 나무와는 다른 늙은 나무가 지닌 특이성
3문단	암소와 인간의 관계처럼 인간에게 의지하여 살아가는 늙은 나무
4문단	인간의 도움으로 번성한 늙은 나무

1문단 **이문원 동쪽 늙은 나무**가 있는데 적어도 **백여 년**은 된 것 같다. 그 몸통은 울퉁불퉁 옹이가 졌고 가지는 구불구불 뻗어서 멀찍이서 보면 가파른 산등성이나 성난 파도 같았고 다가가서 보면 둥그스름한 큰 집채 같았다. ⓑ기둥으로 나무를 받쳐 놓았는데 그 기둥이 모두 열두 개이다. [05-⑤] 이문원 동쪽 늙은 나무에 주목하게 되는 계기 나무 옆에 누각이 있는데 바로 내가 이불을 들고 가서 숙직하는 장소이다. 좌우에 책을 쌓아 놓고 교정하느라 바쁘게 시간을 보내다가 이따금 나무 곁을 산책하였다. 쏴쏴 불어오는 긴 바람 소리를 들으며 **널찍이 드리운 서늘한 그늘** 아래를 거닐면 몸은 대궐 안 관청에 있어도 숲속의 소나무와 바위 사이로 **훌쩍 벗어나 있는 기분**이 든다. [06-②] 이문원 동쪽 늙은 나무로부터 글쓴이가 얻은 효용

2문단 하루는 내가 동료에게 다음과 같이 말했다.

"이 나무는 정말 특이하군! 대체로 **풀과 나무**가 살아가려면 제각기 **몸을 보전하는 계책**이 있기 마련일세. [06-③] 풀과 나무는 다른 생명체의 도움 없이 각자 생존하는 방식이 있음. 풀명자나 배, 귤이나 유자, 사과나 석류 같은 나무들은 열매가 커도 가지가 그 무게를 충분히 감당할 수 있다네. [06-③] 나무가 제 몸을 보전하는 계책 하지만 질경이나 냉이, 강아지풀 같은 풀들은 살아가려면 땅바닥에 붙어 있어야 하네. 그래야 말발굽이 짓밟거나 수레가 밟고 지나가도 더 손상을 입지 않지. [06-③] 풀이 제 몸을 보전하는 계책 지금 저 늙은 나무는 줄기의 길이가 몸통보다 갑절로 뻗어 사방에 드리워도 잘라 낼 줄 모르네. 만약 받쳐 주는 기둥이 없으면 부러지고야 말 걸세. **조물주**가 이 나무에게는 사람의 손을 빌려 온전하도록 한 것인가?" [06-①, ⑤] 이문원 동쪽 늙은 나무가 백여 년을 살 수 있었던 이유 → 인간의 도움(=기둥)

3문단 아! 내가 **암소**의 뿔을 보니 **뿔이 구부러져 안쪽으로 향**했는데 심한 것은 사람이 반드시 **톱으로 잘라** 내야만 광대뼈를 뚫는 걱정을 모면하였다. [01-④] [06-④] 영탄적 어조. 글쓴이의 깨달음. - 가축도 인간의 보살핌으로 위험을 모면하고 살아감. 이제야 알겠구나. 늙은 나무를 가축에 견주자면 뿔을 잘라 내야 온전해질 수 있는 암소와 같다. **가축**이 인간에게 의지하여 살아가듯이 늙은 나무도 인간에게 의지하여 살아간다. [01-③] [06-①, ④] 가축과 인간의 관계에 빗대어 늙은 나무와 인간의 관계에 대한 인식을 드러냄.

4문단 나는 **저 깊은 산중 인적 끊긴 골짜기**에 이렇듯이 번성하게 자란 늙은 나무를 아직까지 보지 못했다. [06-⑤] 인간의 보살핌이 닿지 않는 곳
[06-⑤] 늙은 나무가 번성하는 데에 인간의 도움이 중요한 역할을 함.

01 작품 간의 공통점 파악 답 ③

선지별 선택 비율	①	②	③	④	⑤
화작	2%	2%	85%	4%	6%
언매	1%	1%	94%	1%	3%

(가)~(다)의 공통점으로 가장 적절한 것은?

정답 띵!동!

③ 빗대어 표현하는 방식으로 '나'의 인식을 드러내고 있다.
└ 직유, 은유, 의인 등의 비유적 표현

| (가) – 〈6연〉 아, 나의 조상은 형제는 일가친척은 정다운 이웃은 그리운 것은 사랑하는 것은 우러르는 것은 나의 자랑은 나의 힘은 없다 바람과 물과 세월과 같이 지나가고 없다

| (나) – 〈5~8행〉 물고기네 지붕을 튼 살얼음의 창 / 투명한 창 아래 / 물고기네 방이 한눈에 훤했다 / 나의 생가 같았다

| (다) – 〈3문단〉 늙은 나무를 가축에 견주자면 뿔을 잘라 내야 온전해질 수 있는 암소와 같다. 가축이 인간에게 의지하여 살아가듯이 늙은 나무도 인간에게 의지하여 살아간다.

| 뭔말?

· (가): 자랑이나 힘처럼 '나'가 북방에 있을 것이라고 기대했던 것들이 사라진 상황을 바람과 물과 세월의 흐름에 빗대어 드러냄.
· (나): 물고기네 방을 '나'의 생가에 빗대어 유년 시절 살았던 생가에 대한 인식을 드러냄.
· (다): 가축(암소)이 인간에게 의지하며 살아가는 것에 빗대어 이문원의 늙은 나무도 인간의 도움을 받아 살아간다는 인식을 드러냄.

오답 땡!

① ~~비판적 태도로 현실의 부정적 측면을 부각하고 있다.~~
└ (나), (다) X / (가)만 해당함.

| (가) – 〈4~6연〉 이제는 참으로 이기지 못할 슬픔과 시름에 쫓겨 / 나는 나의 옛 하늘로 땅으로 — 나의 태반으로 돌아왔으나 // 이미 해는 늙고 달은 파리하고 바람은 미치고 보래구름만 혼자 넋 없이 떠도는데 // 아, 나의 조상은 형제는 일가친척은 정다운 이웃은 그리운 것은 사랑하는 것은 우러르는 것은 나의 자랑은 나의 힘은 없다

| 뭔말?

· (가): 슬픔과 시름에 쫓겨 북방으로 갈 수밖에 없는 상황과 북방에서 지니기를 기대했던 것들이 모두 사라져 부재하는 상황을 현실의 부정적 측면으로 판단할 여지가 있음.
· (나), (다): 현실의 부정적 측면을 찾아볼 수 없음.

② ~~역사적 상황을 묘사하여 비극적 현실을 부각하고 있다.~~
└ (나), (다) X / (가)만 해당함.

| (가) – 〈1연〉 아득한 옛날에 나는 떠났다 / 부여를 숙신을 발해를 여진을 요를 금을 / 흥안령을 음산을 아무우르를 숭가리를

| (가) – 〈3연〉 나는 그때 / 아무 이기지 못할 슬픔도 시름도 없이 / 다만 게을리 먼 앞대로 떠나 나왔다

| (가) – 〈4연〉 이리하여 또 한 아득한 새 옛날이 비롯하는 때 / 이제는 참으로 이기지 못할 슬픔과 시름에 쫓겨 / 나는 나의 옛 하늘로 땅으로 — 나의 태반으로 돌아왔으나

| 뭔말?

· (가): 북방을 떠났다가 북방으로 다시 돌아가는 것을 역사적 상황 묘사로 볼 여지가 있으며, 슬픔과 시름에 쫓겨 북방으로 향하는 데서 비극적 현실이 나타남.
· (나), (다): 역사적 상황에 대한 묘사나 비극적 현실은 나타나지 않음.

┌ (가) '아, ~ 없다' (나) '마음아, ~ 있는가' (다) '아! ~ 모면하였다.'
④ 영탄적 어조로 대상에 대한 ~~'나'의 경외감~~을 드러내고 있다.
└ (가)~(다) 모두 X

문학 개념어(001)

| (가) – 〈6연〉 아, 나의 조상은 형제는 일가친척은 정다운 이웃은 그리운 것은 사

랑하는 것은 우러르는 것은 나의 자랑은 나의 힘은 없다

| (나) – 〈22행〉 마음아, 너도 아직 이 생가에 살고 있는가

| (다) – 〈3문단〉 아! 내가 암소의 뿔을 보니 뿔이 구부러져 안쪽으로 향했는데 심한 것은 사람이 반드시 톱으로 잘라 내야만 광대뼈를 뚫는 걱정을 모면하였다.

| 뭔말?

· (가)~(다) 모두 영탄적 어조가 나타남.

· 그러나 이를 통해 대상에 대한 '나'의 경외감을 표현하고 있지 않음.

⑤ ~~향토적 소재를 활용~~하여 ~~'나'의 과거에 대한 그리움~~을 드러내고 있다.
└→ (가)만 확실함. └→ (가), (다) X / (나) 유년 시절 추억

| (가) – 〈2연〉 자작나무와 이깔나무의 슬퍼하던 것을 기억한다 / 갈대와 장풍의 붙드던 말도 잊지 않았다 / 오로촌이 멧돝을 잡아 나를 잔치해 보내던 것도

| (다) – 〈2문단〉 풀명자나 배, 귤이나 유자, 사과나 석류 같은 나무들은 열매가 커도 가지가 그 무게를 충분히 감당할 수 있다네. 하지만 질경이나 냉이, 강아지풀 같은 풀들은 살아가려면 땅바닥에 붙어 있어야 하네.

| 뭔말?

· (가): 향토적 소재를 활용함. 그러나 북방을 떠나는 '나'의 괴로움을 표현하기 위한 소재일 뿐, 과거에 대한 그리움과는 관련이 없음.

· (나): 유년 시절을 추억하고 있기는 하지만 향토적 소재는 활용하고 있지 않음.

· (다): 글쓴이의 말에 향토적 소재로 볼 만한 식물들이 등장하기는 하지만 과거에 대한 그리움과는 관련이 없음.

02 배경 및 소재의 의미와 기능 파악

답 ①

선지별 선택 비율	①	②	③	④	⑤
화작	87%	5%	3%	3%	1%
언매	93%	4%	1%	1%	1%

태반과 생가에 대한 설명으로 가장 적절한 것은?

정답 띵! 동!

① (가)의 화자는 태반에서 상실감을 느끼고 있고, (나)의 화자는 생가에서 서글픔을 느끼고 있다.
(태반 → =북방. '나'가 기대감을 가지고 찾아간 공간)
(생가 → '나'가 몰고기네 방을 보고 떠올린 것 → 유년 시절을 보냈던 곳)

| (가) – 〈4~6연〉 나는 나의 옛 하늘로 땅으로 — 나의 태반으로 돌아왔으나 ~ // 아, 나의 조상은 형제는 일가친척은 정다운 이웃은 그리운 것은 사랑하는 것은 우러르는 것은 나의 자랑은 나의 힘은 없다 → '나'가 태반에서 기대했던 것들이 부재하는 상황

| (나) – 〈22~23행〉 마음아, 너도 아직 이 생가에 살고 있는가 / 시린 물속 시린 물고기의 눈을 달고 → 생가를 떠올리며 받는 시린 느낌 = 서글픔

| 뭔말?

· (가)의 태반은 이전과 달라져 화자가 기대했던 것들이 없음. → 대상의 부재로 인해 허무감, 상실감이 유발됨.

· (나)의 화자의 마음이 '시린 물고기의 눈'을 하고 생가에 머물고 있음. → '시린'이라는 촉각적 이미지는 생가를 떠올리며 느낀 화자의 서글픔과 연결됨.

오답 땡!

② (가)의 화자는 태반에서 ~~소외감~~을 느끼고 있고, (나)의 화자는 생가에서 느꼈던 ~~수치심~~을 떠올리고 있다.
(소외감 → 찾아볼 수 없는 내용) (수치심 → 찾아볼 수 없는 내용)

| 뭔말?

· (가)의 화자는 태반이 이전과 달라진 데서 괴리감, 허무감, 상실감 등을 느꼈을 뿐, 소외감을 느끼고 있지 않음.

· (나)의 화자는 생가를 떠올리며 서글픔을 느끼고 있지만, 어린 시절 수치심을 느꼈는지는 확인할 수 없음.

③ (가)에서 태반은 ~~이별을 수용하는 공간~~이고, (나)에서 생가는 ~~만남을 기약하는 공간~~이다.
└→ 화자가 새로운 삶을 위해 찾아간 공간임
└→ 추억하는 공간으로, 만남을 기약할 수 없음.

| (가) – 〈4연〉 이제는 참으로 이기지 못할 슬픔과 시름에 쫓겨서 / 나는 나의 옛 하늘로 땅으로 — 나의 태반으로 돌아왔으나

| (나) – 〈22행〉 마음아, 너도 아직 이 생가에 살고 있는가

| 뭔말?

· (가)의 태반은 화자가 '이기지 못할 슬픔과 시름에 쫓겨서' 새로운 삶을 위해 돌아간 공간으로 이별을 수용하는 것과는 관련이 없음.

· (나)의 생가는 화자가 추억하는 유년 시절의 공간으로 만남을 기약하는 공간이 아님.

④ (가)에서 태반은 ~~화자의 희망이 드러나는 공간~~이고, (나)에서 생가는 ~~화자의 절망이 드러나는 공간~~이다.
└→ 기대했던 것이 부재하는 공간. 희망 X
└→ 그리움과 서글픔이 느껴지는 공간. 절망 X

| 뭔말?

· (가)의 태반은 과거와 달라진, 화자가 기대했던 것들이 부재하여 상실감을 유발하는 공간임. 희망의 정서는 드러나지 않음.

· (나)의 생가는 유년 시절에 대한 그리움과 서글픔이 떠오르는 공간임. 절망적 정서까지는 드러나지 않음.

⑤ (가)에서 태반은 ~~생명의 섭리를 지향하는 공간~~이고, (나)에서 생가는 ~~생명의 섭리를 거부하는 공간~~이다.
(→ 관련 없는 내용) └→ 관련 없는 내용

| 뭔말?

· (가)의 태반은 화자가 새로운 삶을 위해 찾아간 공간으로, 생명의 섭리와는 관련이 없음.

· (나)의 생가는 화자의 그립고 서러운 유년 시절의 공간으로, 생명의 섭리와는 관련이 없음.

03 시구의 의미와 기능 파악

답 ④

선지별 선택 비율	①	②	③	④	⑤
화작	2%	17%	5%	74%	2%
언매	1%	20%	2%	76%	1%

㉠~㉥을 이해한 것으로 적절하지 않은 것은?

정답 띵! 동!

④ ㉣의 시구가 ㉤에서 반복, 변주되는 것을 통해, ~~상반된 상황~~이 시간의 추이에 따라 ~~일치되는 과정~~을 드러내고 있다.
└→ 삶의 터전을 떠나야 하는 공통된 상황임.
└→ 상반된 상황이 일치되고 있지 않음.

| (가) - 〈3연〉 나는 그때 / ㉣아무 이기지 못할 슬픔도 시름도 없이 / 다만 게을리 먼 앞대로 떠나 나왔다 → 북방을 떠나 앞대로 올 때의 상황

| (가) - 〈4연〉 그동안 돌비는 깨어지고 많은 은금보화는 땅에 묻히고 가마귀도 긴 족보를 이루었는데(→ 시간의 흐름) / 이리하여 또 한 아득한 새 옛날이 비롯하는 때 / ㉤이제는 참으로 이기지 못할 슬픔과 시름에 쫓겨 / 나는 나의 옛 하늘로 땅으로 — 나의 태반으로 돌아왔으나 → 앞대에서의 괴로운 삶에서 벗어나기 위해 다시 북방으로 돌아가는 상황

| 뭔말?

· ㉣의 시구 '아무 이기지 못할 슬픔도 시름도 없이'가 ㉤에서 '참으로 이기지 못할 슬픔과 시름에 쫓겨'로 반복, 변주되고 있음.

· ㉣과 ㉤은 모두 삶의 터전을 떠나야 하는 상황이므로, 상반된 상황이 시간의 흐름에 따라 일치되고 있다고 볼 수 없음.

오답 땡!

① ㉠에서는 여러 민족, 나라, 지명을 열거하여, 화자가 떠나온 공간을 북방으로 포괄되는 동질적 공간으로 표현하고 있다.

| (가) - 〈1연〉 아득한 옛날에 나는 떠났다 / ㉠부여를 숙신을 발해를 여진을 요를 금을 / 흥안령을 음산을 아무우르를 숭가리를

| 뭔말?

· 부여, 숙신, 발해, 여진, 요, 금 → 북방의 여러 민족과 나라

· 흥안령, 음산, 아무우르, 숭가리 → 북방에 있는 여러 지명

· 따라서 ㉠은 열거의 방식으로, 화자가 떠나온 공간을 북방으로 포괄되는 동질적 공간으로 표현했다고 볼 수 있음.

② ㉡에서는 의인화된 자연물을 제시하여, 화자가 북방을 떠나면서 느낀 슬픔을 드러내고 있다.

| (가) - 〈2연〉 나는 그때 / ㉡자작나무와 이깔나무의 슬퍼하던 것을 기억한다 / 갈대와 장풍의 붙드던 말도 잊지 않았다

| 뭔말?

· 자연물 = 자작나무와 이깔나무, 갈대와 장풍

· 이 자연물이 '슬퍼하던 것', '붙드던 말'을 하는 것 → 화자의 정서를 투영한 의인화

· 따라서 ㉡은 북방을 떠나며 느낀 화자의 아쉬운 마음, 슬픔 등을 의인화된 자연물로 표현하고 있다고 볼 수 있음.

③ ㉢에서는 이별하던 장면을 유사한 통사 구조로 제시하여, 화자가 북방에서의 기억을 여전히 간직하고 있음을 보여 주고 있다.

| (가) - 〈2연〉 나는 그때 ~ ㉢오로촌이 멧돝을 잡아 나를 잔치해 보내던 것도 / 쏠론이 십릿길을 따라 나와 울던 것도 잊지 않았다

| 뭔말?

· ㉢에서는 북방의 민족과 이별하던 장면을 '~이 ~을 ~ㄴ 것도'의 유사한 통사 구조로 제시함.

· 그리고 그 이별 장면을 '잊지 않았다'고 하여 화자가 북방에서의 기억을 간직하고 있음을 보여 줌.

⑤ ㉥에서 '없다'와 그 앞에 열거된 시어들을 통해, 화자가 가깝게 느끼고 가치를 부여했던 것들이 부재함을 표현하고 있다.

| (가) - 〈6연〉 ㉥아, 나의 조상은 형제는 일가친척은 정다운 이웃은 그리운 것은 사랑하는 것은 우러르는 것은 나의 자랑은 나의 힘은 없다

| 뭔말?

· 조상, 형제, 일가친척, 정다운 이웃, 그리운 것, 사랑하는 것, 우러르는 것, 나의 자랑, 나의 힘은 모두 화자가 가깝게 느끼고 가치를 부여했던 것들로 볼 수 있음.

· ㉥에서는 이를 모두 '없다'라는 서술어와 엮어 대상의 부재를 표현함.

04 외적 준거에 따른 작품 감상 답 ④

선지별 선택 비율	①	②	③	④	⑤
화작	2%	9%	12%	76%	2%
언매	1%	5%	7%	87%	1%

〈보기〉를 참고하여 (나)를 감상한 내용으로 적절하지 않은 것은? [3점]

보기

이 시에서 성년이 된 화자는 얼음 아래의 물고기를 보면서 유년 시절 자신의 생가를 회상한다. 화자는 물고기의 움직임을 지켜보면서 '물고기네'의 여기저기를 본다. 그리고 '물고기네'의 모습에 화자의 생가에 대한 기억이 겹쳐진다. 화자는 자신을 물고기에 투영하면서, 성년이 된 지금도 여전히 생가에서의 '시린' 기억을 간직하고 있는 자신을 발견한다.

정답 띵!동!

④ 화자는 '비좁은 구석방에'서 '급한 궁리를 하'는 물고기의 모습에 유년 시절 생가에서 ~~외따로 지내야 했던 자신의 모습~~을 투영하고 있군.

└→ 비좁은 방에서 가족들이 더불어 지냈던 모습. 고독함 X, 외로움 X

| 〈보기〉 화자는 물고기의 움직임을 지켜보면서 '물고기네'의 여기저기를 본다. 그리고 '물고기네'의 모습에 화자의 생가에 대한 기억이 겹쳐진다.

| (나) - 〈6~12행〉 투명한 창 아래 / 물고기네 방이 한눈에 훤했다 / 나의 생가 같았다 / 창으로 나를 보고 / 생가의 식구들이 / 나를 못 알아보고 / 사방 쪽방으로 흩어졌다 → 살얼음 밑 물속을 관찰하는 화자를 보고 놀라 흩어지는 물고기의 움직임

| (나) - 〈15~21행〉 어미들은 / 물속 쌓인 돌과 돌 그 틈새로 / 그걸 깊은 데라고 / 그걸 가장 깊은 속이라고 떼로 들어가 / 나를 못 알아보고 / 무슨 급한 궁리를 하느라 / 그 비좁은 구석방에 빼곡히 서서 → 돌 틈새에 물고기 떼가 숨어 있는 모습

| 뭔말?

· '비좁은 구석방에'서 '급한 궁리를 하'는 물고기의 모습은 화자를 보고 놀란 물고기들이 돌 틈새로 떼 지어 들어가 있는 모습을 표현한 것

· 유년 시절 생가에 대한 기억과 관련지어 생각해 보면, 유년 시절 화자의 가족들이 비좁은 방에서 어울려 지내던 모습이 투영된 것에 가까움.

오답 땡!

① '투명한 창'을 통해 본 물고기의 생활 공간을 '물고기네 방'이라고 표현한 것을 보니, 화자는 얼음 아래 물고기의 공간과 자신의 생가를 겹쳐 보고 있군.

| 〈보기〉 이 시에서 성년이 된 화자는 얼음 아래의 물고기를 보면서 유년 시절 자신의 생가를 회상한다.

| (나) - 〈3~8행〉 나와 물고기 사이 / 창이 하나 생겼다 / 물고기네 지붕을 튼 살얼음의 창 / 투명한 창 / 물고기네 방이 한눈에 훤했다 / 나의 생가 같았다

| 뭔말?

· '나와 물고기 사이 창', '투명한 창' = 살얼음

· 화자가 살얼음 아래 물속의 물고기들을 관찰하고 있는 상황임.

· 화자는 물속 물고기들이 있는 곳을 '물고기네 방'이라고 하고, 자신의 '생가' 같다고 함. → 얼음 아래 물고기의 공간과 자신의 생가를 겹쳐 보는 것

② '창으로 나를 보'고 '사방 쪽방으로 흩어'지는 물고기들의 움직임을, 화자는 '생가의 식구들'이 자신을 못 알아본 것으로 표현하였군.

| 〈보기〉 화자는 물고기의 움직임을 지켜보면서 '물고기네'의 여기저기를 본다. 그리고 '물고기네'의 모습에 화자의 생가에 대한 기억이 겹쳐진다.

| (나) – 〈9~12행〉 창으로 나를 보고 / 생가의 식구들(→ '나'를 보고 놀란 물고기들)이 / 나를 못 알아보고 / 사방 쪽방으로 흩어졌다

| 뭔말?

· 화자가 물속의 물고기들이 자기를 발견하고 사방으로 흩어지는 것을 보게 됨.

· 화자는 '물고기네'의 모습에 생가에 대한 기억을 겹쳐 보며, '나'를 피해 흩어지는 물고기들의 모습을 생가의 식구들이 '나'를 알아보지 못한 것으로 표현함.

③ '젖을 갓 뗀 어린것들'이 '그네끼리 놀고'라고 표현한 것을 보니, 화자는 물고기들이 노는 모습을 통해 유년 시절 생가에서 지내던 아이들의 모습을 떠올리고 있군.

| 〈보기〉 화자는 물고기의 움직임을 지켜보면서 '물고기네'의 여기저기를 본다. 그리고 '물고기네'의 모습에 화자의 생가에 대한 기억이 겹쳐진다.

| (나) – 〈13~14행〉 젖을 갓 뗀 어린것들은 / 찬 마루서 그냥저냥 그네끼리 놀고

| 뭔말?

· 찬 마루에서 노는 '젖을 갓 뗀 어린것들' = 찬 물속을 돌아다니는 어린 물고기

· 어린 물고기들이 살얼음 아래에서 움직이는 모습은 화자의 기억 속, 유년 시절 생가에서 함께 놀던 아이들의 모습과 겹쳐짐.

⑤ 화자는 '마음아, 너도 아직' 생가에서 '살고 있는가'라고 하여, 성년인 자신의 마음속에 유년의 기억이 자리 잡고 있음을 드러내고 있군.

| 〈보기〉 화자는 자신을 물고기에 투영하면서, 성년이 된 지금도 여전히 생가에서의 '시린' 기억을 간직하고 있는 자신을 발견한다.

| (나) – 〈22~23행〉 마음아, 너도 아직 이 생가에 살고 있는가 / 시린 물속 시린 물고기의 눈을 달고

| 뭔말?

· 마음이 아직 생가에 살고 있다는 것은 성년이 된 지금까지도 유년의 기억이 자리잡고 있음을 보여 줌.

· 이 '마음'은 '시린 물속 시린 물고기의 눈을 달고' 있음. 이는 유년 시절 생가를 떠올리며 느낀 화자의 서글픔의 정서로 볼 수 있음.

05 배경 및 소재의 의미와 기능 파악 답 ⑤

선지별 선택 비율	①	②	③	④	⑤
화작	9%	5%	3%	11%	71%
언매	4%	2%	1%	5%	87%

ⓐ와 ⓑ에 대한 이해로 가장 적절한 것은?

정답 띵!동!

⑤ ⓐ와 ⓑ는 모두 대상을 새롭게 주목하게 하는 계기를 마련하고 있다.

| (나) – 〈1~8행〉 겨울 아침 언 길을 걸어 / 물가에 이르렀다 / 나와 물고기 사이 / 창이 하나 생겼다 / 물고기네 지붕을 튼 ⓐ살얼음의 창 / 투명한 창 아래 / 물고기네 방이 한눈에 훤했다 / 나의 생가 같았다

| (다) – 〈1문단〉 이문원 동쪽 늙은 나무가 있는데 적어도 백여 년은 된 것 같다. 그 몸통은 울퉁불퉁 옹이가 졌고 가지는 구불구불 뻗어서 멀찍이서 보면 가파른 산등성이나 성난 파도 같았고 다가가서 보면 둥그스름한 큰 집채 같았다. ⓑ기둥으로 나무를 받쳐 놓았는데 그 기둥이 모두 열두 개이다.

| (다) – 〈2문단〉 지금 저 늙은 나무는 줄기의 길이가 몸통보다 갑절로 뻗어 사방에 드리워도 잘라 낼 줄 모르네. 만약 받쳐 주는 기둥이 없으면 부러지고야 말 걸세.

| 뭔말?

· ⓐ: 화자가 길을 가다 물가에 이르러 발견한 것 → 이를 통해 물속을 새롭게 주목하게 되면서, 물속 물고기들을 보고 유년 시절을 회상함.

· ⓑ: 글쓴이가 무성한 나무를 보다가 발견한 것 → 이를 통해 늙은 나무를 새롭게 주목하게 되면서, 늙은 나무가 부러지지 않고 오랫동안 무성하게 자랄 수 있는 이유를 생각함.

오답 땡!

① ⓐ는 화자의 ~~불안을 심화~~하는, ⓑ는 글쓴이의 ~~의지를 북돋아~~ 주는 역할을 한다.
(→ 찾아볼 수 없는 내용 / → 찾아볼 수 없는 내용)

| 뭔말?

· ⓐ와 관련하여 화자의 불안이 나타나지 않고, ⓑ와 관련하여 화자의 의지가 나타나지 않음.

② ⓐ는 화자의 ~~이상향을 형상화~~하는, ⓑ는 글쓴이의 ~~태도를 전환~~하는 역할을 한다.
(→ 찾아볼 수 없는 내용 / → 찾아볼 수 없는 내용)

| 뭔말?

· ⓐ는 물속을 볼 수 있는 창의 역할을 하는 것으로, 이상향과는 관련이 없음.

· ⓑ는 자연과 인간의 관계에 대한 화자의 깨달음을 이끌 뿐이며, 태도 전환의 역할은 하지 않음.

③ ⓐ는 ⓑ와 달리, 화자에게 ~~책임감을 떠올리게 하는 계기~~가 된다.
(→ ⓐ, ⓑ 모두 관련이 없음.)

| 뭔말?

· ⓐ, ⓑ 모두 어떤 대상에 대한 책임감을 떠올리는 것과는 관련이 없음.

④ ⓑ는 ⓐ와 달리, 글쓴이가 ~~처한 상황을 극복하게 하는 역할~~을 한다.
(→ ⓐ, ⓑ 모두 관련이 없음.)

| 뭔말?

· ⓐ, ⓑ 모두 상황을 극복하는 것과는 관련이 없음.

06 외적 준거에 따른 작품 감상 답 ③

선지별 선택 비율	①	②	③	④	⑤
화작	2%	7%	74%	4%	12%
언매	1%	4%	87%	2%	7%

〈보기〉의 [A]에 들어갈 학생의 말로 적절하지 않은 것은?

보기

선생님: 여러분, 「이문원노종기」는 이문원의 늙은 나무가 인간의 도움을 받아 오랫동안 무성하게 자라고 있는 점에 착안한 글입니다. 서로 다른 생명체가 각각 이익을 주거나 받는 현상을 중심으로, 「이문원노종기」를 다시 읽어 보려고 해요. 이런 관점에서 이 작품을 감상해 볼까요?

학 생: [A]

선생님: 네, 잘 말했습니다.

정답 띵!동!

③ **'풀과 나무'가 '몸을 보전하는 계책'이 있는 것은, ~~'조물주가 서로 다른 생명체가 이익을 주고받도록 해 준 경우~~에 해당합니다.**

→ 누구의 도움 없이 생명체 스스로가 각자의 방식으로 살아가는 경우

| (다) – 〈2문단〉 대체로 풀과 나무가 살아가려면 제각기 몸을 보전하는 계책이 있기 마련일세. 풀명자나 배, 귤이나 유자, 사과나 석류 같은 나무들은 열매가 커도 가지가 그 무게를 충분히 감당할 수 있다네(→ 나무가 몸을 보전하는 계책). 하지만 질경이나 냉이, 강아지풀 같은 풀들은 살아가려면 땅바닥에 붙어 있어야 하네(→ 풀이 몸을 보전하는 계책). 그래야 말발굽이 짓밟거나 수레가 밟고 지나가도 더 손상을 입지 않지.

| 뭔말?

· '풀'이 몸을 보전하는 계책 = 땅바닥에 붙어 있음.

· '나무'가 몸을 보전하는 계책: 가지가 열매 무게를 충분히 감당함.

· '풀과 나무'는 다른 생명체의 도움 없이 각자의 방식대로 살아가고 있음. → 서로 다른 생명체와 이익을 주고받는 경우에 해당하지 않음.

오답 땡!

① **'이문원 동쪽 늙은 나무'가 '백여 년'을 살 수 있었던 것은, 인간이 나무를 보살펴 주었기 때문입니다.**

| (다) – 〈1문단〉 이문원 동쪽 늙은 나무가 있는데 적어도 백여 년은 된 것 같다. ~ 기둥으로 나무를 받쳐 놓았는데 그 기둥이 모두 열두 개이다.

| (다) – 〈2문단〉 지금 저 늙은 나무는 ~ 만약 받쳐 주는 기둥이 없으면 부러지고야 말 걸세.

| (다) – 〈3문단〉 늙은 나무를 가축에 견주자면 뿔을 잘라 내야 온전해질 수 있는 암소와 같다. 가축이 인간에게 의지하여 살아가듯이 늙은 나무도 인간에게 의지하여 살아간다.

| 뭔말?

· 사람이 늙은 나무를 기둥으로 받쳐 주어 가지가 부러지는 것을 막음.

· 이는 인간의 보살핌으로 '이문원 동쪽 늙은 나무'가 '백여 년'을 살 수 있었던 이유임.

② **글쓴이가 '널찍이 드리운 서늘한 그늘'로 인해 '훌쩍 벗어나 있는 기분'이 든 것은, '이문원 동쪽 늙은 나무'에게서 인간이 이익을 얻은 경우에 해당합니다.**

| (다) – 〈1문단〉 좌우에 책을 쌓아 놓고 교정하느라 바쁘게 시간을 보내다가 이따금 나무 곁을 산책하였다. 쏴쏴 불어오는 긴 바람 소리를 들으며 널찍이 드리운 서늘한 그늘 아래를 거닐면 몸은 대궐 안 관청에 있어도 숲속의 소나무와 바위 사이로 훌쩍 벗어나 있는 기분이 든다.

| 뭔말?

· 글쓴이가 바쁜 일과 중 잠시 휴식을 취하기 위해 늙은 나무 주변을 산책함.

· 이때 나무가 만들어 준 그늘 아래를 거닐면, 몸은 대궐 안 관청에 있어도 자연 속에 있는 기분이 든다고 함.

· 이는 늙은 나무에게서 인간이 안식이라는 이익을 얻는 경우로 볼 수 있음.

④ **'암소'의 '뿔이 구부러져 안쪽으로 향'하는 위험을 인간이 '톱으로 잘라'서 해결해 주는 것은, '가축'이 인간에게 의지하며 살아가는 경우에 해당합니다.**

| (다) – 〈3문단〉 내가 암소의 뿔을 보니 뿔이 구부러져 안쪽으로 향했는데 심한 것은 사람이 반드시 톱으로 잘라 내야만(→ 인간의 도움) 광대뼈를 뚫는 걱정(→ 안쪽으로 향하는 뿔의 위험성)을 모면하였다. 이제야 알겠구나. 늙은 나무를 가축에 견주자면 뿔을 잘라 내야 온전해질 수 있는 암소와 같다. 가축이 인간에게 의지하여 살아가듯이 늙은 나무도 인간에게 의지하여 살아간다.

| 뭔말?

· 암소의 뿔이 구부러져 안쪽으로 향하면 광대뼈를 뚫을 위험이 있음.

· 인간은 톱으로 뿔을 잘라 주어 암소를 위험에서 벗어날 수 있도록 해 주는데, 이는 가축이 인간에게 의지하며 살아가는 경우로 볼 수 있음.

⑤ **글쓴이가 '이문원 동쪽 늙은 나무'가 '저 깊은 산중 인적 끊긴 골짜기'에서 자란 나무보다 번성하게 자랐다고 한 것은, 인간의 도움이 필요하다는 것을 말하기 위함입니다.**

| (다) – 〈3문단〉 이제야 알겠구나. 늙은 나무를 가축에 견주자면 뿔을 잘라 내야 온전해질 수 있는 암소와 같다. 가축이 인간에게 의지하여 살아가듯이 늙은 나무도 인간에게 의지하여 살아간다.

| (다) – 〈4문단〉 나는 저 깊은 산중 인적 끊긴 골짜기(→ 사람의 손길이 닿지 않는 곳)에 이렇듯이 번성하게 자란 늙은 나무를 아직까지 보지 못했다.(→ 인간의 도움이 없으면 번성하기 어려움.)

| 뭔말?

· '저 깊은 산중 인적 끊긴 골짜기'의 나무는 인간 도움 없이 자람.

· '이문원 동쪽 늙은 나무'는 인간의 도움을 얻어 자람.

· 번성함의 정도를 비교해 보면, '이문원 동쪽 늙은 나무 > 인적 끊긴 골짜기의 나무' → 인간의 도움이 필요함을 말하는 근거가 됨.

기출 속 문학 개념어 사전

영탄법(001)

개념	**영탄법** 詠 읊을 ⓔ　歎 탄식할 ⓣ　法 법도 ⓑ
사전적 의미	감탄사나 감탄 조사 따위를 이용하여 기쁨 · 슬픔 · 놀라움과 같은 감정을 강하게 나타내는 수사법.
단계적 이해	① 영탄법은 정서를 강하게 나타내는 표현법이야. 화자의 상황, 정서와 깊은 관련이 있지. ② 영탄법을 통해 감탄(+)과 비탄(-)의 감정 모두를 나타낼 수 있어. 사전적 의미를 다시 한번 봐 봐. 기쁨 · 슬픔 등 긍정/부정의 정서를 모두 포괄하고 있어. ③ 영탄법은 감탄사, 감탄형 어미, 의문의 형식 등으로 드러나는 게 일반적이야. - 감탄사: 아, 오, 우아, 어즈버 등 - 감탄형 어미: -구나, -도다, -노라 등 ④ 영탄법과 설의법을 헷갈리는 경우가 많아. 그러나 이 둘은 배타적 관계가 아냐. 영탄이면서 설의인 경우, 설의이면서 영탄인 경우가 존재하거든. 의문의 형식을 만났을 때, 그 문장이 형식적으로 대답할 필요가 없는 의문문이라면 설의법이 쓰인 거야. 그리고 그 문장이 내용적(의미적)으로 화자의 감정을 강하게 드러내고 있다면? 당연히 영탄법도 쓰인 거지.
출제 TIP	• 운문 문학, 그중에서도 고전 시가에서 조금 더 자주 출제되는 표현 중 하나야. 주로 자연물에 대한 감탄, 단호한 의지를 표현하는 데 사용되었어. • 영탄법이라는 표현 외에도 '영탄적 어조', '영탄적 표현'과 같은 말로 자주 사용되고 있어.

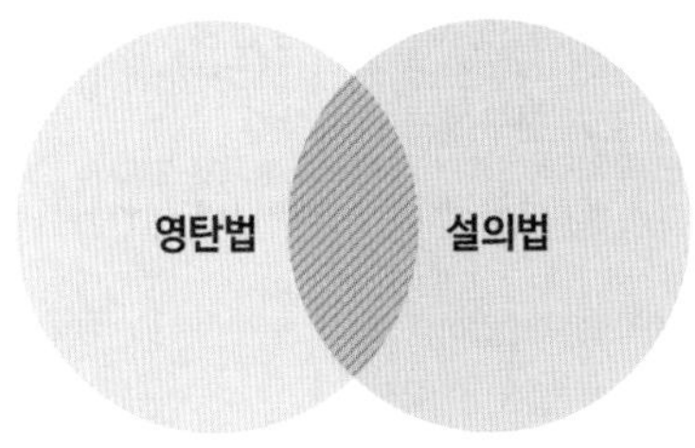

감탄사의 활용

> 아아, 이 애 몸이 또 달아 오르노나.
> (중략)
> 아아, 이 애가 애자지게 보채노나!
>
> - 정지용, 「발열」

▶ '아아'라는 감탄사를 사용하여 아픈 아이를 바라보는 부모의 걱정과 안타까운 심정을 강하게 드러내고 있어.

감탄형 종결 어미의 활용

> 국화(菊花)야 너는 어이 삼월동풍(三月東風) 다 지내고
> 낙목한천(落木寒天)에 네 홀로 피었느냐
> 아마도 오상고절(傲霜孤節)은 너뿐인가 하노라
>
> - 이정보
>
> | 현대어로 읽기
> 국화야, 너는 어찌 삼월 봄바람이 다 지나간
> 가을에 홀로 피었느냐
> 아마도 곧은 절개를 지닌 이는 너뿐인가 하노라

▶ '-노라'라는 감탄형 어미를 사용하여 국화의 절개를 예찬하는 감정을 강하게 드러내고 있어.

의문의 형식 활용

> 가야 할 때가 언제인가를
> 분명히 알고 가는 이의
> 뒷모습은 얼마나 아름다운가
>
> - 이형기, 「낙화」

▶ '아름다운가'라는 의문의 형식을 통해 떠나야 할 때 떠나는 것의 아름다움을 느끼는 화자의 심정을 강조하고 있어.

감탄사 + 의문의 형식 활용

> 장안(長安)을 돌아보니 북궐(北闕)이 천리(千里)로다
> 어주(漁舟)에 누어신들 잊은 때가 있으랴
> 두어라 내 시름 아니라 제세현(濟世賢)이 없으랴
>
> - 이현보, 「어부단가」
>
> | 현대어로 읽기
> 서울을 돌아보니 임금님이 계신 곳이 매우 멀구나
> 배에 누워 있었다고 (임금을) 잊은 적이 있었겠느냐
> 두어라, 나 말고 현명한 선비가 없겠느냐

▶ 종장에서는 감탄사 '두어라'와 의문의 형식 '제세현이 없으랴'를 통해 자신이 아니더라도 임금을 도와 세상을 구할 현명한 선비가 있을 것이라는 생각을 강하게 드러내고 있어.

▸ 본문 026쪽

갈래 복합 03

2025학년도 6월 모의평가

01 ① 02 ② 03 ⑤ 04 ② 05 ⑤

(가) 작자 미상, 「우부가」

EBS 연결 고리
2025학년도 수능특강 문학 071쪽

해제 이 작품은 조선 후기 양반의 도덕적 타락과 경제적 몰락을 풍자적으로 그려 낸 가사이다. 제목의 '우부(愚夫: 어리석은 남자)'는 개똥이, 꽁생원, 꾕생원을 가리키는데, 이들은 모두 음주, 기방 출입, 도박 등 방탕하고 비윤리적인 생활을 하다 재산을 탕진하고 처참한 말로를 맞는 인물들이다. 화자는 이들의 어리석은 행동과 그에 따른 비참한 결과를 제시하는 방법으로 처세를 조심해야 함을 부각하는 동시에, 도덕적인 삶의 중요성을 강조하고 있다. 한편, 이 작품은 세 명의 인물을 기준으로 크게 세 단락으로 나눌 수 있는데, 각 인물에 따른 내용은 서사 – 본사 – 결사의 3단 구성을 취하고 있다.

주제 어리석은 남자들(우부)의 도덕적 타락에 대한 비판과 경계

짜임

서사	인물에 대한 화자의 평가	개똥이 ↓
본사	인물의 도덕적 타락과 비행	꽁생원 ↓
결사	패가망신한 모습과 그 이후의 행적	꾕생원

서사 저 건너 ⓐ꽁생원은 팔자를 원망토다

제 아비 덕분으로 **돈천이나 가졌더니**
[03-②] 부모의 혜택을 받음.
술 한 잔 밥 한 술을 **친구 대접 하였던가**
[05-④] 재물을 베푸는 데 인색함.

저 건너 꽁생원은 팔자를 원망한다
제 아비의 덕분으로 적지 아니한 돈을 가졌더니
술 한 잔, 밥 한 술을 친구에게 대접하였던가

본사 주제넘게 아는 체로 ㉠음양술수(陰陽術數) 현혹되어
[01-①] 도덕적인 타락상을 열거하기 시작함.
이장도 자주 하며 이사도 힘을 쓰고
[02-①] 집터나 묏자리를 통해 길운을 바람.
당대발복(當代發福) 예 아니면 피란처가 여기로다

올 적 갈 적 행로상에 ㉡처자식을 흩어 놓고
[02-②] 가족을 돌보지 않는 무책임한 태도
유무(有無) 상관 아니하고 **공것**을 바라도다
[05-①] 정당한 노력 없이 요행을 바람.
기인취물(欺人取物) 하자 하니 두 번째는 아니 속고
[01-②] 대구적 표현
공납(公納) 범용 하자 하니 일가 중에 부자 없고
[05-③] 개인적 이익을 위해 규범을 무시함.
뜬재물을 경영하여 경향출입 싸다닐 제
[05-①] 정당한 노력 없이 요행을 바람.
재상가에 ㉢청질하다 봉변당해 물러서며
[02-③] 부를 증식하기 위해 권력가의 권세를 이용하려 함.
남의 고을 걸태 하다 혼금(閽禁)에 쫓겨 오기

혼인 중매 선채* 돈에 창피당해 빰 맞으며
[03-③] 중매에 실패하여 창피를 당함.
가대* 흥정 구문 먹기 ㉣핀잔 듣고 자빠지고
[02-④] 집이나 땅을 중개하는 과정에서 겪은 부정적 반응
불의행실(不義行實) 찌그렁이 위조문서 비리호송(非理好訟)

부자나 후려 볼까 ㉤감언이설 꾀어 보자
[02-⑤] 부자를 꾀는 수단

언막이에 보막이며 은광이며 금광이라

큰길가에 색주가며 노름판에 푼돈 떼기
[03-①] 도박과 음주에 빠져 있음.
남북촌에 뚜쟁이로 인물 초인(招引) 하여 볼까

산진매 수진매로 사냥질로 놀아나기

혼인 핑계 어린 딸이 백 냥짜리 되었구나
[02-②] 가족을 돌보지 않는 무책임한 태도
대종손 양반 자랑 산소나 팔아 볼까

주제넘게 아는 체로 길흉화복 점치기에 빠져
묏자리 옮기기도 자주 하고 이사도 자주 다니며
자기 대에 복을 받아 부귀를 누릴 수 있는 곳이 여기 아니면, 난리를 피할 수 있는 곳이 여기로다
올 때 갈 때 길바닥에 처자식을 흩어 놓고
체면 상관 아니하고 공짜를 바라도다
사람을 속여 재물을 빼앗자 하니 두 번째는 아니 속고
국가의 세금을 횡령하자 하니 친척 중에 부자 없고
허황된 재물을 바라면서 여기저기 분주히 돌아다닐 때
재상가에 청탁하다 봉변당하고 물러서며
남의 고을에 재물 얻으러 갔다 관아 출입 금지에 쫓겨 오기
혼인 중매하려다가 무안을 당하고 뺨 맞으며
집문서, 땅문서를 가지고 흥정비를 받으려다 핀잔 듣고 자빠지고
이롭지 않은 행동을 하고 생떼 쓰며 위조문서로 송사를 일으키기
부자나 속여 볼까 달콤한 말로 꾀어 보자
언막이며 보막이며 은광이며 금광이라 (찾아다니고)
큰길가에 술집이며 노름판에 푼돈 떼기
남북촌에 뚜쟁이로 사람들을 끌어 볼까
산진매, 수진매에 사냥질로 놀아나기
결혼을 핑계로 어린 딸은 백 냥짜리가 되었구나
대종손 양반 자랑 산소나 팔아 볼까

결사 아낙은 친정살이 자식은 머슴살이
[01-②] [02-②] 대구적 표현, 가족을 돌보지 않는 무책임한 태도
일가에게 인심 잃고 **친구**에게 손가락질
[05-⑤] 소외당하는 꽁생원의 말로 → 무책임한 삶에 대한 경계
부지거처(不知去處) 나간 후에 소문이나 들었던가

아내는 친정살이 자식들은 머슴살이
친척들에게 인심 잃고 친구들은 손가락질
어디론가 나가더니 소문이나 들었던가

*선채(先綵): 혼례 전에 신랑 집에서 신부 집으로 보내는 비단.
*가대(家垈): 집이나 토지 등을 통틀어 이르는 말.

(나) 성현, 「타농설」

EBS 연결 고리
비연계

해제 이 작품은 부지런한 농부와 게으른 농부의 이야기를 바탕으로 포기하지 않고 학문에 정진하는 자세의 중요성에 대해 말하고 있는 고전 수필이다. 작품의 전반부는 글쓴이가 관찰한 상황을 제시하고 있는데, 부지런한 농부는 큰 가뭄이 들었지만 희망을 버리지 않고 계속 노력하여 수확을 얻지만, 게으른 농부는 결과를 섣불리 판단하고 농사일을 내팽개쳐 결국 굶주리

게 되었다는 내용이다. 후반부는 글쓴이가 관찰한 상황을 통해 얻은 깨달음을 바탕으로 교훈을 전달하고 있는데, 글쓴이는 과거 시험에 몇 번 떨어지면 이내 학문을 포기해 버리는 선비들을 가리켜 부지런한 농부처럼 포기하지 말고 끊임없이 학문에 임할 것을 당부하고 있다.

주제 포기하지 않고 부지런히 학문을 해 나가는 자세의 중요성

짜임

전반부	큰 가뭄에도 농사일을 계속한 부지런한 농부와 농사일을 포기한 게으른 농부의 이야기
후반부	학문을 포기하지 않고 정진하는 자세

전반부 경인년(庚寅年)에 큰 가뭄이 들어 정월부터 가을 7월에 이르기까지 **비가 내리지 않**았다. 봄에는 논밭을 갈지 못했고, 여름에는 **김을 맬 수가 없**었다. 들판에 있는 풀은 하나같이 누렇게 말랐고, 논밭의 곡식도 모두 시들었다.
[05-②] 농경에 부적합한 환경
[01-④] 계절적 배경 언급

부지런한 농부가 말하기를,
[04-①] 인물의 말 인용

"김을 매도 죽을 것이고 김을 매지 않아도 죽을 것이다. 편안히 앉아 기다리는 것보다는 힘을 다하여 곡식을 살리는 게 나을 것이다. 만일 비가 내린다면 어찌 그동안 들인 노력이 모두 허사가 되겠는가."
[01-②] 대구적 표현
[01-①] 한계 상황 속에서도 최선을 다하는 부지런한 농부 ↔ 게으른 농부

라고 하였다. 그러므로 논밭은 이미 갈라졌으나 김매기를 그치지 아니하고 싹이 이미 시들었어도 **풀 뽑기를 쉬지 아니하여**, 한 해가 다 가도록 부지런히 일을 하면서 자신이 할 일에 최선을 다하였다.
[05-④] 한계 상황에 대한 극복 의지

ⓑ 게으른 농부는 말하기를,
[04-①] 인물의 말 인용

"김을 매도 죽을 것이고 김을 매지 않아도 죽을 것이다. 바쁘게 일하면서 수고로운 것보다는 아무 일도 하지 않고 **그냥 쉬는 것이 나을 것**이다. 만일 비가 오지 않으면 이것 모두 무익하게 될 것이다."
[03-⑤] 가뭄이 들어 김매기를 해도 작물이 죽을 것이라 생각함.
[01-①] [05-③] 불행한 결과를 예단하는 게으른 농부 ↔ 부지런한 농부

라고 하였다. 그러므로 밭에서 일하는 농부들을 보고 비웃기를 그치지 않았고, 들밥을 내가는 아녀자들을 보고 조롱하기를 그만두지 않으면서, 한 해가 다 가도록 물러나 앉아 천명을 기다리고 있었다.

나는 일찍이 가을걷이할 무렵 파산(坡山)의 들판에 가 보았다. 그 밭의 절반은 황폐하였고 절반은 곡식이 잘 가꾸어져 있었는데, 절반은 곡식이 성글게 달렸고 절반은 빽빽하게 달려 있었다. 어떤 농부는 목을 뻣뻣이 세우고 하늘을 우러러보고, 또 어떤 농부는 술에 취해 잠이 들어 있었다. 마을 노인에게 이유를 물으니,
[01-④] [04-③] 가을이 되어 글쓴이가 관찰한 상황
[03-①] 부지런한 농부

"저 황폐하고 성긴 곡식은 목을 뻣뻣이 세우고 하늘을 우러러보는 자들이 무익하다고 여겨 김을 매지 않은 것이고, 잘 가꾸어져 빽빽한 곡식은 술에 취한 채 목이 메어 잠든 자들이 정성과 힘을 다하여 살린 것이다. 한때의 편안함을 탐내었다가 일 년 내내 굶주리게 되었고, 한때의 괴로움을 참아 일 년 내내 배불리 지낼 수 있게 되었다."
[03-①] 부지런한 농부가 농사를 잘 지어 놓고 배불리 술을 마신 뒤 잠든 상황
[01-①] [04-③] 글쓴이가 관찰한 상황이 발생하게 된 이유를 설명하는 마을 노인

라고 하였다. - 부지런한 농부와 게으른 농부의 대조적 결과

후반부 아, 열심히 일하여 얻고, 편안하게 놀다가 잃는 것은 비단 농사일만이 아닐 것이다. 오늘날 시서(詩書)를 공부하여 벼슬길에 나아가기를 도모하는 사람들도 어찌 이와 다를 것인가?
[04-②, ⑤] 글쓴이의 의견 제시, 깨달음을 바탕으로 학문하는 선비들로 논의의 대상 확장

ⓒ 선비들은 젊었을 때에 학문에 뜻을 두고 밤낮없이 부지런히 노력하여 육경(六經)과 온갖 사서(史書)를 탐구하지 않음이 없고 문장과 아름다운 글귀를 익히지 않음이 없다. 저마다 재주를 품고 기이한 재주를 쌓아 과거 시험장에 나아가 솜씨를 겨루어, 한 번에 뜻을 이루지 못하면 못마땅해하고, 두 번에 뜻을 얻지 못하면 마음이 흐려지고, 세 번에도 뜻을 얻지 못하면 스스로 낙심하여 말하기를,

"공명에는 분수가 있어서 학문으로 이룰 수 있는 것이 아니며, 부귀는 운명에 달려 있으니 역시 학문으로 이룰 수 있는 것이 아니다."
[03-②, ⑤] 과거 시험에 여러 번 떨어져 낙심해서 한 말 → 운명론적 태도

라고 한다. 그동안 배운 것을 버리고 아울러 이전에 쌓아 온 바를 버려서 어떤 이는 중도에 그만두기도 하고 또 어떤 이는 문(門)에 거의 다 이르렀다가 되돌아간다. 아홉 길 높이로 산을 쌓고도 한 삼태기의 힘을 마저 쏟지 않는 것과 같으니, 어찌 게을러서 김을 매지 않는 자들과 같지 않으리오.
[03-④] 한때의 괴로움을 참지 못해 공명을 이루지 못함.

학문의 수고로움은 농부들이 봄, 여름, 가을의 세 계절을 고생하는 것에 비할 바가 아니나, 학문을 하여 얻는 공이 어찌 농사를 지어 얻는 이로움 정도뿐이겠는가. 농사를 지어 입과 배를 채우는 것은 그 이로움이 적으나, 학문을 하여 명성을 취하는 것은 그 이로움이 크다. 이로움이 작은 일도 오히려 부지런히 하지 않을 수 없는데, 하물며 **큰 일을 하면서 부지런하지 않을 수 있겠는가**. 마음을 수고롭게 하는 군자는 도리어 몸을 수고롭게 하는 소인이 끝까지 노력함을 알지 못한다. 그러므로 이 글을 지어 그들을 깨우치는 바이다.
[04-②] [05-⑤] 글쓴이의 주장 - 포기하지 말고 학문에 정진할 것
[04-④] 글쓴이가 다른 사람에게 교훈을 전달하고자 함.

01 표현상 특징 파악 답 ①

선지별 선택 비율	①	②	③	④	⑤
화작	76%	7%	6%	5%	4%
언매	88%	3%	3%	2%	2%

(가)와 (나)에 대한 설명으로 가장 적절한 것은?

정답 띵! 동!

① (가)는 열거의 방식을, (나)는 대조의 방식을 활용하여 주제를 부각하고 있다.
(열거의 방식 → 꽁생원의 도덕적 타락상 나열 / 대조의 방식 → 부지런한 농부 ↔ 게으른 농부)

| (가) - 〈본사〉 주제넘게 아는 체로 음양술수 현혹되어 / 이장도 자주 하며 이사도 힘을 쓰고 ~ 혼인 핑계 어린 딸이 백 냥짜리 되었구나 / 대종손 양반 자랑 산소나 팔아 볼까

| (나) - 〈전반부〉 부지런한 농부가 말하기를 ~ 한 해가 다 가도록 부지런히 일을 하면서 자신이 할 일에 최선을 다하였다. / 게으른 농부는 말하기를 ~ 들밥을 내가는 아녀자들을 보고 조롱하기를 그만두지 않으면서, 한 해가 다 가도록 물러나 앉아 천명을 기다리고 있었다.

| 뭔말?

· (가)는 꽁생원의 타락한 행동을 구체적으로 열거하여, 어리석은 남자(우부)의 도덕적 타락에 대한 비판과 경계라는 주제를 부각함.

· (나)는 부지런한 농부와 게으른 농부의 말과 행동을 대조하여, 포기하지 않고 성실하게 노력하는 자세의 중요성이라는 주제를 부각함.

오답 땡!

② ~~(가)는 (나)와 달리,~~ 대구적 표현을 활용하여 ~~인물에 대한 태도의 변화를 드러내고 있다.~~

→ (가)와 (나) 모두 대구적 표현을 활용함.
→ (가)와 (나) 모두 인물에 대한 태도 변화 X

| (가) – 〈본사〉 기인취물 하자 하니 두 번째는 아니 속고 / 공납 범용 하자 하니 일가 중에 부자 없고

| (가) – 〈결사〉 아낙은 친정살이 자식은 머슴살이

| (나) – 〈전반부〉 김을 매도 죽을 것이고 김을 매지 않아도 죽을 것이다.

| 뭔말?

· (가)는 '기인취물 하자 하니 두 번째는 아니 속고 / 공납 범용 하자 하니 일가 중에 부자 없고', '아낙은 친정살이 자식은 머슴살이' 등에서 대구적 표현을 활용하고 있으나, 이 부분은 인물에 대한 태도 변화와는 관련이 없음.

· (나)도 '김을 매도 죽을 것이고 김을 매지 않아도 죽을 것이다.' 등에서 대구적 표현을 활용하고 있는데, 이 역시 인물에 대한 태도의 변화와는 관련이 없음.

③ ~~(나)는 (가)와 달리, 반어적 표현을 활용하여 인물에 대한 기대감을 높이고 있다.~~

→ (가)와 (나) 모두 반어적 표현 X, 인물에 대한 기대감 X

| 뭔말?

· (가)와 (나) 모두 실제 전달하려는 의미와 반대되게 표현하는 반어적 표현을 활용하고 있지 않고, 인물에 대한 기대감을 높이는 부분도 찾아볼 수 없음.

④ ~~(가)와 (나)는 모두,~~ 계절적 배경을 활용하여 ~~향토적 분위기를 조성하고 있다.~~

→ (나)만 계절적 배경 언급
→ (가)와 (나) 모두 X

| (나) – 〈전반부〉 경인년에 큰 가뭄이 들어 정월부터 가을 7월에 이르기까지 비가 내리지 않았다. 봄에는 논밭을 갈지 못했고, 여름에는 김을 맬 수가 없었다.

| (나) – 〈전반부〉 나는 일찍이 가을걷이할 무렵 파산의 들판에 가 보았다.

| 뭔말?

· (가)는 계절적 배경이 나타나 있지 않음.

· (나)는 '정월부터 가을 7월', '봄', '여름', '가을걷이할 무렵' 등 계절과 관련된 표현이 나타나 있지만, 이를 통해 향토적 분위기를 조성하지는 않음.

⑤ ~~(가)와 (나)는 모두, 해학적 표현을 활용하여 인물 간의 우호적 관계를 드러내고 있다.~~

→ (가)만 해학성 O
→ (가)와 (나) 모두 X

| (가) – 〈본사〉 재상가에 청질하다 봉변당해 물러서며 / 남의 고을 걸태 하다 혼금에 쫓겨 오기 / 혼인 중매 선채 돈에 창피당해 뺨 맞으며 / 가대 흥정 구문 먹기 핀잔 듣고 자빠지고

| 뭔말?

· (가)는 꽁생원의 부정적 모습을 나열하는 데서 해학성을 확인할 수 있으나, 이를 통해 인물 간의 우호적 관계를 드러내고 있지 않음.

· (나)는 해학적 표현이 나타나지 않고, 인물 간의 우호적 관계도 드러내고 있지 않음.

02 시구의 의미와 기능 파악 답 ②

선지별 선택 비율	①	②	③	④	⑤
화작	3%	80%	7%	6%	2%
언매	1%	89%	3%	2%	1%

㉠~㉤을 이해한 내용으로 적절하지 않은 것은?

정답 띵!동!

② ㉡은 재물을 모은 꽁생원이 ~~함께 풍요로운 삶을 누리고 싶은 대상~~이다.

→ 제대로 돌보지 않는 대상

| (가) – 〈본사〉 올 적 갈 적 행로상에 ㉡처자식을 흩어 놓고

| (가) – 〈본사〉 혼인 핑계 어린 딸이 백 냥짜리 되었구나

| (가) – 〈결사〉 아낙(→ 아내)은 친정살이 자식은 머슴살이

| 뭔말?

· 꽁생원은 처자식을 길 위에 흩어 놓거나, 어린 딸의 혼인을 핑계로 돈을 받는 등 가족을 제대로 돌보지 않음.

· 따라서 ㉡ '처자식'은 꽁생원이 함께 풍요로운 삶을 누리고 싶은 대상이 아님.

오답 땡!

① ㉠은 집터나 묏자리를 통해 길운을 바라는 꽁생원이 관심을 보이는 대상이다.

| (가) – 〈본사〉 주제넘게 아는 체로 ㉠ 음양술수 현혹되어 / 이장도 자주 하며 이사도 힘을 쓰고

| 뭔말?

· 꽁생원은 '음양술수'에 현혹되어 '이장도 자주 하며 이사도 힘'을 썼는데, 여기서 '음양술수'는 풍수지리 등을 통해 길흉화복 등을 점치는 일이고, '이장'은 묏자리를 옮기는 것이며, '이사'는 집(집터)을 옮기는 것임.

· 따라서 ㉠ '음양술수'는 집터나 묏자리를 통해 길운을 바라는 꽁생원이 관심을 보이는 대상임.

③ ㉢은 재물을 경영하여 부를 증식하려는 꽁생원이 권력가의 권세를 이용하기 위한 방법이다.

→ 재상가

| (가) – 〈본사〉 뜬재물을 경영하여 경향출입 싸다닐 제 / 재상가(→ 재상의 집이나 집안 = 권력가)에 ㉢청질(→어떤 일을 하는 데에 권세 있는 사람에게 부탁하여 그 힘을 빌리는 일)하다 봉변당해 물러서며

| 뭔말?

· 꽁생원은 '뜬재물을 경영'할 때 '재상가에 청질', 즉 청탁을 함.

· 따라서 ㉢ '청질'은 꽁생원이 재물을 경영하여 부를 증식하고자 권력가의 권세를 이용하기 위한 방법임.

④ ㉣은 집이나 땅을 중개하여 이문을 취하려는 꽁생원이 흥정 과정에서 겪은 부정적 반응이다.

→ 이익이 남는 돈 = 구문

| (가) – 〈본사〉 가대 흥정 구문(→ 흥정을 붙여 주고 그 보수로 받는 돈) 먹기 ㉣핀잔 듣고 자빠지고

| 뭔말?

· '가대 흥정 구문 먹기 핀잔 듣고'는 꽁생원이 집이나 땅을 중개하여 이문을 취하려고 흥정을 붙였다가 핀잔을 들은 상황을 나타냄.

· 따라서 ⓔ '핀잔'은 꽁생원이 집이나 땅을 중개하며 흥정 과정에서 겪은 부정적 반응임.

⑤ ⓜ은 부자의 재산으로 이익을 얻으려는 꽁생원이 부자를 꾀는 수단이다.

| (가) – 〈본사〉 부자나 후려 볼까(→ 그럴듯한 말로 속여 볼까) ⓜ감언이설 꾀어 보자

| 뭔말?

· 꽁생원은 '부자나 후려 볼까'라고 하면서 감언이설 꾀어 보자'라고 하는데, 이에는 그럴싸한 말로 부자를 꾀어서 부자의 재산으로 이익을 얻으려는 의도가 담겨 있음.

· 따라서 ⓜ '감언이설'은 꽁생원이 부자의 재산으로 이익을 얻고자 부자를 꾀는 수단임.

03 인물의 성격 이해 답 ⑤

선지별 선택 비율	①	②	③	④	⑤
화작	13%	5%	6%	8%	66%
언매	11%	2%	3%	5%	76%

ⓐ~ⓒ에 대한 이해로 가장 적절한 것은?

정답 띵!동!

⑤ ⓑ는 김매기를 하여도 작물이 죽을 것이라고 생각하고, ⓒ는 학문에 힘을 쏟아도 부귀를 이루지 못할 수 있다고 생각한다.
(→ 가뭄에 따른 부정적 결과를 예상함.) (→ 부귀를 운명에 달려 있는 것이라고 여김.)

| (나) – 〈전반부〉 ⓑ게으른 농부는 말하기를, "김을 매도 죽을 것이고 김을 매지 않아도 죽을 것이다. ~" 라고 하였다.

| (나) – 〈후반부〉 ⓒ선비들은 ~ "공명에는 분수가 있어서 학문으로 이룰 수 있는 것이 아니며, 부귀는 운명에 달려 있으니 역시 학문으로 이룰 수 있는 것이 아니다."라고 한다.

| 뭔말?

· (나)에서 ⓑ '게으른 농부'가 "김을 매도 죽을 것이고 김을 매지 않아도 죽을 것이다."라고 말한 데서, 가뭄이 들어 김매기를 하여도 작물이 죽을 것이라고 생각했음을 알 수 있음.

· (나)에서 ⓒ '선비들'이 "부귀는 운명에 달려 있으니 역시 학문으로 이룰 수 있는 것이 아니다."라고 말한 데서, 학문에 힘을 쏟아도 부귀를 이룰 수 없다고 생각했음을 알 수 있음.

오답 땡!

① ⓐ는 도박과 음주에 빠져 있고, ~~ⓑ는~~ 파산의 들판에서 술에 취해 잠들어 있다.
(→ 부지런한 농부)

| (가) – 〈본사〉 큰길가에 색주가며 노름판에 푼돈 떼기 → 도박과 음주에 빠져 있는 꽁생원

| (나) – 〈전반부〉 어떤 농부(→ 게으른 농부)는 목을 뻣뻣이 세우고 하늘을 우러러보고, 또 어떤 농부(→ 부지런한 농부)는 술에 취해 잠이 들어 있었다. 마을 노인에게 이유를 물으니, "저 황폐하고 성긴 곡식(→ 게으른 농부가 농사일을 포기한 결과)은 목을 뻣뻣이 세우고 하늘을 우러러보는 자들(→ 게으른 농부들)이 무익하다고 여겨 김을 매지 않은 것이고, 잘 가꾸어져 빽빽한 곡식(→ 부지런한 농부가 가뭄에도 열심히 일한 결과)은 술에 취한 채 목이 메어 잠든 자들(→ 부지런한 농부들)이 정성과 힘을 다하여 살린 것이다. ~ "라고 하였다.

| 뭔말?

· (가)에서 ⓐ '꽁생원'이 '큰길가에 색주가며 노름판에 푼돈 떼기'를 한다고 했으므로, 도박과 음주에 빠져 있음을 알 수 있음.

· (나)에서 '잘 가꾸어져 빽빽한 곡식은 술에 취한 채 목이 메어 잠든 자들이 정성과 힘을 다하여 살린 것이다.'라고 한 데서, 파산의 들판에서 술에 취해 잠들어 있는 대상은 ⓑ '게으른 농부'가 아니라 부지런한 농부임을 알 수 있음.

② ⓐ는 ~~부모의 혜택을 받지 못하여~~ 팔자를 원망하고, ⓒ는 ~~분수를 알아 자신의 배움에 한계가 있다고 생각한다.~~
(→ 부모의 혜택을 받음.) (→ 찾아볼 수 없는 내용)

| (가) – 〈서사〉 저 건너 ⓐ꽁생원은 팔자를 원망토다 / 제 아비 덕분으로 돈천이나 가졌더니

| (나) – 〈후반부〉 ⓒ선비들은 ~ 세 번에도 뜻(→ 과거 합격)을 얻지 못하면 스스로 낙심하여 말하기를, "공명에는 분수가 있어서 학문으로 이룰 수 있는 것이 아니며, 부귀는 운명에 달려 있으니 역시 학문으로 이룰 수 있는 것이 아니다."라고 한다.

| 뭔말?

· (가)에서 ⓐ '꽁생원'은 '팔자를 원망'하고는 있지만 '제 아비 덕분으로 돈천이나 가졌'다고 했으므로 부모의 혜택을 받은 사람임.

· (나)에서 ⓒ '선비들'이 '공명에는 분수가 있어서 학문으로 이룰 수 있는 것이 아니'라고 말한 것은 과거 시험에 여러 번 떨어져 낙심해서 한 말로, 분수를 알아 자신의 배움에 한계가 있다고 생각한 것은 아님.

③ ⓐ는 혼인을 중매하는 일에 성공하지 못하여 창피를 당하고, ⓒ는 과거 시험에서 뜻을 이루지 못하여 ~~수치를 당한다.~~
(→ 혼자 낙심한 것)

| (가) – 〈본사〉 혼인 중매 선채 돈에 창피당해 뺨 맞으며

| (나) – 〈후반부〉 ⓒ선비들은 ~ 과거 시험장에 나아가 솜씨를 겨루어, 한 번에 뜻을 이루지 못하면 못마땅해하고, 두 번에 뜻을 얻지 못하면 마음이 흐려지고, 세 번에도 뜻을 얻지 못하면 스스로 낙심하여 말하기를,

| 뭔말?

· (가)에서 '혼인 중매 선채 돈에 창피당해 뺨 맞'았다고 했으므로, ⓐ '꽁생원'이 혼인을 중매하는 일에 성공하지 못하여 창피를 당했음을 알 수 있음.

· (나)에서 ⓒ '선비들'이 과거 합격하지 못해 낙심했음은 알 수 있지만, 다른 사람에게 수치를 당했다는 내용은 찾아볼 수 없음.

④ ⓑ는 가뭄에 김을 매지 않아 ~~다른 농부들의 조롱을 받고~~, ⓒ는 한때의 괴로움을 참지 못하여 공명을 이루지 못한다.
(→ 오히려 다른 농부들을 비웃음.) (→ 중도에 그만두거나 거의 다 이르렀다가 되돌아감. → 공명을 이루지 못함.)

| (나) – 〈전반부〉 ⓑ게으른 농부는 말하기를, "김을 매도 죽을 것이고 김을 매지 않아도 죽을 것이다. 바쁘게 일하면서 수고로운 것보다는 아무 일도 하지 않고 그냥 쉬는 것이 나을 것이다. ~ 그러므로 밭에서 일하는 농부들을 보고 비웃기를 그치지 않았고

| (나) – 〈후반부〉 ⓒ선비들은 ~ 그동안 배운 것을 버리고 아울러 이전에 쌓아 온 바를 버려서 어떤 이는 중도에 그만두기도 하고 또 어떤 이는 문에 거의 다 이르렀다가 되돌아간다. → 과거 시험 실패라는 한때의 괴로움을 참지 못하고 학문을 포기하여 공명을 이루지 못함.

| 뭔말?

· (나)에서 ⓑ '게으른 농부'는 다른 농부들의 조롱을 받지 않음. 큰 가뭄이 들었으니 김매기를 하여도 작물이 다 죽을 것이라고 하면서 오히려 밭에서 일하는 농부들을 보고 비웃기를 그치지 않았음.

· (나)에서 © '선비들'이 학문을 중도에 그만 두는 것은 과거 시험의 실패라는 한 때의 괴로움을 참지 못하여 공명을 이루지 못한 것이라고 볼 수 있음.

04 글의 전개 방식 파악 답 ②

선지별 선택 비율	①	②	③	④	⑤
화작	4%	65%	13%	8%	7%
언매	2%	79%	8%	5%	5%

(나)에 대한 설명으로 적절하지 않은 것은?

정답 띵! 동!

② 글쓴이의 주장과 ~~그에 대한 반박을 제시하여 화제에 대한 상반된 입장을 나타내고 있다.~~ → 글쓴이의 주장만 나타나 있음. 주장에 대한 반박 X

| (나) - 〈후반부〉 아, 열심히 일하여 얻고, 편안하게 놀다가 잃는 것은 비단 농사일만이 아닐 것이다. 오늘날 시서를 공부하여 벼슬길에 나아가기를 도모하는 사람들도 어찌 이와 다를 것인가? ~ 농사를 지어 입과 배를 채우는 것은 그 이로움이 적으나, 학문을 하여 명성을 취하는 것은 그 이로움이 크다. 이로움이 작은 일도 오히려 부지런히 하지 않을 수 없는데, 하물며 큰 일을 하면서 부지런하지 않을 수 있겠는가. ~ 이 글을 지어 그들을 깨우치는 바이다.

| 뭔말?

· (나)는 글쓴이의 가치관, 경험, 깨달음을 바탕으로 교훈을 전달하는 설(說)임. 글쓴이는 두 농부의 이야기를 통해 한때의 괴로움이 있더라도 부지런히 학문에 임해야 한다는 주장을 제시함.

· 하지만 글쓴이의 주장에 대한 반박은 제시하지 않았으므로, 화제에 대한 상반된 입장을 나타내고 있다고 볼 수 없음.

오답 땡!

① 인물들의 말을 인용하여 특정 상황에 대한 서로 다른 태도를 드러내고 있다. (→ 부지런한 농부의 말과 게으른 농부의 말 / → 큰 가뭄이 든 상황)

| (나) - 〈전반부〉 부지런한 농부가 말하기를, "김을 매도 죽을 것이고 김을 매지 않아도 죽을 것이다. 편안히 앉아 기다리는 것보다는 힘을 다하여 곡식을 살리는 게 나을 것이다. 만일 비가 내린다면 어찌 그동안 들인 노력이 모두 허사가 되겠는가." 라고 하였다. → 가뭄을 이겨 내기 위해 부지런히 일을 함.

| (나) - 〈전반부〉 게으른 농부는 말하기를, "김을 매도 죽을 것이고 김을 매지 않아도 죽을 것이다. 바쁘게 일하면서 수고로운 것보다는 아무 일도 하지 않고 그냥 쉬는 것이 나을 것이다. 만일 비가 오지 않으면 이것 모두 무익하게 될 것이다." 라고 하였다. → 아무 일도 하지 않으며 게으르게 지냄.

| 뭔말?

· (나)에서는 부지런한 농부와 게으른 농부의 말을 직접 인용하여 큰 가뭄이 든 상황에서의 서로 다른 태도를 드러냄.

③ 물음에 답하는 인물을 통해 글쓴이가 관찰한 상황이 발생하게 된 이유를 제시하고 있다. (→ 마을 노인 / → 파산의 들판에서 본 부지런한 농부와 게으른 농부의 농사 결과 차이)

| (나) - 〈전반부〉 나는 일찍이 가을걷이할 무렵 파산의 들판에 가 보았다. 그 밭의 절반은 황폐하였고 절반은 곡식이 잘 가꾸어져 있었는데, 절반은 곡식이 성글게 달렸고 절반은 빽빽하게 달려 있었다.(→ 글쓴이가 관찰한 상반된 상황) ~ 마을 노인에게 이유를 물으니, "저 황폐하고 성긴 곡식은 목을 뻣뻣이 세우고 하늘을 우러러보는 자들이 무익하다고 여겨 김을 매지 않은 것이고, 잘 가꾸어져 빽빽한 곡식은 술에 취한 채 목이 메어 잠든 자들이 정성과 힘을 다하여 살린 것이다. 한때의 편안함을 탐내었다가 일 년 내내 굶주리게 되었고, 한때의 괴로움을 참아 일 년 내내 배불리 지낼 수 있게 되었다."(→ 글쓴이의 물음에 대한 노인의 대답)

| 뭔말?

· 글쓴이는 파산의 들판에서 상반된 들판의 모습을 보고 노인에게 그 이유를 물음.

· '마을 노인'은 글쓴이가 파산의 들판에서 관찰한 상황이 발생한 이유를 농부들의 태도와 관련지어 제시함.

④ 다른 사람에게 교훈을 전달하고자 하는 글쓴이의 의도를 드러내며 글을 마무리하고 있다.

| (나) - 〈후반부〉 그러므로 이 글을 지어 그들(→ 다른 사람 = 선비들)을 깨우치는 바이다.

| 뭔말?

· 글쓴이는 '그들을 깨우치'고자, 즉 교훈을 전달하려는 목적으로 글을 썼음을 드러내며 글을 마무리함.

⑤ 글쓴이의 경험을 통해 얻은 깨달음을 바탕으로 논의의 대상을 다른 상황으로 확장하고 있다. (→ 부지런한 농부와 게으른 농부의 대비되는 태도, 이로 인한 결과의 차이 / 선비들이 학문에 임하는 자세 ←)

| (나) - 〈전반부〉 나는 일찍이 가을걷이할 무렵 파산의 들판에 가 보았다. 그 밭의 절반은 황폐하였고 절반은 곡식이 잘 가꾸어져 있었는데, 절반은 곡식이 성글게 달렸고 절반은 빽빽하게 달려 있었다. 어떤 농부는 목을 뻣뻣이 세우고 하늘을 우러러보고, 또 어떤 농부는 술에 취해 잠이 들어 있었다. → 글쓴이의 경험

| (나) - 〈후반부〉 아, 열심히 일하여 얻고, 편안하게 놀다가 잃는 것은 비단 농사일만이 아닐 것이다.(→ 깨달음) 오늘날 시서를 공부하여 벼슬길에 나아가기를 도모하는 사람들(→ 선비들)도 어찌 이와 다를 것인가? 선비들은 ~ 어찌 게을러서 김을 매지 않는 자들과 같지 않으리오.(→ 논의의 대상 확장)

| 뭔말?

· 글쓴이는 큰 가뭄이 들었을 때 부지런한 농부와 게으른 농부가 보인 대조적인 태도와 그로 인한 결과의 차이를 경험함.

· 글쓴이는 이러한 경험에서 얻은 깨달음, 즉 '아, 열심히 일하여 얻고, 편안하게 놀다가 잃는 것은 비단 농사일만이 아닐 것이다.'를 바탕으로 논의의 대상을 학문에 임하는 선비들의 자세로 확장함.

05 외적 준거에 따른 작품 감상 답 ⑤

선지별 선택 비율	①	②	③	④	⑤
화작	3%	4%	14%	12%	64%
언매	1%	2%	12%	8%	75%

〈보기〉를 참고하여 (가), (나)를 감상한 내용으로 적절하지 않은 것은? [3점]

보기

당면한 현실에 대응하는 양상에 따라 삶에 대한 평가는 달라진다. 요행을 바라면서 책임감 없는 삶을 사는 경우에는 부정적으로, 현실적 한계를 극복하고자 노력하는 삶을 사는 경우에는 긍정적으로 평가된다. (가)에서는 당대 규범에서 벗어나 세속적 욕망을 추구하며 요행을 바라는 태도에 대한 경계가, (나)에서는 운명론적 태도에서 벗어나 삶의 주체로서 문제를 성실하게 해결하는 자세에 대한 권면이 나타나고 있다.

정답 띵! 동!

사람의 일생 가운데에서 마지막 무렵. 또는 망하여 가는 마지막 무렵의 모습

⑤ (가)의 '일가'와 '친구'에게서 소외당한 꽁생원의 말로에서 무책임한 삶에 대한 경계가, (나)의 '큰 일을 하면서 부지런하'기를 촉구하는 데에서 ~~게으른 농부~~에 대한 권면이 나타나는군.

→ 선비들. 게으른 농부 X

| 〈보기〉 요행을 바라면서 책임감 없는 삶을 사는 경우에는 부정적으로, 현실적 한계를 극복하고자 노력하는 삶을 사는 경우에는 긍정적으로 평가된다.

| (가) – 〈결사〉 아낙은 친정살이 자식은 머슴살이 / 일가에게 인심 잃고 친구에게 손가락질

| (나) – 〈후반부〉 농사를 지어 입과 배를 채우는 것은 그 이로움이 적으나, 학문을 하여 명성을 취하는 것은 그 이로움이 크다. 이로움이 작은 일(→ 농사)도 오히려 부지런히 하지 않을 수 없는데, 하물며 큰 일(→ 학문)을 하면서 부지런하지 않을 수 있겠는가. → 선비들에게 포기하지 말고 학문에 정진할 것을 촉구함.

| 뭔말?

· (가)에서 꽁생원은 가장으로서 가족을 돌보지 않고 책임감 없이 살아오다가 결국 '일가'와 '친구'에게서 소외당함. → 꽁생원의 부정적 말로는 꽁생원처럼 살아서는 안 된다는, 무책임한 삶에 대한 경계와 연결됨.

· (나)에서 이로움이 '작은 일'은 농사를 지어 입과 배를 채우는 것이고, 이로움이 '큰 일'은 학문으로 명성을 얻는 것임. → 글쓴이가 '큰 일을 하면서 부지런하'기를 촉구하는 대상은 게으른 농부가 아니라, 학문하는 선비들임.

오답 땡!

① (가)의 '공것'과 '뜬재물'은 정당한 노력을 기울이지 않고 요행을 바라는 태도를 알 수 있는 소재이군.

| 〈보기〉 (가)에서는 당대 규범에서 벗어나 세속적 욕망을 추구하며 요행을 바라는 태도에 대한 경계가 ~ 나타나고 있다.

| (가) – 〈본사〉 유무 상관 아니하고 공것을 바라도다 ~ 뜬재물을 경영하여 경향 출입 싸다닐 제

| 뭔말?

· (가)의 '공것'은 힘이나 돈을 들이지 않고 얻은 물건을, '뜬재물'은 뜻하지 않은 기회에 우연히 얻은 재물을 뜻하므로 정당한 노력을 기울이지 않고 요행을 바라는 꽁생원의 태도를 알 수 있는 소재임.

→ 농사를 짓기에 부적합한 환경

② (나)의 '비가 내리지 않'아 '김을 맬 수가 없'는 것을 보니, 농부들이 농경에 부적합한 환경이라는 문제 상황에 당면하게 된 것을 알 수 있군.

| (나) – 〈전반부〉 경인년에 큰 가뭄이 들어 정월부터 가을 7월에 이르기까지 비가 내리지 않았다. 봄에는 논밭을 갈지 못했고, 여름에는 김을 맬 수가 없었다.

| 뭔말?

· (나)에서 큰 가뭄으로 '비가 내리지 않'아 '김을 맬 수가 없'는 것은 농사를 지을 수 없는 상황임. → 농부들이 농경에 부적합한 환경이라는 문제 상황에 당면해 있음을 알 수 있음.

→ = 공납 범용

③ (가)의 '공납'을 유용하려는 것에서 이익을 위해 규범을 무시하는 태도를, (나)의 '그냥 쉬는 것이 나을 것'에서 불행한 결과를 예단하는 운명론적 태도를 확인할 수 있군.

→ 어차피 농작물이 죽을 것이라고 미리 판단하여 농사를 포기하는 행동

→ 미리 판단함. 또는 그런 판단

| 〈보기〉 (가)에서는 당대 규범에서 벗어나 세속적 욕망을 추구하며 요행을 바라는 태도에 대한 경계가, (나)에서는 운명론적 태도에서 벗어나 삶의 주체로서 문제를 성실하게 해결하는 자세에 대한 권면이 나타나고 있다.

| (가) – 〈본사〉 공납(→ 국고로 들어가는 조세를 통틀어 이르는 말. 또는 조세를 내는 일) 범용(→ 남이 맡긴 물건이나 보관하여야 할 물건을 마음대로 써 버림.) 하자 하니 일가 중에 부자 없고

| (나) – 〈전반부〉 게으른 농부는 말하기를, "김을 매도 죽을 것이고 김을 매지 않아도 죽을 것이다. 바쁘게 일하면서 수고로운 것보다는 아무 일도 하지 않고 그냥 쉬는 것이 나을 것이다. 만일 비가 오지 않으면 이것 모두 무익하게 될 것이다."라고 하였다. ~ 한 해가 다 가도록 물러나 앉아 천명(→ 하늘의 명령)을 기다리고 있었다.(→ 운명론적 태도)

| 뭔말?

· (가)의 '공납'은 백성이 지켜야 할 당대의 규범이므로, 꽁생원이 '공납'을 유용(남의 것이나 다른 곳에 쓰기로 되어 있는 것을 다른 데로 돌려씀.)하려는 것은 자신의 이익을 위해 규범을 무시하는 태도와 연결됨.

· (나)의 게으른 농부는 가뭄 때문에 농작물이 모두 죽을 것이라고 판단하고, 아무 일도 하지 않고 천명을 기다림. → '그냥 쉬는 것이 나을 것'에는 노력해도 불행한 결과에서 벗어날 수 없다는 운명론적 태도가 담겨 있음.

→ 친구를 대접하지 않았다는 의미

④ (가)의 '돈천이나 가졌더니', '친구 대접 하였던가'에서 재물을 베푸는 데 인색한 물욕을, (나)의 '풀 뽑기를 쉬지 아니하여'에서 한계 상황을 극복하고자 하는 의지를 확인할 수 있군.

→ 큰 가뭄이 들었지만 농사를 포기하지 않음.

| 〈보기〉 요행을 바라면서 책임감 없는 삶을 사는 경우에는 부정적으로, 현실적 한계를 극복하고자 노력하는 삶을 사는 경우에는 긍정적으로 평가된다.

| (가) – 〈서사〉 제 아비 덕분으로 돈천이나 가졌더니 / 술 한 잔 밥 한 술을 친구 대접 하였던가

| (나) – 〈전반부〉 부지런한 농부가 ~ 논밭은 이미 갈라졌으나 김매기를 그치지 아니하고 싹이 이미 시들었어도 풀 뽑기를 쉬지 아니하여, 한 해가 다 가도록 부지런히 일을 하면서 자신이 할 일에 최선을 다하였다.

| 뭔말?

· (가)에서 꽁생원은 '제 아비 덕분으로 돈천이나 가'질 만큼 넉넉한 형편이지만 친구에게 '술 한 잔 밥 한 술을' 대접하지 않는 인색한 물욕을 지님.

· (나)에서 부지런한 농부가 큰 가뭄에 '싹이 이미 시들었어도' 농사를 포기하지 않고 '풀 뽑기를 쉬지 아니하'는 모습은 한계 상황(가뭄)을 극복하고자 하는 의지와 연결됨.

▸ 본문 029쪽

갈래 복합 04

2024학년도 수능

01 ② 02 ① 03 ③ 04 ③ 05 ② 06 ⑤

(가) 김종길, 「문」

EBS 연결 고리
비연계

해제 이 작품은 '흰 벽', '단청', '두리기둥', '기왓장', '문', '주춧돌', '처마'로 묘사된 인간 역사의 쇠락과 생성을 형상화하고 있다. 그리고 이를 자연의 순환과 연결시킴으로써 암울한 시대가 끝나고 새로운 이상과 희망의 시대가 도래하는 순간의 감격을 노래하고 있다. 특히 오래 닫혀 있던 '문'이 산천을 울리며 열린다는 상황 설정은, 이 작품이 1947년 발표되었다는 것을 감안할 때 암담한 일제 강점의 시대가 끝나고 해방을 맞이하는 감격을 노래한 것으로 이해할 수도 있다.

주제 암울한 세월이 지나고 희망찬 시대를 맞는 감격

짜임

1연	천 년 역사의 정밀이 머문 흰 벽
2연	해마다 쇠락해 가는 단청과 두리기둥
3연	세월의 흐름 속에서 바람 소리에 귀 기울이며 닫혀 있는 문
4연	계절의 순환이 이루어지는 주춧돌 놓은 자리
5연	새벽의 서광 속에서 산천을 울리며 열리는 문
6연	벅찬 감격을 느끼며 바라보는 깃발

1연 흰 벽에는 ——
[02-①] 인간의 역사를 보여 주는 소재
어렴히 해들 적마다 나뭇가지가 그림자 되어 떠오를 뿐이었다.
[02-①] 나뭇가지 그림자가 흰 벽에 비침. → 인간 역사와 자연이 어우러진 모습
그러한 정밀*이 천년이나 머물렀다 한다.

2연 단청은 연년(年年)이 빛을 잃어 두리기둥에는 틈이 생기고, 볕과
[02-②] 인간 역사의 쇠락
바람이 쓰라리게 스며들었다. 그러나 험상궂어 가는 것이 서럽지 않았다.
[02-②] 자연이 가진 변화의 힘 [02-②] 쇠락해 가는 인간의 역사가 자연이 가진 변화의 힘을 수용함.

[01-②] ◯: 동일한 색채어('푸른')의 반복
3연 기왓장마다 푸른 이끼가 앉고 세월은 소리없이 쌓였으나 ㉠문은
[02-③] 세월의 흐름 → 인간의 역사가 자연의 영향을 받음.
상기 닫혀진 채 멀리 지나가는 바람 소리에 귀를 기울이는 밤이 있었다.
[05-②] 오랜 시간 동안 자신의 자리를 지켜 냄. [02-③] 자연이 가진 변화의 힘을 보여 주는 대상 [02-③] 생성의 가능성 탐색

4연 주춧돌 놓인 자리에 가을풀은 우거졌어도 봄이면 돋아나는 푸른
[02-④] 인간 역사의 쇠락 [02-④] 생성의 기반을 잃지 않은 모습
싹이 살고, 그리고 한 그루 진분홍 꽃이 피는 나무가 자랐다.
[02-④] 생성의 기반을 잃지 않은 인간의 역사가 자연과 어우러져 생성의 힘을 수용함.

5연 유달리도 푸른 높은 하늘을 눈물과 함께 아득히 흘러간 별들이 총
[02-⑤] 시간의 흐름, 자연의 순환이 나타남.
총히 돌아오고 사납던 비바람이 걷힌 낡은 처마 끝에 찬란히 빛이 쏟아지
[02-⑤] '닫혀진 문'이 열리는 시간
는 새벽, 오래 닫혀진 문은 산천을 울리며 열리었다.
[05-②] 오랜 시간 동안 자신의 자리를 지켜 냄. [02-⑤] 인간의 역사를 다시 생성할 가능성이 나타남.

6연 —— 그립던 깃발이 눈뿌리에 사무치는 푸른 하늘이었다.

* 정밀: 고요하고 편안함.

(나) 정끝별, 「가지가 담을 넘을 때」

EBS 연결 고리
2024학년도 수능특강 문학 107쪽

해제 이 작품은 수양버들의 늘어진 가지가 담이라는 제약을 넘어서는 모습을 통해 자유를 얻기 위해서는 용기와 협력이 필요함을 드러내고 있다. 이 작품에는 수양버들 가지가 담을 넘을 수 있게 도와주는 여러 존재가 등장하는데 '뿌리, 꽃, 잎' 등과 같은 신뢰와 협력의 존재들은 물론, 가지를 힘들게 하는 '비, 폭설, 담' 등도 도움이 되는 존재로 그리고 있는 점이 흥미롭다. 특히 '담'은 '도박'과 '도반'의 이중적 의미를 지니고 있어 그 의미 파악이 시를 이해하는 데 필수적이다.

주제 ① 가지가 담을 넘는 과정의 의미 ② 자유를 얻기 위한 용기와 협력

짜임

1연	수양 가지가 담을 넘게 하는 내적 요인 - 뿌리, 꽃, 잎의 믿음
2연	수양 가지가 담을 넘게 하는 외적 시련 - 비, 폭설, 금단의 담
3연	모든 가지에게 담이 지니는 의미

1연 이를테면 수양의 늘어진 ㉡가지가 담을 넘을 때 [A]
[05-②] [06-①] 수양의 구성 요소, 담을 넘으며 영역을 확장하는 존재
그건 수양 가지만의 일은 아니었을 것이다
[01-②] □: 유사한 문장 구조의 반복
얼굴 한번 못 마주친 애먼 뿌리와
[03-①] [06-①] 수양의 구성 요소-가지와 뿌리가 떨어져 있음.
잠시 살 붙였다 적막히 손을 터는 꽃과 잎이
[03-①] [06-①] 수양의 구성 요소- 꽃과 잎이 가지에 붙어 있다가 떨어짐.
혼연일체 믿어주지 않았다면
[06-①] '수양은 가지, 뿌리, 꽃, 잎' 등이 하나로 통합된 대상이라는 인식 반영
가지 혼자서는 한없이 떨기만 했을 것이다
[03-④] [05-①] 가지 혼자만의 힘으로는 담을 넘을 수 없음.
→ 가지는 '뿌리, 꽃, 잎'의 도움을 받아 담을 넘을 용기를 냄.

2연 한 닷새 내리고 내리던 고집 센 비가 아니었으면 [B]
[03-②, ⑤] 시련 → 담을 넘는 일이 신명 나는 일이게 만든 대상
밤새 정분만 쌓던 도리 없는 폭설이 아니었으면
[03-②, ⑤] 시련 → 담을 넘는 일이 신명 나는 일이게 만든 대상
담을 넘는다는 게

가지에게는 그리 신명 나는 일이 아니었을 것이다
[03-③] = 담을 넘는 일 → 고집 센 비, 도리 없는 폭설로 인한 것
무엇보다 가지의 마음을 머뭇 세우고
[03-③] 가지의 마음을 '머뭇 세우'는 대상 = 금단의 담
담 밖을 가뤄두는

저 금단의 담이 아니었으면
[03-③] 가지가 담 밖으로 나가는 것을 막음. + 가지가 담 안에서 담 밖을 꿈꾸게 됨.
담의 몸을 가로지르고 담의 정수리를 타 넘어
[03-③] [05-②] 수양 가지가 담을 넘어가는 모습, 자신의 영역을 확장하는 모습
담을 열 수 있다는 걸

수양의 늘어진 가지는 꿈도 꾸지 못했을 것이다
[03-②] '담'의 역할: 수양의 가지가 담을 넘을 꿈을 갖게 함.

3연 그러니까 목련 가지라든가 감나무 가지라든가 [C]
[03-⑤] [06-④] 열거 - 담을 넘을 수 있는 속성을 지닌 가지들
줄장미 줄기라든가 담쟁이 줄기라든가

가지가 담을 넘을 때 가지에게 담은

무명에 획을 긋는
→ [06-⑤] 담을 넘으려면 위험을 감수해야 함.
도박이자 도반*이었을 것이다
[06-⑤] 담이 있어야 가지가 담을 넘을 수 있음.

* 도반: 함께 도를 닦는 벗.

(다) 유한준, 「잊음을 논함」

EBS 연결 고리
비연계

해제 이 작품은 작가 유한준이 자신의 건망증을 걱정하는 조카 김이홍에게 들려주기 위해 쓴 한문 수필로, 원제는 '잊음에 대해 설명한다'는 의미의 「망해(忘解)」이다. 글쓴이는 잊어도 좋을 것과 잊어서는 안 될 것에 대한 사유를 통해 인간이 지향해야 할 바에 대한 깨달음을 전하고 있으며, 오히려 건망증이 더 좋은 것일 수 있다는 역설적 발상을 드러내고 있다. 또한 자문자답의 형식과 이중 부정 및 가정을 통해 자신의 주장을 강화하며, 내적인 것을 잊고 외적인 것을 잊지 못하는 삶에 대한 경계를 드러내고 있다.

주제 잊어도 좋을 것과 잊어서는 안 될 것을 분별하는 삶의 중요성

짜임

1문단	잊음에 대한 물음
2문단	잊어도 좋을 것을 잊지 못함.
3문단	잊어도 안 될 것을 잊음.
4문단	내적인 것을 잊고 외적인 것에 매몰되는 삶을 경계함.
5문단	잊어도 좋을 것과 잊어서는 안 될 것을 분별하는 삶의 중요성

1문단 나는 이홍에게 이렇게 말했다.

"ⓐ 너는 잊는 것이 병이라고 생각하느냐? 잊는 것은 병이 아니다. 너는 잊지 않기를 바라느냐? 잊지 않는 것이 병이 아닌 것은 아니다. ⓑ 그렇다면 잊지 않는 것이 병이 되고, 잊는 것이 도리어 병이 아니라는 말은 무슨 근거로 할까? 잊어도 좋을 것을 잊지 못하는 데서 연유한다. 잊어도 좋을 것을 잊지 못하는 사람에게는 잊는 것이 병이라고 치자. 그렇다면 잊어서는 안 되는 것을 잊는 사람에게는 잊는 것이 병이 아니라고 말할 수 있다. ⓒ 그 말이 옳을까?

[04-①] 잊음에 대한 생각을 전개하기 위한 질문
[06-⑤] 이중 부정 - 잊지 않는 것이 병이다.
[04-②] 잊음에 대한 글쓴이 생각의 근거(연유)를 제시하기 위한 질문
[04-②] ⓑ의 질문에 대한 답변
[04-③] 가정적 상황 - 잊어도 좋을 것을 잊지 못하는 사람 → 잊는 것이 병
[04-③] 가정적 상황에 근거한 말 → 잊어서는 안 되는 것을 잊는 것은 병임을 강조함.
[04-③] 앞의 말이 옳지 않음을 강조→ 잊어서는 안 되는 것을 잊는 것이 병임을 강조함.

2문단 천하의 걱정거리는 어디에서 나오겠느냐? 잊어도 좋을 것은 잊지 못하고 잊어서는 안 될 것은 잊는 데서 나온다. 눈은 아름다움을 잊지 못하고, 귀는 좋은 소리를 잊지 못하며, 입은 맛난 음식을 잊지 못하고, 사는 곳은 크고 화려한 집을 잊지 못한다. 천한 신분인데도 큰 세력을 얻으려는 생각을 잊지 못하고, 집안이 가난하건만 재물을 잊지 못하며, 고귀한데도 교만한 짓을 잊지 못하고, 부유한데도 인색한 짓을 잊지 못한다. 의롭지 않은 물건을 취하려는 마음을 잊지 못하고, 실상과 어긋난 이름을 얻으려는 마음을 잊지 못한다.

[06-②] 천하 걱정거리의 연유 - 2문단의 내용
[06-②] 천하 걱정거리의 연유 - 3문단의 내용
[06-②] □: 외적인 것 = 잊어도 좋을 것 = 사람들이 잊지 못하고 있는 것

3문단 그래서 잊어서는 안 될 것을 잊는 자가 되면, 어버이에게는 효심을 잊어버리고, 임금에게는 충성심을 잊어버리며, 부모를 잃고서는 슬픔을 잊어버리고, 제사를 지내면서 정성스러운 마음을 잊어버린다. 물건을 주고받을 때 의로움을 잊고, 나아가고 물러날 때 예의를 잊으며, 낮은 지위에 있으면서 제 분수를 잊고, 이해의 갈림길에서 지켜야 할 도리를 잊는다.

[06-②] ◯: 내적인 것 = 잊어서는 안 될 것 = 사람들이 잊어버리고 있는 것

4문단 ⓓ 먼 것을 보고 나면 가까운 것을 잊고, 새것을 보고 나면 옛것을 잊는다. 입에서 말이 나올 때 가릴 줄을 잊고, 몸에서 행동이 나올 때 본받을 것을 잊는다. 내적인 것을 잊기 때문에 외적인 것을 잊을 수 없게 되고, 외적인 것을 잊을 수 없기 때문에 내적인 것을 더더욱 잊는다.

[04-④] 잊지 못하는 것과 잊어버리는 것의 관계 대비: 먼 것↔ 가까운 것, 새것↔옛것
[01-④, 06-④] 내적인 것을 잊고 외적인 것에만 매몰된 삶 → 세태에 대한 경계, 비판적 인식이 담김.

5문단 ⓔ 그렇기 때문에 하늘이 잊지 못해 벌을 내리기도 하고, 남들이 잊지 못해 질시의 눈길을 보내며, 귀신이 잊지 못해 재앙을 내린다. 그러므로 잊어도 좋을 것이 무엇인지를 알고 잊어서는 안 되는 것이 무엇인지를 아는 사람은 내적인 것과 외적인 것을 서로 바꿀 능력이 있다. 내적인 것과 외적인 것을 서로 바꾸는 사람은, 다른 사람의 잊어도 좋을 것은 잊고 자신의 잊어서는 안 될 것은 잊지 않는다."

[04-⑤] 내적인 것을 잊고 외적인 것을 잊지 못할 때 일어날 수 있는 일
[06-②] 내적인 것과 외적인 것을 서로 바꾸는 사람의 특징 - 잊음의 대상을 제대로 구분함.
[06-③] 내적인 것과 외적인 것을 서로 바꾸는 사람의 특성 - 바람직한 삶의 태도를 이끎.

---

01 작품 간의 공통점과 파악 답 ②

선지별 선택 비율	①	②	③	④	⑤
화작	3%	59%	4%	29%	2%
언매	2%	71%	1%	24%	1%

(가)~(다)에 대한 설명으로 가장 적절한 것은?

정답 띵! 동!

② (가)는 동일한 색채어(→ 푸른)를, (나)는 유사한 문장 구조(→ '~은/는(이) ~을 것이다')를 반복적으로 제시하며 시상을 전개한다. 문학 개념어(002)

| (가) - 〈3연〉 기왓장마다 푸른 이끼가 앉고
| (가) - 〈4연〉 봄이면 돋아나는 푸른 싹이 살고
| (가) - 〈5연〉 유달리도 푸른 높은 하늘을
| (가) - 〈6연〉 ── 그립던 깃발이 눈뿌리에 사무치는 푸른 하늘이었다.
| (나) - 〈1연〉 그건 수양 가지만의 일은 아니었을 것이다. 가지 혼자서는 한없이 떨기만 했을 것이다
| (나) - 〈2연〉 가지에게는 그리 신명 나는 일이 아니었을 것이다. 수양의 늘어진 가지는 꿈도 꾸지 못했을 것이다
| (나) - 〈3연〉 도박이자 도반이었을 것이다
| 뭔말?
· (가)에서는 〈3연〉~〈6연〉의 각 연에 '푸른'이라는 동일한 색채어가 반복적으로 제시됨.
· (나)에서는 〈1연〉~〈3연〉의 각 연에 '~은/는(이) ~을 것이다'로 이루어진 유사한 문장 구조가 반복적으로 제시됨.

오답 땡!

① (가)는 ~~명시적 청자~~(→ 찾아볼 수 없는 내용)에게 ~~말을 건네는 방식~~(→ 찾아볼 수 없는 내용)으로 화자의 감정을 드러낸다.

| (가) - 〈2연〉 그러나 험상궂어 가는 것이 서럽지 않았다.
| (가) - 〈6연〉 그립던 깃발이 눈뿌리에 사무치는
| 뭔말?
· '서럽지 않았다', '그립던'과 같이 화자의 감정을 드러내는 말은 사용되었으나, 명시적 청자는 드러나지 않으며, 말을 건네는 방식도 나타나지 않음.

③ (가)와 (나)는 ~~모두, 사라져 가는 대상에 대한 화자의 안타까움~~을 드러낸다.
→ (나) X / (가) 빛을 잃은 단청이 사라져 가는 대상, 안타까움은 나타나지 않음

| (가) – 〈2연〉 단청은 연년이 빛을 잃어

| 뭔말?

· (가)에서 빛을 잃어 가는 단청 = 사라져 가는 대상. 그러나 화자의 안타까움은 나타나지 않음.

· (나)에 사라져 가는 대상이나 이에 대한 화자의 안타까움은 드러나지 않음.

④ (나)는 사물을 관조함으로써, (다)는 ~~세태를 관망함~~으로써 주제 의식을 부각한다.
→ 수양의 가지가 담을 넘어가는 모습을 관조함.
→ 세태를 비판함.

| 뭔말?

· 관조하다 = 고요한 마음으로 사물이나 현상을 관찰하거나 비추어 보다. → (나)에서 화자는 가지가 담을 넘을 때의 모습을 관조적으로 제시함.

· 관망하다: 한발 물러나서 어떤 일이 되어 가는 형편을 바라보다. → (다)에서 글쓴이는 잊어서는 안 될 내적인 것을 잊고 외적인 것에만 몰두하는 삶을 경계하며 비판적인 태도를 보임.

· 정리하면, (나)는 사물을 관조한다고 볼 수 있으나, (다)는 세태를 관망한다는 이해는 적절하지 않음.

⑤ ~~(가), (나)~~, (다)는 ~~모두~~, 대상과 소통하며 문제 해결 과정을 ~~연쇄적으로~~ 제시한다.
→ (다)에 관한 것으로 볼 여지는 있음.

| 뭔말?

· (가), (나)에는 대상과의 소통이나 문제 해결 과정의 연쇄적 제시는 나타나지 않음.

· (다)에서 글쓴이가 이홍에게 자신의 생각을 전달한다는 점에서 대상과의 소통이라 해석할 여지는 있으나, (다)에는 글쓴이의 주장만 제시되어 있어 서로 의사소통한다는 의미의 소통으로 보기는 어려움. 또한 (다)에서 글쓴이가 제기한 문제, 즉 잊는 것이 병이라고 할 수 있는가에 대한 문제에 대한 답을 제시하는 과정이 나타난다는 점에서 문제 해결 과정이라고 볼 여지는 있으나, 논리적 흐름에 따른 문제 해결 과정을 연쇄적 제시라고 표현하기에는 무리가 있음.

02 외적 준거에 따른 작품 감상 답 ①

선지별 선택 비율	①	②	③	④	⑤
화작	59%	10%	15%	8%	6%
언매	73%	7%	10%	5%	4%

〈보기〉를 참고하여 (가)를 감상한 내용으로 적절하지 않은 것은?

보기

(가)에서 순환하는 자연이 가진 변화의 힘은 인간 역사의 쇠락과 생성에 관여한다. 인간의 역사는 쇠락의 과정에서도 생성의 기반을 잃지 않고, 자연과 어우러지며 자연의 힘을 탐색하거나 수용한다. 이를 통해 '문'은 새로운 역사를 생성할 가능성을 실현하게 되고, 인간의 역사는 '깃발'로 상징되는 이상을 향해 다시 나아갈 수 있게 된다.

정답 띵! 동!

→ 해가 들 적마다 벽에 나뭇가지 그림자가 비침. 천년을 이어 옴.
① '흰벽'에 나뭇가지가 그림자로 나타나는 것은, 천년을 쇠락해 온 인간의 역사가 ~~자연의 힘을 탐색하는 과정에서 자연의 모습에 영향을 미친 결과~~를 보여 주는군.
→ 오랜 세월 자연과 어우러진 모습

| 〈보기〉 (가)에서 순환하는 자연이 가진 변화의 힘은 인간 역사의 쇠락과 생성에 관여한다. 인간의 역사는 쇠락의 과정에서도 생성의 기반을 잃지 않고, 자연과 어우러지며 자연의 힘을 탐색하거나 수용한다.

| (가) – 〈1연〉 흰 벽에는 —— / 어련히 해들 적마다 나뭇가지가 그림자 되어 떠오를 뿐이었다. / 그러한 정밀(→ 2행의 모습)이 천년이나 머물렀다 한다.(→ 해들 적마다 나뭇가지 그림자가 벽에 떠오르는 모습이 천년을 이어옴.)

| 뭔말?

· 흰 벽에 나뭇가지가 그림자로 나타나는 것 = '그러한 정밀(고요하고 편안함)' = 천 년을 이어 온 모습 → 오랜 시간 동안 인간의 역사가 자연과 관련되어 있었음을 보여 줄 뿐, '자연의 힘을 탐색하는 과정'이나 '자연의 모습에 영향을 미친 결과'를 보여 주는 것은 아님.

오답 땡!

→ 인간 역사의 쇠락
→ 상황의 수용
② '두리기둥'의 틈에 별과 바람이 쓰라리게 스며드는 것을 서럽지 않다고 한 것은, 쇠락해 가는 인간의 역사가 자연이 가진 변화의 힘을 수용함을 드러내는군.
→ 자연이 가진 변화의 힘이 관여함.

| 〈보기〉 (가)에서 순환하는 자연이 가진 변화의 힘은 인간 역사의 쇠락과 생성에 관여한다. 인간의 역사는 쇠락의 과정에서도 생성의 기반을 잃지 않고, 자연과 어우러지며 자연의 힘을 탐색하거나 수용한다.

| (가) – 〈2연〉 단청은 연년이 빛을 잃어 두리기둥에는 틈이 생기고(→ 인간 역사의 쇠락 과정), 별과 바람(→ 자연이 가진 변화의 힘)이 쓰라리게 스며들었다.(→ 관여함) 그러나 험상궂어 가는 것(→ 앞 문장에 제시된 상황)이 서럽지 않았다.(→ 험상궂어 가는 것을 수용함.)

| 뭔말?

· 두리기둥의 틈에 별과 바람이 쓰라리게 스며드는 것 = 역사의 쇠락 과정에 자연이 지닌 변화의 힘이 관여하는 것 → 이를 '서럽지 않다'고 함. = 인간 역사의 쇠락 과정에서 자연의 힘을 수용하는 모습임.

→ 인간 역사 → 시간의 흐름 속 자연의 영향 → 자연이 지닌 변화의 힘
③ '기왓장마다' 이끼와 세월이 덮여 감에도 멀리 있는 바람 소리에 귀를 기울이는 것은, 자연의 영향을 받으면서도 자연이 가진 변화의 힘에서 생성의 가능성을 찾는 모습이겠군.
→ 탐색 → 생성의 가능성을 찾음.

| 〈보기〉 (가)에서 순환하는 자연이 가진 변화의 힘은 인간 역사의 쇠락과 생성에 관여한다. 인간의 역사는 쇠락의 과정에서도 생성의 기반을 잃지 않고, 자연과 어우러지며 자연의 힘을 탐색하거나 수용한다.

| (가) – 〈3연〉 기왓장마다 푸른 이끼가 앉고 세월은 소리없이 쌓였으나(→ 인간 역사의 쇠락 과정에서 자연의 영향을 받음.) 문은 상기 닫혀진 채 멀리 지나가는 바람 소리(→ 자연이 지닌 변화의 힘)에 귀를 기울이는(→ 탐색) 밤이 있었다.

| 뭔말?

· 기왓장마다 이끼와 세월이 덮여 가는 것 = 인간의 역사가 자연의 영향을 받는 모습

· 바람 소리에 귀를 기울이는 것 = 자연이 가진 변화의 힘을 탐색하는 것 → 자연이 가진 변화의 힘에서 쇠락하는 역사를 새로운 역사로 변화시킬, 생성의 가능성을 찾는 모습임.

· 정리하면, 기왓장마다 이끼와 세월이 덮여 가는 것은 자연의 영향을 받는 것이고, 바람 소리에 귀를 기울이는 것은 자연이 가진 변화의 힘에서 생성의 가능성을 찾는 모습임.

→ 인간 역사 → 생성하는 자연의 모습
④ '주춧돌 놓인 자리'에 봄이면 푸른 싹이 돋고 나무가 자라는 것은, 생성의 기반을 잃지 않은 인간의 역사가 자연과 어우러져 생성의 힘을 수용하는 모습이겠군.

| 〈보기〉 인간의 역사는 쇠락의 과정에서도 생성의 기반을 잃지 않고, 자연과 어우러지며 자연의 힘을 탐색하거나 수용한다.

| (가) – 〈4연〉 주춧돌 놓인 자리에 가을풀은 우거졌어도 봄이면(→ 쇠락의 시기에서 생성의 시기로 변화함.) 돋아나는 푸른 싹이 살고, 그리고 한 그루 진분홍 꽃이 피는 나무가 자랐다.(→ 자연이 지닌 변화의 힘, 생성의 힘)

| 뭔말?

· 주춧돌 놓인 자리 = 싹이 돋고 나무가 자라는 곳 → 생성의 기반을 잃지 않은 인간의 역사

· 주춧돌 놓인 자리에 푸른 싹과 나무가 어우러져 있음. → 생성의 기반을 잃지 않은 인간의 역사가 자연과 어우러져 생성의 힘을 수용하는 모습임.

(→ 자연의 순환 / → 자연의 순환)

⑤ **'닫혀진 문'이 별들이 돌아오고 낡은 처마 끝에 빛이 쏟아지는 새벽에 열리는 것은, 순환하는 자연 속에서 인간의 역사를 다시 생성할 가능성이 나타남을 보여 주는군.** (→ 〈보기〉를 참고할 때, '문'이 지닌 의미)

| 〈보기〉 (가)에서 순환하는 자연이 가진 변화의 힘은 인간 역사의 쇠락과 생성에 관여한다. ~ '문'은 새로운 역사를 생성할 가능성을 실현하게 되고,

| (가) – 〈5연〉 유달리도 푸른 높은 하늘을 눈물과 함께 아득히 흘러간 별들이 총총히 돌아오고(→ 순환하는 자연) 사납던 비바람이 걷힌 낡은 처마 끝에 찬란히 빛이 쏟아지는 새벽,(→ 순환하는 자연) 오래 닫혀진 문은 산천을 울리며 열리었다.

(→ 닫혀진 문이 열림: 새로운 역사를 생성할 가능성을 실현)

| 뭔말?

· 〈보기〉에 따르면, (가)에서 '문'은 새로운 역사를 생성할 가능성을 실현하게 됨.

· (가)에서 별들이 돌아오고 새벽이 오는 것 = 순환하는 자연의 모습

· 정리하면, 별들이 돌아오고 빛이 쏟아지는 새벽에 '닫혀진 문'이 열리는 것 = 순환하는 자연 속에서 인간의 새로운 역사를 다시 생성할 가능성을 보여 줌.

03 시구의 의미와 기능 파악 답 ③

선지별 선택 비율	①	②	③	④	⑤
화작	5%	10%	51%	18%	14%
언매	2%	5%	67%	12%	11%

(나)에 대한 이해로 가장 적절한 것은?

정답 띵! 동!

(→ 담 / → 담을 넘는 것)

③ **[B]에서는 '가지의 마음을 머뭇 세우'는 대상을 '신명 나는 일'에 연결하여 '정수리를 타 넘'는 행위의 의미를 드러낸다.** (→ 담을 넘는 행위)

| (나) – [B] 담을 넘는다는 게 / 가지에게는 그리 신명 나는 일이 아니었을 것이다 / 무엇보다 가지의 마음을 머뭇 세우고 / 담 밖을 가둬두는 / 저 금단의 담이 아니었으면 / 담의 몸을 가로지르고 담의 정수리를 타 넘어(→ 담을 넘는 행위) / 담을 열 수 있다는 걸 / 수양의 늘어진 가지는 꿈도 꾸지 못했을 것이다

| 뭔말?

· '가지의 마음을 머뭇 세우고' 있는 것은 '저 금단의 담'임. → 가지에게 신명 나는 일 = 담을 넘는 것 = '정수리를 타 넘'는 행위

· 정리하면, [B]에서는 '가지의 마음을 머뭇 세우는' 대상인 '담'의 '정수리를 타 넘'는 행위가 '신명 나는 일'임을 드러냄.

오답 땡!

(→ 가지와 뿌리가 서로 떨어져 있음. / → 꽃과 잎이 가지에서 떨어짐.)

① **[A]에서는 '얼굴 한번 못 마주친' 상황과 '손을 터는' 행위가 ~~'한없이' 떠는 가지의 마음으로 인한 것~~임을 드러낸다.** (→ 관련이 없음.)

| (나) – [A] 이를테면 수양의 늘어진 가지가 담을 넘을 때 / 그건 수양 가지만의 일은 아니었을 것이다 / 얼굴 한번 못 마주친 애먼 뿌리(→ 가지와 뿌리가 서로 떨어져 있음.)와 / 잠시 살 붙였다 적막히 손을 터는 꽃과 잎(→ 꽃과 잎이 가지에 붙었다가 떨어짐.)이 / 혼연일체 믿어주지 않았다면 / 가지 혼자서는 한없이 떨기만 했을 것(→ 담을 넘을 용기를 내지 못하고 두려워했을 것임.)이다

| 뭔말?

· (가지와) '얼굴 한번 못 마주친 애먼 뿌리'는 뿌리와 가지가 따로 떨어져 있는 상황임. ≠ '손을 터는 꽃과 잎'은 가지에서 꽃과 잎이 떨어지는 상황임. → 식물의 가지와 뿌리, 가지와 꽃 · 잎의 모습을 형상화한 것임.

· 가지가 '한없이 떨기만' 하는 것은 담 넘을 용기를 내지 못하고 두려워하고 있는 상황을 의미함.

· 정리하면, '한없이' 떠는 가지의 마음으로 인해 가지와 뿌리가 서로 떨어져 있거나 꽃과 잎이 가지에서 떨어진 것이 아님.

('비'의 성격 ← / → '폭설'의 성격)

② **[B]에서는 '고집 센'과 '도리 없는'을 통해 가지가 ~~'꿈도 꾸지 못'하게 만든~~ 두 대상의 성격을 부각한다.** (→ 담을 넘는 것이 신명 나는 일이게 만듦.)

| (나) – [B] 한 닷새 내리고 내리던 고집 센 비(→ 닷새 동안 계속 내린 비)가 아니었으면 / 밤새 정분만 쌓던 도리 없는 폭설(→ 밤새 내린 폭설)이 아니었으면 / 담을 넘는다는 게 / 가지에게는 그리 신명 나는 일(→ '비'와 '폭설'이 가지가 신명나게 담을 넘는 데 도움을 줌.)이 아니었을 것이다

| (나) – [B] 저 금단의 담이 아니었으면 / 담의 몸을 가로지르고 담의 정수리를 타 넘어 / 담을 열 수 있다는 걸 / 수양의 늘어진 가지는 꿈도 꾸지 못했을 것이다.

| 뭔말?

· '고집 센'은 '비'의 성격, '도리 없는'은 '폭설'의 성격으로, '비'와 '폭설'이 가지가 신명 나게 담을 넘는 시도를 하는 데 도움을 줌. → '비'와 '폭설'은 가지에게 담을 넘는 일이 신명 나는 일이게 만든 대상임.

· [B]에서 '꿈도 꾸지 못'했을 것과 관련된 대상은 '담'이지만, '비', '폭설', '담' 모두 가지가 담을 넘는 데 도움을 주는 존재라고 할 수 있음.

(→ 담을 넘지 못하는 상황)

④ **[A]에서 '가지만의'와 '혼자서는'에 나타난 가지의 상황은, [B]에서 '담 밖'을 가두어 ~~[C]에서 '획'을 긋는 가지의 모습~~으로 이어진다.** (→ 담을 넘지 못하고 담 안에 있는 모습 / → 담을 넘는 모습으로, '가지만의'와 '혼자서는'에 나타난 가지의 상황이 아님.)

| (나) – [A] 이를테면 수양의 늘어진 가지가 담을 넘을 때 / 그건 수양 가지만의 일은 아니었을 것이다 ~ 가지 혼자서는 한없이 떨기만 했을 것이다 → 가지 혼자만의 힘으로는 담을 넘지 못함.

| (나) – [B] 무엇보다 가지의 마음을 머뭇 세우고 / 담 밖(→ 가지가 도달하고 싶어 하는 세계)을 가둬두는(→ 담 안에 가두어 둠.) / 저 금단의 담(→ 가지가 담을 넘게 하는 외적 요인)

| (나) – [C] 가지가 담을 넘을 때 가지에게 담은 / 무명에 획을 긋는 → 가지가 담을 넘는 모습 / 도박이자 도본이었을 것이다

| 뭔말?

· [A]에서 '가지만의' 힘, '혼자서'의 힘으로는 담을 넘을 수 없었음. = 뿌리, 꽃과 잎의 혼연일체 믿음이 있어서 가지가 담을 넘을 수 있었음.

· [B]에서 '담 밖'은 '가지가 가고 싶어 하는 세계'로, '담'이 그 세계('담 밖')를 가두었다는 것은 가지가 담을 넘지 못하는 상황을 나타냄.

· [C]에서 '획'을 긋는 모습은 가지가 담을 넘는 행위임.

· 정리하면, [A]에서 '가지만의'와 '혼자서는'은 가지가 담을 넘지 못하는 상황을 나타내므로, [B]에서 '담 밖'을 가둔 상황으로 이어진다고 할 수 있으나 [C]에서 '획'을 긋는 모습으로는 이어지지 않음.

(가지가 담을 넘는 데 도움을 주는 존재 ←)

⑤ **[A]에서 '않았다면'과 [B]에서 '아니었으면'이 강조하는 대상들의 의미는,**

[C]에서 '목련'과 '감나무' 사이의 관계에서도 ~~나타난다.~~
└→ 가지를 가진 존재들 └→ 나타나지 않음.

| (나) – [A] 뿌리와 / 잠시 살 붙였다 적막히 손을 터는 꽃과 잎이 / 혼연일체 믿어 주지 않았다면 / 가지 혼자서는 한없이 떨기만 했을 것이다 → '뿌리', '꽃', '잎' = 가지가 담을 넘게 하는 요인

| (나) – [B] 한 닷새 내리고 내리던 고집 센 비가 아니었으면 / 밤새 정분만 쌓던 도리 없는 폭설이 아니었으면 / 담을 넘는다는 게 / 가지에게는 그리 신명 나는 일이 아니었을 것이다 ~ 저 금단의 담이 아니었으면 / 담의 몸을 가로지르고 담의 정수리를 타 넘어 / 담을 열 수 있다는 걸 / 수양의 늘어진 가지는 꿈도 꾸지 못했을 것이다 → '비', '폭설', '담' = 가지가 넘게 하는 요인

| (나) – [C] 목련 가지라든가 감나무 가지라든가 ~ 가지가 담을 넘을 때 → '목련 가지', '감나무 가지' = 담을 넘는 가지

| 뭔말?

· [A]에서 '않았다면'이 강조하는 대상 = '뿌리', '꽃', '잎'

· [B]에서 '아니었으면'이 강조하는 대상 = '비', '폭설', '담'

· [C]에서 '목련'과 '감나무'는 모두 담을 넘으려는 가지를 가진 존재임.

· 정리하면, [A]의 '않았다면'과 [B]의 '아니었으면'이 강조하는 대상은 가지가 담을 넘는 데 도움을 주는 존재들임. ≠ [C]의 '목련'과 '감나무'는 담을 넘으려는 가지를 가진 존재들

매웠지?

꿀피스 Tip!

▸ 이 문제는 [A], [B], [C] 각각의 내용은 물론, [A], [B], [C]의 내용이 서로 어떻게 연결되며 시상이 전개되고 있는지를 파악할 수 있어야 해. 시상 전개를 묻는 문제에서는 선지에 각 연의 내용을 서로 섞어 놓고 연결 관계가 맞는 것처럼 함정을 파 놓는 경우가 많아. 그래서 이 문제처럼 선지에 시구나 시어에 대한 설명이 제시되면, 그 부분에 해당하는 설명인지 아니면 다른 부분의 것을 가져와 마치 맞는 설명인 것처럼 함정을 만들어 놓은 것인지 확인할 필요가 있지.

▸ 그런데 (나)는 EBS 연계 작품이지? 그럼 당연히 작품에 대해 잘 알고 있겠지? (어떻게 EBS 교재에 나온 모든 작품을 다 기억하냐는 핑계는 대지 마. 1점이라도 놓치지 않으려면 EBS 연계 작품에 대한 철저한 분석과 정리는 필수잖아.) EBS 연계 작품임에도 정답 선택률이 낮았던 이유는 뭘까? 기본적으로 작품에 대한 분석과 정리가 철저하지 못했다는 의미이겠지?

▸ 함정 선지 ④를 보자. 세 가지 요소를 분석해야 하네. [A]에서 '가지만의'와 '혼자서'의 상황. 이미 공부했다면 가지가 담을 넘지 못하는 상황인 것을 알겠지? (공부하지 않은 작품이라는 핑계는 대지 마. 설령 그렇다고 해도 [A]의 내용만 봐도 이 정도 분석은 할 수 있어야지.) 그다음 [B]의 '담 밖을 가둬두는'은 가지가 꿈꾸는 세계인 '담 밖'을 가두어 둔 상황이니까 [A]의 상황이 이어진다고 할 수 있어. 하지만 완전히 틀린 것이 나오잖아. 획을 긋는 모습. 이것은 가지가 담을 넘는 모습이니까 [A]의 상황과 정반대이지.

▸ 정답 선지 ③에서 '가지의 마음을 머뭇 세우'는 대상은 EBS 교재에서도 문제화했어. 이 얘기는 뭐냐? 연계 작품에 대한 철저한 대비가 있었어야 한다는 말이지. '가지의 마음을 머뭇 세우'는 대상이 '담'인 거는 알았을 거야. 그런데 '신명 나는 일'에 연결되는 것은 앞서 제시된 '비'와 '폭설'이지, '담'은 아니라고 생각한 경우가 있었던 것 같아. 그래서 ③이 적절하지 않은 설명이라고 판단한 거지. '신명 나는 일'만 놓고 볼 때, 그 의미가 뭐야? 담을 넘는 일이지? 이렇게 생각했어야 했는데, '신명 나는 일'이라는 시구를 '비'와 '폭설'의 의미로만 한정해 버려서 정답을 피해 간 경우도 있었어.

▸ 시뿐만 아니라 산문에서도 마찬가지인데, 동일한 의미를 다른 표현으로 나타내는 경우가 많아. (나)에서도 가지가 담을 넘는 행위가 '신명 나는 일', '담의 정수리를 타 넘'는 일, '획을 긋는' 일, '도박이자 도반' 등으로 표현되고 있잖아. 따라서 어떤 작품이든 비슷한 의미를 지닌 표현이나 구절은 표시해 두고, 이와 상반된 의미를 지닌 표현이나 구절도 다른 형태의 도형이나 밑줄 등으로 표시해 둘 필요가 있어. 출제자들이 선지를 구성할 때, 서로 다른 의미를 지닌 구절을 같은 의미의 구절처럼 제시하기도 하고, 같은 의미의 구절을 서로 다른 의미의 구절인 것처럼 함정을 만들기 좋기도 하니까. 그러니 작품을 분석할 때에는 의미가 유사한 것, 상반된 것을 구분해서 표시해 두는 습관을 들일 필요가 있겠지? 그래야 출제자들이 만들어 놓은 함정을 피할 수 있을 테니까.

04 구절의 의미와 기능 파악 답 ③

선지별 선택 비율	①	②	③	④	⑤
화작	2%	5%	64%	17%	9%
언매	1%	3%	72%	16%	5%

ⓐ~ⓔ에 대한 설명으로 적절하지 않은 것은?

정답 띵!동!

③ ⓒ: 잊음에 대해 '나'가 제시한 가정적 상황이 ~~틀리지 않았음을 강조~~하기 위한 물음이다.
└→ 틀렸음을 강조

| (다) – 〈1문단〉 잊어도 좋을 것을 잊지 못하는 사람에게는 잊는 것이 병이라고 치자.(→ 가정적 상황) 그렇다면 잊어서는 안 되는 것을 잊는 사람에게는 잊는 것이 병이 아니라(→ 가정적 상황이 참이면 참이 됨.)고 말할 수 있다. ⓒ 그 말이 옳을까?

| 뭔말?

· 가정적 상황: 잊어도 좋을 것을 잊지 못하는 사람 – 잊는 것이 병임. → 가정적 상황이 맞다면, '잊어서는 안 되는 것을 잊는 사람 – 잊는 것이 병이 아님.'도 맞아야 함.

· ⓒ의 물음에 담긴 의미: 잊어서는 안 되는 것을 잊는 것은 병이므로, 이를 병이 아니라고 하는 것은 틀림. 그러므로 잊어도 좋을 것을 잊지 못하는 사람에게 잊는 것은 병이 아님. → 가정적 상황이 틀렸음을 강조함.

오답 땡!

① ⓐ: 잊는 것에 대한 '나'의 생각을 전개하기 위한 물음이다.

| (다) – 〈1문단〉 나는 이홍에게 이렇게 말했다. / "ⓐ 너는 잊는 것이 병이라고 생각하느냐? 잊는 것은 병이 아니다.(→ 글쓴이의 생각) 너는 잊지 않기를 바라느냐? 잊지 않는 것이 병이 아닌 것은 아니다.

| 뭔말?

· ⓐ는 잊는 것이 병이라고 생각하는 이홍에게 하는 질문으로, 이후 '잊는 것'에 대한 글쓴이의 생각을 전개함. → ⓐ는 잊음에 대한 글쓴이의 생각을 전개하기 위한 물음임.

② ⓑ: 잊음에 대한 '나'의 생각이 어디에서 비롯된 것인지에 대한 답을 제시하기 위해 던지는 물음이다.
└→ 생각의 연유

| (다) – 〈1문단〉 ⓑ그렇다면 잊지 않는 것이 병이 되고, 잊는 것이 도리어 병이 아

니라는 말(→ 글쓴이의 생각)은 무슨 근거로 할까? 잊어도 좋을 것을 잊지 못하는 데서 연유한다(→ 어떤 일이 거기에서 비롯되다.).

| 뭔말?

· ⓑ에서 '~말은 무슨 근거로 할까?'라고 묻고 이어서 '~데서 연유한다'라며 답을 제시함. → ⓑ는 잊음에 대한 생각의 연유를 답하기 위한 물음임.

④ ⓓ: 잊지 못하는 것과(→ 먼 것, 새것) 잊어버리는 것의(→ 가까운 것, 옛것) 관계를 대비적 표현을 통해 제시하며 잊음에 대한 '나'의 생각을 드러내는 진술이다.

| (다) – 〈4문단〉 ⓓ먼 것을 보고 나면 가까운 것을 잊고, 새것을 보고 나면 옛것을 잊는다.

| 뭔말?

· 대비적 표현: 먼 것(잊지 못하는 것) ↔ 가까운 것(잊어버리는 것), 새것(잊지 못하는 것) ↔ 옛것(잊어버리는 것)

· 대비적 표현을 통해 잊지 못하는 것과 잊어버리는 것의 관계를 제시하여 잊음에 대한 생각, 즉 잊지 못하는 것과 잊어버리는 것 중에 하나를 선택하면 다른 하나를 잊게 된다는 생각을 드러냄.

⑤ ⓔ: 잊음의 대상을(→ 잊어서는 안 되는 것과 잊어도 좋을 것) 제대로 구분하지 못할 때 일어날 수 있는 일을 열거하여 잊음에 대한 '나'의 생각이 옳음을 강조하는 진술이다.

| (다) – 〈4문단〉 내적인 것(→ 잊어서는 안 되는 것)을 잊기 때문에 외적인 것(→ 잊어도 좋을 것)을 잊을 수 없게 되고, 외적인 것을 잊을 수 없기 때문에 내적인 것을 더 더욱 잊는다. → 잊어서는 안 되는 것과 잊어도 좋을 것을 구분하지 못하는 모습

| (다) – 〈5문단〉 ⓔ그렇기 때문에(→ 잊어서는 안 되는 것을 잊고, 잊어도 좋을 것을 잊지 않기 때문에) 하늘이 잊지 못해 벌을 내리기도 하고, 남들이 잊지 못해 질시의 눈길을 보내며, 귀신이 잊지 못해 재앙을 내린다. 그러므로 잊어도 좋을 것이 무엇인지를 알고 잊어서는 안 되는 것이 무엇인지를 아는 사람은 내적인 것과 외적인 것을 서로 바꿀 능력이 있다.

| 뭔말?

· 열거: 하늘이 잊지 못해 벌을 내림, 남들이 잊지 못해 질시의 눈길을 보냄, 귀신이 잊지 못해 재앙을 내림. → 잊어서는 안 되는 것과 잊어도 좋을 것을 구분하지 못하면 벌어질 수 있는 일로, 잊음에 대한 글쓴이의 생각이 옳음을 강조함.

05 시어의 의미와 기능 파악 답 ②

선지별 선택 비율	①	②	③	④	⑤
화작	6%	79%	6%	4%	2%
언매	3%	89%	3%	2%	1%

㉠과 ㉡에 대한 이해로 가장 적절한 것은?

정답 띵! 동!

② ㉠은 자신의 자리를 지켜 내는, ㉡은 자신의 영역을 확장하는 모습을(→ 담 안에서 담 밖으로 확장) 보인다.

| (가) – 〈3연〉 기왓장마다 푸른 이끼가 앉고 세월은 소리없이 쌓였으나(→ '천년'의 시간) ㉠문은 상기(=아직) 닫혀진 채 멀리 지나가는 바람 소리에 귀를 기울이는 밤이 있었다.

| (가) – 〈5연〉 아득히 흘러간 별들이 총총히 돌아오고 사납던 비바람이 걷힌 낡은 처마 끝에 찬란히 빛이 쏟아지는 새벽, 오래 닫혀진 문은 산천을 울리며 열리었다.

| (나) – 〈1연〉 이를테면 수양의 늘어진 ㉡가지가 담을 넘을 때

| (나) – 〈2연〉 담의 몸을 가로지르고 담의 정수리를 타 넘어 → 영역의 확장

| 뭔말?

· ㉠ '문'은 '푸른 이끼가 앉고 세월은 소리없이 쌓'이고 '아득히 흘러간 별들이 총총히 돌아오고' '빛이 쏟아지는 새벽'을 기다려 열리는 대상으로, 긴 세월 동안 '오래' 자리를 지켜 내고 있음.

· ㉡ '가지'는 담을 넘음으로써 담 안에서 담 밖으로 자신의 영역을 확장함.

오답 땡!

① ㉠은 ~~주변 대상의 도움을 받으며 미래로 나아가고~~(→ 주변 대상의 도움 X, 오랜 세월 동안 자신의 자리를 지켜 내는 존재), ㉡은 주변 대상에게(→ 비, 폭설, 금단의 담) ~~도움을 주며 미래를 대비~~(→ 도움을 받으며 담을 넘음.)한다.

| (가) – 〈3연〉 ㉠ 문은 상기 닫혀진 채 멀리 지나가는 바람 소리에 귀를 기울이는 밤이 있었다.

| (가) – 〈5연〉 새벽, 오래 닫혀진 문은 산천을 울리며 열리었다.

| (나) – 〈2연〉 고집 센 비가~도리 없는 폭설이 아니었으면 / 담을 넘는다는 게 / 가지에게는 그리 신명 나는 일이 아니었을 것이다 / 금단의 담이 아니었으면~ 수양의 늘어진 가지는 꿈도 꾸지 못했을 것이다

| 뭔말?

· ㉠ '문'은 시간의 흐름 속에 오래 닫혀 있다가 열린 대상일 뿐, 도움을 받으며 미래로 나아가는 대상은 아님.

· ㉡ '가지'는 주변 대상(비, 폭설, 금단의 담)의 도움을 받아 담을 넘었을 뿐, 주변 대상에게 도움을 주며 미래를 대비한 것은 아님.

③ ㉠은 ~~주변과 단절된 상황을 극복~~하려 하고(→ (가)에 제시되지 않음.), ㉡은 ~~외부의 간섭을 최소화하려 한다~~(→ 외부의 도움으로 미지의 영역에 도달함.).

| 뭔말?

· ㉠ '문'은 '새벽'의 때를 기다리며 자신의 자리를 지켜 내고 있을 뿐, 주변과 단절된 상황에 놓인 것은 아님.

· ㉡ '가지'는 '비', '폭설', '금단의 담'의 도움을 받아 미지의 영역에 도달하는 존재로, 외부의 간섭을 최소화하려는 모습은 나타나지 않음.

④ ㉠과 ㉡은 ~~외면의 변화~~를(→ ㉡ X / ㉠ 닫혀 있다가 열림) 통해 ~~내면의 불안을 감추려 한다~~(→ ㉠ X ㉡ X).

| 뭔말?

· ㉠ '문'이 닫혀 있다가 열리는 것을 '외면의 변화'라고 볼 여지는 있으나, '내면의 불안'을 감추는 모습은 나타나지 않음.

· ㉡ '가지'가 외면의 변화를 통해 내면의 불안을 감추는 모습은 나타나지 않음.

⑤ ㉠과 ㉡은 ~~과거의 행위에 대해 반성하는 모습을 보인다~~(→ (가), (나)에 제시되지 않음.).

| 뭔말?

· ㉠ '문'과 ㉡ '가지'가 과거의 행위에 대해 반성하는 모습은 (가)와 (나) 어디에도 제시되지 않음.

매운맛 픽

06 외적 준거에 따른 작품 감상 답 ⑤

선지별 선택 비율	①	②	③	④	⑤
화작	11%	8%	10%	30%	38%
언매	9%	9%	6%	26%	48%

〈보기〉를 참고하여 (나), (다)를 감상한 내용으로 적절하지 않은 것은? [3점]

보기

(나)와 (다)에는 주체가 대상을 바라보고 사유하여 얻은 인식이 드러난다. 이는 대상에서 발견한 새로운 의미를 보여 주는 방식이나, 대상의 속성에 주목하여 얻은 깨달음을 제시하는 방식으로 나타난다.

정답 띵!동!

⑤ (나)는 담의 의미를 사유하여 담이 '도박이자 도반'이라는, (다)는 '예의'나 '분수'를 잊지 않아야 함에 주목해 '잊지 않는 것이 병이 아닌 것은 아니'라는 깨달음을 드러내는군.

잊어서는 안 될 것 = 잊지 않는 것이 병이 아니다.

병이 아니라는 깨달음을 드러냄.

| 〈보기〉 (나)와 (다)에는 주체가 대상을 바라보고 사유하여 얻은 인식이 드러난다. ~ 대상의 속성에 주목하여 얻은 깨달음을 제시하는 방식으로 나타난다.

| (나) – 〈2연〉 저 금단의 담이 아니었으면 / 담의 몸을 가로지르고 담의 정수리를 타 넘어 / 담을 열 수 있다는 걸 / 수양의 늘어진 가지는 꿈도 꾸지 못했을 것이다

| (나) – 〈3연〉 가지가 담을 넘을 때 가지에게 담은 / 무명에 획을 긋는 / 도박이자 도반이었을 것이다

| (다) – 〈1문단〉 잊지 않는 것이 병이 아닌 것은 아니다. → 이중 부정은 강한 긍정이므로, '잊지 않는 것이 병이다.'라는 뜻

| (다) – 〈3문단〉 그래서 잊어서는 안 될 것을 잊는 자가 되면, ~ 물건을 주고받을 때 의로움을 잊고, 나아가고 물러날 때 예의를 잊으며, 낮은 지위에 있으면서 제 분수를 잊고, 이해의 갈림길에서 지켜야 할 도리를 잊는다.

| 뭔말?

- (나)에서 가지가 담을 넘는다는 것을 위험을 감수해야 하므로 '담'은 가지에게 '도박'이라는 인식 + 담이 있어야 가지가 담을 넘을 수 있으므로 가지에게 '담'은 동반자('도반') 같은 존재라는 인식 → 가지에게 '담'은 '도박'이자 '도박'이라는 이중적 가치를 지님.
- (다)에서 '예의'와 '분수'는 잊어서는 안 되는 대상임. ≠ '잊지 않는 것이 병이 아닌 것이 아니'라는 말은 '잊지 않는 것이 병'이라는 말, 즉 잊으라는 말임.
- 정리하면, (나)에 대한 설명은 맞음. 그러나 (다)에서 '예의'와 '분수'를 잊지 않아야 함은 '잊지 않는 것이 병이 아니'라는 깨달음을 드러냄.

오답 땡!

① (나)는 '수양'을 부분으로 나눠 살피고 부분들의 관계가 '혼연일체'라는 것을 발견해 수양이 하나의 통합된 대상이라는 인식을 드러내는군.

→ 가지, 뿌리, 꽃, 잎

→ 가지, 뿌리, 꽃, 잎이 혼연일체를 이루는 대상

| 〈보기〉 이는 대상에서 발견한 새로운 의미를 보여 주는 방식

| (나) – 〈1연〉 이를테면 수양의 늘어진 가지(→ 수양의 부분)가 담을 넘을 때 / 그건 수양 가지만의 일은 아니었을 것이다 / 얼굴 한번 못 마주친(→ 가지와 뿌리의 관계) 애먼 뿌리(→ 수양의 부분)와 / 잠시 살 붙였다 적막히 손을 터는(→ 가지와 '꽃', '잎'의 관계) 꽃(→ 수양의 부분)과 잎(→ 수양의 부분)이 / 혼연일체 → 가지, 뿌리, 꽃, 잎이 수양이라는 통합체를 이룸.

| 뭔말?

- 수양을 늘어진 가지, 뿌리, 꽃, 잎의 부분으로 나누고, 뿌리는 가지와 얼굴을 못 마주치는 관계, 꽃과 잎은 잠시 붙었다 손을 터는 관계로 나타냄.
- 수양은 '가지', '뿌리', '꽃', '잎'이 '혼연일체'를 이루고 있는 대상임. = 수양이 하나의 통합된 대상이라는 인식을 드러냄.

② (다)는 '잊어도 좋을 것'과 '잊어서는 안 될 것'에 대해 사유하여 타인과 자신의 관계 속에서 지켜야 할 자세에 대한 깨달음을 드러내는군.

→ 효심, 충성심 … 의로움, 예의, 분수, 도리 = 잊어서는 안 될 것

| 〈보기〉 주체가 대상을 바라보고 사유하여 얻은 인식이 드러난다.

| (다) – 〈2문단〉 천한 신분인데도 큰 세력을 얻으려는 생각을 잊지 못하고, 집안이 가난하건만 재물을 잊지 못하며, 고귀한데도 교만한 짓을 잊지 못하고, 부유한데도 인색한 짓을 잊지 못한다. 의롭지 않은 물건을 취하려는 마음을 잊지 못하고, 실상과 어긋난 이름을 얻으려는 마음을 잊지 못한다. → 잊어도 좋을 것을 잊지 못함.

| (다) – 〈3문단〉 어버이에게는 효심을 잊어버리고, 임금에게는 충성심을 잊어버리며, ~ 물건을 주고받을 때 의로움을 잊고, 나아가고 물러날 때 예의를 잊으며, 낮은 지위에 있으면서 제 분수를 잊고, 이해의 갈림길에서 지켜야 할 도리를 잊는다. → 잊어서는 안 될 것들을 잊음.

| 뭔말?

- 잊어도 좋을 것들 = 큰 세력을 얻으려는 생각, 재물, 교만한 짓, 인색한 짓, 의롭지 못한 물건을 취하려는 마음, 실상과 어긋난 이름을 얻으려는 마음
- 잊어서는 안 될 것들 = 효심, 충성심, 슬픔, 정성스러운 마음, 의로움, 예의, 분수, 도리 → 타인과 자신의 관계 속에서 지켜야 할 자세

③ (다)는 '내적인 것과 외적인 것을 서로 바꾸는 사람'의 특성에 주목해 잊음의 본질에 대한 깨달음이 바람직한 삶의 태도를 이끈다는 인식을 드러내는군.

→ 다른 사람의 잊어도 좋을 것은 잊고, 자신의 잊어서는 안 될 것은 잊지 않음.

| 〈보기〉 대상의 속성에 주목하여 얻은 깨달음을 제시하는 방식으로 나타난다.

| (다) – 〈5문단〉 잊어도 좋을 것이 무엇인지를 알고 잊어서는 안 되는 것이 무엇인지를 아는 사람은 내적인 것과 외적인 것을 서로 바꿀 능력이 있다. 내적인 것과 외적인 것을 서로 바꾸는 사람은, 다른 사람의 잊어도 좋을 것(→ 외적인 것)은 잊고 자신의 잊어서는 안 될 것(→ 내적인 것)은 잊지 않는다. → 내적인 것과 외적인 것을 서로 바꾸는 사람의 특성

| 뭔말?

- 내적인 것과 외적인 것을 서로 바꾸는 사람의 특성 = 잊어도 좋을 것과 잊어서는 안 될 것을 구분할 줄 아는 사람 → 다른 사람의 잊어도 좋을 것을 잊음. + 자신의 잊어서는 안 될 것은 잊지 않음.
- 정리하면, 내적인 것과 외적인 것을 서로 바꾸는 사람은 잊어도 좋을 것과 잊어서는 안 될 것을 알기에, 이를 다른 사람과 자신에게 적용하여 바람직한 삶의 태도를 이끌 수 있음.

④ (나)는 '담쟁이 줄기'의 속성에 주목해 담쟁이 줄기가 담을 넘을 수 있다는, (다)는 잊어서는 안 될 것을 잊는 데 주목해 '내적인 것'을 잊으면 '외적인 것'에 매몰된다는 인식을 드러내는군.

| 〈보기〉 이는 대상에서 발견한 새로운 의미를 보여 주는 방식이나, 대상의 속성에 주목하여 얻은 깨달음을 제시하는 방식으로 나타난다.

| (나) – 〈3연〉 담쟁이 줄기라든가 / 가지가 담을 넘을 때

| (다) – 〈2문단〉 잊어도 좋을 것은 잊지 못하고 ~ 아름다움을 ~ 좋은 소리를 ~ ~ 맛난 음식을 ~ 크고 화려한 집을 ~ 큰 세력을 ~ 재물을 잊지 못하며, → 잊어도 좋을 것은 외적인 것들임.

| (다) – 〈3문단〉 잊어서는 안 될 것을 잊는 자 ~ 효심을 잊어버리고, ~ 충성심을 잊어버리며, ~ 의로움을 잊고, ~ 예의를 잊으며, ~ 분수를 잊고, ~ 도리를 잊는다. → 잊어서는 안 될 것은 내적인 것들임.

| (다) – 〈4문단〉 내적인 것을 잊기 때문에 외적인 것을 잊을 수 없게 되고, 외적인 것을 잊을 수 없기 때문에 내적인 것을 더더욱 잊는다. → 내적인 것을 잊으면 외적인 것에 매몰됨.

| 뭔말?

- '담쟁이 줄기'는 담장이나 벽을 타고 올라가는 속성이 있음. → (나)에서는 이러한 속성에 주목하여 '담쟁이 줄기가 담을 넘을 수 있다'는 인식을 드러냄.
- (다)에서 잊어서는 안 될 것은 효심, 충성심, 의로움, 예의, 분수, 도리와 같이 내

적인 것들임. → 내적인 것을 잊으면 외적인 것을 잊을 수 없게 되어 외적인 것에 매몰된다는 인식을 드러냄.

매웠지?

꿀피스 Tip!

▸ 이 문제는 (나)에 관한 것보다는 (다)에 관한 분석을 힘들어 했던 학생들이 많았어. 선지의 구성을 보아도 (나)에 관한 것은 ①, ④, ⑤인데, (나)에 대한 설명은 그리 어렵지 않아서 대부분의 학생이 맞는 설명이라는 것을 알고 넘어간 것 같아.

▸ 그런데 문제는 바로 (다)이지. 1문단부터 글쓴이의 물음이 마구 제시되고, '잊는 것이 병이 아니다.', '잊지 않는 것이 병이 아닌 것은 아니다.', '잊어도 좋을 것을 잊지 못한 사람에게는 잊는 것이 병이라고 치자.' 등. 잊는 것이 병이 아니라고 했다가 병이라고 하고, 잊지 않는 것이 어쩌구저쩌구 무슨 말인지 모르게 서술되어 있어서 멘탈이 흔들렸을 거야.

▸ 그런데 무슨 소리인지는 모르겠지만 (다)에서는 '잊어도 좋을 것을 잊지 못하는 사람', '잊어서는 안 되는 것을 잊는 사람'을 이야기하고 있음을 알 수 있어. **이렇게 글에서 설명하려는 대상이 길게 제시될 때에는 네모, 동그라미, 또는 문자 등을 이용해서 정리하며 글을 읽어 나가는 것이 좋아.** 예를 들어 '잊어도 좋을 것을 잊지 못하는 사람', 너무 길지? 그럼 '잊어도 좋을 것 = A'로 치환하여 'A 못 잊어 人'(한자 '人'이 '사람 인' 자인 걸 모르는 것은 아니겠지? 아무리 한자 세대가 아니라고 해도 이 한자를 모른다면... 더 이상 말은 하지 않겠어.)으로 표시할 수 있지. 그럼 '잊어서는 안 되는 것을 잊는 사람'은 '잊어서는 안 되는 것 = B'로 치환하여 'B 잊어 人'으로 표시할 수 있어.

▸ 이렇게 표시하고 문단을 정리해 보면, 2문단은 'A 못 잊어 人'의 예가 열거되어 있으니, A에 해당하는 것들, 즉 '~을 잊지 못하고'에서 '~'로 제시된 예들임을 알 수 있지. 모두 외적인 것들이네. 같은 방식으로 3문단을 정리하면 3문단은 B에 해당하는 것들, 즉 '~을 잊고'에서 '~'로 제시된 예들로 모두 내적인 것들이네. 이렇게 정리하고 내용을 살펴보면 지문 분석을 빠르고 정확하게 할 수 있어. **문제 푸는 시간이 짧은 데 언제 이렇게 하냐고? 그러니 평소에 많은 연습과 노력이 필요한 거야. 수능 국어는 하루아침에 점수를 올릴 수 있는 영역이 아니란다. 꾸준한 연습과 노력이 있어야만 점수를 올릴 수 있지.**

▸ 함정 선지 ④의 선택률이 높았던 것은 이러한 정리가 덜 되었기 때문일 거야. (다)에서 '잊어서는 안 될 것'은 '내적인 것'이었지? 그런데 4문단에서 내적인 것을 잊고 외적인 것을 잊을 수 없어 그것에 몰두하는 사람들을 지적하고 있잖아. 따라서 맞는 설명이지. (다)에 대한 분석이 제대로 이루어졌다면 ④가 맞는 설명이라는 것은 쉽게 알 수 있었을 테지만, (다)가 내용을 이해하기 어려운 글이어서 함정을 피해 가는 게 쉽지 않았을 것으로 보여.

▸ 그럼 정답 선지인 ⑤를 볼까? '잊지 않는 것이 병이 아닌 것이 아니다.'라는 말이 뭔 소리인가 싶지? **이럴 때는 먼저 이중 부정문을 긍정문으로 고쳐야 해. '병이 아닌 것이 아니다'는 이중 부정이지? 이중 부정은 강한 긍정. 그러니 '병이다'라는 말이고, '잊지 않는 것이 병'이라는 말이지. 그럼 병이 되지 않으려면 어떻게 해야 해. 잊어야지.** 결국은 '잊지 않는 것이 병이 아닌 것이 아니다'는 잊으라는 뜻이야. 그런데 '예의'나 '분수'를 잊지 않아야 한다고 해 놓고 '잊으라'는 깨달음을 드러냈다고 하는 것은 뭔가 이상하지 않니?

▸ '잊지 않는 것이 병이 아닌 것이 아니다'에서 **부정어가 세 번이나 등장했는데, 이런 문장에 담긴 의미를 긍정문으로 바꿀 수 있는 능력이 있느냐가 이번 문제 풀이에 중요한 열쇠였어. 이중 부정이 나오면 무조건 긍정문으로 바꾸어 구절의 의미를 이해해야 하는 것은 기본이고, 그다음은 '잊지 않는 것'과 같이 부정 표현에 '병'이라는 말이 나온다면, 한 단계 더 나아가 병이 되지 않으려면 어떻게 해야 하는지까지 분석해 낼 수 있어야 해.** 왜냐하면 (다)에서 글쓴이는 잊음에 관해 무엇이 병이고 무엇이 병이 아닌지를 밝히면서 자신의 주장을 펼치고 있기 때문이지.

기출 속 문학 개념어 사전

색채어(002)

개념	**색채어** 色 빛 ㉯ 彩 채색 ㉱ 語 말씀 ㉠
사전적 의미	빛깔을 나타내는 말
단계적 이해	① 색채어는 빛깔을 나타내는 말이야. ② 색채 이미지와 구분이 필요해. 색채어가 색깔이나 빛깔 그 자체를 나타낸다면, 색채 이미지는 대상으로부터 특정 색채가 연상되기만 해도 성립하는 개념이야. 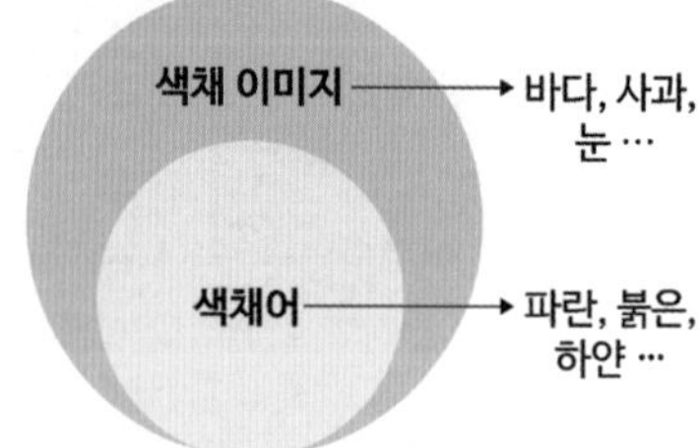 ③ 색채어나 색채 이미지를 사용하면 대상의 모습이나 분위기를 시각적으로 선명하게 드러낼 수 있어. ④ 색채어가 없더라도 색채 이미지의 뚜렷한 차이가 나타난다면 색채 대비가 될 수 있어. 대개 흰색 - 검은색, 빨간색 - 파란색, 흰색 - 파란색, 빨간색 - 초록색 등의 대비가 나타나.
출제 TIP	• 색채어, 색채 이미지는 운문 문학에서 자주 출제되는 개념이야. '선명한 이미지', '감각적 형상화' 같은 표현들과 함께 어울려 다녀. • 작품에 색채어가 나타난다면 색채 이미지는 고민할 필요 없이 활용되었다고 판단하면 돼. 색채어는 색깔을 나타내는 말이니까 모든 색채어는 색채 이미지를 동반하는 거지. 색채어와 색채 이미지의 포함 관계를 헷갈리면 안 돼.

색채어를 통한 색채 이미지 형성

자작나무 덩그럭 불이 / 도로 피어 붉고, //
구석에 그늘 지어 / 무가 순 돋아 파릇하고, //
흙냄새 훈훈히 김도 서리다가 / 바깥 풍설(風雪) 소리에 잠착하다 //
산중에 책력(冊曆)도 없이 / 삼동(三冬)이 하이얗다.

– 정지용, 「인동차」

▶ 붉은색, 푸른색, 흰색의 색채어를 활용해 대상을 더욱 선명하게 보여 주고 있어.

블근 게 여믈고 눌은 닭의 살져시니
술이 니글션졍 버디야 업슬소냐

– 신계영, 「월선헌십육경가」

| 현대어로 읽기
붉은 게 여물고 누런 닭 살졌으니
술이 있었으니 벗이야 없겠는가

▶ 여문 붉은 게와 살진 누런 닭으로 전원생활의 풍족함을 표현하면서 붉은색, 누런색의 색채어를 활용하여 대상을 더욱 선명하게 보여 주고 있어.

전신이 검은 까마귀, / 까마귀는 까치와 다른다.
마른 가지 끝에 높이 앉아 / 먼 설원을 굽어보는 저 / 형형한 눈,
고독한 이마 그리고 날카로운 부리.
얼어붙은 지상에는 / 그 어디에도 낟알 한 톨 보이지 않지만
그대 차라리 눈발을 뒤지다 굶어 죽을지언정 / 결코 까치처럼
인가의 안마당을 넘보진 않는다. / 검을 테면 / 철저하게 검어라.
단 한 개의 깃털도 / 남기지 말고……
겨울 되자 온 세상 수북이 눈은 내려 / 저마다 하얗게 하얗게 분장하지만
나는 / 빈 가지 끝에 홀로 앉아 / 말없이
먼 지평선을 응시하는 한 마리 / 검은 까마귀가 되리라.

– 오세영, 「자화상 · 2」

▶ 검은색과 흰색의 색채어가 활용되었어. 그리고 검은색, 흰색을 연상하게 하는 시어의 사용에서 색채 이미지의 대비가 나타나고 있지.

색채 이미지가 연상되는 소재의 사용

춘산(春山)에 눈 녹인 바람 건듯 불고 간 듸 없다
져근덧 비러다가 마리 우희 불니고져
귀 밑에 해묵은 서리를 녹여 볼까 하노라

– 우탁

| 현대어로 읽기
봄산에 눈 녹인 바람이 살짝 불고 간 데 없다
잠깐 빌려다가 머리 위에 불게 하고 싶구나
귀 밑에 해묵은 서리를 녹여 볼까 하노라

▶ 초장의 '눈'과 종장의 '서리'에서 흰색의 색채 이미지가 환기되고 있어.

어제는 온종일 진눈깨비 뿌리더니
오늘은 하루 종일 내리는 폭설
빈 하늘 빈 가지엔 / 홍시 하나 떨 뿐인데

– 오세영, 「겨울 노래」

▶ '진눈깨비', '폭설'의 흰색 이미지와 '홍시'의 붉은색 이미지가 선명한 색채 대비를 이루고 있어.

▶ 본문 032쪽

갈래 복합 05

2024학년도 9월 모의평가

01 ②	02 ④	03 ④
04 ③	05 ②	06 ④

(가) 박용래, 「월훈」

EBS 연결 고리
2024학년도 수능특강 문학 083쪽

교과서 연계 정보
작가 국어 천재(박)

해제 이 작품은 적막한 깊은 산속 외딴집에 살아가는 노인의 외로움과 사람에 대한 그리움을 그리고 있다. 화자는 관찰자의 시선으로 후미진 마을 외딴집이라는 공간적 배경과 노인의 모습을 묘사하고 있다. 그리고 노인의 행동, 노인의 정서를 부각하는 겨울 귀뚜라미를 통해 노인이 느끼고 있는 외로움과 사람에 대한 간절한 그리움을 형상화하고 있다. 또 '달무리'라는 의미의 '월훈'이라는 명사로 시상을 마무리하는 것도 노인이 느끼는 외로움의 깊이를 더하고 있다.

주제 산속 외딴집에 홀로 사는 노인의 외로움과 그리움

짜임

1~2행	첩첩산중의 외딴집에 밤이 온 풍경
3행	외로움에 잠 못 이루는 노인의 기다림과 그리움
4행	겨울 귀뚜라미의 울음
5행	달무리가 진 겨울밤의 풍경

1행 첩첩산중에도 없는 마을이 여긴 있습니다. 잎 진 사잇길 저 모랫
[02-①] 쉽게 보기 어려울 것 같은 장소(노인이 사는 곳) [01-③] 말을 건네는 방식
둑, 그 너머 강기슭에서도 보이진 않습니다. 허방다리* 들어내면 보이는
[02-②] 공간의 적막한 분위기 형성
마을.

2행 갱 속 같은 마을. ㉠꼴깍, 해가, 노루꼬리 해가 지면 집집마다 봉
[01-②] 노인이 사는 곳(단절된 장소) 묘사 [04-①] 시간의 변화 함축
당에 불을 켜지요. 콩깍지, 콩깍지처럼 후미진 외딴집, 외딴집에도 불빛은
[02-③] 향토적 정경 [01-②] [02-②] 노인이 사는 곳(단절된 장소) 묘사 → 공간의 적막한 분위기 형성
앉아 이슥토록 창문은 모과빛입니다.
[01-③] 말을 건네는 방식

3행 기인 밤입니다. 외딴집 노인은 홀로 잠이 깨어 출출한 나머지 무
우를 깎기도 하고 고구마를 깎다, 문득 바람도 없는데 시나브로 풀려 풀려
[06-②] 출출함을 달래기 위해 먹는 음식이라는 유사성
내리는 짚단, 짚오라기의 설레임을 듣습니다. 귀를 모으고 듣지요. ㉡후
[02-④] 낯설게 느껴지는 일상의 감각에 집중하는 노인의 모습 → 사라져 가는 것들에 대한 관심 유추
루룩 후루룩 처마 깃에 나래 묻는 이름 모를 새, 새들의 온기를 생각합니
[04-②] 소리를 통해 새의 모습 형상화
다. 숨을 죽이고 생각하지요.

4행 참 오래오래, 노인의 자리맡에 밭은기침 소리도 없을 양이면 벽
[02-⑤] 노인의 삶이 마주한 깊은 정적
속에서 겨울 귀뚜라미는 울지요. 떼를 지어 웁니다, 벽이 무너지라고 웁
[02-⑤] 겨울 귀뚜라미가 우는 상황 → 인간의 쓸쓸함 고조
니다.

5행 어느덧 밖에는 눈발이라도 치는지, 펄펄 함박눈이라도 흩날리는
지, 창호지 문살에 돋는 월훈(月暈).
[02-⑤] 노인의 고독 형상화

* 허방다리: 짐승 따위를 잡기 위해 풀 등을 덮어 위장한 구덩이.

(나) 김영랑, 「연 1」

EBS 연결 고리
비연계

교과서 연계 정보
작가 문학 미래엔, 비상

해제 이 작품은 하늘 높이 나는 '연'을 통해 유년 시절의 기억을 형상화하고 있다. 화자에게 유년은 '아슴풀'한 것으로, 늘 위태롭고 무언가를 상실했던 아픈 기억으로 남아 있다. '엄마 아빠 부르고 울다', '외로이 자랐다', '눈물이 고이었었다'라는 시구 등에서 화자의 외롭고 슬픈 정서가 구체적으로 드러난다. 이때 파랗게 보이는 하늘과 흰 연, 하얀 옷, 하얀 넋과 붉은 발자욱은 선명한 색채 대비를 이루면서 시 전반을 이루는 애상적 정서를 부각하고 있다.

주제 외롭고 슬픈 유년 시절의 회상

짜임

1연	희미한 기억으로 남은 유년 시절
2연	불안하고 위태로웠던 유년 시절
3연	엄마 아빠를 부르며 서럽게 울었던 기억
4연	눈물을 흘리며 외로이 자라 온 기억

1연 내 어린 날!

아슴한 하늘에 뜬 연같이
[03-①] 화자의 어린 날의 모습 비유
바람에 깜박이는 연실같이

내 어린 날! 아슴풀하다*

2연 하늘은 파랗고 끝없고
[01-②] 연이 위태롭게 날고 있는 모습 묘사
편편한 연실은 조매롭고*
[03-②] 연실의 긴장 표현
오! 흰 연 그새에 높이

㉢아실아실* 떠 놀다 내 어린 날!
[04-③] 불안하고 두려워하는 심리

3연 바람 일어 끊어지던 날
[01-④] [03-③] 과거(서러움을 느꼈던 유년 시절)의 장면 회상
엄마 아빠 부르고 울다

㉣희끗희끗한 실낱이 서러워
[04-②] 서러움을 느끼게 하는 대상(실낱)의 모습
아침저녁 나무 밑에 울다

4연 오! 내 어린 날 하얀 옷 입고
[03-④] 흰색의 시각적 이미지와 외로움의 정서 연결
외로이 자랐다 하얀 넋 담고

㉤조마조마 길가에 붉은 발자욱
[04-⑤] 외롭고 슬픈 어린 시절의 정서 [03-④] 붉은색의 시각적 이미지와 슬픔의 정서 연결
자욱마다 눈물이 고이었었다
[03-③] 외로이 자랐던 유년 시절의 상황 짐작

* 아슴풀하다: '아슴푸레하다'의 방언.
* 조매롭고: '조마롭다'의 방언. 보기에 마음이 초조하고 불안하다.
* 아실아실: '아슬아슬'의 방언.

(다) 서영보, 「문의당기」

EBS 연결 고리
비연계

해제 이 작품은 신위가 자기 집 이름을 '문의'라고 지은 것을 매개로, '나'가 신위의 요청에 답하며 자신의 생각을 드러낸 고전 수필이다. 신위는 '나'에게 세상 사람들 모두 물 가운데 있는 존재라는 의미에서 집 이름을 '문의'라고 지었다면서 집에 대한 글을 써 달라고 부탁한다. 글쓴이는 물이 보이는 곳에 집을 짓고 사는 사람이라고 할지라도 늘 물을 보고만 있는 것은 아니기에 어쩌다 물을 보는 사람과 다르지 않다고 하고, 대지의 모든 이들은 결국 섬 사람이라는 생각을 밝히며 신위의 말에 동의를 표한다. 이로써 글쓴이는 상대적 관점에서 세상을 바라보는 태도를 지녀야 한다는 가르침을 우회적으로 전달하고 있다.

주제 상대적 관점에서 세상을 바라보는 태도

짜임

전반부	신위가 자기 집 이름을 '문의'라 지은 이유를 밝히고, '나'에게 집에 대한 글을 써 달라는 편지를 보냄.
후반부	'나'가 바다의 섬 가운데 집을 짓고 사는 사람과 배를 집으로 삼고 사는 사람의 삶에 주목하여 신위의 생각에 동의를 표함.

전반부 ⓐ신위가 **자기 집** 이름을 '문의당'이라 하고 ⓑ나에게 편지를 보내 말했다.

"내 천성이 물을 좋아하는데, 도성 안이라 **볼만한 샘이나 못**이 없어 비록 **물을 보는 법**을 알고 있어도 **써 볼 데가 없**는 것이 늘 아쉬웠습니다.
[05-⑤] (물이 없어) 물을 보지 못하는 상황

그런데 **천하의 지도를 보고** 깨우친 점이 있었습니다.
[05-①] 신위가 사고를 전환하게 된 계기

넘실거리는 큰 바다 사이로 아홉 개 대륙, 일만 개 나라가 퍼져 있는데 큰 나라는 범선이 늘어선 듯하고, 작은 나라는 갈매기와 해오라기가 출몰하는 듯했습니다. 천하만국에 두루 살고 있는 사람들은 모두 물 가운데 있는 존재일 뿐입니다. 이것이 제 집의 이름을 '문의(文漪)*'라고 한 까닭입니다. 그대는 저를 위해 이 집의 기문을 지어 주시기 바랍니다."
[06-③] 바다 안 육지라는 유사성
[01-②] [05-①] 천하의 지도 묘사 → 천하만국이 물 가운데 존재한다는 것을 깨우침.
[05-①] 자신(신위)도 물 가운데 살고 있다는 발상으로 연결됨.

후반부 나는 편지를 보고 웃으며 말했다.

"세상에는 본래 그 실물은 없으면서도 이름을 차지하는 경우가 있으니, 지금 그대가 집에 이름을 붙인 것이 바로 그 실물이 없는 것이라고 할 수 있겠소. 비록 그러하나 그대도 이에 대해 할 말이 있을 것이오. 지금 **바다의 섬 가운데 집을 짓고 사는 사람**이 있다면, 사람들은 반드시 **물에 산다고** 하지 산에 산다고 하지 않겠지요. 섬사람 중에는 담장을 두르고, 집을 짓고, 문을 닫고 **들어앉아 사는 사람**도 있게 마련이니, 그가 날마다 파도와 깊은 물을 가까이 접하지는 않는다고 하여, 물에 사는 게 아니라고 한다면 옳지 않겠지요. 이와 같은 이치를 **사람들**이 모두 그렇다고 인정하는데, 어찌 유독 그대의 말에만 의심을 품겠소? 대지는 하나의 섬이고, 세상 사람들은 섬사람이라오. 비록 **배를 집으로 삼아** 물 위를 떠다니면서 날마다 **물과 더불어** 살아가는 사람이라 하더라도, 그 형편상 눈을 한곳에 두고 꼼짝하지 않을 수는 없을 것이고, 잠시 **눈길을 돌려서** 잠깐 동안이나마 물이 있다는 것을 생각하지 못할 때가 반드시 있을 것이오. 이때에는 겨우 반걸음을 움직인 것이나 천 리를 간 것이나 매한가지라 할 것이오."
[01-⑥] 섬에 집을 짓고 사는 사람이 있다는 가상의 상황 설정
[05-②] (천하만국 모든 사람은 물 가운데 있는 존재라는) 신위의 생각에 동의하며 '나'가 제시한 근거 ①
[06-④] 바다의 형상이라는 유사성 → 물에 사는 사람이 만나는 환경
[05-④] 신위의 발상이 타당하다고 여기는 이유
[01-①] 설의적 표현 → 글쓴이의 정서(신위의 말이 타당하다고 여김.) 강조
[05-②] 신위의 생각에 동의하며 '나'가 제시한 근거 ②
[05-⑤] (물이 있으나) 물을 보지 못하는 상황

* 문의: 물결무늬.

---

01 작품 간의 공통점 파악 답 ②

선지별 선택 비율	①	②	③	④	⑤
화작	4%	87%	4%	3%	1%
언매	1%	94%	2%	1%	0%

(가)~(다)의 공통점으로 가장 적절한 것은?

정답 띵! 동!

② 묘사의 방식을 활용하여 대상의 특징을 구체화하고 있다.

문학 개념어(003)

| (가) – 〈2행〉 갱 속 같은 마을. 꼴깍, 해가, 노루꼬리 해가 지면 집집마다 봉당에 불을 켜지요. 콩깍지, 콩깍지처럼 후미진 외딴집,

| (나) – 〈2연〉 하늘은 파랗고 끝없고 / 편편한 연실은 조매롭고 / 오! 흰 연 그새에 높이 / 아실아실 떠 놀다 내 어린 날!

| (다) – 〈전반부〉 그런데 천하의 지도를 보고 깨우친 점이 있었습니다. // 넘실거리는 큰 바다 사이로 아홉 개 대륙, 일만 개 나라가 퍼져 있는데 큰 나라는 범선이 늘어선 듯하고, 작은 나라는 갈매기와 해오라기가 출몰하는 듯했습니다.

| 뭔말?

· (가)의 '갱 속 같은 마을', '콩깍지처럼 후미진 외딴집'은 노인이 사는 곳을 묘사한 말로, 노인이 사는 곳이 세상과 단절된 장소임을 드러냄.

· (나)의 2연은 파란 하늘을 날고 있는 연의 모습을 '하늘은 파랗고 끝없고', '편편한 연실은 조매롭고'와 같이 묘사하여 연이 위태롭게 떠 있음을 드러냄.

· (다)의 '넘실거리는 큰 바다 ~ 출몰하는 듯했습니다'는 '천하의 지도'를 묘사하며 천하만국이 물 가운데 존재함을 드러냄.

오답 땡!

① ~~설의적 표현을 사용~~하여 인물의 정서를 강조하고 있다.
└→ (다) '어찌 ~ 의심을 품겠소?'에만 사용됨.

| (다) – 〈후반부〉 이와 같은 이치를 사람들이 모두 그렇다고 인정하는데, 어찌 유독 그대의 말에만 의심을 품겠소? → 신위의 말을 타당하다고 여김.

| 뭔말?

· (다)의 '이와 같은 이치를 ~ 그대의 말에만 의심을 품겠소?'에서 설의적 표현을 사용해, 신위의 말을 타당하다고 여기는 글쓴이의 정서를 강조함.

· (가), (나)에는 설의적 표현이 사용되지 않음.

③ ~~말을 건네는 방식을 사용~~하여 주제 의식을 심화하고 있다.
└→ (가)는 화자가 청자에게 말을 건네고, (다)는 신위와 '나'가 서로 상대에게 말을 건넴.

| 뭔말?

· (가)는 '~습(읍)니다'와 같이 화자가 청자에게 이야기를 들려주는 방식으로 시상을 전개하고, (다)도 신위와 '나'가 서로에게 말하는 방식으로 생각을 전달하고 있음.

· 그러나 (나)는 화자가 자신의 유년 시절을 회상하고 있을 뿐, 말을 건네는 방식을 사용하고 있지 않음.

→ (나)만 과거의 유년 시절을 회상함.
④ ~~과거의 장면을 회상~~하여 ~~현재 상황에 대한 원인을 포착하고 있다~~.
→ (가)~(다) 모두 찾아볼 수 없는 내용

| (나) – 〈3연〉 바람 일어 끊어지던 날 / 엄마 아빠 부르고 울다 / 희끗희끗한 실낱이 서러워 / 아침저녁 나무 밑에 울다

| 뭔말?

· (나)의 화자는 유년 시절 아빠 엄마 부르고 울었던 과거의 장면을 회상하고 있지만, 이로부터 현재 상황에 대한 원인을 포착하고 있지 않음.

· (가)와 (다)에는 모두 과거의 장면을 회상하는 부분은 나타나지 않음.

→ (다)는 바다의 섬 가운데 집을 짓고 사는 사람을 통해 나타남.
⑤ ~~가상의 상황을 설정~~하여 ~~현실에 대한 긍정적 인식을 이끌어 내고 있다~~.
→ (가)~(다) 모두 찾아볼 수 없는 내용

| (가) 벽 속에서 겨울 귀뚜라미는 울지요. 떼를 지어 웁니다. 벽이 무너지라고 웁니다.

| (다) 지금 바다의 섬 가운데 집을 짓고 사는 사람이 있다면, 사람들은 반드시 물에 산다고 하지 산에 산다고 하지 않겠지요.

| 뭔말?

· (가)는 겨울 귀뚜라미가 떼를 지어 벽이 무너지라고 우는 상황이 나타나지만 노인의 외로움을 부각하는 것일 뿐, 현실에 대한 긍정적 인식을 이끌어 내는 것과 관계 없음.

· (나)는 가상의 상황 자체가 설정되지 않아, 현실에 대한 긍정적 인식을 이끌어 내는 부분도 찾아 볼 수 없음.

· (다)는 '지금 바다의 섬 가운데 집을 짓고 사는 사람이 있다면'에서 가상의 상황이 나타나지만 섬에 사는 사람들에 대한 생각을 드러내려는 것일 뿐, 현실에 대한 긍정적 인식을 이끌어 내는 것과 관계 없음.

02 외적 준거에 따른 작품 감상 답 ④

선지별 선택 비율	①	②	③	④	⑤
화작	2%	2%	34%	57%	2%
언매	1%	1%	30%	65%	1%

〈보기〉를 참고하여 (가)를 감상한 내용으로 적절하지 않은 것은?

보기

(가)는 적막한 산골 마을을 배경으로 그곳에 사는 한 노인의 모습을 관찰하여 들려주는 시이다. 향토적인 정경 속에서 낯설게 느껴지는 일상에 감각적으로 집중하는 노인을 통해 점점 사라져 가는 것들에 대한 관심을 드러내고, 노인의 삶이 마주한 깊은 정적 속 울음소리를 통해 인간의 쓸쓸함을 고조하고 있다. 이러한 노인의 모습은 외딴집 창호지 문살에 비친 달무리의 이미지로 형상화되고 있다.

정답 띵!동!

→ 향토적 정경
④ '짚오라기의 설레임'을 '귀를 모으고 듣'고 '새들의 온기'를 '숨을 죽이고 생각하'는 것은, ~~일상을 자연스럽게 받아들이는~~ 노인의 감각을 부각한 것으로 볼 수 있겠군.
→ 낯설게 느껴지는 일상에 감각적으로 집중하는 모습임.

| 〈보기〉 향토적인 정경 속에서 낯설게 느껴지는 일상에 감각적으로 집중하는 노인

| (가) – 〈3행〉 문득 바람도 없는데 시나브로 풀려 풀려 내리는 짚단, 짚오라기의 설레임을 듣습니다. 귀를 모으고 듣지요. 후루룩 후루룩 처마 깃에 나래 묻는 이름 모를 새, 새들의 온기를 생각합니다. 숨을 죽이고 생각하지요.

| 뭔말?

· 〈보기〉에서 노인은 '낯설게 느껴지는 일상'에 감각적으로 집중한다고 함.

· 따라서 '짚오라기의 설레임'을 '귀를 모으고 듣'고 '새들의 온기'를 '숨을 죽이고 생각하'는 것은 일상을 자연스럽게 받아들이는 노인의 감각을 부각한 것이 아니라, 낯설게 느껴지는 일상에 집중하는 노인의 모습을 부각한 것임.

오답 땡!

① '첩첩산중에도 없는 마을'을 '여긴 있'다고 한 데서, 노인이 살아가는 곳은 쉽게 보기 어려울 것 같은 장소임을 짐작할 수 있겠군.

| 〈보기〉 (가)는 적막한 산골 마을을 배경으로 그곳에 사는 한 노인

| (가) – 〈1행〉 첩첩산중에도 없는 마을이 여긴 있습니다.

| 뭔말?

· '첩첩산중에도 없는 마을'을 '여긴 있'다고 한 것은 〈보기〉에 언급된 '적막한 산골 마을을 배경으로 그곳에 사는 한 노인'과 연결되어, 노인이 사는 마을이 쉽게 발견할 수 없는 곳임을 나타냄.

② '강기슭에서도 보이진 않'는 '후미진 외딴집'이라는 배경 설정에서, 적막한 공간의 분위기를 추측할 수 있겠군.

| 〈보기〉 (가)는 적막한 산골 마을을 배경으로

| (가) – 〈1행〉 그 너머 강기슭에서도 보이진 않습니다.

| (가) – 〈2행〉 콩깍지, 콩깍지처럼 후미진 외딴집,

| 뭔말?

· '강기슭에서도 보이진 않'는 '후미진 외딴집'이라는 배경은 노인이 세상과 단절된 곳에 살고 있음을 보여 주어, 〈보기〉에 언급된 산골 마을의 '적막한' 분위기를 조성함.

③ '봉당에 불을 켜'는 분위기와 '콩깍지'의 이미지로 나타낸 향토적 정경에서, 사라져 가는 것들에 대한 관심을 유추할 수 있겠군.

| 〈보기〉 향토적인 정경 속에서 낯설게 느껴지는 일상에 감각적으로 집중하는 노인을 통해 점점 사라져 가는 것들에 대한 관심을 드러내고

| (가) – 〈2행〉 노루꼬리 해가 지면 집집마다 봉당에 불을 켜지요. 콩깍지, 콩깍지처럼 후미진 외딴집,

| 뭔말?

· '봉당에 불을 켜'는 분위기와 '콩깍지'의 이미지는 모두 시골의 정취가 담긴 향토적 정경과 관련되는 것이므로, 이로부터 〈보기〉에 언급된 '사라져 가는 것들에 대한 관심'을 유추할 수 있음.

⑤ '밭은기침 소리도 없'는데 '겨울 귀뚜라미'가 우는 상황과 눈발이 치는 듯한 '밖'의 달무리 이미지가 어우러져, 노인의 고독을 형상화한 것으로 이해할 수 있겠군.

| 〈보기〉 노인의 삶이 마주한 깊은 정적 속 울음소리를 통해 인간의 쓸쓸함을 고조하고 있다. 이러한 노인의 모습은 외딴집 창호지 문살에 비친 달무리의 이미지로 형상화되고 있다.

| (가) – 〈4행〉 참 오래오래, 노인의 자리맡에 밭은기침 소리도 없을 양이면 벽 속에서 겨울 귀뚜라미는 울지요.

| (가) – 〈5행〉 어느덧 밖에는 눈발이라도 치는지, 펄펄 함박눈이라도 흩날리는지, 창호지 문살에 돋는 월훈.

| 뭔말?

· '발은기침 소리도 없'는데 '겨울 귀뚜라미'가 우는 상황은 〈보기〉의 '깊은 정적 속 울음소리'와 연결되어, 노인의 고독을 형상화하는 데 기여함.

· 눈발이 치는 듯한 '밖'의 달무리 이미지는 〈보기〉의 '외딴집 창호지 문살에 비친 달무리의 이미지'와 연결되어, 노인의 고독을 형상화하는 데 기여함.

03 화자의 정서와 태도 파악 답 ④

선지별 선택 비율	①	②	③	④	⑤
화작	1%	3%	3%	81%	8%
언매	0%	1%	1%	91%	4%

(나)에 대한 설명으로 적절하지 않은 것은?

정답 띵!동!

④ 4연에서 '외로이 자랐다'와 이어진 '하얀 넋'은 '붉은 발자욱'에 함축된 정서와 ~~상반되는 의미~~를 이끌어 내고 있다.
└→ '하얀 넋', '붉은 발자욱'은 외로움, 슬픔과 연결되어 유사한 의미를 이끌어 냄.

| (나) - 〈4연〉 오! 내 어린 날 하얀 옷 입고 / 외로이 자랐다 하얀 넋 담고 / 조마조마 길가에 붉은 발자욱 / 자욱마다 눈물이 고이었었다

| 뭔말?

· 4연의 '하얀 넋'은 '외로이 자랐다'와 이어지므로 외로움의 정서와 연결됨.

· 4연의 '붉은 발자욱'은 '자욱마다 눈물이 고이었었다'와 이어지므로 슬픔의 정서와 연결됨.

· 정리하면, '하얀 넋'과 '붉은 발자욱'은 모두 화자의 애상적 정서를 함축하고 있다는 점에서 유사한 의미를 이끌어 내고 있음.

오답 땡!

① 1연에서 '연'과 '연실'의 모습에 빗대어 '내 어린 날'의 기억을 '아슴풀하다'라고 표현하고 있다.

| (나) - 〈1연〉 내 어린 날! / 아슬한 하늘에 뜬 연같이 / 바람에 깜박이는 연실같이 / 내 어린 날! 아슴풀하다

| 뭔말?

· 1연에서는 '내 어린 날'을 '아슬한 하늘에 뜬 연', '바람에 깜박이는 연실'에 빗대고 있으며 '아슴풀하다'고 표현하고 있음.

② 2연에서 '조매롭고'로 표현된 '연실'의 긴장은 3연에서 연실이 '바람 일어 끊어지던 날'의 정서를 고조하고 있다.

| (나) - 〈2연〉 하늘은 파랗고 끝없고 / 편편한 연실은 조매롭고 / 오! 흰 연 그새에 높이 / 아실아실 떠 놀다 내 어린 날!

| (나) - 〈3연〉 바람 일어 끊어지던 날 / 엄마 아빠 부르고 울다

| 뭔말?

· 2연의 편편한 '연실'은 초조한 불안한 긴장('조매롭고')을 느끼게 함.

· 이는 3연에서 바람에 연실이 '끊어'져 울었던 화자의 상황과 연결되며 슬픈 정서를 고조하고 있음.

③ 3연에서 '울다'의 반복과 4연에서 '눈물이 고이었었다'를 통해 '내 어린 날'의 상황을 짐작할 수 있게 하고 있다.

| (나) - 〈3연〉 바람 일어 끊어지던 날 / 엄마 아빠 부르고 울다 / 희끗희끗한 실낱이 서러워 / 아침저녁 나무 밑에 울다

| (나) - 〈4연〉 오! 내 어린 날 하얀 옷 입고 / 외로이 자랐다 하얀 넋 담고 / 조마조마 길가에 붉은 발자욱 / 자욱마다 눈물이 고이었었다

| 뭔말?

· 3연에서는 '울다'를 반복하여 서러움을 느꼈던 '내 어린 날'의 상황을, 4연에서는 '눈물이 고이었었다'를 통해 외로이 자랐던 '내 어린 날'의 상황을 짐작할 수 있게 하고 있음.

⑤ 1연과 4연의 '내 어린 날'은 2연의 '내 어린 날'의 기억을 통해 떠올린 유년 시절을 표상하는 의미를 지니고 있다.

| (나) - 〈1연〉 내 어린 날! / 아슬한 하늘에 뜬 연같이 / 바람에 깜박이는 연실같이 / 내 어린 날! 아슴풀하다

| (나) - 〈2연〉 하늘은 파랗고 끝없고 / 편편한 연실은 조매롭고 / 오! 흰 연 그새에 높이 / 아실아실 떠 놀다 내 어린 날!

| (나) - 〈4연〉 오! 내 어린 날 하얀 옷 입고 / 외로이 자랐다 하얀 넋 담고 / 조마조마 길가에 붉은 발자욱 / 자욱마다 눈물이 고이었었다

| 뭔말?

· 2연에서 화자는 하늘에 뜬 연을 보며 유년 시절을 떠올림.

· 그리고 1연과 4연에서는 '아슴풀하다', '외로이 자랐다', '자욱마다 눈물이 고이었었다'와 같이 유년 시절에 대한 인상과 정서를 표출하고 있음.

04 시어, 시구의 의미와 기능 파악 답 ③

선지별 선택 비율	①	②	③	④	⑤
화작	1%	3%	85%	4%	4%
언매	1%	2%	92%	2%	1%

㉠~㉤에 대한 설명으로 적절하지 않은 것은?

정답 띵!동!

③ ㉢: 높이 날아오른 연을 ~~동경하는 심리~~를 드러내고 있다.
└→ 위태롭게 보는 심리, 연이 끊어질까 봐 불안한 심리

| (나) - 〈2연〉 하늘은 파랗고 끝없고 / 편편한 연실은 조매롭고 / 오! 흰 연 그새에 높이 / ㉢아실아실 떠 놀다 내 어린 날

| 뭔말?

· ㉢'아실아실'은 마음이 약간 위태롭거나 조마조마한 것을 말함.

· 앞서 편편한 연실이 조매롭다고 하였으므로, ㉢'아실아실'은 높이 날아오른 연이 끊어지지 않을까 하는 불안한 심리를 표현한 것이지, 연을 동경하는 심리를 드러낸 것이 아님.

오답 땡!

① ㉠: 아주 짧은 순간에 해가 지는 모습을 나타낸 말로, 시간의 변화를 함축하고 있다.
└→ 해 질 녘 → 밤

| (가) - 〈2행〉 갱 속 같은 마을. ㉠꼴깍, 해가, 노루꼬리 해가 지면 집집마다 봉당에 불을 켜지요.

| 뭔말?

· ㉠'꼴깍'은 무엇이 잠깐 사이에 없어지는 모양을 나타냄.

· ㉠'꼴깍'은 해가 잠깐 사이에 사라져 산속 마을에 갑자기 밤이 찾아온 시간의 변화를 함축하여 보여 줌.

② ㉡: 소리를 통해 연상되는 새의 모습을 감각적으로 형상화하고 있다.

| (가) – <3행> ㉡후루룩 후루룩 처마 깃에 나래 묻는 이름 모를 새,

| 뭔말?

· ㉡'후루룩'은 새 따위가 날개를 가볍게 치며 갑자기 날아가는 소리를 나타냄.

· ㉡'후루룩 후루룩'은 처마 깃에 나래를 묻는 새가 내는 소리로, 이 소리(청각적 이미지)를 통해 새의 모습을 감각적으로 형상화함.

④ ㉣: 서러움을 느끼게 하는 대상인 실날의 모습을 표현하고 있다.

| (나) – <3연> 바람 일어 끊어지던 날 / 엄마 아빠 부르고 울다 / ㉣희끗희끗한 실낱이 서러워 / 아침저녁 나무 밑에 울다

| 뭔말?

· ㉣'희끗희끗'은 군데군데 희 모양을 나타냄.

· 바람에 끊어진 연의 실낱을 서럽다고 하면서, ㉣'희끗희끗한' 실낱이라고 하여 군데군데 흰 실낱의 모습을 표현함.

⑤ ㉤: 외롭고 슬픈 어린 시절의 정서를 함께 담아내고 있다.

| (나) – <4연> 오! 내 어린 날 하얀 옷 입고 / 외로이 자랐다 하얀 넋 담고 / ㉤조마조마 길가에 붉은 발자욱 / 자욱마다 눈물이 고이었었다

| 뭔말?

· ㉤'조마조마'는 마음이 초조하고 불안한 것을 나타냄.

· 유년 시절을 표현하면서, ㉤'조마조마'라고 하여 외롭고 슬픈 어린 시절의 정서를 함께 담아냄.

05 작품의 내용 파악

답 ②

선지별 선택 비율	①	②	③	④	⑤
화작	3%	53%	12%	13%	17%
언매	1%	62%	9%	9%	16%

ⓐ, ⓑ에 대한 이해로 적절하지 않은 것은?

정답 띵! 동!

② ⓐ가 '자기 집'을 '문의'라고 한 것에 ⓑ가 동의한 이유는 ⓐ의 상황이 ~~'배를 집으로 삼아' 사는 사람의 상황보다 집에 '들어 앉아 사는 사람'의 상황에 가깝다고 생각했기 때문이다.~~

└→ 배를 집으로 삼아 사는 사람의 상황 = 물에 사는 것
섬 사람 중 집에 들어 앉아 사는 사람의 상황 = 물에 사는 것

| (다) – <전반부> ⓐ신위가 자기 집 이름을 '문의당'이라하고 ⓑ나에게 편지를 보내 말했다.

| (다) – <전반부> 천하만국에 두루 살고 있는 사람들은 모두 물 가운데 있는 존재일 뿐입니다. 이것이 제 집의 이름을 '문의'라고 한 까닭입니다.

| (다) – <후반부> 섬사람 중에는 ~ 집을 짓고, 문을 닫고 들어앉아 사는 사람도 있게 마련이니, 그가 날마다 파도와 깊은 물을 가까이 접하지는 않는다고 하여, 물에 사는 게 아니라고 한다면 옳지 않겠지요.

| (다) – <후반부> 비록 배를 집으로 삼아 물 위를 떠다니면서 날마다 물과 더불어 살아가는 사람이라 하더라도, ~ 잠시 눈길을 돌려서 잠깐 동안이나마 물이 있다는 것을 생각하지 못할 때가 반드시 있을 것이오.

| 뭔말?

· ⓐ'신위'가 자기 집 이름을 '문의'라 지은 것은 천하만국 사람들은 모두 물 가운데 있는 존재일 뿐이라는 생각(깨달음)에서 비롯됨.

· ⓑ'나'는 '배를 집으로 삼아' 사는 사람과 섬사람이지만 집에 '들어 앉아 사는 사람'을 예로 들어, 이들 모두 결국 물 가운데 사는 것은 같다고 하며 ⓐ'신위'의 생각에 동의를 표함.

오답 땡!

① ⓐ는 '볼만한 샘이나 못'이 없는 곳에 산다고 생각하다가, '천하의 지도를 보고' 깨달은 바에 따라 자신이 물 가운데 살고 있는 것이나 다름없다는 발상으로 사고를 전환한다.

└→ 자신을 포함한 모든 사람은 물 가운데 살고 있음을 깨달음.

| (다) – <전반부> 내 천성이 물을 좋아하는데, 도성 안이라 볼만한 샘이나 못이 없어 ~ 늘 아쉬웠습니다. 그런데 천하의 지도를 보고 깨우친 점이 있었습니다.

| (다) – <전반부> 천하만국에 두루 살고 있는 사람들은 모두 물 가운데 있는 존재일 뿐입니다.

| 뭔말?

· ⓐ'신위'는 '볼만한 샘이나 못'이 없는 곳에 산다고 생각하여 아쉬워함.

· 그러다 '천하의 지도를 보고' 천하만국 사람들은 모두 물 가운데 있는 존재일 뿐이라는 깨달음을 얻음.

· 이 깨달음은, 자신도 물 가운데 살고 있는 것이나 다름없다는 발상으로 이어져 자기 집 이름을 '문의'라고 짓게 됨.

③ ⓑ는 '바다의 섬'에 '집을 짓고 사는 사람'의 삶에 주목하여, 바라보는 관점을 달리하면 세상 모든 사람들이 섬에 살고 있다는 논리가 성립한다고 생각한다.

└→ 대지를 바다로 둘러싸인 섬이라고 생각함으로써 세상을 보는 관점을 전환함.

| (다) – <후반부> 지금 바다의 섬 가운데 집을 짓고 사는 사람이 있다면, 사람들은 반드시 물에 산다고 하지 산에 산다고 하지 않겠지요. 섬사람 중에는 담장을 두르고, 집을 짓고, 문을 닫고 들어앉아 사는 사람도 있게 마련이니, 그가 날마다 파도와 깊은 물을 가까이 접하지는 않는다고 하여, 물에 사는 게 아니라고 한다면 옳지 않겠지요. // 대지는 하나의 섬이고, 세상 사람들은 섬사람이라오.

| 뭔말?

· ⓑ'나'는 '바다의 섬'에 '집을 짓고 사는 사람'이라면 문을 닫고 들어앉아 날마다 파도와 깊은 물을 가까이 접하지 않는다 하여도 '물에 산다'고 할 것이라고 함.

· ⓑ'나'는 이와 같은 관점에서 바라보면 대지는 하나의 섬이며, 세상 사람들은 섬사람이라는 논리가 성립한다고 봄.

→ 모든 사람은 물에 살고 있음.

④ ⓑ가 ⓐ의 발상이 타당하다고 하는 이유는, '바다의 섬 가운데' 살더라도 그것을 가리켜 '물에 산다고' 보는 것이 ⓑ의 생각만이 아니라 '사람들'의 판단과도 일치하기 때문이다.

└→ 섬에 사는 사람을 물에 산다고 생각하는 것은 모든 사람이 인정하는 생각이므로 타당성을 갖게 됨.

| (다) – <후반부> 지금 바다의 섬 가운데 집을 짓고 사는 사람이 있다면, 사람들은 반드시 물에 산다고 하지 산에 산다고 하지 않겠지요. ~ 이와 같은 이치를 사람들이 모두 그렇다고 인정하는데, 어찌 유독 그대의 말에만 의심을 품겠소?

| 뭔말?

· ⓑ'나'는 '바다의 섬 가운데' 살더라도 사람들이 그것을 가리켜 모두 '산에 산다'고 하지 않고 '물에 산다'고 할 것이라 함.

· ⓑ'나'는 이것이 자신만의 생각이 아니라, 사람들이 모두 그렇다고 인정하는 이치라는 점에서, ⓐ'신위'의 발상을 타당하다고 여김.

⑤ ⓑ는 '물과 더불어' 사는 사람도 '눈길을 돌'리는 순간이 있는 것과 ⓐ가 '물을 보는 법'을 '써 볼 데가 없'다 하는 것은 물을 보지 못할 때가 있다는 점에서 유사하다고 생각한다.
(→ 물이 있지만 물을 보지 못하는 상황 / → 물이 없어 물을 보지 못하는 상황)

| (다) - 〈전반부〉 도성 안이라 볼만한 샘이나 못이 없어 비록 물을 보는 법을 알고 있어도 써 볼 데가 없는 것이 늘 아쉬웠습니다.

| (다) - 〈후반부〉 날마다 물과 더불어 살아가는 사람이라 하더라도, ~ 잠시 눈길을 돌려서 잠깐 동안이나마 물이 있다는 것을 생각하지 못할 때가 반드시 있을 것이오. 이때에는 겨우 반걸음을 움직인 것이나 천 리를 간 것이나 매한가지라 할 것이오.

| 뭔말?

· ⓑ'나'는 '물과 더불어' 사는 사람도 '눈길을 돌'리는 순간 잠깐 동안이나마 물이 있다는 생각을 하지 못할 때가 있다고 함. 이것은 '물을 보지 못하는 상황'임.

· 그런데 ⓐ'신위'가 '물을 보는 법'을 '써 볼 데가 없'다고 한 것도 '물을 보지 못하는 상황'이므로, ⓑ'나'는 이 두 경우를 유사하다고 보아 별 차이가 없다는 의미에서 '반걸음을 움직인 것이나 천 리를 간 것이나 매한가지'라고 말함.

꿀피스 Tip!

▸ 이 문제는 편지를 통해 드러나는 ⓐ(신위)의 생각과 편지를 받은 후 ⓑ(나)가 ⓐ의 생각에 대해 어떤 입장을 취했는지를 파악하는 것이 관건이야. 그런데 ⓑ는 직접적으로 "ⓐ의 말이 맞아."나 "ⓐ의 말에 동의해."와 같은 말을 하지 않았어. 대신 "어찌 유독 그대(ⓐ)의 말에만 의심을 품겠소?"라고 물었지. 이 말은 의심을 품는다는 의미가 아니라 의심이 들지 않을 정도로 ⓐ의 말에 동의한다는 뜻이야. 따라서 이 말을 통해 ⓐ가 자기 집에 '문의'라는 이름을 붙인 것에 ⓑ가 동의했다는 것을 파악할 수 있었어야 해.

▸ 다음으로는 ⓑ가 자신의 생각을 드러내기 위해 가정하여 말한 내용을 이해했어야 해. ⓑ는 '바다의 섬 가운데 집을 짓고 사는 사람'과 섬사람 중에 '담장을 두르고, 집을 짓고, 문을 닫고 들어앉아 사는 사람'이 있다고 가정한 후 세상 사람들은 이들을 모두 '물에 산다'고 할 것이라고 말했어. 그런데 이때에도, '물에 산다'고 간단하게 말하지 않고 '물에 산다고 하지 산에 산다고 하지 않겠지요.' 또는 '물에 사는 게 아니라고 한다면 옳지 않겠지요.'라며 한 번 꼬아서 말해. 따라서 글쓴이가 생각을 드러낼 때 직설적으로 말하지 않고, 돌려서 말했다는 것을 파악한 후 주어진 정보를 정리하며 글쓴이가 말하려는 것이 무엇인지 간략하게 정리할 수 있어야 해.

▸ 앞서 글쓴이가 예로 든 두 사람에 대해 '물에 산다고 하지 산에 산다고 하지 않겠지요.' 또는 '물에 사는 게 아니라고 한다면 옳지 않겠지요.'라고 한 말을 정리하면, '물에 산다'가 핵심인 거야. 이렇게 정리해 보면 결국 예로 든 두 사람은 '물에 산다'라는 공통점을 가진 존재들이라는 것을 알 수 있지. (돌리고 돌려 말하는 내용에서 핵심만 파악해 가장 간단한 문장으로 정리해 보자! 아무리 길게 말해도 전하고자 하는 핵심은 단순하다고!)

▸ 마지막으로 ⓐ가 편지로 말한 내용의 핵심은 '천하만국에 두루 살고 있는 사람들은 모두 물 가운데 있는 존재일 뿐입니다.'라는 말이야. ⓑ는 이 생각에 동의한다고 하였으므로 '천하만국에 두루 살고 있는 사람들'에는 ⓐ와 ⓑ 그리고 ⓑ가 예로 든 '바다의 섬 가운데 집을 짓고 사는 사람'과 섬사람 중에 '담장을 두르고, 집을 짓고, 문을 닫고 들어앉아 사는 사람'이 모두 포함된다고 할 수 있지. 그러므로 결국 이 글의 중심 내용은 모든 사람들은 모두 물 가운데 있는 존재라는 거야. 따라서 이를 정답 선지인 ②에 적용하면 ⓐ가 '자기 집'을 '문의'라고 한 것은 자신의 상황을 '배를 집으로 삼아' 사는 사람이나 섬사람이지만 집에 '들어 앉아 사는 사람'의 상황과 비교하면 모두 물 가운데 있다는 점에서 같다는 것을 깨달았기 때문임을 알 수 있지.

06 외적 준거에 따른 작품 감상 답 ④

선지별 선택 비율	①	②	③	④	⑤
화작	5%	7%	36%	37%	12%
언매	3%	5%	38%	44%	8%

〈보기〉를 바탕으로 (가), (다)를 이해한 내용으로 가장 적절한 것은? [3점]

보기

문학 작품 속의 소재들은 연관성 속에서 서로 유사 혹은 대립의 관계를 이룸으로써 의미를 생성하거나 그 특징을 부각하는 효과를 드러낸다.

정답 띵!동!

④ (다)의 '파도'와 '깊은 물'은 바다의 형상이라는 유사성으로 관계를 맺으며 물에 사는 사람이 살면서 만나게 되는 환경이라는 의미를 생성하고 있군.

| (다) - 〈후반부〉 섬사람 ~ 그가 날마다 파도와 깊은 물을 가까이 접하지는 않는다고 하여, 물에 사는 게 아니라고 한다면 옳지 않겠지요.

| 뭔말?

· (다)의 '파도'와 '깊은 물'은 모두 바다의 형상이라는 유사성으로 관계를 이룸으로써 물에 사는 사람(섬사람)이 만나게 되는 환경이라는 의미가 생성됨.

오답 땡!

① (가)의 '허방다리 들어내면 보이는 마을', '갱 속 같은 마을'은 ~~얕음과 깊음의 대비~~를 이루어 숨어 있는 ~~두 공간의 차이를 부각하고 있군.~~
(→ 대비 X / → 두 공간 모두 숨어 있는 곳 → 유사 관계)

| (가) - 〈1행〉 허방다리 들어내면 보이는 마을.

| (가) - 〈2행〉 갱 속 같은 마을.

| 뭔말?

· '허방다리 들어내면 보이는 마을', '갱 속 같은 마을'은 깊숙한 곳에 위치한 마을의 형상이라는 유사 관계를 이루며 쉽게 찾을 수 없는 공간이라는 특징이 부각됨.

② (가)의 '무우'와 '고구마'는 ~~차가움과 따뜻함의 대비~~를 이루어 밤에 출출함을 달래기 위해 먹는 다양한 음식의 속성을 부각하고 있군.
(→ 드러나지 X / → 노인이 출출할 때 먹는 것 → 유사 관계)

| (가) - 〈3행〉 외딴집 노인은 홀로 잠이 깨어 출출한 나머지 무우를 깎기도 하고 고구마를 깎다.

| 뭔말?

· (가)의 '무우'와 '고구마'는 노인이 출출함을 달래기 위해 먹는 음식일 뿐이며, 차가움과 따뜻함의 대비는 드러나지 않음.

③ (다)의 '아홉 개 대륙'과 '일만 개 나라'는 바다 안의 육지라는 유사성으로 관계를 맺으며 '~~천하의 지도'라는 새로운 의미를 생성~~하고 있군.

└→ 물로 둘러 싸인 공간이라는 특성을 부각함.

| (다) – 〈전반부〉 천하의 지도를 보고 깨우친 점이 있었습니다. // 넘실거리는 큰 바다 사이로 아홉 개 대륙, 일만 개 나라가 퍼져 있는데 큰 나라는 범선이 늘어선 듯하고, 작은 나라는 갈매기와 해오라기가 출몰하는 듯했습니다.

| 뭔말?

· (다)의 '아홉 개 대륙'과 '일만 개 나라'는 천하의 지도 속 육지라는 유사의 관계를 이룸.

· 그러나 '천하의 지도'라는 새로운 의미를 생성하는 것이 아니라, 바다 안의 육지, 물로 둘러 싸인 공간이라는 특성을 보여 줌.

⑤ (가)의 '창문은 모과빛'과 '기인밤'은 밝음과 어둠의 대비를, (다)의 '~~갈매기'와 '해오라기'는 크고 작음의 대비를 이루어~~ 각 소재가 가진 특징을 부각하고 있군.

└→ 갈매기, 해오라기 = 작은 나라 비유 → 유사 관계

| (가) – 〈2~3행〉 외딴집에도 불빛은 앉아 이슥토록 창문은 모과빛입니다. / 기인밤입니다. 외딴집 노인은 홀로 잠이 깨어

| (다) – 〈전반부〉 큰 나라는 범선이 늘어선 듯하고, 작은 나라는 갈매기와 해오라기가 출몰하는 듯했습니다.

| 뭔말?

· (가)의 '창문은 모과빛'과 '기인밤'은 밝음과 어둠의 대비를 이루어 소재가 가진 특징을 부각함.

· 그러나 (다)의 '갈매기'와 '해오라기'는 모두 작은 나라를 비유한 말이므로, 두 소재는 유사의 관계를 이루어 소재가 가진 특징을 부각함.

매웠지?

꿀피스 Tip!

▸ 이 문제는 〈보기〉가 선지를 판단하는 준거로 제시되었기 때문에 당연히 **〈보기〉의 내용을 선지에 적용하여 일치 여부를 확인하는 것이 가장 중요해.** 다음으로는 **선지에서 설명한 내용이 지문의 내용과 일치하는지를 파악하는 것이 중요하지.** 〈보기〉에서 문학 작품 속의 소재들은 '연관성'을 맺고 있는데 이 양상이 '유사' 혹은 '대립' 관계로 나타난다고 하였어. 따라서 선지에서 연관성이 있는 두 가지 이상의 소재를 주고 이들의 관계가 '유사' 관계인지, '대립' 관계인지를 1차적으로 물을 것임을 알 수 있지.

▸ 다음으로 〈보기〉에서 소재들의 관계는 '의미를 생성'하거나 '특징을 부각'하는 효과를 드러낸다고 하였으니, 앞서 관계를 파악했다면 그 효과가 '의미 생성'과 '특징 부각' 중 어디에 해당하는지를 판단하면 돼. (확인해야 되는 정보가 왜 이렇게 복잡하냐고? 이런 문제를 풀 수 있는 능력이 바로 여러분이 갖추기를 바라는 능력이야. 왜냐하면 복잡한 정보도 체계적이고 순차적으로 처리할 수 있는 능력이 세상을 살아가는 데 꼭 필요한 능력 중 하나이기 때문이지!) **〈보기〉를 통해 선지에서 확인해야 되는 정보가 몇 가지인지 먼저 정리하고 넘어가자!**

▸ 주어진 정보가 많을 때는 한 번에 해결하려고 하지 않는 것이 꿀팁이야! **선지의 경우도 마찬가지로 두세 부분으로 끊어서 정보를 받아들이는 것이 중요해.** 정답 선지인 ④번을 보면 먼저 '파도'와 '깊은 물'이 '바다의 형상'이라는 유사성으로 관계를 맺었는지를 물었어. **'바다'를 떠올리면 '파도'가 치는 모습과 '물'이 깊은 모습이 떠오르므로, 이 둘 모두 '바다의 형상'을 이룬다는 유사성이 있다는 것을 바로 알 수 있지.**

▸ 다음으로 정답 선지에서는 '파도'와 '깊은 물'이 '물에 사는 사람이 살면서 만나게 되는 환경'인지를 물었어. 지문에서 '물에 산다'는 말을 듣는 사람은 '바다의 섬 가운데 집을 짓고 사는 사람', 즉 '섬사람'이라고 하였고, '물에 사는 사람'이란 곧 바다로 둘러싸인 땅에서 사는 사람임을 알 수 있지. 따라서 **'물에 사는 사람이 살면서 만나게 되는 환경'은 '파도'와 '깊은 물'이라는 특성이 있는 바다임을 알겠지?**

▸ 이 문제를 틀렸다고 하더라도 이번 기회를 통해 〈보기〉가 주어진 문제를 풀 때는 확인해야 하는 정보가 무엇이고 몇 개인지, 무엇을 먼저 확인하고 나중에 확인해야 하는지 원리를 깨우쳤다면 유사한 문제를 풀 때 헤매지 않을 수 있을거야. 꼭 기억해! 정보가 많을 때는 두세 부분으로 끊어서! 확인하자.

기출 속 문학 개념어 사전

묘사(003)

개념	**묘사** 描 그릴 ㊙ 寫 베낄 ㊕
사전적 의미	어떤 대상이나 사물, 현상 따위를 언어로 서술하거나 그림을 그려서 표현함.
단계적 이해	① 묘사는 어떤 대상을 구체적으로 자세히 표현하는 것을 말해. 만약 대상이 인물이라면 그의 생김새, 옷차림, 행동, 말투 등을 독자가 직접 체험한 것처럼 생생하게 서술하는 거지. ② 우리는 어떤 대상을 치밀하게 묘사한 표현을 읽을 때, 그 대상을 눈으로 본 것처럼 머릿속에 생생하게 떠올리면서 그 대상에 대한 인상을 뚜렷하게 가져갈 수 있어. ③ 주의할 점이 있어! 대상의 겉모습이나 움직임, 색채, 풍경처럼 꼭 눈에 보이는 것만 묘사의 대상이 되는 건 아냐. 심리, 성격, 분위기 등 눈에 보이지 않는 것도 묘사의 대상이 될 수 있다는 걸 기억해 줘. 기출문제를 풀다 보면 인물의 외양 묘사, 인물의 심리 묘사, 배경 묘사, 사건 묘사 등 여러 가지 표현을 만날 수 있을 거야. 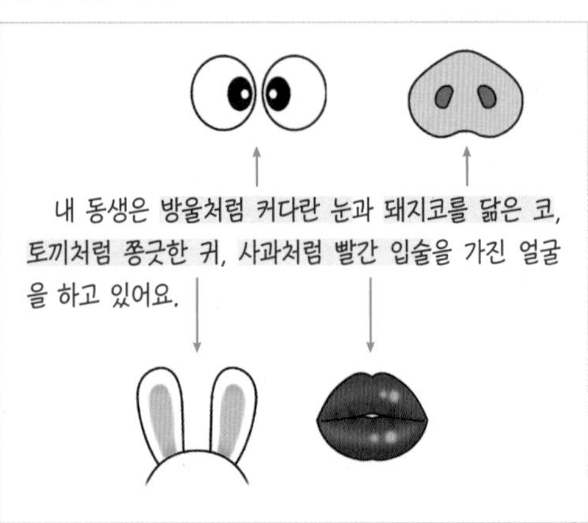
출제 TIP	• 묘사는 운문/산문, 고전/현대 문학을 가리지 않고 여러 영역에서 두루 거의 매해 출제되는 개념이야. • 어디까지가 '묘사'인 걸까? 사전적 정의를 따를 때, 어떤 대상을 언어로 서술하거나 그려 내는 부분이 존재한다면 일단 묘사가 쓰인 걸로 볼 수 있어. 매우 광범위하지. 산문이라면 어떤 장면이나 인물의 모습을 한마디로 끝내지 않고 몇 줄에 걸쳐 자세히 서술하고 있을 때, 일단 주목! • 묘사는 표현상 특징이나 서술상 특징을 묻는 문제의 선지에 자주 등장하는 단골 손님이야. 이때는 묘사된 내용이 지문에 실제로 있는지부터 먼저 찾아. 묘사된 내용이 있다면 묘사를 통해 발생하는 효과가 무엇인지, 선지의 내용과 부합하는지를 차례로 확인해야지.

묘사의 기능: 대상의 특징 구체화

> 겨울 해어름의 집 안엔 아무도 없고 방바닥은 선뜩한 냉돌이다.
>
> – 최두석, 「낡은 집」

▶ 적막하고 썰렁한 집 안의 정경을 묘사하여 화자의 심정을 간접적으로 드러내고 있어.

> 흙이 풀리는 내음새
> 강바람은
> 산짐승의 우는 소릴 불러
> 다 녹지 않은 얼음장 울멍울멍 떠내려간다.
>
> – 오장환, 「고향 앞에서」

▶ 겨울 → 봄으로 계절이 바뀌면서 얼음이 풀리는 강변 풍경을 감각적으로 묘사한 부분이야.

> 도롱이에 호미 걸고 뿔 굽은 검은 소 몰고
> 고동풀 뜯기면서 개울물 가 내려갈 제
> 어디서 품 진 벗님 함께 가자 하는고
>
> – 위백규, 「농가」
>
> | 현대어로 읽기
> 도롱이에 호미 걸고 뿔이 굽은 검은 소를 몰고
> 고동풀 뜯어 먹이며 개울가로 내려갈 때
> 어디서 힘든 일을 서로 거들어 주었던 이웃이 함께 가자 하는고

▶ 호미를 챙기고 소를 직접 몰고 가는 모습을 묘사하여 농사일을 하러 가는 상황을 구체적으로 드러내고 있어.

세밀한 묘사: 공간적 배경, 인물의 행동·외양

> 도시의 발전은 옛 성벽을 깨트리고, 아직도 초평(草坪)이 남아 있는 이 성 밖으로 뛰여 나오기 시작한 것이었다. 그리하여 아직도 자리 잡히지 않은 이 거리의 누렇던 길이 매연과 발걸음에 나날이 짙어서 꺼멓게 멍들기 시작한 이 거리를 지나면 얼마 안 가서 옛 성문이 있었다. 그 성문을 통하여 이 신작로의 수직선으로 뚫린 시가가 바라보이는 것이었다. 그 성문 밖을 지나치면 신흥 상공 도시라는 이 도시의 공장 지대에 들어서게 된다.
>
> – 최명익, 「비 오는 길」

▶ 주인공 병일이 공장으로 출퇴근하면서 바라본 도시의 풍경을 묘사하고 있어.

> 밤중을 지난 무렵인지 죽은 듯이 고요한 속에서 짐승 같은 달의 숨소리가 손에 잡힐 듯이 들리며, 콩 포기와 옥수수 잎새가 한층 달에 푸르게 젖었다. 산허리는 온통 메밀밭이어서 피기 시작한 꽃이 소금을 뿌린 듯이 흐붓한 달빛에 숨이 막힐 지경이었다.
>
> (중략)
>
> "그, 그렇겠지."
> 하고 중얼거리며 흐려지는 눈을 까물까물하다가 허 생원은 경망하게도 발을 빗디디었다. 앞으로 고꾸라지기가 바쁘게 몸째 풍덩 빠져 버렸다. 허비적거릴수록 몸을 건잡을 수 없어, 동이가 소리를 치며 가까이 왔을 때에는 벌써 퍽이나 흘렀었다. 옷째 쫄딱 젖으니 물에 젖은 개보다도 참혹한 꼴이었다.
>
> – 이효석, 「메밀꽃 필 무렵」

▶ 앞부분은 고요한 달밤의 풍경 묘사가, 뒷부분은 발을 헛디뎌 물에 빠진 허 생원의 행동 및 외양 묘사가 나타나고 있어.

▸ 본문 035쪽

갈래 복합 06

2024학년도 6월 모의평가

01 ⑤ 02 ④ 03 ① 04 ③ 05 ④

(가) 권호문, 「한거십팔곡」

EBS 연결 고리
2024학년도 수능특강 문학 312쪽

해제 이 작품은 조선 선조 때 권호문이 지은 총 19수의 연시조이다. 벼슬길을 의미하는 '치군택민'의 삶과 자연 속에 은거하는 '조월경운'의 삶 사이에서 갈등하는 당대 사대부의 내면이 잘 드러나 있다. 작가는 평생 자연에 머물며 자신의 유학자적인 이상을 펼치고자 했던 전형적인 처사로, 벼슬을 하지 못해 선비로서의 의무를 다하지 못하는 안타까움이 작품에 깔려 있다. 그러나 이를 한탄만 하는 것이 아니라 자연 속에 은거하며 지내는 삶의 감회와 만족감을 노래함으로써 강호 문학의 진정성을 더해 주고 있다. 이 작품에서의 자연은 현실에 대한 상대적인 개념이나 일시적인 도피처가 아니라, 물아일체의 공간이면서 작가의 실존적 고민을 드러내 주는 공간이라고 할 수 있다.

주제 유교적인 깨달음의 실천과 안빈낙도의 소망

짜임

제1수	평생 충효를 다하고자 하는 마음
제3수	세사를 잊고 자연을 좇아 살려는 마음
제8수	'출', '처'에 대한 인식과 '처'에 대한 의지
제13수	속세를 잊고 살아가는 자연에서의 한가로운 삶
제17수	은거와 출세가 한가지 도라는 깨달음
제19수	속세의 집착에서 벗어남.

제1수 ㉠ 평생에 원하느니 다만 충효뿐이로다
[02-①] 평생 충효를 중요하게 여겨 온 화자
이 두 일 말면 금수(禽獸)나 다르리야
마음에 하고자 하여 ㉡ 십재 황황(十載遑遑)*하노라
[03-①] 속세의 삶 지향 [02-②] 충효를 실현하고자 한 세월

평생에 원하는 것이 다만 충효뿐이로다
이 두 일을 아니 하면 짐승과 다를쏘냐
마음에 (충, 효를) 다하고자 하여 십 년을 허둥지둥하노라

제3수 비록 못 이뤄도 임천(林泉)이 좋으니라
[03-①] 자연에서의 삶 지향
무심 어조(魚鳥)는 절로 한가하였나니
[01-①] 한가로운 존재로 자연물을 대상화함.
조만간 세상일 잊고 너를 좇으려 하노라 [A]
[03-②] [03-④] <제8수>의 '처'하는 삶, 한가한 삶 추구

비록 (공명을) 못 이뤄도 자연이 좋으니라
욕심 없는 물고기와 새는 절로 한가로우니
머지않아 속세의 일을 잊고 너를 좇으려 하노라

제8수 출(出)하면 치군택민* 처(處)하면 조월경운*
명철 군자는 이것을 즐기나니
[03-③] '출'하는 삶과 '처' 추구
하물며 **부귀 위기라 가난하게 살리로다**
[05-①] 부귀보다 자연 속에서의 삶 선택

(세상으로) 나아가면 임금을 섬겨 백성에게 은덕이 미치게 하고 (자연에) 머물면 달빛 아래에서 낚시하며 구름 속에서 밭을 가네
총명하고 사리에 밝은 군자는 이것을 즐기나니
하물며 부귀는 위기가 있으니 가난한 삶을 살아가리라

제13수 날이 저물거늘 **도무지 할 일 없어**
[01-②] [05-④] 시간의 흐름에 따른 화자의 행동, 자연에서의 한가한 삶
소나무 문을 닫고 달 아래 누웠으니 [B]
세상에 티끌 마음이 일호말(一毫末)도 없다
[05-③] 세속적 가치에 구애받지 않는 모습

날이 저물거늘 도무지 할 일 없어
소나무 문을 닫고 달 아래 누웠으니
세상에 티끌 같은 마음은 털끝 하나만큼도 없다

제17수 성현의 가신 길이 ㉢ 만고(萬古)에 한가지라
[02-③] 세월이 흘러도 변함없는 성인의 도
은(隱)커나 현(見)커나 **도(道)가 어찌 다르리** [C]
[01-③] [05-⑥] 성인의 길에 대한 화자의 생각을 강조한 설의적 표현, 출사와 은거 사이의 고민 해소
한가지 길이오 다르지 않으니 아무 덴들 어떠리

성현이 가신 길이 매우 먼 옛날부터 한가지다
(자연에) 은거하거나 (세상에) 나아가거나 도가 어찌 다르리
하나의 길이오 다르지 않으니 아무 데인들 어떠리

제19수 강가에 누워서 강물 보는 뜻은
세월이 빠르니 ㉣ 백세(百歲)인들 길겠느냐
[02-④] 백세도 길지 않다는 의미
㉤ 십 년 전 진세(塵世) 일념이 얼음 녹듯 한다
[02-⑤] 진세 일념이 있던 과거

강가에 누워서 강물을 보는 뜻은
(강물이 쉬지 않고) 흘러가는 것이 이와 같으니 백세인들 긴 세월이겠는가
십 년 전 속세에 (집착했던) 생각이 얼음 녹듯 하는구나.

* 십재 황황: 십 년을 허둥지둥함.
* 치군택민: 임금에게 충성하고 백성에게 혜택을 베풂.
* 조월경운: 달 아래 고기 낚고 구름 속에서 밭을 갊.

(나) 김낙행, 「기취서행」

EBS 연결 고리
비연계

해제 이 작품은 경제적 문제로 곤란을 겪던 글쓴이가 취서사로 들어가 겨릅(껍질을 벗긴 삼대)을 구해 왔던 일과 그 과정에서 염치를 저버린 자신에 대한 성찰을 드러낸 고전 수필이다. 겨릅을 얻기 위해 취서사에 많은 사람들이 몰려들어 다투는 상황에서 글쓴이는 처숙부인 상사공의 도움으로 겨릅을 얻게 된다. 집으로 돌아온 글쓴이는 이욕에 마음을 빼앗겨 의리를 잃었던 자신의 행동을 반성하며 맹자와 이극의 말처럼 궁해도 의를 잃지 않고 해서는 안 될 일을 하지 않겠다는 다짐을 드러내고 있다.

주제 궁한 상황에서 의를 잃었던 일에 대한 반성과 성찰

짜임

1~2문단	아내의 권유로 취서사에서 겨릅을 얻어 오기로 함.
3~4문단	많은 사람들이 겨릅을 얻기 위해 몰려든 가운데, 상사공의 도움으로 겨릅을 얻음.
5~7문단	취서사에서 겨릅을 얻어 온 자신의 행동과 주변 사람들의 태도를 성찰함.
8문단	의리를 이욕에 빼앗겼던 자신을 반성하고 글을 쓰게 된 동기를 밝힘.

1문단 몇 칸의 집을 수선하려 함에, 아내가 취서사로 들어가 겨릅* 을 구해 오길 권하였다. 유택은 안 된다고 하고, 유평은 해 보자고 하는데, 나도 스스로 생각해 보니, 젉은 기와를 쓰기에 겨릅은 그다지 아끼는 것이 아니고, 다만 민간의 요구와 요청에 응하는 것이기에, 이를 요구하더라도 의리를 심히 해치지 않을 듯하였다. 그래서 다시 의견을 널리 구해 보지 않았다. [D]

2문단 마침 처숙부 상사공이 약을 지으려고 취서사로 가게 되었는데, 내가 가고자 함을 알고 따르게 하였다. 대개 공 또한 안 된다고 생각하지는 않았기 때문이다.

3문단 이윽고 취서사에 도착하니 근방 마을에서 모여든 자가 거의 승려들 수와 맞먹었는데, 모두 겨릅 때문에 온 자들이었다. 좌우에서 낚아채 가며 많이 가지려 다투고, **시끌벅적하게 뒤섞여 밟아 대**어 곧 시장판을 만들었으며, 가져감이 많고 적음은 그 힘의 강약에 따랐으나 승려들은 참견하는 바가 없었다. 그런데 늦게 도착하여 종도 없는 자는 승려들을 나무라며, 심지어 가혹한 일을 하기까지 했지만 또한 얻을 수 없었다.

[05-④] 겨릅을 많이 차지하려고 다투는 사람들

(중략)

4문단 나는 마음속으로 민망히 생각하였지만, 이미 그 속에 가 있었기에 의리를 이욕에 빼앗겨서 초연히 **버리고 돌아오지 못하였다.** 상사공의 힘으로 수십 묶음을 얻어 햇빛에 말려 보관할 수 있었으니, 다 상사공의 도움 덕분이었다.

[04-①] [05-③] 세속적 가치를 떨치지 못하는 모습, 겨릅을 얻어 온 일에 대한 반성

5문단 스스로 헛걸음하지 않은 것을 매우 다행스럽게 여겼는데, 집으로 돌아오자 멍하기가 마치 술에서 막 깨어난 사람이 잔뜩 취했을 때를 되짚어 생각하는 듯하였다. [E]

[01-⑤] 비유적 표현, 의리를 빼앗겼던 자신을 성찰하는 글쓴이

6문단 내 아내는 비록 원대한 식견이 있는 사람은 아니지만, 내가 항상 곤궁함 때문에 치욕을 입을까 걱정하였으니, 가령 이와 같을 줄 알았다면 반드시 나의 행차를 권하지 않았을 것이고, 유평도 또한 마땅히 찬동하지 않았을 것이다.

[04-②] 아내의 권유에 대한 글쓴이의 생각

[04-⑤] 겨릅을 구하는 것에 동의한 유평에 대한 글쓴이의 생각

7문단 상사공은 청렴하고 정직하여 주고받음이 구차하지 않다. 거처하는 집 아래채가 세 칸의 초가집이니, 마땅히 겨릅이 필요하였을 것이다. 그리고 막 삼계 서원 원장이 되었는데, 취서사가 바로 삼계 서원에 귀속된 절이었다. 그때 서원의 노비가 개인적으로 취서사에 가서 머물고 있는 자가 서너 명 있었으니, 진실로 가지려고 하면 힘이 없을 걱정이 없었다. 그런데 담담하게 한마디도 간섭함이 없었으니, 그 마음속으로 반드시 나를 비난하였을 것이다. 그런데도 애써 나를 위하여 저와 같이 마음과 힘을 써 주신 것은 다만 나의 곤궁함을 불쌍히 여겨서일 뿐이리라.

[04-③] 글쓴이가 생각하는 상사공이 자신을 도와준 이유

8문단 맹자는 **"궁해도 의(義)를 잃지 않는다."** 하였고, 이극은 "궁할 때에 그 해서는 안 될 일을 살펴본다." 하였다. 나는 궁함 때문에 이미 스스로 **의를 잃**어서 평소에 하지 않던 행동을 했고, 또 어른에게까지 폐를 끼쳤으니 참으로 부끄러워할 일이다. 이미 뉘우칠 줄 알았으니, **이후에는 마땅히 조심**해야겠기에 이를 갖추어 기록하고, 또 유택이 나를 아껴 약이 되는 유익한 말을 했음을 드러낸다.

[04-④] 취서사 행차를 반대한 유택의 의도를 알게 된 글쓴이

* 겨릅: 껍질을 벗긴 삼대.

01 표현상 특징 파악 답 ⑤

선지별 선택 비율	①	②	③	④	⑤
화작	3%	2%	4%	4%	85%
언매	1%	1%	1%	2%	92%

[A]~[E]의 표현상 특징에 대한 설명으로 가장 적절한 것은?

정답 띵! 동!

⑤ [E]는 비유적 표현을 통해 자신의 행동을 돌아보는 글쓴이의 상태를 부각하고 있다.
└ '~ 듯하였다' 사용, 직유법

문학 개념어(004)

| (나) – [E] 스스로 헛걸음하지 않은 것을 매우 다행스럽게 여겼는데, ~ 멍하기가 마치 술에서 막 깨어난 사람이 잔뜩 취했을 때를 되짚어 생각하는 듯하였다.

| 뭔말?

· [E]는 '마치 ~ 듯하였다'와 같은 비유적 표현(직유법)을 사용함.

· 겨릅을 얻어 오는 일(이욕)에 마음을 빼앗겨 의리를 잠시 잊었던 자신의 행동을 돌아보는 글쓴이의 상태를 술에 취했다가 깨어났을 때로 비유하여 부각함.

오답 땡!

① [A]는 자연물을 대상화하여 ~~그 자연물에 역동성을 부여~~하고 있다.
└ 어조 = 한가한 존재, 역동성 부여 X

| (가) – [A] 무심 어조는 절로 한가하였나니

| 뭔말?

· [A]는 자연물인 '어조(물고기와 새)'를 대상화함.

· 그러나 어조는 욕심이 없고 한가로운 존재로 나타나므로, 자연물에 역동성을 부여하고 있다는 설명은 적절하지 않음.

② [B]는 ~~근경에서 원경으로 시선을 이동하여 인간과 자연의 차이점을 강조~~하고 있다.
→ 시선 이동 X
속세를 잊은 자연에서의 삶을 드러낼 뿐, 인간과 자연의 차이 X

| (가) – [B] 날이 저물거늘 도무지 할 일 없어 / 소나무 문을 닫고 달 아래 누웠으니 / 세상에 티끌 마음이 일호말도 없다

| 뭔말?

· [B]에는 시간의 흐름에 따른 화자의 행동이 나타나 있을 뿐, 근경에서 원경으로 화자의 시선 이동은 나타나지 않음.

· 또한 인간과 자연의 차이점을 강조하고 있지도 않음. 자연 속에서 한가롭게 지내며 세상일에 티끌의 마음도 두고 있지 않은 상황만 나타남.

→ 성현에 대한 언급일 뿐, 말을 인용한 건 X

③ [C]는 ~~성현의 말을 인용함~~으로써 ~~화자가 지닌 궁금증~~을 드러내고 있다.

→ 설의적 표현일 뿐, 궁금증을 드러낸 건 X

| (가) – [C] 성현의 가신 길이 만고에 한가지라 / 은커나 현커나 도가 어찌 다르리 / 한가지 길이오 다르지 않으니 아무 덴들 어떠리

| 뭔말?

· [C]는 성현의 가신 길에 대한 화자의 생각을 밝히고 있을 뿐, 성현의 말을 직간접적으로 인용하고 있는 것은 아님.

· 또한 '~ 도가 어찌 다르리', '~ 아무 덴들 어떠리'는 은거하나 세상에 나아가나 하나의 도(道)로 다르지 않음을 강조하는 설의적 표현임. 화자가 궁금증을 드러내는 의문 표현이 아님.

→ 여러 반응들을 제시할 뿐, 점층적 표현 X

④ [D]는 ~~점층적인 표현~~으로 ~~앞으로 해야 할 일의 중요성~~을 환기하고 있다.

→ 찾아볼 수 없는 내용

| 뭔말?

· [D]는 의미나 범위가 점점 확대되는 점층적인 표현을 사용하고 있지 않음. 취서사로 겨릅을 구하러 가게 된 일과 관련하여 아내의 권유, 유택 · 유평이라는 인물의 반응, 글쓴이의 생각이 인과적으로 나열되어 있을 뿐임.

· 또한 앞으로 해야 할 일의 중요성을 드러내고 있지도 않음. 취서사로 겨릅을 구하러 가게 된 경위만 나타나 있음.

02 시어, 시구의 의미와 기능 파악 답 ④

선지별 선택 비율	①	②	③	④	⑤
화작	2%	9%	10%	71%	7%
언매	10%	7%	6%	81%	3%

㉠~㉤을 이해한 내용으로 적절하지 않은 것은?

정답 띵! 동!

→ 세월이 빠르니까 백세도 긴 시간은 아니라는 의미

④ ㉣은 ~~흘러간 시간이 길다는 의미를 드러낸다는 점~~에서 ~~세월이 빨리 지나가는 것에 대한 화자의 안타까움~~을 강조한다.

찾아볼 수 없는 정서 ←

| (가) – 〈제19수〉 강가에 누워서 강물 보는 뜻은 / 세월이 빠르니 ㉣백세인들 길겠느냐

| 뭔말?

· '~ 백세(= 백 년)인들 길겠느냐'는 설의적 표현으로 세월이 빠르게 흐르니 백 년조차도 길지 않다는 의미임. 따라서 ㉣은 이미 흘러간 시간이 길다는 의미가 아님.

· 또한 강가에 누워 강물을 바라보며 한가로운 삶에 대한 만족감을 표출하고 있음. 세월이 빨리 지나가는 것에 대한 안타까움은 찾아볼 수 없음.

오답 땡!

① ㉠은 화자의 인생을 포괄한다는 점에서 충효를 중요하게 여겨 온 화자의 생각을 강조한다.

| (가) – 〈제1수〉 ㉠평생에 원하느니 다만 충효뿐이로다.

| 뭔말?

· '원하느니 다만 충효뿐'에서, 충효를 중요하게 여기는 화자의 생각을 알 수 있음.

· '평생'은 화자의 인생 전체를 가리키므로 해당 가치를 중요하게 여겨 온 화자의 생각을 부각하는 효과가 있음.

② ㉡은 화자가 돌이켜 보는 삶의 기간을 가리킨다는 점에서 충효를 실현하려고 애쓴 세월을 나타낸다.

| (가) – 〈제1수〉 평생에 원하느니 다만 충효뿐이로다 ~ 마음에 하고자 하여 ㉡십재 황황하노라

| 뭔말?

· 십재 = 십 년 = 허둥지둥한 세월

· 화자는 충효를 마음에 두고 지키고자 하여 십 년(= 십재)을 허둥지둥했다고 말하고 있음. 따라서 '십재'는 화자가 돌이켜 본 삶의 기간이며, 충효를 실현하려고 애쓴 세월에 해당함.

③ ㉢은 유구한 세월이라는 의미를 드러낸다는 점에서 성현의 도는 예나 지금이나 변함없음을 강조한다.

| (가) – 〈제17수〉 성현의 가신 길이 ㉢만고에 한가지라

| 뭔말?

· 만고에 = 유구한 생활에 = 아주 오랜 세월 동안에

· 성현의 가신 길이 아주 오랜 세월 동안 한가지라고 말하고 있음. 이는 성현의 도는 예전이나 지금이나 변함없다는 말로 이해할 수 있음.

⑤ ㉤은 과거의 한때를 가리킨다는 점에서 현재 자연에서 여유를 느끼는 상황과 대비되는 시절을 나타낸다.

| (가) – 〈제19수〉 강가에 누워서 강물 보는 뜻은 ~ ㉤십 년 전 진세 일념이 얼음 녹듯 한다

| 뭔말?

· 십 년 전(진세 일념이 있던 때) ↔ 현재(진세 일념이 사라진 때)

· '십 년 전'은 진세 일념이 있던 과거의 한때를 가리키며, '진세 일념'은 복잡하고 어지러운 세상사에 대한 생각을 말함.

· 현재는 어지러운 세상사에 대한 생각이 얼음 녹듯 한 상황으로, 화자는 자연에서 강가에 누워 여유를 즐기며 살아가고 있음.

03 외적 준거에 따른 작품 감상 답 ①

선지별 선택 비율	①	②	③	④	⑤
화작	47%	14%	17%	13%	7%
언매	65%	8%	11%	10%	4%

〈보기〉를 참고하여 (가)를 이해한 내용으로 가장 적절한 것은?

보기

권호문의 「한거십팔곡」은 지향하는 삶을 실천하는 태도의 변화 과정을 형상화한 연시조로, 〈제1수〉부터 〈제19수〉까지의 내용이 긴밀히 연결되어 있다.

정답 띵! 동!

→ 자연에서의 삶, 속세를 멀리하는 삶에 대한 지향

① 〈제3수〉의 '임천이 좋으니라'에는 〈제1수〉의 '마음에 하고자 하여'에 담긴 태도와는 다른 태도가 나타난다.

→ 충의 실천, 속세의 삶에 대한 지향

| (가) – 〈제1수〉 평생에 원하느니 다만 충효뿐이로다 ~ 마음에 하고자 하여 십재 황황 하노라

| (가) – 〈제3수〉 비록 못 이뤄도 임천이 좋으니라

| 뭔말?

· 〈제3수〉의 '임천'은 자연을 의미하므로 '임천이 좋으니라'는 자연에 묻혀 살아가는 삶에 대한 긍정을 나타냄.

· 〈제1수〉의 '마음에 하고자 하여'는 충과 효에 대한 실천을 말함. 이때 충은 정치 영역에서 이루어지는 것으로, 속세의 삶과 관련됨.

· 따라서 〈제3수〉의 '임천이 좋으니라'와 〈제1수〉의 '마음에 하고자 하여'에는 서로 다른 삶에 대한 지향이나 태도가 나타난다고 볼 수 있음.

오답 땡!

→ 자연을 벗하며 살아가는 태도

② 〈제3수〉의 '너를 좇으려' 했던 태도는 〈제8수〉에서 ~~'출'하는 모습으로 실현되어~~ 나타난다.

└→ '처'하는 모습에 가까움.

| (가) – 〈제3수〉 비록 못 이뤄도 임천이 좋으니라 / 무심 어조는 절로 한가하였으니 / 조만간 세상일 잊고 너를 좇으려 하노라

| (가) – 〈제8수〉 출하면 치군택민 처하면 조월경운

| 뭔말?

· 〈제3수〉의 '너'는 임천에서 한가하게 살아가는 '무심 어조'에 해당함. 화자가 이를 좇으려 하는 것은 자연과 벗하는 삶에 대한 지향을 나타냄.

· 〈제8수〉에서 '출'하는 모습은 '치군택민'하는 것으로, 임금에게 충성하고 백성에게 혜택을 베푸는 세속적 삶을 나타냄. 한편 '처'하는 모습은 '조월경운'하는 것으로, 자연 속에서의 삶을 나타냄.

· 따라서 〈제3수〉의 '너를 좇으려' 했던 태도는 〈제8수〉에서 '출'이 아니라 '처'하는 삶에 가깝다고 볼 수 있음.

→ 출(= 치군택민, 충 실천, 출세)과 처(= 조월경운, 자연 친화, 은거)

③ 〈제8수〉의 '이것을 즐기나니'에는 〈제1수〉의 ~~'이 두 일'을 더 이상 추구하지 않겠다는 의도~~가 드러난다.

└→ 치군택민, 즉 충의 실천은 〈제1수〉의 '이 두 일' 중 하나에 해당함.

| (가) – 〈제1수〉 평생에 원하느니 다만 충효뿐이로다 / 이 두 일 말면 금수나 다르리야

| (가) – 〈제8수〉 출하면 치군택민 처하면 조월경운 / 명철 군자는 이것을 즐기나니

| 뭔말?

· 〈제8수〉의 '이것' 가운데 치군택민을 선택할 경우 충을 실천하게 됨.

· 〈제8수〉에 드러난 충을 실천하는 것은 〈제1수〉의 '이 두 일(= 충효)' 중 하나를 추구하게 되는 것으로, '이 두 일'을 더 이상 추구하지 않겠다고 하는 의도는 아님.

→ 〈제13수〉의 화자는 한가로운 상태. 과거로 되돌아가고 싶어 하는 태도 X

④ 〈제13수〉의 ~~'달 아래 누'운 모습에는 〈제3수〉에서 '절로 한가하였'던 삶으로 되돌아가고 싶어 하는 태도가 나타난다.~~

└→ 〈제3수〉의 화자는 한가로운 상태가 아님. 한가한 것은 '어조'

| (가) – 〈제3수〉 무심 어조는 절로 한가하였나니 / 조만간 세상일 잊고 너를 좇으려 하노라

| (가) – 〈제13수〉 소나무 문을 닫고 달 아래 누웠으니 / 세상에 티끌 마음이 일호말도 없다

| 뭔말?

· 〈제13수〉에서 화자는 달 아래 누워 한가로움을 즐기며 현재 삶에 만족해하고 있음. 따라서 '절로 한가하였'던 삶으로 되돌아가고 싶어 한다는 것은 논리적으로 맞지 않음.

· 〈제3수〉에서 한가했던 것은 '어조'로, 화자는 이를 부러워하며 세상일을 잊고 너를 좇겠다고 함. 즉, 이때 화자가 한가했던 삶을 보내고 있었던 것도 아님.

→ 성현이 추구한 도는 은이든 현이든 한가지로 같음.

⑤ 〈제17수〉에서 '아무 덴들' 상관없다고 하는 화자의 생각은 〈제19수〉에서 ~~'일념'으로 바뀌~~어 나타난다.

└→ 일념이 사라진 것일 뿐, 일념으로 바뀐 건 X

| (가) – 〈제17수〉 한가지 길이오 다르지 않으니 아무 덴들 어떠리

| (가) – 〈제19수〉 십 년 전 진세 일념이 얼음 녹듯 한다

| 뭔말?

· 〈제17수〉에서 '아무 덴들' 어떻겠냐는 말은 성현이 추구한 도는 한가지로 같으므로 은(隱)하는 것이나 현(見)하는 것이나 상관없다는 뜻임.

· 〈제19수〉에서 '일념'은 번잡한 속세에 대한 생각임. 이는 자연에 묻혀 살며 이미 얼음 녹듯 사라진 것으로, 〈제17수〉에서의 생각이 〈제19수〉의 '일념'으로 바뀌고 있지 않음.

매뭐지?

꿀피스 Tip!

▸ 이 문제는 '지향하는 삶을 실천하는 태도의 변화'라는 〈보기〉의 내용에 주목하여 **각 선지에 제시된 두 수의 구절에 나타난 화자의 태도를 비교해야 해. 그런데 삶의 태도가 변화한다는 것은 변화 전후의 태도가 서로 대조적일 가능성이 높아.** (눈치 빠른 학생들은 벌써 고전 시간에서 자주 등장하는 속세와 자연에서의 삶에 대한 태도를 알아차렸을 거야.)

▸ 정답 선지 ①의 첫 번째 판단 요소는 〈제3수〉의 '임천'과 〈제1수〉의 '마음'이 나타내는 의미야. 그리고 이 시어들에 담긴 화자의 태도가 대조적인지를 확인하면 돼. 〈제3수〉의 '임천'은 숲과 샘, 즉 자연을 의미해. 화자는 '임천'이 좋다고 하므로 자연에서의 삶을 지향하는 거야. 이 '임천'의 뜻을 몰랐다 하더라도 '세상일 잊고 너를 좇으려 하노라'로 보아 화자는 속세의 삶을 멀리하려 하는 걸 알 수 있어. 종장은 살펴보지 않았다고? **선지에 제시된 구절에서 답을 명확히 찾을 수 없을 때는 주변 문맥을 살펴봐야 해.**

▸ **이때 고전 시가에서 나타나는 속세와 자연의 공간적 특성을 알아야 해.** 사대부에게 속세는 벼슬길에 올라 공명을 떨치고 임금께 충성을 할 수 있는 공간이고, 자연은 그런 욕망을 버리고 은거하는 공간이지. 〈제1수〉에서 화자가 충효를 다하고자 십 년을 허둥지둥했다는 것으로 보아 '마음'은 충효를 실천하고자 하는 의지겠지. 이때 '충'은 자연이 아닌 현실 정치에서 실현할 수 있는 가치야. 따라서 〈제3수〉의 '임천이 좋으니라'에는 자연에서의 삶을 추구하는 태도가, 〈제1수〉의 '마음에 하고자 하여'에는 속세의 삶을 추구하는 태도가 나타나므로 서로 대조적인 것!

▸ 함정 선지인 ③에서는 〈제8수〉와 〈제1수〉에 제시된 **지시어가 가리키는 내용을 제대로 파악하지 못했을 가능성이 높아.** 〈제8수〉의 '출하면 치군택민 처하면 조월경운 / 명철 군자는 이것을 즐기나니'에서 '이것'은 '치군택민'과 '조월경운'이야. 이때 '치군택민'은 세상에 나아가 임금과 백성을 위하는 삶을, '조월경운'은 자연에 은거하는 삶을 의미해. 〈제1수〉의 '이 두 일'은 '평생에 원하느니 다만 충효뿐이로다'로 보아 '충'과 '효'를 가리키지. 그런데 '치군택민'은 '이 두 일' 중 충에 해당돼. 여러 단계에 걸쳐 확인해야 해서 복잡하지? 이때 문제가 되는 것은 '이 두 일' 뒤의 '말면'이라는 표현이야. 이 말 때문에 이 두 일을 추구하지 않는 것으로 생각하면 안 돼. '이 두 일 말면 금수나 다르리야'라는 것은 '이 두 일'을 하지 않으면 금수나 같다는 의미이니 '이 두 일'을 모두 추구한다는 뜻이야. **이렇게 하나의 시어나 구절보다는 앞뒤 문맥과 관련지어 이해하는 것이 정답을 찾는 확실한 방법이야.**

04 인물의 심리와 태도 파악 답 ③

선지별 선택 비율	①	②	③	④	⑤
화작	8%	7%	66%	9%	7%
언매	6%	5%	77%	5%	5%

의리와 이욕을 중심으로 (나)를 이해한 내용으로 적절하지 않은 것은?

정답 띵!동!

③ 글쓴이는 겨릅을 얻도록 상사공이 자신을 도와준 것은 ~~글쓴이가 '의리'를 해칠 것을 걱정했기 때문~~이라고 본다.
└→ 글쓴이의 곤궁함을 불쌍히 여겼기 때문임.

| (나) – 〈7문단〉 상사공은 ~ 그런데도 애써 나를 위하여 저와 같이 마음과 힘을 써 주신 것은 다만 나의 곤궁함을 불쌍히 여겨서일 뿐이리라.

| 뭔말?

· 글쓴이는 자신이 겨릅을 얻도록 상사공이 도와준 이유를 그가 자신의 곤궁함을 불쌍히 여겨서라고 생각하고 있음. 글쓴이가 의리를 해칠 것을 걱정해서 도와준 것이라고 보지 않음.

오답 땡!

① 글쓴이는 겨릅을 얻은 것을 다행스럽게 여겼던 것은 자신이 '이욕'에 빠졌기 때문이라고 본다.
└→ 의리를 이욕에 빼앗겼기 때문임.

| (나) – 〈4문단〉 나는 ~ 의리를 이욕에 빼앗겨서 초연히 버리고 돌아오지 못하였다. 상사공의 힘으로 수십 묶음을 얻어 햇빛에 말려 보관할 수 있었으니

| (나) – 〈5문단〉 스스로 헛걸음하지 않은 것을 매우 다행스럽게 여겼는데

| 뭔말?

· 글쓴이는 헛걸음하지 않고 겨릅을 얻어 온 일을 매우 다행스럽게 여김.

· 글쓴이는 겨릅을 얻어 다행스럽게 여겼던 이 일을 두고 '의리를 이욕에 빼앗겨서'라고 반성하고 있음.

┌→ 곤궁함 때문에 치욕을 입을까 걱정하는 인물

② 글쓴이는 아내가 자신에게 취서사에 가길 권한 것은 글쓴이가 '이욕'에 빠지게 될 줄 몰랐기 때문이라고 본다.

| (나) – 〈4문단〉 나는 ~ 의리를 이욕에 빼앗겨서 초연히 버리고 돌아오지 못하였다.

| (나) – 〈6문단〉 내 아내는 ~ 내가 항상 곤궁함 때문에 치욕을 입을까 걱정하였으니, 가령 이와 같은 줄 알았다면 반드시 나의 행차를 권하지 않았을 것이고

| 뭔말?

· 글쓴이는 궁함 때문에 의를 잃고 이욕에 빠져 겨릅을 얻게 됨.

· 아내는 글쓴이가 항상 곤궁함 때문에 치욕을 입을까 걱정하는 인물임.

· 글쓴이는 '이와 같을 줄', 즉 글쓴이가 이욕에 빠질 줄 알았다면 아내는 취서사에 가기를 권하지 않았을 것이라고 함. 이를 통해 아내의 권유는 글쓴이가 이욕에 빠지게 될 줄 몰랐기 때문에 이루어진 것임을 알 수 있음.

┌→ 약이 되는 유익한 말을 한 인물

④ 글쓴이는 취서사에 가는 것을 유택이 반대한 것은 글쓴이를 아껴 '의리'를 해치지 않기를 바랐기 때문이라고 본다.

| (나) – 〈1문단〉 아내가 취서사로 들어가 겨릅을 구해 오길 권하였다. 유택은 안 된다고 하고

| (나) – 〈8문단〉 나는 궁함 때문에 이미 스스로 의를 잃어서 ~ 참으로 부끄러워할 일이다. ~ 유택이 나를 아껴 약이 되는 유익한 말을

| 뭔말?

· 글쓴이가 취서사로 들어가 겨릅을 구해 오려 하자 유택은 안 된다고 반대함.

· 글쓴이는 궁함 때문에 의를 잃은 일을 반성하며 유택이 자신을 아껴 약이 되는 유익한 말을 했다고 함. 따라서 유택이 글쓴이가 취서사에 가는 것을 반대한 것에는 글쓴이가 의리를 해치지 않기를 바라는 마음이 담겨 있다고 볼 수 있음.

⑤ 글쓴이는 겨릅을 구하러 가는 것에 유평이 동의한 것은 그 일이 '이욕'에 빠지는 것은 아니라고 생각했기 때문이라고 본다.

| (나) – 〈1문단〉 아내가 취서사로 들어가 겨릅을 구해 오길 권하였다. ~ 유평은 해 보자고 하는데

| (나) – 〈6문단〉 가령 이와 같은 줄 알았다면 ~ 유평도 또한 마땅히 찬동하지 않았을 것이다.

| 뭔말?

· 글쓴이가 취서사로 들어가 겨릅을 구해 오려 하자 유평은 해 보자고 찬성함.

· 글쓴이는 '이와 같을 줄', 즉 글쓴이가 이욕에 빠질 줄 알았다면 유평도 찬성하지 않았을 것이라고 함. 이를 통해 유평의 동의는 겨릅을 구하는 일이 이욕에 빠지는 것은 아니라고 생각했기 때문에 이루어진 것임을 알 수 있음.

05 외적 준거에 따른 작품 감상 답 ④

선지별 선택 비율	①	②	③	④	⑤
화작	3%	3%	6%	81%	4%
언매	1%	1%	2%	91%	2%

〈보기〉를 참고하여 (가), (나)를 감상한 내용으로 적절하지 않은 것은? [3점]

보기

(가)와 (나)에는 작가가 유학자로서의 신념을 바탕으로 자신이 선택한 가치를 추구하는 삶이 나타난다. (가)에는 출사와 은거 사이에서의 고민과 그 해소 과정이, (나)에는 경제적 문제로 인해 곤란을 겪은 상황에 대한 성찰이 나타난다. 한편 (나)는 세속적 가치를 떨치지 못해 과오를 저질렀던 상황이 나타난다는 점에서 (가)와 차이를 보인다.

정답 띵!동!

┌→ 자연에서의 한가한 모습. 출사 고민 X

④ (가)의 '도무지 할 일 없어'에서 ~~출사하지 못한 것에 대해 고민하는 모습~~을, (나)의 '시끌벅적하게 뒤섞여 밟아 대'는 모습에서 ~~경제적 문제로 곤란을 겪는 상황~~을 확인할 수 있군.
└→ 다른 사람들의 경쟁적 모습. 글쓴이의 상황 X

| (가) – 〈제13수〉 날이 저물거늘 도무지 할 일 없어 / 소나무 문을 닫고 달 아래 누웠으니 / 세상에 티끌 마음이 일호말도 없다

| (나) – 〈3문단〉 모두 겨릅 때문에 온 자들이었다. 좌우에서 낚아채 가며 많이 가지려 다투고, 시끌벅적하게 뒤섞여 밟아 대어 곧 시장판을 만들었으며

| 뭔말?

· (가)의 화자는 자연을 누리며 한가로운 삶을 즐기고 있는 모습임. 〈제13수〉의 종장에서 세상에 마음이 전혀 없다고 하였으므로 '도무지 할 일 없어'를 출사하지 못한 고민과 연결할 수 없음.

· (나)의 '시끌벅적하게 뒤섞여 밟아 대'는 것은 겨릅을 가져가기 위해 모인 사람들이 서로 많이 가져가기 위해 경쟁하는 모습임. 이 사람들이 겪는 경제적 문제를 추측해 볼 수 있으나, '글쓴이가' 경제적 문제로 곤란을 겪는 상황을 나타내는 모습은 아님. 주체를 오인해서는 안 됨.

오답 땡!

→ 의지를 나타내는 종결 표현

① (가)의 '부귀 위기라 가난하게 살리로다'에서 자신이 선택한 가치를 추구하려는 작가의 태도를 엿볼 수 있군.

| (가) – 〈제8수〉 출하면 치군택민 처하면 조월경운 / 명철 군자는 이것을 즐기나니 / 하물며 부귀 위기라 가난하게 살리로다

| 뭔말?

· '살리로다'에 사용된 '– 리로다'는 상대편에게 그렇게 하겠다는 의지를 나타내는 종결 어미임.

· (가)의 화자는 부귀를 좇다 보면 위기가 올 수 있으므로 자연 속에서 가난하게 살겠다는 의지를 보임.

→ 맹자의 말 = 유학자로서의 가치. 글쓴이가 추구하고자 하는 것

② (나)의 '궁해도 의를 잃지 않는다.'에서 작가가 추구하는 유학자로서의 신념을 엿볼 수 있군.

| (나) – 〈8문단〉 맹자는 "궁해도 의를 잃지 않는다." 하였고, ~ 나는 궁함 때문에 이미 스스로 의를 잃어서 평소에 하지 않던 행동을 했고, 또 어른에게까지 폐를 끼쳤으니 참으로 부끄러워할 일이다. 이미 뉘우칠 줄 알았으니, 이후에는 마땅히 조심해야겠기에 이를 갖추어 기록하고

| 뭔말?

· (나)의 글쓴이는 궁함 때문에 의를 잃었던 일을 반성하며, 이후에는 마땅히 조심해야겠기에 이를 갖추어 기록한다고 함.

· 따라서 맹자의 '궁해도 의를 잃지 않는다.'는 글쓴이가 추구하는 유학자로서의 신념으로 볼 수 있음.

③ (가)의 '세상에 티끌 마음이 일호말도 없다'에서 세속적 가치에 구애되지 않은 모습을, (나)의 '버리고 돌아오지 못하였다'에서 세속적 가치를 떨치지 못한 모습을 엿볼 수 있군.

→ 이욕

| (가) – 〈제13수〉 소나무 문을 닫고 달 아래 누웠으니 / 세상에 티끌 마음이 일호말도 없다

| (나) – 〈4문단〉 나는 마음속으로 민망히 생각하였지만, 이미 그 속에 가 있었기에 의리를 이욕에 빼앗겨서 초연히 버리고 돌아오지 못하였다.

| 뭔말?

· (가)의 화자는 소나무 문을 닫고 달 아래 누워 세상의 티끌에 마음이 전혀 없다고 함. 이는 세속적 가치에 구애되지 않는 모습임.

· (나)의 글쓴이는 다른 이들과 경쟁하며 겨릅을 얻은 것에 민망해하면서도 겨릅을 버리고 돌아오지 못하는데, 이는 세속적 가치를 떨치지 못한 모습임.

→ 은(은거) = 현(출사)

⑤ (가)의 '도가 어찌 다르리'에서 출사와 은거 사이에서의 고민이 해소되었음을, (나)의 '의를 잃'은 것에 대해 '이후에는 마땅히 조심'하겠다는 다짐에서 성찰적 태도를 확인할 수 있군.

→ 부끄러워할 일

| (가) – 〈제17수〉 은커나 현커나 도가 어찌 다르리 / 한가지 길이오 다르지 않으니 아무 덴들 어떠리

| (나) – 〈8문단〉 나는 궁함 때문에 이미 스스로 의를 잃어서 평소에 하지 않던 행동을 했고, 또 어른에게까지 폐를 끼쳤으니 참으로 부끄러워할 일이다. 이미 뉘우칠 줄 알았으니, 이후에는 마땅히 조심해야겠기에 이를 갖추어 기록하고

| 뭔말?

· 〈보기〉에서는 (가)에 출사와 은사 사이의 고민과 해소가 나타난다고 함.

· (가)의 화자는 자연에 은거하나 세상으로 나아가나 도가 다르지 않다고 하며, 아무 덴들 어떻겠냐고 함. 이는 은거와 출사 사이의 고민이 해소된 것에 해당함.

· (나)의 글쓴이는 궁함 때문에 의를 잃었던 일에 대해 부끄러워할 일이라며 반성하고 이후에는 조심하겠다고 다짐함. 이는 성찰적 태도와 연결됨.

기출 속 문학 개념어 사전

비유 (004)

개념	비유 比 견줄 ⓑ 喩 깨우칠 ⓤ
사전적 의미	어떤 현상이나 사물을 직접 설명하지 아니하고 다른 비슷한 현상이나 사물에 빗대어서 설명하는 일.
단계적 이해	① 비유는 표현하려는 대상(= 원관념)을 그것과 유사한 다른 대상(= 보조 관념)에 빗대어 나타내는 방법을 말해. ② 비유를 사용하면 재미와 참신한 느낌을 줄 수 있어. 표현하려는 대상에 대한 인상을 강하게 남길 수도 있지. ③ 비유의 종류는 정말 많아. 직유, 은유, 활유, 의인, 대유, 풍유 한 번씩은 다 읽고 넘어 가자.

직유법	'~같이, ~처럼, ~듯이, ~인 양'과 같은 연결어로 결합하여 두 대상을 직접 빗대는 표현 방법
은유법	연결어 없이 'A(원관념)는 B(보조 관념)이다.'의 형식으로 두 대상이 동일한 것처럼 표현하는 방법
활유법	무생물을 생물에 빗대어 생물적 특성을 부여하는 표현 방법
의인법	사람이 아닌 것에 사람과 같은 성질, 즉 인격적 속성을 부여하여 사람처럼 표현하는 방법
대유법	사물의 일부분으로 전체를 나타내거나, 대상의 특질로 대상 자체를 대신하는 표현 방법
풍유법	주로 속담이나 격언을 보조 관념으로 사용하여 원관념을 숨기고 비유하는 말만 내세워 숨겨져 있는 본래의 뜻을 암시하는 표현 방법

출제 TIP

- 비유는 문학 작품에서 가장 자주 쓰이는 수사법 중 하나야. 그러니까 작품 전체를 대상으로 비유가 사용되었는지를 물었다면 비유가 있을 확률이 크다고 볼 수 있지.
- 수능이나 평가원 모의고사에서 '직유'나 '의인'이라는 표현은 직접 노출된 적 있지만, '은유'의 경우에는 '빗대어 표현'이나 '비유적 표현'으로 풀어서 제시하는 경우가 많았어.
- 비유 중 '의인'은 동물, 식물, 무생물과 같이 사람 아닌 대상이 사람만이 할 수 있는 행동을 하고 있거나 사람만이 갖고 있는 특징적 모습을 보이는지 확인하자. 시험에서 '의인'은 '(대상을) 인격화' 또는 '(대상에) 인격을 부여'했다는 표현으로 제시되곤 해.

비유의 기능: 대상의 구체화

봄은 그 나무에게만 더디고 더뎌서
꽃철 이미 지난 줄도 모르는지,
그래도 여느 꽃나무와 다름없이
가지 가득 매달고 있는 멍울 어딘가 안쓰러웠지요.
늦된 나무가 비로소 밝혀 드는 꽃불 성화

– 김명인, 「그 나무」

▶ '꽃불 성화'는 늦된 나무가 피워 낼 꽃을 성스러운 불에 비유한 표현이야. 늦된 나무에 대한 화자의 기대감이 내포되어 있어.

태산 같은 성난 물결 천지에 자욱하니
크나큰 만곡주가 나뭇잎 불리이듯
하늘에 올랐다가 지함(地陷)에 내려지니
열두 발 쌍돛대는 차아처럼 굽어 있고
쉰두 폭 초석(草席) 돛은 반달처럼 배불렀네
굵은 우레 잔 벼락은 등[背] 아래서 진동하고
성난 고래 동(動)한 용(龍)은 물속에서 희롱하니

| 현대어로 읽기

태산 같은 성난 물결이 천지에 가득하니
커다란 배가 마치 나뭇잎이 이리저리 흔들리는 듯
하늘 위로 치솟았다가 아래로 훅 떨어지니
열두 발이나 되는 긴 돛대가 나뭇가지처럼 굽어 있고
쉰두 폭이나 되는 넓은 돛은 반달처럼 배불렀네
큰 우레소리와 작은 벼락은 등 뒤에서 진동하고
성난 물결과 파도는 더욱 심하게 출렁거리니

– 김인겸, 「일동장유가」

▶ 기상 악화로 바다 위에서 풍랑을 만난 화자의 위태로운 상황을 생동감 있게 제시한 부분이야. 요동치는 바다와 배의 모습을 여러 자연물에 비유하여 표현하고 있지.

비유를 통한 인물의 상황 · 심리 · 정서 표현

"어쩌다 오발탄 같은 손님이 걸렸어. 자기 갈 곳도 모르게."

운전수는 기어를 넣으며 중얼거렸다. 철호는 까무룩히 잠이 들어 가는 것 같은 속에서 운전수가 중얼거리는 소리를 멀리 듣고 있었다. 그리고 마음속으로 혼자 생각하는 것이었다.

'아들 구실. 남편 구실. 애비 구실. 형 구실. 오빠 구실. 또 계리사 사무실 서기 구실. 해야 할 구실이 너무 많구나. 그래 난 네 말대로 아마도 조물주의 오발탄인지도 모른다. 정말 갈 곳을 알 수가 없다. 그런데 지금 나는 어디건 가긴 가야 한다.'

– 이범선, 「오발탄」

▶ 전쟁이 끝난 뒤의 비참한 현실 속에서 고통을 겪으며 삶의 방향 감각마저 상실한 철호의 절망적 상황과 심리 상태를 '오발탄(잘못 쏜 총알)'에 빗대어 나타내고 있어.

그러자 모친과 부인은 그 사실을 듣고 혈룡의 죽을 고생을 생각하고 서로 슬픈 눈물을 흘렸다. 동시에 옥단춘이 혈룡을 구제한 전후 사실을 듣고, 그 은혜를 서로 치사하여 마지않았다. 오래간만에 만난 가족들은 그동안의 회포를 서로 다 이야기하여 풀고 다시 원만한 가정을 이루게 되었다. 모친도 죽었던 자식 다시 본 듯, 부인도 잃었던 낭군 다시 본 듯 잠시도 서로 떠날 마음이 없이 행복하게 살게 되었다.

– 작자 미상, 「옥단춘전」

▶ 이혈룡이 죽을 뻔한 위기를 넘기고 가족과 재회한 상황이야. 죽었던 자식을 다시 본 것과 잃었던 낭군을 다시 본 것에 빗대어 이혈룡과 재회한 모친과 부인의 기쁨을 각각 표현하고 있어.

▸ 본문 038쪽

갈래 복합 07

2023학년도 수능

01 ① 02 ⑤ 03 ③
04 ③ 05 ④

(가) 이황, 「도산십이곡」

EBS 연결 고리
2023학년도 수능특강 문학 309쪽

교과서 연계 정보
작가 문학 좋은책, 천재(정)

해제 이 작품은 작가가 말년에 벼슬에서 물러나 도산 서원을 세우고 후진을 양성하며 지은 총 12수의 연시조이다. 전 6곡은 자연에 동화된 생활을 하면서 자연물을 접하는 감흥을 노래한 것이고, 후 6곡은 학문의 즐거움과 학문에 정진하는 삶의 자세를 노래한 것이다. 제시된 〈제1수〉, 〈제2수〉, 〈제6수〉는 모두 전 6곡에 해당하는 부분으로, 자연과 벗하며 안분지족의 삶을 살아가는 감흥을 드러내고 있다.

주제 자연 친화적 삶의 추구와 학문 수양에 대한 의지

짜임

제1수	자연에 대한 지극한 사랑
제2수	허물없는 삶에 대한 추구
제6수	끝이 없는 자연의 아름다움

제1수 이런들 어떠하며 저런들 어떠하료
[02-①] 유사한 어휘의 반복
초야우생(草野愚生)이 이렇다 어떠하료
[03-①] 인간이 지향하는 이치와 자연의 이치가 일치된 공간에 존재하는 화자
하물며 **천석고황(泉石膏肓)**을 고쳐 므슴하료
[02-②] [03-③] 자연 친화적 모습, 자연(이상적 공간) 속 삶에 대한 만족감

이런들 어떠하며 저런들 어떠하랴
시골에 묻혀 사는 어리석은 이가 이렇게 산들 어떠하랴
하물며 자연을 사랑하는 병을 고쳐 무엇하랴

[A]

제2수 연하(烟霞)로 **집을 삼고** 풍월(風月)로 **벗을 삼아**
[01-①] [02-②, ④] 자연 친화적인 삶 추구
태평성대에 병으로 늙어 가네
이 중에 바라는 일은 **허물이나 없고자**
[02-⑤] 미래에 대한 화자의 바람

안개와 노을로 집을 삼고 바람과 달로 벗을 삼아
태평성대에 병으로 늙어 가지만
이 중에 바라는 일은 허물이나 없었으면

제6수 **춘풍(春風)에 화만산(花滿山)하고 추야(秋夜)에 월만대(月滿臺)라**
[03-⑤] 계절의 양상을 통해 조화로운 자연의 모습 표현
사시 가흥(佳興)이 **사람과 한가지라**
[03-④] 자연의 이치와 인간이 지향하는 이치가 같다는 인식
하물며 어약연비(魚躍鳶飛) 운영천광(雲影天光)이야 어느 끝이 있으리

봄바람 부니 꽃이 산에 가득하고 가을밤에는 달빛이 대에 가득하다
사계절의 아름다운 흥취가 사람과 한가지로다
하물며 물고기가 뛰고 솔개가 날며 구름이 그림자를 드리우고 햇빛이 온 세상을 비추는 자연의 아름다움이야 어찌 끝이 있을까

(나) 김득연, 「지수정가」

EBS 연결 고리
비연계

해제 이 작품은 조선 중기의 문인 김득연이 자신이 직접 세운 '지수정'과 그 주변의 아름다운 자연 풍경을 읊은 가사이다. 지수정이 있는 와룡산의 산세와 지수정을 세운 이유, 이 정자를 둘러싼 자연의 아름다움과 계절의 변화에 따라 달라지는 자연의 모습, 그 속에서 시름을 잊고 자연의 흥취를 즐기는 삶의 모습을 제시하면서 한편으로는, 우국의 정과 도학자로서 성현을 본받겠다는 다짐 등을 보이고 있다. 작가는 '지수정'이 위치한 자연을 이상적 공간으로 제시하여, 자연 친화적 삶과 안분지족의 삶을 추구하는 태도를 드러내고 있다.

주제 지수정 주변의 아름다운 자연 풍경과 자연 속 삶에 대한 만족감

짜임

서사	와룡산의 산세와 지수정을 세운 배경
본사 1	자연 속에서의 풍류적 삶
본사 2	안분지족의 삶과 우국지정
결사	도학자로서의 학문에 대한 결의

서사 산가(山家) 풍수설에 동구 못이 좋다 할새
십 년을 경영하여 한 땅을 얻으니
형세는 좁고 굵은 암석은 많고 많다
옛 길을 새로 내고 **작은 연못** 파서
활수*를 **끌어 들여** 가는 것을 **머물게 하니**
[02-④] 활수를 연못에 가두어 가까이 하려 함.
맑은 거울 **티 없어 산 그림자** 잠겨 있다
[02-③, ⑤] 깨끗한 작은 연못의 형상 묘사

[B]

천고(千古)에 황무지를 아무도 모르더니
일조(一朝)에 진면목을 **내 혼자 알았노라**
[03-②] 자연의 가치 발견
처음의 이 내 뜻은 물 머물게 할 뿐이더니
이제는 돌아보니 **가지가지 다 좋구나**
[03-④] 자연의 가치를 확인한 심정
백석은 치치(齒齒)하여 은도로 새겨 있고
벽류는 콸콸 흘러 옥 술잔을 때리는 듯
[03-⑤] 자연의 아름다운 모습 표현
첩첩한 산들은 좌우의 병풍이요
빽빽한 소나무는 전후의 울타리로다
구곡 상하대는 층층이 둘러 있고
삼경(三逕) 송국죽(松菊竹)은 줄지어 벌여 있다
하물며 바위 벼랑 높은 위에 노송이 용이 되어 구부려 누웠거늘
운근(雲根)을 베어 내고 ㉠작은 정자 붙여 세워
[04-①, ④] 화자의 노력으로 만든 인공물, 일상적 유용성이 있는 공간
띠 풀로 지붕 이고 자르지 않으니 이것이 어떤 집인가
남양의 제갈려인가 무이의 와룡암인가*
[04-③] 만족하며 머무는 삶에 대해 생각하게 하는 '작은 정자'
다시금 살펴보니 필굉 위언의 그림의 것이로다
무릉도원을 예 듣고 못 봤더니
[01-①] [03-③] 지수정에서 자연과 동화된 삶 추구, 현실적 공간을 이상적 공간으로 인식하는 화자
이제야 알겠구나 이 진짜 거기로다

산가의 풍수설(풍수지리설)에 동네 입구의 연못이 좋다고 하기에
십 년 동안 계획하여 땅 하나를 얻으니
형세는 좁고 굵은 암석은 많고 많다
옛길을 새로 내고 작은 연못을 파서
흘러가는 물을 끌어 들여 물을 (연못 안에) 머물게 하니
맑은 거울 (같은 물이) 티 없어 산 그림자가 잠겨 있다
오랜 세월 동안 버려둔 땅을 아무도 모르더니
하루아침에 (그 땅의) 참모습을 나 혼자 알았구나
처음의 이내 뜻은 물을 머물게 할 뿐이더니
이제는 돌아보니 여러 가지가 다 좋구나
흰 돌은 나란히 늘어서 있어 은으로 만든 칼로 새겨 놓은 것 같고
푸른 물줄기는 콸콸 흘러 옥 술잔을 때리는 듯하다
첩첩한 산들은 좌우의 병풍이요,
빽빽한 소나무는 앞뒤의 울타리로다
아홉 굽이의 위아래의 대는 층층이 둘러 있고
세 갈래의 좁은 길(은자의 뜰)에 소나무, 국화, 대나무는 줄지어 벌여 있다
하물며 바위 벼랑 높은 위에 늙은 소나무가 용이 되어 구부려 누웠거늘
구름의 뿌리를 베어 내고 작은 정자를 붙여 세워
띠풀로 지붕을 이고 자르지 않으니 이것이 어떤 집인가
남양의 제갈려인가, 무이의 와룡암인가
다시금 살펴보니 필굉과 위언의 그림처럼 아름답구나
무릉도원을 예전에 듣고 본 적이 없더니
이제야 알겠구나 이곳이 진짜 무릉도원이구나

* 활수: 흐르는 물.
* 남양의 제갈려, 무이의 와룡암: 옛 현인이 은거한 거처.

(다) 김훈, 「겸재의 빛」

 **EBS 연결 고리**
비연계

교과서 연계 정보
작가 국어 천재(이) 문학 지학, 해냄

해제 이 작품은 글쓴이가 조선 시대 화가인 겸재 정선의 화폭에 담긴 동해 승경들을 찾아다니며 고찰한 겸재의 그림에 담긴 예술적 의미를 서술하고 있는 수필이다. 제시된 부분에서 글쓴이는 지금은 사라져 버린 옛 망양정 터를 찾은 경험을 바탕으로, 겸재의 그림은 인간과 인간에 직접 관련된 것들이 명료한 사실성을 띠고 있으며 그 사실성은 원근에 의해 정립되는 것이 아니라 세계를 관찰하는 인간과의 관계 속에서 정립되는 것이라고 설명하고 있다.

주제 겸재의 그림에 나타난 사실성의 진정한 의미

짜임

1~2문단	옛 망양정 터를 찾아간 글쓴이의 경험
3문단	겸재의 그림에 나타난 사실성의 의미

1문단 내 초로의 어느 가을날, 나는 겸재가 동해안을 따라 내려가면서 동해 승경을 화폭에 옮겼던 월송정, 망양정, 청간정, 성류굴을 일삼아 떠
[04-①] 겸재의 그림에 담긴 장소를 의도적으로 찾아다니는 글쓴이
돌아다녔다. 망양정은 옛 기성면의 바닷가에서 지금의 근남면 산포리로 옮겨 세운 지가 140여 년이 넘어, 기성면의 ㉡옛 망양정 자리는 도로 공
[04-②] 현실적 편의를 실현한 결과
사로 단애의 허리가 잘리워 나가, 바닷물은 단애 끝으로부터 멀찌감치 쫓겨났고 그 사이는 시멘트 칠갑이 되어 있었다. 정자 터는 사방이 깎여져 나갔고 화폭 속의 소나무 숲도 베어져 버린 채, 그 언덕은 그저 무의미한 흙더미로 변해 있었다. 마을의 고로(古老)들도 그곳에 들어서 있던 정자를 본 일은 없었고, 다만 그들의 증조나 고조로부터 전해 오는 구전에 의해 그 흙더미가 망양정 옛터였음을 옮길 뿐이었다.

2문단 겸재의 화폭을 마음속에 앞세우고 겸재 실경산수(實景山水)의 자리를 찾을 적에 그곳에 옛 정자가 이미 오래전에 없어져 버린 그 허전한
[04-③] 허전하지 않은 이유를 생각하게 하는 '옛 망양정 자리'
사태는 그다지 허전하지 않았다. 왜 그런가. 현실 속의 정자에 오르면 화폭 속의 정자는 보이지 않는다. 육신의 눈을 앞세워 정자를 찾아오는 자에게는 풍경 전체 속에서 인간세의 위치와 규모를 대표하는 상징으로서의 정자는 보이지 않는다.

(중략)

3문단 **먼 산을 그릴 때** 그는 그 산과 인간 사이의 거리를 그리는 것이 아니라, **그 거리를 들여다보는 시선의 깊이를 그린다.** 먼 것들은 원근상의 거리에 의해 격리되는 것이 아니라, 깊이에 의해 자리 잡는다. 겸재의 화폭 속에서 풍경은 **가깝다는 이유만으로 사실성을 부여받지 않고** 또 멀다는 이유만으로 사실성을 박탈당하지 않는다. 대체로 그의 그림 속에서는 **인간과 인간에 직접 관련된 것들**—정자, 집, 배, 나귀, 가마, 화분, 성곽 같은 것들이 **비교적 명료한 사실성을 띠고** 있지만, 그 사실성은 원근에 의해 정립되는 사실성이 아니라,
[05-④] 풍경의 원근감을 그대로 실현하지 않는 방식
세계를 관찰하는 인간과의 관계 속에서 **정립**되는 사실성이다. [C]
[01-①] 겸재의 그림 가치에 대한 긍정적 평가

01 작품 간의 공통점 파악 답 ①

선지별 선택 비율	①	②	③	④	⑤
화작	81%	2%	10%	3%	1%
언매	91%	1%	4%	1%	0%

(가)~(다)의 공통점으로 가장 적절한 것은?

정답 띵! 동!
(가) 자연과 더불어 순리대로 살아가려 함.
(나) 지수정에서 자연과 동화된 삶을 살아가려 함.
(다) 겸재의 그림에 담긴 사실성의 의미와 가치에 공감함.

① 대상에 주목하여 대상과 관련된 가치를 추구하는 자세를 나타내고 있다.

| (가) - 〈제1수〉 하물며 천석고황을 고쳐 므슴하료
| (가) - 〈제2수〉 연하로 집을 삼고 풍월로 벗을 삼아 / 태평성대에 병으로 늙어 가네
| (가) - 〈제6수〉 춘풍에 화만산하고 추야에 월만대라 ~ 하물며 어약연비 운영천광이야 어느 끝이 있으리
| (나) 맑은 거울 티 없어 산 그림자 잠겨 있다 ~ 이제는 돌아보니 가지가지 다 좋구나 ~ 작은 정자 붙여 세워 ~ 이것이 어떤 집인가 ~ 무릉도원을 예 듣고 못

봤더니 / 이제야 알겠구나 이 진짜 거기로다

| (다) – 〈3문단〉 겸재의 화폭 속에서 풍경은 ~ 그 사실성은 원근에 의해 정립되는 사실성이 아니라, 세계를 관찰하는 인간과의 관계 속에서 정립되는 사실성이다.

| 뭔말?

· (가)는 이름다운 자연의 모습에 주목하여, 자연과 더불어 순리대로 살아가고자 하는 자세를 드러냄.

· (나)는 아름다운 자연 풍경으로 둘러싸여 있는 산속의 '작은 정자(지수정)'에 주목하여, 자연과 동화된 삶을 살아가고자 하는 자세를 드러냄.

· (다)는 겸재의 화폭 속 풍경에 주목하여, 그의 그림에서 발견되는 사실성이 '세계를 관찰하는 인간과의 관계 속에서 정립되는 사실성'이라고 긍정적으로 평가하면서 겸재가 그림을 그리는 방식에 공감하는 자세를 드러냄.

오답 땡!

② ~~부정적인 현실을 비판하며 좌절을 극복하려는 의지를 부각하고 있다.~~
└→ (가)~(다) 모두 현실이나 대상에 긍정적임. 부정적 현실 비판 X 좌절 극복 의지 X

| (가) – 〈제1수〉 하믈며 천석고황을 고쳐 므슴하료

| (나) 돌아보니 가지가지 다 좋구나 ~ 무릉도원을 ~ 이 진짜 거기로다

| (다) – 〈3문단〉 옛 정자가 이미 오래전에 없어져 버린 그 허전한 사태는 그다지 허전하지 않았다.

| 뭔말?

· (가)와 (나)의 화자는 자연 속의 현재 삶에 만족해하고 있으며 부정적 현실에 처해 있지 않음. 따라서 현실을 비판하며 좌절을 극복하려는 의지를 드러내지 않음.

· (다)의 글쓴이는 겸재의 그림을 긍정적으로 평가하고 망양정이 사라진 것도 허전하지 않다고 봄. 이는 부정적 현실에 대한 비판이나 극복 의지와는 관계없음.

③ ~~현실을 통찰하며 관용적 삶에 대한 지향을 보여 주고 있다.~~
└→ (가)~(다) 모두 현실 통찰 X 관용적 삶에 대한 지향 X

| 뭔말?

· (가)~(다)의 화자, 글쓴이 모두 현실을 통찰하며 너그럽게 이해하고 받아들이는 관용적 삶을 지향하는 모습을 보이고 있지 않음.

④ ~~계절감을 활용하여 환경의 다양한 변화를 표현~~하고 있다.
└→ (가) 봄과 가을의 계절감 O 환경의 변화 O / (나), (다) 계절감 → 환경의 변화 X

| (가) – 〈제6수〉 춘풍에 화만산하고 추야에 월만대라

| (다) – 〈1문단〉 이 초로의 가을날, 나는 ~ 떠돌아 다녔다.

| 뭔말?

· (가)는 봄바람 부는 가운데 꽃이 만발한 산의 모습과 가을밤에 달빛이 대에 비치는 모습을 통해 자연의 변화를 드러냄.

· (나)는 아름다운 자연의 모습은 나타나 있지만, 계절감이나 환경의 변화는 드러나 있지 않음.

· (다)는 '가을날'이라는 표현이 있지만 이는 단지 글쓴이가 한 일의 시간적 배경일 뿐, 계절감을 통해 환경의 다양한 변화를 표현하고 있지 않음.

⑤ ~~가상의 상황을 제시하여 환상적 분위기를 강화하고 있다.~~
└→ (가)~(다) 모두 가상의 상황 X, 환상적 분위기 X

| 뭔말?

· (가)와 (나)는 자연 속 현실 상황을 바탕으로 전개됨.

· (다)의 글쓴이는 겸재가 화폭에 담았던 동해의 승경을 찾아다니며 그것의 현재 모습을 드러내고 있으므로 현실 상황을 바탕으로 한 것임.

02 시구의 의미와 기능 파악 답 ⑤

선지별 선택 비율	①	②	③	④	⑤
화작	1%	5%	2%	4%	86%
언매	0%	2%	1%	2%	93%

[A], [B]에 대한 설명으로 적절하지 않은 것은?

정답 띵! 동!

⑤ [A]의 '허물이나 없고자'는 미래에 대한 화자의 바람을, [B]의 '티 없어'는 ~~대상을 관찰하기 전에 나타난 화자의 심리~~를 표현하고 있다.
→ 자연 속에서 허물없이 살아가고 싶다는 바람
└→ 산 그림자가 비친 작은 연못의 상태

| (가) – [A] 이 중에 바라는 일은 허물이나 없고자

| (나) – [B] 작은 연못 파서 / 활수를 끌어 들여 가는 것을 머물게 하니 / 맑은 거울 티 없어 산 그림자 잠겨 있다

| 뭔말?

· [A]의 '허물이나 없고자'는 화자가 자연과 더불어 살아가며 추구하고 있는 삶의 자세로, 미래에 대한 화자의 바람을 나타내는 것임.

· [B]의 '티 없어'는 화자가 산의 모습이 비쳐 있는 '작은 연못'을 보고 그 깨끗함을 표현한 것이지, 대상을 관찰하기 전에 나타난 화자의 심리를 표현한 것은 아님.

오답 땡!

① [A]의 〈제1수〉 초장은 유사한 어휘의 반복을 통해 리듬감을 형성하고 있다.
└→ '이런들 - 저런들', '어떠하며 - 어떠하료'

| (가) – [A] 이런들 어떠하며 저런들 어떠하료

| 뭔말?

· '이런들'과 '저런들', '어떠하며'와 '어떠하료' 등과 같은 유사한 어휘를 반복하여 리듬감을 형성함.

② [A]의 〈제2수〉 초장은 〈제1수〉 종장의 시상을 이어받아 자연 친화적인 모습을 드러내고 있다.
→ 연하, 풍월에 둘러싸인 모습 → 자연 친화적
└→ 자연을 사랑하는 병을 고치지 않고 살겠음. → 자연 친화적

| (가) – [A] – 〈제1수〉 하믈며 천석고황을 고쳐 므슴하료

| (가) – [A] – 〈제2수〉 연하로 집을 삼고 풍월로 벗을 삼아

| 뭔말?

· 〈제1수〉의 종장 '천석고황을 고쳐 므슴하료'는 자연을 몹시 사랑하는 마음을 낫기 어려운 고질병에 비유하여 병을 고칠 필요가 없다고 하며 자연에 동화되어 살겠다는 의지를 드러냄.

· 〈제2수〉의 초장 '연하로 집을 삼고 풍월로 벗을 삼아'는 안개와 노을, 바람과 달과 같은 자연물을 벗 삼아 살아가는 모습으로, 자연 친화적 자세를 드러냄.

· 따라서 〈제2수〉의 초장은 〈제1수〉의 종장의 시상을 이어받은 것임.

③ [B]에서는 '산 그림자'가 담긴 '작은 연못'의 경관을 묘사하여 깨끗한 자연의 형상을 보여 주고 있다.
└→ '맑은 거울 티 없어 산 그림자 잠겨' 있는 작은 연못

| (나) – [B] 작은 연못 파서 / 활수를 끌어 들여 가는 것을 머물게 하니 / 맑은 거울 티 없어 산 그림자 잠겨 있다

| 뭔말?

· [B]에서는 '산 그림자'가 담긴 '작은 연못'을 본 후, 이를 티 없는 '맑은 거울'에 비유하여 깨끗한 자연의 형상을 보여 줌.

④ [A]의 '집을 삼고'와 '벗을 삼아'는 화자와 대상의 가까운 관계를, [B]의 '끌어 들여'와 '머물게 하니'는 화자가 대상을 가까이 하려는 행동을 제시하고 있다.

(→ 연하, 풍월 / → = 화자가 활수를 연못에 가두어 가까이 두려는 행동)

| (가) – [A] 연하로 집을 삼고 풍월로 벗을 삼아

| (나) – [B] 작은 연못 파서 / 활수를 끌어 들여 가는 것을 머물게 하니

| 뭔말?

· [A]에서 화자가 '연하(안개와 노을)'를 집으로, '풍월'을 '벗'으로 삼고 있다는 것은 이들과 화자의 관계가 가까움을 드러냄.

· [B]의 '활수', 즉 흐르는 물은 화자가 연못에 '끌어 들여' '머물게 하'는 대상으로, 화자가 가까이 두고 보고자 하는 자연물임.

03 외적 준거에 따른 작품 감상 답 ③

선지별 선택 비율	①	②	③	④	⑤
화작	4%	2%	87%	4%	1%
언매	2%	1%	94%	1%	0%

〈보기〉를 바탕으로 (가), (나)를 이해한 내용으로 적절하지 않은 것은? [3점]

보기

「도산십이곡」에서 강호는 자연의 이치와 인간이 지향하는 이치가 일치된 이상적 공간으로, 「지수정가」에서 강호는 자연에서 생활하면서 자연의 가치를 새롭게 발견할 수 있는 공간으로 나타난다. 「도산십이곡」에서는 조화로운 자연과 합일하는 화자가 등장하며, 「지수정가」에서는 자연의 구체적인 모습을 묘사하며 자연의 가치를 확인한 화자가 등장한다.

정답 띵! 동!

③ (가)의 '천석고황'은 이상적 공간~~에 다다르지 못한 것에 대한 화자의 아쉬움~~이, (나)의 '무릉도원'은 현실적 공간을 이상적 공간으로 바라보는 화자의 인식이 나타난 말이겠군.

(→ 이상적 공간, 즉 강호에서 살아가는 만족감 표현 / → 지수정(현실적 공간) ≒ 무릉도원(이상적 공간))

| (가) – 〈제1수〉 하물며 천석고황을 고쳐 므슴하료

| (나) 무릉도원을 예 듣고 못 봤더니 / 이제야 알겠구나 이 진짜 거기로다

| 〈보기〉 「도산십이곡」에서 강호는 자연의 이치와 인간이 지향하는 이치가 일치된 이상적 공간으로

| 뭔말?

· (가)의 '천석고황'은 자연을 사랑하는 것이 정도에 지나쳐 마치 불치의 고질병과 같다는 의미로, 화자는 이러한 고질병을 고칠 필요가 없다고 말함. 이는 자연 속에서 살아가는 삶에 대한 만족감을 표현한 것으로, 자신이 사는 자연을 이상적 공간으로 인식함. 이상적 공간에 다다르지 못한 데 대한 아쉬움과는 관계없음.

· (나)의 화자는 자신이 자연 속에 지은 정자 '지수정'을 속세를 벗어난 별천지, 이상향인 '무릉도원'으로 여김. 따라서 자신이 생활하는 현실적 공간을 이상적 공간으로 보는 화자의 인식이 '무릉도원'이라는 말에 나타나 있음.

오답 땡!

① (가)의 '초야우생'은 인간이 지향하는 이치와 자연의 이치가 일치된 공간에 존재하는 화자가 스스로를 이르는 말이겠군.

(→ 시골에 묻혀 사는 어리석은 사람 = 강호에서 살아가는 화자 자신 / → 〈보기〉에서 말하는 강호 = 화자가 머무는 자연)

| 〈보기〉 「도산십이곡」에서 강호는 자연의 이치와 인간이 지향하는 이치가 일치된 이상적 공간으로

| (가) – 〈제1수〉 초야우생이 이렇다 어떠하료

| 뭔말?

· '초야우생'은 시골에 묻혀 사는 어리석은 사람이라는 뜻으로, 화자가 자연 속에서 사는 자신을 낮추어 표현한 말임.

· 〈보기〉에서는 (가)의 강호는 자연의 이치와 인간이 지향하는 이치가 일치된 이상적 공간이라고 함. 따라서 '초야우생'은 화자가 이 이상적 공간에 머무는 자신을 이르는 말임.

② (나)의 '내 혼자 알았노라'는 자연에서 생활하면서 자연의 가치를 발견한 화자의 심정을 드러내는 말이겠군.

(→ 〈보기〉에서 말하는 강호 = 화자가 머무는 자연 / → 황무지의 진면목)

| 〈보기〉 「지수정가」에서 강호는 자연에서 생활하면서 자연의 가치를 새롭게 발견할 수 있는 공간으로

| (나) 천고에 황무지를 아무도 모르더니 / 일조에 진면목을 내 혼자 알았노라

| 뭔말?

· (나)의 화자는 아무도 몰랐던 '황무지'의 '진면목'을 하루아침에 자신이 알게 되었다고 함. 이는 자연에서 생활하면서 자연의 가치를 발견한 화자의 심정과 관계있음.

④ (가)의 '사람과 한가지라'는 자연의 이치와 인간이 지향하는 이치가 다르지 않음을 확인한 화자의 인식이, (나)의 '가지가지 다 좋구나'는 자연의 가치를 확인한 화자의 심정이 나타난 말이겠군.

(→ 사시 가흥 = 사람 / → 백석, 벽류, 첩첩한 산들, 빽빽한 소나무의 아름다움에서 확인)

| 〈보기〉 「도산십이곡」에서 강호는 자연의 이치와 인간이 지향하는 이치가 일치된 이상적 공간으로, 「지수정가」에서 강호는 자연에서 생활하면서 자연의 가치를 새롭게 발견할 수 있는 공간으로

| (가) – 〈제6수〉 사시 가흥이 사람과 한가지라

| (나) 처음의 이 내 뜻은 물 머물게 할 뿐이더니 / 이제는 돌아보니 가지가지 다 좋구나 / 백석은 치치하여 온도로 새겨 있고 / 벽류는 콸콸 흘러 옥 술잔을 때리는 듯 / 첩첩한 산들은 좌우의 병풍이요 / 빽빽한 소나무는 전후의 울타리로다

| 뭔말?

· (가)에서 화자는 '사시 가흥', 즉 '사계절의 아름다운 흥취(자연의 이치) = 사람(인간이 지향하는 이치)'으로 인식함.

· (나)의 '가지가지 다 좋구나'는 '백석', '벽류', '첩첩한 산들', '빽빽한 소나무' 등 아름다운 자연 풍경에서 자연의 가치를 확인한 화자의 감탄, 만족감을 표현한 것임.

⑤ (가)의 '춘풍에 화만산하고 추야에 월만대라'는 계절의 양상을 통해 조화로운 자연을, (나)의 '벽류는 콸콸 흘러 옥 술잔을 때리는 듯'은 화자가 발견한 자연의 아름다운 모습을 드러낸 말이겠군.

(→ 봄, 꽃이 산에 활짝 핌. / → 가을, 달빛이 대에 가득 참. / → 푸른 물이 힘차게 흐르는 모습)

| 〈보기〉 「도산십이곡」에서는 조화로운 자연과 합일하는 화자가 등장하며, 「지수정가」에서는 자연의 구체적인 모습을 묘사하며 자연의 가치를 확인한 화자가 등장한다.

| (가) – 〈제6수〉 춘풍에 화만산하고 추야에 월만대라

| (나) 벽류는 콸콸 흘러 옥 술잔을 때리는 듯

| 뭔말?

· (가)의 '춘풍에 화만산하고 추야에 월만대라'는 꽃이 만발한 봄 산과 달빛 가득한 가을밤을 표현한 것으로, / 계절의 양상을 통해 자연의 조화로운 모습을 드러냄.

· (나)의 '벽류는 콸콸 흘러 옥 술잔을 때리는 듯'은 푸른 물이 힘차게 흐르는 모습을 비유하여 묘사한 표현으로, 화자가 발견한 자연의 아름다운 모습을 드러냄.

04 배경의 기능과 의미 파악 답 ③

선지별 선택 비율	①	②	③	④	⑤
화작	6%	4%	73%	6%	8%
언매	4%	2%	85%	3%	4%

㉠과 ㉡을 이해한 내용으로 가장 적절한 것은?

정답 띵!동!

→ 옛 현인이 은거한 거처를 떠올림. → 머무르는 삶
무릉도원과 같은 이상적 공간으로 인식함. → 만족스러운 감정

③ ㉠은 화자에게 만족하며 머무르는 삶에 대해, ㉡은 글쓴이에게 허전하지 않은 이유에 대해 생각하게 한다.

→ '그다지 허전하지 않았다. 왜 그런가.'에서 확인

| (나) 이것이 어떤 집인가 / 남양의 제갈려인가 무이의 와룡암인가 / 다시금 살펴보니 필광 위언의 그림의 것이로다 / 무릉도원을 예 듣고 못 봤더니 / 이제야 알겠구나 이 진짜 거기로다

| (다) – 〈2문단〉 옛 정자가 이미 오래 전에 없어져 버린 그 허전한 사태는 그다지 허전하지 않았다. 왜 그런가. 현실 속의 정자에 오르면 화폭 속의 정자는 보이지 않는다.

| 뭔말?

· (나)의 '작은 정자(㉠)'는 아름다운 자연 풍경 속에 화자가 직접 지은 정자임. 화자는 이를 두고 '남양의 제갈려', '무이의 와룡암'과 같은 옛 현인이 은거한 거처를 떠올리며 '무릉도원'과 같은 이상적 공간으로 인식함. 따라서 ㉠은 화자에게 만족하며 머무르는 삶에 대해 생각하게 하는 장소임.

· (다)의 글쓴이는 '옛 망양정 자리(㉡)'에서 '옛 정자'가 오래전에 없어져 버린 사태에 대해 '그다지 허전하지 않았다'고 하며 그 이유를 제시하고 있음. 따라서 ㉡은 글쓴이에게 허전하지 않은 이유에 대해 생각하게 하는 장소임.

오답 땡!

→ 운근을 베어 내고 작은 정자를 붙여 세우는 노력을 통해 만듦.

① ㉠은 화자가 노력을 기울여 만든 인공물이고, ㉡은 글쓴이가 ~~의도하지 않게 찾아낸~~ 장소이다.

→ 의도적으로 찾아감. 우연한 발견 X

| (나) 운근을 베어 내고 작은 정자 붙여 세워

| (다) – 〈1문단〉 나는 겸재가 동해안을 따라 내려가면서 동해 승경을 화폭에 옮겼던 월송정, 망양정, 청간정, 성류굴을 일삼아 떠돌아다녔다.

| 뭔말?

· ㉠은 (나)의 화자가 직접 지은 정자이므로 화자가 노력을 기울여 만든 인공물임.

· ㉡은 (다)의 글쓴이가 일부러 찾아다녔던 겸재의 화폭에 담긴 공간 중 하나이므로, 의도하지 않게 찾아낸 장소라는 진술은 적절하지 않음.

→ 찾아볼 수 없는 내용. 작은 정자는 자연과 더불어 살기 위해 지은 것

② ㉠은 ~~현실에서 명예를 실현하려는 의지~~를, ㉡은 현실에서 편의를 실현한 결과를 보여 준다.

→ 도로 공사(현실에서의 편의 실현) → 망양정의 옛 모습을 잃음(결과).

| (나) 남양의 제갈려인가 무이의 와룡암인가 ~ 이 진짜 거기로다

| (다) – 〈1문단〉 도로 공사로 단애의 허리가 잘리워 나가, 바닷물은 단애 끝으로부터 멀찌감치 쫓겨나고 그 사이는 시멘트 칠갑이 되어 있었다.

| 뭔말?

· 은거했던 옛 현인들을 떠올리며 자연에서의 삶에 만족하는 것으로 볼 때, ㉠은 오히려 속세의 부귀공명을 멀리하고 자연에 파묻혀 안빈낙도의 삶을 실천하고자 하는 화자의 의지가 드러난 장소로 볼 수 있음.

· 도로 공사로 인해 옛 망양정의 모습을 잃게 되었으므로 ㉡은 도로 공사라는 현실에서의 편의를 실현한 결과로 볼 수 있음.

④ ㉠은 화자에게 일상적인 유용성~~을 상실한~~ 공간이고, ㉡은 ~~글쓴이에게 본래적인 유용성을 상실한~~ 공간이다.

→ 자신이 거처할 공간을 스스로 세운 것 → 일상적 유용성.
→ 망양정을 보지 못한 것에 허전해하지 않음.

| (나) 십 년을 경영하여 한 땅을 얻으니 ~ 옛 길을 새로 내고 작은 연못 파서

| (다) – 〈2문단〉 옛 정자가 이미 오래전에 없어져 버린 그 허전한 사태는 그다지 허전하지 않았다. 왜 그런가.

| 뭔말?

· ㉠은 (나)의 화자가 자신이 거처할 공간을 스스로 세운 것이므로 화자에게 일상적인 유용성을 상실한 공간이라고 보기는 어려움.

· (다)의 글쓴이는 망양정의 옛 모습을 보지 못한 것을 그다지 허전해하지 않으므로 ㉡은 글쓴이에게 망양정의 본래적인 유용성을 상실한 공간으로 볼 수 없음.

→ 찾아볼 수 없는 내용

⑤ ㉠은 ~~화자에게 자신의 삶을 가다듬는 역할을 수행~~하고, ㉡은 ~~글쓴이에게 자신의 삶을 비판하는 계기로 작용~~한다.

→ 찾아볼 수 없는 내용

| 뭔말?

· (나)의 화자가 ㉠에서 자신의 삶을 가다듬는 모습은 나타나 있지 않음.

· (다)의 글쓴이는 ㉡을 계기로 자신의 삶을 비판하고 있지 않음.

05 외적 준거에 따른 작품 감상 답 ④

선지별 선택 비율	①	②	③	④	⑤
화작	1%	2%	4%	88%	2%
언매	1%	1%	2%	94%	1%

〈보기〉를 바탕으로 [C]를 읽은 독자의 반응으로 적절하지 않은 것은?

보기

겸재는 산을 그리면서도 뺄 건 빼고 과장할 것은 과장하면서 필요한 경우에는 자리를 옮겨 가면서까지 자신이 생각하는 구도로 풍경을 재구성하였다. 한 폭의 그림 속에서 물과 바다, 하늘과 땅, 그리고 정자와 인간을 포함한 모든 대상이 화가의 시선에 의해 재구성되어 회화의 구도상 의미를 지닌 자리에 놓일 때야말로 진정한 그림의 요체가 드러나기 때문에, 겸재의 그림은 실물과 똑같이 그리는 것이 능사가 아니라는 점을 증명하고 있다.

정답 띵!동!

원근에 의해 정립되는 사실성이 아님. ←

④ '인간과 인간에 직접 관련된 것들'을 '비교적 명료한 사실성을 띠'도록 그린다는 뜻은, 대상을 회화의 구도상 의미를 지닌 자리로 옮겨 ~~풍경의 원근감을 보이는 그대로 실현~~해야 한다는 의미이겠군.

→ 〈보기〉의 '실물과 똑같이 그리는 것' ← 겸재의 그림은 그것이 능사가 아니라는 점 증명

| 〈보기〉 모든 대상이 화가의 시선에 의해 재구성되어 회화의 구도상 의미를 지닌 자리에 놓일 때야말로 진정한 그림의 요체가 드러나기 때문에, 겸재의 그림은 실물과 똑같이 그리는 것이 능사가 아니라는 점을 증명하고 있다.

| (다) – [C] 그의 그림 속에서는 인간과 인간에 직접 관련된 것들 ~ 비교적 명료한 사실성을 띠고 있지만, 그 사실성은 원근에 의해 정립되는 사실성이 아니라, 세계를 관찰하는 인간과의 관계 속에서 정립되는 사실성이다.

| 뭔말?

· [C]에서 '비교적 명료한 사실성'을 띤다고 할 때의 사실성은 세계를 관찰하는 인간과의 관계 속에서 정립되는 것이지, 원근에 의해 정립되는 것이 아니라고 함.

· 〈보기〉에서 겸재의 그림은 실물과 똑같이 그리는 것이 능사가 아니라는 점을 증명하고 있다고 함. 이때 '실물과 똑같이 그리는 것'은 '풍경의 원근감을 보이는 그대로 실현'하는 것에 해당함.

· 따라서 '인간과 인간에 직접 관련된 것들'을 '비교적 명료한 사실성을 띠'도록 그리는 것과 '풍경의 원근감을 보이는 그대로 실현'하는 것과는 관련이 없음.

오답 땡!

→ 산과 인간 사이의 거리를 그리는 것이 아님.

① '먼 산을 그릴 때' 그 거리에 집착하지 않는 까닭은, 실물과 똑같이 그리는 것이 능사가 아니기 때문이겠군.

| 〈보기〉 겸재의 그림은 실물과 똑같이 그리는 것이 능사가 아니라는 점을 증명하고 있다.

| (다) – [C] 먼 산을 그릴 때 그는 그 산과 인간 사이의 거리를 그리는 것이 아니라, 그 거리를 들여다보는 시선의 깊이를 그린다.

| 뭔말?

· 겸재는 '먼 산을 그릴 때' '그 산과 인간 사이의 거리'가 아니라 '그 거리를 들여다보는 시선의 깊이를 그린'다고 함. 이는 '실물과 똑같이 그리는 것이 능사가 아니라는' 〈보기〉의 내용과 관련됨.

→ 그 거리를 들여다보는 시선의 주체: 화가

② '그 거리를 들여다보는 시선의 깊이를 그린다'는 뜻은, 화가가 자신의 시선으로 풍경을 재구성하는 작업이 중요하다는 의미이겠군.

| 〈보기〉 모든 대상이 화가의 시선에 의해 재구성되어 회화의 구도상 의미를 지닌 자리에 놓일 때야말로 진정한 그림의 요체가 드러나기 때문에

| (다) – [C] 먼 산을 그릴 때 그는 ~ 그 거리를 들여다보는 시선의 깊이를 그린다.

| 뭔말?

· 〈보기〉에서는 모든 대상이 화가의 시선에 의해 재구성된다고 함. 이는 겸재가 '그 거리를 들여다보는 시선의 깊이를 그린다'는 것과 관련지을 수 있음.

③ '가깝다는 이유만으로 사실성을 부여받지 않'는 까닭은, 대상을 표현할 때 뺄 건 빼고 과장할 것은 과장할 수 있다는 화가의 생각 때문이겠군.

| (다) – [C] 겸재의 화폭 속에서 풍경은 가깝다는 이유만으로 사실성을 부여받지 않고

| 〈보기〉 겸재는 산을 그리면서도 뺄 건 빼고 과장할 것은 과장하면서 필요한 경우에는 자리를 옮겨 가면서까지 자신이 생각하는 구도로 풍경을 재구성하였다.

| 뭔말?

· 〈보기〉에서 따르면, 겸재는 자신의 생각에 따라 빼거나 과장하면서 재구성하므로 그의 그림에서는 '가깝다는 이유만으로 사실성을 부여받지 않'음.

→ 화가

⑤ '세계를 관찰하는 인간과의 관계 속'에서 사실성이 '정립'되는 까닭은, 화가의 의도에 따라 풍경을 재구성하는 창작 작업을 통해 그림의 요체가 드러나기 때문이겠군.

| 〈보기〉 모든 대상이 화가의 시선에 의해 재구성되어 회화의 구도상 의미를 지닌 자리에 놓일 때야말로 진정한 그림의 요체가 드러나기 때문에

| (다) – [C] 세계를 관찰하는 인간과의 관계 속에서 정립되는 사실성이다.

| 뭔말?

· 〈보기〉에서 모든 대상이 화가의 시선에 의해 재구성될 때 진정한 그림의 요체가 드러난다고 함. 따라서 '세계를 관찰하는 인간', 즉 화가와 세계의 관계 속에서 사실성이 정립된다는 것은 화가의 재구성을 통해 그림의 요체가 드러나는 것임.

▸ 본문 041쪽

갈래 복합 08

2023학년도 9월 모의평가

01 ① 02 ④ 03 ⑤
04 ⑤ 05 ④ 06 ③

(가) 박두진, 「별 – 금강산시 3」

EBS 연결 고리
비연계

해제 이 작품은 금강산으로 가는 길에서 본 아름다운 자연의 모습과 이에 동화되는 내면세계를 그린 시이다. 1연과 2연에서는 금강산에 들어오는 과정을 묘사하면서 금강산의 아름다운 자연에서 외로움도 잊은 화자의 모습을 그리고 있고, 3연과 4연에서는 금강산에서 본 아름다운 자연의 모습을 감각적 이미지를 통해 생동감 있게 묘사하고 있다. 그리고 5연과 6연에서는 밤하늘에 별이 뜬 아름다운 풍경을 보며 화자가 받은 인상을 형상화하고 있다. 화자는 자연의 모습을 자신의 내면에 투영하여 표현함으로써 자연과의 정서적 교감을 드러내고 있다.

주제 금강산의 아름다운 자연의 모습

짜임

1~2연	금강산에 들어오는 과정
3~4연	금강산에서 본 아름다운 자연의 모습
5연	어촌에서 본 별들의 아름다운 모습
6연	산장에서 본 별들의 아름다운 모습

1연 아아 아득히 내 첩첩한 산길 왔더니라. **인기척 끊**이고 새도 짐승
[01-③] 영탄적 어조
도 있지 않은 **한낮 그 화안한 골 길**을 다만 아득히 나는 머언 생각에 잠기
[03-⑤] [04-①] 화자가 생각에 잠길 만한 시간, 화자의 내면 조응
어 왔더니라.

2연 **백화(白樺) 앙상한 사이**를 바람에 백화같이 불리우며 물소리에 흰
[02-①] 금강산으로 가는 여정에서 만난 자연의 모습
돌 되어 씻기우며 나는 총총히 외롬도 잊고 왔더니라
[04-②] 자연과의 관계에서 느끼는 화자의 정서

3연 살다가 오래여 삭은 장목들 흰 팔 벌리고 서 있고 풍설(風雪)에
[04-③] 자연의 유구함
깎이어 날선 봉우리 훌 훌 훌 창천(蒼天)에 흰 구름 날리며 섰더니라
[04-④] 음성 상징어를 사용한 자연의 풍경 표현 [01-④] 예스러운 표현

4연 쏴아 — 한종일내 — 쉬지 않고 부는 물소리 안은 바람소리……
[01-⑥] [03-①] 계절감을 드러내는 시어, 자연의 아름다움을 느끼는 시간
구월 고운 낙엽은 날리어 푸른 담(潭) 위에 호르르르 낙화같이 지더니라.
[01-①] [04-④] 빗대는 표현 방식, 음성 상징어를 사용한 자연의 풍경 표현

5연 **어젯밤** 잠자던 동해안 어촌 그 검푸른 밤하늘에 나는 장엄히 뿌리
[03-④] [04-⑥] 자연의 아름다움을 느끼는 시간과 공간
어진 허다한 **바다의 별들**을 보았느니,
[02-②] 화자의 내면에 투영된 자연

6연 이제 나의 이 **오늘밤** 산장에도 얼어붙는 바람 속 우러르는 나의
[03-④] [04-⑤] 자연의 아름다움을 느끼는 시간과 공간
하늘에 별들은 쓸리며 다시 **꽃과 같이 난만(爛漫)하여라.**
[01-①] [02-②, ⑥] 빗대는 표현 방식, 화자의 내면에 투영된 자연, 대상에 대한 화자의 긍정적 태도

(나) 신경림, 「길」

EBS 연결 고리
2023학년도 수능특강 문학 093쪽

교과서 연계 정보
작가 [국어] 비상(박안), 천재(박) [문학] 동아, 미래엔, 비상, 창비, 천재(정)

해제 이 작품은 사람이 길을 만든다는 일반적 인식에 대해 문제를 제기하고 '길'을 대하는 사람들의 대조적인 태도를 고찰함으로써 길의 진정한 의미를 밝힌 시이다. 화자는 사람을 밖으로 불러내어 세상 사는 이치를 가르치는 데에만 길의 뜻이 있다고 여기며 자신들이 길을 만들었다고 말하는 사람들을 비판적으로 보면서, 사람을 밖에서 안으로 끌고 들어가 스스로를 깊이 들여다보게 한다는 데에 길의 진정한 의미가 있음을 말하고 있다. 이 작품은 '길'을 의인화하여 내면을 가꾸는 것이 중요함을 드러내고 있다.

주제 길을 통해 얻는 삶의 깨달음, 내면을 가꾸는 삶의 중요성

짜임

1~6행	사람들의 뜻을 순순히 좇지 않는 길
7~12행	세상 사는 슬기와 이치를 가르치는 길
13~19행	사람들에게 자신의 내면을 성찰하게 하는 길
20~21행	길의 진정한 의미를 깨달은 사람들의 태도

1~6행 **사람들**은 자기들이 길을 만든 줄 알지만 [A]
[02-③] 자신의 관점으로만 길을 이해하는 사람들
길은 순순히 **사람들의 뜻**을 좇지는 않는다
[01-①] 빗대는 표현 방식, '길'의 의인화
사람을 끌고 가다가 문득
벼랑 앞에 세워 **낭패**시키는가 하면
큰물에 우정 제 허리를 동강 내어 [B]
[05-①] 길이 사람들의 뜻을 좇지 않는 구체적 양상
사람이 부득이 저를 버리게 만들기도 한다
7~12행 **사람들**은 이것이 다 사람이 만든 길이 [C]
거꾸로 사람들한테 세상 사는
[05-②] 길이 주는 시련을 겪은 경험에 대한 '사람들'의 생각
슬기를 가르치는 거라고 말한다
길이 사람을 밖으로 불러내어
온갖 곳 온갖 사람살이를 구경시키는 것도
세상 사는 이치를 가르치기 위해서라고 말한다
13~19행 그래서 길의 뜻이 거기 있는 줄로만 알지 [D]
길이 사람을 밖에서 안으로 끌고 들어가
[02-④] [05-③] 내면의 길을 통한 내적 성찰 → 길의 의미를 잘못 이해한 사람들이 깨닫지 못한 것
스스로를 깊이 들여다보게 한다는 것은 모른다
길이 밖으로가 아니라 안으로 나 있다는 것을 [E]
아는 사람에게만 길은 고분고분해서
[01-①] [02-⑤] [05-④] 길의 진정한 뜻을 아는 사람들에 대한 긍정적 태도, 빗대는 표현 방식
꽃으로 제 몸을 수놓아 향기를 더하기도 하고
그늘을 드리워 사람들이 땀을 식히게도 한다
20~21행 그것을 알고 나서야 **사람들**은 비로소 [F]
자기들이 길을 만들었다고 말하지 않는다
[05-⑥] 자신들이 길을 만들지 않았다는 것을 깨닫는 '사람들'

(다) 백석, 「편지」

EBS 연결 고리
비연계

교과서 연계 정보
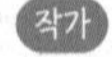
작가 [국어] 미래엔, 비상(박영), 창비, 해냄
[문학] 금성, 동아, 미래엔, 비상, 좋은책, 지학, 창비, 천재(김), 천재(정), 해냄

해제 이 작품은 '당신'에게 보내는 편지 형식의 수필로, '밤'이라는 배경을 제재로 하여 개인적 경험과 공동체적 경험으로 대비되는 두 가지 이야기를 들려주고 있다. 먼저 개인적 경험과 관련한 이야기는 글쓴이의 사랑에 대한 것으로, 글쓴이는 '당신'에게 받은 수선화를 보며 가슴에 병을 얻은 처녀를 사랑했던 기억을 떠올리고 슬픔을 느낀다. 다음으로 공동체적 경험과 관련한 이야기는 육보름 밤의 풍속에 대한 것이다. 글쓴이의 고향에서 육보름은 복을 맞이하는 날이었고, 그 밤에 동네 처녀들은 유쾌한 일탈 행위를 벌이곤 했다. 이처럼 이 작품은 글쓴이의 두 가지 경험을 통해 슬픔과 즐거움이라는 삶의 양면성을 보여 주고 있다.

주제 슬픔과 즐거움이라는 삶의 양면성을 보여 주는 두 이야기

짜임

1~4문단	글쓴이의 슬픈 사랑 이야기
5~6문단	고향의 즐거운 풍속 이야기

1문단 **고요하니 즐거운 이 밤** 초롱초롱 맑게 고인 샘물 같은 눈으로 나는 지금 **당신**께서 보내 주신 맑고 고운 수선화 한 폭을 들여다봅니다. 들여다보노라니 그윽한 향기와 새파란 꿈이 안개같이 오르고 또 노란 슬픔이 연기같이 오릅니다. 나는 이제 이 긴긴 밤을 당신께 이 **노란 슬픔의 이야기**나 해서 보내도 좋겠습니까.
[03-②] 처녀를 떠올리고 슬픔을 느끼는 시간
[06-①] '당신'을 편지의 수신인으로 설정하여 친근감을 줌.

2문단 남쪽 바닷가 어떤 낡은 항구의 처녀 하나를 나는 좋아하였습니다. 머리가 까맣고 눈이 크고 코가 높고 목이 패고 키가 호리낭창하였습니다.
[06-②] 글쓴이가 좋아했던 여인과 관련된 개인적 경험

(중략)

3문단 어느 해 유월이 저물게 **실비 오는 무더운 밤**에 처음으로 그를 안 나는 여러 아름다운 것에 그를 견주어 보았습니다 — 당신께서 좋아하시는 산새에도 해오라비에도 또 진달래에도 그리고 산호에도……. 그러나 나는 어리석어서 아름다움이 닮은 것을 골라낼 수 없었습니다.

4문단 총명한 내 친구 하나가 그를 비겨서 수선이라고 하였습니다. 그제는 나도 기뻐서 그를 비겨 수선이라고 하였습니다. 그러한 나의 수선이 시들어 갑니다. 그는 스물을 넘지 못하고 또 **가슴의 병**을 얻었습니다. 이 이야기는 이만하고 나의 노란 슬픔이 더 떠오르지 않게 나는 당신의 보내 주신 맑고 고운 수선화의 폭을 치워 놓아야 하겠습니다.
[01-①] 빗대는 표현 방식
[06-②] '노란 슬픔의 이야기' 내용, 글쓴이의 개인적 경험

5문단 밤이 **아직 샐 때가** 멀고 또 복밥을 먹을 때도 아직 되지 않았습니다. 이제 나는 어머니의 바느질 그릇이 있는 데로 가서 무새 헝겊이나 얻어다가 알룩달룩한 각시나 만들면서 **이 남은 밤**을 당신께서 좋아하실 내 시골 **육보름*** 밤의 이야기나 해서 보내도 좋겠습니까.
[03-⑤] [06-③] 글쓴이가 이야기를 계속할 만한 시간, '육보름'에 대한 글쓴이의 경험을 '당신'에게 들려줌.

6문단 육보름으로 넘어서는 밤은 집집이 안간으로 사랑으로 웃간에도 맏웃간에도 다락방에도 허텅에도 고방에도 부엌에도 대문간에도 외양간에도 모두 째듯하니 불을 켜 놓고 복을 맞이하는 밤입니다. 달 밝은 마을의 행길 어데로는 **복덩이가 돌아다닐 것도 같은 밤**입니다. 닭이 수잠을 자고 개가 밤물을 먹고 도야지깃을 들썩이는 밤입니다. **새악시 처녀들**은 새 옷을 입고 복물을 긷는다고 벌을 건너기도 하고 고개를 넘기도 하여 부잣집 우물로 가서 반동이에 옹패기에 찰락찰락 물을 길어 오며 별 같은 이야기를 **자깔자깔** 하는 밤입니다. 새악시 처녀들은 또 복을 가져오노라고 달을 보고 웃어 가며 살쾡이같이 여우같이 **부잣집**으로 가서는 날쌔기도 하게 기왓골의 **기왓장을 벗겨 오**고 부엌의 솥뚜껑을 들어 오고 곱새담의 짚날을 뽑아 오고……. 이렇게 **허물없는 즐거움** 속에 **끼득깨득** 하는 그들은 산에서 내린 무슨 암짐승이 되어 버리는 밤입니다.

[06-⑤] 육보름 밤의 풍속을 하는 즐거움과 쾌감을 표현한 음성 상징어의 활용
[06-④] 축제 같은 분위기 속에서 일시적으로 용인된 행동
[06-⑤] 육보름 밤의 풍속을 하는 즐거움과 쾌감을 표현한 음성 상징어의 활용

* 육보름: 정월 대보름 다음날.

01 작품 간의 공통점 파악 답 ①

선지별 선택 비율	①	②	③	④	⑤
화작	82%	5%	3%	4%	3%
언매	90%	3%	1%	2%	1%

(가)~(다)의 공통점으로 가장 적절한 것은?

정답 띵!동!

① 빗대어 표현하는 방식으로 대상의 속성을 드러내고 있다.
→ (가) 낙엽을 낙화에, 별들을 꽃에 빗댐. (나) 길을 사람에 빗댐. (다) 처녀를 수선에 빗댐.

| (가) – 〈4연〉 고운 낙엽은 날리어 푸름 담 위로 호르르르 낙화같이 지더니라.
| (가) – 〈6연〉 나의 하늘에 별들은 쓸리며 다시 꽃과 같이 난만하여라.
| (나) – 〈2~19행〉 길은 순순히 사람들의 뜻을 좇지는 않는다 / 사람을 끌고 가다가 문득 / 벼랑 앞에 세워 낭패시키는가 하면 ~ 길이 사람을 밖에서 안으로 끌고 들어가 / 스스로를 깊이 들여다보게 한다는 것은 ~ 아는 사람에게만 길은 고분고분해서 ~ 사람들이 땀을 식히게도 한다
| (다) – 〈4문단〉 그제는 나도 기뻐서 그를 비겨 수선이라고 하였습니다.
| 뭔말?
· (가)는 '고운 낙엽'을 '낙화'에, 하늘의 '별들'을 난만한 '꽃'에 빗대어 아름다운 자연의 속성을 드러냄.
· (나)는 의인법을 활용하여 '길'을 사람에 빗대어 표현함으로써 길의 진정한 의미에 대한 깨달음을 드러냄.
· (다)는 '나'가 좋아한 '처녀'를 '수선'에 빗대어 '처녀'의 아름다움을 나타냄.

오답 땡!

② ~~과거를 회상하는 방식~~으로 현재의 의미를 나타내고 있다.
→ (나) X / (가) 어젯밤 어촌 회상 (다) 처녀의 기억, 육보름 밤 고향의 모습 회상

| (가) – 〈5연〉 어젯밤 잠자던 동해안 어촌 그 검푸른 밤하늘에 나는 장엄히 뿌리어진 허다한 바다의 별들을 보았느니.
| (다) – 〈2문단〉 남쪽 바닷가 어떤 낡은 항구의 처녀 하나를 나는 좋아하였습니다.
| (다) – 〈4문단〉 그는 스물을 넘지 못하고 또 가슴의 병을 얻었습니다.
| (다) – 〈6문단〉 육보름으로 넘어서는 밤은 ~ 허물없는 즐거움 속에 끼득깨득하는 그들은 산에서 내린 무슨 암짐승이 되어 버리는 밤입니다.
| 뭔말?
· (가)는 어젯밤 머물렀던 어촌을 회상하며 오늘 산장에서 별을 본 경험의 의미를 드러냄.
· (나)는 길'에 대한 화자의 생각을 현재형 시제로 표현하고 있을 뿐, 과거를 회상하는 방식은 나타나지 않음.
· (다)는 수선화를 통해 과거에 사랑했던 처녀를 떠올리고, '육보름 밤'의 고향의 모습을 떠올리며 슬픔과 즐거움을 환기하는 경험을 회상함.

③ ~~영탄적인 어조~~로 대상에서 촉발된 인상을 표현하고 있다.
→ (나), (다) X / (가) 감탄사 '아아' 사용

| (가) – 〈1연〉 아아 아득히 내 첩첩한 산길 왔더니라.
| 뭔말?
· (가)는 1연에서 '아아'와 같은 감탄사를 활용하여 금강산으로 가는 길이나 금강산에서 본 자연에 대한 인상을 영탄적 어조로 표현함.
· (나)와 (다)는 담담한 어조로 화자의 깨달음이나 글쓴이의 경험을 전달하고 있을 뿐, 영탄적 어조는 나타나 있지 않음.

④ ~~예스러운 종결 표현~~으로 고풍스러운 느낌을 자아내고 있다.
→ (나), (다) X / (가) '-더니라' 사용

| (가) – 〈1연〉 ~ 왔더니라
| (가) – 〈2연〉 ~ 왔더니라
| (가) – 〈3연〉 ~ 섰더니라
| (가) – 〈4연〉 ~ 지더니라
| 뭔말?
· (가)는 '– 더니라'라는 예스러운 종결 표현으로 고풍스러운 느낌을 자아냄.
· (나)는 '– 는다', '–ㄴ다', (다)는 ' – ㅂ니다' 등의 종결 표현을 사용하고 있으나, 예스러운 종결 표현은 사용하지 않음.

→ (나) X / (가) 풍설, 구월, 낙엽 (다) 유월, 육보름

⑤ ~~계절감을 드러내는 표현~~으로 ~~시간의 경과를 보여 주고 있다~~.
→ (가) ~ (다) 모두에서 찾아볼 수 없는 내용

| (가) – 〈3연〉 풍설에 깎이어 날선 봉우리
| (가) – 〈4연〉 구월 고운 낙엽
| (다) – 〈3문단〉 유월이 저물게 실비 오는 무더운 밤
| (다) – 〈5문단〉 육보름 밤의 이야기
| 뭔말?
· (가)는 '풍설', '구월', '낙엽', (다)는 '유월', '육보름' 등 계절감을 드러내는 표현을 사용하고 있으나, 이를 통해 시간의 경과를 보여 주고 있지는 않음.
· (나)에는 계절감을 드러내는 표현이 나타나 있지 않음.

02 외적 준거에 따른 작품 감상 답 ④

선지별 선택 비율	①	②	③	④	⑤
화작	2%	8%	10%	72%	6%
언매	1%	5%	7%	81%	3%

〈보기〉를 참고하여 (가), (나)를 감상한 내용으로 적절하지 않은 것은? [3점]

보기

(가)에서 화자는 금강산으로 가는 길에서 만난 자연의 모습을 자신의 내면에 투영하여 형상화하고 있다. 자연의 외적 모습을 바라보는 데 그치지 않고 주관적 대상으로 묘사하여, 화자와 자연의 정서적 교감을 드러낸다.

(나)에서 화자는 길에 대한 사람들의 생각이 자신의 관점에만 치우쳐 있어서 내면의 길을 찾지 못하고 있음을 일깨우고 있다. '밖'과 '안'을 대비하여 내적 성찰의 중요성을 이끌어 내는 길의 상징적 의미를 진술함으로써, 길에 대해 사람들이 깨달음을 얻어 가는 과정을 보여 준다.

정답 띵!동!

→ 길의 의미를 잘못 이해한 사람들과 관련됨. 내적 성찰과 호응 X

④ (나)는 '세상 사는 이치'에서, 내면의 길을 찾아내어 내적 성찰을 이끌어 낸 사람들의 생각을 담아내고 있군.

→ 길의 진정한 뜻을 알고 있는 사람들

| 〈보기〉 '밖'과 '안'을 대비하여 내적 성찰의 중요성을 이끌어 내는 길의 상징적 의미를 진술함으로써, 길에 대해 사람들이 깨달음을 얻어 가는 과정을 보여 준다.

| (나) – 〈10~15행〉 길이 사람을 밖으로 불러내어 / 온갖 곳 온갖 사람살이를 구경시키는 것도 / 세상 사는 이치를 가르치기 위해서라고 말한다 / 그래서 길의 뜻이 거기 있는 줄로만 알지 / 길이 사람을 밖에서 안으로 끌고 들어가 / 스스로를 깊이 들여다보게 한다는 것은 모른다

| 뭔말?

· '세상 사는 이치'는 길의 의미를 잘못 이해한 사람들의 생각과 관련됨.

· '내면의 길을 찾아내어 내적 성찰을 이끌어 낸 사람들' = '길이 사람을 밖에서 안으로 끌고 들어가 / 스스로를 깊이 들여다보게 한다는 것'을 아는 사람들 = 길의 진정한 의미를 아는 사람들

· 따라서 (나)의 '세상 사는 이치'는 내면의 길을 찾아내어 내적 성찰을 이끌어 낸 사람들의 생각을 담아내고 있지 못함.

오답 땡!

→ 금강산으로 가는 도중 만난 '골 길', '백화'를 묘사함.

① (가)는 '화안한 골 길'과 '백화 앙상한 사이'를 통해, 화자가 여정 속에서 만난 자연의 모습을 묘사하고 있군.

| 〈보기〉 (가)에서 화자는 금강산으로 가는 길에서 만난 자연의 모습을 ~ 형상화하고 있다.

| (가) – 〈1연〉 한낮 그 화안한 골 길을 다만 아득히 나는 머언 생각에 잠기어 왔더니라.

| (가) – 〈2연〉 백화 앙상한 사이를 바람에 백화같이 불리우며

| 뭔말?

· (가)의 화자는 금강산으로 가는 길에서 만난 자연 '골 길'과 '백화'를 각각 '화안한', '앙상한'과 같이 묘사하고 있음.

→ '장엄히'로 주관적 인상 표현

② (가)는 '바다의 별들'과 '하늘에 별들'을 통해, 화자의 내면에 투영된 자연에 대한 주관적 인상을 형상화하고 있군.

→ '꽃과 같이 난만하여라'로 주관적 인상 표현

| 〈보기〉 (가)에서 화자는 금강산으로 가는 길에서 만난 자연의 모습을 자신의 내면에 투영하여 형상화하고 있다. 자연의 외적 모습을 바라보는 데 그치지 않고 주관적 대상으로 묘사하여

| (가) – 〈5연〉 어젯밤 잠자던 동해안 어촌 그 검푸른 밤하늘에 나는 장엄히 뿌리어진 허다한 바다의 별들을 보았느니,

| (가) – 〈6연〉 이제 나의 이 오늘밤 산장에도 얼어붙는 바람 속 우러르는 나의 하늘에 별들은 쓸리며 다시 꽃과 같이 난만하여라.

| 뭔말?

· 화자는 '바다의 별들'을 장엄하다고 하고 '하늘에 별들'은 '꽃과 같이 난만하'다고 하다고 함. 이는 자연에서 받은 인상이 자신의 내면에 투영된 것임.

→ 자기들이 길을 만든 줄 아는 사람들 = 자기 관점으로만 길을 이해한 사람들 = 일깨우려는 대상

③ (나)는 '벼랑 앞에'서 '낭패'를 겪는 사람들의 상황을 보여 줌으로써, 자신의 관점으로만 길을 이해한 사람들을 일깨우려 하고 있군.

| 〈보기〉 (나)에서 화자는 길에 대한 사람들의 생각이 자신의 관점에만 치우쳐 있어서 내면의 길을 찾지 못하고 있음을 일깨우고 있다.

| (나) – 〈1~4행〉 사람들은 자기들이 길을 만든 줄 알지만 / 길은 순순히 사람들의 뜻을 좇지는 않는다 / 사람을 ~ 벼랑 앞에 세워 낭패시키는가 하면

| 뭔말?

· '벼랑 앞에'서 '낭패'를 겪는 사람들은 자신들이 길을 만들었다고 생각하는 사람들, 즉 자신의 관점으로만 길을 이해한 사람들에 해당함.

· 이들이 곤란을 겪는 상황을 보여 주는 것은 길에 대해 잘못 이해한 사람들을 일깨우려는 의도로 볼 수 있음.

→ 별들의 아름다운 모습 → 긍정적

⑤ (가)는 '꽃과 같이 난만하여라'에서, (나)는 '꽃으로 제 몸을 수놓아 향기를 더하기도 하고'에서, 대상에 대한 화자의 긍정적인 태도를 엿볼 수 있군.

→ 길의 진정한 의미를 아는 사람들을 위해 길이 스스로를 가꾸는 모습 → 긍정적

| (가) – 〈6연〉 우러르는 나의 하늘에 별들은 쓸리며 다시 꽃과 같이 난만하여라.

| (나) – 〈16~18행〉 길이 밖으로가 아니라 안으로 나 있다는 것을 / 아는 사람에게만 길은 고분고분해서 / 꽃으로 제 몸을 수놓아 향기를 더하기도 하고

| 뭔말?

· (가)의 '꽃과 같이 난만하여라'는 밤하늘을 아름답게 수놓은 별들의 모습을 형상화한 것임. 따라서 '별'에 대한 화자의 긍정적 태도를 엿볼 수 있음.

· (나)의 '꽃으로 제 몸을 수놓아 향기를 더하기도 하고'는 길의 진정한 의미를 깨달은 사람들을 위해 길이 베푸는 것으로, 스스로 아름답게 가꾸는 모습을 형상화한 것임. 따라서 '길'에 대한 화자의 긍정적 태도를 엿볼 수 있음.

03 배경의 기능 및 의미 파악 답 ⑤

선지별 선택 비율	①	②	③	④	⑤
화작	2%	4%	5%	4%	81%
언매	1%	2%	2%	2%	89%

(가), (다)에 대한 이해로 가장 적절한 것은?

정답 띵!동!

→ 화자가 아득히 먼 생각에 잠긴 시간

⑤ (가)의 '인기척 끊긴 '한낮'은 화자가 생각에 잠길 만한, (다)의 '아직 샐 때가' 먼 '이 남은 밤'은 글쓴이가 이야기를 계속할 만한 시간으로 볼 수 있다.

→ 당신께서 좋아하실 이야기를 하는 시간

| (가) – 〈1연〉 인기척 끊이고 새도 짐승도 있지 않은 한낮 그 화안한 골 길을 다만 아득히 나는 머언 생각에 잠기어 왔더니라.

| (다) – 〈1문단〉 이 긴긴 밤을 당신께 이 노란 슬픔의 이야기나 해서 보내도 좋겠습니까.

| (다) – 〈5문단〉 밤이 아직 샐 때가 멀고 ~ 이 남은 밤을 당신께서 좋아하실 내 시골 육보름 밤의 이야기나 해서 보내도 좋겠습니까.

| 뭔말?

· (가)에서 '인기척 끊긴 '한낮'은 화자가 금강산으로 가는 '첩첩한 산길'을 걷다가 '아득히', '머언 생각에 잠기'는 시간임.

· (다)의 '아직 샐 때가' 먼 '이 남은 밤'은 글쓴이가 이 시간에 당신이 좋아하실 이야기를 해도 되냐고 묻는 것으로 보아 이야기를 계속할 만한 시간임.

오답 땡!

① (가)의 '구월'은 화자의 ~~고뇌가 심화되는~~ 시간으로 볼 수 있다. (→ 자연의 아름다움을 느끼는 시간)

| (가) – 4연 구월 고운 낙엽은 날리어 푸른 담 위에 호르르르 낙화같이 지더니라

| 뭔말?

· (가)의 '구월'은 고운 낙엽이 푸른 연못 위에 낙화같이 떨어지는 아름다운 모습을 볼 수 있는 시간임.

② (다)의 '고요하니 즐거운 이 밤'은 ~~'당신'과의 재회에 대한 기대감이 고조되~~는 시간으로 볼 수 있다. (과거에 좋아했던 여인을 떠올리며 슬픔을 느끼는 시간 ←)

| (다) – 〈1문단〉 고요하니 즐거운 이 밤 초롱초롱 맑게 고인 샘물 같은 눈으로 나는 지금 당신께서 보내 주신 맑고 고운 수선화 한 폭을 들여다봅니다. ~ 노란 슬픔이 연기같이 오릅니다. 나는 이제 이 긴긴 밤을 당신께 이 노란 슬픔의 이야기나 해서 보내도 좋겠습니까.

| (다) – 〈2문단〉 남쪽 바닷가 어떤 낡은 항구의 처녀 하나를 나는 좋아하였습니다.

| 뭔말?

· (다)의 '고요하니 즐거운 이 밤'에 글쓴이는 당신이 보내 준 '수선화 한 폭'을 보며 좋아했던 '낡은 항구의 처녀'를 떠올리며 슬픔을 느끼고 있을 뿐, 당신과의 만남을 기대하고 있지 않음.

③ (가)의 '어젯밤'은 화자가, (다)의 '복덩이가 돌아다닐 것도 같은 밤'은 글쓴이가 ~~고독감~~을 느끼는 시간으로 볼 수 있다. (→ (가) 장엄함 (나) 기대감)

| (가) – 〈5연〉 어젯밤 잠자던 동해안 어촌 그 검푸른 밤하늘에 나는 장엄히 뿌리어진 허다한 바다의 별들을 보았느니,

| (다) – 〈6문단〉 육보름으로 넘어서는 밤은 집집이 안간으로 사랑으로 웃간에도 맏웃간에도 ~ 외양간에도 모두 째듯하니 불을 켜 놓고 복을 맞이하는 밤입니다. 달 밝은 마을의 행길 어데로는 복덩이가 돌아다닐 것도 같은 밤입니다.

| 뭔말?

· (가)의 '어젯밤'에 화자는 어촌에서 별이 뜬 모습을 보고 장엄함을 느꼈을 뿐, 고독감을 느끼지는 않았음.

· (다)의 '복덩이가 돌아다닐 것도 같은 밤'은 과거 고향에서의 시간으로, 글쓴이는 육보름으로 넘어갈 때 복을 맞을 것 같은 기대감으로 들떠 있었지, 고독감을 느끼지는 않았음.

④ (가)의 '오늘밤'은 화자가 ~~고향에 대한 기억을 되살리는~~, (다)의 '실비 오는 무더운 밤'은 글쓴이가 ~~지난날을 후회하는 계기~~로 볼 수 있다. (→ 산장에서 별을 보며 자연의 아름다움을 느끼는 시간 / → 과거에 좋아했던 여인을 처음 만난 날, 후회의 감정 X)

| (가) – 〈6연〉 이제 나의 이 오늘밤 산장에도 얼어붙는 바람 속 우러르는 나의 하늘에 별들은 쓸리며 다시 꽃과 같이 난만하여라.

| (다) – 〈3문단〉 어느 해 유월이 저물게 실비 오는 무더운 밤에 처음으로 그를 안 나는 여러 아름다운 것에 그를 견주어 보았습니다.

| 뭔말?

· (가)의 '오늘밤'에 화자는 산장에서 밤하늘에 가득한 별을 보고 있을 뿐, 고향을 떠올리고 있지 않음.

· (다)의 '실비 오는 무더운 밤'은 글쓴이가 좋아했던 '낡은 항구의 처녀'를 처음 알게 된 날로, 글쓴이가 그녀와의 만남을 후회하는 내용은 나타나 있지 않음.

04 표현상 특징 파악 답 ⑤

선지별 선택 비율	①	②	③	④	⑤
화작	3%	4%	6%	2%	83%
언매	1%	2%	3%	1%	90%

(가)에 대한 이해로 적절하지 않은 것은?

정답 띵!동!

⑤ 5연의 '동해안'과 6연의 '산장'이라는 ~~공간의 대조~~를 통해, ~~장소의 이동에 따른 화자의 태도 변화~~를 부각하고 있다. (→ 대조 X, 자연의 아름다움을 체험하는 유사한 성격의 공간 / → 화자의 태도 변화 X)

| (가) – 〈5연〉 어젯밤 잠자던 동해안 어촌 그 검푸른 밤하늘에 나는 장엄히 뿌리어진 허다한 바다의 별들을 보았느니

| (가) – 〈6연〉 나의 하늘에 별들은 쓸리며 다시 꽃과 같이 난만하여라.

| 뭔말?

· '동해안'과 '산장'은 모두 화자가 밤하늘의 별을 보며 자연의 아름다움을 체험하는 공간이라는 점에서 대조된다고 볼 수 없음.

· '동해안'에서 '산장'으로의 이동은 나타나 있으나, 이에 따른 화자의 태도 변화는 나타나지 않음. 화자는 두 곳에서 모두 별, 즉 자연에 대한 긍정적 태도를 드러냄.

오답 땡!

① 1연에서 '아득히', '왔더니라'를 반복하여, '첩첩한 산길'과 '머언 생각에 잠기'는 화자의 내면을 조응시키고 있다. (→ 화자가 먼 곳에서 왔음을 강조함.)

| (가) – 〈1연〉 아아 아득히 내 첩첩한 산길 왔더니라. 인기척 끊이고 새도 짐승도 있지 않은 한낮 그 화안한 골 길을 다만 아득히 나는 머언 생각에 잠기어 왔더니라.

| 뭔말?

· '아득히', '왔더니라'를 반복한 것은 화자가 먼 곳에서 금강산을 찾아왔다는 것을 강조하기 위해서임. 이러한 화자의 긴 여정은 금강산으로 가기까지 '첩첩한 산길'을 거치며 오랜 시간 '머언 생각에 잠기어' 있는 화자의 내면과 조응됨.

② 2연의 '물소리에 흰 돌 되어 씻기우며'에서, 자연과의 관계에서 느끼는 화자의 정서를 드러내고 있다. (→ 자연 / → 화자)

| (가) – 〈2연〉 물소리에 흰 돌 되어 씻기우며 나는 총총히 외롬도 잊고 왔더니라

| 뭔말?

· '물소리'는 자연을, '흰 돌'은 화자를 가리키는 말로, 자연과의 교감으로 외로움을 잊었다는 화자의 정서를 드러냄.

③ 3연의 '오래여 삭은 장목들'과 '풍설에 깎이어 날선 봉우리'를 통해, 자연의 유구함에서 풍기는 분위기를 표상하고 있다. (→ 오랜 세월 동안 형성된 것들, 자연의 유구함과 연결)

| (가) – 〈3연〉 살다가 오래여 삭은 장목들 흰 팔 벌리고 서 있고 풍설에 깎이어 날선 봉우리 훌 훌 훌 창천에 흰 구름 날리며 섰더니라

| 뭔말?

· '오래여 삭은 장목들'과 '풍설에 깎이어 날선 봉우리'는 오랜 시간에 걸쳐 만들어진 것으로, 자연의 유구함에서 풍기는 장엄한 분위기를 나타냄.

④ 3연의 '훌 훌 훌', 4연의 '쏴아', '호르르르'와 같은 표현으로, 자연의 풍경을 생동감 있게 형상화하고 있다. (→ 음성 상징어 → 자연의 풍경을 생동감 있게 드러내는 기능)

| (가) – 〈3연〉 풍설에 깎이어 날선 봉우리 훌 훌 훌 창천에 흰 구름 날리며 섰더니라,

| (가) – 〈4연〉 쏴아 – 한종일내 – 쉬지 않고 부는 물소리 안은 바람소리 …… 구월 고운 낙엽은 날리어 푸른 담 위에 호르르르 낙화같이 지더니라.

| 뭔말?

· '훌 훌 훌'은 흰 구름이 날리는 모습을, '쏴아'는 물소리와 함께 들리는 바람소리를, '호르르르'는 낙엽이 떨어지는 모습을 생동감 있게 드러내는 음성 상징어임.

05 시구의 비교와 대조 답 ④

선지별 선택 비율	①	②	③	④	⑤
화작	6%	7%	10%	72%	2%
언매	3%	4%	6%	83%	1%

[A]~[F]에 대한 이해로 적절하지 않은 것은?

정답 띵!동!

④ [E]와 같이 ~~제 뜻을 굽혀 '사람'에게 복종하는 '길'의 모습~~은 [B]와 대비되고 있다.
↳ 길의 진정한 의미를 아는 사람에게만 보이는 길의 고분고분한 모습 ≠ 복종

| (나) – [B] 큰물에 우정 제 허리를 동강 내어 / 사람이 부득이 저를 버리게 만들기도 한다

| (나) – [E] 길이 밖으로가 아니라 안으로 나 있다는 것을 / 아는 사람에게만 길은 고분고분해서

| 뭔말?

· [B]는 길이 자신의 진정한 뜻을 모르는 사람들의 오만함을 일깨우기 위해 시련을 주는 것을 나타냄.

· [E]는 길이 안으로 나 있음을 아는, 즉 길의 참된 뜻을 아는 사람에게만 고분고분하다는 의미임. 이때의 고분고분한 태도는 길의 진정한 뜻을 아는 사람에게 혜택을 베푸려는 것을 나타낼 뿐, 길이 제 뜻을 굽히는 것이나 복종과는 다름.

오답 땡!

① [A]에서 '길'이 '사람들의 뜻'을 좇지 않는다는 진술의 구체적인 양상을 [B]에서 확인할 수 있다.
↳ 큰 물에 제 허리를 동강 내어 사람들이 길을 버리게 만듦.

| (나) – [A] 사람들은 자기들이 길을 만든 줄 알지만 / 길은 순순히 사람들의 뜻을 좇지는 않는다

| (나) – [B] 큰물에 우정 제 허리를 동강 내어 / 사람이 부득이 저를 버리게 만들기도 한다

| 뭔말?

· [B]는 '길'이 일부러 끊어짐으로써 사람들이 길을 버리게 한다는 의미임. 이는 [A]에서 '길'이 '사람들의 뜻'을 좇지 않는 구체적인 양상에 해당함.

② [B]에서의 경험을 [C]에서 '사람들'이 어떻게 수용하는지를 밝히고 있다.
(→ 길이 끊어진 상황)
↳ 사람들은 이 시련이 길이 세상 사는 슬기를 가르치기 위한 것이라고 생각함.

| (나) – [B] 큰물에 우정 제 허리를 동강 내어 / 사람이 부득이 저를 버리게 만들기도 한다

| (나) – [C] 사람들은 이것이 다 사람들이 만든 길이 / 거꾸로 사람들한테 세상 사는 / 슬기를 가르치는 거라고 말한다

| 뭔말?

· [C]에서 '사람들'은 이것이 자신들이 만든 길이 사람들에게 세상 사는 슬기를 가르치는 것이라고 말하고 있는데, 여기서 '이것'은 길이 끊어진 [B]의 상황을 가리킴.

· 따라서 [C]는 [B]에서의 경험을 수용한 생각에 해당함.

③ [C]의 '사람들'이 미처 깨닫지 못한 바가 무엇인지를 [D]에서 밝히고 있다.
(→ 길이 사람들에게 세상 사는 슬기를 가르친다고 생각함.)
↳ 길이 사람을 밖에서 안으로 끌고 들어가 스스로를 깊게 들여다보게 한다는 것

| (나) – [C] 사람들은 이것이 다 사람들이 만든 길이 / 거꾸로 사람들한테 세상 사는 / 슬기를 가르치는 거라고 말한다

| (나) – [D] 그래서 길의 뜻이 거기 있는 줄로만 알지 / 길이 사람을 밖에서 안으로 끌고 들어가 / 스스로를 깊게 들여다보게 한다는 것은 모른다

| 뭔말?

· [C]의 '사람들'은 길이 시련을 주어 자신들에게 세상 사는 슬기를 가르친다고 여김.

· [D]에서는 '사람들'의 이런 생각이 길의 뜻을 깨닫지 못하는 것임을 밝힘. '길의 뜻' = 사람을 밖에서 안으로 끌고 들어가 / 스스로를 깊게 들여다보게 한다는 것.

⑤ [F]에서 깨달음을 얻은 '사람들'의 태도는 [A]의 '사람들'의 태도와 대비되고 있다.
(→ 자기들이 길을 만들었다고 하지 않음.)
↳ 자기들이 길을 만든 줄 앎.

| (나) – [A] 사람들은 자기들이 길을 만든 줄 알지만 / 길은 순순히 사람들의 뜻을 좇지는 않는다.

| (나) – [F] 그것을 알고 나서야 사람들은 비로소 / 자기들을 길을 만들었다고 말하지 않는다.

| 뭔말?

· [F]에서 '사람들'은 자신들이 길을 만들지 않았다는 것을 깨닫게 되는데, 이는 [A]에서 자신들이 길을 만들었다고 말하는 '사람들'과 대비됨.

06 외적 준거에 따른 작품 감상 답 ③

선지별 선택 비율	①	②	③	④	⑤
화작	3%	8%	76%	7%	3%
언매	2%	5%	86%	4%	2%

〈보기〉를 참고하여 (다)를 감상한 내용으로 적절하지 않은 것은?

보기

'당신'에게 쓰는 편지 형식의 이 수필에서 글쓴이는 개인적 경험과 공동체적 경험으로 대비되는 두 가지 이야기를 들려준다. 수선화에서 연상된 이야기가 글쓴이에게 슬픔을 환기하는 기억이라면, 고향의 풍속 이야기는 일탈이 용인되는 유쾌한 축제로 그려진다. 이를 통해 독자는 슬픔과 즐거움이라는 삶의 양면성을 경험하게 된다.

정답 띵!동!

③ ~~'육보름'에 대한 '당신'과 글쓴이의 경험을 대비한 것은 삶의 양면성을 보여 주려는 의도로 볼 수 있겠군.~~
↳ 육보름에 대한 '당신'의 경험은 나타나지 않음.

| (다) – 〈5문단〉 당신께서 좋아하실 내 시골 육보름 밤의 이야기나 해서 보내도 좋겠습니다.

| 뭔말?

· 육보름과 관련한 '당신'의 경험은 찾아볼 수 없음. 글쓴이가 육보름 밤에 자신이 고향에서 경험했던 일들을 '당신'에게 이야기하고 있음.

오답 땡!

→ '당신께 ~ 보내도 좋겠습니까.'

① **글쓴이가 '당신'에게 말하는 형식으로 되어 있어 독자는 자신이 편지의 수신인이 된 것처럼 친근함을 느낄 수 있겠군.**

| 〈보기〉 '당신'에게 쓰는 편지 형식의 이 수필

| (다) - 〈1문단〉 당신께 이 노란 슬픔의 이야기나 해서 보내도 좋겠습니까.

| (다) - 〈5문단〉 당신께서 좋아하실 내 시골 육보름 밤의 이야기나 해서 보내도 좋겠습니까.

| 뭔말?

· 글쓴이는 편지의 수신인으로 '당신'을 설정하여 '당신'에게 말하는 형식으로 자신의 경험을 들려주고 있음. 이는 독자가 자신이 편지의 수신인이 된 것처럼 친근함을 느낄 수 있게 함.

② **'노란 슬픔의 이야기'는 '가슴의 병'을 얻은 여인과 관련된 개인적 경험으로 볼 수 있겠군.**

→ 글쓴이가 사랑했던 여인

| 〈보기〉 '당신'에게 쓰는 편지 형식의 이 수필에서 글쓴이는 개인적 경험과 공동체적 경험으로 대비되는 두 가지 이야기를 들려준다. 수선화에서 연상된 이야기가 글쓴이에게 슬픔을 환기하는 기억이라면

| (다) - 〈1문단〉 나는 지금 당신께서 보내 주신 맑고 고운 수선화 한 폭을 들여다봅니다. ~ 당신께 이 노란 슬픔의 이야기나 해서 보내도 좋겠습니까.

| (다) - 〈2문단〉 남쪽 바닷가 어떤 낡은 항구의 처녀 하나를 나는 좋아하였습니다.

| (다) - 〈4문단〉 그를 비겨 수선이라고 하였습니다. 그러한 나의 수선이 시들어 갑니다. 그는 스물을 넘지 못하고 또 가슴의 병을 얻었습니다.

| 뭔말?

· 글쓴이는 '당신'이 보내 준 수선화를 보며 떠올린 '노란 슬픔의 이야기'를 하고 있음. 이는 글쓴이가 사랑했던 여인이 '가슴의 병'을 얻은 것으로, 글쓴이의 개인적 경험에 해당함.

→ 육보름 밤에 새악시 처녀들이 복 맞이를 하는 행동

④ **'부잣집'의 '기왓장을 벗겨 오'는 '새악시 처녀들'의 행동은 축제 같은 분위기 속에 일시적으로 용인된 것이겠군.**

| 〈보기〉 고향의 풍속 이야기는 일탈이 용인되는 유쾌한 축제로 그려진다.

| (다) - 〈6문단〉 새악시 처녀들은 또 복을 가져오노라고 ~ 부잣집으로 가서는 날쌔기도 하게 기왓골의 기왓장을 벗겨 오고 부엌의 솥뚜껑을 들어 오고 곱새담의 짚날을 뽑아 오고……. 이렇게 허물없는 즐거움 속에 끼득깨득 하는 그들은

| 뭔말?

· '부잣집'의 '기왓장을 벗겨 오'는 등의 '새악시 처녀들'의 행동은 일탈 행위임. 이는 '허물없는 즐거움' 속에서 이루어지는 것으로 볼 때 '유쾌한 축제' 같은 분위기의 '육보름 밤'에 일시적으로 허용된 행위임.

→ 육보름 밤의 일탈된 행동을 즐기는 데서 나오는 웃음소리

⑤ **'자깔자깔', '끼득깨득'과 같은 음성 상징어에서 '새악시 처녀들'의 '허물없는 즐거움'과 쾌감을 느낄 수 있겠군.**

→ 별 같은 이야기를 나누는 소리

| 〈보기〉 고향의 풍속 이야기는 일탈이 용인되는 유쾌한 축제로 그려진다.

| (다) - 〈6문단〉 새악시 처녀들은 새 옷을 입고 복물을 긷는다고 ~ 별 같은 이야기를 자깔자깔하는 밤입니다. ~ 이렇게 허물없는 즐거움 속에 끼득깨득 하는 그들은 산에서 내린 무슨 암짐승이 되어 버리는 밤입니다.

| 뭔말?

· '자깔자깔'은 복물을 길으며 나누는 이야기 소리이고, '끼득깨득'은 육보름 밤에 일탈 행위를 하며 웃는 소리임. 즉, 이 음성 상징어들은 '육보름 밤'의 풍속을 즐기고 있는 '새악시 처녀들'의 '허물없는 즐거움'과 쾌감을 감각적으로 표현한 것임.

갈래 복합 09

2023학년도 6월 모의평가

01 ⑤	02 ②	03 ②
04 ①	05 ①	06 ②

(가) 황희, 「사시가」

EBS 연결 고리

비연계

해제 이 작품은 계절의 변화에 따른 자연의 모습과 함께 그 속에서 살아가는 삶과 흥취를 드러낸 연시조이다. '봄 – 여름 – 가을 – 겨울'이라는 시간의 흐름에 따른 순행적 구성과 대구법, 설의법 등을 사용하여, 화자의 자연 친화적 태도와 자연에서의 삶에 대한 만족감을 효과적으로 드러내고 있다.

주제 자연의 사계절 모습 및 그 속에서 살아가는 삶과 풍류

짜임

제1수	봄날의 분주한 일상
제2수	여름날의 유유자적한 삶
제3수	가을날 농촌의 풍요로움과 흥겨움
제4수	겨울날의 고요한 정취

제1수 강호에 봄이 드니 이 몸이 일이 많다
[01-⑤] 시간을 나타내는 표현
나는 그물 깁고 아이는 밭을 가니
뒷 뫼에 엄기는 약을 **언제** 캐려 하나니
[04-②] 앞으로도 해야할 일이 많은 상황

강호에 봄이 오니 이 몸이 할 일이 많다
나는 그물을 깁고 아이는 밭을 가니
뒷산에 싹 트는 약초를 언제 캐려 하는가

제2수 삿갓에 도롱이 입고 세우(細雨) 중에 호미 메고
[02-②] 인물의 행위에 대한 순차적 나열
산전을 흩매다가 **녹음**에 누웠으니
[04-①] 녹음 - 일을 하다 쉬는 공간, 평온한 분위기
목동이 우양을 몰아다가 **잠든 나**를 깨와다
[04-④] 전원에서의 한가로운 삶

삿갓 쓰고 도롱이 입고 가랑비 내리는 중에 호미를 메고
산에 있는 밭에서 김을 매다가 나무 그늘 아래 누웠으니
목동이 소와 양을 몰아다가 잠든 나를 깨우는구나

제3수 대추 볼 붉은 골에 밤은 어이 떨어지며
[02-④] 가을의 풍경을 대등하게 연결함.
벼 벤 그루에 게는 어이 내리는고
술 익자 체 장수 **돌아가니** 아니 먹고 어이리
[04-⑤] 익은 술을 맛보게 될 상황에 대한 기대감

대추가 붉게 익은 골짜기에 밤은 어찌 떨어지며
벼를 벤 그루터기에 게는 어찌 내려가는가
술이 익자 체 장수가 (체를 팔고) 돌아가니 (술을) 아니 먹고 어찌하겠는가

제4수 뫼에는 **새** 다 긏고 들에는 갈 이 없다
[02-⑤] [04-③] 새 - 겨울의 적막한 분위기를 드러내는 대상, 정적인 분위기
외로운 배에 삿갓 쓴 **저 늙은이**
[06-①, ②] 전원에서 한가로운 삶을 즐기는 인물
낚대에 맛이 깊도다 눈 깊은 줄 아는가

산에는 새가 그치고 들에는 가는 사람이 없다

외로운 배에 삿갓 쓴 저 늙은이

낚시하는 재미에 빠졌구나. 눈이 많이 내린 줄은 아는가

(나) 조우인, 「자도사」

EBS 연결 고리

2023학년도 수능특강 문학 059쪽

해제 이 작품은 임금에게 버림받아 감옥살이를 하는 신하의 애절한 심정을 사랑하는 남녀 관계에 빗대어 노래한 가사이다. 제목에서 '자도'는 '스스로 애도하다.'라는 뜻인데, 이는 역모 사건에 휘말려 억울한 심정과 자신의 처지가 어떻게 될지 모르는 상황에서도 임금에 대한 변함없는 마음을 드러낸 것이라 할 수 있다.

주제 임금에 대한 변함없는 충정

짜임

서사	임을 그리워하는 마음
본사 1	임과 이별한 슬픔
본사 2	임에게 자신의 억울함을 토로함.
결사	임에 대한 원망

본사 2 건곤이 얼어붙어 삭풍이 몹시 부니

하루 쬔다 한들 열흘 추위 어찌할꼬

은침을 빼내어 **오색실** 꿰어 놓고
[06-③] 임금에 대한 충심

임의 터진 옷을 깁고자 하건마는

㉠ 천문구중(天門九重)에 갈 길이 아득하니
[01-④] [03-①] 초월적 공간 설정, 임과의 만남에 대한 비관적 인식

아녀자 깊은 정을 임이 **언제** 살피실꼬
[04-②] 임과 만나게 될 미래의 상황 전개

㉡ 음력 섣달 거의로다 새봄이면 늦으리라
[03-②] 새봄을 맞이하기 전 임의 옷을 기우려는 마음

동짓날 자정이 지난밤에 **돌아오니**
[01-⑤] 시간을 나타내는 표현

만호천문(萬戶千門)이 차례로 연다 하되

자물쇠를 굳게 잠가 **동방(洞房)**을 닫았으니
[04-①, ⑤] 동방 - 화자가 외로움을 느끼는 공간, 암울한 분위기, 세상과 단절된 상황

눈 위에 서리는 얼마나 녹았으며

뜰 가의 매화는 몇 송이 피었는고

하늘과 땅이 얼어붙어 찬 바람이 몹시 부니

(햇볕을) 하루 쬔다 한들 열흘의 추위를 어찌할 것인가

은 바늘을 빼내어 오색실을 꿰어 놓고

임의 해진 옷을 깁고자 하건마는

임이 계신 하늘의 궁궐에 갈 길이 아득하니

아녀자의 깊은 정을 임이 언제 살피실까

음력 섣달이 거의 다가오는구나. 새봄이면 (임에게 옷을 드리기에는) 늦으리라.

동짓날 자정이 지난밤에 돌아오니

집집마다 대문을 차례로 연다 해도

(나는) 자물쇠를 굳게 잠가 침실을 닫았으니

눈 위에 내린 서리는 얼마나 녹았으며

뜰가의 매화는 몇 송이 피었는가

결사 ㉢ 간장이 다 썩어 넋조차 그쳤으니
[03-③] 임에 대한 사무친 그리움

천 줄기 원루(怨淚)는 피 되어 솟아나고

반벽청등(半壁靑燈)은 빛조차 어두워라

황금이 많으면 매부(買賦)나 하련마는

㉣ 백일(白日)이 무정하니 뒤집힌 동이에 비칠쏘냐
[03-④] 자신의 처지가 바뀔 가능성이 없다는 깨달음

평생에 쌓은 죄는 다 나의 탓이로되

언어에 공교 없고 눈치 몰라 다닌 일을

풀어서 헤여 보고 다시금 생각거든

조물주의 처분을 누구에게 물으리오

사창 매화 달에 가는 한숨 다시 짓고

㉤ 은쟁(銀箏)을 꺼내어 원곡(怨曲)을 슬피 타니
[03-⑤] 음악으로 임에 대한 원망을 표현함.

주현(朱絃) 끊어져 다시 잇기 어려워라

차라리 죽어서 **자규**의 넋이 되어
[04-③] 화자의 감정이 이입된 대상

밤마다 이화에 피눈물 울어 내어

오경에 잔월(殘月)을 섞어 **임의 잠**을 깨우리라

마음이 다 썩어 넋조차 그쳤으니

천 줄기 원망의 눈물은 피가 되어 솟아나고

벽에 걸린 푸른 등은 빛조차 어두워라

황금이 많으면 (임의 사랑을 얻기 위한) 다른 사람의 글이라도 사겠지만

밝은 태양이 무정하니 뒤집힌 동이(버림받은 나)에 비치겠는가

평생에 쌓은 죄는 다 나의 탓이로되

언어에 재주가 없고 눈치 없이 다닌 일을

곰곰이 헤아려 보고 다시금 생각하니

조물주가 내린 처분을 누구에게 물으리오.

사창에 비친 매화와 달을 보며 가는 한숨 다시 짓고

은쟁(거문고와 비슷하게 생긴 악기)을 꺼내어 원망 섞인 곡조를 슬피 타니

줄이 끊어져 다시 잇기 어렵구나

차라리 죽어서 자규(두견새)의 넋이 되어

밤마다 배꽃에 피눈물을 울어 내어

새벽에 지는 달빛을 섞어 임의 잠을 깨우리라

(다) 공선옥, 「그 시절 우리들의 집」

EBS 연결 고리

비연계

교과서 연계 정보

작가 국어 천재(이) 문학 미래엔, 좋은책, 지학

해제 이 작품은 전통적인 집에 얽힌 아름다운 기억을 '그 집'을 통해 제시하면서, 더 이상 탄생과 죽음이 존재하지 않는 오늘날 집에 대한 아쉬움을 드러내고 있다. '그 집'은 자연과 조화를 이루며 '그'와 가족이 살았던 공간으로, 뚜렷한 자연의 섭리가 있고 사람들의 삶도 명료하였다. 하지만 현대의 집은 모든 것이 불분명하고, 자연의 이치를 거스르며 살아가게 된다. 글쓴이는 전통적인 집의 역사가 어머니가 죽게 됨으로써 끝이 났다고 하면서, 현대의 집은 쓸쓸함만이 남아 있다고 아쉬워하고 있다.

주제 전통적 집에 대한 그리움과 현대의 집에서 느끼는 아쉬움

짜임

1~2문단	자연과 마찬가지로 삶이 명료했던 전통적인 '그 집'
3~4문단	모든 것이 불분명한 현대의 집에서 살아가는 '그'와 그의 아이
5~6문단	어머니의 죽음으로 역사가 끝난 '그 집'
7~8문단	쓸쓸한 현대의 우리들의 집

1문단 그 집은 **그 집 아이들**에게 작은 우주였다. 그곳에는 많은 비밀이 있었다. 자연 속에는 눈에 보이는 것 말고도 눈에 보이지 않는 무한한 비밀이 감춰져 있었다. 그는 그 집에서 크면서 자연 속에 감춰진 비밀들을 깨달아 갔다.

2문단 석양의 북새, 혹은 **낮게 깔리는 굴뚝 연기**를 보고 그는 비설거지를 했다. 그런 다음 날은 틀림없이 **비**가 올 것이므로. 비가 온 날 저녁에는 또 지렁이가 밤새 운다는 것을 그는 알고 있었다. 똑또르 똑또르 하는 지렁이 울음소리. 냄새와 소리와 맛과 색깔과 형태 들이 그 집에서는 선명했다. 모든 것들이 말이다. 왜냐하면 봄과 여름과 가을과 겨울과 아침과 낮과 저녁과 밤이 그 집에서는 뚜렷했으므로. 자연이 그러한 것처럼 사람들의 삶이 명료했다.

[05-②] '비'에 관한 비밀들을 아는 '그 집 아이들'

[01-②, ⑤] 시간을 나타내는 표현, 불분명한 현대인과 대비

3문단 이제 그 집을 떠난 그에게는 모든 것이 불분명하다. 아침과 저녁이 불분명하고 사계절이 불분명하고 오감이 불분명하다. 병원에서 태어나 수십 군데 이사를 다니고 나서 겨우 장만한 **아파트. 그 사각진 콘크리트 벽** 속에 살고 있는 **그의 아이**는 **여름에 긴팔 옷을 입고 겨울에 반팔 옷을 입**는다.

[01-②] [05-①, ③, ⑤] 명료한 자연과의 대비, 비밀들(자연의 섭리)을 알 수 없는 공간에서의 삶

[05-③, ⑤] 비밀들을 모르고 살아가는 모습, 비밀들을 알아차리는 감각을 익히지 못한 삶

4문단 돈은 은행에서 나고 먹을 것은 슈퍼에서 나는 것으로 아는 아이는, 수박이 어느 계절의 과일인지 분간하지 못하는 아이는 그래서 봄 여름 가을 겨울을 알지 못한다. 아침 저녁의 냄새와 소리와 맛과 형태와 색깔이 어떻게 다른지 알지 못한다.

[05-⑤] 비밀들을 알아차리는 감각을 익히지 못한 삶

5문단 어머니의 부음을 듣고 그는 그가 나고 성장한 그 노란 집으로 갔다. 팔 남매를 낳고 기르느라 조그마해질 대로 조그마해진 어머니는 바로 자신의 아이들을 낳았던 그 자리에 자신의 몸을 부려 놓고 있었다.

6문단 그 집, 노란 그 집에 **탄생과 죽음**이 있었다. 그 집 안주인의 죽음 이후 그 집은 적막해졌다. 아무도 그 집에 들어와 살지 않을 것이며 누구도 아이를 그 집에서 낳지 않을 것이며 그러므로 죽음 또한 그 집에서는 일어나지 않을 것이다. 그 집의 역사는 그렇게 끝이 난 것이다.

[05-④] 어머니의 죽음 후 탄생과 죽음이 사라진 '그 집'

7문단 **우리들**의 어머니의 죽음과 함께 조왕신과 성주신이 살지 않는 우리들의 집은 이제 적막하다. 더 이상의 탄생과 죽음이 없는 우리들의 집은 쓸쓸하다.

[06-⑤] 작가 개인의 경험을 확장함.

8문단 우리는 오늘 밤도 쓸쓸한 집으로 돌아들 간다.

01 작품 간의 공통점 파악

답 ⑤

선지별 선택 비율	①	②	③	④	⑤
화작	3%	11%	3%	7%	75%
언매	2%	5%	1%	4%	86%

(가)~(다)의 공통점으로 가장 적절한 것은?

정답 띵!동!

→ (가) 봄 (나) 음력 섣달, 새봄, 동짓날 자정 등
(다) 봄, 여름, 가을, 겨울, 아침, 저녁, 낮, 밤 등

⑤ 시간을 나타내는 표현을 활용하여 내용을 전개하고 있다.

| (가) – 〈제1수〉 강호에 봄이 드니
| (나) – 〈본사 2〉 음력 섣달 거의로다 새봄이면 늦으리라 / 동짓날 자정이 지난밤에 돌아오니
| (나) – 〈결사〉 밤마 다 이화에 피눈물 울어 내어 / 오경에 잔월을 섞어
| (다) – 〈2문단〉 석양의 북새 ~ 비가 온 날 저녁 ~ 봄과 여름과 가을과 겨울과 아침과 낮과 저녁과 밤
| (다) – 〈3문단〉 여름에 긴팔 옷을 입고 겨울에 반팔 옷을 입는다.
| (다) – 〈4문단〉 봄 여름 가을 겨울을 알지 못한다. 아침 저녁의 냄새와 소리와
| 뭔말?

· (가)에서는 '봄'이라는 시간을 나타내는 표현을 활용하여 봄날의 생활을 드러냄.
· (나)에서는 '음력 섣달', '새봄', '동짓날 자정', '지난밤', '밤', '오경'이라는 시간을 나타내는 표현을 활용하여 임에 대한 그리움과 억울한 심정을 드러냄.
· (다)에서는 '석양', '봄', '여름', '가을', '겨울', '아침', '낮', '저녁', '밤'이라는 시간을 나타내는 표현을 활용하여 '그 집'과 현대의 집에 대한 글쓴이의 생각을 드러냄.

오답 땡!

① ~~어조의 변화를 통해 긴장감을 조성하고 있다.~~
└→ (가)~(다) 모두 어조의 변화 X 긴장감 X

| 뭔말?

· (가)는 자연에 대한 예찬적 어조가 일관되게 나타남.
· (나)는 임을 그리워하는 애상적 어조가 일관되게 나타남.
· (다)는 과거 그 집에 살던 때를 그리워하는 회상적 어조가 일관되게 나타남.

② ~~자연과 인간의 대비를 통해 세태를 비판하고 있다.~~
└→ (가), (나) X / (다) 자연 ↔ 현대인

| (다) – 〈2문단〉 냄새와 소리와 맛과 색깔과 형태 들이 그 집에서는 선명했다. 모든 것들이 말이다. 왜냐하면 봄과 여름과 가을과 겨울과 아침과 낮과 저녁과 밤이 그 집에서는 뚜렷했으므로
| (다) – 〈3문단〉 이제 그 집을 떠난 그에게는 모든 것이 불분명하다. 아침과 저녁이 불분명하고 사계절이 불분명하고 오감이 불분명하다.
| 뭔말?

· (가)는 자연과 더불어 살아가는 인간의 모습만 드러남.
· (나)는 매화, 달 등의 자연물을 활용하고 있으나, 이 자연과 인간의 대비나 세태에 대한 비판은 나타나지 않음
· (다)는 모든 것이 뚜렷하고 명료한 자연의 모습과, 이와 달리 아침과 저녁이 불분명하고 사계절이 불분명하고 오감이 불분명한 삶을 사는 현대인의 모습을 대비함. 이를 통해 자연의 순리를 거스르며 사는 세태를 비판하고 있다고 할 수 있음.

③ ~~대상과의 문답을 통해 주제 의식을 부각하고 있다.~~ 문학 개념어(005)
└→ (가)~(다) 모두 대상과의 문답 X

| (가) – 〈제1수〉 뒷 뫼에 엄기는 약을 언제 캐려 하나니
| (가) – 〈제3수〉 술 익자 체 장수 돌아가니 아니 먹고 어이리
| (가) – 〈제4수〉 낚대에 맛이 깊도다 눈 깊은 줄 아는가
| (나) – 〈결사〉 백일(白日)이 무정하니 뒤집힌 동이에 비칠쏘냐
| 뭔말?
· (가), (나)는 물음의 형식을 활용한 설의적 표현 등이 사용되고 있지만, 대상과의 문답이 이루어진 부분은 없음.
· (다)도 대상에게 묻고 대상이 답하는 문답 형식을 찾아볼 수 없음.

④ ~~초월적 공간을 설정하여 고조된 감정을 드러내고 있다~~.
└→ (가), (다) X / (나) 천문구중

| (나) – 〈본사 2〉 천문구중에 갈 길이 아득하니
| 뭔말?
· (가)는 강호(자연)라는 현실적 공간에서의 생활을 다룸.
· (나)는 임이 계신 곳을 '천문구중'이라 하는 데서 화자가 '하늘'이라는 초월적 공간을 설정하여 자신의 고조된 감정(임에게 갈 수 없는 안타까운 마음)을 드러낸다고 할 수 있음.
· (다)는 '그 집'과 '아파트'는 인물이 살아가는 현실적 공간임.

02 시상 전개 방식의 이해 답 ②

선지별 선택 비율	①	②	③	④	⑤
화작	2%	86%	4%	3%	2%
언매	1%	92%	2%	1%	1%

(가)의 시상 전개에 대한 설명으로 가장 적절한 것은?

정답 띵!동!

② 〈제2수〉의 초장, 중장은 인물의 행위가 순차적으로 나열된 것이다.
└→ 삿갓을 씀. → 도롱이를 입음. → 호미를 멤. → 산전을 흘맴. → 녹음에 누움.

| (가) – 〈제2수〉 삿갓에 도롱이 입고 세우 중에 호미 메고 / 산전을 흘매다가 녹음에 누웠으니
| 뭔말?
· 〈제2수〉의 초장, 중장에는 화자가 삿갓에 도롱이를 입은 후 호미를 메고 나가 산전(산에 있는 밭)을 맨 후 녹음 속에 누워 있는 모습이 순차적으로 나열되어 있음.

오답 땡!

→ 초장: 봄이 와 일이 많다고 함. 중장: 열심히 일을 하는 모습
① 〈제1수〉의 초장, 중장은 ~~풍경 묘사이고~~, 종장은 ~~이에 대한 감상의 표현이다~~.
└→ 앞으로도 해야 하는 일이 많음.

| (가) – 〈제1수〉 강호에 봄이 드니 이 몸이 일이 많다 / 나는 그물 깁고 아이는 밭을 가니 / 뒷 뫼에 엄기는 약을 언제 캐려 하나니
| 뭔말?
· 〈제1수〉의 초장에서는 화자가 봄이 되어 할 일이 많다고 하고 중장에서는 화자와 아이가 분주하게 일을 하는 모습만이 제시됨. 따라서 초장과 중장에 풍경 묘사는 나타나지 않으므로 종장에서도 이에 대한 감상은 찾아볼 수 없음.

→ 삿갓에 도롱이를 입고 호미로 산전을 흘맨 다음 녹음에 누움.
③ 〈제2수〉의 초장과 중장에 있는 인물의 행위는 ~~〈제3수〉의 초장에서 그 결과로 나타난다~~.
가을의 풍요로운 풍경 → 〈제2수〉의 인물 행위와 관련 없음. ←

| (가) – 〈제2수〉 삿갓에 도롱이 입고 세우 중에 호미 메고 / 산전을 흘매다가 녹음에 누웠으니
| (가) – 〈제3수〉 대추 볼 붉은 골에 밤은 어이 떨어지며
| 뭔말?
· 〈제2수〉의 초장과 중장에서는 화자가 가랑비 속에서 도롱이를 입고 호미로 산밭을 맨 후 녹음에 누워 있는 모습이 제시됨.
· 그러나 이 행위로 인해 골짜기의 대추가 붉게 익고 밤이 떨어지는 결과가 나타나는 것은 아님.

④ 〈제3수〉의 초장의 장면은 중장과 ~~인과적 관계~~로 연결된다.
└→ 풍요로운 가을 농촌의 풍경이 대등한 관계로 연결됨.

| (가) – 〈제3수〉 대추 볼 붉은 골에 밤은 어이 떨어지며 / 벼 벤 그루에 게는 어이 내리는고
| 뭔말?
· 〈제3수〉의 초장에서는 대추가 붉게 익은 골짜기에 밤이 떨어지는 모습을, 중장에서는 벼를 벤 논의 그루터기에 게가 다니는 모습을 나타냄.
· 초장의 장면과 중장의 장면이 대등한 관계로 나열된 것이지, 원인과 결과의 관계로 연결된 것이 아님.

→ 정적인 분위기. 새와 사람이 다니지 않는 고요한 산과 들의 모습이니까!
→ 이어짐.
⑤ 〈제4수〉의 초장의 ~~동적인 분위기~~는 중장의 정적인 분위기로 ~~전환된다~~.
└→ 배를 타고 있는 늙은이의 모습 → 정적인 분위기

| (가) – 〈제4수〉 뫼에는 새 다 긏고 들에는 갈 이 없다 / 외로운 배에 삿갓 쓴 저 늙은이
| 뭔말?
· 〈제4수〉의 초장에서는 겨울의 산에 새도 보이지 않고 들에 사람도 보이지 않는 모습이 나타나 있으므로, 동적인 분위기가 아니라 오히려 정적인 분위기가 나타남.
· 중장에서는 배를 타고 있는 늙은이의 모습이 나타나 있으므로 정적인 분위기라 할 수 있음.

03 외적 준거에 따른 작품 감상 답 ②

선지별 선택 비율	①	②	③	④	⑤
화작	2%	77%	6%	4%	8%
언매	1%	84%	3%	3%	7%

〈보기〉에 따라 (나)의 ㉠~㉤을 이해한 내용으로 적절하지 않은 것은?

보기

선생님: 이 작품의 제목에 쓰인 '자도(自悼)'는 '자신을 애도한다'는 뜻으로, 죽음에 견줄 만큼의 극단적인 슬픔을 드러낸 것입니다. 이 점에 주목하여 작품을 읽어 봅시다.

정답 띵!동!

② ㉡을 통해, ~~새봄을 맞이하여 이별의 슬픔을 극복하기 위해 마음을 다잡으려 노력하고 있음~~을 알 수 있어요.
└→ 새봄을 맞이하기 전에 임의 옷을 기우려 하는 화자의 마음을 드러냄.

| (나) – 〈본사 2〉 건곤이 얼어붙어 삭풍이 몹시 부니 / 하루 쬔다 한들 열흘 추위 어찌할꼬 / 은침을 빼내어 오색실 꿰어 놓고 / 임의 터진 옷을 깁고자 하건마는 / ㉡음력 섣달 거의로다 새봄이면 늦으리라

| 뭔말?

· ㉡ 앞부분의 내용을 통해 화자는 임이 한겨울의 '열흘 추위'를 어떻게 보낼지 걱정하면서 '임의 터진 옷을 깁고자' 함을 알 수 있음.

· 따라서 ㉡의 '새봄이면 늦으리라'는 겨울이 다 지나기 전에 임의 옷을 기우려 하는 화자의 마음을 드러낸 것이지, 이별의 슬픔을 극복하기 위해 마음을 다잡는 모습이 아님.

오답 땡!

① ㉠을 통해, 임과 만날 가능성이 희박하다는 비관적 인식이 자신을 애도하게 만든 배경임을 알 수 있어요.
→ 천문구중(임이 있는 곳) = 갈 길이 아득한 곳 → 임과 만날 가능성 희박(↓)

| (나) – 〈본사 2〉 ㉠천문구중에 갈 길이 아득하니 / 아녀자 깊은 정을 임이 언제 살피실꼬

| 뭔말?

· 화자는 임이 계신 '천문구중'에 '갈 길이 아득'하다고 말하고 있으므로, ㉠에는 임과 만날 가능성이 희박하다는 비관적 인식이 담겨 있다고 할 수 있음.

· 따라서 ㉠을 통해, 〈보기〉에 제시된 '자신을 애도한다'의 배경이 임과 만날 가능성이 희박하다는 비관적 인식 때문임을 알 수 있음.

→ 간장이 다 썩어 넋조차 그쳤으니: 그리움, 슬픔의 과장된 표현

③ ㉢을 통해, 임에 대한 사무치는 그리움이 너무나 커서 자신을 애도할 수밖에 없는 상황임을 알 수 있어요.

| (나) – 〈결사〉 ㉢간장이 다 썩어 넋조차 그쳤으니

| 뭔말?

· 화자는 임에 대한 생각으로 간장이 다 썩고 넋조차 사라졌다고 말하고 있으므로, ㉢에는 임에 대한 사무치는 그리움이 드러난다고 할 수 있음.

· 〈보기〉에서 '자도'는 자신을 애도할 만큼의 극단적인 슬픔을 드러낸다고 함.

· 따라서 ㉢을 통해, 임에 대한 사무치는 그리움이 너무나 커서 자신을 애도할 수밖에 없는 상황임을 알 수 있음.

→ 백일

④ ㉣을 통해, 무정한 임 때문에 자신의 처지가 바뀔 가능성이 없음을 깨닫고 좌절감을 느끼고 있음을 알 수 있어요.
→ 뒤집힌 동이 = 화자 '~에 비칠쏘냐' = 비치지 않음. → 바뀔 가능성 X

| (나) – 〈결사〉 ㉣백일이 무정하니 뒤집힌 동이에 비칠쏘냐

| 뭔말?

· ㉣에서 '백일'은 임을 비유한 표현이고, '뒤집힌 동이'는 화자의 처지를 비유한 표현임.

· ㉣의 '비칠쏘냐'는 백일이 무정하여 뒤집힌 동이에 비치지 못한다는 설의적 표현으로, 이를 통해 화자는 '무정'한 임 때문에 자신의 처지가 바뀔 가능성이 없음을 깨닫고 좌절감을 느끼고 있음을 알 수 있음.

→ 원곡(= 원망하는 마음을 담은 곡조)을 연주함.

⑤ ㉤을 통해, 임을 향한 원망의 마음을 음악으로 표현하여 내면의 슬픔을 토로하고 있음을 알 수 있어요.

| (나) – 〈결사〉 ㉤은쟁을 꺼내어 원곡을 슬피 타니

| 뭔말?

· ㉤의 '은쟁'은 악기이고 '원곡'은 원망하는 마음을 담은 곡조이므로, ㉤은 임에 대한 원망을 음악으로 표현한 화자의 모습을 드러낸 것임.

· 따라서 ㉤을 통해, 화자가 임을 향한 원망의 마음을 음악으로 표현하면서 내면의 슬픔을 토로하고 있음을 알 수 있음.

04 시어의 의미와 기능 파악 답 ①

선지별 선택 비율	①	②	③	④	⑤
화작	79%	3%	10%	3%	2%
언매	87%	2%	6%	1%	2%

(가)와 (나)의 시어에 대한 이해로 가장 적절한 것은?

정답 띵!동!

→ 녹음 = 화자가 일을 하다가 쉬는 곳 → 평온한 분위기와 연결

① (가)의 '녹음'은 평온한 분위기의, (나)의 '동방'은 암울한 분위기의 장소이다.
→ 동방 = 화자가 외로움을 느끼는 곳 → 암울한 분위기와 연결

| (가) – 〈제2수〉 산전을 흩매다가 녹음에 누웠으니

| (나) – 〈본사 2〉 자물쇠를 굳게 잠가 동방을 닫았으니 / 눈 위에 서리는 얼마나 녹았으며 / 뜰 가의 매화는 몇 송이 피었는고

| 뭔말?

· (가)의 녹음'은 화자가 '산전을 흩매다가' 쉬기 위해서 누워 있는 자연 속 공간이므로 평온한 분위기의 장소라고 볼 수 있음.

· (나)의 '동방'은 세상과 단절된 채 살아가는 화자가 있는 곳임. 임의 부재로 인해 그리움과 외로움을 느끼는 공간이므로 암울한 분위기의 장소라고 볼 수 있음.

오답 땡!

→ 약을 캐야 하는 시기

② (가)의 '언제'는 미래의 어느 시기를, (나)의 '언제'는 ~~과거의 어느 시기~~를 가리킨다.
미래의 어느 시기임. 언제 = 임이 화자의 깊은 정을 알아 살피실 때

| (가) – 〈제1수〉 뒷 뫼에 엄기는 약을 언제 캐려 하나니

| (나) – 〈본사 2〉 아녀자 깊은 정을 임이 언제 살피실꼬

| 뭔말?

· '캐려 하나니'로 볼 때, (가)의 '언제'는 약을 캐야 하는 미래의 어느 시기임.

· '살피실꼬'로 볼 때, (나)의 '언제'는 임이 화자를 살피게 되는 미래의 어느 시기임.

→ 겨울의 적막한 분위기를 드러내는 대상일 뿐, 감정 이입 X

③ (가)의 '~~새~~'와 (나)의 '자규'는 모두 화자의 감정이 이입된 대상물이다.
→ 자규 = 화자가 죽어서 되고 싶은 존재 → 화자의 한과 슬픔이 이입됨.

문학 개념어(006)

| (가) – 〈제4수〉 뫼에는 새 다 긏고 들에는 갈 이 없다

| (나) – 〈결사〉 차라리 죽어서 자규의 넋이 되어 / 밤마다 이화에 피눈물 울어 내어

| 뭔말?

· (가)의 '뫼에는 새 다 긏고'는 '새'도 찾아보기 어려운 겨울 산의 상황을 드러낼 뿐이며, 여기서 '새'를 화자의 감정이 이입된 자연물로 볼 수 없음.

· (나)의 화자는 자규의 넋이 되어서 밤마다 피눈물을 울어 내려 하고 있으므로, '자규'는 화자의 감정이 이입된 자연물로 볼 수 있음.

④ ~~(가)의 '잠든 나'의 '잠'과 (나)의 '임의 잠'은 모두 꿈을 통해서라도 소망을 실현하기 위한 매개이다.~~
→ (가), (나) 모두 소망 실현을 위한 매개가 아님.

| (가) – 〈제2수〉 산전을 흩매다가 녹음에 누웠으니 / 목동이 우양을 몰아다가 잠든 나를 깨와다

| (나) – 〈결사〉 차라리 죽어서 자규의 넋이 되어 / 밤마다 이화에 피눈물 울어 내어 / 오경에 잔월을 섞어 임의 잠을 깨우리라

| 뭔말?

· (가)의 화자가 산밭을 매다가 녹음에 누워 잔 것이므로 '잠든 나'에서 '잠'은 전원

속에서의 화자의 한가로운 삶을 보여 주는 것임. 소망을 실현하기 위한 매개와는 관련 없음.

· (나)의 '임의 잠'은 화자가 자규의 넋이 되어 피눈물을 울어 내어서 깨우고자 하는 것으로, 소망을 실현하기 위한 매개로 볼 수 없음.

→ 체 장수가 술 거르는 체를 팔고 돌아감. → 익은 술을 맛 보는 데 대한 기대감과 연결

⑤ (가)의 '돌아가니'와 ~~(나)의 '돌아오니'는~~ 모두 화자가 새로운 상황에 기대감을 갖는 계기이다.

→ 동짓날 자정이 돌아오자 동방을 닫는 상황 → 새로운 상황에 대한 대한 기대감 X

| (가) – 〈제3수〉 술 익자 체 장수 돌아가니 아니 먹고 어이리

| (나) – 〈본사 2〉 동짓날 자정이 지난밤에 돌아오니 / 만호천문이 차례로 연다 하되 / 자물쇠를 굳게 잠가 동방을 닫았으니

| 뭔말?

· (가)에서 '아니 먹고 어이리'를 통해 볼 때, 체 장수가 '돌아가니'는 익은 술을 맛보게 될 새로운 상황에 대해 화자가 기대감을 갖는 계기가 될 수 있음.

· (나)의 화자는 동짓날 자정이 돌아오자 대문을 여는 사람들과 달리 자물쇠를 굳게 잠가 동방을 닫고 있으므로, 동짓날 자정이 '돌아오니'는 새로운 상황에 대한 기대감을 갖게 하는 계기가 될 수 없음.

05 작품의 내용 이해

답 ①

선지별 선택 비율	①	②	③	④	⑤
화작	56%	11%	7%	13%	11%
언매	66%	9%	4%	11%	8%

비밀들을 중심으로 (다)를 이해한 내용으로 적절하지 않은 것은?

정답 띵! 동!

① '그 집'을 떠난 후 그의 오감이 불분명한 것은 ~~비밀들이 그의 '아파트'에 감춰져 있기 때문이다.~~

→ 자연 속에 감춰진 비밀들을 깨달을 수 있는 공간

→ 비밀들을 알 수 없는 공간

| (다) – 〈1문단〉 자연 속에는 눈에 보이는 것 말고도 눈에 보이지 않는 무한한 비밀이 감춰져 있었다. 그는 그 집에서 크면서 자연 속에 감춰진 비밀들을 깨달아 갔다.

| (다) – 〈2문단〉 봄과 여름과 가을과 겨울과 아침과 낮과 저녁과 밤이 그 집에서는 뚜렷했으므로, 자연이 그러한 것처럼 사람들의 삶이 명료했다.

| (다) – 〈3문단〉 이제 그 집을 떠난 그에게는 모든 것이 불분명하다. 아침과 저녁이 불분명하고 사계절이 불분명하고 오감이 불분명하다. ~ 겨우 장만한 아파트.

| 뭔말?

· '그 집'은 자연 속에 감춰진 비밀들을 깨달을 수 있는 공간임.

· 이때 '비밀들'은 '그 집'에서 살아가면서 '그'가 깨달은 자연이 지니고 있는 것, 즉 뚜렷하고 명료한 자연의 섭리를 의미함.

· '아파트'는 모든 것이 뚜렷하고 명료한 자연과 달리 모든 것이 불분명한 공간이므로, 그런 '비밀들'을 알 수 없는 공간임. 따라서 비밀들이 그의 '아파트'에 감춰져 있다고 이해한 내용은 적절하지 않음.

오답 땡!

② '그 집 아이들'은 '그 집'에서 '낮게 깔리는 굴뚝 연기'에 감춰진 '비'에 관한 비밀들을 깨달을 수 있었다.

→ 굴뚝에 연기가 낮게 깔리면 비가 온다는 것

| (다) – 〈1문단〉 그 집은 그 집 아이들에게는 작은 우주였다. ~ 그는 그 집에서 크면서 자연 속에 감춰진 비밀들을 깨달아 갔다.

| (다) – 〈2문단〉 석양의 북새, 혹은 낮게 깔리는 굴뚝 연기를 보고 그는 비설거지를 했다. 그런 다음 날은 틀림없이 비가 올 것이므로.

| 뭔말?

· '비밀들'은 자연의 섭리를 가리키는 것으로, '그 집'에서 자라면서 '그 집 아이들'은 굴뚝 연기가 낮게 깔리면 다음 날 비가 온다는 비밀을 알게 되었음.

→ 자연의 섭리(= 비밀들)를 모르고 살아가는 모습

③ '그의 아이'가 '여름에 긴팔 옷을 입고 겨울에 반팔 옷을 입는' 것은 비밀들을 모르고 살아가는 모습을 보여 준다.

| (다) – 〈3문단〉 사계절이 불분명하고 오감이 불분명하다. ~ 그 사각진 콘크리트 벽 속에 살고 있는 그의 아이는 여름에 긴팔 옷을 입고 겨울에 반팔 옷을 입는다.

| 뭔말?

· '그의 아이'가 여름에 긴팔 옷을 입고 겨울에 반팔 옷을 입는 것은 사계절이 불분명한 아파트에서의 삶을 나타낸 것임. 이것은 자연의 섭리를 거스르는, 즉 비밀들을 모르고 살아가는 모습과 연결됨.

④ '그 집'의 역사가 어머니의 죽음 후 끝났다고 한 것은 비밀들과 함께할 사람들의 '탄생과 죽음'이 사라졌기 때문이다.

→ 아무도 그 집에서 아이를 낳지 않을 것이며(탄생), 죽음도 일어나지 않을 것이기 때문임.

| (다) – 〈6문단〉 그 집, 노란 그 집에 탄생과 죽음이 있었다. 그 집 안주인의 죽음 이후 그 집은 적막해졌다. 아무도 그 집에 들어와 살지 않을 것이며 누구도 아이를 그 집에서 낳지 않을 것이며 그러므로 죽음 또한 그 집에서는 일어나지 않을 것이다. 그 집의 역사는 그렇게 끝이 난 것이다.

| 뭔말?

· '그 집'은 자연에 대한 비밀들을 알 수 있는 공간이면서 탄생과 죽음이 있는 공간임.

· 그런데 어머니가 돌아가신 후 아무도 그 집에서 살지 않아 누구도 그 집에서 아이를 낳지 않을 것이고 죽음도 일어나지 않을 것이라고 함.

· 따라서 '그 집'의 역사가 끝났다고 한 것은 비밀들과 함께할 사람들의 '탄생과 죽음'이 '그 집'에서 더 이상 일어나지 않기 때문이라고 볼 수 있음.

→ 아파트 = 비밀들을 알 수 없는 공간, 불분명한 공간

⑤ '그 사각진 콘크리트 벽 속'에 사는 '그의 아이'는 비밀들을 알아차릴 줄 아는 감각을 익히지 못해 삶이 불분명하다.

→ 아파트에서는 익힐 수 없는 감각과 그 결과

| (다) – 〈3문단〉 그 집을 떠난 그에게는 모든 것이 불분명하다. 아침과 저녁이 불분명하고 사계절이 불분명하고 오감이 불분명하다. ~ 그 사각진 콘크리트 벽 속에 살고 있는 그의 아이는 여름에 긴팔 옷을 입고 겨울에 반팔 옷을 입는다.

| (다) – 〈4문단〉 돈은 은행에서 나고 먹을 것은 슈퍼에서 나는 것으로 아는 아이는, 수박이 어느 계절의 과일인지 분간하지 못하는 아이는 그래서 봄 여름 가을 겨울을 알지 못한다. 아침 저녁의 냄새와 소리와 맛과 형태와 색깔이 어떻게 다른지 알지 못한다.

| 뭔말?

· '그 사각진 콘크리트 벽 속'은 아파트를 가리킴. 아파트에서의 삶에 대해 글쓴이는 '아침과 저녁이 불분명하고 사계절이 불분명하고 오감이 불분명'한 삶이라 함.

· '그의 아이'는 철에 맞지 않는 옷을 입고 수박이 어느 계절의 과일인지 분간하지 못하며 아침 저녁의 느낌도 알지 못한다고 함.

· 따라서 아파트에서 살고 있는 '그의 아이'는 자연의 섭리인 '비밀들'을 알아차릴 줄 아는 감각을 익히지 못해 삶이 불분명하다고 볼 수 있음.

06 외적 준거에 따른 작품 감상 답 ②

선지별 선택 비율	①	②	③	④	⑤
화작	4%	66%	6%	12%	10%
언매	3%	76%	4%	8%	7%

〈보기〉를 참고하여 (가)~(다)를 감상한 내용으로 적절하지 않은 것은? [3점]

보기

시조, 가사, 수필에서 작가는 대개 1인칭으로 나타나므로 작가 정보를 활용하면 작품을 더 풍부하게 해석할 수 있다. 그런데 작가는 자신을 다른 인물로 상정하여 표현하기도 한다. 이 경우에도 작가를 그 인물에 투영해서 읽을 수 있다. (가)는 작가가 나이 들어 벼슬에서 물러나 전원에서 생활하며 지은 시조라는 점, (나)는 작가가 임금에게 충언하는 시를 쓴 죄로 옥에 갇혔을 때 지은 가사라는 점, (다)는 작가가 시골에서 성장한 경험을 반영하여 쓴 수필이라는 점을 고려하여 작품을 해석할 수 있다.

정답 띵! 동!

② (가)의 '저 늙은이'가 작가가 아니라면, 〈제4수〉는 '낚대'의 깊은 맛에 몰입하며 ~~나와는 달리~~ 한가롭게 지내는 인물에 대한 ~~심리적 거리감을 드러낸 것~~이겠군. 저 늙은이와 '나'는 모두 자연 속에서의 삶을 즐기는 인물. 동질감을 느낄 듯.

| 〈보기〉 작가는 자신을 다른 인물로 상정하여 표현하기도 한다. 이 경우에도 작가를 그 인물에 투영해서 읽을 수 있다. (가)는 작가가 나이 들어 벼슬에서 물러나 전원에서 생활하며 지은 시조라는 점

| (가) – 〈제4수〉 외로운 배에 삿갓 쓴 저 늙은이 / 낚대에 맛이 깊도다 눈 깊은 줄 아는가

| 뭔말?

· '저 늙은이'가 작가가 아니라면 〈제4수〉는 작가가 낚시의 깊은 맛에 몰입한 '늙은이'를 보면서 겨울날 낚시를 하는 한가한 정취를 노래한 것이라고 볼 수 있음.

· 그런데 〈보기〉로 보아 (가)의 작가는 은퇴 후 전원에서 생활하고 있으므로 화자가 자신과 달리 한가롭게 지내는 '저 늙은이'에게 심리적 거리감이 아니라, 오히려 동질감을 느낄 것임.

오답 땡!

낚시의 깊은 맛에 몰입한 인물

① (가)의 '저 늙은이'가 작가라면, 전체적으로 이 작품은 연로한 작가가 느끼는 전원생활의 흥취를 드러낸 것이겠군.

| 〈보기〉 (가)는 작가가 나이 들어 벼슬에서 물러나 전원에서 생활하며 지은 시조라는 점

| (가) – 〈제4수〉 외로운 배에 삿갓 쓴 저 늙은이 / 낚대에 맛이 깊도다 눈 깊은 줄 아는가

| 뭔말?

· 〈보기〉에서 (가)는 작가가 나이가 들어 전원에서 생활하며 지은 시조라고 함.

· 따라서 (가)의 '저 늙은이'를 작가로 본다면 (가)는 연로한 작가가 전원 속에서 느끼는 한가로운 삶에 대한 흥취를 드러낸 것으로 볼 수 있음.

③ (나)의 '아녀자'가 작가라면, 이 작품은 '은침'과 '오색실'로 '임의 터진 옷'을 깁는 상황을 설정하여 임금에 대한 곧은 충심을 표현한 것이겠군.

임(임금)을 위해 마음과 정성을 다하는 모습

| 〈보기〉 (나)는 작가가 임금에게 충언하는 시를 쓴 죄로 옥에 갇혔을 때 지은 가사라는 점

| (나) – 〈본사 2〉 은침을 빼내어 오색실 꿰어 놓고 / 임의 터진 옷을 깁고자 하건마는 ~ 아녀자 깊은 정을 임이 언제 살피실꼬

| 뭔말?

· 〈보기〉에서 (나)는 작가가 임금에게 충언하는 시를 쓴 죄로 옥에 갇혔을 때 지은 가사라고 함.

· 따라서 (나)의 '아녀자'를 작가로 볼 경우, '은침'과 '오색실'로 '임의 터진 옷'을 깁는 화자의 모습은 임금에 대한 작가의 곧은 충성심을 표현한 것으로 볼 수 있음.

모든 것이 명료했던 '그 집'에서의 삶과 '그 집'을 떠난 후 모든 것이 불분명한 삶

④ (다)의 '그'가 작가라면, 이 작품은 '그 집'에서 성장하고 떠났던 자신의 경험을 타인의 것처럼 전달함으로써 개인적인 경험에 거리를 두고 객관화하여 표현한 것이겠군.

| 〈보기〉 (다)는 작가가 시골에서 성장한 경험을 반영하여 쓴 수필이라는 점

| (다) – 〈1문단〉 그는 그 집에서 크면서 자연 속에 감춰진 비밀들을 깨달아 갔다.

| (다) – 〈3문단〉 이제 그 집을 떠난 그에게는 모든 것이 불분명하다.

| 뭔말?

· 〈보기〉에서 (다)는 작가가 시골에서 성장한 경험을 반영하여 쓴 수필이라고 함.

· 따라서 (다)의 '그'를 작가로 볼 경우, 작가는 자신을 타자화한 '그'를 통해 '그 집'에서 성장하고 떠났던 자신의 경험을 타인의 것처럼 전달하고 있다고 할 수 있음.

'그'의 이야기 → '우리들'의 이야기

⑤ (다)의 '우리들'에 작가 자신이 포함되므로, 이 작품은 작가 자신의 개인적 경험을 확장하여 유사한 경험을 가진 독자들의 공감을 이끌어 내려 한 것이겠군.

| (다) – 〈3문단〉 이제 그 집을 떠난 그에게는 모든 것이 불분명하다.

| (다) – 〈5문단〉 어머니의 부음을 듣고 그는 그가 나고 성장한 그 노란 집으로 갔다.

| (다) – 〈6문단〉 그 집 안주인의 죽음 이후 그 집은 적막해졌다.

| (다) – 〈7문단〉 우리들의 어머니의 죽음과 함께 조왕신과 성주신이 살지 않는 우리들의 집은 이제 적막하다.

| 뭔말?

· (다)에서는 '그 집 안주인의 죽음(그의 어머니의 죽음)'이 '우리들의 어머니의 죽음'으로, '그 집'은 '우리들의 집'으로 바뀜. 즉 '그'라는 개인의 이야기가 '우리들'의 이야기로 확대됨.

· 이 '우리들'에 작가 자신이 포함되는데, 작가 개인의 경험을 유사한 경험을 한 다수의 사람들의 경험으로 확장하기 위해 '우리들'이라고 바꾼 것임.

· 이러한 경험의 확장을 통해 작가는 더 많은 독자들의 공감을 이끌어 내려 한다고 볼 수 있음.

기출 속 문학 개념어 사전

문답(005)

개념	**문답** 問 물을 문 答 대답할 답
사전적 의미	물음과 대답. 또는 서로 묻고 대답함.
단계적 이해	① 사전에서 문답을 [물음과 대답/서로 묻고 대답함]이라고 했어. 그러니까 문답 형식으로 되어 있다는 말은 묻고 대답하는 방식으로 내용을 전개해 나가는 거야. 이걸 묻고 답하는 방식, 문답법이라고도 해. ② 문답법이 사용되었는지 판단하는 기준은 딱 하나야. 물음 + 대답이 모두 있어야 해. 물음만 있거나, 대답만 있다면? 당연히 문답법이 아니지. (근데 대답만 있는 경우가 있을까……?) 둘 다가 포인트야. 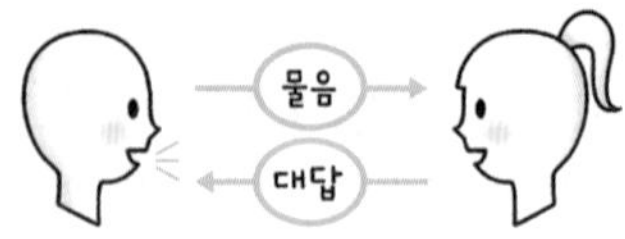 ③ 묻고 답하는 사람이 모두 자기 자신인 경우가 있어. 자기가 묻고 자기가 대답도 하는 거야. 이걸 특별히 자문자답이라고 해. 어쨌든 자문자답도 물음 + 대답이 모두 있으니까, 문답법 중 하나라고 이해해 줘. 
출제 TIP	• 고전 시가에서 가장 많이 출제되는 표현법이야. 그렇다고 다른 영역에서 언급되지 말라는 법은 없으니까 기억해 둬! • 수능이나 평가원 모의고사에서는 문답법이란 표현보다는 묻고 답하는 방식, 스스로 묻고 답하는 형식(자문자답)이라는 표현으로 자주 사용되고 있어. • 작품에 묻고 답하는 방식이 사용되었는지, 표현 방식의 존재 유무를 묻는 선지가 가장 기본적인 출제 형태야. 최근 들어서는 묻고 답한 내용이나, 이 방식으로 나타나는 효과의 적절성까지 묻곤 해. • 문답법은 물음과 대답을 모두 보여 주는 형식을 취해 변화를 주는 표현 방법이야. 말하고자 하는 내용을 강조하는 효과가 나타나지. 특히 자문자답은 자신이 알고 있는 사실을 강조하기 위해 사용한다는 것을 알아 둘 필요가 있어.

주고받는 문답

형님 형님 사촌 형님 시집살이가 어떱뎁가.
(중략)
삼단 같던 요내 머리 비사리춤이 다 되었네.

– 작자 미상, 「시집살이 노래」

▸ 사촌 동생이 사촌 형님에게 시집살이가 어떠냐고 먼저 물었어. 사촌 형님은 자신의 고운 머리가 비사리춤(벗겨 놓은 싸리 껍질 묶음)이 다 되었다고 대답해. 사촌 동생과 사촌 형님의 문답을 통해 사촌 형님이 매우 고단한 시집살이를 하고 있다는 사실을 알 수 있지.

꿈은 고향 가건마는 나는 어이 못 가는고
꿈아 너는 어느 사이 고향 다녀왔노 고향 집 늙으신 부모 평안히 계시오며 집안의 젊은 처자와 어린 동생과 각 댁 식구들이 다 태평터냐
태평키는 태평터라만 너 아니 온다고 수심(愁心)일레

– 작자 미상

▸ 중장은 화자의 물음이고, 종장은 꿈의 대답이야. 화자가 꿈에게 고향에 있는 가족들의 안부를 묻자, 꿈이 가족들의 소식을 전하는 답을 하고 있어. 고향, 가족에 대한 화자의 그리움이 한층 절실하게 느껴지지?

자문자답: 스스로 묻고 답하기

두류산(頭流山) 양단수(兩端水)를 녜 듯고 이졔 보니
도화(桃花) 뜬 맑은 물에 산영(山影)조차 잠겻셰라
아희야 무릉(武陵)이 어듸오 나는 옌가 하노라

– 조식

| 현대어로 읽기
지리산의 두 갈래로 흐르는 물을 옛날에 듣고 이제 와 보니
복숭아꽃이 떠내려가는 맑은 물에 산 그림자까지 잠겨 있구나
아이야, 무릉도원이 어디냐? 나는 여기인가 하노라

▸ 화자는 무릉도원이 어디냐 물은 후, 자신은 이곳이라고 생각한다며 대답을 하고 있어. 지리산 양단수의 아름다움에 대한 감탄을 자문자답으로 나타낸 거야.

공명(功名)이 긔 무엇고 헌신짝 버스니로다
전원(田園)에 도라오니 미록(麋鹿)이 벗이로다
백 년(百年)을 이리 지냄도 역군은(亦君恩)이로다

– 신흠, 「방옹시여」

| 현대어로 읽기
공명이란 그것이 무엇인가 헌신짝 벗은 것과 같구나
자연으로 돌아오니 고라니와 사슴이 벗이로구나
백 년을 이렇게 지내는 것도 임금의 은덕이로다

▸ 화자는 공명이 무엇이냐고 묻고는, 공명은 헌신짝 벗은 것과 같다고 답하고 있어. 공명이 헛된 것이라는 생각을 자문자답으로 나타낸 거야.

그렇다면 많은 사람이 하는 대로 따르기만 하면 되는 것인가? 아니다! 이치에 따라야 한다. 이치는 어디에 있는가? 마음에 있다.

– 이용휴, 「수려기」

▸ 글쓴이는 자문자답을 반복하면서 마음속에 있는 이치를 따라 살아야 한다는 생각을 드러내고 있어.

기출 속 문학 개념어 사전

감정 이입(006)

개념

감정 이입

感 느낄 ㉠ 情 뜻 ㉡ 移 옮길 ㉢ 入 들 ㉣

사전적 의미

자연의 풍경이나 예술 작품 따위에 자신의 감정이나 정신을 불어넣거나, 대상으로부터 느낌을 직접 받아들여 대상과 자기가 서로 통한다고 느끼는 일.

단계적 이해

① 감정 이입은 화자(인물)가 자신의 감정을 다른 대상에 투사하여, 화자(인물)의 감정이 마치 대상의 감정인 것처럼 표현하는 기법을 말해.

② 감정 이입의 사용 여부를 판단하기 위해서는 감정을 나타내는 표현부터 먼저 찾고, 감정의 주인이 누구인지를 파악하는 순서로 나아가는 게 좋아.

③ 감정 이입은 화자(인물)의 정서를 다른 대상의 감정인 것처럼 표현하는 거니까, 화자(인물)의 감정을 우회적 · 간접적으로 드러내는 방식이라고 할 수 있겠지?

출제 TIP

• 감정 이입은 고전 시가나 현대시와 같은 운문 문학에서 자주 사용하는 표현법이야. 소설이나 수필 같은 산문 문학에서도 감정 이입이 쓰이지만 많이 출제되지 않아.

• 감정 이입과 객관적 상관물이 많이 헷갈리지? 객관적 상관물은 감정 이입보다 큰 개념이야. 객관적 상관물은 화자(인물)의 정서와 관련되어 있는 모~든 대상을 말해. 이 객관적 상관물 가운데 화자(인물)의 감정이 이입되어, 이 둘이 일치할 때만 감정 이입이라고 하는 거지. 화자 · 인물의 감정 = 객관적 상관물의 감정이 핵심이야.

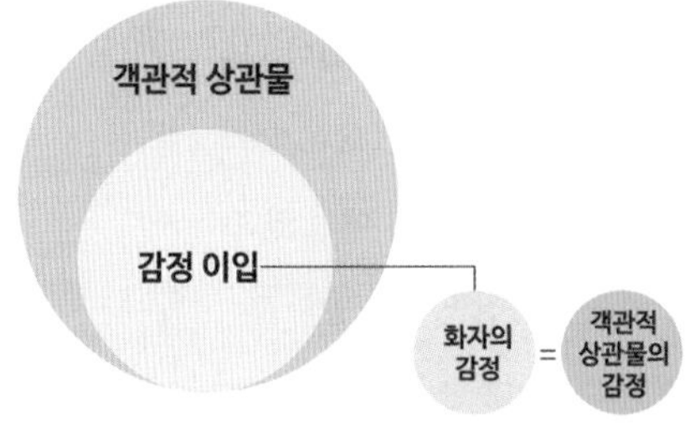

• 그렇다고 너무 긴장하지는 마. 수능이나 평가원 모의고사에서 감정 이입과 객관적 상관물을 모두 선지에 제시하고 둘을 구별할 수 있는지 묻는 문제는 출제한 적 없거든.

• 감정 이입은 의인법과 연결되어 출제되곤 해. 그렇다고 모든 의인법이 감정 이입이란 말은 아니니까 주의!

✎ 대상과의 동일시를 통한 감정 이입

차라리 죽어서 자규의 넋이 되어
밤마다 이화에 피눈물 울어 내어
오경에 잔월(殘月)을 섞어 임의 잠을 깨우리라

– 조우인, 「자도사」

▶ 화자는 임을 향한 간절한 그리움과 슬픔을 '자규(두견새)'에 이입하여 드러내고 있어.

내 님믈 그리ᄉᆞ와 우니다니
산(山) 졉동새 난 이슷ᄒᆞ요이다

– 정서, 「정과정」

| 현대어로 읽기

내가 임을 그리워하여 울고 지내더니
산 접동새와 나는 비슷합니다.

▶ 화자는 임을 그리워하는 마음을 '접동새'에 이입하여 드러내고 있어.

✎ 감정 이입: 화자의 감정 = 객관적 상관물의 감정

도화 행화(桃花杏花)는 석양리(夕陽裏)에 퓌여 잇고
녹양방초(綠楊芳草)는 세우 중(細雨中)에 프르도다
칼로 말아 낸가 붓으로 그려 낸가
조화신공(造化神功)이 물물(物物)마다 헌사롭다
수풀에 우는 새는 춘기(春氣)를 못내 계워
소리마다 교태(嬌態)로다
물아일체(物我一體)어니 흥(興)이야 다를소냐

– 정극인, 「상춘곡」

| 현대어로 읽기

복숭아꽃과 살구꽃은 저녁 햇빛 속에 피어 있고
푸른 버들과 향기로운 풀은 가랑비 속에 푸르도다
칼로 재단해 내었는가 붓으로 그려 내었는가
조물주의 신비스러운 솜씨가 사물마다 야단스럽구나
수풀에서 우는 새는 봄기운을 끝내 이기지 못하여
소리마다 아양을 떠는구나
자연과 내가 한 몸이거니 흥겨움이야 다르겠는가

▶ 화자는 자연에 머물며 물아일체의 즐거움을 느끼는 흥취를 '수풀에 우는 새'에 이입하여 드러내고 있어.

방(房) 안에 혓는 촉(燭)불 눌과 이별(離別)ᄒᆞ엿관ᄃᆡ,
것츠로 눈믈 디고 속 타는 쥴 모로는고.
뎌 촉(燭)불 날과 갓트여 속 타는 쥴 모로도다.

– 이개

| 현대어로 읽기

방 안에 켜 있는 촛불은 누구와 이별을 하였기에
겉으로 눈물을 흘리면서 속이 타 들어가는 줄을 모르는가?
저 촛불이 나와 같아서 속이 타는 줄 모르는구나

▶ 화자는 임과 이별한 자신의 슬픈 마음을 '촛불'에 이입하여 드러내고 있어.

▶ 참! 여기서 촛불이 누군가와 이별한 존재로 의인화되어 나타났다는 거 눈치챘어? 감정 이입과 의인법이 연결되어 나타난다는 말, 벌써 잊으면 안 돼.

▸ 본문 048쪽

고전 시가 01

2025학년도 수능

01 ③ 02 ⑤ 03 ②

(가) 작자 미상, 「갑민가」

EBS 연결 고리
2025학년도 수능완성 국어 168쪽

해제 이 작품은 조선 영·정조 시기 함경도 갑산에 사는 백성이 지었다고 알려진 현실 비판 가사이다. 생원과 갑민이 대화를 주고받는 형식으로 시상이 전개되는데, 군정의 폐단과 가렴주구로 인해 고통받는 당대 백성들의 현실이 사실적으로 나타나 있다. 작품 앞부분에서 생원은 갑산에서 고향을 버리고 도망가는 갑민을 발견하고, 다른 곳으로 가도 근본을 숨길 수 없으니 갑산에서 공채와 신역을 갚으며 살아갈 것을 조언한다. 이에 갑민은 자신이 신역을 부담해야 하는 몰락 양반이 된 이유를 설명하고, 도망간 친척 대신 자신이 모든 신역을 져야 하는 족징의 폐해, 삼 캐기를 실패하고 돈피(담비 가죽)를 구하기 위해 산에 올라간 사이 감옥에 끌려간 아내가 자결한 사연, 관아에 상소를 올렸으나 오히려 처벌을 받은 경험 등 자신이 겪은 비참한 현실을 들려준다. 이후 갑민은 이웃 마을 북청에서는 백성들에게 신역을 과중하게 부여하지 않고 선정을 베풀고 있다며, 생원에게 인사하고 갑산을 떠나 북청으로 향한다.

주제 백성들의 고통이 가중되는 부조리한 현실에 대한 비판

짜임

서사	도망가는 갑민을 본 생원의 권유
본사	도망할 수밖에 없는 사연을 털어놓는 갑민
결사	군정 도탄이 사라지기를 바라는 갑민의 소원과 작별 인사

1 어져 어져 저기 가는 저 사람아 ▭: 갑민
[03-⑤] 대화체. 생원의 말
네 행색을 보아 하니 군사 도망 네로구나
허리 위로 볼작시면 베적삼이 깃만 남고
[01-①] 대구 표현. 갑민의 외양 묘사
허리 아래 굽어보니 헌 잠방이 노닥노닥
곱장 할미 앞에 가고 전태발이 뒤에 간다
십 리 길을 하루 가니 몇 리 가서 엎어지리
내 고을의 양반 사람 타도 타관 옮겨 살면
천히 되기 상사여든 본토 군정(軍丁) 싫다 하고
자네 또한 도망하면 일국 일토(一土) 한 인심에
[01-②, ③] 의문 표현. 도망하는 행위 가정 → 부정적 전망으로 연결됨.
근본 숨겨 살려 한들 어데 간들 면할쏜가
차라리 네 살던 곳에 아무렇게나 뿌리박혀
[02-⑤] [03-①] 도망하지 말고 고향에서 문제를 해결하라고 권유함.
칠팔월에 ㉠ 인삼 캐고 구시월에 돈피* 잡아
[02-⑤] 생원이 제안하는 공채 신역을 갚기 위한 방법
공채 신역 갚은 후에 그 나머지 두었다가
함흥 북청 홍원 장사 돌아들어 잠매할 때
후한 값에 팔아 내어 살기 좋은 넓은 곳에
가사 전토(家舍田土) 다시 사고 살림살이 장만하여
부모처자 보전하고 새 즐거움 누리려무나

어져 어져, 저기 가는 저 사람아
네 행색을 보아 하니 군사가 (신역을 피해) 도망가는 것이 너로구나
허리 위를 보자면 베적삼이 깃만 남고
허리 아래를 굽어보니 헌 잠방이 누덕누덕
등이 굽은 할미가 앞에 가고 다리를 절뚝이는 이는 뒤에 간다
십 리 길을 하루에 가니 몇 리 가서 엎어지리
내 고을의 양반도 다른 도나 고을로 옮겨 살면
천하게 되기가 예삿일이거든 고향의 군정 노릇이 싫다 하고
자네 또한 도망하면 한 나라 한 땅 같은 인심에
근본을 숨겨 살려 한들 어디에 간들 면할 것인가
차라리 네가 살던 곳에 아무렇게나 뿌리를 내리고
칠팔월에 인삼 캐고 구시월에 담비 가죽 잡아
공채 신역 갚은 후에 그 나머지 두었다가
함흥 북청 홍원에 장사꾼 돌아들어 물건을 몰래 팔 때
후한 값 받고 팔아 내어 살기 좋은 넓은 곳에
집과 논밭 다시 사고 온갖 살림살이 장만하여
부모처자 보전하고 새 즐거움을 누리려무나

2 어와 생원인지 초관인지 ◯: 갑민
[03-⑤] 대화체. 갑민의 말
그대 말씀 그만두고 이내 말씀 들어 보소
이 내 또한 갑민(甲民)*이라 이 땅에서 생장하니 이때 일을 모를쏘냐
[01-③] 의문 표현. 갑산의 상황을 잘 앎.
우리 조상 남쪽 양반 진사 급제 계속하여
[03-②] 갑민의 집안 내력. 갑산에 살게 된 이유가 나타남.
금장 옥패 빗기 차고 시종신을 다니다가
시기인의 참소 입어 변방으로 쫓겨 와서
국내 변방 이 땅에서 칠팔 대를 살아오니
조상 덕에 하는 일이 읍중 구실 첫째로다
[01-④] 갑민의 과거
들어가면 좌수 별감 나가서는 풍헌 감관
유사 장의 채지 나면 체면 보아 사양터니
애슬프다 내 시절에 원수인의 모해로써
군사 강정 되단 말가 내 한 몸이 헐어 나니
[01-④] [03-②] 갑민의 처지 변화 → 현재
좌우전후 수다 일가 차차 충군(充軍) 되것고야
조상 제사 이내 몸은 하릴없이 매여 있고
시름없는 친족들은 자취 없이 도망하고
여러 사람 모든 신역 내 한 몸에 모두 무니
[03-①] 다른 사람의 신역까지 갑민이 감당해야 하는 고통의 현실
한 몸 신역 삼 냥 오 전 돈피 두 장 의법이라
[01-⑤] 구체적 수치로 과도한 신역 부담을 드러냄.
열두 사람 없는 구실 합쳐 보면 사십육 냥
해마다 맡아 무니 석숭*인들 당할쏘냐
[01-③] [03-①] 의문 표현. 과도한 신역 부담 → 갑산 백성의 고통

어와, 생원인지 초관인지
그대 말씀 그만두고 이내 말씀 들어 보소
이 내 또한 갑산의 백성이라 이 땅에서 태어나고 자라니 이때 일을 모르겠는가
우리 조상은 남쪽 양반으로 진사 급제 계속하여
금장 옥패 비껴 차고 임금을 가까이 모시는 벼슬아치로 다니다가
시기하는 이의 참소를 입어 온 집안이 변방으로 강제 이주당한 후에
우리나라의 변방인 이 땅에서 칠팔 대를 살아오니
조상의 은덕 입어 하는 일이 읍에서의 구실아치 첫째로다

들어가면 좌수 별감이요, 나가서는 풍헌 감관이거늘
유사 장의 같은 하급 관리 임명장 나면 체면 보아 사양했더니
애슬프다 내 시절에 원수의 모해 입어
군사로 강등되단 말인가 내 한 몸이 몰락하니
좌우 전후 많은 가족 차차 군역을 지었구나
조상의 제사를 받들 이내 몸은 어찌할 도리 없이 매여 있고
시름없는 여러 친족들은 자취 없이 도망하고
여러 사람 모든 신역 내 한 몸이 모두 감당하니
한 몸 신역 돈으로는 세 냥 오 전이요, 담비 가죽으로는 두 장이 법에 따름이라
열두 사람 없는 구실 합쳐 보면 사십육 냥
해마다 맞춰 무니 큰 부자인 석숭인들 당하겠는가

*돈피: 담비 가죽.
*갑민: 갑산의 백성.
*석숭: 중국 진나라 때의 부자.

(나) 작자 미상, 「녹양방초 언덕에」

EBS 연결 고리
비연계

해제 이 작품은 작품 표면에 드러나 있지 않은 선행 화자와 소 먹이는 아이들(목동들)의 대화를 통해 유희성을 보이는 사설시조이다. 선행 화자는 목동에게, 자신이 냇가의 물고기를 잡아 바구니에 넣어 주면 이것을 소에 실어 누군가에게 전해 달라고 부탁한다. 이에 목동들은 자신들도 서쪽 밭으로 바삐 가는 길이라서 전해 줄 수 있을지 모르겠다는 애매한 대답을 한다. 선행 화자의 요청과 목동들의 대답이 불일치를 이루는 것으로, 선행 화자의 기대에 어긋나는 의외의 상황을 통해 독자의 웃음을 유발하고 있다. 또한 물고기를 누구에게 전해 달라는 것인지를 명확하게 밝히지 않은 불완전한 표현을 통해 선행 화자와 목동들의 대화에 담긴 내용 자체보다는 대화가 전개되는 양상에 주목하게 만들고 있다.

주제 입장이 다른 인물들의 대화에서 나타나는 유희성

짜임

초장	선행 화자가 목동들을 부름.
중장	선행 화자가 물고기를 누군가에게 전해 달라고 부탁함.
종장	목동들이 고기를 전할 수 있을지 모르겠다고 함.

초장 녹양방초 언덕에 소 먹이는 **아희들아**
[03-⑤] 부탁을 받는 인물들. 대화체의 사용

중장 앞내 ㉡고기 뒷내 고기를 다 몽땅 잡아내 다래끼*에 넣어 주거든 네 소 궁둥이에 얹어다가 주렴
[02-⑤] [03-③, ④] 선행 화자의 부탁. '고기'를 받을 대상은 제시되지 않음.

종장 우리도 서주(西疇)*에 일이 많아 바삐 가는 길이매 가 전할동 말동 하여라
[03-⑤] '소 먹이는 아희들' [03-③] 선행 화자의 기대와는 다른 대답

푸른 버드나무와 향기로운 풀이 있는 언덕에서 소를 기르는 아이들아
앞 냇가 고기 뒤 냇가 고기를 다 몽땅 잡아내어 바구니에 넣어 주거든 네 소 궁둥이에 얹어다가 주렴
우리도 서쪽 밭에 일이 많아 바삐 가는 길이기에 가서 전할 수 있을지 모르겠구나

*다래끼: 물고기나 작은 물건 등을 넣는 바구니.
*서주: 서쪽 밭.

01 표현상 특징 파악 답 ③

선지별 선택 비율	①	②	③	④	⑤
화작	6%	16%	63%	9%	5%
언매	4%	13%	76%	5%	2%

(가)에 대한 설명으로 적절하지 않은 것은?

정답 띵! 동!

③ 의문의 표현을 사용하여 ~~상대의 행적에 대해 의심한다.~~ (→ 찾아볼 수 없는 내용) (→ '~ 면할쏜가', '~ 모를쏘냐', '~ 당할쏘냐')

| (가) - 〈1〉 근본 숨겨 살려 한들 어데 간들 면할쏜가 → 도망하여도 근본(신분)을 속이고 살기 어려움을 강조함.
| (가) - 〈2〉 이 내 또한 갑민이라 이 땅에서 생장하니 이때 일을 모를쏘냐 → 이 땅(갑산)의 상황을 잘 알고 있음을 강조함.
| (가) - 〈2〉 해마다 맡아 무니 석숭인들 당할쏘냐 → 석숭도 감당하지 못할 정도로 신역이 과도함을 강조함.
| 뭔말?
· 상대의 행적에 대해 의심하는 의문 표현은 찾아볼 수 없음.

오답 땡!

① 대구 표현으로 외양을 묘사하여 대상의 처지를 드러낸다.

| (가) - 〈1〉 허리 위로 볼작시면 베적삼이 깃만 남고 / 허리 아래 굽어보니 헌 잠방이 노닥노닥

| 뭔말?
· 대구 표현으로 갑민의 초라한 외양을 묘사하여 그의 불쌍한 처지를 드러냄.

② 행위의 실행을 가정하여 부정적 전망을 제시한다.

| (가) - 〈1〉 본토 군정 싫다 하고 / 자네 또한 도망하면(→ 행위의 실행 가정) 일국 일토 한 인심에 / 근본 숨겨 살려 한들 어데 간들 면할쏜가(→ 부정적 전망 제시)
| 뭔말?
· 가정: 본토 군정 싫다 하고 도망을 함.
· 전망: 근본(신분)을 속이고 사는 것도 어려움.

④ 과거와 현재를 대비하여 악화된 처지를 보여 준다.

| (가) - 〈2〉 조상 덕에 하는 일이 읍중 구실 첫째로다 / 들어가면 좌수 별감 나가서는 풍헌 감관 / 유사 장의 채지 나면 체면 보아 사양터니 → 과거
| (가) - 〈2〉 애슬프다 내 시절에 원수인의 모해로써 / 군사 강정되단 말가 내 한 몸이 헐어 나니 / 좌우전후 수다 일가 차차 충군 되것고야 → 현재
| 뭔말?
· 과거: 조상의 덕으로 읍중 구실아치 노릇 등을 함.
· 현재: 군사 강등되어 몸이 헐어 남. → 과거와 달리, 과도한 신역을 부담해야 하는 갑민의 악화된 처지가 나타남.

⑤ 구체적 수치를 제시하여 감당하기 힘든 현실을 드러낸다.

| (가) - 〈2〉 여러 사람 모든 신역 내 한 몸에 모두 무니 / 한 몸 신역 삼 냥 오 전 돈피 두 장 의법이라 / 열두 사람 없는 구실을 합쳐 보면 사십육 냥 / 해마다 맡아 무니 석숭인들 당할쏘냐

| 뭔말?

· '열두 사람 ~ 사십육 냥' → 구체적 수치

· 갑민은 혼자 열두 사람의 몫의 신역까지 감당해야 하는 힘든 현실을 구체적 수치로 보여 주고 있음.

02 시어의 의미와 기능 파악 답 ⑤

선지별 선택 비율	①	②	③	④	⑤
화작	7%	9%	5%	6%	73%
언매	4%	5%	2%	3%	86%

㉠, ㉡에 대한 이해로 가장 적절한 것은?

정답 띵! 동!

⑤ ㉠과 ㉡은 모두, 각각을 언급하는 화자가 보기에 상대가 했으면 하는 행위의 대상이다.

| (가) – ⟨1⟩ 자네 또한 도망하면 일국 일토 한 인심에 / 근본 숨겨 살려 한들 어데 간들 면할쏜가 / 차라리 네 살던 곳에 아무렇게나 뿌리박혀 / 칠팔월에 ㉠인삼 캐고 구시월에 돈피 잡아 / 공채 신역 갚은 후에 그 나머지 두었다가

| (나) 녹양방초 언덕에 소 먹이는 아희들아 / 앞내 ㉡고기 뒷내 고기를 다 몽땅 잡아내 다래끼에 넣어 주거든 네 소 궁둥이에 얹어다가 주렴

| 뭔말?

· ㉠은 '공채 신역 갚'는 데 도움이 되는 것 → 화자(생원)의 입장에서 갑민이 도망하지 말고 고향에 머물며 캐기를 바라는 대상

· ㉡은 화자가 잡아 다래끼에 넣으려는 것 → 화자의 입장에서 '아희들'이 누군가에게 운반 · 전달해 주었으면 하고 바라는 대상

오답 땡!

① ㉠은 ㉠을 언급하는 ~~화자가 이주해 가려는 땅에서 재배할~~ 약재이다.
└→ 상대(갑민)가 살던 곳에서 캐기를 바라는 약재임.

| (가) – ⟨1⟩ 차라리 네 살던 곳에 아무렇게나 뿌리박혀 / 칠팔월에 ㉠인삼 캐고 구시월에 돈피 잡아

| 뭔말?

· ㉠을 언급한 화자(생원)는 이주할 계획을 하고 있지 않음.

· ㉠은 화자가 상대인 갑민이 살던 곳(고향)에 머물며 캐기를 바라는 약재임.

② ㉡은 ㉡을 언급하는 화자가 말을 건네는 상대에게(→ 소 먹이는 아희들) ~~노동의 대가로 주는 보상~~이다.
운반과 전달을 부탁하는 대상 ←┘

| (나) 녹양방초 언덕에 소 먹이는 아희들아 / 앞내 ㉡고기 뒷내 고기를 다 몽땅 잡아내 다래끼에 넣어 주거든 네 소 궁둥이에 얹어다가 주렴

| 뭔말?

· ㉡은 화자가 말을 건네는 상대인 '아희들'에게 운반과 전달을 부탁하는 대상임.

· ㉡은 노동의 대가로 주는 보상과는 관련이 없음.

③ ㉠과 ㉡은 모두, 각각을 언급하는 화자가 ~~유흥을 목적으로 구하려는 물품~~이다.
└→ (가), (나) 모두 찾아볼 수 없는 내용

| 뭔말?

· (가), (나)에서 유흥과 관련된 내용은 제시되지 않음.

④ ㉠과 ㉡은 모두, 각각을 언급하는 ~~화자가 획득~~하려면 ~~상대의 도움이 필요한 대상~~이다.
└→ ㉠: 상대인 갑민이 획득하는 것
└→ ㉡: 화자 스스로 획득할 수 있는 것

| (가) – ⟨1⟩ 칠팔월에 ㉠인삼 캐고 구시월에 돈피 잡아 / 공채 신역 갚은 후에

| (나) 앞내 ㉡고기 뒷내 고기를 다 몽땅 잡아내 다래끼에 넣어 주거든

| 뭔말?

· ㉠는 화자(생원)가 획득하려는 것이 아님. 화자(생원)의 입장에서 갑민이 획득하여 공채 신역을 갚는 데 사용하기를 바라는 대상임.

· ㉡은 화자가 상대인 '아희들'의 도움 없이 획득할 수 있는 대상임.

03 외적 준거에 따른 작품 감상 답 ②

선지별 선택 비율	①	②	③	④	⑤
화작	5%	55%	19%	15%	5%
언매	4%	75%	10%	9%	3%

⟨보기⟩를 참고하여 (가), (나)를 감상한 내용으로 적절하지 않은 것은? [3점]

보기

조선 후기의 가사나 사설시조에서는 입장이 다른 발화자가 등장하는 대화체를 사용해 작중 상황을 극의 한 장면처럼 만들기도 한다. 대화를 통해 사실성을 추구하는 작품(→ 가)의 경우, 구체적 소재와 다각적인 내용으로 그 시대 삶의 모습을 보여 준다. 대화를 통해 유희성을 보이는 작품(→ 나)의 경우, 대화가 논쟁, 의견 불일치 등 의외의 상황으로 전개되면서 재미가 생겨나며, 때로 등장하는 불완전한 표현은 이러한 작품이 내용 자체보다 대화의 전개 양상에 주목함을 보여 준다.

정답 띵! 동!

② (가)의 '이내'(→ 갑민의 발언) 말씀은 집안의 내력과 사회적 지위를 구체적으로 언급하며 ~~사회의 부조리를 해결하자~~는 입장으로, '그대' 말씀과 의견이 일치하지 않는군.
└→ 사회의 부조리 해결 언급 X └→ 생원의 발언

| (가) – ⟨2⟩ 그대(→ 생원) 말씀 그만두고 이내(→ 갑민) 말씀 들어 보소 ~ 우리 조상 남쪽 양반 진사 급제 계속하여 / 금장 옥패 빗기 차고 시종신을 다니다가 / 시기인의 참소 입어 변방으로 쫓겨 와서(→ 갑민의 집안이 갑산으로 오게 된 내력) / 국내 변방 이 땅에서 칠팔 대를 살아오니 / 조상 덕에 하는 일이 읍중 구실 첫째로다 ~ 애슬프다 내 시절에 원수인의 모해로써 / 군사 강정 되단 말가(→ '읍중 구실 첫째' 등을 지내다 군역을 감당하는 군사로 강등이 됨.) 내 한 몸이 헐어 나니 / 좌우전후 수다 일가 차차 충군 되것고야

| 뭔말?

· 갑민의 '이내 말씀'에서 집안의 내력과 사회적 지위가 구체적으로 언급되기는 함.

· 그러나 갑민은 사회의 부조리로 인해 도망할 수밖에 없다는 입장을 보이고 있는 것이지, 이것을 해결하자는 입장을 취하고 있지 않음.

오답 땡!

① (가)의 '그대'(→ 생원)가 '자네'의 선택과 다른 권유를 함으로써 '자네'(→ 갑민)가 풀어낸 사연은, 당시 갑산 백성이 겪었음 직한 고통을 사실적으로 보여 주는군.

| ⟨보기⟩ 대화를 통해 사실성을 추구하는 작품의 경우, 구체적 소재와 다각적인 내용으로 그 시대 삶의 모습을 보여 준다.

| (가) – ⟨1⟩ 차라리 네 살던 곳에 아무렇게나 뿌리박혀 / 칠팔월에 인삼 캐고 구시월에 돈피 잡아 / 공채 신역 갚은 후에 ~ 가사 전토 다시 사고 살림살이 장만하

여 / 부모처자 보전하고 새 즐거움 누리려무나 → 그대(생원)의 권유

| (가) – 〈2〉 이내 말씀 들어 보소 ~ 여러 사람 모든 신역 내 한 몸에 모두 무니 / 한 몸 신역 삼 냥 오 전 돈피 두 장 의법이라 / 열두 사람 없는 구실 합쳐 보면 사십육 냥 / 해마다 맡아 무니 석숭인들 당할쏘냐 → 자네(갑민)의 사연

| 뭔말?

· '자네(갑민)'의 선택: 도망

· '그대(생원)'의 권유: 도망하지 말고 살던 곳(갑산)에서 머물기

· '그대(생원)'의 권유에 대한 '자네(갑민)'의 대응: 과도한 신역에 시달리는 사연을 풀어냄. → 갑산 백성이 겪었을 직한 고통

③ (나)는 선행하는 화자의 요청에 대해 '우리'가 선행하는 화자의 기대에 어긋난 대답을 하면서 대화가 의외의 상황으로 펼쳐지는군.

| 〈보기〉 대화를 통해 유희성을 보이는 작품의 경우, 대화가 논쟁, 의견 불일치 등 의외의 상황으로 전개되면서 재미가 생겨나며,

| (나) 녹양방초 언덕에 소 먹이는 아희들아 / 앞내 고기 뒷내 고기를 다 몽땅 잡아 내 다래끼에 넣어 주거든 네 소 궁둥이에 얹어다가 주렴(→ 요청) / 우리도 서주에 일이 많아 바삐 가는 길이매 가 전할동 말동 하여라(→ 대답)

| 뭔말?

· 선행 화자의 요청: 고기를 누군가에게 가져다줄 것

· '우리'의 대답: 고기를 전할 수 있을지 모르겠다고 함.

→ 의견 불일치

· '우리'가 선행 화자의 기대(고기 운반 · 전달)에 어긋난 대답을 한 것으로, 대화가 의외의 상황으로 전개됨.

④ (나)의 선행하는 화자가 '고기'를 누구에게 주라고 하는지 명시하지 않아 불완전한 표현이 된 것은 이 작품이 내용보다 대화의 전개 양상에 주목한다는 것을 드러내는군.

| 〈보기〉 대화를 통해 유희성을 보이는 작품의 경우, ~ 불완전한 표현은 이러한 작품이 내용 자체보다 대화의 전개 양상에 주목함을 보여 준다.

| (나) 앞내 고기 뒷내 고기를 다 몽땅 잡아내 다래끼에 넣어 주거든 네 소 궁둥이에 얹어다가 주렴 → '누구에게' 주라는 것인지가 빠진 불완전한 표현

| 뭔말?

· (나)의 선행 화자가 '고기'를 누구에게 가져다주라고 하는 것인지 드러나지 않음. 이는 불완전한 표현으로, 내용 자체보다 대화의 전개 양상에 주목함을 보여 줌.

⑤ (가)의 '그대'는 길 가는 '자네'를, (나)의 선행하는 화자는 소 먹이는 '아희들'을 불러 말을 건네고 있어 작품의 상황이 극 중 장면처럼 보이는군.

| 〈보기〉 조선 후기의 가사나 사설시조에서는 입장이 다른 발화자가 등장하는 대화체를 사용해 작중 상황을 극의 한 장면처럼 만들기도 한다.

| (가) – 〈1〉 어저 어저 저기 가는 저 사람아 / 네 행색을 보아 하니 군사 도망 네로구나 ~ 자네 또한 도망하면 일국 일토 한 인심에

| (가) – 〈2〉 어와 생원인지 초관인지 / 그대 말씀 그만두고 이내 말씀 들어 보소

| (나) 녹양방초 언덕에 소 먹이는 아희들아 / ~ 네 소 궁둥이에 얹어다가 주렴 / 우리도 서주에 일이 많아 바삐 가는 길이매 가 전할동 말동 하여라

| 뭔말?

· (가)는 '그대'(생원)와 '자네'(갑민)의 대화가 나타남.

· (나)는 선행 화자와 '아희들(목동들)'의 대화가 나타남.

· (가)와 (나) 모두 입장이 다른 발화자의 대화가 나타나며, 이를 통해 작중 상황을 극의 한 장면처럼 만듦.

▸ 본문 050쪽

고전 시가 02

2025학년도 9월 모의평가

01 ① 02 ③ 03 ③

(가) 정철, 「풍파에 일렁이던 배」

EBS 연결 고리

비연계

해제 이 작품은 '풍파', 험한 '구름', '허술한 배' 등에 빗대어 험난한 정치 현실에 대한 경계를 전하는 평시조이다. '풍파'나 '구름'이 험한 상황은 정치의 험난함을 비유하며, '일렁이던 배'는 시련을 겪은 관료를 의미한다. '허술한 배 두신 분네'는 정치 경험이 충분치 않은 신진 관료로, 화자는 이들 청자에게 조심할 것을 당부하고 있다.

주제 험난한 정치 현실에 대한 경계

짜임

초장	풍파에 일렁이던 배가 사라진 상황
중장	구름이 험난한 가운데 처음 나온 이들
종장	허술한 배를 둔 이들에게 조심할 것을 당부함.

[03-①] 정치적 소외 상태 암시

초장 풍파에 일렁이던 배 어디로 갔단 말인가

[03-①] 정치적 시련을 겪은 관료 비유

중장 구름이 험하거늘 처음 나왔는가 어찌하여

[03-②] 험난한 정치 현실, 정치적 위기의 조짐

종장 허술한 배 두신 분네는 모두 조심하소서

[03-②] 정치 경험이 적은 신진 관료

[01-①] [03-②] 청자에게 말을 건네는 방식 → 정치 현실에 대한 경계

풍파에 이리저리 흔들리던 배는 어디로 갔단 말인가

구름이 험한데 처음 나왔는가 어찌하여

허술한 배를 두신 분들은 모두 조심하십시오

(나) 정철, 「심의산 서너 바퀴」

EBS 연결 고리

비연계

해제 이 작품은 불가능한 상황을 바탕으로 임에게 자신의 결백을 호소하고 있는 사설시조이다. 창작 당시, 당파 간의 대립과 투쟁이 극심해지면서 정적의 모함과 비방에 시달리던 작가의 처지가 반영된 것으로 볼 수 있다. 작가는 자신에게 닥친 시련과 참혹한 심정을 '심의산'에 내리는 '오뉴월 자취눈'에 빗대고, '온 놈이 온 말을 하여도 임이 짐작'해 달라고 하면서, 임금인 선조에게 결백을 호소하는 한편, 참소에 대한 경계를 전하고 있다.

주제 온갖 참소에 대한 자신의 결백과 임금의 올바른 판단 호소

짜임

초장	심의산의 모습
중장	오뉴월의 자연 현상으로는 불가능한 상황
종장	온 놈의 온 말에 대한 임의 올바른 판단 호소

초장 심의산(深意山) 서너 바퀴 감돌아 휘돌아 들어
[03-③] 화자의 심회 비유
중장 오뉴월 한낮에 살얼음 엉긴 위에 된서리 섞어 치고 자취눈 내렸거늘
[03-③] 화자의 복잡한 심정 비유. 당시의 정치적 공격, 모함과 비방 암시
보았는가 임아 임아
[01-①] 청자 → 임금 비유
종장 온 놈이 온 말을 하여도 임이 짐작하소서
[03-④] 온갖 참소 [01-①] [03-④] 말을 건네는 방식. 임의 올바른 판단을 요구함.

심의산을 서너 바퀴 감아 돌아 휘돌아 들어
오뉴월 한낮에 살얼음이 엉긴 위에 된서리가 섞어 치고 자국눈이 내렸거늘, 보았는가? 임아 임아
온갖 사람이 온갖 말을 하여도 임이 짐작하십시오

(다) 조존성, 「호아곡」

EBS 연결 고리
2025학년도 수능특강 문학 318쪽

해제 이 작품은 전원에 은거하며 유유자적 소박하게 살아가는 삶의 흥취를 노래하고 있는 전 4수의 연시조이다. 각 수의 초장은 모두 '아이야'로 시작되며, 네 곳의 공간(서쪽 산, 동쪽 시내, 남쪽 논밭, 북쪽 마을)을 배경으로 고사리 캐기, 낚시하기, 밭 갈기, 술 마시기 등과 같은 화자의 일상이 구체적으로 제시되고 있다. 이때 전원에서 지내면서도 '역군은이샷다'와 같이 임금의 은혜에 감사하는 사대부로서의 자세를 드러내고 있다.

주제 전원에서 은거하여 소박하고 욕심 없이 살아가는 삶의 즐거움

짜임

제1수	서쪽 산에서 고사리를 캐며 즐기는 삶
제2수	동쪽 시내에서 욕심 없는 낚시를 하며 흥에 겨운 삶
제3수	남쪽 논밭에서 농사짓는 일을 임금의 은혜로 여기는 삶
제4수	북쪽 마을에서 술을 마시며 은자로서 살아가는 삶

[01-①] [02-①] □: 각 수의 첫 음보 통일. 말을 건네는 방식
제1수 아이야 구럭 망태 찾아라 서쪽 산에 날 늦겠다
[02-②] 생활 도구 1
밤 지낸 고사리 벌써 아니 자랐으랴
[02-③] 고사리를 캐어야 할 일에 대한 걱정
이 몸이 이 나물 아니면 조석(朝夕) 어이 지내리 〈제1수〉
[02-④] 소박한 음식 1

아이야, 구럭 망태를 찾아 챙겨라, 서쪽 산에 해가 지겠다
밤을 지낸 고사리는 벌써 자라지 않았겠느냐
내 몸이 이 고사리가 아니면 어찌 아침저녁 끼니를 잇겠느냐

제2수 아이야 도롱이 삿갓 차려라 동쪽 시내에 비 내린다
[02-②] 생활 도구 2
기나긴 낚싯대에 미늘* 없는 낚시 매어
[02-②] 생활 도구 3 [03-⑤] 욕심 없는 삶과 연결됨.
저 고기 놀라지 마라 내 흥 겨워하노라 〈제2수〉
[01-②] [03-⑤] 의인화 → 자연과 더불어 살아가는 삶의 흥겨움 제시

아이야, 도롱이와 삿갓을 준비해라. 동쪽 시내에 비 내린다
기나긴 낚싯대에 갈고리 없는 낚싯바늘을 매었으니
저 고기들아, 놀라지 마라. (너를 잡으려는 것이 아니라) 내가 흥에 겨워 (낚시질하는 흉내를) 하노라

제3수 아이야 죽조반(粥早飯) 다오 남쪽 논밭에 일 많구나
[02-④] 소박한 음식 2
서투른 따비*는 누구와 마주 잡을꼬
[02-③] 서투른 농사일에 대한 걱정
두어라 성세궁경(聖世躬耕)*도 역군은(亦君恩)이시니라 〈제3수〉

아이야, 아침 먹기 전에 일찍 먹는 죽을 다오. 남쪽 논밭에 일이 많구나
서투른 솜씨로 따비는 누구와 마주 잡을꼬
두어라, 태평한 시대에 몸소 농사를 짓는 것도 임금님의 은혜이시니라

제4수 아이야 소 먹여 내어라 북쪽 마을에서 새 술 먹자
잔뜩 취한 얼굴을 달빛에 실어 오니
어즈버 희황상인(羲皇上人)*을 오늘 다시 보는구나 〈제4수〉
[02-⑤] 감탄사를 활용한 시상의 집약

아이야, 소 먹여 내어라. 북쪽 마을에 가서 새로 빚은 술을 먹자
(술에) 잔뜩 취한 얼굴을 하고 달빛 맞으며 돌아오니
아아, 태평한 시대의 행복한 백성을 오늘 다시 보는 것 같구나

*미늘: 고기가 물면 빠지지 않게 만든 낚시 끝의 안쪽에 있는 작은 갈고리.
*따비: 풀뿌리를 뽑거나 밭을 가는 데 쓰는 농기구.
*성세궁경: 태평한 세월에 자기가 직접 농사를 지음.
*희황상인: 세상일을 잊고 한가하고 태평하게 숨어 사는 사람을 이르는 말.

01 작품 간의 공통점 파악 답 ①

선지별 선택 비율	①	②	③	④	⑤
화작	84%	5%	3%	6%	2%
언매	92%	2%	1%	3%	1%

(가)~(다)의 공통점으로 가장 적절한 것은?

정답 딱! 동!

① 말을 건네는 방식을 통해 화자의 요구를 전달하고 있다.

| (가) 허술한 배 두신 분네(→ 청자)는 모두 조심하소서(→ 화자의 요구: 험난한 정치 현실에 대한 경계)
| (나) 임아 임아(→ 청자) / 온 놈이 온 말을 하여도 임이 짐작하소서(→ 화자의 요구: 참소를 분별하여 올바른 판단을 할 것)
| (다) – 〈제1수〉 아이야(→ 청자) 구럭 망태 찾아라(→ 화자의 요구)
| (다) – 〈제2수〉 아이야(→ 청자) 도롱이 삿갓 차려라(→ 화자의 요구)
| (다) – 〈제3수〉 아이야(→ 청자) 죽조반 다오(→ 화자의 요구)
| (다) – 〈제4수〉 아이야(→ 청자) 소 먹여 내어라(→ 화자의 요구)
| 뭔말?
· (가)~(다) 모두 화자가 청자에게 말을 건네는 방식으로 자신의 요구를 전달함.

오답 땡!

② ~~대상을 의인화하여 화자와 자연의 유대감~~을 나타내고 있다.
└→ (다) '고기'라는 자연물 의인화 / (가), (나) X

| (다) – 〈제2수〉 기나긴 낚싯대에 미늘 없는 낚시 매어 / 저 고기 놀라지 마라 내 흥 겨워하노라

| 뭔말?

· (다)는 '저 고기'에게 말을 거는 데서 의인화가 나타남. 그리고 미늘 없는 낚시를 하며 흥겨워하는 모습에서 화자와 자연의 유대감을 엿볼 수 있음.

· 그러나 (가), (나)에서 의인화나 화자와 자연의 유대감은 나타나지 않음.

③ ~~과거와 현재를 대비하여 미래에 대한 전망~~을 드러내고 있다.
└→ (가)~(다) 모두 찾아볼 수 없는 내용

| 뭔말?

· (가)~(다) 모두 과거와 현재의 대비, 미래에 대한 전망은 나타나지 않음.

④ 물음의 방식을 활용하여 ~~대상에 대한 친밀감~~을 표현하고 있다.
└→ (가)~(다) 모두 O └→ (가)~(다) 모두 X

| (가) 풍파에 일렁이던 배 어디로 갔단 말인가 / 구름이 험하거늘 처음 나왔는가

| (나) 오뉴월 한낮에 살얼음 엉긴 위에 된서리 섞어 치고 자취눈 내렸거늘 보았는가

| (다) – 〈제1수〉 밤 지낸 고사리 벌써 아니 자랐으랴

| (다) – 〈제3수〉 서투른 따비는 누구와 마주 잡을꼬

| 뭔말?

· (가)~(다) 모두 물음의 방식을 활용하고 있음.

· 그러나 이 물음은 모두 대상에 대한 친밀감을 드러내는 것과는 관련이 없음.

⑤ ~~풍경을 사실적으로 묘사하여 계절의 변화상~~을 그려 내고 있다.
└→ (가)~(다) 모두 찾아볼 수 없는 내용

| (나) 오뉴월 한낮에 살얼음 엉긴 위에 된서리 섞어 치고 자취눈 내렸거늘

| 뭔말?

· (가), (다)는 풍경의 사실적 묘사 X → 계절의 변화상 X

· (나)에서 오뉴월 한낮에 된서리가 치고 자취눈이 내리는 상황은 현실에서는 일어나기 어려운 자연 현상임. 이는 화자가 자신의 참혹한 심정을 강조하기 위해 사용한 표현일 뿐, 풍경의 사실적 묘사나 계절의 변화상을 그린 것이라고 보기 어려움.

02 시상 전개 과정 파악 답 ③

선지별 선택 비율	①	②	③	④	⑤
화작	1%	5%	82%	6%	6%
언매	0%	2%	93%	2%	2%

(다)에 대한 이해로 적절하지 않은 것은?

정답 띵!동!

③ 〈제1수〉 중장과 〈제3수〉 중장에서 나타나는 화자의 걱정은 ~~각 수의 종장에서 강화~~되고 있다.
└→ 〈제1수〉: 여지 O, 〈제3수〉: 강화 X
└→ 〈제1수〉: 밤새 자란 고사리를 캐어야 하는 걱정 〈제3수〉: 서투른 따비를 잡을 걱정

| (다) – 〈제1수〉 아이야 구럭 망태 찾아라 서쪽 산에 날 늦겠다 / 밤 지낸 고사리 벌써 아니 자랐으랴 / 이 몸이 이 나물 아니면 조석 어이 지내리

| (다) – 〈제3수〉 아이야 죽조반 다오 남쪽 논밭에 일 많구나 / 서투른 따비는 누구와 마주 잡을꼬 / 두어라 성세궁경도 역군은이시니라

| 뭔말?

· 〈제1수〉의 중장: 밤새 자란 고사리를 어서 캐어야 함.

· 〈제1수〉의 종장: 이 고사리가 아니면 어찌 아침저녁 끼니를 잇겠느냐고 하고 있으므로, 중장의 걱정이 강화되고 있다고 볼 여지가 있음.

· 〈제3수〉의 중장: 농기구(따비)를 다루는 데 서툴므로 누구와 함께 농사일을 할 수 있을지 걱정함.

· 〈제3수〉의 종장: 직접 농사를 지으며 사는 삶을 임금의 은혜로 여기고 있으므로, 중장이 걱정이 강화되고 있다고 볼 수 없음.

오답 땡!

① 각 수의 첫 음보를 동일한 시어로 제시하여 시상 전개에 안정감을 부여하고 있다.
└→ 아이야

| (다) – 〈제1수〉 아이야 구럭 망태 찾아라

| (다) – 〈제2수〉 아이야 도롱이 삿갓 차려라

| (다) – 〈제3수〉 아이야 죽조반 다오

| (다) – 〈제4수〉 아이야 소 먹여 내어라

| 뭔말?

· 〈제1수〉~〈제4수〉의 첫 음보가 모두 '아이야'로 시작함. → 형태적 안정감 발생

② 〈제1수〉와 〈제2수〉에서는 생활 도구를 언급하여 화자가 살아가는 모습을 보여 주고 있다.
└→ 구럭 망태, 도롱이 삿갓, 낚싯대

| (다) – 〈제1수〉 아이야 구럭 망태 찾아라 서쪽 산에 날 늦겠다 / 밤 지낸 고사리 벌써 아니 자랐으랴 / 이 몸이 이 나물 아니면 조석 어이 지내리

| (다) – 〈제2수〉 아이야 도롱이 삿갓 차려라 동쪽 시내에 비 내린다 / 기나긴 낚싯대에 미늘 없는 낚시 매어 / 저 고기 놀라지 마라 내 흥 겨워하노라

| 뭔말?

· 〈제1수〉에서는 '구럭 망태', 〈제2수〉에서는 '도롱이 삿갓', '낚시대'를 언급하여 전원에서 소박하게 살아가는 화자의 모습을 보여 줌.

④ 〈제1수〉 종장과 〈제3수〉 초장에서는 간단한 먹을거리를 언급하여 화자의 소박한 생활을 드러내고 있다.
└→ 이 나물(고사리), 죽조반

| (다) – 〈제1수〉 아이야 이 몸이 이 나물 아니면 조석 어이 지내리

| (다) – 〈제3수〉 아이야 죽조반 다오 남쪽 논밭에 일 많구나

| 뭔말?

· 〈제1수〉의 종장에서는 '이 나물(고사리)', 〈제3수〉의 초장에서는 '죽조반'을 언급하여 화자의 소박한 생활을 드러냄.

⑤ 〈제4수〉 종장은 첫 음보의 감탄 표현을 활용하여 시상을 집약하고 있다.
└→ 어즈버

| (다) – 〈제4수〉 어즈버 희황상인을 오늘 다시 보는구나

| 뭔말?

· 〈제4수〉의 종장은 '어즈버'라는 감탄 표현으로 시작함. 이는 전원에서 삶을 즐기는 화자의 만족감을 부각하며 시상을 집약함.

· 참고로 시조 종장의 첫 음보에 위치하는 감탄 표현은 주로 시상 집약의 기능을 함.

03 외적 준거에 따른 작품 감상 답 ③

선지별 선택 비율	①	②	③	④	⑤
화작	2%	9%	80%	5%	4%
언매	1%	6%	90%	2%	1%

〈보기〉를 참고하여 (가)~(다)를 감상한 내용으로 적절하지 않은 것은? [3점]

보기

정철과 조존성이 살았던 16세기 후반~17세기 초반에는 정치 참여 과정에서 당파 간의 대립과 투쟁이 극심해지면서 정치적 공격을 받은 문인들이 벼슬에서 파직, 유배되거나 산림에 은거하는 등 정계에서 소외된 상태에 놓이는 경우가 잦았다. 이 과정에서 문인들은 정치 경험을 바탕으로 정치 현실에 대한 비판과 경계, 처세관, 자연에 몰입하려는 태도 등을 작품에 드러내었다.

정답 띵! 동!

③ '심의산'이 화자의 심회이고 '오뉴월'의 '자취눈'이 화자의 복잡한 심정을 비유한 표현이라면, (나)의 초장과 중장에서는 당쟁의 상황에서 ~~굳은 마음을 견지하려는 화자의 의지~~를 드러내는 것이겠군.
└→ 고통스러운 심리적 정황을 표현한 것. 화자의 의지적 태도 X

| 〈보기〉 당파 간의 대립과 투쟁이 극심해지면서 정치적 공격을 받은 문인들이 벼슬에서 파직, 유배되거나 산림에 은거하는 등 정계에서 소외된 상태에 놓이는 경우가 잦았다. → 화자의 복잡한 심정을 유발하는 상황

| (나) 심의산(→ 화자의 심회) 서너 바퀴 감돌아 휘돌아 들어 / 오뉴월 한낮에 살얼음 엉긴 위에 된서리 섞어 치고 자취눈(→ 화자의 복잡한 심정) 내렸거늘

| 뭔말?

· 심의산에 오뉴월의 자취눈이 내리는 상황 = 화자의 복잡한 심정

· 〈보기〉와 연관 지어 보면, (나)의 초장과 중장은 당파 간의 대립과 투쟁으로 인해 소외된 상태에 놓여 고통받는 복잡한 심정을 표현한 것으로 보는 것이 적절함.

오답 땡!

① '풍파'가 험난한 정치 현실이고 '일렁이던 배'가 시련을 겪은 관료라면, (가)의 초장은 당쟁에 휘말린 사람이 정치적 소외 상태에 놓인 것을 의미하겠군.

| 〈보기〉 당파 간의 대립과 투쟁이 극심해지면서 정치적 공격을 받은 문인들이 벼슬에서 파직, 유배되거나 산림에 은거하는 등 정계에서 소외된 상태에 놓이는 경우가 잦았다.

| (가) 풍파(→ 험난한 정치 현실)에 일렁이던 배(→ 시련을 겪은 관료) 어디로 갔단 말인가(→ 정치적 소외)

| 뭔말?

· 풍파에 일렁이던 배 = 험난한 정치 현실에서 시련을 겪은 관료

· 〈보기〉와 연관 지어 보면, (가)의 초장 '어디로 갔단 말인가'는 극심한 당쟁에 휘말려 시련을 겪은 관료가 파직, 유배, 은거 등 정치적 소외 상태에 놓인 것을 표현한 말로 볼 수 있음.

② '구름이 험하거늘'이 정치적 위기의 조짐에 해당하고 '허술한 배 두신 분네'가 신진 관료라면, (가)의 종장은 화자가 정치 경험이 충분치 않은 이들에게 정치의 험난함을 알려 주는 것이겠군.

| 〈보기〉 이 과정에서 문인들은 정치 경험을 바탕으로 정치 현실에 대한 비판과 경계, 처세관, 자연에 몰입하려는 태도 등을 작품에 드러내었다.

| (가) 풍파에 일렁이던 배 어디로 갔단 말인가 / 구름이 험하거늘(→ 정치적 위기의 조짐) 처음 나왔는가 어찌하여 / 허술한 배 두신 분네(→ 정치 경험이 충분치 않은 신진 관료)는 모두 조심하소서(→ 경계의 태도)

| 뭔말?

· 구름이 험한데 허술한 배를 두신 분들 = 신진 관료가 당쟁이 극심한 가운데 정계에 진출한 상황

· 〈보기〉와 연관 지어 보면, (가)의 종장 '모두 조심하소서'는 정치적 경험이 부족한 신진 관료에게 조심하라는 당부이므로, 정치의 험난함을 알려 주는 말로 볼 수 있음.

④ '온 놈이 온 말을 하'는 상황이 비방과 모략이 난무하는 현실이고 '임'이 임금이라면, (나)의 종장은 온갖 참소를 임금이 잘 판단해 달라는 것이겠군.

| 〈보기〉 당파 간의 대립과 투쟁이 극심해지면서 정치적 공격을 받은 문인들이 벼슬에서 파직, 유배되거나 산림에 은거하는 등 정계에서 소외된 상태에 놓이는 경우가 잦았다.

| (나) 임아 임아 / 온 놈이 온 말(→ 비방과 모략)을 하여도 임(→ 임금)이 짐작하소서(→ 올바른 판단 당부)

| 뭔말?

· 임에게 온 놈이 온 말을 하는 상황 = 임금에게 비방과 모략을 일삼는 현실

· 〈보기〉와 연관 지어 보면, (나)의 종장 '임이 짐작하소서'는 화자가 자신의 결백을 호소하며 온갖 참소를 올바르게 판단해 달라는 말로 볼 수 있음.

⑤ '미늘 없는 낚시'가 욕심 없이 사는 삶을 의미한다면, (다)의 〈제2수〉 종장은 자연과 더불어 지내는 화자의 흥을 드러내는 것이겠군.

| 〈보기〉 이 과정에서 문인들은 정치 경험을 바탕으로 정치 현실에 대한 비판과 경계, 처세관, 자연에 몰입하려는 태도 등을 작품에 드러내었다

| (다) - 〈제2수〉 아이야 도롱이 삿갓 차려라 동쪽 시내에 비 내린다 / 기나긴 낚싯대에 미늘 없는 낚시(→ 욕심 없이 사는 삶) 매어 / 저 고기 놀라지 마라 내 흥 겨워하노라(→ 자연과 더불어 지내는 흥)

| 뭔말?

· 미늘 없는 낚시 → 고기를 잡을 뜻이 없는 것 = 욕심 없는 삶

· 〈보기〉와 연관 지어 보면, (다)의 〈제2수〉 종장 '내 흥 겨워하노라'는 무욕의 자세로 자연과 더불어 지내는 화자의 흥을 드러낸 말로 볼 수 있음.

▸ 본문 052쪽

고전 시가 03

2024학년도 수능

01 ② 02 ③ 03 ④

(가) 김인겸, 「일동장유가」

EBS 연결 고리
2024학년도 수능특강 문학 066쪽

해제 이 작품은 작가가 통신사 일행으로 일본을 다녀온 경험을 바탕으로 창작한 조선 시대 대표적인 사행 가사이다. 이 작품은 작가가 통신사 일행으로 선정된 일부터 시작하여, 사행을 마친 후 집에서 여유롭게 지내는 과정까지 사행의 모든 과정을 생생하게 담아내고 있다. 특히 이 작품은 작가의 체험과 상황, 그리고 새로 접하게 된 이국적 문물 등에 대한 상세하고 구체적인 묘사가 뛰어나다. 제시된 부분은 부산포에서 배를 타고 출항하는 장면과 그날 밤 풍랑을 만나 위태로움을 느낀 경험을 표현한 장면, 그리고 귀국 후 왕에게 사행을 보고하는 행사를 치르는 장면, 자신의 집으로 돌아와 한가로이 지내는 장면으로 각각 구성되어 있다.

주제 일본의 풍속과 문물에 대한 견문과 감상

짜임

제1권	일본의 친선 사절 요청으로 사신단이 서울에서 출발하여 부산에 이르기까지의 과정
제2권	부산에서 배를 타고 일본의 적간관에 도착하기까지의 과정
제3권	적간관에서 명절을 보내고 일본 에도에서 사행의 임무를 마치기까지의 과정
제4권	일본에서 귀환하여 임금에게 사행 보고를 하고 집으로 돌아오기까지의 과정

출항 장풍에 돛을 달고 **육선**이 함께 떠나
삼현과 **군악** 소리 해산을 진동하니
[03-③] 사신단을 성대히 환송하는 행사에 대한 화자의 경험이 담김
물속의 어룡들이 응당히 놀라리라
[01-⑤] 영탄적 표현 - 성대한 환송 행사에 대한 감탄
해구를 얼른 나서 오륙도를 뒤 지우고 ⌐
고국을 돌아보니 야색이 아득하여
아무것도 아니 뵈고 연해 각진포에
[02-④] 보고 싶은 것이 보이지 않는 상황
불빛 두어 점이 구름 밖에 뵐 만하다 [A]
[02-①] 배 위에서 불빛 두어 점에 의지해 떠나온 곳을 가늠함.
배 방에 누워 있어 내 **신세**를 생각하니
[03-④] 사행길의 복잡한 심사가 드러남.
가뜩이 심란한데 대풍이 일어나서
태산 같은 성난 물결 천지에 자욱하니 ⌙
[01-②] [02-⑤] 대풍이 몰아치는 외부 환경. 예기치 못한 위험 상황
크나큰 만곡주가 **나뭇잎** 불리이듯
[03-①] 만곡주가 성난 물결에 휩쓸림. → 대풍을 겪은 화자의 체험 반영
하늘에 올랐다가 지함에 내려지니
열두 발 쌍돛대는 차아처럼 굽어 있고
[01-②] 쌍돛대의 형태 변화 묘사 → 대풍의 위력 부각
쉰두 폭 초석 돛은 반달처럼 배불렀네
[01-②] 초석 돛의 형태 변화 묘사 → 대풍의 위력 부각

강한 바람에 돛을 달고 (통신사 일행을 태운) 여섯 배가 함께 떠나
군악 소리가 바다와 산을 진동하니
물속 물고기와 용이 마땅히 놀라리라
포구를 빨리 나서 오륙도를 지나 바다로 나아가
고국을 돌아보니 밤 경치가 아득하여
아무것도 보이지 않고 바닷가 근처 여러 진과 포구에
불빛 두어 점만이 저 멀리 구름 밖에서 보일 듯하다
배 방에 누워서 내 신세를 생각하니
가뜩이나 심란한데 큰 바람이 일어나서
태산 같은 성난 물결이 천지에 가득하니
커다란 배가 마치 나뭇잎이 이리저리 흔들리는 듯
하늘 위로 치솟았다가 아래로 훅 떨어지니
열두 발이나 되는 긴 돛대가 나뭇가지처럼 굽어 있고
쉰두 폭이나 되는 넓은 돛은 반달처럼 배불렀네

(중략)

귀환 날이 마침 극열하고 석양이 비치어서 ⌐
끓는 땅에 엎디어서 말씀을 여쭈오니
[02-④] 임금에 대한 격식을 갖추기 위한 행위
속에서 불이 나고 관대에 땀이 배어
[02-④] 뜨거운 땅에 엎드려 있는 일이 힘겨운 상황 [B]
물 흐르듯 하는지라 나라께서 보시고서
너희 더위 어려우니 먼저 나가 쉬라시니
[02-②] 임금이 신하들의 고충을 알고 배려함.
곡배하고 사퇴하니 천은이 망극하다 ⌙
[02-②] 임금의 배려에 대한 감격한 마음 표현
더위를 장히 먹어 막힐 듯하는지라
사신들도 못 기다려 하처로 돌아오니
누이도 반겨하고 딸은 기뻐 우는지라
일가 친척들이 나와서 위문하네
여드레 겨우 쉬어 공주로 내려가니 ⌐
[03-⑤] 화자의 처자식이 있는 집
처자식들 나를 보고 죽었던 이 고쳐 본 듯
[02-③] 죽은 사람이 다시 본 것처럼 기뻐하며 맞이함.
기쁘기 극한지라 어리석은 듯 앉았구나 [C]
[01-⑤] [02-③] 너무 기뻐서 감정을 표현하지 못하고 멍한 모습임.
사당에 현알하고 옷도 벗고 편히 쉬니
풍도의 험하던 일 저승 같고 꿈도 같다 ⌙
[01-①] [02-⑥] 과거의 위험했던 일에 대한 회상과 소회
손주 안고 어르면서 한가히 누웠으니
[03-⑤] 집에 돌아와 한가하게 지냄.
강호의 산인이요 **성대**의 일반이로다
[01-①] [03-⑤] 현재 상황에 대한 행복감, 성대를 누리는 삶에 대한 만족감이 나타남.

날이 몹시 뜨겁고 석양이 비치어서
뜨거워진 땅에 엎드려서 (임금께) 말씀을 여쭈오니
속에서 마치 불이 나는 듯하고 관복에 땀이 배어
물 흐르듯 하는지라 임금께서 (이 모습을) 보시고서
너희 더위 어려우니 먼저 나가 쉬라고 하시니
절을 하고 물러나니 임금님의 은혜가 끝이 없다
더위를 많이 먹어 (기가) 막힐 듯하는지라
(함께 갔던) 사신들도 기다리지 못하고 (화자 혼자) 사처로 돌아오니
누이도 반겨하고 딸은 기뻐 우는지라
일가 친척들이 나와서 위문하네
여덟 날을 겨우 쉬어 고향 공주로 내려가니
처자식들 나를 보고 마치 죽었던 사람을 다시 본 듯
기쁘기 끝이 없는지라 어리석은 듯 앉았구나
사당을 찾아 조상에게 인사드리고 옷도 벗고 편히 쉬니
지옥의 험하던 일이 마치 저승 같고 꿈인 것도 같구나
손주 안고 어르면서 한가롭게 누웠으니
(내가) 자연에 은거하는 사람이요 태평성대를 누리는 사람이로다

(나) 유박, 「화암구곡」

EBS 연결 고리
비연계

해제 이 작품은 향촌에 머물며 화훼를 가꾸어 감상하고 자연 속에서 유유자적하는 삶에 대한 만족감을 노래한 연시조이다. 〈제1수〉에서는 자신이 직접 가꾼 정원을 바라보며 느끼는 화자의 만족감과 즐거움을 노래하고 있고, 〈제6수〉에서는 어느 봄날 집 근처 들판을 거닐면서 유유자적하는 화자의 모습과 평화로운 마을 사람들의 모습을 그려 내고 있다. 그리고 〈제9수〉에서는 농가에서의 일상적인 일들을 마치고 집으로 돌아오면서 느끼는, 화자의 만족감과 자기 위안의 마음을 표현하였다.

주제 화암의 한가로운 삶에 대한 만족감과 분재에 대한 애정

짜임

제1수	화암 풍경에 대한 만족감과 즐거움
제6수	향촌에서 유유자적하는 삶에 대한 만족감
제9수	향촌의 일상을 살아가는 자신의 삶에 대한 만족감과 자기 위안

제1수 꼬아 자란 층석류*요 틀어 지은 고사매*라
[03-③] 화자가 가꾼 식물들(화자의 취향이 반영된 자연물) → 외물에 대한 관심이 담김.
삼봉 괴석에 달린 솔이 늙었으니

아마도 화암 풍경이 **너뿐**인가 하노라
[01-⑤] [03-②] 영탄적 표현. 자신이 가꾼 식물로 조성된 공간에 대한 자긍심

줄기가 꼬여 자란 석류나무 분재요 줄기가 비틀어진 매화 분재라
세 봉우리 형상의 바위 위 소나무는 늙었으니
아마도 화암의 풍경이 너뿐인가 하노라

제6수 막대 짚고 나와 거니니 양류풍 불어온다
[01-③] 봄의 계절감이 나타남.
긴 파람 짧은 노래 **뜻대로 소일**하니
[03-⑤] 양류풍에 감응하며 강호의 삶에 대한 자족감을 드러냄.
어디서 초동과 목수(牧叟)는 웃고 가리키나니
[01-④] 두 인물의 동일한 행위

막대를 짚고 (들에) 나와 거니니 버드나무에 이는 바람이 불어온다
긴 휘파람을 불고 짧은 노래를 부르며 (내) 뜻대로 소일하며 지내니
어디서 나무하는 아이와 소 먹이는 목동은 웃으며 (손으로 무언가를) 가리키고 있구나

제9수 맑은 물에 벼를 갈고 **청산**에 섶을 친 후
[03-④] 향촌에서의 일상적 삶의 모습 = 야인 생애
서림 풍우에 소 먹여 돌아오니

두어라 **야인 생애**도 자랑할 때 있으리라
[01-⑤] [03-④] 영탄적 표현. 야인 생애를 자랑으로 여김. → 향촌에서의 삶에 대한 자긍심, 만족감

맑은 물에 벼를 갈고 청산에 가 땔나무를 해 온 후
서쪽 숲 비바람에 소를 먹이고 (집으로) 돌아오니
두어라 초야에 묻힌 이 생애를 (언젠가) 자랑할 때 있으리라

* 층석류: 석류나무로 만든 분재.
* 고사매: 매화를 고목에 접붙인 분재.

01 표현상 특징 파악 답 ②

선지별 선택 비율	①	②	③	④	⑤
화작	6%	55%	15%	6%	16%
언매	3%	67%	8%	4%	17%

(가), (나)의 표현상 특징에 대한 설명으로 가장 적절한 것은?

정답 띵!동!

② (가)는 사물의 형태가 변화한 모습을 묘사하여 외부 환경의 영향력을 부각하고 있다.
→ 쌍돛대, 조석 돛의 형태 변화 묘사 / → 대풍의 위력

| (가) - 〈출항〉 가뜩이 심란한데 대풍이 일어나서 / 태산 같은 성난 물결 천지에 자욱하니 → 외부 환경
크나큰 만곡주가 ~ 열두 발 쌍돛대는 차아처럼 굽어 있고 / 쉰두 폭 조석 돛은 반달처럼 배불렀네 → 사물의 형태가 변화한 모습

| 뭔말?
· 만곡주(만석을 실을 만한 큰 배)의 쌍돛대가 나뭇가지(차아)처럼 굽으며, 조석 돛이 반달처럼 배부른 형태로 변화함. → 대풍으로 인해 큰 배의 형태가 변화하는 모습을 묘사함.
· 만곡주의 형태가 변화한 모습을 통해 대풍이 일어나서 물결이 높게 치는 외부 환경의 영향력을 부각함.

오답 땡!

① (가)는 과거를 회상하는 표현을 통해 ~~현재 상황에 대한 아쉬움~~을 드러내고 있다.
→ 현재 상황에 행복함을 느낌.

| (가) - 〈귀환〉 사당에 현알하고 옷도 벗고 편히 쉬니 / 풍도의 험하던 일 저승 같고 꿈도 같다 → 과거를 회상하는 표현 / 손주 안고 어르면서 한가히 누웠으니 / 강호의 산인이요 성대의 일반이로다 → 한가함과 행복함을 드러냄.

| 뭔말?
· 옷을 벗고 편히 쉬면서 '풍도의 험하던 일'이 '저승 같고 꿈도 같다'며 과거의 고생을 떠올림. → 과거를 회상하는 표현으로 볼 수 있음.
· 그러나 화자는 집으로 돌아온 현재, 편히 쉬면서 손주를 안고 어르며 한가히 누워 행복감을 느낌.

③ (나)는 계절을 나타내는 어휘를 활용해 ~~애달픈 정서~~를 부각하고 있다.
→ 양류풍 / → 자족감, 여유로움의 정서

| (나) - 〈제6수〉 막대 짚고 나와 거니니 양류풍 불어온다 / 긴 파람 짧은 노래 뜻대로 소일하니

| 뭔말?
· '양류풍'은 버드나무 가지에 부는 바람이라는 뜻으로, 봄이라는 계절과 연결됨.
· 화자는 '양류풍'에 '긴 파람 짧은 노래'를 부르며 자기 뜻대로 소일함. → '소일'은 '어떠한 것에 재미를 붙여 심심하지 아니하게 세월을 보냄.'을 의미하므로, '양류풍'은 애달픈 정서가 아닌 화자의 자족감을 부각함.

④ (나)는 두 인물의 행위를 ~~대비하여 대상에 대한 평가~~를 드러내고 있다.
동일한 행위임. / → 나타나지 않음.

| (나) - 〈제6수〉 긴 파람 짧은 노래 뜻대로 소일하니 / 어디서 초동과 목수는 웃고 가리키나니 → 두 인물의 동일한 행위

| 뭔말?
· '초동과 목수' 두 인물의 행위는 '웃고 가리키'는 것으로 동일하며, 대상에 대한 평가는 (나)에 나타나지 않음.

⑤ (가)와 (나)는 모두 영탄적 표현을 통해 ~~대상에 대한 경외감~~을 드러내고 있다.
→ 나타나지 않음.

| (가) – 〈출항〉 삼현과 군악 소리 해산을 진동하니 / 물속의 어룡들이 응당히 놀라리라 → 성대한 환송 행사에 대한 감탄

| (가) – 〈출항〉 쉰두 폭 초석 돛은 반달처럼 배불렀네 → 위태로움 부각

| (가) – 〈귀환〉 기쁘기 극한지라 어리석은 듯 앉았구나 → 너무 기쁜 나머지 감정을 제대로 표현하지 못하는 가족들의 모습

| (가) – 〈귀환〉 기강호의 산민이요 성대의 일반이로다 → 현재의 삶에 대한 기쁨과 행복감

| (나) – 〈제1수〉 아마도 화암 풍경이 너뿐인가 하노라 → 화암 풍경에 대한 만족감, 자긍심

| (나) – 〈제9수〉 두어라 야인 생애도 자랑할 때 있으리라 → 자신의 삶에 대한 만족감

| 뭔말?

· (가)에서 '응당히 놀라리라', '어리석은 듯 앉았구나', '강호의 상민이요 성대의 일반이로다' 등에 영탄적 표현이 사용되었으나, 대상에 대한 경외감은 나타나지 않음.

· (나)에서 '너뿐인가 하노라', '두어라 야인 생애도 자랑할 때 있으리라' 등에 영탄적 표현이 사용되었으나, 대상에 대한 경외감은 나타나지 않음.

02 구절의 비교 이해 답 ③

선지별 선택 비율	①	②	③	④	⑤
화작	5%	4%	67%	13%	9%
언매	4%	2%	76%	10%	6%

[A]~[C]에 대한 이해로 적절하지 않은 것은?

정답 띵!동!

③ [C]에서는 갑작스러운 상황에 감정을 표현하지 못하고 ~~무심하게 대응하는~~ (→ 기쁨이 극한함.) 가족들의 모습이 드러난다.

| (가) – [C] 처자식들 나를 보고 죽었던 이 고쳐 본 듯 / 기쁘기 극한지라 어리석은 듯 앉았구나 → 화자와의 재회가 너무 기뻐 감정을 표현하지 못하고 멍한 모습

| 뭔말?

· 집으로 돌아온 화자를 본 가족들은 죽었던 사람을 다시 본 것처럼 '기쁘기 극한'하여 멍하게 앉아 있었던 것임. → 극한의 기쁨을 느끼고 있으므로 무심하게 대응하는 모습으로 보는 것은 적절하지 않음.

오답 땡!

① [A]에서는 선상에서 불빛 두어 점에 의지해, 떠나온 곳을 가늠하는 행위를 통해 출항 후의 모습이 드러난다.

| (가) – [A] 해구를 얼른 나서 오륙도를 뒤 지우고 / 고국을 돌아보니 야색이 아득하여 / 아무것도 아니 뵈고 연해 각진포에 / 불빛 두어 점이 구름 밖에 뵐 만하다

| 뭔말?

· [A]에서 화자는 출항 후('해구를 얼른 나서') 고국을 돌아보는데, 밤이 어두워 아무것도 안 보이나 '연해 각진포에 / 불빛 두어 점'을 보고 떠나온 곳을 가늠함.

② [B]에서는 신하들의 고충을 헤아리는 임금의 배려에 감격한 마음이 드러난다.

| (가) – [B] 날이 마침 극열하고 석양이 비치어서 / 끓는 땅에 엎디어서 말씀을 여쭈오니 / 속에서 불이 나고 관대에 땀이 배어 / 물 흐르듯 하는지라 나라께서 보시고서 / 너희 더위 어려우니 먼저 나가 쉬라시니 / 곡배하고 사퇴하니 천은이 망극하다

| 뭔말?

· [B]에서 임금은 몹시 뜨거운 날씨 속에 끓는 땅에 엎드려 말씀을 아뢰는 신하들의 고충을 생각하여 '더위 어려우니 나가서 쉬'라고 배려함. → 이러한 임금의 배려에 화자는 '천은이 망극하다'며 감격한 마음을 드러냄.

④ [A]에서는 포구를 돌아보지만 보고 싶은 것이 보이지 않는 상황이, [B]에서는 격식을 갖추기 위해 뜨거운 땅에 엎드려 있는 일을 힘겨워하는 상황이 드러난다.

| (가) – [A] 해구를 얼른 나서 오륙도를 뒤 지우고 / 고국을 돌아보니 야색이 아득하여 / 아무것도 아니 뵈고 연해 각진포에 / 불빛 두어 점이 구름 밖에 뵐 만하다

| (가) – [B] 날이 마침 극열하고 석양이 비치어서 / 끓는 땅에 엎디어서 말씀을 여쭈오니 / 속에서 불이 나고 관대에 땀이 배어 / 물 흐르듯 하는지라

| 뭔말?

· [A]에서 화자는 포구가 있는 고국을 돌아보지만 '야색이 아득하여 아무것도' 보이지 않음.

· [B]에서 화자는 임금에 대한 격식을 갖추기 위해 끓는 땅에 엎드려 말씀을 여쭈는데, 몸에 열이 올라오고 물 흐르듯 땀이 나 힘겨워함.

⑤ [A]에서는 예기치 않게 맞닥뜨린 여정상의 위험이(→ '대풍'), [C]에서는 과거의 위험했던 경험(→ '풍도의 험하던 일')에 대한 소회가 드러난다.

| (가) – [A] 배 방에 누워 있어 내 신세를 생각하니 / 가뜩이 심란한데 대풍이 일어나서 / 태산 같은 성난 물결 천지에 자욱하니

| (가) – [C] 사당에 현알하고 옷도 벗고 편히 쉬니 / 풍도의 험하던 일 저승 같고 꿈도 같다

| 뭔말?

· [A]에서 화자는 고국을 떠나 일본으로 향하는 여정에서 예기치 않게 대풍을 만나 위험한 상황에 처함.

· [C]에서 '풍도의 험하던 일'은 화자가 과거에 겪었던 위험했던 일을 표현한 말로, 그 경험에 대해 '저승 같고 꿈도 같다'며 소회를 드러냄.

03 외적 준거에 따른 작품 감상 답 ④

선지별 선택 비율	①	②	③	④	⑤
화작	3%	14%	29%	38%	13%
언매	2%	14%	24%	45%	12%

〈보기〉를 참고하여 (가), (나)를 감상한 내용으로 적절하지 않은 것은? [3점]

> 보기
>
> 조선 후기 시가에서는 경험과 외물에 대한 관심이 확대되었다. 「일동장유가」는 사행을 다녀온 경험을 생생하게 표현하며 그에 대한 정서를 솔직하게 드러냈다. 「화암구곡」은 포착된 자연의 양상에 따라 강호에서의 자족감, 출사하지 못한 선비로서 생활 공간인 향촌에 머물 수밖에 없는 데 따른 회포, 취향이 반영된 자연물로 구성한 개성적 공간에서의 긍지를 드러냈다.

정답 띵!동!

④ (가)는 배에서 '신세'를 생각하는 모습으로 사행길의 복잡한 심사(→ '가뜩이 심란한데')를, (나)

는 '청산'에서의 삶에서 느끼는 자랑스러움을 '야인 생애'로 표현하여 ~~겸양의 태도~~를 드러내는군.
└→ 자족감

| 〈보기〉「일동장유가」는 사행을 다녀온 경험을 생생하게 표현하며 그에 대한 정서를 솔직하게 드러냈다. 「화암구곡」은 포착된 자연의 양상에 따라 강호에서의 자족감, ~ 드러냈다.
| (가) – 〈출항〉 배 방에 누워 있어 내 신세를 생각하니 / 가뜩이 심란한데 → 복잡한 심사
| (나) – 〈제9수〉 맑은 물에 벼를 갈고 청산에 섶을 친 후 / 서림 풍우에 소 먹여 돌아오니 / 두어라 야인 생애도 자랑할 때 있으리라 → 자족감, 긍지
| 뭔말?
· (가)에 화자는 배 방에 누워 '신세'를 생각하면서 '심란'함을 느낌. → 〈보기〉에서 (가)는 사행을 다녀온 경험과 정서가 나타난다고 하였으므로, 화자의 '심란'함은 사행길의 복잡한 심사로 이해할 수 있음.
· (나)에서 화자는 '벼를 갈고', '섶을 치고', '소를 먹'이는 향촌에서의 삶을 '야인 생애'라고 표현하고, 이러한 삶을 자랑으로 여김. → 〈보기〉에서 (나)에 강호에서의 자족감이 드러난다고 하였으므로, '야인 생애'는 '자족감'의 표현으로 볼 수 있음.
· 정리하면, (가)에서 '신세'를 생각하는 모습으로 복잡한 심사를 드러내지만 (나)의 '야인 생애'는 '겸양의 태도'를 드러낸 것이 아님.

오답 땡!

① (가)는 배가 '나뭇잎'처럼 파도에 휩쓸리고 하늘에 올랐다 떨어지는 것 같다고 하여 대풍을 겪은 체험을 생동감 있게 드러내는군.

| 〈보기〉「일동장유가」는 사행을 다녀온 경험을 생생하게 표현하며 그에 대한 정서를 솔직하게 드러냈다.
| (가) – 〈출항〉 대풍이 일어나서 / 태산 같은 성난 물결 천지에 자욱하니 / 크나큰 만곡주가 나뭇잎 불리이듯 / 하늘에 올랐다가 지함에 내려지니
| 뭔말?
· (가)에서 화자는 대풍으로 자신이 탄 배('만곡주')가 큰 물결에 휩쓸려 위로 올랐다가 아래로 떨어지는 위험한 일을 겪음. → 사행길에서 대풍을 겪은 체험을 생동감 있게 표현함.

② (나)는 화암의 풍경이라 인정할 만한 것이 '너뿐'이라고 하여 자신이 기른 화훼로 조성한 공간에 대한 자긍심을 드러내는군.
층석류, 고사매, 솔 ←
└→ 화암

| 〈보기〉「화암구곡」은 포착된 자연의 양상에 따라 ~ 취향이 반영된 자연물로 구성한 개성적 공간에서의 긍지를 드러냈다.
└→ 층석류, 고사매, 삼봉 괴석에 달린 솔
| (나) – 〈제1수〉 꼬아 자란 층석류요 틀어 지은 고사매라 / 삼봉 괴석에 달린 솔이 늙었으니 / 아마도 화암 풍경이 너뿐인가 하노라
| 뭔말?
· (나)의 '층석류', '고사매', '삼봉 괴석에 달린 솔'은 화자의 취향이 반영된 자연물임. → 〈보기〉를 참고할 때, 화자는 이러한 자연물로 조성한 공간에 대해 긍지를 느끼고 있음.

③ (가)는 '육선'에 탄 사신단이 만물이 격동할 만한 '군악'을 들으며 떠나는 데 주목해 경험에 대한 관심을, (나)는 꼬이고 틀어진 모양으로 가꾼 식물에 주목해 외물에 대한 관심을 드러내는군.

| 〈보기〉 조선 후기 시가에서는 경험과 외물에 대한 관심이 확대되었다. 「일동장유가」는 사행을 다녀온 경험을 생생하게 표현하며 그에 대한 정서를 솔직하게 드러냈다. 「화암구곡」은 포착된 자연의 양상에 따라 ~ 취향이 반영된 자연물로 구성한 개성적 공간에서의 긍지를 드러냈다.
| (가) – 〈출항〉 장풍에 돛을 달고 육선이 함께 떠나 / 삼현과 군악 소리 해산을 진동하니 / 물속의 어룡들이 응당히 놀라리라 → 사신단에 대한 성대한 환송 행사
| (나) – 〈제1수〉 꼬아 자란 층석류요 틀어 지은 고사매라 / 삼봉 괴석에 달린 솔이 늙었으니 / 아마도 화암 풍경이 너뿐인가 하노라
| 뭔말?
· (가)에서 '육선'은 사행을 떠나는 사신단이 탄 배로, 육선이 떠날 때 삼현과 군악 소리가 진동을 함. → 이는 사행단을 성대하게 환송하는 모습으로, 〈보기〉의 '사행을 다녀온 경험' 중 환송 경험에 주목하여 경험에 대한 관심을 드러낸 것임.
· (나)에서 '꼬아 자'라고 '틀어 지은' 식물은 모두 분재로, 분재는 화분에 심어서 줄기나 가지를 보기 좋게 가꾼 화초나 나무를 가리킴. → (나)는 이들 분재에 주목해 외물에 대한 관심을 드러낸 것임.

⑤ (가)는 집으로 돌아와 한가하게 지내며 '성대'를 누리는 삶에 대한 만족감을, (나)는 양류풍에 감응하며 '뜻대로 소일'하는 강호의 삶에 대한 자족감을 드러내는군.

| 〈보기〉「일동장유가」는 사행을 다녀온 경험을 생생하게 표현하며 그에 대한 정서를 솔직하게 드러냈다. 「화암구곡」은 포착된 자연의 양상에 따라 강호에서의 자족감,~ 드러냈다.
| (가) – 〈귀환〉 여드레 겨우 쉬어 공주로 내려가니 ~ 사당에 현알하고 옷도 벗고 편히 쉬니 ~ 손주 안고 어르면서 한가히 누웠으니 / 강호의 산인이요 성대의 일반이로다
| (나) – 〈제6수〉 막대 짚고 나와 거니니 양류풍 불어온다 / 긴 파람 짧은 노래 뜻대로 소일하니
| 뭔말?
· (가)에서 화자는 처자식이 있는 공주의 집으로 돌아와 편히 쉬고 한가롭게 누워서 강호의 '성대'를 누림. 여기서 '성대'는 '어진 임금이 다스리는 세상 또는 시대'인 '태평성대'를 의미함. → 화자는 집으로 돌아와 편하고 한가롭게 지내며 '성대'를 누리는 삶에 대한 만족감을 드러냄.
· (나)에서 화자는 불어오는 양류풍에 감응하여 '긴 파람 짧은 노래'를 하며 자기 뜻대로 소일함. → 향촌에서 자기 뜻대로 재미있게 세월을 보내는 모습으로, 강호에서의 삶에 대한 자족감을 드러냄.

매웠지?

꿀피스 Tip!

▸ 이 문제와 같이 외적 준거에 따라 작품을 감상해야 하는 문제는 〈보기〉, (가), (나) 모두를 판단 요소로 삼아야 한다는 것은 귀에 못이 박이도록 들었을 거야. 그건 당연한 소리지. 그런데 이 문제를 보면 선지의 길이가 많이 길지? 특히 ③, ④, ⑤는 (가)와 (나)를 묶어서 구성해서 더 꼼꼼하게 살펴야 했어. 이들 선지처럼 길이가 길면서 두 지문을 동시에 분석해 내야 한다면 어떻게 해야 할까? 일단 선지를 부분으로 나누어서 분석해야 해. 무슨 소리냐고? 오답 선택률이 가장 높았던 ③을 분석해 보자.

▸ (가)는 / '육선'에 탄 사신단이∨만물이 격동할 만한 '군악'을 들으며∨떠나는 데 / 주목해 / 경험에 대한 관심을, / (나)는 / 꼬이고 틀어진 모양으로 가꾼 식물에 / 주목해 / 외물에 대한 관심을 드러내는군.

▸ 이렇게 표시해 볼 수 있어. 그럼 (가)에서는 경험을 말하고 있다고 하네. 어떤 경험? 간단하게 정리하면 '사신단이 군악을 들으며 떠나는 경험'이야.

▸ 본문 054쪽

그런데 여기서 섣부르게 판단한 학생들이 많았어. 왜냐하면 (가)의 (중략) 앞부분은 EBS 교재에서 연계된 부분이기 때문이야. 이건 또 무슨 소리냐고? EBS 교재에서 이 부분을 '출항할 때 있었던 환송식의 성대함'으로 해석했어. 맞는 해석이야. 그런데 뭐가 문제냐고? 학생들이 '환송식의 성대함'에 꽂혀서 환송식 장면을 단순히 묘사한 것일 뿐 화자의 '경험'에 주목한 장면이 아니라고 생각한 거야. 그런데 환송식은 누굴 위한 거야? '육선'을 탄 사신단을 위한 거지? 사신단에는 누가 있어? 그래. 화자가 있잖아. 그러니까 화자가 사신단에 참여하여 출항할 때 환송식 받은 경험을 작품 속에 형상화한 것이지.

▸ 연계 작품이 나오면 학생들이 범하는 잘못이 바로 이거야. 이미 배워서 알고 있는 작품이니 얼른 문제를 풀고 넘어가야지 하는 생각에 자신이 알고 있는 지식과 주관적 판단을 믿고 선지의 설명을 대충 보고 넘어간다는 거야. 그런데 연계 작품일수록 더 틀리기 쉽다는 거 알아? 출제자는 학생들이 이미 알고 있는 작품이라고 생각해서 작품에 대한 정보를 최소한만 제공하기 때문에 학생들은 문제가 더 어렵다고 느끼게 돼. 또 자신이 알고 있는 작품이라는 자신만만함 때문에 작품을 꼼꼼히 살피지 않고 더 많은 실수를 하기도 해.

▸ (나)는 '꼬아 자란', '틀어 지은'이라는 표현이 있고, 또 이런 모양을 한 '층석류'와 '고사매'가 '분재'라는 것은 어휘 풀이에 제시되어 있어. 그러니 당연히 화자 자신이 가꾼 식물에 주목해 외물에 대한 관심을 드러낸 것이 맞지. 그런데 안타깝게도 '분재'가 무엇인지 모르는 학생들이 있었어. '분재'는 인위적으로 가꾸어진 식물인데, 이를 모르는 학생들은 '~모양으로 가꾼 식물'이 적절하지 않은 감상이라고 생각한 것 같아. 이게 더 안타까운 것은 어휘 풀이를 잘 살펴보면 '분재'라는 말 앞에 '~로 만든', '고목에 접붙인'이라는 표현이 있어서, '층석류'와 '고사매'가 '가꾼 식물'임을 알 수 있는데, 별 신경을 쓰지 않고 넘겼을 가능성이 높다는 거야.

고전 시가 04

2024학년도 9월 모의평가

01 ②　02 ④　03 ①

(가) 정철, 「성산별곡」

EBS 연결 고리
2024학년도 수능특강 문학 234쪽

교과서 연계 정보
작가 국어 금성, 동아, 비상(박안), 좋은책, 지학, 천재(이)
문학 금성, 동아, 미래엔, 비상, 좋은책, 지학, 창비, 천재(정)

해제 이 작품은 전라남도 담양의 성산에 서하당과 식영정을 짓고 은거하던 김성원의 풍류를 칭송하기 위해 정철이 지은 가사이다. 작품 전체로 볼 때, 화자가 김성원에게 말을 건네는 대화체와 사계절의 변화를 통해 시상이 전개되고 있다. 화자는 서하당과 식영정을 중심으로 사계절의 변화에 따른 경치를 묘사하면서 성산의 아름다움을 예찬하고 있다. 또한 전원생활을 하며 풍류를 즐기는 김성원의 삶을 예찬적으로 그리며 전원적 삶을 지향하는 모습을 드러내고 있다. 문학사적으로는 송순의 「면앙정가」의 영향을 받아 강호가도(江湖歌道)의 발전을 보여 준다는 의의를 지니고 있다.

주제 성산의 아름다운 경치와 김성원의 풍류적 삶에 대한 예찬

짜임

서사	식영정 주변의 아름다운 경치와 주인(김성원)의 풍류
본사 1	성산의 봄 경치 예찬
본사 2	시원한 정자 위에서 즐기는 성산의 여름 풍경
본사 3	성산의 가을 달밤 풍경
본사 4	눈 내린 성산의 겨울 풍경
결사	전원생활의 멋과 풍류

본사 3 청강 녹초변에 소 먹이는 아이들이

석양에 홍이 겨워 피리를 빗기 부니

물 아래 잠긴 **용**이 잠 깨어 일어날 듯
[03-①] 용 → 탈속적 분위기를 환상적으로 표현하는 소재

내 기운에 나온 학이 제 깃을 던져 두고 반공에 솟아 뜰 듯
[03-②] 학 → 이상적 세계의 아름다움을 구현하는 소재

소선(蘇仙)* 적벽은 추칠월이 좋다 하되
[03-③] (청정한 이상 세계인 자연에서 떠올린) 신선의 이미지 ①

팔월 십오야를 모두 어찌 칭찬하는가

구름이 걷히고 물결이 다 잔 적에

하늘에 돋은 달이 솔 위에 걸렸거든

잡다가 빠진 줄이 **적선(謫仙)***이 헌사할샤
[03-③] 신선의 이미지 ②　[01-①] 영탄적 표현 → 성산 달밤의 아름다움 강조

맑은 강의 푸른 풀이 우거진 물가에서 소 먹이는(기르는) 아이들이

석양의 흥을 못 이겨 짧은 피리를 부니

물 아래 잠긴 용이 잠을 깨어 일어날 듯

안개 기운에 나온 학이 제 집을 버려 두고 허공에 솟아 뜰 듯

소동파의 적벽부에는 가을 칠월이 좋다 하였으되

팔월 보름밤을 모두 어찌 칭찬하는가

고운 구름이 흩어지고 물결도 잔잔한 때에

하늘에 돋은 달이 소나무 위에 걸렸으니

달을 잡다가 물에 빠진 이태백이 야단스럽구나.

본사4 공산에 쌓인 잎을 삭풍이 거둬 불어

떼구름 거느리고 눈조차 몰아오니

천공이 호사로워 옥으로 꽃을 지어
[02-①] 계절에 따른 자연 변화에 대한 아름다움의 인식
만수천림을 꾸며곰 낼세이고

앞 여울 가리 얼어 독목교(獨木橋) 비꼈는데

막대 멘 늙은 중이 어느 절로 간단 말고

산옹의 이 부귀를 남더러 자랑 마오
[03-④] 산옹(김성원) → 계절의 변화에 따른 성산을 즐기며 살아가는 인물
경요굴(瓊瑤窟)* 숨은 세계 찾을 이 있을세라
[02-②] 성산의 아름다움이 알려질까 염려하는 정서

아무도 없는 산중에 쌓인 낙엽을 북풍이 걷으며 불어
떼구름을 거느리고 눈까지 몰아오니
조물주가 일 꾸미기 좋아해 옥으로 꽃을 만들어
온갖 나무들을 잘도 꾸며내었구나
앞 여울물 꽁꽁 얼고 외나무다리 비스듬히 놓여 있는데
막대를 멘 늙은 중이 어느 절로 간단 말인가
산에 사는 늙은이의 이 부귀를 남에게 자랑하지 마오
경요굴 숨은 세계를 찾을 이가 있을까 두렵도다

[A]

결사 산중에 벗이 없어 서책을 쌓아 두고
[02-③] 화자가 놓인 적적한 상황
만고 인물을 거슬러 혜여하니

성현도 많거니와 호걸도 하도 할샤
[01-①] 영탄적 표현 → 성현과 호걸에 대한 감탄
하늘 삼기실 제 곧 무심할까마는

어찌한 시운(時運)이 흥망이 있었는고
[02-④] 변화가 많은 인간사에 대한 안타까움의 정서
모를 일도 하거니와 애달픔도 그지없다

기산의 늙은 고블* 귀는 어찌 씻었던고

박 소리 핑계하고 지조가 가장 높다
[02-⑤] 세상을 등진 인물의 삶에 대한 긍정적 평가
인심이 낯 같아야 볼수록 새롭거늘

세사는 구름이라 험하기도 험하구나

엊그제 빚은 술이 얼마나 익었느냐
[03-⑤] 술 → 세상의 시름을 달래 주는 소재
잡거니 밀거니 실컷 기울이니

마음에 맺힌 시름 조금은 풀리나다

산중에 벗이 없어 서책을 쌓아 놓고
옛날 인물들을 거슬러 헤아려 보니
성현도 많거니와 호걸도 많고 많다
하늘이 인간을 만드실 때 어찌 아무 생각이 없었겠느냐마는
어찌하여 시운이 흥했다가 망했다가 하였는가
모를 일도 많거니와 애달픔도 끝이 없다
기산의 늙은 고블이 귀는 어찌 씻었던가
표주박 하나도 (성가시다) 던져 버린 (허유의) 지조가 가장 높다
인심이 얼굴같이 제각각이라 볼수록 새롭거늘
세상일은 구름이라 험하기도 험하구나
엊그제 빚은 술이 얼마나 익었느냐?
술잔을 잡거니 권하거니 실컷 기울이니
마음에 맺힌 시름이 조금이나마 덜어지는구나

* 소선: 소동파를 신선에 빗댄 말.
* 적선: 이태백을 신선에 빗댄 말.
* 경요굴: 눈 내린 성산의 모습을 빗댄 말.
* 고블: 기산에 은거한 인물인 허유.

(나) 작자 미상, 「생매 잡아 길 잘 들여」

EBS 연결 고리
비연계

해제 이 작품은 산속에서 꿩 사냥과 물고기잡이를 하며 풍류를 즐기는 삶의 즐거움과 흥취를 노래한 사설시조이다. 초장에서는 생매를 풀어 꿩 사냥을 하고 말을 손질하는 모습이, 중장에서는 냇가에서 물고기를 잡는 모습이 생동감 있게 묘사되어 있다. 그리고 종장에서는 이렇게 자연 속에서 한가롭게 살아가는 자신을 산중호걸이라고 하며 풍류적 삶에 대한 자부심을 드러내고 있다.

주제 꿩 사냥과 물고기잡이를 하며 풍류를 즐기는 삶에 대한 자부심

짜임

초장	생매를 풀어 꿩 사냥을 하고 말을 손질하는 모습
중장	냇가에서 물고기잡이를 하며 풍류를 누리는 삶
종장	풍류적 삶에 대한 만족감과 자부심

초장 **생매** 잡아 길 잘 들여 먼 산 두메로 꿩 사냥 보내고 흰 말 구불구
[03-①] 꿩을 사냥하기 위한 도구(사실적 소재)
종* 갈기 솔질 활활 솰솰 하여 임의 집 송정 뒤 잔디 잔디 금잔디 밭에 말
[01-②] 음성 상징어 → 행위의 역동성 부각
말뚝 꽝꽝쌍쌍 박아 숭마 바 고삐 길게 늘려 매고
[01-②] 음성 상징어 → 말 말뚝 박는 행위의 역동성 강조
중장 앞내 여울 **고기** 뒷내 여울 고기 오르는 고기 내리는 고기 자나 굵
[03-②] 고기 → 풍요롭고 생동하는 세계를 표현하는 소재
으나 굵으나 자나 주섬주섬 낚아 내여 시내 동으로 뻗은 움버들 가지 와지
[01-②] 음성 상징어 ① → 고기 잡는 행위의 역동성 강조 ②
끈 뚝딱 꺾어 거꾸로 잡고 잎사귀 셋만 남기고 주루룩 훑어 아가미 너슬너
③ ④
슬 꿰어 시내 잔잔 흐르는 물에 납작 실죽 청바둑돌로 임도 모르고 아무도 모르게 가만히 살짝 자기자 장단맞춰 지근지지 눌러 놓고 동자야 이 뒤에 학 타신 **선관**이 날찾거든 그물 낚싯대 종이 종다래끼* 파리 밥풀통 고추
[03-③] 풍류의 장(場)인 자연에서 떠올린 신선의 의미지
장 **술병**까지 가지고 뒷내 여울로 오라고 일러만 주소
[03-⑤] 술병 → 고기잡이하는 풍류의 장소에 흥취를 더해 주는 소재
종장 아마도 산중호걸이 **나**뿐인가 하노라
[03-④] 사냥과 고기잡이를 하며 현실의 즐거움을 향유하는 '나'의 자부심

* 구불구종: 말 모는 하인.
* 종다래끼: 작은 바구니.

01 표현상 특징 파악 답 ②

선지별 선택 비율	①	②	③	④	⑤
화작	4%	76%	9%	5%	5%
언매	2%	85%	5%	2%	3%

(가)와 (나)에 대한 설명으로 가장 적절한 것은?

정답 띵! 동!

② (나)는 음성 상징어를 통해 인물의 역동성을 드러내고 있다.

문학 개념어(007)

| (나) – 〈초장〉 흰 말 구불구종 갈기 솔질 활활 솰솰 하여 임의 집 송정 뒤 잔디 잔디 금잔디 밭에 말 말뚝 꽝꽝쌍쌍 박아

| (나) - 〈중장〉 굵으나 자나 주섬주섬 낚아 내어 ~ 움버들 가지 와지끈 뚝딱 꺾어 거꾸로 잡고 잎사귀 셋만 남기고 주루룩 훑어 아가미 너슬너슬 꿰어

| 뭔말?

· (나)의 초장에서는 '활활 솰솰', '꽝꽝쌍쌍'과 같은 음성 상징어를 통해 말을 손질하는 하인의 행위와 말뚝을 박는 인물의 행위를 역동적으로 나타냄.

· 또한 중장에서는 '주섬주섬', '와지끈 뚝딱', '주루룩', '너슬너슬'과 같은 음성 상징어를 통해 물고기를 잡는 인물의 행위를 역동적으로 나타냄.

오답 땡!

① (가)는 영탄적 표현을 통해 ~~인물에 대한 그리움~~을 드러내고 있다.
성산 달밤의 아름다움, 성현과 호걸에 대한 감탄, 그리움 X

| (가) - 〈본사 3〉 잡다가 빠진 줄이 적선이 헌사할샤

| (가) - 〈결사〉 성현도 많거니와 호걸도 하도 할샤

| 뭔말?

· (가)는 '잡다가 빠진 줄이 적선이 헌사할샤'에서 영탄적 표현을 사용하였지만 인물에 대한 그리움이 아니라, 성산 달밤의 아름다움을 이태백의 고사를 통해 표현하고 있음.

· '성현도 많거니와 호걸도 하도 할샤'에서도 영탄적 표현을 사용하였지만 여기서도 인물에 대한 그리움이 아니라, 옛 인물들을 헤아려 보니 성현과 호걸이 많음을 감탄한 내용에 해당함.

③ ~~(가)는 (나)와 달리~~ 공간의 이동을 통해 다양한 대상의 면모를 드러내고 있다.
→ (가), (나) 모두에서 공간의 이동이 나타남.

| 뭔말?

· (가)는 계절의 변화(가을 → 겨울)에 따른 성산의 풍경 변화를 묘사함. 그러나 공간의 이동에 따라 '청강 녹초변', '앞 여울', '독목교'에서 성산의 다양한 면모를 드러내고 있다고도 볼 수 있음.

· 그런데 (나)에서도 '금잔디 밭'에서 말을 손질하고 '여울'에서 고기를 잡는 화자의 모습을 보여 주고 있으므로 '금잔디 밭' → '여울'이라는 공간 이동의 양상이 제시됨.

→ 꿩 사냥을 함(선). → 물고기잡이를 함(후).
④ (나)는 (가)와 달리 시간의 흐름에 따라 ~~인물의 심리 변화~~를 드러내고 있다.
→ 인물의 심리는 흥겨움으로 일관됨.

| 뭔말?

· (나)는 생매로 꿩 사냥을 한 뒤 여울에서 고기를 잡는 인물의 모습을 보여 주고 있으므로 시간의 흐름에 따라 시상이 전개됨.

· 그러나 이와 같은 시상 전개 과정에서 인물의 심리 변화는 드러나지 않음.

⑤ (가)와 (나)는 모두 대구를 사용하여 ~~대조적 대상의 속성~~을 드러내고 있다.
(가) 성현과 호걸, (나) 고기는 대조적 대상이 아님.

| (가) - 〈결사〉 성현도 많거니와 호걸도 하도 할샤

| (나) - 〈중장〉 앞내 여울 고기 뒷내 여울 고기

| (나) - 〈중장〉 오르는 고기 내리는 고기

| 뭔말?

· (가)는 '성현도 많거니와 호걸도 하도 할샤'에서 대구법을 사용하고 있으나, 성현과 호걸은 대조적 대상이 아님.

· (나)도 '앞내 여울 고기 뒷내 여울 고기'와 '오르는 고기 내리는 고기'에서 대구법을 사용하고 있으나, 이는 물고기를 다양한 모습으로 표현한 것일 뿐, 대조적 대상의 속성을 표현한 것이 아님.

02 화자의 정서와 태도 파악 답 ④

선지별 선택 비율	①	②	③	④	⑤
화작	4%	13%	19%	54%	8%
언매	2%	11%	14%	66%	5%

[A]에 대한 이해로 적절하지 않은 것은?

정답 띵!동!

④ 하늘의 이치가 제대로 구현되지 못했음을 '시운'의 '흥망'에서 발견하고도 모를 일이 많다고 한 것에는, ~~인물의 담담한 태도가, 이상에 미치지 못하는 현실을 수용하는 것을 통해 드러난다.~~
→ 시운의 흥망에 애달픔을 느끼는 상황
→ 담담한 태도 X / 이상에 미치지 못하는 현실을 수용하는 태도 X

| (가) - [A] 하늘 삼기실 제 곧 무심할까마는 / 어찌한 시운이 흥망이 있었는고 / 모를 일도 하거니와 애달픔도 그지없다

| 뭔말?

· [A]에서 화자는 시운이 흥했다 망했다가 하는 일에 '애달픔도 그지없다'고 하였으므로 '담담한 태도'와 연결 지을 수 없음. 이것은 변화가 많은 인간사에 대한 안타까움을 토로한 구절에 해당함.

· 또한 화자는 '시운'의 '흥망'에서 모를 일도 많다며 애달픔을 느끼고 있을 뿐, 이상에 미치지 못하는 현실을 수용하는 모습은 보이지 않음.

오답 땡!

① '삭풍'이 가을 잎을 쓸고 간 자리에 구름을 불러와 '공산'을 눈 세상으로 만들었다고 한 것에는, 인물이 거처한 공간의 아름다움에 대한 인식이 계절에 따른 자연의 변화를 통해 드러난다.
→ 가을이 가고 겨울이 오면서 나타난 자연의 변화

| (가) - [A] 공산에 쌓인 잎을 삭풍이 거둬 불어 / 떼구름 거느리고 눈조차 몰아오니 / 천공이 호사로워 옥으로 꽃을 지어 / 만수천림을 꾸며곰 낼세이고

| 뭔말?

· [A]에서 화자는 '공산'에 눈 덮인 모습을 두고, '천공이 호사로워 옥으로 꽃을 지'었다고 비유하여 아름다움을 나타냄.

· 그런데 눈이 내려 '공산'을 눈세상으로 만든 것은 '삭풍'이 불어 가을 잎을 쓸고 간 이후의 일로 제시하고 있으므로, 화자는 성산의 아름다움에 대한 인식을 계절에 따른 자연의 변화를 통해 드러냄.

② '앞 여울'을 건너가는 노승을 발견하고 '경요굴'이 들키지 않기를 바라는 것에는, 빼어난 경치를 소중하게 여기는 태도가, 숨어 있는 세계가 알려질 것에 대한 염려를 통해 드러난다.
→ 경요굴 = 숨은 세계 = 아름다운 성산

| (가) - [A] 산옹의 이 부귀를 남더러 자랑 마오 / 경요굴 숨은 세계 찾을 이 있을세라

| 뭔말?

· [A]에서 '경요굴'은 눈 내린 성산의 모습을 빗댄 말임.

· 화자는 '앞 여울'을 건너가는 노승을 발견하고 '이 부귀를 남더러 자랑' 말라고 함. 그리고 이유로, '경요굴 숨은 세계(= 성산의 아름다움)'를 남들이 찾을까 두렵다고 했음.

· 이는 화자가 성산의 빼어난 경치를 소중하게 여기는 태도가, 노승에게 말을 건네며 이곳이 다른 사람들에게 알려질 것을 염려하는 방식으로 드러난 것에 해당함.

③ 만족스러운 외적 풍경에서 눈을 돌려 벗이 없는 '산중'에서 '만고 인물'을 생각하는 것에는, 정신적 세계에 주목하는 태도가, 적적한 상황에 놓인 인물의 행위를 통해 드러난다.
'산중에 벗이 없어'에서 확인되는 상황

| (가) – [A] 산중에 벗이 없어 서책을 쌓아 두고 / 만고 인물을 거슬러 혜여하니 ~ 어찌한 시운이 흥망이 있었는고 / 모를 일도 하거니와 애달픔도 그지없다

| 뭔말?

· [A]에서 화자는 아름다운 성산의 풍경을 바라보고 있음. (본사 3, 본사 4)

· 그러다 서책을 쌓아 두고 '만고 인물'을 생각하며 역사의 흥망성쇠에 대한 애달픔을 느끼므로(결사), 화자가 외적 풍경에서 눈을 돌려 정신적 세계에 주목한 것에 해당함. 그리고 이 행위는 '산중에 벗이 없'는 적적한 상황에서 이루어지고 있음.

⑤ 세상을 등진 인물의 삶을 '기산'의 '고블'에 비유한 것에는, 험한 세사와의 단절과 은거 지향에 대한 긍정적 인식이 인물의 선택에 대한 평가를 통해 드러난다.
허유의 선택: 은거
허유의 선택에 대한 평가: 지조가 높음.

| (가) – [A] 기산의 늙은 고블 귀는 어찌 씻었던고 / 박 소리 핑계하고 지조가 가장 높다

| 뭔말?

· [A]에서 '기산의 늙은 고블'은 세상과 단절하고 기산에 은거했던 허유를 가리킴.

· 화자는 허유와 같이 자연 속에서 욕심을 버리고 사는 삶을 '지조가 가장 높다'고 평가하여, 험한 세사와의 단절과 은거 지향에 대한 긍정적 인식을 드러냄.

매웠지?

꿀피스 Tip!

▸ 이 문제와 같이 작품의 특정 부분을 가리켜 묻는 문제는 화자나 글쓴이가 특정 대상이나 처한 상황에 어떤 감정, 정서, 입장, 태도를 보이는지를 파악하는 것이 핵심이야. 화자나 글쓴이의 반응이 표면에 드러날 때도 있지만, 그렇지 않았더라도 주어진 정보를 근거로 활용하여 타당하게 추론할 수 있는 범위 안에서 물으니 걱정하지 않아도 돼. (아름다운 자연을 즐기고 있는 모습을 보여 주었는데 생뚱맞게 인생 무상감을 느끼고 있다고 할 수는 없잖아? 겉과 속이 다르면 이상한 사람인 거고, 일부러 그런 거라면 작가의 의도가 있을 테니 그 의도를 파악하면 돼!)

▸ 정답 선지인 ④번이 다루고 있는 부분을 보면 화자는 '하늘 삼기실 제 곧 무심할까마는 / 어찌한 시운이 흥망이 있었는고 / 모를 일도 하거니와 애달픔도 그지없다'라고 했어. 작품의 내용을 파악할 때는 먼저 화자가 무엇을 하고 있는지에 해당하는 '행동'과 그 행동을 하면서 무슨 '감정' 혹은 '생각'을 가졌는지 '정서'를 확인하면 돼. 해당 부분에서는 화자가 '시운'에 대해 생각하는 '행동'을 하고 있고, 그 결과 '애달픔'이라는 정서를 느끼고 있네. 이렇게 정서를 나타내는 단어가 표면상 제시되어 있다면 문제 해결은 쉬워.

▸ 자, 작품의 내용을 파악했으니 이제는 선지와의 일치 여부만 확인하면 돼. 정답 선지를 보니 화자가 '시운'의 '흥망'에서 하늘의 이치가 제대로 구현되지 못했음을 발견하고도 모를 일이 많다고 한 것에 화자의 '담담한 태도'와 '이상에 미치지 못하는 현실을 수용하는 것'이 드러나냐고 묻고 있네. 화자가 이 부분에서 느낀 정서는 '애달픔'이었어. '애달픔'은 '마음이 안타깝거나 쓰라리다.' 또는 '애처롭고 쓸쓸하다.'라는 뜻이야. 따라서 '담담한 태도'를 보인다는 설명은 적절하지 않지.

▸ 또한 '현실을 수용'하는 태도를 보이냐고 했는데, 화자가 느끼는 감정은 '애달픔'이라는 부정적 정서야. 따라서 이러한 부정적 정서를 유발한 상황 역시 부정적이라고 할 수 있지. 주어진 상황을 수용하는 태도를 다른 말로는 체념이라고 할 수 있는데, 주어진 작품에서는 화자가 현실을 받아들이거나 체념하는 모습을 드러나지 않아.

▸ 문학 작품의 내용 자체를 물어볼 때 중요한 것은 딱 두 가지! '상황(행동)'과 '정서(태도)'라는 것을 이제 알겠지? 이 두 가지를 작품에서 먼저 정확하게 파악했다면 선지와 일치하는지만 확인하면 돼! 숨겨진 의미를 추론하기에 앞서 있는 그대로 정보를 이해하는 것이 가장 중요한 문제 해결 방법이라는 것을 반드시 기억하자!

매운맛 픽

03 외적 준거에 따른 작품 감상 답 ①

선지별 선택 비율	①	②	③	④	⑤
화작	42%	8%	21%	17%	9%
언매	50%	6%	20%	15%	7%

〈보기〉를 바탕으로 (가)와 (나)를 감상한 내용으로 적절하지 않은 것은? [3점]

보기

고전 시가에서 자연은 작품에 따라 다양하게 그려진다. (가)의 자연은 속세와 구별되는 청정한 이상 세계로 그려지며, 신선의 이미지를 통해 탈속적이고 고고한 가치를 추구하는 곳이다. (나)의 자연은 풍요롭게 그려지는 현실적 풍류의 장으로, 활달하고 흥겹게 놀이를 펼치는 곳이며, 신선의 이미지를 통해 멋이 고조된다.

정답 띵!동!

① (가)의 '용'은 피리 소리로 조성된 탈속적 분위기를 환상적으로 표현하는 소재이고, (나)의 '생매'는 ~~고고한 취향을 사실적으로 보여 주는 소재~~이군.
꿩을 사냥하기 위한 도구일 뿐, 고고한 취향을 보여 주는 소재 X

| 〈보기〉 (가)의 자연은 ~ 신선의 이미지를 통해 탈속적이고 고고한 가치를 추구하는 곳 ~ (나)의 자연은 ~ 활달하고 흥겹게 놀이를 펼치는 곳

| (가) 청강 녹초변에 소 먹이는 아이들이 / 석양에 흥이 겨워 피리를 빗기 부니 / 물 아래 잠긴 용이 잠 깨어 일어날 듯

| (나) – 〈초장〉 생매 잡아 길 잘 들여 먼 산 두메로 꿩 사냥 보내고

| 뭔말?

· 〈보기〉에 따르면, (가)의 자연은 신선의 이미지를 통해 탈속적인 가치를 추구하는 공간임. 따라서 아이들이 피리를 불자 깨어 나는 '용'은 피리 소리로 조성된 탈속적 분위기를 환상적으로 표현하는 소재에 해당함.

· 그러나 (나) '생매'는 꿩을 사냥하기 위한 도구로서, 〈보기〉의 언급과 같이 화자가 자연에서 활달하고 흥겹게 놀이를 펼치고 있음을 보여 주는 소재일 뿐, 화자의 고고한 취향을 보여 주는 소재가 아님.

오답 땡!

② (가)의 '학'은 이상적 세계의 아름다움을 구현하는 소재이고, (나)의 '고기'는 풍요롭고 생동하는 세계를 표현하는 소재이군.
안개에서 나와 허공에 솟아 뜬 모습
여울을 오르내리며 뛰는 고기의 모습 + 움버들 가지에 꿰어 놓은 고기

| 〈보기〉 (가)의 자연은 속세와 구별되는 청정한 이상 세계로 그려지며, ~ (나)의 자연은 풍요롭게 그려지는 현실적 풍류의 장으로,

| (가) – 〈본사 3〉 내 기운에 나온 학이 제 깃을 던져 두고 반공에 솟아 뜰 듯

| (나) – 〈중장〉 앞내 여울 고기 뒷내 여울 고기 오르는 고기 내리는 고기 자나 굵으나 굵으나 자나 주섬주섬 낚아 내여

| 뭔말?

· 〈보기〉에 따르면, (가)의 자연은 청정한 이상 세계로 그려짐. 이 공간을 구성하는 '학'은 안개 기운에 나와 허공에 솟아 뜰 듯한 존재로 그려지므로, 이상적 세계의 아름다움을 구현하는 소재에 해당함.

· 〈보기〉에 따르면, (나)의 자연은 풍요롭게 그려지는 현실적 풍류의 장임. 이 공간을 구성하는 '고기'는 앞내 여울과 뒷내 여울을 오르내리는 역동적 모습을 보이고, 또 화자는 이 '고기'를 많이 잡아 움버들 가지에 꿰어 놓는 모습을 보이므로 풍요롭고 생동하는 세계를 표현하는 소재에 해당함.

• 소선: 인생무상을 깨닫고 자연과 하나된 심정을 시로 남긴 시인
• 적선: 자연에서 방랑하며 자유를 추구한 시인

③ (가)의 '소선', '적선'은 청정한 강호의 세계에서 떠올린 인물의 이미지이고, (나)의 '선관'은 '나'가 현재의 행위를 함께 하고 싶은 인물을 멋스럽게 표현한 이미지이군.

→ 물고기를 잡으며 풍류를 즐기는 행위

| 〈보기〉 (가)의 자연은 ~ 청정한 이상 세계로 그려지며, 신선의 이미지를 통해 탈속적이고 고고한 가치를 추구하는 곳이다. (나)의 자연은 현실적 풍류의 장으로 ~ 신선의 이미지를 통해 멋이 고조된다.

| (가) – 〈본사 3〉 소선 적벽은 추칠월이 좋다 하되 / 팔월 십오야를 모두 어찌 칭찬하는가 / 구름이 걷히고 물결이 다 잔 적에 / 하늘에 돋은 달이 솔 위에 걸렸거든 / 잡다가 빠진 줄이 적선이 헌사할샤

| (나) – 〈중장〉 동자야 이 뒤에 학 타신 선관이 날찾거든 그물 낚싯대 종이 종다래끼 파리 밥풀통 고추장 술병까지 가지고 뒷내 여울로 오라고 일러만 주소

| 뭔말?

· 〈보기〉에 따르면, (가)의 자연은 청정한 이상 세계로, 신선의 이미지가 나타난다고 함. (가)의 '소선'과 '적선'은 각각 소동파와 이태백을 신선에 빗댄 말로, 이들은 화자가 청정한 강호의 세계인 성산에서 가을 달밤을 예찬하며 떠올린 인물에 해당함.

· 〈보기〉에 따르면, (나)의 자연은 현실적 풍류의 장이며, 신선의 이미지를 통해 멋이 고조된다고 함. (나)의 화자는 동자에게 학을 탄 선관이 자신을 찾아오면 뒷내 여울로 오라고 일러 달라 말하므로, '선관'은 화자가 함께 물고기를 잡으며 풍류를 즐기고자 하는 인물을 신선의 이미지를 통해 멋스럽게 표현한 것에 해당함.

자연에서 계절의 변화를 즐기는 풍류적 삶 추구

④ (가)의 '산옹'은 계절에 따른 산의 모습을 바라보며 이상 세계의 삶을 지향하는 인물이고, (나)의 '나'는 사냥과 고기잡이를 통해 현실의 즐거움을 향유하는 인물이군.

→ 현실 속 자연에서 흥겨운 놀이를 즐김.

| 〈보기〉 (가)의 자연은 속세와 구별되는 청정한 이상 세계로 그려지며, ~ (나)의 자연은 풍요롭게 그려지는 현실적 풍류의 장으로,

| (가) – 〈본사 4〉 막대 멘 늙은 중이 어느 절로 간단 말고 / 산옹의 이 부귀를 남더러 자랑 마오

| 뭔말?

· 〈보기〉에 따르면, (가)의 자연은 청정한 이상 세계로 나타남. (가)의 '산옹'은 '부귀', 즉 계절에 따른 성산의 모습을 즐기고 있으므로, 이상 세계의 삶을 지향하는 인물에 해당함.

· 〈보기〉에 따르면, (나)의 자연은 현실적 풍류의 장임. (나)의 '나'는 사냥과 고기잡이라는 흥겨운 놀이를 즐기고 있으므로, 현실의 즐거움을 향유하는 인물에 해당함.

→ 험한 세상일에 대한 근심을 일부 해소함.

⑤ (가)의 '술'은 강호에서 세상에 대한 시름을 달래 주는 소재이고, (나)의 '술병'은 풍류의 장에 흥취를 더해 줄 소재이군.

→ 자연을 즐기는 풍류가 술로 인해 심화됨.

| 〈보기〉 (가)의 자연은 속세와 구별되는 청정한 이상 세계로 그려지며, ~ (나)의 자연은 풍요롭게 그려지는 현실적 풍류의 장으로,

| (가) – 〈결사〉 세사는 구름이라 험하기도 험하구나 / 엊그제 빚은 술이 얼마나 익었느냐 / 잡거니 밀거니 실컷 기울이니 / 마음에 맺힌 시름 조금은 풀리나다

| (나) – 〈중장〉 동자야 이 뒤에 학 타신 선관이 날찾거든 그물 낚싯대 종이 종다래끼 파리 밥풀통 고추장 술병까지 가지고 뒷내 여울로 오라고 일러만 주소

| 뭔말?

· (가)의 자연에서 화자는 세상일이 구름처럼 험하다고 탄식하며 '술'을 마시고, 마음속 시름이 조금은 풀린다고 하였음. 따라서 '술'은 세상에 대한 시름을 달래 주는 소재에 해당함.

· (나)의 자연에서 화자는 동자에게 학을 탄 선관이 찾아오거든 '술병'을 가지고 고기잡이를 하는 장소, '뒷내 여울'로 오라는 말을 전해 달라고 당부함. 따라서 '술병'은 물고기잡이를 하는 풍류의 장에 흥취를 더해 줄 소재에 해당함.

매웠지?

꿀피스 Tip!

▸ 이 문제를 해결하는 핵심은 선지의 내용이 작품에 실제로 드러나느냐를 확인하는 거야. **문제를 풀 때 가장 경계해야 되는 습관 중 하나가 바로 억측하지 않는 거야. 즉, 이유와 근거가 없는데 기억에만 의존해서 추측해서 그럴 거야 하고 넘어가는 태도를 조심해야 해.** 반드시 지문에 그런 내용이 실제 있는지를 확인하는 습관을 가져야 해.

▸ **우선은 〈보기〉를 통해 작품에 대한 정보를 먼저 확인하자.** (가)의 자연은 탈속적이고 고고한 가치를 추구하는 곳인데, 이런 특징은 '신선의 이미지'를 통해 드러난다고 했어. 따라서 작품에서 '신선의 이미지'가 드러나는 소재를 찾은 후, 찾은 소재에 실제로 탈속적이고 고고한 가치를 추구하는 화자의 모습이 담겨 있는지를 확인하면 돼.

▸ 정답 선지인 ①에서 (가)의 '용'이라는 소재가 피리 소리로 조성된 탈속적 분위기를 환상적으로 표현한다고 했어. (가)에서 '용'이 등장하는 부분을 보면 '석양에 흥이 겨워 피리를 빗기 부니 / 물 아래 잠긴 용이 잠 깨어 일어날 듯'이라고 했잖아? 피리 소리는 '용'을 깨우는 원인인데, 이건 **실제로 '용'이 깨어났다는 의미가 아니라 그런 일이 일어날 것 같은 분위기가 조성되었다는 의미로 받아들일 수 있어.** (설마 '용'이 실재하는 동물이라고 생각하는 친구는 없겠지? 만화나 영화 속에서 등장하는 '용'은 상상의 동물이지 실제로 본 사람은 없잖아? '용'이 문학 작품에 등장했다면 상상한 거구나 하고 생각하면 돼. 비현실적인 느낌이 들지?)

▸ 다음으로 선지 ①에서 (나)의 '생매'는 고고한 취향을 사실적으로 보여 주는 소재라고 했어. 어디 그런지 확인해 볼까? '생매'가 언급된 (나)의 부분을 보면 '생매 잡아 길 잘 들여 먼 산 두메로 꿩 사냥 보내고'라고 했네. **화자가 꿩 사냥을 하는데 '생매'를 잡아서 길을 잘 들인 후에 이용했다는 것을 알 수 있으니 꽤나 사실적이고 구체적으로 언급했다는 것을 알 수 있지?** 그런데 말이야, 이게 고고한 취향이라고? **'고고하다'는 '세속을 초월하여 고상하고 고풍스럽다.'라는 뜻이야.** 우리들 중에 매로 꿩 사냥을 해 본 친구는 거의 없겠지만 (혹시 매로 꿩 잡는 사냥꾼이 우리들 중에 있나?) 고고한 취향이 드러나는 소재로 보기 어렵다는 점은 알겠지?

기출 속 문학 개념어 사전

음성 상징어(007)

개념

음성 상징어

音 소리 음　聲 소리 성

象 모양 상　徵 부를 징　語 말씀 어

사전적 의미

소리와 의미의 관계가 필연적인 것으로 여겨지는 단어. 의성어와 의태어로, '멍멍', '탕탕', '아장아장', '엉금엉금' 따위가 있다.

단계적 이해

① 음성 상징어는 소리를 흉내 낸 말인 의성어와 모양이나 움직임을 흉내 낸 말인 의태어를 포괄하는 말이야.

② 소리를 흉내 낸 말과 모양이나 움직임을 흉내 낸 말은 구분되지만, [키득키득/퍼덕퍼덕/펄럭펄럭……]처럼 하나의 단어가 의성어이면서 동시에 의태어인 경우도 있어.

③ 음성 상징어를 사용하면 대상의 모습이나 행동, 상황이나 분위기가 더 생동감 있게, 보다 선명하게 드러나지.

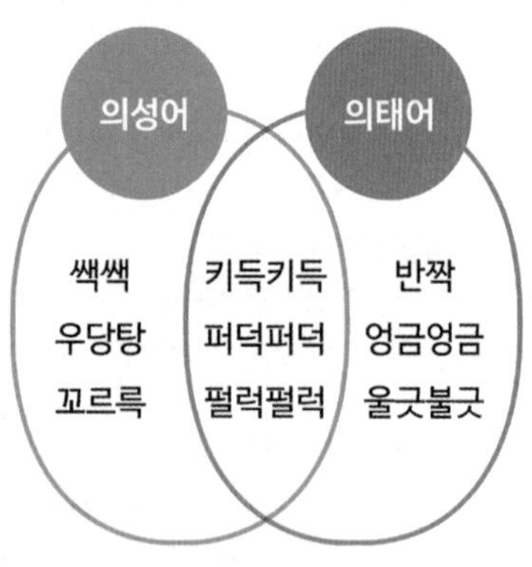

출제 TIP

• 음성 상징어를 찾는 건 다소 쉬운 편에 속해. 그래서 단순히 음성 상징어의 존재 여부를 묻는 것에 그치지 않고, 음성 상징어의 사용으로 발생하는 효과의 적절성까지 판단하도록 하고 있어. 선지의 뒷부분인 표현상의 효과를 꼭 확인하자.

• 음성 상징어는 의성어와 의태어를 모두 아우르는 개념이니까 작품에 둘 중 하나만 쓰였어도 음성 상징어가 사용된 것으로 판단하면 돼. 물론 음성 상징어가 아니라 의성어나 의태어라고 선지에서 콕 집어 지정했다면 그것만 찾아야겠지?

• 음성 상징어는 첩어의 형태로 표현할 수 있는 경우가 많아. 그렇다고 모든 첩어가 음성 상징어는 아니니까 판단할 때 항상 주의해야 해.

cf. 첩어: 한 단어를 반복적으로 결합한 복합어. '누구누구', '드문드문', '꼭꼭' 등

• 의성어나 의태어에 '-거리다'가 붙은 단어를 음성 상징어로 볼 수 있는지에 대해서는 아직 여러 의견이 있는 것 같아. 다만 수능이나 평가원 모의고사에서는 명확하고 객관적인 답의 근거를 요구하기 때문에 일반적인 수준에서 충분히 답을 찾을 수 있을 거야.

음성 상징어의 사용 효과: 역동성 표현

> 층암 절벽상(層巖絕壁上)의 폭포수(瀑布水)는 콸콸, 수정렴(水晶簾) 드리운 듯, 이 골 물이 주루루룩, 저 골 물이 쏼쏼, 열에 열 골 물이 한데 합수(合水)하여 천방져 지방져 소쿠라지고 펑퍼져, 넌출지고 방울져, 저 건너 병풍석(屛風石)으로 으르렁 콸콸 흐르는 물결이 은옥(銀玉)같이 흩어지니, 소부 허유(巢父 許由) 문답하던 기산 영수(箕山潁水)가 예 아니냐
>
> – 작자 미상, 「유산가」
>
> | 현대어로 읽기
>
> 바위가 겹겹으로 쌓인 절벽 위에 폭포수는 콸콸 쏟아져 수정으로 만든 발을 드리운 것 같고, 이 골짜기의 물이 주루루룩 흐르고, 저 골짜기의 물이 쏼쏼 쏟아져, 여러 골짜기의 물이 한데 합쳐져서 천방지방으로 솟구쳤다가 평평하게 퍼지고 물줄기와 물방울을 이루며 저 건너 병풍처럼 둘러선 바위를 향해 으르렁 콸콸 흐르는 물결이 은구슬같이 흩어지니, 소부와 허유가 세상과 단절하고 지내던 기산 영수가 여기가 아니겠느냐?

▸ 절벽 위 폭포에서 흐르는 물의 소리와 움직임을 '콸콸', '주루루룩', '쏼쏼', '으르렁 콸콸' 등의 음성 상징어를 사용하여 표현하면서 폭포수의 장관을 역동적으로 나타내고 있어.

음성 상징어의 사용 효과: 생동감 부각

> 복사꽃 피고, 살구꽃 피는 곳, 너와 나와 뛰놀며 자라난 푸른 보리밭에 남풍은 불고, 젖빛 구름, 보오얀 구름 속에 종달새는 운다. 기름진 냉이꽃 향기로운 언덕, 여기 푸른 잔디밭에 누워서, 철이야, 너는 늴늴늴 가락 맞춰 풀피리나 불고, 나는, 나는, 두둥싯 두둥실 붕새춤 추며, 막쇠와, 돌이와, 복술이랑 함께, 우리, 우리, 옛날을 옛날을, 뒹굴어 보자.
>
> – 박두진, 「어서 너는 오너라」

▸ 풀피리 소리 '늴늴늴'과 붕새춤 추는 모양 '두둥싯 두둥실'의 사용으로 생동감이 느껴지지.

> 재 위에 우뚝 선 소나무 바람 불 적마다 흔덕흔덕
> 개울에 섰는 버들 무슨 일 좇아서 흔들흔들
> 임 그려 우는 눈물은 옳거니와 입하고 코는 어이 무슨 일 좇아서 후루룩 비쭉 하나니
>
> – 작자 미상

▸ 초장과 중장에서는 '흔덕흔덕', '흔들흔들'이라는 음성 상징어를 통해 소나무와 버들이 바람에 흔들리는 모습을 생생하게 드러내고 있어.

▸ 종장에서는 '후루룩 비쭉'이라는 음성 상징어를 통해 임을 그리워하며 울먹거리는 화자(인물)의 모습을 생동감 있게 보여 주고 있지.

> 자라 대답하되,
> "이곳 나오고 목이 이리된 근본을 알려나?"
> "어디 좀 알아보세."
> "우리 수궁이 퇴락하여 새로 다시 지은 후에 천여 개 기와를 내 손으로 이어 갈 제, 추녀 끝에 돌아가다 한 발길 미끄러져 공중에서 뚝 떨어져 빙빙 돌아 내려오다 목으로 쩔꺽 내려 박혀 목이 이리 되었기로 명의더러 물어보니 호랑이 쓸개가 약이 된다 하기에 벽력 장군 앞세우고 도로랑 귀신 잡아타고 호랑이 사냥 나왔으니 게가 호랑이면 쓸개 한 보 못 주겠나. 도로랑 귀신 게 있느냐? 어서 급히 빨리 나와 용천검 드는 칼로 이 호랑이 배 갈라라, 도로랑!"
>
> – 작자 미상, 「토끼전」

▸ '뚝', '빙빙', '쩔꺽'과 같은 음성 상징어를 통해 추녀 끝에서 떨어지는 자라의 모습이 생동감 있게 드러나고 있어.

▸ 본문 056쪽

고전 시가 05

2023학년도 9월 모의평가

01 ④ 02 ③ 03 ②

(가) 이현보, 「어부단가」

EBS 연결 고리
2023학년도 수능특강 문학 074쪽

해제 이 작품은 고려 때부터 전해 내려오던 작자 미상의 「어부가」를 이현보가 개작한 총 5수의 연시조이다. '어부사(漁父詞)'라고도 하며, 자연을 벗 삼아 고기잡이를 하는 어부의 한가한 삶의 모습을 그리고 있다. 이때 어부는 생계를 위해 고기를 잡는 어부가 아니라 자연 속에서 유유자적하며 살아가는 어부로, 속세를 떠나와서도 임금과 조정을 걱정하기도 하는 당시 사대부의 의식 세계를 보여 준다. 후에 윤선도의 「어부사시사(漁父四時詞)」에 영향을 준 것으로 알려져 있다.

주제 한가하고 여유로운 어부의 삶과 나라에 대한 걱정

짜임

제1수	세상사를 잊은 어부의 한가로운 생활
제2수	자연에 몰입하여 사는 즐거움
제3수	자연의 참된 의미
제4수	자연과 물아일체를 이루며 사는 삶

제1수 이 중에 시름없으니 **어부(漁父)**의 생애로다

일엽편주를 만경파(萬頃波)에 띄워 두고
[03-③] 소박한 뱃놀이

인세(人世)를 다 잊었거니 날 가는 줄을 아는가
[03-①] '십장 홍진'의 정치 현실에서 벗어난 한가로운 삶

이 (세상살이) 가운데 근심 걱정 없는 것이 어부의 생활이로다
자그마한 배 한 척을 넓은 바다에 띄워 놓고
인간 세상의 일을 다 잊었으니 세월 가는 줄을 알겠는가

제2수 굽어보면 천심 녹수 돌아보니 만첩 청산

십장 홍진(十丈紅塵)이 얼마나 가렸는가 [A]
[03-①] 정치 현실에서 벗어난 삶

강호에 월백(月白)하거든 더욱 무심(無心)하여라
[02-①, ②, ⑤] 달 - 시공간적 배경과 분위기 조성, 흥취 유발

굽어보니 천 길이나 되는 푸른 물, 돌아보니 겹겹이 둘러싸인 푸른 산
열 길이나 되는 붉은 먼지(어지러운 세상)는 얼마나 가려졌는가
강호에 달이 밝게 비치니 더욱 무심하구나

제3수 청하(靑荷)에 밥을 싸고 **녹류(綠柳)에 고기 꿰어**
[03-④] 어부의 삶과 관련된 행위

노적 화총(蘆荻花叢)에 배 매어 두고

일반 청의미(一般淸意味)를 어느 분이 아실까
[03-⑤] 자연 속 삶에 대한 자족감

푸른 연잎에 밥을 싸고 버들가지에 고기를 꿰어
갈대와 억새풀이 가득한 곳에 배를 (대어) 묶어 두고
자연의 참된 의미를 어느 분이 아시겠는가

제4수 ㉠산두(山頭)에 한운(閑雲) 일고 수중(水中)에 백구(白鷗) 난다
[01-①] 대구로 자연 경물 제시 → 한적한 분위기

무심코 다정한 것 이 두 것이로다

㉡일생에 시름을 잊고 너를 좇아 놀리라
[01-②] 자연 경물과 동화하려는 의지

산봉우리에 한가로운 구름이 일고 물 가운데 갈매기가 난다
(이 세상에) 아무런 욕심 없이 다정한 것이 이 두 가지로다
내 평생에 근심을 잊고 너희와 함께 놀리라

(나) 박인로, 「소유정가」

EBS 연결 고리
비연계

교과서 연계 정보
작가 문학 미래엔, 비상

해제 이 작품은 총 116행으로 구성되어 있는 가사이다. 작가가 대구에 머물렀을 때 송담 채응린이 세운 '소유정(小有亭)'을 소재로 하여 이 정자에서 자연을 만끽하는 사대부의 모습을 그리고 있다. 다양한 고사성어와 비유를 사용하여 중후하면서도 유려한 문장체로 소유정 주변의 아름다운 자연 풍경을 묘사하고 있다. 그리고 그 속에서 한가롭게 풍류를 즐기는 삶과 임금의 은혜에 감사하며 나라의 태평성대를 염원하는 마음을 노래하고 있다.

주제 소유정 주변의 아름다운 자연과 안빈낙도를 추구하는 삶

짜임

서사	소유정 주변의 아름다운 경치와 그 내력
본사 1	자연을 완상하고 낚시를 하면서 한가롭게 지내는 생활
본사 2	봄철의 한가로운 전원생활과 가을철의 다양한 여가 생활
결사	강호 자연에서 갈구하는 태평성대

본사 2 때마침 부는 **추풍(秋風)** 반갑게도 보이도다
[03-②] 뱃놀이의 흥취를 북돋우는 '추풍'

말술이 다나 쓰나 술병 메고 벗을 불러
[03-⑤] 벗과 함께하는 뱃놀이

언덕 너머 어촌에 내 놀이 가자꾸나

흰 두건을 젖혀 쓰고 **소정(小艇)**을 타고 오니
[03-③] 소박한 뱃놀이

㉢바람에 떨어진 갈대꽃 갠 하늘에 눈이 되어
[01-③] 물가의 자연 경물에 대한 감각적 표현

석양에 높이 날아 어지러이 뿌리는데

갈잎에 닻 내리고 **그물로**

잔잔한 강물 속 자린은순(紫鱗銀脣)* **수없이 잡아내어**

연잎에 담은 회와 항아리에 채운 술을 / **실컷 먹은** 후에

태기 넓은 돌에 높이 베고 누웠으니

희황천지(羲皇天地)*를 오늘 다시 보는구나
[03-⑤] 뱃놀이를 즐기는 삶에 대한 만족감

잠시 잠들어 뱃노래에 깨어 보니

추월(秋月)이 만강(滿江)하여 밤빛을 잃었거늘

반쯤 취해 시 읊으며 배 위로 건너오니

강물 아래 잠긴 달은 또 어인 달인 게오

달 위에 배를 타고 달 아래 앉았으니
[02-③] 하늘에 뜬 달과 강물에 비친 달 사이에서 느끼는 신비감
문득 의심은 월궁(月宮)에 올랐는 듯 [B]

물외(物外)의 기이한 경관 넘치도록 보이도다

청경(淸景)을 다투면 내 분에 두랴마는

즐겨도 말리는 이 없으니 나만 둔가 여기노라

놀기를 탐하여 돌아갈 줄 잊었도다

㉣아이야 닻 들어라 만조(晩潮)에 띄워 가자
[01-④] 명령형 어미로 해야 할 행동 제시 → 배의 운항 촉구
푸른 물풀 위로 **강풍(江風)**이 짐짓 일어

귀범(歸帆)을 재촉하는 듯
[03-②] 귀범을 돕는 '강풍'
아득하던 앞산이 뒷산처럼 보이도다

잠깐 사이 날개 돋아 연잎배 탄 신선된 듯

연파(烟波)를 헤치고 월중(月中)에 돌아오니

㉤동파(東坡) 적벽유(赤壁遊)*인들 이내 흥(興)에 미치겠는가
[01-⑤] [03-⑤] 과거 인물과의 비교, 뱃놀이를 즐기는 삶에 대한 만족감
강호 흥미(興味)는 나만 둔가 여기노라

때마침 부는 가을 바람이 반갑게도 보이는구나

한 말가량의 술이 다나 쓰나 술병을 메고 벗을 불러

언덕 너머 어촌에 뱃놀이를 가자꾸나

흰 두건을 젖혀 쓰고 작은 배를 타고 오니

바람에 떨어진 갈대꽃이 갠 하늘에 눈이 되어

석양에 높이 날아 어지러이 떨어지는데

갈잎에 닻을 내리고 그물로

잔잔한 강물 속 물고기를 수없이 잡아내어

연잎에 담은 회와 항아리에 채운 술을 / 실컷 먹은 다음에

이끼가 넓게 낀 돌을 높이 베고 누웠으니

희황 때의 태평스러운 세상을 오늘 다시 보는구나

잠시 잠들어 뱃노래에 깨어 보니

가을 달이 강에 가득하여 밤빛을 잃었거늘

반쯤 취해 시 읊으며 배 위로 건너오니

강물 아래 잠긴 달은 또 어찌 된 달인 것인가

달(달이 비치는 강물) 위에 배를 타고 (하늘 위에 뜬) 달 아래에 앉아 있으니

문득 (드는) 의심은 달 속에 있다는 궁전에 올랐는 듯

세상 밖의 기이한 경관이 넘치도록 보이도다

아름다운 경치를 다툰다면 내 분수로 (곁에) 두랴마는

(이 아름다운 경치를) 즐겨도 말리는 이가 없으니 나만 가진 것처럼 여기노라

놀기를 탐하여 돌아가는 것도 잊었도다

아이야 닻을 들어라. 밀물이 들어올 때에 (배를) 띄워 가자

푸른 물풀 위로 강바람이 짐짓 일어

돛단배 돌아가기를 재촉하는 듯

아득하던 앞산이 뒷산처럼 보이도다.

잠깐 사이 날개 돋아 연잎 배를 탄 신선이 된 듯

안개 (자욱한) 물결 헤치고 달이 밝은 때에 돌아오니

중국 송나라 때 소동파가 적벽에서 했던 뱃놀이인들 이내 흥에 미치겠는가

자연에서의 흥미는 나만 가진 듯이 여기노라

* 자린은순: 물고기를 아름답게 표현하는 말.
* 희황천지: 복희씨(伏羲氏) 때의 태평스러운 세상.
* 동파 적벽유: 중국 송나라 때 소식(蘇軾)이 적벽에서 했던 뱃놀이.

01 표현상 특징 파악 답 ④

선지별 선택 비율	①	②	③	④	⑤
화작	3%	4%	5%	82%	5%
언매	1%	2%	2%	91%	2%

㉠~㉤에 대한 이해로 적절하지 않은 것은?

정답 띵!동!

'-어라' 사용
④ ㉣은 명령형 어미를 사용하여 '아이'가 해야 할 행동을 제시함으로써 ~~자연 경물에 대한 인식의 변화를 촉구~~하고 있다.
닻을 드는 행동
찾아볼 수 없는 내용

| (나) – 〈본사 2〉 ㉣아이야 닻 들어라 만조에 띄워 가자

| 뭔말?

· ㉣에서는 명령형 어미 '–어라'를 사용하여 '아이'가 해야 할 행동, 즉 닻을 드는 행동을 제시함.

· 이는 배의 운항을 촉구하는 것일 뿐, 자연 경물에 대한 아이의 인식 변화를 촉구하는 것은 아님.

오답 땡!

'~에 ~고 ~에 ~다'
① ㉠은 대구를 통해 자연 경물의 모습을 제시함으로써 한적한 분위기를 조성하고 있다.
산, 강, 구름, 갈매기
구름이 일고 갈매기가 낢. → 한가롭고 고요한 분위기

| (가) – 〈제4수〉 ㉠산두에 한운 일고 수중에 백구 난다

| 뭔말?

· ㉠에서는 '산두에 한운 일고'와 '수중에 백구 난다'가 대구를 이루고 있으며, 이를 통해 산, 강, 구름, 갈매기라는 자연 경물의 모습을 제시함.

· 또한 산꼭대기에서 한가로운 구름이 일고 물 가운데에서 갈매기가 나는 모습이므로 한적한 분위기를 조성하고 있다고 볼 수 있음.

너: 한운(한가로운 구름), 백구(갈매기) = 자연 경물
② ㉡은 자연 경물을 '너'로 지칭하여 관계를 맺음으로써 이들과 동화하려는 의지를 표출하고 있다.
화자가 너(한운, 백구)를 좇아 놀겠다고 하는 것

| (가) – 〈제4수〉 ㉡일생에 시름을 잊고 너를 좇아 놀리라

| 뭔말?

· ㉡에서 화자는 '한운', '백구'와 같은 자연 경물을 '너'라고 지칭하여 관계를 맺고 일생 동안 이들을 좇아 놀겠다고 하며 물아일체의 의지를 표출하고 있음.

갈대꽃
③ ㉢은 자연 경물의 모습을 감각적으로 표현함으로써 물가의 아름다운 풍경을 묘사하고 있다.
눈이 석양에 높이 날아 어지럽게 뿌리는 것에 비유

| (나) – 〈본사 2〉 소정을 타고 오니 / ㉢바람에 떨어진 갈대꽃 갠 하늘에 눈이 되어 / 석양에 높이 날아 어지러이 뿌리는데

| 뭔말?

· ㉢에서 화자는 가을바람에 떨어지는 갈대꽃을 갠 하늘에 흩뿌려지는 눈에 빗대어 감각적으로 표현함. 이를 통해 물가의 아름다운 풍경을 묘사하고 있음.

⑤ ㉤은 유사한 놀이를 즐겼던 과거 인물과 비교함으로써 화자의 자긍심을 드러내고 있다.
뱃놀이를 즐겼던 소동파와의 비교
→ 뱃놀이를 마음껏 즐기는 화자의 자긍심을 강조하기 위한 표현

| (나) – 〈본사 2〉 ㉤동파 적벽유인들 이내 흥에 미치겠는가

| 뭔말?

· ⓔ은 중국 송나라 때 소동파가 적벽에서 했던 뱃놀이라도 화자 자신의 흥에는 못 미친다는 의미임.

· 이는 유사한 놀이를 즐겼던 과거 인물인 소동파와 자신을 비교하여 뱃놀이를 즐기는 화자의 자긍심을 드러내는 것이라고 볼 수 있음.

02 시구의 비교와 대조 답 ③

선지별 선택 비율	①	②	③	④	⑤
화작	4%	6%	80%	5%	3%
언매	2%	4%	88%	2%	1%

[A], [B]에 대한 설명으로 가장 적절한 것은?

정답 딱! 동!

→ 하늘에 달이 뜬 밤, 그 달빛이 비친 강 위에서 뱃놀이를 하는 상황

③ [B]에서 화자는 하늘의 달과 강물에 비친 달 사이에 놓임으로써 '월궁'에 오른 듯한 신비로움을 표현하고 있다.

└→ '월궁에 올랐는 듯 / 물외의 기이한 경관'

| (나) – [B] 강물 아래 잠긴 달은 또 어인 달인 게오 / 달 위에 배를 타고 달 아래 앉았으니 / 문득 의심은 월궁에 올랐는 듯 / 물외의 기이한 경관 넘치도록 보이도다

| 뭔말?

· [B]에서 화자는 달빛 가득한 밤에 그 달빛이 비친 강 위에서 배를 타고 있는 상황을 '달 위에 배를 타고 달 아래 앉았'다고 하여, 하늘의 달과 강물에 비친 달 사이에 화자가 놓인 것처럼 표현함.

· 그 상황에서 '월궁'에 오른 듯 기이한 경관이 넘치도록 보인다고 하였으므로 '월궁'에 오른 듯한 신비로움을 표현하고 있다는 말도 적절함.

오답 땡!

→ 단순한 자연물로 인식, 절대적 존재 X

① [A]에서 화자는 달을 ~~절대적 존재로 인식~~하고 강호 자연에서 ~~'무심'한 삶을 살 수 있도록 기원~~하고 있다.

└→ 이미 무심한 상태, 무심한 삶 기원 X

| (가) – [A] 강호에 월백하거든 더욱 무심하여라

| 뭔말?

· [A]에서 달은 강호를 비추는 대상으로 시적 분위기를 조성하고 화자의 정서를 유발하는 역할을 함. 화자가 달을 절대적 존재로 인식하는 모습은 보이지 않음.

· [A]에서 화자는 현재 강호에서 '무심'한 상황, 즉 욕심 없는 경지에 이르렀음. 그러나 이와 같은 삶을 살기를 기원하는 모습은 보이지 않음.

→ 달 = 단순 자연물, 의인화된 대상 X

② [A]에서 ~~화자는 달에 인격을 부여하여~~ '녹수'와 '청산'으로 둘러싸인 강호 자연의 가을 달밤 정경을 묘사하고 있다.

| (가) – [A] 굽어보면 천심 녹수 돌아보니 만첩 청산 ~ 강호에 월백하거든 더욱 무심하여라

| 뭔말?

· [A]에서 '녹수'와 '청산'으로 둘러싸인 강호 자연의 가을 달밤 정경을 묘사하고 있는 것은 맞지만, 달에 인격을 부여하고 있지는 않음. 달은 시공간적 배경을 짐작하게 하는 소재이자 화자의 흥취를 돋우는 대상일 뿐임.

④ [B]에서 ~~화자는 시간의 흐름에 따라 모양을 달리 하는 달의 특성을 활용하여 계절의 변화를 다채롭게 나타내고 있다~~.

└→ 찾아볼 수 없는 내용

| 뭔말?

· [B]의 달 = 가을밤 강 위에 뜬 자연물

· [B]에서는 시간의 흐름에 따라 모양을 달리하는 달의 특성을 활용하고 있지도 않고, 이를 통해 계절의 변화를 다채롭게 나타내고 있지도 않음.

⑤ [A]와 [B]에서 강호 자연에 은거한 화자는 ~~달을 대화 상대이면서 동시에 위안의 대상으로 여기고 있다~~.

└→ 달: 분위기 조성, 정서(흥취) 유발의 역할, 대화 상대 X 위안의 대상 X

| 뭔말?

· [A]와 [B]의 화자가 강호 자연에 은거하고 있는 것은 맞지만 '달'은 화자로 하여금 흥취를 느끼게 하는 대상일 뿐, 대화 상대나 위안의 대상이 아님.

03 외적 준거에 따른 작품 감상 답 ②

선지별 선택 비율	①	②	③	④	⑤
화작	3%	56%	10%	5%	23%
언매	2%	64%	5%	3%	23%

〈보기〉를 바탕으로 (가), (나)를 감상한 내용으로 적절하지 않은 것은? [3점]

보기

'어부'는 정치 현실과 거리를 둔 은자로 형상화된다. 이때 '어부 형상'은 어부 관련 소재, 행위, 정서 등의 어부 모티프와 연관하여 작품별로 공통적인 속성을 가지면서 다양한 변주를 보인다. (가)는 어부와 관련된 상황의 일부를 초점화하여 유유자적한 삶을 사는 어부를, (나)는 어부와 관련된 여러 상황을 이어 가며 흥취 있는 삶을 사는 어부를 형상화하고 있다.

정답 딱! 동!

→ 때마침 불어 반가운 대상

② (나)의 '추풍'은 뱃놀이의 흥취를 북돋우는 자연 현상이고, '강풍'은 ~~흥취의 대상을 강에서 산으로 옮겨 가는 자연 현상~~이라 볼 수 있군.

└→ → 귀범을 돕는 자연 현상일 뿐!

| (나) – 〈본사 2〉 때마침 부는 추풍 반갑게도 보이도다 / 말술이 다 나 쓰나 술병 메고 벗을 불러 / 언덕 너머 어촌에 내 놀이 가자꾸나 ~ 푸른 물풀 위로 강풍이 짐짓 일어 / 귀범을 재촉하는 듯 / 아득하던 앞산이 뒷산처럼 보이도다 ~ 연파를 헤치고 월중에 돌아오니

| 뭔말?

· (나)의 '추풍'은 어촌에 '내 놀이' 가려는 상황에서 '때마침' 불어 '반갑게도' 보이는 대상이므로, 뱃놀이의 흥취를 북돋우는 자연 현상에 해당함.

· (나)의 '강풍'은 '귀범', 즉 멀리 나갔던 배가 돌아가는 것을 재촉하는 대상으로, 흥취의 대상을 강에서 산으로 옮겨 가는 자연 현상과 관계없음. '앞산이 뒷산처럼 보이도다'는 강풍이 배를 나아가게 하여 아득하던 앞산이 뒷산처럼 보일 정도로 배가 빠르게 간다는 말임.

오답 땡!

→ 속세의 먼지, 인세와 연결되는 말

① (가)의 '어부'는 '십장 홍진'으로 표현된 정치 현실에서 벗어나 뱃놀이를 즐기며 '인세'의 근심과 시름을 다 잊고 한가로움을 추구하려고 하는군.

└→ 〈제1수〉 종장에 나타남.

| 〈보기〉 '어부'는 정치 현실과 거리를 둔 은자로 ~ (가)는 어부와 관련된 상황의 일부를 초점화하여 유유자적한 삶을 사는 어부를 ~ 형상화하고 있다.

| (가) – 〈제1수〉 이 중에 시름없으니 어부의 생애로다 / 일엽편주를 만경파에 띄워 두고 / 인세를 다 잊었거니 날 가는 줄을 아는가

| (가) – 〈제2수〉 십장 홍진이 얼마나 가렸는가

| 뭔말?

· (가)의 '어부'는 〈제1수〉에서 뱃놀이를 하면서 시름없고 인세를 잊었다고 함.

· (가)의 '어부'는 〈제2수〉에서 자연이 '십장 홍진', 즉 속세를 가리고 있다고 함.

· 이로 볼 때 (가)의 어부는 '십장 홍진'으로 표현된 정치 현실에서 벗어나 뱃놀이를 즐기면서 인세를 다 잊고 한가로운 삶을 추구하고 있음.

→ 모두 자그마한 배를 뜻하는 말

③ (가)의 '일엽편주'와 (나)의 '소정'은 화자가 소박한 뱃놀이를 즐기고 있다는 것을 알려 주는 어부 형상 관련 소재라고 할 수 있군.

| 〈보기〉 이때 '어부 형상'은 어부 관련 소재, 행위, 정서 등의 어부 모티프와 연관하여 작품별로 공통적인 속성을 가지면서 다양한 변주를 보인다.

| (가) – 〈제1수〉 일엽편주를 만경파에 띄워 두고

| (나) – 〈본사 2〉 흰 두건을 젖혀 쓰고 소정을 타고 오니

| 뭔말?

· (가)의 '일엽편주'는 '한 척의 조그마한 배', (나)의 '소정'은 '작은 배'라는 뜻이므로, 둘은 모두 소박한 뱃놀이를 즐기고 있다는 것을 알려 주는 어부 형상 관련 소재임.

④ (가)의 '녹류에 고기 꿰어'에는 어부의 삶과 관련된 일부 행위를 통해 유유자적한 삶이, (나)의 '그물로', '수없이 잡아 내어', '실컷 먹은'에는 뱃놀이의 여러 상황들이 연결되어 흥취를 즐기는 삶이 나타나고 있군.

| 〈보기〉 (가)는 어부와 관련된 상황의 일부를 초점화하여 유유자적한 삶을 사는 어부를, (나)는 어부와 관련된 여러 상황을 이어 가며 흥취 있는 삶을 사는 어부를 형상화하고 있다.

| (가) – 〈제3수〉 청하에 밥을 싸고 녹류에 고기 꿰어

| (나) – 〈본사 2〉 갈잎에 닻 내리고 그물로 / 잔잔한 강물 속 자린은순 수없이 잡아내어 / 연잎에 담은 회와 항아리에 채운 술을 / 실컷 먹은 후에

| 뭔말?

· 〈보기〉에 근거할 때 (가)의 '녹류에 고기 꿰어'는 잡은 고기를 버드나무 가지에 꿰어 놓는 어부들의 삶과 관련된 행위로, 어부의 유유자적한 삶을 보여 줌.

· (나)의 '그물로', '수없이 잡아 내어', '실컷 먹은'은 뱃놀이 중 그물을 던져 고기를 잡고 이를 실컷 먹은 상황들을 연결한 것으로, 흥취를 즐기는 어부의 삶을 보여 줌.

→ '일반 청의미 = 자연의 참된 의미'를 남들은 모름.
→ 자족감과 연결

⑤ (가)의 '어부'는 강호 자연의 삶 속에서 홀로 자족감을 표출하고 있고, (나)의 어부는 벗들과 함께한 흥겨운 뱃놀이를 통해 만족감을 표출하고 있군.

→ 벗을 불러 내 놀이를 감. → 희황천지, 동파 적벽유와 비교해 만족감 표출

| 〈보기〉 이때 '어부 형상'은 어부 관련 소재, 행위, 정서 등의 어부 모티프와 연관하여 작품별로 공통적인 속성을 가지면서 다양한 변주를 보인다.

| (가) – 〈제3수〉 일반 청의미를 어느 분이 아실까

| (나) – 〈본사 2〉 말술이 다나 쓰나 / 술병 메고 벗을 불러 / 언덕 너머 어촌에 내 놀이 가자꾸나 흰 두건을 젖혀 쓰고 소정을 타고 오니 / ⓒ바람에 떨어진 갈대꽃 갠 하늘에 눈이 되어 / 석양에 높이 날아 어지러이 뿌리는데 / 갈잎에 닻 내리고 그물로 / 잔잔한 강물 속 자린은순 수없이 잡아내어 / 연잎에 담은 회와 항아리에 채운 술을 / 실컷 먹은 후에 / 태기 넓은 돌에 높이 베고 누웠으니 / 희황천지를 오늘 다시 보는구나 ~ 동파 적벽유인들 이내 흥에 미치겠는가

| 뭔말?

· (가)의 '어부'는 '일반 청의미를 어느 분이 아실까'에서 자연이 주는 참된 의미를 아는 사람이 없고 자신만이 안다고 하여 자연 속에서 유유자적하며 사는 삶에 만족감을 표출함.

· (나)의 '어부'는 벗을 불러 어촌에 내 놀이를 감. 그리고 그 뱃놀이에 대해 희황천지, 즉 복희씨 때의 태평한 세상을 오늘 다시 보는 듯하고 소동파가 적벽에서 했던 뱃놀이인들 자신의 흥에 못 미친다고 하며 만족감을 표출함.

▸ 본문 060쪽

현대시 01

2025학년도 6월 모의평가

01 ⑤ 02 ④ 03 ③ 04 ③

(가) 이기철, 「청산행」

EBS 연결 고리
2025학년도 수능특강 문학 265쪽

해제 이 작품은 자연에 동화되어 살고 싶은 화자의 소망을 '청산'이라는 공간적 배경을 통해 노래하고 있는 시이다. 화자는 처음에 청산에 들어와서는 속세에 대한 미련을 버리지 못하고, 속세에서의 삶을 떠올리며 내적 갈등을 겪는다. 그러나 이내 속세에 대한 미련을 떨쳐 버리고 자연에 온전히 동화되어 살고 싶다는 소망을 드러낸다. 이 작품은 자연과 속세라는 대비되는 공간과 그 공간을 나타내는 소재들을 활용하여 주제 의식을 효과적으로 나타내고 있다.

주제 현실을 벗어나 자연에 동화되고 싶은 소망

짜임

1~3행	청산에 와서 변화된 화자의 인식
4~5행	속세에 남겨 둔 것을 떠올림.
6~14행	청산에서 본 속세의 모습과 지난날에 대한 성찰
15~18행	자연과 동화되고 싶은 마음

1~3행 손 흔들고 떠나갈 미련은 없다

며칠째 청산에 와 발을 푸니

㉠흐리던 산길이 잘 보인다.
[03-①] [04-③] 이전에는 제대로 파악하지 못한 산길이 이제는 잘 보임. → 자연에 친숙해진 화자

4~5행 상수리 열매를 주우며 인가를 내려다보고
[01-③] 공간의 이동에 따라 포착된 사물

쓰다 둔 편지 구절과 버린 칫솔을 생각한다.
[04-①] 속세에 대한 미련 → 자연에 온전히 동화되지 못하는 화자의 심리

6~14행 남방으로 가다 길을 놓치고

두어 번 허우적거리는 여울물

산 아래는 때까치들이 몰려와
[04-④] 여울물, 때까치들: 자연에 들어와서 느끼는 화자의 심리 투사
모든 야성을 버리고 들 가운데 순결해진다.

길을 가다가 자주 뒤를 돌아보게 하는
[01-③] 공간의 이동 [02-①] 속세에 대한 화자의 미련
서른 번 다져 두고 서른 번 포기했던 ⓐ관습들
[02-④] 화자의 내적 갈등
서쪽 마을을 바라보면 나무들의 잔숨결처럼
[01-③] [02-③] 공간의 이동에 따라 포착된 사물. 속세와 관련됨. 피안에 대한 지향 ×
㉡가늘게 흩어지는 저녁 연기가
[03-②] 저녁 연기의 형상 = 한 가정의 상황과 처지를 시각화한 표현
한 가정의 고민의 양식으로 피어오르고

15~18행 생목 울타리엔 들거미줄

맨살 ㉢비비는 돌들과 함께 누워
[01-①, ⑤] [03-③] 때 묻지 않은 순수한 자연물을 인격화해 화자의 정서를 투영 → 친밀감을 드러냄.
실로 이 세상을 앓아 보지 않은 것들과 함께
[04-⑤] 자연에 동화되려는 화자의 태도
잠들고 싶다.

(나) 김현승, 「사실과 관습: 고독 이후」

EBS 연결 고리
비연계

교과서 연계 정보
작가 문학 비상

해제 이 작품은 차를 마시는 행위를 통해 자신과 다른 존재에 대한 화자의 인식과 태도를 드러내고 있는 시이다. 화자는 좋아하는 차를 홀로 마시는 것을 '사실'과 '관습'이라고 지칭하며, 차를 마시는 행위의 즐거움을 드러내고 있다. 더 나아가 차를 마시는 행위가 '내게 대한 모든 것', '모든 것에 대한 모든 것'이 된다고 하는데, 이는 자신을 비롯한 세상의 모든 존재를 사실적 경험을 바탕으로 인식하겠다는 생각을 나타낸 것이다. 이는 곧 추상적 존재인 절대자('누구')와의 관계를 바탕으로 대상을 인식하지 않겠다는 의미이기도 하다. 특히 '뿐'이라는 말을 반복함으로써 대상을 인식하는 이러한 자신의 방법이 바람직하다는 것을 부각하고 있다.

주제 사실과 관습을 통해 자신과 다른 모든 존재를 인식하려는 태도

짜임

1연	차를 마시는 것이 사실임을 인식하는 '나'
2연	사실이면서 관습인 즐거운 차 마시기
3연	차를 마시며 인식하는 대상들과 '나'
4연	모든 존재를 인식하는 근거인 사실과 관습

1연 나는 차를 앞에 놓고

고즈넉한 저녁에 호올로 마신다.
[02-②, ③, ④] 홀로 차를 마시는 행위 → 안식에 대한 지향, 내면의 평정함
내가 좋아하는 차를 마신다.

그러나 이것은 다만 사실일 뿐,
[01-②] 대상을 한정하는 어휘 → 주제 의식 강조
차의 짙은 향기와는 관계 없이

이것은 물과 같이 담담한 사실일 뿐이다.
[02-④] 홀로 차를 마시는 행위 → 내면의 평정함

2연 누구의 시킴을 받아
[04-④] 절대자와의 관계에 대한 화자의 회의적 태도
참새 한 마리가 땅에 떨어지는 것도 아니고

누구의 손으로 들국화를 어여삐 가꾼 것도 아니다.

차를 마시는 것은

이와 같이 ㉣스스로 달갑고 가장 즐거울 뿐,
[03-④] 차를 마시는 것은 화자의 선호에 따른 주체적 행위임.
이것은 다만 사실이며 또 ⓑ관습이다.

나의 고즈넉한 관습이다.

3연 물에게 물은 물일 뿐
[04-⑤] 경험적 사실로만 대상을 인식하겠다는 화자의 태도
소금물일 뿐,

앞으로 남은 십년을 더 살든지 죽든지
[04-③] 절대자에 대한 회의. 현실을 인식할 때 경험적 사실에 기초하겠다는 화자의 태도
나에게도 나는 나일 뿐,
[01-④] 화자를 거듭 명시함.
㉤이제는 차를 마시는 나일 뿐,
[03-⑤] 화자 자신에 대한 인식의 변화

4연 이 짙은 향기와는 관계도 없이
차를 마시는 사실과 관습은
내가 아는 내게 대한 모든 것이다.
그리고 모든 것에 대한 모든 것도 된다.
[04-②] 경험적 사실에 근거해 자신과 모든 존재를 인식하겠다는 화자의 태도

01 표현상 특징 파악 답 ⑤

선지별 선택 비율	①	②	③	④	⑤
화작	8%	7%	11%	10%	62%
언매	5%	4%	9%	6%	73%

(가), (나)에 대한 설명으로 적절하지 않은 것은?

정답 띵!동!

⑤ ~~(가)와 (나)는 모두~~(→ (가) O, (나) X), 자연물에 화자의 정서를 투영함으로써 대상에 대한 친밀감을 드러내고 있다. (→ 자연에 동화되고 싶은 마음 → '돌들')

| (가) – 〈16~18행〉 맨살 비비는 돌들(→ 자연 그대로의 순수한 존재)과 함께 누워 / 실로 이 세상을 잃아 보지 않은 것들과 함께 / 잠들고 싶다.

| (나) – 〈2연〉 참새 한 마리가 땅에 떨어지는 것도 아니고 / 누구의 손으로 들국화를 어여삐 가꾼 것도 아니다.

| (나) – 〈3연〉 물에게 물은 물일 뿐

| 뭔말?

· (가)에서 '돌들'은 화자가 청산에서 함께 누워 잠들고 싶은 대상이므로, 자연에 동화되어 살고자 하는 화자의 정서가 투영된 자연물임.

· 이때 '돌들'과 함께 눕고 싶다는 것은 화자가 자연물에 대해 친밀감을 드러낸 것임.

· (나)에서 '참새', '들국화', '물'이라는 자연물은 화자가 인식하는 대상일 뿐, 화자가 친밀감을 가지는 대상은 아님.

오답 땡!

① (가)는 인격화한 대상을 통해 화자의 심리를 내포하고 있다. (→ 자연에 동화되고 싶은 마음 → 인격화된 대상('돌들'))

| (가) – 〈16~18행〉 맨살 비비는 돌들(→ 순수한 자연물)과 함께 누워 / 실로 이 세상을 잃아 보지 않은 것들과 함께 / 잠들고 싶다.

| 뭔말?

· (가)에서 '돌들'이 맨살을 비비고 눕는다고 인격화하여 표현함. → 자연에 동화되고 싶은 화자의 심리를 내포함.

② (나)는 대상을 한정하는 어휘들을 사용하여 주제 의식을 강조하고 있다. (→ '다만', '뿐')

| (나) – 〈1연〉 그러나 이것은 다만 사실일 뿐,

| (나) – 〈3연〉 물에게 물은 물일 뿐 / 소금물일 뿐, / 앞으로 남은 십년을 더 살든지 죽든지 / 나에게도 나는 나일 뿐, / 이제는 차를 마시는 나일 뿐,

| 뭔말?

· (나)에서 '다만'은 '다른 것이 아니라 오로지'를 뜻하는 말이고, '뿐'은 '다만 어떠하거나 어찌할 따름이라는 뜻을 나타내는 말'이므로 모두 대상을 한정하는 어휘임.

· '다만', '뿐'을 통해 '사실과 관습으로 자신과 다른 모든 존재를 인식하려는 태도'라는 주제 의식을 강조함.

③ (가)는 (나)와 달리, 공간의 이동에 따라 포착된 사물을 통해 화자의 태도를 드러내고 있다. (→ (가): '청산'에 들어옴. → 청산의 '산길'을 걸음.) (→ (가): 인가, 서쪽 마을, 저녁 연기, 돌들)

| (가) – 〈2~4행〉 며칠째 청산에 와 발을 푸니 / 흐리던 산길이 잘 보인다. / 상수리 열매를 주우며 인가(→ 속세)를 내려다보고

| (가) – 〈12~18행〉 서쪽 마을(→ 속세)을 바라보면 나무들의 잔숨결처럼 / 가늘게 흩어지는 저녁 연기(→ 속세에서 밥 짓는 연기)가 / 한 가정의 고민의 양식으로 피어오르고 / 생목 울타리엔 들거미줄 / 맨살 비비는 돌들과 함께 누워 / 실로 이 세상을 잃아 보지 않은 것들과 함께 / 잠들고 싶다.

| 뭔말?

· (가)에서 화자는 '청산'에 들어감. → '산길'을 지나면서 '인가', '서쪽 마을', '저녁 연기'를 보며 속세의 삶을 떠올림. → '들거미줄', '돌들'을 보면서 자연에 동화되고 싶다고 생각함.

· 따라서 (가)는 공간의 이동에 따라 포착된 사물을 통해 속세와 자연을 대하는 화자의 태도를 드러냄.

· (나)는 공간의 이동이 나타나지 않음.

④ (나)는 (가)와 달리, 화자를 거듭 명시하면서 시상을 전개하고 있다. (→ (나): '나'의 반복)

| (나) – 〈1연〉 나는 차를 앞에 놓고 / 고즈넉한 저녁에 호올로 마신다. / 내가 좋아하는 차를 마신다.

| (나) – 〈3연〉 나에게도 나는 나일 뿐, / 이제는 차를 마시는 나일 뿐,

| 뭔말?

· (나)의 화자는 '나'로, 작품의 표면에서 반복적으로 명시하여 시상을 전개함.

· (가)는 작품 표면에 화자를 직접 명시하지 않음.

02 시어의 비교 답 ④

선지별 선택 비율	①	②	③	④	⑤
화작	6%	6%	9%	71%	5%
언매	4%	4%	6%	80%	3%

ⓐ, ⓑ에 대한 이해로 가장 적절한 것은?

정답 띵!동!

④ ⓐ는 '서른 번 다져 두고 서른 번 포기'한 것이라는 점에서 내면의 갈등을, ⓑ는 '고즈넉한' 상황에서 이루어지는 '담담한 사실'이라는 점에서 내면의 평정함(→ 평안하고 고요함.)을 내포한다. (→ 다짐했다가 포기 반복 → 갈등 상황) (→ 고즈넉한 상황, 담담함 → 평온한 분위기 유발)

| (가) – 〈10~11행〉 길을 가다가 자주 뒤를 돌아보게 하는(→ 속세에 대한 미련) / 서른 번 다져 두고(→ 속세를 벗어나 청산에 살겠다는 생각) 서른 번 포기했던 ⓐ관습들 (→ 청산에 살겠다는 생각을 실행하지 못함.)

| (나) – 〈1연〉 나는 차를 앞에 놓고 / 고즈넉한(→ 고요하고 아늑한) 저녁에 호올로 마신다. / 내가 좋아하는 차를 마신다. / 그러나 이것은 다만 사실일 뿐, / 차의 짙은 향기와는 관계 없이 / 이것은 물과 같이 담담한 사실일 뿐이다.(→ 화자가 차를 마시는 행위의 의미)

| (나) – 〈2연〉 차를 마시는 것은 / 이와 같이 스스로 달갑고 가장 즐거울 뿐,(→ 차를 마시는 화자의 정서) / 이것은 다만 사실이며 또 ⓑ관습이다.

| 뭔말?

· ⓐ '관습들'은 (가)의 화자가 서른 번 다졌다가 서른 번 포기했던 것임. 이때 '서른 번 다져 두'었다는 것은 속세를 떠나 청산에 살겠다는 생각을 다졌다는 의미

이고, '서른 번 포기했'다는 것은 속세에 대한 미련 때문에 청산에 살겠다는 생각을 실행하지 못했다는 의미임.

· 따라서 ⓐ '관습들'은 청산과 속세 사이에서 갈등하는 화자의 내적 갈등을 내포함.

· (나)의 화자는 1연에서 '차를 마'시는 것을 '담담한 사실'이라고 함. 또한 1~2연에서는 '고즈넉한 저녁에' '차를 마'시는 것을 '스스로 달갑고 가장 즐거'운 '사실'이자 '관습'이라고 함.

· 따라서 ⓑ '관습'은 차를 마시는 행위가 고즈넉한 상황에서 이루어지는 담담하고 즐거운 사실로 내면에 평정을 가져다준다는 점을 내포함.

오답 땡!

① ⓐ는 '길을 가다가 자주 뒤를 돌아보게' 하는 것이라는 점에서 ~~다시 돌아갈 수 없는 그리움의 대상이다.~~

↳ 청산에 대한 지향과 포기를 반복했던 관습일 뿐, 그런 관습을 그리워하는 것 X

| (가) – 〈10~11행〉 길을 가다가 자주 뒤를 돌아보게 하는(→ 속세에 대한 미련) / 서른 번 다져 두고 서른 번 포기했던 ⓐ관습들

| 뭔말?

· ⓐ '관습들'은 '길을 가다가 자주 뒤를 돌아보게 하는' 원인으로, 이는 화자가 속세에 대한 미련이 있음을 나타냄.

· 그러나 ⓐ '관습들'은 다시 돌아갈 수 없는 그리움의 대상은 아님.

② ⓑ는 '호올로' 하는 행위라는 점에서 ~~행위 주체의 사회적 고립을 드러내고 있다.~~

화자는 홀로 차를 마시는 것을 즐김, 이를 통해 존재의 인식에 대한 깨달음을 얻으므로 사회적 고립 X

| (나) – 〈1연〉 나는 차를 앞에 놓고 / 고즈넉한 저녁에 호올로 마신다.

| (나) – 〈2연〉 차를 마시는 것은 / 이와 같이 스스로 달갑고 가장 즐거울 뿐,(→ 차를 마시는 화자의 정서) / 이것은 다만 사실이며 또 ⓑ관습이다.

| (나) – 〈4연〉 차를 마시는 사실과 관습은 / 내가 아는 내게 대한 모든 것이다. / 그리고 모든 것에 대한 모든 것도 된다.(→ 자신과 다른 모든 존재를 인식하는 방법을 깨달음)

| 뭔말?

· ⓑ '관습'은 차를 마시는 행위로, (나)의 화자가 '호올로' 하는 것이지만 '달갑고 가장 즐거'움을 느끼는 행위임.

· 화자는 ⓑ '관습'을 통해 '차를 마시는 사실과 관습'이 '내게 대한 모든 것'이고, '모든 것에 대한 모든 것도 된다'는 인식에 대한 깨달음을 얻음.

· 따라서 ⓑ '관습'이 화자가 사회적으로 고립되어 있음을 드러낸다고 볼 수 없음.

속세 = 현실 세계 ← 피안(관념적으로 생각해 낸 현실 밖의 세계)에 대한 지향 X

③ ⓐ는 바라봄의 대상인 '서쪽 마을'과 관련되어 있다는 점에서 ~~피안에 대한 지향을~~, ⓑ는 일과를 마친 '저녁'과 관련되어 있다는 점에서 안식에 대한 지향을 드러내고 있다.

↳ 고즈넉한 저녁에 차를 마시는 일을 즐김. → 안식에 대한 지향

| (가) – 〈11~12행〉 서른 번 다져 두고 서른 번 포기했던 ⓐ관습들 / 서쪽 마을을 바라보면(→ 속세에 대한 미련) 나무들의 잔숨결처럼

| (나) – 〈1연〉 고즈넉한(→ 고요하고 아늑한) 저녁에 호올로 마신다. / 내가 좋아하는 차를 마신다.

| (나) – 〈2연〉 차를 마시는 것은 / 이와 같이 스스로 달갑고 가장 즐거울 뿐, / 이것은 다만 사실이며 또 ⓑ관습이다.

| 뭔말?

· (가)의 화자가 바라보는 '서쪽 마을'은 속세이자 현실 세계로, ⓐ '관습들'과 관련됨.

· '피안'은 현실적으로 존재하지 않는 관념적으로 생각해 낸 현실 밖의 세계임. → ⓐ '관습들'은 피안에 대한 화자의 지향과는 관련이 없음.

· ⓑ '관습'은 차를 마시는 행위로, (나)의 화자는 '고즈넉한 저녁'에 차를 마시는 것이 가장 즐겁다고 함. → ⓑ '관습'은 안식에 대한 화자의 지향과 관련 있음.

속세에 대한 미련일 뿐, 자기 연민 X

⑤ ⓐ는 사물들을 '내려다보'아 촉발된 것이라는 점에서 ~~자기 연민의 성격을~~, ⓑ는 '달갑고', '좋아하는' 것이라는 점에서 ~~자기 위안적 성격~~을 띠고 있다.

↳ 즐기고 있을 뿐, 자기 위안 X

| (가) – 〈4~5행〉 상수리 열매를 주우며 인가(→ 속세)를 내려다보고 / 쓰다 둔 편지 구절과 버린 칫솔을 생각한다.(→ 속세에 대한 미련)

| (가) – 〈11~14행〉 서른 번 다져 두고 서른 번 포기했던 ⓐ관습들 / 서쪽 마을을 바라보면(→ 속세에 대한 미련) 나무들의 잔숨결처럼 / 가늘게 흩어지는 저녁 연기가 / 한 가정의 고민의 양식으로 피어오르고

| (나) – 〈1연〉 내가 좋아하는 차를 마신다.

| (나) – 〈2연〉 차를 마시는 것은 / 이와 같이 스스로 달갑고 가장 즐거울 뿐, / 이것은 다만 사실이며 또 ⓑ관습이다.

| 뭔말?

· (가)의 화자가 내려다본 '인가'와 '서쪽 마을'은 모두 속세임. → ⓐ '관습'은 속세에 대한 화자의 미련과 관련될 뿐, 자기 연민과는 무관함.

· ⓑ '관습'은 '좋아하는' 차를 마시는 일임. → (나)의 화자는 ⓑ를 '달갑고 가장 즐거'운 일로 여기고 있을 뿐, 차를 마시며 위로를 받고 있는 것은 아님.

03 시어의 의미와 기능 파악 답 ③

선지별 선택 비율	①	②	③	④	⑤
화작	2%	5%	75%	6%	8%
언매	1%	3%	84%	3%	6%

㉠~㉤에 대한 이해로 적절하지 않은 것은?

정답 띵! 동!

순수한 모습 ≠ 세파(모질고 거센 세상의 어려움)에 시달리지 않는 모습

③ ㉢은 '맨살'을 드러낸 '돌들'이 부대끼는 형상으로 ~~세파에 시달리는 모습~~을 나타내는 표현이다.

↳ 다른 것에 맞닿거나 자꾸 부딪치며 충돌하는

↳ 때 묻지 않은 순수한 상태의 자연물

| (가) – 〈15~18행〉 생목 울타리엔 들거미줄 / 맨살 ㉢비비는 돌들과 함께 누워 / 실로 이 세상을 앓아 보지 않은 것들(→ 세상의 고난과 어려움을 겪지 않은 순수한 자연물: 들거미줄, 돌들)과 함께 / 잠들고 싶다.

| 뭔말?

· '맨살 비비는 돌들'은 화자가 청산에서 '함께 누워' 보고 싶고, '함께 잠들고 싶'은 자연물임.

· '맨살'은 '아무것도 입거나 걸치거나 하지 아니하여 드러나 있는 살'을 뜻함.

· 따라서 ㉢ '비비는'은 때 묻지 않은 순수한 자연물의 상태를 나타낸 것이지, 세파(모질고 거친 세상의 어려움)에 시달리는 모습을 나타낸 것은 아님.

오답 땡!

① ㉠은 대상이 이전에는 제대로 파악되지 않았음을 드러내는 표현이다.

↳ 이전: 산길이 보이지 않음. ↔ 지금: 산길이 잘 보임.

| (가) – 〈2~3행〉 며칠째 청산에 와 발을 푸니 / ㉠흐리던 산길이 잘 보인다.

| 뭔말?

· 화자는 '며칠째 청산에 와 발을' 푼 후에야 비로소 '흐리던 산길'이 잘 보임.

· '산길'은 청산에 들어온 직후에는 잘 보이지 않았으나 지금은 잘 보이는 대상임. → ㉠ '흐리던'은 이전에는 산길이 명확하게 보이지 않는 상태였음, 즉 산길이 제대로 파악되지 않았음을 드러냄.

② ㉡은 '저녁 연기'의 형상으로 '한 가정'의 상황과 처지를 시각화한 표현이다.
→ '한 가정의 고민의 양식'이라는 추상적 개념을 '가늘게 흩어지는 저녁 연기'의 모습을 통해 시각화함.

| (가) – 〈13~14행〉 ㉡가늘게 흩어지는 저녁 연기가 / 한 가정의 고민의 양식으로 피어오르고

| 뭔말?

· ㉡ '가늘게'는 '한 가정'에서 피어오르는 '저녁 연기'를 시각적으로 표현한 것임.

· 이를 '한 가정의 고민의 양식'과 연결 지으면, ㉡은 '한 가정'이 겪는 어려움을 시각적으로 표현한 것임.

④ ㉣은 '차를 마시는 것'이 화자의 선호에 따른 주체적 행위임을 드러내는 표현이다.
→ 차를 좋아하고, 차 마시는 것을 달가워하고 즐거워함. → 주체적 행위

| (나) – 〈1연〉 내가 좋아하는 차를 마신다.

| (나) – 〈2연〉 차를 마시는 것은 / 이와 같이 ㉣스스로 달갑고(→ 거리낌이나 불만이 없어 마음이 흡족하고) 가장 즐거울 뿐,(→ 화자의 선호에 의한 주체적 행위임.)

| 뭔말?

· 화자는 '좋아하는 차'를 마시는 것을 '스스로 달갑고 가장 즐거'운 일로 여김. → ㉣ '스스로'는 '차를 마시는 것'이 누구의 시킴이나 강요에 의해 하는 행동이 아니라 자신이 좋아해서 하는 주체적인 행위임을 드러냄.

⑤ ㉤은 '나'에 대한 현재의 인식이 이전과는 달라졌음을 드러내는 표현이다.
→ 보조사 '는' → '나'에 대한 현재('이제')의 인식이 이전과는 달라짐.

| (나) – 〈3연〉 앞으로 남은 십년을 더 살든지 죽든지 / 나에게도 나는 나일 뿐,(→ '나'=절대자에게 얽매인 존재가 아닌 주체적 존재임) / ㉤이제는 차를 마시는 나일 뿐,

| 뭔말?

· 3연의 3~5행에서는 '나', 즉 화자 자신에 대한 인식을 드러냄.

· ㉤ '이제는'의 '는'은 어떤 대상이 다른 것과 대조됨을 나타내는 보조사임. → ㉤은 자신에 대한 화자의 현재 인식이 이전과는 달라졌음을 드러냄.

04 외적 준거에 따른 작품 감상 답 ③

선지별 선택 비율	①	②	③	④	⑤
화작	12%	16%	34%	27%	7%
언매	12%	13%	42%	24%	6%

〈보기〉를 참고하여 (가), (나)를 감상한 내용으로 적절하지 않은 것은? [3점]

> 보기
>
> 자연과 절대자는 각각 인간에게 안식을 주거나 인간과 세계를 규정하는 중요한 준거로 인식되어 왔다. (가)는 세속의 일상을 떠나 자연에 들어온 화자가 점차 자연에 동화되어 가는 과정과 심리 상태를 그리고 있다. (나)는 자신과 세계 인식의 준거였던 절대자와의 관계를 회의(의심을 품음. 또는 마음속에 품고 있는 의심)하고 자신이 경험한 사실에 기초하여 존재를 인식하겠다는 태도를 표명하고 있다.

정답 띵! 동!

→ 며칠째 청산에 지내면서 자연에 친숙해지니 잘 안 보이면 산길이 잘 보이게 됨

③ (가)의 '발을 푸니' '잘 보인다'는 것은 화자가 자연에 친숙해지는 심리 상태를, (나)의 '앞으로 남은 십년을 더 살든지 죽든지'는 절대자에 대해 회의하고 ~~현실에 얽매이지 않겠다는 태도~~를 드러내고 있겠군.
→ 경험한 사실에 기초하여 현실을 인식하겠다는 태도

| 〈보기〉 (가)는 세속의 일상을 떠나 자연에 들어온 화자가 점차 자연에 동화되어 가는 과정과 심리 상태를 그리고 있다. (나)는 자신과 세계 인식의 준거였던 절대자와의 관계를 회의하고 자신이 경험한 사실에 기초하여 존재를 인식하겠다는 태도를 표명하고 있다.

| (가) – 〈2~3행〉 며칠째 청산에 와 발을 푸니 / 흐리던 산길이 잘 보인다.

| (나) – 〈3연〉 앞으로 남은 십년을 더 살든지 죽든지 / 나에게도 나는 나일 뿐, / 이제는 차를 마시는 나일 뿐,(→ 절대자를 기준으로 자신을 인식하는 것이 아니라, 경험한 사실에 근거해 자신을 인식하겠다는 의미)

| 뭔말?

· (가) 청산에 와 발을 풀었다. = 청산에서 살게 되었음. → 흐리던 산길이 잘 보인다. = 청산에서 며칠 지내며 자연에 익숙해지는 과정에서 보이지 않던 것이 잘 보이게 됨.

· 따라서 (가)의 '발을 푸니' '잘 보인다'는 화자가 자연에 친숙해지는 심리 상태를 드러낸 것임.

· (나)의 '앞으로 남은 십년을 더 살든지 죽든지'는 뒤의 '나에게는 나는 나일 뿐 / 이제는 차를 마시는 나일 뿐'과 연결되어, 남은 인생과 상관없이 이제부터는 이전과 다르게 자신이 경험한 사실을 기준으로 현실을 인식하겠다는 태도를 드러낸 것임. 현실에 얽매이지 않겠다는 태도를 드러낸 것은 아님.

오답 땡!

→ 속세에 대한 미련

① (가)의 '쓰다 둔 편지 구절과 버린 칫솔을 생각한다'는 것은 자연에 온전히 동화되지 못하는 화자의 심리를 보여 주는 것이겠군.
→ 속세에 대한 미련 = 자연에 온전히 동화되지 못한 상태

| (가) – 〈4~5행〉 상수리 열매를 주우며 인가(→ 속세)를 내려다보고 / 쓰다 둔 편지 구절과 버린 칫솔(→ 속세의 물건)을 생각한다. → 속세에 대한 미련

| 뭔말?

· '편지 구절'과 '칫솔'은 인가를 내려다보고 생각하는 것이므로 세속의 일상을 상징함.

· '편지 구절'과 '칫솔'을 생각한다는 것은 속세에 대한 미련이 남아 있음을 드러냄. → 자연에 온전히 동화되지 못하는 화자의 심리를 보여 줌.

② (나)의 '차를 마시는' 행위가 '내가 아는 내게 대한 모든 것', '모든 것에 대한 모든 것'으로 확장되는 것은 경험적 사실을 '나'와 모든 존재들에 대한 인식의 유일한 근거로 삼겠다는 의식이 반영된 것이겠군.
→ '차를 마시는' 행위(=경험적 사실)가 '내가 아는 내게 대한 모든 것', '모든 것에 대한 모든 것'(=자신과 다른 모든 존재)으로 확장됨.

| 〈보기〉 (나)는 ~ 자신이 경험한 사실에 기초하여 존재를 인식하겠다는 태도를 표명하고 있다.

| (나) – 〈4연〉 차를 마시는 사실과 관습(→ 경험적 사실)은 / 내가 아는 내게 대한 모든 것이다.(→ 경험적 사실만이 인식의 근거가 됨.) / 그리고 모든 것에 대한 모든 것도 된다.(→ 인식의 확장)

| 뭔말?

· '차를 마시는' 행위 = '사실과 관습' → 경험적 사실

· (나)의 화자는 '차를 마시는 사실과 관습'이 '내가 아는 내게 대한 모든 것'이고 '모든 것에 대한 모든 것'이라고 확장함. 이는 자신과 다른 모든 존재를 인식할 때 오로지 경험적 사실만을 근거로 삼겠다는 의식을 드러낸 것임.

④ (가)의 '여울물'과 '때까치들'에는 자연에 들어와서 느끼는 화자의 심리가 투사되어 있음을, (나)의 '참새'의 떨어짐이 '누구'에 의한 것이 '아니'라는 데에서 절대자와의 관계에 대한 회의가 드러나 있음을 알 수 있겠군.
→ '누구' = 절대자 → '누구'에 의한 것이 아님 = 절대자와의 관계에 대한 회의

| 〈보기〉 (가)는 세속의 일상을 떠나 자연에 들어온 화자가 ~ (나)는 자신과 세계 인식의 준거였던 절대자와의 관계를 회의하고

| (가) – 〈6~9행〉 남방으로 가다 길을 놓치고 / 두어 번 허우적거리는 여울물 / 산 아래는 때까치들이 몰려와 / 모든 야성을 버리고 들 가운데 순결해진다.

| (나) – 〈2연〉 누구의 시킴(→ 절대자의 힘)을 받아 / 참새 한 마리가 땅에 떨어지는 것도 아니고 / 누구의 손(→ 절대자의 힘)으로 들국화를 어여삐 가꾼 것도 아니다.
→ 절대자와의 관계에 대한 회의를 드러냄.

| 뭔말?

· (가)의 화자는 청산에 들어와서도 인가를 내려다보고 세속의 여울물, 때까치들을 바라봄. → '여울물'을 '길을 놓'친 존재로 표현하여 '허우적거'린다고 하고, '때까치들'은 '순결해진다'고 함. → 자연에 들어와서 느끼는 화자의 심리를 엿볼 수 있음.

· (나)의 '누구' = 〈보기〉의 '절대자'

· (나)의 화자는 '누구의 시킴을 받아 / 참새 한 마리가 땅에 떨어지는 것도 아니' 라고 하였으므로 존재를 인식할 때 절대자와의 관계에 근거하지 않음을 알 수 있음. → 절대자와의 관계에 대한 회의를 느낌.

⑤ **(가)의 '이 세상을 앓아 보지 않은 것들과 함께'는 자연에 동화되려는 태도를, (나)의 '물은 물일 뿐'은 경험적 사실로만 대상을 인식하겠다는 태도를 드러내는 것이겠군.**
(→ = 순수한 자연물)
(→ = 자신이 경험한 그대로 '물'을 '물' 자체로 인식함.)

| 〈보기〉 (가)는 세속의 일상을 떠나 자연에 들어온 화자가 점차 자연에 동화되어 가는 과정과 심리 상태를 그리고 있다. (나)는 ~ 자신이 경험한 사실에 기초하여 존재를 인식하겠다는 태도를 표명하고 있다.

| (가) – 〈17~18행〉 실로 이 세상을 앓아 보지 않은 것들(→ 세상의 고통과 아픔을 겪어 보지 않은 순수한 자연물)과 함께 / 잠들고 싶다.

| (나) – 〈3연〉 물에게 물은 물일 뿐 / 소금물일 뿐(→ 자신이 경험한 사실 그대로 물과 소금물을 인식하겠다는 의미)

| 뭔말?

· (가)의 '이 세상을 앓아 보지 않은 것들' = 속세의 때가 묻지 않은 순수한 자연물 → 이들과 '함께 잠들고 싶다'는 것은 자연에 동화되려는 태도를 나타냄.

· 〈보기〉에서 (나)는 자신이 경험한 사실에 기초하여 대상을 인식하겠다는 태도를 표명한다고 함. → (나)의 '물은 물일 뿐'은 경험적 사실로만 대상을 인식하겠다는 화자의 태도를 드러낸 것임.

매웠지?

꿀피스 Tip!

▸ 이 문제의 관건은 (가)에서는 화자가 세속에 보이는 태도와 자연에 동화되어 가는 과정을 파악하고, (나)에서는 화자가 자신과 다른 존재를 인식할 때 절대자와의 관계를 회의하고, 경험한 사실에 근거하는지를 파악하는 거야.

▸ 함정 선지 ④를 먼저 확인해 보자. '여울물'과 '때까치들'에 자연에 들어와서 느끼는 화자의 심리가 투사됐는지를 판단하려면 화자의 상황을 먼저 알아야겠지. 화자는 청산에 들어온 지 며칠 안 된 상황이야. 인가를 내려다보는 데서 속세에 대한 미련을 엿볼 수 있는데, 그 가운데 '여울물'과 '때까치들'에 주목하고 있어. 그리고 '여울물'은 길을 놓치고 허우적거리는 모습으로, '때까치들'은 모든 야성을 버리고 순결해지는 모습으로 나타내고 있지. 그런데 '여울물'과 '때까치들'이 실제로 그런 걸까? 안타깝게도(?) 문학에서 감정을 가질 수 있는 건 오직 인간뿐이야. 그러니까 이건 화자가 자신의 심리를 담아, 대상이 마치 그러한 것처럼 표현하고 있는 거야. 화자의 감정을 우회적 · 간접적으로 드러내고 있는 거라고. 따라서 '여울물'과 '때까치들'에 자연에 들어와서 느끼는 화자의 심리가 투사되어 있다는 설명은 적절해.

▸ 잠깐, 함정 선지 ④에서 (나)에 대한 내용도 함께 짚고 가자. 화자는 2연에서 '참새'를 말하며 '누구'를 언급했어. '누구'는 참새를 떨어뜨릴 힘이 있을 만한 존재니까 〈보기〉를 참고하면 그런 능력을 가진 존재는 바로 '절대자'임을 알 수 있어. 그런데 화자는 '참새'의 떨어짐이 '누구'에 의한 것이 아니래. 그러니 화자는 절대자의 존재를 인정하지 않는 거지. 인정하지 않는 건 회의하는 거, 알고 있지?! 이걸로 선지 ④의 (나)에 대한 내용은 끝!

▸ 이제 정답을 살펴보자. 선지 ③을 학생들이 어려워한 것은 함정 선지 ④와 같이 '절대자에 대해 회의'의 의미나 제시된 구절에 담긴 화자의 태도를 정확히 이해하지 못했기 때문일 거야. (가)는 거뜬히 해결했으리라 믿어! (믿는 도끼에 발등 찍히는 거 아니지?!) (나)를 보면, 화자는 3연에서 자신에 대한 인식을 드러내고 있어. 2연과 3연의 내용을 연관 지어 자세히 살펴보자.

2연	• 누구의 시킴을 받아 참새가 땅에 떨어지는 것도 아니고, 누구의 손으로 들국화를 어여삐 가꾼 것도 아님. • 차를 마시는 것은 사실이며 또 관습임.	▶	• 절대자의 존재에 대해 회의함. • 차를 마시는 것은 경험적 사실임.
	↓		↓
3연	'나에게도 나는 나일 뿐, / 이제는 차를 마시는 나일 뿐'	▶	경험적 사실에 근거해 자신을 인식함.

▸ 위의 표를 참고하면 '앞으로 남은 십년을 더 살든지 죽든지'는 이제부터는 절대자가 아닌 자신이 경험한 사실에 기초하여 자신을 인식하겠다는 의미임을 알 수 있어. 그러니 절대자에 대해 회의하는 것은 맞지만, 현실에 얽매이지 않겠다는 태도는 아니지. 경험적 사실에 근거하는 건 오히려 현실에 얽매이는 거야.

▸ 이 문제는 〈보기〉에서 제시한 내용을 작품에 아주 세밀하게 적용해야 해서 어려울 수 있어. 특히 (나)가 EBS 연계 작품이 아닌데다가 내용이 어려워서 많이 당황했을 거야. 그렇지만 외적 준거를 정확히 이해하고 작품의 주제와 작품의 흐름을 바탕으로 화자의 태도를 파악하면 충분히 해결할 수 있어.

▸ 본문 062쪽

현대시 02

2024학년도 6월 모의평가

01 ④ 02 ② 03 ⑤ 04 ③

(가) 조지훈, 「맹세」

EBS 연결 고리
2024학년도 수능특강 문학 078쪽

교과서 연계 정보
작가 문학 금성, 동아

해제 이 작품은 임을 향한 사랑의 맹세를 노래하고 있다. 화자에게 임은 절대적인 사랑의 대상으로 인식되기 때문에 화자의 마음은 만년을 싸늘한 바위를 안고도 여전히 뜨겁다. 또한 화자에게 임은 마지막 한 방울 피까지 쏟아부을 수 있는 존재이므로, 화자는 장차 죽어 흰 뼈가 부활하여 다시 죽는 날까지 임을 사랑할 수 있고, 붉은 마음이 숯이 되고 그 숯이 되살아 다시 재가 될 때까지 사랑할 수 있다. 임은 화자에게 거룩한 일월처럼 눈부신 존재이지만, 구천에 사무치도록 구슬픈 피리 가락을 연주할 수밖에 없는 현실 앞에, 화자는 임의 이름을 부르며 울 수밖에 없다.

주제 임을 향한 뜨거운 사랑의 맹세

짜임

1연	임을 향한 뜨거운 사랑
2~3연	임을 향한 절실한 사랑
4~5연	임을 향한 영원한 사랑
6연	부족한 '나'에 대한 안타까움
7~8연	임을 향해 지조와 절개를 지키는 마음
9~10연	임을 향한 간절한 그리움

1연 만년(萬年)을 싸늘한 바위를 안고도
[01-④] △: 촉각적 이미지의 대비 → 임에 대한 화자의 마음 부각
뜨거운 가슴을 어찌하리야
[01-①] 물음 형식 → '뜨거운 가슴' 강조

2연 어둠에 창백한 꽃송이마다
[01-④] □: 시각적 이미지의 대비
깨물어 피터진 입을 맞추어
[03-①, ③, ④] '어둠(= 지금 세상)' 속 상황 → 창백한 꽃송이의 회복을 위한 자기희생이 나타남.

3연 마지막 한방울 피마저 불어 넣고
[03-④] 화자의 자기희생
해돋는 아침에 죽어가리야
[01-④, 03-①] 화자가 맞이하고자 하는 세상 = 밝음을 회복한 세상

4연 사랑하는 것 사랑하는 모든 것 다 잃고라도
[01-②] 상황의 가정
흰뼈가 되는 먼 훗날까지

그 뼈가 부활하여 다시 죽을 날까지
[01-②] 임을 향한 화자의 영원한 사랑과 의지 강조

5연 거룩한 일월(日月)의 눈부신 모습

임의 손길 앞에 나는 울어라.
[01-⑤] 반복 → 부재하는 임을 만나고 싶은 간절한 마음 강조

6연 마음 가난하거니 임을 위해서

내 무슨 자랑과 선물을 지니랴
[01-①] [02-①] 물음 형식 → 임을 위한 자랑과 선물을 지니지 못함을 강조

7연 의로운 사람들이 피흘린 곳에
[02-②] '피리'에 의로운 사람들의 희생의 의미가 담김.
솟아 오른 대나무로 만든 피리뿐
[02-③] 대나무에 서린 화자의 지조와 절개 부각

8연 흐느끼는 이 피리의 아픈 가락이
[02-②] 의로운 사람들의 '피(희생)'와 '사모침(설움)'을 담은 소리
구천(九天)에 사모침을 임은 듣는가.

9연 미워하는 것 미워하는 모든 것 다 잊고라도
[01-②] 상황의 가정
붉은 마음이 숯이 되는 날까지
[03-⑤] 임을 향한 화자의 마음
그 숯이 되살아 다시 재 될 때까지
[01-②] 임을 향한 화자의 영원한 사랑과 의지 강조

10연 못 잊힐 모습을 어이 하리야

거룩한 이름 부르며 나는 울어라.
[01-⑤] 반복 → 부재한 임을 향한 간절한 그리움의 정서 강조

(나) 오규원, 「봄」

EBS 연결 고리
비연계

해제 이 작품은 시인으로서 기존 언어 사용 방식의 한계를 인식하고 새로운 언어 사용의 가능성을 모색하고 있는 것으로 이해할 수 있다. 1연에서는 자신만의 언어 속에서 '담벽, 라일락, 별, 우리 집 개의 똥'이라는 대상에게 자유를 주려는 시도를 보여 준다. 2연에서는 '봄은 자유다', '봄이 자유가 아니라면 꽃피는 지옥이라고 하자.'와 같이 '봄'에 대한 새로운 언어 표현을 시도하여, 언어와 대상 모두가 자유를 얻기 위해서는 대상을 언어로 구속하려는 기존 관습에서 벗어나야 함을 나타내고 있다.

주제 언어의 한계와 새로운 언어 사용의 가능성에 대한 탐구

짜임

1연	자신의 언어로 대상에게 자유를 주려는 시도
2연	대상을 언어로 구속하려는 기존의 언어 사용 방식에서 벗어나려는 시도

1연 저기 저 담벽, 저기 저 라일락, 저기 저 별, 그리고 저기 저 우리
[01-③] [03-⑤] 화자가 주목하는 대상들 = '내 언어 속'에 세울 대상들 + 쉼표 사용 → 리듬감 형성
집 개의 똥 하나, 그래 모두 이리 와 ㉠내 언어 속에 서라. 담벽은 내 언

어의 담벽이 되고, 라일락은 내 언어의 꽃이 되고, 별은 반짝이고, 개똥은
[01-③] [03-②, ③] '내 언어 속'에서 각 대상들의 개별성을 드러냄. 반복 + 쉼표 사용 → 리듬감 형성
내 언어의 뜰에서 굴러라. ㉡내가 내 언어에게 자유를 주었으니 너희들도

자유롭게 서고, 앉고, 반짝이고, 굴러라. 그래 봄이다.
[03-②] 화자가 지향하는 자유로운 세계에서의 대상의 모습

[01-⑥] 1연과 2연을 시어 '봄'으로 연결 → '봄 = 자유'의 의미 부각
2연 봄은 자유다. 자 봐라, 꽃피고 싶은 놈 꽃피고, 잎 달고 싶은 놈

잎 달고, 반짝이고 싶은 놈은 반짝이고, 아지랑이고 싶은 놈은 아지랑이가
[01-③] [03-④] 각 대상들이 각자 원하는 바를 실현하게 됨. 반복 + 쉼표 사용 → 리듬감 형성

되었다. ㉢봄이 자유가 아니라면 꽃피는 지옥이라고 하자. 그래 봄은 지
[04-③] '봄은 자유'에서 '봄은 지옥'으로 새로운 표현 시도
옥이다. ㉣이름이 지옥이라고 해서 필 꽃이 안 피고, 반짝일 게 안 반짝이
[04-④] '봄'에 대한 언어 표현 [04-④] 대상('봄')의 본질은 변하지 않음.
던가. 내 말이 옳으면 자, ㉤자유다 마음대로 뛰어라.
[04-⑤] 언어와 대상이 자유를 얻은 상태

01 표현상 특징 파악 답 ④

선지별 선택 비율	①	②	③	④	⑤
화작	5%	4%	5%	79%	4%
언매	3%	3%	2%	88%	2%

(가)와 (나)에 대한 설명으로 적절하지 않은 것은?

정답 띵!동!

→ 싸늘한 바위 ↔ 뜨거운 가슴, 어둠 ↔ 해돋는 아침 → 임에 대한 화자의 마음

④ (가)는 대비되는 시어를 활용하여 ~~대상의 양면성~~을 드러내고, (나)는 ~~반복되는 행위~~를 제시하여 ~~대상의 효용성~~을 드러낸다.

→ 행위 반복 X → 봄을 맞은 대상들의 자유로움

| (가) – 〈1연〉 싸늘한 바위를 안고도 / 뜨거운 가슴을
| (가) – 〈2~3연〉 어둠에 창백한 꽃송이마다 ~ 해돋는 아침에 죽어가리아
| 뭔말?
· (가)의 '싸늘한 바위 ↔ 뜨거운 가슴'은 촉각적 이미지의 대비, '어둠 ↔ 해돋는 아침'은 시각적 이미지의 대비가 나타남. 그러나 이 대비는 임에 대한 화자의 절실한 사랑을 부각하기 위해 활용한 것일 뿐, 대상의 양면성을 드러내는 것과는 관계없음.
· (나)는 담벽, 라일락, 별, 개똥 등의 '서고, 앉고, 반짝이고' 구르는 행위가 나타나 있기는 하지만 반복되는 행위로 보기는 힘듦. 또한 봄을 맞은 대상들의 자유로움을 표현하고 있는 것이지 대상의 효용성을 드러내는 것과는 관계없음.

오답 땡!

① (가)는 1연과 6연에서 물음의 형식을 활용하여 화자의 상황 인식을 보여 준다.

→ 〈1연〉 '~ 어찌하리야' → 시련에도 임을 향한 사랑이 변하지 않음.
〈6연〉 '~ 지니랴' → 거룩한 임을 위한 자랑과 선물을 지니지 못함.

| (가) – 〈1연〉 만년을 싸늘한 바위를 안고도 / 뜨거운 가슴을 어찌하리야
| (가) – 〈6연〉 마음 가난하거니 임을 위해서 / 내 무슨 자랑과 선물을 지니랴
| 뭔말?
· (가)의 1연은 '~ 어찌하리야'와 같은 물음의 형식을 활용해 오랜 시련('싸늘한 바위')에도 임을 향한 뜨거운 사랑이 변함 없음을 보여 줌.
· (가)의 6연은 '~ 지니랴'와 같은 물음의 형식을 활용하여 거룩한 임을 위한 자랑과 선물을 지니고 있지 못함을 보여 줌.

임을 영원히 사랑하겠다는 의지←

② (가)는 4연과 9연에서 상황을 가정하는 표현을 활용하여 화자의 의지를 강조한다.

→ 〈4연〉은 사랑하는 모든 것을 잃는, 〈9연〉은 미워하는 모든 것을 잊는 상황의 가정

| (가) – 〈4연〉 사랑하는 것 사랑하는 모든 것 다 잃고라도 ~ / 흰뼈가 되는 먼 훗날까지 / 그 뼈가 부활하여 다시 죽을 날까지
| (가) – 〈9연〉 미워하는 것 미워하는 모든 것 다 잊고라도 / 붉은 마음이 숯이 되는 날까지 / 그 숯이 되살아 다시 재 될 때까지
| 뭔말?
· (가)의 4연은 '사랑하는 것'을 모두 잃는 상황을, 9연은 '미워하는 것'을 모두 잊는 상황을 가정하여 흰뼈가 부활하여 다시 죽을 날까지, 붉은 마음이 숯이 되었다가 되살아나 다시 재가 될 때까지 임을 영원히 사랑하겠다는 의지를 강조함.

③ (나)는 반복적인 표현을 제시하면서 쉼표를 사용하여 리듬감을 형성한다.

| (나) – 〈1연〉 저기 저 담벽, 저기 저 라일락, 저기 저 별, 그리고 저기 저 우리 집 개의 똥 하나, ~ 담벽은 내 언어의 담벽이 되고, 라일락은 내 언어의 꽃이 되고
| (나) – 〈2연〉 꽃피고 싶은 놈 꽃피고, 잎 달고 싶은 놈 잎 달고, 반짝이고 싶은 놈은 반짝이고, 아지랑이고 싶은 놈 아지랑이 ~
| 뭔말?
· (나)는 '저기 저', '~은 내 언어의 ~고', '~고 싶은 놈 ~고'와 같은 표현을 반복하면서 표현 사이사이에 쉼표를 사용하여 리듬감을 형성함.

→ '나는 울어라' 반복 → 임을 향한 마음

⑤ (가)는 같은 시구를 5연, 10연의 마지막에서 반복하여 화자의 정서를 강조하고, (나)는 1연 끝 문장의 시어를 2연 첫 문장으로 연결하며 그 의미를 드러내고 있다.

→ '봄'이라는 시어의 연결 봄 = 자유의 의미← 문학 개념어(008)

| (가) – 〈5연〉 임의 손길 앞에 나는 울어라
| (가) – 〈10연〉 거룩한 이름 부르며 나는 울어라
| (나) – 〈1연〉, 〈2연〉 그래 봄이다. // 봄은 자유다.
| 뭔말?
· (가)는 5연과 10연에서 동일한 시구 '나는 울어라'를 반복하여 부재하는 임을 향한 간절한 그리움의 정서를 강조함.
· (나)는 1연의 마지막 문장에 쓰인 시어 '봄'을 2연 첫 문장으로 연결하여 '봄은 자유다.'라고 함으로써 '봄 = 자유'의 의미를 드러냄.

02 시어, 시구의 의미와 기능 파악 답 ②

선지별 선택 비율	①	②	③	④	⑤
화작	4%	75%	5%	7%	7%
언매	2%	84%	3%	3%	5%

아픈 가락에 대한 이해로 가장 적절한 것은?

정답 띵!동!

② 의로운 사람들이 보여 준 희생과 설움을 담고 있다.

| (가) – 〈7연〉 의로운 사람들이 피흘린 곳에 / 솟아 오른 대나무로 만든 피리뿐
| (가) – 〈8연〉 흐느끼는 이 피리의 아픈 가락이 / 구천에 사모침을 임은 듣는가
| 뭔말?
· (가)의 '아픈 가락'은 '의로운 사람들이 피흘린 곳'에서 난 대나무로 만든 피리에서 나는 소리에 해당하므로, 의로운 사람들의 희생이라는 의미를 담고 있다고 볼 수 있음.
· 또한 이 가락을 '아픈' 것, '사모침'이 담겨 있는 것으로 표현하고 있으므로 설움을 담고 있다고 볼 수 있음.

오답 땡!

① 임에게 ~~자랑스레 내보일 화자의 자부심~~을 포함한다.

→ 임을 위한 자랑과 선물도 지니지 못한 처지임.

| (가) – 〈6연〉 마음 가난하거니 임을 위해서 / 내 무슨 자랑과 선물을 지니랴
| 뭔말?
· (가)의 화자는 임을 위한 자랑과 선물을 지니지 못함. 따라서 '아픈 가락'에 임에게 자랑스레 내보일 화자의 자부심이 담겨 있다고 볼 수 없음.

→ 화자를 질책하고 있지 않음.
③ ~~대나무에 서린 임의 뜻을 잊으려는 화자를 질책~~한다.
└→ 대나무에는 화자의 뜻이 서려 있음.

| (가) - 〈7연〉 의로운 사람들이 피흘린 곳에 / 솟아 오른 대나무로 만든 피리뿐
| (가) - 〈8연〉 흐느끼는 이 피리의 아픈 가락이 / 구천에 사모침을 임은 듣는가.
| 뭔말?
· (가)의 '아픈 가락'은 의로운 사람의 피가 스며 있는 대나무로 만든 피리의 소리. 화자가 이를 두고 '임은 듣는가'라고 하였으므로 '아픈 가락'에는 임의 뜻이 아니라 화자의 뜻이 서려 있는 것이며, 화자를 질책하는 것과는 관계없음.

④ 피리의 흐느낌에 호응하여 ~~화자의 억울함을 해소~~한다.
└→ 화자의 억울함 해소와는 관련 없음.

| (가) - 〈8연〉 흐느끼는 이 피리의 아픈 가락이 / 구천에 사모침을 임을 듣는가
| 뭔말?
· (가)의 화자가 '아픈 가락'에 대해 '임은 듣는가'라고 하여 임의 호응을 바라고 있을 뿐임. 화자의 억울함이나 이에 대한 해소의 내용은 나타나지 않음.

⑤ 구천에 사무친 원망을 ~~살아남은 사람들에게 전달~~한다.
└→ 임이 듣기를 바람. 살아남은 사람들에게 전달 X

| (가) - 〈8연〉 흐느끼는 이 피리의 아픈 가락이 / 구천에 사모침을 임은 듣는가.
| 뭔말?
· 화자는 구천에 사무친 피리의 '아픈 가락'을 임이 듣기를 바랄 뿐, 살아남은 사람들에게 전달하고 있지 않음.

03 외적 준거에 따른 작품 감상

답 ⑤

선지별 선택 비율	①	②	③	④	⑤
화작	17%	2%	27%	11%	40%
언매	17%	1%	22%	10%	47%

다음에 따라 (가), (나)를 감상한 내용으로 적절하지 않은 것은? [3점]

보기

선생님: (가)는 부재하는 임을 기다리며 더 나은 세상에 대한 바람을 드러내고, (나)는 봄과 같은 세계에서, 대상들과 함께 자유를 누리려는 바람을 드러냅니다. 그러나 (가)는 대상에게 의미를 부여하는 화자의 시선이 두드러짐에 비해, (나)는 화자가 주목하는 대상들의 모습이 두드러진다는 차이를 보여요. 이 차이가 주변 존재들을 대하는 태도나 바람을 실현하는 방식에 반영되기도 해요.

정답 띵!동!

⑤ (가)의 화자는 '붉은 마음'을 바쳐 부재하는 '임'을 기다리고, (나)의 ~~화자는 '담벽' 안에서 '봄'과 같은 세계를 대상들과 공유하려~~ 하고 있어.
└→ 찾아볼 수 없는 내용. 담벽 = 화자가 언어로 표현하려는 주변 대상 중 하나

| (가) - 〈9연〉 붉은 마음이 숯이 되는 날까지 / 그 숯이 되살아 다시 재 될 때까지
| (가) - 〈10연〉 못 잊힐 모습을 어이 하리야 / 거룩한 이름 부르며 나는 울어라
| (나) - 〈1연〉 저기 저 담벽, 저기 저 라일락, 저기 저 벽, 그리고 저기 저 우리 집 개의 똥 하나 ~ 내 언어 속에 서라 ~ 담벽은 내 언어의 담벽이 되고
| 뭔말?
· (가)는 '붉은 마음'은 부재하는 임을 향한 뜨거운 사랑의 표현으로, 이것이 숯이 되고 그것이 다시 재가 될 때까지 '못 잊힐' 임의 모습이라고 말하고 있음. 따라서 화자는 '붉은 마음'을 바쳐 부재하는 임을 기다리고 있는 것에 해당함.
· (나)의 '담벽'은 '라일락, 별, 우리 집 개의 똥 하나'처럼 화자가 자신의 언어 속에 서라고 하는 대상들 중 하나일 뿐임. 화자가 '담벽' 안에서 '봄'과 같은 세계를 대상들과 공유하려는 모습은 찾아볼 수 없음.

오답 땡!

① (가)의 화자가 바라는 세상은 '해돋는 아침'과 같이 '어둠'을 벗어나 밝음을 회복한 세상일 거야.

| (가) - 〈2연〉 어둠에 창백한 꽃송이마다 / 깨물어 피터진 입을 맞추어
| (가) - 〈3연〉 마지막 한방울 피마저 불어 놓고 / 해돋는 아침에 죽어가리야
| 뭔말?
· (가)의 화자는 '어둠'의 상황에서 '마지막 한방울 피마저 불어 넣는' 희생을 각오하며 '해돋는 아침'에 '죽어가'겠다는 의지를 드러냄.
· 정리하면, '현재 = 어둠', '화자가 바라는 세상 = 밝음을 회복한 해돋는 아침'으로 나타낼 수 있음.

② (나)의 화자가 지향하는 세계에서 대상들은 '자유롭게 서고, 앉고, 반짝이고,' 구를 거야.

| 〈보기〉 (나)는 봄과 같은 세계에서, 대상들과 함께 자유를 누리려는 바람을 드러냅니다.
| (나) - 〈1연〉 저기 저 담벽, 저기 저 라일락, 저기 저 별, 그리고 저기 저 우리 집 개의 똥 하나 ~ 내가 내 언어에게 자유를 주었으니 너희들도 자유롭게 서고, 앉고, 반짝이고, 굴러라.
| 뭔말?
· 〈보기〉의 언급에 따르면, (나)의 화자는 봄과 같은 세계에서 대상들과 자유를 누리려는 바람을 드러낸다고 함.
· 그 대상은 '담벽, 라일락, 별, 우리 집 개의 똥 하나'로, 화자는 이들 언어에 자유를 주며 '자유롭게 서고, 앉고, 반짝이고, 굴러라'라고 하였음.

③ (가)의 화자는 '꽃송이'를 '창백한' 대상으로 바라보고, (나)의 화자는 대상들 각각의 모습에 주목하여 그 개별성을 드러내고 있어.

| (가) - 〈2연〉 어둠에 창백한 꽃송이마다 / 깨물어 피터진 입을 맞추어
| (나) - 〈1연〉 담벽은 내 언어의 담벽이 되고, 라일락은 내 언어의 꽃이 되고, 별은 반짝이고, 개똥은 내 언어의 뜰에서 굴러라. ~ 자유롭게 서고, 앉고, 반짝이고, 굴러라.
| 뭔말?
· (가)의 화자는 '창백한 꽃송이마다'라고 하여 '꽃송이'를 창백한 대상으로 바라봄.
· (나)의 화자는 '담벽'이 서고, '라일락'이 '꽃이 되고', '별'이 '반짝이고', '우리 집 개의 똥'이 구르는 모습에 주목해 각각의 대상이 지닌 개별성을 나타냄.

④ (가)의 화자는 '피마저 불어 넣'는 희생적 태도를 보이고, (나)의 화자는 대상들이 원하는 바를 실현하게 하여 '자유'를 함께 누리려는 태도를 보이고 있어.

| (가) - 〈2~3연〉 어둠에 창백한 꽃송이마다 ~ 마지막 한방울 피마저 불어 넣고 / 해돋는 아침에 죽어가리야

| (나) - 〈2연〉 꽃피고 싶은 놈 꽃피고, 잎 달고 싶은 놈 잎 달고, 반짝이고 싶은 놈은 반짝이고, 아지랑이고 싶은 놈은 아지랑이가 되었다.

| 뭔말?

· (가)의 화자는 '창백한 꽃송이'에 '마지막 한방울 피마저 불어 넣'겠다고 했는데, 이것은 '창백한 꽃송이'를 회복시키려는 자기희생적 태도로 볼 수 있음.

· (나)의 화자는 '~고 싶은 놈 ~고'의 구조를 반복한 데서 보듯 대상들이 원하는 바를 실현하게 하여 이들과 더불어 '자유'를 함께 누리려는 태도를 보임.

매웠지?

꿀피스 Tip!

▸ 먼저 〈보기〉에 제시된 준거부터 살펴볼까? (가)에 관해서는 **'부재하는 임을 기다림', '더 나은 세상에 대한 바람', '대상에게 의미를 부여하는 화자의 시선'**을 추려낼 수 있어. (나)에 관해서는 **'봄과 같은 세계', '대상들과 함께 자유를 누리는 바람', '화자가 주목하는 대상들의 모습'**을 추려낼 수 있지.

▸ 정답 선지 ⑤를 보자. (가)의 '붉은 마음'은 지조와 절개, 임을 향한 변하지 않는 마음을 의미한다는 것은 기본적으로 알고 있어야겠지? 이것을 〈보기〉의 준거에 연결해 보면, 부재하는 임을 기다리는 화자의 마음을 나타낸다고 할 수 있지. 이 부분은 잘 이해하고 넘어갔을 것 같아.

▸ 그런데 문제는 (나)에 대해 설명하는 선지 후반부야. **'봄과 같은 세계', '대상들과 공유'라는 표현은 〈보기〉의 '봄과 같은 세계에서, 대상들과 함께 자유를 누리려는 바람'과 연결될 수 있겠지? 그럼 적절한 설명인 건가? 이렇게 생각한 학생들이 꽤 있었을 거야. 그런데 이게 바로 함정이야.** 선지 ⑤의 표현이 〈보기〉와 비슷한 표현으로 구성되어 있어서 이를 적절한 감상으로 판단한 경우가 많았어. ⑤에 사용된 '담벽 안'이라는 말을 놓쳐서는 안 되는데, 이걸 놓쳐서 잘못된 판단을 한 거지. (나)를 잘 살펴보면 '담벽 안'에서 어떤 일이 벌어지는지에 대한 내용은 나오지도 않았어. '내 언어의 담벽', '내 언어의 꽃', '내 언어의 뜰'처럼 '담벽'은 화자가 주목하는 대상 중 하나일 뿐이야. ⑤를 적절한 감상으로 판단했다는 것은, **결과적으로 선지는 물론 지문도 꼼꼼하게 살피지 않았다는 얘기가 되겠지? 그러니 선지의 설명을 살펴볼 때는 〈보기〉나 지문에 나온 말인지를 확인하는 것 못지않게 지문의 내용에 부합하는지를 판단하는 것도 중요하다는 것 잊지 말자.**

▸ 함정 선지 ③을 선택한 학생들도 꽤 있었네. ③도 (가)에 관한 것과 (나)에 관한 것으로 나누어 살펴보아야 하는데, (가)에 관한 것은 '창백한 꽃송이'라는 표현을 찾았다면 맞는 설명인 것을 금세 알았을 거야. 그렇다면 (나)에 관한 설명을 적절하지 않은 것으로 판단한 학생들이 많았다는 것이겠지? **〈보기〉의 설명 중 '대상들과 함께'에 꽂혔다면**(늘 그러면 안 된다고 말했음에도 작품 감상에 주관적 판단이 앞섰다는 얘기야.) **③의 '각각의 모습', '개별성'은 적절하지 않은 설명이라고 생각했을 거야.**

▸ **그런데 '대상들과 함께'는 화자가 대상들을 대하는 태도를 드러낸 말로, 대상들 각각의 모습을 설명한 말은 아니야.** (나)를 보면, 화자가 주목한 대상들은 '담벽 → 내 언어의 담벽, 라일락 → 내 언어의 꽃, 별 → 반짝이는 것, 개똥 → 내 언어의 뜰에서 구르는 것'과 같이 각자의 모습을 지닌 개별적인 특성이 있어. **〈보기〉만 보고 '개별성'은 '함께'에 대립하는 개념이라고 이해하여 선지 ③을 바로 선택했다면 함정에 빠진 거지.**

04 외적 준거에 따른 작품 감상 　답 ③

선지별 선택 비율	①	②	③	④	⑤
화작	6%	9%	64%	11%	9%
언매	4%	6%	74%	7%	6%

〈보기〉를 참고하여 ㉠~㉣의 의미를 설명한 것으로 가장 적절한 것은?

보기

(나)는 언어의 한계와 가능성에 대한 시인의 탐구를 보여 준다. 언어를 사용함으로써 대상을 파악할 수 있지만 그 결과는 다시 언어에 구속된다는 필연적 한계를 갖는다. 그래서 시인은 기존의 언어 사용 방식을 벗어나려는 시도를 한다. 이를 통해 언어와 대상이 기존의 관습에서 벗어나 자유를 향해 나아갈 수 있는 가능성을 모색한다.

정답 띵! 동!

→ 봄 = 자유 → (새로운 표현) 봄 = 꽃피는 지옥

③ ㉢은 새로운 표현을 시도하여 언어와 대상이 자유를 얻을 가능성을 모색하는 과정을 나타낸다.

| 〈보기〉 시인은 기존의 언어 사용 방식을 벗어나려는 시도를 한다. 이를 통해 언어와 대상이 기존의 관습에서 벗어나 자유를 향해 나아갈 수 있는 가능성을 모색한다.

| (나) - 〈2연〉 봄은 자유다. ~ ㉢봄이 자유가 아니라면 꽃피는 지옥이라고 하자. 그래 봄은 지옥이다.

| 뭔말?

· (나)은 '봄은 자유다.'라고 한 후, ㉢에서 봄을 다시 '꽃피는 지옥이라고 하자'라고 하였음. 이는 '봄'에 대한 새로운 표현을 시도한 것에 해당함.

· ㉢은 새로운 표현을 시도하여 언어에 의해 대상('봄')이 구속되는 기존의 언어 관습에서 벗어난 것으로, 언어와 대상 모두 자유를 얻을 가능성을 모색하는 과정을 보여 줌.

오답 땡!

① ㉠은 자신의 언어 속에서도 ~~기존의 언어 사용 방식이 유지된다는 생각~~을 의미한다.

시인은 기존의 언어 사용 방식을 벗어나려는 시도를 함.

| 〈보기〉 그래서 시인은 기존의 언어 사용 방식을 벗어나려는 시도를 한다.

| (나) - 〈1연〉 저기 저 담벽, 저기 저 라일락, 저기 저 별, 그리고 저기 저 우리 집 개의 똥 하나, 그래 모두 이리 와 ㉠내 언어 속에 서라.

| 뭔말?

· 〈보기〉에서 시인은 기존의 언어 사용 방식을 벗어나려고 시도한다고 하였음.

· ㉠은 담벽, 라일락, 별, 우리 집 개의 똥 하나라는 대상을 기존의 언어 사용 방식에서 벗어난, 자신만의 자유로운 언어로 표현하겠다는 말에 해당함.

② ㉡은 ~~대상을 파악하는 행위까지 포기하면서 자유를 얻고자 하는 의도~~를 나타낸다.

→ 대상에게 자유를 주고자 그것을 표현하는 언어에도 자유를 주겠다는 말

| 〈보기〉 시인은 기존의 언어 사용 방식을 벗어나려는 시도를 한다. 이를 통해 언어와 대상이 기존의 관습에서 벗어나 자유를 향해 나아갈 수 있는 가능성을 모색한다.

| (나) - 〈1연〉 저기 저 담벽, 저기 저 라일락, 저기 저 별, 그리고 저기 저 우리 집 개의 똥 하나 ~ ㉡내가 내 언어에게 자유를 주었으니 너희들도 자유롭게 서고, 앉고, 반짝이고, 굴러라.

| 뭔말?

· ㉡은 담벽, 라일락, 별, 우리 집 개의 똥 하나라는 대상에게 자유를 주기 위해 그

것을 표현하는 언어에도 자유를 부여하겠다는 말에 해당함.

④ ㉣은 ~~대상들을 구속에서 벗어나게 하기 위해 외부 상황에 변화를 주었음~~을 의미한다.
└→ 언어 표현이 무엇이든, 대상의 본질은 변하지 않는다는 말

| (나) – 〈2연〉 봄은 자유다. ~ 그래 봄은 지옥이다. ㉣이름이 지옥이라고 해서 필 꽃이 안 피고, 반짝일 게 안 반짝이던가.
└→ 봄을 지옥으로 표현
└→ 봄의 봄질은 변하지 않음.

| 뭔말?

· ㉣은 언어 표현에 상관 없이 대상의 본질은 변하지 않음을 말하는 것으로, 언어로 대상을 규정하는 데에 한계가 있음을 보여 주며 새로운 언어 사용 방식의 필요성과 연결됨.

⑤ ㉤은 언어의 새로운 가능성을 실현하여 ~~자신이 제한한 의미에 따라 대상들이 움직임~~을 의미한다.
└→ 언어와 대상이 자유를 얻은 상태

| (나) – 〈2연〉 ㉤자유다 마음대로 뛰어라.

| 뭔말?

· ㉤은 언어와 대상이 기존의 관습에서 벗어나 자유를 얻은 상태를 표현한 말에 해당함. 새로운 언어 사용 방식의 가능성을 보여 주기는 하지만, 자신이 제한한 의미에 따라 대상들이 움직임을 의미하지는 않음.

기출 속 문학 개념어 사전

수미상관(008)

개념	**수미상관** 首 머리 ㊈ 尾 꼬리 ㊊ 相 서로 ㊋ 關 관계할 ㊌
사전적 의미	처음과 끝이 서로 같거나 비슷한 구성. 또는 그런 관계.
단계적 이해	① 수미상관은 머리(首)와 꼬리(尾)가 서로 관련을 맺고 있다는 뜻이야. 작품의 첫부분과 마지막 부분의 관련성을 떠올리면 돼. ② 정확히는 작품의 첫부분과 마지막 부분에 유사하거나 같은 표현을 반복하여 배치하는 것을 말해. 시라면 연 전체가 유사하거나 같을 수도 있고, 연의 일부 구절이나 행이 유사하거나 같을 수도 있어. 다만 형태적으로는 좀 다르더라도 내용상 유사성은 깊어야 해. ③ 동일한 표현을 반복하거나 표현을 변주해 작품의 앞뒤에 배치하면 운율이 형성되고 의미가 강조되지. 작품 전체적으로는 형태적 · 구조적 안정감을 확보할 수 있어. ④ 통사 구조의 반복, 대구법과의 비교가 반드시 필요해.
출제 TIP	• 수미상관은 현대시에서 주로 출제되는 개념이야. 소설이나 수필 등 산문 문학에서는 거의 묻지 않아. • 수능이나 평가원 모의고사에서는 수미상관, 수미상응이라는 용어 외에도 '처음과 끝을 동일한 내용으로 상응시켜', '같은 구절을 시의 앞뒤에 배치하는'과 같은 표현을 사용하고 있어. • 작품의 처음과 마지막에 나타나는 표현이 반드시 동일하지 않아도 수미상관일 수 있어. 작품의 마지막 부분에 첫부분을 변주한 표현이 사용된 경우 내용상 관련을 맺고 있고 표현상 유사성을 일부 확인할 수 있다면 수미상관이라고 볼 수 있어.

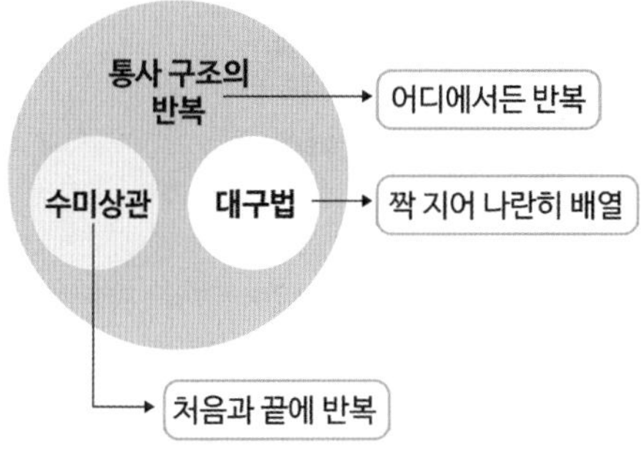

✎ 동일한 시행의 반복

> 눈이 오는가 북쪽엔 / 함박눈 쏟아져 내리는가
> (중략)
> 눈이 오는가 북쪽엔 / 함박눈 쏟아져 내리는가
>
> – 이용악, 「그리움」

▶ 첫 연과 마지막 연이 반복되는 수미상관의 형식을 찾아볼 수 있어. 고향(북쪽)에 대한 그리움을 강조하고 있지.

> 수만 호 빛이래야 할 내 고향이언만
> 노랑나비도 오잖는 무덤 위에 이끼만 푸르러라
> (중략)
> 수만 호 빛이래야 할 내 고향이언만
> 노랑나비도 오잖는 무덤 위에 이끼만 푸르러라
>
> – 이육사, 「자야곡」

▶ 첫 연과 마지막 연이 반복되는 수미상관의 형식으로 황폐한 고향에 대한 안타까움을 강조하고 있어.

✎ 변주 · 변형된 시행의 반복

> 나 보기가 역겨워 / 가실 때에는 / 말없이 고이 보내 드리우리다 //
> 영변에 약산 / 진달래꽃 / 아름 따다 가실 길에 뿌리우리다 //
> 가시는 걸음 걸음 / 놓인 그 꽃을 / 사뿐히 즈려밟고 가시옵소서 //
> 나 보기가 역겨워 / 가실 때에는 / 죽어도 아니 눈물 흘리우리다
>
> – 김소월, 「진달래꽃」

▶ 첫 연과 마지막 연이 완전히 동일하지는 않지? 하지만 서로 짝을 이루고 있고 임과 이별한 화자의 태도를 나타낸다는 점에서 내용상 유사성이 깊기 때문에 (변형된) 수미상관의 구조가 쓰였다고 할 수 있어.

> 모란이 피기까지는
> 나는 아직 나의 봄을 기다리고 있을 테요
> (중략)
> 모란이 피기까지는
> 나는 아직 기다리고 있을 테요, 찬란한 슬픔의 봄을
>
> – 김영랑, 「모란이 피기까지는」

▶ 마지막 두 행에서 첫 두 행을 약간 달리하여 반복하고 있지? 수미상관의 구조를 사용해 모란이 피기를 바라는 간절한 기다림의 정서를 강조하고 있어.

> 누가 하늘을 보았다 하는가
> 누가 구름 한 송이 없이 맑은
> 하늘을 보았다 하는가.
> (중략)
> 살아가리라
> 누가 하늘을 보았다 하는가
> 누가 구름 한 자락 없이 맑은
> 하늘을 보았다 하는가.
>
> – 신동엽, 「누가 하늘을 보았다 하는가」

▶ 첫 연과 마지막 연이 거의 동일하게 반복되고 있으니 수미상관 구조의 시야. 아직 자유와 평화를 누릴 세상이 오지 않은 현실이지만 이러한 현실을 극복하고자 하는 의지를 드러내고 있지.

▸ 본문 064쪽

현대시 03
2023학년도 수능

01 ① 02 ④ 03 ② 04 ③

(가) 유치환, 「채전」

EBS 연결 고리
비연계

해제 이 작품은 한여름의 채소밭을 소재로 하여 생명체의 조화로운 성장과 자족하는 삶에 대해 예찬하는 태도를 드러내고 있는 시이다. 이 작품의 시적 공간인 '채전'은 다양한 채소들이 제각기 타고난 바탕과 생김새로 자라고 영그는 곳으로, 목숨의 유열과 천지와의 화합이 있는 공간이다. 또한 자연물들의 극진한 축복과 은혜 속에 채소들이 지극히 충족한, 빛나는 생명의 양상을 나타내는 공간이기도 하다. 화자는 한여름의 채전을 감각적으로 그려 냄으로써 만물의 조화로운 성장과 충만한 생명력을 예찬하고, 타고난 대로, 주어진 대로 자족하는 삶에 대한 긍정적인 인식을 드러내고 있다. 한편 화자는 명령형 어조를 통해 이러한 채전을 직접 가서 경험해 볼 것을 권하고 있다.

주제 생명체의 조화로운 성장과 자족하는 태도

짜임

1연	목숨의 유열과 천지와의 화합이 있는 한여름 채전
2연	지극히 충족한, 빛나는 생명의 양상이 있는 한여름 채전

[02-①] □: 반복·변주 → 채전에서의 소중한 경험 권유

1연 한여름 채전으로 ㉠가 보아라

[01-①] [04-①] 중심 제재. 생명체들의 조화롭고 풍요로운 성장이 이루어지는 시공간

수염을 드리운 몇 그루 옥수수에 가지, 고추, 오이, 토란, 그리고 **울타리**

[04-②] 채전에서 살아가는 만물들 [04-②] 채전을 드러내는 경계

엔 덤불을 이룬 **넌출** 사이로 반질반질 윤기 도는 크고 작은 박이며 호박들!

[01-①] [04-③] 윤기 도는 박과 호박의 줄기가 덤불을 이룬 모습 → 긍정적 인식 투영

이 ㉡지극히 범속한 것들은 제각기 타고난 바탕과 생김새로 주어서 아낌

[02-②] '지극히'를 통해 '범속한 것들'에 대한 화자의 정서 부각

없고 받아서 아쉼 없는 황금의 햇빛 속에 일심으로 자라고 영글기에 숨소

[01-①] 채전의 채소들에 대한 긍정적 인식 투영

리도 들릴세라 적적히 여념 없나니

[02-③] '과분하지 말라'는 화자의 인식이 드러남.

㉢과분하지 말라 의혹하지 말라 주어진 대로를 정성껏 충만시킴으로써 스

[02-③] 부정 명령형 '말라'의 반복 사용 → 주어진 대로 자족하는 삶을 강조

스로를 족할 줄을 알라 오직 여기에 목숨의 유열과 천지와의 화합에 있거니

[01-①] 채전 채소들의 생명력과 조화로운 성장. 예찬적 태도

2연 한여름 채전으로 가 보아라

나비가 심방 오고 풍뎅이가 찾아오고 잠자리가 왔다 가고 바람결에 스쳐

[04-④, ⑤] ○ = '많은 손님들' = 만물의 성장을 돕는 존재. 생명의 충만함과 조화로움을 갖게 하는 존재

가고 그늘이 지나가고 비가 내리고 햇볕이 다시 나고 …… 이같이 ㉣많은

손님들의 극진한 축복과 은혜 속에

[02-④] 축복과 은혜를 베푸는 존재들 = '나비, 풍뎅이, 잠자리, 바람, 그늘, 비, 햇볕'을 인격화함.

이 지극히 범속한 것들의 지극히 충족한 ㉤빛나는 생명의 양상을 한여름

[02-②] '지극히'의 반복 → 채전에서 느끼는 충족감 강조

채전으로 와서 보아라

[01-①] [02-⑤] 관념('생명의 양상')의 시각화('빛나는'). 채소들의 생명력과 조화로운 성장에 대한 예찬

(나) 나희덕, 「음지의 꽃」

EBS 연결 고리
2023학년도 수능완성 국어 170쪽

교과서 연계 정보
작가 국어 금성, 동아, 비상(박안), 지학
문학 금성, 동아, 비상, 지학, 천재(김), 천재(정)

해제 이 작품은 벌목되어 썩어 가는 참나무에서 피어나는 '버섯'을 통해 생명의 강인함을 노래한 시이다. 화자는 벌목되어 생명을 잃어 가는 참나무들이 서로를 의지하며 겨울을 나고, 참나무들의 상처마다 버섯이 피어나는 모습을 그려 냄으로써 고통 속에서도 잃지 않는 생명력에 대한 예찬과 희망을 효과적으로 드러내고 있다. 한편 이 작품에는 '벌목'이라는 인간의 자연 파괴 행위가 드러나 있는데, '벌목의 슬픔', 상처와 고통으로 황폐화된 현실을 나타내는 '패역의 골짜기' 등의 표현을 통해 현실에 대한 화자의 비판적 인식을 드러내고 있다.

주제 가혹한 현실 속에서 피어나는 버섯의 강인한 생명력

짜임

1~4행	서로에게 기대어 겨울을 나는 벌목된 참나무들
5~12행	썩어 가는 참나무 구멍에서 피어나는 버섯
13~17행	썩어 가는 참나무의 상처를 채우며 자라나는 버섯의 생명력

1~4행 우리는 썩어 가는 참나무 떼, [A]

[03-①] 참나무가 벌목으로 썩어 가는 모습

벌목의 슬픔으로 서 있는 이 땅

[04-②] 생명 파괴의 현실 - 인간의 욕망이 투영된 공간

패역의 **골짜기**에서

서로에게 기댄 채 **겨울**을 난다

[04-①] 버섯이 피어나는 시간적 배경. 생명 파괴의 현실을 이겨 내는 시간적 배경

5~12행 함께 썩어 갈수록 [B]

[03-②] △: 순차적으로 상태 변화가 일어남.

바람은 더 높은 곳에서 우리를 흔들고

[03-②] 참나무의 상태 변화(홀씨가 일어남)를 가져온 움직임

이윽고 잠자던 **홀씨**들 일어나 [C]

[04-③] 썩어 가는 나무를 강인한 생명력이 피어나는 공간으로 변화시키는 계기

우리 몸에 뚫렸던 상처마다 버섯이 피어난다

[03-③] 상처에서 생명('버섯')이 생성되는 순간

황홀한 **음지**의 꽃이여

[01-①] [04-④] 강인한 생명력의 '버섯'에 대한 예찬. '음지'=현실의 고통을 극복하는 장소

우리는 서서히 썩어 가지만 [D]

너는 **소나기**처럼 후드득 피어나

[04-⑤] '소나기'에 빗대어 생명('버섯')이 피어나는 모습을 환기함.

그 고통을 순간에 멈추게 하는구나

[03-③, ④] 참나무의 변화 = 상처마다 버섯이 피어남. → 고통을 멈추게 함.

13~17행 오, 버섯이여

산비탈에 구르는 낙엽으로도 [E]

[03-④, ⑤] 참나무 주변에 존재하는 사물들. '우리(참나무)'를 덮을 수 없는 존재들

골짜기를 떠도는 바람으로도

덮을 길 없는 우리의 몸을 [F]

뿌리 없는 너의 독기로 채우는구나

[03-④, ⑤] 황폐한 현실을 강인한 생명력으로 채움. 독기로 '우리'를 채우는 '버섯' ↔ 우리의 몸을 덮지 못하는 '낙엽', '바람'

01 작품 간의 공통점 파악

답 ①

선지별 선택 비율	①	②	③	④	⑤
화작	80%	3%	10%	3%	1%
언매	90%	1%	4%	1%	0%

(가)와 (나)의 공통점으로 가장 적절한 것은?

정답 띵!동!

① 사물의 모습에 대한 긍정적 인식을 바탕으로 중심 제재에 대한 예찬적 태도를 드러내고 있다.
→ (가) 채전, (나) 버섯

| (가) - 〈1연〉 이 지극히 범속한 것들은 제각기 타고난 바탕과 생김새로 주어서 아낌없고 받아서 아쉼 없는 황금의 햇빛 속에 일심으로 자라고 영글기 ~ 주어진 대로를 정성껏 충만시킴으로써 스스로를 족할 줄 → 채전의 채소들에 대한 긍정적 인식

| (가) - 〈1연〉 오직 여기에 목숨의 유열과 천지의 화합에 있거니 → 채전에 대한 예찬

| (가) - 〈2연〉 이 지극히 범속한 것들의 지극히 충족한 빛나는 생명의 양상 → 채전에 대한 예찬

| (나) - 〈9행〉 황홀한 음지의 꽃이여 → 버섯에 대한 예찬

| (나) - 〈10~12행〉 우리는 서서히 썩어 가지만 / 너는 소나기처럼 후드득 피어나 / 그 고통을 순간에 멈추게 하는구나 → 버섯에 대한 긍정적 인식

| 뭔말?

· (가)의 화자는 '채전'의 여러 채소들이 '제각기 타고난 바탕과 생김새로' '황금의 햇빛 속에 일심으로 자라', '주어진 대로를 정성껏 충만시'키는 모습을 긍정적으로 인식함.
· (가)의 화자는 이러한 인식을 바탕으로, '채전'이 '목숨의 유열과 천지와의 화합'이 있는 공간이며, '빛나는 생명의 양상'을 보여 주는 곳이라고 예찬함.
· (나)의 화자는 '벌목의 슬픔'으로 '썩어 가는 참나무 떼'의 '몸에 뚫렸던 상처마다' 피어나 참나무의 고통을 순간에 멈추게 하는 '버섯'을 긍정적으로 인식함.
· (나)의 화자는 이러한 인식을 바탕으로, '버섯'을 '황홀한 음지의 꽃'으로 부르며 예찬적 태도를 드러냄.

오답 땡!

→ (나) X / (가) 채소들에서만 찾아볼 수 있는 모습
② ~~주어진 현실에 순응하는 모습~~을 통해 ~~중심 제재를 바라보는 비관적 태도를 암시~~하고 있다.
→ (가), (나) 모두 찾아볼 수 없는 내용

| (가) - 〈1연〉 이 지극히 범속한 것들은 제각기 타고난 바탕과 생김새로 주어서 아낌없고 받아서 아쉼 없는 황금의 햇빛 속에 일심으로 자라고 영글기에 숨소리도 들릴세라 적적히 여념 없나니

| 뭔말?

· (가)에서 '채소들'은 제각기 타고난 바탕과 생김새 그대로 자라는 데 여념이 없으므로 주어진 현실에 순응하는 모습이 나타난다고 할 수 있음. 하지만 이를 통해 '채전'을 바라보는 비관적 태도를 암시하고 있지 않음.
· (나)에서는 주어진 현실에 순응하는 모습이나 중심 제재인 '버섯'을 바라보는 비관적 태도 모두 찾아볼 수 없음.
· 이때, (나)에서 벌목되어 '썩어 가는 참나무 떼'는 그들의 상처에서 버섯이 피어나게 되므로, 주어진 현실에 순응하는 모습으로 보는 것은 적절하지 않음.

→ (가) 채전, (나) 버섯에 대한 예찬이 나타남 → 관조적 응시 X
③ ~~풍경을 관조적으로 응시하는 시선~~으로 중심 제재의 ~~외적~~ 아름다움을 표현하고 있다.
(가), (나) 모두 내적 아름다움에 주목 ←
문학 개념어(009)

| 뭔말?

· (가)에는 갖가지 채소들이 자라고 있는 '채전'의 풍경에 대한 화자의 감탄과 예찬이 나타나므로 관조적 응시라 할 수 없음.
· 또한 (가)에 '반질반질 윤기 도는' 채소의 외양이 언급되고 있기는 하나, '채전'의 채소들이 '제각기 타고난 바탕과 생김새로' 영글어 '목숨의 유열과 천지와의 화합'을 이룸을 표현하고 있다는 점에서 '채전'의 내적 아름다움에 더욱 주목함.
· (나)에는 벌목된 참나무 떼에서 '버섯'이 피어나는 풍경에 대한 화자의 감탄과 예찬이 드러나므로 관조적 응시라 할 수 없음.
· 또한 (나) 역시 벌목된 참나무 떼의 상처에서 자라는 '버섯'을 통해 고통의 상황을 딛고 일어서는 생명의 강인함을 표현하고 있다는 점에서 '버섯'의 내적 아름다움에 주목하고 있음.

→ (가) 인간의 행위 X (나) 벌목(인간의 행위)에 대한 비판 일부 확인
④ ~~인간의 행위에 대한 우호적 관점~~을 토대로 중심 제재의 심미적 속성을 강조하고 있다.
→ (가) 채전 채소들의 조화로운 성장 (나) 버섯의 생명력의 아름다움

| (나) - 〈2행〉 벌목의 슬픔으로 서 있는 이 땅

| 뭔말?

· (가)는 '채전 채소들', (나)는 '버섯'이 지닌 생명력의 아름다움을 강조하고 있으므로 심미적 속성 강조와는 연결 지을 수 있음.
· 하지만 (가)는 '채전'에서 자라는 채소들과 '채전'을 찾아드는 자연물에 대한 언급만 있을 뿐, 인간의 행위가 나타나지 않음.
· (나)는 '벌목의 슬픔'에서 '벌목'이라는 인간의 행위에 대한 비판적 관점을 간접적으로 확인할 수 있음.

→ (가) X / (나) 패역의 골짜기(= 참나무가 썩어 가는 공간) → 부정적 인식
⑤ ~~장소에 대한 부정적 인식을 심화하여 중심 제재와의 정서적 거리~~를 부각하고 있다.
→ (가), (나) 모두 찾아볼 수 없는 내용

| (나) - 〈1~3행〉 우리는 썩어 가는 참나무 떼, / 벌목의 슬픔으로 서 있는 이 땅 / 패역의 골짜기

| (나) - 〈8행〉 우리 몸에 뚫렸던 상처마다 버섯이 피어난다

| (나) - 〈12행〉 그 고통을 순간에 멈추게 하는구나

| 뭔말?

· (가)는 '채전'이라는 장소에 대한 긍정적 인식만 드러남. 장소에 대한 부정적 인식을 심화하여 중심 제재와의 정서적 거리를 부각하고 있다고 볼 수 없음.
· (나)는 '참나무 떼'가 벌목되어 썩어 가고 있는 장소를 '벌목의 슬픔으로 서 있는' 곳, '패역의 골짜기'와 같이 표현한 것에서 부정적 인식이 드러남.
· 그러나 (나)의 중심 제재인 '버섯'을 '너'라고 부르며 '황홀한 음지의 꽃'으로 예찬하는 태도를 보이므로 중심 제재와의 정서적 거리를 부각하고 있지 않음.

02 표현상 특징 파악

답 ④

선지별 선택 비율	①	②	③	④	⑤
화작	1%	3%	2%	89%	2%
언매	1%	1%	1%	94%	1%

㉠~㉤의 시적 기능에 대한 설명으로 적절하지 않은 것은?

정답 띵!동!

→ 많은 손님들 = 채전을 찾아오는 곤충들과 자연 현상에 인격을 부여한 것
④ ㉣에서 사물을 인격화하여 ~~'극진한 축복과 은혜'와 대비되는~~ 화자의 시선을 반영하고 있다.
극진한 축복과 은혜를 베푸는 존재로 봄. ←
문학 개념어(010)

| (가) - 〈2연〉 나비가 심방 오고 풍뎅이가 찾아오고 잠자리가 왔다 가고 바람결에

스쳐 가고 그늘이 지나가고 비가 내리고 햇볕이 다시 나고 …… 이같이 ㉣많은 손님들의 극진한 축복과 은혜 속에

| 뭔말?

· '많은 손님들'은 '나비, 풍뎅이, 잠자리, 바람, 그늘, 비, 햇볕' 등을 가리키므로, 사물을 인격화한 표현임.

· 그러나 '많은 손님들'은 '채전'의 '지극히 범속한 것들'이 조화롭고 생명 충만하게 성장하는 데 '극진한 축복과 은혜'를 주는 존재들에 해당함.

오답 땡!

→ 반복 · 변주(가 보아라 - 가 보아라 - 와서 보아라)

① ㉠을 반복하고 변주하여 '채전'에서 겪을 수 있는 경험의 소중함을 느끼게 하려는 화자의 의도를 드러내고 있다.

→ 채전으로 가 보라는 권유

| (가) - <1연> 한여름 채전으로 ㉠가 보아라

| (가) - <2연> 한여름 채전으로 가 보아라 ~ 한여름 채전으로 와서 보아라

| 뭔말?

· 1연과 2연의 각 1행에서 '가 보아라'가 반복됨. 또한 2연 마지막 행에서 '가 보아라'가 '와서 보아라'로 변주됨.

· 이것은 자신이 말하고 있는, '채전'에서 겪을 수 있는 경험의 소중함을 느끼게 하려는 의도가 담긴 화자의 권유로 볼 수 있음.

② ㉡을 수식어로 반복하여 '범속한 것들'로부터 '충족한' 느낌을 받는 화자의 정서를 강조하고 있다.

| (가) - <1연> 이 ㉡지극히 범속한 것들은

| (가) - <2연> 이 지극히 범속한 것들의 지극히 충족한 빛나는 생명의 양상을 한여름 채전으로 와서 보아라

| 뭔말?

· '지극히'를 '범속한'과 '충족한'에 대한 수식어로 반복함. 이는 한여름 채전의 '범속한 것들'로부터 '충족한' 느낌을 받는 화자의 정서를 강조하는 역할을 함.

→ -지 말라

③ ㉢에서 부정 명령형을 사용하여 '주어진 대로' '족할 줄을 알'아야 한다는 화자의 인식을 제시하고 있다.

→ '과분하지 말라'에 이어 드러나는 화자의 인식

| (가) - <1연> ㉢과분하지 말라 의혹하지 말라 주어진 대로를 정성껏 충만시킴으로써 스스로를 족할 줄을 알라

| 뭔말?

· 부정 명령형 '말라'가 사용된 '과분하지 말라'에 이어, '주어진 대로를 정성껏 충만시킴으로써 스스로를 족할 줄을 알라'라고 화자의 인식을 제시함.

→ '생명의 양상'이라는 관념을 '빛나는' 것으로 시각화함.

⑤ ㉤에서 관념을 시각화하여 '목숨의 유열과 천지와의 화합'이 이루어진 대상에 대한 화자의 생각을 표현하고 있다.

→ 이 지극히 범속한 것들(= 채전의 채소들)

| (가) - <1연> 오직 여기에 목숨의 유열과 천지와의 화합에 있거니

| (가) - <2연> 이 지극히 범속한 것들의 지극히 충족한 ㉤빛나는 생명의 양상을 한여름 채전으로 와서 보아라.

| 뭔말?

· '생명의 양상'이라는 관념을 '빛나는' 것으로 시각화함. 이것은 '지극히 범속한 것들'에 대한 표현임.

· 1연 마지막 부분에서 화자는 '이 지극히 범속한 것들(채전의 채소들)'에 '목숨의 유열과 천지와의 화합'이 있다고 함.

· 따라서 '빛나는 생명의 양상'은 '이 지극히 범속한 것들 = 목숨의 유열과 천지와의 화합이 이루어진 대상'에 대한 화자의 생각을 표현한 말임.

03 시구의 비교와 대조

답 ②

선지별 선택 비율	①	②	③	④	⑤
화작	5%	75%	8%	3%	6%
언매	4%	84%	4%	2%	3%

[A]~[F]에 대한 이해로 가장 적절한 것은?

정답 띵!동!

→ 바람에 의한 흔들림

② [B]에서 참나무의 상태에 변화를 가져온 움직임은, [C]에서 버섯이 피어나는 상황과 순차적 관계를 형성한다.

→ 참나무가 바람에 의해 흔들림. → 잠자던 홀씨(버섯 포자)들이 일어남. → 버섯이 피어남.

| (나) - [B] 바람은 더 높은 곳에서 우리를 흔들고

| (나) - [C] 이윽고 잠자던 홀씨들 일어나 / 우리 몸에 뚫렸던 상처마다 버섯이 피어난다

| 뭔말?

· [B]에서 참나무의 상태에 변화를 가져온 움직임은 '바람'에 의한 흔들림임.

· [B]에서 '바람'에 의해 참나무들이 흔들리자 [C]에서 참나무의 구멍에 있던 홀씨(버섯 포자)들이 일어남.

· [C]에서 썩어 가는 참나무 떼에서 일어난 홀씨들이 버섯으로 자라 피어나는 상황으로 이어짐.

오답 땡!

① [A]에서 참나무가 벌목으로 썩어 가는 모습은, [B]에서 바람에 흔들리는 나무의 모습과 ~~순환적 관계를 형성한다~~.

→ [A]와 [B]의 모습이 돌고 돌며 되풀이되는 관계 X

| (나) - [A] 우리는 썩어 가는 참나무 떼, / 벌목으로 슬픔으로 서 있는 이 땅

| (나) - [B] 함께 썩어 갈수록 / 바람은 더 높은 곳에서 우리를 흔들고

| 뭔말?

· [A]에서 참나무가 벌목으로 썩어 가는 모습과 [B]에서 바람에 흔들리는 나무의 모습이 돌고 돌며 되풀이되고 있지 않으므로 순환적 관계로 볼 수 없음.

→ 참나무의 상처에서 버섯이 피어나는 순간

③ [C]에서 참나무의 상처에 생명이 생성되는 순간은, [D]에서 나무의 고통이 멈추는 과정과 ~~대립적 관계를 형성한다~~.

→ 버섯이 피어나며 참나무의 고통이 순간에 멈춤. → 동시적 또는 연속적 관계에 가까움.

| (나) - [C] 우리 몸에 뚫렸던 상처마다 버섯이 피어난다

| (나) - [D] 너는 소나기처럼 후드득 피어나 / 그 고통을 순간에 멈추게 하는구나

| 뭔말?

· [C]에서 '버섯'이라는 생명이 생성되는 순간과 이 '버섯'의 생성으로 [D]에서 나무의 고통이 멈추는 과정은 서로 반대되거나 모순되지 않으므로 대립적 관계로 볼 수 없음.

· 두 과정은 동시적으로 또는 연이어서 일어나는 것으로 볼 수 있음.

→ 참나무의 고통이 버섯이 피어나면서 멈춤.

④ [D]에서 참나무의 모습에 일어난 변화는, [E]에서 낙엽이나 바람이 처한 상황과 ~~인과적 관계를 형성한다~~.

→ [D]와 [E]는 원인과 결과로 이어지는 관계가 아님.

| (나) - [D] 우리는 서서히 썩어 가지만 / 너는 소나기처럼 후드득 피어나 / 그 고통을 순간에 멈추게 하는구나

| (나) - [E] 산비탈에 구르는 낙엽으로도 / 골짜기를 떠도는 바람으로도

| 뭔말?

· [D]에서 참나무의 고통이 버섯에 의해 멈춘 변화와 [E]에서 낙엽이나 바람이 처한 상황이 원인과 결과로 이어진 관계가 아니므로, 인과적 관계로 볼 수 없음.

→ 낙엽, 바람 ≠ 참나무의 몸을 덮을 수 없음.

⑤ [E]에서 참나무의 주변에 존재하는 사물들은, [F]에서 나무를 채워 주는 존재로 제시된 대상과 ~~동질적 관계를 형성한다~~.

→ 참나무의 몸을 채워 주는 존재 = 버섯 → 낙엽, 바람 ≠ 버섯

| (나) – [E] 산비탈에서 구르는 낙엽으로도 / 골짜기를 떠도는 바람으로도

| (나) – [F] 덮을 길 없는 우리의 몸을 / 뿌리 없는 너의 독기로 채우는구나

| 뭔말?

· [E]에서 참나무 주변에 있는 '낙엽'과 '바람'은 참나무의 몸을 덮을 수 없음.

· [F]에서 '너'라는 대상, 즉 '버섯'은 참나무의 몸을 뿌리 없는 독기로 채워 주는 존재임.

· 따라서 '낙엽' · '바람'과 '너'는 동질적 관계로 볼 수 없음.

04 외적 준거에 따른 작품 감상 답 ③

선지별 선택 비율	①	②	③	④	⑤
화작	2%	6%	80%	6%	3%
언매	1%	4%	87%	3%	2%

〈보기〉를 바탕으로 (가)와 (나)를 감상한 내용으로 적절하지 않은 것은? [3점]

보기

생명 현상을 제재로 삼은 시는 대체로, 생명체들의 풍요로움을 감각적으로 형상화하거나, 생명 파괴의 현실을 극복하는 모습을 형상화한다. (가)는 만물의 조화로운 성장과 충만한 생명력에 자족하는 태도를, (나)는 인간의 욕망에 의한 상처와 고통으로 황폐화된 현실을 강인한 생명력이 피어나는 공간으로 변화시키는 모습을 드러낸다. 이러한 두 양상은 표면적으로 드러난 생명의 모습에서는 차이를 보이지만, 생명체들이 어우러져 살아가는 모습을 보여 준다는 점에서는 동일한 지향성을 지닌다고 할 수 있다.

정답 띵! 동!

→ 울타리에 덤불을 이룬 모습의 묘사일 뿐

③ (가)의 '넌출'은 어우러진 생명체들이 ~~현실의 삶에 자족하게 되는~~, (나)의 ~~'홀씨'는 공존하던 생명체들이 흩어지게 되는 계기~~를 드러내고 있군.

→ 홀씨 = 버섯의 포자 = 황폐화된 현실(썩어 가는 참나무)을 강인한 생명력이 피어나는 공간으로 변화시키는 계기

| 〈보기〉 (가)는 만물의 조화로운 성장과 충만한 생명력에 자족하는 태도를, (나)는 인간의 욕망에 의한 상처와 고통으로 황폐화된 현실을 강인한 생명력이 피어나는 공간으로 변화시키는 모습을 드러낸다.

| (가) – 〈1연〉 수염을 드리운 몇 그루 옥수수에 가지, 고추, 오이, 토란, 그리고 울타리엔 덤불을 이룬 넌출 사이로 반질반질 윤기 도는 크고 작은 박이며 호박들!

| (나) – 〈7~8행〉 이윽고 잠자던 홀씨들 일어나 / 우리 몸에 뚫렸던 상처마다 버섯이 피어난다

| 뭔말?

· (가)의 '넌출(길게 뻗어 나가 늘어진 식물의 줄기)'은 '박', '호박'이라는 생명체의 줄기가 울타리에 덤불을 이루고 있는 모습을 나타낸 것일 뿐임. 생명체들이 현실의 삶에 자족하게 되는 계기와는 관계없음.

· (나)의 '홀씨'는 썩어 가는 참나무의 몸에서 피어나는 버섯의 포자임. 공존하던 생명체들이 흩어지게 되는 계기와는 관계없고, 오히려 황폐화된 현실을 강인한 생명력이 피어나는 공간으로 변화시키는 계기와 연결 지을 수 있음.

오답 땡!

→ 한여름 = 채전에서 온갖 채소들이 풍요롭게 자라나는 시간적 배경

① (가)의 '한여름'은 생명체들의 풍요로움을 감각적으로 드러내는, (나)의 '겨울'은 생명 파괴의 현실을 이겨 내는 시간적 배경으로 설정되어 있군.

→ 겨울 = 벌목으로 인한 생명 파괴의 현실을 이겨 내고 버섯이 피어나는 시간적 배경

| 〈보기〉 생명 현상을 제재로 삼은 시는 대체로, 생명체들의 풍요로움을 감각적으로 형상화하거나, 생명 파괴의 현실을 극복하는 모습을 형상화한다.

| (가) – 〈1연〉 한여름 채전 ~ / 수염을 드리운 몇 그루 옥수수에 가지, 고추, 오이, 토란, 그리고 울타리엔 덤불을 이룬 넌출 사이로 반질반질 윤기 도는 크고 작은 박이며 호박들! ~ 황금의 햇빛 속에 일심으로 자라고 영글기

| (나) – 〈1~4행〉 우리는 썩어 가는 참나무 떼, / 벌목의 슬픔으로 서 있는 이 땅 / 패역의 골짜기에서 / 서로에게 기댄 채 겨울을 난다

| (나) – 〈8행〉 우리 몸에 뚫렸던 상처마다 버섯이 피어난다

| 뭔말?

· (가)의 시간적 배경은 '한여름'으로, '황금의 햇빛 속에'서 '반질반질 윤기' 돌게 자라 영글어 가는 생명체들의 풍요로움이 나타남.

· (나)의 시간적 배경은 '겨울'로, '벌목'이라는 생명 파괴의 현실에서 '썩어 가는 참나무 떼'의 상처에 '버섯'이 피어나면서 고통의 현실을 이겨 내는 모습이 나타남.

→ 울타리 = 채소들이 살아가는 안과 밖을 나누는 경계

② (가)의 '울타리'는 만물이 함께 살아가는 공간을 드러내는 경계로, (나)의 '골짜기'는 인간의 욕망이 투영된 장소로 제시되어 있군.

→ 골짜기 = 인간의 욕망에 의해 벌목이 이루어진 공간

| 〈보기〉 (가)는 만물의 조화로운 성장 ~ (나)는 인간의 욕망에 의한 상처와 고통으로 황폐화된 현실

| (가) – 〈1연〉 수염을 드리운 몇 그루 옥수수에 가지, 고추, 오이, 토란, 그리고 울타리엔 덤불을 이룬 넌출 사이로 반질반질 윤기 도는 크고 작은 박이며 호박들!

| (나) – 〈2~3행〉 벌목의 슬픔으로 서 있는 이 땅 / 패역의 골짜기

| 뭔말?

· (가)의 '울타리'는 '지극히 범속한 것들'이 함께 조화를 이루며 살아가는 공간인 '채전'을 드러내는 경계로 제시됨.

· (나)의 '패역의 골짜기'에서 '골짜기'는 인간에 의해 벌목된 참나무들이 함께 썩어 가고 있는 공간으로 인간의 욕망이 투영된 장소로 제시됨.

→ 그늘 = 지극히 범속한 것들에게 축복과 은혜를 주어 성장을 도움.

④ (가)의 '그늘'은 만물이 성장을 이루어 가는 배경으로서의, (나)의 '음지'는 현실의 고통을 극복하는 장소로서의 의미를 함축하고 있군.

→ 음지 = 음지의 꽃인 버섯이 피어나 참나무의 고통을 멈추는 장소

| 〈보기〉 (가)는 만물의 조화로운 성장과 충만한 생명력 ~ (나)는 ~ 상처와 고통으로 황폐화된 현실을 강인한 생명력이 피어나는 공간으로 변화시키는 모습을 드러낸다.

| (가) – 〈2연〉 나비가 심방 오고 풍뎅이가 찾아오고 잠자리가 왔다 가고 바람결에 스쳐 가고 그늘이 지나가고 비가 내리고 햇볕이 다시 나고 …… 이 같은 많은 손님들의 극진한 축복과 은혜 속에 / ~ 지극히 충족한 빛나는 생명의 양상

| (나) – 〈9행〉 황홀한 음지의 꽃이여

| (나) – 〈11~12행〉 너는 소나기처럼 후드득 피어나 / 그 고통을 순간에 멈추게 하는구나

| 뭔말?

· (가)의 '그늘'은 '나비, 풍뎅이, 잠자리, 바람, 비, 햇볕' 등과 함께 채전의 '지극히 범속한 것들'에게 '축복과 은혜'를 주는 존재이므로, 만물의 조화로운 성장을 이루어 가는 배경으로서의 의미를 함축함.

· (나)의 '음지'에서는 '음지의 꽃'인 '버섯'이 황홀하게 피어나 참나무의 고통을 멈추게 하고 있으므로, 현실의 고통을 극복하는 장소로서의 의미를 함축함.

비 = 지극히 범속한 것들에게 축복과 은혜를 주는 존재

⑤ (가)의 '비'는 생명의 충만함과 조화로움을 갖게 하는, (나)의 '소나기'는 황폐화된 현실에 생명력을 환기하는 대상으로 표상되어 있군.

소나기 = 버섯을 비유한 말

| 〈보기〉 (가)는 만물의 조화로운 성장과 충만한 생명력에 자족하는 태도를, (나)는 ~ 황폐화된 현실을 강인한 생명력이 피어나는 공간으로 변화시키는 모습을 드러낸다.

| (가) – 〈2연〉 나비가 심방 오고 풍뎅이가 찾아오고 잠자리가 왔다 가고 바람결에 스쳐 가고 그늘이 지나가고 비가 내리고 햇볕이 다시 나고 …… 이 같은 많은 손님들의 극진한 축복과 은혜 속에 / ~ 지극히 충족한 빛나는 생명의 양상

| (나) – 〈11~12행〉 너는 소나기처럼 후드득 피어나 / 그 고통을 순간에 멈추게 하는구나

| **뭔말?**

· (가)의 '비'는 나비, 풍뎅이, 잠자리, 바람, 그늘, 햇볕 등과 함께 채전의 '지극히 범속한 것들'에게 '축복과 은혜'를 주는 존재이므로, 생명의 충만함과 조화로움을 갖게 하는 대상으로 표상됨.

· (나)의 '소나기'는 생명력 넘치게 피어나는 음지의 꽃, '버섯'을 비유한 말임. 버섯 = 황폐화된 현실에 생명력을 환기하는 대상으로 표상됨.

기출 속 문학 개념어 사전

관조(009)

개념	**관조** 觀 볼 ㉮ 照 비출 ㉯
사전적 의미	고요한 마음으로 사물이나 현상을 관찰하거나 비추어 봄.
단계적 이해	① '관조'는 우선 시적 대상을 차분하고 담담한 마음으로 바라보는 화자의 자세를 의미해. 마음에 비춰진 대로 과장 없이 있는 그대로 표현하는 거지. ② 화자나 인물이 어떤 사물이나 현상을 관조적 태도로 바라보면, 주관적 감정을 절제하고 대상을 있는 그대로 관찰할 수 있어. 즉 격정적인 감정에 휩싸이지 않은 채 대상과 거리를 두고 그 의미를 탐색할 수 있는 거지. ③ 화자나 인물이 관조적 태도를 드러내거나 관조적 어조로 이야기하고 있는 작품은 대부분 사물이나 현상에서 얻은 성찰과 깨달음을 주제로 한 경우가 많아. 
출제 TIP	• 수능이나 평가원 모의고사에서 '관조'를 언급한 선지가 나오면 판단하기가 쉽지 않았지? 문학 작품은 작가의 생각이나 감정을 기반으로 한 창작물이기 때문에 작가의 주관이나 감정이 완전히 배제되는 것은 불가능해. 그래서 화자나 인물이 자신의 주관이나 감정, 의도 등을 내세우지 않고 대상을 있는 그대로 보려고 하는 관조적 태도를 드러내고 있는지 판단하는 것도 까다롭고 어려운 면이 있어. • 그러므로 화자나 인물이 사물이나 현상에 대해 주관적인 감정을 직접적으로 표출하지 않고 감정을 절제한 채 대상 자체만을 그려 내고 있다면 관조적 태도라고 말할 수 있을 거야. 이때 예찬이나 감탄, 몰입 같은 정서와 비교해 보는 것도 도움이 될 거야.

자연에 대한 관조

산에는 꽃 피네 / 꽃이 피네 / 갈 봄 여름 없이 / 꽃이 피네 //
산에 / 산에 / 피는 꽃은 / 저만치 혼자서 피어 있네 //
산에서 우는 작은 새여, / 꽃이 좋아 / 산에서 / 사노라네 //
산에는 꽃 지네 / 꽃이 지네 / 갈 봄 여름 없이 / 꽃이 지네

– 김소월, 「산유화」

▶ 화자는 꽃이 피고 지는 현상을 관조함으로써 이 세상에 존재하는 모든 사물들의 근원적 고독, 생성과 소멸을 거듭하는 대자연의 섭리에 대해 이야기하고 있어.

머언 산 청운사(靑雲寺) / 낡은 기와집 //
산은 자하산(紫霞山) / 봄눈 녹으면, //
느릅나무 / 속잎 피어 가는 열두 굽이를 //
청노루 / 맑은 눈에 //
도는 / 구름.

– 박목월, 「청노루」

▶ 화자는 봄이 온 자연의 풍경을 관조하며 자연의 탈속적인 정취를 표현하고 있어.

청산(靑山)도 절로절로 녹수(綠水)도 절로절로
산(山) 절로 수(水) 절로 산수간(山水間)에 나도 절로
그중(中)에 절로 자란 몸이 늙기도 절로절로

– 송시열

| 현대어로 읽기

푸른 산도 저절로 (된 것이며) 푸른 물도 저절로 (흘러가는 것이다)
이처럼 산과 물이 자연 그대로이니 그 속에 사는 나도 역시 자연 그대로이다
자연 속에서 저절로 자란 몸이니 이제 늙는 것도 자연의 순리에 따라가리라

▶ 자연의 순리에 순응하여 살아가고자 하는 화자의 달관적 인생관, 관조적 태도가 드러나고 있어.

관조를 통해 드러나는 삶에 대한 무상감

꽃이 지기로소니 / 바람을 탓하랴 //
주렴 밖에 성긴 별이 / 하나 둘 스러지고 //
귀촉도 울음 뒤에 / 머언 산이 다가서다. //
촛불을 꺼야 하리 / 꽃이 지는데 //
꽃 지는 그림자 / 뜰에 어리어 //
하이얀 미닫이가 / 우련 붉어라. //
묻혀서 사는 이의 / 고운 마음을 //
아는 이 있을까 / 저어하노니 //
꽃이 지는 아침은 / 울고 싶어라. //

– 조지훈, 「낙화」

▶ 화자는 바람에 꽃이 지는 모습을 관조하며 느끼는 삶의 무상감과 비애감을 담담하게 드러내고 있어.

기출 속 문학 개념어 사전

의인화(010)

개념	**의인화** 擬 비길 ㉨　　人 사람㉧　　化 될 ㉫
사전적 의미	사람이 아닌 것을 사람에 비기어 표현함.
단계적 이해	① 의인화는 사람 아닌 대상을 마치 사람인 것처럼 표현하는 방법이야. 사람 아닌 대상을 사람에 빗대어 나타낸다는 점에서 비유의 한 종류라고 볼 수 있어. ② 의인화를 판단하려면 식물이나 동물, 무생물 같은 사람이 아닌 대상이 나타나는지부터 확인하는 게 먼저야. 그리고 그 대상에 대한 서술어를 보고 대상이 하는 행동 중 사람만이 할 수 있는 행동이 드러나는지 확인해야지. ③ 의인화는 사람 아닌 것을 감정과 의지가 있는 인간인 것처럼 표현했다고 해서, 대상에 인간의 자격을 부여했다는 의미로 '인격화'라고도 해. 의인화와 인격화는 유사 개념으로 볼 수 있어.
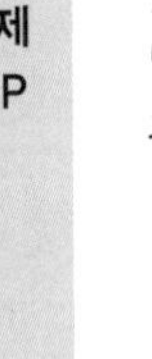 출제 TIP	• 의인화된 대상은 화자가 말을 건네는 상대인 청자로 설정되어 나타나곤 해. • 기출 선지에서는 의인화라는 용어 말고도 '사물에 인격을 부여해', '자연물에 인격을 부여하여'와 같은 표현을 사용한 적이 있어. • 수능이나 평가원 모의고사에서 의인화는 운문 문학에서 주로 출제되는 개념이야. 그렇지만 고전 소설과 고전 수필 등에서도 언급된 적 있어. • 활유법과 헷갈릴 수 있어. 활유법은 '애수는 백로처럼 날개를 펴다'처럼 무생물을 생물인 것처럼, 감정이 없는 것을 감정이 있는 것처럼 표현하는 방식으로, 의인법을 포괄하는 더 큰 개념이야. 활유법이 쓰인 표현은 의인법이 쓰인 것이기도 한 경우가 있지.

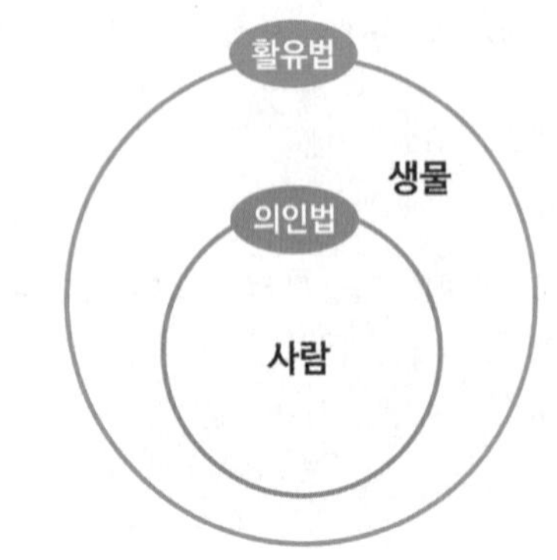

✎ 자연물의 의인화

노을은 신이 나서 붉은 물감을 / 함부로 칠하며
북을 치고 농부들같이 춤을 춘다

– 김규동, 「노을과 시」

▸ '노을'을 의인화하여 역동적인 모습으로 표현하고 있어.

그대는 차디찬 의지의 날개로
끝없는 고독 위를 나르는 / 애달픈 마음
(중략)
부칠 곳 없는 정열을 / 가슴 깊이 감추고
찬바람에 빙그레 웃는 적막한 얼굴이여!
(중략)
또한 나의 작은 애인이니 / 아아, 내 사랑 수선화야!
나도 그대를 따라 저 눈길을 걸으리.

– 김동명, 「수선화」

▸ '수선화'에 인격을 부여하여 수선화의 강인함, 의지를 닮으려는 마음을 고백하고 있어.

빙자옥질(氷姿玉質)이여 눈 속에 네로구나
가만히 향기 놓아 황혼월(黃昏月)을 기약하니
아마도 아치고절(雅致高節)은 너뿐인가 하노라

– 안민영, 「매화사」

▸ '매화'에 인격을 부여하여 '너'라고 부르고 있어. 매화의 얼음처럼 깨끗한 모습과 구슬같이 아름다운 자질, 아담하고 격에 맞는 멋과 높은 절개 등 대상의 면모를 강조하고 있지.

✎ 추상적 대상의 의인화

신새벽 뒷골목에 / 네 이름을 쓴다 민주주의여
내 머리는 너를 잊은 지 오래
내 발길은 너를 잊은 지 너무도 너무도 오래
오직 한 가닥 있어 / 타는 가슴속 목마름의 기억이
네 이름을 남몰래 쓴다 민주주의여

– 김지하, 「타는 목마름으로」

▸ '민주주의'라는 추상적 관념을 의인화하여 '너'라고 부르고 있어. 민주주의를 향한 강한 열망, 의지를 엿볼 수 있는 부분이야.

이 원수 가난 귀신 어찌해야 이별할까
술에 음식을 갖추고 이름 불러 전송하여
길한 날 좋은 때에 사방으로 가라 하니
웅얼웅얼 불평하며 화를 내어 이른 말이
어려서 지금까지 희로애락을 너와 함께하여
죽거나 살거나 헤어질 일이 없었거늘
어디 가 뉘 말 듣고 가라 하여 이르느뇨
우는 듯 꾸짖는 듯 온가지로 협박커늘
돌이켜 생각하니 네 말도 다 옳도다

– 정훈, 「탄궁가」

▸ 추상적 대상인 '가난'을 귀신으로 의인화하여 화자와 가난 귀신의 대화 상황을 보여 주고 있어.

▸ 본문 066쪽

현대시 04

2023학년도 6월 모의평가

01 ② 02 ④ 03 ①

(가) 신동엽, 「향아」

EBS 연결 고리

2023학년도 수능특강 문학 090쪽

교과서 연계 정보

작가 국어 동아 문학 동아, 창비, 천재(김)

해제 이 작품의 화자는 순수한 존재인 '향'을 부르며 '옛날'로 돌아가자고 말하고 있다. '옛날'은 '전설 같은 풍속'을 지닌 시절로, 자연과 인간이 조화를 이루던 아름답고 순수한 때이며, 위선과 가식을 보이는 현대 문명과 대조되는 화자가 지향하는 세계이다. 청유형의 표현, 과거와 현재의 대비를 통해 순수한 세계로 돌아가고자 하는 화자의 소망을 드러내고 있다.

주제 순수한 세계로 회귀하고자 하는 소망

짜임

1연	오래지 않은 옛날로 돌아가기를 소망함.
2연	행복했던 옛날의 삶의 모습을 떠올림.
3연	옛날의 풍속으로 돌아가기를 소망함.
4연	순수하고 건강한 고향으로 돌아가기를 소망함.
5연	옛날로 돌아가 순수한 마음을 회복하기를 소망함.

[01-⑤] 시적 청자

1연 향아 너의 고운 얼굴 조석으로 우물가에 비최이던 오래지 않은 옛
[01-①] 옛날: 순수했던 과거. 농경 문화의 전통에 바탕을 둔 공동체의 삶이 있던 시절
날로 가자
[01-④, ⑤] ◯: '돌아가자'의 반복과 '가자', '가자꾸나'로의 변주. '-자'의 청유형과 말을 건네는 방식의 활용

2연 수수럭거리는 수수밭 사이 걸찍스런 웃음들 들려 나오며 호미와
바구니를 든 환한 얼굴 그림처럼 나타나던 석양……
[02-④] 즐거운 노동의 모습

3연 구슬처럼 흘러가는 냇물가 맨발을 담그고 늘어앉아 빨래들을 두
드리던 전설같은 풍속으로 돌아가자

4연 눈동자를 보아라 향아 회올리는 무지갯빛 허울의 눈부심에 넋 빼
앗기지 말고
[02-⑤] [03-①] 과거 농경 문화의 전통이 있던 공동체의 공간. 과거 고향 = 오래지 않은 옛날 = 전설같은 풍속 = 미개지 = 싱싱한 마음밭
철따라 푸짐히 두레를 먹던 ㉠정자나무 마을로 돌아가자 미끈덩한 **기생**
[02-④] 두레를 먹다 = 농민들이 음식을 장만하여 모여 놀다. 놀이의 공간
충의 생리와 허식에 인이 배기기 전으로 눈빛 아침처럼 빛나던 우리들의
[03-③] 물질문명의 허위와 병폐: 기생충의 생리 ↔ 자족하는 농경 문화의 전통
고향 병들지 않은 젊음으로 찾아 가자꾸나

5연 향아 허물어질까 두렵노라 얼굴 생김새 맞지 않는 **발돋움의 흉내**
[03-④] 물질문명에 물들어 가는 모습
랑 그만 내자
[02-④] 노동의 모습
들국화처럼 소박한 목숨을 가꾸기 위하여 맨발을 벗고 콩바심하던 **차라리**
[02-④] 놀이의 모습 - '정자나무 마을'이 노동과 놀이가 공존하는 공간임을 알 수 있음.
그 미개지에로 가자 달이 뜨는 명절밤 비단치마를 나부끼며 **떼지어 춤추던**
[03-①] 미개지=농경 문화의 전통에 바탕을 둔 건강한 생명력과 순수성이 있는 공간
전설같은 풍속으로 돌아가자 냇물 굽이치는 싱싱한 마음밭으로 돌아가자.

(나) 기형도, 「전문가」

EBS 연결 고리

비연계

교과서 연계 정보

작가 국어 미래엔 문학 지학

해제 이 작품은 '그'가 빛나는 유리 담장을 세우고, 그 담장을 박살 낸 골목의 아이들을 너그럽게 용서해 줌으로써 그들을 서서히 길들여 나가는 과정을 다루고 있다. 이는 대중의 이성을 마비시켜 그들을 획일화하는 권력의 기만적 통치술을 상징화한 것으로, 여기에는 현실에 대한 작가의 비판 의식이 담겨 있다. '유리 담장'은 가장 햇빛이 안 드는 골목을 밝게 보이게 하는 기만적 통치의 장치로 볼 수 있으며, '그'에 의해 아이들이 길들여지는 골목을 가리켜 '아름다운 골목'이라고 반어적으로 표현함으로써 기만적 통치술에 대중이 길들여져 가는 시적 상황을 강조하고 있다.

주제 대중을 획일적으로 길들이는 권력의 기만적 통치술에 대한 비판

짜임

1연	이사 온 '그'의 집 담장들이 빛나는 유리들로 세워짐.
2연	골목의 아이들이 실수로 '그'의 집 유리 담장을 박살내곤 함.
3연	아이들의 실수를 너그럽게 받아들이는 '그'의 태도
4연	송판으로 담을 쌓자고 주장한 아이가 골목에서 추방됨.
5연	시간이 흘러 동네의 모든 아이들이 '그'의 충실한 부하가 됨.
6연	가장 햇빛이 안 드는 골목에서 일렬로 선 아이들이 벽돌을 나름.

1연 이사온 그는 이상한 사람이었다
[01-②] 인물과 사건 제시 → 상징성을 띤 사건을 전개함.
그의 집 담장들은 모두 빛나는 유리들로 세워졌다

2연 골목에서 놀고 있는 부주의한 아이들이
잠깐의 실수 때문에
풍성한 햇빛을 복사해내는
[03-②] 풍성한 햇빛 = 환영. 유리 담장 = 햇빛 복사 → 대중을 기만하는 환영의 장치임.
그 유리 담장을 박살내곤 했다

3연 그러나 얘들아, 상관없다
유리는 또 갈아 끼우면 되지
[03-④] 너그러운 용서 = 대중을 길들이기 위한 권력의 술수임.
마음껏 이 골목에서 놀렴

4연 유리를 깬 아이는 얼굴이 새빨개졌지만
이상한 표정을 짓던 다른 아이들은
아이들답게 곧 **즐거워했다**
[03-④] '그'의 너그러운 용서에 속음. 대중이 권력의 술수에 길들여지고 있는 상황을 나타냄.
견고한 송판으로 담을 쌓으면 어떨까
[03-③] 자기의 생각을 드러낸 아이. 획일적인 통제를 하려는 권력에 반하는 인물
주장하는 아이는, 그 아름다운
골목에서 즉시 추방되었다
[03-③] 다른 생각이나 의견이 용납되지 않는 획일적으로 통제된 사회의 모습을 드러냄.

5연 유리 담장은 매일같이 깨어졌다

필요한 시일이 지난 후, 동네의 모든 아이들이
[01-②] [02-③] '아이들'이 '그'의 요청을 수행함. 개성을 박탈당한 채 권력에 종속된 대중의 모습 상징
충실한 그의 부하가 되었다

6연 어느 날 그가 **유리 담장**을 떼어냈을 때, ㉡그 골목은
[03-②] 유리 담장이 대중을 기만하는 환영의 장치였음을 드러냄.
가장 햇빛이 안 드는 곳임이

판명되었다, **일렬로** 선 아이들은
[02-④] [03-⑤] '일렬로'는 획일화된 모습. 놀이는 사라지고 노동만 남음. 권력에 종속된 대중의 모습 상징
묵묵히 벽돌을 날랐다

01 표현상 특징 파악 답 ②

선지별 선택 비율	①	②	③	④	⑤
화작	17%	66%	4%	8%	3%
언매	11%	78%	2%	5%	1%

(가), (나)에 대한 설명으로 가장 적절한 것은?

정답 띵! 동!

② (나)는 상징성을 띤 사건의 전개를 통해 주제를 암시하고 있다.
→ 권력의 기만적 통치술 및 그에 순응하는 어리석은 대중에 대한 비판
→ '그'가 유리 담장을 세운 후 골목에 일어난 변화

| (나) - ⟨1연⟩ 이사온 그는 이상한 사람이었다 / 그의 집 담장들은 모두 빛나는 유리들로 세워졌다
| (나) - ⟨5연⟩ 동네의 모든 아이들이 / 충실한 그의 부하가 되었다
| 뭔말?
· (나)는 '그'가 유리 담장을 세우고 그 담장을 박살 낸 골목의 아이들을 너그럽게 용서해 줌으로써 그들을 서서히 길들여 나가다, 결국 아이들을 자신의 충실한 부하로 만들기까지의 과정을 다루고 있음.
· 이와 같은 사건 전개는 대중을 길들이는 권력의 기만적 통치술 및 그에 순응하는 어리석은 대중에 대한 비판이라는 주제를 간접적으로 보여 주는 역할('암시')을 함.

오답 땡!

① (가)는 과거를 회상하며 ~~현실을 관망하는 태도~~를 드러내고 있다.
→ 평화로웠던 과거를 회상함.
→ 과거로 돌아가자고 함. 현실 비판적

| (가) - ⟨1연⟩ 향아 ~ 오래지 않은 옛날로 가자 → 과거로 가자고 권유
| (가) - ⟨2연⟩ 수수럭거리는 수수밭 ~ 나타나던 석양
| (가) - ⟨3연⟩ 구슬처럼 흘러가는 냇물가 ~ 전설같은 풍속 → 과거 회상
| (가) - ⟨4연⟩ 철따라 푸짐이 두레를 먹던 정자나무 마을
| (가) - ⟨4연⟩ 미끄덩한 기생충의 생리와 허식 → 현대 물질문명(현실)에 대한 비판 의식 반영
| (가) - ⟨5연⟩ 들국화처럼 소박한 ~ 전설 같은 풍속 ~ 싱싱한 마음밭 → 과거 회상
| 뭔말?
· (가)의 화자가 과거의 순수했던 시절('오래지 않은 옛날')을 떠올리고 있는 것은 맞음.
· 하지만 관망은 한발 물러나서 어떤 일이 되어 가는 형편을 바라보는 것인데, 화자는 허울, 허식 넘치는 물질문명의 현실에 대한 비판 의식을 드러냄.

③ (가)와 (나)는 모두 ~~음성 상징어를 활용하여~~ ~~상상 세계의 경이로움~~을 나타내고 있다.
→ (가), (나) 모두에서 찾아볼 수 없음.
→ (가) 과거에 경험했던 세계. 상상 세계 X / (나) X

| (가) - ⟨2연⟩ 수수럭거리는 수수밭 사이
| 뭔말?
· (가)의 '수수럭'을 소리를 나타낸 말로 볼 수 있으나, 일반적으로 의성 부사나 의태 부사만을 음성 상징어로 보므로, (가)에는 음성 상징어가 활용되지 않음. 또한 상상 세계가 아닌, 과거에 경험했던 세계의 경이로움을 표현함.
· (나)는 음성 상징어를 활용하지 않았고, 상상 세계의 경이로움을 나타내고 있지도 않음.

④ (가)와 ~~(나)는 모두~~ 동일한 시구의 반복과 변주를 통해 시적 분위기를 고조하고 있다.
→ 찾아볼 수 없음.
→ (가) '돌아가자' 반복, '가자', '가자꾸나'로 변주

| (가) - ⟨1연⟩ 오래지 않은 옛날로 가자
| (가) - ⟨3연⟩ 전설같은 풍속으로 돌아가자
| (가) - ⟨4연⟩ 정자나무 마을로 돌아가자 ~ 우리들의 고향 병들지 않은 젊음으로 찾아 가자꾸나.
| (가) - ⟨5연⟩ 차라리 그 미개지에로 가자 ~ 싱싱한 마음밭으로 돌아가자.
| 뭔말?
· (가)는 '~로 돌아가자'라는 동일한 시구를 반복하고, 이를 '가자', '가자꾸나' 등으로 변주하여 시적 분위기를 고조하고 있음.
· (나)는 동일한 시구를 반복, 변주하고 있지 않음.

⑤ (가)는 ~~위로하는 어조~~로, (나)는 ~~충고하는 어조~~로 ~~시적 청자에게 말을 건네고 있다~~.
→ 요청, 권유하는 어조(청유형)
→ 찾아볼 수 없음.
→ (가)만 '향'이라는 시적 청자에게 말을 건네고 있음.

| (가) - ⟨1연⟩ 향아 ~ 오래지 않은 옛날로 가자
| (가) - ⟨3연⟩ 전설 같은 풍속으로 돌아가자
| 뭔말?
· (가)는 시적 청자인 '향'에게 자신이 바라는 것을 요청, 권유하는 청유형 어조로 말을 건넴. 위로하는 어조는 사용되지 않음.
· (나)는 충고하는 어조를 사용하고 있지 않으며 시적 청자에게 말을 건네고 있지도 않음. (나)의 3연에서 '그'가 '아이들'에게 말을 건네고 있는 것은 맞지만, 이 '아이들'은 (나)의 화자 입장에서 시적 청자가 아님.

02 배경의 의미 및 기능 파악 답 ④

선지별 선택 비율	①	②	③	④	⑤
화작	2%	3%	10%	69%	14%
언매	1%	2%	7%	76%	10%

㉠과 ㉡을 비교한 내용으로 가장 적절한 것은?

정답 띵! 동!

④ ㉠은 '향'의 노동과 놀이가 공존하던 공간이고, ㉡은 '아이들'의 놀이가 사라지고 노동만 남은 공간이다.
→ 호미, 바구니, 콩바심 등(노동) + 두레를 먹음, 명절밤 춤추던 곳(놀이)
→ 즐겁게 놀던 곳(놀이) → 묵묵히 벽돌만 나르는 곳(노동)으로의 변화

| (가) - ⟨2연⟩ 호미와 바구니를 든 환한 얼굴 → 노동
| (가) - ⟨4연⟩ 철따라 푸짐히 두레를 먹던 → 놀이

| (가) – 〈5연〉 맨발을 벗고 콩바심하던 → 노동

| (가) – 〈2연〉 달이 뜨는 명절밤 비단치마를 나부끼며 떼지어 춤추던 → 놀이

| (나) – 〈2연〉 골목에서 놀고 있는 부주의한 아이들이 → 놀이

| (나) – 〈4연〉 아이들답게 곧 즐거워했다 → 놀이

| (나) – 〈6연〉 어느 날 그가 유리 담장을 떼어냈을 때, ~ 일렬로 선 아이들은 / 묵묵히 벽돌을 날랐다. → 노동만 남음.

| 뭔말?

· (가)의 ㉠은 화자가 '향'과 함께 돌아가기를 소망하는 곳이며, 노동과 놀이가 공존하는 공간임.

· (나)의 ㉡은 아이들이 유리를 깨기도 하며 즐겁게 놀던 곳이었으나, 유리 담장을 떼어낸 이후로 묵묵히 벽돌을 나르는 노동만이 남은 공간임.

오답 땡!

→ 화자가 '향'에게 돌아가자고 권유하는 공간

① ㉠은 ~~'향'에게 귀환이 금지된 공간~~이고, ㉡은 '아이들'에게 이탈이 금지된 공간이다.

→ '그'의 명령에 따라 벽돌만 나르는 공간. '그'에게 다른 방안을 제안한 아이는 추방됨.

| (가) – 〈4연〉 철따라 푸짐히 두레를 먹던 ㉠정자나무 마을로 돌아가자

| (나) – 〈6연〉 ㉡그 골목은 / 가장 햇빛이 안 드는 곳 ~ 일렬로 선 아이들은 / 묵묵히 벽돌을 날랐다

| 뭔말?

· (가)의 화자는 '향'에게 ㉠'정자나무 마을'로 돌아가자고 하고 있으므로, 오히려 귀환을 권유하고 있는 공간임.

· (나)에서 '아이들'은 '그'의 충실한 부하가 되어 다른 목소리를 내지 못하고 ㉡ '그 골목'에서 묵묵히 벽돌만 나르게 되므로 함부로 이탈할 수 없는 공간임.

→ 찾아볼 수 없음.

② ㉠은 ~~'향'이 자기반성을 수행하는 공간~~이고, ㉡은 '아이들'이 '그'의 요청을 수행하는 공간이다.

→ 아이들이 벽돌을 나르는 것 = '그'의 충실한 부하로서의 행위

| (나) – 〈5연〉 동네의 모든 아이들이 / 충실한 그의 부하가 되었다

| (나) – 〈6연〉 ㉡그 골목은 / 가장 햇빛이 안 드는 곳 ~ 일렬로 선 아이들은 / 묵묵히 벽돌을 날랐다

| 뭔말?

· (가)에서 '향'이 자기반성을 수행하는 모습은 찾아볼 수 없음.

· (나)에서 '아이들'은 충실한 그의 부하가 되어, 일렬로 서 묵묵히 벽돌을 나르고 있으므로 ㉡ '그 골목'은 '그'의 요청 또는 명령을 수행하는 공간임.

→ 정자나무 마을 = 향에게 돌아가자고 하는 과거의 공간

③ ㉠은 '향'이 본성을 찾아가는 ~~낯선 공간~~이고, ㉡은 '아이들'이 개성을 박탈당한 상실의 공간이다.

→ 골목에 남아 있는 아이들 = '그'의 충실한 부하 / 이들이 '일렬로 선' 모습 = 획일화, 개성 박탈

| (가) – 〈6연〉 향아 너의 고운 얼굴 조석으로 우물가에 비최이던 오래지 않은 옛날로 가자

| (나) – 〈4연〉 견고한 송판으로 담을 쌓으면 어떨까 / 주장하는 아이는, 그 아름다운 / 골목에서 즉시 추방되었다

| (나) – 〈6연〉 ㉡그 골목은 / 가장 햇빛이 안 드는 곳 ~ 일렬로 선 아이들

| 뭔말?

· (가)의 화자가 돌아가자고 하는 ㉠ '정자나무 마을'은 '향'이 '고운 얼굴 조석으로 우물가에 비최이던' 곳, 과거의 순수한 고향이므로 낯선 공간이 아님.

· (나)의 ㉡ '그 골목'은 제 목소리를 낸 아이는 추방되고 '그'의 충실한 부하가 된 아이들만 남은 공간임. 이들은 ㉡에서 '일렬로 선' 채 묵묵히 벽돌만 나르므로, 이곳은 '아이들'이 개성을 박탈당한 상실의 공간임.

→ 정자나무 마을 = 화자가 '향'과 함께 돌아가기를 소망하는 공간

⑤ ㉠은 '향'과 화자의 우호적 관계가 드러나는 공간이고, ㉡은 ~~'아이들'과 '그'의 상생 관계가 드러나는 공간~~이다.

→ 지배자('그') - 피지배자(아이들)의 관계가 드러남.

| (가) – 〈4연〉 눈동자를 보아라 향아 ~ 철따라 푸짐히 두레를 먹던 ㉠정자나무 마을로 돌아가자

| (나) – 〈5연〉 동네 모든 아이들이 / 충실한 그의 부하가 되었다

| (나) – 〈6연〉 ㉡그 골목은 ~ 일렬로 선 아이들은 / 묵묵히 벽돌을 날랐다

| 뭔말?

· (가)의 화자는 '향'과 함께 ㉠ '정자나무 마을'로 돌아가기를 바라므로, 둘의 우호적 관계가 드러나는 공간임.

· (나)에서 '아이들'은 '그'의 충실한 부하가 되어 ㉡ '그 골목'에서 묵묵히 벽돌을 나르므로 상생이 아닌, 지배자와 피지배자의 관계가 드러나는 공간임.

03 외적 준거에 따른 작품 감상 답 ①

선지별 선택 비율	①	②	③	④	⑤
화작	50%	9%	18%	15%	5%
언매	58%	7%	15%	14%	4%

〈보기〉를 참고하여 (가), (나)를 감상한 내용으로 적절하지 않은 것은? [3점]

보기

(가)와 (나)는 모두 부정적 현실을 비판한 작품이다. (가)는 물질문명의 허위와 병폐에 물들어 가는 공동체가 농경 문화의 전통에 바탕을 두고 건강한 생명력과 순수성을 회복하기를 소망하는 작가 의식을 담고 있다. (나)는 환영(幻影)을 통해 대중의 이성을 마비시키고 대중을 획일적으로 길들이는 권력의 기만적 통치술에 대한 비판 의식을 담고 있다.

정답 띵! 동!

→ '오래지 않은 옛날'의 건강한 생명력과 순수성을 가진 공간

① (가)에서 '차라리 그 미개지에로 가자'라는 화자의 권유는 ~~공동체의 터전을 확장하여~~ 순수성을 지켜 나가려는 의식을 보여 주는군.

→ 공동체가 과거의 긍정적 모습을 회복하기를 바람. 공동체의 터전 확장은 언급 X

| 〈보기〉 (가)는 ~ 공동체가 농경 문화의 전통에 바탕을 두고 건강한 생명력과 순수성을 회복하기를 소망하는 작가 의식을 담고 있다.

| (가) – 〈5연〉 들국화처럼 소박한 목숨을 가꾸기 위하여 맨발을 벗고 콩바심하던 차라리 그 미개지에로 가자

| 뭔말?

· (가)의 화자가 지향하는 '그 미개지'는 〈보기〉에서 언급한 과거 '농경 문화의 전통에 바탕을 두고 건강한 생명력과 순수성'을 지닌 곳에 해당함.

· '이 미개지'로 가자는 화자의 권유는 '물질문명의 허위와 병폐에 물들어 가는 공동체'가 과거의 긍정적 속성을 회복하기를 바라는 마음을 담고 있음. (가)에서 '공동체의 터전 확장'과 같은 내용은 찾아볼 수 없음.

오답 땡!

② (나)에서 골목이 '가장 햇빛이 안 드는 곳'으로 판명되었다는 것은 '유리 담장'이 대중을 기만하는 환영의 장치였음을 보여 주는군.

→ • 골목의 참모습을 은폐하는 수단 = 〈보기〉의 '환영'
• 권력자('그')가 대중(아이들)을 기만하기 위해 활용한 것

| 〈보기〉 (나)는 환영을 통해 대중의 이성을 마비시키고 대중을 획일적으로 길들이는 권력의 기만적 통치술에 대한 비판 의식을 담고 있다.

| (나) - 〈2연〉 풍성한 햇빛을 복사해내는 / 그 유리 담장

| (나) - 〈6연〉 어느 날 그가 유리 담장을 떼어냈을 때, 그 골목은 / 가장 햇빛이 안 드는 곳임이 / 판명되었다.

| 뭔말?

· (나)의 '유리 담장'은 풍성한 햇빛을 복사해내는 기능을 함.

· '아이들'은 이것을 떼어내기 전까지는 골목이 '가장 햇빛이 안 드는 곳'인지 판명할 수 없음. 정리하면, '유리 담장 = 골목의 참모습(진실)을 숨기는 장치'

· 따라서 '유리 담장'은 〈보기〉에 언급된, 대중(아이들)을 획일적으로 길들이는 데 활용된 '환영'에 대응된다고 볼 수 있음.

→ 화자가 버리고자 하는 것(=물질문명의 허위와 병폐)
↔ 자족적인 농경 문화 전통

③ (가)에서 '기생충의 생리'는 자족적인 농경 문화 전통에 반하는 문명의 병폐를, (나)에서 '주장하는 아이'의 추방은 획일적으로 통제된 사회의 모습을 보여 주는군.

→ 주장하는 아이(= 자기 생각을 말하는 사람)
→ 추방(= 대중을 획일적으로 길들이기 위한 통제)

| 〈보기〉 (가)는 물질문명의 허위와 병폐에 물들어 가는 공동체가 농경 문화의 전통에 바탕을 두고 ~ (나)는 ~ 대중을 획일적으로 길들이는 권력의 기만적 통치술

| (가) - 〈4연〉 미끈덩한 기생충의 생리와 허식에 인이 배기기 전으로 ~ 병들지 않은 젊음으로 찾아 가자꾸나

| (나) - 〈4연〉 견고한 송판으로 담을 쌓으면 어떨까 / 주장하는 아이는, 그 아름다운 / 골목에서 즉시 추방되었다

| 뭔말?

· (가)의 화자는 '기생충의 생리와 허식'에 익숙해지기 전으로 돌아가자고 함. 정리하면, '기생충의 생리 = 화자의 지향과는 반대, 부정적인 것'. 이는 〈보기〉에 언급된, 농경 문화 전통에 반하는 '물질문명의 허위와 병폐'와 연결 지을 수 있음.

· (나)의 '주장하는 아이'는 다른 아이들과 달리 자신의 목소리를 낸 사람임. 이 아이의 추방은 〈보기〉에 언급된, '대중을 획일적으로 길들이'려는 권력자가 다른 생각을 가진 사람을 용납하지 않고 통제하는 모습과 연결 지을 수 있음.

→ 화자가 그만두라고 말하는 것 = 물질문명의 허위와 병폐에 물들어 가는 모습

④ (가)에서 '발돋움의 흉내'를 낸다는 것은 물질문명에 물들어 가는 상황을, (나)에서 '곧 즐거워했다'는 것은 권력의 술수에 대중이 길들여지고 있는 상황을 보여 주는군.

→ '그'의 너그러운 용서에 숨겨진 의도를 생각하지 않는 아이들
= 권력의 술수에 길들여지고 있는 대중

| 〈보기〉 (가)는 물질문명의 허위와 병폐에 물들어 가는 공동체 ~ (나)는 ~ 대중을 획일적으로 길들이는 권력의 기만적 통치술

| (가) - 〈5연〉 향아 허물어질까 두렵노라 얼굴 생김새 맞지 않는 발돋움의 흉낼랑 그만 내자

| (나) - 〈3연〉 얘들아, 상관없다 / 유리는 또 갈아 끼우면 되지 / 마음껏 이 골목에서 놀렴

| (나) - 〈4연〉 이상한 표정을 짓던 다른 아이들은 / 아이들답게 곧 즐거워했다

| 뭔말?

· (가)의 화자는 '향'에게 '얼굴 생김새 맞지 않는', 즉 본성에 맞지 않는 '발돋움의 흉내'를 그만두라며 부정적 인식을 드러냄. 따라서 '발돋움의 흉내'는 〈보기〉에 언급된 물질문명의 허위와 병폐에 물들어 가는 모습과 연결 지을 수 있음.

· (나)의 '그'는 유리를 깬 아이들에게 화를 내기는커녕 너그러운 모습을 보임. '아이들'이 이와 같은 태도에 의문을 품지 않고 곧 즐거워하는 것은 〈보기〉에 언급된, 권력의 기만적 통치술에 대중이 길들여지고 있는 상황과 연결 지을 수 있음.

→ 전설같은 풍속 = 화자가 돌아가자고 하는 것
= 농경 문화의 전통에 바탕을 둔 건강한 생명력

⑤ (가)에서 '떼지어 춤추던' 모습은 농경 문화 공동체의 건강한 생명력을, (나)에서 '일렬로', '묵묵히' 벽돌을 나르는 모습은 권력에 종속된 대중의 형상을 보여 주는군.

→ 권력자('그')의 충실한 부하로 명령을 수행하는 것

| 〈보기〉 (가)는 ~ 공동체가 농경 문화의 전통에 바탕을 두고 건강한 생명력과 순수성을 회복하기 ~ (나)는 ~ 대중을 획일적으로 길들이는 권력의 기만적 통치술

| (가) - 〈5연〉 명절밤 비단치마를 나부끼며 떼지어 춤추던 전설같은 풍속으로 돌아가자 → 함께 어울려 살아가는 건강하고 생명력 넘치는 농경 문화 공동체의 모습 형상화

| (나) - 〈6연〉 일렬로 선 아이들은 / 묵묵히 벽돌을 날랐다

| 뭔말?

· (가)의 화자는 명절밤 비단치마를 나부끼며 '떼지어 춤추던' 모습을 되찾자며 공동체의 건강한 삶에 대한 긍정적 인식을 드러냄. 이는 〈보기〉에 언급된, 농경 문화의 전통에 바탕을 둔 건강한 생명력과 연결 지을 수 있음.

· (나)의 '아이들'이 '일렬로', '묵묵히' 벽돌을 나르는 모습은 권력자('그')의 충실한 부하로서 명령을 수행하는 것에 해당함. 이는 〈보기〉에 언급된, 권력의 기만적 통치술에 종속된 대중의 형상과 연결 지을 수 있음.

매웠지?

꿀피스 Tip!

▸ 〈보기〉의 외적 준거가 나온다면 이를 먼저 살펴봐야겠지? 〈보기〉에서 (가)에 대한 설명 중 핵심이 되는 것만 추려 볼까? '물질문명의 허위와 병폐', '공동체', '농경 문화의 전통', '건강한 생명력과 순수성 회복에 대한 소망'이네. 그런데 (가)는 EBS 연계 작품이었어. 이 말이 무슨 뜻이냐면 학생들이 이미 잘 알고 있는 작품이었단 거지. 자신이 아는 작품이니 일단 긴장이 덜 되겠지? 그러다 보면 선지를 대충 보고 "아, 맞네." 또는 "아, 틀리네." 하며 섣부르게 판단할 가능성이 커져.

▸ (가)에 대해서 이미 배웠다면 화자가 돌아가자고 하는 '미개지'가 '순수함, 공동체' 등의 특징을 지니고 있다는 것을 알고 있겠지. 이 얘기는 학생들이 '순수', '공동체'라는 말만 보고 선지를 판단할 가능성이 있었단 거야. 〈보기〉에서도 (가)에 대해 '공동체', '순수성'이라는 말을 사용하여 설명하고 있으니, 가능성은 배가 되겠지?

▸ (가)의 '미개지'는 화자가 돌아가자고 하는 세계야. 그곳은 공동체의 삶이 있는 곳, 순수성을 지키고자 하는 화자의 의식이 반영되어 있어. 정답 선지 ①을 보자. '미개지에로 가자', '공동체', '순수성'이라는 표현들이 보이네. 정답률을 보면 "맞는 설명이네~ 패스!" 이렇게 대충 선지를 보고 적절한 설명으로 판단한 학생들이 꽤 많았어. 선지 ①의 '터전을 확장'이라는 표현은 전혀 신경 쓰지 않은 거지. '미개지'로 가자는 것은 과거 공동체의 삶으로 돌아가는 거지, 공동체의 터전을 확장하자는 게 아니잖아. 선지의 설명을 볼 때, 제발 몇몇 단어만 보고 판단하지는 말자!

▸ 이렇게 정답 선지 ①을 패스했다면 나머지 선지 중에서 적절하지 않은 것을 찾으려 했겠지? 가장 많이 틀린 선지는 ③이네. 일단 (가)의 '기생충의 생리'는 부정적인 느낌을 주니까 '문명의 병폐'라고 생각했을 것 같고, 그렇다면 (나)에서 '주장하는 아이'의 추방이 갖는 의미를 선지 ③과 다르게 해석했을 가능성이 크겠지?

▸ (나)에서 획일적으로 길들여진 대중의 모습은 5연과 6연에서 아이들이 '충실한 그의 부하'가 되고 '일렬로' 서서 벽돌은 나르는 행위를 통해서 확인할 수 있어. 그래서 그 이전의 장면인 4연에서 '주장하는 아이'가 추방당하는 것은 권력의 횡포일 뿐이며 아직은 '획일적으로 통제된 사회의 모습'까지는 아니라고 생각한 거지. 왜? 통제된 사회 모습은 5연부터라고 생각했을 테니까. 하지만 이 아이를 쫓아낸다는 것은 다른 생각이나 주장을 용납하지 않고 똑같은 생각만을 강요하는 거니까, 획일적 통제가 맞지. 이제 이해됐지?

▸ 본문 070쪽

고전 소설 01

2025학년도 수능

01 ② 02 ④ 03 ①
04 ④

작자 미상, 「정을선전」

EBS 연결 고리
2025학년도 수능특강 문학 152쪽

해제 이 작품은 조선 후기의 가정 소설로 전반부에는 계모 노씨의 흉계로 추연이 죽었다가 회생하는 계모형 가정 소설의 구조가 나타나고, 후반부에는 충렬부인 유씨가 정렬부인 조씨의 모함으로 위기를 맞이했다가 극복하는 쟁총형 가정 소설의 구조가 나타난다. 악인인 정렬부인 조씨를 돕는 보조 인물들과 선인인 충렬부인 유씨를 돕는 보조 인물들이 대응을 이루어 작품 내에서 적극적인 역할을 하는 것이 특징이며, 이를 통해 선과 악의 대립 구도가 명확하게 드러난다. 또한 이 작품은 가정 내의 불화와 해소 과정을 통해 인간의 본성과 삶의 가치에 대한 고민을 형상화했으며, 당대 사회의 모습과 여성의 지위에 대한 문제의식을 드러내고 있다.

주제 가정 내 구성원 간의 갈등으로 인한 여성의 수난과 극복

전체 줄거리

정 승상이 늦은 나이에 아들 을선을 얻고, 유 승상도 딸 추연을 얻는다. 유 승상은 노씨를 후처로 들였으나 노씨는 추연을 학대한다. 을선은 유 승상의 회갑 때 추연을 보고 한눈에 반하고 둘은 혼약한다. 이후 을선은 장원 급제를 하고 추연과 혼례를 올린다. 그러나 추연을 시기한 노씨의 계략으로 인해 을선은 추연에게 다른 남자가 있다고 오해하여 추연을 떠나 버린다. 추연은 억울함에 혈서를 쓰고 죽고, 유 승상도 병에 걸려 죽는다. 추연이 원귀가 되어 나타나 그 울음소리를 듣는 사람들이 죽는 통에 익주는 폐촌이 되고, 추연의 유모만이 마을에 남는다. 한편 을선은 조왕의 딸 조씨와 결혼하여 승상의 자리에 오르고, 조씨는 정렬부인에 봉해진다. 익주가 폐촌이 되었다는 소식을 들은 임금은 을선을 익주로 보내고, 을선은 유모에게 자초지종을 듣고서 약을 구해 와 추연을 회생시킨다. 을선은 추연과 혼인하고 추연이 충렬부인에 봉해지나, 조씨는 이를 시기한다. 을선이 대원수가 되어 전쟁에 나가자, 조씨는 남장을 한 시비를 보내어 추연을 오해받게 하고, 을선의 모친인 왕비가 이를 알고 추연을 죽이려 한다. 시비의 도움으로 겨우 살아난 추연은 지함에서 혼자 아들을 낳고 사경에 이른다. 이 소식을 들은 을선이 황급히 돌아와 진상을 밝혀내고 조씨를 처벌한다. 이후 을선과 추연은 부귀영화를 누리다가 같은 날 같은 때에 죽는다.

1 **[앞부분의 줄거리]** 승상 정을선이 출정한 사이 정렬부인의 모략으로 충렬부인이 옥에 갇히자 시비 금섬이 충렬부인을 피신시키고 자진한다. 옥에서 얼굴이 상한 금섬의 시신이 발견되자 왕비는 월매를 문초한다. 전장에서 정을선은 호첩이 전한 편지를 읽는다.

원수가 대경하여 호첩을 불러 **연고**를 물으시고 인하여 중군장에게 분부
[01-①] 원수가 호첩에게 집에 변이 일어났음을 들음.
하시되 '나는 집에 변이 있어 먼저 가니 중군장은 차후에 인솔하여 오라.'
[03-①] 원수는 중군장에게 군대를 인솔하여 오라고 함.
하고 밤낮 삼 일 만에 득달하니 이때에 왕비의 시비 월매가 종시 토설치 아니하매 **매**를 많이 맞고 여쭈오되

"어서 바삐 죽이시면 금섬의 뒤를 좇아가겠나이다."
[04-④] 월매는 죽음을 각오하고 주인에게 진실을 밝히지 않음.
한데 왕비 크게 노하여 목을 베라 할 즈음에 이때 승상이 필마로 달려오다가 월매 죽이려 하는 거동을 보고 급히 소리를 지르며 말에서 내려 이를 구호하매 문왈

"충렬부인은 어디 계시냐?"
[03-②] 승상이 월매에게 충렬부인이 있는 곳을 물음.
월매 인사를 모르다가 승상을 보고 방성통곡 왈

"승상은 바삐 충렬부인을 살리소서."

한데 승상이 급히 문왈

"어디 계시냐?"

한데 월매 울며 왈

"소인이 걷지 못하오니 어찌 가오리까?" / 한데

2 급히 종을 불러 월매를 업히고 구덩이를 찾아가 보니 부인이 아기를 안고 있거늘 아기는 잠을 깊이 들었는지라. 승상이 **통곡** 왈
[04-②] 승상의 감정이 극대화된 부분

"부인은 눈을 떠 나를 보소서."

한데 부인이 눈을 떠 보니 승상이 왔거늘 정신 아득하여 인사를 모르다가 겨우 인사를 차려 왈

"이것이 꿈인가 생시인가 구년지수의 해 같고 칠년대한의 빗발같이 바라더니 지금 구덩이에서 만날 줄 알았으리까. 승상은 나의 누명을 씻겨 주소서."

하며 인사를 모르는지라. 그 참혹한 형상을 어디에 비하리오. **슬픔에 매우 야위어 뼈가 드러**나게 되었는지라. 승상이 아기를 안아 월매를 주고 부인을
[04-②] 충렬부인의 고난과 감정이 극대화된 부분
구한 후에 자리를 마련하여 옥석을 구별할새,

3 왕비전에 뵈온대 왕비 못내 반기시며 **사연**을 낱낱이 이르시되 승상 왈

㉠"이 일은 소자가 이미 아는 바이오니 염려 마옵소서."
[01-②] 이미 아는 바 ⊂ 상소에 들어 있는 내용
하며 왈

㉡"처음에 그놈이 충렬부인 방에 간 줄 어찌 알으셨나이까?"
[01-③] 승상은 사연의 진상을 밝히기 위해 왕비가 '그놈'의 행위를 알게 된 경위를 묻고 있음.
왕비 왈

"사촌 오라비가 이르기로 알았노라."
[01-④] 왕비가 자신의 사촌 오라비(복록)로부터 '그놈'의 행위에 대해 들음.
하신대 승상이 복록을 찾는데 벌써 제 **죄**를 알고 후원에 올라가 이미 죽었
[01-⑤] 충렬부인에게 누명을 씌운 복록이 심리적 중압감을 느끼고 목숨을 끊음.
는지라. 하릴없어 옥졸을 잡아들여 엄히 문왈

"너희는 어찌 충렬부인 아닌 줄 알았느냐? 바로 아뢰라."

하신대 옥졸이 급히 여쭈오되

"얼굴이 상하여 아모란 줄 모르오나 손길이 곱지 못하오매 소인 등 소견에 충렬부인이 천하일색이라 하더니 손이 곱지 아니하더라 하올 제
[03-③] 금연이 옥졸로부터 옥중 시신이 충렬부인이 아니라는 정보를 들음.
정렬부인의 시비 금연이 이를 듣고 묻기에 자세히 이르고 부디 다른 데 가서 이 말 말라 당부하옵더니, 필연 금연의 입을 통해 발설이 된가 하
[03-④] 옥졸은 승상에게 금연이 옥중 시신에 대해 발설했을 것이라는 의혹을 제기함.
나이다." / 한데

4 승상이 금연을 잡아들여 문왈

"이 말을 듣고 네게 국문하니 바른대로 고하라."

하는 소리가 벼락이 꼭두에 임한 듯하고 궁궐이 뒤집히는 듯하더라. 이때에 정렬부인이 **승상의 호통 소리**를 듣고 똥을 한 무더기를 싸고 자빠졌는
[04-⑤] 가정의 상층 인물인 정렬부인의 위엄이 실추되는 행동

지라. 금연이 하릴없어 바로 아뢰나니라 하고 정렬부인 하던 말이며 제가 남복을 하고 충렬부인 침소로 들어간 말이며 이불 속에 누웠다가 달아난
[02-③] 누명의 내용
말이며 정렬부인이 앓는 체하고 누웠사오매 충렬부인이 약으로 구병하며
[03-⑤] 승상이 금연으로부터 정렬부인이 거짓으로 앓아 누웠다는 정보를 들음.
곁에 있으시매 침소로 가라 강권하여 침소로 마지못하여 가시매 복록이
[02-④] 정렬부인이 충렬부인에게 누명을 씌우고자 침소로 가도록 함.
왕비께 참소하던 연유를 낱낱이 아뢴대

5 왕비 곁에 있다가 **앙천통곡**하시며 왈

"내 밝지 못하여 **악녀**의 꾀에 빠져 충렬부인을 죽이려 하였나니 무슨
[04-③] 일부다처제의 문제가 개인의 인성 문제로 축소됨.
면목으로 충렬부인을 보리오."

하시며 자결코자 하거늘 승상이 붙들고 울며 왈

"모친이 너무 과도히 하시면 소자가 먼저 죽으려 하나이다."
[02-⑤] 승상이 어머니(왕비)의 극단적 선택을 만류함. ≠ 누명이 벗겨지는 계기
왕비 금침에 누워 일어나지 못하더라. 승상이 정렬부인을 결박하여 땅에 꿇리고 크게 노하여 왈

"너는 무엇이 부족하여 충렬부인을 해코자 하느냐. 어찌 일시를 살리리오. 내 임의로는 죽이고 싶으나 황상께 아뢰고 죽게 하리라."

하고 **상소**하니 그 글에 하였으되

"대사마 대도독 대원수 정을선은 돈수백배하고 아뢰나니 신이 서융을
[03-①] [04-①] 서융을 쳐서 사로잡음. → 대원수로서의 정을선의 모습
쳐 사로잡고, 백성을 진무하고 돌아오려 할 때, 집에서 급한 소식을 듣
[04-①] 가장으로서의 정을선의 모습
고 군사를 중군장에게 맡기옵고 필마로 올라와 본즉, 정렬부인이 이러이러한 집안일을 일으켰사오니 세상에 이러하온 일이 있사오닛가."

하고 금연이 흉계를 꾸민 일과 월매가 당하던 고초를 낱낱이 아뢰었다.

01 작품의 내용 이해 답 ②

선지별 선택 비율	①	②	③	④	⑤
화작	9%	47%	22%	8%	11%
언매	6%	61%	20%	4%	6%

㉠, ㉡과 관련하여 윗글을 이해한 내용으로 적절하지 않은 것은?

정답 띵! 동!

② ㉠을 보니, 승상이 황상에게 올린 '상소'에 들어 있는 내용은 '이미 아는 바'와 같겠군.
→ 같지 X. '이미 아는 바'는 집에 변이 생긴 일, '상소'의 내용은 사건의 전모

| 〈2~3〉 승상이 아기를 안아 월매를 주고 부인을 구한 후에 자리를 마련하여 옥석(→ 옥과 돌이라는 뜻으로, 좋은 것과 나쁜 것을 아울러 이르는 말)을 구별할새, 왕비전에 뵈온대 왕비 못내 반기시며 사연을 낱낱이 이르시되 승상 왈 ㉠"이 일(→ 충렬부인이 누명을 쓰고 옥에 갇혔다가 피신한 일)은 소자가 이미 아는 바이오니 염려 마옵소서."

| 〈5〉 상소하니 그 글에 하였으되 "대사마 대도독 대원수 정을선은 돈수백배(→ 머리가 닿도록 수없이 계속 절을 함.)하고 아뢰나니 신이 서융을 쳐 사로잡고, 백성을 진무하고 돌아오려 할 때, 집에서 급한 소식을 듣고 군사를 중군장에게 맡기옵고 필마로 올라와 본즉, 정렬부인이 이러이러한 변을 일으켰사오니 세상에 이러하온 일이 있사오닛가." 하고 금연이 흉계를 꾸민 일과 월매가 당하던 고초를 낱낱이 아뢰었다.(→ 상소에 담겨 있던 내용)

| 뭔말?
· 승상이 '이미 아는 바'는 충렬부인이 누명을 쓰고 옥에 갇혔다가 피신한 일로, 이는 호첩에게서 전해 들은 내용임.
· 그런데 '상소'에 들어 있는 내용은 승상이 집으로 돌아와 월매, 왕비, 옥졸에게서 들은 말과 금연으로부터 들은 정보를 종합한 사건의 전모임.
· 따라서 '상소'에 들어 있는 내용과 '이미 아는 바'는 같다고 볼 수 없음.

오답 땡!

① ㉠을 보니, 호첩에게 물은 '연고'의 내용은 왕비가 말한 '사연'의 내용과 관련이 있겠군.
→ 충렬부인과 관련하여 일어난 집안의 변고

| 〈1〉 원수가 대경하여 호첩을 불러 연고를 물으시고 인하여 중군장에게 분부하시되 '나는 집에 변이 있어 먼저 가니 중군장은 차후에 인솔하여 오라.'
| 〈3〉 왕비전에 뵈온대 왕비 못내 반기시며 사연을 낱낱이 이르시되 승상 왈 ㉠"이 일은 소자가 이미 아는 바이오니 염려 마옵소서."
| 뭔말?
· 승상은 호첩으로부터 '연고'를 듣고 집에 변이 생겼음을 알게 됨.
· 그리고 집으로 돌아와 왕비가 이르는 '사연'을 들으며 '이 일은 소자가 이미 아는 바'라고 말함.
· 따라서 승상이 호첩에게 물은 '연고'의 내용은 왕비가 말한 '사연'과 관련이 있을 것이라고 할 수 있음.

→ 충렬부인이 누명을 쓰게 된 사건의 내막
③ ㉡을 보니, 승상은 '사연'의 진상을 밝히는 데에 왕비가 '그놈'의 행위를 알게 된 경위가 중요하다고 생각했겠군.

| 〈3〉 왕비전에 뵈온대 왕비 못내 반기시며 사연을 낱낱이 이르시되 ~ ㉡"처음에 그놈이 충렬부인 방에 간 줄 어찌 알으셨나이까?"(→ 승상은 왕비가 '그놈'이 충렬부인 방에 간 것을 알게 된 경위가 중요하다고 생각하여 물음.) 왕비 왈 "사촌 오라비가 이르기로 알았노라."(→ 왕비는 '그놈'의 행위를 사촌 오라비인 복록에게 들음.) 하신대 승상이 복록을 찾는데 벌써 제 죄를 알고 후원에 올라가 이미 죽었는지라.
| 뭔말?
· 왕비가 사연을 언급한 맥락에서, 승상은 왕비에게 '그놈', 즉 간부(姦夫)로 의심되는 이가 충렬부인의 방에 갔다는 것을 어떻게 알았는지를 물음.
· 이는 왕비가 그 일을 알게 된 경위가 충렬부인의 누명(= '사연'의 진상)을 밝히는 데에 중요하다고 생각했기 때문으로 이해할 수 있음.

④ ㉡에 대한 왕비의 대답을 보니, 왕비에게 '그놈'의 행위에 대해 제보한 사람이 있었군.
왕비의 사촌 오라비인 복록 ←

| 〈3〉 ㉡"처음에 그놈이 충렬부인 방에 간 줄 어찌 알으셨나이까?" 왕비 왈 "사촌 오라비가 이르기로 알았노라."(→ 왕비의 사촌 오라비인 복록이 왕비에게 '그놈'이 충렬부인 방에 갔다고 알려 줌.) 하신대 승상이 복록을 찾는데 벌써 제 죄를 알고 후원에 올라가 이미 죽었는지라.
| 뭔말?
· 왕비의 사촌 오라비인 복록이 '그놈'이 충렬부인의 방에 갔다는 사실을 왕비에게 알려 줌.

⑤ ㉡이 제시된 후에 드러난 복록의 상황을 보니, 복록은 자신이 지은 '죄'에 대하여 심리적 중압감을 느꼈겠군.
→ 복록이 이미 죽어 있음.

| 〈3〉 ㉡"처음에 그놈이 충렬부인 방에 간 줄 어찌 알으셨나이까?" 왕비 왈 "사촌 오라비가 이르기로 알았노라."(→ 왕비의 사촌 오라비인 복록이 왕비에게 '그놈'이 충렬

부인 방에 갔다고 알려 줌.) 하신대 승상이 복록을 찾는데 벌써 제 죄를 알고 후원에 올라가 이미 죽었는지라.

| 뭔말?

- 복록은 '그놈'이 충렬부인의 방에 갔다고 왕비에게 제보함. → 충렬부인에게 누명을 씌우기 위한 행동
- 승상이 복록을 찾았을 때, 복록은 이러한 자신의 행위가 죄가 된 것을 알고 스스로 목숨을 끊은 상황이었음. → 복록이 자신이 지은 '죄'에 대해 심리적 중압감을 느꼈을 것이라고 추측할 수 있음.

매웠지?

꿀피스 Tip!

▶ **이 문제는 전체적인 맥락을 고려하여 작품의 내용을 이해해야 하는 문제야. 작품에 제시된 여러 사건을 서로 관련지어 선지의 정오를 파악할 수 있어야 해.**

▶ 학생들이 많이 헷갈린 함정 선지 ③을 보자. 먼저 승상은 전장에서 집으로 돌아와 충렬부인을 구하고, 충렬부인은 자신의 누명을 씻겨 달라고 했어. 그리고 승상의 모친인 왕비는 승상에게 '사연'을 낱낱이 일러 주었고. 이 '사연'은 앞부분 줄거리에 제시된 내용과 같이 충렬부인이 정렬부인의 모략으로 옥에 갇혔다가 피신하고, 금섬이 자진한 사건이지? 그렇다면 승상이 왕비에게 ⓒ과 같이 그놈이 충렬부인 방에 간 줄 어떻게 알았냐고 물어 본 까닭은 무엇일까? 설명을 보기 전에 작품의 전체 내용을 고려하여 인물의 의도를 스스로 생각해 볼래? 맞아! 그것은 '사연'의 진상을 밝혀 충렬부인의 요청대로 그녀의 누명을 씻겨 주기 위한 것으로 이해할 수 있어. 뒷부분에서 승상이 복록을 찾거나, 옥졸과 금연에게 사건의 내막을 물은 것도 같은 맥락이지.

▶ 조금 더 자세히 이해해 보면, ⓒ의 '그놈'이란 금연의 자백에서 드러난 금연이 남복을 했던 모습이고, 왕비는 '그놈'을 보고 며느리인 충렬부인이 남편인 승상이 없는 동안 남자를 침소로 끌어들였다고 오해하여 충렬부인을 죽이려고 했었던 거야. 그리고 왕비의 오해를 비롯하여 이 모든 것들은 악녀인 정렬부인의 간계에서 비롯되었던 것이지. 작품의 사건들이 아주 밀접하게 관련되어 있으므로, 서로 관련지어서 이해해야 해. **그리고 작품의 사건과 관련된 인물의 정서와 태도도 무척 중요해. 참혹한 형상을 한 충렬부인을 구한 승상이 그녀의 부탁을 듣고 어떤 정서와 태도를 지녔을지, 그리고 승상이 여러 인물들로부터 사건의 내막을 파악하는 목적이 무엇인지를 생각해 보면 ⓒ의 의도도 쉽게 이해할 수 있을 거야.**

▶ 이제 정답 선지 ②를 볼까? '상소'의 내용은 어렵지 않아. 작품 마지막 부분에 승상이 '상소'를 올리며 금연이 흉계를 꾸민 일과 월매가 당하던 고초를 낱낱이 아뢰었다고 했어. 그리고 승상은 금연의 자백을 듣고 사건의 전모를 모두 파악한 상황이므로, '상소'에도 이런 내용들이 담겼을 거야. 그런데 앞서 승상이 '이미 아는 바'라고 했던 내용에는 이러한 '상소'의 내용이 모두 담겨 있을까? 설명을 읽기 전에 스스로 먼저 생각해 볼래? '이미 아는 바'와 '상소'의 내용은 같지 않을 거야. 왜냐하면 승상은 금연의 자백을 듣고서야 사건의 전모를 파악하게 되었기 때문이지. 그러니까 '이미 아는 바'는 충렬부인이 모략으로 옥에 갇혀 고난을 겪고 피신한 일까지의 정보이고, '상소'는 그 사건의 자세한 내막까지 포함하므로 '이미 아는 바'보다 많은 정보를 담고 있을 거야. **이 문제를 해결하기 위해서는 '이미 아는 바'나 '상소'가 담고 있는 내용을 다른 말로 바꾸어 보아야 해. 그런데 그런 과정 없이 '이미 아는 바', '상소' 그 자체를 두고 내용을 이해하려고 하면 헷갈렸을 거야. 그러니 이런 문제들은 선지의 표현을 보다 구체적인 말로 바꾸어 놓고 판단하는 연습을 해 봐!**

02 사건의 전개 양상 파악 답 ④

선지별 선택 비율	①	②	③	④	⑤
화작	4%	11%	7%	69%	6%
언매	2%	6%	3%	83%	3%

누명과 관련한 설명으로 가장 적절한 것은?

정답 띵!동!

④ 누명을 씌우기 위한 계략에는 누명을 쓰는 인물을 특정 장소로 가게 하는 것이 포함되어 있다. (└→ 충렬부인의 침소)

| ⟨4⟩ 금연이 하릴없어(→ 달리 어떻게 할 도리가 없어) 바로 아뢰나니라 하고 정렬부인 하던 말이며 제가 남복을 하고 충렬부인 침소로 들어간 말(→ '그놈'의 정체는 남복을 한 금연)이며 이불 속에 누웠다가 달아난 말이며 정렬부인이 앓는 체하고 누웠사오매 충렬부인이 약으로 구병하며 곁에 있으시매 침소로 가라 강권(→ 내키지 아니한 것을 억지로 권함.)하여 침소로 마지못하여 가시매(→ 충렬부인에게 누명을 씌우기 위한 계략)

| 뭔말?

- 금연이 남복을 하고 충렬부인의 침소에 누워 있었음. 즉, 충렬부인의 방에 있던 '그놈'의 정체는 금연임.
- 정렬부인은 충렬부인에게 침소로 가라고 억지로 권하였는데, 이는 충렬부인이 '그놈'을 침소로 끌어들였다고 누명을 씌우기 위한 것임.
- 따라서 충렬부인에게 누명을 씌우기 위한 계략에는 충렬부인을 침소로 가게 하는 것이 포함되어 있다고 이해할 수 있음.

오답 땡!

① 누명이 벗겨지면서, 누명을 썼던 인물은 자신의 ~~어리석음을 탓하고 있다~~. (└→ 충렬부인 / └→ 찾아볼 수 없는 내용)

| ⟨5⟩ 왕비 곁에 있다가 앙천통곡(→ 하늘을 쳐다보며 몹시 욺.)하시며 왈 "내 밝지 못하여 악녀(→ 정렬부인)의 꾀에 빠져 충렬부인을 죽이려 하였나니 무슨 면목으로 충렬부인을 보리오." 하시며 자결코자 하거늘

| 뭔말?

- 왕비는 정렬부인의 간계에 빠져 충렬부인을 의심하고 죽이려 하였고, 사건의 전모가 드러나자 자신의 어리석음을 탓하며 자결하고자 함.
- 누명을 썼던 충렬부인이 자신의 어리석음을 탓하는 내용은 나타나 있지 않음.

(┌→ 충렬부인의 처벌 유보 요청 X)

② ~~누명을 쓴 인물의 요청~~으로 남주인공은 누명을 씌운 인물의 처벌을 ~~유보한다~~. (└→ 승상 / └→ 정렬부인)

| ⟨5⟩ 승상이 정렬부인을 결박하여 땅에 꿇리고 크게 노하여 왈 "너는 무엇이 부족하여 충렬부인을 해코자 하느냐. 어찌 일시를 살리리오(→ 정렬부인을 처단하고자 함.) 내 임의로는 죽이고 싶으나 황상께 아뢰고 죽게 하리라."

| 뭔말?

· 승상은 충렬부인에게 누명을 씌워 해하려고 한 정렬부인을 처단하고자 하나, 사건의 전모를 황상에게 먼저 아뢰고 일을 처리하려 함.

· 누명을 쓴 충렬부인의 요청으로 승상이 정렬부인의 처벌을 유보하는 내용은 나타나 있지 않음.

③ 누명의 내용은 누명을 쓴 인물이 ~~남몰래 자신의 처소에서 벗어나 구덩이에 있다는 사실~~이다.
(누명을 쓴 인물 → 충렬부인 / 남몰래 자신의 처소에서 벗어나 구덩이에 있다는 사실 → 충렬부인이 구덩이로 피신한 일 ≠ 누명의 내용)

| ⟨2⟩ 급히 종을 불러 월매를 업히고 구덩이를 찾아가 보니 부인이 아기를 안고 있거늘 아기는 잠을 깊이 들었는지라.

| ⟨4⟩ 금연이 하릴없어 바로 아뢰나니라 하고 정렬부인 하던 말이며 제가 남복을 하고 충렬부인 침소로 들어간 말이며 이불 속에 누웠다가 달아난 말이며 정렬부인이 앓는 체하고 누웠사오매 충렬부인이 약으로 구병하며 곁에 있으시매 침소로 가라 강권하여 침소로 마지못하여 가시매 복록이 왕비께 참소하던 연유를 낱낱이 아뢴대

| 뭔말?

· 충렬부인은 누명을 쓰고 옥에 갇혔다가 구덩이로 피신함.

· 금연이 밝힌 누명의 내용은 금연이 남복을 하여 충렬부인의 침소로 들어가 충렬부인이 마치 침소로 남자를 끌어들인 것처럼 꾸민 일임.

· 정리하면, 충렬부인이 자신의 처소에서 벗어나 구덩이에 있던 것은 누명의 내용이 아님.

⑤ 누명이 벗겨지는 계기는 남주인공이 자신의 어머니가 ~~극단적 선택을 하겠다는 것을 만류한 것이다~~.
(누명이 벗겨지는 계기 → 금연의 자백 / 자신의 어머니 → 왕비 / 극단적 선택을 하겠다는 것을 만류한 것이다 → 충렬부인의 누명이 벗겨진 후 왕비가 극단적 선택을 하려 함.)

| ⟨4⟩ 금연이 하릴없어 바로 아뢰나니라 하고 정렬부인 하던 말이며 제가 남복을 하고 충렬부인 침소로 들어간 말이며 이불 속에 누웠다가 달아난 말이며 정렬부인이 앓는 체하고 누웠사오매 충렬부인이 약으로 구병하며 곁에 있으시매 침소로 가라 강권하여 침소로 마지못하여 가시매 복록이 왕비께 참소하던 연유를 낱낱이 아뢴대

| ⟨5⟩ 왕비 곁에 있다가 앙천통곡(→ 하늘을 쳐다보다 몹시 욺.)하시며 왈 "내 밝지 못하여 악녀(→ 정렬부인)의 꾀에 빠져 충렬부인을 죽이려 하였나니 무슨 면목으로 충렬부인을 보리오." 하시며 자결코자 하거늘 승상이 붙들고 울며 왈 "모친이 너무 과도히 하시면 소자가 먼저 죽으려 하나이다."

| 뭔말?

· 충렬부인의 누명이 벗겨지는 계기는 금연의 자백이며, 충렬부인에게 죄가 없음이 드러나자 충렬부인을 죽이려고 했던 왕비가 죄책감에 자결하고자 함.

· 남주인공(승상)이 왕비가 극단적인 선택을 하려고 하자 만류한 것은 충렬부인의 누명이 벗겨진 뒤의 사건이므로, 누명이 벗겨지는 계기라고 할 수 없음.

03 대화의 특징 파악 답 ①

선지별 선택 비율	①	②	③	④	⑤
화작	52%	4%	20%	11%	11%
언매	68%	1%	15%	6%	7%

⟨학습 활동⟩을 수행한 결과로 적절하지 않은 것은?

학습 활동

「정을선전」은 모략을 중심으로 사건이 전개되므로 인물 간 소통 양상을 파악하는 것이 중요하다. 윗글을 바탕으로 인물 간에 나타난 소통의 내용을 정리해 보자.

정답 띵!동!

	인물 A	인물 B	소통의 내용
①	원수	중군장	A가 B에게 군사를 이끌고 가 ~~서융을 사로잡으라고 명령함~~. (→ 원수가 이미 서융을 사로잡음.)

| ⟨5⟩ "대사마 대도독 대원수 정을선은 돈수백배(→ 머리가 땅도록 수없이 계속 절을 함.)하고 아뢰나니 신이 서융을 쳐 사로잡고, 백성을 진무하고 돌아오려 할 때, 집에서 급한 소식을 듣고 군사를 중군장에게 맡기옵고 필마로 올라와 본즉 ~"

| 뭔말?

· 원수는 이미 서융을 쳐 사로잡고, 집에 변이 생겼음을 알고 중군장에게 군사를 맡김.

· 원수가 중군장에게 군사를 이끌고 가 서융을 사로잡으라고 명령하지 않음.

오답 땡!

	인물 A	인물 B	소통의 내용
②	승상	월매	A가 B에게 충렬부인이 있는 곳이 어디인지 물음. (→ 구덩이)

| ⟨1⟩ 왕비 크게 노하여 목을 베라 할 즈음에 이때 승상이 필마로 달려오다가 월매 죽이려 하는 거동을 보고 급히 소리를 지르며 말에서 내려 이를 구호하매 문왈 "충렬부인은 어디 계시냐?"

| 뭔말?

· 승상은 왕비에게 죽임을 당할 뻔한 월매를 구하고, 충렬부인이 어디에 피신해 있는지 물음.

	인물 A	인물 B	소통의 내용
③	옥졸	금연	B가 A로부터 옥중 시신의 정체와 관련한 정보를 얻음. (→ 옥중 시신이 충렬부인이 아니라는 사실)

| ⟨3⟩ 옥졸(→ 옥에 갇힌 사람을 맡아 지키던 사람)을 잡아들여 엄히 문왈 "너희는 어찌 충렬부인 아닌 줄 알았느냐? 바로 아뢰라." 하신대 옥졸이 급히 여쭈오되 "얼굴이 상하여 아모란 줄 모르오나 손길이 곱지 못하오매 소인 등 소견에 충렬부인이 천하일색이라 하더니 손이 곱지 아니하더라 하올 제 정렬부인의 시비 금연이 이를 듣고(→ 금연이 옥중의 시체가 충렬부인이 아님을 알게 됨.) 묻기에 자세히 이르고 ~"

| 뭔말?

· 옥졸은 손길이 곱지 않음을 근거로 하여 옥중 시신이 천하일색이라고 하던 충렬부인이 아닐 것이라고 추측함.

· 금연은 옥졸로부터 이러한 정보를 들음.

	인물 A	인물 B	소통의 내용
④	옥졸	승상	A가 B에게, 금연이 옥중 시신에 대하여 발설했을 것이라는 의혹을 제기함.

| ⟨3⟩ 옥졸(→ 옥에 갇힌 사람을 맡아 지키던 사람)이 급히 여쭈오되 "얼굴이 상하여 아모란 줄 모르오나 손길이 곱지 못하오매 소인 등 소견에 충렬부인이 천하일색이라 하더니 손이 곱지 아니하더라 하올 제 정렬부인의 시비 금연이 이를 듣고(→ 금연이 옥중의 시체가 충렬부인이 아님을 알게 됨.) 묻기에 자세히 이르고 부디 다

른 데 가서 이 말 말라 당부하옵더니 필연 금연의 입을 통해 발설(→ 입 밖으로 말을 냄.)이 된가 하나이다."

| 뭔말?

· 옥졸은 금연이 옥중 시체가 충렬부인이 아닌 것 같다는 말을 듣고, 다른 데 가서 그 말을 하지 말라고 당부했다고 함.

· 이를 근거로 옥졸은 승상에게 금연이 옥중 시신에 대해 발설했을 것이라는 의혹을 제기함.

	인물 A	인물 B	소통의 내용
⑤	금연	승상	B가 A로부터 정렬부인이 거짓으로 앓아 누웠었다는 정보를 얻음.

| 〈4〉 승상이 금연을 잡아들여 문왈 "이 말을 듣고 네게 국문하니 바른대로 고하라." ~ 금연이 하릴없어(→ 달리 어떻게 할 도리가 없어) 바로 아뢰나니라 하고 정렬부인 하던 말이며 제가 남복을 하고 충렬부인 침소로 들어간 말(→ '그놈'의 정체는 남복을 한 금연)이며 이불 속에 누웠다가 달아난 말이며 정렬부인이 앓는 체하고 누웠사오매

| 뭔말?

· 승상은 금연을 국문하고 금연으로부터 정렬부인이 거짓으로 앓은 체했다는 정보를 얻음.

04 외적 준거에 따른 작품 감상 답 ④

선지별 선택 비율	①	②	③	④	⑤
화작	5%	5%	24%	50%	14%
언매	2%	2%	19%	66%	8%

〈보기〉를 참고하여 윗글을 이해한 내용으로 적절하지 않은 것은? [3점]

보기

「정을선전」은 영웅소설과 가정소설의 상투적인 면모가 혼재되어 나타난다. 이를테면, 가정 안팎의 서사는 남주인공을 매개로 연결되고, 사건이 선악 구도로 전개되며, 인물의 고난과 감정은 극대화된다. 이 과정에서 일부다처제에서 비롯되는 가정 내 갈등이 개인의 인성 문제로 축소된다. 그러면서도 상전의 수족에 불과한 하층의 시비가 능동적인 행위자로 등장하거나, 가정과 사회에서 상층인 인물이 희화화된다.

정답 띵!동!

④ 월매가 '매를' 맞는 장면에서, 월매는 자신이 모시는 주인(→ 왕비)에게 죽음을 각오하고 ~~진실을 밝힘으로써~~ 능동적인 행위자를 지향하고 있음을 알 수 있군.
(→ 충렬부인이 다른 데로 피신했다는 진실을 숨기고 있음.)

| 〈보기〉 그러면서도 상전의 수족에 불과한 하층의 시비가 능동적인 행위자로 등장하거나, 가정과 사회에서 상층인 인물이 희화화된다.

| [앞부분의 줄거리] 승상 정을선이 출정한 사이 정렬부인의 모략으로 충렬부인이 옷에 갇히자 시비 금섬이 충렬부인을 피신시키고 자진한다. 옥에서 얼굴이 상한 금섬의 시신이 발견되자 왕비는 월매를 문초한다.

| 〈1〉 이때에 왕비의 시비 월매가 종시 토설(→ 숨겼던 사실을 밝히어 말함.)치 아니하매 매를 많이 맞고 여쭈오되 "어서 바삐 죽이시면 금섬의 뒤를 쫓아가겠나이다."

| 〈3〉 옥졸이 급히 여쭈오되 / "얼굴이 상하여 아모란 줄 모르오나 손길이 곱지 못하오매 소인 등 소견에 충렬부인이 천하일색이라 하더니 손이 곱지 아니하더라 하올 제 ~"

| 뭔말?

· 앞부분의 줄거리에 따르면 시비 금섬이 충렬부인을 다른 데로 피신시키고 옥에서 죽음에 이름.

· 옥졸의 말을 통해서도 옥중 시신이 충렬부인이 아니라는 것이 드러나며, 충렬부인은 이미 다른 곳으로 도망을 한 상황임을 추측할 수 있음.

· 왕비의 시비인 월매는 매를 많이 맞으면서도 금섬의 뒤를 쫓아가겠다면서 끝내 진실을 밝히지 않음.

오답 땡!

① 정을선이 황상에게 올린 상소에서, 대원수와 가장으로서의 모습이 드러나는 것으로 보아, 가정 안팎의 사건에 남주인공이 두루 관여하고 있음을 알 수 있군.

| 〈보기〉 「정을선전」은 영웅소설과 가정소설의 상투적인 면모가 혼재되어 나타난다. 이를테면, 가정 안팎의 서사는 남주인공을 매개로 연결되고

| 〈5〉 "대사마 대도독 대원수 정을선은 돈수백배하고 아뢰나니 신이 서융을 쳐 사로잡고, 백성을 진무하고 돌아오려 할 때, 집에서 급한 소식을 듣고 군사를 중군장에게 맡기옵고 필마로 올라와 본즉, 정렬부인이 이러이러한 변을 일으켰사오니 세상에 이러하온 일이 있사오닛가."

| 뭔말?

· 승상(정을선)이 황상에게 올린 상소에는 서융을 쳐 사로잡는 대원수로서의 모습이 드러남.

· 그리고 급한 소식을 듣고 집으로 돌아가 정렬부인이 일으킨 변을 수습하려는 부분에서는 가장으로서의 모습이 드러남.

· 따라서 남주인공인 승상은 가정 안팎의 사건에 두루 관여했음을 알 수 있음.

② 승상이 충렬부인을 구출하는 장면에서, '슬픔에 매우 야위어 뼈가 드러'난 부인의 모습과 '통곡'하는 승상의 모습은 인물의 고난과 감정이 극대화된 형상임을 알 수 있군.

| 〈보기〉 「정을선전」은 영웅소설과 가정소설의 상투적인 면모가 혼재되어 나타난다. 이를테면, 가정 안팎의 서사는 남주인공을 매개로 연결되고, 사건이 선악 구도로 전개되며, 인물의 고난과 감정은 극대화된다.

| 〈2〉 구덩이를 찾아가 보니 부인이 아기를 안고 있거늘 아기는 잠을 깊이 들었는지라. 승상이 통곡(→ 소리를 높여 슬피 욺.) 왈 "부인은 눈을 떠 나를 보소서." 한데 부인이 눈을 떠 보니 승상이 왔거늘 정신 아득하여 인사를 모르다가 겨우 인사를 차려 왈 "이것이 꿈인가 생시인가 구년지수의 해 같고 칠년대한의 빗발같이 바라더니 지금 구덩이에서 만날 줄 알았으리까. 승상은 나의 누명을 씻겨 주소서." 하며 인사를 모르는지라. 그 참혹한 형상을 어디에 비하리오. 슬픔에 매우 야위어 뼈가 드러나게 되었는지라.

| 뭔말?

· 집으로 돌아온 승상은 구덩이에 피신하여 있던 충렬부인을 보고 소리를 높여 슬피 욺.

· 충렬부인은 슬픔에 매우 야위어 뼈가 드러난 참혹한 형상을 하고 있었음.

· 따라서 이러한 승상과 부인의 모습은 인물의 감정과 고난이 극대화된 형상이라고 할 수 있음.

③ 왕비가 '앙천통곡'하는 장면에서, 충렬부인의 수난이 '악녀'의 탓이라는 인식이 드러나면서 일부다처제의 문제가 개인의 인성 문제로 축소되고 있음을 알 수 있군.

| 〈보기〉 「정을선전」은 영웅소설과 가정소설의 상투적인 면모가 혼재되어 나타난

다. 이를테면, 가정 안팎의 서사는 남주인공을 매개로 연결되고, 사건이 선악 구도로 전개되며, 인물의 고난과 감정은 극대화된다. 이 과정에서 일부다처제에서 비롯되는 가정 내 갈등이 개인의 인성 문제로 축소된다.

| 〈5〉 왕비 곁에 있다가 앙천통곡(→ 하늘을 쳐다보며 몹시 울.)하시며 왈 "내 밝지 못하여 악녀(→ 정렬부인)의 꾀에 빠져 충렬부인을 죽이려 하였나니 무슨 면목으로 충렬부인을 보리오."

| 뭔말?

· 금연의 자백으로 사건의 전모가 밝혀지고, 이를 들은 왕비는 자신이 악녀 정렬부인의 꾀에 빠져 충렬부인을 죽이려 하였다고 말함.

· '악녀'의 탓을 하는 왕비의 말에서는 충렬부인의 수난이 일부다처제라는 사회 제도적 문제가 아니라 정렬부인 개인의 인성 문제에서 비롯되었다는 인식이 나타남.

→ 정렬부인이 놀라 똥을 한 무더기 쌈.

⑤ **정렬부인이 '승상의 호통 소리'에 반응하는 장면에서, 가정의 상층 인물이 자신의 위엄이 실추되는 행동을 보이면서 희화화되고 있음을 알 수 있군.**

| 〈보기〉 상전의 수족에 불과한 하층의 시비가 능동적인 행위자로 등장하거나, 가정과 사회에서 상층인 인물이 희화화된다.

| 〈4〉 승상이 금연을 잡아들여 문왈 "이 말을 듣고 네게 국문하니 바른대로 고하라." 하는 소리가 벼락이 꼭두에 임한 듯하고 궁궐이 뒤집히는 듯하더라. 이때에 정렬부인이 승상의 호통 소리를 듣고 똥을 한 무더기를 싸고 자빠졌는지라.

| 뭔말?

· 정렬부인은 승상의 호통소리를 듣고 똥을 한 무더기 쌌다고 함.

· 이는 가정의 상층 인물인 정렬부인의 위엄이 실추되는 행동으로 인물이 희화화된 부분임.

매웠지?

꿀피스 Tip!

▸ 이 문제는 〈보기〉에서 영웅소설과 가정소설의 성격을 제시했지만, **정작 정답은 지문과 내용 일치 여부로 결정되었어.** 그러니까 지문의 내용을 잘 이해하고 선지를 꼼꼼하게 따져서 판단했다면 해결할 수 있는 문제야.

▸ 먼저 정답 선지 ④와 관련된 지문의 내용을 살펴보자. 작품 앞부분에 월매가 왕비에게 '매'를 맞는 장면이 나와. [앞부분의 줄거리]와 옥중 시체가 충렬부인이 아니라고 한 옥졸들의 말을 고려할 때, 충렬부인은 옥에서 피신하여 달아난 상황이야. 그리고 왕비가 자신의 시비 월매를 매질을 하였으나, 월매는 토설(숨겼던 사실을 비로소 밝히어 말함.)치 아니하였다고 했어. **즉, 왕비는 월매에게 매질을 하면서 무엇인가를 알아내려고 하는 상황이고, 월매는 이를 말하지 않고 있는 상황이야.** 뒷부분에서 왕비가 자신이 악녀의 꾀에 빠져 충렬부인을 죽이려고 했다고 자책하는 것을 보면, 왕비는 사라진 충렬부인의 행방을 알기 위해서 월매를 매질한 것으로 볼 수 있지. 그런데 월매는 의연하게 금섬의 뒤를 쫓아가겠다고 말하고 있어. 금섬이 충렬부인을 피신시키고 자진(스스로 자신의 목숨을 끊음.)하였으므로, 월매도 죽음을 각오하고 입을 다물고 있는 거야.

▸ 중요한 것은 월매가 왕비에게 토설치 아니하였다는 점이야. 선지 ④에서는 월매가 진실을 밝혔다고 했잖아? 즉, 월매는 왕비가 자신의 주인임에도 죽음을 각오하고 진실을 밝히지 않았으니 틀린 진술이지. 왜 정답 선지가 지문과의 내용 일치 여부로 결정되었다고 했는지 알겠지? 어때?

정답의 근거를 알고 나니, 어렵게 생각할 필요가 전혀 없지? 고전 소설뿐만 아니라 다른 갈래의 문학 문제 중에는 〈보기〉에 제시된 정보에 근거해서 선지가 틀렸다고 판단할 수 있는 것도 있지만, **이렇게 지문의 내용과 일치하지 않기 때문에 틀린 선지들이 꽤 많아. 그러므로 작품을 잘 이해하는 것은 기본이고, 선지도 하나하나 꼼꼼하게 잘 따져 보아야 해.**

▸ 다음으로는 가장 오답률이 높았던 선지 ③을 같이 살펴볼까? 선지 ③은 왕비가 '앙천통곡'하는 장면에서, 충렬부인의 수난이 '악녀'의 탓이라는 인식이 드러난다고 했어. 작품 내용에 따르면 왕비는 자신이 밝지 못하여 '악녀'의 꾀에 빠져 충렬부인을 죽이려 했다고 말하고 있으므로, 그렇다고 이해할 수 있지. 문제는 이것이 개인의 인성 문제로 축소되느냐인데, 아마도 선지 ③을 틀린 선지로 선택한 학생들은 이 부분에서 혼란을 겪었을 것 같아. **선지 ③은 〈보기〉의 관점에 따라 충렬부인의 고난이 일부다처제라는 사회 제도의 문제인지, 개인의 문제인지를 판단하도록 요구하고 있어. 그렇다면 이렇게 물어볼게. 이 작품에서 일부다처제라는 제도 자체를 문제 삼은 내용이나, 인물의 발화가 있을까?** 그런 내용은 나타나 있지 않아. 그리고 왕비가 충렬부인을 오해하여 죽이려고 한 것도 결국 악녀인 정렬부인이 꾸민 꾀에 빠졌기 때문으로 볼 수 있으니, 이것은 개인의 인성 문제로 볼 수 있어. 다시 말해 왕비가 충렬부인을 죽이려고 한 것은 일부다처제로 인한 것이 아니고, 정렬부인의 꾀 때문이잖아.

▸ 덧붙여서 대부분의 가정소설은 선인과 악인이 분명하여 악인의 부도덕성을 문제 삼고, 일부다처제(또는 처첩제)에 대한 직접적인 비판이나 문제 제기를 하지 않는 편이라는 것도 알아 두면 좋겠어. 이 문제의 핵심을 정리하면 선지 ④는 지문과의 내용 일치 여부를 따져 보아야 하고, 선지 ③은 〈보기〉의 관점에 따라 내용을 이해해야 해. **이처럼 작품 외적 준거에 따라 작품을 이해하도록 요구하는 〈보기〉 문제는 작품과 〈보기〉 내용을 모두 잘 이해하고, 선지를 꼼꼼하게 따져 판단해야 한다는 점을 잊지 마!**

▸ 본문 072쪽

고전 소설 02

2025학년도 9월 모의평가

01 ① 02 ③ 03 ⑤ 04 ⑤

수산, 「광한루기」

EBS 연결 고리
비연계

교과서 연계 정보
작품 문학 천재(김)

해제 이 작품은 조선 후기 소설가 수산(필명, 본명 미상)이 지은 한문체 소설로, 「춘향전」을 한문으로 개작한 이본이다. 하지만 시대적 배경이 고려 공민왕 시대의 홍건적의 난으로 설정되어 있고, 주요 인물인 이 도령이 도린으로, 방자는 김한으로 나타난다는 점이 특이하다. 춘향과 월매는 그대로이나 향단은 등장하지 않는다. 본문은 총 8회로 이루어져 있는데, 각 회의 앞부분에는 내용을 소개하는 시구나 해당 회에 대한 짤막한 견해가 제시되고, 이어서 춘향과 이도린의 이야기가 전개된다. 내용 면에서는 '춘향과 이도린의 만남 및 이별 – 춘향의 시련과 수절 – 춘향과 이도린의 재회'가 주된 이야기를 이룬다는 점에서 「춘향전」의 서사 구조와 유사하다. 한편, 본문 속에는 작중 상황이나 인물에 대한 평, 보충 설명에 해당하는 말이 삽입되어 있다. 또한 책머리에는 서문과 발간사, 작품 독법 등에 관한 글이 실려 있고, 책의 끝부분에는 소인(小引)과 부록 등이 붙어 있는데, 이는 19세기 소설의 비평 수준을 짐작할 수 있게 한다.

주제 춘향과 이도린의 신분을 초월한 사랑

전체 줄거리

봄날 광한루에서 이도린은 그네를 타는 춘향을 보고 반하고, 김한을 통해 춘향과 짧은 만남을 갖는다. 그날 밤 도린은 춘향을 잊지 못해 춘향의 집을 찾아가고, 두 사람은 사랑을 나누며 즐거운 시간을 보낸다. 그러나 도린의 아버지 이홍이 경성으로 올라가게 되면서 춘향은 도린과 이별한다. 한편, 부사로 부임한 원숭이 춘향에게 수청을 들라고 하나, 춘향은 이를 거절하여 결국 모진 고문을 당하고 옥에 갇힌다. 이때 과거에 장원 급제한 도린은 암행어사가 되어 남원으로 돌아와 원숭을 처결하고, 춘향을 구해 함께 서울로 올라온다.

1 **제1회 봄놀이**

오작교에선 선랑(仙郎)이 봄바람에 취하고
[04-①] 시구의 활용. 봄날 광한루의 분위기를 보여 줌.
버드나무 언덕에선 가인(佳人)이 그네를 뛰네

'광한루기'는 작품 전체의 제목이다. 광한루가 없었더라면 이도린이 놀러 가지 않았을 것이요, 이도린이 놀러 가지 않았더라면 춘향이 이도린을 만날 수 없었을 것이요, 춘향이 이도린을 만나지 못했더라면 8회로 구성된 한 편의 작품이 무엇을 바탕으로 탄생할 수 있었겠는가. 광한루 하나가 공중에 솟구쳐 있었기에 이도린이 놀러 갈 수밖에 없었고, 춘향이 이도린을 만날 수밖에 없었으며, 8회로 구성된 한 편의 작품이 만들어질 수밖에 없었다. [A]
[04-②, ③] 광한루가 작품 탄생의 계기로 작용함. 서사 전개의 개연성을 보여 주는 부분

(중략)

2 그네 뛰는 모습을 이도린이 보고 자기도 모르게 눈앞이 어질어질하여 김한에게 말했다.

"너는 저런 것을 본 적이 있느냐? 저것이 금이냐, 옥이냐? 아니면 귀신이냐? 그것도 아니면 선녀냐? 너는 저것을 아느냐?"

김한이 대답했다.

"금도 아니고 옥도 아닙니다. 낙수(洛水)에 빠져 죽은 이의 넋도 사라지고, 양대(陽臺)에서 구름과 비를 만들었던 여인의 일도 이제 아득하기만 한데, 어떻게 귀신 같고 선녀 같은 아가씨가 요즘 세상에 나타났겠습니까?"
[03-①] 이도린이 본 대상이 금이나 옥이 아님을 알려 줌.
[03-②] 귀신이나 선녀 같은 아가씨는 요즘 세상에 없다고 함.

"그렇다면 누구란 말이냐?"

"이 사람은요……."

"이 사람이 누구냐?"

"도련님께서는 교방 행수 기생 월매를 기억하시는지요?"(이게 무슨 말이야?)

"저렇게 젊고 아리따운 여인을 어떻게 반쯤은 쭈글쭈글해진 노파에다 비교할 수 있느냐?"
[01-④] 이도린은 월매가 춘향의 어머니라는 사실을 알지 못함.

"저 사람은 월매의 딸 춘향입니다. 노래도 잘하고 춤도 잘 추며 글도 잘하고 바느질도 잘하며 그 용모와 자태는 정말 절색입니다. 남원의 절색일 뿐 아니라 도내의 절색이요, 도내의 절색일 뿐 아니라 국내의 절색이라 해도 손색이 없습니다."
[01-④] [03-②] 춘향이 월매의 딸이라는 사실을 알려 줌. → 비천한 신분

이도린이 매우 기뻐하며 말했다.

"풍류를 즐길 만한 인연이 정말이지 다른 데 있는 것이 아니구나. 네가 가서 불러 오거라."
[03-③] 이도린이 춘향을 풍류를 즐길 만한 상대로 여기고, 김한에게 춘향을 불러오라고 함.

"도련님께서는 저 아이를 불러다가 무엇을 하시려고요?"

"고운 얼굴 한번 보려고 그런다." ㉠(어찌 그렇지 않을 수 있겠는가?)
[04-④] 서술자의 개입 – 이도린의 말에 동조함.

"도련님께서 저 아이를 보시고 무엇 하시려고요?"(눈치 빠른 김한)

"내가 이 일을 하든 저 일을 하든 네가 알아서 뭘 하느냐?"

"부른다 해도 저 아이는 오지 않을 것입니다."
[01-③] 김한은 춘향이 이도린을 만나러 오지 않을 것이라고 함.

"오고 안 오고는 저 아이한테 달렸지 너한테 달리지 않았으니, 너는 그 새 주둥이 같은 입을 그만 닥치거라."

이에 김한이 머리를 떨구고 갔다.

3 원래 춘향은 풍경을 즐기려는 옆집 여자 아이를 따라 나온 것이었다. 채색 줄로 만든 그네를 탔는데, 봄바람에 옷자락이 흐트러져 버드나무 가지를 꽉 잡은 채 그네를 멈추고 옷매무새를 바로잡으려 했다. 그때 갑자기 광한루 위에서 사람의 말소리가 들리자(이게 누구지?) 춘향은 몸을 돌려 꽃그늘 속으로 들어가 숨고서는 주변을 둘러보았다. 이도린이 꽃무늬가 있는 작은 종이를 손에 쥐고 홀로 광한루 동쪽 난간에 기대어 있었는데, 그 모습이 티 없이 맑아 춘향은 은연중에 찬탄하는 말을 내뱉었다. 갑
[01-②, ⑤] 춘향과 옆집 여자 아이가 광한루에 나온 계기
[01-①] [02-③] 춘향이 꽃그늘 속에 몸을 감추고 이도린의 모습을 봄. → 이도린은 알아채지 못함.
[01-①] 춘향이 이도린의 모습을 보고 호감을 느낌.

자기 김한이 바쁜 걸음으로 와서 불렀다.

"춘향 낭자 어디 있소?"

춘향이 다시 몸을 돌려 숨었기 때문에 아무 소리도 나지 않았다. 김한이 이리저리 찾아보다가 꽃그늘에까지 와서 춘향을 발견했다.

(중략)

4 김한이 웃으며 말했다.

"춘향은 노여워 말고 내 말 한번 들어 보오. 어제 남문 밖 큰길에서 까치 같은 옷차림의 사령들이 쌍쌍이 앞에서 인도하고, 호랑이 무늬의 활집을 진 군관들이 대열을 이루며 뒤에서 호위한 채, 한 귀인이 구름 같은 가마에 앉아 아전들과 기생들 사이를 누비고 다녔는데, 낭자는 그 사람이 누군지 아오?"

"네가 또 쓸데없는 말을 하는구나. 내가 어찌 본관 사또를 몰라보겠느냐?"

"내가 말한 귀인은 바로 사또 자제 도련님이오."(기특한 김한)

"사또 자제 도련님이 나와 무슨 상관이냐?"

"낭자, 우리 도련님을 한번 만나러 갑시다."
[03-⑤] 춘향과 이도린의 만남에 김한이 매개자 역할을 함.

"도련님이 어떻게 춘향인지 추향인지 알겠느냐? 네가 춘향입네, 기생입네 하면서 농지거리해서 일을 벌였겠지. 나는 죽어도 못 간다, 죽어도 못 가."

"춘향 낭자, 그대는 현명하고 지혜로운 사람이면서 이다지도 사리를 분별하지 못하오?
[03-④] 춘향이 현명하고 지혜로운 사람임을 일깨워 이도린과의 만남을 설득함.
속담에도 '까마귀 날자 배 떨어진다.'라고 했듯이 도련님께서 춘흥이 발한 것이 우연히 오늘이며, 낭자가 그네 뛰며 논 것도 마침 이때이니, 이는 참으로 그렇게 하지 않았는데도 그렇게 된 것이오.
[03-⑤] 춘향과 이도린의 만남은 거듭된 우연으로 이루어진 인연임. → 김한의 만남 조력
도련님께서 낭자를 보시고는 '귀신이냐? 선녀냐?'라고 물으시기에, '귀신도 아니고 선녀도 아닙니다.'라고 말했고, '그럼 누구냐?'라고 하시기에, '행수 기생의 딸입니다.'라고 말했소. 젊은 사내가 어찌 한 번쯤 그 아름다움을 살피려 하지 않겠소? 춘향 낭자는 잘 헤아려서 처신하시오. 갈 수 있으면 가는 것이고, 못 가겠다면 못 가는 것이지만, 화와 복이 눈앞에 놓여 있으니 낭자는 잘 생각하시오."
[03-④] 복(이도린)을 선택하라는 권유

춘향이 한참 동안 잠자코 있다가 말했다.

"네 말이 일리가 있다."
[03-⑤] 춘향이 김한의 설득을 받아들여 이도린과의 만남을 수용함.

01 작품의 내용 이해

답 ①

선지별 선택 비율	①	②	③	④	⑤
화작	81%	9%	4%	5%	2%
언매	90%	6%	2%	2%	1%

윗글에 대한 이해로 가장 적절한 것은?

정답 띵!동!

① **이도린은 춘향이 자신에게 호감을 느꼈다는 사실을 알지 못했다.**
→ 춘향이 꽃그늘 속에 숨어 몰래 이도린을 엿보며 찬탄하는 말을 내뱉음.

| ⟨3⟩ 춘향은 몸을 돌려 꽃그늘 속으로 들어가 숨고서는 주변을 둘러보았다. 이도린이 꽃무늬가 있는 작은 종이를 손에 쥐고 홀로 광한루 동쪽 난간에 기대어 있었는데, 그 모습이 티 없이 맑아 춘향은 은연중에 찬탄하는 말을 내뱉었다.

| 뭔말?

- 춘향이 광한루 동쪽 난간에 기대 있는 이도린을 보고 은연중에 찬탄하는 말을 내뱉음. → 이도린에 대한 춘향의 호감
- 그러나 춘향은 꽃그늘 속에 숨어 있는 상황으로, 이도린은 춘향이 자신에게 호감을 느꼈다는 사실을 알지 못함.

오답 땡!

② 춘향은 ~~그네를 타기 위해~~ 나들이에 나섰지만 ~~기대했던 바를 달성하지 못했다.~~
→ 춘향의 나들이 목적은 확실히 알 수 없음.
→ 기대했던 바=그네 타기 → 달성한 것

| ⟨3⟩ 원래 춘향은 풍경을 즐기려는 옆집 여자 아이를 따라 나온 것이었다. 채색 줄로 만든 그네를 탔는데,

| 뭔말?

- 춘향은 풍경을 즐기려는 옆집 여자 아이를 따라 나옴. 그러나 그네를 타기 위해 나들이에 나선 것인지 확실하지 않음.
- 만약 춘향이 기대했던 바가 그네 타기라면, 채색 줄로 만든 그네를 탔다고 했으므로 기대했던 바를 달성했다고 볼 수 있음.

③ 이도린은 춘향을 부르면 ~~이도린 자신을 만나러 올 것이라는 김한의 말을 믿었다.~~
→ 김한은 이도린에게 춘향이 오지 않을 것이라고 함.
→ 성립 X

| ⟨2⟩ "풍류를 즐길 만한 인연이 정말이지 다른 데 있는 것이 아니구나. 네가 가서 불러 오거라." → 춘향을 불러 오라는 이도린의 요청

| ⟨2⟩ "부른다 해도 저 아이는 오지 않을 것입니다." → 김한의 부정적 대답

| ⟨2⟩ "오고 안 오고는 저 아이한테 달렸지 너한테 달리지 않았으니, 너는 그 새 주둥이 같은 입을 그만 닥치거라." → 이도린의 반응

| 뭔말?

- 김한은 이도린에게 춘향을 부른다 해도 춘향은 오지 않을 것이라고 함.
- 따라서 이도린이 춘향이 올 것이라는 김한의 말을 믿었다는 진술은 성립하지 않음.

④ 이도린은 ~~월매가 춘향의 어머니라는 사실을 알고 있었지만 이를 모르는 척했다.~~
→ 이도린은 월매와 춘향의 관계(모녀 사이)를 모르고 있다가 김한을 통해 알게 됨.

| ⟨2⟩ "도련님께서는 교방 행수 기생 월매를 기억하시는지요?" ~ "저 사람은 월매의 딸 춘향입니다. ~ 국내의 절색이라 해도 손색이 없습니다." → 월매와 춘향의 관계에 대한 정보 제시

| 뭔말?

- 이도린은 춘향과 월매의 관계(모녀 사이)를 알지 못했음.
- 김한이 이도린에게 월매가 춘향의 어머니라는 사실을 알려 줌.

⑤ 옆집 여자 아이는 ~~이도린을 만나기 위해~~ 춘향과 함께 왔지만 ~~풍경을 즐기는 것에 만족했다.~~
→ 풍경을 즐기기 위해 나옴.
→ 찾아볼 수 없는 내용

| ⟨3⟩ 원래 춘향은 풍경을 즐기려는 옆집 여자 아이를 따라 나온 것이었다.

| 뭔말?

· 옆집 여자 아이는 풍경을 즐기기 위해 나들이를 나옴.

· 옆집 여자 아이가 풍경을 즐기는 것에 만족했는지는 알 수 없음.

02 배경의 의미와 기능 파악 답 ③

선지별 선택 비율	①	②	③	④	⑤
화작	1%	2%	93%	3%	1%
언매	1%	1%	96%	1%	1%

꽃그늘에 대한 이해로 가장 적절한 것은?

정답 띵!동!

③ 춘향이 몸을 감추고 이도린을 바라보는 장소

| ⟨3⟩ 봄바람에 옷자락이 흐트러져 버드나무 가지를 꽉 잡은 채 그네를 멈추고 옷매무새를 바로잡으려 했다. 그때 갑자기 광한루 위에서 사람의 말소리가 들리자 (이게 누구지?) 춘향은 몸을 돌려 꽃그늘 속으로 들어가 숨고서는(→ 몸을 감춤.) 주변을 둘러보았다. 이도린이 꽃무늬가 있는 작은 종이를 손에 쥐고 홀로 광한루 동쪽 난간에 기대어 있었는데(→ 춘향의 시선에서 바라본 이도린), 그 모습이 티 없이 맑아 춘향은 은연중에 찬탄하는 말을 내뱉었다.

| 뭔말?

· '꽃그늘'은 옷매무새를 바로잡으려 하던 춘향이 사람의 말소리가 들려오자 몸을 감춘 공간임.

· 춘향은 이 '꽃그늘' 속에 몸을 감추고는 광한루 동쪽 난간에 기대어 있는 이도린의 모습을 바라보며 은연중에 찬탄하는 말을 내뱉음.

오답 땡!

① 춘향이 ~~그네를 타기 위해 기다리는~~ 장소
└ 그네를 멈추고 숨은 장소

| ⟨3⟩ 봄바람에 옷자락이 흐트러져 버드나무 가지를 꽉 잡은 채 그네를 멈추고 옷매무새를 바로잡으려 했다. 그때 갑자기 광한루 위에서 사람의 말소리가 들리자 (이게 누구지?) 춘향은 몸을 돌려 꽃그늘 속으로 들어가 숨고서는

| 뭔말?

· '꽃그늘'은 춘향이 타던 그네에서 내려와 몸을 숨긴 장소임.

② 춘향이 ~~김한을 기다리며~~ 머물고 있는 장소
└ 춘향은 김한을 기다리고 있지 않음.

| ⟨3⟩ 갑자기 김한이 바쁜 걸음으로 와서 불렀다. "춘향 낭자 어디 있소?" 춘향이 다시 몸을 돌려 숨었기 때문에 아무 소리도 나지 않았다. 김한이 이리저리 찾아보다가 꽃그늘에까지 와서 춘향을 발견했다.

| 뭔말?

· '꽃그늘'은 춘향이 자기를 찾는 사람(김한)의 소리를 듣고 다시 몸을 숨긴 장소임.

· 김한이 이리저리 찾아보다가 이 '꽃그늘'에까지 와서 춘향을 발견하게 되므로, 춘향이 김한을 기다렸다는 말은 성립하지 않음.

④ ~~김한이 이도린을 만나서 대화를 나누는~~ 장소
└ 이도린은 꽃그늘에 가지 않음.

| ⟨3⟩ 이도린이 꽃무늬가 있는 작은 종이를 손에 쥐고 홀로 광한루 동쪽 난간에 기대어 있었는데 → 김한에게 춘향을 불러오라고 한 뒤 광한루에서 기다리고 있음.

| ⟨3⟩ 갑자기 김한이 바쁜 걸음으로 와서 불렀다. "춘향 낭자 어디 있소?" ~ 김한이 이리저리 찾아보다가 꽃그늘에까지 와서 춘향을 발견했다.

| 뭔말?

· 김한과 이도린의 대화는 광한루에서 이미 이루어짐.

· '꽃그늘'은 춘향을 데려오라는 이도린의 요청에 따라 김한이 찾아간 곳임.

⑤ 이도린이 춘향과 만나기 위해 ~~미리 약속한~~ 장소
└ 이도린과 춘향은 만나기로 약속한 적이 없음.

| ⟨2⟩ 그네 뛰는 모습을 이도린이 보고 자기도 모르게 눈앞이 어질어질하여 김한에게 말했다. "너는 저런 것을 본 적이 있느냐? ~ "그렇다면 누구란 말이냐?" "이 사람은요……." "이 사람이 누구냐?" → 이도린은 광한루에서 춘향을 처음 봄.

| ⟨3⟩ 이도린이 꽃무늬가 있는 작은 종이를 손에 쥐고 홀로 광한루 동쪽 난간에 기대어 있었는데 → 이도린은 김한에게 춘향을 불러오라고 한 뒤 광한루에서 기다림.

| 뭔말?

· 이도린은 우연히 춘향의 그네 뛰는 모습을 보고 반하여 김한에게 누구냐고 묻고, 춘향을 불러오라고 함. → 춘향과의 만남을 미리 약속한 상황 ×

· 이에 김한이 '꽃그늘'로 가 춘향을 찾음.

03 인물의 역할 파악 답 ⑤

선지별 선택 비율	①	②	③	④	⑤
화작	4%	3%	9%	2%	81%
언매	3%	2%	6%	1%	88%

윗글에서 '김한'의 역할을 이해한 것으로 가장 적절한 것은?

정답 띵!동!

⑤ 춘향에게 이도린과의 만남은 거듭된 우연으로 이루어진 인연임을 알려 주어, 두 사람을 만나게 하는 매개자 역할을 한다.

| ⟨4⟩ "춘향 낭자, 그대는 현명하고 지혜로운 사람이면서 이다지도 사리를 분별하지 못하오? 속담에도 '까마귀 날자 배 떨어진다.'라고 했듯이 도련님께서 춘흥이 발한 것이 우연히 오늘이며, 낭자가 그네 뛰며 논 것도 마침 이때이니,(→ 거듭된 우연) 이는 참으로 그렇게 하지 않았는데도 그렇게 된 것이오.(→ 인연) ~ 춘향 낭자는 잘 헤아려서 처신하시오. 갈 수 있으면 가는 것이고, 못 가겠다면 못 가는 것이지만, 화와 복이 눈앞에 놓여 있으니 낭자는 잘 생각하시오."

| ⟨4⟩ 춘향이 한참 동안 잠자코 있다가 말했다. "네 말이 일리가 있다."

| 뭔말?

· 도련님의 춘흥이 우연히 오늘 발함. + 춘향이 때마침 그네를 뛰며 놂. → 거듭된 우연

· 김한의 태도: 춘향과 이도린의 만남은 거듭된 우연으로 이루어진 인연이라는 점을 내세워 둘의 만남을 설득 · 매개하고 있음.

· 춘향의 수용: 김한의 말이 일리가 있다고 여기고, 이도린을 만나고자 함.

오답 땡!

① 이도린에게 눈앞에 보이는 것이 금과 옥이 아니라고 알려 주어, ~~이도린의 무지를 일깨우는 비판자~~ 역할을 한다.
└ 이도린의 무지에 대한 언급 X

| ⟨2⟩ 그네 뛰는 모습을 이도린이 보고 자기도 모르게 눈앞이 어질어질하여 김한에게 말했다. "너는 저런 것을 본 적이 있느냐? 저것이 금이냐, 옥이냐? ~ 너는 저것을 아느냐?" → 춘향의 아름다운 모습에 대한 감탄이지, 무지해서 하는 말이 아님.

| ⟨2⟩ 김한이 대답했다. "금도 아니고 옥도 아닙니다. ~ 나타났겠습니까?"

| 뭔말?

· 이도린이 '저것이 금이냐, 옥이냐?'라고 한 것은 춘향의 아름다운 모습에 반하여 한 말이지, 무지하여 실제로 그것이 금인지, 옥인지를 따지고 있는 것이 아님.

· 김한도 금과 옥이 아니라고 하였을 뿐, 이도린의 무지를 비판하고 있지 않음.

② ~~이도린에게 춘향이 선녀 같은 아가씨라고 말하여~~, 이도린이 ~~춘향의 고귀한 신분을 알게 하는~~ 조력자 역할을 한다.
└→ 찾아볼 수 없는 내용
└→ 춘향이 기생 월매의 딸(비천한 신분)임을 밝힘.

| ⟨2⟩ 그네 뛰는 모습을 이도린이 보고 자기도 모르게 눈앞이 어질어질하여 김한에게 말했다. "너는 저런 것을 본 적이 있느냐? 저것이 금이냐, 옥이냐? 아니면 귀신이냐? 그것도 아니면 선녀냐? 너는 저것을 아느냐?"

| ⟨2⟩ 김한이 대답했다. "금도 아니고 옥도 아닙니다. ~ 어떻게 귀신 같고 선녀 같은 아가씨가 요즘 세상에 나타났겠습니까?" ~ "도련님께서는 교방 행수 기생 월매를 기억하시는지요?" ~ "저 사람은 월매의 딸 춘향입니다. ~ 국내의 절색이라 해도 손색이 없습니다."

| 뭔말?

· 춘향을 보고 '선녀'를 언급한 인물 = 이도린

· 김한은 요즘 세상에 귀신이나 선녀 같은 아가씨는 없다고 함.

· 또한 김한은 춘향을 교방 행수 기생인 월매의 딸이라고 소개하였으므로, 춘향의 고귀한 신분이 아닌 비천한 신분을 알게 하는 역할을 했다고 볼 수 있음.

┌→ 이도린이 직접 말함.
③ ~~이도린에게~~ 풍류를 즐길 만한 상대가 춘향이라고 이야기하여, ~~이도린이 춘향을 부르게 하는~~ 중개자 역할을 한다.
└→ 김한은 춘향을 부른다 해도 춘향은 오지 않을 것이라고 말함.

| ⟨2⟩ 이도린이 매우 기뻐하며 말했다. "풍류를 즐길 만한 인연이 정말이지 다른 데 있는 것이 아니구나. 네가 가서 불러 오거라." → 이도린의 요청

| ⟨2⟩ "부른다 해도 저 아이는 오지 않을 것입니다." → 김한의 대답

| ⟨2⟩ "오고 안 오고는 저 아이한테 달렸지, 너한테 달리지 않았으니, 너는 그 새 주둥이 같은 입을 그만 닥치거라." → 이도린의 반응

| 뭔말?

· 춘향을 풍류를 즐길 만한 상대라고 한 인물 = 이도린

· 이도린이 먼저 김한에게 춘향을 불러오라고 시킴.

· 김한은 춘향을 부른다 해도 오지 않을 것이라고 함.

④ 춘향에게 춘향 자신이 지혜로운 사람임을 일깨워 주어, 춘향이 이도린을 ~~만나지 못하도록 하는 방해자 역할~~을 한다.
└→ 춘향이 이도린을 만나도록 설득하고 있음.

| ⟨4⟩ "춘향 낭자, 그대는 현명하고 지혜로운 사람이면서 이다지도 사리를 분별하지 못하오? ~ 춘향 낭자는 잘 헤아려서 처신하시오. 갈 수 있으면 가는 것이고, 못 가겠다면 못 가는 것이지만, 화(→ 이도린과 만나지 않은 결과)와 복(→ 이도린과 만난 결과)이 눈앞에 놓여 있으니 낭자는 잘 생각하시오."

| 뭔말?

· 춘향 = 현명하고 지혜로운 사람 → 화와 복 중 복을 선택할 것

· 김한은 춘향이 이도린을 만나도록 설득하고 있으므로 방해자가 아닌, 둘의 만남을 돕는 조력자 역할을 함.

04 외적 준거에 따른 작품 감상

답 ⑤

선지별 선택 비율	①	②	③	④	⑤
화작	2%	4%	5%	4%	85%
언매	1%	2%	2%	2%	94%

⟨보기⟩를 참고하여 [A], ㉠을 이해한 내용으로 적절하지 않은 것은? [3점]

보기

「광한루기」는 '수산(水山)'이라는 호를 쓴 사람이 「춘향전」을 바탕으로 지은 한문 소설로, 총 8회로 이루어져 있다. 각 회의 앞부분에는 내용을 소개하는 시구와 해당 회에 대한 견해가 제시되어 있고 본문 속에는 인물이나 사건 등에 대한 짤막한 평이나 감상이 작은 글씨로 제시되어 있다. 「광한루기」의 독자는 이와 같은 다양한 비평적 견해를 이야기와 함께 읽으면서 작품을 감상할 수 있다.

정답 띵!동!

⑤ [A]와 ㉠을 통해 독자에게 ~~작품의 감상법을 다양하게 설명~~하여, 「광한루기」를 8회로 구성한 ~~이유~~를 부각하고 있군.
└→ 찾아볼 수 없는 내용
└→ 찾아볼 수 없는 내용

| ⟨1⟩ – [A] 춘향이 이도린을 만나지 못했더라면 8회로 구성된 한 편의 작품이 무엇을 바탕으로 탄생할 수 있었겠는가. 광한루 하나가 공중에 솟구쳐 있었기에 이도린이 놀러 갈 수밖에 없었고, 춘향이 이도린을 만날 수밖에 없었으며, 8회로 구성된 한 편의 작품이 만들어질 수밖에 없었다.

| ⟨2⟩ "도련님께서는 저 아이를 불러다가 무엇을 하시려고요?" "고운 얼굴 한번 보려고 그런다." ㉠(어찌 그렇지 않을 수 있겠는가?)

| 뭔말?

· [A]는 「광한루기」가 8회로 구성된 한 편의 작품이라는 점만 반복함.

· ㉠은 이도린의 말에 동조하는 서술자의 주관적 의견에 해당함.

· 정리하면, [A]와 ㉠을 통해 작품의 감상법을 다양하게 설명하고 있지도, 「광한루기」를 8회로 구성한 이유를 부각하고 있지도 않음.

오답 땡!

① [A]에서는 시구를 활용하여, '봄바람'과 '버드나무 언덕'이 어우러진 봄날의 분위기를 보여 주면서 해당 회의 배경을 드러내고 있군.
└→ 제1회 봄놀이

| ⟨1⟩ – [A] 오작교에선 선랑(→ 이도린)이 봄바람에 취하고 / 버드나무 언덕에선 가인(→ 춘향)이 그네를 뛰네 → '제1회 봄놀이'의 배경

| 뭔말?

· '봄바람' + '버드나무 언덕' → ① 봄날의 분위기를 보여 줌. ② '봄놀이'와 관련된 제1회 서사의 배경을 드러냄.

② [A]를 통해 해당 회의 주요 공간인 '광한루'를 소개하여, 그 공간의 역할을 드러내고 있군.

| ⟨1⟩ – [A] 광한루 하나가 공중에 솟구쳐 있었기에 이도린이 놀러 갈 수밖에 없었고, 춘향이 이도린을 만날 수밖에 없었으며, 8회로 구성된 한 편의 작품이 만들어질 수밖에 없었다.

| 뭔말?

· '광한루가 솟구쳐 있음. → 이도린이 놀러 감. → 춘향이 이도린을 만남. → 「광한루기」라는 작품이 만들어짐.'의 흐름으로 광한루라는 공간을 소개하는 한편, 작품 탄생의 계기로서 광한루의 역할을 드러냄.

③ **[A]에서는 두 인물이 만나게 되는 계기를 서술하여, 서사 전개의 개연성을 보여 주고 있군.**

| ⟨1⟩ – [A] 광한루 하나가 공중에 솟구쳐 있었기에(→ 원인. 두 인물이 만나게 되는 계기) 이도린이 놀러 갈 수밖에 없었고(→ 결과 1), 춘향이 이도린을 만날 수밖에 없었으며(→ 결과 2)

| **뭔말?**

· '광한루 하나가 공중에 솟구쳐 있었기에'는 이도린과 춘향이 만나게 되는 계기에 해당함.

· '~ 있었기에 ~ 수밖에 없었고(없었으며)'와 같이 사건을 인과적으로 서술하여 이도린과 춘향의 만남에 개연성을 부여함.

④ **㉠은 인물의 말에 대한 평을 통하여, 독자에게 이도린의 반응이 당연하다는 점을 강조하여 보여 주고 있군.**

| ⟨2⟩ "도련님께서는 저 아이를 불러다가 무엇을 하시려고요?" "고운 얼굴 한번 보려고 그런다." ㉠(어찌 그렇지 않을 수 있겠는가?)

| **뭔말?**

· 이도린은 춘향의 고운 얼굴을 보고자 함.

· ㉠ = 이도린의 말에 동조하는 서술자의 주관적 의견을 설의적으로 표현한 것

· 따라서 ㉠은 춘향의 고운 얼굴을 보고자 하는 이도린의 반응은 당연한 것임을 강조하여 보여 주는 역할을 함.

▸ 본문 074쪽

고전 소설 03

2025학년도 6월 모의평가

01 ④ 02 ③ 03 ③ 04 ④

작자 미상, 「이대봉전」

EBS 연결 고리
2025학년도 수능특강 문학 139쪽

해제 이 작품은 중국 명나라를 배경으로 남녀 주인공의 '혼인 약속 – 이별 – 시련 극복 – 재회'라는 서사의 흐름 속에서 그들의 영웅적 행적을 그려 낸 군담 소설이다. 남녀 주인공인 이대봉과 장애황은 부모 대에서 혼인을 약속한 사이지만 어려서부터 고난을 겪고 이별했다가, 각각 국가를 위기에서 구하는 공을 세운 후에 재회하여 혼인하게 된다. 남녀 주인공의 군담 서사가 별개의 공간에서 전개되면서도 유사한 구조로 나타나는 것이 특징적이다. 작품의 제목이 남자 주인공의 이름으로 되어 있으나, 남장을 한 여주인공 장애황의 영웅적 활약상이 크게 두드러진다는 점에서 여성 영웅 소설로 보기도 한다. 이러한 여성의 활약 서사는 당시의 남성 중심 사회에 대한 작가의 비판적 의식을 드러낸 것으로 볼 수 있다.

주제 나라를 위기에서 구하고 사랑을 성취하는 남녀 주인공의 영웅적 활약

전체 줄거리

중국 명나라의 기주 지방에서 명망이 높은 이 시랑은 늦게까지 자식이 없다가 백운암에 시주를 하고 아들 대봉을 얻는다. 이 시랑의 죽마고우인 장 한림도 같은 날에 딸 애황을 낳게 되고, 둘은 자식들을 정혼시킨다. 한편 간신인 왕희가 조정에서 권력을 마음대로 휘두르자 이 시랑은 왕희의 잘못을 고하는 상소를 올리지만 왕희의 모함을 받고 귀양을 가게 된다. 이후 왕희는 뱃사공을 매수하여 귀양을 가는 이 시랑과 대봉을 죽이고자 물에 빠뜨리지만, 대봉 부자는 용왕의 도움으로 목숨을 구한다. 장 한림과 그의 부인은 이 시랑 부자의 소식을 듣고서 병을 얻어 죽고, 부모를 잃은 애황은 여종과 함께 살아간다. 왕희는 애황의 미모가 뛰어나다는 말에 애황을 며느리로 삼고자 구혼하지만, 애황이 거절하자 왕희는 애황을 납치하려 한다. 이에 애황은 남장을 하고 도주하여 이름을 계운으로 바꾸고 무예를 익힌다. 이후 애황은 과거에 장원 급제하여 한림학사가 되고 선우족이 중원을 침략하자 출전하여 승리를 거둔다. 한편 대봉은 백운암에서 술법을 배우며 지내다가 흉노가 중원을 침범하여 천자가 위험에 처하자 출전하여 적군을 무찌른다. 대봉은 돌아오던 중 무인도에 표류하게 되는데 그곳에서 우연히 아버지 이 시랑을 만나게 되고 돌아와서는 왕희를 처단한다. 애황은 선우족을 추격해 항복을 받아 내고 돌아와, 천자에게 그동안 남장을 했고 자신이 장 한림의 딸임을 밝힌다. 이후 대봉과 애황은 재회하여 혼인하고, 대봉은 초왕이 되어 애황과 함께 부귀영화를 누린다.

1 장 소저가 남복을 벗고 담장 소복으로 여복을 개착하고 금로에 향을 사르며 시랑의 영위 먼저 차린 후 제문을 읽으니, ⓐ그 글에 하였으되,
[03-①] 망자 이 시랑에게 바치는 제문

'유세차 기축 삼월 정묘 삭 십오 일에 기주 장 한림의 딸 애황은 감히 이
[03-⑤] 글을 바치는 사람(=장 소저)과 받는 상대(=이 시랑)를 서두에서 밝힘.
부 시랑 이 공 영위 앞에 아뢰나이다. 오호 애재라! 소첩의 부친이 대
[03-③] 장 소저가 스스로를 낮추는 표현
인과 사귐이 깊사옵더니, 그 후에 대인은 귀자를 두시고 부친은 소첩을 얻으시니 피차에 동년 동일생이라. 부친이 신기한 꿈을 꾸고는 대인과
[02-①] 부친과 이 시랑이 혼인의 인연을 맺게 된 계기 = 신기한 꿈
진진지연*을 깊이 맺었더니, 슬프다, 양가 시운이 불리하여 대인은 **간
[02-②] 이 시랑이 간신의 모해를 입은 이유 = 시운이 좋지 않음.
신의 모해**를 입어 외딴섬에 유배 가시고, 부친은 대인의 억울함과 소첩

의 앞길이 그릇됨을 원통히 여겨 걱정과 분노가 병이 되어 중도에 **세상**
[02-③] 장 소저가 생각하는 부친이 세상을 버린 까닭 ≠ 이 시랑의 죽음에 대한 분노
을 버리시니, 모친 또한 부친의 뒤를 따라 별세하시니, 외롭고 연약한 소첩은 의지할 곳이 없더라. 간적 왕희가 첩의 고독함을 업신여겨 **혼인**
[02-④] 장 소저가 변복 도주한 이유 = 왕희가 혼인을 강제한다고 판단함.
을 강제하옵기로 변복 도주하였다가, 남자로 행세하여 용문에 올라 남적을 멸하고 대공을 이룸은, 적자 왕희를 없이하여 원통함을 풀고 대인
[04-①] 혼약을 이루기 위해 대공을 세움. → 혼약이 국가 차원의 사건에 참여하는 동력이 됨.
과 공자를 찾아 혼약을 이루기 위함이었는데, 사신의 말을 들으니 대인 부자가 형적이 없다 하니, 반드시 수중고혼이 되신지라. 어찌 참통치
[03-④] 장 소저는 대봉 부자가 물에 빠져 죽었을 것이라고 오해함.
않으리잇고. 이에 한 잔 술을 바치옵나니 삼가 바라건대 존령은 흠향하
[03-②] 이 시랑의 원통함을 위로하기 위해 제문을 작성함.
옵소서.'

하였더라.

(중략)

2 각설. 이 공자 대봉이 부친을 모시고 ㉠용궁을 떠나 여러 날 만에 ㉡황성에 올라와 머물 곳을 정한 후, 흉노의 머리 벤 것을 봉하여 성상께 올릴새 상소를 지어 전후사연을 주달하였거늘, 이때 성상이 이 시랑 부자의 생사를 알지 못하시고 장 소저의 앞길을 애련히 여기사 마음에 잊지 못하시더니, 또 장 소저의 상표가 이르렀거늘 상이 반기사 급히 열어 보시니 왈,

'신첩 장애황은 일장표를 용탑 하에 올리나이다. 신첩이 성상의 큰 은혜를 받자와 바닷가에서 제를 올려 고혼을 위로하오나, 이승과 저승이 판이하게 달라 영혼이 자취가 없사오니, 비록 앞에 와 흠향하온들 어찌 알 리 있사오리잇가. 아득한 경상과 슬픈 마음을 진정치 못하와 제를 지내며 통곡하옵더니, 천우 신조하와 삭발 승려를 만나오니 이 곧 시랑 이익의 처 양씨라. 비록 **성혼 행례**는 아니 하였사오나 어찌 시어머니와
[02-⑤] 장 소저는 성혼 행례를 하지 않았으나 승려가 된 양씨를 시어머니로 대함.
며느리 사이가 아니리잇가. 일비일희하여 즐겁기 무궁하오니, 이는 다 성상의 넓으신 덕택으로 말미암음이라. 그러나 왕희 부자는 국가를 혼란스럽게 한 간신이옵고 신첩의 원수라. 바라건대 폐하는 왕희 부자를 엄형 국문하사 국법을 밝히시고, 그 부자를 신첩에게 내어 주시면 남선우
[04-②] 공적 권위를 존중하면서 개인적인 원수를 갚는 사적 목표도 실현하고자 함.
베던 칼로 난신을 죽여 이익의 부자에게 제하여 영혼을 위로하리이다.'

하였더라.

3 상이 다 보신 후 정히 처결코자 하시더니, 이때 또 하나의 표문이 올라오거늘, 상이 의괴하여 열어 보시니 ⓑ그 소에 하였으되,

'죄신 이대봉은 황공함과 두려운 마음으로 머리를 조아려 절을 올리며
[03-③] 이대봉이 스스로를 낮추는 표현
한 장 표문을 황상 용탑 하에 바치옵나이다. 신의 부자가 간신 왕희의
[03-①, ⑤] 이대봉이 성상에게 바치는 표문임을 밝힘. [03-③] 이대봉이 스스로를 낮추는 표현
모함을 입었사오나, 폐하의 성덕을 입사와 이 한목숨에 너그러움을 베풀어 ㉢해도에 내치신 덕택으로 유배지로 가옵더니, 도중을 향하와 배
[01-③] ㉢: 이 시랑 부자가 간신(왕희)의 모함을 받고 유배 간 공간
를 타고 대해 중에 행하옵더니, 뜻밖에 뱃사람들이 달려들어 아비를 결박하여 물에 던지거늘, 신의 아비 죽는 양을 보고 또한 뒤를 따라 수중에 빠지오매 거의 죽게 되었삽더니, 마침 서해 용왕의 구함을 입어 살
[03-④] 장 소저의 생각과 달리 대봉 부자는 죽지 않고 생존해 있었음.
아나 서역 천축국 ㉣백운암에 가 팔 년을 의탁하였나이다. 생각하옵건
[01-④] ㉣: 물에 빠졌다 구출된 이대봉이 중원으로 향하기 전에 머물던 공간
대 신의 부자가 국가의 죄인이라. 타처에 오래 있사옴이 옳지 않아 세상에 나와 수중에 빠진 아비 유골이나마 찾고 고국에 있는 어미를 찾아보고자 하와 중원으로 돌아가옵다가, 농서에서 한나라 장수 이릉의 영혼을 만나 갑옷과 투구를 얻고, 사평에서 오추마를 얻으며, 화용도에서
[01-①] 농서: 이대봉이 이릉의 영혼에게 갑옷과 투구를 얻은 공간
관 공의 영혼을 만나 칼을 얻어, 황성으로 향코자 하옵다가, 반적 흉노
[01-①] 화용도: 이대봉이 관 공의 영혼에게 칼을 얻은 공간
가 천자의 자리를 범하여 황성을 함몰하고 어가가 ㉤금릉으로 행하셨
[01-②] ㉡(황성): 흉노가 침범한 공간
다 함을 듣고, 분심을 이기지 못하와 전죄를 무릅쓰고 천 리를 달려와
[04-③] 위기에 빠진 임금을 구하는 일(= 국가 차원의 문제 해결)은 당위적인 일임.
금릉에 이르러 자칭 충의장군이라 하옵고 필마단창으로 적군을 파하고
[01-②, ⑤] ㉤(금릉)·서릉도: 이대봉이 흉노를 처단한 공간
적장 묵특남과 동돌수를 베어 성상의 급하심을 구하옵고, 흉노가 도망하는 것을 따라 서릉도에 들어가 흉노를 베었나이다. 돌아오는 길에 해중에서 풍랑을 만나 나흘 밤낮을 정처 없이 가다가 천우신조하옵고, 성상의 하해지덕으로 무인절도에 다다라 바람이 그치오며, 그 섬에 올라
[04-④] 비현실계 존재의 조력 → 이대봉의 공적 활약에 조력 x
가 죽었던 아비를 만났사오니 황명을 기다리지 아니하고 감히 함께 와 대죄하옵나니, 신의 부자의 죄 만 번 죽어도 아까울 것이 없나이다. 그러하오나 왕희는 국가의 난신적자요 신의 원수라. 뱃사람이 재물 없이 적소로 가는 죄수를 무단히 살해하올 일은 만무하온즉, 이는 반드시 왕
[03-②] [04-⑤] 성상에게 사건의 경과를 알려 왕희의 처벌을 요청함. → 사적 목표의 정당성 확보
희의 사주를 받은 것으로, 의심할 바 없는지라 바라옵건대 성상은 엄형 국문하옵신 후 왕적을 내어 주시고 신의 죄를 다스리옵소서.'

하였더라.

*진진지연(秦晉之緣): 혼인의 인연.

01 배경의 의미와 기능 파악 답 ④

선지별 선택 비율	①	②	③	④	⑤
화작	3%	9%	16%	63%	5%
언매	2%	5%	10%	77%	4%

㉠~㉤에 대한 설명으로 가장 적절한 것은?

정답 띵!동!

④ ㉣은 이대봉이 중원으로 향하기 전에 머물던 공간이다.
→ 유배를 가던 중 물에 빠졌다가 용왕의 도움으로 구출된 후 팔 년 동안 기거하던 공간

| ⟨3⟩ 또한 뒤를 따라 수중에 빠지오매, 거의 죽게 되었삽더니, 마침 서해 용왕의 구함을 입어 살아나 서역 천축국 ㉣백운암에 가 팔 년을 의탁(→ 어떤 것에 몸이나 마음을 의지하여 맡김.)하였나이다. 생각하옵건대 신의 부자가 국가의 죄인이라. 타처에 오래 있사옴이 옳지 않아 세상에 나와 수중에 빠진 아비 유골이나마 찾고 고국에 있는 어미를 찾아보고자 하와 중원으로 돌아가옵다가

| 뭔말?

· 이대봉은 물에 빠져 죽을 위기에 처했지만 용왕의 도움으로 살아나 서역 천축국의 ㉣ '백운암'에서 팔 년을 의탁했다가 중원으로 돌아감. → ㉣ '백운암'은 이대봉이 중원으로 향하기 전에 머물던 공간임.

오답 땡!

① ㉠은 이대봉이 ~~이릉의 영혼을 만나 갑옷과~~ ~~칼을 얻은 공간~~이다.
└ 용궁 X. 농서에서 얻음. └ 용궁 X. 이릉의 영혼 X. 화용도에서 관 공의 영혼에게 얻음.

| 〈3〉 농서에서 한나라 장수 이릉의 영혼을 만나 갑옷과 투구를 얻고, 사평에서 오추마를 얻으며, 화용도에서 관 공의 영혼을 만나 칼을 얻어, 황성으로 향코자 하옵다가

| 뭔말?

· 갑옷은 '농서'에서 이릉의 영혼을 만나 얻었고, 칼은 '화용도'에서 관 공의 영혼을 만나 얻었음. → ㉠ '용궁'은 이대봉이 이릉의 영혼을 만난 공간이 아니고, 갑옷과 칼을 얻은 공간도 아님.

② ㉡은 흉노가 침범한 곳이자 이대봉이 ~~흉노를 처단한 공간~~이다.
└ 황성 X. 금릉과 서릉도에서 흉노를 처단함.

| 〈3〉 반적 흉노가 천자의 자리를 범하여 황성을 함몰하고 어가가 ㉤금릉으로 행하셨다 함을 듣고, 분심을 이기지 못하와 전죄를 무릅쓰고 천 리를 달려와 금릉에 이르러 자칭 충의장군이라 하옵고 필마단창으로 적군을 파하고 적장 묵특남과 동돌수를 베어 성상의 급하심을 구하옵고, 흉노가 도망하는 것을 따라 서릉도에 들어가 흉노를 베었나이다.

| 뭔말?

· ㉡ '황성'은 흉노가 천자의 자리를 범하여 함몰한 곳이므로 흉노가 침범한 곳으로 볼 수 있음.

· 이대봉은 '금릉'에서 적군인 흉노를 파하고 도망가는 흉노를 따라 '서릉도'에 들어가 흉노를 벰. → ㉡ '황성'은 이대봉이 흉노를 처단한 공간이 아님.

③ ㉢은 ~~장 한림 부부가~~ 간신의 모해로 유배 간 공간이다.
└ 이 시랑 부자가

| 〈3〉 신의 부자가 간신 왕희의 모함을 입었사오나, 폐하의 성덕을 입사와 이 한목숨에 너그러움을 베풀어 ㉢해도에 내치신 덕택으로 유배지로 가옵더니

| 뭔말?

· ㉢ '해도'는 이 시랑과 그의 아들 대봉이 간신 왕희의 모함을 받아 유배 가게 된 곳임. → ㉢ '해도'는 장 한림 부부가 간신의 모해로 유배 간 공간이 아님.

⑤ ㉤은 ~~동돌수가 이대봉을 피해 달아난 공간~~이다.
└ 이대봉이 동돌수를 죽인 공간

| 〈3〉 반적 흉노가 천자의 자리를 범하여 황성을 함몰하고 어가(→ 임금이 타던 수레)가 ㉤금릉으로 행하셨다(→ 임금이 피신함.) 함을 듣고, 분심을 이기지 못하와 전죄를 무릅쓰고 천 리를 달려와 금릉에 이르러 자칭 충의장군이라 하옵고 필마단창으로 적군을 파하고 적장 묵특남과 동돌수를 베어 성상의 급하심을 구하옵고

| 뭔말?

· ㉤ '금릉'은 흉노가 황성을 함몰했을 때 어가가 행한 곳, 즉 성상이 피신한 곳임.

· 이대봉은 위기에 빠진 성상을 구하기 위해 ㉤ '금릉'으로 달려가 흉노의 장수 묵특남과 동돌수를 벰. → ㉤ '금릉'은 이대봉이 동돌수를 죽인 공간이지, 동돌수가 이대봉을 피해 달아난 공간이 아님.

02 인물의 심리와 태도 파악

답 ③

선지별 선택 비율	①	②	③	④	⑤
화작	5%	7%	66%	10%	8%
언매	5%	4%	76%	7%	6%

장 소저에 대한 이해로 적절하지 않은 것은?

정답 띵!동!

③ 부친이 '세상을 버'린 까닭은 혼약이 어그러진 것과 ~~이 시랑의 죽음에 대한 분노~~ 때문이라고 여겼다.
└ 이 시랑이 억울하게 유배를 가게 된 상황에 대한 분노 때문임. 이 시랑의 죽음 때문 X

| 〈1〉 슬프다, 양가 시운이 불리하여 대인(→ 이 시랑)은 간신의 모해를 입어 외딴섬에 유배 가시고, 부친은 대인의 억울함과 소첩의 앞길이 그릇됨(→ 이 시랑의 유배로 인해 이대봉과 정혼한 장 소저의 앞길이 불투명해짐.)을 원통히 여겨 걱정과 분노가 병이 되어 중도에 세상을 버리시니

| 뭔말?

· 장 소저는 '소첩의 앞길이 그릇됨', 즉 이 시랑의 유배로 인해 자신과 이대봉의 혼약이 어그러진 것에 대한 걱정과 분노로 병을 얻어 부친이 세상을 버린 것이라고 여김.

· 장 소저는 '대인의 억울함', 즉 이 시랑이 모함을 받아 억울하게 유배 간 것에 대한 걱정과 분노로 병을 얻어 부친이 세상을 버린 것이라고 여김.

· 따라서 장 소저가 이 시랑의 죽음에 분노해서 부친이 세상을 버렸다고 여긴다고 이해하는 것은 적절하지 않음.

오답 땡!

① 부친과 이 시랑이 '진진지연'을 맺은 데에는 신기한 꿈이 영향을 미쳤을 것이라고 알고 있다.

| 〈1〉 소첩의 부친이 대인과 사귐이 깊사옵더니, 그 후에 대인은 귀자를 두시고 부친은 소첩을 얻으시니 피차에 동년 동일생이라. 부친이 신기한 꿈을 꾸고는 대인과 진진지연(→ 이대봉과 장 소저의 정혼)을 깊이 맺었더니

| 뭔말?

· 장 소저는 제문에서 부친이 신기한 꿈을 꾸고 나서 대인(= 이 시랑)과 진진지연을 깊이 맺었다고 밝힘. → 장 소저는 신기한 꿈이 부친과 이 시랑이 '진진지연'을 맺은 데에 영향을 미쳤을 것이라고 알고 있는 것이 맞음.

② 이 시랑이 '간신의 모해'를 입은 것은 시운이 좋지 않았기 때문이라고 생각했다.

| 〈1〉 슬프다, 양가(→ 이대봉 집안과 장 소저 집안) 시운(→ 시대나 그때의 운수)이 불리하여 대인은 간신(→ 왕희)의 모해를 입어 외딴섬에 유배 가시고,

| 뭔말?

· 장 소저는 제문에서 시운이 불리하여 대인(이 시랑)이 간신의 모해를 입었다고 밝힘. → 이 시랑이 '간신의 모해'를 입은 것은 시운이 좋지 않았기 때문이라고 장 소저가 생각한 것이 맞음.

④ 왕희가 '혼인을 강제하'는 것으로 판단하여 변복 도주했다.

| 〈1〉 모친 또한 부친의 뒤를 따라 별세하시니, 외롭고 연약한 소첩은 의지할 곳이 없더라. 간적 왕희가 첩(→ 장 소저)의 고독함을 업신여겨 혼인을 강제하옵기로 변복(→ 남이 알아보지 못하도록 평소와 다르게 옷을 차려입음. 장 소저의 남장) 도주하였다가

| 뭔말?

· 장 소저는 제문에서 부모를 모두 잃은 자신에게 왕희가 혼인을 강제하여 변복 도주하였다고 밝힘. → 장 소저가 변복 도주한 것은 왕희가 자신에게 '혼인을 강제'한다고 판단했기 때문이 맞음.

⑤ '성혼 행례'는 하지 않았으나, 승려가 된 양씨를 시어머니로 대했다.
(→ 이대봉의 어머니)

| ⟨2⟩ 아득한 경상과 슬픈 마음을 진정치 못하와 제를 지내며 통곡하옵더니, 천우신조(→ 하늘이 돕고 신령이 도움.)하와 삭발 승려를 만나오니 이 곧 시랑 이익의 처 양씨라. 비록 성혼 행례(→ 이대봉과 장 소저의 결혼식)는 아니 하였사오나 어찌 시어머니와 며느리 사이가 아니리잇가.(→ 이대봉과 장 소저는 어릴 적 정혼한 사이임.)

| 뭔말?

· 장 소저는 제를 지내다가 승려가 된 이 시랑의 처 양씨를 우연히 만나게 되며, 비록 자신이 이대봉과 성혼 행례는 하지 않았지만 정혼한 사이이므로 양씨와 자신의 관계를 시어머니와 며느리 사이로 보고 있음.

· 따라서 장 소저가 이대봉과 '성혼 행례'는 하지 않았으나, 승려가 된 양씨를 시어머니로 대한 것이 맞음.

03 갈래의 특징과 성격 파악 답 ③

선지별 선택 비율	①	②	③	④	⑤
화작	6%	10%	49%	26%	7%
언매	3%	7%	63%	20%	5%

⟨보기⟩의 [A]에 들어갈 말로 적절하지 않은 것은?

보기

선생님: 고전 소설에서는 제문, 표문 등과 같은 다양한 글이 활용되기도 해요. 윗글의 ⓐ와 ⓑ에서 글을 바치는 사람과 받는 상대가 누구인지 고려하여, 글의 특징이나 기능에 대해 말해 보세요.

학 생: [A]

선생님: 네, 맞아요.

정답 띵! 동!

③ ~~ⓐ와 달리 ⓑ에는~~ 글을 바치는 사람이 스스로를 낮추는 표현이 사용되었어요.
(→ ⓐ와 ⓑ 모두) (→ ⓐ: 장애황, ⓑ: 이대봉) (→ ⓐ: 소첩, ⓑ: 죄신, 신)

| ⟨1⟩ 기주 장 한림의 딸 애황은 감히 이부 시랑 이 공 영위 앞에 아뢰나이다. 오호 애재라! 소첩의 부친이 대인과 사귐이 깊사옵더니, 그 후에 대인은 귀자를 두시고 부친은 소첩을 얻으시니 피차에 동년 동일생이라.

| ⟨3⟩ 죄신 이대봉은 황공함과 두려운 마음으로 머리를 조아려 절을 올리며 한 장 표문을 황상 용탑 하에 바치옵나이다. 신의 부자가 간신 왕희의 모함을 입었사오나

| 뭔말?

· ⓐ '그 글'에서는 장 소저가 이 시랑의 영위 앞에서 글을 바치며 자신을 '소첩'으로 낮추어 표현함.

· ⓑ '그 소'에서는 이대봉이 성상에게 글을 바치며 자신을 '죄신', '신'으로 낮추어 표현함.

· 따라서 ⓐ와 ⓑ 모두 글을 바치는 사람이 자신을 낮추는 표현이 사용됨.

오답 땡!

① ⓐ는 망자에게 바치는 제문이고, ⓑ는 성상에게 바치는 표문이에요.
(→ 이 시랑)

| ⟨1⟩ 장 소저가 남복을 벗고 담장 소복으로 여복을 개착하고 금로에 향을 사르며 시랑의 영위(→ 상가(喪家)에서 모시는 혼백이나 가주(假主)의 신위) 먼저 차린 후 제문을 읽으니, ⓐ그 글에 하였으되

| ⟨1⟩ 유세차 기축 삼월 정묘 삭 십오 일에 기주 장 한림의 딸 애황은 감히 이부 시랑 이 공 영위 앞에 아뢰나이다.

| ⟨3⟩ 상이 다 보신 후 정히 처결코자 하시더니, 이때 또 하나의 표문이 올라오거늘, 상이 의괴하여 열어 보시니 ⓑ그 소에 하였으되,

| ⟨3⟩ 죄신 이대봉은 황공함과 두려운 마음으로 머리를 조아려 절을 올리며 한 장 표문을 황상 용탑(→ 임금이 앉는 상탑) 하에 바치옵나이다.

| 뭔말?

· ⓐ '그 글'은 장 소저가 금로에 향을 사르며 이 시랑의 영위 앞에서 읽고 있으므로 망자인 이 시랑에게 바치는 제문(죽은 사람에 대하여 애도의 뜻을 나타낸 글)임.

· ⓑ '그 소'는 이대봉이 '황상 용탑 하에' 바치는 것이므로 성상에게 바치는 표문(마음에 품은 생각을 적어서 임금에게 올리는 글)임.

② ⓐ는 상대의 원통함을 위로하기 위하여, ⓑ는 상대에게 사건 경과를 알려 특별한 조치를 요청하기 위하여 작성되었어요.
(왕희가 자신과 아버지를 모함하고, 물에 던져 죽이려고 한 일) (→ 이대봉 부자가 물에 빠져 죽었다고 생각했기 때문임.)

| ⟨1⟩ 양가 시운이 불리하여 대인은 간신의 모해를 입어 외딴섬에 유배 가시고 ~ 사신의 말을 들으니 대인 부자가 형적이 없다 하니, 반드시 수중고혼(→ 물에 빠져 죽은 사람의 외로운 넋. 이대봉 부자가 물에 빠져 죽었다고 여김.)이 되신지라. 어찌 참통치 않으리잇고. 이에 한 잔 술을 바치옵나니 삼가 바라건대 존령은 흠향하옵소서.

| ⟨3⟩ 신의 부자가 간신 왕희의 모함을 입었사오나, 폐하의 성덕을 입사와 이 한 목숨에 너그러움을 베풀어 해도에 내치신 덕택으로 유배지로 가옵더니, 도중을 향하와 배를 타고 대해 중에 행하옵더니, 뜻밖에 뱃사람들이 달려들어 아비를 결박하여 물에 던지거늘, 신의 아비 죽는 양을 보고 또한 뒤를 따라 수중에 빠지오매 거의 죽게 되었삽더니, 마침 서해 용왕의 구함을 입어 살아나 ~ 왕희는 국가의 난신적자요 신의 원수라. 뱃사람이 재물 없이 적소로 가는 죄수를 무단히 살해하올 일은 만무하온즉, 이는 반드시 왕희의 사주를 받은 것으로, 의심할 바 없는지라 바라옵건대 성상은 엄형 국문하옵신 후 왕적을 내어 주시고 신의 죄를 다스리옵소서.

| 뭔말?

· ⓐ '그 글'은 장 소저가 이 시랑이 간신의 모해를 입고 수중고혼이 되었다고 여겨 이 시랑의 원통함을 '한 잔 술을 바치'면서 위로하기 위해 쓴 글임.

· ⓑ '그 소'에서 이대봉은 자신과 부친이 왕희의 모함을 입어 유배 가던 중 왕희의 사주로 부친과 자신이 물에 던져져 죽음의 위험에 처했지만, 서해 용왕의 도움으로 생존했다는 등의 사건의 경과를 알림.

· 또한 ⓑ '그 소'는 국가의 난신적자이자 자신의 원수인 왕희를 '엄형 국문하'는 조치를 취할 것을 성상에게 요청하기 위해 쓴 글임.

④ ⓐ에서 글을 바치는 사람이 오해했던 사건의 실상이 ⓑ에서 드러나고 있어요.
(→ 이대봉 부자의 생존) (→ 이대봉 부자가 물에 빠져 죽었다고 생각한 일)

| ⟨1⟩ 사신의 말을 들으니 대인 부자가 형적이 없다 하니, 반드시 수중고혼이 되신지라. 어찌 참통치 않으리잇고. 이에 한 잔 술을 바치옵나니 삼가 바라건대 존령은 흠향하옵소서.

| ⟨3⟩ 뜻밖에 뱃사람들이 달려들어 아비를 결박하여 물에 던지거늘, 신의 아비 죽는 양을 보고 또한 뒤를 따라 수중에 빠지오매 거의 죽게 되었삽더니, 마침 서해 용왕의 구함을 입어 살아나 서역 천축국 백운암에 가 팔 년을 의탁하였나이다. ~ 성상의 하해지덕으로 무인절도에 다다라 바람이 그치오며, 그 섬에 올라가 죽었던 아비를 만났사오니

| 뭔말?

· ⓐ '그 글'에서 장 소저가 대인 부자, 즉 이대봉 부자가 물에 빠져 죽었다고 생각했음이 드러남.

· ⓑ '그 소'에서 이대봉은 아버지와 함께 물에 빠져 죽을 위기에 처했지만 서해

용왕의 도움으로 목숨을 구하고, 흉노를 물리치고서 돌아오는 길에 생사를 모르던 아버지를 만났음을 밝힘.

· 따라서 ⓐ에서 장 소저는 대봉 부자가 죽었다고 생각하였으나, ⓑ를 통해 대봉 부자가 죽은 것이 아님이 밝혀짐. 즉, ⓐ에 나타난 대봉 부자의 죽음에 관한 장 소저의 생각이 ⓑ를 통해 오해였음이 드러남.

⑤ ⓐ와 ⓑ는 모두 글을 바치는 사람과 상대를 서두에서 밝히고 있어요.

| 〈1〉 기주 장 한림의 딸 애황은 감히 이부 시랑 이 공 영위 앞에 아뢰나이다.

| 〈3〉 죄신 이대봉은 황공함과 두려운 마음으로 머리를 조아려 절을 올리며 한 장 표문을 황상 용탑 하에 바치옵나이다.

| 뭔말?

· ⓐ '그 글'의 서두에서 글을 바치는 사람이 '장 한림의 딸 애황'이고, 글을 받는 상대가 '이부 시랑 이 공'임을 밝힘.

· ⓑ '그 소'의 서두에서 글을 바치는 사람이 '이대봉'이고, 글을 받는 상대가 '황상'임을 밝힘.

꿀피스 Tip!

▸ 이 문제는 ⓐ와 ⓑ의 성격을 파악하고, ⓐ와 ⓑ를 바치는 사람과 받는 상대, 작성한 목적과 기능, 바치는 사람이 자신을 지칭한 표현 등을 기준으로 둘을 비교할 수 있어야 해.

▸ 함정 선지 ④를 보자. ⓐ에서 글을 바치는 사람이 오해했던 사건의 실상이 ⓑ에서 드러난다고 하고 있어. ⓐ에서 글을 바치는 사람이 누구인지는 알고 있지? 혹시 모르니 확인하자. '기주 장 한림의 딸 애황은 감히 이부 시랑 이 공 영위 앞에 아뢰나이다.'로 볼 때 글을 바치는 사람은 장애황이야. 장애황은 사신의 말을 듣고 이 시랑이 유배를 가다가 이대봉과 함께 물에 빠져 죽었다고 알고 있어. 다 아는 내용이라고? 알면 패스!

▸ 그런데 ⓑ에서는 이대봉 부자가 왕희의 계략으로 물에 빠져 죽을 뻔했지만 서해 용왕의 도움으로 구출되었음이 나타나 있어. 그러니까 ⓐ에서 장애황은 이대봉 부자가 물에 빠져 죽은 줄 알았으나, ⓑ에서 이게 사실이 아님이 드러나는 거지. 학생들은 '글을 바치는 사람이 오해했던 사건'이 정확히 무엇인지 몰랐기 때문에 ⓑ에서 그 실상이 드러났는지를 확인하지 못했던 것 같아. 또 이대봉 부자가 살아 있었던 것에는 주목하지 않고, 물에 빠진 사실에만 주목하여 'ⓑ에서 사건의 실상이 드러난다'는 표현이 적절하지 않다고 판단했을 수도 있어.

▸ 이렇게 인물의 생각과 사건의 실상을 구분해야 할 때에는 먼저 동일한 사건이 무엇인지 찾아야 해. ⓐ와 ⓑ에서는 이대봉 부자가 왕희의 모함으로 유배를 가던 중 물에 빠져 죽을 위기에 처한 사건을 공통적으로 다루고 있어. 그 사건을 찾았다면 인물의 생각과 사건의 실상을 비교해 봐야겠지. ⓐ에서 장애황은 이대봉 부자가 죽었다고 생각했지만 ⓑ에서는 서해 용왕의 도움으로 이대봉 부자가 살았다고 했으니까, 장애황이 알고 있던 것은 오해인 것이지. 고전 소설에서는 이렇게 인물이 죽음의 위기에 처하는 시련과 이별 상황에서 인물의 생사를 잘 모르거나 죽었다고 생각할 만한 상황이 자주 나타나므로, 전체 사건의 흐름을 따라가면서 인물의 생각과 사건의 실상을 비교하도록 하자.

▸ 이제 정답인 ③을 살펴보자. ⓐ를 쓴 장애황은 망자인 이 시랑에게 자신을 '소첩'이라고 표현하고 있어. 기억 나? 고전 소설에서 부모에게 말할 때 자신을 낮추어 '소자, 소녀'라고 하거나 신분이 낮은 사람이 신분이 높은 사람에게 '소인'이라고 하는 말! 그것과 같은 거야. '소첩'이 생소할 수 있는데, '소첩'은 부인이 남편에게 자기를 낮추거나 결혼한 여자가 자신을 낮추는 말이야. 학생들은 장애황이 이 시랑에게 왜 이 표현을 사용하는지 몰랐을 거야. 장애황은 이대봉과 정혼한 사이이기 때문에 이 시랑을 시아버지로 대하고 있으므로 자신을 낮추어 '소첩'이라고 표현한 거야. ⓑ에서 이대봉은 임금에게 자신을 '죄신', '신'이라고 표현하고 있는데 고전 소설에서 많이 사용하는 '소신'과 같은 거야. 임금에게 자신을 낮추어 표현하는 거지. '죄신'은 죄를 지은 신하라는 뜻으로, 이 시랑이 유배를 갔으므로 이 표현을 사용한 거고.

▸ 이런 표현을 정확히 몰랐다고 해도 ⓐ가 죽은 사람의 제사에 쓰이는 제문이고, ⓑ가 임금에게 올리는 표문이라는 점을 알았으면 자신을 낮추는 표현을 사용했을 것이라고 짐작할 수 있어. 제사를 지낼 때나 임금에게 글을 올릴 때 자신을 낮추는 겸손한 표현을 사용하는 것은 당연하니까. 시험에는 우리가 알고 있는 표현만 나오지는 않아. 잘 모르는 표현이 나왔을 때는 당황하지 말고 누구에게 하는 말인지, 누구에게 쓰는 글인지, 또 글의 종류와 성격을 먼저 파악하고 그 주변에 제시된 표현들도 함께 살펴보자. ⓐ는 '아뢰나이다', ⓑ는 '바치옵나이다'와 같은 표현으로 보아 상대를 높이면서 자신을 낮추는 표현을 사용했음을 짐작할 수 있어. 힌트를 찾아내는 자만이 정답을 맞힐 수 있다는 거 잊지 마!

04 외적 준거에 따른 작품 감상 　답 ④

선지별 선택 비율	①	②	③	④	⑤
화작	13%	11%	14%	51%	9%
언매	9%	7%	9%	64%	7%

〈보기〉를 참고하여 윗글을 감상한 내용으로 적절하지 않은 것은? [3점]

보기

「이대봉전」에서 주인공은 공적 가치와 사적 목표를 실현하기 위해 노력한다. 공적 가치는 국가 차원의 사건에 참여하는 당위로 제시되고, 사적 목표는 가문의 일원으로서 그 사건 해결에 가담하는 동력이 된다. 현실계나 비현실계의 존재들 또한 주인공의 이러한 문제 해결 과정에 조력한다. 공적 활약을 통해 공적 가치의 권위를 인정하는 이면에 사적 목표의 추구를 배치하는 이러한 구도는 영웅소설이 지향하는 '충'이라는 이념을 훼손하지 않으면서도 사적 목표의 추구를 정당화한다.

정답 띵!동!

④ 표류하던 이대봉이 천우신조로 무인절도에서 이 시랑과 재회한 데에서, 비현실계의 존재가 이대봉의 ~~공적 활약~~에 조력한 것을 확인할 수 있군.

↳ 천우신조 　↳ 사적 목표 실현

| 〈보기〉 공적 가치는 국가 차원의 사건에 참여하는 당위로 제시되고, 사적 목표는 가문의 일원으로서 그 사건 해결에 가담하는 동력이 된다. 현실계나 비현실계의 존재들 또한 주인공의 이러한 문제 해결 과정에 조력한다.

| 〈3〉 돌아오는 길에 해중에서 풍랑을 만나 나를 밤낮을 정처 없이 가다가 천우신조(→ 하늘이 돕고 신령이 도움. 또는 그런 일)하옵고, 성상의 하해지덕으로 무인절도에 다다라 바람이 그치오며, 그 섬에 올라가 죽었던 아비를 만났사오니

| 뭔말?

· 풍랑을 만나 표류하던 이대봉이 천우신조로 부친인 이 시랑을 무인절도에서 재회하는데, '천우신조'는 비현실계 존재의 조력에 해당함.

· 〈보기〉를 참고할 때, 이 사건은 가문과 관련된 문제가 해결되는 사건에 해당하므로 사적 목표의 실현과 관련되며, 국가 차원의 사건에 참여하는 공적 활약과는 무관함.

오답 땡!

① 장애황이 혼약을 이루기 위해 대공을 세웠다고 한 데에서, 혼약이 국가 차원의 사건에 참여하는 동력이 되었음을 알 수 있군.

| 〈보기〉 공적 가치는 국가 차원의 사건에 참여하는 당위로 제시되고, 사적 목표는 가문의 일원으로서 그 사건 해결에 가담하는 동력이 된다.

| 〈1〉 남자로 행세하여 용문에 올라 남적을 멸하고 대공을 이룸은, 적자 왕희를 없이하여 원통함을 풀고 대인과 공자를 찾아 혼약을 이루기 위함이었는데

| 뭔말?

· 장애황이 혼약을 이루려는 것 → 사적 목표(가문 차원)를 실현하려는 것 → 장애황이 전쟁에 참여하여 대공을 세운 것 → 공적 가치(국가 차원)의 실현

· 장애황은 대인(이 시랑)과 공자(이대봉)를 찾아 혼약을 이루기 위해 남적을 멸하는 대공을 이루었다고 하였으므로, 혼약이 국가 차원의 사건에 참여하는 동력이 되었다고 할 수 있음.

② 장애황이 난신 왕희를 국법으로 다스린 후 자신에게 내어 달라고 한 데에서, 공적 권위를 존중하되 사적 목표도 실현하고자 하는 마음을 알 수 있군.

| 〈보기〉 공적 활약을 통해 공적 가치의 권위를 인정하는 이면에 사적 목표의 추구를 배치하는 이러한 구도는 영웅소설이 지향하는 '충'이라는 이념을 훼손하지 않으면서도 사적 목표의 추구를 정당화한다.

| 〈2〉 그러나 왕희 부자는 국가를 혼란스럽게 한 간신이옵고 신첩의 원수(→ 정혼한 이대봉과 그의 부친을 모함하여 유배 가게 하고 물에 빠뜨려 죽음의 위기에 처하게 했으므로)라. 바라건대 폐하는 왕희 부자를 엄형 국문하사 국법을 밝히시고(→ 공적 권위의 존중), 그 부자를 신첩에게 내어 주시면 남선우 베던 칼로 난신을 죽여(→ 사적 목표의 실현) 이익의 부자에게 제하여 영혼을 위로하리이다.

| 뭔말?

· 난신 왕희를 국법으로 다스리는 것은 국가를 혼란스럽게 한 것에 대한 국가 차원에서의 처벌 → 공적 권위를 존중

· 장애황이 왕희를 자신에게 내어 달라고 한 것은 자신의 원수를 갚고 이 시랑 부자의 원통함을 풀어 주기 위함임. → 사적 목표의 실현

· 따라서 장애황이 난신 왕희를 국법으로 다스린 후 자신에게 내어 달라고 한 것에는 공적 권위를 존중하되 사적 목표도 실현하고자 하는 마음이 담겨 있음.

③ 흉노의 침입으로 성상이 피신했다는 소식에 분노하여 이대봉이 출전한 데에서, 국가 차원의 문제 해결에 참여하는 당위성을 확인할 수 있군.
└ 마땅히 그렇게 하거나 되어야 할 성질

| 〈보기〉 공적 가치는 국가 차원의 사건에 참여하는 당위로 제시되고,

| 〈3〉 반적 흉노가 천자의 자리를 범하여 황성을 함몰하고 어가(→ 임금이 타던 수레)가 금릉으로 행하셨다(→ 임금이 피신함.) 함을 듣고, 분심(→ 억울하고 원통한 마음)을 이기지 못하와 전죄를 무릅쓰고 천 리를 달려와 금릉(→ 임금이 피신한 곳)에 이르러 자칭 충의장군이라 하옵고 필마단창으로 적군을 파하고 적장 묵특남과 동돌수를 베어 성상의 급하심을 구하옵고, 흉노가 도망하는 것을 따라 서릉도에 들어가 흉노를 베었나이다.

| 뭔말?

· 이대봉이 흉노가 황성을 함몰하고 어가가 금릉으로 행하셨다는 소식을 듣고 천자와 나라를 구하기 위해 출전한 것 → 신하로서 마땅히 해야 할 일 → 당위적인 일

· 이대봉이 적으로부터 천자와 나라를 구하기 위해 출전한 것에서 국가 차원의 문제 해결에 참여하는 당위성을 확인할 수 있음.

⑤ 이대봉이 흉노 제압을 공으로 드러낸 후 성상에게 왕희의 처벌을 요구한 데에서, 충의 이념을 훼손하지 않으면서도 사적 목표의 정당성을 확보하려는 인물의 의중을 확인할 수 있군.

| 〈보기〉 공적 활약을 통해 공적 가치의 권위를 인정하는 이면에 사적 목표의 추구를 배치하는 이러한 구도는 영웅소설이 지향하는 '충'이라는 이념을 훼손하지 않으면서도 사적 목표의 추구를 정당화한다.

| 〈3〉 반적 흉노가 천자의 자리를 범하여 황성을 함몰하고 어가가 금릉으로 행하셨다 함을 듣고, 분심을 이기지 못하와 전죄를 무릅쓰고 천 리를 달려와 금릉에 이르러 자칭 충의장군이라 하옵고 필마단창으로 적군을 파하고 적장 묵특남과 동돌수를 베어 성상의 급하심을 구하옵고, 흉노가 도망하는 것을 따라 서릉도에 들어가 흉노를 베었나이다.(→ 국가 차원의 사건을 해결함. = 공적 활약)

| 〈3〉 왕희는 국가의 난신적자(→ 나라를 어지럽히는 불충한 무리)요 신의 원수라. 뱃사람이 재물 없이 적소로 가는 죄수를 무단히 살해하올 일은 만무하온즉, 이는 반드시 왕희의 사주를 받은 것으로, 의심할 바 없는지라 바라옵건대 성상은 엄형 국문하옵신 후 왕적(= 왕희)을 내어 주시고 신의 죄를 다스리옵소서.

| 뭔말?

· 이대봉은 표문에서 흉노를 제압한 자신의 공을 드러낸 후 그동안 자신이 겪은 시련이 왕희의 음모 때문임을 밝히며, 성상에게 국가의 난신적자이자 자신의 원수인 왕희를 엄형 국문해 달라고 요청함.

· 이대봉이 흉노를 제압하는 공을 세움. → 나라와 임금을 위한 것이므로 공적 가치인 충의 이념을 실현한 것임.

· 왕희가 처벌받는 것 → 자신과 아버지 이 시랑이 왕희에게 죽임을 당할 뻔했던 일에 대한 응징이므로 사적 목표를 실현하는 것임.

· 따라서 이대봉이 흉노를 제압한 공을 드러내면서 성상에게 왕희의 처벌을 요구한 것에는, 충의 이념을 훼손하지 않으면서 사적 목표인 자신의 원수를 갚으려는 일에 정당성을 확보하려는 의도가 담겨 있음.

매웠지?

꿀피스 Tip!

▸ 이 문제는 선지에 제시된 각 사건이 〈보기〉에서 언급된 가치, 공적 활약, 사적 목표와 어떻게 연관되는지 파악하는 것이 중요해. '공적 가치'와 '공적 활약'은 국가 차원의 사건과 관련되며, '사적 목표'는 가문과 관련돼. 따라서 각 사건이 국가 차원의 것인지, 가문 차원의 것인지부터 판단해야겠지.

▸ 오답 선지 ①을 먼저 보자. 혼약은 개인적인 일이므로 사적 목표와 관련되고, 장애황이 남적을 물리치는 공을 세운 것은 국가와 관련된 일이므로 국가 차원의 사건에 참여한 것까지는 알 거야. 그런데 '혼약이 국가 차원의 사건에 참여하는 동력이 되었'다는 말은 무슨 소리냐고? 학생들은 〈보기〉의 두 개념이 상반된다는 점에 주목해서 작품의 내용을 이 두

개념으로만 이분화했기 때문에 잘못된 판단을 한 것 같아. 즉, 혼약은 사적 목표와 관련될 뿐 국가 차원의 사건과는 관련이 없다고 섣불리 단정 짓고, '혼약이 국가 차원의 사건에 참여하는 동력이 되었'다는 내용이 적절하지 않다고 생각한 거지.

▸ 분명 '공적 가치'와 '사적 목표'는 상반된 개념이지만 서로 관련성이 있어. 〈보기〉에서도 이 작품이 '공적 활약을 통해 공적 가치의 권위를 인정하는 이면에 사적 목표의 추구를 배치하는' 구도라고 했어. 이렇게 〈보기〉에 대비되는 개념이 제시될 때에는 두 개념의 차이점뿐만 아니라 그 기준점이나 관련성도 파악해야 해. 그러니까 이 작품에서는 공적 활약이 사적 목표를 실현하는 데 도움이 되었는지, 또 사적 목표를 위해 공적 활약을 했는지 등을 판단할 수 있어야 해. 지문에서 장애황은 출전하여 적을 물리치는 공을 세운 것이 대인과 공자를 찾아 혼약을 이루기 위해 한 일이라고 했으므로, 전쟁에 출전한 까닭은 혼약 때문임을 알 수 있어. 혼약이 국가 차원의 사건에 참여하는 근원이나 원인, 즉 동력이 된 거지.

▸ 오답 선지 ③은 성상이 피신했다는 내용을 찾지 못했거나, 이대봉의 출전에서 국가 차원의 문제 해결에 참여하는 당위성을 확인하지 못해서 선택했을 거야. '반적 흉노가 천자의 자리를 범하여 황성을 함몰하고 어가가 금릉으로 행하셨다'는 것은 흉노가 침입해 성상이 금릉으로 피신했음을 의미해. 임금이 피신했다고 직접적으로 표현하지 않고 임금을 상징하는 '어가'로 표현했으니 어휘의 뜻을 파악하는 게 관건이야. **어휘의 뜻을 모르더라도 앞뒤 문맥으로 파악하면 돼.** (포기하지 말고 문맥만 끝까지 파악하려고 하면 해결할 수 있어!) 그리고 이대봉이 이 소식을 듣고 전장에 나간 것은 위기에 처한 국가의 문제를 해결하기 위함인데, 국가와 성상을 구하는 일은 신하로서 마땅히 해야 할 당위적인 일이지. '당위성'의 뜻은 다들 알고 있겠지? (돌다리도 두드려 보라고 했으니 확인하고 가는 게 좋겠다!) '당위성'은 '마땅히 그렇게 하거나 되어야 할 성질'이라는 뜻이야. 그러니 이대봉이 국가와 성상을 위해 출전한 것에서 국가 차원의 문제 해결에 참여하는 당위성은 충분히 이끌어 낼 수 있는 내용이지.

▸ 이제 정답 선지 ④를 보자. ④는 위에서 살펴본 〈보기〉의 두 개념 외에 **조력자의 존재 여부를 판단해야 해.** 이대봉은 풍랑을 만나 표류하다가 천우신조로 무인절도에 가서, 죽었다고 여겼던 아버지 이 시랑과 재회하게 돼. 이때 '천우신조'는 하늘이 돕고 신령이 도왔다는 뜻이야. 그러니 이대봉이 표류하다가 아버지와 재회하는 일에는 비현실계 존재의 조력이 개입되었다고 볼 수 있지. 근데 이대봉과 이 시랑의 재회는 가문 차원의 사건이 해결되는 것이므로 사적 목표가 실현된 거고, 국가 차원의 사건에 참여하는 공적 활약과는 관련이 없어. 따라서 비현실계의 존재가 이대봉의 공적 활약에 조력한 것이 아니라 사적 목표의 실현에 조력한 것이지. **헷갈릴 수 있으니까 선지에 제시된 내용 중 확인해야 할 요소를 '비현실계의 존재가 조력했는지', '이대봉이 공적 활약을 했는지'와 같이 몇 가지로 나눠 하나하나 판단하도록 해. 이때 어휘의 뜻을 모르면 함정에 빠지기 쉬우므로 평소에 어휘 학습을 충분히 해 두는 것 잊지 마!**

고전 소설 04

2024학년도 수능

01 ② 02 ① 03 ③ 04 ⑤

작자 미상, 「김원전」

EBS 연결 고리
2024학년도 수능완성 국어 145쪽

해제 이 작품은 작자 미상의 전기 소설(傳奇小說)로, 주인공 김원이 천상계에서 죄를 짓고 인간계에 태어나는 '적강담', 둥근 수박과 같은 형상으로 태어난 김원이 열 살이 되어 허물을 벗고 귀공자가 되는 '변신담', 세 공주를 납치한 지하국의 괴물인 아귀를 퇴치하는 '지하국 대적 퇴치담', 부하인 강문추의 배신으로 김원이 인간계로 돌아오지 못하게 되는 '배신담', 용왕의 아들을 구해 주고 용녀와 결혼하는 '보은담', 신이한 연적과 관련한 '신물담', 살해된 김원이 다시 살아나는 '재생담' 등 비현실적이고 환상적인 다양한 설화들이 결합되어 서사가 전개된다. 그 가운데 작품의 근간이 되는 설화는 '지하국 대적 퇴치담'으로 괴물을 퇴치하고 세 공주를 구해 내는 김원의 영웅적 일대기를 그려 내고 있다.

주제 아귀를 퇴치하고 공주를 구하는 김원의 영웅적 활약상

전체 줄거리

천상에서 남두성이란 별이 옥황상제에게 죄를 지어 그 벌로 지상으로 쫓겨난다. 인간 세상에서 남두성은 김규의 아들로 태어나는데, 그 생김새가 수박과 같은 모습이어서 이름을 원이라고 짓는다. 둥근 모양으로 태어나 10년 만에 허물을 벗고 미남자로 변신한 김원은 아귀에게 납치된 세 공주를 구하기 위해 지하로 내려간다. 지하 동굴로 내려간 김원은 세 공주를 구해 지상으로 올려보낸 뒤 굴 밖으로 나가려 하는데, 부원수가 김원의 공을 시기하여 굴을 막아 버린다. 김원은 탈출하기 위해 굴속을 헤매다가 괴물에게 잡힌 용왕의 아들을 구해 주고, 이 일로 용왕의 딸과 결혼한다. 용왕의 딸과 고국으로 오던 김원은 주점 주인에 의해 살해되지만 선녀의 도움으로 다시 살아난다. 이후 천자는 김원을 배신한 부하를 죽이고 김원을 부마로 삼는다. 김원은 두 부인과 함께 행복한 삶을 누리다가 신선이 되어 승천한다.

1 황상과 만조백관이 어찌할 줄 모르더니 좌장군 서경태가 급히 입직군을 동원하여 칼을 들고 내달아 크게 꾸짖길,

[04-①] 아귀에 대한 서경태의 대응 방식

"이 몹쓸 흉악한 놈아, 어찌 이런 변을 짓느냐?"

하고 칼을 들어 치니 아귀가 몸을 기울여 피하고 입을 벌려 숨을 들이쉬니 서경태가 날리어 아귀 입으로 들어갔다. 상이 보시다가 크게 놀라,

[04-①] 아귀가 압도적 무력을 지닌 존재임을 보여 줌.

"짐이 여러 번 전장을 지내었으되 이런 일은 보도 듣도 못하였으니 제신 중에 뉘 이 짐승을 잡아 짐의 한을 씻으리오." [A]

[02-①] 이전 전장과의 비교 → 아귀로 인한 갈등 상황의 심각성을 부각함.

정서장군 한세충이 나와 아뢰길,

"소장이 비록 재주 없으나 저것을 베어 황상께 바치리이다."

[04-②] 충군의 모습을 보임.

하고 황금 투구에 엄신갑을 입고 팔 척 장창을 들고 청룡마를 내달아 외쳐 말하길,

"흉적은 목을 늘여 내 칼을 받으라."

아귀가 크게 웃고 말하길,

"아까는 내 숨을 들이쉬니 모기 같은 것도 삼켰으니 지금은 숨을 내쉴 것이니 네 눈을 부릅뜨고 자세히 보라."

하고 입을 벌려 숨을 내부니 황상과 만조백관이 오 리나 밀려갔다.
[04-①] 아귀가 압도적 무력을 지닌 존재임을 보여 줌.
아귀가 궁중이 텅 빈 것을 보고 세 공주를 등에 업고 돌아갔다.

이때 황상이 제신과 함께 정신을 겨우 차려 환궁하시니 세 공주가 다 없었다. 상께 이 연고를 아뢰니 상이 크게 놀라 하교하시되,

"이런 해괴한 변이 천고에 없으니 경들의 소견이 어떠하뇨?"
[02-①, ②] 신하들의 소견을 통해 아귀로 인한 사건의 대처 방안을 찾고자 함.
하고 용루를 흘리시니 조정에 모인 여러 신하가 감히 우러러 보지 못하였다.
[01-⑤] 세 공주가 납치된 일로 인한 슬픔 → 비극성 심화

이우영이 아뢰길,

"전 좌승상 김규가 지모 넉넉하오니 불러 문의하심이 마땅할까 하나이다."
[02-②] 아귀의 세 공주 납치 사건을 해결해 줄 인물로 김규를 추천함.

상이 깨달아 조서를 내려 김규를 부르셨다.

2 이때 승상이 원을 데리고 평안히 지내더니 천만의외에 사관이 조서를 가지고 왔거늘 받자와 본즉,
[02-③] 아귀로 인한 변고의 여파가 승상에게는 미치지 않았음을 보여 줌.
[02-③] 국변으로 인한 위기 상황을 황상에게 알리는 매개체

"전임 좌승상에게 부치나니 그사이 **고향**에서 무사한가. ⓐ 짐은 불행하여 공주를 잃고 종적을 모르니 통한함을 어찌 측량하리오. 경에게 옛 벼슬을 다시 내리나니 바삐 올라와 고명한 소견으로 짐의 아득함을 깨닫게 하라."
[02-③] 승상이 평안히 지내고 있는 공간
[03-①, ③] 공주를 잃은 일로 인한 통한의 감정을 그대로 드러냄.

하였다. 승상이 사관을 후대하고 ㉠ 국변을 물으니 아귀 작란하던 일과 세 공주 잃은 말을 대강 고하니 승상이 못내 슬퍼하며 상경하여 사은숙배하니, 상이 보시고,
[02-①, ②, ③, ④, ⑤] '국변'의 내용
[04-②] 황상의 불행에 슬퍼함. → 충군

"경이 고향에 돌아감은 짐이 불명한 탓이로다. 국운이 불행하여 세 공주를 일시에 잃었으니 짐의 이 원을 어찌하리오? 경의 소견으로 이 일을 도모하면 평생의 한을 풀리로다."
[04-④] 국운의 불행으로 잃은 대상 = 공주 = 피해자
[02-①] 김규의 도움을 받아 아귀의 세 공주 납치 사건을 해결하고자 함.

승상이 엎드려 아뢰길,

"소신이 자식이 있삽는데 창법 검술이 일세에 무쌍하와 매일 종적 없이 다니옵기 연고를 물으니 **철마산**에 가 무예를 익히다가 일일은 그 산에서 아귀라 하는 짐승을 만나 겨루고 그 뒤를 좇아 바위 구멍으로 들어감을 보았노라 하옵기 과연 허언이 아닌가 싶사오니 ⓑ 자식을 불러 들으심이 마땅하올까 하나이다."
[04-⑤] 김원의 뛰어난 능력
[02-④] 김원이 철마산에서 아귀와 만난 일 → 김원이 사건 해결의 적임자임을 드러냄.
[02-④] [03-①, ②, ④] 원이 아귀 소굴을 앎. → 문제 해결의 단서를 제공할 인물로 '자식(김원)' 천거

3 **[중략 부분의 줄거리]** 원은 황상을 뵙고 원수가 되어 철마산 아귀의 소굴로 들어간다.

4 원수가 백계를 생각하다가 갑자기 깨달아 공주께 아뢰기를,
[04-①] 아귀에 대한 원수의 대응 방식 → 계교 마련

"독한 술을 많이 빚어 좋은 안주를 장만하여야 계교를 베풀리이다."
[04-①] 원수의 계교: 아귀가 술에 취해 잠들게 하려 함.

하고, 약속을 정해 여러 여자를 청하여 여차여차하게 계교를 갖추고 기다리라고 하였다.

5 이때 아귀가 원의 칼에 상한 머리 거의 나으니 모든 시녀를 불러 말하기를,
[04-③] 이전에 아귀가 원과의 대결이 패배했음을 짐작할 수 있음. → 원과 아귀의 필연적 대결 관계를 보여 줌.

ⓒ "내 병이 조금 나았으니 사오일 후 세상에 나가 남두성을 잡아 죽여 이 원한을 풀리라. 너희는 나를 위하여 마음을 위로하라."
[03-⑤] [04-③] 남두성 = 김원. 아귀의 목표, 원과 아귀의 필연적 대결 관계가 나타남.
[03-②, ⑤] 강압적 명령을 통해 상대의 복종을 이끌어 냄.

여자들이 이 말을 듣고 크게 기뻐하여 각각 술과 성찬을 권하기를,

"대왕의 상처가 나으시면 첩 등의 복인가 하나이다. ⓓ 수이 차도를 얻사오면 남두성 잡기야 어찌 근심하리오? 주찬을 대령하였사오니 다 드시어 첩 등의 우러르는 마음을 즐겁게 하소서."
[03-③, ④, ⑤] 아귀를 안심시켜 술에 취하게 하려는 의도가 담김.

아귀가 가져오라 하거늘, 여러 여자가 일시에 한 그릇씩 드리니 아홉 입으로 권하는 대로 먹으니 그 수를 알 수 없었다. 술이 취하매 여러 여자가 거짓으로 위로하여,
[03-③] 김원의 계교를 실행으로 옮기며 사건 해결을 도움.

"장군은 잠깐 잠을 청하여 아픔을 잊으소서."

아귀가 듣고 잠을 자려 하거늘, 막내 공주가 곁에 앉아 말하길,

"보검을 놓고 주무소서. 취중에 보검을 한번 휘둘러 치면 잔명이 죄 없이 상할까 하나이다."

아귀가 말하기를,

"장수가 잠이 드나 칼을 어찌 손에서 놓으리오마는 혹 실수함이 있을까 하노니 머리맡에 세워 두라."

6 하고 주거늘, 공주가 받아 놓고 잠들기를 기다렸다. 아귀가 깊이 잠들었거늘, 비수를 가지고 **협실**로 나와 원수에게 잠들었음을 이르고 함께 후원에 이르러 큰 기둥을 가리키며,
[02-⑤] [04-④] 공주는 김원이 사건을 해결하는 데 조력자 역할을 함.

"원수의 칼로 저 기둥을 쳐 보소서."
[04-⑤] 공주의 제안: 원수의 칼과 아귀의 비수를 비교해 보는 계기가 됨.

원수가 칼을 들어 기둥을 치니 반쯤 부러졌다. 공주가 크게 놀라 말하기를,

"만일 그 칼을 썼더라면 성사도 못하고 도리어 큰 화가 미칠 뻔하였습니다."
[04-⑤] 아귀를 물리는 데는 원수의 칼이 아닌 아귀의 비수가 필요함을 보여 줌.

아귀가 쓰던 비수로 기둥을 치니 썩은 풀이 베어지는 듯하였다.
[04-⑤] 아귀의 비수가 지닌 위력을 보여 줌.

01 서술상 특징 파악 답 ②

선지별 선택 비율	①	②	③	④	⑤
화작	3%	86%	3%	2%	4%
언매	2%	92%	1%	1%	2%

[A]의 서술상 특징에 대한 설명으로 가장 적절한 것은?

정답 띵! 동!

② 대화를 통해 인물 간의 위계나 관계를 보여 주고 있다.
→ 황상과 신하들 간의 대화: 군신 간의 위계 / 한세충과 아귀의 대화: 적대 관계

| [A] 상이 보시다가 크게 놀라, "짐이 여러 번 전장을 지내었으되 이런 일은 보도 듣도 못하였으니 제신 중에 뉘 이 짐승을 잡아 짐의 한을 씻으리오." 정서장군 한세충이 나와 아뢰길, "소장이 비록 재주 없으나 저것을 베어 황상께 바치리이

다." ~ "이런 해괴한 변이 천고에 없으니 경들의 소견이 어떠하뇨?"
→ 인물 간의 위계(상하 관계)를 보여 줌.

| [A] "흉적은 목을 늘여 내 칼을 받으라." 아귀가 크게 웃고 말하길, "아까는 내 숨을 들이쉬니 모기 같은 것도 삼켰으니 지금은 숨을 내쉴 것이니 네 눈을 부릅뜨고 자세히 보라." → 인물 간의 적대 관계를 보여 줌.

| 원말?

· 황상과 신하들의 대화: 황상이 자신을 '짐'이라고 지칭하고 신하들을 '제신', '경들'로 부르면서 '씻으리오', '어떠하뇨'와 같이 말하고 있음. 한세충은 자신을 '소장'으로 지칭하며, 황상에게 '황상께 바치리이다'라며 높임 표현을 사용함. → 군신 간의 위계를 보여 줌.

· 한세충과 아귀의 대화: 인물 간의 갈등을 형성하는 적대 관계가 드러남.

오답 땡!

① ~~서술자가 개입~~하여 ~~인물에 대한 평가~~를 제시하고 있다.
└→ 나타나지 않음. └→ 인물의 행동과 심리 서술

| 원말?

· [A]에는 서술자가 작중에 개입하여 사건이나 인물에 대한 평가를 직접적으로 드러내는 서술자의 개입이 나타나지 않음.

③ ~~현재와 과거를 교차하여 장면의 전환~~을 보여 주고 있다.
└→ 시간 순서에 따른 서술이 나타남.

| [A] 좌장군 서경태가 급히 입직군을 동원하여 칼을 들고 내달아 크게 꾸짖길, ~ 아귀가 몸을 기울여 피하고 입을 벌려 숨을 들이쉬니 서경태가 날리어 아귀 입으로 들어갔다.

| [A] "아까는 내 숨을 들이쉬니 모기 같은 것도 삼켰으니 지금은 숨을 내쉴 것이니 네 눈을 부릅뜨고 자세히 보라." 하고 입을 벌려 숨을 내부니 황상과 만조백관이 오 리나 밀려갔다. 아귀가 궁중이 텅 빈 것을 보고 세 공주를 등에 업고 돌아갔다. 이때 황상이 제신과 함께 정신을 겨우 차려 환궁하시니 세 공주가 다 없었다.

| 원말?

· 시간 순서에 따른 사건 전개: 서경태가 아귀 입으로 빨려 들어감. → 이에 한세충이 나서서 아귀와 맞섬. → 아귀가 숨을 불자 황상과 신하들이 오 리를 밀려나감. → 아귀가 세 공주를 업고 돌아감. → 황상과 신하들이 돌아오나 세 공주는 없음.

④ 인물의 회상을 통해 인물 간 갈등의 원인을 암시하고 있다.

| [A] 상이 보시다가 크게 놀라, "짐이 여러 번 전장을 지내었으되 이런 일은 보도 듣도 못하였으니 제신 중에 뉘 이 짐승을 잡아 짐의 한을 씻으리오."

| 원말?

· '황상의 말'을 인물의 회상으로 볼 여지는 있으나, 아귀와의 갈등의 원인을 암시하는 것은 아님. 황상의 말은 현재 일어나고 있는 아귀와의 갈등 상황이 지금까지 경험해 보지 못한 괴이한 일임을 강조한 것임.

⑤ 상황에 대한 인물의 반응을 ~~과장되게~~ 서술하여 사건의 비극성을 ~~완화하고~~ 있다.
└→ 과장하지 않음. └→ 심화함.

| [A] 세 공주가 다 없었다. 상께 이 연고를 아뢰니 상이 크게 놀라 하교하시되, "이런 해괴한 변이 천고에 없으니 경들의 소견이 어떠하뇨?" 하고 용루를 흘리시니

| 원말?

· 아귀가 세 공주를 납치해 간 상황에 황상이 '크게 놀라'고 눈물을 흘리는 것은 부모로서의 심정을 사실적으로 서술한 것으로, 사건의 비극성을 심화함.

02 작품의 내용 파악 답 ①

선지별 선택 비율	①	②	③	④	⑤
화작	64%	5%	10%	8%	10%
언매	78%	2%	5%	4%	7%

㉠과 관련하여 윗글을 이해한 내용으로 적절하지 않은 것은?
└→ 국변

정답 띵! 동!

① 황상은 ㉠의 심각성을 이전의 '전장'과 비교하고, ~~그때의 경험에 근거하여~~ ㉠에 대한 대처 방안을 ~~찾아낸다~~.
└→ 신하들의 소견을 물음. └→ 찾고 싶어 함.

| ⟨1⟩ 상이 보시다가 크게 놀라, "짐이 여러 번 전장을 지내었으되 이런 일은 보도 듣도 못하였으니 제신 중에 뉘 이 짐승을 잡아 짐의 한을 씻으리오."

| ⟨1⟩ "이런 해괴한 변이 천고에 없으니 경들의 소견이 어떠하뇨?"

| ⟨2⟩ 승상이 사관을 후대하고 ㉠국변을 물으니 아귀 작란하던 일과 세 공주 잃은 말을 대강 고하니 승상이 못내 슬퍼하며 상경하여 사은숙배하니, 상이 보시고, "경이 고향에 돌아감은 짐이 불명한 탓이로다. 국운이 불행하여 세 공주를 일시에 잃었으니 짐의 이 원을 어찌하리오? 경의 소견으로 이 일을 도모하면 평생의 한을 풀리로다."

| 원말?

· ㉠ '국변' = '아귀 작란하던 일과 세 공주 잃은' 일

· 황상은 여러 번 전장과의 비교를 통해 '보도 듣도' 못한 해괴한 변이라고 함. 따라서 ㉠의 심각성을 이전의 '전장'과 비교한 것은 맞음.

· 황상은 '경들(신하들)의 소견', '경(김규)의 소견'을 통해 대처 방안을 찾고자 함. 따라서 '그때의 경험에 근거하여 찾아낸다'는 이해는 적절하지 않음.

오답 땡!

② 이우영은 ㉠의 해결을 위해 '조정'에서 황상의 질문에 답하며 ㉠에 대처할 방안을 찾아 줄 지모 있는 인물을 거명한다.
└→ 김규

| ⟨1⟩ 상이 크게 놀라 하교하시되, "이런 해괴한 변이 천고에 없으니 경들의 소견이 어떠하뇨?" ~ 이우영이 아뢰길, "전 좌승상 김규가 지모 넉넉하오니 불러 문의하심이 마땅할까 하나이다."

| 원말?

· 이우영은 세 공주가 아귀에게 납치된 일을 해결해 줄 인물로 '지모 넉넉'한 김규를 거명함.

③ 황상은 ㉠의 여파가 미치지 않은 '고향'에서 편안히 지내던 승상에게 ㉠으로 인한 위기 상황을 알린다.
└→ 김규
└→ 조서를 통해 알림.

| ⟨2⟩ 상이 깨달아 조서를 내려 김규를 부르셨다. 이때 승상이 원을 데리고 평안히 지내더니 ~ "전임 좌승상에게 부치나니 그사이 고향에서 무사한가. 짐은 불행하여 공주를 잃고 종적을 모르니 통한함을 어찌 측량하리오. 경에게 옛 벼슬을 다시 내리나니 바삐 올라와 고명한 소견으로 짐의 아득함을 깨닫게 하라." 하였다. 승상이 사관을 후대하고 ㉠ 국변을 물으니 아귀 작란하던 일과 세 공주 잃은 말을 대강 고하니 승상이 못내 슬퍼하며

| 뭔말?

· 승상(김규)는 고향에서 평안히 지내고 있었음. + 사관에게 국변을 물음(승상이 국변의 발생을 모르기 때문에 물은 것임.) → 승상이 ㉠의 여파가 미치지 않은 고향에서 평안히 지내고 있었음을 알 수 있음.

· 황상이 승상(김규)에게 조서를 보내 ㉠으로 인한 위기 상황을 알림.

→ = 자식

④ **승상은 ㉠의 원흉인 아귀를 원이 '철마산'에서 본 것을 황상에게 아뢰고, ㉠을 해결할 단서를 제공할 인물을 천거한다.**

└→ 김원

| ⟨2⟩ "소신(→ 승상)이 자식(→ 김원)이 있삽는데 창법 검술이 일세에 무쌍하와 매일 종적 없이 다니옵기 연고를 물으니 철마산에 가 무예를 익히다가 일일은 그 산에서 아귀라 하는 짐승을 만나 겨루고 그 뒤를 좇아 바위 구멍으로 들어감(→ 아귀로 인한 사건을 해결할 단서)을 보았노라 하옵기 과연 허언이 아닌가 싶사오니 자식(→ 김원)을 불러 들으심이 마땅하올까 하나이다."

| 뭔말?

· 승상은 자신의 자식인 김원이 철마산에서 아귀를 본 일을 황상에게 알리며, 아귀의 세 공주 납치 사건을 해결할 단서를 제공할 인물로 김원을 천거함.

→ = 원수

⑤ **원은 ㉠의 해결 방안을 떠올리고, '협실'에서 공주를 만나 ㉠을 해결할 수 있는 기회가 왔음을 알게 된다.**

└→ 아귀가 잠들었기 때문에 ㉠의 해결 기회가 온 것임.

| ⟨4⟩ 원수가 백계를 생각하다가 갑자기 깨달아 공주께 아뢰기를, "독한 술을 많이 빚어 좋은 안주를 장만하여야 계교를 베풀리이다." 하고, 약속을 정해 여러 여자를 청하여 여차여차하게 계교를 갖추고 기다리라고 하였다. → ㉠의 해결 방안을 떠올림.

| ⟨4⟩ 아귀가 깊이 잠들었거늘, 비수를 가지고 협실로 나와 원수에게 잠들었음을 이르고 → ㉠을 해결할 기회가 옴.

| 뭔말?

· 원수(김원)은 아귀를 물리치고 세 공주를 구하기 위해 여러 가지 방안('백계')을 생각하다가 하나의 '계교'(㉠의 해결 방안)를 떠올리고, 이를 공주, 여러 여자와 공유함.

· 공주가 아귀의 칼을 가지고 협실로 나와서 아귀가 잠들었음을 김원에게 알림. 이로써 김원은 아귀를 처치할 수 있는 기회가 온 것을 알게 됨.

03 인물의 말하기 의도 파악 답 ③

선지별 선택 비율	①	②	③	④	⑤
화작	3%	3%	76%	5%	10%
언매	1%	1%	87%	2%	6%

ⓐ~ⓓ에 대한 설명으로 가장 적절한 것은?

정답 띵!동!

→ 세 공주를 잃은 통한

③ **ⓐ에서는 자신의 감정을 상대에게 드러내고, ⓓ에서는 자신들의 의도를 상대에게 숨기고 있다.**

아귀를 잠재우려는 의도 ←

| ⟨1⟩ 세 공주가 다 없었다. 상께 이 연고를 아뢰니 상이 크게 놀라 하교하시되, ~ 용루를 흘리시니

| ⟨2⟩ 이때 승상이 ~ 사관이 조서를 가지고 왔거늘 받자와 본즉, ~ ⓐ 짐은 불행하여 공주를 잃고 종적을 모르니 통한함을 어찌 측량하리오. → 세 공주를 잃은 슬픔을 드러냄.

| ⟨4⟩ 원수가 ~ "독한 술을 많이 빚어 좋은 안주를 장만하여야 계교를 베풀리이다." 하고, 약속을 정해 여러 여자를 청하여 여차여차하게 계교를 갖추고 기다리라고 하였다.

| ⟨5⟩ "대왕의 상처가 나으시면 첩 등의 복인가 하나이다. ⓓ 수이 차도를 얻사오면 남두성 잡기야 어찌 근심하리오? 주찬을 대령하였사오니 다 드시어 첩 등의 우러르는 마음을 즐겁게 하소서." 아귀가 가져오라 하거늘, 여러 여자가 일시에 한 그릇씩 드리니 아홉 입으로 권하는 대로 먹으니 그 수를 알 수 없었다. 술이 취하매 여러 여자가 거짓으로 위로하여, → 계교의 실행

| ⟨6⟩ 아귀가 깊이 잠들었거늘, 비수를 가지고 협실로 나와 원수에게 잠들었음을 이르고 → 술과 안주를 먹인 이유를 알 수 있음.

| 뭔말?

· 황상은 세 공주를 잃고 눈물을 흘리며 슬퍼하였고, ⓐ는 황상이 승상 김규에게 자신의 슬픈 마음('통한'의 감정)을 드러낸 것임.

· 여러 여자가 아귀에게 술과 안주를 먹이는 것은 원수(김원)의 계교에 따른 행동으로, 아귀를 안심시켜 잠들게 하려는 의도가 있음. 이때 ⓓ는 여러 여자가 자신들의 의도를 숨기고 상대인 아귀에게 한 말임.

오답 땡!

① **ⓐ와 ⓑ에서는 상대에 대한 신뢰를 바탕으로, ~~숨겨 온 사실을~~ 드러내고 있다.**

└→ ⓐ, ⓑ 모두 숨겨 온 사실 없음.

| ⟨2⟩ ⓐ짐은 불행하여 공주를 잃고 종적을 모르니 통한함을 어찌 측량하리오. → 통한의 감정을 드러냄.

| ⟨2⟩ "소신이 자식이 ~ 철마산에 가 무예를 익히다가 일일은 그 산에서 아귀라 하는 짐승을 만나 겨루고 그 뒤를 좇아 바위 구멍으로 들어감을 보았노라 하옵기 과연 허언이 아닌가 싶사오니 ⓑ 자식을 불러 들으심이 마땅하올까 하나이다." → 승상(김규)의 충정을 드러냄.

| 뭔말?

· ⓐ는 황상이 승상에게 자신의 슬픈 감정을 솔직하게 드러내는 것이므로, 상대에 대한 신뢰가 바탕에 깔려 있음. 그러나 공주를 잃은 사실을 밝히고 있으므로, 숨겨 온 사실을 드러낸다는 것은 적절하지 않음.

· ⓑ는 승상이 문제 해결을 위해 김원을 천거하며 황상에 대한 충정을 드러낸 것이므로, 상대에 대한 신뢰가 바탕에 깔려 있음. 그러나 철마산에서 있던 일을 사실 그대로 전하고 있으므로, 숨겨 온 사실을 드러낸다는 것은 적절하지 않음.

② **~~ⓑ와~~ ⓒ에서는 자신의 위세를 드러내어, 상대의 복종을 이끌어 내고 있다.**

└→ 황상에 대한 충정 O, 자신의 위세 X, 상대의 복종 X

| ⟨2⟩ ⓑ자식을 불러 들으심이 마땅하올까 하나이다.

| ⟨5⟩ 이때 아귀가 원의 칼에 상한 머리 거의 나으니 모든 시녀를 불러 말하기를, ⓒ"내 병이 조금 나았으니 사오일 후 세상에 나가 남두성을 잡아 죽여 이 원한을 풀리라. 너희는 나를 위하여 마음을 위로하라."

| 뭔말?

· ⓑ는 신하인 승상이 문제를 해결하기 위해 황상에게 권하는 말임. 자신의 위세를 드러내거나 상대의 복종을 이끌어 낸다는 것은 적절하지 않음.

· ⓒ는 아귀가 자신의 위력을 내세워 시녀들의 복종을 요구하는 말임.

④ **ⓑ에서는 당위를 내세워 상대의 행위를 요구하고, ⓓ에서는 ~~상대의 안위를 우려하여 자제를 요청~~하고 있다.**

└→ 아귀를 안심시켜 술에 취하게 하려는 의도가 담김.

| ⟨2⟩ "소신이 자식이 ~ 철마산에 가 무예를 익히다가 일일은 그 산에서 아귀라 하는 짐승을 만나 겨루고 그 뒤를 좇아 바위 구멍으로 들어감을 보았노라 하옵기 과연 허언이 아닌가 싶사오니 ⓑ 자식을 불러 들으심이 마땅하올까 하나이

다." → 철마산에서의 일을 근거로 황상의 행위를 요구함.

| 〈5〉 "대왕의 상처가 나으시면 첩 등의 복인가 하나이다. ⓓ 수이 차도를 얻사오면 남두성 잡기야 어찌 근심하리오? 주찬을 대령하였사오니 다 드시어 첩 등의 우러르는 마음을 즐겁게 하소서." → 원수(김원)의 계교에 따라 아귀를 안심시켜 술 취하게 하려고 한 말임.

| 뭔말?

· ⓑ에서 승상은 김원이 아귀와 싸운 일을 들어 김원을 불러 들음이 '마땅하올까' 한다고 함. 이것은 당위를 내세워 상대의 행위를 요구한 것으로 볼 여지가 있음.

· ⓓ는 여자들이 아귀의 안위를 우려한 것이 아니라 아귀를 안심시켜 술에 취해 잠들게 할 의도로 한 말임.

남두성을 잡아 죽여 원한을 풂. / 마음을 위로하라는 강압적 명령

⑤ ⓒ에서는 상대에게 자신의 목표를 위해 행동할 것을 촉구하고, ⓓ에서는 ~~상대의 목표를 위해 행동할 것을 약속하고~~ 있다.

↳ 찾아볼 수 없는 내용

| 〈5〉 ⓒ "내 병이 조금 나았으니 사오일 후 세상에 나가 남두성을 잡아 죽여 이 원한을 풀리라. 너희는 나를 위하여 마음을 위로하라."

| 〈5〉 "대왕의 상처가 나으시면 첩 등의 복인가 하나이다. ⓓ 수이 차도를 얻사오면 남두성 잡기야 어찌 근심하리오? 주찬을 대령하였사오니 다 드시어 첩 등의 우러르는 마음을 즐겁게 하소서." → 아귀의 명령에 따른 위로, 아귀를 속여 안심시키기 위해 한 말로 볼 수 있음.

| 뭔말?

· ⓒ에서 아귀는 남두성을 잡아 죽여 원한을 풀려 한다는 자신의 목표를 위해 시녀들에게 마음을 위로하라며 강압적인 명령을 함. 이는 아귀가 상대에게 자신의 목표를 위해 행동할 것을 촉구한 것으로 볼 여지가 있음.

· ⓓ에서 여자들은 아귀의 명령에 따라 주찬을 준비하고 위로하는 척 말을 하고 있을 뿐임. 여자들은 아귀를 속이고 있으므로, 아귀의 목표를 위해 행동할 것을 약속하는 것이 아님.

04 외적 준거에 따른 작품 감상 답 ⑤

선지별 선택 비율	①	②	③	④	⑤
화작	5%	6%	6%	9%	72%
언매	2%	3%	3%	4%	86%

〈보기〉를 참고하여 윗글을 감상한 내용으로 적절하지 않은 것은? [3점]

보기

「김원전」은 당대의 보편적 가치인 충군을 주제로, 초월적 능력을 지닌 주인공과 기이한 존재인 적대자의 필연적 대결 관계를 보여 준다. 특히 적대자의 압도적 무력에 맞서는 과정에서 인물에 따라, 혹은 인물이 처한 상황에 따라 다른 대응 방식을 보여 줌으로써 독자의 흥미를 자극한다.

정답 띵! 동!

⑤ 일세에 무쌍한 무예를 갖춘 원수가 아귀의 비수로 기둥을 베어 보는 데서, 주인공이 적대자를 처치하기 위해 ~~자신의 계획대로 초월적 능력을 시험하고 있음~~을 알 수 있군.

↳ 아귀의 비수가 지닌 위력 확인 → 적대자를 처치하려면 아귀의 비수가 필요함을 알게 됨.

| 〈보기〉 초월적 능력을 지닌 주인공

| 〈2〉 자식이 있삽는데 창법 검술이 일세에 무쌍하와 매일 종적 없이 다니옵기 연고를 물으니 철마산에 가 무예를 익히다가

| 〈6〉 "원수의 칼로 저 기둥을 쳐 보소서." 원수가 칼을 들어 기둥을 치니 반쯤 부러졌다. 공주가 크게 놀라 말하기를, "만일 그 칼을 썼더라면 성사도 못하고 도리어 큰 화가 미칠 뻔하였습니다." 아귀가 쓰던 비수로 기둥을 치니 썩은 풀이 베어지는 듯하였다.

| 뭔말?

· 원수가 일세에 무쌍한 무예를 갖춘 것은 맞으나, 아귀의 비수로 기둥을 벤 것은 공주의 제안에 따른 것으로 원수가 자신의 계획대로 한 행동이 아님.

· 원수의 칼: 기둥을 치니 반쯤 부러짐. ↔ 아귀의 비수: 기둥을 치니 썩은 풀 베어지듯 베어짐.

· 정리하면, 일세 무쌍한 무예를 갖춘 원수가 아귀의 비수로 기둥을 치는 것은, 원수가 적대자인 아귀를 처치하기 위해서는 아귀의 비수가 필요함을 보여 줌.

오답 땡!

① 서경태가 입직군을 동원해 아귀와 맞서고 원수가 계교를 마련해 아귀를 상대하는 데서, 압도적 무력을 지닌 적대자에 대응하는 양상이 서로 다름을 알 수 있군.

↳ 아귀

| 〈보기〉 특히 적대자의 압도적 무력에 맞서는 과정에서 인물에 따라, 혹은 인물이 처한 상황에 따라 다른 대응 방식을 보여 줌

| 〈1〉 좌장군 서경태가 급히 입직군을 동원하여 칼을 들고 내달아 ~ 치니 아귀가 몸을 기울여 피하고 입을 벌려 숨을 들이쉬니 서경태가 날리어 아귀 입으로 들어갔다.

| 〈5〉 원수가 백계를 생각하다가 갑자기 깨달아 공주께 아뢰기를, "독한 술을 많이 빚어 좋은 안주를 장만하여야 계교를 베풀리이다." 하고, 약속을 정해 여러 여자를 청하여 여차여차하게 계교를 갖추고 기다리라고 하였다.

| 뭔말?

· 서경태는 입직군을 동원하여 아귀를 칼로 치려 함. → 압도적 무력을 지닌 아귀에게 무력으로 대응함.

· 원수는 아귀에게 술을 먹여 잠들게 한 후 처치함. → 계교를 마련하여 압도적 무력을 지닌 아귀에게 대응함.

② 한세충이 황상의 한을 씻고자 아귀에게 대항하고 승상이 황상의 불행에 슬퍼하며 상경하는 데서, 인물들이 충군의 가치를 지키고 있음을 알 수 있군.

| 〈보기〉 「김원전」은 당대의 보편적 가치인 충군을 주제로

| 〈1〉 "짐이 ~ 제신 중에 뉘 이 짐승을 잡아 짐의 한을 씻으리오." 정서장군 한세충이 나와 아뢰길, "소장이 비록 재주 없으나 저것을 베어 황상께 바치리이다." → 황상을 한을 씻어 주고자 하는 한세충의 충심

| 〈2〉 승상이 사관을 후대하고 국변을 물으니 아귀 작란하던 일과 세 공주 잃은 말을 대강 고하니 승상이 못내 슬퍼하며 상경하여 → 황상의 불행을 슬퍼하는 승상의 충심

| 뭔말?

· 한세충은 아귀를 베어 황상의 한을 씻어 주려고 하고, 승상은 황상의 불행에 슬퍼하며 황상에게 자신의 자식인 김원을 불러 아귀에게 대적할 것을 충언함. 이는 한세충과 승상이 충군의 가치를 지키고 있는 인물임을 보여 줌.

③ 원이 아귀의 머리를 상하게 한 것과 아귀가 남두성인 원에게 원한을 갚겠다고 다짐하는 데서, 주인공과 적대자의 대결이 피할 수 없는 것임을 알 수 있군.

| 〈보기〉 초월적 능력을 지닌 주인공과 기이한 존재인 적대자의 필연적 대결 관계를 보여 준다.

| 〈5〉 이때 아귀가 원의 칼에 상한 머리 거의 나으니 모든 시녀를 불러 말하기를, "내 병이 조금 나았으니 사오일 후 세상에 나가 남두성을 잡아 죽여 이 원한을 풀리라. 너희는 나를 위하여 마음을 위로하라."

| 뭔말?

· 김원과 아귀의 이전 대결에서 원의 칼에 아귀의 머리가 상했고 아귀는 남두성(=김원)을 잡아 원한을 풀겠다며 복수를 다짐함. 이는 주인공 김원과 적대자인 아귀의 필연적 대결 관계가 드러남.

④ **공주가 황상에게는 국운의 불행으로 잃은 대상이지만 원수에게는 약속대로 아귀를 잠들게 하는 인물인 데서, 여성 인물이 사건의 피해자이자 해결을 돕는 존재임을 알 수 있군.**

| 〈보기〉 특히 적대자의 압도적 무력에 맞서는 과정에서 인물에 따라, 혹은 인물이 처한 상황에 따라 다른 대응 방식을 보여 줌

| 〈2〉 국운이 불행하여 세 공주를 일시에 잃었으니 짐의 이 원을 어찌하리오?

→ 세 공주: 사건의 피해자

| 〈4〉 원수가 백계를 생각하다가 갑자기 깨달아 공주께 아뢰기를, "독한 술을 많이 빚어 좋은 안주를 장만하여야 계교를 베풀리이다." 하고, 약속을 정해 여러 여자를 청하여 여차여차하게 계교를 갖추고 기다리라고 하였다.

| 〈5〉 술이 취하매 ~ 아귀가 듣고 잠을 자려 하거늘, 막내 공주가 곁에 앉아 말하길, "보검을 놓고 주무소서. 취중에 보검을 한번 휘둘러 치면 잔명이 죄 없이 상할까 하나이다."

| 〈6〉 공주가 받아 놓고 잠들기를 기다렸다. 아귀가 깊이 잠들었거늘, 비수를 가지고 협실로 나와 원수에게 잠들었음을 이르고 → 공주가 원수의 계교를 따르며 사건 해결을 도움.

| 뭔말?

· 공주는 아귀에게 납치를 당한 피해자이지만, 원수의 계교대로 아귀가 술에 취해 잠들게 한 후 아귀의 비수를 가지고 나와 원수가 문제 상황을 해결할 수 있게 돕고 있음. 즉, 공주는 피해자이면서 조력자 역할을 함.

▸ 본문 078쪽

고전 소설 05

2024학년도 9월 모의평가

01 ⑤ 02 ② 03 ③ 04 ③

작자 미상, 「숙영낭자전」

EBS 연결 고리
비연계

해제 이 작품은 조선 후기에 창작된 작자 미상의 고전 소설로, 국문으로 전해진다. 도선 사상을 바탕으로 하는 비현실적 사건이 양반 가정을 중심으로 전개되는데, 효를 요구하는 부모와 애정을 추구하는 자식 사이의 갈등과 화해를 다루고 있다. 효가 유교 사상에 바탕을 둔 봉건적 · 전통적 가치관이라면, 애정의 추구는 인간의 본능적 욕구를 긍정하는 새로운 가치관이다. 따라서 이 둘의 갈등에서 애정의 추구가 효의 가치관을 극복하는 방향으로 나아가는 소설 전개는 조선 후기 사회에 나타난 가치관의 변모를 여실히 보여 준다는 점에서 문학적 가치를 지닌다.

주제 현실의 제약을 초월한 부부간의 애정

전체 줄거리

숙영은 천상에서 죄를 짓고 인간 세상에 내려온 선녀로, 절개가 곧고 지혜로운 인물이다. 백상군의 아들 선군은 꿈에서 선녀 숙영과 자신이 연분임을 알게 되고, 숙영을 그리워하며 상사병에 시달리다 하늘이 정한 기간인 3년을 참지 못하고 숙영과 혼인한다. 하지만 선군이 과거 시험을 보기 위해 집을 비운 사이 숙영은 매월의 농간에 의해 외간 남자와 만난다는 오인을 받고, 억울함에 못 이겨 자결한다. 과거에 급제한 선군은 꿈을 통해 사건의 전말을 알게 되며 급히 집으로 돌아와 숙영의 결백을 밝힌다. 선군은 숙영과 둘째 부인인 임 소저와 행복하게 여생을 보내며 같은 날 천상으로 돌아가게 된다.

1 선군이 한림원에 다녀온 후 편지 먼저 하는지라. 노복이 주야로 내려와 상공께 편지를 드리니, 한 장은 부모님께, 한 장은 낭자에게 부친 편지거늘, 부모님께 올린 편지를 상공이 열어 보니,

"문안드립니다. 그사이 부모님께서는 평안하셨나이까? 저는 부모님 덕분에 무탈하옵니다. 또한 천은을 입어 금번에 장원 급제하여 한림학사로 입조하여 도문*하니, 일자는 금월 망일이오니 잔치는 알아서 준비해 주옵소서." [A]

[02-①] 부모님의 안부를 먼저 묻고 나서 자기 안부 전달

[02-④] 자신이 뜻한 바를 이룸. → 받는 이(부모)에게 공 돌리지 X

하였더라.

2 낭자에게 온 편지를 부인 정 씨 **춘양**에게 주며,

"ⓐ 이 편지는 네 어미에게 부친 편지라. 네가 잘 간수하라."

[03-①] 편지 수신인에 대한 정보 전달 + 편지의 중요성 강조

하고 부인 통곡하니 춘양이 그 편지를 받고 울며 동춘을 안고 방에 들어가 어미 시신 흔들고 울며, 편지 열어 낯에 대고 통곡 왈,

[01-⑤] 어머니에게 아버지의 소식을 전하고 싶은 마음을 행동으로 표출

"어머님 일어나소. 아버님 편지가 왔나이다. 일어나소. 아버님 장원 급제하여 내려오시나이다."

하며 편지로 낯을 덮으며,

"동춘은 연일 젖 먹자고 웁니다. 어머님 평시 글을 좋아하시더니 아버

님 편지 왔사온데 어찌 반기지 아니하시나이까? 춘양은 글을 몰라 어머님 영전에 읽어 드리지 못하나니 답답하나이다."
[01-②] 춘양이 할머니에게 편지를 읽어 달라고 부탁하는 이유

하고 할머님께 빌며,

"할머님께서 어머님 영전에 가 편지를 읽으시면 어머님 영혼이 감동할 듯하나이다."

하니 정 씨 마지못해 방에 들어가 울면서 편지를 읽는지라.

"낭자께 문안 전하니, 애정 담은 편지 한 장 올리나이다. 우리의 태산 같은 정이 천리에 가림에, 낭자의 얼굴을 보고 싶어도 볼 수 없고, 낭자를 생각하지 않아도 절로 생각이 납니다. 요사이 그대의 그림이 전과 빛이 달라 날로 변하나이다. 무슨 병이 들었는지 몰라 객창 등불 아래에서 수심으로 잠들지 못하니 답답합니다. 낭자의 지극한 정성으로 장원 급제하여 이 몸이 영화롭게 내려가니, 어찌 낭자의 뜻을 맞추지 아니하였으리오? 날짜는 금월 모일이니 바라건대 낭자는 천금 같은 옥체를 보존하소서. 내려가 반갑게 만나사이다." [B]
[02-②] 선군이 낭자를 만날 수 없는 이유와 안타까움의 심리
[02-③] 선군이 낭자의 건강을 걱정하는 근거
[02-④] 자신이 뜻한 바를 이룸. → 낭자에게 공 돌림.

정 씨 보기를 다함에 더욱 슬픈 마음을 진정치 못하여 통곡하며,

"ⓑ슬프다, 춘양아! 가련타, 동춘아! 너희 어미 잃고 어찌 살라 하는가?"
[03-②] 손주(춘양/동춘) 호명 + 격해진 감정과 불쌍히 여기는 마음 표출

3 **[중략 부분의 줄거리]** 선군은 숙영이 시아버지로부터 가문의 명예를 실추했다는 오해를 받고 자결한 것을 알게 된다. 숙영은 장례 중 부활해 선군과 집에 돌아온다.

4 상공과 정 씨 부인 내달아 낭자를 붙들고 통곡하며,

"낭자는 어디를 갔다 왔느냐?"

하며 참혹한 마음을 이기지 못하더라. 낭자 상공과 정 씨 부인 앞에 가 절하고 사뢰되,

"ⓒ첩은 천상의 죄 있으니 천명이 아닌 것이 없습니다. 너무 한탄치 마옵소서."
[03-③] 자신의 운명을 하늘의 뜻으로 여기는 인식

하며,

"ⓓ옥황상제님이 우리를 올라오라 하시니 천명을 거스르지 못하여 올라가옵나이다."
[03-④] 이별이 예정되어 있음을 밝힘.

하니, 상공 부부 더욱 처량한 심사를 측량치 못할러라. 낭자 백학선과 약주 한 병을 드리며,
[03-⑤] 상대(상공 부부)의 건강을 걱정하는 마음을 드러냄.

"ⓔ이 백학선은 몸이 추우면 더운 바람이 나오니 천하 유명한 보배이옵고, 약주는 기운 불편하시거든 드십시오. 백학선과 약주를 몸에 지니시오면 백세 무양하오리다."

하고,

"**부모님 돌아가실 때 연화궁**의 세계로 모셔 가오이다. 천상 선관이 연화궁에 자주 다니오니 극락 연화궁으로 오시면 반가이 만나 뵈오리다."
[04-①] 연화궁에서 숙영과 부모의 재회 예고 → 가족 사랑의 보편적 가치 환기

하고 선군더러,

"우리 올라갈 때가 급하였으니, 하직하고 **올라가사이다.**"
[04-②] 가문이라는 명분이 작동하지 않는 곳(천궁)에서 가족 사랑의 실천을 모색하는 행동

하니 선군이 부모지정을 잊지 못하여 새로이 슬퍼하니, 선군과 낭자 **부모를 위로하여 나아가 엎드려 고왈,**
[04-③] 승천을 당연한 것으로 수용하는 선군과 낭자의 모습

"소자 등은 세상 연분이 다하였삽기로 오늘 하직하옵나이다."

하고 인하여 **하직**하며,

"부모님 내내 평안하옵소서."

하고 청사자 한 쌍을 몰아 한림은 동춘을 낭자는 춘양을 안고, 구름에 싸여 올라가는지라.
[04-④] 가문(명분)을 중시하는 인간 세계에서 벗어남. → 구조적 문제에 대응

5 **상공 부부** 낭자와 선군이 천궁에 올라간 후로 망연해하며 **세간을 다 나누어 주고**, 백세를 살다가 한날한시에 별세하더라.
[04-⑤] 가문의 명분이 무의미함을 깨달은 행동

* 도문: 과거 급제하고 집에 오던 일.

01 작품의 내용 파악 답 ⑤

선지별 선택 비율	①	②	③	④	⑤
화작	3%	6%	3%	3%	83%
언매	2%	4%	2%	1%	89%

'춘양'에 대한 설명으로 가장 적절한 것은?

정답 띵! 동!

⑤ 아버지의 소식을 어머니에게 전하고 싶은 마음을 행동으로 표출한다.

| 〈2〉 춘양이 그 편지를 받고 울며 동춘을 안고 방에 들어가 어미 시신 흔들고 울며 편지 열어 낯에 대고 통곡 왈, "어머님 일어나소. 아버님 편지가 왔나이다. 일어나소. 아버님 장원 급제하여 내려오시나이다."

| 뭔말?

· 춘양은 아버지의 편지를 받고 '어미 시신 흔들고 울며' '편지 열어 낯에 대고 통곡'하는 행위를 함으로써 아버지의 소식을 어머니에게 전하고 싶은 마음을 행동으로 표출함.

오답 땡!

① ~~아버지를 보고 싶은 심정~~을 어머니 영전에서 언급한다.
└→ 찾아볼 수 없는 내용

| 뭔말?

· 춘양은 아버지의 편지를 건네받고 어머니의 영전으로 가지만, 그곳에서 아버지를 보고 싶은 심정을 언급하지 않음.

② 할머니로부터 아버지의 편지를 받아 ~~어머니에게 읽어 준다~~.
└→ 춘양은 글을 모름.

| 〈2〉 춘향은 글을 몰라 어머님 영전에 읽어 드리지 못하나니 답답하나이다.

| 〈2〉 "할머님께서 어머님 영전에 가 편지를 읽으시면 어머님 영혼이 감동할 듯하나이다."

| 뭔말?

· 춘양은 할머니로부터 아버지의 편지를 받았지만, 글을 몰라 읽지 못하고 답답해함.

· 그러고는 할머니께 아버지의 편지를 어머니 영전에 가 읽어 달라고 부탁하고 있으므로, 춘양이 아버지의 편지를 어머니에게 직접 읽어 준 것이 아님.

③ ~~할머니와 함께 어머니 생전의 일화에 대해 이야기를 나눈다.~~
└→ 할머니와 이야기를 나누고 있지만, 어머니 생전의 일화 언급 X

| 뭔말?
· 춘양은 할머니에게 아버지의 편지를 어머니 영전에 가 읽어 달라고 부탁하였을 뿐, 할머니와 함께 어머니 생전의 일화에 대해 이야기를 나누지 않음.

④ ~~동생이 어머니가 살아 있는 줄 알고 찾아가려 하자 동생을 막아선다.~~
└→ 동춘은 젖 먹자고 울었을 뿐 어머니를 찾아가려는 행동을 하지 않음.

| 〈2〉 춘양이 그 편지를 받고 울며 동춘을 안고 방에 들어가 어미 시신 흔들고
| 〈2〉 "동춘은 연일 젖 먹자고 웁니다."
| 뭔말?
· 아버지의 편지를 받은 춘양은 동생 동춘을 안고 어머니의 영전에 들어갔고, 동춘은 '젖 먹자고' 연일 우는 모습을 보였음.
· 춘양의 동생 동춘이 어머니가 살아 있는 줄 알고 찾아가려는 모습이나 춘양이 동춘을 막아서는 모습은 모두 나타나지 않음.

02 인물의 심리와 태도 파악 답 ②

선지별 선택 비율	①	②	③	④	⑤
화작	3%	62%	11%	17%	4%
언매	2%	70%	6%	16%	3%

[A], [B]에 대한 이해로 가장 적절한 것은?

정답 띵!동!

② [B]에서는 받는 이를 만나고 싶지만 당장 그럴 수 없는 처지를 언급하며 안타까운 심정을 드러낸다.

| 〈2〉 우리의 태산 같은 정이 천리에 가림에, 낭자의 얼굴을 보고 싶어도 볼 수 없고, 낭자를 생각하지 않아도 절로 생각이 납니다.
| 뭔말?
· [B]를 쓴 사람은 선군이고, 받는 이는 낭자임.
· 선군은 편지를 받는 이인 낭자를 만나고 싶지만 멀리 떨어져 있어 그럴 수 없음을 언급하며 낭자에 대한 그리움과 안타까움을 드러내고 있음.

오답 땡!

① [A]에서는 ~~자신의 안부를 전한 뒤 곧이어 받는 이의 안부를 묻는다.~~
└→ 부모님의 안부를 먼저 묻고, 자신의 안부를 전함.

| [A] 문안드립니다. 그사이 부모님께서는 평안하셨나이까? 저는 부모님 덕분에 무탈하옵니다.
| 뭔말?
· [A]를 쓴 사람은 선군이고, 받는 이는 부모님임.
· 선군은 '그사이 부모님께서는 평안하셨나이까?'라며 부모님의 안부를 먼저 묻고, '저는 부모님 덕분에 무탈하옵니다.'라며 자신의 소식을 전하고 있음.

③ [B]에서는 ~~받는 이의 건강에 문제가 있다는 소식을 듣고~~ 걱정하는 마음을 드러낸다.
└→ 낭자의 그림 빛이 달라진 것을 근거로 낭자의 건강 문제를 걱정함.

| [B] 요사이 그대의 그림이 전과 빛이 달라 날로 변하나이다. 무슨 병이 들었는지 몰라 객창 등불 아래에서 수심으로 잠들지 못하니 답답합니다.
| 뭔말?
· [B]를 쓴 사람은 선군이고, 받는 이는 낭자임.
· 선군은 낭자의 그림 빛이 변하는 것에 이상함을 느끼고 낭자의 건강에 문제가 있는 것은 아닌지 걱정하는 것일 뿐, 낭자의 건강에 문제가 있다는 소식을 들은 것이 아님.

┌→ [B]에만 해당함. [A]에서는 장원 급제한 것을 하늘의 은혜라고 여김. 부모님의 공 언급 X
④ ~~[A]와 [B]에서 모두~~ 자신이 뜻한 바를 이루었음을 전하고, 받는 이에게 그 공을 돌리며 감사해한다.

| [A] 천은을 입어 금번에 장원 급제하여 한림학사로 입조하여
| [B] 낭자의 지극한 정성으로 장원 급제하여 이 몸이 영화롭게 내려가니, 어찌 낭자의 뜻을 맞추지 아니하였으리오?
| 뭔말?
· [B]에서 선군은 낭자에게 자신이 뜻한 바(= 장원 급제)를 이루었음을 전하며, '낭자의 지극한 정성으로'라고 하여 뜻한 바를 이룬 공을 낭자에게 돌림.
· 그런데 [A]에서 선군은 부모님에게 자신의 장원 급제 소식을 똑같이 전하지만, '천은을 입어'라고 하여 그 공을 부모님에게 돌리지 않음.

⑤ [A]와 [B] 모두 당부의 말을 전하는데, [A]에서는 ~~받는 이가 글쓴이의 노력을 알아주길 바라고~~, [B]에서는 받는 이가 스스로 잘 처신하기를 바란다.
└→ 찾아볼 수 없는 내용

| [A] 잔치는 알아서 준비해 주옵소서.
| [B] 낭자는 천금 같은 옥체를 보존하소서.
| 뭔말?
· [B]에서 선군은 낭자에게 스스로 몸을 잘 돌볼 것을 당부하므로, 낭자가 스스로 잘 처신하기를 바란다고 볼 수 있음.
· 그런데 [A]에서 선군은 부모님에게 자신이 집에 도착하는 날에 맞추어 잔치를 준비해 달라고 당부하고 있을 뿐, 부모님이 자신의 노력을 알아주길 바라는 마음은 드러내지 않음.

03 대화의 특징 파악 답 ③

선지별 선택 비율	①	②	③	④	⑤
화작	5%	7%	72%	6%	8%
언매	4%	4%	81%	4%	5%

ⓐ~ⓔ를 이해한 내용으로 적절하지 않은 것은?

정답 띵!동!

③ ⓒ: 자신의 운명은 하늘의 뜻이라고 함으로써 ~~집에 온 자신을 책망하지 말 것을 부탁~~하고 있다.
└→ 시아버지의 오해로 자신이 자결했던 일을 가리켜 너무 괴로워하지 말라는 뜻에서 한 말임.

| 〈4〉 낭자 상공과 정 씨 부인 앞에 가 절하고 사뢰되, "ⓒ 첩은 천상의 죄 있으니 천명이 아닌 것이 없습니다. 너무 한탄치 마옵소서."
| 뭔말?
· ⓒ에서 낭자가 '천명이 아닌 것이 없'다고 하는 데서 자신의 운명을 하늘의 뜻으로 여기는 인식이 나타남.
· 그러나 낭자의 '한탄치 마옵소서'라는 말은 시아버지의 오해로 인해 자신이 자결했던 일을 두고 너무 괴로워하지 말라는 것이지, 집에 돌아온 자신을 책망하지 말라고 부탁하는 것이 아님.

오답 땡!

① ⓐ: 편지의 수신인이 누구인지 말해 주며 상대가 편지의 중요성을 인식하게 하고 있다.
→ 네(춘양) 어미 → 잘 간수하라고 당부함.

| ⟨2⟩ 낭자에게 온 편지를 부인 정 씨 춘양에게 주며, "ⓐ 이 편지는 네 어미에게 부친 편지라. 네가 잘 간수하라."
| 뭔말?
· ⓐ에서 부인 정 씨는 춘양에게 편지의 수신인이 '네 어미'임을 말해 줌.
· 그러면서 '네가 잘 간수하라.'라고 하여 춘양으로 하여금 편지의 중요성을 인식하게 함.

② ⓑ: 손주들을 호명하며 격해진 감정과 그들을 불쌍해하는 마음을 표출하고 있다.
→ '슬프다' → '가련타', '어찌 살라 하는가?'

| ⟨2⟩ 정 씨 보기를 다함에 더욱 슬픈 마음을 진정치 못하여 통곡하며, "ⓑ 슬프다, 춘양아! 가련타, 동춘아! 너희 어미 잃고 어찌 살라 하는가?"
| 뭔말?
· ⓑ에서 부인 정 씨는 춘양과 동춘의 이름을 부르며 '슬픈 마음을 진정치 못하여 통곡'할 만큼 격해진 감정을 드러냄.
· 그러면서 '가련타', '너희는 어미 잃고 어찌 살라 하는가?'라고 하며 어미를 잃은 춘양과 동춘을 불쌍히 여기는 마음을 표출하고 있음.

④ ⓓ: 옥황상제의 부름을 거절할 수 없다고 말함으로써 이별이 예정되어 있음을 언급하고 있다.
→ 옥황상제의 명에 따라야 하기 때문임.

| ⟨4⟩ "ⓓ 옥황상제님이 우리를 올라오라 하시니 천명을 거스르지 못하여 올라가옵나이다."
| 뭔말?
· ⓓ에서 낭자는 옥황상제의 부름을 '천명(= 하늘의 명령)'이라고 일컬으며 이를 거스를 수 없다고 하는데, 이는 지상의 존재인 상공 부부와 이별이 예정되어 있음을 언급한 것에 해당함.

⑤ ⓔ: 백학선과 약주를 선물함으로써 상대를 걱정하는 마음을 드러내고 있다.
→ 부모가 춥거나 몸이 아플까 염려함.

| ⟨4⟩ 낭자 백학선과 약주 한 병을 드리며, "ⓔ 이 백학선은 몸이 추우면 더운 바람이 나오니 천하 유명한 보배이옵고, 약주는 기운 불편하시거든 드십시오. 백학선과 약주를 몸에 지니시오면 백세 무양하오리다."
| 뭔말?
· ⓔ에서 낭자는 부모님이 춥게 지내거나 기운이 불편하지 않을까 걱정하는 마음에, 도움을 줄 백학선과 약주를 선물하며 부모의 '백세 무양'을 기원하고 있음.

매운맛 픽

04 외적 준거에 따른 작품 감상 답 ③

선지별 선택 비율	①	②	③	④	⑤
화작	3%	6%	48%	27%	14%
언매	2%	3%	61%	21%	11%

⟨보기⟩를 참고하여 윗글을 감상한 내용으로 적절하지 않은 것은? [3점]

보기

「숙영낭자전」에서 승천은 인간 세상의 명분에 구속받지 않는 가족 사랑을 모색한다는 의의를 갖는다. 작품에서는 상공의 잘못이 개인의 문제이기 이전에 가문이라는 명분을 중시하는 인간 세상의 구조적 문제라고 보았다. 그래서 숙영 부부는 가문이라는 명분이 작동하지 않는 천상으로 보내고, 상공 부부는 가문의 무의미함을 깨닫게 하여 구조적 문제에 대응하는 한 방식을 보여 주었다. 하지만 숙영 부부를 천상에 간 뒤에도 부모를 잘 섬기려는 모습으로 그려 낸 것은, 가족 사랑의 보편적 가치를 환기하기 위한 것이다.

정답 띵!동!

③ 숙영 부부가 '부모를 위로하여 나아가 엎드려 고'하는 데에서, ~~승천을 망설이는 모습을 보여 주어~~ 숙영 부부를 부모를 잘 섬기는 인물로 그려 낸 것을 확인할 수 있군.
→ 승천 = 세상 연분이 다한 것 = 당연한 것 → 망설이는 모습 X

| ⟨4⟩ 선군더러, "우리 올라갈 때가 급하였으니, 하직하고 올라가사이다." 하니 선군이 부모지정을 잊지 못하여 새로이 슬퍼하니, 선군과 낭자 부모를 위로하여 나아가 엎드려 고왈, "소자 등은 세상 연분이 다하였삽기로 오늘 하직하옵나이다." 하고 인하여 하직하며,
| 뭔말?
· 숙영 부부는 '부모를 위로하여 나아가 엎드려 고'한 뒤, '세상 연분이 다하였삽기로 오늘 하직'한다고 하여 승천을 당연한 것으로 수용하고 있음.
· 앞부분에서 선군이 부모지정을 잊지 못하여 슬퍼하긴 했지만, 이것은 승천을 망설이는 모습으로 보는 것은 적절하지 않음.

오답 땡!

① 숙영이 '부모님 돌아가실 때 연화궁'으로 모셔가겠다고 하는 데에서, 연화궁에서 숙영과 부모를 만나게 하여 가족 사랑의 보편적 가치를 환기하려는 것을 확인할 수 있군.

| ⟨보기⟩ 숙영 부부를 천상에 간 뒤에도 부모를 잘 섬기려는 모습으로 그려 낸 것은, 가족 사랑의 보편적 가치를 환기하기 위한 것이다.
| ⟨4⟩ "부모님 돌아가실 때 연화궁의 세계로 모셔 가오이다. 천상 선관이 연화궁에 자주 다니오니 극락 연화궁으로 오시면 반가이 만나 뵈오리다."
| 뭔말?
· 숙영은 자신과 선군이 먼저 천상으로 간 다음 부모님이 돌아가시면 그때 다시 부모님을 천상 '연화궁'에서 모시겠다고 함.
· 이것은 ⟨보기⟩의 숙영 부부가 '천상에 간 뒤에도 부모를 잘 섬기려는 모습'에 해당하여, '가족 사랑의 보편적 가치를 환기하려는' 의도와 관련됨.

② 숙영이 선군에게 천궁으로 '올라가사이다'라고 하는 데에서, 숙영 부부를 천상으로 보내 가문이라는 명분이 작동하지 않는 곳에서 살게 하려는 것을 확인할 수 있군.
→ 천상은 인간 세상의 명분에 얽매이지 않는 공간이므로, 이곳에 간다는 것은 가문이라는 명분에서 벗어남을 의미함.

| ⟨보기⟩ 승천은 인간 세상의 명분에 구속받지 않는 가족 사랑을 모색한다는 의의를 갖는다. ~ 숙영 부부는 가문이라는 명분이 작동하지 않는 천상으로 보내고,
| ⟨4⟩ 선군더러, "우리 올라갈 때가 급하였으니, 하직하고 올라가사이다." 하니
| 뭔말?
· 숙영이 선군에게 천궁으로 '올라갈 때가 급하였'다며 '하직하고 올라가사이다'라고 재촉함.
· 이것은 숙영 부부를 ⟨보기⟩의 '가문이라는 명분이 작동하지 않는 곳'에서, '인간 세상의 명분에 구속받지 않는 가족 사랑'을 실천하며 살게 하려는 것과 관련됨.

④ 숙영 부부가 부모에게 '하직' 인사를 하는 데에서, 숙영 부부로 하여금 부모를 떠나게 하여 인간 세상의 구조적 문제에 대응하는 양상을 보여 준 것을 확인할 수 있군.

| 〈보기〉 숙영 부부는 가문이라는 명분이 작동하지 않는 천상으로 보내 ~ 구조적 문제에 대응하는 한 방식을 보여 주었다.

| 〈4〉 "소자 등은 세상 연분이 다하였삽기로 오늘 하직하옵나이다." 하고 인하여 하직하며,

| **뭔말?**

· 숙영 부부는 부모에게 하직 인사를 하고 두 아이를 안고 구름에 싸여 승천함.

· 숙영 부부가 부모를 떠나는 것은 '가문이라는 명분'을 중시하는 인간 세상에서 벗어나는 것이므로, 〈보기〉에서 말한 인간 세상의 '구조적 문제에 대응하는 한 방식'과 관련됨.

⑤ '상공 부부'가 '세간을 다 나누어 주'는 데에서, 가족을 잃어 허망해하는 상공 부부의 모습을 보여 주어 가문의 무의미함을 깨닫게 한 것을 확인할 수 있군.

→ 가문은 가족이 있어야 유지될 수 있으므로 가족을 잃는 것은 가문의 허위성을 깨닫는 계기가 됨.

| 〈보기〉 상공 부부는 가문의 무의미함을 깨닫게 하여 구조적 문제에 대응하는 한 방식을 보여 주었다.

| 〈5〉 상공 부부 낭자와 선군이 천궁에 올라간 후로 망연해하며 세간을 다 나누어 주고, 백세를 살다가 한날한시에 별세하더라.

| **뭔말?**

· '상공 부부'가 '세간을 다 나누어 주'는 모습은 가문이라는 명분을 중시했던 상공 부부가 가족을 잃고 허망해하고 있음을 보여 주는 행동임.

· 이것은 〈보기〉에서 말한 '가문의 무의미함을 깨닫게 하여 구조적 문제에 대응하는 한 방식'과 관련됨.

매웠지?

꿀피스 Tip!

▸ 이 문제는 '[1] 작품 내용'과 '[2] 내용에 대한 설명', '[3] 〈보기〉의 해설'이 일치되는 이야기를 하고 있는지 확인하는 것이 가장 중요해! 이 중에서 '작품 내용'은 작품 속 특정 부분에 대한 언급이므로 판단의 대상은 아니야. 결국 우리가 판단해야 하는 것은 '내용에 대한 설명'이 맞는지와 해당 부분에 '〈보기〉의 해설'에서 언급한 내용이 드러나는지 확인하는 것뿐이야.

▸ 앞서 언급한 [1], [2], [3]을 기준으로 정답 선지인 ③을 끊어서 살펴보자. 정답 선지는 다음과 같이 구분할 수 있어.

> [1] 숙영 부부가 '부모를 위로하여 나아가 엎드려 고'하는 데에서
> [2] 승천을 망설이는 모습을 보여 주어
> [3] 숙영 부부를 부모를 잘 섬기는 인물로 그려 낸 것을 확인할 수 있군.

여기서 [1]은 작품에서 '선군이 부모지정을 잊지 못하여 새로이 슬퍼하니, 선군과 낭자 부모를 위로하여 나아가 엎드려 고왈, "소자 등은 세상 연분이 다하였삽기로 오늘 하직하옵나이다." 하고 인하여 하직하며'라는 부분에 해당돼. [2]는 [1]의 장면에서 숙영 부부가 승천을 망설이는 모습을 보여 주는지를 묻고 있어. 이를 확인하기 위해 [1]을 다시 보면, **선군과 낭자가 부모에게 '하직하옵나이다.'라고 말한 부분에서 주저하지 않고 말하는 모습을 확인할 수 있어. 이는 숙영 부부가 승천해야 하는 상황을 당연한 것으로 받아들이면서 고민하지 않고 있기 때문이지. 따라서 숙영 부부가 [1]의 장면에서 망설이는 모습을 보여 준다는 설명은 적절하지 않아.** (요즘으로 말하자면 '저희 이제 하늘로 올라가 볼게요.'라고 말한 것과 같은 상황이지? 승천하기로 이미 결정하고 나서 부모님께 간다고 말하는 상황이니까 갈까 말까 고민하는 모습은 전혀 보이고 있지 않지.) 마지막으로 [3]의 경우에는 〈보기〉에서 '숙영 부부를 천상에 간 뒤에도 부모를 잘 섬기려는 모습으로 그려 낸 것'이라고 한 것에 해당하는데, 이를 통해 숙영 부부는 천상에 가기 전에도 부모를 잘 섬기려는 모습을 보이는 인물들임을 알 수 있지. 숙영 부부는 천상에 올라가기 전에 부모에게 하직 인사를 하고 있으므로 부모를 잘 섬기는 인물이라고 볼 수 있어.

▸ **이처럼 선지를 세 부분으로 나누어 각 부분마다 작품과 〈보기〉의 내용과 일치하는지를 확인하면 일치하지 않는 부분을 찾아낼 수 있어.** 이렇게 〈보기〉로 외적 준거가 주어지는 문제의 경우에는 선지에 담아내는 정보량이 많다 보니 옳고 그름을 판단해야 하는 내용이 두 가지 이상 되는 경우가 많아. 따라서 정보가 나뉘는 부분에서 끊어 읽으며 선지 전체에 틀린 내용이 없는지를 꼼꼼하게 확인하자.

▸ 본문 080쪽

고전 소설 06

2024학년도 6월 모의평가

01 ① 02 ② 03 ④ 04 ⑤

작자 미상, 「상사동기」

EBS 연결 고리
2024학년도 수능특강 019쪽

해제 이 작품은 궁녀인 영영과 사대부인 김생의 사랑을 그린 애정 소설로, 여주인공인 영영의 이름을 따서 「영영전」이라고도 한다. 이 작품에서는 영영이 사랑이 금지된 궁녀이기 때문에 두 사람의 사랑은 사회적 제약에 부딪히지만 주변 조력자들의 도움으로 그 장애물을 극복하고 사랑을 실현한다. 그 과정에서 만남과 이별이 반복되지만 마침내 사랑을 성취함으로써 궁녀와의 사랑을 소재로 한 「운영전」과 달리 행복한 결말로 마무리된다. 궁녀들의 폐쇄된 생활상을 사실적으로 드러내고, 삽입 시를 통해 남녀 주인공의 심리를 애틋하고 진솔하게 그려 내고 있다. 고전 소설이 가지고 있는 사건 전개의 우연성이나 전기성이 나타나지 않는다는 점이 특징적이다.

주제 ① 고난을 극복하는 궁녀와 선비의 아름다운 사랑 ② 애정을 성취하고자 하는 인간의 욕망에 대한 긍정

전체 줄거리

명나라 효종 때의 선비 김생은 어느 날 집에 돌아오는 길에 한 여인의 아름다움에 빠져 상사동 길가에 있는 작은 집까지 그녀를 따라갔다. 이후 김생은 여인을 그리워하며 근심한다. 10여 일이 지날 무렵 막동이라는 노비가 찾아와 김생에게 고민이 있는 듯한데, 사모하는 사람이 있는 게 아닌지 물었다. 김생이 사실대로 말하니 막동은 김생에게 술과 안주를 성대하게 마련하여 여인의 집에 간 후 집주인에게 방 한 칸을 빌려 손님을 전별하려는 듯 행동하라고 조언하였다. 그리고 이 행동을 삼 일 동안 반복하면 집주인은 의심이 생겨 까닭을 물을 테니 그때 마음을 터놓고 이야기하면 된다고 하였다. 김생이 이처럼 하니 집주인인 노파는 의심이 들어 김생에게 자신과 같은 미천한 사람과 술을 나누는 까닭을 물었다. 김생의 고백을 들은 노파는 김생이 말한 여인이 바로 죽은 언니의 딸인 영영임을 깨닫고 김생에게 알려 준다. 하지만 영영은 회산군 댁 시비이기 때문에 김생이 그녀를 다시 만나는 것은 어려운 일이라며 안타까워한다. 김생이 이에 절망하자, 노파는 단오 때 자신이 죽은 언니를 위해 제사상을 차리고 영영을 부르면 만날 수 있을지 모른다며 김생을 도와준다. 영영과 김생은 노파의 소개로 결국 만나게 된다. 영영은 김생에게 궁궐에서 다시 만날 방법을 알려 준 후, 다음에 궁궐에서 만나자고 약속을 하고는 돌아간다. 김생은 어두운 달밤에 궁궐로 간다. 그리고 김생과 영영은 술을 나눠 마신 후 하룻밤을 함께 보내고 새벽이 되자 둘은 시를 주고받으며 눈물로 이별한다. 삼 년이 흐르고, 김생은 과거에 힘써 장원 급제하였다. 술에 취한 김생은 말을 타고 회산군 댁에 이르렀다. 문득 옛일이 생각나서 취한 척 말에서 떨어져 땅에 누워 있었더니 시녀들이 부축하여 집 안에 들어갔다. 이때는 회산군이 세상을 떠난 지 이미 삼 년이 된 때였다. 삼 년 만에 재회한 김생과 영영은 서로 보고 말 한 마디도 나누지 못한 채 눈짓만 나누었다. 김생은 영영이 떨어뜨린 편지 한 통을 급히 주워 소매에 넣고 집에 돌아왔다. 편지에는 글과 시 다섯 수가 쓰여 있었다. 이를 읽은 김생은 영영을 그리워하는 마음이 더욱 커져 얼굴이 야위고 몸이 약해졌다. 수개월이 지났을 때 김생과 같이 과거에 급제한 이정자라는 이가 문병을 와서는 회산군의 부인이 자신의 고모라며, 김생의 사연을 말해 주겠다고 하였다. 이야기를 들은 회산군의 부인은 감격하며 영영에게 명하여 김생의 집에 가게 하였다. 영영과 다시 만난 김생은 출세하려는 일을 끊고 끝까지 영영과 함께 살았다.

1 십여 일이 지날 무렵 노비 막동이 눈물을 흘리며 물었다.

"낭군께선 늘 언행이 호방하시고 재주가 무리 중에 탁월해 거침없으시 [01-③] 인물에 대한 논평 더니, 요즘에는 울적해 하시니 말 못할 근심이 있는 듯하옵니다. [02-①] 막동의 추측 사모하는 이라도 있으신지요?"

김생이 슬퍼하며 느낀 바를 사실대로 말하니 막동이 한참 생각하고 말했다.

"소인이 낭군을 위해 마륵의 ㉠계책을 올릴 테니, [04-②] 막동이 생의 애정 성취를 돕기 위해 사건에 적극 개입함. 낭군께선 애태울 일이 없으십니다." / "그게 무엇이더냐?"

"낭군께선 급히 주효(酒肴)를 성대히 마련하시고 바로 미인이 머문 집으로 가셔서 손님을 전별(餞別)하려는 듯 하십시오. [03-⑤] 가상의 존재 방 하나를 빌려 잔치를 벌이시고 이놈을 불러 손님을 모셔 오라 하시면, 제가 명을 받들어 나갔다가 한 식경 후에 [01-①] 시간 표지 돌아와 '손님이 오십니다.'라 하지요. 낭군께서 다시 명하시면 제가 또 명을 받고 날이 저물 때쯤 [01-①] 시간 표지 돌아와, '손님께서 오늘은 [01-①] 시간 표지 송별객이 많아 심히 취해 갈 수 없으니 내일 꼭 가겠노라 하셨습니다.'라 하지요. 이때 낭군께선 주인을 불러 앉으라 하시고 그 주효를 먹게 하고, 기색을 드러내지 말고 물러나십시오. 다음 날도 [01-①] 시간 표지 그렇게 하고 그다음 날도 [01-①] 시간 표지 그렇게 하시면, 처음엔 고맙게 여길 것이요, 두 번째는 은혜에 감격할 것이며, 세 번째는 필히 의문을 품을 것입니다. 은혜를 느끼면 보답을 생각할 것이고, 은혜에 감격하면 죽음으로써 보답하고자 생각할 것이며, 의문이 생기면 하시고 싶은 바를 물어볼 것입니다. 이때 흉금을 털고 말하신다면 일은 거의 다 된 것입지요."

생은 진정 그럴듯하다 여기고 기뻐하며 말했다.

"내 일이 잘 되겠구나!"

생은 그 계책에 따라 즉시 주효를 갖추어서 곧바로 그 집에 가 [04-①] 애정 추구에 적극적으로 나서는 모습 전별 자리를 마련하였다.

(중략)

2 생이 사모하는 이가 필시 이곳에 없는 줄 알고 낯빛을 바꾸며 말했다.

"이 몸이 할멈에게 후의(厚意)를 입었으니 어찌 사실대로 말하지 않겠나? [03-④] ㉠이 이루어져 얻게 된 기회 과연 모월 모일 [01-①] 시간 표지 모처에서 [04-③] 일상적 공간 오다가 길에서 마침 한 남자를 보았다네. 나이는 대략 십오륙 세에 푸른 적삼에 붉은 치마를 입었고, 백릉버선에 자색 신을 신었지. 진주 비녀를 꽂고 새하얀 옥 반지를 끼고, 홍화문 앞길을 지나가고 있었다네. 내 마음이 화사해지고 춘정을 이기지 못해 뒤따랐는데, 마지막에 이른 곳이 곧 할멈의 집이었네. [04-③] 일상적 공간 그날 이후로 [01-①] 시간 표지 마음이 혼미하여 만사가 흐릿하며, 오로지 그 낭자만 생각했다네. 맑은 눈동자와 하얀 이가 자나 깨나 잊히지 않아 상심하며 애태우길 하루 이틀이 아니었네. 할멈이 나를 보고 낯빛이 파리하다 했는데 왜 그랬겠나? 그래서 손님을 전별한다며 할멈을 번거롭게 한 것이네."

노파가 이 말을 듣고 몹시 애처로워했으나 [02-④] 생의 사연을 들은 노파의 반응 생이 마음에 둔 사람이 누군

지 몰랐다. 한동안 깊이 생각하다가 문득 깨닫고서 말했다.

"그런 애가 있습죠. 바로 죽은 제 언니의 딸이에요. 이름은 영영이고 자(字)는 난향이죠. 만약에 정말 그렇다면 참으로 어려운 일입니다. 참 어려운 일이에요!" / "왜 그러한가?"

[02-③] 노파의 깨달음

"이 애는 회산군 댁 시비예요. 궁에서 나고 자라 문 앞길도 밟지 못한 지 오래랍니다. 자색(姿色)이 고운 것은 낭군께서 이미 보셨으니 굳이 말할 것 없지만 고운 마음이며 얌전한 몸가짐은 양반집 규수와 다를 게 없지요. 게다가 음률과 문장을 알아 나리께서 어여삐 여기시고 장차 소실(小室)로 맞으려 하셨지만, 부인의 시샘이 하동의 사자후보다 심하여 그렇게 못 하고 있을 뿐이옵니다. 지난번 그 애가 올 수 있었던 것은 한식 때를 맞아 그 애가 어미의 제사를 이곳에서 지내려고 부인께 말미를 얻었기 때문이지요. 그리고 때마침 나리께서 외출하신 터에 올 수 있었지 그렇지 않았던들 낭군께서 어찌 얼굴을 볼 수 있었겠습니까? 아이고! 낭군께서 다시 만나시기는 참으로 어렵습죠. 참으로 어려워요!"

[04-④] 신분적 한계 / [01-③] 인물에 대한 논평 / [01-⑤] 인물의 성격을 고사에 빗댐. / [04-④] 신분적 한계로 애정 성취에 곤란을 겪음.

생이 하늘을 우러러 탄식하며 말했다.

"아, 끝난 것이로구나! 나는 필시 죽겠구나!"

노파가 안타까워 멍하니 서 있다가 다시 말했다.

"딱 한 가지 ㉡방법이 있습죠. 단오가 꼭 한 달 남았습니다. 그때 이 몸이 죽은 언니를 위해 제사상을 차리고 부인께 영영에게 반나절의 말미를 주도록 청한다면, 만에 하나 낭군의 뜻을 이룰 수 있을 것입니다. 낭군께선 돌아가시어 때를 기다렸다가 오시지요."

[04-②] 노파가 생의 애정 성취를 돕기 위해 사건에 적극 개입함. / [03-④] ㉡이 이루어지면 얻게 되는 기회

생이 기뻐하며 말했다.

[04-①, ⑤] 노파에게 생이 동조함.

"할멈 말대로 된다면야 인간의 5월 5일이 천상의 7월 7일이 되겠소!"

[02-⑤] 천상의 일에 빗대어 영영을 만나는 일의 기쁨을 표현함.

생과 노파는 각각 만복을 기원하며 헤어졌다.

01 대화의 특징 파악

답 ①

선지별 선택 비율	①	②	③	④	⑤
화작	55%	8%	24%	7%	4%
언매	70%	4%	16%	4%	3%

윗글의 대화에 대한 설명으로 가장 적절한 것은?

정답 띵! 동!

① 시간 표지를 활용하여 사건의 추이를 드러낸다.

| ⟨1⟩ 제가 명을 받들어 나갔다가 한 식경 후에 돌아와 ~ 낭군께서 다시 명하시면 제가 또 명을 받고 날이 저물 때쯤 돌아와, '손님께서 오늘은 송별객이 많아 ~ 내일 꼭 가겠노라 하셨습니다.'라 하지요. ~ 다음 날도 그렇게 하고 그다음 날도 그렇게 하시면

| ⟨2⟩ 과연 모월 모일 모처에서 오다가 길에서 마침 한 낭자를 보았다네. ~ 그날 이후로 마음이 혼미하며 만사가 흐릿하며, 오로지 그 낭자만 생각했다네.

| 뭔말?

· 막동이 생에게 계책을 말하는 부분에서 '한 식경 후', ' 날이 저물 때쯤', '오늘', '내일', '다음 날', '그다음 날'을 사용하여 사건의 추이를 드러냄.

· 생이 노파에게 사실을 고백하는 부분에서 '모월 모일', '그날 이후'를 사용하여 김생 자신이 영영을 보고 반하여 상심하고 애태웠던 사건의 추이를 드러냄.

오답 땡!

② 앞날의 일을 가정하여 ~~인물 간 갈등의 심화를 암시~~한다.

→ 찾아볼 수 없는 내용

→ 막동과 노파의 말에서 앞날의 일에 대한 가정이 나타남.

| ⟨1⟩ 그다음 날도 그렇게 하시면, ~ 필히 의문을 품을 것입니다. → 막동의 말

| ⟨2⟩ 그때 이 몸이 죽은 언니를 위해 제사상을 차리고 부인께 영영에게 반나절의 말미를 주도록 청한다면, 만에 하나 낭군의 뜻을 이룰 수 있을 것입니다. → 노파의 말

| 뭔말?

· 막동이 생에게 계책을 말하는 부분과 노파가 생에게 영영을 만날 수 있는 방법을 말하는 부분에서 앞날의 일을 가정하고 있음. 하지만 이 둘 모두 인물 간 갈등의 심화를 암시하고 있지 않음.

③ 인물에 대한 논평을 활용하여 ~~갈등의 해소 방안을 제시~~한다.

→ 찾아볼 수 없는 내용

→ 막동 → 생에 대한 논평 / 노파 → 영영에 대한 논평

| ⟨1⟩ 낭군께선 늘 언행이 호방하시고 재주가 무리 중에 탁월해 거침없으시더니

| ⟨2⟩ 자색이 고운 것은 낭군께서 이미 보셨으니 굳이 말할 것 없지만 고운 마음이며 얌전한 몸가짐은 양반집 규수와 다를 게 없지요.

| 뭔말?

· 막동이 생의 인물됨에 대해, 노파가 영영의 인물됨에 대해 논평을 하고 있으나 이 둘 모두 갈등의 해소 방안과는 아무 관련이 없음.

④ 인물의 내력을 요약적으로 제시하여 ~~성격의 변화~~를 보여 준다.

→ 찾아볼 수 없는 내용

→ 노파의 말을 통해 영영에 대한 내력이 요약적으로 제시됨.

문학 개념어(011)

| ⟨2⟩ 이 애는 회산군 댁 시비예요. 궁에서 나고 자라 문 앞길도 밟지 못한 지 오래랍니다. ~ 그 애가 어미의 제사를 이곳에서 지내려고 부인께 말미를 얻었기 때문이지요.

| 뭔말?

· 노파가 생에게 영영에 대해 말하는 부분에서 영영의 내력이 요약적으로 제시됨. 그러나 이것이 인물의 성격 변화를 보여 주지는 않음.

⑤ 인물의 성격을 고사에 빗대어 ~~사건을 새로운 국면으로 전환~~한다.

→ 찾아볼 수 없는 내용

→ '하동사자후'라는 고사에 빗대어 회산군 부인의 성격을 나타냄.

| ⟨2⟩ 부인의 시샘이 하동의 사자후보다 심하여

| 뭔말?

· 노파가 생에게 회산군 부인의 성격을 '하동사자후' 고사에 빗대어 설명하고 있음. 이는 '질투심이 강한 아내가 남편에게 암팡스럽게 떠드는 일', '성질이 사나운 여자'를 비유하는 고사에 해당함. 그러나 이것은 인물의 성격을 설명하는 정보일 뿐, 사건을 새로운 국면으로 전환하고 있지 않음.

02 작품의 내용 이해

답 ②

선지별 선택 비율	①	②	③	④	⑤
화작	2%	88%	3%	3%	2%
언매	1%	92%	1%	1%	1%

윗글의 내용에 대한 이해로 적절하지 않은 것은?

정답 띵!동!

② 생이 노파의 집에서 손님을 전별하는 일을 벌인 데 대해 ~~노파는 번거로움을 호소~~하였다.
└ 찾아볼 수 없는 내용

| 〈2〉 이 몸이 할멈에게 후의를 입었으니 어찌 사실대로 말하지 않겠나? ~ 그래서 손님을 전별한다며 할멈을 번거롭게 한 것이네. → 생의 말. 노파의 반응 X

| 뭔말?

· 생이 영영을 만나기 위한 계책으로, 노파의 집에 와 할멈을 번거롭게 한 것이라고 말하고 있을 뿐, 노파가 여기에 대해 번거로움을 호소하고 있지 않음.

오답 땡!

① 막동은 생의 근심이 사모하는 마음 때문일 것이라 추측했다.

| 〈1〉 요즘에는 울적해 하시니 말 못할 근심이라도 있는 듯하옵니다. 사모하는 이라도 있으신지요?

| 뭔말?

· 막동은 생이 말 못할 근심이라도 있는 듯 보이는 것이 사모하는 이가 있기 때문일 거라 추측함.

③ 노파는 생이 찾는 자색이 고운 여인이 죽은 언니의 딸인 것을 깨달았다.

| 〈2〉 노파가 이 말을 듣고 몹시 애처로워했으나 생이 마음에 둔 사람이 누군지 몰랐다. 한동안 깊이 생각하다가 문득 깨닫고서 말했다. "그런 애가 있습죠. 바로 죽은 제 언니의 딸이에요. 이름은 영영이고 자는 난향이죠. ~ 자색이 고운 것은 낭군께서 이미 보셨으니

| 뭔말?

· 생이 첫눈에 반한 한 낭자에 대해 말하자 노파는 '한동안 깊이 생각하다가 문득 깨닫고서' 자색 고운 그 여인이 '죽은 제 언니의 딸'이라고 말함.

④ 노파는 생의 사연을 애처롭게 여기고 자신이 영영에 대해 아는 바를 알려 주었다.

| 〈2〉 "노파가 이 말을 듣고 몹시 애처로워했으나 ~ 그런 애가 있습죠. 바로 죽은 제 언니의 딸이에요. 이름은 영영이고 자는 난향이죠. ~ 이 애는 회산군 댁 시비예요. ~ 부인께 말미를 얻었기 때문이지요."

| 뭔말?

· 노파는 생의 사연을 듣고 몹시 애처로워했다고 함.

· 이후, 생이 말한 여인이 자신의 죽은 언니 딸 영영인 것을 깨달은 노파는 자신이 영영에 대해 아는 바를 알려 줌.

⑤ 생은 천상의 일에 빗대어 영영을 만나는 일의 기쁨을 표현하였다.
└ 견우와 직녀가 오작교에서 일 년에 한 번 만나는 칠석날의 기쁨

| 〈2〉 "할멈 말대로 된다면야 인간의 5월 5일이 천상의 7월 7일이 되겠소!"

| 뭔말?

· 노파가 생에게 영영을 만날 수 있는 방법에 대해 알려 주자, 생은 천상의 일(견우와 직녀의 만남)에 빗대어 영영을 만나는 일의 기쁨을 표현함.

03 소재의 기능 파악

답 ④

선지별 선택 비율	①	②	③	④	⑤
화작	2%	3%	18%	73%	2%
언매	1%	2%	15%	79%	1%

㉠과 ㉡에 대한 설명으로 가장 적절한 것은?
└ ㉠ 계책, ㉡ 방법

정답 띵!동!

④ ㉠이 이루어지면 생은 노파에게 속내를 드러낼 기회를 얻게 되고, ㉡이 이루어지면 생이 영영과 만날 기회를 얻게 된다.

| 〈1~2〉 소인이 낭군을 위해 마륵의 ㉠ 계책을 올릴 테니 낭군께선 애태울 일이 없으십니다. → 낭군께선 급히 주효를 성대히 마련하시고 바로 미인이 머문 집으로 가셔서 ~ 의문이 생기면 하시고 싶은 바를 물어볼 것입니다. 이때 흉금을 털고 말하신다면 일은 거의 다 된 것입지요. → 생은 그 계책에 따라 즉시 주효를 갖추어서 곧바로 그 집에 가 전별 자리를 마련하였다. → 이 몸이 할멈에게 후의를 입었으니 어찌 사실대로 말하지 않겠나? ~ 그래서 손님을 전별한다며 할멈을 번거롭게 한 것이네.

| 〈2〉 딱 한 가지 ㉡ 방법이 있습죠. 단오가 꼭 한 달 남았습니다. 그때 이 몸이 죽은 언니를 위해 제사상을 차리고 부인께 영영에게 반나절의 말미를 주도록 청한다면, 만에 하나 낭군의 뜻을 이룰 수 있을 것입니다.

| 뭔말?

· 생은 막동이 일러 준 ㉠을 실행하고, 이 과정에서 노파에게 '사실대로 말'하게 됨. 따라서 ㉠이 이루어지면 생은 노파에게 속내를 드러낼 기회를 얻음.

· 노파가 생에게 말한 ㉡이 이루어지면 '낭군의 뜻'이 이루어져 생은 영영과 단옷날 만나는 기회를 얻게 됨.

오답 땡!

① ㉠과 ㉡은 모두 생에게 ~~실현 가능성에 의구심을 갖게 한다~~.
└ 생은 기뻐하며 영영을 만날 수 있으리라는 기대감을 드러냄.

| 〈1〉 생은 진정 그럴듯하다 여기고 기뻐하며 말했다. "내 일이 잘 되겠구나!"

| 〈2〉 생이 기뻐하며 말했다. "할멈 말대로 된다면야 인간의 5월 5일이 천상의 7월 7일이 되겠소!"

| 뭔말?

· 생은 막동의 계책인 ㉠에 대해 그럴듯하다 여기고 기뻐하며 일이 잘 되리라 추측함.

· 생은 노파가 말한 방법인 ㉡에 대해서도 기뻐하며 기대감을 표현함.

┌ ㉠과 ㉡ 모두에서 생의 의도가 숨겨지고 있기는 함.
② ㉠과 ㉡은 모두 생의 의도를 숨기기 위해 ~~상황의 급박함을 부각하는 방식을 취한다~~.
└ 찾아볼 수 없는 내용

| 〈1〉 손님을 전별하려는 듯 하십시오.

| 〈2〉 제사상을 차리고 부인께 영영에게 반나절의 말미를 주도록 청한다면, 만에 하나 낭군의 뜻을 이룰 수 있을 것입니다.

| 뭔말?

· 생은 막동의 계책인 ㉠을 실행하는 과정에서 자신의 의도를 잠시 숨겼음. 그러나 이 의도를 숨기기 위해 상황의 급박함을 부각하고 있지 않음.

· 노파가 말한 방법인 ㉡에서도 생의 의도는 숨겨짐. 그러나 이 의도를 숨기기 위해 상황의 급박함을 부각하는 방식은 사용되지 않음.

③ ㉠은 막동의 제안을 생이 실행함으로써 이루어지고, ㉡은 ~~생의 제안을 노파가 실행함으로써 이루어질 수 있다~~.
└ ㉡의 제안 주체는 노파임.

| ⟨1⟩ 소인이 낭군을 위해 마륵의 ㉠계책을 올릴 테니 → 생은 그 계책에 따라 즉시 주효를 갖추어서

| ⟨2⟩ 노파가 안타까워 멍하니 서 있다가 다시 말했다. → 딱 한 가지 ㉡방법이 있습죠. → 낭군께서는 돌아가시어 때를 기다렸다가 오시지요.

| 뭔말?

· ㉠은 막동이 생에게 제안한 것이고, 생이 이를 실행함으로써 이루어짐.

· 그러나 ㉡은 생의 제안이 아니라 노파의 제안에 해당함.

⑤ ㉠에서 생은 노파에게 접근하기 위해 가상의 존재(→ 손님)를 내세우고, ㉡에서 생은 영영과의 만남을 위해 ~~권력자의 위세를 내세운다~~.
찾아볼 수 없는 내용. 생은 노파의 방법에 동조하고 있을 뿐.

| ⟨1⟩ 낭군께선 급히 주효를 성대히 마련하시고 바로 미인이 머문 집으로 가셔서 손님을 전별하려는 듯 하십시오.

| 뭔말?

· 생은 ㉠에 따라 '손님'이라는 가상의 존재를 내세워 노파에게 접근함.

· 그러나 ㉡에서 생이 영영과 만나려 권력자의 위세를 내세우는 부분은 찾아볼 수 없음. 생은 죽은 언니의 제사를 핑계 삼아 영영과 만날 수 있게 해 주겠다는 노파의 말에 동조하고 있을 뿐임.

04 외적 준거에 따른 작품 감상 답 ⑤

선지별 선택 비율	①	②	③	④	⑤
화작	2%	1%	7%	6%	82%
언매	1%	0%	4%	4%	89%

⟨보기⟩를 참고하여 윗글을 감상한 내용으로 적절하지 않은 것은? [3점]

보기

「상사동기」는 남녀가 결연의 어려움을 극복하고 애정을 추구하는 서사라는 점에서, 애정 전기 소설의 전통을 따르면서도 전대 소설보다 현실성이 강화되었다. 감정에 충실하여 애정을 우선시하는 주인공의 성격, 서사 진행에 적극 개입하는 보조적 인물의 등장, 환상성을 벗어나 일상에 밀착된 배경의 설정 등에서 이를 확인할 수 있다. 또한 신분적 한계를 지닌 여성과의 결연 과정에서 애정 성취를 가로막는 사회적 관습으로 인한 갈등이 드러난다는 점에서 소설사적 의의가 있다.

정답 띵!동!

⑤ 회산군 부인의 허락을 구하려는 노파에게 생이 동조하는 것에서, 사회적 관습 안에서 현실적인 애정 성취 방법을 찾는 ~~인물의 내적 갈등을 확인할~~ 수 있군.
노파의 계획에 생은 기뻐하며 동조함. 내적 갈등 X

| ⟨2⟩ 딱 한 가지 방법이 있습죠. 단오가 꼭 한 달 남았습니다. 그때 이 몸이 죽은 언니를 위해 제사상을 차리고 부인께 영영에게 반나절의 말미를 주도록 청한다면, 만에 하나 낭군의 뜻을 이룰 수 있을 것입니다. 낭군께선 돌아가시어 때를 기다렸다가 오시지요.

| ⟨2⟩ 생이 기뻐하며 말했다. "할멈 말대로 된다면야 인간의 5월 5일이 천상의 7월 7일이 되겠소!"

| 뭔말?

· 노파 = ⟨보기⟩에 언급된 '서사 진행에 적극 개입하는 보조적 인물'

· '회산군 댁 시비'라는 영영의 신분 = ⟨보기⟩에 언급된 '애정 성취를 가로막는 사회적 관습'

· 노파는 생과 영영의 만남을 돕기 위해 단옷날 죽은 언니의 제사상을 차려 영영이 궁 밖으로 나올 수 있도록 회산군 부인의 허락을 구하려고 함. 이는 사회적 관습 안에서 현실적인 애정 성취 방법을 찾는 것에 해당함.

· 그러나 생은 노파의 이 계획에 대해 기뻐하며 동조하고 있을 뿐, 내적 갈등을 하고 있지 않음.

오답 땡!

① 생이 첫눈에 반한 영영과의 애정 추구에 적극적으로 나서는 점에서, 감정에 충실한 인물의 성격을 확인할 수 있군.
(→ 막동의 계책을 실행하고, 노파의 방법에 동조하는 모습)

| ⟨보기⟩ 감정에 충실하여 애정을 우선시하는 주인공의 성격

| 뭔말?

· 생은 첫눈에 반한 영영과의 애정을 추구하며 막동의 계책을 따르기도 하고, 노파의 제안에 동조하기도 하는 등 적극적으로 나섬. 여기에서, 감정에 충실한 인물의 성격을 확인할 수 있음.

② 막동과 노파가 생의 애정 성취를 돕기 위해 나서는 점에서, 사건에 적극 개입하는 보조적 인물의 등장을 확인할 수 있군.

| ⟨보기⟩ 서사 진행에 적극 개입하는 보조적 인물의 등장

| 뭔말?

· 막동은 생의 애정 성취를 돕기 위해 계책을 꾸며 '미인이 머문 집(노파의 집)'으로 접근하게 하고, 노파 역시 단옷날 둘의 만남을 주선하려 계획을 짬. 여기에서, 사건에 적극 개입하는 보조적 인물의 등장을 확인할 수 있음.

③ 생이 길을 가다 우연히 영영을 마주치고 노파의 집까지 뒤따르는 것에서, 사건 전개가 일상적 공간 속에서 이루어짐을 확인할 수 있군.

| ⟨보기⟩ 일상에 밀착된 배경의 설정

| ⟨2⟩ 과연 모월 모일 모처에서 오다가 길에서 마침 한 낭자를 보았다네. ~ 내 마음이 화사해지고 춘정을 이기지 못해 뒤따랐는데, 마지막에 이른 곳이 곧 할멈의 집이었네.

| 뭔말?

· 생은 '길에서' 우연히 영영을 마주치고 '춘정을 이기지 못해 뒤따랐는데' 마지막에 도착한 곳이 '할멈의 집'이었다고 했는데, 이 공간은 모두 일상적 공간에 해당함.

④ 영영이 회산군 댁 시비인 까닭에 두 인물의 만남이 어려운 점에서, 여성 주인공의 신분적 한계로 인해 애정 성취에 곤란을 겪는 것을 확인할 수 있군.
(→ 회산군 댁 시비라는 영영의 신분적 한계로 인해, 생과 영영의 애정 성취에 장애가 발생함.)

| ⟨보기⟩ 신분적 한계를 지닌 여성과의 결연 과정에서 애정 성취를 가로막는 사회적 관습으로 인한 갈등이 드러난다는 점

| ⟨2⟩ 이 애는 회산군 댁 시비예요. 궁에서 나고 자라 문 앞길도 밟지 못한 지 오래랍니다. ~ 그렇지 않았던들 낭군께서 어찌 얼굴을 볼 수 있었겠습니까? 아이고! 낭군께서 다시 만나시기는 참으로 어렵습죠. 참으로 어려워요!

| 뭔말?

· 노파는 회산군 댁 시비라는 영영의 신분적 한계를 언급하며 생과 다시 만나기는 참으로 어려울 것이라 강조해서 말함. 이것은 여성 주인공의 신분적 한계가 원인이 되어 애정 성취에 곤란을 겪는 것에 해당함.

기출 속 문학 개념어 사전

요약적 제시(011)

개념	**요약적 제시** 要 중요할 ㉠ 約 맺을 ㉡ 的 과녁 ㉢ 提 끌 ㉣ 示 보일 ㉤
사전적 의미	[요약] 말이나 글의 요점을 잡아서 간추림. [제시] 어떠한 의사를 말이나 글로 나타내어 보임.
단계적 이해	① 요약적 제시는 '서술자의 입'을 통해 인물의 내력이나 경험, 사건의 핵심 등이 압축적으로 전달되는 것을 말해. ② 요약적 제시를 판단하기 위해서는 반드시 '시간'의 개념을 고려해야 해. 원래의 사건보다 시간적으로 요약되고 압축되어야 한다는 걸 꼭 기억해 줘. ③ 요약적 제시는 주로 과거에 있었던 일을 회상할 때나 사건의 핵심 내용을 상대에게 전달하려고 할 때 사용되곤 해. ④ 요약적 제시는 실제로는 오랜 시간 벌어진 장황한 이야기의 중심 내용만 추린 거잖아? 사건이나 내용이 속도감 있게 전개되는 효과가 발생해.
 출제 TIP	• 요약적 제시라는 표현은 고전 소설, 현대 소설의 서술상 특징을 묻는 문제에서 자주 볼 수 있어. 앞으로도 산문 문학에서 출제될 가능성이 높은 개념이야. • 20년 전, 작년 등 특정 시기를 지칭하는 표지어에 주목해 봐. 당시의 정보가 개괄적, 압축적, 요약적으로 제시되고 있지 않는지 체크해 보자.

요약적 제시

백선군은 사은(謝恩)하고 다시 휴가를 얻어 바삐 집으로 돌아와서 이 사연을 임 진사 댁에 알렸다. 임 진사 댁에서 생각 밖의 일이라 기뻐하고 감격하여 택일 성례하니 신부의 화용월태가 가히 숙녀 가인이었다. 신부 임 낭자는 선군을 따라 시댁으로 들어와 시부모님을 효로써 모시고 낭군을 공손하게 받들면서 숙영 낭자와 더불어 서로 친구처럼 한시도 떨어지지 않고 지내게 되었다.

– 작자 미상, 「숙영낭자전」

▶ 백선군과 임 낭자가 혼인을 한 후 집안의 화평함이 유지되는 상황을 요약적으로 제시하여 사건 전개의 속도감을 높이고 있어.

8 · 15 직후, 낡은 법이 없어지고 새로운 영이 서기 전, 혼란한 틈을 타서 잇속에 눈이 밝은 무리들이 일본인 농장이나 회사의 관리자들과 부동이 되어 가지고, 일인의 재산을 부당 처분하여 배를 불린 일이 허다하였다. 이 산판 사건도 그런 것의 하나였다.

– 채만식, 「논 이야기」

▶ 부조리한 시대상을 요약적으로 제시하여 사회가 혼란한 틈을 이용해 제 잇속만 챙긴 일부 모리배들의 행위를 비판하고 있어.

안승학은 원래 이 고을 읍내에서 살았다. 지금부터 이십 년 전만 해도 그는 다 찌그러진 오막살이에서 콩나물죽으로 연명하던 처지였다. 그러던 사람이 오늘은 수백 석 추수를 하고 서울 사는 민 판서 집 사음까지 얻어서 이 동리로 옮겨 앉은 것이다.

그것은 안승학의 근본을 아는 사람은 누구나 놀랄 만한 일이었다. 그는 지체도 없고 형세도 없이 타관에서 떠들어온 사람이었다. 그러므로 이 고을에는 그의 일가친척이라고는 면 서기를 다니는 아우 하나밖에 아무도 없다. 그의 부친은 경기도 죽산이라던가 어디서 호방 노릇을 하던 아전이었다는데 승학이가 성년 되기 전에 별세하고 그의 모친도 부친이 돌아간 지 삼 년 만에 마저 세상을 떠났다 한다. 그래서 거기서는 살 수가 없어서 아내와 어린 동생 하나를 데리고 이 고장으로 들어왔다. 이 고을 읍내에는 그의 처가가 사는 터이므로.

– 이기영, 「고향」

▶ 안승학의 이십 년 전 처지와 가족사 등을 요약적으로 제시하여 인물에 대한 정보를 전하고 있어.

옥화는 그동안 또 성기에게 역시 그 체 장수 영감의 이야기를 전해 들려주고 있는 모양이었다. — 지리산 속에서 우연히 옛날 고향 친구의 아들이 된다는 낯선 젊은이 하나를 만났다. 그는 영감의 고향인 여수에서 큰 공장을 경영하는 실업가로, 지리산 유람을 들어왔다가 이야기 끝에 우연히 서로 알게 되었다. 그는 영감에게 함께 고향으로 돌아가 살자고 했다. 영감은 문득 고향 생각도 날겸 그 청년의 도움으로 어떻게 형편이 좀 필 것같이도 생각되어 그를 따라 여수로 돌아가기로 결정을 하고 나오는 길이라 —, 옥화가 무어라고 한참 하는 이야기는 대개 이러한 의미인 듯하였으나, 조마롭고 어지럽고 노여움으로 이미 두 귀가 멍멍하여진 그에게는 다만 벌 떼처럼 무엇이 왕왕거릴 뿐, 아무것도 분명히 들리지 않았다.

– 김동리, 「역마」

▶ 옥화가 성기에게 계연이 떠나야 하는 이유를 설명하는 부분에서 한 체 장수 영감의 이야기가 요약적으로 제시되고 있어.

▸본문 082쪽

고전 소설 07

2023학년도 수능

01 ④ 02 ③ 03 ③ 04 ⑤

조위한, 「최척전」

EBS 연결 고리
2023학년도 수능특강 258쪽

교과서 연계 정보
작품 국어 좋은책 문학 미래엔

해제 이 작품은 임진왜란과 정유재란, 후금의 명나라 침입 등을 배경으로, 전란으로 인한 최척과 옥영 가족의 이별과 재회를 그려 낸 소설이다. 여타의 전쟁 소설들이 전쟁을 승리로 이끈 영웅을 중심으로 하는 반면, 이 작품은 전쟁으로 인한 민중의 고난과 역경에 초점을 맞추고 있다는 것이 특징이다. 역사적인 비극 속에서 가족과 이별하고 재회하는 과정을 반복하며 겪는 인물들의 고통을 비교적 사실적으로 그려 냈다.

주제 전쟁으로 인한 가족의 이산과 재회

전체 줄거리

남원 사람인 최척과 과부 심씨의 딸 옥영은 서로 사랑에 빠져 혼인하려 하지만, 심씨는 쇠락한 양반집 아들인 최척을 반대한다. 그러나 옥영의 끈질긴 설득으로 둘은 결국 약혼한다. 혼인날을 기다리던 중 임진왜란이 일어나 최척은 전쟁에 나가고, 그 사이 심씨가 부잣집 아들인 양생과 옥영을 혼인시키려 하지만, 옥영은 최척을 끝까지 기다려 혼인한다. 이후 후사가 없던 최척과 옥영은 만복사에 치성을 드려 맏아들 몽석을 낳는다. 정유재란이 일어나 남원이 함락되고, 최척과 옥영 가족들은 뿔뿔이 흩어진다. 최척은 명나라 장수 여유문을 만나 그에게 의탁하고, 남장을 한 옥영은 왜병 돈우에게 붙잡혀 일본으로 끌려간다. 돈우는 옥영에게 부엌일을 시키며 함께 장사를 다닌다. 한편 최척은 의형제를 맺었던 여유문을 떠나보낸 후 송우를 만나고, 그는 최척에게 자신과 비단이나 차를 팔며 남은 생을 즐기자고 한다. 이후 최척은 송우를 따라 안남으로 장사하러 갔다가 자신의 신세를 한탄하며 피리를 분다. 그때 어디선가 자신과 옥영만 아는 시가 들리자 최척은 눈물을 흘리고, 다음 날 그 시를 읊은 사람인 옥영을 찾아가 둘은 극적으로 상봉한다. 이후 최척과 옥영은 중국에서 살며 둘째 몽선을 낳고, 몽선은 장성하여 중국인 진위경의 딸 홍도와 혼인한다. 이듬해 후금이 명나라를 침입하여 최척은 가족과 다시 이별하고, 명나라 군사로 출전했다가 후금의 포로가 된다. 최척은 포로수용소에서 맏아들 몽석을 극적으로 만나고, 둘은 수용소를 탈출해 고향으로 향한다. 도중에 최척은 등창이 나고, 이를 치료해 준 진위경과 함께 돌아온다. 옥영 역시 천신만고 끝에 몽선, 홍도와 고국으로 돌아오고 일가가 다시 만나 행복한 삶을 누린다.

1 혼례를 마친 후 최척이 아내와 함께 장모를 모시고 집으로 돌아오매 하인들이 기뻐했다. 대청에 오르자 **친척들**이 축하하여 온 집안에 기쁨이 넘쳤고, 이들을 기리는 소리가 사방의 이웃으로 퍼졌다. 시집에 온 옥영은 소매를 걷고 머리를 빗어 올린 채 손수 물을 긷고 절구질을 했으며, 시아버지를 봉양하고 남편을 대할 때 효와 정성을 다하고, 윗사람을 받들고 아랫사람을 대할 때는 성의와 예의를 두루 갖췄다. **이웃 사람들**이 이를 듣고는 모두 양홍의 처나 포선의 아내도 이보다 낫지 않을 것이라고 칭찬했다.

[02-⑤] 친척들이 결혼을 경사로 받아들임.
[01-③] [02-⑤] 옥영에 대한 긍정적인 평가

2 최척은 결혼한 후 구하는 것이 뜻대로 되어 재산이 점차 넉넉히 불었으나, 다만 일찍이 자식이 없는 것이 걱정이었다. 최척 부부는 후사를 염려하여 ㉠매월 초하루가 되면 몸과 마음을 깨끗이 하고 함께 만복사에 올라 부처께 기도를 올렸다. 다음 해 갑오년 ㉡정월 초하루에도 만복사에 올라 기도를 했는데, 이날 밤 장육금불이 옥영의 꿈에 나타나 말했다.

[02-④] 최척 집안이 점차 부유해짐.
[03-④] ㉠에서부터 이어진 행위

"나는 **만복사의 부처**로다. 너희 정성이 가상해 기이한 **사내아이**를 점지해 주니, 태어나면 반드시 특이한 징표가 있을 것이다."

[04-①] 현실적인 문제(후사에 대한 염려) 해결
[04-②] '사내아이'의 출생과 관련한 예언

옥영은 ㉢그달에 바로 잉태해 열 달 뒤 과연 아들을 낳았는데, 등에 어린아이 손바닥만 한 **붉은 점**이 있었다. 그래서 최척은 아들 이름을 몽석(夢釋)이라고 지었다.

[03-⑤] 인물의 소망(자식을 갖는 일) 실현 과정

3 최척은 피리를 잘 불었으며, ㉣매양 꽃 피는 아침과 달 뜬 밤이 되면 아내 곁에서 피리를 불곤 했다. 일찍이 날씨가 맑은 ㉤어느 봄날 밤이었는데, 어둠이 깊어 갈 무렵 미풍이 잠깐 일며 밝은 달이 환하게 비췄으며, 바람에 날리던 꽃잎이 옷에 떨어져 그윽한 향기가 코끝에 스며들었다. 이에 최척은 옥영과 술을 따라 마신 후, 침상에 기대 피리를 부니 그 여음이 하늘거리며 퍼져 나갔다. 옥영이 한동안 침묵하다 말했다.

[03-③] ㉣에 반복되는 인물의 행위
[03-③] ㉣ 중 어느 하루
[01-④] 인물의 행동이 전개되는 상황

"저는 평소 여인이 시 읊는 것을 좋게 여기지 않습니다. 그런데 이처럼 맑은 정경을 대하니 도저히 참을 수가 없군요."

옥영은 마침내 절구 한 수를 읊었다.

[01-①, ④] 시의 삽입, 인물의 행동이 전개되는 상황

왕자진이 피리를 부니 달도 내려와 들으려는데,
바다처럼 푸른 하늘엔 이슬이 서늘하네.
때마침 날아가는 푸른 난새를 함께 타고서도,
안개와 노을이 가득해 봉도 가는 길 찾을 수 없네.

최척은 애초에 자기 아내가 이리 시를 잘 읊는 줄 모르고 있던 터라 놀라 감탄하였다.

[02-③] 최척은 시에 대한 옥영의 재능을 모르고 있었음.

4 **[중략 줄거리]** 전란으로 가족과 이별한 최척은 명나라 배를 타고 안남에 이르러 처량한 마음에 피리를 불었다.

[04-③] 공간적 배경을 다른 나라로 확장함.

5 최척은 동방이 밝아 오자, 강둑을 내려가 **일본인 배에 이르러 조선말로** 물었다.

"어젯밤 시를 읊던 사람은 조선 사람 아닙니까? 나도 조선 사람이어서 한번 만나 보았으면 합니다. 멀리 **다른 나라를 떠도는 사람**이 비슷하게 생긴 **고국 사람을 만나**는 것이 어찌 그저 기쁘기만 한 일이겠습니까?"

[02-②] 최척이 자신을 소개하며 한 말
[02-②] 최척의 심정

옥영도 생각하기를 어젯밤 들은 **피리 소리**가 조선의 곡조인 데다, 평소 익히 들었던 것과 너무나 흡사했다. 그래서 남편 생각에 감회가 일어 절로 시를 읊게 되었던 것이다. 옥영은 자기를 찾는 사람의 목소리를 듣고는 황망히 뛰쳐나와 최척을 보았다. 둘은 서로 마주하고 놀라 **소리를 지르며 끌어안**고 백사장을 뒹굴었다. 목이 메고 기가 막혀 마음을 안정할 수 없었으

[04-④] 최척을 떠올리게 함. → 이별 상황을 해결하는 계기가 되는 소재
[04-⑤] 상봉의 기쁨

며, 말도 할 수 없었다. 눈에서는 **눈물이 다하자 피가 흘러내**려 서로를 볼 수도 없을 지경이었다. 양국의 **뱃사람들**이 저잣거리처럼 모여들어 구경했는데, 처음에는 친척이나 잘 아는 친구인 줄로만 알았다. 뒤에 그들이 부부 사이라는 것을 알고 서로 돌아보며 소리쳐 말했다.

[02-①] 뱃사람이 생각했던 관계

"이상하고 기이한 일이로다! 이것은 하늘의 뜻이요, 사람이 이룰 수 있는 일이 아니로다. 이런 일은 옛날에도 들어 보지 못하였다."

[02-①] 최척과 옥영이 부부인 것을 알고 놀라워함.

최척은 옥영에게 그간의 소식을 물었다.

"산속에서 붙들려 강가로 끌려갔다는데, 그때 아버지와 장모님은 어찌 되었소?"

옥영이 말했다.

"날이 어두워진 뒤 배에 오른 데다 정신이 없어 서로 잃어버렸으니, 제가 두 분의 안위를 어떻게 알겠습니까?"

[01-⑤] 옥영도 전란으로 헤어진 다른 인물들의 행선지를 모름.

두 사람이 손을 붙들고 통곡하자, 옆에서 지켜보던 사람들도 슬퍼하며 눈물을 닦지 않는 이가 없었다.

01 작품의 종합적 이해와 감상

답 ④

선지별 선택 비율	①	②	③	④	⑤
화작	2%	1%	2%	85%	8%
언매	1%	0%	1%	91%	4%

윗글에 대한 설명으로 가장 적절한 것은?

정답 띵!동!

→ 봄밤의 배경을 촉각, 시각, 후각적 이미지를 활용해 묘사함.
→ 낭만적 분위기 조성의 효과

④ 감각적인 배경 묘사를 통해 인물의 행동이 전개되는 상황의 낭만적 분위기를 부각하고 있다.

→ 최척이 피리를 불고 옥영이 시를 읊으며 봄밤의 풍경을 감상하는 상황

| 〈3〉 일찍이 날씨가 맑은 어느 봄날 밤이었는데, 어둠이 깊어 갈 무렵 미풍이 잠깐 일며(→ 촉각) 밝은 달이 환하게 비췄으며, 바람에 날리던 꽃잎이 옷에 떨어져(→ 시각) 그윽한 향기가 코끝에 스며들었다(→ 후각). 이에 최척은 옥영과 술을 따라 마신 후, 침상에 기대 피리를 부니 그 여음이 하늘거리며 퍼져 나갔다. 옥영이 한동안 침묵하다 말했다. "저는 평소 여인이 시 읊는 것을 좋게 여기지 않습니다. 이처럼 맑은 정경을 대하니 도저히 참을 수가 없군요." 옥영은 마침내 절구 한수를 읊었다.

| 뭔말?

· 최척이 피리를 불고 옥영이 시를 읊는 '어느 봄날 밤'의 풍경을 다양한 심상을 통해 감각적으로 묘사하여 낭만적 분위기를 부각함.

오답 땡!

→ 옥영이 봄밤의 풍경을 감상하며 지은 시에 해당함.

① 시를 삽입하여 ~~인물 간의 갈등 양상이 구체화되는 상황~~을 드러내고 있다.

→ 찾아볼 수 없는 내용

| 〈3〉 옥영은 마침내 절구 한 수를 읊었다.

| 〈3〉 왕자진이 피리를 부니 달도 내려와 들으려는데, 바다처럼 푸른 하늘엔 이슬이 서늘하네. 때마침 날아가는 푸른 난새를 함께 타고서도, 안개와 노을이 가득해 봉도 가는 길 찾을 수 없네.

| 뭔말?

· 옥영이 봄밤의 풍경을 즐기며 읊은 시 한 수가 삽입되어 있기는 함. 하지만 이를 통해 인물 간의 갈등 양상을 구체화하고 있지 않음. 이 글에 인물 간의 갈등은 드러나 있지 않음.

→ 시집온 옥영이 정성을 다하는 행위, 안남에서 만난 최척과 옥영의 행위가 나열됨.

② 인물의 행위가 연속적으로 나열된 장면을 통해 ~~신분의 변화 과정~~을 드러내고 있다.

찾아볼 수 없는 내용

| 〈1〉 시집에 온 옥영은 소매를 걷고 머리를 빗어 올린 채 손수 물을 긷고 절구질을 했으며, 시아버지를 봉양하고 남편을 대할 때 효와 정성을 다하고, 윗사람을 받들고 아랫사람을 대할 때는 성의와 예의를 두루 갖췄다.

| 〈3〉 옥영은 자기를 찾는 사람의 목소리를 듣고는 황망히 뛰쳐나와 최척을 보았다. 둘은 서로 마주하고 놀라 소리를 지르며 끌어안고 백사장을 뒹굴었다. 목이 메고 기가 막혀 마음을 안정할 수 없었으며, 말도 할 수 없었다. 눈에서는 눈물이 다하자 피가 흘러내려 서로를 볼 수도 없을 지경이었다.

| 뭔말?

· 시집온 옥영의 행위, 안남에서 만난 최척과 옥영의 행위 등 인물의 행위가 연속적으로 나열되어 있기는 함. 하지만 이를 통해 신분의 변화 과정을 드러내고 있는 것은 아님.

③ 주변 인물이 알고 있는 사례를 근거로 주요 인물에 대해 ~~상반된~~ 평가를 내리게 하고 있다.

옥영에 대한 이웃 사람들의 긍정적 평가만 제시됨.

| 〈1〉 시집에 온 옥영은 소매를 걷고 머리를 빗어 올린 채 손수 물을 긷고 절구질을 했으며, 시아버지를 봉양하고 남편을 대할 때 효와 정성을 다하고, 윗사람을 받들고 아랫사람을 대할 때는 성의와 예의를 두루 갖췄다. 이웃 사람들이 이를 듣고는 모두 양홍의 처나 포선의 아내도 이보다 낫지 않을 것이라고 칭찬했다.

| 뭔말?

· 최척이나 옥영과 같은 주요 인물에 대한 상반된 평가는 제시되어 있지 않음. 시집온 옥영에 대한 주변인들의 긍정적 평가만 나타남.

→ 다른 가족들의 안위를 묻는 최척과 옥영의 대화　→ 전란으로 가족들이 뿔뿔이 흩어짐.

⑤ 인물 간 대화가 오가는 장면을 보여 주어 이전 사건에 따른 ~~다른 인물들의 현재 행선지를 드러내고 있다~~.

→ 옥영도 다른 인물(최척의 아버지, 장모님)의 안위를 모른다고 함.

| 〈5〉 최척은 옥영에게 그간의 소식을 물었다. "산속에서 붙들려 강가로 끌려갔다는데, 그때 아버지와 장모님은 어찌 되었소?" 옥영이 말했다. "날이 어두워진 뒤 배에 오른 데다 정신이 없어 서로 잃어버렸으니, 제가 두 분의 안위를 어떻게 알겠습니까?"

| 뭔말?

· 마지막 부분에서 최척과 옥영의 대화를 통해 이전 사건, 즉 가족이 서로 헤어진 사건이 언급되기는 함. 하지만 전란으로 헤어진 뒤 가족들의 현재 행선지는 옥영도 알 수 없다고 했음.

02 인물의 심리와 태도 파악

답 ③

선지별 선택 비율	①	②	③	④	⑤
화작	1%	1%	94%	1%	0%
언매	0%	1%	96%	1%	0%

윗글의 인물에 대한 이해로 적절하지 않은 것은?

정답 띵! 동!

③ '최척'은 옥영의 시에 대한 재능을 ~~결혼 전에 알고 있었지만, 옥영이 시를 읊기 전까지 이를 모른 척했다.~~
→ 최척은 옥영의 시에 대한 재능을 모르고 있었음.

| 〈3〉 최척은 애초에 자기 아내가 이리 시를 잘 읊는 줄 모르고 있던 터라

| 뭔말?

· 최척은 옥영이 시를 읊기 전까지는 옥영의 시에 대한 재능을 모르고 있었다가, 시를 읊자 깜짝 놀라 감탄함.

오답 땡!

① '뱃사람들'은 최척과 옥영의 관계가 자신들이 생각하던 것과 달라 놀라워했다.
→ 최척과 옥영이 친척이나 잘 아는 친구인 줄 알았으나, 뒤이어 이들이 부부 사이라는 것을 알게 됨.

| 〈5〉 양국의 뱃사람들이 ~ 처음에는 친척이나 잘 아는 친구인 줄로만 알았다. 뒤에 그들이 부부 사이라는 것을 알고 서로 돌아보며 소리쳐 말했다. "이상하고 기이한 일이로다! 이것은 하늘의 뜻이요, 사람이 이룰 수 있는 일이 아니로다. 이런 일은 옛날에도 들어 보지 못하였다."

| 뭔말?

· '뱃사람들'은 최척과 옥영이 친척이나 잘 아는 친구인 줄로만 알았는데, 뒤에 그들이 부부 사이라는 것을 알고 신기한 일이라며 놀라워했음.

② '최척'은 강둑을 내려가 자신을 '다른 나라를 떠도는 사람'이라 말하며 자신의 처지와 심정을 드러냈다.

| 〈5〉 나도 조선 사람이어서 한번 만나 보았으면 합니다. 멀리 다른 나라를 떠도는 사람이 비슷하게 생긴 고국 사람을 만나는 것이 어찌 그저 기쁘기만 한 일이겠습니까?

| 뭔말?

· 안남에서 '최척'은 어느 날 밤, 누군가 읊은 시 한 수를 들음.

· 날이 밝아 오자 최척은 강둑을 내려가 일본인 배에 이르러 어젯밤 시를 읊은 사람이 누구인지를 묻는데, 그러면서 스스로를 '다른 나라를 떠도는 사람'이라고 소개하며 자신의 처지와 심정을 드러냄.

④ '옥영'은 가정의 구성원들을 정성스러운 마음으로 대했고, 옥영이 시집온 후 최척의 집안은 점차 부유해졌다.

| 〈1〉 시집에 온 옥영은 소매를 걷고 머리를 빗어 올린 채 손수 물을 긷고 절구질을 했으며, 시아버지를 봉양하고 남편을 대할 때 효와 정성을 다하고, 윗사람을 받들고 아랫사람을 대할 때는 성의와 예의를 두루 갖췄다.

| 〈2〉 "최척은 결혼한 후 구하는 것이 뜻대로 되어 재산이 점차 넉넉히 불었으나,"

| 뭔말?

· 시집온 옥영은 가정 구성원들을 정성스러운 마음으로 대했다고 했으며, 최척의 집안은 일이 뜻대로 되어 재산이 늘었다고 함.

⑤ '친척들'은 최척의 결혼을 경사로 받아들였고, '이웃 사람들'은 옥영의 행실을 칭찬했다.

| 〈1〉 혼례를 마친 후 최척이 아내와 함께 장모를 모시고 집으로 돌아오매 ~ 친척들이 축하하여 온 집안에 기쁨이 넘쳤고, ~ 옥영은 ~ 시아버지를 봉양하고 남편을 대할 때 효와 정성을 다하고, 윗사람을 받들고 아랫사람을 대할 때는 성의와 예의를 두루 갖췄다. 이웃 사람들이 이를 듣고는 모두 양홍의 처나 포선의 아내도 이보다 낫지 않을 것이라고 칭찬했다.

| 뭔말?

· 혼례를 마치고 집으로 돌아온 최척과 옥영을 보고 친척들이 축하하여 온 집안에 기쁨이 넘쳤다고 했고, 이웃 사람들은 옥영의 행실을 양홍의 처나 포선의 아내와 비교하며 매우 칭찬했다고 함.

03 배경의 의미와 기능 파악 답 ③

선지별 선택 비율	①	②	③	④	⑤
화작	1%	2%	89%	5%	1%
언매	0%	1%	93%	2%	0%

㉠~㉤에 대한 이해로 가장 적절한 것은?

정답 띵! 동!

③ ㉣은 인물의 행위가 반복적으로 일어나는, ㉤은 ㉣ 중 한 시점을 특정하는 시간의 표지이다.
→ 최척이 피리를 부는 행위가 반복됨.
→ 달이 뜬 밤으로, 최척이 피리를 붊.

| 〈3〉 최척은 피리를 잘 불었으며, ㉣매양 꽃 피는 아침과 달 뜬 밤이 되면 아내 곁에서 피리를 불곤 했다. 일찍이 날씨가 맑은 ㉤어느 봄날 밤이었는데, ~ 최척과 옥영은 술을 따라 마신 후, 침상에 기대 피리를 부니

| 뭔말?

· ㉣은 '꽃 피는 아침과 달 뜬 밤이면 매번'이란 말로, 이런 날이면 최척은 아내 곁에서 피리를 불곤 했다고 하였으므로 ㉣은 인물의 행위가 반복적으로 일어나는 시간의 표지임.

· ㉤ '어느 봄날 밤'은 '매양 꽃 피는 아침과 달 뜬 밤' 중 어느 하루로 최척이 침상에 기대 피리를 분 날에 해당하므로, ㉤은 ㉣ 중 한 시점을 특정하는 시간의 표지임.

오답 땡!

① ㉠은 ~~인물의 심리적 갈등이 발생하는~~, ㉢은 ~~㉠에서 발생한 갈등이 심화~~되는 시간의 표지이다.
옥영이 아이를 잉태하는 시점. ㉠에서 갈등 발생 X → ㉢에서 갈등 심화 X
→ 최척과 옥영이 후사를 얻기 위해 만복사에 올라 기도를 드리던 날. 심리적 갈등 발생 X

| 〈1〉 최척 부부는 후사를 염려하여 ㉠매월 초하루가 되면 몸과 마음을 깨끗이 하고 함께 만복사에 올라 부처께 기도를 올렸다. 다음 해 갑오년 ㉡정월 초하루에도 만복사에 올라 기도를 했는데, 이날 밤 장육금불이 옥영의 꿈에 나타나 말했다.

| 〈1〉 옥영은 ㉢그달에 바로 잉태해 열 달 뒤 과연 아들을 낳았는데.

| 뭔말?

· ㉠ '매월 초하루'는 후사가 없던 최척과 옥영이 만복사에 올라 기도를 드리던 날로, 인물의 심리적 갈등이 발생하고 있지 않음.

· ㉠에서 갈등이 나타나지 않으므로, 옥영이 잉태한 때인 ㉢ '그달'이 ㉠에서 발생한 갈등이 심화되는 시간의 표지라는 설명도 적절하지 않음.

② ㉢과 ㉤은 모두 ~~과거의 행위를 통해 인물의 성격이 변화됨~~을 드러내는 시간의 표지이다.
→ 찾아볼 수 없는 내용. 이 글에 인물의 성격 변화 X

| 〈1〉 옥영은 ㉢그달에 바로 잉태해 열 달 뒤 과연 아들을 낳았는데

| 〈3〉 일찍이 날씨가 맑은 ㉤어느 봄날 밤이었는데, ~ 최척과 옥영은 술을 따라 마신 후, 침상에 기대 피리를 부니

| 뭔말?

· ㉢ '그달'은 만복사에서 기도를 올리던 옥영이 아이를 잉태한 시점이고, ㉤ '어느 봄날 밤'은 최척이 피리를 불고 옥영이 시를 읊은 때에 해당함.

· ⓒ과 ⓜ 모두에서 과거의 행위를 통해 인물의 성격이 변화하는 부분은 찾아볼 수 없음.

→ ⓛ 정월 초하루는 ㉠ 매월 초하루에 포함됨. → 만복사에 올라 기도를 올리는 날

④ ⓛ은 ㉠에서부터 이어진 행위를 알려 주는, ⓜ은 ~~그 행위가 완결된 순간을 지시~~하는 시간의 표지이다.

→ 옥영이 아이를 잉태한 시점인 ⓒ 그달에 ㉠, ⓛ의 행위가 완결됨.

| 〈1〉 최척 부부는 후사를 염려하여 ㉠매월 초하루가 되면 몸과 마음을 깨끗이 하고 함께 만복사에 올라 부처께 기도를 올렸다. 다음 해 갑오년 ⓛ정월 초하루에도 만복사에 올라 기도를 했는데

| 뭔말?

· ⓛ '정월 초하루'는 최척과 옥영이 만복사에 올라 기도를 드리던 ㉠ '매월 초하루' 중 하루로, ⓛ은 ㉠에서부터 이어진 행위를 알려 주는 시간의 표지임.

· ⓜ은 옥영이 최척의 피리 소리를 듣고 시를 한 수 읊은 날임. 최척과 옥영이 만복사에 올라 기도를 드리던 ㉠, ⓛ의 행위가 완결된 순간을 지시하는 시간의 표지는 옥영이 아이를 잉태한 ⓒ '그달'임.

→ ⓛ에서 최척 부부는 후사를 보게 해 달라고 기도함(소망).
→ ⓒ에서 옥영이 아이를 잉태함(소망 실현).

⑤ ⓛ과 ⓒ은 인물의 소망이 실현되어 가는 과정에 포함되는, ⓜ은 ~~인물의 소망이 좌절~~된 시간의 표지이다.

→ ⓜ은 최척과 옥영이 봄밤을 즐기는 시간. 인물의 소망 좌절과 관계없음.

| 〈1〉 최척 부부는 후사를 염려하여 ~ 다음 해 갑오년 ⓛ정월 초하루에도 만복사에 올라 기도를 했는데, 이날 밤 장육금불이 옥영의 꿈에 나타나 말했다.

| 〈2〉 옥영은 ⓒ그달에 바로 잉태해 열 달 뒤 과연 아들을 낳았는데

| 〈3〉 일찍이 날씨가 맑은 ⓜ어느 봄날 밤이었는데, ~ 최척은 옥영과 술을 따라 마신 후, 침상에 기대 피리를 부니

| 뭔말?

· 최척 부부가 ⓛ '정월 초하루'에 만복사에 올라 후사를 보게 해 달라는 기도를 드리고 ⓒ '그달'에 옥영이 잉태를 하므로 ⓛ과 ⓒ은 인물의 소망이 실현되어 가는 과정에 포함됨.

· ⓜ '어느 봄날 밤'은 옥영이 최척의 피리 소리를 듣고 시를 한 수 읊은 날이므로, 후사를 보게 해 달라는 인물의 소망이 좌절된 시간의 표지가 아님.

04 외적 준거에 따른 작품 감상

답 ⑤

선지별 선택 비율	①	②	③	④	⑤
화작	1%	1%	2%	2%	91%
언매	1%	0%	1%	1%	95%

〈보기〉를 바탕으로 윗글을 감상한 내용으로 적절하지 않은 것은? [3점]

보기

「최척전」에는 하나의 문제 상황이 해결되면 또 다른 문제가 확인되는 서사 구조가 나타나고 있다. 이 과정에서 도움을 주는 신이한 존재를 나타나게 하거나, 예언의 실현을 보여 주는 특이한 증거를 활용하거나, 문제 해결의 계기가 되는 소재를 제시하거나, 공간적 배경을 확장하여 다양한 국적의 사람들을 등장시키는 등의 서사적 장치들이 확인된다. 이러한 서사 구조와 다양한 서사적 장치는 독자가 이야기에 흥미를 가지고 그것을 자연스럽게 수용하는 데 기여한다.

정답 띵!동!

전란으로 인한 이별(문제) → 상봉(해결)

⑤ 최척과 옥영이 '소리를 지르며 끌어안'는 것은 문제의 해결에 따른 기쁨과, '눈물이 다하자 피가 흘러내'리는 것은 ~~또 다른 문제 확인에 따른 인물의 불안감~~과 관련이 있겠군.

→ 재회의 기쁨을 과장되게 표현한 말. 또 다른 문제 확인 X → 인물의 불안감 X

| 〈5〉 옥영은 자기를 찾는 사람의 목소리를 듣고는 황망히 뛰쳐나와 최척을 보았다. 둘은 서로 마주하고 놀라 소리를 지르며 끌어안고 백사장을 뒹굴었다. ~ 눈에서는 눈물이 다하자 피가 흘러내려 서로를 볼 수도 없을 지경이었다.

| 뭔말?

· 최척과 옥영이 서로 마주하고 놀라 '소리를 지르며 끌어안'는 것은 '전란으로 인한 이별(문제) → 상봉(해결)'의 기쁨과 관련이 있음.

· '눈에서는 눈물이 다하자 피가 흘러내'렸다고 한 것은 극적인 상봉으로 인한 기쁨을 과장되게 표현한 것일 뿐, 또 다른 문제를 확인한 인물의 불안감과는 관련이 없음.

오답 땡!

① 옥영의 꿈에 나타난 '만복사의 부처'는, 옥영이 겪고 있는 현실적인 문제를 해결하는 데 도움을 주는 신이한 존재로서 역할을 한다고 볼 수 있겠군.

→ 옥영이 후사를 염려함(현실적 문제).
→ 만복사의 부처가 사내아이를 점지해 주고, 옥영이 아이를 잉태함(해결).

| 〈보기〉 하나의 문제 상황이 해결되면 또 다른 문제가 확인되는 서사 구조가 나타나고 있다. 이 과정에서 도움을 주는 신이한 존재를 나타나게 하거나

| 〈1〉 최척 부부는 후사를 염려하여 매월 초하루가 되면 몸과 마음을 깨끗이 하고 함께 만복사에 올라 부처께 기도를 올렸다.

| 〈1〉 "나는 만복사의 부처로다. 너희 정성이 가상해 기이한 사내아이를 점지해 주니, 태어나면 반드시 특이한 징표가 있을 것이다."

| 〈1〉 옥영은 그달에 바로 잉태해 열 달 뒤 과연 아들을 낳았는데

| 뭔말?

· 만복사에 올라 아이를 낳게 해 달라고 기도를 드린 옥영은 '만복사의 부처'가 사내아이를 점지해 주겠다고 하는 꿈을 꾸고, 아이를 잉태함.

· 따라서 '만복사의 부처'는 옥영이 겪고 있는 현실적인 문제 즉, 후사가 없음을 해결하는 데 도움을 주는 신이한 존재라고 할 수 있음.

만복사 부처가 아이의 몸에 반드시 특이한 징표가 있을 것이라는 예언을 함. ←

② 몽석의 몸에 나타난 '붉은 점'은, '사내아이'의 출생과 관련한 예언이 실제로 이루어졌음을 확인할 수 있는 특이한 증거로 활용된다고 볼 수 있겠군.

| 〈보기〉 예언의 실현을 보여 주는 특이한 증거를 활용하거나

| 〈1〉 "나는 만복사의 부처로다. 너희 정성이 가상해 기이한 사내아이를 점지해 주니, 태어나면 반드시 특이한 징표가 있을 것이다."

| 〈1〉 아들을 낳았는데, 등에 어린아이 손바닥만 한 붉은 점이 있었다.

| 뭔말?

· 옥영이 낳은 아들의 등에는 어린아이 손바닥만 한 '붉은 점'이 있었음.

· 이는 옥영의 꿈에 나타난 '만복사의 부처'가 예언한 '태어나면 반드시 특이한 징표가 있을 것이다.'가 실제로 이루어진 증거로 활용됨.

③ 최척이 '일본인 배에 이르러 조선말로 물'어보는 것과 '고국 사람을 만나'려 하는 것은, 서사 전개 과정에서 공간적 배경을 조선뿐 아니라 다른 나라로도 확장한 것과 관련이 있겠군.

→ 안남(베트남)

| 〈보기〉 공간적 배경을 확장하여 다양한 국적의 사람들을 등장시키는 등의 서사적 장치들이 확인된다.

| 〈5〉 전란으로 가족과 이별한 최척은 명나라 배를 타고 안남에 이르러 처량한 마음에 피리를 불었다.

| 〈5〉 최척은 동방이 밝아 오자, 강둑에 내려가 일본인 배에 이르러 조선말로 물었

다. "어젯밤 시를 읊던 사람은 조선 사람 아닙니까? 나도 조선 사람이어서 한번 만나 보았으면 합니다. ~ 고국 사람을 만나는 것이 어찌 그저 기쁘기만 한 일이겠습니까?"

| 뭔말?

· 가족과 이별한 후 명나라 배를 타고 안남(베트남)에 이른 최척이 일본인 배에 이르러 조선말로 시를 읊던 사람에 대해 묻는 것이나, '고국 사람을 만나는 것'에 대해 이야기하는 것은 서사 전개 과정에서 공간적 배경을 조선뿐 아니라 다른 나라로 확장한 것과 관련됨.

④ 옥영이 들은 '피리 소리'는, 옥영이 최척을 떠올리게 하여 이별의 상황을 해결하는 계기가 되는 소재로 작용하고 있다고 볼 수 있겠군.

→ 옥영이 익숙한 조선 곡조의 피리 소리를 들음. → 최척을 떠올린 옥영이 시를 지음. → 옥영의 시를 들은 최척이 옥영이 머무는 배로 찾아옴. → 최척과 옥영이 재회함.

| 〈보기〉 문제 해결의 계기가 되는 소재를 제시하거나

| 〈5〉 어젯밤 시를 읊던 사람은 조선 사람 아닙니까? 나도 조선 사람이어서 한번 만나 보았으면 합니다.

| 〈5〉 옥영도 생각하기를 어젯밤 들은 피리 소리가 조선의 곡조인 데다, 평소 익히 들었던 것과 너무나 흡사했다. 그래서 남편 생각에 감회가 일어 절로 시를 읊게 되었던 것이다. 옥영은 자기를 찾는 사람의 목소리를 듣고는 황망히 뛰쳐나와 최척을 보았다. 둘은 서로 마주하고 놀라 소리를 지르며 끌어안고 백사장을 뒹굴었다.

| 뭔말?

· 옥영은 '어젯밤 들은 피리 소리가 조선의 곡조인 데다, 평소 익히 들었던 것과 너무나 흡사'하다고 느낌. 이는 옥영이 최척이 불어 주었던 피리 소리를 떠올린 것으로, 이를 계기로 둘은 극적으로 상봉하게 됨.

▸ 본문 084쪽

고전 소설 08

2023학년도 9월 모의평가

01 ④ 02 ② 03 ③ 04 ④

작자 미상, 「정수정전」

EBS 연결 고리

2023학년도 수능완성 국어 231쪽

해제 이 작품은 여성 주인공 정수정의 영웅적 활약을 그린 여성 영웅 소설이다. 정수정은 가정에 어려움이 닥치자 남장을 하고 국가에 큰 공을 세워 높은 벼슬에 오르게 되는데, 이때 남장은 정수정이 여성으로서 사회적 한계를 뛰어넘어 남성과 동등하게 경쟁할 수 있는 방법으로 작용하게 된다. 그리고 남장 사실이 드러난 이후에도 임금이 정수정을 대원수에 임명하고 있는데, 이는 정수정의 영웅적 능력이 사회적으로 공인받았음을 보여 준다. 이처럼 정수정은 여성임이 밝혀진 이후에도 남성을 압도하는 모습을 보이고 큰 공을 세우는데, 이는 조선 후기 여성들의 욕구가 반영된 것으로 새로운 여성상의 제시라고 할 수 있다.

주제 정수정의 고난 극복과 영웅적 활약

전체 줄거리

송나라 태종 황제 시절 병부 상서인 정흠은 늦게서야 한 딸을 낳아 수정이라 하였고, 이부 상서 장운에게는 연이라는 아들이 있었는데 이들 두 사람은 아들과 딸을 결혼시키기로 약속한다. 이때 정 상서가 간신인 예부 상서 진량을 멀리하기를 황제께 간하다가 오히려 진량의 모함을 받아 귀양을 가서 죽고 그 부인 양씨도 죽는다. 그리고 장운마저 죽어 의지할 곳이 없게 된 수정은 남복을 하고 무예를 닦아 과거에 응시하여 급제한다. 이후 북방 오랑캐가 침범하자 수정은 대원수가 되어 큰 공을 세우고, 황제는 수정을 부마로 삼으려 한다. 어쩔 수 없이 수정은 자신이 여자임을 밝히지만, 황제는 수정을 청주후로 봉한 다음 수정과 공주를 장연과 결혼시킨다. 그러던 중 수정이 장연의 총희인 영춘의 방자함을 징계하여 목을 벤 사건 때문에 장연과 수정은 냉랭한 사이가 되고, 이에 수정은 청주로 돌아가 군사를 훈련시킨다. 오랑캐가 다시 침략해 오자 수정은 대원수가 되어 적을 격파하고 이때 군량 수송의 책임을 다하지 못한 장연을 엄벌로 다스리게 된다. 수정은 황성으로 회군하던 도중 진량의 목을 베어 부모의 원수도 갚는다. 이후 수정과 장연은 화해하여 화목하게 살다가 75세에 부부가 동시에 채운을 타고 승천한다.

1 이때 예부 상서 진량을 황제 가장 총애하시니 진량이 의기양양하고 교만 방자한지라. 정 상서 일찍 진량이 소인인 줄 알고 황제께 간하되 황제 종시 그렇지 않다 하심에, 진량이 이 일을 알고 정 상서를 해하려 하더라. 차시 황제의 탄생일이 되었는지라. ㉠마침 정 상서 병이 있어 상소하고 참석지 못하였더니 황제 만조백관더러 묻기를,

[01-①] 황제가 총애하는 사람 = 진량

[02-①] 정 상서의 부재 → 진량이 정 상서를 모함할 기회로 작용함.

"정 상서의 병이 어떠하더뇨?"

하시고 사관을 보내려 하시니 진량이 나아가 왈,

"정 상서는 간악한 사람이라 그 병세를 신이 자세히 아옵니다. 상서가 요사이 황제께 조회하는 것이 다르옵고 신이 상서의 집에 가오니 상서의 말이 수상하옵더니 오늘 조회에 불참하오니 반드시 무슨 생각 있는 줄 아나이다."

[01-①] 정 상서를 모함하는 진량의 말

황제 대경하여 처벌하려 하시거늘 중관이 아뢰길,
[01-①] 진량의 말을 들은 황제의 결심 → 정 상서의 처벌

"정 상서의 죄 명백함이 없으니 어찌 벌로 다스리오리까?"
[01-②] 중관의 주장

황제 듣지 않고 절강에 귀양을 정하시니 중관이 명을 듣고 정 상서의 집에 나아가 황명을 전하니, 상서 크게 울며,
[02-②] ㉡ 이전에 정 상서가 비보를 접함.

"내 일찍 국은을 갚을까 하였더니 소인의 참언을 입어 이제 귀양을 가니 어찌 애달프지 않으리오."
[01-③] 정 상서가 생각하는 귀양의 이유

하고 칼을 빼어 서안을 치며 말하기를,

"소인을 없애지 못하고 도리어 해를 입으니 누구를 원망하리오."

하며 눈물을 흘리니 부인은 애원 통도하고 친척 노복이 다 서러워하더라.

사관이 재촉 왈,

"㉡ 황명이 급하오니 수이 행장 차리소서."

정 상서가 일변 행장을 준비하여 부인더러 이르기를,

"나는 천만 의외에 귀양 가거니와 부인은 여아를 데리고 조상 제사를 받들어 길이 무탈하소서."
[01-③] 뜻하지 않은 귀양

하고 즉시 발행할새, 모녀 가슴이 막혀 아무 말도 못하더라. 정 상서 여러 날 만에 귀양지에 이르니 절강 만호가 관사를 깨끗이 하고 정 상서를 머물게 하더라.

2 차설. 정 상서 적거한 후로 슬픔을 머금고 세월을 보내더니 석 달 만에 홀연 득병하여 마침내 세상을 영결하니 절강 만호 슬퍼 놀라 황제께 ⓐ 장계로 보고하고 부인께 기별하니라. 이때 부인과 정수정이 정 상서를 이별하고 눈물로 세월을 보내더니 일일 문득 시비 고하되,
[03-⑤] ⓐ에 담긴 소식이 황제 외에 정 상서의 부인에게도 알려짐.

"절강에서 사람이 왔나이다."

하거늘 부인이 급히 불러 물으니 답하기를,

"㉢ 정 상서께서 지난달 보름께 별세하셨나이다."

하는지라. 부인과 정수정 이 말을 듣고 한마디 소리를 내며 혼절하니 시비 등이 창황망조하여 약물로 급히 구함에 오랜 후에야 숨을 내쉬며 눈물이 비 오듯 하더라.
[02-③] 정 상서의 별세 소식에 충격을 받고 정신을 잃음.

3 **[중략 부분의 줄거리]** 남장을 한 정수정은 장원 급제한 뒤 북적을 물리친다. 이후 황제에게 자신이 여성임을 밝히고 정혼자인 장연과 혼인한다. 호왕이 침공하자 정수정은 대원수, 장연은 중군장으로 출전한다.

4 ㉣ 대원수 호왕에 승리하여 황성으로 향할새 강서 지경에 이르러 한복더러 묻기를,

"**진량의 귀양지가 여기서 얼마나 되는**가?"
[04-①] 자신의 아버지를 모함했던 진량을 찾기 위함. → 효녀로서의 면모

"수십 리는 되나이다."

대원수 분부하되 철기를 거느려 결박하여 오라 하니 한복 등이 듣고 나는 듯이 가 바로 내실로 들어갈새 진량이 대경하여 연고를 묻거늘 한복이 칼을 들어 시종을 베고 군사를 호령하여 진량을 결박하여 본진으로 돌아와 대원수께 고하되, 대원수 이에 진량을 잡아들여 장하에 꿇리고 노기 대발하여 부친 모해하던 죄상을 문초하니 진량이 다만 살려 달라 빌거늘, 대원수 무사를 호령하여 빨리 베라 하니 이윽고 무사 진량의 머리를 드리거늘, 대원수 **제상을 차려 부친께 제사 지내**더라.
[04-①] 앞서 진량의 귀양지를 물은 이유 → 복수하여 아버지의 한을 풀기 위함.
[01-④] 한복의 역할
[01-④] 대원수가 한 일. 한복의 역할 X
[04-②] 부친의 넋을 위로함.

황제께 ⓑ 첩서를 올려 승전을 알리고, 중군장 장연을 기주로 보내고 대군을 지휘하여 경사로 향하여 여러 날 만에 궐하에 이르니, 황제 백관을 거느려 대원수를 맞아 치하하시고 좌각로 평북후를 봉하시니 대원수 사은하고 청주로 가니라.
[03-⑤] ⓑ에 담긴 승전 소식이 황제 외에 백관에게도 알려짐.
[02-④] 호왕을 격파한 노고에 대한 황제의 보답

5 차설. 장연이 기주에 이르러 모친 태부인 뵈옵고 전후사연을 고하되 태부인이 듣고 통분 왈,
[04-③] 정수정의 역할: 아내 < 대원수 → 태부인의 못마땅함으로 이어짐.

"너를 길러 벼슬이 공후에 이르니 기쁨이 측량없던 차에 **전쟁터에서 부인에게 욕을 보고 돌아**올 줄 어찌 알았으리오."

장연의 다른 부인들인 원 부인과 공주가 아뢰기를,

"정수정 벼슬이 높으니 능히 제어치 못할 것이요, 저 사람 또한 대의를 알아 삼가 화목할 것이니 이제는 노하지 마소서."
[01-⑤] 정수정이 도리를 지킬 것임.
[01-⑤] 원 부인과 공주가 태부인을 진정시킴.

태부인이 그렇게 여겨 이에 시녀를 정하여 서찰을 주어 청주로 보내니라. 이때 정수정은 전쟁에서 **장연 징계한 일로 심사 답답**하더니 시비 문득 아뢰되 기주 시녀 왔다 하거늘 불러들여 ㉤ 서찰을 본즉 태부인의 서찰이라. 기뻐 즉시 회답하여 보내고 익일에 행장 차려 갈새, 홍군 취삼으로 봉관 적의에 명월패 차고 수십 시녀를 거느려 성 밖에 나오니, 한복이 정수정을 **호위**하여 기주에 이르러 **태부인께 예**하고 두 부인으로 더불어 예필 좌정함에, 태부인이 지난 일에 조금도 거리낌이 없으니, 정수정 또한 태부인을 지성으로 섬기더라.
[02-⑤] [04-③, ④] 남편을 징계한 일로 정수정이 걱정을 함. 갈등하는 모습
[02-⑤] 정수정이 걱정을 덜며 떠날 채비를 함.
[04-⑤] 국가적 영웅의 면모 유지
[04-⑤] 며느리로서의 역할 수행

01 인물의 이해 답 ④

선지별 선택 비율	①	②	③	④	⑤
화작	3%	3%	12%	70%	10%
언매	2%	2%	7%	80%	7%

윗글의 인물에 대한 이해로 적절하지 않은 것은?

정답 띵!동!

④ '한복'은 대원수의 명령에 따라 진량의 귀양지로 가서 ~~그의 죄를 묻고 처벌을 내린다~~.
└→ 진량을 결박하고 본진으로 데려옴. 진량의 죄를 묻고 처벌을 내린 것은 대원수가 한 일임.

| ⟨4⟩ 대원수 분부하되 철기를 거느려 결박하여 오라 하니 한복 등이 듣고 나는 듯이 가 바로 내실로 들어갈새 진량이 대경하여 연고를 묻거늘 한복이 칼을 들어 시종을 베고 군사를 호령하여 진량을 결박하여 본진으로 돌아와 대원수께 고하되, 대원수 이에 진량을 잡아들여 장하에 꿇리고 노기 대발하여 부친 모해하던 죄상을 문초하니 진량이 다만 살려 달라 빌거늘, 대원수 무사를 호령하여 빨리 베라 하니 이윽고 무사 진량의 머리를 드리거늘

| 원말?

· 한복은 대원수인 정수정의 명령을 받고 군사를 지휘하여 진량의 귀양지로 가서 그를 결박하여 본진으로 돌아오는 역할을 함.

· 본진에 이르러 대원수가 진량의 죄상을 문초하였으며 무사에게 호령하여 진량을 처형함.

오답 땡!

① '황제'는 자신이 총애하는 사람의 말을 듣고 정 상서를 처벌하기로 결심한다.
→ 예부 상사 진량이 정 상서를 모함하는 말

| ⟨1⟩ 이때 예부 상서 진량을 황제 가장 총애하시니

| ⟨1⟩ 진량이 나아가 왈, "정 상서는 간악한 사람이라 그 병세를 신이 자세히 아옵니다. 상서가 요사이 황제께 조회하는 것이 다르옵고 신이 상서의 집에 가오니 상서의 말이 수상하옵더니 오늘 조회에 불참하오니 반드시 무슨 생각 있는 줄 아나이다." 황제 대경하여 처벌하려 하시거늘

| 원말?

· 정 상서가 황제의 탄생일 조회에 불참하자 진량은 정 상서가 간악한 인물로 다른 생각을 하고 있다고 모함하고 있음. 이에 황제는 자신이 총애하는 인물인 진량의 말을 그대로 믿고 정 상서를 처벌하려 함.

② '중관'은 정 상서를 처벌하기에는 그 죄가 분명하지 않음을 황제에게 주장한다.

| ⟨1⟩ 황제 대경하여 처벌하려 하시거늘 중관이 아뢰길, "정 상서의 죄 명백함이 없으니 어찌 벌로 다스리오리까?" 황제 듣지 않고 절강에 귀양을 정하시니

| 원말?

· '중관'은 진량이 모함하여 정 상서를 처벌하려 하자, 황제에게 정 상서를 처벌하기에는 그의 죄가 분명하지 않음을 이야기함.

③ '정 상서'는 자신이 소인의 참언 때문에 뜻하지 않게 귀양을 가게 되었다고 생각한다.
→ 진량의 모함

| ⟨1⟩ 황제 듣지 않고 절강에 귀양을 정하시니 중관이 명을 듣고 정 상서의 집에 나아가 황명을 전하니, 상서 크게 울며, "내 일찍 국은을 갚을까 하였더니 소인의 참언을 입어 이제 귀양을 가니 어찌 애달프지 않으리오."

| ⟨1⟩ 정 상서가 일변 행장을 준비하여 부인더러 이르기를, "나는 천만 의외에 귀양 가거니와 부인은 여아를 데리고 조상 제사를 받들어 길이 무탈하소서."

| 원말?

· 중관이 '정 상서'의 집에 가서 황제의 명을 전하자, '정 상서'는 자신이 소인의 참언을 입어 천만 의외에(= 뜻하지 않게) 귀양을 간다고 함.

⑤ '원 부인'과 '공주'는 정수정이 도리를 지켜 원만하게 지낼 것임을 내세워 태부인을 진정시킨다.
→ = 대의를 알아

| ⟨5⟩ 장연의 다른 부인들인 원 부인과 공주가 아뢰기를, "정수정 벼슬이 높으니 능히 제어치 못할 것이요, 저 사람 또한 대의를 알아 삼가 화목할 것이니 이제는 노하지 마소서." 태부인이 그렇게 여겨 이에 시녀를 정하여 서찰을 주어 청주로 보내니라.

| 원말?

· 태부인은 아들인 장연의 말을 듣고 원통하고 분한 심정을 드러냄.

· 그러자 '원 부인'과 '공주'가 정수정이 대의를 알아 장연과 삼가 화목할 것이니 이제는 노하지 말라며 태부인을 진정시킴.

· 태부인은 이들의 말을 듣고 그렇게 여겨 이후 정수정에게 서찰을 보냄.

02 구절의 의미 이해 답 ②

선지별 선택 비율	①	②	③	④	⑤
화작	1%	68%	3%	16%	8%
언매	1%	79%	2%	11%	5%

㉠~㉤에 대한 이해로 적절하지 않은 것은?

정답 띵!동!

② ㉡으로 정 상서는 비보가 전해질 것을 짐작하게 된다.
→ 비보(= 정 상서의 귀양)는 사관이 ㉡의 말을 하기 전에, 이미 중관에 의해 전해짐.

| ⟨1⟩ 황제 듣지 않고 절강에 귀양을 정하시니 중관이 명을 듣고 정 상서의 집에 나아가 황명을 전하니, 상서 크게 울며

| ⟨1⟩ 사관이 재촉 왈, "㉡황명이 급하오니 수이 행장 차리소서."

| 원말?

· ㉡은 사관이 정 상서에게 빨리 귀양지로 이동할 준비를 하라고 재촉하는 말

· 그런데 ㉡ 앞에서 정 상서는 이미 중관을 통해 자신이 귀양을 가게 되었다는 비보를 듣고 크게 울었으므로, ㉡이 정 상서로 하여금 비보가 전해질 것을 짐작하게 만드는 말이라고 할 수 없음.

오답 땡!

① ㉠으로 진량에게는 정 상서를 모함할 기회가 생긴다.
→ 정 상서가 황제의 탄생일에 참석하지 않자, 진량이 이것을 이용하여 정 상서에 대한 말을 꾸밈.

| ⟨1⟩ 차시 황제의 탄생일이 되었는지라, ㉠마침 정 상서 병이 있어 상소하고 참석지 못하였더니 황제 만조백관더러 묻기를, "정 상서의 병이 어떠하더뇨?" 하시고 사관을 보내려 하시니 진량이 나아가 왈, "정 상서는 간악한 사람이라 그 병세를 신이 자세히 아옵니다. 상서가 요사이 황제께 조회하는 것이 다르옵고 신이 상서의 집에 가오니 상서의 말이 수상하옵더니 오늘 조회에 불참하오니 반드시 무슨 생각 있는 줄 아나이다."

| 원말?

· 진량은 정 상서가 병이 있어 상소하고 황제의 탄생일 조회에 불참하자, 이를 기회로 삼아 말을 꾸며 내어 정 상서가 간악한 인물이며 다른 생각을 하고 있다고 모함함.

③ ㉢으로 부인과 정수정은 충격을 받고 정신을 잃게 된다.

| ⟨2⟩ "㉢정 상서께서 지난달 보름께 별세하셨나이다." 하는지라. 부인과 정수정이 말을 듣고 한마디 소리를 내며 혼절하니

| 원말?

· 부인과 정수정은 정 상서가 귀양지에서 끝내 죽었다는 소식을 듣고 한마디 소리를 내며 혼절함.

④ ㉣로 정수정은 황제로부터 노고에 대한 보답을 받게 된다.

| ⟨4⟩ ㉣대원수 호왕에 승리하여 황성으로 향할새

| ⟨4⟩ 황제께 첩서를 올려 승전을 알리고 ~ 여러 날 만에 궐하에 이르니, 황제 백관을 거느려 대원수를 맞아 치하하시고 좌각로 평북후를 봉하시니 대원수 사은하고 청주로 가니라.

| 원말?

· 황제는 호왕을 격파한 정수정의 공을 치하하여 그녀를 좌각로 평북후로 봉하므로 정수정은 노고에 대한 보답을 받게된 것임.

⑤ ⓜ으로 정수정은 걱정을 덜며 떠날 채비를 하게 된다.
→ 장연 징계한 일로 마음이 답답함.
→ 태부인의 서찰을 받고 기뻐했다고 했으므로 걱정을 던 것이 맞음.

| 〈5〉 이때 정수정은 전쟁에서 장연 징계한 일로 심사 답답하더니 시비 문득 아뢰되 기주 시녀 왔다 하거늘 불러들여 ⓜ서찰을 본즉 태부인의 서찰이라. 기뻐 즉시 회답하여 보내고 익일에 행장 차려 갈새,

| 뭔말?

· ⓜ의 '서찰'은 태부인이 원 부인과 공주의 말을 듣고 청주로 보낸 편지에 해당함.

· 그리고 서찰을 받은 정수정이 '기뻐 즉시 회답하여 보내고 익일에 행장 차려 갈새'를 통해, 태부인이 정수정에게 기주로 오라는 화해의 편지를 보냈음을 짐작할 수 있음.

· 정리하면, 정수정은 ⓜ을 계기로 전쟁에서 장연을 징계한 일로 인한 걱정을 덜며 떠날 채비를 하였음을 알 수 있음.

03 소재와 배경의 의미와 기능 파악 답 ③

선지별 선택 비율	①	②	③	④	⑤
화작	2%	3%	88%	3%	2%
언매	1%	2%	92%	2%	1%

ⓐ, ⓑ에 대한 이해로 가장 적절한 것은?

정답 띵!동!

③ ⓑ는 호왕과 벌인 전쟁의 결과를 보고할 목적으로 작성되었다.
→ 승전을 알림.

| 〈4〉 ⓔ대원수 호왕에 승리하여 황성으로 향할새 ~ 황제께 ⓑ첩서를 올려 승전을 알리고, 중군장 장연을 기주로 보내고 대군을 지휘하여 경사로 향하여 여러 날 만에 궐하에 이르니, 황제 백관을 거느려 대원수를 맞아 치하하시고 좌각로 평북후를 봉하시니 대원수 사은하고 청주로 가니라.

| 뭔말?

· 정수정은 호왕을 격파하고 승전하였다는 내용인 ⓑ '첩서'를 작성하여 황제에게 올리고 있음. 따라서 ⓑ '첩서'는 호왕과 벌인 전쟁의 결과, 즉 승리한 사실을 보고할 목적으로 작성된 것에 해당함.

오답 땡!

① ⓐ는 ~~자신의 귀양살이를 보고할 목적~~으로 작성되었다.
→ 절강 만호가 작성했고, 정 상서의 죽음을 보고하려는 목적으로 씀.

| 〈2〉 정 상서 적거한 후로 슬픔을 머금고 세월을 보내더니 석 달 만에 홀연 득병하여 마침내 세상을 영결하니 절강 만호 슬퍼 놀라 황제께 ⓐ장계로 보고하고 부인께 기별하니라.

| 뭔말?

· 절강 만호는 정 상서가 귀양지인 절강에서 죽자 ⓐ '장계'를 작성해 황제에게 보고함. 즉 ⓐ '장계'는 절강 만호가 자신의 귀양살이를 보고할 목적으로 작성한 문서가 아님.

② ⓐ는 ~~황제와의 갈등을 해결하기 위한 목적~~으로 작성되었다.
→ 귀양살이를 하던 정 상서의 죽음을 보고하려는 목적으로 작성됨.

| 〈2〉 정 상서 적거한 후로 슬픔을 머금고 세월을 보내더니 석 달 만에 홀연 득병하여 마침내 세상을 영결하니 절강 만호 슬퍼 놀라 황제께 ⓐ장계로 보고하고 부인께 기별하니라.

| 뭔말?

· 절강 만호는 정 상서의 죽음을 보고하기 위해 ⓐ '장계'를 작성하여 황제에게 보낸 것일 뿐임. 이 글에 절강 만호와 황제의 갈등은 나타나지 않음.

④ ⓑ는 ~~황제를 직접 만나 보고하는 것을 피할 목적~~으로 작성되었다.
→ ⓑ를 먼저 올려 소식을 알리고, 경사로 향하여 황제를 직접 만남. 정수정이 황제를 직접 만나 보고하는 것을 회피할 이유 X

| 〈4〉 황제께 ⓑ첩서를 올려 승전을 알리고, 중군장 장연을 기주로 보내고 대군을 지휘하여 경사로 향하여 여러 날 만에 궐하에 이르니, 황제 백관을 거느려 대원수를 맞아 치하하시고 좌각로 평북후를 봉하시니 대원수 사은하고 청주로 가니라.

| 뭔말?

· 정수정은 황제에게 승리를 보고하는 ⓑ '첩서'를 먼저 올린 뒤, 경사(수도)로 향하여 여러 날 만에 '황제'를 직접 만나고 있음.

· 정수정은 황제를 직접 만나 보고하는 것을 피하고 있지 않으며, ⓑ '첩서' 역시 황제를 직접 만나 보고하는 것을 피할 목적으로 작성된 것이 아님.

⑤ ⓐ와 ⓑ에 담긴 소식은 ~~황제 외의 사람들에게는 알려지지 않았다.~~
ⓐ는 부인(정 상서 아내)에게, ⓑ는 백관(주변 신하)에게 알려짐.

| 〈2〉 정 상서 적거한 후로 슬픔을 머금고 세월을 보내더니 석 달 만에 홀연 득병하여 마침내 세상을 영결하니 절강 만호 슬퍼 놀라 황제께 ⓐ장계로 보고하고 부인께 기별하니라.

| 〈4〉 황제께 ⓑ첩서를 올려 승전을 알리고, 중군장 장연을 기주로 보내고 대군을 지휘하여 경사로 향하여 여러 날 만에 궐하에 이르니, 황제 백관을 거느려 대원수를 맞아 치하하시고

| 뭔말?

· 절강 만호는 정 상서가 죽었다는 소식을 황제에게 ⓐ '장계'로 보고하고 정 상서의 부인에게도 기별하였음.

· 정수정은 호왕과의 싸움에서 승리했음을 ⓑ '첩서'를 통해 황제에게 알림. 황제가 백관을 거느려 정수정을 맞아 치하하고 있으므로 ⓑ '첩서'의 내용은 황제뿐 아니라 주변의 많은 사람들에게 알려졌다고 볼 수 있음.

04 외적 준거에 따른 작품 감상 답 ④

선지별 선택 비율	①	②	③	④	⑤
화작	2%	2%	11%	81%	1%
언매	1%	1%	7%	89%	1%

〈보기〉를 참고하여 윗글을 감상한 내용으로 적절하지 않은 것은? [3점]

보기

정수정은 국가적 위기를 해결하는 영웅이자, 부친의 원수를 갚는 효녀이고, 부녀자로서의 덕목을 지녀야 하는 장씨 가문의 여성이다. 정수정은 주어진 상황과 조건에 따라 세 역할 사이에서 갈등하기도 하지만, 결과적으로는 모든 역할에 충실하며 다양한 능력과 덕목을 갖춘 인물로 형상화된다.

정답 띵!동!

④ '장연 징계한 일로 심사 답답'한 '정수정'의 모습에서, '정수정'은 ~~군대를 통솔했던 국가적 영웅으로 돌아가고 싶어 함~~을 알 수 있군.
→ 국가적 영웅의 역할과 부녀자로서의 역할 사이에서 갈등하는 모습에 해당함.

| 〈보기〉 정수정은 주어진 상황과 조건에 따라 세 역할 사이에서 갈등하기도 하지만,

| 〈4〉 이때 정수정은 전쟁에서 장연 징계한 일로 심사 답답하더니

| 뭔말?

· '정수정'이 '장연 징계한 일'은 국가적 영웅으로서 부하를 벌한 것임.

· 그런데 이 일로 '정수정'이 '심사 답답'해하는 것은 영웅이 아닌 부녀자로서는 남편을 벌한 것에 해당하기 때문으로, 정수정은 국가적 영웅으로서의 역할과 부녀자로서의 역할 사이에서 갈등하고 있는 것으로 볼 수 있음.

· 이 글에 '정수정'이 군대를 통솔했던 국가적 영웅으로 돌아가고 싶어 한다는 내용은 나타나지 않음.

오답 땡!

→ 부친을 모함하여 귀양 보낸 진량을 찾아 복수하려는 의도가 담긴 발언

① **'진량의 귀양지가 여기서 얼마나 되는'지 묻는 '대원수'의 발언에서, '진량'을 찾아 부친의 한을 풀어 주려는 '정수정'의 효녀로서의 면모가 드러남을 알 수 있군.**

| 〈보기〉 정수정은 ~ 부친의 원수를 갚는 효녀이고,

| 〈4〉 대원수 호왕에 승리하여 황성으로 향할새 강서 지경에 이르러 한복더러 묻기를, "진량의 귀양지가 여기서 얼마나 되는가?" ~ 대원수 분부하되 철기를 거느려 결박하여 오라 하니

| 뭔말?

· '대원수'인 '정수정'은 한복에게 '진량'의 귀양지를 물은 후 '진량'을 결박하여 오라고 명하고 있음.

· 이는 자신의 아버지를 모함하여 귀양을 보낸 '진량'을 찾아 부친의 한을 풀어 주려는 '정수정'의 효녀로서의 면모와 연결됨.

→ 진량을 죽여 부친의 원수를 갚고 제사를 지내 아버지의 넋을 위로하는 모습

② **'제상을 차려 부친께 제사 지내'는 '대원수'의 모습에서, '정수정'은 부친의 원수를 갚는 효녀로서의 소임을 수행하여 죽은 부친의 넋을 위로하고 있음을 알 수 있군.**

| 〈보기〉 정수정은 ~ 부친의 원수를 갚는 효녀이고,

| 〈4〉 대원수 무사를 호령하여 빨리 베라 하니 이윽고 무사 진량의 머리를 드리거늘, 대원수 제상을 차려 부친께 제사 지내더라.

| 뭔말?

· '정수정'은 한복이 진량을 잡아오자 무사를 시켜 진량의 머리를 벤 뒤 제상을 차려 부친의 제사를 지냄.

· 이는 '정수정'이 부친의 원수를 갚는 효녀로서의 소임을 수행하여 죽은 부친의 넋을 위로하는 모습으로 볼 수 있음.

③ **'장연'이 '전쟁터에서 부인에게 욕을 보고 돌아'왔다며 통분하는 '태부인'의 모습에서, '태부인'은 '정수정'이 아내의 역할보다 대원수의 역할을 중시한 것에 대해 못마땅해함을 알 수 있군.**

→ 부녀자로서의 역할이 있는데, 남편을 부하로만 대해 벌을 주었다고 생각함.

| 〈보기〉 정수정은 국가적 위기를 해결하는 영웅이자, 부친의 원수를 갚는 효녀이고, 부녀자로서의 덕목을 지녀야 하는 장씨 가문의 여성이다.

| 〈3〉 호왕이 침공하자 정수정은 대원수, 장연은 중군장으로 출전한다.

| 〈5〉 장연이 기주에 이르러 모친 태부인 뵈옵고 전후사연을 고하되 태부인이 듣고 통분 왈, "너를 길러 벼슬이 공후에 이르니 기쁨이 측량없던 차에 전쟁터에서 부인에게 욕을 보고 돌아올 줄 어찌 알았으리오."

| 〈5〉 정수정은 전쟁에서 장연 징계한 일로 심사 답답하더니

| 뭔말?

· '중략 부분의 줄거리'를 통해 호왕의 침입에 맞서 출전한 군대에서 아내인 '정수정'은 대원수이고, 남편인 '장연'은 그 부하인 중군장임을 알 수 있음.

· 또한 '정수정'이 전쟁에서 '장연'을 징계한 일을 떠올리는 장면을 통해 '태부인'이 생각하기에 '장연'이 그의 부인인 '정수정'에게 '욕을 보고 돌아'왔다고 볼 만한 사건이 있었음을 알 수 있음.

· 따라서 '태부인'이 통분하는 것은 며느리인 '정수정'이 '장연'을 대함에 있어 아내의 역할보다 대원수의 역할을 중시하였다고 여기며 못마땅해하는 모습에 해당함.

→ 국가적 영웅의 면모 유지 → 며느리로서의 역할 수행

⑤ **'한복'의 '호위'를 받으며 기주로 가서 '태부인께 예'하는 '정수정'의 모습에서, 국가적 영웅의 면모를 유지하는 '정수정'이 며느리로서의 역할도 수행함을 알 수 있군.**

| 〈보기〉 정수정은 국가적 위기를 해결하는 영웅이자, 부친의 원수를 갚는 효녀이고, 부녀자로서의 덕목을 지녀야 하는 장씨 가문의 여성이다.

| 〈5〉 홍군 취삼으로 봉관 적의에 명월패 차고 수십 시녀를 거느려 성 밖에 나오니, 한복이 정수정을 호위하여 기주에 이르러 태부인께 예하고 두 부인으로 더불어 예필 좌정함에, 태부인이 지난 일에 조금도 거리낌이 없으니, 정수정 또한 태부인을 지성으로 섬기더라.

| 뭔말?

· '정수정'이 기주로 갈 때 용맹한 장수인 '한복'이 '정수정'을 호위하는데, 이는 정수정의 국가적 영웅의 면모와 연결됨.

· 한편, '정수정'은 기주에 도착하여 태부인에게 예하고 '태부인'을 지성으로 섬기고 있는데. 이는 정수정이 며느리로서의 역할을 수행하는 모습에 해당함.

▸ 본문 086쪽

고전 소설 09

2023학년도 6월 모의평가

01 ④ 02 ③ 03 ④ 04 ⑤

작자 미상, 「소현성록」

EBS 연결 고리
2023학년도 수능특강 문학 129 · 140 · 141쪽

해제 이 작품은 여러 대에 걸쳐 일어나는 한 가문의 다양한 이야기를 다룬 장편 소설이다. 가문 소설의 특징을 잘 보여 주고 있으며 소현성에서부터 세광, 세명에 이르기까지 3대에 걸친 이야기가 전개되고 있다. 17세기 조선의 유교적 가부장제 확립 및 가문 수호에 대한 관심이 반영된 작품으로, 당대 가부장적 가족 제도의 행동 규범을 제시하는 수신서의 역할을 하였다고 평가받고 있다.

주제 유교적 가치관에 근거한 한 가문의 이야기

전체 줄거리

제1대의 주인공 소현성은 화 소저, 석 소저, 여 소저와 차례로 혼인을 하여 많은 자식을 둔다. 이들 사이에서 갈등이 발생하기도 하지만 현명하게 해결해 나간다. 제2대로는 소현성의 자녀 중 운경, 운성, 운명, 수빙 등이 등장한다. 이 중 운성과 관련해서는 운성의 혼인 과정에서 겪는 고난과 혼인 이후의 갈등이 주로 제시된다. 특히 운성의 부인 중 한 명인 명현 공주가 다른 부인과 일으키는 갈등, 남편인 운성 및 시아버지 소현성과 일으키는 갈등 등이 전개된다. 제3대로는 세명과 세광이 등장하며 이들의 행적을 중심으로 사건이 전개되다가 작품이 마무리된다.

1 상서의 셋째 부인 여씨는 둘째 부인 석씨의 행실과 마음 씀이 매사 뛰어남을 보고 마음속에 불평하여 생각하되, '이 사람이 있으면 내게 상서의 총애가 오지 않으리라.' 하여 좋은 마음이 없더라. 날이 늦어져 모임이 흩어진 후 상서의 서모(庶母) 석파가 청운당에 오니 여씨가 말하길,
[04-①] 여씨가 자신을 석씨와 견줌.
[04-①] 석씨와의 경쟁 관계를 의식한 여씨의 욕망 → 음모가 비롯됨.

"석 부인은 실로 적강선녀라. 상공의 총애가 가볍지 않으리로다."

석파가 취해 실언함을 깨닫지 못하고 왈,

"석 부인은 비단 얼굴뿐 아니라 덕행을 겸비하여 시모이신 양 부인이 더욱 사랑하시나이다."

이때 석씨가 석파를 청하자 석파가 벽운당에 이르러 웃고 왈,

"나를 불러 무엇 하려 하느뇨? 내 석 부인이 받는 총애를 여 부인에게 자랑하였나이다."

석씨가 내키지 않아 하며 당부하되,

"㉠ 후일은 그런 말을 마소서."
[03-④] 석 부인이 받는 총애를 자랑하는 말을 금지함. → 석파의 경솔함 염려

하니, 석파 웃더라.

2 여씨의 거동이 점점 아름답지 않으나 양 부인과 상서는 내색 하지 않더라. 일일은 상서가 문안 후 청운당에 가니 여씨 없고, 녹운당에 이르니 희미한 달빛 아래 여씨가 난간에 엎드려 화씨의 방을 엿듣는지라, 도로 청운당에 와 시녀로 하여금 청하니 여씨가 급히 돌아오니 상서가 정색하고 문 왈,

"부인은 깊은 밤에 어디 갔더뇨?"

여씨 답 왈,

"㉡ 문안 후 소 부인의 운취각에 갔더이다."
[03-④] 녹운당에 간 것을 숨기기 위한 거짓말 → 상서의 의심을 피하기 위한 말

상서는 본래 사람을 지극한 도로 가르치는지라 책망하며 왈,

"부인이 여자의 행실을 전혀 모르는지라. 무릇 여자의 행세 하나하나 몹시 어려운지라. 어찌 깊은 밤에 분주히 다니리오? 더욱이 다른 부인의 방을 엿들음은 **금수의 행동**이라 전일 말한 사람이 있어도 전혀 믿지 않았더니 내 눈에 세 번 뵈니 비로소 그 말이 사실임을 알지라. 부인은 다시 이 행동을 말고 과실을 고쳐 나와 함께 늙어갈 일을 생각할지어다."
[02-②] 상서는 남의 말의 진위를 직접 확인하여 판단함.

하며 기세가 엄숙하니, 여씨가 크게 부끄러워하더라.
[02-③] 상서의 책망에 여씨가 부끄러워함.

3 이후 여씨 밤낮으로 생각하더니, 문득 옛날 강충이란 자가 저주로써 한 무제와 여 태자를 **이간**했던 일을 떠올리고, 저주의 말을 꾸며 취성전을 범하니 일이 치밀한지라 뉘 능히 알리오?
[04-①, ②] 양 부인과 석씨를 이간하려 함. 음모자: 여씨

일일은 취성전에서 양 부인이 일찍 일어나 앉았으나 석씨가 마침 병이 나서 문안에 불참하매 시녀 계성에게 청소시키니, 계성이 짐짓 침상 아래를 쓸다가 갑자기 **봉한 것**을 얻어 내며,
[04-②] 여씨가 꾸민 '봉한 것'이 계성을 통해 양 부인에게 건네짐. 조력자: 계성

"알지 못하겠도다. 누가 잃은 것인고? 필연 동료 중 잃은 것이니 임자를 찾아 주리라."

하고 스스로 혼잣말 하거늘 부인이 수상히 여겨 가져오라 하여 풀어 보니, **그 글**에 품은 한이 흉악하여 차마 보지 못할 바이러라. 필적이 산뜻하니 완연히 석씨의 것이라 크게 괴히 여겨 다시 보니 그 언사의 흉함이 차마 바로 보지 못할지라. 양 부인이 불을 가져다가 사르고 시녀들을 당부하여 왈,
[01-②] 독백 1회 제시
[02-④] [04-③] 양 부인이 시녀들을 통솔함. → 음모의 실행 저지

"너희들이 이 일을 누설한즉 죽을죄를 당하리라."

좌우 시녀 듣고 송구하여 입을 봉하되, 홀로 계성은 누설치 못함을 조급해하고 양 부인은 이후 석씨와 자녀를 보나 내색하지 않더라.

4 **[중략 부분의 줄거리]** 석씨가 쫓겨난 후, 첫째 부인 화씨를 모함하려고 여씨가 여의개용단을 먹고 화씨로 둔갑해 나타나자, 상서는 친누나 소씨, 의남매 윤씨, 석파를 불러 모아 함께 실상을 밝히려 여씨의 심복을 찾는다.
[04-④] 여씨가 욕망의 실현을 위해 준비한 환상적 요소

5 시녀가 여씨 심복 미양을 가리켜 아뢰니, 상서가 미양을 잡아내어 엄하게 조사하더라. 미양이 혼비백산하여 사실대로 고하고 두 가지 약을 내어 드리니, 소씨 등이 다투어 보고 웃되, 상서는 홀로 눈을 들어 보지 않으니 사악한 빛을 보지 않으려 함이라. 석파가 그중 **회면단**을 물에 풀어 두 화씨에게 나누어 주니 진짜 화씨 노기 가득하여 먹고 왈,

"약을 먹더라도 부모님 남긴 몸이 달리 되랴? 네 굳이 내 얼굴이 되고자 하니, 이 무슨 괴이한 생각으로 패악을 떨려 하느뇨?"

상서 왈,

"어지럽게 굴지 말라."

진짜 화씨는 회면단을 마시되 용모 변치 않더라. 상서가 또 여씨에게

권하니, 여씨 먹지 않거늘 윤씨 웃고 왈,

"아니 먹는 죄 의심되도다."

소씨 나아가 우김질로 들이붓더라. 여씨가 마지못하여 먹으니 화씨 변하여 여씨 되는지라. 좌우 사람들이 박장대소하더라. 상서 바야흐로 단정히 고쳐 앉으며 왈,

[02-⑤] 여씨를 압박함.

[04-④] 환상적 요소가 음모의 실체를 드러내는 도구로 작용

"군자 있는 곳에는 요사스러운 일이 없거늘 이 아우가 어질지 못하여 집안에 이런 변이 있으니 대장부 되어 아녀자를 거느리지 못하여 이런 행동거지 있으니 어찌 부끄럽지 않으리오. 석씨를 모함함도 여씨의 일이니 누님은 따져 물으소서."

6 석파가 먼저 나서며 미양을 붙들고 물으니 미양이 당초부터 여씨가 계교를 꾸몄던 일들을 낱낱이 말하더라. 소씨, 윤씨 두 사람이 웃으며 왈,

[02-①] 석파가 집안일(여씨의 계략을 밝히는 일)에 관여함.

"이제 보건대, 당초 우리 의심이 그르지 않았도다."

석파가 몹시 좋아해 뛰면서 기쁨을 이기지 못하고, 여씨는 부끄러움을 이기지 못하여 움직이지 못하고, 화씨는 꾸짖기를 마지않더라. 날이 새어 취성전에 들어가 **어젯밤 일**을 일일이 아뢰더라. 양 부인이 놀라고 여씨를 불러 마루 아래에 꿇리고 벌주니 가장 엄숙하여 언어 명백하며 듣음에 모골이 송연하더라. 이에 여씨를 내치고 계성과 미양 등을 엄히 다스리고 집안을 평정하더라.

[02-④] 양 부인이 권위를 지니고 가족과 시녀들을 통솔함.

01 서술상 특징 파악

답 ④

선지별 선택 비율	①	②	③	④	⑤
화작	2%	3%	3%	88%	1%
언매	1%	1%	2%	92%	1%

윗글에 대한 설명으로 가장 적절한 것은?

정답 띵! 동!

④ **한 인물과 다른 인물들 간의 다면적 갈등 관계를 제시하고 있다.**
└ 여씨를 중심으로 석씨, 화씨, 상서, 소씨, 윤씨, 양 부인 등과의 갈등 관계를 다룸.

| 〈1〉 여씨는 둘째 부인 석씨의 행실과 마음 씀이 매사 뛰어남을 보고 마음속에 불평하여 생각하되, '이 사람이 있으면 내게 상서의 총애가 오지 않으리라.' 하여 좋은 마음이 없더라. 여씨 ↔ 석씨

| 〈2〉 "다른 부인의 방을 엿들음은 금수의 행동이라 전일 말한 사람이 있어도 전혀 믿지 않았더니 ~ 과실을 고쳐 나와 함께 늙어갈 일을 생각할 지어다." 하며 기세가 엄숙하니, 여씨가 크게 부끄러워하더라. 여씨 ↔ 상서

| 〈4〉 첫째 부인 화씨를 모함하려고 여씨가 여의개용단을 먹고 화씨로 둔갑해 나타나자 여씨 ↔ 화씨

| 〈5〉 네 굳이 내 얼굴이 되고자 하니, 이 무슨 괴이한 생각으로 패악을 떨려 하느뇨? 여씨 ↔ 화씨

| 〈6〉 소씨, 윤씨 두 사람이 웃으며 왈, "이제 보건대, 당초 우리 의심이 그르지 않았도다." 여씨 ↔ 소씨, 윤씨

| 〈6〉 양 부인이 놀라고 여씨를 불러 마루 아래에 꿇리고 벌주니 가장 엄숙하여 언어 명백하며 듣음에 모골이 송연하더라. 여씨 ↔ 양 부인

| **뭔말?**

· 이 글의 주요 갈등은 여씨라는 한 인물로부터 비롯되고 있음.

· 여씨가 상서의 총애를 독차지하기 위해 석씨, 화씨 등 다른 부인들을 모해하는 데에서 사건이 발생하며, 그 가운데 여씨와 석씨, 여씨와 화씨 간의 갈등은 물론, 여씨와 여씨의 행동을 질책하는 상서, 여씨와 소씨 · 윤씨 · 석파 등 다른 가족 간의 갈등도 나타남.

오답 땡!

① ~~배경 묘사~~를 통해 ~~인물의 성격 변화를 암시~~하고 있다.
└ 배경 묘사 X └ 인물의 성격 변화 X

| **뭔말?**

· 성격이 변화하는 입체적 인물은 등장하고 있지 않으며, 배경 묘사를 통해 이를 암시하고 있지도 않음.

· '희미한 달빛'을 배경 묘사로 볼 수도 있으나 이는 여씨가 화씨의 방을 엿듣는 상황의 배경으로 기능할 뿐이며 여씨의 성격 변화와는 관련이 없음.

② 독백을 ~~반복~~하여 ~~내적 갈등의 해결 과정~~을 드러내고 있다.
┌ 시녀 계성의 독백 1회 제시
└ 내적 갈등과 관계없음.

| 〈3〉 계성이 ~ 봉한 것을 얻어 내며, "알지 못하겠도다. 누가 잃은 것인고? 필연 동료 중 잃은 것이니 임자를 찾아 주리라." 하고 스스로 혼잣말 하거늘

| **뭔말?**

· 시녀 계성이 혼잣말을 하는 부분에 독백이 나타나나, 이와 같은 독백이 반복되고 있지는 않음.

· 또한 계성의 독백은 여씨의 계략(석씨 모함)을 실현하기 위한 의도로 한 혼잣말일 뿐, 계성의 내적 갈등이나 그 해결 과정을 드러내고 있지 않음.

③ ~~과거와 현재를 교차~~하여 ~~사건을 입체적으로 전개~~하고 있다.
└ 시간의 흐름에 따른 서술 └ 사건을 평면적으로 전개함.

| 〈1~6〉 여씨는 둘째 부인 석씨의 행실과 마음 씀이 매사 뛰어남을 보고 마음속에 불평하여 생각하되 → 상서의 서모 석파가 청운당에 오니 여씨가 말하길, → 일일은 상서가 문안 후 청운당에 가니 → 이후 여씨 밤낮으로 생각하더니 → 일일은 취성전에서 양 부인이 일찍 일어나 앉았으나 → 석씨가 쫓겨난 후, ~ 실상을 밝히려 여씨의 심복을 찾는다. → 여씨가 마지못하여 먹으니 화씨 변하여 여씨 되는지라. → 날이 새어 취성전에 들어가 어젯밤 일을 일일이 아뢰더라.

| **뭔말?**

· 여씨가 계략을 꾸미고 이것이 발각되어 벌을 받게 되는 과정이 시간의 흐름에 따라 전개됨. 과거와 현재가 교차되는 입체적 전개 방식은 사용되지 않음.

⑤ ~~두 공간에서 동시에 일어나는 사건을 병렬적으로 배치하고 있다.~~
└ 시간의 흐름에 따라 '청운당 → 녹운당 → 취성전'으로 공간적 배경이 바뀌며 사건이 전개됨.

| 〈1~3〉 날이 늦어져 모임이 흩어진 후 상서의 서모 석파가 청운당에 오니 여씨가 말하길 → 일일은 상서가 문안 후 청운당에 가니 여씨 없고, 녹운당에 이르니 희미한 달빛 아래 여씨가 난간에 엎드려 화씨의 방을 엿듣는지라. → 일일은 취성전에서 양 부인이 일찍 일어나 앉았으나 석씨가 마침 병이 나서 문안에 불참하매

| **뭔말?**

· 시간의 흐름에 따라 청운당, 녹운당, 취성전 등으로 공간적 배경이 바뀌며 각각의 장소에서 사건 전개가 이루어지고 있음. 같은 시간에 서로 다른 두 장소에서 일어난 사건을 나란히 제시하고 있지 않음.

02 인물의 태도와 심리 파악 답 ③

선지별 선택 비율	①	②	③	④	⑤
화작	2%	4%	86%	3%	3%
언매	1%	2%	91%	2%	1%

윗글의 내용에 대한 이해로 적절하지 않은 것은?

정답 띵!동!

③ 여씨는 상서의 책망에도 ~~부끄러워하지 않는다~~.
→ 부끄러워함.

| 〈2〉 상서는 본래 사람을 지극한 도로 가르치는지라 책망하며 왈, "부인이 여자의 행실을 전혀 모르는지라. ~ 부인은 다시 이 행동을 말고 과실을 고쳐 나와 함께 늙어갈 일을 생각할지어다." 하며 기세가 엄숙하니, 여씨가 크게 부끄러워하더라."

| 뭔말?

· 여씨는 녹운당에 가서 화씨의 방을 엿듣다가 상서에게 발각되어 책망을 받게 되고, 이에 크게 부끄러워함.

오답 땡!

① 석파는 집안사람들과 교류하며 집안일에 관여한다.
→ 여씨, 석씨 등과 교류 / → 여씨의 계략을 밝힘.

| 〈1〉 날이 늦어져 모임이 흩어진 후 상서의 서모 석파가 청운당에 오니 여씨가 말하길

| 〈1〉 이때 석씨가 석파를 청하자 석파가 벽운당에 이르러 웃고 왈

| 〈6〉 석파가 먼저 나서며 미양을 붙들고 물으니 미양이 당초부터 여씨가 계교를 꾸몄던 일들을 낱낱이 말하더라.

| 뭔말?

· 석파는 여씨를 찾아가 석씨를 칭찬하고, 석씨의 청을 받고 찾아가 이야기를 나누는 등 여러 집안사람들과 교류하고 있음.

· 또한 여씨의 계략을 밝히기 위해 여씨의 시녀인 미양을 붙들고 묻는 것은 집안일에 관여하는 모습에 해당함.

② 상서는 남의 말의 진위를 직접 확인하여 판단한다.
→ 여씨의 잘못된 행동에 대한 말 / → 자신의 눈으로 직접 본 다음에야 판단함.

| 〈2〉 더욱이 다른 부인의 방을 엿들음은 금수의 행동이라 전일 말한 사람이 있어도 전혀 믿지 않았더니 내 눈에 세 번 뵈니 비로소 그 말이 사실임을 알지라.

| 뭔말?

· 여씨가 화씨의 방을 엿듣는 것을 목격한 상서는 그동안 여씨의 잘못된 행동을 지적한 이가 있어도 전혀 믿지 않았으나, 자신의 눈으로 보고 비로소 그 말이 사실임을 알았다고 함.

④ 양 부인은 권위를 지니고 가족과 시녀들을 통솔한다.
→ · 시녀들에게 '봉한 것'에 대해 발설하지 말 것을 명령함.
· 여씨의 계교가 드러난 이후, 여씨를 내치고 여씨의 시녀들을 다스려 집안을 평정함.

| 〈3〉 양 부인이 불을 가져다가 사르고 시녀들을 당부하여 왈, "너희들이 이 일을 누설한즉 죽을죄를 당하리라." 좌우 시녀 듣고 송구하여 입을 봉하되

| 〈6〉 양 부인이 놀라고 여씨를 불러 마루 아래에 꿇리고 벌주니 가장 엄숙하여 언어 명백하며 듣음에 모골이 송연하더라. 이에 여씨를 내치고 계성과 미양 등을 엄히 다스리고 집안을 평정하더라.

| 뭔말?

· 양 부인이 침상 아래에서 발견된 '봉한 것'을 확인한 후 시녀들에게 발설하지 말 것을 강하게 명령하였고, 여씨의 계교가 들통난 후 여씨를 내치고 여씨의 시녀들을 엄히 다스려 집안을 평정하였으므로 권위를 지니고 이들을 통솔하고 있다고 볼 수 있음.

⑤ 소씨는 여씨를 압박하여 의혹을 해소하려 한다.
→ 소씨가 여씨의 계교를 밝히기 위해 여씨에게 회면단을 억지로 먹임.

| 〈5〉 진짜 화씨는 회면단을 마시되 용모 변치 않더라. 상서가 또 여씨에게 권하니, 여씨 먹지 않거늘 ~ 소씨 나아가 우김질로 들이붓더라.

| 뭔말?

· 소씨는 여씨에게 회면단을 억지로 먹게 하였고 그 결과 여씨의 용모가 변하여 정체가 드러나게 되므로 소씨는 여씨를 압박하여 의혹을 해소하고자 한다고 볼 수 있음.

03 인물의 말하기 의도 파악 답 ④

선지별 선택 비율	①	②	③	④	⑤
화작	9%	3%	4%	79%	3%
언매	7%	1%	2%	85%	2%

맥락을 고려하여 ㉠과 ㉡을 이해한 내용으로 가장 적절한 것은?

정답 띵!동!

④ ㉠은 석파의 경솔함을 염려하는 말이고, ㉡은 상서의 의심을 피하기 위해 한 말이다.
→ 금지하는 말 / → 거짓말

| 〈1〉 여씨가 말하길, "석 부인은 실로 적강선녀라. 상공의 총애가 가볍지 않으리로다." 석파가 취해 실언함을 깨닫지 못하고 왈,

| 〈1〉 석파가 벽운당에 이르며 웃고 왈, "나를 불러 무엇 하려 하느뇨? 내 석 부인이 받는 총애를 여 부인에게 자랑하였나이다." 석씨가 내키지 않아 하며 당부하되, "㉠후일은 그런 말을 마소서."

| 〈2〉 일일은 상서가 문안 후 청운당에 가니 여씨 없고, 녹운당에 이르니 희미한 달빛 아래 여씨가 난간에 엎드려 화씨의 방을 엿듣는지라, 도로 청운당에 와 시녀로 하여금 청하니 여씨가 급히 돌아오니 상서가 정색하고 문 왈, "부인은 깊은 밤에 어디 갔더뇨?" 여씨 답 왈, "㉡문안 후 소 부인의 운취각에 갔더이다."

| 뭔말?

· 여씨는 상서의 총애에 대해 떠보기 위해 석씨를 칭찬하는 말을 한 것인데, 석파는 그 의도를 깨닫지 못하고 '취해 실언'을 함. 그런데 석씨가 이 일에 대해 내키지 않아 하는 것은 여씨의 의도를 짐작했기 때문으로, ㉠은 석씨가 석파의 경솔함을 염려하며 경계하는 당부에 해당함.

· 여씨는 자신이 녹운당을 찾아가 화씨의 방을 엿들은 일을 상서가 모른다고 생각하여 깊은 밤에 어디를 갔었냐는 상서의 물음에 ㉡과 같이 거짓으로 대답함. 이는 자신의 행적에 대한 상서의 의심을 피하기 위한 말에 해당함.

오답 땡!

① ㉠은 ~~석파의 독선을 질책하는 말~~이고, ㉡은 ~~상서의 오해를 증폭시키는 말~~이다.
→ 석파가 여씨에게 석씨를 칭찬한 일은 독선적 태도와는 관계없음. / 상서는 여씨의 행적을 이미 목격함. 오해 증폭 X

| 뭔말?

· 석씨를 칭찬하는 석파의 말이 자신만 옳다고 고집하는 독선적 태도와는 관계가 없으므로 ㉠은 석파의 독선을 질책하는 말이 아님.

· 상서는 이미 여씨의 행적을 직접 목격하여 알고 있으므로 ㉡의 말이 상서의 오해를 증폭시키지 않음.

→ 석파가 석씨를 칭찬한다고 해서 석파의 안전이 위협받지는 않음.

② ㉠은 ~~석파의 안전을 도모하기 위한 말~~이고, ㉡은 ~~상서를 위험에 빠뜨리기 위한 말~~이다.

→ 여씨는 상서의 총애를 얻고 싶어 할 뿐, 위험에 빠뜨리려 하지 않음.

| 뭔말?

· 여씨가 질투하는 대상은 석파가 아니라 석씨이므로, 석파가 석씨를 칭찬하는 말을 한다고 해서 석파의 안전이 위협받는다고 보기는 어려움. 따라서 ㉠은 석파의 안전을 도모하기 위한 말과는 관계없음.

· 여씨가 모해하려는 대상은 화씨와 석씨로, 여씨가 ㉡과 같이 자신의 행적을 거짓으로 고한다고 해서 상서가 위험에 빠지는 일은 일어나지 않음.

→ 석파에게 호의를 표현한 감정어는 찾아볼 수 없음.

③ ㉠은 ~~석파에 대한 호의를 표현하는 말~~이고, ㉡은 ~~상서에 대한 불신을 표현하는 말~~이다.

→ 상서에게 자신의 행적을 둘러대고 있는 것일 뿐, 불신 표현 X

| 뭔말?

· 석씨는 ㉠을 통해 자신을 칭찬하는 말을 여씨에게 하지 말라며 경계하고 있을 뿐, 석파에게 호의를 나타내고 있지 않음.

· 여씨는 상서를 불신하여 ㉡과 같이 말하고 있는 것이 아니라 상서에게 자신의 행적을 둘러대고 있는 것임.

→ 석파의 말을 그대로 믿어 경계와 당부의 말을 한 것

⑤ ㉠은 ~~석파에게 얻은 정보를 불신하는 말~~이고, ㉡은 상서가 가진 정보를 몰라서 하는 말이다.

여씨가 화씨의 방을 엿듣는 모습을 본 것 ←

| 뭔말?

· 석씨는 여씨에게 자신을 칭찬했다는 석파의 말을 듣고 다음에는 그러지 말라고 당부하고 있으므로, ㉠은 석파가 전한 내용을 있는 그대로 받아들이고 한 말임.

· 여씨는 상서가 화씨의 방을 엿듣는 자신의 모습을 본 걸 모르고 자신의 행적을 둘러대기 위해 ㉡과 같이 말한 것이므로, 상서가 가진 정보를 몰라서 한 말임.

04 외적 준거에 따른 작품 감상 답 ⑤

선지별 선택 비율	①	②	③	④	⑤
화작	3%	15%	11%	9%	61%
언매	2%	17%	8%	8%	63%

〈보기〉를 참고하여 윗글을 감상한 내용으로 적절하지 않은 것은? [3점]

보기

음모 모티프는 인물이 욕망을 실현하기 위해 음모를 실행하는 이야기 단위이다. 음모의 진행 과정에 환상적 요소가 사용되기도 하고 조력자가 등장해 음모자를 돕기도 한다. 음모가 실행되면서 서사적 긴장이 고조되는데, 음모자의 욕망 실현이 지연되면 서사적 긴장은 일시적으로 이완된다. 이때 음모자가 또 다른 음모를 꾸미나 결국 음모의 실체가 드러나며 죄상에 따라 처벌된다.

정답 띵!동!

⑤ 상서는 '금수의 행동'을 한 여씨를 교화하려 했지만 양 부인은 '어젯밤 일'로 여씨를 내친 데서, ~~처벌 방법을 두고 대립이 있음을 알 수 있군.~~

상서와 양 부인은 서로 다르게 대처하고 있을 뿐, 서로 대립하지 않음. ←

| 〈2〉 다른 부인의 방을 엿들음은 금수의 행동이라 ~ 부인은 다시 이 행동을 말고 과실을 고쳐 나와 함께 늙어갈 일을 생각할지어다.

| 〈6〉 날이 새어 취성전에 들어가 어젯밤 일을 일일이 아뢰더라. 양 부인이 놀라고 여씨를 불러 마루 아래에 꿇리고 벌주니 가장 엄숙하여 언어 명백하며 듣음에 모골이 송연하더라. 이에 여씨를 내치고

| 뭔말?

· 상서는 다른 부인의 방을 엿듣는 행동은 '금수의 행동'이라며 여씨를 책망하지만 다른 벌을 내리지 않고 교화하려 함. 반면 양 부인은 화씨로 둔갑한 여씨의 계교가 탄로나자 여씨를 벌주며 내치고 있음.

· 그러나 이 두 사건은 시간차를 두고 각각 일어난 것으로 상서와 양 부인이 여씨의 처벌 방법을 두고 대립하며 갈등하는 모습은 나타나 있지 않음.

오답 땡!

→ 석씨의 행실과 마음 씀을 보고 불평을 가짐.

① 여씨가 자신을 석씨와 견주고 양 부인과 석씨를 '이간'하려는 데서, 석씨와의 경쟁 관계를 의식한 여씨의 욕망에서 음모가 비롯됨을 알 수 있군.

| 〈보기〉 음모 모티프는 인물이 욕망을 실현하기 위해 음모를 실행하는 이야기 단위이다.

| 〈1〉 여씨는 둘째 부인 석씨의 행실과 마음 씀이 매우 뛰어남을 보고 마음속에 불평하여 생각하되, '이 사람이 있으면 내게 상서의 총애가 오지 않으리라.'

| 〈3〉 이후 여씨 밤낮으로 생각하더니, 문득 옛날 강충이란 자가 저주로써 한 무제와 여 태자를 이간했던 일을 떠올리고, 저주의 말을 꾸며 취성전을 범하니

| 뭔말?

· 석씨가 있으면 자신에게 상서의 총애가 오지 않으리라 생각하며 불평을 품는 여씨의 모습은 자신을 석씨와 견주어 경쟁자로 의식하는 모습에 해당함.

· 이와 같은 경쟁 관계를 의식한 여씨는 석씨를 제거하기 위해 시녀 계성을 시켜 양 부인을 저주하는 글을 취성전에 둠으로써 석씨와 양 부인의 사이를 이간하려 하였으므로, 여씨의 욕망에서 음모가 비롯되었다고 할 수 있음.

→ 여씨가 꾸민 계략이 시녀 계성에 의해 실행되는 순간이므로 서사적 긴장이 높아짐.

② 여씨가 꾸민 '봉한 것'이 계성을 통해 양 부인에게 건네진 데서, 상하 관계에 있는 음모자와 조력자에 의해 서사적 긴장이 고조됨을 알 수 있군.

→ 음모자: 여씨 / 조력자: 시녀 계성

| 〈보기〉 음모의 진행 과정에 ~ 조력자가 등장해 음모자를 돕기도 한다. 음모가 실행되면서 서사적 긴장이 고조되는데

| 〈3〉 계성이 짐짓 침상 아래를 쓸다가 갑자기 봉한 것을 얻어 내며, "알지 못하겠도다. 누가 잃은 것인고? 필연 동료 중 잃은 것이니 임자를 찾아 주리라." 하고 스스로 혼잣말 하거늘 부인이 수상히 여겨 가져오라 하여 풀어 보니

| 뭔말?

· 시녀 계성은 여씨의 사주를 받아 '봉한 것'을 양 부인에게 전달하는 역할을 하므로 여씨는 음모자, 계성은 조력자이며 이들은 상하 관계에 있음.

· 여씨가 꾸민 '봉한 것'이 계성을 통해 양 부인에게 건네진 데서, 석씨를 위기에 빠뜨리려는 여씨와 계성의 계략이 실행되고 있으므로 작품의 서사적 긴장이 고조됨.

③ '그 글'이 불살라지고 시녀들의 누설이 금지된 데서, 양 부인에 의해 음모의 실행이 저지되어 서사적 긴장이 일시적으로 이완됨을 알 수 있군.

→ 여씨의 욕망 실현이 지연됨.

| 〈보기〉 음모자의 욕망 실현이 지연되면 서사적 긴장은 일시적으로 이완된다.

| 〈3〉 그 글에 품은 한이 흉악하여 차마 보지 못할 바이러라. ~ 양 부인이 불을 가져다가 사르고 시녀들을 당부하여 왈, "너희들이 이 일을 누설한즉 죽을죄를 당하리라."

| 뭔말?

· '그 글'이 불살라지고 시녀들의 누설이 금지된 것은 양 부인에 의해 여씨의 욕망 실행이 지연된 것이므로 〈보기〉의 언급대로 서사적 긴장이 일시적으로 이완됨.

④ '회면단'을 먹고 여씨가 본래 모습으로 돌아오는 데서, 음모자가 욕망의 실현을 위해 준비한 환상적 요소가 음모의 실체를 드러내는 도구로 작용함을 알 수 있군.
→ 여씨의 둔갑
· 화씨를 내쫓기 위해 활용한 수단(욕망 실현을 위한 준비)
· 여씨의 계략이 탄로나도록 만드는 역할(음모의 실체를 드러내는 도구)

| 〈보기〉 음모의 진행 과정에 환상적 요소가 사용되기도 하고 ~ 결국 음모의 실체가 드러나며 죄상에 따라 처벌된다.

| 〈4〉 첫째 부인 화씨를 모함하려 여씨가 여의개용단을 먹고 화씨로 둔갑해 나타나

| 〈5〉 석파가 그중 회면단을 물에 풀어 두 화씨에게 나누어 주니 ~ 여씨가 마지못하여 먹으니 화씨 변하여 여씨 되는지라.

| 뭔말?

· 여씨가 화씨의 모습으로 둔갑하였다가 회면단을 먹고 다시 본래 모습으로 돌아오는 것은 〈보기〉에 언급된, 환상적 요소에 해당함.

· 이때 여씨의 둔갑은 여씨가 화씨를 내쫓기 위해 활용한 수단이면서, 여씨의 계략이 탄로나도록 만드는 역할을 함께 하므로 음모자가 욕망의 실현을 위해 준비한 환상적 요소가 음모의 실체를 드러내는 도구로 작용한다고 볼 수 있음.

▸ 본문 090쪽

현대 소설 01

2025학년도 수능

01 ④ 02 ③ 03 ⑤ 04 ④

이청준, 「배꼽을 주제로 한 변주곡」

EBS 연결 고리

비연계

교과서 연계 정보

작가 문학 동아, 좋은책

해제 이 작품은 어느 날 갑자기 주인공 허원의 배꼽이 사라져 버린 사건을 시작으로, 배꼽을 둘러싼 여러 일화가 이어지는 현대 소설이다. 배꼽이 없어진 후 허원은 배꼽에 대한 사념을 통해 배꼽론을 발전시켜 나가는데, 이 배꼽은 모태와 연결되었던 흔적으로서 인간의 존재와 근원의 의미를 설명해 주고, 더 나아가 우주와 만나게 하는 표상이자 상징이 된다. 이러한 배꼽의 상실은 허원의 상실감과 고독감을 불러온다. 이렇게 허원에게 일어난 비현실적인 상황은 개인의 일에 그치지 않고 사회 구성원의 문제로 확장된다. 그리고 배꼽을 잃었으면서도 배꼽을 가지고 있는 척하는 사람들의 위선과 허위, 진정한 소통이 이루어지지 못하는 모습 등을 바탕으로 사회 상황에 대한 심층적 의미를 탐색하게 된다.

주제 배꼽을 잃은 비현실적 경험을 통해 바라본 인간 소외와 고독

전체 줄거리

허원은 아침이 되면 잠에서 깨지 못한 채 화장실에 들어가 변의를 느낀 후에야 잠에서 깨어났다. 그러던 어느 날 변의를 느끼지 못한 허원은 우연히 자신의 배를 보고는 배꼽이 사라진 것을 알게 된다. 배꼽을 잃은 허원은 허전함을 느끼고 그 허망함을 쫓기 위한 상념을 쌓아 가는데, 이 배꼽에 대한 사념은 독특한 배꼽론으로 발전한다. 배꼽론의 확고한 경지에 도달할 무렵, 허원은 배꼽에 대한 사람들의 관심이 일반화되고 있음을 발견한다. 배꼽에 대한 논의가 일상은 물론 신문, 잡지 등에서도 다루어지는 것이다. 허원은 독탕의 이용률이나 원피스 수영복을 착용하는 사람들이 늘어나는 것은 그들이 배꼽을 잃어서일 것이라고 믿는다. 그러나 배꼽을 잃은 사람들은 배꼽을 가지고 있는 것처럼 행동한다. 배꼽에 대한 논쟁이 더욱 성행하여 〈주간 배꼽〉이라는 잡지가 창간되는데, 허원은 이 잡지사가 조사한 '보고 싶은 배꼽 베스트 3인'에 뽑힌다. 허원은 1위인 H씨가 낸 배꼽 그림과 L씨의 배꼽 합성 사진을 보면서 그들에게 배꼽이 있는지 여부를 끊임없이 고민한다. 그러다 허원은 더 이상 배꼽이 있는 척하지 않기로 결심하고 고향으로 향하는 열차를 탄다. 이 열차에서 곤한 잠이 들었던 허원은 소변기를 느끼고 화장실에 간다. 허원은 잠의 기운을 지키려고 조심히 움직이다가 열차의 덜컹거림에 몸이 꺾이는데, 이때 배꼽이 되돌아와 있는 것을 발견한다.

1 ㉠불편스런 일이 한두 가지가 아니었다. 하지만 허원은 그렇게
[01-①] 허원의 생각을 작품 밖 서술자가 제시한 것
스스로 주의하고 고통을 감내해 냈기 때문에 자신의 비밀을 남 앞에 감쪽
[02-③] 배꼽이 사라진 것 → 일상적이지 않은 경험 → 비밀로 함.
같이 숨겨 나갈 수 있었다. 아무도 그의 비밀을 눈치챈 사람이 없었다. 비밀이 탄로 나지 않는 한 그의 일상 생활은 더 이상 불편을 겪을 필요도 없었다. 인체 생리나 해부학 서적 같은 걸 뒤져 봐도 성인의 배꼽은 거의 아
[03-②] 배꼽의 기능에 대해 알아봄.
무런 기능도 수행하지 않음을 알 수 있었다. 적어도 그의 외모나 바깥 생활은 정상을 유지할 수 있었다. 그 점만이라도 무척 다행이었다. 그는 일단 안도의 한숨을 내쉬었다.
[03-②] 배꼽의 기능이 크지 않다는 것에 안도함.

2 ㉡ — 그깟 놈의 배꼽, 안 가지고 있음 어때.
[01-②] 허원의 생각을 허원의 목소리를 통해 직접 제시함.
그쯤 체념을 하고 될 수 있으면 배꼽에 관한 일들을 잊어버리려 했다. ㉢자신으로부터 배꼽이 사라져 버린 사실을, 그리고 그 때문에 생긴 모든
[01-③] 작품 밖 서술자가 허원의 의식을 서술함.
불편을 잊고, 그 배꼽 없는 생활에 스스로 익숙해져 버리기를 바라 마지 않았다. 하지만 문제는 그렇게 간단하지 않았다. 아무리 일상생활에선 드러나게 불편한 점이 없다 해도 그는 역시 배꼽이 없는 자신에 대해 좀처럼 익숙해질 수가 없었다. 그는 자꾸만 허전해서 견딜 수가 없어지곤 했다.
[02-③] 배꼽이 사라진 것 → 일상적이지 않은 경험 → 심리적 동요 유발
있느니라 여기고 지낼 때는 그처럼 무심스럽던 일이 그런 식으로 한번 **의식의 끈**을 **건드려** 오자 허원의 상념은 잠시도 그 잃어버린 배꼽에서 떠나
[04-①] 배꼽이 없다는 사실과 그로 인한 허전함에 지속적으로 주목하게 됨.
있을 수가 없었다.

3 그는 마침내 **회사 출근**마저 단념하기에 이르렀다. 그러자 신통하
[04-②] 사라진 배꼽에 대한 상념은 일상생활의 변화로 이어짐.
게도 **늦잠 버릇**이 깨끗이 자취를 감춰 버렸다. 그는 눈만 뜨면 사라져 없
[03-③] 배꼽론을 만들게 된 계기
어진 배꼽 때문에 기분이 허전했고, 그러면 그 허망감을 쫓기 위해 배꼽에 관한 끝없는 상념들을 쌓기 시작했다.

(중략)

4 그리하여 배꼽에 관한 허원의 지식과 **사념**은 자꾸 더 **심오하고 추**
[03-③] 배꼽에 대한 지식과 사념을 통해 배꼽론을 발전시킴.
상적인 것이 되어 갔다. 그에게는 어느덧 그 나름의 독특한 배꼽론 같은 것이 윤곽을 지어 가고 있었다. 하지만 그러면 그럴수록 허원은 더욱더 허전해지고, 아무 곳에도 발이 닿아 있는 것 같지 않고, 혼자서 외롭게 허공을 둥둥 떠다니고 있는 것처럼 느껴졌다. 그러면 그는 또 거듭 그 허망감을 쫓기 위해 자신의 배꼽론을 완벽하게 발전시켜 나갔다. 마치 그렇게 하
[03-③] 배꼽론을 만들며 현재의 허전함을 달램. → 다른 방향에서의 접근
여 그는 자신의 사념 속에서 잃어버린 배꼽을 되찾아내고, 그것으로 그 **실물**을 대신해 어떤 식으로든 자신과 세상 간에 큰 불편이 없도록 화해시키고 그것으로 그 난감스런 허망감을 채우려는 듯이. 그의 배꼽론은 가령 이런 식으로까지 발전되어 있었다.

5 — 우리는 누구나 **배꼽**을 가지고 있다…… 우리는 우리들의 어머
[04-③] 배꼽과 탯줄을 연관하여 배꼽론을 전개함.
니로부터 **탯줄**이 끊어지는 순간 이 우주의 한 단자(單子)로서 고독하게 존재하게 되었다. 그러나 우리는 영원히 그 탯줄의 기억을 잊지 않는다. 우리 영혼은 언제까지나 그 어머니의 탯줄과 이어지려 하고, 또다시 그 어머
[03-①] 배꼽에서 시작된 사념이 존재와 그 근원의 의미 탐색으로 이어짐.
니의 어머니의 탯줄과 이어져 나가면서 우리 **존재**를 설명하고 근원을 밝혀 나가며, 마침내는 마지막 어머니의 탯줄이 이어지는 우리들의 **우주와**
[04-③] 배꼽에 대한 개인적 생각이 심오하고 추상적인 생각으로 확장됨.
만나게 된다…… 우리의 배꼽은 우리가 그 마지막 우주와 만나고자 하는 향수의 표상이며 가능성의 상징이며 존재의 비밀로 나아가는 형이상학이다. 그 비밀의 문이다……

6 그는 어느덧 배꼽에 대해 당당한 일가견을 이룬 배꼽 전문가가 되어 가고 있었다.

㉣어느 해 여름이었다. 하니까 그것은 허원이 자신의 배꼽을 잃어버리
[01-④] '어느 해 여름'과 관련한 인물의 부가 정보
고 나서 불편하기 그지없는 세 번째의 여름을 맞고 있을 때였다. 그는 물론 배꼽을 잃어버린 자신에 대해 아직도 완전한 익숙해지질 못하고 있었다. **그의 사념** 역시 언제나 그 눈에 보이지 않는 배꼽에 매달려 거기에서
[04-④] 허원의 배꼽론이 확고한 경지에 도달해 있을 때 허원의 상태
밖에는 영영 더 이상 자유로워질 수가 없었다. 그 대신 허원은 이제 그 자신의 **배꼽론**에 대해선 매우 **확고한 경지**에 도달해 있었다.

7 그럴 즈음이었다. 허원은 문득 **세상 사람들**이 수상쩍어지기 시작
[03-⑤] 배꼽에 대한 세상 사람들의 관심은 뜻밖의 현상임.
했다. 어느 때부터던지는 확실히 알 수 없었지만, 세상 사람들 역시 무슨 이유에선지 이 인간 장기의 한 조그만 흔적에 대해 **심상찮은 관심**을 나타내
[03-④] 배꼽에 대한 세상 사람들의 관심
기 시작한 것이다. 배꼽에 대한 사람들의 관심 역시 기왕부터 있어 온 것을 여태까지 서로 모르고 지내 오다가 비로소 어떤 기미를 알아차리게 된 것인지, 혹은 사람들로 하여금 그런 관심을 내보이게 할 만한 무슨 우연찮은 계기가 마련되었는지는 확실치가 않았다. 그리고 무엇 때문에 사람들
[03-④] [04-⑤] 배꼽에 대해 세상 사람들이 보이는 관심의 원인을 궁금해함.
에게서 그런 관심이 시작되었는지 그 이유를 알 수도 없었다. 하지만 그것은 어쨌든 **사실**이었다. 주의를 기울여 보니 관심의 정도도 여간이 아니었
[04-⑤] 배꼽에 관한 세상 사람들의 관심은 사실로 나타나는 현상임.
다. 한두 사람, 한두 곳에서만 나타난 현상이 아니었다. 그것은 이미 일반
[03-④] 세상 사람들이 배꼽에 관심을 갖는 모습에 주의를 기울임.
적인 현상이 되어 가고 있었다. 그리고 그렇듯 **배꼽 이야기**가 **일반화**의 기
[04-⑤] 배꼽에 대한 세상 사람들의 관심이 일반화됨.
미를 엿보이기 시작하자 사람들은 이제 그걸 신호로 아무 흉허물 없이 터
[04-⑤] 배꼽 이야기가 일반화된 현상으로 변모함.
놓고 지껄이거나 신문, 잡지 같은 데서 진지하게 논의의 대상을 삼기도 하였다. ㉤배꼽에 관한 논의가 그렇듯 갑자기 시중 일반에까지 성행하기 시
[01-⑤] 배꼽에 관한 논의가 사회에 성행하기 시작함.
작한 것이다.

기묘한 현상이었다.
[04-⑤] 배꼽 이야기가 일반화된 뜻밖의 현상

01 서술상 특징 파악 답 ④

선지별 선택 비율	①	②	③	④	⑤
화작	2%	3%	4%	90%	2%
언매	1%	1%	2%	94%	2%

㉠~㉤의 서술 방식에 대한 설명으로 가장 적절한 것은?

정답 띵! 동!

④ ㉣: 인물의 상황에 관련된 정보를 부가하여 서술하고 있다.

| 〈6〉 ㉣어느 해 여름이었다. 하니까 그것은 허원이 자신의 배꼽을 잃어버리고 나서 불편하기 그지없는 세 번째의 여름을 맞고 있을 때였다.

| 뭔말?

· '어느 해 여름이었다.' 이후, 인물(허원)의 상황과 관련된 정보를 덧붙여 서술함.

· '어느 해 여름'은 허원이 자신의 배꼽을 잃어버리고 나서 맞이한 불편하기 그지없는 세 번째의 여름임.

오답 땡!

① ㉠: 누구의 생각을 누가 말하는지 ~~명시한 표현을 나타내어~~ 서술하고 있다.
└→ 찾아볼 수 없는 내용

| 〈1〉 ㉠ 불편스런 일이 한두 가지가 아니었다.

| 뭔말?

· ㉠은 '허원'의 생각으로, 작품 밖의 서술자가 말하는 방식으로 제시됨.

· 그러나 ㉠에 누구의 생각을 누가 말하는 것인지 명시한 표현은 찾아볼 수 없음.

② ㉡: 인물의 생각을 ~~서술자가 평가~~하며 ~~그 심화된 의미를 함축~~하여 서술하고 있다.
└→ 허원의 목소리. 서술자 평가 X └→ 직접 제시하고 있음.

| 〈2〉 ㉡ — 그깟 놈의 배꼽, 안 가지고 있음 어때.

| 뭔말?

· ㉡은 허원의 생각을 허원의 목소리로 제시한 것

③ ㉢: 인물의 의식을 ~~인물 자신의 생생한 목소리~~를 통해 서술하고 있다.
└→ 서술자의 서술로 나타남.

| 〈2〉 ㉢자신으로부터 배꼽이 사라져 버린 사실을, 그리고 그 때문에 생긴 모든 불편을 잊고, 그 배꼽 없는 생활에 스스로 익숙해져 버리기를 바라 마지않았다.

| 뭔말?

· ㉢은 작품 밖 서술자가 허원의 의식을 서술한 것

· 인물 자신의 생생한 목소리라고 하면 말이나 대화가 제시되어야 함.

⑤ ㉤: ~~인물 행동의 진행 과정을 순차적으로~~ 서술하고 있다.
└→ 배꼽에 관한 논의가 일반에까지 성행하기 시작한 현상. 인물의 행동 진행 과정 X

| 〈7〉 ㉤배꼽에 관한 논의가 그렇듯 갑자기 시중 일반에까지 성행하기 시작한 것이다.

| 뭔말?

· ㉤은 배꼽에 관한 논의가 사회에 갑자기 성행하기 시작한 현상을 서술한 것

02 소재의 기능 파악 답 ③

선지별 선택 비율	①	②	③	④	⑤
화작	9%	2%	83%	3%	3%
언매	6%	1%	90%	2%	1%

비밀의 서사적 기능으로 가장 적절한 것은?

정답 띵! 동!

③ 일상적이지 않은 경험을 인물이 의식한다는 표지로, 인물의 심리적 동요를 부른다.
└→ 배꼽이 사라졌다는 사실을 남들에게 숨긴 채 혼자만 알고 있음을 보여 주는 표지 / 허전함 + 허망감

| 〈1〉 하지만 허원은 그렇게 스스로 주의하고 고통을 감내해 냈기 때문에 자신의 비밀을 남 앞에 감쪽같이 숨겨 나갈 수 있었다. → 일상적이지 않은 경험을 의식한 행동

| 〈2〉 아무리 일상생활에선 드러나게 불편한 점이 없다 해도 그는 역시 배꼽이 없는 자신에 대해 좀처럼 익숙해질 수가 없었다. 그는 자꾸만 허전해서 견딜 수가 없어지곤 했다. 있느니라 여기고 지낼 때는 그처럼 무심스럽던 일이 그런 식으로 한번 의식의 끈을 건드려 오자 허원의 상념은 잠시도 그 잃어버린 배꼽에서 떠나 있을 수가 없었다.

| 〈3〉 그는 눈만 뜨면 사라져 없어진 배꼽 때문에 기분이 허전했고, 그러면 그 허망감을 쫓기 위해 배꼽에 관한 끝없는 상념들을 쌓기 시작했다.

| 뭔말?

· 배꼽이 사라져 버린 일 = 일상적이지 않은 경험, 비현실적 경험

· 허원은 배꼽이 사라져 버렸다는 사실을 남들에게 털어놓지 못하고 비밀을 만듦.
→ 일상적이지 않은 경험을 허원이 의식하고 있음을 보여 주는 표지 = 비밀

· 또한 허원은 사라져 버린 배꼽으로 인해 허전함 + 허망감을 느낌. → 심리적 동요

오답 땡!

① ~~자신의 신념을 인물이 돌이켜 본 결과~~로, 새로운 세계관을 바탕으로 하는 주제를 형성한다.
└→ 비밀 = 배꼽이 없어진 사건. 허원의 신념과 관련 X

| 뭔말?

· 배꼽이 없어진 사건과 관련한 비밀은 허원의 신념과는 관련이 없음.

· 주제는 배꼽과 관련한 허원의 사념을 바탕으로 형성된다고 볼 수 있음.

② ~~얽힌 인간관계를 인물이 성찰하는 전환점으로, 갈등으로 인한 위기감을 완화한다.~~
└→ 찾아볼 수 없는 내용

| 뭔말?

· 허원이 얽힌 인간관계를 성찰하는 내용은 찾아볼 수 없음.

④ ~~상충된 이해관계를 인물이 조정하는 단서로, 심화된 사회적 갈등을 해소한다.~~
└→ 찾아볼 수 없는 내용

| 뭔말?

· 허원이 상충된 이해관계를 조정하거나, 심화된 사회적 갈등을 해소하는 내용은 찾아볼 수 없음.

⑤ ~~기성의 질서에 인물이 저항한다는 신호로, 돌발적 사건의 발생을 알린다.~~
└→ 찾아볼 수 없는 내용

| 뭔말?

· 허원이나 다른 인물이 기성의 질서에 저항하는 내용은 찾아볼 수 없음.

03 인물의 심리와 태도 파악 답 ⑤

선지별 선택 비율	①	②	③	④	⑤
화작	3%	6%	7%	6%	78%
언매	2%	3%	4%	4%	87%

'허원'을 중심으로 윗글을 이해한 내용으로 적절하지 않은 것은?

정답 띵! 동!

⑤ '허원'은 '실물'에 대한 인식을 ~~'세상 사람들'과 공유하게 되면서~~, 그간 이어 온 ~~'사념'을 더 이상 지속하지 않게 된다.~~
└→ 비밀로 함. 인식 공유 X
└→ 허원은 사념에서 벗어나지 못함.

| 〈6〉 그의 사념 역시 언제나 그 눈에 보이지 않는 배꼽에 매달려 거기에서밖에는 영영 더 이상 자유로워질 수가 없었다. 그 대신 허원은 이제 그 자신의 배꼽론에 대해선 매우 확고한 경지에 도달해 있었다. → 배꼽에 대한 사념은 지속됨.

| 〈7〉 허원은 문득 세상 사람들이 수상쩍어지기 시작했다. 어느 때부턴지는 확실히 알 수 없었지만, 세상 사람들 역시 무슨 이유에선지 이 인간 장기의 한 조그만 흔적에 대해 심상찮은 관심을 나타내기 시작한 것이다. ~ 그리고 무엇 때문에 사람들에게서 그런 관심이 시작되었는지 그 이유를 알 수도 없었다.

| 뭔말?

· 실물 = 배꼽

· 허원은 실물(배꼽)에 대한 사념을 바탕으로 '배꼽론'을 발전시킴.

· 허원은 세상 사람들이 배꼽에 관심을 나타내기 시작한 것을 알아차렸지만, 자기 인식을 세상 사람들과 공유하고 있지 않음.

· 그리고 허원은 여전히 실물(배꼽)에 대한 사념에서 벗어나지 못하고 있음.

오답 땡!

① '허원'은 '실물'과 관련하여 시작된 '사념'을 통해 '존재'의 의미를 발견해 간다.

| 〈3〉 그는 눈만 뜨면 사라져 없어진 배꼽 때문에 기분이 허전했고, 그러면 그 허망감을 쫓기 위해 배꼽에 관한 끝없는 상념들을 쌓기 시작했다.

| 〈4〉 그리하여 배꼽에 관한 허원의 지식과 사념은 자꾸 더 심오하고 추상적인 것이 되어 갔다. → 배꼽론을 만들어 가는 상황

| 〈5〉 — 우리는 누구나 배꼽을 가지고 있다…… 우리는 우리들의 어머니로부터 탯줄이 끊어지는 순간 이 우주의 한 단자로서 고독하게 존재하게 되었다. 그러나 우리는 영원히 그 탯줄의 기억을 잊지 않는다. 우리 영혼은 언제까지나 그 어머니의 탯줄과 이어지려 하고, 또다시 그 어머니의 어머니의 탯줄과 이어져 나가면서 우리 존재를 설명하고 근원을 밝혀 나가며, → 허원의 배꼽론

| 뭔말?

· 허원은 실물(배꼽)과 관련하여 사념에 빠져들어 '배꼽론'을 만듦.

· 이 과정에서 허원은 실물(배꼽)에서 탯줄을 떠올리고, '탯줄 → 어머니의 탯줄 → 그 어머니의 어머니의 탯줄'로 이어 나가면서 우리 존재와 그 근원의 의미를 밝히고 있음.

② '허원'은 '실물'이 몸에서 큰 기능을 하지 않는다는 것을 알고 일단 안도감을 느끼게 된다.

| 〈1〉 인체 생리나 해부학 서적 같은 걸 뒤져 봐도 성인의 배꼽은 거의 아무런 기능도 수행하지 않음을 알 수 있었다. 적어도 그의 외모나 바깥 생활은 정상을 유지할 수 있었다. 그 점만이라도 무척 다행이었다. 그는 일단 안도의 한숨을 내쉬었다.

| 뭔말?

· 허원은 실물(배꼽)이 거의 아무런 기능을 하지 않는다는 것에 안도함.

③ '허원'은 '사념'을 방편으로 삼아 자신의 현재 상태에 대해 다른 방향에서 접근하고자 한다.

| 〈3〉 그는 눈만 뜨면 사라져 없어진 배꼽 때문에 기분이 허전했고, 그러면 그 허망감을 쫓기 위해 배꼽에 관한 끝없는 상념들을 쌓기 시작했다.

| 〈4〉 그러면 그는 또 거듭 그 허망감을 쫓기 위해 자신의 배꼽론을 완벽하게 발전시켜 나갔다. 마치 그렇게 하여 그는 자신의 사념 속에서 잃어버린 배꼽을 되찾아내고, 그것으로 그 실물을 대신해 어떤 식으로든 자신과 세상 간에 큰 불편이 없도록 화해시키고 그것으로 그 난감스런 허망감을 채우려는 듯이. 그의 배꼽론은 가령 이런 식으로까지 발전되어 있었다.

| 뭔말?

· 허원의 현재 상태: 배꼽이 없다는 사실에서 비롯된 허전함 + 허망감을 느낌.

· 허원의 대응 및 노력: 사념을 바탕으로 배꼽론을 발전시켜 나감으로써 현실에서 느끼는 허전함 + 허망감을 달램. → 다른 방향에서 접근

④ '허원'은 '심상찮은 관심'의 원인에 대해 궁금해하면서 '세상 사람들'에게 주의를 기울이게 된다.

| 〈7〉 어느 때부터지는 확실히 알 수 없었지만, 세상 사람들 역시 무슨 이유에선지 이 인간 장기의 한 조그만 흔적(→ 배꼽)에 대해 심상찮은 관심을 나타내기 시작한 것이다. ~ 그리고 무엇 때문에 사람들에게서 그런 관심이 시작되었는지 그 이유를 알 수도 없었다. 하지만 그것은 어쨌든 사실이었다. 주의를 기울여 보니 관심의 정도도 여간이 아니었다.

| 뭔말?

· 심상찮은 관심 = 실물(배꼽)에 대한 세상 사람들의 관심

· 허원은 배꼽에 대해 세상 사람들이 보이는 '관심의 원인'을 궁금해하면서 주의를 기울임.

04 외적 준거에 따른 작품 감상 답 ④

선지별 선택 비율	①	②	③	④	⑤
화작	2%	3%	5%	84%	6%
언매	1%	1%	2%	92%	3%

〈보기〉를 참고하여 윗글을 감상한 내용으로 적절하지 않은 것은? [3점]

보기

「배꼽을 주제로 한 변주곡」은 주인공이 배꼽을 잃어버렸다는 허구적 설정으로 시작하여, 이후 배꼽을 둘러싼 희화적 에피소드들이 이어진다. 주인공은 으레 있어야 할 것이 없어져 불편한 생활을 이어 가던 중 배꼽에 관심을 갖는 이들이 늘어나고 있음을 알게 된다. 이 과정에서 배꼽에 관련된 개인적 상황은 물론 인간 존재와 사회 상황에 대한 심층적 의미의 탐색이 이루어진다.

정답 띵!동!

④ '그의 사념'이 도달한 '배꼽론'의 '확고한 경지'는 사소한(→ 배꼽) 것의 심층적 의미를 탐색할 때 이를 수 있으므로, 그 사소한 것(→ 배꼽)에 ~~얽매이지 않는 자유로운 상태~~에서 실현이 가능해지겠군.
└→ 배꼽론은 배꼽에 얽매여 벗어날 수 없는 상태에서 형성됨.

| 〈4〉 그러면 그는 또 거듭 그 허망감을 쫓기 위해 자신의 배꼽론을 완벽하게 발전시켜 나갔다. 마치 그렇게 하여 그는 자신의 사념 속에서 잃어버린 배꼽을 되찾아내고, 그것으로 그 실물을 대신해 어떤 식으로든 자신과 세상 간에 큰 불편이 없도록 화해시키고 그것으로 그 난감스런 허망감을 채우려는 듯이. 그의 배꼽론은 가령 이런 식으로까지 발전되어 있었다.

| 〈6〉 그의 사념 역시 언제나 그 눈에 보이지 않는 배꼽에 매달려(→ 자유로운 상태 X) 거기에서밖에는 영영 더 이상 자유로워질 수가 없었다. 그 대신 허원은 이제 그 자신의 배꼽론에 대해선 매우 확고한 경지에 도달해 있었다.

| 뭔말?

· 허원은 배꼽에 매달려 '거기에서밖에는 영영 더 이상 자유로워질 수 없'는 상황에서 배꼽론의 확고한 경지에 도달함.

오답 땡!

① '의식의 끈'이 '건드려'짐으로써 주인공이 비정상적 문제 상황에 지속적으로 주목하게 된 것이겠군.
└→ 배꼽이 사라진 스스로에 대해 익숙해지지 않으며, 자꾸 허전함을 느낌.

| 〈2〉 아무리 일상생활에선 드러나게 불편한 점이 없다 해도 그는 역시 배꼽이 없는 자신에 대해 좀처럼 익숙해질 수가 없었다. 그는 자꾸만 허전해서 견딜 수가 없어지곤 했다.(→ 비정상적 문제 상황) 있느니라 여기고 지낼 때는 그처럼 무심스럽던 일이 그런 식으로 한번 의식의 끈을 건드려 오자 허원의 상념은 잠시도 그 잃어버린 배꼽에서 떠나 있을 수가 없었다.(→ 지속적으로 주목하게 됨.)

| 뭔말?

· 비정상적 문제 상황 = 배꼽을 잃어버리면서 자꾸만 허전해서 견딜 수 없는 상태가 됨.

· 의식의 끈이 건드려지면서 허원은 이 비정상적 문제 상황에 지속적으로 주목하게 됨.

② '회사 출근'을 포기하게 되고 '늦잠 버릇'이 사라진 상황은, 주인공의 일상이 변화된 모습을 보여 준다고 할 수 있겠군.

| 〈3〉 그는 마침내 회사 출근마저 단념하기에 이르렀다. 그러자 신통하게도 늦잠 버릇이 깨끗이 자취를 감춰 버렸다. 그는 눈만 뜨면 사라져 없어진 배꼽 때문에 기분이 허전했고, 그러면 그 허망감을 쫓기 위해 배꼽에 관한 끝없는 상념들을 쌓기 시작했다.

| 뭔말?

· 이전의 일상: 회사 출근, 늦잠 버릇

· 배꼽이 사라진 후 변화된 일상: 회사 출근 포기 + 늦잠 버릇이 사라짐.

③ '배꼽'을 '탯줄'에 연관하여 이해하는 것은, 개인에 관련된 생각을 '우주와 만나'는 '심오하고 추상적인' 생각으로 확장하는 실마리가 된다고 할 수 있겠군.

| 〈4〉 그리하여 배꼽에 관한 허원의 지식과 사념은 자꾸 더 심오하고 추상적인 것이 되어 갔다. → 개인에 관련된 생각의 확장

| 〈5〉 — 우리는 누구나 배꼽을 가지고 있다…… 우리는 우리들의 어머니로부터 탯줄이 끊어지는 순간 이 우주의 한 단자로서 고독하게 존재하게 되었다. 그러나 우리는 영원히 그 탯줄의 기억을 잊지 않는다. 우리 영혼은 언제까지나 그 어머니의 탯줄과 이어지려 하고, 또다시 그 어머니의 어머니의 탯줄과 이어져 나가면서 우리 존재를 설명하고 근원을 밝혀 나가며, 마침내는 마지막 어머니의 탯줄이 이어지는 우리들의 우주와 만나게 된다…… 우리의 배꼽은 우리가 그 마지막 우주와 만나고자 하는 향수의 표상이며 가능성의 상징이며 존재의 비밀로 나아가는 형이상학이다. → 배꼽론의 내용

| 뭔말?

· 배꼽에 대한 허원의 지식과 사념 → 개인에 관련된 생각에서 출발함.

· 이 사념(개인에 관련된 생각)에 빠져든 허원은 '배꼽'을 '탯줄'과 연관 짓는데, 이것을 실마리로 삼아 '배꼽 → 탯줄 → 어머니의 탯줄 → 그 어머니의 어머니의 탯줄 → 우주와의 만남'과 같이 심오하고 추상적인 생각으로 나아가고 있음.

⑤ '기묘한 현상'은, '배꼽 이야기'가 '일반화'되는 상황이 뜻밖이지만 '사실'로 나타나는 현상을 두고 일컬은 말이라고 할 수 있겠군.

| 〈7〉 그리고 무엇 때문에 사람들에게서 그런 관심(→ 배꼽에 대한 관심)이 시작되었는지 그 이유를 알 수도 없었다. 하지만 그것은 어쨌든 사실이었다. 주의를 기울여 보니 관심의 정도도 여간이 아니었다. 한두 사람, 한두 곳에서만 나타난 현상이 아니었다. 그것은 이미 일반적인 현상이 되어 가고 있었다. 그리고 그렇듯 배꼽 이야기가 일반화의 기미를 엿보이기 시작하자 사람들은 이제 그걸 신호로 아무 흉허물 없이 터놓고 지껄이거나 신문, 잡지 같은 데서 진지하게 논의의 대상을 삼기도 하였다. 배꼽에 관한 논의가 그렇듯 갑자기 시중 일반에까지 성행하기 시작한 것이다. 기묘한 현상이었다.

| 뭔말?

· 기묘한 현상 = 배꼽 이야기가 갑자기 성행하며 일반화되는 뜻밖의 상황

▸ 본문 092쪽

현대 소설 02

2025학년도 9월 모의평가

01 ④ 02 ③ 03 ⑤ 04 ②

윤흥길, 「날개 또는 수갑」

EBS 연결 고리

2025학년도 수능특강 문학 187쪽

교과서 연계 정보

작가 국어 금성, 비상(박안), 비상(박영), 천재(박), 천재(이) 문학 동아

해제 이 작품은 한 회사에서 사무직 남자 사원들의 제복 착용을 제도화하려는 문제를 두고 벌어지는 사건을 통해 개인의 자유를 억압하고 국민을 통제하던 1970년대의 전체주의 시대 현실을 우회적으로 비판하고 있는 소설이다. 민주적 절차를 거쳤다는 것을 보여 주려는 의도로 사복 제정 준비 위원회를 발족하여 제복 제도의 실시를 정당화한 회사 운영진의 모습은 절차적 정당성을 내세워 국민에 대한 통제를 합리화하던 당시의 현실을 암시적으로 나타내고 있다. 그리고 회사의 통제에 반발하던 사원들이 결국에 회사의 방침에 따라 제복을 착용한 모습을 바탕으로 비판 의식은 있지만 이를 행동으로 실천하지는 못하는 소시민의 모습을 풍자하고 있다.

주제 ① 불합리한 권력에 대응하는 소시민들의 모습

② 국민을 획일화하고 통제하는 국가 권력에 대한 비판

전체 줄거리

동림산업은 제복 제도를 사무직 남자 사원들까지 착용하는 것으로 확대하겠다면서, 사복 제정 준비 위원회를 발족하여 사원들의 의견을 듣기로 한다. 그러나 그 준비 위원회는 열리자마자 끝이 난다. 준비 위원회에서는 사원들이 의견을 낼 틈도 주지 않은 채, 춘하복은 추후 결정하고 추동복만 제정하며 창립 기념일에 일제 착용하겠다는 말로 제복 제도를 일방적으로 통과시킨다. 민도식, 장상태, 우기환 등이 불만을 토로하는데, 이를 듣던 생산부 권 씨가 옷과 같이 사소한 일로 논쟁을 하는 것에 이질감을 표현한다. 이후 준비 위원회의 결정대로 직원들은 제복을 맞추지만 민도식과 우기환은 이에 동참하지 않는다. 사장은 이 두 사람을 불러 면담하는데, 우기환은 제복 제도의 도입에 불복하고 회사를 그만둔다. 회사 창립 기념일이 되어 민도식은 늑장을 부리다가 아내의 재촉에 마지못해 제1 공장으로 향한다. 사복 차림의 민도식은 모든 사원이 남색 제복 차림으로 질서 정연하게 도열해 있는 모습을 보고 숨이 막혀 옴을 느끼는 한편, 집단으로부터 소외된 느낌을 받으면서 행사가 진행되는 운동장으로 들어가지도, 돌아서지도 못한 채 공장 정문 앞에 우두커니 서 있는다.

1 **[앞부분의 줄거리]** 동림산업은 사무직 남자 사원들에게까지 제복 착용을 확대하는 정책을 시행하기로 했다. 이를 위해 준비 위원회를 결성해 전체 사원이 새로운 제복을 착용하도록 결정했으나, 그 결과에 불만을 품은 사무직 남자 사원들이 있었다.

[02-②] 제복 착용 문제로 남자 사원들 사이에 불만이 형성됨.

"**이미 끝난 일이야.** 지금 와서 아무리 떠들어대 봤자 제복은 벌써 우리 몸에 절반쯤이나 입혀져 있어."

[02-①] 제복 착용은 이미 결정되었으므로, 이에 대한 논쟁은 소용없는 일임.

민도식이 나서서 **험악해진 분위기**를 간신히 가라앉혔다.

[02-②] 제복 착용 문제로 남자 사원 사이에 소란스러운 일이 있었음을 암시함.

"준비 위원회를 구성하고 회의를 소집한 건 처음부터 요식 행위에 지나지 않았던 거야. 경영자 독단으로 처리하지 않고 사원들의 의사를 물어

[04-①] 준비 위원회의 구성과 회의에 담긴 경영자의 의도 → 민도식의 비판적 인식

서 전폭적인 지지를 얻어 가지고 결정했다는 인상을 대내외에 풍길 필요가 있었던 거야. 이제 길은 두 가지뿐야. ㉠나머지 절반을 찾아서 마저 몸에 꿰든가, 아니면 기왕 우리 몸에 입혀진 절반을 아예 벗어 버리든가 각자가 알아서 결정할 일이야. 저기 좀 보라고. 저 사람 아까부터 우릴 비웃고 있어. 제복 얘기 앞으로는 그만하기로 하지."

[02-①] 회사의 결정에 따라 제복을 입는 것

[02-①] 회사의 결정을 거부하는 것

2 생산부 공원 복장을 한 사내가 엇비뚜름한 자세로 이쪽을 돌아다보며 ⓐ야릇한 웃음을 입가에 물고 있었다. 그를 보더니 장상태가 화를 벌컥 내면서 큰 소리로 미스 윤을 불렀다.

[03-①] 사무직 남자 사원들의 대화에 대한 권 씨의 관심

[03-②] 미스 윤이 놀란 이유

"이봐, 저기 앉은 저 사람 내가 좀 보잔다고 전해!"

ⓑ눈이 휘둥그레진 미스 윤이 종종걸음으로 그에게 다가가기 전에 그쪽에서 자진해서 먼저 일어섰다. 그가 충분히 알아들을 수 있을 정도로 장의 목소리가 컸던 것이다.

"저를 부르셨습니까?"

여전히 웃음기를 입에 문 얼굴이 장을 정면으로 상대했다.

"당신 뭐야? 뭔데 어제부터 남의 얘길 엿듣고 비웃지, 비웃길?"

"비웃음으로 보셨다면 용서하십쇼. 엿듣고 싶은 생각은 없었습니다. 가만히 앉아 있어도 들릴 정도로 선생님들 말소리가 컸습니다. 말씀 내용이 동림산업에 계신 분들 같아서 저도 모르게 관심이 갔나 봅니다."

[03-①] 권 씨가 사무직 남자 사원들의 대화에 관심이 있었음을 드러냄.

"오오라, 그러고 보니 당신도 동림 가족의 일원이 분명하군. 부서가 어디야?"

"생산부 제1 공장입니다. 거기서 잡역부로 근무하고 있습니다."

"이름은?"

"권입니다."

"이름이 권이다? 그럼 성까지 아주 짝을 채워 보게."

"성이 권입니다."

3 만만한 상대를 만난 장은 권 씨를 노리갯감으로 삼아 화풀이할 작정임을 분명히 하면서 동료들에게 은밀히 눈짓을 보냈다. 함께 놀이에 끼어들라는 뜻일 것이다.

[04-②] 장상태는 권 씨를 얕잡아 보고 화풀이 대상으로 삼으려 함.

[A] 그러나 도식이 보기엔 첫눈에 결코 만만한 상대가 아니었다. 그는 참을성 좋게 여전히 웃고 있었다. 그것은 생산부 공원들이 본사의 사무직을 대할 때 일반적으로 갖는 비굴한 표정이 아니었다. 그렇다고 적대감도 아닌 그것은 일종의 자신감의 표현임이 분명했다. 두툼한 입술과 커다란 눈이 얼핏 눈에 띄는 특징이었다. 장상태하고 비교해서 둘이 서로 어금어금할 정도로 작은 체구였다. 실제 나이는 장보다 두세 살쯤 위일 것 같은데 적어도 이삼십 년은 더 세상을 살아 냈을 법한 관록 같은 게 엿보이는 얼굴이었고, 그것이 교양이라는 것하고도 연결되어 잡역부라던 자기소개가 아무래도 믿어지지 않는 그런 사람이었다.

[01-④] 서술자가 민도식의 시선에서 권 씨의 특징을 서술함.

[01-④] 민도식이 관찰한 권 씨의 특징 1

[01-④] 민도식이 관찰한 권 씨의 특징 2

[01-④] 민도식이 관찰한 권 씨의 특징 3

[01-④] 민도식이 관찰한 권 씨의 특징 4

"짝을 채우기 싫다 이거지? 좋았어. 그런데 자네가 하는 잡역 일하고 무슨 상관이 있어서 우리 얘기에 이틀 동안이나 관심이 갔지?"

"물론 상관은 없습니다. 그렇지만 한쪽에선 작업 중에 팔이 뭉텅 잘려져 나간 사람이 있고 그 팔 값을 찾아 주려고 투쟁하는 사람들이 있는 반면에 다른 한쪽에선 몸에 걸치는 옷 때문에 자기 인생을 걸려는 분들도 계시구나 하는 생각이 들어서 **그냥 지나칠 수가 없었습니다.**"

[02-③] 권 씨가 중요하게 생각하는 문제

[02-③] 권 씨가 상대적으로 가볍게 생각하는 문제

그 순간 장상태의 얼굴색이 하얗게 질리는 것 같았다.

(중략)

4 체육 대회가 열리는 제1 공장까지 가자면 다른 날보다 더 일찍 나서야 되는데도 여전히 밍기적거리고만 있는 남편 곁에서 아내는 시종 근심스런 눈초리를 거두지 않았다. 제복 때문에 **총각 사원 하나**가 사표를 던졌다는 소문을 아내는 믿지 않았다. 사표를 제출한 게 아니라 강제로 모가지가 잘린 거라고 굳게 믿고 있었다.

[03-③] 출근하지 않고 있는 남편에 대한 근심

[02-④] 아내가 믿지 않는 것

[02-④] 아내가 믿는 것

"까짓것 난 필요 없어. 거기 아니면 밥 빌어먹을 데 없는 줄 알아? 세상엔 아직도 유니폼 안 입는 회사가 수두룩하단 말야!"

[04-③] 민도식이 회사의 문제를 인식하고 비판함.

ⓒ거듭되는 재촉에 이렇게 큰소리로 대거리를 했지만 결국 민도식은 뒤늦게나마 집을 나서고 말았다.

[03-③] 아내가 민도식의 출근을 재촉함.

[04-③] 문제의식을 느끼면서도 회사를 떠나지 못하는 상황

5 시내를 멀리 벗어나서 교외에 널찍하게 자리 잡은 제1 공장 앞에 당도했을 때는 벌써 개회식이 시작된 뒤였다. 공장 정문 철책 너머로 **검정 곤색 일색**의 운동장을 넘어다보는 순간 민도식은 갑자기 ⓓ숨이 턱 막혀 옴을 느꼈다. 새로 맞춘 제복으로 단장한 남녀 전 사원이 각 부서별로 군대처럼 질서 정연하게 도열해 서서 연단에 선 지휘자의 손끝을 우러러보며 사가(社歌)를 제창하기 직전의 예비 운동으로 목청을 가다듬는 헛기침들을 하고 있었다. 이윽고 공장 일대를 한바탕 들었다 놓는 우렁찬 노래가 터지기 시작했다. 노래 부르는 사원들 모두가 작당해서 ⓔ지각한 사람을 야유하는 듯한 기분이 들었다. 검정 곤색의 제복들이 일치단결해 가지고 사복 차림으로 꽁무니에 따라붙으려는 유일한 사람을 완강히 거부하는 듯한 기분에 사로잡혔다. 세상 전체가 온통 제복투성이인 가운데 저 혼자만 외돌토리로 떨어져 있는 셈이었다. 자기 한 사람쯤 불참한다 해도 아무렇지도 않게 체육 대회 개회식은 진행될 수 있다는 사실이 민도식을 무척 화나면서도 그지없이 외롭게 만들었다. 정문으로 들어서지도 못하고 그렇다고 뒤돌아서서 나오지도 못한 채 그는 일단 멈춘 자리에 붙박여 버린 듯 언제까지고 움직일 줄을 몰랐다.

[02-⑤][03-④] 제복으로 단장한 사원들

[03-④] 민도식이 숨이 막혀 옴을 느낀 광경

[03-⑤] 제복을 입은 사원들을 보며 민도식이 느낀 기분

[04-④] 집단 논리에 대한 거부

[04-④] 집단에 소속되고 싶은 마음

[04-⑤] 제복 착용 정책에 대한 비판을 적극적 행동으로 옮길지 여부를 결정하지 못하고 머뭇거림.

01 서술상 특징 파악 답 ④

선지별 선택 비율	①	②	③	④	⑤
화작	2%	1%	2%	94%	1%
언매	1%	1%	1%	97%	0%

[A]의 서술상의 특징으로 가장 적절한 것은?

정답 띵! 동!

④ 서술자가 특정 인물의 시선을 통해 인물의 특징을 관찰하여 알려 주고 있다.

| 〈3〉 – [A] 그러나 도식이 보기엔(→ 도식의 시선) 첫눈에 결코 만만한 상대(→ 권 씨)가 아니었다. 그는 참을성 좋게 여전히 웃고 있었다. 그것은 생산부 공원들이 본사의 사무직을 대할 때 일반적으로 갖는 비굴한 표정이 아니었다. 그렇다고 적대감도 아닌 그것은 일종의 자신감의 표현임이 분명했다. 두툼한 입술과 커다란 눈이 얼핏 눈에 띄는 특징이었다. 장상태하고 비교해서 둘이 서로 어금어금할 정도로 작은 체구였다. 실제 나이는 장보다 두세 살쯤 위일 것 같은데 적어도 이삼십 년은 더 세상을 살아 냈을 법한 관록 같은 게 엿보이는 얼굴이었고, 그것이 교양이라는 것하고도 연결되어 잡역부라던 자기소개가 아무래도 믿어지지 않는 그런 사람이었다.

| 뭔말?

· 서술자가 이야기 밖에 위치한 3인칭 전지적 시점임.

· '도식이 보기엔' → 서술자가 특정 인물인 도식의 시선에서 이야기를 전달함.

· 서술자가 민도식의 시선을 통해 관찰하여 알려 주고 있는 것은 권 씨의 웃는 표정, 두툼한 입술과 커다란 눈, 작은 체구, 관록 같은 게 엿보이는 얼굴 등 인물의 특징임.

오답 땡!

① 인물의 행위를 사실적으로 그려 내어 ~~내적 갈등을 표면화~~하고 있다.
└→ 찾아볼 수 없는 내용

| 〈3〉 – [A] 그러나 도식이 보기엔(→ 도식의 시선) 첫눈에 결코 만만한 상대(→ 권 씨)가 아니었다. 그는 참을성 좋게 여전히 웃고 있었다.

| 뭔말?

· 권 씨가 '참을성 좋게 여전히 웃고 있'는 모습 → 사실적으로 판단할 여지 있음.

· 그러나 이 행위를 통해 권 씨의 내적 갈등이 표면화되고 있지 않음.

┌→ 민도식이 권 씨를 관찰하는 현재 상황만이 나타남. 과거와 현재 교차 X
② ~~과거와 현재를 교차~~하여 인물이 겪는 ~~인식의 변화~~를 드러내고 있다.
└→ 찾아볼 수 없는 내용

| 뭔말?

· 민도식이 권 씨를 관찰하는 현재 상황만 나타남.

· 또한 민도식이 바라본 권 씨의 특징이 제시되고 있을 뿐, 인식의 변화는 나타나지 않음.

③ ~~공간적 배경~~을 구체적으로 묘사하여 인물이 처한 상황을 드러내고 있다.
└→ 권 씨의 외양만 묘사하고 있음.

| 뭔말?

· 공간적 배경에 대한 묘사는 나타나지 않음.

⑤ 서술자가 ~~인물의 경험을 삽화 형식으로 나열하여 사건을 입체적으로~~ 보여 주고 있다.
└→ 삽화 형식의 나열 X 사건의 입체화 X

| 뭔말?

· 민도식이 권 씨를 관찰하고 있는 현재 상황만이 나타남.

· 인물의 경험이 삽화 형식으로 나열되고 있지 않으며 입체적 구성도 아님.

02 작품의 내용 이해 답 ③

선지별 선택 비율	①	②	③	④	⑤
화작	4%	3%	89%	3%	2%
언매	2%	1%	94%	1%	1%

㉠의 의미와 관련하여 윗글을 이해한 내용으로 적절하지 않은 것은?

정답 띵! 동!

권 씨는 남자 사원들과 입장이 다름. ←┐
③ '그냥 지나칠 수가 없었습니다'라는 말로 보아, 권 씨도 ~~남자 사원들과 마찬가지로~~ ㉠을 마저 입을지를 선택하는 일이 ~~무엇보다 중요한 문제라고 생각하고 있음~~을 알 수 있다.
└→ '팔 값을 찾아 주려고 투쟁하는 사람들'과 비교하며 ㉠의 선택과 관련한 문제를 깎아내림.

| [앞부분의 줄거리] 이를 위해 준비 위원회를 결성해 전체 사원이 새로운 제복을 착용하도록 결정했으나, 그 결과에 불만을 품은 사무직 남자 사원들이 있었다.

| 〈1〉 이제 길은 두 가지뿐야. ㉠나머지 절반(→ 제복)을 찾아서 마저 몸에 꿰든가, 아니면 기왕 우리 몸에 입혀진 절반을 아예 벗어 버리든가 각자가 알아서 결정할 일이야.

| 〈3〉 "물론 상관은 없습니다. 그렇지만 한쪽에선 작업 중에 팔이 뭉텅 잘려져 나간 사람이 있고 그 팔 값을 찾아 주려고 투쟁(→ 권 씨가 무엇보다 중요하게 생각하는 문제)하는 사람들이 있는 반면에 다른 한쪽에선 몸에 걸치는 옷 때문에 자기 인생을 걸려는 분들도 계시구나 하는 생각이 들어서 그냥 지나칠 수가 없었습니다."

| 뭔말?

· 사무직 남자 사원들이 ㉠을 마저 입는 문제로 이야기를 나누는데, 권 씨가 이를 지나치지 못하고 관심을 가진 것은 맞음.

· 그러나 권 씨가 관심을 가진 이유가 ㉠을 마저 입을지를 선택하는 일이 무엇보다 중요하다고 생각해서는 아님.

· 권 씨가 중요하게 생각하는 것은 '그 팔 값'을 찾아 주려는 투쟁임. 이와 비교할 때 ㉠을 마저 입을지 선택하는 문제로 고민하는 것은 상대적으로 가벼운 일로, 권 씨가 사무직 남자 사원들을 깎아내리고 있는 것으로 보아야 함.

오답 땡!

① '이미 끝난 일이야'라는 말로 보아, 남자 사원들 중에 ㉠을 마저 입을지를 결정해야 하는 상황에 직면했다고 생각하는 사람이 있음을 알 수 있다.

| [앞부분의 줄거리] 이를 위해 준비 위원회를 결성해 전체 사원이 새로운 제복을 착용하도록 결정했으나, 그 결과에 불만을 품은 사무직 남자 사원들이 있었다.

| 〈1〉 "이미 끝난 일이야. 지금 와서 아무리 떠들어대 봤자 제복은 벌써 우리 몸에 절반쯤이나 입혀져 있어." 민도식이 나서서 험악해진 분위기를 간신히 가라앉혔다. ~ 이제 길은 두 가지뿐야. ㉠나머지 절반을 찾아서 마저 몸에 꿰든가, 아니면 기왕 우리 몸에 입혀진 절반을 아예 벗어 버리든가 각자가 알아서 결정할 일이야. ~ 제복 얘기 앞으로는 그만하기로 하지."

| 뭔말?

· 민도식은 준비 위원회에서 결정이 났기 때문에 제복 착용과 관련한 논의는 '이미 끝난 일'이라고 함.

· 그리고 이제 할 수 있는 일은 ㉠을 마저 입거나 몸에 입혀진 절반을 아예 벗거나 두 가지뿐이라고 함.

· 즉, 남자 사원들 중 민도식은 ㉠을 마저 입을지 말지를 결정해야 하는 상황에 직면했다고 생각하고 있음.

② '험악해진 분위기'로 보아, ㉠과 관련된 문제로 남자 사원들 사이에 소란스러운 일이 있었음을 알 수 있다.

| [앞부분의 줄거리] 이를 위해 준비 위원회를 결성해 전체 사원이 새로운 제복을 착용하도록 결정했으나, 그 결과에 불만을 품은 사무직 남자 사원들이 있었다.

| ⟨1⟩ "이미 끝난 일이야. 지금 와서 아무리 떠들어대 봤자(→ 소란스러운 일) 제복은 벌써 우리 몸에 절반쯤이나 입혀져 있어." 민도식이 나서서 험악해진 분위기(→ 제복 착용 결정에 불만을 품은 사무직 남자 사원들 사이에서 형성된 분위기)를 간신히 가라앉혔다.

| 뭔말?

· 준비 위원회의 결정에 대한 불만으로 사무직 남자 사원들이 모여 떠들어대는 상황에서 민도식이 험악한 분위기를 간신히 가라앉혔다고 함.

· 따라서 험악해진 분위기는 ㉠과 관련한 문제로 남자 사원들이 떠들어대는, 즉 소란스러운 일이 있었음을 짐작하게 함.

④ '총각 사원 하나'에 대한 아내의 반응으로 보아, 아내는 총각 사원이 ㉠ 때문에 회사를 스스로 그만두었다는 소문을 믿지 않고 있음을 알 수 있다.

| ⟨4⟩ 제복 때문에 총각 사원 하나가 사표를 던졌다는 소문을 아내는 믿지 않았다(→ 아내의 반응). 사표를 제출한 게 아니라 강제로 모가지가 잘린 거라고 굳게 믿고 있었다(→ 아내의 생각).

| 뭔말?

· 아내는 총각 사원이 제복(㉠) 때문에 스스로 그만둔 것이 아니라 회사에서 잘린 것이라고 생각함.

⑤ '검정 곤색 일색'으로 보아, 체육 대회에 참석한 전체 사원이 ㉠을 마저 입게 되었음을 알 수 있다.

| ⟨5⟩ 공장 정문 철책 너머로 검정 곤색 일색(→ 새로운 제복을 착용한 사람들)의 운동장(→ 체육 대회가 열리는 공간)을 넘어다보는 순간 민도식은 갑자기 숨이 턱 막혀 옴을 느꼈다. 새로 맞춘 제복으로 단장한 남녀 전 사원(→ ㉠을 마저 입은 상황)이 각 부서별로 군대처럼 질서 정연하게 도열해 서서

| 뭔말?

· 검정 곤색 일색 = 새로 맞춘 제복으로 단장한 남녀 전 사원의 모습

· 새로 맞춘 제복으로 단장한 사람들이 운동장에 질서 정연하게 서 있는 모습 → 체육 대회에 참석한 전체 사원이 ㉠을 마저 입게 되었음을 보여 줌.

03 인물의 심리와 태도 파악 답 ⑤

선지별 선택 비율	①	②	③	④	⑤
화작	3%	3%	9%	2%	84%
언매	1%	1%	5%	1%	92%

ⓐ~ⓔ에 대한 이해로 적절하지 않은 것은?

정답 띵!동!

⑤ ⓔ는 ~~사원들이 사복을 입은 민도식에 대한 불만을~~ 드러내는 반응이다.
→ 홀로 사복 차림으로 제1 공장 앞에 당도한 민도식이 제복을 맞춰 입은 사원들을 바라보며 느낀 기분임.

| ⟨5⟩ 노래 부르는 사원들 모두가 작당해서 ⓔ 지각한 사람(→ 민도식)을 야유하는 듯한 기분이 들었다. 검정 곤색의 제복들이 일치단결해 가지고 사복 차림으로 꽁무니에 따라붙으려는 유일한 사람(→ 민도식)을 완강히 거부하는 듯한 기분에 사로잡혔다.

| 뭔말?

· ⓔ는 사원들이 실제로 드러낸 행동이 아니라, 민도식이 느낀 기분임.

오답 땡!

① ⓐ는 권 씨가 사무직 사원들의 대화에 관심이 있었음을 나타내는 반응이다.

| ⟨1⟩ 저기 좀 보라고. 저 사람(→ 권 씨) 아까부터 우릴 비웃고 있어. 제복 얘기 앞으로는 그만하기로 하지." → 민도식이 권 씨의 관심을 눈치챔.

| ⟨2⟩ 생산부 공원 복장을 한 사내(→ 권 씨)가 엇비뚜름한 자세로 이쪽을 돌아다보며 ⓐ 야릇한 웃음을 입가에 물고 있었다. ~ "비웃음으로 보셨다면 용서하십쇼. 엿듣고 싶은 생각은 없었습니다. 가만히 앉아 있어도 들릴 정도로 선생님들 말소리가 컸습니다. 말씀 내용이 동림산업에 계신 분들 같아서 저도 모르게 관심이 갔나 봅니다."

| 뭔말?

· ⓐ는 권 씨가 사무직 사원들의 대화를 듣고 그들을 돌아다보며 보인 반응임.

· 이를 민도식이 눈치채고, 권 씨는 장상태에게 '저도 모르게 관심이 갔'음을 밝히고 있음.

② ⓑ는 장상태가 화를 내며 큰 소리로 명령하였기 때문에 미스 윤이 드러낸 반응이다.

| ⟨2⟩ 그를 보더니 장상태가 화를 벌컥 내면서 큰 소리로 미스 윤을 불렀다. "이봐, 저기 앉은 저 사람 내가 좀 보잔다고 전해!" ⓑ눈이 휘둥그레진 미스 윤이 종종걸음으로 그에게 다가가기 전에 그쪽에서 자진해서 먼저 일어섰다.

| 뭔말?

· ⓑ는 '화를 벌컥 내면서 큰 소리'로 미스 윤에게 명령하는 장상태의 말에 미스 윤이 보인 반응임.

③ ⓒ는 아내가 집을 나서지 않고 있는 남편 때문에 걱정하여 보인 반응이다.

| ⟨4⟩ 체육 대회가 열리는 제1 공장까지 가자면 다른 날보다 더 일찍 나서야 되는데도 여전히 밍기적거리고만 있는 남편 곁에서 아내는 시종 근심스런 눈초리를 거두지 않았다. 제복 때문에 총각 사원 하나가 사표를 던졌다는 소문을 아내는 믿지 않았다.(→ ⓒ로 이어지는 아내의 걱정) 사표를 제출한 게 아니라 강제로 모가지가 잘린 거라고 굳게 믿고 있었다. ~ ⓒ거듭되는 재촉에 이렇게 큰소리로 대거리를 했지만 결국 민도식은 뒤늦게나마 집을 나서고 말았다.

| 뭔말?

· 아내는 남편의 회사 사원 하나가 회사에서 잘린 것이라고 믿고 있는 상황에서, 다른 날보다 더 일찍 나서야 되는데도 집에서 밍기적거리고만 있는 민도식을 시종 근심스러운 눈초리로 바라봄.

· 이 걱정은 ⓒ의 거듭되는 재촉으로 이어져 민도식이 집을 나서게 됨.

④ ⓓ는 전체 사원들이 같은 옷을 입고 군대처럼 도열한 모습을 본 민도식에게 나타난 반응이다.
→ 검정 곤색 일색=새로 맞춘 제복

| ⟨5⟩ 공장 정문 철책 너머로 검정 곤색 일색(→ 전 사원이 같은 옷을 입고 있음.)의 운동장을 넘어다보는 순간 민도식은 갑자기 ⓓ숨이 턱 막혀 옴을 느꼈다. 새로 맞춘 제복으로 단장한 남녀 전 사원(→ 검정 곤색 일색)이 각 부서별로 군대처럼 질서 정연하게 도열해 서서 연단에 선 지휘자의 손끝을 우러러보며 사가를 제창하기 직전의 예비 운동으로 목청을 가다듬는 헛기침들을 하고 있었다.

| 뭔말?

· ⓓ은 검정 곤색 일색인 운동장 풍경을 보고 민도식이 보인 반응임.

· 전체 사원들이 새로 맞춘 검정 곤색의 제복을 입고 군대처럼 도열해 있는 것을 보고 민도식은 ⓓ와 같이 숨이 턱 막혀 옴을 느낌.

04 외적 준거에 따른 작품 감상 답 ②

선지별 선택 비율	①	②	③	④	⑤
화작	4%	58%	4%	16%	18%
언매	2%	65%	2%	13%	18%

〈보기〉를 바탕으로 윗글을 감상한 내용으로 적절하지 않은 것은? [3점]

보기

'중도적 주인공'은 자신이 속한 집단의 논리를 비판적으로 인식하면서도 집단의 논리를 따를지 여부를 결정하지 못하는 상태에 있는 인물이다. '중도적 주인공'은 인식 측면에서는 집단의 논리에 숨겨진 문제를 읽어 내는 주체적인 관점을 보인다. 그러나 행동 측면에서는 자신의 인식에 따라 적극적으로 행동하지 못하거나, 집단에 동화되지 못한 채 집단 논리의 수용 여부를 두고 머뭇거리는 모습을 보인다.

정답 띵! 동!

→ 권 씨를 만만하게 보고 화풀이 대상으로 삼으려 함.

② 권 씨를 '노리갯감'으로 삼자는 장상태의 '눈짓'을 읽었지만 이에 선뜻 동참하지 않은 것을 보니, 민도식은 ~~'작업 중' 사고를 둘러싼 '투쟁'과 '몸에 걸치는 옷'을 둘러싼 논쟁~~에 적극적으로 참여하고 있지 않다고 볼 수 있군.

→ 장상태의 눈짓에 담긴 의도와는 상관이 없음.

| 〈1〉 이제 길은 두 가지뿐야. 나머지 절반을 찾아서 마저 몸에 꿰든가, 아니면 기왕 우리 몸에 입혀진 절반을 아예 벗어 버리든가 각자가 알아서 결정할 일이야. → 몸에 걸치는 옷을 둘러싼 논쟁

| 〈3〉 만만한 상대를 만난 장은 권 씨를 노리갯감으로 삼아 화풀이할 작정임을 분명히 하면서 동료들에게 은밀히 눈짓을 보냈다. 함께 놀이에 끼어들라는 뜻일 것이다.

| 뭔말?

· 장상태의 눈짓: 권 씨를 만만하게 여기고 노리갯감으로 삼아 화풀이하려는 의도 → 작업 중 사고를 둘러싼 투쟁과 몸에 걸치는 옷을 둘러싼 논쟁과는 관련이 없음.

· 한편, 민도식은 '몸에 걸치는 옷'을 둘러싼 논쟁에는 참여하였으며, '각자가 알아서 결정할 일'이라는 의견을 제시함.

오답 땡!

① 동료에게 '준비 위원회'의 '회의'에 담긴 '경영자'의 숨은 의도를 파악하여 발언하는 것을 보니, 민도식은 '동림산업'이 내세우는 논리에 대해 비판적으로 인식하는 주체적인 관점을 지니고 있다고 볼 수 있군.

| 〈보기〉 '중도적 주인공'(→ 민도식)은 인식 측면에서는 집단의 논리에 숨겨진 문제를 읽어 내는 주체적인 관점을 보인다.

| 〈1〉 민도식이 나서서 험악해진 분위기를 간신히 가라앉혔다. "준비 위원회를 구성하고 회의를 소집한 건 처음부터 요식 행위에 지나지 않았던 거야. 경영자 독단으로 처리하지 않고 사원들의 의사를 물어서 전폭적인 지지를 얻어 가지고 결정했다는 인상을 대내외에 풍길 필요가 있었던 거야.

| 뭔말?

· 민도식은 준비 위원회의 회의는 '요식 행위'로, 사원들의 전폭적 지지를 얻어 결정했다는 인상을 대내외적으로 풍기려는 경영자의 의도가 있었다고 봄.

· 이는 민도식이 동림산업의 논리를 비판적으로 인식하는 것에 해당함.

③ 아내에게 '큰소리'로 자신의 생각을 말하면서도 '뒤늦게나마 집을 나서'는 것을 보니, 민도식은 '동림산업'의 문제를 인식하고 있으면서도 회사를 떠나지 못하는 상황에 놓여 있다고 볼 수 있군.

| 〈보기〉 행동 측면에서는 자신의 인식에 따라 적극적으로 행동하지 못하거나, 집단에 동화되지 못한 채 집단 논리의 수용 여부를 두고 머뭇거리는 모습을 보인다.

| 〈4〉 "까짓것 난 필요 없어. 거기 아니면 밥 빌어먹을 데 없는 줄 알아? 세상엔 아직도 유니폼 안 입는 회사가 수두룩하단 말야!" → 제복 착용을 강요하는 동림산업의 문제를 인식함.

| 〈4〉 거듭되는 재촉에 이렇게 큰소리로 대거리를 했지만 결국 민도식은 뒤늦게나마 집을 나서고 말았다. → 회사를 떠나지 못하는 상황에 놓여 있음.

| 뭔말?

· 민도식의 인식: 제복 착용을 강요하는 동림산업 문제를 파악함.

· 민도식의 행동: 늦게마나 집을 나섬.

· 정리하면, 민도식은 문제의식은 있지만 자신의 인식에 따라 적극적으로 행동하지 못하고 있음.

④ '사복 차림'으로 체육 대회에 가지만 자신을 '꽁무니에 따라 붙으려는' 사람이라고 생각하는 것을 보니, 민도식은 집단의 논리를 거부하고 싶지만 집단에 소속되고 싶은 마음도 지니고 있다고 볼 수 있군.

| 〈보기〉 행동 측면에서는 자신의 인식에 따라 적극적으로 행동하지 못하거나, 집단에 동화되지 못한 채 집단 논리의 수용 여부를 두고 머뭇거리는 모습을 보인다.

| 〈4〉 "까짓것 난 필요 없어. 거기 아니면 밥 빌어먹을 데 없는 줄 알아? 세상엔 아직도 유니폼 안 입는 회사가 수두룩하단 말야!" → 제복에 대한 거부, 집단(회사)의 논리에 대한 거부의 마음이 담김.

| 〈5〉 검정 곤색의 제복들(→ 회사의 결정에 따라 새로운 제복을 갖춰 입은 전체 사원들, 집단)이 일치단결해 가지고 사복 차림으로 꽁무니에 따라붙으려는 유일한 사람(→ 민도식)을 완강히 거부하는 듯한 기분에 사로잡혔다. 세상 전체가 온통 제복투성이인 가운데 저 혼자만 외돌토리로 떨어져 있는 셈이었다.

| 뭔말?

· 민도식이 사복 차림인 것 → 집단의 논리(제복을 입기로 한 회사의 방침)에 대한 거부의 마음

· 제복을 착용한 사원들의 꽁무니에 따라붙으려는 마음 → 집단에 소속되고 싶은 마음

· 정리하면, 민도식은 제복 착용을 강요하는 집단의 논리를 거부하면서도 다른 사원들과같이 집단에 소속되고 싶은 마음을 지니고 있다고 볼 수 있음.

⑤ '제1 공장' 정문 앞에서 '붙박여 버린 듯' 움직이지 않는 모습을 보니, 민도식은 '동림산업'의 정책에 대한 비판을 적극적인 행동으로 옮길지 여부를 결정하지 못하고 있다고 볼 수 있군.

| 〈보기〉 '중도적 주인공'(→ 민도식)은 자신이 속한 집단의 논리를 비판적으로 인식하면서도 집단의 논리를 따를지 여부를 결정하지 못하는 상태에 있는 인물이다. ~ 집단에 동화되지 못한 채 집단 논리의 수용 여부를 두고 머뭇거리는 모습을 보인다.

| 〈5〉 세상 전체가 온통 제복투성이인 가운데 저 혼자만 외돌토리로 떨어져 있는 셈이었다. 자기 한 사람쯤 불참한다 해도 아무렇지도 않게 체육 대회 개회식은

진행될 수 있다는 사실이 민도식을 무척 화나면서도 그지없이 외롭게 만들었다. 정문으로 들어서지도 못하고 그렇다고 뒤돌아서서 나오지도 못한 채 그는 일단 멈춘 자리에 붙박여 버린 듯 언제까지고 움직일 줄을 몰랐다.

| 뭔말?

· 정문으로 들어서는 것: 집단의 논리 수용
· 뒤돌아서서 나오는 것: 집단의 논리 거부 = 동림산업의 정책에 대한 비판을 적극적인 행동으로 옮기는 것
· 민도식은 정문을 들어서지도 못하고 그렇다고 뒤돌아서서 나오지도 못한 채 서 있음. → 이는 동림산업의 정책에 대한 비판적 인식을 적극적인 행동으로 옮길지 여부를 결정하지 못하고 머뭇거리는 모습으로 볼 수 있음.

▸본문 094쪽

현대 소설 03

2025학년도 6월 모의평가

01 ② 02 ③ 03 ④ 04 ③

임철우, 「아버지의 땅」

EBS 연결 고리
2025학년도 수능특강 문학 292쪽

교과서 연계 정보
작가 문학 창비

해제 이 작품은 6·25 전쟁이 우리 민족에게 준 상처와 그 상처를 치유하는 과정을 형상화한 단편 소설이다. 작가는 전쟁으로 인한 우리 민족의 아픈 역사를 주인공 '나'의 가족사와 연결 짓고 있다. 야영 훈련 중인 '나'의 부대가 참호를 파다가 발견한 유골을 수습하는 사건에, 좌익 운동을 했던 아버지와 돌아오지 않는 그를 기다리는 어머니에 관한 '나'의 기억을 중첩하며 이야기를 전개한다. '나'는 노인이 유골을 정성껏 수습하는 모습을 보면서 어머니를 이해하게 되고, 어릴 적부터 아버지를 미워했던 마음을 거두고 아버지를 연민하게 된다. 작가는 이 작품을 통해 이념의 차이로 인한 갈등과 전쟁의 상처를 치유하고자 하는 소망을 그려 냈다.

주제 전쟁과 분단의 상처, 이해와 연민을 통한 상처의 치유

전체 줄거리

홀어머니를 모시고 있는 군인인 '나'는 공산주의자였던 아버지에 대한 증오와 피해의식을 갖고 있다. '나'와 오 일병은 야영 훈련을 하며 참호를 파던 중 유골 한 구를 발견하고, 유골의 주인을 알아내기 위해 마을에서 한 노인을 데리고 온다. 노인은 유골이 발견된 곳과 그 주변이 6·25 전쟁 때 시신이 많이 묻힌 곳이라고 알려 준다. 노인은 군인들과 함께 봉분까지 만들어 유골을 수습하고 간단하게 제사도 지내 준다. 노인은 산을 내려오며 '나'에게 전쟁 중에 실종된 그의 형에 대한 이야기를 들려준다. '나'는 유골을 수습한 일을 계기로 지난날 아버지와 같은 사람들이 당했던 폭력에 대해 알게 된다. 첫눈이 내리는 와중 '나'는 노인이 사라질 때까지 지켜보면서, 아직도 아버지의 생일상을 차리는 어머니를 떠올리고 어머니의 슬픔을 이해하게 된다. 그리고 '나'는 얼어붙은 땅 밑에 웅크리고 뒤척이는 아버지를 상상하며 그에게 연민의 감정을 갖는다.

1 어머니의 변명은 끝끝내 내 마음을 어루만져 주지 못했다. 그 후로 나는 좀처럼 아버지에 대한 얘기를 꺼내지 않게 되었다. 뜻밖에도 아버지의 죄를 순순히 시인하는 그녀의 ⓐ한마디가 내게는 그토록 엄청난 충

[02-③] ⓐ=아버지의 죄를 인정하는 말 → '나'가 죄악감과 불길한 예감 속에서 살아감. → 긴장감 형성

격으로 깊이 남겨졌던 탓이리라. ㉠바로 그 순간부터 나는 아버지의 그 죄라는 것을 내 스스로 함께 나누어 지니고 만 느낌이었고, 그 때문에 나

[01-①] '나'가 아버지의 죄를 들은 자신의 심리를 서술함. → 인물과 서술자가 겹침.

이에 걸맞지 않게 나는 눈빛이 깊고 어두운 아이가 되어 가고 있었다. 그리고 그때부터 아버지의 무서운 환영은 저주처럼 내 곁을 따라다니기 시작했다. 그는 언제나 시커먼 어둠 저편에 숨어서 음산하기 그지없는 눈빛으로 나를 쏘아보고 있었다. 그는 어디에나 숨어 있었다. 내 어릴 때 이따금 고개를 디밀어 들여다보면 마루 밑 저편 깊숙이 도사리고 있던 그 까마득한 어둠 속에도 그 어둠 속에서 술술 기어 나오던 그 눅눅하고 음습한 냄새 속에서도 내가 한 번도 얼굴을 본 적이 없는 그 사내는 핏발 선 눈알

을 번득이며 나를 쏘아보고 있는 것이었다. 그건 어디서 묻었는지도 모르는, 오랜 시간이 흐른 뒤에까지 지워지지 않는 핏자국처럼 내게는 저주와
[04-①] '나'가 아버지에 대한 부정적 기억의 영향력에서 벗어나지 못함.
공포의 **낙인**으로 깊이 박혀져 있었다. 그리고 그 낙인을 가슴에 지닌 채, 나는 끝끝내 나를 휘감고 있는 어떤 엄청난 **죄악감과 불길한 예감**으로부
[04-②] 아버지에 대한 부정적 기억이 마음의 상처로 남아 '나'의 심리적 불안정을 유발함.
터 영영 벗어날 수가 없었다.

[중략 부분의 줄거리] 나와 부대원들은 훈련에 대비해 참호를 파다가 발견한 유해를 인근 마을의 노인과 함께 수습하여 매장하는 일을 행한다.

2 두개골과 다리뼈를 꼼꼼히 문질러 닦은 뒤, 노인은 몸통뼈에 묶인 줄을 풀어내기 시작했다. 완강하게 묶인 매듭은 마침내 노인의 손끝에서 풀리어졌다. 금방이라도 쩔걱쩔걱 쇳소리를 낼 듯한 철삿줄은 싱싱하
[04-⑥] 유해의 모습 - 상상 속 아버지의 이미지와 대응
게 살아 있었다. 살을 녹이고 뼈까지도 녹슬게 만든 그 오랜 시간과 땅 밑의 어둠을 끝끝내 견뎌 내고 그렇듯 시퍼렇게 되살아 나오는 그것의 놀라운 끈질김과 냉혹성이 언뜻 소름끼치도록 무서움증을 느끼게 했다.

3 노인은 손목과 팔에 묶인 결박까지 마저 풀어낸 다음 허리를 펴고 일어서더니 **줄 묶음**을 들고 저만치 걸어 나갔다. 그가 허공을 향해 그것을
[04-③] 유해의 한을 풀어 주려는 행위. 아버지에 대한 '나'의 기억을 재응고화
멀리 **내던지**는 순간 나는 까닭 모르게 마당가에서 하늘을 치어다보며 서 있는 어머니의 가녀린 목 줄기와 그녀가 아침마다 소반 위에 떠서 올리곤 하던 하얀 **물 사발**이 눈앞에 떠올랐다가 스러져 버리는 것이었다.
[04-③] 아버지의 무사 귀환을 염원하는 행위. 아버지에 대한 '나'의 기억을 재응고화 ×

4 ㉡나는 담배를 피워 물었다. 멀리 메마른 초겨울의 야산이 헐벗
[01-②] 서술자이자 지각의 주체인 '나'가 자신이 지각한 주변의 풍경을 서술함.
은 등을 까 내놓고 죽은 듯이 엎드려 있었다. 사위는 온통 잿빛의 풍경이었다. 피잉, 현기증이 일었다.

광주리를 머리에 인 어머니가 **모래밭**을 걸어오고 있었다. 돌돌거리며 흐르는 물소리를 거슬러 강변 모래밭을 어머니가 혼자 저만치서 다가오고 있었다. 모래밭은 하얗게 햇살을 되받아 쏘며 은빛으로 반짝였다. 허리띠를 질끈 동인 어머니의 치맛자락이 흐느적이며 바람결에 흔들리고 있었다. 나는 햇살에 부신 눈을 가늘게 오므리고 줄곧 그녀를 지켜보고 있었
[04-④] 학생복 차림의 아버지의 모습. 무서운 환영 × → 아버지에 대한 기억 재편의 가능성
다. 그때였다. 꿈속에서처럼 나는 그녀의 뒤를 바짝 따라오고 있는 한 **사내의 환영**을 보았다. 그건 아버지였다. ㉢언젠가 어머니의 낡은 반닫이 깊숙한 옷가지 밑에 숨겨져 있던 액자 속에서 학생복 차림으로 서 있던 그
[01-③] 주어 '그건'을 통해 '나'가 지각하는 대상인 '사내의 환영'이 액자 속 아버지임을 부각함.
대로 그건 영락없는 그 사내였다. 나를 어머니의 배 속에 남겨 놓은 채 어느 바람이 몹시 부는 날 밤, 산길을 타고 지리산인가 어디로 황황히 떠나가 버렸다는 사내. 창백해 뵈는 뺨에 마른 몸집의 그 사내가 어머니와 함께 걸어오고 있는 것이었다. 놀란 눈으로 풀밭에 앉아 나는 그들을 지켜보고 있었다. 이윽고 어머니의 눈썹과 코, 입의 윤곽과 야윈 목 줄기까지 뚜렷이 드러날 만큼 가까워졌을 때 사내의 환영은 어느 틈에 사라져 버리고 없었다. 몇 번이나 눈을 비비고 보았으나 역시 마찬가지였다. 하얗게 반짝이는 모래밭 위로 어머니가 찍어 내는 발자국만 유령처럼 끈질기게 그녀의 발꿈치를 뒤따라오고 있을 뿐이었다.

5 우리는 관 대신에 신문지로 싼 **유해**를 맨 처음 그 자리에 다시 묻어 주었다. 도톰하니 봉분을 만들고 뗏장까지 입혀 놓고 보니 엉성한 대로 형상은 갖춘 듯싶었다. 노인은 술을 흙 위에 뿌려 주었다. 그리고 자신이 먼저 한 모금 마신 다음에 잔을 돌렸다. 오 일병이 노파가 준 북어를 내놓았고, 덕분에 작은 술판이 벌어졌다. 음복인 셈이었다.

"얌마, 이런 느닷없는 장례식도 모두 너희 두 놈들 때문이니까, 자 한 잔씩 마셔라."

"그래그래, 어쨌든 너희들은 좋은 일 했으니 천당 가도 되겠다."

소대장이 병을 기울였고 다른 녀석들도 낄낄대며 ⓑ한마디씩 보태었다.
[02-③] ⓑ = 유해를 수습한 후 흐뭇해하며 웃으면서 하는 말 → 긴장감 완화

6 술이 가득 차오른 반합 뚜껑을 나는 두 손으로 받쳐 들었다. ㉣저
[01-④] 인용 부호 없이 어머니의 목소리를 드러냄
것 봐라이. ㉮날짐승도 때가 되면 돌아올 줄 아는 법이다. 어머니가 말했
[03-③, ④, ⑤] ㉮ = 아버지의 귀환에 대한 어머니의 염원과 희망 투영. 관념적 의미가 부여됨.
다. 저만치 웬 사내가 서 있었다. 가슴과 팔목에 철삿줄을 동여맨 채 사내
[04-⑥] 상상 속 아버지의 이미지 - 유해의 모습과 대응
는 이쪽을 응시하며 구부정하게 서 있었다. 퀭하니 열려 있는 그 사내의 눈은 잔뜩 겁에 질려 있는 채로였다. 애앵, 총성이 울렸고 그는 허물어지듯 앞으로 고꾸라지고 있었다. ㉤불현듯 시야가 부옇게 흐려 왔다.
[01-⑤] 주어가 없어 지각의 주체가 모호한 상황

아아, 아버지는 지금 어디에 쓰러져 누워 있을 것인가. 해마다 머리맡에 무성한 ㉯쑥부쟁이와 엉겅퀴꽃을 지천으로 피워 내며 이제 아버지는
[03-③, ④, ⑤] ㉯ = 아버지의 죽음이 연상됨. 관념적 의미가 부여됨.
어느 버려진 밭고랑, 어느 응달진 산기슭에 무덤도 묘비도 없이 홀로 잠들어 있을 것인가.

01 서술상 특징 파악 답 ②

선지별 선택 비율	①	②	③	④	⑤
화작	3%	47%	18%	6%	24%
언매	2%	61%	12%	4%	19%

㉠~㉤의 서술 방식에 대한 설명으로 적절하지 않은 것은?

정답 띵! 동!

② ㉡: 서술의 주체를 알 수 있는 표지가 분명하게 제시되어 ~~서술자와 지각의 주체가 뚜렷이 구분된다.~~
→ '나'
→ '나' = 서술자 = 지각의 주체. 뚜렷이 구분 X

| 〈4〉 ㉡나(→ 서술의 주체 = 서술자)는 담배를 피워 물었다. 멀리 메마른 초겨울의 야산이 헐벗은 등을 까 내놓고 죽은 듯이 엎드려 있었다. 사위는 온통 잿빛의 풍경이었다.(→ '나'의 지각 내용) 피잉, 현기증이 일었다.

| **뭔말?**

- '나'는 서술의 주체, 즉 서술자가 '나'라는 점을 나타내는 표지임.
- '나'는 '메마른 초겨울의 야산'과 '온통 잿빛의 풍경'인 '사위(사방의 둘레)'를 지각함.
- 따라서 서술의 주체(서술자)인 '나' = 지각의 주체인 '나' → 서술자와 지각의 주체가 뚜렷이 구분되지 않음.

오답 땡!

① ㉠: '나'의 지각 내용을 '나'가 서술하는 상황으로 인물과 서술자가 겹쳐 있다.
└→ 아버지의 죄에 관한 이야기를 들은 '나'의 심정 └→ 등장인물 = 서술자

| 〈1〉 ㉠ 바로 그 순간부터 나는 아버지의 그 죄라는 것을 내 스스로 함께 나누어 지니고 만 느낌이었고, 그 때문에 나이에 걸맞지 않게 나는 눈빛이 깊고 어두운 아이가 되어 가고 있었다. → '나'가 아버지의 죄를 순순히 인정하는 어머니의 말을 들은 후의 심정과 상태

| 뭔말?

· '나'가 어머니에게서 아버지의 죄에 대해 듣고 나서, 그 죄를 함께 나누어 지니고 있는 느낌이라고 자신의 심정(= 지각 내용)을 직접적으로 서술함.

· 따라서 등장인물인 '나' = 서술자인 '나' → 인물과 서술자가 겹쳐 있음.

③ ㉢: '나'가 아니라 '나'가 지각하는 대상을 주어로 서술함으로써 지각의 대상을 부각하는 효과가 나타난다.
└→ '그건'
└→ 지각한 대상인 '사내의 환영' = '액자 속' '그 사내'임을 부각함.

| 〈4〉 꿈속에서처럼 나는 그녀의 뒤를 바짝 따라오고 있는 한 사내의 환영을 보았다. 그건(→ 사내의 환영은) 아버지였다. ㉢ 언젠가 어머니의 낡은 반닫이 깊숙한 옷가지 밑에 숨겨져 있던 액자 속에서 학생복 차림으로 서 있던 그대로 그건(→ 사내의 환영) 영락없는 그 사내(→ 액자 속 학생복 차림의 아버지)였다.

| 뭔말?

· ㉢의 앞에서 '나'는 '사내의 환영'을 지각하고 그것이 아버지임을 알아봄.

· ㉢에서 '언젠가 어머니의 낡은 반닫이 깊숙한 옷가지 밑에 숨겨져 있던 액자 속에서 학생복 차림으로 서 있던 그대로'라고 아버지의 모습을 언급하면서 '그건(그것은)'을 주어로 서술함.

· 따라서 ㉢은 '그건'을 주어로 서술하여 '나'가 지각한 '사내의 환영'이 '나'가 언젠가 액자 속에서 본 학생복 차림의 아버지임을 부각함.

④ ㉣: 인용 부호 없이 서술된 발화에서 인물의 목소리가 드러난다.
└→ 따옴표 └→ 어머니의 말

| 〈6〉 술이 가득 차오른 반합 뚜껑을 나는 두 손으로 받쳐 들었다. ㉣ 저것 봐라이. 날짐승도 때가 되면 돌아올 줄 아는 법이다. 어머니가 말했다.

| 뭔말?

· '저것 봐라이. 날짐승도 때가 되면 돌아올 줄 아는 법이다.'는 어머니가 '나'에게 한 말임.

· 따옴표와 같은 인용 부호를 사용하지 않고 어머니의 말이 전달됨.

┌→ 시야가 흐려지는 주체
⑤ ㉤: 지각의 주체를 알리는 표지가 나타나지 않아서 누가 지각한 바를 서술한 것인지 모호한 상황이 빚어진다.

| 〈6〉 저만치 웬 사내가 서 있었다. 가슴과 팔목에 철삿줄을 동여맨 채 사내는 이쪽을 응시하며 구부정하게 서 있었다. 퀭하니 열려 있는 그 사내의 눈은 잔뜩 겁에 질려 있는 채로였다. 애앵. 총성이 울렸고 그는 허물어지듯 앞으로 고꾸라지고 있었다. ㉤ 불현듯 시야가 부옇게 흐려 왔다.(→ ① 환영 속의 사내가 총을 맞아 시야가 흐려짐. ② 사내(= 아버지)에게 연민을 느낀 '나'가 눈물이 나서 시야가 흐려짐.)

| 뭔말?

· '불현듯 시야가 부옇게 흐려' 온 것을 지각한 주체가 누구인지 알리는 표지(= 주어)가 없음.

· '가슴과 팔목에 철삿줄을 동여맨' '사내'가 총을 맞고 의식을 잃어 가며 시야가 흐려지는 것인지, '그 사내'(= 아버지)에게 연민을 느낀 '나'가 눈물이 나서 시야가 흐려지는 것인지 명확하지 않음.

· 따라서 ㉤은 누가 지각한 바를 서술한 것인지 모호한 문장임.

매웠지?

꿀피스 Tip!

▸ 이 문제에서는 서술의 주체, 지각의 주체, 지각의 대상 등 다소 생소한 용어의 의미를 이해하는 것이 중요해. 서술의 주체는 이야기를 서술하는 주체이니 서술자를 말하겠지. 지각의 주체는 어떤 대상을 감각 기관을 통해 인식하는 주체로, 소설에서는 등장인물이 지각의 주체가 되는데 1인칭 소설에서는 등장인물이자 서술자인 '나'가 지각의 주체가 돼. 지각의 대상은 지각의 주체가 인식하고 있는 대상이겠지.

▸ 이제 이해가 잘된다고? 오답 선지 ③을 보면서 잘 이해했는지 확인해 보자. ㉢은 '나'가 아니라 '나'가 지각하는 대상을 주어로 서술함으로써 지각의 대상을 부각한다고 했어. 그렇다면 지각하는 대상을 찾아야겠지. 근데 '나'가 지각하는 대상이 무엇인지는 ㉢만으로는 알기가 어려워. 많은 학생들이 '나'가 ㉢ 바로 앞에서 '사내의 환영'을 지각하고 있다는 점을 놓친 것 같아. 이처럼 문제에서 특정 구절에 대해 물어볼 때에는 앞뒤 문맥도 꼭 함께 살펴봐야 해. 또 ㉢처럼 주어가 맨 앞에 있지 않고 관형절을 안아서 문장이 복잡하면 주어와 서술어를 구분하기가 어려워. 이때는 문장에서 주어와 서술어를 먼저 찾도록 해. ㉢에서 서술어는 '그 사내였다'이니, '무엇이'이나 '누가'에 해당하는 말을 찾으면 그게 주어가 되겠지. 따라서 주어는 '그건'이야.

▸ '나'는 ㉢의 앞부분에서 '사내의 환영'을 봤어. 그러니까 '나'가 지각하는 대상은 이 '사내의 환영'이야. 그리고 ㉢에서 '언젠가 어머니의 낡은 반닫이 깊숙한 옷가지 밑에 숨겨져 있던 액자 속에서 학생복 차림으로 서 있던 그대로 그건'이라면서 '사내의 환영'을 '그건'이라는 주어로 서술하고 있어. 이렇게 '나'가 지각하는 대상을 주어로 서술하여 '사내의 환영'(= 지각의 대상)이 '액자 속에서 학생복 차림으로 서 있던' 사내임을 부각하고 있는 거지.

▸ 이제 다음 오답 선지 ⑤를 살펴보자. 이 선지에서는 학생들이 '지각의 주체를 알리는 표지'와 '누가 지각한 바를 서술한 것인지 모호한 상황'이 어떤 의미인지 정확히 이해하지 못한 것 같아. '표지'는 어떤 사물을 다른 것과 구별하게 하는 표시나 특징으로, 여기서는 지각의 주체임을 나타내는 표현을 말해. '나'는 '철삿줄을 동여맨' '사내'가 총을 맞고 고꾸라지는 상황을 상상하고 있어. 이때 '불현듯 시야가 부옇게 흐려 왔다.'고 하는데, 이것을 지각하는 주체가 누구인지를 알리는 표지, 즉 주어가 없어. 그래서 '사내'가 총을 맞고 의식을 잃으며 시야가 흐려지는 것인지, '나'가 그 사내를 떠올리며 시야가 흐려지는 것인지 알 수 없는 거야. 학생들은 '나'가 어머니의 말을 떠올린 뒤 '그 사내'를 상상하며 아버지가 누워 있을 곳을 생각하고 있다는 점에서, '시야가 부옇게 흐려' 오는 주체가 아버지를 생각하며 눈물을 흘리고 있는 '나'인 것이 명확하다고 판단한 것 같아. 이러한 경우에는 사건의 전체 흐름뿐만 아니라 앞 문장과도 관련지어서 정오를 판단해야 해. 특히 주어가 제시되어 있지 않은 문장에서 서술의 주체와 지각의 주체를 판단할 때에는 숨겨진 주어가 무엇인지 다시 한 번 생각하도록 하자.

▸ 그럼 정답 선지인 ②를 볼까? 앞에서 서술의 주체는 서술자라고 했지? 이 작품은 1인칭 시점이니까 서술의 주체를 알 수 있는 표지는 주어가 되겠지. 그리고 두 대상이 서로 달라야 구분이 잘 되니 '뚜렷이 구분된다'는 것은 서로 다르다는 의미로 이해하면 쉬워. ㉡에서 주어를 찾아보면 '나'야. 즉 '나'라는 표지를 통해 '나'가 서술의 주체, 즉 서술자임을 알 수 있는 거지. 그런데 메마른 초겨울의 야산이 헐벗은 모습과 사위가 온통 잿빛의 풍경을 보면서 지각하고 있는 주체도 '나'야. 즉, 서술의 주체인 서술자도 '나', 지각의 주체도 '나'로 동일하지. 그러니 둘은 뚜렷이 구분되지 않겠지? '서술자 ≠ 지각의 주체'여야 서술자와 지각의 주체가 뚜렷이 구분되는 거야.

▸ 다른 문제도 그렇지만 특히 이 문제는 선지에 사용된 표현과 관련 개념을 정확히 이해하는 게 중요해. 2024학년도 수능에도 서술자와 인물, 지각 주체의 관계에 관한 문제가 출제되었으니까 서술의 주체와 지각의 주체에 대한 개념을 정확히 알아 두는 거 명심 또 명심해!

02 소재의 기능 파악 답 ③

선지별 선택 비율	①	②	③	④	⑤
화작	4%	7%	66%	3%	17%
언매	4%	6%	74%	2%	12%

윗글에서 ⓐ와 ⓑ의 서사적 기능에 대한 설명으로 가장 적절한 것은?

정답 띵!동!

유해를 수습한 다음 웃으면서 한 말

③ ⓐ가 이야기의 긴장감이 형성되는 요인이라면, ⓑ는 이야기의 긴장감이 완화됨을 드러내는 표지이다.

└ 아버지의 죄를 인정하는 충격적인 어머니의 말

| 〈1〉 뜻밖에도 아버지의 죄를 순순히 시인하는 그녀의 ⓐ한마디(→ 어머니가 아버지의 죄를 인정하는 말)가 내게는 그토록 엄청난 충격으로 깊이 남겨졌던 탓이리라. 바로 그 순간부터 나는 아버지의 그 죄라는 것을 내 스스로 함께 나누어 지니고만 느낌이었고(→ 아버지로 인해 죄의식을 가지게 됨.), 그 때문에 나이에 걸맞지 않게 나는 눈빛이 깊고 어두운 아이가 되어 가고 있었다. 그리고 그때부터 아버지의 무서운 환영은 저주처럼 내 곁을 따라다니기 시작했다. ~ 나는 끝끝내 나를 휘감고 있는 어떤 엄청난 죄악감과 불길한 예감으로부터 영영 벗어날 수가 없었다.

| 〈5〉 도톰하니 봉분(→ 무덤)을 만들고 뗏장까지 입혀 놓고 보니 엉성한 대로 형상은 갖춘 듯싶었다. 노인은 술을 흙 위에 뿌려 주었다. ~ 작은 술판이 벌어졌다. 음복(→ 제사를 지내고 난 뒤 제사에 쓴 음식을 나누어 먹음.)인 셈이었다. ~ "그래그래, 어쨌든 너희들은 좋은 일 했으니 천당 가도 되겠다." 작은 술판이 벌어졌다. 소대장이 병을 기울였고 다른 녀석들도 낄낄대며 ⓑ한마디씩 보태었다.

| 뭔말?

· '나'는 어머니가 아버지의 죄를 시인하는 내용인 ⓐ를 들은 충격으로 어두운 아이가 되어 갔고, 아버지의 무서운 환영에 시달렸으며, 죄악감과 불길한 예감으로부터 벗어날 수 없게 되었음.

· ⓐ로 인해 '나'는 불안과 죄의식 속에서 살아가고 아버지에 대해 부정적 감정을 갖게 됨. → ⓐ는 이야기의 긴장감이 형성되는 요인 ○

· ⓑ는 유해를 수습하는 엄숙한 절차를 마친 후에 '좋은 일'을 했다고 웃으면서 나눈 말임. → ⓑ는 이야기의 긴장감이 완화됨을 드러내는 표지 ○

오답 땡!

→ 이야기의 긴장감 형성 요인일 뿐, 이야기의 주제 구현과는 관련 X

① ⓐ가 ~~이야기의 심화된 주제를 구현하는 제재~~라면, ⓑ는 이야기의 주제를 가늠하도록 하는 단서이다.

└ 소대장이 유해를 매장해 준 일을 '좋은 일'이라고 말함 → 평화로운 분위기 → 주제 구현에 기여

| 뭔말?

· ⓐ는 '나'가 아버지의 무서운 환영과 불안감에 시달리게 되는 원인으로 이야기의 긴장감을 형성하는 요인일 뿐, 이야기의 심화된 주제를 구현하는 제재 ×

· 소대장이 6 · 25 전쟁 중에 이데올로기의 갈등으로 희생당한 유골의 무덤을 만들어 주고 제사를 지내 준 일을 '좋은 일'이라고 말함. → ⓑ가 이야기의 주제인 '전쟁과 분단의 상처, 이해와 연민을 통한 상처의 치유'를 가늠하도록 하는 단서로 볼 수도 있음.

→ '나'가 아버지에게 부정적 감정을 갖게 된 이유일 뿐, 이야기의 절정과는 관련 X

② ⓐ가 ~~이야기를 절정에 치닫도록 하는 추진력~~이라면, ⓑ는 ~~이야기를 결말에 이르게 하는 원동력~~이다.

└ 아버지에 대한 연민으로 이야기가 마무리됨. 결말에 이르게 하는 원동력 X

| 뭔말?

· ⓐ는 '나'가 아버지에게 부정적 감정을 갖게 된 이유일 뿐, 이야기를 절정에 치닫도록 하지 않음.

· ⓑ는 유골 수습 후 음복을 하며 병사들이 주고받는 말로, 이 말들로 인해 이야기가 마무리되지 않음. → ⓑ는 이야기를 결말에 이르게 하는 원동력 ×

④ ⓐ가 ~~이야기의 위기감이 해소된 종착점~~이라면, ⓑ는 ~~이야기의 위기감이 고조된 정점~~이다.

└ 위기감 형성, 위기감 해소 X

└ 유해 수습이 끝났음과 연관됨. 위기감 고조 X

| 뭔말?

· ⓐ로 인해 '나'는 아버지에게 부정적 감정을 갖게 되므로, ⓐ는 이야기의 위기감을 형성하며 이야기의 위기감이 해소되는 것과는 무관함.

· ⓑ는 유해 수습이 무사히 끝났음과 연관되므로 이야기의 위기감이 고조되는 것과는 무관함.

⑤ ⓐ가 이야기를 일으키는 시발점이라면, ⓑ는 ~~이야기의 전모가 드러나게 되는 귀결점~~이다.

└ 아버지의 무서운 환영에 시달리는 이야기의 시발점

└ 유해 수습이 끝났음과 연관됨. 이야기의 전모가 드러나지 않음.

| 뭔말?

· 1문단에서는 ⓐ로 인해 '나'가 아버지에게 부정적 감정을 갖게 되고 무서운 환영과 불안감에 시달리며 사는 이야기를 서술하고 있으므로, ⓐ는 이야기를 일으키는 시발점이라고 볼 수도 있음.

· ⓑ는 유해 수습이 무사히 끝났음과 연관되므로, ⓑ로 인해 이야기의 전모가 드러나지는 않음.

매운맛 픽

03 작품의 맥락 이해 답 ④

선지별 선택 비율	①	②	③	④	⑤
화작	14%	9%	15%	45%	16%
언매	12%	8%	12%	54%	11%

㉮와 ㉯에 대한 이해로 가장 적절한 것은?

정답 띵!동!

→ = 확정

④ ㉯에서 연상되는 상황이 현실이 될 경우 ㉮에 투영된 염원은 실현 가능성이 사라진다.

└ 아버지의 죽음 └ 아버지의 귀환

| 〈4〉 그건 아버지였다. 언젠가 어머니의 낡은 반닫이 깊숙한 옷가지 밑에 숨겨져 있던 액자 속에서 학생복 차림으로 서 있던 그대로 그건 영락없는 그 사내였다.(→ 어머니는 돌아오지 않는 아버지를 기다리고 있음.) 나를 어머니의 배 속에 남겨 놓은 채 어느 바람이 몹시 부는 날 밤, 산길을 타고 지리산인가 어디로 황황히 떠나가 버렸다는 사내.

| 〈6〉 술이 가득 차오른 반합 뚜껑을 나는 두 손으로 받쳐 들었다. 저것 봐라이. ㉮날짐승도 때가 되면 돌아올 줄 아는 법이다.(→ 때가 되면 아버지가 돌아올 것이라고 믿는 어머니) 어머니가 말했다.

| ⟨6⟩ 아아, 아버지는 지금 어디에 쓰러져 누워 있을 것인가.(→ 아버지의 죽음) 해마다 머리맡에 무성한 ㉯쑥부쟁이와 엉겅퀴꽃을 지천으로 피워 내며 이제 아버지는 어느 버려진 밭고랑, 어느 응달진 산기슭에 무덤도 묘비도 없이 홀로 잠들어 있을 것인가.(→ 아버지의 죽음)

| **뭔말?**

· '나'는 유골을 수습한 후 '저것 봐라이, 날짐승도 때가 되면 돌아올 줄 아는 법이다.'라고 한 어머니의 말을 떠올림. → ㉮ '날짐승'은 아버지의 귀환을 기다리는 어머니의 염원이 투영된 것임.

· ㉯ '쑥부쟁이와 엉겅퀴꽃'은 아버지가 잠들어 있을지 모르는 곳에 핀 자연물 → '무덤도 묘비도 없이 홀로' 묻혀 있는 아버지의 상황을 나타냄.

· ㉯에서 연상되는 상황이 현실이 되는 것은 아버지의 죽음이 확실시되는 것이며, 이 경우 ㉮에 투영된 아버지의 귀환이라는 어머니의 염원이 실현될 가능성은 사라짐.

오답 땡!

① ㉮는 ㉯에 비해 능동적이므로 ~~인물이 처한 문제 상황에 미치는 영향력이 크다.~~
└→ ㉮는 어머니의 염원이 투영된 대상일 뿐, 문제 상황에 영향을 주는 대상 X

| **뭔말?**

· ㉮ '날짐승'은 '때가 되면 돌아올 줄 아는' 존재, ㉯ '쑥부쟁이와 엉겅퀴꽃'은 땅에 묻힌 아버지가 '피워 내'는 존재 → ㉮가 ㉯에 비해 능동적이라고 할 수도 있음.

· 그러나 ㉮가 ㉯에 비해 능동적이어서 인물이 처한 문제 상황에 미치는 영향력이 더 큰 것은 아님.

② ㉮는 ㉯와 달리, ~~시간과 공간에 관여되면서 이야기의 배경에 실감을 더하게 된다.~~
└→ ㉮와 ㉯ 모두 실제 시·공간에 관여하지 않음.
└→ ㉮는 '나'가 떠올리는 어머니의 말 속에 등장하는 존재로 이야기의 배경과 무관함. ㉯는 '나'의 상상 속 존재로 이야기의 배경과 무관함.

| **뭔말?**

· ㉮ '날짐승'은 '나'가 떠올리는 어머니의 말에 등장하는 대상임.

· ㉯ '쑥부쟁이와 엉겅퀴꽃'은 '나'가 상상하는 아버지의 죽음과 관련되는 대상임.

· ㉮와 ㉯ 모두 이야기의 배경이 되는 존재가 아니므로, 이야기의 배경에 실감을 더하는 것과는 관련이 없음.

┌→ ㉮ ○, ㉯ X
③ ~~㉯는 ㉮와 달리~~, 희망적인 성격이 강하므로 인물이 원하는 바를 집약한 결과이다.
└→ ㉮ 아버지의 귀환을 바라는 어머니의 염원 투영 → 희망적 ○
㉯ 아버지의 죽음 → 희망적 X

| **뭔말?**

· ㉮ '날짐승'은 아버지의 귀환을 바라는 어머니의 염원, 즉 원하는 바가 투영되어 있다는 점에서 희망적인 성격이 강함.

· ㉯ '쑥부쟁이와 엉겅퀴꽃'은 아버지가 무덤이나 묘비도 없이 묻혀 있을지 모르는 곳에 피어 나는 존재로 아버지가 죽은 상황을 나타냄. → 희망적인 성격 ×, 인물이 원하는 바를 집약한 결과 ×

⑤ ㉮와 ㉯ 모두, 관념적 의미가 부여됨으로써 ~~인물이 이념에 편향되어 있음이 알려진다.~~
└→ 이데올로기 갈등에서 비롯된 사건과 연관됨.
└→ 이념에 편향되어 있음이 알려지는 것 X

| ⟨4⟩ 그건 아버지였다. 언젠가 어머니의 낡은 반닫이 깊숙한 옷가지 밑에 숨겨져 있던 액자 속에서 학생복 차림으로 서 있던 그대로 그건 영락없는 그 사내였다. 나를 어머니의 배 속에 남겨 놓은 채 어느 바람이 몹시 부는 날 밤, 산길을 타고 지리산인가 어디로 황황히 떠나가 버렸다는 사내.(→ 아버지가 6·25 전쟁 중 지리산에서 활동하던 빨치산임을 암시함.)

| **뭔말?**

· ㉮ '날짐승'은 6·25 전쟁 중 이데올로기의 갈등으로 집을 떠나 버린, 아버지의 귀환을 바라는 어머니의 염원이 투영됨. → 이데올로기(역사적·사회적 입장을 반영한 사상과 의식의 체계)와 연관되므로 관념적 의미가 부여되었다고 할 수 있음.

· ㉯ '쑥부쟁이와 엉겅퀴꽃'은 이데올로기의 대립이 유발한, 전쟁 중에 희생된 아버지의 죽음과 관련됨. → 이데올로기와 연관된 관념적 의미가 부여되었다고 할 수 있음.

· 그러나 ㉮와 ㉯에 의해 아버지가 이념에 편향되어 있음이 알려지는 것은 아님.

매웠지?

꿀피스 Tip!

▸ 이 문제에서는 지문의 문맥에 따른 두 소재의 의미와 기능을 적절히 비교할 수 있어야 해. 그런데 많은 학생들이 **작중 상황을 정확히 파악하지 못했거나 선지에 제시된 표현의 의미를 정확히 이해하지 못해 잘못된 선택을 한 것으로 보여.**

▸ 먼저 소재가 등장하는 상황부터 살펴보자. ㉮ '날짐승'은 유골을 수습하고 나서 '나'가 떠올린 어머니 말 속에 등장하는 소재이고, ㉯ '쑥부쟁이와 엉겅퀴꽃'은 '나'가 죽어 있는 아버지를 상상하는 장면에서 등장하는 소재야. 즉, ㉯는 상상 속 아버지가 누워 있는 곳에 있는 자연물이지.

▸ 오답 선지인 ③은 '희망적인 성격'이 있는지를 파악하는 게 관건이야. ㉮ '날짐승'은 때가 되면 돌아올 줄 아는 존재로 아버지가 살아 돌아올 것이라는 어머니의 희망이 투영되어 있어. 그러나 ㉯ '쑥부쟁이와 엉겅퀴꽃'은 아버지의 죽음과 관련되므로 희망적인 성격과 관련이 없어. 그러니 ③번 선지는 '㉮는 ㉯와 달리'라고 해야 맞아. 그런데 학생들은 '인물이 원하는 바'가 아버지의 귀환임을 알았지만, 그것을 '집약한 결과'가 무엇인지 몰라서 오답임을 확신하지 못한 것 같아. 그렇지만 **앞부분(㉯는 ㉮와 달리)이 확실히 틀렸으므로 고민 없이 오답으로 판단하는 결단력이 필요하다는 거 잊지 마!**

▸ 또 다른 오답 선지인 ⑤의 경우 선지 표현이 어려워서 부담을 느꼈을 거야. **'관념적 의미'가 부여되는지를 판단할 때, 그 범위를 어디까지 보아야 하느냐가 판단하기 애매하지만 그 가능성은 살펴봐야 해.** '산길을 타고 지리산인가 어디로' 떠나가 버렸다는 것으로 보아 '나'의 아버지는 6·25 전쟁 당시 지리산으로 떠난 빨치산(6·25 전쟁 전후에 각지에서 활동했던 공산 게릴라)으로 볼 수 있어. 그러니 그런 아버지를 비유한 ㉮ '날짐승'에 이데올로기의 대립이라는 관념적 의미가 부여되어 있겠지. 또한 ㉯ '쑥부쟁이와 엉겅퀴꽃'은 빨치산인 아버지의 죽음과 관련되므로, 이데올로기의 대립과 관련된 관념적 의미가 부여되었다고 볼 수 있어. 그리고 **'인물이 이념에 편향되어 있'는 것은 아버지가 좌익 활동을 한 인물임을 뜻해. 그렇지만 ㉮ '날짐승', ㉯ '쑥부쟁이와 엉겅퀴꽃'으로 인해 인물이 이념적으로 편향되어 있음이 알려지는 것은 아니지. 선지의 표현을 하나하나 짚어 가며 꼼꼼히 확인해 봐.**

▸ 이제 정답 선지인 ④를 살펴보자. 이 선지에서는 ㉮ '날짐승'에 투영된 염원과 ㉯ '쑥부쟁이와 엉겅퀴꽃'에서 연상되는 상황이 무엇인지 파악하는 것이 관건이야. ㉮ '날짐승'은 아버지가 무사히 돌아오기를 바라는 어머니의 염원이 투영된 대상이라는 것 앞에서 다 확인했지? 그럼 ㉯ '쑥부쟁이와 엉겅퀴꽃'은? 이것도 앞에서 이미 확인했어. 아버지가 죽어 묻

혀 있을지 모르는 곳에 피어나는 것이므로 아버지의 죽음을 나타내지. 알고 있는 거 확실해? (의심한다고? 알아도 틀릴 수 있으니 하는 말이야.) 다시 원점으로 와서 ㉯에서 연상되는 상황인 아버지의 죽음이 현실이 되면, 즉 아버지의 죽음이 확실시되면 ㉮에 투영된 염원인 아버지의 귀환 가능성은 사라지는 것이지.

▶ 선지를 한 번 훑어보고 어렵다고 생각하면 선입견이 생겨 아는 것도 놓치기 쉬워. 이럴 때는 침착하게 각 선지의 포인트가 되는 표현을 찾고, 이를 지문 속에서 확인해서 소재가 지니는 의미의 적절성을 판단해야 해. 이때 소재를 통해 서술자가 전달하려는 의도와 사건 전개 과정에서 소재가 하는 역할을 고려하여 답을 찾는 게 중요해!

04 외적 준거에 따른 작품 감상 답 ③

선지별 선택 비율	①	②	③	④	⑤
화작	2%	3%	74%	9%	9%
언매	1%	2%	84%	5%	6%

〈보기〉를 참고하여 윗글을 감상한 내용으로 적절하지 않은 것은? [3점]

보기

부정적인 방향으로 응고된 기억을 돌이켜 긍정적인 방향으로 재편함으로써 심리적 안정을 도모하는 기회를 마련할 수 있다. 심리 요법의 일환으로 적용되는 '기억 재응고화'는 마음의 상처로 남은 기억을 재구성하여 다른 의미와 가치에 대응시킴으로써, 사람들로 하여금 부정적 기억으로 빚어진 심리적 불안정에 대응할 힘을 회복하도록 돕는 원리이다.

정답 띵! 동!

(→ 유해의 한을 풀어 주기 위한 행위) (→ 아버지의 무사 귀환을 염원하는 행위)

③ '줄 묶음'을 '내던지'는 '노인'의 행위와 '물 사발'을 올리는 '어머니'의 행위가 이어지며 제시되는 부분을 보면, ~~'나'의 기억을 재응고화하기 위한 이들의 노력~~을 확인할 수 있겠군.

(→ 아버지에 대한 '나'의 부정적 기억을 긍정적으로 재편 X)

| 〈보기〉 부정적인 방향으로 응고된 기억을 돌이켜 긍정적인 방향으로 재편함으로써 심리적 안정을 도모하는 기회를 마련할 수 있다. 심리 요법의 일환으로 적용되는 '기억 재응고화'는 마음의 상처로 남은 기억을 재구성하여 ~ 부정적 기억으로 빚어진 심리적 불안정에 대응할 힘을 회복하도록 돕는 원리이다.

| 〈3〉 노인은 손목과 팔에 묶인 결박까지 마저 풀어낸 다음 허리를 펴고 일어서더니 줄 묶음을 들고 저만치 걸어 나갔다. 그가 허공을 향해 그것을 멀리 내던지는 순간(→ 폭력적인 이데올로기의 굴레에 대한 거부) 나는 까닭 모르게 마당가에서 하늘을 치어다보며 서 있는 어머니의 가녀린 목 줄기와 그녀가 아침마다 소반 위에 떠서 올리곤 하던 하얀 물 사발이 눈앞에 떠올랐다가(→ 아버지의 무사 귀환을 염원하던 어머니를 떠올림.) 스러져 버리는 것이었다.

| 뭔말?

- 노인이 '줄 묶음'을 '내던지'는 것 = 전쟁의 폭력과 속박에서 유골을 해방시키는 행위
- 어머니가 '물 사발'을 올리는 것 = 아버지가 무사히 돌아오기를 소망하는 마음이 담긴 행위
- '나'에게 부정적으로 응고된 기억은 '아버지의 죄'로 인해 생성되었으며, '나'는 아버지의 무서운 환영에 시달리고 죄악감과 불길한 예감을 느낌. 〈보기〉에 따르면 '기억 재응고화'는 이처럼 부정적으로 응고된 기억을 긍정적으로 재구성하는 것임.
- 그러나 노인이 '줄 묶음'을 '내던지'는 행위와 어머니가 '물 사발'을 올리는 행위는 '나'의 기억을 재응고화하기 위한 노력과는 관련이 없음.

오답 땡!

(→ 아버지의 무서운 환영이 저주와 공포의 낙인으로 박혀 있음.)

① '낙인'과도 같은 유년의 기억을 성인이 되어서도 떨쳐 버리지 못했다는 고백에 비추어 보면, 응고된 기억의 영향력에서 벗어나는 일이 쉽지 않음을 짐작할 수 있겠군.

| 〈1〉 아버지의 죄를 순순히 시인하는 그녀의 한마디가 내게는 그토록 엄청난 충격으로 깊이 남겨졌던 탓이리라. ~ 그때부터 아버지의 무서운 환영은 저주처럼 내 곁을 따라다니기 시작했다.(→ '나'가 아버지에 대한 부정적 감정을 갖게 됨.) ~ 그건 어디서 묻었는지도 모르는, 오랜 시간이 흐른 뒤에까지 지워지지 않는 핏자국처럼 내게는 저주와 공포의 낙인(→ 다시 씻기 어려운 불명예스럽고 욕된 판정이나 평판)으로 깊이 박혀져 있었다.(→ 아버지에 대한 '나'의 기억은 저주스럽고 공포스러운 것으로 결코 머릿속에서 잊히지 않음.)

| 뭔말?

- '나'에게 응고된 기억은 아버지에 관한 부정적 기억임.
- '나'는 '아버지의 죄'에 관해 들은 후부터 아버지의 무서운 환영이 오랜 시간이 흐른 뒤에까지 저주와 공포의 낙인으로 깊이 박혀져 있었다고 고백함. → '나'가 응고된 기억의 영향력에서 벗어나는 일이 쉽지 않음을 알 수 있음.

② '죄악감과 불길한 예감'을 유발한 동인을 추적해 보면, '아버지'에 관한 기억이 마음의 상처로 남음으로써 '나'의 심리적 불안정이 비롯되고 있음을 추정할 수 있겠군.

(→ 어떤 사태를 일으키거나 변화시키는 데 작용하는 직접적인 원인 → 아버지의 죄, 아버지의 무서운 환영)

| 〈1〉 아버지의 죄를 순순히 시인하는 그녀의 한마디가 내게는 그토록 엄청난 충격으로 깊이 남겨졌던 탓이리라. ~ 그때부터 아버지의 무서운 환영은 저주처럼 내 곁을 따라다니기 시작했다. ~ 나는 끝끝내 나를 휘감고 있는 어떤 엄청난 죄악감과 불길한 예감(→ 아버지로 인한 죄의식과 불길함)으로부터 영영 벗어날 수가 없었다.

| 뭔말?

- '죄악감과 불길한 예감'을 유발한 동인 = 아버지의 죄, 아버지의 무서운 환영
- '나'는 '아버지의 죄'에 관해 들은 후 '아버지의 무서운 환영'에 시달리고, 오랜 시간이 흐른 뒤에도 '엄청난 죄악감과 불안한 예감으로부터 영영 벗어날 수 없었다'는 점에서 '아버지'에 관한 기억이 마음의 상처로 남아 있음을 알 수 있음.
- 따라서 '나'가 겪는 심리적 불안정은 아버지에 관한 부정적 기억이 마음의 상처로 남은 것에서 비롯된 것임.

(→ 액자 속 학생복 차림의 아버지 모습)

④ '모래밭'에서의 '어머니' 형상과 '사내의 환영'이 어우러지는 장면에서, '아버지'에 대해 굳어져 있던 기억이 재편될 수 있는 가능성이 시사된다고 할 수 있겠군.

(→ 무서운 환영으로 나타나던 아버지에 대한 부정적인 기억)

| 〈1〉 그때부터 아버지의 무서운 환영은 저주처럼 내 곁을 따라다니기 시작했다. 그는 언제나 시커먼 어둠 저편에 숨어서 음산하기 그지없는 눈빛으로 나를 쏘아보고 있었다.(→ 무서운 환영으로 나타난 아버지의 모습: 아버지의 죄로 인한 '나'의 죄의식을 드러냄.) ~ 내가 한 번도 얼굴을 본 적이 없는 그 사내는 핏발 선 눈알을 번득이며 나를 쏘아보고 있는 것이었다.

| 〈4〉 광주리를 머리에 인 어머니(→ 집을 나간 아버지를 대신해 생계를 책임졌던 어머니)가 모래밭을 걸어오고 있었다. ~ 나는 햇살에 부신 눈을 가늘게 오므리고 줄곧 그녀를 지켜보고 있었다. 그때였다. 꿈속에서처럼 나는 그녀의 뒤를 바짝 따라오고 있는 한 사내의 환영을 보았다.(→ 어머니의 형상과 아버지의 환영이 어우러짐.) 그건 아버지였다. 언젠가 어머니의 낡은 반닫이 깊숙한 옷가지 밑에 숨겨져 있

던 액자 속에서 학생복 차림으로 서 있던 그대로 그건 영락없는 그 사내였다.(→ 학생의 모습을 한 아버지의 환영) ~ 그 사내가 어머니와 함께 걸어오고 있는 것이었다.

| 뭔말?

- '나'가 시달리던 '아버지의 무서운 환영'은 '음산하기 그지없는 눈빛으로 나를 쏘아보'거나 '핏발 선 눈알을 번득이며 나를 쏘아'봄. → 아버지에 대한 부정적 기억이 굳어져 있음.
- '모래밭'을 걸어오는 어머니와 그 뒤를 바짝 따라오는 사내(= 아버지)의 모습은 '나'가 본 환영으로, 이때의 아버지는 어머니가 간직한 액자 속의 학생복 차림 그대로임.
- 따라서 '모래밭'에서의 어머니 형상과 학생복 차림의 '사내의 환영'이 어우러지는 장면은 '아버지'에 대해 굳어져 있던 '나'의 부정적 기억이 긍정적 방향으로 재편될 수 있음을 시사함.

→ 상상 속의 '가슴과 팔목에 철삿줄을 동여맨' 사내 - 철삿줄에 묶인 유해

⑤ **'아버지'에 대한 이미지가 '유해'에 대응되면서 '나'의 정서적 반응에 변화가 생기는 것을 보면, 부정적인 기억을 재구성함으로써 심리적 안정을 회복해 가는 경위를 엿볼 수 있겠군.**

→ 아버지로 인해 '죄악감과 불길한 예감' 등 부정적 감정을 갖고 있다가 아버지에게 연민을 느낌

| 〈2〉 금방이라도 쩔걱쩔걱 쇳소리를 낼 듯한 철삿줄은 싱싱하게 살아 있었다.

| 〈6〉 가슴과 팔목에 철삿줄을 동여맨 채 사내(→ 유골의 모습과 유사한 아버지의 환영)는 이쪽을 응시하며 구부정하게 서 있었다. ~ 아아. 아버지는 지금 어디에 쓰러져 누워 있을 것인가.(→ 아버지에 대한 안타까움과 연민) 해마다 머리맡에 무성한 쑥부쟁이와 엉겅퀴꽃을 지천으로 피워 내며 이제 아버지는 어느 버려진 밭고랑, 어느 응달진 산기슭에 무덤도 묘비도 없이 홀로 잠들어 있을 것인가.(→ 아버지를 자신이 수습한 유해처럼 전쟁의 상처를 지닌 비극적인 존재로 인식하고 연민의 감정을 느낌.)

| 뭔말?

- '나'는 철삿줄에 묶인 채 땅속에 묻혀 있던 '유해'를 보고 어머니를 떠올리다가 아버지의 환영을 봄. → 유해를 수습한 뒤에는 '가슴과 팔목에 철삿줄을 동여맨' '사내'가 총을 맞고 쓰러지는 상황을 상상함. → '가슴과 팔목에 철삿줄을 동여맨' '사내'는 아버지에 대한 이미지이면서 '유해'와 대응됨.
- 무덤도 묘비도 없이 어딘가에 홀로 묻혀 있을지 모르는 아버지 → 아버지에게 연민의 감정을 느낌. = 아버지에 대한 '나'의 부정적 감정 해소
- 이러한 '나'의 정서적 반응의 변화는 아버지에 대한 '나'의 부정적 기억을 긍정적인 방향으로 재구성함으로써 '나'가 심리적 안정을 회복해 가는 경위를 드러냄.

▸ 본문 096쪽

현대 소설 04

2024학년도 수능

01 ① 02 ④ 03 ① 04 ②

박태원, 「골목 안」

EBS 연결 고리

비연계

교과서 연계 정보

작가 문학 금성, 미래엔, 지학, 천재(김)

해제 이 작품은 1930년대 일제 강점기를 배경으로 골목 안 인물들의 일상을 다루고 있다. 복덕방을 하는 집주릅 영감 내외와 골목 안 사람들 사이에 얽힌 이야기가 중심을 이룬다. 근대적 질서에서 소외된 빈민의 삶을 세밀하게 느낄 수 있는 한편, 집주릅 영감 내외의 딸인 정이와 순이 자매, 막내아들 효섭 등을 통해서는 식민지 총동원체제로 향해 가는 시국의 변화를 느낄 수 있다.

주제 일제 강점기 빈민의 비참한 삶

전체 줄거리

아홉 가구가 살고 있는 골목 안은 사철 악취가 풍기는 공간이다. 마당이 없는 그들은 골목을 넓은 마당으로 여기며 살아간다. 이곳에 사는 집주릅 영감 내외는 예전에는 남부럽지 않게 살았노라고 늘 말하지만 집주릅 영감은 집 거래로 돈을 벌기가 쉽지만은 않고, 영감의 아내 갑순이 할머니는 '불단집'이라 부르는 집의 잔일을 도우며 지내는 형편이다. 그들의 골칫거리는 다섯 명의 자식들이다. 맏아들 인섭은 가족을 버리고 집을 나간 지 7년째 소식이 없고, 그 일로 며느리도 집을 나갔다. 둘째 아들 충섭은 싸움질을 일삼다가 권투 선수가 되었지만 경기로 번 돈은 모두 탕진하고 집에 내놓지도 않는다. 그나마 희망을 갖는 셋째 아들 효섭은 중학교 시험에 낙방하여 고등소학교를 다녀야 한다. 집안의 생계를 책임지는 이는 카페 여급인 큰딸 정이이다. 하루는 큰딸 정이가 '청대문집' 행랑살이를 하는 갑득이 어미와 싸우는데 집주릅 영감 부부는 그런 천한 상것과는 다툴 필요가 없다는 생각에 오히려 정이를 나무란다. 그후 '불단집' 바깥에 달린 뒷간에 갑득이 어미의 남편, 양 서방이 갇히는 일이 발생한다. 갑득이 어미는 갑순이 할머니가 자신을 미워하여 고의로 뒷간 문을 잠갔다고 생각하고 그를 몰아 세우지만 남편인 양 서방은 갑순이 할머니가 문을 잠글 때 기척을 하지 않은 탓이라 밝힌다. 효섭이 고등소학교에 입학한 후 집주릅 영감은 학부모 후원회 발기인회에 참석한다. 어느 학부형이 말쑥하게 차려 입은 집주릅 영감에게 아이들을 어떻게 키웠냐고 묻자 영감은 얼마 전 복덕방에서 들었던 남의 이야기를 마치 자신의 이야기인 양 늘어놓는다.

1 한참 정이와 별의별 말이 다 오고 가고 하였을 때, '불단집*'에서
[01-②] 정이와 갑득이 어미의 갈등
마악 설거지를 하고 있던 갑순이 할머니가 뛰어나왔다. 갑득이 어미는, 경우에 따라서는 그들 모녀를 상대하여서도, 할 말에 궁하지는 않다고 은근히 마음에 준비가 있었던 것이나, 뜻밖에도 갑순이 할머니는 자기 딸의 역성을 들려고는 하지 않고,

㉠"애최에 늬가 말 실수헌 게 잘못이지, 남을 탄해 뭘 허니? 이게 모두
[04-①] 갑득이 어미와 다툰 것 자체가 위신이 떨어지는 일이라는 의도가 담김.
모양만 숭업구……, 온, 글쎄, 그만 허구 들어가아. 늬가 잘못했어. 네
[04-①] 말줄임표와 쉼표의 사용 → 갑순이 할머니가 자신의 생각을 감추고 다른 할 말을 떠올리면서 시간이 지연되고 있음을 나타냄.
잘못이야."

하고 도리어 딸을 나무라던 것을, 갑득이 어미는 그 당장에는, 귀에 솔깃
[04-②] 갑순이 할머니가 딸을 나무라는 이유를 잘못 인지한 갑득이 어미

하여,

"그렇지. 자계가 먼저 말을 냈지. 나야 그저 대꾸헌 죄밖엔 없으니까.
[01-②] 정이와 갑득이 어미의 갈등 원인을 짐작할 수 있음.
잘했든 잘못했든 자계가 시초를 낸 게니까 —— "

하고, 뽐내도 보았던 것이나, 나중에 깨달으니, 그것은 얼토당토않은 생각
[04-②] 갑순이 할머니의 행동이 갑득이 어미에 대한 차별 의식에서 비롯된 것임을 알게 됨.
으로, 갑순이 할머니가 그렇게 자기 딸을 꾸짖으며 한사코 집으로 데리고 들어간 것에는,

㉡"아, 그 배지 못헌 행랑것허구, 쌈이 무슨 쌈이냐?"
[04-②] 상황을 정확히 인지하고 갑순이 할머니의 생각을 추측함.
"똥이 무서워 피허니? 더러우니까 피허는 게지!"

하고, 그러한 사상이 들어 있었던 것이 분명하였다.
[04-②] 갑득이 어미의 시선으로 초점화한 서술+서술자 시선의 서술

2 사실, 을득이 녀석이 나중에 보고하는데 들으니까, 저녁때 돌아온
[04-③] 갑득이 어미는 을득이에게 전해 들은 말을 통해 집주름 영감과 갑순이 할머니의 속내를 알게 됨.
집주름 영감이 그 얘기를 듣고 나자,

"걔두 그만 분별은 있을 아이가, 그래 그런 상것허구 욕지거리를 허구
[01-④] [03-①] 정이의 행동이 분별없다고 한 이유 - 갑득이 어미에 대한 차별적 인식이 드러남.
그러다니……."

쩻, 쩻, 쩻 하고 혀를 차니까, 늙은 마누라는 또 마주 앉아서,

"그렇죠, 그렇구 말구요. 쌈을 허드래두 같은 양반끼리 해야지, 그런 것 허구 허는 건, 꼭 하늘 보구 침 뱉기지. 그 욕이 다아 내게 돌아오지, 소
[01-①] [03-①] 갑순이 할머니가 정이의 잘못을 탓하며 한사코 집으로 데리고 들어온 진짜 속내.
용 있나요." 갑득이 어미에 대한 차별적 인식이 드러남.

㉢그리고 후유우 하고 한숨조차 내쉬는데, 방 안에서들 그러는 소리가
[01-①] 집 안에서의 대화가 대문 밖(이웃)에 노출이 됨.
대문 밖까지 그대로 들리더라 한다.
[04-③] '~라 한다'의 주체가 을득이일 수도, 서술자일 수도 있게 한 서술임.

[중략 부분의 줄거리] 골목 안 아홉 가구가 공동변소처럼 쓰는 불단집 소유의 뒷간에 양 서방이 갇힌다.

3 그는 아무리 상고하여 보아도 도무지 나갈 도리가 없는 것에 은근
[03-③] 여러 궁리를 함.
히 울화가 올랐다.

'제 집 뒷간두 아니구 남의 집 것을 그렇게 기가 나서 꼭꼭 잠그구 그럴
[03-⑤] 뒷간 문을 잠근 사람이 갑순이 할머니인 것을 알고 있음.
건 뭐 있누? 늙은이두 제엔장헐…….'

㉣인제는 할 수가 없으니, 소리를 한번 질러 볼까? —— 하기도 하였으
[04-④] 여러 궁리를 끝에 소리를 질러 볼 생각을 함.
나, 이러한 경우에 있어, 사람들은, 흔히 자기가 꼭 어떠한 수상한 인물인
[04-④] 소리를 질러 보지 못하고 망설이는 이유
듯싶게 스스로 느껴지는 경향이 있다. 그래, 그는 생각 끝에,

"아, 누가 문을 잠겄어어어?"

"문 좀 여세요오. 아, 누가……."

하고, 그러한 말을 제법 외치지도 못하고 그저 중얼대며, 한참이나 문을
[03-③] 양 서방이 뒷간에 갇혀 빠져나오지 못한 이유
잡아, 흔들어 자물쇠 소리만 덜거덕거렸던 것이다.

4 을득이한테 저의 아비가 불단집 뒷간에 가 갇히어 있다는 말을 듣
[01-⑤] 갑득이 어미가 을득이에게 양 서방이 뒷간에 갇힌 사건을 전해 들음.
고, 어인 까닭을 모르는 채 그곳까지 뛰어온 갑득이 어미는, 대강 사정을 알자, 곧 이것은 평소에 자기에게 좋지 않은 생각을 품고 있는 갑순이 할
[03-②] 집주름 영감과 갑순이 할머니의 대화를 토대로 한 판단 → 앙금을 지님.
머니가 계획적으로 한 일임에 틀림없다고 혼자 마음에 단정하고,
[03-②] 갑득이 어미와 갑순이 할머니의 갈등 상황이 전개될 것임을 드러냄.

"아아니, 그래, 애아범이 미우면 으떻게는 못 해서, 그 더러운 뒷
[02-④] 갑순이 할머니의 의도와 행동을 비난함.
간 숙에다 글쎄 가둬야만 헌단 말예요? 그래 노인이 심사를 그렇 [A]
[02-①] 물음의 반복 → 갑순이 할머니의 잘못을 추궁함.
게 부려야 옳단 말예요?"

하고, 혼자 흥분을 하였다. 갑순이 할머니는, 그것은 전혀 예기하지 못하
[02-⑤] 분노 표출
였던 억울한 말이라, 그래, 눈을 둥그렇게 뜨고, 손조차 내저어 가며,
[02-⑤] 당황스러움을 드러냄. 억울한 말에 대한 부정, 방어의 행동

"그건, 괜한 소리유, 괜한 소리야. 이 늙은 사람이 미쳐서 남을 뒷
[02-②] 갑득이 어미의 주장(비난)이 사실과 다르다는 말
간 속에다 가둬? 모르구 그랬지, 모르구 그랬어. 난 꼭 아무두 없
[02-②] 반복적 표현 → 자신이 모르고 한 행동임을 강조. 억울함 호소 [B]
는 줄만 알구서, 그래, 모르구 자물쇨 챘지. 온, 알구야 왜 미쳤다
[02-②] 자신이 자물쇠를 채운 것은 인정하나, 갑득이 어미의 비난처럼 계획적인 행동이 아니었음을 강조
구 잠그겠수?"

발명을 하였으나,

"모르긴 왜 몰라요. 다아 알구서 한 짓이지. 그래 자물쇨 챌 때, 안
[02-③] 갑순이 할머니의 말에 대한 반박 - 불신과 부정적 감정이 담김.
에서 말하는 소리두 뭇 들었단 말예요? 듣구두 모른 체했지. 듣구 [C]
[02-③] 양 서방의 반응을 모른 척했을 것이라는 추측. 갑순 할머니에 대한 불신을 드러냄.
두 그냥 잠가 버린 거야."

하고, 갑득이 어미는 덮어놓고 시비만 걸려는 것을, 구경 나온 이웃 사람
[02-⑥] 갑순이 할머니에 대한 갑득이 어미의 부정적 감정으로 인해 갈등이 지속됨.
들이,

"아무러기서루니 갑순이 할머니께서 아시구야 그러셨겠소?"
[01-③] 갑순이 할머니를 두둔하며 갈등이 심화되는 것을 막음.
"노인이 되셔서 귀두 어두시구 그래 몰르셨지!"

하고 말들이 있었고, 정작, 양 서방이 또 머뭇거리다가,

"자물쇨 채실 때, 내가 얼른 소리를 냈어두 아셨을 텐데, 미처 못 그래
[03-②, ③] 양 서방이 뒷간에 갇혀 빠져나오지 못한 이유.
그리 된 거야." 갑득이 어미와 갑순이 할머니의 갈등을 완화하는 역할을 함.

하고, 그러한 말을 매우 겸연쩍게 하여, 갑득이 어미는 집주름집 마누라를
[03-④] 양 서방이 아내에게 보인 태도
좀 더 공박할 것을 단념하여 버릴 수밖에 없는 동시에,
[03-②] 양 서방의 말로 인해 갑득이 어미와 갑순이 할머니의 갈등이 완화됨.

㉤"오오, 그러니까, 채, 무어, 말할 새두 없이 문이 잠겨져서, 그냥 간
[04-⑤] 쉼표의 연이은 사용. 양 서방의 말(새로운 정보)을 바탕으로 사건을 파악함.
힌 채, 누구 오기만 기대린 게로군?"

"그래, 얼마 동안이나 들어가 있었어?"

"뭐어 오래야 갇혔겠수? 동안이야 잠깐이겠지만……."

* 불단집: 집 밖에도 전등을 단, 살림이 넉넉한 집.

01 갈등 양상 파악 답 ①

선지별 선택 비율	①	②	③	④	⑤
화작	41%	34%	11%	7%	5%
언매	49%	31%	9%	6%	3%

윗글에 대한 설명으로 가장 적절한 것은?

정답 딱! 톡!

→ 대문 밖까지 들림.
① 집 안에서의 대화가 이웃에 노출되어 인물의 속내가 드러난다.
→ 집주름 영감과 갑순이 할머니의 대화 → 갑순이 할머니의 속내

| ⑴ 한참 정이와 별의별 말이 다 오고 가고 하였을 때,(→ 갑득이 어미와 정이의 다툼) ~ 뜻밖에도 갑순이 할머니는 자기 딸의 역성을 들려고는 하지 않고, ~ 도리어 딸을 나무라던 것을, 갑득이 어미는 그 당장에는, 귀에 솔깃하여, ~ 뽐내도 보았던 것이나, 나중에 깨달으니, 그것은 얼토당토않은 생각으로,(→ 갑득이 어미가 갑순이 할머니의 속내를 알아채지 못함.) 갑순이 할머니가 그렇게 자기 딸을 꾸짖으며 한사코 집으로 데리고 들어간 것에는, "아, 그 배지 못헌 행랑것허구, 쌈이 무슨 쌈이냐?" "똥이 무서워 피허니? 더러우니까 피허는 게지!"(→ 자기 딸을

꾸짖은 갑순이 할머니의 속내)하고, 그러한 사상이 들어 있었던 것이 분명하였다.

| 〈2〉 사실, 을득이 녀석이 나중에 보고하는데 들으니까,(→ 갑득이 어미는 을득이의 보고를 듣고 갑순이 할머니의 속내를 알게 됨.) 저녁때 돌아온 집주름 영감이 그 얘기를 듣고 나자, "걔두 그만 분별은 있을 아이가, 그래 그런 상것허구 욕지거리를 허구 그러다니……." 쩻, 쩻, 쩻 하고 혀를 차니까, 늙은 마누라는 또 마주 앉아서, "그렇죠, 그렇구 말구요. 쌈을 허드래두 같은 양반끼리 해야지, 그런 것허구 허는 건, 꼭 하늘 보구 침 뱉기지. 그 욕이 다아 내게 돌아오지, 소용 있나요." 그리고 후유우 하고 한숨조차 내쉬는데, 방 안에서들 그러는 소리가 대문 밖까지 그대로 들리더라 한다. → 집주름 영감과 갑순이 할머니의 대화가 밖에까지 들려 인물의 속내가 드러남.

| 뭔말?

· 갑득이 어미와 정이가 다투는데, 갑순이 할머니가 자기 딸인 정이를 꾸짖으며 집으로 데리고 들어감. 이는 배우지 못한 행랑것(= 갑득이 어미)과는 싸우는 것이 아니며, 똥이 더러워 피한다는 속내 때문임.

· 이후 집주름 영감과 갑순이 할머니가 갑득이 어미를 '그런 상것'이라고 하며 대화를 나누는 내용이 대문 밖까지 들리면서 방 안의 대화가 대문 밖, 즉 이웃에 노출되어 인물의 속내가 드러나게 됨.

오답 땡!

② ~~서로의 말실수에 대한 비난~~이 인물 간 다툼의 원인임이 드러난다.
(서로의 말실수에 대한 비난 → 나타나지 않음. / 인물 간 다툼 → 정이와 갑득이 어미 간의 다툼, 갑득이 어미와 갑순이 할머니 간의 다툼)

| 〈1〉 한참 정이와 별의별 말이 다 오고 가고 하였을 때,~ "애최에 늬가 말 실수헌 게 잘못이지, 남을 탄해 뭘 허니?(→ 갑득이 어미와 정이의 다툼이 말실수와 관련됨.) 이게 모두 모양만 숭업구……, 온, 글쎄, 그만 허구 들어가아. 늬가 잘못했어. 네 잘못이야." 하고 도리어 딸을 나무라던 것을, 갑득이 어미는 그 당장에는, 귀에 솔깃하여, "그렇지. 자계가 먼저 말을 냈지. 나야 그저 대꾸헌 죄밖엔 없으니까. 잘했든 잘못했든 자계가 시초를 낸 게니까 ―― " → 정이의 말실수만 언급됨.

| 〈4〉 을득이한테 저의 아비(→ 양 서방)가 불단집 뒷간에 가 갇히어 있다는 말을 듣고, 어인 까닭을 모르는 채 그곳까지 뛰어온 갑득이 어미는, 대강 사정을 알자, 곧 이것은 평소에 자기에게 좋지 않은 생각을 품고 있는 갑순이 할머니가 계획적으로 한 일임에 틀림없다고 혼자 마음에 단정하고, → 갑순이 할머니에 대한 오해

| 뭔말?

· 정이를 나무라는 갑순이 할머니의 말로 보아, 정이와 갑득이 어미 간의 다툼은 정이의 말실수와 관련됨을 알 수 있음. 그러나 정이와 갑득이 어미가 서로의 말실수에 대해 비난하고 있는 것은 아니며, 말실수에 대한 비난이 다툼의 원인인지는 알 수 없음.

· 갑득이 어미와 갑순이 할머니의 다툼 원인은 양 서방이 뒷간에 갇힌 일과 그에 대한 갑득이 어미의 오해이므로 서로의 말실수에 대한 비난과는 관련이 없음.

③ 이웃의 갈등을 곁에서 지켜보고 있는 인물들의 ~~냉담함~~이 드러난다.
(냉담함 → 갑순이 할머니의 입장을 두둔하며 갑득이 어미를 진정시킴.)

| 〈4〉 갑득이 어미는 덮어놓고 시비만 걸려는 것을, 구경 나온 이웃 사람들이, "아무러기서루니 갑순이 할머니께서 아시구야 그러셨겠소?" "노인이 되셔서 귀두 어두시구 그래 몰르셨지!" 하고 말들이 있었고,

| 뭔말?

· 갑득이 어미와 갑순이 할머니 사이의 갈등을 지켜보던 이웃 사람들은 갑순이 할머니가 모르고 그랬을 것이라고 하며, 갑순이 할머니를 두둔하므로 인물의 냉담함은 나타나지 않음.

④ 이웃을 무시하는 인물의 차별적 언행을 ~~함께 견디어 내려는 사람들의 결연함~~이 드러난다.
(함께 견뎌 내려는 모습도, 결연함도 나타나지 않음.)

| 〈1〉 "아, 그 배지 못헌 행랑것허구, 쌈이 무슨 쌈이냐?"

| 〈2〉 사실, 을득이 녀석이 나중에 보고하는데 들으니까, 저녁때 돌아온 집주름 영감이 그 얘기를 듣고 나자, "걔두 그만 분별은 있을 아이가, 그래 그런 상것허구 욕지거리를 허구 그러다니……." 쩻, 쩻, 쩻 하고 혀를 차니까, 늙은 마누라는 또 마주 앉아서, "그렇죠, 그렇구 말구요. 쌈을 허드래두 같은 양반끼리 해야지, 그런 것허구 허는 건, 꼭 하늘 보구 침 뱉기지. 그 욕이 다아 내게 돌아오지, 소용 있나요." 그리고 후유우 하고 한숨조차 내쉬는데, 방 안에서들 그러는 소리가 대문 밖까지 그대로 들리더라 한다.

| 뭔말?

· 갑순이 할머니와 집주름 영감이 이웃을 무시하는 차별적 언행을 함.

· 이를 을득이가 듣고 갑득이 어미에게 전했지만, 차별적 언행을 함께 견뎌 내려는 사람들의 결연함은 나타나지 않음.

⑤ 곤경에 빠진 가족의 상황을 다른 가족에게 전한 것이 ~~이웃 간 앙금을 씻는 계기~~가 됨이 드러난다.
(이웃 간 앙금을 씻는 계기 → 갑득이 어미가 앙금을 표출하는 계기)

| 〈4〉 을득이한테 저의 아비가 불단집 뒷간에 가 갇히어 있다는 말을 듣고, ~ 갑득이 어미는, 대강 사정을 알자, 곧 이것은 평소에 자기에게 좋지 않은 생각을 품고 있는 갑순이 할머니가 계획적으로 한 일임에 틀림없다고 혼자 마음에 단정하고, ~ 갑득이 어미는 덮어놓고 시비만 걸려는 것을, → 앙금 표출

| 뭔말?

· 을득이가 '저의 아비(양 서방)'가 뒷간에 갇힌 사실을 갑득이 어미에게 전하고, 갑득이 어미는 갑순이 할머니가 계획적으로 한 일이라 여겨 갑순이 할머니에게 시비를 걸고 있음. → 갑순이 할머니에 대한 갑득이 어미의 앙금 표출

· 갑순이 할머니는 자신은 모르고 한 일이라며 변명함. 이웃 사람들이 갑순이 할머니의 편에서 두둔하고 양 서방이 자기 잘못이 있다는 투로 말하자, 갑득이 어미는 할 수 없이 갑순이 할머니에 대한 공박을 단념하나, 앙금이 씻긴 것은 아님.

매웠지?

꿀피스 Tip!

▸ 이 문제는 사건의 인과 관계를 정확히 분석해 내는 것이 중요했어. **지문의 내용에서 이끌어 낼 수 있는 것인지 아닌지를 잘 판단했어야 하는데, 이때 주관적인 판단이 개입된 경우가 많았던 것 같아.**

▸ 함정 선지 ②를 보자. '서로의 말실수에 대한 비난', '인물 간 다툼의 원인'이 제시되었으니, 이에 관한 내용을 지문에서 확인해 봐야겠지. 먼저 인물 간의 다툼이 나타난 부분을 찾아봐야 해. 지문에는 크게 두 가지 다툼이 나오지? 정이와 갑득이 어미의 다툼, 갑득이 어미와 갑순이 할머니의 다툼. 각각이 왜 싸우게 되었는지 확인해 봐야 해. **그런데 여기서 중요한 것은 절대로 선지의 몇몇 단어가 작중 상황과 관련된다고 그것을 맞는 설명으로 착각해서는 안 된다는 거야.**

▸ 무슨 말이냐고? 먼저 정이와 갑득이 어미의 다툼에서 이를 말리는 갑순이 할머니의 말에 '(정이) 늬가 말 실수헌 게 잘못'이라는 말이 나와. 딱 여기까지만 보고 생각했겠지? "아, 정이와 갑득이 어미의 다툼은 정이의 말실수가 원인이 되었구나."라고. 그렇게 추론할 수도 있어. 선지에 '말실수'라는 말이 나오네. 게다가 갑득이 어미의 '자계가 먼저 말을 냈지, 나야 그저 대꾸헌 죄밖엔 없으니까.'라는 말을 바탕으로 "정이와 갑득이 어미가 서로 말실수를 했나 보군."이라고 판단할 수도 있어. 선지에 '서로의 말실수'라고 나오고, 갑득이 어미는 정이를 비난하는 투인 것 같으니, "아, 정답이네." 하고 ②를 선택했겠지.

▸ 그런데 여기서 중요한 것은 '다툼의 원인'이야. 이들이 다투게 된 이유는 '말실수' 때문이야. 그럼 '비난'은? 다투는 과정에서 서로 비난했을 수는 있겠지. 이 말은 '비난'은 다툼의 원인이 아닌 다툼의 과정이라는 거야. 두 사람이 서로의 말실수에 대해 비난하면서 싸웠다고 볼 여지도 있겠지만, 여기서 잘못된 것은 '원인'이 무엇인가야. 앞서 말했지만 다툼의 원인은 '말실수'이지 '비난'이 아니야.

▸ 이번에는 갑득이 어미와 갑순이 할머니의 다툼을 보자. 갑득이 어미가 갑순이 할머니를 비난하는 것에는 갑순이 할머니의 차별적인 언행, 즉 말실수에 대한 앙금이 작용하고 있어. 여기까지만 작중 상황을 판단할 학생들을 위해 출제자가 함정을 만들어 놓았지. '말실수', '비난', '다툼의 원인'. 이 세 가지 말만 보면 적절한 설명 같잖아. 그런데 아니지. 갑득이 어미와 갑순이 할머니가 갈등하게 된 원인은 갑순이 할머니가 뒷간 문을 잠금으로써 양 서방이 갇히게 된 일 때문이지, 서로의 말실수 때문은 아니잖아. 이처럼 갈등의 과정을 갈등의 원인인 것처럼 함정을 만들어 놓기도 하는데, ②를 선택한 학생들은 안타깝게도 이 함정에 빠지고 만 거야. 이런 함정에 빠지지 않으려면 무엇 때문에 싸우게 되었는지, 그 계기를 찾는 것이 중요해. 그것이 갈등의 원인이니까.

▸ 정답 선지 ①은 '방 안에서들 그러는 소리가 대문 밖까지 그대로 들리더라'라는 구절만 보더라도 적절하다는 것을 금방 알 수 있는데, 선택률은 낮은 편이야. 왜 그럴까? 일단은 선지 ①의 판단 근거가 되는 문장이 ⓒ의 밑줄로 제시되어 있지? 그게 왜? ①을 선택하지 않은 학생들 중에는 'ⓒ에 관한 문제는 뒤에 나오니 출제자가 ⓒ을 이번 문제의 정답 힌트로 줄 리가 없다.'는 생각(왜 출제자의 의도를 생각하고 있는지…… ①의 적절성을 판단하는 근거가 되는지만 생각하면 되는데, 너무 생각이 많았던 거야.) 그리고 '이렇게 쉽게 정답을 제시했을 리가?' 하는 의심과 불안 등을 느꼈을 확률이 커. 이 때문에 다른 선지에 주어지는 함정에 혹했을 가능성이 있지. 예를 들어 ②는 '말실수', '비난'에 혹하고, ③은 이웃들이 갑순이 할머니를 두둔한 것을 갑득이 어미에 대한 '냉담함'으로 판단하고, ④와 ⑤는 '차별적 언행', '앙금'이라는 단어만 보고 적절성을 판단하는 식인 거지.

▸ 언제나 늘 항상 하는 말이지만, 주관적 판단은 절대 금물이야. 출제자의 의도를 판단하는 것도 자기 주관일 수밖에 없어. 선지의 적절성은 무조건 지문에서 근거를 찾아 판단해야 해. 그러려면 선지의 내용을 지문에서 다시 확인해 보는 과정을 거쳐야겠지. 선지만 대충 읽고 맞는 설명이네 하고 지문에서 확인하는 과정이 없이 넘어가면 안 돼. 그러면 결국에는 함정에 빠질 수밖에 없어. 지문에서 다시 한번 확인은 필수! 잊지 말자.

02 대화의 의도 파악 답 ④

선지별 선택 비율	①	②	③	④	⑤
화작	4%	2%	5%	83%	3%
언매	2%	1%	4%	88%	2%

[A]~[C]에 대한 설명으로 적절하지 않은 것은?

정답 띵! 동!

→ 뒷간에 가둠. → 양 서방이 미움

④ [A]에서 인물은 상대의 행위와 동기를 함께 비난하고, [B]에서 인물은 ~~상대의 비난을 파악하지 못해~~ 자신의 행위에 대해서만 인정한다.

└→ 갑득이 어미의 비난을 파악함.

| [A] "아아니, 그래, 애아범이 미우면(→ 행위의 동기) 으떻게는 뭇 해서, 그 더러운 뒷간 숙에다 글쎄 가둬야만(→ 상대의 행위) 헌단 말예요? 그래 노인이 심사를 그렇게 부려야 옳단 말예요?"

| [B] "그건, 괜한 소리유, 괜한 소리야. 이 늙은 사람이 미쳐서 남을 뒷간 속에다 가둬?(→ 상대의 비난을 파악함.) 모르구 그랬지, 모르구 그랬어. 난 꼭 아무두 없는 줄만 알구서, 그래, 모르구 자물쇨 챘지.(→ 자신의 행위 인정) 온, 알구야 왜 미쳤다구 잠그겠수?"

| 뭔말?

· [A]에서 갑득이 어미는 갑숙이 할머니가 애아범(양 서방)을 미워하여(→ 동기) 뒷간에 가두는 행위를 했다며 비난함.

· [B]에서 갑숙이 할머니는 갑득이 어미의 비난을 '괜한 소리'라고 하며 자신이 자물쇠를 채운 것은 모르고 한 행동이라며 변명함. 즉, 갑득이 어미의 비난을 파악하고 변명하는 것임.

오답 땡!

→ 애아범(양 서방)이 미워서 일부러 한 행동으로 판단

① [A]에서 인물은 상대의 행위가 옳지 않다고 판단하여, 반복적으로 추궁하며 상대가 잘못했음을 분명히 한다.

| 〈4〉 갑득이 어미는, 대강 사정을 알자, 곧 이것은 평소에 자기에게 좋지 않은 생각을 품고 있는 갑순이 할머니가 계획적으로 한 일임에 틀림없다고 혼자 마음에 단정하고, → 갑순이 할머니의 행위가 옳지 않다고 판단함.

| [A] "아아니, 그래, 애아범이 미우면 으떻게는 뭇 해서,(→ 상대 행위에 옳지 않은 의도가 있는 것으로 판단함.) 그 더러운 뒷간 숙에다 글쎄 가둬야만 헌단 말예요? 그래 노인이 심사를 그렇게 부려야 옳단 말예요?"→ 반복적 추궁

| 뭔말?

· 갑득이 어미는 '애아범(양 서방)이 미워'서 갑순이 할머니가 계획적으로 양 서방을 뒷간에 가둔 것이라고 여김. → 갑순이 할머니의 행위가 옳지 않다고 판단함.

· 또한 갑순이 할머니가 뒷간에 자물쇠를 채워 양 서방을 갇히게 한 일에 대해 "~가둬야만 헌단 말예요?", "옳단 말예요?"와 같이 반복적으로 추궁하며 갑순이 할머니가 잘못했음을 분명히 함.

→ 갑순이 할머니가 계획적으로 뒷간 문을 잠근 것이라는 갑득이 어미의 주장

② [B]에서 인물은 상대의 주장이 사실과 다르다며, 모르고 그랬다는 말을 반복함으로써 자신의 억울함을 알린다.

| [B] "그건, 괜한 소리유, 괜한 소리야. 이 늙은 사람이 미쳐서 남을 뒷간 속에다 가둬? 모르구 그랬지, 모르구 그랬어. 난 꼭 아무두 없는 줄만 알구서, 그래, 모르구 자물쇨 챘지. 온, 알구야 왜 미쳤다구 잠그겠수?"

| 뭔말?

· 갑순이 할머니는 양 서방이 미워서 그를 뒷간에 가두었을 것이라는 갑득이 어미의 주장은 사실과 다르다고 하면서 '모르구 그랬지, 모르구 그랬어'와 같이 말하며(→ 반복) 자신의 억울함을 알림.

→ 갑득이 어미 → 갑순이 할머니

③ [C]에서 인물은 추측을 바탕으로 상대의 발언이 신뢰하기 어렵다고 반박하고, 상대의 반응에 아랑곳하지 않고 거짓으로 답했다며 몰아붙인다.

| [C] "모르긴 왜 몰라요. 다아 알구서 한 짓이지.(→ 갑득이 어미의 추측과 반박) 그래 자물쇨 챌 때, 안에서 말하는 소리 두 뭇 들었단 말예요? 듣구두 모른 체했지. 듣구두 그냥 잠가 버린 거야..(→ 갑득이 어미의 추측)"

| 뭔말?

· 갑득이 어미의 반박: 갑순이 할머니가 다 알고 한 일일 것이라고 추측하며, 모르고 자물쇠를 채웠다는 갑순이 할머니의 말을 신뢰할 수 없다고 반박함.

· 갑득이 어미의 주장: 갑순이 할머니가 뒷간에 있던 양 서방의 소리를 못 들었을 리 없음. 따라서 뒷간에 아무도 없는 줄 알았다는 갑순이 할머니의 말은 거짓임.

갑득이 어미 / 갑순이 할머니 / 갑순이 할머니

⑤ [A]에서 인물이 상대에게 화를 내자, [B]에서 인물은 당황하며 자신을 방어하지만, [C]에서 갈등 상황은 지속된다.

| [A] "아아니, 그래, 애아범이 미우면 으떻게는 못 해서, 그 더러운 뒷간 숙에다 글쎄 가둬야만 헌단 말예요? 그래 노인이 심사를 그렇게 부려야 옳단 말예요?"
→ 갑득이 어미가 갑순이 할머니에게 화를 냄.

| <4> 갑순이 할머니는, 그것은 전혀 예기하지 못하였던 억울한 말(→ [A])이라, 그래, 눈을 둥그렇게 뜨고, 손조차 내저어 가며,

| [B] "그건, 괜한 소리(→ [B])유, 괜한 소리야. 이 늙은 사람이 미쳐서 남을 뒷간 속에다 가둬? 모르구 그랬지, 모르구 그랬어. 난 꼭 아무두 없는 줄만 알구서, 그래, 모르구 자물쇨 챘지. 온, 알구야 왜 미쳤다구 잠그겠수?" → 갑순이 할머니의 변명

| [C] "모르긴 왜 몰라요. 다아 알구서 한 짓이지. 그래 자물쇨 챌 때, 안에서 말하는 소리두 못 들었단 말예요? 듣구두 모른 체했지. 듣구두 그냥 잠가 버린 거야." → 갑순이 할머니의 말을 믿지 않는 갑득이 어미

| <4> 하고, 갑득이 어미는 덮어놓고 시비만 걸려는 것을

| 뭔말?

· [A]에서 갑득이 어미는 갑순이 할머니가 애아범이 미워서 일부러 뒷간에 가두었다며 화를 냄.

· [B]에서 갑순이 할머니는 '전혀 예기하지 못하였던 억울한 말'에 당황하여 손을 내저으며 자신은 모르고 한 일이라며 자신을 방어함.

· [C]에서 갑득이 어미는 갑순이 할머니의 말을 믿지 않으며 계속 시비를 걸고 있으므로 갈등 상황이 지속됨을 알 수 있음.

03 인물에 대한 이해

답 ①

선지별 선택 비율	①	②	③	④	⑤
화작	30%	14%	19%	28%	7%
언매	35%	10%	18%	30%	6%

집주름 영감과 양 서방에 대한 이해로 가장 적절한 것은?

정답 띵!동!

→ '상것'과 싸우는 것은 분별없는 행동이기 때문

① 집주름 영감이 딸의 행동을 분별없다고 탓한 이유는 아내가 갑득이 어미 앞에서 딸을 나무란 뒤 남편에게 밝힌 생각과 같다.
→ 싸움도 같은 양반끼리 하는 것이지 '그런 것'과 싸우는 것이 아님.

| <1> 저녁때 돌아온 집주름 영감이 그 얘기(= 정이와 갑득이 어미의 다툼 이야기)를 듣고 나자, "걔두 그만 분별은 있을 아이가, 그래 그런 상것(= 갑득이 어미)허구 욕지거리를 허구 그러다니……." 쩻, 쩻, 쩻 하고 혀를 차니까, 늙은 마누라는 또 마주 앉아서, "그렇죠, 그렇구 말구요. 쌈을 허드래두 같은 양반끼리 해야지, 그런 것(= 상것, 갑득이 어미) 허구 허는 건, 꼭 하늘 보구 침 뱉기지. 그 욕이 다아 내게 돌아오지, 소용 있나요."

| 뭔말?

· 집주름 영감이 딸 정이의 행동을 분별없다고 탓한 이유 = 갑순이 할머니가 집주름 영감에게 밝힌 생각 = 양반이 '상것'과 욕지거리하며 싸우는 것은 분별없는 일임.

오답 땡!

→ 갑순이 할머니

② 집주름 영감은 아내와 갑득이 어미의 갈등이 ~~드러나지 않게 하는~~, 양 서방은 결과적으로 이들의 갈등을 완화하는 역할을 한다.
→ 심화되게 함.

| <2> 사실, 을득이 녀석이 나중에 보고하는데 들으니까, 저녁때 돌아온 집주름 영감이 그 얘기를 듣고 나자, "걔두 그만 분별은 있을 아이가, 그래 그런 상것허구 욕지거리를 허구 그러다니……." 쩻, 쩻, 쩻 하고 혀를 차니까,

| <4> 갑득이 어미는, 대강 사정을 알자, 곧 이것은 평소에 자기에게 좋지 않은 생각을 품고 있는 갑순이 할머니가 계획적으로 한 일임에 틀림없다고 혼자 마음에 단정하고, → 집주름 영감과 갑순이 할머니의 대화가 갑득이 어미와 갑순이 할머니의 갈등에 영향을 줌.

| <4> 정작, 양 서방이 또 머뭇거리다가, "자물쇨 채실 때, 내가 얼른 소리를 냈어두 아셨을 텐데, 미처 못 그래 그리 된 거야." 하고, 그러한 말을 매우 겸연쩍게 하여, 갑득이 어미는 집주름집 마누라를 좀 더 공박할 것을 단념하여 버릴 수밖에 없는 동시에, → 갈등의 완화

| 뭔말?

· 갑득이 어미는 을득이의 '보고'를 통해 집주름 영감이 자신을 '상것'으로 취급하였으며 갑순이 할머니도 같은 생각을 하고 있음을 알게 됨. → 을득이를 통해 집주름 영감의 말을 들은 갑득이 어미는 갑순이 할머니와 갈등하고 있으므로, 집주름 영감은 아내 갑순이 할머니와 갑득이 어미의 갈등을 심화하는 역할을 함.

· 갑순이 할머니와 갈등하던 갑득이 어미가 남편인 양 서방의 말을 듣고 공박을 단념하므로, 양 서방이 결과적으로 갑순이 할머니와 갑득이 어미의 갈등을 완화하는 역할을 하는 것은 맞음.

③ 양 서방이 여러 궁리를 하면서도 뒷간을 빠져나오지 못한 이유는 아내에게 밝힌 사건의 경위와 ~~무관하다~~.
→ 관련됨.

| <3> 인제는 할 수가 없으니, 소리를 한번 질러 볼까? —— 하기도 하였으나, 이러한 경우에 있어, 사람들은, 흔히 자기가 꼭 어떠한 수상한 인물인 듯싶게 스스로 느껴지는 경향이 있다. 그래, 그는 생각 끝에, "아, 누가 문을 잠갔어어어?" "문 좀 여세요오. 아, 누가……." 하고, 제법 외치지도 못하고 그저 중얼대며, 한참이나 문을 잡아, 흔들어 자물쇠 소리만 덜거덕거렸던 것이다.

| <4> 정작, 양 서방이 또 머뭇거리다가, "자물쇨 채실 때, 내가 얼른 소리를 냈어두 아셨을 텐데, 미처 못 그래 그리 된 거야."

| 뭔말?

· 양 서방이 뒷간을 빠져나오지 못한 이유 = 뒷간에 갇혀 여러 궁리를 하나 자기가 수상한 인물인 것처럼 느껴질까 봐 문 열어 달라고 크게 외치지 못함.

· 아내에게 밝힌 사건의 경위: 양 서방은 자신이 소리를 내었으면 갑순이 할머니가 알았을 것인데, 자신이 소리를 내지 않았음을 밝힘.

· 정리하면, 양 서방이 뒷간을 빠져나오지 못한 것은 소리를 크게 내지 않은 것 때문으로 아내에게 밝힌 사건 경위와 관련됨.

④ 양 서방은 아내가 갑순이 할머니에게 한 말과 이에 대한 이웃들의 반응을 듣고도 아내에게 ~~무덤덤한 태도~~를 보이고 있다.
→ 매우 겸연쩍은 태도

| <4> 정작, 양 서방이 또 머뭇거리다가, "자물쇨 채실 때, 내가 얼른 소리를 냈어두 아셨을 텐데, 미처 못 그래 그리 된 거야." 하고, 그러한 말을 매우 겸연쩍게 하여, 갑득이 어미는 집주름집 마누라를 좀 더 공박할 것을 단념하여 버릴 수밖에 없는 동시에,

| 뭔말?

· 갑득이 어미가 갑순이 할머니를 몰아붙이는데, 이에 대해 이웃들이 갑순이 할머니가 모르고 그랬을 것이라며 두둔함. 이 상황에서 양 서방은 '머뭇거리다가' 아내인 갑득이 어미에게 자신이 소리를 내지 않은 탓이라며 '매우 겸연쩍게' 말함.

· '무덤덤한 태도'는 마음에 아무 느낌이 없이 말하는 것인데 양 서방은 '겸연쩍게(= 쑥스럽거나 미안하여 어색하게)' 말하고 있으므로, 무덤덤한 태도는 적절하지 않음.

⑤ 양 서방이 자신의 상황을 갑순이 할머니에게 알리지 못했다고 말한 것은 누가 뒷간 문을 잠갔는지~~에 대한 의문이 풀려서~~ 화가 누그러졌기 때문이다.
→ 이미 알고 있었음.

| 〈3〉 그는 아무리 상고하여 보아도 도무지 나갈 도리가 없는 것에 은근히 울화가 올랐다. '제 집 뒷간두 아니구 남의 집 것을 그렇게 기가 나서 꼭꼭 잠그구 그럴 건 뭐 있누? 늙은이두 제엔장헐…….' → 양 서방은 갑순이 할머니가 뒷간 문을 잠근 것에 화가 남.

| 뭔말?

· 양 서방은 뒷간 문이 잠길 때 그것을 잠근 사람이 갑순이 할머니인 것을 알고 있었음. 즉, 양 서방은 갑득이 어미와 갑순이 할머니의 갈등 상황 이전부터 누가 뒷간 문을 잠갔는지 알고 있었음.

매웠지?

꿀피스 Tip!

▸ 이 문제는 지문 속 표현이나 선지의 표현에 대한 이해가 부족해서 정답률이 낮았던 것으로 보여. 사실 지문에 제시된 소설 내용이 어려운 것은 아닌데, 지문이나 선지에 사용된 말을 잘못 이해한 경우가 많았던 것 같아. 먼저 함정 선지인 ④를 봐. '무덤덤한 태도'라는 말이 나오지? '무덤덤하다'는 것이 뭐야. 인물의 감정이 겉으로 잘 드러나지 않을 때 무덤덤하다고 하잖아. 양 서방이 뒷간에 갇힌 일로 갑득이 어미와 갑순이 할머니가 갈등하고, 이웃들이 갑순이 할머니가 모르고 한 일 같다고 편들어 줄 때 양 서방은 무얼 하고 있었지? 갈등 상황의 후반부에 '머뭇거리고', '겸연쩍게'의 반응만 보이네.

▸ 그런데 이 '겸연쩍다'의 뜻을 정확하게 알지 못한 학생들이 ④를 많이 선택한 것 같아. 갈등 상황에서 양 서방은 적극적이기보다는 소극적인 모습을 보이고 있는데, 별 반응이 없는 태도이므로 '무덤덤한 태도'라고 잘못 이해한 거지. 여기서 어휘력의 중요성을 강조하지 않을 수가 없어. 어휘력이 떨어지면 내용 이해력이 떨어질 뿐만 아니라, 이 문제처럼 선지 ④에 마련된 함정, 즉 '무덤덤하다'에 빠질 수밖에 없는 거야. '겸연쩍다'는 '쑥스럽거나 미안하여 어색하다.'라는 말인데, 지문에서 양 서방이 아내인 갑득이 어미에게 말할 때 '매우 겸연쩍게 하'였다고 했어. 절대 무덤덤한 게 아니지? 수능에서 어휘력은 반드시 갖추어야 할 아주 중요한 요소야. 어휘력은 하루아침에 키울 수 있는 게 아니야. 그럼 어떻게 해야 할까? 평소에 잘 모르거나 어려운 단어가 있으면 사전에서 그 뜻을 찾아보고 정리해 두는 습관을 들여야겠지. 너무 뻔한 소리지만, 국어에서 모든 독해와 감상을 위해서는 필수적으로 해야 할 일이야.

▸ 그렇다면 정답 선지인 ①을 선택하지 않았다면 왜 그랬을까? ①의 '아내가 갑득이 어미 앞에서 딸을 나무란 뒤 남편에게 밝힌'이라는 표현 때문인 것 같아. 갑순이 할머니가 딸 정이를 나무란 일은 집주름 영감과 대화를 나누기 이전이잖아. 대화는 집주름 영감이 저녁때 돌아온 이후야. ①에서 '아내가 갑득이 어미 앞에서 딸을 나무란 뒤'는 갑순이 할머니가 갑득이 어미와 다투는 딸을 데리고 집으로 들어온 이후라는 의미야. 그리고 '남편에게 밝힌 생각'은 집주름 영감이 집에 돌아왔을 때 갑순이 할머니가 한 말이고. 다시 정리하자면 ①의 '딸을 나무란 뒤 남편에게 밝힌'이란 말은 '아내가 딸을 나무란 일이 있고 난 이후에(이 표현에는 시간의 흐름까지도 포함되어 있어.) 남편과 대화하면서 밝힌 생각'이라는 말이야. 그런데 '딸을 나무란 뒤 남편에게 밝힌'을 '딸을 나무란 일에 바로 이어서', 즉 갑순이 할머니가 딸을 나무라며 집으로 들어오고 이때 집 안에 있는 '남편에게 밝힌 생각'으로 해석한 거지. 선지 ①의 '나무란 뒤'의 '뒤'를 '바로 직후'의 시간으로 생각해서 지문 속의 '저녁때 돌아온'과 내용상 일치하지 않는다고 생각해서 적절하지 않은 설명으로 판단한 거야. 그런데 안타깝게도 '뒤'라는 단어에는 '시간상 다음이나 나중'이라는 뜻이 들어 있어. 즉 '바로 다음'이라는 의미도 있지만 '나중'이라는 의미도 있다는 말이야.

▸ 선지 ①에서는 '나중'의 의미로 사용된 거야. 사실 '뒤'라는 말이 오해를 불러일으킬 만한 단어였어. 그러니 ①의 선택률이 30%대로 나올 만했겠지. 앞서 말했지만 그래서 수능에서는 어휘력이 아주 많이, 매우 중요한 거야. 국어는 단어 하나, 조사나 어미 하나만 바꾸어도 그 뜻이 완전히 달라지기 때문에 출제자들이 함정을 만드는 데 활용하기에 아주 좋거든. 이런 함정에 빠지지 않는 것은 하루아침에 해결될 수 있는 게 아니야. 그저 평소에 꾸준히 정도를 걷는다는 마음으로, 단어 하나, 조사나 어미 하나도 꼼꼼히 살피며 글을 읽고 문제를 푸는 연습을 열심히 하는 수밖에.

매운맛 픽

04 외적 준거에 따른 작품 감상 답 ②

선지별 선택 비율	①	②	③	④	⑤
화작	8%	43%	19%	8%	20%
언매	7%	49%	15%	7%	20%

〈보기〉를 참고하여 ㉠~㉤을 이해한 내용으로 적절하지 않은 것은? [3점]

보기

서술자는 자신의 시선만으로 서술하기도 하고 인물의 시선으로 초점화하여 서술하기도 한다. 그런데 이 작품에서는 두 서술 방식이 겹쳐 나타나는 경우가 있다. 이때 서술자는 인물과 거리를 둠으로써 그들의 말이나 생각, 감정 등에 대한 태도를 드러낸다. 이 밖에도 쉼표의 연이은 사용은 시간의 지연이나 인물의 상황 등을 드러낸다. 이러한 서술 기법은 문맥 속에서 글의 의미를 다양하게 보충한다.

정답 띵!동!

→ 서술자가 인물의 추측 제시 → 갑득이 어미가 깨달은 바 서술

② ㉡: 서술자 시선의 서술과 인물의 시선으로 초점화한 서술이 겹쳐 나타난 것은, ~~상황을 잘못 인지한 채~~ 상대의 생각을 추측하는 인물에게 서술자가 거리를 두고 있음을 드러낸 것이겠군.
→ 상황을 정확히 인지함.

| 〈보기〉 서술자는 자신의 시선만으로 서술하기도 하고 인물의 시선으로 초점화하여 서술하기도 한다. 그런데 이 작품에서는 두 서술 방식이 겹쳐 나타나는 경우가 있다. 이때 서술자는 인물과 거리를 둠으로써 그들의 말이나 생각, 감정 등에 대한 태도를 드러낸다.

| 〈1〉 갑득이 어미는 그 당장에는, 귀에 솔깃하여,(→ ㉡ 이전: 갑순이 할미가 딸을 나무라는 상황을 잘못 인지했음.) ~ 나중에 깨달으니, 그것은 얼토당토않은 생각으로,(→ 상황을 정확하게 인지하게 됨.) 갑순이 할머니가 그렇게 자기 딸을 꾸짖으며 한사코 집으로 데리고 들어간 것에는, ㉡ "아, 그 배지 못한 행랑것허구, 쌈이 무슨 쌈이냐?" "똥이 무서워 피하니? 더러우니까 피하는 게지!" 하고, 그러한 사상이 들어 있었던 것이 분명하였다. → ㉡: 갑득이 어미가 나중에 깨달은 것 = 상황을 제대로 인지함.

| 뭔말?

· ㉡은 서술자가 갑득이 어미의 추측, 생각을 제시한 것임. = 서술자 시선의 서술이면서 인물(갑득이 어미)의 시선으로 초점화한 서술이 겹침.

· 그런데 갑득이 어미는 갑순이 할머니가 자기 딸을 꾸짖는 상황에 대해 잘못 인지했다가 나중에 ㉡을 깨달음. 갑득이 어미가 상황을 잘못 인지한 것은 ㉡의 깨달음이 있기 이전이며, ㉡은 갑득이 어미가 나중에 깨달은 것으로 상황을 정확히 인지하고 추측한 것임.

· 정리하면, ㉡은 서술자의 시선에 따른 서술과 인물의 시건으로 초점화된 서술이 겹치는 것은 맞음. 그러나 갑득이 어미가 상황을 제대로 인지하고 갑순이 할머니의 생각을 추측한 것임.

오답 땡!

정이의 역성을 들지 않는 갑순이 할머니의 진짜 속마음

① ㉠: 말줄임표 이후 쉼표를 연이어 사용한 것은, 인물이 자신의 생각을 감추거나 다른 할 말을 떠올리면서 시간의 지연이 있음을 드러낸 것이겠군.

| 〈보기〉 쉼표의 연이은 사용은 시간의 지연이나 인물의 상황 등을 드러낸다.

| 〈1〉 뜻밖에도 갑순이 할머니는 자기 딸의 역성을 들려고는 하지 않고, ㉠"애최에 늬가 말 실수헌 게 잘못이지, 남을 탄해 뭘 허니? 이게 모두 모양만 숭업구……, 온, 글쎄, 그만 허구 들어가아. 늬가 잘못했어. 네 잘못이야." 하고 도리어 딸을 나무라던 것을, → ㉠: 갑순이 할머니가 자신의 속마음을 감추고, 딸을 데리고 집으로 들어가기 위해 한 말

| 〈2〉 늙은 마누라는 또 마주 앉아서, "그렇죠, 그렇구 말구요. 쌈을 허드래두 같은 양반끼리 해야지, 그런 것허구 허는 건, 꼭 하늘 보구 침 뱉기지. 그 욕이 다아 내게 돌아오지, 소용 있나요." → ㉠에서 갑순이 할머니가 진짜로 하고 싶었던 말

| 뭔말?

· 을득이가 들은 갑순이 할머니의 말을 참고할 때, ㉠에서 갑순이 할머니가 자기 딸을 꾸짖는 것은 딸의 잘못 때문이 아니라 '모양만 숭업'는 것, 즉 '상것'과 욕지거리하며 싸운 것 때문임. → ㉠에서 쉼표의 연이은 사용은 갑득이 어미를 '상것'으로 여기는 할머니가 진짜 하고 싶은 말을 감추거나 다른 말을 떠올리기 위한 시간 지연을 나타낸 것으로 볼 수 있음.

인물의 시선으로 초점화하여 서술 / 서술자의 시선으로 서술

③ ㉢: 말을 전하는 '~라 한다'의 주체가 인물일 수도 있고 서술자일 수도 있게 서술한 것은, 인물의 경험을 전하기만 하고 특정 인물의 편에 서지 않으려는 서술자의 태도를 드러낸 것이겠군.

→ 인물과 거리를 둠.

| 〈보기〉 이 작품에서는 두 서술 방식이 겹쳐 나타나는 경우가 있다. 이때 서술자는 인물과 거리를 둠으로써 그들의 말이나 생각, 감정 등에 대한 태도를 드러낸다.

| 〈2〉 사실, 을득이 녀석이 나중에 보고하는데 들으니까, ~ ㉢ 그리고 후유우 하고 한숨조차 내쉬는데, 방 안에서들 그러는 소리가 대문 밖까지 그대로 들리더라 한다.

| 뭔말?

· ㉢은 '~라 한다'는 인용을 나타내는 표현으로, 말을 전하고 있는 주체가 '을득이'일 수도 있고, 서술자일 수도 있게 서술함. → 〈보기〉에 따르면, 두 서술 방식을 겹쳐 사용하여 인물과 거리를 두려는 서술자의 태도를 드러낸 것임.

· '~라 한다'의 주체가 '을득이'일 경우: '누군가'가 "방 안에서 한 소리가 대문 밖까지 그대로 들리더라"라고 을득이에게 말하였고, 이 말을 을득이가 전하는 경우

· '~라 한다'의 주체가 서술자일 경우: '을득이'가 자기 엄마(갑득이 어미)에게 "방 안에서 한 소리가 대문 밖까지 그대로 들리더라(구요)"라고 한 말을 서술자가 '~라 한다'라고 인용한 경우

④ ㉣: 인물의 생각에 대해 쉼표를 연이어 사용하며 설명한 것은, 인물이 생각을 실행에 옮기지 못하고 망설이는 상황을 드러낸 것이겠군.

→ 뒷간에서 나가기 위해 소리를 질러 볼까 하는 생각

| 〈보기〉 쉼표의 연이은 사용은 시간의 지연이나 인물의 상황 등을 드러낸다.

| 〈3〉 ㉣인제는 할 수가 없으니, 소리를 한번 질러 볼까? —— 하기도 하였으나, 이러한 경우에 있어, 사람들은, 흔히 자기가 꼭 어떠한 수상한 인물인 듯싶게 스스로 느껴지는 경향이 있다. 그래, 그는 생각 끝에, "아, 누가 문을 잠갔어어어?" "문 좀 여세요오. 아, 누가……." 하고, 그러한 말을 제법 외치지도 못하고 그저 중얼대며, 한참이나 문을 잡아, 흔들어 자물쇠 소리만 덜거덕거렸던 것이다.

| 뭔말?

· ㉣에서 양 서방은 뒷간에서 나가기 위해 소리를 한번 질러 볼까 생각하면서도 수상한 인물로 느껴질까 봐 망설이고 있음. 여기에서는 쉼표의 연이은 사용으로 양 서방이 소리를 질러 봐야겠다는 생각을 실행으로 옮기지 못하고 망설이는 상황을 효과적으로 드러냄.

양 서방의 말: 자물쇠를 채울 때 소리를 내지 않았다는 정보

⑤ ㉤: 감탄사 이후 쉼표를 연이어 사용한 것은, 인물이 새로운 정보를 바탕으로 사건을 파악하는 상황을 드러낸 것이겠군.

| 〈보기〉 쉼표의 연이은 사용은 시간의 지연이나 인물의 상황 등을 드러낸다.

| 〈4〉 정작, 양 서방이 또 머뭇거리다가, "자물쇨 채실 때, 내가 얼른 소리를 냈어두 아셨을 텐데, 미처 못 그래 그리 된 거야." 하고, 그러한 말을 매우 겸연쩍게 하여, 갑득이 어미는 집주름집 마누라를 좀 더 공박할 것을 단념하여 버릴 수밖에 없는 동시에, ㉤ "오오, 그러니까, 채, 무어, 말할 새두 없이 문이 잠겨져서, 그냥 갇힌 채, 누구 오기만 기대린 게로군?"

| 뭔말?

· 양 서방이 갑순이 할머니가 자물쇠를 채울 때 자신이 얼른 소리를 내었어야 했는데, 미처 그렇게 하지 못해 뒷간에 갇히게 되었음을 밝힘.

· ㉤은 양 서방의 말에 대한 반응임. 쉼표의 연이은 사용을 통해 새로운 정보인 양 서방의 말을 바탕으로 양 서방이 뒷간에 갇힌 사건의 정황을 파악하고 있음을 드러냄.

매왔지?

꿀피스 Tip!

▸ 〈보기〉에 제시된 특징이 ㉠~㉤의 각 구절에 어떻게 나타나는지 확인하는 문제야. 그런데 이 문제는 그것 못지않게 **㉠~㉤의 구절이 어느 인물과 관련되는지, 사건의 선후 관계로 보아 어느 시점에 해당하는지를 파악하고** 선지의 적절성을 판단해야 함정에 빠지지 않을 수 있었어.

▸ 먼저 오답 선택률이 가장 높았던 선지 ⑤를 볼까? 서술상의 특징으로 '감탄사 이후 쉼표를 연이어 사용'이라고 했네. ㉤에서 이것은 당연히 정확하게 확인했겠지? 어렵지 않잖아. 그런데 ⑤에 제시된 '새로운 정보'를 잘못 이해한 경우가 꽤 있었어. 양 서방이 뒷간에 갇힌 일은 [중략 부분의 줄거리]에 이어서 바로 나오잖아. 그 이후에 갑득이 어미가 갑순이 할머니와 갈등하는 내용이 나오고. 그래서 양 서방이 한 말은 '새로운 정보'가 아니라고 생각했던 것 같아. 양 서방이 뒷간에 갇힌 일이 사건 전개상 앞서 있기 때문에 ㉤은 새로운 정보를 바탕으로 한 것이 아니라고 생각한 거야. 그런데 **㉤은 어떤 상황에서 나온 말이야? 양 서방이 자신이 소리를 내지 않았음을 밝힌 이후에 나온 말이야.** 양 서방이 처한 상황을 몰랐던 사람들의 관점에서 양 서방이 한 말은 당연히 새로운 정보가 맞지.

▸ ㉠, ㉡, ㉢, ㉣, ㉤과 같이 어느 한 부분이 특정될 때는 그 부분의 앞뒤 맥락을 중심으로 내용을 파악해야 하는데, 이를 무시하는 경우가 많아. 이는 함정을 만들기에 딱 좋은 요소가 돼. 정답 선지 ②를 보자. 이를 선택

하지 않은 학생들은 바로 이 함정에 빠진 거야. 뭔 소리냐고? ②의 '상황을 잘못 인지한 채'라는 표현이 보이지? ⓒ은 갑득이 어미가 깨달은 내용이잖아. 갑득이 어미가 상황을 인지하지 못한 적이 있던가? 맞아. ⓒ 이전에 갑순이 할머니가 한사코 딸을 집으로 데리고 들어가려고 하는 이유에 대해 갑득이 어미가 잘못 판단했잖아? 사실은 ⓒ의 내용이 갑순이 할머니의 속마음인데, ⓒ 이전에 갑득이 어미는 이를 제대로 인지하지 못했던 거지. 선후 관계를 따져 봐. 갑득이 어미가 상황을 인지하지 못한 것은 ⓒ과 관련이 있기는 하지만, ⓒ에는 해당하지 않아. 그런데 **출제자가 슬쩍 긴 문장의 선지 속에 '상황을 인지하지 못한 채'라는 말을 넣어 함정을 만들어 놓은 거지. 이런 함정을 피하려면 어떻게 해야 해? 그래, ⓒ의 내용에 집중해야지. 그런데 ⓒ에 집중하지 않고 그 이전의 상황을 ⓒ에 대입하여 설명의 적절성을 판단하는 잘못을 저지른 학생이 많았지.** 그래서 ②를 맞는 설명이라고 생각하고, 다른 선지에서 답을 선택한 거야.

▸ 이 문제처럼 선지를 구성할 때, ㉠, ⓒ 등의 **밑줄 친 부분과는 상관없지만, 전체적인 맥락에서 맞는 내용을 마치 해당 구절에 대한 설명인 것처럼 끼워 넣어 함정을 만드는 경우가 많아.** 이 얘기는 곧 ㉠, ⓒ 등의 **각 부분에 집중해서 선지의 설명이 이에 해당하는 것인지, 아니면 다른 부분과 관련된 설명인지를 명확히 구분해 내야 해.** 짧은 시간 내에 빨리 풀어야 한다는 조급함 때문에 정확한 분석보다는 줄거리에 의존해서 문제를 푸는 경우가 많은데, 오히려 그게 더 시간이 걸리고 틀린 답을 고를 가능성이 더 커. 왜? 선지의 설명이 맞는지 아닌지 헷갈려서 다시 지문을 확인하는 과정을 몇 번씩 거쳐야 할 수도 있고, 맞는 답이 보이지 않아 마음이 더 초조해져서 지문의 내용이 눈에 안 들어오게 되니까. 평소에 문제의 답을 찾는 것에만 몰두하지 말고, 작품 속 사건의 선후 관계, 인과 관계, 인물이 처한 상황 맥락 등을 파악하며 분석해 보는 연습을 충분히 해 둘 필요가 있어. 그것이 습관화되면 어려운 문제가 나와도 당황하지 않고 짧은 시간에 문제를 해결하는 능력이 키워질 테니까.

▸ 본문 098쪽

현대 소설 05

2024학년도 9월 모의평가

01 ① 02 ④ 03 ⑤ 04 ④

양귀자, 「원미동 시인」

EBS 연결 고리
2024학년도 수능특강 문학 015쪽

교과서 연계 정보
작가 국어 비상(박영)
문학 금성, 지학, 천재(정)

해제 이 작품은 연작 소설집 《원미동 사람들》에 실린 11편 중 하나로, 거대한 도시 문명 속에서 억압당하고 무기력해져 가는 현대인의 일상적인 삶의 모습을 보여 주는 작품이다. 작품의 구체적 배경인 '원미동'은 '멀고 아름다운 동네'를 뜻하는데 이 작품에서는 '기어이 또 하나의 희망'을 만들어 가며 살아야 하는 우리들의 동네를 역설적으로 표현하고 있기도 하다. 삶의 부조리함과 속물적 근성을 보이는 인물들을 통해 도시 변두리에 사는 소시민들의 일상적 삶과 꿈을 보여 주고 있다.

주제 소시민의 일상적 삶과 인간다운 삶에 대한 향수

전체 줄거리

원미동 시인은 퀭한 두 눈에 부스스한 머리칼, 사시사철 껴입고 다니는 물들인 군용 잠바와 희끄무레하게 닳아빠진 낡은 청바지가 밤중에 보면 꼭 몽달귀신 같다고 하여 '몽달 씨'라고 불리기도 한다. 동네 사람들은 그를 좀 경멸하듯 함부로 대하는데, 그것은 그가 보통 사람과는 다르게 약간 돌았다고 생각하기 때문이다. 일곱 살인 '나'는 그런 몽달 씨의 친구이다. '나'는 원미동 23통 5반의 반장인 형제슈퍼의 김 반장과도 친구로 지내고 있다. 김 반장은 '나'의 언니를 좋아하는데, 최근에 언니가 서울 이모 집으로 가 버렸다. 어느 날 '나'는 형제슈퍼 앞에 앉아 있다가 공단 쪽에서 불량배 둘에게 쫓기던 몽달 씨가 가게 안으로 도망쳐 들어가는 것을 보게 된다. 불량배 하나는 가게 안까지 몽달 씨를 쫓아 들어가고, 몽달 씨는 불량배의 발길에 차여 바닥에 엎어진 채 김 반장에게 도움을 청한다. 그러나 김 반장은 불량배들이 두려워 몽달 씨를 모르는 사람이라고 하고, 오히려 자신의 가게에 피해가 갈까 두려워 몽달 씨를 쫓아낸다. '나'가 몽달 씨를 다시 보게 된 것은 그로부터 열흘이 지난 후였다. 김 반장은 '나'가 그날의 모든 상황을 지켜보았다는 것을 알지 못한 채, 여느 날과 다름없이 '나'를 대하지만, '나'는 이미 그와 서먹한 사이가 된다. 동네 사람들은 사건의 전말은 모른 채, 김 반장이 몽달 청년의 병문안을 간다고 칭찬을 한다. 몽달 씨는 자리를 털고 일어나자마자 형제슈퍼로 가 일을 돕는다. '나'는 몽달 씨가 제정신이 아니거나, 기억을 잃었을 거라고 생각한다. '나'는 몽달 씨에게 그날 있었던 일을 다 보았다고 하며, 김 반장이 나쁜 사람이라고 말한다. 그러나 몽달 씨는 못 들은 척 딴짓만 한다. '나'는 몽달 씨가 기억을 잃은 것이 아니라 다 알고 있으면서도 모른 척한다는 것을 깨닫고 그의 바보 같음에 괜히 눈물이 나려 한다.

1 몽달 씨 나이가 스물일곱이라니까 나보다 스무 살이나 많지만 우리는 엄연히 친구다. 믿지 않겠지만 내게는 스물일곱짜리 남자 친구가 또 하나 있다. 우리 집 옆, 형제슈퍼의 김 반장이 바로 또 하나의 내 친구인데 그는 원미동 23통 5반의 반장으로 누구보다도 씩씩하고 재미있는 사람이었다. 나는 **매일같이** 슈퍼 앞의 비치파라솔 의자에 앉아 그와 함께 낄낄거리는 재미로 하루를 보내다시피 하였는데 **요즘**은 내가 의자에 앉아 있

[01-⑤] 몽달 씨와의 관계에 대한 '나'의 생각
[01-③] 김 반장에 대한 '나'의 평가

어도 전처럼 웃기는 소리를 해 주거나 쭈쭈바 따위를 건네주는 법 없이 다
[01-②] [03-②] 좋아하던 선옥이 떠나자 동생인 '나'에 대한 태도가 달라진 김 반장
소 퉁명스러워졌다. ㉠그 까닭도 나는 환히 알고 있지만 모르는 척하는 수밖에. 우리 집 셋째 딸 선옥이 언니가 지난달에 서울 이모 집으로 훌쩍
[04-①] 문제 원인을 정확히 파악한 서술자 → 독자의 신뢰 유도
떠나 버렸기 때문인 것이다. 김 반장이 선옥이 언니랑 좋아지내는 것은 온 동네가 다 아는 일이지만 선옥이 언니 마음이 요새 좀 싱숭생숭하더니 기어이는 이모네가 하는 옷 가게를 도와준다고 서울로 가 버렸다. 선옥이 언니는 얼굴이 아주 예뻤다. 남들 말대로 개천에서 용이 났다고 해도 과언이 아닐 만큼 지지리 궁상인 우리 집에 두고 보기로는 아까운 편인데, 그 지
[01-④] 집안 형편에 대한 '나'의 부정적 평가
지리 궁상이 지겨워 맨날 뚱하던 언니였다.

(중략)

2 집으로 가다 말고 문득 형제슈퍼 쪽을 돌아보니 음료수 박스들을 차곡차곡 쟁여 놓는 일에 땀을 뻘뻘 흘리고 있는 몽달 씨가 보였다. ㉡실컷 두들겨 맞고 열흘간이나 누워 있었던 사람이라 안색이 차마 마주보기
[04-②] 인물에 대한 객관적 정보 제공 → 독자의 신뢰 유도
어려울 만큼 핼쑥했다. 그런데도 뭐가 좋은지 **히죽히죽** 웃어 가면서 열심
[01-①] 김 반장네 가게 일을 해 주고 있는 몽달 씨
히 박스들을 나르고 있는 게 아닌가. 그것도 김 반장네 가게에서. 아무리 눈을 크게 뜨고 보아도 몽달 씨가 분명했다. 저럴 수가. ㉢어쨌든 제정신이 아닌 작자임이 틀림없었다. 아무리 정신이 좀 헷갈린 사람이래도 그렇
[01-⑤] 김 반장 가게에 다시 나온 몽달 씨에 대한 '나'의 생각 → 친구라는 생각은 여전히 변함 없음.
지, 그날 밤의 김 반장 행동을 깡그리 잊어버리지 않고서야 저럴 수가 없
[04-③] 추측에 근거하여 인물 상태를 단정한 서술자 → 어린 서술자에 대한 의심 유발
다는 게 내 생각이었다.

3 잊었을까. 그날 밤 머리의 어딘가를 세게 다쳐서 김 반장이 자기
[01-①] 다친 몽달 씨를 매정하게 대한 김 반장의 행동
를 내쫓은 부분만큼만 감쪽같이 지워진 것은 아닐까. 전혀 엉뚱한 이야기만도 아니었다. 텔레비전에서도 보면 기억 상실증인가 뭔가로 자기 아들도 못 알아보는 연속극이 있었다. 그런 쪽의 상상이라면 나를 따라올 만한 아이가 없는 형편이었다. 내 머릿속은 기기괴괴한 온갖 상상들로 늘 모래주머니처럼 빽빽했으니까. 나는 청소부 아버지의 딸이 아니라 사실은 어느 부잣집의 버려진 딸이다, 라는 식의 유치한 상상은 작년도 못 되어 이미 졸업했었다. 요즘의 내 상상이란 외계인 아버지와 지구인 엄마와의 사랑, 뭐 그런 쪽의 의젓한 것이었다. ㉣아무튼 나의 기막힌 상상력으로 인해 몽달 씨는 부분적인 기억 상실증 환자로 결정되었다. 그렇다면 이제는
[04-④] 상상으로만 인물을 진단하는 어린 서술자의 비합리성 → 서술자에 대한 의심 유발
확인할 일만 남은 셈이었다. 오래 기다릴 필요도 없었다. 나는 김 반장네 가게 일을 거들어 주고 난 뒤 비치파라솔 밑의 의자에 앉아 뭔가를 읽고
[03-④] 몽달 씨가 '그날 밤' 느꼈을 긴박감과 대비되는 이완된 상황
있는 몽달 씨에게로 갔다. 보나 마나 주머니 속에 잔뜩 들어 있는 종잇조각 중의 하나일 것이었다. ㉤멀쩡한 정신도 아닌 주제에 이번엔 기억 상실증이란 병까지 얻어 놓고도 여태 시 따위나 읽고 있는 몽달 씨 꼴이 한
[04-⑤] 시에 대한 서술자의 이해 부족 → 어린 서술자에 대한 의심 유발
심했다.

"ⓐ이거, 또 시예요?"
[02-①] 상대의 상태(다침.)에 대한 관심과 한심한 행동(시 읽음.)을 못마땅해하는 심리가 반영된 물음.
"ⓑ그래. 슬픈 시야. 아주 슬픈……."

몽달 씨가 핼쑥한 얼굴을 쳐들며 행복하게 웃었다. 슬픈 시라고 해 놓고선 웃다니. 나는 이맛살을 찡그리며 몽달 씨 옆에 앉았다.

4 그리고 아주 낮은 목소리로 물었다.

"ⓒ이제 다 나았어요?"

"ⓓ응. 시를 읽으면서 누워 있었더니 금방 나았지."
[02-②] 시를 통해 위안을 얻고 있는 몽달 씨의 모습
금방은 무슨 금방. 열흘이나 되었는데. 또 한 번 나는 몽달 씨의 형편없는 정신 상태에 실망했다.

"**그날** 밤에 난 **여기**에 앉아서 다 봤어요."
[03-⑤] 김 반장에 대한 평가가 달라진 시점 = 그날 밤(다친 몽달 씨를 김 반장이 내쫓음.)
"무얼?"

"ⓔ김 반장이 아저씨를 쫓아내는 것……."
[02-③] 그날 밤 일을 외면하는 몽달 씨로부터 새로운 반응을 유도하기 위한 발언
순간 몽달 씨가 정색을 하고 내 얼굴을 쳐다보았다. 예전의 그 풀려 있던 눈동자가 아니었다. 까맣고 반짝이는 눈이었다. 그러나 잠깐이었다. 다시는 내 얼굴을 보지 않을 작정인지 괜스레 팔뚝에 엉겨 붙은 상처 딱지를 떼어 내려고 애쓰는 척했다. 나는 더욱 바싹 다가앉았다.

"ⓕ김 반장은 나쁜 사람이야. 그렇지요?"
[02-④] 어려움을 겪은 몽달 씨를 위로하려는 의도의 질문
몽달 씨가 팔뚝을 탁 치면서 "아니야"라고 응수했는데도 나는 계속 다그쳤다.

"ⓖ그렇지요? 맞죠?"
[02-⑤] 상황을 외면하는 몽달 씨의 태도를 탐탁지 않게 여기는 심리가 반영된 물음.
그래도 몽달 씨는 못 들은 척 팔뚝만 문지르고 있었다. 바보같이, 기억 상실도 아니면서……. 나는 자꾸만 약이 올라 견딜 수 없는데도 몽달 씨는 마냥 딴전만 피우고 있었다.

01 작품의 내용 파악

답 ①

선지별 선택 비율	①	②	③	④	⑤
화작	87%	2%	3%	3%	2%
언매	92%	1%	2%	2%	1%

윗글에 대한 이해로 가장 적절한 것은?

정답 띵!동!

① 몽달 씨는 김 반장이 자기를 매정하게 대했으나, 김 반장네 가게 일을 해 주고 있다.
└→ 그날 밤 → 불량배에게 쫓기던 몽달 씨를 김 반장이 외면함.

| 〈3〉 잊었을까. 그날 밤 머리의 어딘가를 세게 다쳐서 김 반장이 자기를 내쫓은 부분만큼만 감쪽같이 지워진 것은 아닐까.

| 〈2〉 문득 형제슈퍼 쪽을 돌아보니 음료수 박스들을 차곡차곡 쟁여 놓는 일에 땀을 뻘뻘 흘리고 있는 몽달 씨가 보였다. ~ 뭐가 좋은지 히죽히죽 웃어 가면서 열심히 박스들을 나르고 있는 게 아닌가. 그것도 김 반장네 가게에서.

| 뭔말?

· '나'가 그날 밤 김 반장이 몽달 씨를 내쫓은 일을 언급한 것에서, 김 반장이 몽달 씨를 매정하게 대한 것이 드러남.

· 그리고 '나'가 형제슈퍼를 돌아보았을 때 음료수 박스들을 차곡차곡 쟁여 놓는 몽달 씨의 모습을 언급한 것에서, 몽달 씨가 김 반장네 가게 일을 해 주고 있음이 드러남.

오답 땡!

② 김 반장은 선옥을 좋아했으나, 선옥이 서울로 가자 ~~'나'를 통해 선옥과의 관계를 회복~~해 나갔다.
└→ 김 반장은 '나'에게 다소 통명스러워짐.

| ⟨1⟩ 김 반장이 선옥이 언니랑 좋아지내는 것은 온 동네가 다 아는 일이지만

| ⟨1⟩ 우리 집 옆, 형제슈퍼의 김 반장이 바로 또 하나의 내 친구인데 ~ 요즘은 내가 의자에 앉아 있어도 전처럼 웃기는 소리를 해 주거나 쭈쭈바 따위를 건네주는 법 없이 다소 퉁명스러워졌다. ~ 우리 집 셋째 딸 선옥이 언니가 지난달에 서울 이모 집으로 훌쩍 떠나 버렸기 때문인 것이다.

| 뭔말?
· 김 반장이 '나'의 언니인 선옥과 좋아지낸다는 언급이 제시됨.
· 김 반장은 '나'에게 웃기는 소리를 해 주거나 쭈쭈바를 건네는 등 친절한 태도를 보였으나, 선옥이 서울 이모 집으로 떠난 뒤로는 퉁명스러워졌다고 함.

③ '나'는 김 반장을 좋은 친구라고 생각했으나, ~~김 반장이 빈둥거리며 실없는 행동을 해서 당황했다.~~
└→ 찾아볼 수 없는 내용

| ⟨1⟩ 우리 집 옆, 형제슈퍼의 김 반장이 바로 또 하나의 내 친구인데 그는 ~ 누구보다도 씩씩하고 재미있는 사람이었다. 나는 매일같이 슈퍼 앞의 비치파라솔 의자에 앉아 그와 함께 낄낄거리는 재미로 하루를 보내다시피 하였는데 요즘은 ~ 다소 퉁명스러워졌다.

| 뭔말?
· '나'는 김 반장을 '내 친구'라고 하면서, 그는 누구보다도 씩씩하고 재미있는 사람이라고 평가하였음.
· 그러나 김 반장은 빈둥거리며 실없는 행동을 하고 있지 않고, 이로 인해 '나'가 당황하는 부분도 찾아볼 수 없음.

④ 선옥은 자신의 집안 형편에 대해 부정적으로 생각하고 있지만, '나'는 집안 형편을 ~~그렇게 생각하지 않는다.~~
└→ '지지리 궁상인 우리 집' → 집안 형편에 대한 부정적 인식

| ⟨1⟩ 선옥이 언니는 ~ 지지리 궁상인 우리 집에 두고 보기로는 아까운 편인데, 그 지지리 궁상이 지겨워 맨날 뚱하던 언니였다.

| 뭔말?
· 선옥은 '우리 집'의 지지리 궁상이 지겨워 맨날 뚱하던 '나'의 언니로 나타나므로, 자신의 집안 형편을 부정적으로 생각함이 드러남.
· 그런데 '나'도 '지리리 궁상인 우리 집'이라고 언급하고 있으므로 '나'가 집안 형편을 부정적으로 생각하지 않는다는 진술은 적절하지 않음.

⑤ '나'는 몽달 씨를 친구라 여겼으나, 몽달 씨가 김 반장 가게에 다시 나온 것을 보고 ~~그렇게 생각한 것을 후회했다.~~
└→ 몽달 씨를 제정신이 아니라고 여겼지만, 친구가 된 것을 후회한다는 언급 X

| ⟨1⟩ 몽달 씨 나이가 스물일곱이라니까 나보다 스무 살이나 많지만 우리는 엄연히 친구다.

| ⟨2⟩ 문득 형제슈퍼 쪽을 돌아보니 ~ 몽달 씨가 보였다. ~ 저럴 수가. 어쨌든 제정신이 아닌 작자임이 틀림없었다. ~ 그날 밤의 김 반장 행동을 깡그리 잊어버리지 않고서야 저럴 수 없다는 게 내 생각이었다.

| 뭔말?
· '나'는 몽달 씨가 자신보다 스무 살이나 많지만 엄연히 친구라고 함.
· '나'는 몽달 씨가 김 반장네 가게에 다시 나와 일하는 것을 보고 제정신이 아닌 사람이라고 생각하였을 뿐, 몽달 씨를 친구라 여긴 것을 후회하지는 않음.

02 구절의 의미 이해 답 ④

선지별 선택 비율	①	②	③	④	⑤
화작	2%	2%	16%	74%	3%
언매	1%	1%	12%	81%	2%

ⓐ~ⓖ에 대한 이해로 적절하지 않은 것은?

정답 띵!동!

④ ⓕ는 ⓔ에 대한 상대의 반응이 예상을 벗어났지만, 상대가 보여 준 판단을 ~~수용하기 위한~~ 질문이라고 할 수 있다.
└→ 김 반장을 나쁜 사람이라고 하지 않는 몽달 씨를 다그치며 하는 질문임. 판단 수용 X

| ⟨4⟩ "그날 밤에 난 여기에 앉아서 다 봤어요." "무얼?" "ⓔ 김 반장이 아저씨를 쫓아내는 것……." 순간 몽달 씨가 정색을 하고 내 얼굴을 쳐다보았다. 다시는 내 얼굴을 보지 않을 작정인지 괜스레 팔뚝에 엉겨 붙은 상처 딱지를 떼어 내려고 애쓰는 척했다.

| ⟨4⟩ "ⓕ 김 반장은 나쁜 사람이야. 그렇지요?" 몽달 씨가 팔뚝을 탁 치면서 "아니야"라고 응수했는데도 나는 계속 다그쳤다.

| 뭔말?
· '나'가 ⓔ를 말하자 몽달 씨는 순간 정색을 했고, 애써 모르는 척 외면함.
· 뒷부분에서 몽달 씨는 김 반장이 나쁜 사람이 아니라는 태도를 확실히 보이므로, ⓕ는 몽달 씨의 판단을 수용하기 위한 질문이 아님.
· '나'가 ⓕ와 같이 질문을 던지는 것은 '그날 밤' 김 반장에게 쫓겨나 더욱 어려움을 겪은 몽달 씨의 처지를 알아줌으로써 그를 위로하려는 태도와 관련 있음.

오답 땡!

① ⓐ는 상대를 못마땅해하는 발언이지만, ⓒ를 고려하면 상대의 상태에 대한 관심에서 비롯된 것이라고 할 수 있다.
└→ 열흘 전 두들겨 맞은 몽달 씨의 상태에 대한 걱정에서 비롯된 것

| ⟨3⟩ 멀쩡한 정신도 아닌 주제에 이번엔 기억 상실증이란 병까지 얻어 놓고도 여태 시 따위나 읽고 있는 몽달 씨 꼴이 한심했다. "ⓐ이거, 또 시예요?"

| ⟨4⟩ ⓒ 이제 다 나았어요?" "응. 시를 읽으면서 누워 있었더니 금방 나았지." 금방은 무슨 금방. 열흘이나 되었는데.

| 뭔말?
· ⓐ는 기억 상실증에 걸린 상황에서도 예전과 같이 시를 읽고 있는 몽달 씨를 한심해하며 한 말로, '나'의 못마땅함이 담겨 있음.
· 그런데 ⓒ를 고려하면, ⓐ는 두들겨 맞은 지 열흘이나 지나 나타난 몽달 씨를 보고 그 상태를 걱정하는 '나'의 관심에서 비롯된 질문에 해당함.

② ⓑ와 ⓓ의 시에 대한 인물의 태도를 고려하면, 인물이 시를 통해 위안을 얻었음을 알 수 있다.
└→ 슬픈 시라고 말하며 행복하게 웃거나, 시를 읽으며 누워 있었더니 금방 나았다는 말

| ⟨3⟩ "ⓑ그래. 슬픈 시야. 아주 슬픈……." 몽달 씨가 핼쑥한 얼굴을 쳐들며 행복하게 웃었다. 슬픈 시라고 해 놓고선 웃다니.

| ⟨4⟩ "이제 다 나았어요?" "ⓓ응. 시를 읽으면서 누워 있었더니 금방 나았지." 금방은 무슨 금방. 열흘이나 되었는데.

| 뭔말?
· ⓑ에서 몽달 씨가 슬픈 시라고 말하면서도 행복하게 웃는 것으로 보아, 몽달 씨는 시를 통해 위안을 얻었음이 드러남.
· ⓓ에서 몽달 씨는 시를 읽으면서 누워 있었더니 금방 건강을 회복했다고 하는 것으로 보아, 시를 통해 위안을 얻었음이 드러남.

③ ⓔ는 ⓓ를 듣고 실망하여, 상대의 새로운 반응을 기대하며 한 발언이라고 할 수 있다.
↳ 자신을 외면한 김 반장에 대한 몽달 씨의 부정적 평가를 기대함.

| 〈4〉 "이제 다 나았어요?" "ⓓ응. 시를 읽으면서 누워 있었더니 금방 나았지." 금방은 무슨 금방. 열흘이나 되었는데. 또 한 번 나는 몽달 씨의 형편없는 정신 상태에 실망했다.

| 〈4〉 "그날 밤에 난 여기에 앉아서 다 봤어요." "무얼?" "ⓔ김 반장이 아저씨를 쫓아내는 것……."

| 뭔말?

· '나'는 김 반장에게 쫓겨나 어려움을 겪고도 몽달 씨가 ⓓ과 같이 말하자, 몽달 씨의 형편없는 정신 상태에 실망했다고 함.

· 곧이어 '나'는 그날 밤 일을 모른 척 외면하는 몽달 씨에게 ⓔ와 같이 진실을 알리므로, ⓔ는 몽달 씨의 새로운 반응을 기대하며 한 발언임.

⑤ ⓖ는 ⓕ의 주장을 확인하는 질문으로, 상대의 태도를 탐탁지 않게 여기는 마음이 반영된 발언이라고 할 수 있다.
↳ 자신을 외면한 김 반장을 옹호하는 몽달 씨의 말이 마음에 들지 않음.

| 〈4〉 "ⓕ 김 반장은 나쁜 사람이야. 그렇지요?" 몽달 씨가 팔뚝을 탁 치면서 "아니야"라고 응수했는데도 나는 계속 다그쳤다. "ⓖ그렇지요? 맞죠?" 그래도 몽달 씨는 못 들은 척 팔뚝만 문지르고 있었다. 바보같이. 기억 상실도 아니면서……. 나는 자꾸만 약이 올라 견딜 수 없는데도

| 뭔말?

· '나'는 ⓕ에서 김 반장이 나쁜 사람이라 주장하는데, 몽달 씨는 여기에 대해 아니라고 응수함.

· '나'는 몽달 씨의 반응에, ⓖ와 같이 계속 다그치면서 약이 올라 견딜 수 없는 심정을 느끼므로 ⓖ는 몽달 씨의 태도를 탐탁지 않게 여기는 마음이 반영된 발언임.

03 인물의 심리와 태도 파악

답 ⑤

선지별 선택 비율	①	②	③	④	⑤
화작	13%	3%	10%	10%	62%
언매	11%	1%	8%	7%	70%

형제슈퍼를 중심으로 확인할 수 있는 인물의 행위에 대한 설명으로 가장 적절한 것은?

정답 띵!동!

⑤ '여기'에서 목격된 '그날' 김 반장의 행위는 '요즘'보다 이후의 시간대에 이루어지며, '나'가 김 반장을 이전과 다르게 평가하는 원인으로 기능하고 있다.
↳ 불량배에게 맞으며 도움을 청한 몽달 씨를 외면 + 내쫓음.
↳ 좋은 사람(이전) → 나쁜 사람(이후)

| 〈1〉 우리 집 옆, 형제슈퍼의 김 반장이 바로 또 하나의 내 친구인데 ~ 요즘은 내가 의자에 앉아 있어도 전처럼 웃기는 소리를 해 주거나 쭈쭈바 따위를 건네주는 법 없이 다소 퉁명스러워졌다.

| 〈4〉 "그날 밤에 난 여기에 앉아서 다 봤어요." "무얼?" "김 반장이 아저씨를 쫓아내는 것……."

| 뭔말?

· '그날'을 기점으로 김 반장에 대한 '나'의 인식 변화(좋은 친구 → 나쁜 사람)를 고려하면, 시간상 '나'가 김 반장을 친구로 여기던 '요즘'이 앞서고, '여기'에서 목격된 '그날' 김 반장의 행위가 이후에 발생함.

· 그리고 '그날' 밤 '나'가 목격한 김 반장의 행위는 '나'가 김 반장을 좋은 친구라고 생각했던 이전과 달리 '나쁜 사람'이라 평가하는 원인이 됨.

오답 땡!

① '나'가 '매일같이' 김 반장과 재미있게 낄낄거렸던 행위는 '그날'보다 앞선 시간대에 이루어지며, '그날'의 일을 지켜보기만 한 ~~'나'의 부정적 자기 인식으로 이어지고 있다~~.
↳ 찾아볼 수 없는 내용

| 〈1〉 나는 매일같이 슈퍼 앞의 비치파라솔 의자에 앉아 그와 함께 낄낄거리는 재미로 하루를 보내다시피 하였는데

| 〈4〉 "그날 밤에 난 여기에 앉아서 다 봤어요." "무얼?" "김 반장이 아저씨를 쫓아내는 것……."

| 뭔말?

· '그날'을 기점으로 김 반장에 대한 '나'의 인식 변화(좋은 친구 → 나쁜 사람)를 고려하면, 시간상 '나'가 '매일같이' 김 반장과 재미있게 낄낄거렸던 행위가 먼저 일어나고, 김 반장이 몽달 씨를 쫓아내는 '그날'의 일이 나중에 발생함.

· 그러나 '나'는 '그날'의 일을 지켜보기만 한 자신에 대해 부정적 자기 인식을 드러내고 있지 않음.

② 김 반장이 '나'를 퉁명스럽게 대하는 행위는 ~~'요즘'보다 앞선 시간대에 이루어지며~~, ~~'나'에게 반성을 유도~~하고 있다.
↳ '요즘' 이루어지므로 앞선 시간대가 아님.
↳ 찾아볼 수 없는 내용

| 〈1〉 우리 집 옆, 형제슈퍼의 김 반장이 ~ 요즘은 전처럼 웃기는 소리를 해 주거나 쭈쭈바 따위를 건네주는 법 없이 다소 퉁명스러워졌다.

| 뭔말?

· 김 반장은 요즘 '나'에게 퉁명스러워진 것이므로 김 반장의 행위가 나타난 시간대는 '요즘'과 동일한 것이지, '요즘'보다 앞선다고 할 수 없음.

· 또는 김 반장의 행위가 '나'의 반성을 유도하는 부분은 나타나지 않음.

③ 몽달 씨가 '히죽히죽' 웃는 행위는 현재 '여기'에서 '나'에게 속내를 감추는 행위보다 앞선 시간대에 이루어지며, ~~'나'에게 진심을 드러내어 보여 주고 있다~~.
↳ 몽달 씨가 음료수 박스를 나르며 '히죽히죽' 웃는 것은 '나'에게 진심을 드러내는 행위가 아님.

| 〈2〉 그런데도 뭐가 좋은지 히죽히죽 웃어 가면서 열심히 박스들을 나르고 있는 게 아닌가. 그것도 김 반장네 가게에서.

| 〈4〉 "그날 밤에 난 여기에 앉아서 다 봤어요." "무얼?" "김 반장이 아저씨를 쫓아내는 것……." 순간 몽달 씨가 정색을 하고 내 얼굴을 쳐다보았다. 다시는 내 얼굴을 보지 않을 작정인지 괜스레 팔뚝에 엉겨 붙은 상처 딱지를 떼어 내려고 애쓰는 척했다.

| 뭔말?

· 몽달 씨가 '히죽히죽' 웃는 행위가 먼저 발생함. 이후 '나'가 몽달 씨에게 다가가 '여기'에서 본 그날 밤 일을 언급하자 몽달 씨는 속내를 감추고 있음.

· 그러나 몽달 씨가 음료수 박스를 나르며 '히죽히죽' 웃는 행위를 한 것은 '나'에게 진심을 드러내어 보이는 것과 관련이 없음.

④ '의자'에서 '뭔가'를 읽는 몽달 씨의 행위는 ~~'여기'에서 환기된 '그날'의 경험보다 앞선 시간대에 이루어지며~~, '나'가 '그날' 느꼈을 긴박감과 대비되는 이완된 상황을 보여 주고 있다.
↳ '그날' 몽달 씨가 실컷 두들겨 맞음(선). → 건강을 회복한 몽달 씨가 의자에서 뭔가를 읽음(후).

| 〈3〉 나는 김 반장네 가게 일을 거들어 주고 난 뒤 비치파라솔 밑의 의자에 앉아 뭔가를 읽고 있는 몽달 씨에게로 갔다.

| 〈4〉 "그날 밤에 난 여기에 앉아서 다 봤어요.." "무얼?" "김 반장이 아저씨를 쫓아내는 것……."

| 뭔말?

· 몽달 씨는 '그날' 밤 실컷 두들겨 맞고 열흘간이나 누워 있다 건강을 회복하여

시를 읽고 있는 것이므로, '의자'에서 '뭔가'를 읽는 몽달 씨의 행위는 '여기'에서 환기된 '그날'의 경험보다 늦은 시간대에 이루어짐.

· 몽달 씨가 '의자'에 앉아 '뭔가'를 읽는 행위는 몽달 씨가 쫓겨다니며 맞는 것을 본 '그날', '나'가 느꼈을 긴박감과 대비되는 이완된 상황을 보여 줌.

04 외적 준거에 따른 작품 감상 답 ④

선지별 선택 비율	①	②	③	④	⑤
화작	3%	4%	11%	72%	8%
언매	2%	2%	10%	79%	6%

〈보기〉를 바탕으로 ㉠~㉤을 이해한 내용으로 적절하지 않은 것은? [3점]

보기

미성숙한 어린아이가 서술자라도 합리적 정보를 제공하면 독자는 서술자를 신뢰하게 된다. 그러나 작가는 때로 합리성이 부족한 어린아이의 특성을 강화하여 독자가 서술자를 의심하게 한다. 이때 독자는 서술자가 제공하는 정보가 틀릴 수 있다고 생각하면서 서술자와 다른 각도에서 작품이 전하려는 의미를 탐색하게 된다. 이 경우에도 독자는 서술자가 제공하는 제한된 정보에 의존할 수밖에 없으므로, 서술적 상황과 작품이 전하려는 의미가 서로 달라져 작품을 더욱 집중해서 읽게 된다.

정답 띵!동!

④ ㉣: 인물에 대해 적극적으로 탐색하고, 인물의 상태를 스스로 진단하여 그 정보를 제공하는 모습을 통해 ~~독자가 서술자를 신뢰하도록 유도~~하고 있군.

상상력에 의존해 인물의 상태를 진단하는 모습(비합리성) → 독자가 서술자를 의심하게 함.

| 〈보기〉 작가는 때로 합리성이 부족한 어린아이의 특성을 강화하여 독자가 서술자를 의심하게 한다.

| 〈3〉 ㉣아무튼 나의 기막힌 상상력으로 인해 몽달 씨는 부분적인 기억 상실증 환자로 결정되었다.

| 뭔말?

· '나'는 ㉣에서 논리적 연관 없이 오로지 상상력과 추측에 의존하여 몽달 씨를 부분적인 기억 상실증 환자라고 생각함.

· 이러한 '나'의 생각은 〈보기〉의 '합리성이 부족한 어린아이의 특성'과 연결되므로 독자는 서술자를 의심하게 됨.

오답 땡!

① ㉠: 문제적 상황의 원인을 파악하여 이에 대응하고, 인물의 태도 변화를 설명할 수 있는 정보를 제시한다는 점에서 독자가 서술자를 신뢰하도록 유도하고 있군.

→ 선옥 언니와 김 반장의 관계 변화(좋아지냄. → 이별)

| 〈보기〉 미성숙한 어린아이가 서술자라도 합리적 정보를 제공하면 독자는 서술자를 신뢰하게 된다.

| 〈1〉 ㉠그 까닭도 나는 환히 알고 있지만 모르는 척하는 수밖에. 우리 집 셋째 딸 선옥이 언니가 지난달에 서울 이모 집으로 훌쩍 떠나 버렸기 때문인 것이다.

| 뭔말?

· '나'는 ㉠에서 김 반장이 자신을 퉁명스럽게 대하는(문제적 상황) 이유를 김 반장과 좋아지내던 선옥이 언니가 서울로 떠나 버렸기 때문이라(원인) 파악하고 모르는 척하는 태도로 대응함.

· 이러한 '나'의 정보 제시는 김 반장의 태도 변화를 개연성 있게 설명하므로 〈보기〉의 '합리적 정보 제공'과 연결되어 독자는 서술자를 신뢰하게 됨.

② ㉡: 인물이 처한 부정적 상황을 보여 주고, 인물의 안색과 그 이유에 대해 여러 정보를 제공한다는 점에서 독자가 서술자를 신뢰하도록 유도하고 있군.

| 〈보기〉 미성숙한 어린아이가 서술자라도 합리적 정보를 제공하면 독자는 서술자를 신뢰하게 된다.

| 〈2〉 ㉡실컷 두들겨 맞고 열흘간이나 누워 있었던 사람이라 안색이 차마 마주보기 어려울 만큼 핼쑥했다.

| 뭔말?

· '나'는 ㉡에서 차마 마주보기 어려울 만큼 핼쑥한 몽달 씨의 안색에 대한 정보와 이는 실컷 두들겨 맞아 열흘간이나 누워 있었기 때문이라는 이유를 제시함.

· 이러한 '나'의 정보 제시는 몽달 씨가 처한 부정적 상황을 설명하는 것으로 〈보기〉의 '합리적 정보 제공'과 연결되어 독자는 서술자를 신뢰하게 됨.

③ ㉢: 논리적 연관을 무시하고, 추측에 근거하여 인물의 의식 상태를 단정하는 모습을 통해 독자가 작품에 더욱 집중하면서, 서술자와 다른 각도로 생각하도록 유도하고 있군.

| 〈보기〉 작가는 때로 합리성이 부족한 어린아이의 특성을 강화하여 독자가 서술자를 의심하게 한다. 이때 독자는 ~ 서술자와 다른 각도에서 작품이 전하려는 의미를 탐색하게 된다.

| 〈2〉 ㉢어쨌든 제정신이 아닌 작자임이 틀림없었다. 아무리 정신이 좀 헷갈린 사람이래도 그렇지, 그날 밤의 김 반장 행동을 깡그리 잊어버리지 않고서야 저럴 수가 없다는 게 내 생각이었다.

| 뭔말?

· '나'는 ㉢에서 논리적, 사실적 관계를 따져보지 않고 오로지 추측에 근거하여 몽달 씨의 의식 상태를 단정함.

· 이러한 '나'의 모습은 〈보기〉의 '합리성이 부족한 어린아이의 특성'과 연결되므로 독자는 서술자를 의심하며 서술자와 다른 각도에서 작품이 전하려는 의미를 탐색하게 됨.

'시 따위'라는 표현에서 드러남. 시를 읽는 몽달 씨를 한심하다고 생각함.

⑤ ㉤: 시에 대한 이해가 부족하고, 합당한 이유 없이 인물의 취향을 비난하는 모습을 통해 독자가 작품에 더욱 집중하면서, 서술자와 다른 각도로 생각하도록 유도하고 있군.

합리적이지 않은 서술자의 생각을 수용하지 않음.

| 〈보기〉 작가는 때로 합리성이 부족한 어린아이의 특성을 강화하여 독자가 서술자를 의심하게 한다. 이때 독자는 ~ 서술자와 다른 각도에서 작품이 전하려는 의미를 탐색하게 된다. ~ 이 경우에도 독자는 서술자가 제공하는 제한된 정보에 의존할 수밖에 없으므로, ~ 작품을 더욱 집중해서 읽게 된다.

| 〈3〉 ㉤멀쩡한 정신도 아닌 주제에 이번엔 기억 상실증이란 병까지 얻어 놓고도 여태 시 따위나 읽고 있는 몽달 씨 꼴이 한심했다.

| 뭔말?

· '나'는 ㉤에서 '시 따위'라고 하며 시에 대한 이해 부족을 드러냄. 그리고 합당한 이유 없이 시를 읽는 몽달 씨의 행위를 한심하다고 여김.

· 이러한 '나'의 모습은 〈보기〉의 '합리성이 부족한 어린아이의 특성'과 연결되므로, 독자는 서술자를 의심하게 되고 작품을 더욱 집중해서 읽으며 서술자와 다른 각도에서 작품이 전하려는 의미를 탐색하게 됨.

▸본문 100쪽

현대 소설 06

2024학년도 6월 모의평가

01 ⑤ 02 ③ 03 ④ 04 ②

최명익, 「무성격자」

EBS 연결 고리

비연계

해제 이 작품은 아버지가 위독하는 소식을 듣고 고향으로 내려간 정일의 내면을 다루고 있다. 정일은 장인이 위독한 가운데 재산 상속에만 골몰하는 매부 용팔의 모습을 경멸하면서도 적극적으로 행동하지 못하는 자신, 속물적 욕망으로부터 자유롭지 못한 스스로를 발견한다. 그리고 돈만 아는 속물이라 생각했던 아버지가 의지력을 가지고 고통 속에서 죽음과 사투를 벌이는 과정을 지켜 보며 생활인으로서의 감각을 느낀다.

주제 근대 지식의 무성격한 모습

전체 줄거리

부유한 집안의 외아들 대학을 졸업하고 교원으로 일하며, 아무런 의욕 없이 거리를 배회하거나 티룸을 드나든다. 정일은 티룸 '알리사'의 마담 문주와 연인이 되어 퇴폐적이고 소모적인 생활을 이어 나가는데, 문주가 결핵에 걸려 입원하게 된다. 그리고 정일은 아버지가 위암 진단을 받고 위독하다는 전보를 받는다. 아버지는 자수성가로 큰 재산을 모은 인물인데 자신의 비서 일을 겸했던 용팔을 한 쪽 눈 불편한 딸과 짝지어 주고 재산을 관리하도록 시킨다. 용팔은 정일의 아버지이자 자신의 장인이 위중한 가운데, 새로 산 토지를 아버지의 명의로 하면 상속세가 많이 들므로 정일의 소유로 하라고 위임장을 건넨다. 정일은 돈밖에 모르는 용팔의 태도에 불쾌해하면서도 별다른 행동을 하지 못하고 위임장에 도장을 찍어 준다. 이를 안 정일의 아버지는 악을 쓰며 자기는 죽지 않을 거라 고집하지만, 이내 물 한 방울 삼키지 못하는 심각한 상태에 이른다. 정일의 아버지는 정일더러 여기저기 물을 가져다 놓으라고 하고, 그것도 부족한지 정일에게 흐르는 물이 보고 싶다고 한다. 정일은 큰 물그릇에 대접으로 물을 떠 들이쏟기를 거듭한다. 정일은 아버지가 이를 황홀한 눈으로 쳐다보자, 돈만 아는 줄 알았던 아버지에게서 처음으로 생활인의 감각을 느낀다. 이후 정일은 문주가 죽었다는 소식을 받고, 그날 저녁 아버지도 죽는다.

1 **[앞부분의 줄거리]** 아버지가 위독하다는 소식을 듣고 귀향한 정일은 용팔에게 재산 상속에 관한 이야기를 듣는다.

2 아버지가 아직도 지키고 있는 그의 재산을 넘겨다보는 듯한 용팔이가 따지는 산판알이 거침없이 한 자리씩 올라가는 것을 유심히 바라보
[04-①] 속물적 욕망(= 재산 상속에 대한 기대)에서 자유롭지 못한 정일의 모습
고 있는 자신을 의식하며 보고 있을 때, 이렇게 대강만 놓아도, 하고 산판을 밀어 놓으며 쳐다보는 용팔의 눈과 마주치게 되자 정일이는 흠칫 놀라게 되는 자신의 얼굴이 붉어지는 것을 깨달았다. ⓐ여기 대한 상속세만 해도 큰돈인데 안 물고 할 수 있는 이것은 제 말씀대로 하시지요. 이렇게
[02-①] 용팔은 상속세를 물지 않을 궁리만 함. 이해타산적 태도
결정적으로 말하는 용팔이는 정일이의 앞에 위임장을 내놓으며 도장을 치라고 하였다.

3 정일이는 더욱 불쾌하여졌다. 잠이 부족한 신경 탓도 있겠지
[01-⑤] [03-①] 정일의 시선에서 이야기가 전개됨. 용팔의 웃음에서 불쾌감을 느낌.
만 자기의 눈을 기탄없이 바라보는 용팔이의 얼굴에 발라 놓은 듯한 그 웃음이 말할 수 없이 미웠다. 이 소인 놈! 하는 의분 같은 ㉠심열이 떠오르며, 언제 내가 이런 음모를 하자고 너와 공모를 하였던가?
[03-④] 불쾌함 → 심열 → 뺨을 갈기고 싶은 충동으로 감정이 거세짐.
하고 그의 뺨을 갈기고 싶은 충동을 느끼었다. 그러나 정일이는 금시에 미끄러지는 듯한 웃음이 자기 얼굴에 흐름을 깨달았다. 이러한 심열은 신경 쇠약의 탓이 아닐까? 의분이랄 것도 없고 결벽성도 아니고 그런 것을 공연히 이같이 한순간에 뒤집히는 자기 마음 한 모퉁이에 상식을 놓쳐 뿌린 결과가 어떤가? 해 보자 하는 놓치기 쉬운 어떤 힌트같이 번쩍이는 생각을 보자 정일이는 조급히 도장을 뒤져내며, 자 칠 대로 치우, 나는 어디다 치는 것도 모르니까 하였다. 이렇게 지껄이듯이 말하는 정일이는 자기가 실없이 웃기까지 하는 것을 들을 때 내가 지금 더 심한 심열에 떠 있지 않은가? 하는 생각에 갑자기 말과 웃음과 표정까지 없어지고 말았다. [A]

4 ⓑ도장을 치고 난 용팔이는 공손히 정일이에게 돌리며, 잔금은 제가 장인께 말씀드리겠습니다, 하고 일어선다.
[02-②] 정일에게 예의를 갖추어 말하는 용팔의 모습
중문으로 들어가는 용팔이의 뒷모양을 바라보던 정일이는 갑자기 불러내고 싶었다. 궁둥이를 들먹하고 부르는 손짓까지 하였으나 탄력 없이 벌어진 입에서는 말이 나오지 않았다. 창졸간에 용팔이를 어떻게 불러야 할지 몰라서 주저되는 것같이도 생각되었다. 중문 안으로 들어가는 용팔이의 뒷모양은 마치 심한 장난을 꾸미다가 용기를 못 내는 자기를 남겨 두고 ⓒ그걸 못 해? 내 하마 하고 나서는 동무의 모양같이 아슬아슬한 것이었다.
[02-③] 정일이 중문으로 들어가는 용팔을 조마조마한 마음으로 바라봄.
종시 용팔이가 중문 안으로 사라져서 불러낼 기회를 놓치고 말았다고 후회하면서도 내가 정말 후회하는 것이라면 지금이라도 따라가서 붙들 수도 있지 않은가? 이렇게
[04-③] 정일이 용팔을 부르지 못하는 이유를 고민함. → 자신에게로 관심을 돌리는 모습
생각하는 정일이는 용팔이가 이 말을 시작하였을 때부터 자기는 육감으로 벌써 예기하였던지도 모를 일이 지금 일어나리라는 기대가 앞서는 것을 느끼며 ⓓ정일이는 실험의 결과를 기다리는 듯이 숨을 죽이고 귀를 기울이고 있었다.
[02-④] 용팔이 중문으로 들어간 후 상황. 용팔과 아버지 간 대화의 결과를 주목함.
예사로운 말소리는 들리지 않는 거리이므로 긴장한 정일이의 귀에도 한참 동안은 아무런 말도 들리지 않았다. 아버지도 종시 죽음에 굴복하고 마는가? 이렇게 생각되어 정일이는 긴장하였더니만큼 허전한 실망에 담배를 붙이려고 성냥을 그었을 때 자기의 귀를 때리는 듯한 아버지의 격분한 고함 소리를 들었다.

(중략)

5 사실 이렇게 되어서까지도 죽기가 싫은가 하고 아버지를 눈 찌푸리고 바라보는 자기는 죽음의 공포를 해탈한 무슨 수양이 있는 것이 아니
[04-④] 정일이 보이는 삶의 태도
라 단지 애써 살려는 의지력이 없는 것뿐이다. ⓔ아버지는 한 번도 자기의 생활을 회의하거나 죽음을 생각할 필요가 없었던 사람이므로 이같이
[02-⑤] 아버지가 보이는 삶의 태도
죽음과 싸울 수 있는 것이 아닐까 생각하였다. 그래서 정일이는 어떤 위대한 의지력을 우러러보는 듯한 마음으로 아버지의 고통을 바라보고 있는
[04-④] 정일이 스스로의 내면을 대상화하는 표현 → '자기를 발견'
자기를 발견하는 때가 있었다.

6 그때 심한 구토를 한 후부터 한 방울 물도 먹지 못하고 혓바닥을 축이는 것만으로도 심한 구역을 하게 된 만수 노인은 물을 보기라도 하겠다고 하였다. 정일이는 요를 둑여서 병상을 돋우고 아버지가 바라보기 편한 곳에 큰 물그릇을 놓아 드렸다. 그러나 그 물그릇을 바라보기에 피곤한 병인은 어디나 눈 가는 곳에는 물이 보이기를 원하였다. 그래서 큰 어항을 병실에 가득 늘어놓고 물을 채워 놓았다. 병인은 이 어항에서 저 어항으로 ⓒ서늘한 감각을 시선으로 핥듯이 돌려 보다가 그도 만족하지 못하여 시원히 흐르는 물이 보고 싶다고 하였다. 정일이는 아버지가 보기 편한 곳에 큰 물그릇을 놓고 대접으로 물을 떠서는 작은 폭포같이 들이 쏟고 또 떠서는 들이 쏟기를 계속하였다. 만수 노인은 꺼멓게 탄 혀를 벌린 입 밖에 내놓고 황홀한 눈으로 드리우는 물줄기를 바라보고 있었다. 그 눈을 볼 때 정일이는 걷잡을 사이도 없이 자기 눈에 눈물이 솟아오름을 참을 수가 없었다. 정일이는 일찍이 그러한 눈을 본 기억이 없다고 생각하였다. 더욱이 아버지의 얼굴에서! 자기 아버지에게서 저러한 동경에 사무친 황홀한 눈을 보게 되는 것은 의외라고 할밖에 없었다. [B]

[03-⑤] 심한 구역으로, 물에서 느껴지는 서늘한 감각을 좇게 된 아버지
[03-④] 아버지의 갈망 심화 ①
[03-④] 아버지의 갈망 심화 ②
[03-③, ④] 물을 향한 아버지의 갈망. 육체적 고통을 줄이기 위한 방편
[03-④] 아버지의 갈망 심화 ③
[01-③] 정일의 반복적인 행동
[03-③] 아버지의 육체적 고통. 서늘한 감각을 좇는 모습
[04-⑤] 정일이 아버지로부터 한 번도 보지 못한 눈을 확인함.
[04-⑤] 동경에 사무친 황홀한 눈 = 생에 대한 강렬한 동경

01 서술상 특징 파악 답 ⑤

선지별 선택 비율	①	②	③	④	⑤
화작	4%	15%	8%	6%	64%
언매	3%	12%	6%	4%	75%

윗글의 서술상의 특징으로 가장 적절한 것은?

정답 띵!동!

→ 중심인물인 정일의 경험, 감각, 내면에 의존하여 이야기를 전개하는 방식
→ 다른 인물의 시각이 배제되는 것이므로 사건의 양상이 제한적으로 나타남.

⑤ 서술자가 중심인물의 시선에 의존하여 사건의 양상을 제한적으로 나타낸다. 문학 개념어(012)

| 〈3〉 정일이는 더욱 불쾌하여졌다. 잠이 부족한 신경 탓도 있겠지만 자기의 눈을 기탄없이 바라보는 용팔이의 얼굴에 발라 놓은 듯한 그 웃음이 말할 수 없이 미웠다.

| 〈5〉 사실 이렇게 되어서까지도 죽기가 싫은가 하고 아버지를 눈 찌푸리고 바라보는 자기는 죽음의 공포를 해탈한 무슨 수양이 있는 것이 아니라 단지 애써 살려는 의지력이 없는 것뿐이다.

| 뭔말?

· 이야기 밖 서술자가 중심인물인 정일의 시선에 의존하여 사건을 전개함.

· 이로 인한 결과로 정일이 용팔이나 아버지와 관련하여 경험한 일, 정일의 내면으로만 사건의 양상이 제한되어 나타남.

오답 땡!

① ~~화상 장면을 병치하여 사건의 흐름을 반전시킨다.~~
→ 정일이 과거를 회상하고 있지 않음. 찾아볼 수 없는 내용!

| 뭔말?

· 정일이 과거를 회상하는 장면은 나타나지 않으므로, 이것의 병치로 사건의 흐름을 반전시키는 부분 역시 찾아볼 수 없음.

② ~~사물의 세부를 구체적으로 묘사하여 장면의 현장성을 강화한다.~~
→ 산판알, 도장, 물그릇, 어항 등 다양한 사물은 언급하고는 있지만 묘사의 방식 X

| 뭔말?

· 정일이 유심히 바라보는 산판알이나 도장, 물그릇, 어항 등 다양한 사물이 언급되고 있으나 이 사물의 세부를 구체적으로 묘사하고 있지 않음.

③ 중심인물의 반복적인 동작을 강조하여 ~~내적 갈등을 표면화~~한다.
→ 정일이 대접으로 물을 떠서 들이 쏟고를 계속함.
정일의 반복적 동작은 병든 아버지의 바람에 따른 행 ←

| 〈6〉 정일이는 아버지가 보기 편한 곳에 큰 물그릇을 놓고 대접으로 물을 떠서는 작은 폭포같이 들이 쏟고 또 떠서는 들이 쏟기를 계속하였다.

| 뭔말?

· 중심인물인 정일이 큰 물그릇을 놓고 대접으로 물을 떠서는 들이 쏟기를 계속하는 부분에서 반복적인 동작이 나타남.

· 그러나 이것은 시원히 흐르는 물이 보고 싶다는 아버지의 바람을 충족하기 위한 행동일 뿐, 정일의 내적 갈등을 표면화한 것과는 관계가 없음.

④ ~~서술자가 풍자적 어조를 활용하여 중심인물에 대한 비판적 입장을 드러낸다.~~
→ 중심인물인 정일에 대한 풍자, 비판적 입장 표출 X

| 뭔말?

· 서술자는 정일의 시선을 따라 사건을 제한적으로 서술하고 있을 뿐, 풍자적 어조를 사용하고 있지 않으며 정일에 대한 비판적 입장을 드러내고 있지도 않음.

02 인물의 심리, 태도 파악 답 ③

선지별 선택 비율	①	②	③	④	⑤
화작	7%	4%	80%	5%	1%
언매	4%	3%	87%	4%	1%

ⓐ~ⓔ에 대한 이해로 적절하지 않은 것은?

정답 띵!동!

③ ⓒ는 용팔의 행위에 대한 정일의 ~~실망스러운 마음~~을 드러낸다.
→ 위태롭고 조마조마한 마음을 드러냄.

| 〈4〉 중문 안으로 들어가는 용팔이의 뒷모양은 마치 심한 장난을 꾸미다가 용기를 못 내는 자기를 남겨 두고 ⓒ그걸 못 해? 내 하마 하고 나서는 동무의 모양 같이 아슬아슬한 것이었다.

| 뭔말?

· ⓒ는 재산 상속에 대한 이야기를 하고자 아버지가 있는 중문 안으로 들어가는 용팔의 모습을 바라보는 정일의 내면을 비유적으로 나타낸 말임.

· ⓒ에서 정일은 용팔이 '욕심을 못 내는 자기'와는 달리 '내 하마' 하고 행동에 나서는 동무의 모양 같다고 생각하고 아슬아슬하다고 하였는데, 이것은 정일의 위태롭고 조마조마한 마음을 보여 줌.

오답 땡!

① ⓐ는 정일이 주목하는 용팔의 이해타산적인 태도를 드러낸다.
→ 장인이 위독한데 상속세 물지 않을 방안만 궁리하는 모습

| [앞부분의 줄거리] 아버지가 위독하다는 소식을 듣고 귀향한 정일은 용팔에게 재산 상속에 관한 이야기를 듣는다.

| 〈2〉 ⓐ여기 대한 상속세만 해도 큰돈인데 안 물고 할 수 있는 이것은 제 말씀대로 하시지요.

| 뭔말?

· 용팔은 장인이 위독한 상황에서 상속세 물지 않을 방안만 궁리하며 ⓐ와 같이 말하는데, 정일은 용팔의 이 발언에 주목하여 그의 이해타산적인 태도를 보여 줌.

② ⓑ는 용팔이 정일에게 예의를 갖추어야 하는 위치임을 드러낸다.
└→ 용팔이 정일에게 도장을 공손히 돌리는 태도와 존댓말을 하는 상황으로부터 나타남.

| 〈4〉 ⓑ도장을 치고 난 용팔이는 공손히 정일이에게 돌리며, 잔금은 제가 장인께 말씀드리겠습니다, 하고 일어선다.

| 뭔말?

· ⓑ에서 용팔은 정일이에게 도장을 '공손히' 돌려 주며, 존댓말을 하고 있으므로, 이를 통해 용팔이 정일에게 예의를 갖추어야 하는 위치임이 드러남.

④ ⓓ는 아버지와 용팔 간 대화의 결과를 정일이 주시하고 있음을 드러낸다.
└→ 정일이 중문 안의 말소리에 귀를 기울이는 행동으로부터 나타남.

| 〈4〉 도장을 치고 난 용팔이는 공손히 정일이에게 돌리며, 잔금은 제가 장인께 말씀드리겠습니다, 하고 일어선다. 중문으로 들어가는 용팔이 ~ ⓓ정일이는 실험의 결과를 기다리는 듯이 숨을 죽이고 귀를 기울이고 있었다. 예사로운 말소리는 들리지 않는 거리이므로 긴장한 정일이의 귀에도 한참 동안은 아무런 말도 들리지 않았다. 아버지도 종시 죽음에 굴복하고 마는가?

| 뭔말?

· ⓓ는 용팔이 자신의 장인, 즉 정일의 아버지에게 재산 상속에 대한 이야기를 하고자 중문 안으로 들어간 이후 상황을 보여 줌.

· 정일은 ⓓ에서 어떤 결과가 빚어질지 기다리며 '귀를 기울이고' 있었으므로 아버지와 용팔 간 대화의 결과를 정일이 주시하고 있음이 드러남.

⑤ ⓔ는 아버지가 보여 주는 삶의 태도에 대한 정일의 평가를 드러낸다.
└→ 한 번도 자기의 생활을 회의하거나 죽음을 생각할 필요가 없는 삶을 살아온 아버지

| 〈5〉 ⓔ아버지는 한 번도 자기의 생활을 회의하거나 죽음을 생각할 필요가 없었던 사람이므로 이같이 죽음과 싸울 수 있는 것이 아닐까 생각하였다.

| 뭔말?

· ⓔ에서 정일은 자신이 보아온 아버지에 대해 '한 번도 자기의 생활을 회의하거나 죽음을 생각할 필요가 없'는 삶을 살았던 사람이라고 평가하고 있음.

03 작품의 맥락 파악 답 ④

선지별 선택 비율	①	②	③	④	⑤
화작	7%	2%	6%	77%	6%
언매	6%	2%	4%	85%	4%

[A], [B]를 고려하여 ㉠과 ㉡을 이해한 내용으로 가장 적절한 것은?
└→ ㉠ 심열, ㉡ 서늘한 감각

정답 띵!동!

┌→ 미움이 '심열'을 불러일으켜 '뺨을 갈기고 싶은 충동'이 발생함.
④ ㉠은 용팔에 대한 미움이 '뺨을 갈기고 싶은 충동'으로 격화되는 정일의 마음을, ㉡은 '물그릇'에서 '어항', '드리우는 물줄기'로 심화되는 아버지의 갈망을 함축한다.
└→ 병증으로 물을 먹지 못하자, '서늘한 감각'에 대한 갈망이 '물그릇 → 어항 → 드리우는 물줄기'로 심화되어 나타남.

| [A] 정일이는 더욱 불쾌하여졌다. 잠이 부족한 신경 탓도 있겠지만 자기의 눈을 기탄없이 바라보는 용팔이의 얼굴에 발라 놓은 듯한 그 웃음이 말할 수 없이 미웠다. 이 소인 놈! 하는 의분 같은 ㉠심열이 떠오르며, 언제 내가 이런 음모를 하자고 너와 공모를 하였던가? 하고 그의 뺨을 갈기고 싶은 충동을 느끼었다.

| [B] 그때 심한 구토를 한 후부터 한 방울 물도 먹지 못하고 혓바닥을 축이는 것만으로도 심한 구역을 하게 된 만수 노인은 물을 보기라도 하겠다고 하였다. 정일이는 요를 둑여서 병상을 돋우고 아버지가 바라보기 편한 곳에 큰 물그릇을 놓아 드렸다. 그러나 그 물그릇을 바라보기에 피곤한 병인은 어디나 눈 가는 곳에는 물이 보이기를 원하였다. 그래서 큰 어항을 병실에 가득 늘어놓고 물을 채워놓았다. 병인은 이 어항에서 저 어항으로 ㉡서늘한 감각을 시선으로 핥듯이 돌려 보다가 그도 만족하지 못하여 시원히 흐르는 물이 보고 싶다고 하였다. ~ 만수 노인은 꺼멓게 탄 혀를 벌린 입 밖에 내놓고 황홀한 눈으로 드리우는 물줄기를 바라보고 있었다.

| 뭔말?

· [A]에서 정일은 상속세를 물지 않기 위해 자신과 공모하려 드는 용팔의 언행에 '불쾌하여졌다', '미웠다'와 같은 감정을 느낌. 이와 같은 감정은 의분 같은 ㉠ '심열'을 일으키고, 용팔의 '뺨을 갈기고 싶은 충동'으로 격화되고 있음.

· [B]에서 정일의 아버지는 병증으로 물을 먹지 못하자 '물을 보기라도 하겠다'고 함. 이 바람에 따라 정일이 '물그릇'을 놓아 드리지만 아버지는 만족하지 못함. 정일이 다시 '어항'을 병실 가득 늘어놓지만 이 '어항'에서 느껴지는 ㉡ '서늘한 감각'에도 아버지는 만족하지 못하고 흐르는 물이 보일 수 있도록 '드리우는 물줄기'를 만들게 함. 이로 보아 ㉡ '서늘한 감각'은 '물그릇'에서 '어항', '드리우는 물줄기'로 점차 심화되는 아버지의 갈망을 함축함.

오답 땡!

┌→ 용팔에 대한 불쾌함, 미움이 의분 같은 '심열'을 불러일으킴.
① ㉠은 용팔의 '웃음'에 대한 정일의 불쾌감으로 인해, ㉡은 ~~아버지가 내비치는 '황홀한 눈'으로 인해~~ 발생한다.
└→ '서늘한 감각'으로 인해 동경에 사무친 '황홀한 눈'이 발생한 것!

| [A] 정일이는 더욱 불쾌하여졌다. 잠이 부족한 신경 탓도 있겠지만 자기의 눈을 기탄없이 바라보는 용팔이의 얼굴에 발라놓은 듯한 그 웃음이 말할 수 없이 미웠다. 이 소인 놈! 하는 의분 같은 ㉠심열이 떠오르며,

| 뭔말?

· [A]에서 정일이 용팔의 웃음에서 비롯된 불쾌감과 미움을 느끼고, 이 감정이 나아가 ㉠'심열'을 불러일으킴.

· [B]에서 아버지는 물 한 방울 마시지 못하는 상황에서 ㉡ '서늘한 감각'을 갈망하여 동경에 사무친 '황홀한 눈'을 하게 됨. 즉, ㉡ '서늘한 감각'으로 인해 '황홀한 눈'이 나타난 것이지, '황홀한 눈'으로 인해 ㉡ '서늘한 감각'이 발생한 것이 아님.

② ㉠은 정일이 갈등 끝에 '도장'을 찍음으로써, ㉡은 ~~아버지가 사무치는 '동경'을 포기함으로써~~ 지속된다.
└→ 아버지는 '서늘한 감각'을 느끼려는 동경을 포기하지 않음.

| [A] 정일이는 조급히 도장을 뒤져내며, 자 칠 대로 치우, 나는 어디다 치는 것도 모르니까 하였다. 이렇게 지껄이듯이 말하는 정일이는 자기가 실없이 웃기까지 하는 것을 들을 때 내가 지금 더 심한 심열에 떠 있지 않은가? 하는 생각에 갑자기 말과 웃음과 표정까지 없어지고 말았다.

| [B] 병인은 이 어항에서 저 어항으로 ㉡서늘한 감각을 시선으로 핥듯이 돌려 보다가 그도 만족하지 못하여 시원히 흐르는 물이 보고 싶다고 하였다. ~ 자기 아버지에게서 저러한 동경에 사무친 황홀한 눈을 보게 되는 것은 의외라고 할 밖에 없었다.

| 뭔말?

· [A]에서 정일은 용팔에게 자신의 도장을 내어 준 후 실없이 웃기까지 하는 자신을 느끼고 '내가 지금 더 심한 심열에 떠 있지 않은가?'하는 생각을 함.

· [B]에서 정일의 아버지는 ㉡ '서늘한 감각'을 느끼려는 동경을 포기하지 않음.

→ 오히려 반대로 '신경 쇠약'이 '심열'을 일으킨 원인일 수 있음.

③ ㉠은 ~~정일의 '신경 쇠약'을 일으키는 원인~~이고, ㉡은 아버지가 '꺼멓게 탄 혀'의 고통을 줄이기 위한 방편이다.

└→ 병증으로 물을 먹지 못하자 어항 등에서 느낄 수 있는 '서늘한 감각'을 좇음.

| [A] 이러한 심열은 신경 쇠약의 탓이 아닐까?

| [B] 병인은 이 어항에서 저 어항으로 ㉡서늘한 감각을 시선으로 핥듯이 돌려 보다가 그도 만족하지 못하여 시원히 흐르는 물이 보고 싶다고 하였다. ~ 만수 노인은 꺼멓게 탄 혀를 벌린 입 밖에 내놓고 황홀한 눈으로 드리우는 물줄기를 바라보고 있었다.

| 뭔말?

· [A]에서 정일은 반대로, 신경 쇠약으로 인해 ㉠'심열'이 발생한 건 아닌지 생각하고 있음. ㉠ '심열'은 신경 쇠약을 일으키는 원인이 아님.

· [B]에서 정일의 아버지는 물 한 방울 마시지 못해 '꺼멓게 탄 혀'를 하는데, 이와 같은 고통을 줄이기 위해 '어항' 등에서 느낄 수 있는 ㉡'서늘한 감각'을 좇음.

→ 용팔에 대한 불쾌함, 미움이 나아가 의분 같은 '심열'을 불러일으킴.

⑤ ㉠은 ~~용팔의 '공모' 요구로 인해 표면화된 정일의 물질 지향적인 태도~~를, ㉡은 '심한 구역' 이후로 아버지가 '물'에서 얻고자 하는 육체적 안정에 대한 추구를 드러낸다.

└→ [문제 상황] 심한 구역 이후 물 한 방울 먹지 못하는 것 → 극심한 갈증
[대처 방안] 어항 등이 환기하는 '서늘한 감각' 갈구 → 갈증 해소라는 육체적 안정에 대한 추구

| [B] 한 방울 물도 먹지 못하고 혓바닥을 축이는 것만으로도 심한 구역을 하게 된 만수 노인은 물을 보기라도 하겠다고 하였다.

| 뭔말?

· [A]에서 ㉠ '심열'은 용팔이 상속세를 물지 않기 위해 '공모'를 요구하자 정일이 불쾌감을 느낀 데서 비롯된 감정임. 정일의 물질 지향적 태도를 드러내지 않음.

· [B]에서 '심한 구역'으로 인해 한 방울 물도 먹지 못하게 된 정일의 아버지는 어항 등에서 환기되는 ㉡ '서늘한 감각'을 좇는데, 이는 ㉡ '서늘한 감각'을 통해서나마 극심한 갈증을 해소하려는, 육체적 안정에 대한 추구를 드러냄.

04 외적 준거에 따른 작품 감상

답 ②

선지별 선택 비율	①	②	③	④	⑤
화작	7%	53%	12%	17%	8%
언매	6%	65%	8%	14%	8%

〈보기〉를 참고하여 윗글의 감상한 내용으로 적절하지 않은 것은? [3점]

보기

「무성격자」의 정일은 자신을 구속하는 속물적 욕망을 경멸하고 현실에서의 적극적인 행동을 주저하는 한편, 자신과 주변에 관심을 집중한다. 그는 주변 대상을 관찰하여 그 의미를 파악하고, 파악한 내용에 반응하며, 그런 자신을 분석하기도 한다. 나아가 관찰과 분석을 수행하는 자신의 내면마저 대상화함으로써 인간 심리의 중층적 구조를 드러낸다.

정답 띵! 동!

② 상대의 웃음에서 공모 의사를 읽어 내자 얼굴에 흐르는 미끄러지는 듯한 웃음을 깨닫는 데에서, ~~상대에 대한 불쾌감을 웃음으로 무마하려는 자신을 의식하는 모습~~을 찾을 수 있군.

└→ 자기에게서 속물적 욕망(= 재산 상속에 대한 기대감)을 발견하고 있음.

| 〈2〉 용팔이는 정일이의 앞에 위임장을 내놓으며 도장을 치라고 하였다.

| 〈3〉 용팔이의 얼굴에 발라놓은 듯한 그 웃음이 말할 수 없이 미웠다. 이 소인 놈! 하는 의분 같은 심열이 떠오르며, 언제 내가 이런 음모를 하자고 너와 공모를 하였던가? 하고 그의 뺨을 갈기고 싶은 충동을 느끼었다. 그러나 정일이는 금시에 미끄러지는 듯한 웃음이 자기 얼굴에 흐름을 깨달았다. 이러한 심열은 신경 쇠약의 탓이 아닐까? 의분이랄 것도 없고 결벽성도 아니고 그런 것을 공연히 이같이 한순간에 뒤집히는 자기 마음 한 모퉁이에 상식을 놓쳐 뿌린 결과가 어떤가? 정일이는 조급히 도장을 뒤져내며, 자 칠 대로 치우, 나는 어디다 치는지도 모르니까 하였다. 이렇게 지껄이듯이 말하는 정일이는 자기가 실없이 웃기까지 하는 것을 들을 때 내가 지금 더 심한 심열에 떠 있지 않은가? 하는 생각에 갑자기 말과 웃음과 표정까지 없어지고 말았다.

| 뭔말?

· 정일은 용팔이 위임장에 도장을 치라고 하면서 웃음을 보이자, 그 웃음에서 속물적 욕망을 읽어 내고 불쾌감, 미움에서 비롯된 심열, 뺨을 갈기고 싶은 충동을 느낌.

· 그러나 정일은 금세 '미끄러지는 듯한 웃음이 자기 얼굴에 흐름을' 깨닫고 심열을 신경 쇠약의 탓으로 생각하며 자기에게로 관심을 집중하는 모습만 보이므로, 용팔에 대한 불쾌감을 웃음으로 무마하려고 한 것이라 보기 어려움.

· 〈보기〉의 '자기를 구속하는 속물적 욕망'을 고려한다면, 자기 내면에 존재하는 재산 상속에 대한 기대감(= 속물적 욕망)을 인식하는 것으로 볼 수 있음.

오답 땡!

① 산판알을 놓으며 이익을 따지는 상대를 경멸하면서도 산판알이 올라가는 것을 주목하는 데에서, 자신을 구속하는 속물적 욕망으로부터 자유롭지 못한 모습을 찾을 수 있군.

| 〈보기〉 정일은 자신을 구속하는 속물적 욕망을 경멸하고 현실에서의 적극적인 행동을 주저하는 한편, 자신과 주변에 관심을 집중한다.

| 〈3〉 용팔이의 얼굴에 발라놓은 듯한 그 웃음이 말할 수 없이 미웠다. 이 소인 놈! 하는 의분 같은 심열이 떠오르며 → 속물적 욕망에 집중하는 용팔에 대한 경멸

| 〈2〉 아버지가 아직도 지키고 있는 그의 재산을 넘겨다보는 듯한 용팔이가 따지는 산판알이 거침없이 한 자리씩 올라가는 것을 유심히 바라보고 있는 자신을 의식하며 보고 있을 때 → 속물적 욕망을 버리지 못한 정일의 모습

| 뭔말?

· 정일은 아버지가 위독한 상황에서 산판알을 놓으며 상속세를 내지 않기 위한 계산에만 골몰하는 용팔을 속으로 '이 소인 놈!'이라고 생각하며 경멸함.

· 그러면서도 산판알이 올라가는 모습을 유심히 바라보는 데에서 재산 상속에 대한 기대감을 보이는데 이는 〈보기〉에 언급된, '자신을 구속하는 속물적 욕망'으로부터 자유롭지 않은 모습임.

③ 중문 안으로 들어가는 상대를 불러내지는 못하고 자신이 그를 부르지 못한 이유를 생각하는 데에서, 행동을 주저하고 자신에게로 관심을 돌리는 모습을 찾을 수 있군.

| 〈보기〉 정일은 ~ 현실에서의 적극적인 행동을 주저하는 한편, 자신과 주변에 관심을 집중한다.

| 〈4〉 중문으로 들어가는 용팔이의 뒷모양을 바라보던 정일이는 갑자기 불러내고 싶었다. 궁둥이를 들먹하고 부르는 손짓까지 하였으나 탄력 없이 벌어진 입에서는 말이 나오지 않았다. 창졸간에 용팔이를 어떻게 불러야 할지 몰라서 주저되는 것같이도 생각되었다. ~ 종시 용팔이가 중문 안으로 사라져서 불러낼 기회를 놓치고 말았다고 후회하면서도 내가 정말 후회하는 것이라면 지금이라도 따라가서 붙들 수도 있지 않은가? 이렇게 생각하는 정일이는

| 뭔말?

· 용팔이 위임장을 들고 중문 안 아버지에게로 향하자 정일은 그를 다시 불러내려

하지만, 머뭇거리다 끝내 실행하지는 못함.

· 그러면서도 자신이 어째서 용팔을 불러내지 못한 것인지, 용팔을 불러낼 기회를 놓친 것을 자신이 정말 후회하는지 등을 생각해 봄. 이는 〈보기〉에 언급된, 적극적인 행동을 주저하고 자신에게로 관심을 돌리는 모습으로 볼 수 있음.

④ 상대의 고통을 바라보며 의지력을 우러러보는 듯한 마음이 있는 자신을 발견하는 데에서, 상대와의 차이를 인식하는 스스로의 내면마저 대상화하는 모습을 찾을 수 있군.

→ 애써 살려는 의지력이 없는 정일
↔ 고통 속에서 죽음과 싸우며 생에 대한 의지를 보이는 아버지

| 〈보기〉 정일은 ~ 관찰과 분석을 수행하는 자신의 내면마저 대상화함

| 〈5〉 자기는 죽음의 공포를 해탈한 무슨 수양이 있는 것이 아니라 단지 애써 살려는 의지력이 없는 것뿐이다. 아버지는 한 번도 자기의 생활을 회의하거나 죽음을 생각할 필요가 없었던 사람이므로 이같이 죽음과 싸울 수 있는 것이 아닐까 생각하였다. 그래서 정일이는 어떤 위대한 의지력을 우러러보는 듯한 마음으로 아버지의 고통을 바라보고 있는 자기를 발견하는 때가 있었다.

| 뭔말?

· 정일은 고통 속에서 죽음과 싸우는 아버지를 바라보며 '애써 살려는 의지력이 없는' 자기와는 다른 '어떤 위대한 의지력'을 발견함.

· 그리고 그 '위대한 의지력을 우러러보는 듯한 마음으로' 아버지의 고통을 바라보고 있는 자기를 발견하는데 이는 아버지와의 차이를 인식하는 과정에서 〈보기〉에 언급된, '자신의 내면마저 대상화'하는 모습으로 볼 수 있음.

→ 물 한 방울 먹지 못하는 상황에서 갈증을 해소하고 싶은 마음에 물줄기를 황홀하게 바라보는 눈 → 갈증 해소, 생에 대한 강렬한 동경

⑤ 물줄기를 바라보는 상대로부터 이전에는 한 번도 보지 못한 눈을 확인하는 데에서, 주변 대상을 관찰하여 상대가 내비치는 생에 대한 강렬한 동경을 파악하는 모습을 찾을 수 있군.

| 〈보기〉 그는 주변 대상을 관찰하여 그 의미를 파악하고, 파악한 내용에 반응하며,

| 〈6〉 만수 노인은 꺼멓게 탄 혀를 벌린 입 밖에 내놓고 황홀한 눈으로 드리우는 물줄기를 바라보고 있었다. ~ 정일이는 일찍이 그러한 눈을 본 기억이 없다고 생각하였다. 더욱이 아버지의 얼굴에서! 자기 아버지에게서 저러한 동경에 사무친 황홀한 눈을 보게 되는 것은 의외라고 할밖에 없었다.

| 뭔말?

· 정일은 아버지가 고통 속에서 죽음과 싸우는 모습을 보고 '어떤 위대한 의지력'을 느끼고 '드리우는 물줄기'를 바라보는 아버지의 눈을 가리켜 일찍이 보지 못한 '동경에 사무친 황홀한 눈'이라고 함.

· 이때 아버지의 동경은 갈증을 해소하고 생을 이어 나가고 싶은 욕망을 내포하므로, 정일이 〈보기〉의 언급처럼 '주변 대상을 관찰'함으로써 상대로부터 생에 대한 강렬한 동경을 파악한 것이라 볼 수 있음.

꿀피스 Tip!

▶ 이 문제는 〈보기〉에서 정일이라는 인물의 성격을 매우 구체적으로 제시하고 있어. 이걸 확실하게 체크한 다음, 정일의 모습에 담긴 의미를 하나씩 파악해 보자고.

▶ 먼저 '정일은 자신을 구속하는 속물적 욕망을 경멸하고'라고 했어. 이 문장 안에 두세 가지 정보가 담겨 있다는 걸 파악했을까? 정일은 속물적 욕망을 경멸하는 인물이야. 동시에 속물적 욕망에 구속되어 있기도 하지. 이 말은 정일도 속물적 욕망을 느끼는 존재라는 거야. 그렇다면 정일은 자기에게서 속물적 욕망을 느낄 때 스스로가 매우 싫고, 부끄럽고 할 거란 추측을 해 볼 수 있어. (정일이 속물적 욕망을 경멸한다고 했으니, 정일에게는 속물적 욕망이 없겠지? 하는 자기 혼자만의 추측은 제발 삼가 줘.) 이어서 보면 정일은 현실에서의 적극적인 행동은 주저하고 자신과 주변에 관심을 집중하는 인물이라고 했어.

▶ 여기까지의 〈보기〉 정보를 가지고 이 문제의 정답 근거가 된 지문을 분석해 보자.

> 정일이는 더욱 불쾌하여졌다. 잠이 부족한 신경 탓도 있겠지만 자기의 눈을 기탄없이 바라보는 용팔이의 얼굴에 발라 놓은 듯한 그 웃음이 말할 수 없이 미웠다. 이 소인 놈! 하는 의분 같은 심열이 떠오르며, 언제 내가 이런 음모를 하자고 너와 공모를 하였던가? 하고 그의 뺨을 갈기고 싶은 충동을 느끼었다.

정일이는 용팔이 위임장에 도장을 찍을 것을 요구하자 불쾌함을 느껴. 용팔의 얼굴에 발라 놓은 듯한 그 웃음도 미웠고 말이지. 이건 속물적 욕망을 경멸하는 정일의 성격에서 비롯된 심리라고 할 수 있을 거야. 아버지가 위독한데 상속세 줄일 궁리만 하는 용팔의 모습이 얼마나 속물적으로 보였을지 공감이 가지? 정일은 용팔과 자기는 그런 속물적 공모를 한 적이 없다고 생각하면서 뺨을 갈기고 싶은 충동까지 느끼게 돼.

▶ 그런데 정일은 '금시에 미끄러지는 듯한 웃음'이 자기 얼굴에 흐르고 있다는 걸 깨달아.

> 그러나 정일이는 금시에 미끄러지는 듯한 웃음이 자기 얼굴에 흐름을 깨달았다. 이러한 심열은 신경 쇠약의 탓이 아닐까? 의분이랄 것도 없고 결벽성도 아니고 그런 것을 공연히 이같이 한순간에 뒤집히는 자기 마음 한 모퉁이에 상식을 놓쳐 뿌린 결과가 어떤가? 해 보자 하는 놓치기 쉬운 어떤 힌트같이 번쩍이는 생각을 보자 정일이는 조급히 도장을 뒤져내며, 자 칠 대로 치우, 나는 어디다 치는 것도 모르니까 하였다. 이렇게 지껄이듯이 말하는 정일이는 자기가 실없이 웃기까지 하는 것을 들을 때 내가 지금 더 심한 심열에 떠 있지 않은가? 하는 생각에 갑자기 말과 웃음과 표정까지 없어지고 말았다.

용팔의 발라 놓은 듯한 웃음이 미웠던 정일이 자신에게서도 미끄러지는 듯한 웃음이 흐름을 깨달았다는 건 자기 내면에 존재하는 상속에 대한 기대감(= 속물적 욕망)을 인식한 모습일 거야. 용팔이나 자기나 다를 바 없다는 것, 자기의 이중적인 모습을 인식한 거지. 이러한 감정을 느낀 정일은 말과 웃음과 표정까지 없어지고 말아. 위에서 정일은 자기에게서 속물적 욕망을 느낄 때 스스로가 매우 싫고, 부끄럽고 할 거란 추측했었지? 그러니까 선지 ④에서처럼, 정일의 웃음을 상대에 대한 불쾌감을 무마하려는 태도와 연결 짓는 것은 적절하지 않아.

기출 속 문학 개념어 사전

제한적 서술자(012)

개념	**제한적 서술자** 制 억제할 ㊆ 限 한계 ㊅ 的 과녁 ㊇ 敍 줄 ㊈ 述 지을 ㊉ 者 사람 ㊋
사전적 의미	[제한적] 일정한 한도를 정하거나 그 한도를 넘지 못하게 막는. [서술자] 어떤 내용을 일정한 기준이나 관점에 따라 정리하여 말하거나 쓰는 사람.
단계적 이해	① 제한적 서술자는 시점과 관련된 말이야. 제한적 전지적 작가 시점의 서술자를 가리키는 말이지. ② 전지적 작가 시점부터 짚고 넘어가자. 전지적 작가 시점은 이야기 밖 서술자가 자신의 시각에서 사건의 전모는 물론, 여러 인물의 심리, 행동, 감정 등을 모두 아는 상태에서 서술하는 방식이야. ③ 제한적 전지적 작가 시점은 서술자가 특정 인물의 눈을 빌려 이야기를 서술하는 것을 말해. 이야기 밖 서술자가 이야기 내부의 한 인물의 시각에 의존하여 사건과 인물을 그려 나갈 때, 제한적 서술자가 사용됐다고 하는 거지. ④ 제한적 전지적 작가 시점은 서술자가 특정 인물에 초점을 맞추어 이야기를 전개하기 때문에, 해당 인물을 제외한 다른 인물의 생각이나 심리를 파악하기가 어려워져. 반면 특정 인물의 눈에 비친 사건과 인물들의 행위는 강조되는 효과가 발생하게 돼.

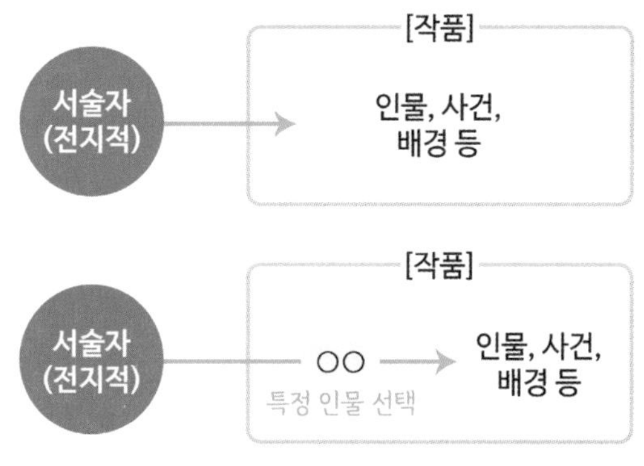

출제 TIP	• 제한적 서술자라는 말보다는 '특정 인물의 시각에서', '특정 인물의 시선을 통해'라는 표현이 훨씬 자주 사용돼. 초점 화자와도 유사한 개념이야. • 제한적 서술자는 주로 현대 소설에서 이야기되는 개념이야. 서술상 특징을 묻는 문제, 시점과 관련한 <보기> 문제와 엮여 제시되곤 했지.

특정 인물의 시선으로 제시된 인물과 사건

한편으로 영신이도 동혁의 생활이 보고 싶었다. 오래 두고 머릿속에 그려 보던 것과 같은가, 또한 얼마나 틀릴까 — 하고 적잖이 궁금히 여기다가 동혁이가 거처하는 방으로 들어가서 둘러보고는 놀라지 않을 수 없었다. 구차한 살림이요, 더구나 홀앗이라 번쩍거리는 세간이 있으리라고는 상상도 하지 않았지만, 그래도 전문학교까지 다니던 사람이 거처하는 방으로는 너무나 검소하다. 흙바닥에다가 그냥 기직때기를 깔았는데, 눈에 새뜻하게 뜨이는 거라고는 하나도 없다. 윗목에 놓인 책상에는 학교에 다닐 때 쓰던 노트 몇 권이 꽂혔고, 신문 잡지가 흐트러졌을 뿐이요, 아랫목에는 발길로 걷어차서 두르르 말아 놓은 듯한 이불 한 채가 동그마니 놓였다.

– 심훈, 「상록수」

▶ 전지적 서술자가 '영신'의 시선으로 동혁이 거처하는 방을 묘사한 부분이야.

"돈 드려야지요. 그런데……."

아내는 뒷말을 못 잇고 그의 얼굴을 말끄러미 올려다보았다. 그는 술잔을 들어 올리며 짐짓 아내를 못 본 척했다. 역시 여자는 할 수 없어. 옥상 일까지 시켜 놓고 돈을 다 내주기가 아깝다는 뜻이렷다. 그는 아내가 제발 딴소리 없이 이십만 원에서 이만 원이 모자라는 견적 금액을 다 내놓기를 대신 빌었다. 그때 임 씨가 먼저 손을 휘휘 내젓고 나섰다.

"사모님, 내 뽑아 드린 견적서 좀 줘 보세요. 돈이 좀 달라질 겁니다."

아내가 손에 쥐고 있던 견적서를 내밀었다. 인쇄된 정식 견적 용지가 아닌, 분홍 밑그림이 아른아른 내비치는 유치한 편지지를 사용한 그것을 임 씨가 한참씩이나 들여다보았다. 그와 그의 아내는 임 씨의 입에서 나올 말에 주목하여 잠깐 긴장하였다.

"술을 마셨더니 눈으로는 계산이 잘 안 되네요."

임 씨는 분홍 편지지 위에 엎드려 아라비아 숫자를 더하고 빼고, 또는 줄을 긋고 하였다.

그는 빈 술병을 흔들어 겨우 반 잔을 채우고는 서둘러 잔을 비웠다. 임 씨의 머릿속에서 굴러다니고 있을 숫자들에 잔뜩 애를 태우고 있는 스스로가 정말이지 역겨워졌다.

– 양귀자, 「비 오는 날이면 가리봉동에 가야 한다」

▶ 전지적 서술자가 '그'라는 특정 인물의 시각에서 주로 사건을 서술하여 '그'의 양심적이면서도 이해타산적인 도시 중산층으로서의 면모를 보여 주고 있어.

제한적 서술자에 의한 인물의 심리 제시

그날 밤, 민 노인은 근래에 흔치 않은 노곤함으로 깊은 잠을 잤다. 춤판이 끝나고 아이들과 어울려 조금 과음한 까닭도 있을 것이었다. 더 많이는, 오랜만에 돌아온 자기 몫을 제대로 해냈다는 느긋함이, 꿈도 없는 잠을 거쳐 상큼한 아침을 맞게 했을 것으로 믿었는데, 그런 흐뭇함은 오래 가지 않았다. 다 저녁때가 되어, 외출에서 돌아온 며느리는 집 안에 들어서자마자 성규를 찾았고, 그가 안 보이자 민 노인의 방문을 밀쳤다.

"아버님, 어저께 성규 학교에 가셨어요?"

– 최일남, 「흐르는 북」

▶ 서술자는 '민 노인'의 시각에서 사건을 서술하여 불을 치고 나서 자기 몫을 해냈다는 느긋함을 느끼는 민 노인의 상황과 내면에 공감하도록 유도하고 있어.

▸본문 102쪽

현대 소설 07

2023학년도 수능

01 ① 02 ⑤ 03 ① 04 ②

최명희, 「쓰러지는 빛」

EBS 연결 고리
비연계

해제 이 작품은 「혼불」로 유명한 최명희 작가의 1980년도 신춘문예 당선작이다. 자전적 성격이 강한 작품으로, 아버지가 돌아가신 후 가정 형편이 안 좋아지자 가족들의 추억이 어린 집을 팔고 구조가 천박한 작고 초라한 집으로 이사해야 하는 상황과 그로 인한 작중 인물들의 심리를 그리고 있다.

주제 '나'와 가족들의 추억이 어려 있는 집에 대한 회고

전체 줄거리

6년 전 아버지가 돌아가신 후, '나'와 가족들은 오랫동안 살아 추억이 어린 집을 팔고 전셋집으로 이사를 가야 하는 상황에 처한다. 그런데 새로 이사 오게 된 사람들이 이런저런 사정을 이야기하며 계약 날짜보다 먼저 들어와 며칠간 '나'의 가족들은 그들과 동숙하며 불편한 생활을 하게 된다. 새 집주인은 아버지의 유품이 가득한 서재에 짐을 풀고, 잠옷 차림으로 양치를 하며 돌아다니기도 한다. 와세다 대학을 나온 법학도였던 아버지는 어머니와 혼인한 후 천변에 처음 터를 잡았다. '나'가 태어나던 해, 아버지는 지팡이만 한 오동나무를 심어 기념하였고, 그 오동나무의 씨앗은 바람에 날려 마을 곳곳에 오동나무가 자라게 했다. '나'와 가족들이 이사 갈 전셋집은 천변의 집과 달리 구조가 천박하였다. 손바닥만 한 마당은 시멘트로 발라 놓았고, 창문 없는 방들이 붙어 있어 좁고 어두웠다. 오동나무의 잎사귀가 서걱거리는 소리를 냈던 천변의 집과는 달리, 도로변의 가게에서 들리는 온갖 시끄러운 소리는 '나'와 가족들의 마음을 불편하게 했다. 한편 천변 집의 새 집주인은 가족들의 위로가 되고 집의 존재를 증명해 주었던 아버지의 문패를, 죽은 사람의 문패는 재수 없다고 하며 서슴없이 떼어 낸다. 그러고는 사람을 불러 오동나무 열매를 다 따서 팔아 버리고, 오동나무도 잘라 팔 계획을 세운다. '나'는 아버지가 돌아가시던 날을 떠올리며 눈물을 흘리고, 빛이 쓰러지는 소리를 듣는다.

1 밤이 깊어지면, **시장 안의 가게들**은 하나씩 문을 닫고, 길가에 리
[01-④] 시장 안 가게들은 밤이 되면 문을 닫아 사람들이 찾지 않음.
어카를 놓고 팔던 상인들은 제각기 과일이나 생선, 채소들을 끌고 다리 위로 올라오는 것이었다.

그 모양을 이만큼에 서서 흔들리는 버드나무 가지 사이로 바라보
[02-①] '나'가 비교적 가까운 거리에서 대상을 바라보고 있음.
면, 리어카마다 켜져 있는 카바이드 불빛이, 마치 난간에 무슨 꽃 등불을 달아 놓은 것처럼 요요하였다. [A]

돈이 없어도 염려가 안 되는 곳.

그 사람들은 대부분 어머니를 알았다.

모르는 사람들도 곧 알게 되었다.

벽오동집 아주머니.
[02-②] 단락을 나눈 서술. 어머니에 대한 호칭 부각
오동나무 아주머니.

그렇게 어머니를 불렀다. [B]

어느새 나무는 그렇게도 하늘 높이 자라서 저기만큼 걸린 매곡교 다릿목에서도 그 무성한 가지와 잎사귀를 올려다볼 만큼 되었던 것이다.

거기다가, 우리 집에서 날아간 오동나무 씨앗이 앞뒷집에 떨어져
[02-③] '나'의 경험임이 드러남.
싹이 나고, 어느 해 바람에 불려 갔는지 그보다 더 먼 건넛집에도, 심지 않은 오동나무가 저절로 자라나게 되었다.

그래서 나는 속으로 우리 동네를 벽오동촌이라고 별명 지었다.
[02-③] [03-④] '나'의 경험임이 드러남. 벽오동촌 = '나'가 생각한 동네 별명
그것은 어쩌면 이 가난한 동네의 한 호사였는지도 모른다. [C]
[03-②] '나'의 집에서 오동나무 씨앗이 날아가 마을 여기저기 오동나무가 자라난 것

2 아버지가 어머니와 혼인하시고, 작천의 친정 어머니를 남겨 두신 채, 신행 후에 전주로 돌아와 맨 처음 터를 잡은 곳이 바로 이 **천변**이었다.

동네 뒤쪽으로는 산줄기가 병풍처럼 둘러쳐져 있고, 앞쪽으로는 흰모래 둥근 자갈밭을 데불은 시냇물이 흐르며 거기다 시장까지 가까운 이곳은, 삼십 년 전 그때만 하여도, 부성 밖의 한적하고 빈한한
[01-⑤] [02-④] 과거 천변에 대한 정보를 추측하여 서술함.
동네였을 것이다. [D]

물론 우리도 중간에 **집을 고치**고, 이어 내고, 울타리를 바꾸었으나, 그저 움막처럼 나뭇가지를 얼기설기 얽은 뒤, 풍우나 피하자는 시늉으로 지은 집들도 많았을 것이다.

3 이 울타리 안에서 해마다 더욱더 무성하게 자라는 오동나무는 유
[03-①] 오동나무를 통해 세월의 흐름을 느낌.
월이면, 아련한 유백색의 비단 무늬 같은 꽃을 피웠다. 그윽한 꽃이었다.

그 나무는 나보다 더 나이가 많았다.

나를 낳으시던 해, 지팡이만 한 나무를 구해다가 앞마당에 심으시며
[03-③, ⑤] 아버지는 '나'가 태어난 것을 기념하여 오동나무를 심음.
"기념."

이라고 웃으셨다는 아버지.

"처음에는 저게 자랄까 싶었단다. 그러던 게 이듬해는 키를 넘드라."

해마다 이른 봄이면, 어린아이 손바닥만 하던 잎사귀가 어느 결에 손수
[03-①] 오동나무를 통해 계절의 변화를 느낌.
건만 해지고, 그러다가 초여름에는 부채처럼 나부낀다.

그리고 가을에는 종이우산만큼이나 넓어지는 것 같았다.

하늘을 덮는 잎사귀, 그 무성한 잎사귀들…….

그 잎사귀 **서걱거리는 소리**가 골목 어귀 천변에까지 들리는 성싶었다.
[03-③] 천변 집 주변의 환경. '나'가 친숙함을 느낌.

4 어머니는 물끄러미 냇물만 바라보고 계시더니, 문득 고개를 돌려,

"영익이 언제 다녀갔지?"
[01-②] 영익이 집에 다녀간 시기를 묻는 말
하고 물으셨다.

"사흘 됐나? 그저께 아니었어요?"
[02-⑤] 서술자인 '나'가 한 말
어머니는 어둠 속에서 고개를 끄덕이셨다.

어머니의 고개는 무거워 보였다. [E]

"참, 어머니 지금 저기, 불빛 뵈는 저 산마루에 절, 저기가 영익이 있는 데예요?"

나는 동편 산마루의 깜박이는 불빛을 가리키며 무심한 듯 물었다.

"아니다. 그건 승암사라구 중바위산 아니냐. 그 애 공부하는 덴 이 오른쪽이지…… 기린봉 중턱에 있는 절이야. 여기서는 잘 뵈지도 않는구나."
[01-③] '나'는 어머니의 말을 듣고 영익이 머무르는 위치를 앎.

그러면서 어머니는 눈을 들어, 어두운 밤하늘에 뚜렷한 금을 긋고 있는 산줄기를 바라보셨다. 산은 검고 깊었다.

5 동생 영익이는 벌써 이 년째 그 산속의 절에서 사법 고시 준비를 하고 있었다.

그는 말이 없고 우울한 때가 많았다.

그리고 그저께 집에 내려와, 이사 날짜가 결정되었다는 말을 듣고는 아무 말도 없이 고개를 떨어뜨리더니

"내가……."

[01-①] 영익은 이사 날짜 결정 소식을 듣고 무슨 말을 하려다가 맒.

하고 무슨 말을 이으려다 말고 그냥 산으로 올라갔었다.

그때 영익이의 말끝에 맺힌 숨소리는 '흡' 하고 내 가슴에 얹혀 아직도 내려가지 않은 것만 같았다.

6 우리가 이사하기로 된 집의 **구조**는 지극히 **천박**하였다.

우선 대문이 번화한 도로변으로 나 있는 데다가 오래되고 낡아서 녹이 슨 철제였다. 그것은 잘 닫히지도 않아 비긋하니 틀어진 채 열려 있었다.

그리고 마당은 거의 없다는 편이 옳았다. 그나마 손바닥만 한 것을 시멘트로 빈틈없이 발라 놓았고, 방들은 오밀조밀 붙어 있어 개수만 여럿일 뿐, 좁고 어두웠다.

그중에 한 방은 아예 전혀 **채광 통풍조차**도 되지 않았다.

[04-④] '나'가 집의 구조를 천박하다고 한 이유

그것도 원래는 **창문**이었는데, 아마 바로 옆에 가게를 이어 내느라고 **막아 버린** 모양이었다. 그 가게란 양품점으로, 레이스가 많이 달린 네글리제와 여자용 속옷, 스타킹 따위를 고무 인형에 입혀 세워 놓은 곳이었다.

뿐만 아니라 그 가게를 중심으로 앞뒤에 같은 양품점들이 늘어서 있고 그 옆에는 양장점, 제과소, 음식점, 식료품 잡화상들이 있었다.

여기저기서 들려오는 **불규칙한 마찰음**, 무엇이 부딪쳐 떨어지는 소리,

[04-③] 이사 갈 집 주변의 환경. '나'가 불편함, 위태로움을 느낌.

어느 악기점에선가 쿵, 쿵, 울려 오는 스피커 소리…… 끼익, 하며 숨넘어가는 자동차 소리.

한마디로 그 집은, 아스팔트의 바둑판, 환락과 유행과 흥정의 경박한 거리에 금방이라도 쓸려 버릴 것처럼 위태해 보였다.

그리고 우리가 이제 이사 올 집이라고, 그 집 문간에 웅숭그리고 서서

[04-⑤] '나'는 이사 올 집을 낯설어하며 불편함을 느낌.

철제 대문 사이로 안을 기웃거리며 들여다보는 **우리들**은 어쩐지 **잘못 날아든 참새들 같**기만 하였다.

01 작품의 내용 이해 답 ①

선지별 선택 비율	①	②	③	④	⑤
화작	82%	10%	2%	2%	2%
언매	88%	7%	1%	1%	1%

윗글에 대한 이해로 가장 적절한 것은?

정답 띵!동!

① **'영익'은 가족의 상황을 알고서도 제 생각을 분명히 드러내지 않는다.**

└→ 이사 날짜가 결정되었다는 것

| 〈5〉 그리고 그저께 집에 내려와, 이사 날짜가 결정되었다는 말을 듣고는 아무 말도 없이 고개를 떨어뜨리더니 "내가……." 하고 무슨 말을 이으려다 말고 그냥 산으로 올라갔었다.

| 뭔말?

· 영익은 이사 날짜가 결정되었다는 가족의 상황을 알고는 "내가……." 하고 무슨 말을 이으려다 말고 그냥 산으로 올라갔다고 함.

오답 땡!

┌→ 영익은 그저께도 집에 다녀감.

② **'어머니'는 ~~아들이 출가하여 소식이 끊긴~~ 뒤 ~~그의 근황을 궁금해한다.~~**

집에 다녀간 시기를 물었을 뿐, 근황을 궁금해하는 것 X ←┘

| 〈4〉 어머니는 물끄러미 냇물만 바라보고 계시더니, 문득 고개를 돌려, "영익이 언제 다녀갔지?" 하고 물으셨다. "사흘 됐나? 그저께 아니었어요?" 어머니는 어둠 속에서 고개를 끄덕이셨다.

| 〈5〉 동생 영익이는 벌써 이 년째 그 산속의 절에서 사법 고시를 준비하고 있었다.

| 뭔말?

· 영익은 산속의 절에서 사법 고시를 준비하는 상황으로, 그저께도 집에 다녀갔으므로 출가하여 소식이 끊겼다고 볼 수 없음.

· 또한 어머니는 아들 영익이 집에 다녀간 시기를 묻고 있을 뿐 그의 근황을 궁금해하고 있지 않음.

③ **'나'는 ~~동생의 말을 듣고서 그가 현재 어디에 머무르고 있는지~~ 알게 된다.**

└→ 어머니의 말을 듣고 동생 영익이 머무는 절의 위치를 알게 됨.

| 〈4〉 "참, 어머니 지금 저기, 불빛 뵈는 저 산마루에 절, 저기가 영익이 있는 데예요?" 나는 동편 산마루의 깜박이는 불빛을 가리키며 무심한 듯 물었다. "아니다. 그건 승암사라구 중바위산 아니냐. 그 애 공부하는 덴 이 오른쪽이지…… 기린봉 중턱에 있는 절이야. 여기서는 잘 뵈지도 않는구나."

| 뭔말?

· '나'는 어머니의 말을 듣고서 동생 영익이 현재 머무는 절의 위치를 알게 됨.

④ **'시장 안의 가게들'은 ~~밤늦게 물건을 사기 위해 사람들이 모여드는 곳~~이다.**

└→ 시장 안 가게들은 밤이 깊어지면 문을 닫음.

| 〈1〉 밤이 깊어지면, 시장 안의 가게들은 하나씩 문을 닫고,

| 뭔말?

· 시장 안의 가게들은 밤이 깊어지면 하나씩 문을 닫는다고 하였으므로 사람들이 밤늦게 물건을 사기 위해 모여드는 공간이 아님.

⑤ **'천변'은 아버지와 어머니가 결혼할 때부터 ~~사람들이 북적였던 번화한 동네~~이다.**

└→ 한적하고 빈한한 동네였다고 함.

| 〈2〉 아버지가 어머니와 혼인하시고, ~ 전주로 돌아와 맨 처음 터를 잡은 곳이 바로 이 천변이었다. 동네 뒤쪽으로는 ~ 거기다 시장까지 가까운 이곳은, 삼십 년 전 그때만 하여도, 부성 밖의 한적하고 빈한한 동네였을 것이다.

| 뭔말?

· '천변'은 아버지와 어머니가 결혼할 때인 삼십 년 전만 하여도 부성 밖의 한적하고 빈한한 동네였을 것이라고 함.

02 서술상 특징 파악 답 ⑤

선지별 선택 비율	①	②	③	④	⑤
화작	2%	1%	4%	2%	88%
언매	1%	0%	2%	1%	93%

[A]~[E]의 서술 방식에 대한 설명으로 적절하지 않은 것은?

정답 띵!동!

→ 맥락상 [E]는 어머니의 물음에 대한 '나'의 대답인 것이 드러남.

⑤ [E]: 누가 한 말인지 명시하지 않은 것을 보면, 대화 상황에서 말하는 이와 서술자가 ~~다르다는~~ 사실을 알 수 있다.

→ '나'로 동일함.

| ⟨4⟩ 어머니는 물끄러미 냇물만 바라보고 계시더니, 문득 고개를 돌려, "영익이 언제 다녀갔지?"하고 물으셨다.

| [E] "사흘 됐나? 그저께 아니었어요?" 어머니는 어둠 속에서 고개를 끄덕이셨다. 어머니의 고개는 무거워 보였다.

| 뭔말?

· [E]를 앞부분과 이어 읽어 보면 "사흘 됐나? 그저께 아니었어요?"는 "영익이 언제 다녀갔지?"라는 어머니의 물음에 '나'가 대답한 말임. 따라서 [E]의 대화 상황에서 말하는 이와 서술자는 모두 '나'로 동일함.

오답 땡!

→ 비교적 가까운 거리에서 직접 바라본 것

① [A]: '이만큼에 서서'와 '바라보면'을 보면, 서술자가 대상을 지각할 수 있는 위치에서 서술하고 있음을 알 수 있다.

→ '나'가 상인들이 리어카를 다리 위로 끌고 올라오는 모습을 바라보며 서술함.

| [A] 그 모양을 이만큼에 서서 흔들리는 버드나무 가지 사이로 바라보면, 리어카마다 켜져 있는 카바이드 불빛이, 마치 난간에 무슨 꽃 등불을 달아 놓은 것처럼 요요하였다.

| 뭔말?

· [A]에서 '나'는 상인들이 리어카를 다리 위로 끌고 올라오는 모습을 '이만큼에 서서' 흔들리는 버드나무 가지 사이로 '바라보'았다고 함.

· 이는 서술자 '나'가 대상 '상인들이 리어카를 다리 위로 끌고 올라오는 모습'을 비교적 가까운 거리, 지각할 수 있는 위치에서 서술하고 있는 것에 해당함.

② [B]: 호명하는 말을 각각 하나의 문단에 서술하여, 그 호칭이 두드러져 보이는 효과가 나타난다.

| [B] 벽오동집 아주머니.
오동나무 아주머니.

| 뭔말?

· [B]에서 '벽오동집 아주머니'와 '오동나무 아주머니'는 '나'의 어머니를 호명하는 말인데, 이를 각각 하나의 문단에 서술하여 그 호칭을 부각하는 효과를 줌.

③ [C]: '나'와 '우리' 같은 표현을 사용하여, 서술자가 자기 경험을 바탕으로 하는 이야기를 서술하면서 자신의 내면을 드러낸다.

→ [자기 경험] 우리 집 오동나무가 여기저기 씨앗을 퍼뜨린 이야기
─[내면 서술] '그것은 어쩌면 이 가난한 동네의 한 호사였는지도 모른다.'

| [C] 거기다가, 우리 집에서 날아간 오동나무 씨앗이 앞뒷집에 떨어져 싹이 나고, 어느 해 바람에 불려 갔는지 그보다 더 먼 건넛집에도, 심지 않은 오동나무가 저절로 자라나게 되었다. 그래서 나는 속으로 우리 동네를 벽오동촌이라고 별명 지었다. 그것은 어쩌면 이 가난한 동네의 한 호사였는지도 모른다.

| 뭔말?

· [C]에서 서술자는 '나'와 '우리' 같은 표현을 사용하여, 자신의 집 오동나무가 여기저기 씨앗을 퍼뜨린 경험 속 이야기를 서술하면서 '그것은 어쩌면 이 가난한 동네의 한 호사였는지도 모른다.'와 같은 내면을 드러냄.

→ 삼십 년 전 동네 상황

④ [D]: '동네였을 것이다'를 보면, 서술자가 과거 상황에 대해 확정적으로 진술하지 않고 추측의 의미를 담아 서술하고 있음을 알 수 있다.

| [D] 동네 뒤쪽으로는 산줄기가 병풍처럼 둘러쳐져 있고, 앞쪽으로는 흰모래 둥근 자갈밭을 데불은 시냇물이 흐르며 거기다 시장까지 가까운 이곳은, 삼십 년 전 그때만 하여도, 부성 밖의 한적하고 빈한한 동네였을 것이다.

| 뭔말?

· '-ㄹ 것이다'라는 추측의 의미를 담은 표현으로 서술자는 삼십 년 전 자신이 태어나기 이전의 동네 상황에 대해 확정적으로 진술하지 않고 있음.

03 소재의 의미와 기능 파악 답 ①

선지별 선택 비율	①	②	③	④	⑤
화작	81%	5%	3%	6%	3%
언매	89%	3%	2%	3%	1%

윗글의 '오동나무'에 대한 이해로 가장 적절한 것은?

정답 띵!동!

① '나'가 계절의 자연스러운 변화와 세월의 흐름을 느끼게 되는 경험적 대상이다.

| ⟨3⟩ 이 울타리 안에서 해마다 더욱더 무성하게 자라는 오동나무는 유월이면, 아련한 유백색의 비단 무늬 같은 꽃을 피웠다. → 세월의 흐름

| ⟨3⟩ "처음에는 저게 자랄까 싶었단다. 그러던 게 이듬해는 키를 넘드라." 해마다 이른 봄이면, 어린아이 손바닥만 하던 잎사귀가 어느 결에 손수건만 해지고, 그러다가 초여름에는 부채처럼 나부낀다. 그리고 가을에는 종이우산만큼이나 넓어지는 것 같았다. → 계절의 자연스러운 변화

| 뭔말?

· 오동나무는 계절마다 잎사귀가 점점 커지고 넓어졌으며 해마다 더욱더 무성하게 자라 유월이면 유백색의 비단 무늬 같은 꽃을 피웠다고 하였으므로, 오동나무는 '나'가 계절의 자연스러운 변화와 세월의 흐름을 느끼는 경험적 대상임.

오답 땡!

② 가난한 마을이지만 ~~사람들로 하여금 호사를 누릴 수 있게 하는 경제적 기반이다.~~

→ 오동나무가 마을의 경제적 기반으로 작용한 것 X

| ⟨1⟩ 우리 집에서 날아간 오동나무 씨앗이 앞뒷집에 떨어져 싹이 나고, 어느 해 바람에 불려 갔는지 그보다 더 먼 건넛집에도, 심지 않은 오동나무가 저절로 자라나게 되었다. ~ 그것은 어쩌면 이 가난한 동네의 한 호사였는지도 모른다.

→ 심지 않은 오동나무가 마을 여기저기 자라난 것을 비유한 말

| 뭔말?

· '나'의 집에서 오동나무 씨앗이 날아가 마을 여기저기 심지 않은 오동나무가 자라난 것을 두고 '나'는 '가난한 동네의 한 호사였는지도 모른다'고 한 것이지, 오동나무가 마을의 경제적 기반으로 작용한 것은 아님.

③ ~~'어머니'가 결혼 후에 심고 정성을 다해 키워 내어 무성해진 애착의 결실이다.~~

→ 오동나무는 아버지가 '나'가 태어난 해에 앞마당에 심은 것

| 〈3〉 나를 낳으시던 해, 지팡이만 한 나무를 구해다가 앞마당에 심으시며 "기념." 이라고 웃으셨다던 아버지.

| 뭔말?

· 오동나무를 심은 사람은 아버지로, '나'가 태어나던 해에 지팡이만 한 오동나무를 가져다 심은 뒤 이것이 무성하게 자라남.

④ ~~동네 사람들이 마을의 특징에 부합한 별명을 자기 마을에 붙일 때 적용한 단서이다.~~

↳ 벽오동촌 = '나'가 속으로 생각한 동네 별명

| 〈1〉 거기다가, 우리 집에서 날아간 오동나무 씨앗이 앞뒷집에 떨어져 싹이 나고, 어느 해 바람에 불려 갔는지 그보다 더 먼 건넛집에도, 심지 않은 오동나무가 저절로 자라나게 되었다. 그래서 나는 속으로 우리 동네를 벽오동촌이라고 별명을 지었다.

| 뭔말?

· '벽오동촌'이라는 별명은 동네 사람들이 아닌 '나'가 지은 것임. '나'는 우리 집 오동나무가 씨앗을 퍼뜨리면서 마을 곳곳에 오동나무가 자라나자, 우리 마을의 특징에 부합하는 '벽오동촌'이라는 별명을 붙임.

⑤ '아버지'가 자식을 얻은 기쁨을 ~~이웃과 나눌 생각에 마을 곳곳에 심은~~ 상징적 기념물이다.

↳ 앞마당에 한 그루 심음.
이웃과 기쁨을 나누거나 마을 곳곳에 심은 것 X

| 〈3〉 나를 낳으시던 해, 지팡이만 한 나무를 구해다가 앞마당에 심으시며 "기념." 이라고 웃으셨다는 아버지.

| 뭔말?

· '아버지'가 자식을 얻은 기쁨에 오동나무를 심은 것은 맞음.

· 그러나 아버지는 오동나무를 '나'의 집 앞마당에 한 그루 심었을 뿐, 이웃과 나눌 생각에 마을 곳곳에 심지 않았음.

04 외적 준거에 따른 작품 감상 답 ②

선지별 선택 비율	①	②	③	④	⑤
화작	2%	87%	4%	4%	1%
언매	1%	92%	2%	2%	0%

〈보기〉를 바탕으로 윗글을 감상한 내용으로 적절하지 않은 것은? [3점]

> 보기
>
> 집에 대한 정서적 반응은 집의 구조, 주변 환경, 거주 기간 등의 요인에 따라 다를 수 있다. 자신이 거주하는 집의 내·외부와 관계를 맺으며 충분한 시간 동안 쌓은 경험들은 현재 살고 있는 집에 대한 정서를 형성하는 데 영향을 주며, 다른 낯선 공간에 대한 정서적 반응에 영향을 주기도 한다. 「쓰러지는 빛」은 이사할 처지에 놓인 한 가족의 이야기를 통해 집에 대한 '나'의 정서적 반응을 보여 준다.

정답 띵!동!

↱ 이사갈 집의 여건을 살펴보는 것과 관계없는 경험임.

② ~~'집을 고치'던 경험을 바탕으로~~ '구조'가 '천박'한 집의 여건을 살펴보는 것에서, ~~거주 환경의 변화에 적응하여 낯선 공간에 친숙해지고자 하는 '나'의 생각을 확인할 수 있겠군.~~

↳ 집을 살펴보는 자신들을 '잘못 날아든 참새'에 비유하고 있음. 적응 X 친숙 X

| 〈보기〉 자신이 거주하는 집의 내·외부와 관계를 맺으며 충분한 시간 동안 쌓은 경험들은 ~ 다른 낯선 공간에 대한 정서적 반응에 영향을 주기도 한다.

| 〈2〉 물론 우리도 중간에 집을 고치고, 이어 내고, 울타리를 바꾸었으나,

| 〈6〉 우리가 이사하기로 된 집의 구조는 지극히 천박하였다. 우선 대문이 번화한 도로변으로 나 있는 데다가 오래되고 낡아서 ~ 마당은 거의 없다는 편이 옳았다. ~ 방들은 오밀조밀 붙어 있어 개수만 여럿일 뿐, 좁고 어두웠다. ~ 전혀 채광 통풍조차도 되지 않았다. ~ 창문은 막아 버린 모양이었다.

| 〈6〉 그리고 우리가 이제 이사 올 집이라고, 그 집 문간에 웅숭그리고 서서 철제 대문 사이로 안을 기웃거리며 들여다보는 우리들은 어쩐지 잘못 날아든 참새들 같기만 하였다.

| 뭔말?

· 〈보기〉를 참고하여 집과 관련한 내용을 정리하면 다음과 같음.

1. 오동나무가 있는 천변의 집: '나'를 포함한 가족들의 추억이 쌓이며 긍정적 정서가 형성된 집
2. 이사 갈, 대문이 번화한 도로변으로 나 있는 집: 오동나무가 있는 집과는 다른 낯선 공간으로, '나'가 부정적 반응을 나타낸 집

· 우선 '나'가 '구조'가 '천박'한 집의 여건 살펴보는 것은 맞지만, 이것은 예전에 '집을 고치'던 경험을 바탕으로 한 행동이 아님.

· 또한 그 집을 살펴보는 자신들을 '어쩐지 잘못 날아든 참새'에 비유한 것으로 보아, 거주 환경의 변화에 적응하여 낯선 공간에 친숙해지고자 이사 갈 집의 구조를 살펴본 것으로도 볼 수 없음.

오답 땡!

① '나'가 '천변' 집에 살면서 추억을 형성해 온 시간들은, 이사할 처지에 놓인 현재의 상황을 불편하게 여기는 요인이 될 수 있겠군.

| 〈보기〉 자신이 거주하는 집의 내·외부와 관계를 맺으며 충분한 시간 동안 쌓은 경험들은 ~ 다른 낯선 공간에 대한 정서적 반응에 영향을 주기도 한다.

| 〈2〉 아버지가 어머니와 혼인하시고, ~ 신행 후에 전주로 돌아와 맨 처음 터를 잡은 곳이 바로 이 천변이었다. → '나'의 가족이 아주 오랜 시간 추억을 쌓은 곳

| 〈6〉 그리고 우리가 이제 이사 올 집이라고, 그 집 문간에 웅숭그리고 서서 철제 대문 사이로 안을 기웃거리며 들여다보는 우리들은 어쩐지 잘못 날아든 참새들 같기만 하였다. → 천변 집과는 다른 모습. 불편한 감정으로 연결됨.

| 뭔말?

· 오동나무가 있는 '천변' 집은 아버지와 어머니가 혼인한 뒤 맨 처음 터를 잡은 곳으로, '나'는 오랜 시간 이곳에 살면서 추억을 형성해 옴.

· '천변' 집에서 추억을 형성해 온 시간들은, '나'가 이사할 처지에 놓인 현재의 상황을 불편하다고 느끼게 하는 요인이 될 수 있음.

③ '서걱거리는 소리'와 '불규칙한 마찰음'에서 드러나는 집 주변 환경의 차이는, 두 집에 대해 '나'가 느끼는 친밀감의 차이를 유발할 수 있음을 예상할 수 있겠군.

| 〈보기〉 집에 대한 정서적 반응은 집의 구조, 주변 환경, 거주 기간 등의 요인에 따라 다를 수 있다.

| 〈3〉 그 잎사귀 서걱거리는 소리가 골목 어귀 천변에까지 들리는 성싶었다.

| 〈6〉 여기저기서 들려오는 불규칙한 마찰음, ~ 한마디로 그 집은, 아스팔트의 바둑판, 환락과 유행과 흥정의 경박한 거리에 금방이라도 쓸려 버릴 것처럼 위태해 보였다.

| 뭔말?

· '나'가 살던 집은 오동나무 잎사귀의 '서걱거리는 소리'가 골목 어귀 천변에까지 들리는 서정적인 곳으로, '나'가 친숙하게 느끼는 추억의 장소로 나타남.

· '나'가 새로 이사 갈 집은 '불규칙한 마찰음' 등이 가득한 곳으로, 불편함과 위태로움을 느끼는 장소로 나타남. 따라서 두 집의 주변 환경은 '나'가 느끼는 친밀감의 차이를 유발하는 요인임.

④ **'창문'을 '막아 버린' 방은 '채광 통풍조차' 되지 않는 속성으로 인해, 지금 살고 있는 집에 대한 '나'의 정서적 반응과는 다른 정서적 반응을 일으키는 요인이 될 수 있겠군.**
└→ 천박한 구조를 지님.

| 〈보기〉 집에 대한 정서적 반응은 집의 구조, 주변 환경, 거주 기간 등의 요인에 따라 다를 수 있다.

| 〈6〉 우리가 이사하기로 된 집의 구조는 지극히 천박하였다. ~ 그중에 한 방은 아예 전혀 채광 통풍조차도 되지 않았다. 그것도 원래는 창문이었는데, 아마 바로 옆에 가게를 이어 내느라고 막아 버린 모양이었다.

| **뭔말?**

· '나'는 새로 이사 갈 집의 방이 '창문'을 막아 버려 '채광 통풍조차' 되지 않는다는 이유에서, 천박한 구조를 가지고 있다고 부정적 반응을 보임.

⑤ **'우리들'의 상황이 '잘못 날아든 참새들 같'다고 한 것은, 변화될 거주 여건을 낯설어하는 심리를 비유적으로 드러낸 것이라 할 수 있겠군.**

| 〈보기〉 「쓰러지는 빛」은 이사할 처지에 놓인 한 가족의 이야기를 통해 집에 대한 '나'의 정서적 반응을 보여 준다.

| 〈6〉 그리고 우리가 이제 이사 올 집이라고, 그 집 문간에 웅숭그리고 서서 철제 대문 사이로 안을 기웃거리며 들여다보는 우리들은 어쩐지 잘못 날아든 참새들 같기만 하였다.

| **뭔말?**

· 이사할 집 안을 기웃거리며 들여다보는 자신들의 모습을 '잘못 날아든 참새들 같'다고 하고 있음.

· 이 말은 '참새'가 '잘못 날아'들었다는 점에서 새 집의 여건을 낯설고 불편하게 느끼는 '나'와 가족들의 심리를 담은 비유적 표현에 해당함.

▸ 본문 104쪽

현대 소설 08

2023학년도 9월 모의평가

01 ⑤ 02 ④ 03 ③ 04 ③

최인훈, 「크리스마스 캐럴 5」

EBS 연결 고리

비연계

교과서 연계 정보

작가 문학 금성, 미래엔, 비상, 지학

해제 이 작품은 연작 소설 《크리스마스 캐럴》 다섯 편 가운데 하나로, 야간 통행금지 상황을 통해 당시 한국 사회의 억압적이고 폐쇄적인 정치 상황을 조명하고 있다. 겨드랑이에 돋는 파마늘과 날개라는 상징적인 설정을 통해 시대상을 드러내고 있는 작품이다.

주제 1960년대의 억압적 시대 상황과 자유의 문제

전체 줄거리

'나'는 1959년 어느 여름밤, 겨드랑이에 아픔을 느낀다. '가래톳'이라고 하는 파마늘은 방 안에 있으면 쑤시고 밖으로 나가면 씻은 듯이 없어진다. 그래서 '나'는 통행 제한이 있는 밤거리를 몰래 나다니며 밤 산책을 하게 된다. 그러던 중 '나'는 겨드랑이에 조그맣고 부끄러운 검은 날개가 나와 있는 것을 보게 된다. 4 · 19가 지나고 두 달간 증상이 나타나지 않았지만, 이후 다시 발생하면서 '나'를 더 괴롭힌다. 크리스마스 이브에 또 증상이 나타나자 '나'는 밖으로 나가 보지만 많은 사람 속에서는 겨드랑이가 더 아프다는 사실을 알게 된다. 1961년 5월 16일 이후 계엄령이 내려지자 '나'는 한동안 밤에 나가지 못하다가 다시 밤 산책을 시작하는데 이러한 행위가 완전한 자유에의 유희가 아니라는 데 유감을 느낀다. 몇 해 후, '나'는 증상이 없어지려면 통행 제한이 없어져야 한다는 사실을 알게 된다. 그러나 밤거리에 다른 사람이 있는 것을 용납하지 않는 날개의 모순에 고통을 느낀다. 그러다가 '나'는 날개가 산책 도중에 만났던 사람들 모두를 마다하지는 않았다는 사실을 깨닫고 그 의미를 생각한다.

1 그런 일이 있은 지 한 달쯤 지나니 내 겨드랑에 생긴 이변의 전모가 대강 드러났다. **파마늘**은 어김없이 밤 12시부터 새벽 4시 사이에 솟구
[04-②] 겨드랑에 돋아난 것. 파마늘로 인한 통증 → 자유를 얻기 위한 고통과 연결됨.
친다는 것. **방**에 있으면 쑤시고 밖에 나가면 씻은 듯하다는 것. 까닭은 전
[02-③] 방 안에 있을 때 고통이 가장 심함.
혀 알 길이 없다는 것 등이었다. **의사**는 나에게 전혀 이상이 없다고 잘라 말
[02-①] 의사는 '나'의 증상을 진단하지 못함.
했다. 그도 그럴 것이 그 시간에는 내 겨드랑은 멀쩡했기 때문이다. 그때부터 나의 괴로움은 비롯되었다. 파마늘은 전혀 불규칙한 사이를 두고 튀어나
[01-⑤] '나'의 내적 반응
왔다. 연이틀을 쑤시는가 하면 한 일주일 소식을 끊고 하는 것이었다. 하루 이틀이지 이렇게 줄곧 밖에서 새운다는 것은 못 할 일이었다. 나는 제집이면서 꼭 **도적놈**처럼 **뜰**의 어느 구석에 숨어서 밤을 지내야 했기 때문이다.
[02-②] 고통을 줄이기 위해 자기 집에서도 도적놈처럼 행동함.
그런 생활이 두 달째에 접어들었을 때 나는 견디다 못해서 담을 넘어서 밖으로 나가 보았다. 그랬더니 참으로 이상한 일도 다 있었다. 뜰에 나와 있어도 가끔 뜨끔거리고 손을 대 보면 미열이 있던 것이 거리를 거닐게 되면
[02-③] 뜰에서도 고통은 완전히 사라지지 않음.
서는 아주 깨끗이 편한 상태가 되었다. 이렇게 되면서 독자들은 곧 짐작이
[01-④] 공간의 이동에 따른 경험. 밤 산책을 하게 된 '나'
갔겠지만, 문제가 생겼다. 내가 의료적인 이유로 산책을 강요당하게 되는

시간이 행정상의 **통행 제한**의 시간과 우연하게도 겹치는 점이었다. 고민했
[04-①] 자유를 억압하는 제도
다. 나는 부르주아의 썩은 미덕을 가지고 있었다. 관청에서 정하는 규칙은
[02-④] 통행 제한 규칙 = 페어플레이 → 관청에서 정한 것
따라야 한다는 것이 그것이다. 12시부터 4시까지는 모든 **시민**은 밖에 나다니지 말기로 되어 있다. 모든 사람이 받아들이는 규칙이니까 **페어플레이**를 지키는 사람이면 이것은 소형(小型)의 도덕률일 수밖에 없다. 그러나 이 도
[02-④] 페어플레이를 따르면 고통에서 벗어날 수 없어 고민함.
덕률을 지키는 한 내 겨드랑은 요절이 나고 나는 죽을는지도 모른다.

2 **[중략 부분의 줄거리]** '나'는 겨드랑이에 파마늘 같은 것이 돋으면 밤거
[01-②, ④] 공간의 이동에 따른 경험, 밤 산책을 계속하는 '나'
리를 몰래 산책하곤 한다. '나'는 밤 산책 중 종종 다른 사람들과 마주친다.

3 오늘은 경관을 만났다. 나는 얼른 몸을 숨겼다. 그는 부산하게
[02-⑤] [03-③] 통행 제한 규칙을 어겼기 때문에 나온 행동
내 앞을 지나갔다. 그 순간 나는 내가 레닌*인 것을, 안중근인 것을, 김구인 것을, 아무튼 그런 인물임을 실감한 것이다. 그가 지나간 다음에도 나는
[03-③] 경관을 피하기 위해 은신처에 몸을 감춤.
㉠ 은신처에서 나오지 않았다. 공화국의 시민이 어찌하여 그런 엄청난 변모를 할 수 있었는지 모를 일이다. 나는 정치적으로 백치나 다름없는 감각을 가진 사람이다. 위에서 레닌과 김구를 같은 유(類)에 놓은 것만 가지고도 알 만할 것이다. 그런데 경관이 지나가는 순간에 내가 **혁명가**였다는 것도 분명
[02-④] 경관을 피해 몸을 숨긴 자신을 혁명가, 간첩에 비유함.
한 사실이다. 혁명가라고 자꾸 하는 것이 안 좋으면 **간첩**이래도 좋다. 나는 그 순간 분명히 간첩이었던 것이다. 그런데 내가 간첩이 아닌 것은 역시 분명하였다. 도적놈이래도 그렇다. 나는 분명히 도적놈이었으나 분명히 도적놈은 아니었다. 나는 아주 희미하게나마 혁명가, 간첩, 도적놈 그런 사람들의 마음이 알 만해지는 듯싶었다. 이 맛을 못 잊는 것이구나 하고 나는 생각하였다. 나도 물론 처음에는 치료라는 순전히 **공리적인** 이유로 이 산책에
[04-③] 산책을 시작한 공리적 목적 = 치료
나섰다. 그러나 지금으로서는 반드시 그런 것만은 아니다. 설사 내 겨드랑의 달걀이 영원히 가 버린다 하더라도 이 금지된 산책을 그만둘 수 있을지는 심히 의심스럽다. 나의 산책의 성격은 **변질**되기 시작하였다. **누룩 반죽**처럼.
[01-⑤] [04-③] '나'의 내적 반응, 산책의 성격 변화 → 자유 의지 심화와 연결됨.

4 기적(奇蹟). 기적. 경악. 공포. 웃음. 오늘 세상에도 희한한 일이 내 몸에 일어났다. 한강 근처를 산책하고 있는데 겨드랑이 간질간질해 왔
[01-④] 공간의 이동에 따른 경험
다. 나는 속옷 사이로 더듬어 보았다. 털이 만져졌다. 그런데 닭임새가 심상치 않았다. 털이 괜히 빳빳하고 잘 묶여 있는 느낌이다. 빗자루처럼. 잘 만져 본다. 아무래도 보통이 아니다. 나는 ㉡ 바위틈에 몸을 숨기고 윗옷
[03-③] 신체 변화를 확인하기 위해 바위틈에 몸을 감춤.
을 벗었다. 속옷은 벗지 않고 들치고는 겨드랑을 들여다보았다. 나는 실소하고 말았다. 내 겨드랑에는 새끼 까마귀의 그것만 한 아주 치사하게 쬐끄만 **날개**가 돋아나 있었다. 다른 쪽 겨드랑을 또 들여다보았다. 나는 쿡 웃
[04-④] 파마늘이 변화한 것, 밤 산책의 결과 → 자유와 연결됨.
어 버렸다. 그쪽에도 장난감 몽당빗자루만 한 것이 달려 있는 것이었다. 날개가 보통 새들의 것과 다른 점이 그 깃털이 곱슬곱슬한 고수머리라는 것뿐이었다. 흠. 이놈이 나오려는 아픔이었구나 하고 나는 생각했다. 나는 그 날개를 움직이려고 해 보았다. **귓바퀴**가 말을 안 듣는 것처럼 그놈도
[04-⑤] 뜻대로 날개를 움직이지 못함. → 자유를 의지대로 실현하기 어려웠던 한계와 연결됨.
움직이지 않았다. 나는 참말 부끄러워졌다.
[01-⑤] '나'의 내적 반응

* 레닌: 러시아의 혁명가.

01 서술상 특징 파악 답 ⑤

선지별 선택 비율	①	②	③	④	⑤
화작	2%	3%	2%	4%	87%
언매	1%	2%	1%	2%	92%

윗글의 서술상 특징으로 가장 적절한 것은?

정답 띵! 동!

⑤ 사건에 대한 중심인물의 내적 반응을 중심인물 자신의 목소리를 통해 제시하고 있다.

| ⟨1⟩ 그런 일이 있은 지 한 달쯤 지나니 내 겨드랑에 생긴 이변의 전모가 대강 드러났다. ~ 그때부터 나의 괴로움은 비롯되었다. → 겨드랑에 파마늘이 돋아난 사건과 그로부터 비롯된 괴로움(반응)

| ⟨3⟩ 설사 내 겨드랑의 달걀이 영원히 가 버린다 하더라도 이 금지된 산책을 그만둘 수 있을지는 심히 의심스럽다. 나의 산책의 성격은 변질되기 시작하였다. 누룩 반죽처럼. → 통증을 줄이기 위해 밤 산책을 계속한 사건과 그로부터 느끼는 자유로움(반응)

| ⟨4⟩ 기적. 기적. 경악. 공포. 웃음. 오늘 세상에도 희한한 일이 내 몸에 일어났다. ~ 귓바퀴가 말을 안 듣는 것처럼 그놈도 움직이지 않았다. 나는 참말 부끄러워졌다. → 겨드랑에 생긴 날개와 그것이 뜻대로 움직이지 않는 데서 느끼는 부끄러움(반응)

| 뭔말?

· 중심인물인 '나'는 겨드랑에 생긴 이변인 '파마늘'로 인해 괴로움을 느끼다 이 고통을 없애기 위해 밤산책을 하면서 자유로움을 느낀 사건과 겨드랑에 날개가 돋아 부끄러움을 느낀 사건 등을 자신의 목소리로 전달함.

오답 땡!

① ~~시간의 순서를 뒤바꾸어 이야기의 인과 관계를 재구성하고 있다.~~
└→ 이야기가 시간의 순차적 흐름에 따라 전개되고 있음. 시간의 역전 X

| ⟨1⟩ 그런 일이 있은 지 한 달쯤 지나니 내 겨드랑에 생긴 이변의 전모가 대강 드러났다. → ⟨1⟩ 거리를 거닐게 되면서는 아주 깨끗이 편한 상태가 되었다. → ⟨6⟩ 내 겨드랑에는 ~ 쬐끄만 날개가 돋아나 있었다.

| 뭔말?

· '나'의 겨드랑에 생긴 이변, 즉 '파마늘'로 인한 사건이 시간의 흐름에 따라 순차적으로 제시되고 있음.

밤 산책을 계속함.
② 유사한 사건을 반복해서 제시하며 서술의 초점을 ~~분산시키고~~ 있다.
밤 산책의 의미로 서술의 초점을 집중시킴.

| ⟨1⟩ 거리를 거닐게 되면서는 아주 깨끗이 편한 상태가 되었다.

| ⟨2⟩ '나'는 겨드랑이에 파마늘 같은 것이 돋으면 밤거리를 몰래 산책하곤 한다.

| ⟨4⟩ 한강 근처를 산책하고 있는데 겨드랑이 간질간질해 왔다.

| 뭔말?

· 겨드랑에 생긴 이변인 '파마늘'로 인해 '나'가 통행 제한 규칙을 어기고 밤 산책을 나가는 사건이 반복되고 있음.

· 그러나 유사한 사건을 반복하는 방식은 서술의 초점을 분산시키는 것이 아니라, 서술의 초점을 그 유사한 사건, 즉 '밤 산책'의 의미로 집중시킴.

③ ~~장면에 따라 서술자를 달리하여 사건의 의미를 입체적으로 조명하고 있다.~~
└→ 서술자는 '나'로 동일하며, '나'에 관점에서만 사건의 의미를 전달함.

| ⟨4⟩ '나'는 그 날개를 움직이려고 해 보았다. 귓바퀴가 말을 안 듣는 것처럼 그놈도 움직이지 않았다. 나는 참말 부끄러워졌다.

| 뭔말?

· 1인칭 주인공 서술자인 '나'에 의해서만 사건과 내적 반응이 제시되고 있음.

④ 공간의 이동에 따른 인물의 경험을 ~~다른 인물의 시선~~을 통해 서술하고 있다.
└→ '나'가 자신의 경험을 직접 서술함.

| ⟨1⟩ 나는 ~ 뜰의 어느 구석에 숨어서 밤을 지내야 했기 때문이다. 그런 생활이 두 달째에 접어들었을 때 나는 견디다 못해서 담을 넘어서 밖으로 나가 보았다. ~ 거리를 거닐게 되면서는 아주 깨끗이 편한 상태가 되었다.

| ⟨4⟩ 한강 근처를 산책하고 있는데 겨드랑이 간질간질해 왔다.

| 뭔말?

· 방, 뜰, 거리, 한강 근처 등으로 공간의 이동에 따른 '나'의 경험이 나타남.

· 그러나 1인칭 주인공인 '나'의 목소리를 통해 '나'가 경험한 것만을 드러내고 있을 뿐, 다른 인물의 시선은 나타나지 않음.

02 작품의 내용 이해 답 ④

선지별 선택 비율	①	②	③	④	⑤
화작	3%	10%	15%	55%	15%
언매	2%	9%	12%	59%	15%

윗글에 대한 이해로 적절하지 않은 것은?

정답 띵!동!

④ '나'는 ~~'서민'이 정한 규칙~~을 준수해야 하는 '페어플레이'를 ~~지키지 못하게 되어~~ 고민한다.
└→ 통행 제한 규칙은 관청이 정한 것
└→ 페어플레이를 지키면 밤 산책을 못하므로, 겨드랑에서 오는 고통에서 벗어날 수 없어 고민함.

| ⟨1⟩ 관청에서 정하는 규칙은 ~ 12시부터 4시까지는 모든 시민은 밖에 나다니지 말기로 되어 있다. 모든 사람이 받아들이는 규칙이니까 페어플레이를 지키는 사람이면 이것은 소형의 도덕률일 수밖에 없다. 그러나 이 도덕률을 지키는 한 내 겨드랑은 요절이 나고 나는 죽을는지도 모른다.

| 뭔말?

· '나'는 관청에서 정한 통행 제한 규칙은 모든 사람이 받아들이는 규칙이므로 이것을 따르는 것이 '페어플레이'라고 생각함.

· 그러나 '나'는 이 '페어플레이'를 지키지 못하게 되어 고민하는 것이 아니라, 이 규칙을 따르기 위해 밤 산책을 중단하게 되면 겨드랑에서 비롯된 고통에서 벗어날 수 없어 고민하고 있음.

오답 땡!

① '의사'가 '나'의 증상을 진단하지 못한 것은 '나'의 증상이 '의사' 앞에서는 나타나지 않았기 때문이다.
└→ '나'의 증상은 밤 12시부터 새벽 4시 사이에 나타남. 의사 앞에서는 발현 X

| ⟨1⟩ 파마늘은 어김없이 밤 12시부터 새벽 4시 사이에 솟구친다는 것. 방에 있으면 쑤시고 밖에 나가면 씻은 듯하다는 것. 까닭은 전혀 알 길이 없다는 것 등이었다. 의사는 나에게 전혀 이상이 없다고 잘라 말했다. 그도 그럴 것이 그 시간에는 내 겨드랑은 멀쩡했기 때문이다.

| 뭔말?

· '나'의 겨드랑에서 파마늘이 솟구치는 것은 밤 12시부터 새벽 4시 사이에 일어나는 일임. 병원에서 의사를 만나는 시간에는 증상이 나타나지 않았기 때문에 '의사'는 '나'의 증상을 진단하지 못함.

② '나'는 자신의 집에서 '도적놈'과 비슷한 방식으로 행동하곤 했다.
└→ 파마늘로 인한 고통을 줄이려 자신의 집 뜰 구석에 숨어서 밤을 보냄.

| ⟨1⟩ 파마늘은 어김없이 밤 12시부터 새벽 4시 사이에 솟구친다는 것. 방에 있으면 쑤시고 밖에 나가면 씻은 듯하다는 것.

| ⟨1⟩ 하루 이틀이지 이렇게 줄곧 밖에서 새운다는 것은 못 할 일이었다. 나는 제 집이면서 꼭 도적놈처럼 뜰의 어느 구석에 숨어서 밤을 지내야 했기 때문이다.

| 뭔말?

· '나'는 방에 있으면 파마늘로 인한 고통을 느끼지만 밖에 나가면 씻은 듯 괜찮아진다는 것을 알고, 자신의 집 뜰 어느 구석에 '꼭 도적놈처럼' 숨어서 밤을 지냄.

③ '뜰'에서의 '나'의 고통은 '방'에서보다는 덜하지만 완전히 사라지지는 않는다.
└→ 가끔 뜨끔거리고 미열이 느껴짐.

| ⟨1⟩ 파마늘은 ~ 방에 있으면 쑤시고 밖에 나가면 씻은 듯하다는 것.

| ⟨1⟩ 뜰에 나와 있어도 가끔 뜨끔거리고 손을 대 보면 미열이 있던 것이 거리를 거닐게 되면서는 아주 깨끗이 편한 상태가 되었다.

| 뭔말?

· '뜰'에서의 '나'의 고통은 '방'에서보다는 덜하지만 '가끔 뜨끔거리고 손을 대 보면 미열이 있'다고 하였으므로, 완전히 사라진 것이 아님.

⑤ '혁명가'와 '간첩'은 '나'가 자신의 행동을 이해하기 위해 자신과 비교해 보는 대상이다.
└→ 경관을 만났을 때 몸을 숨기는 행동

| ⟨3⟩ 오늘은 경관을 만났다. 나는 얼른 몸을 숨겼다. ~ 그 순간 나는 내가 레닌인 것을, 안중근인 것을, 김구인 것을, 아무튼 그런 인물임을 실감한 것이다.

| ⟨3⟩ 그런데 경관이 지나가는 순간에 내가 혁명가였다는 것도 분명한 사실이다. 혁명가라고 자꾸 하는 것이 안 좋으면 간첩이래도 좋다. 나는 그 순간 분명히 간첩이었던 것이다.

| 뭔말?

· '나'는 경관을 만나 몸을 숨기고, 이러한 모습이 '혁명가', '간첩' 등과 비슷하다고 생각하고 있으므로 이들은 '나'가 자신의 행동을 이해하기 위해 자신과 비교해 보는 대상에 해당함.

03 배경의 의미와 기능 파악 답 ③

선지별 선택 비율	①	②	③	④	⑤
화작	5%	3%	87%	2%	1%
언매	3%	2%	91%	1%	1%

㉠과 ㉡에 대한 이해로 가장 적절한 것은?
└→ ㉠ 은신처, ㉡ 바위틈

정답 띵!동!

③ ㉠은 ㉡과 달리, 타인의 출현으로 인해 몸을 감춘 공간이다.
└→ ㉠은 경관이라는 타인의 출현으로 인해, ㉡은 신체의 변화를 확인하기 위해 몸을 감춘 공간임.

| ⟨3⟩ 오늘은 경관을 만났다. 나는 얼른 몸을 숨겼다. ~ 그가 지나간 다음에도 나는 ㉠은신처에서 나오지 않았다.

| ⟨4⟩ 한강 근처를 산책하고 있는데 겨드랑이 간질간질해 왔다. 나는 속옷 사이로 더듬어 보았다. 털이 만져졌다. 그런데 닭임새가 심상치 않았다. ~ 나는 ㉡바위틈에 몸을 숨기고 윗옷을 벗었다. 속옷은 벗지 않고 들치고는 겨드랑을 들여다 보았다.

| 뭔말?

· ㉠ '은신처'는 겨드랑의 통증에서 벗어나고자 통행 제한 규칙을 어기고 밤 산책을 다니던 '나'가 경관이라는 타인의 출현으로 인해 몸을 감춘 공간임.

· 그러나 ㉡ '바위틈'은 '나'가 겨드랑에 털이 만져지는 것이 심상치 않자 이를 확인하고자 몸을 숨긴 장소이므로, 타인의 출현으로 인해 몸을 감춘 공간이 아님.

오답 땡!

① ~~㉠은 정신적 안정을, ㉡은 신체적 회복을 위한 공간이다.~~

└→ ㉠과 ㉡ 각각 정신적 안정이나 신체적 회복과는 관계없음.

| 뭔말?

· ㉠은 '나'가 경관을 피해 몸을 숨긴 장소이므로 정신적 안정을 위한 공간이 아님.

· ㉡은 '나'가 겨드랑에 돋아난 것이 무엇인지 확인하기 위해 몸을 숨긴 곳이므로 신체적 회복을 위한 공간이 아님.

┌→ 통행 금지라는 제도적 이유로 몸을 숨기는 공간임.

② ㉠은 ~~윤리적인~~, ㉡은 ~~정치적인 이유~~로 몸을 숨기는 공간이다.

└→ 겨드랑에 돋아난 것을 확인하기 위한 공간임.

| 뭔말?

· '나'가 경관을 피해 몸을 숨긴 것은 '통행 제한'이라는 제도적 이유 때문이므로, ㉠은 윤리적인 이유로 몸을 숨기는 공간이 아님.

· ㉡은 '나'가 겨드랑에 돋아난 것이 무엇인지 확인하기 위해 몸을 숨긴 곳이므로 정치적인 이유로 몸을 숨기는 공간이 아님.

④ ~~㉡은 ㉠과 달리, 반복적으로 사용하는 공간이다.~~

└→ '나'가 ㉠, ㉡을 반복적으로 사용하는 장면은 나타나지 않음.

| 뭔말?

· ㉠은 '나'가 경관을 피해 일시적으로 숨는 공간으로, 반복적으로 사용하지 않음.

· ㉡은 '나'가 겨드랑이에 돋아난 것이 무엇인지 확인하기 위해 일시적으로 몸을 숨긴 공간으로, 반복적으로 사용하지 않음.

⑤ ~~㉠과 ㉡은 모두, 과거의 자신을 긍정하는 공간이다.~~

└→ ㉠과 ㉡ 모두 과거의 자신을 긍정하는 것과는 관계없음.

| 뭔말?

· ㉠과 ㉡에서 모두 '나'가 과거의 자신을 긍정하는 모습은 나타나지 않음.

04 외적 준거에 따른 작품 감상 답 ③

선지별 선택 비율	①	②	③	④	⑤
화작	1%	5%	71%	4%	15%
언매	1%	4%	78%	2%	12%

〈보기〉를 바탕으로 윗글을 감상한 내용으로 적절하지 않은 것은? [3점]

보기

「크리스마스 캐럴 5」는 자유가 억압된 시대적 상황에서 자유의 가능성과 한계를 묻는 작품이다. '나'의 겨드랑이에 돋은 정체불명의 파마늘이 주는 통증은 자유에 대한 요구를, 그로 인한 밤 '산책'은 자유를 위한 실천을 의미한다. 작품은 처음에는 명료하지 않고 미약했던 자유를 향한 의지가 밤 산책을 거듭하면서 심화되는 모습과 함께 그 과정에서 생기는 문제점을 드러낸다.

정답 띵!동!

┌→ 겨드랑의 통증을 없애기 위한 치료 목적

③ '공리적인' 목적을 가지고 있었던 산책이 점차 '누룩 반죽'처럼 '변질'되었다는 표현은, ~~자유의 필요성이 망각되어 자유를 위한 실천의 목적이 훼손되는 문제점에 대한 비판이겠군.~~

└→ '누룩 반죽'처럼 변질 = 자유를 위한 의지가 심화되었다는 말

| 〈보기〉 밤 '산책'은 자유를 위한 실천을 의미한다. ~ 자유를 향한 의지가 밤 산책을 거듭하면서 심화되는 모습과 함께

| 〈3〉 나는 아주 희미하게나마 혁명가, 간첩, 도적놈 그런 사람들의 마음이 알 만해지는 듯싶었다. 이 맛을 못 잊는 것이구나 하고 나는 생각하였다. 나도 물론 처음에는 치료라는 순전히 공리적인 이유로 이 산책에 나섰다. 그러나 지금으로서는 반드시 그런 것만은 아니다. 설사 내 겨드랑의 달걀이 영원히 가 버린다 하더라도 이 금지된 산책을 그만둘 수 있을지는 심히 의심스럽다. 나의 산책의 성격은 변질되기 시작하였다. 누룩 반죽처럼.

| 뭔말?

· 〈보기〉에 따르면,

1. 밤 산책 = 자유를 위한 실천

2. 밤 산책의 반복 = 자유를 향한 의지의 심화

· '나'에게 산책의 '공리적인' 목적은 겨드랑의 통증을 없애려는 것이었음.

· 그런데 '나'는 이 밤 '산책'을 계속하면서 산책의 성격이 '누룩 반죽'처럼 변질되었다고 함. 이 말에 〈보기〉의 내용을 적용해 보면, '나'는 밤 '산책(= 자유를 위한 실천 행위)'을 거듭하며 자유를 향한 의지가 심화된 것으로 볼 수 있음.

· 정리하면, '나'에게 밤 '산책'의 의미가 겨드랑의 통증을 없애기 위한 치료 행위에서 자유를 위한 실천으로 확장된 것임. '자유의 필요성 망각', '자유를 위한 실천의 목적이 훼손되는 문제점에 대한 비판'과는 거리가 멂.

오답 땡!

① '통행 제한'으로 인해 산책의 자유가 제한된 상황은, 단순히 이동의 자유에 대한 억압만이 아니라 자유가 억압되는 시대적 상황 자체에 대한 문제 제기라고 할 수 있겠군.

| 〈보기〉 「크리스마스 캐럴 5」는 자유가 억압된 시대적 상황에서 자유의 가능성과 한계를 묻는 작품이다.

| 〈1〉 내가 의료적인 이유로 산책을 강요당하게 되는 시간이 행정상의 통행 제한의 시간과 우연하게도 겹치는 점이었다. 고민했다. ~ 관청에서 정하는 규칙은 ~ 12시부터 4시까지는 모든 시민은 밖에 나다니지 말기로 되어 있다.

| 뭔말?

· 〈보기〉에 따르면 이 글은 '자유가 억압된 시대적 상황'을 배경으로 함.

· 그러므로 '통행 제한'으로 인해 산책의 자유가 제한된 상황은, 단순히 이동의 자유에 대한 억압만이 아니라 '자유가 억압되는 시대적 상황 자체'에 대한 문제 제기로 해석 가능함.

② '파마늘'이 돋을 때의 극심한 통증은, 자유가 그만큼 절박하게 요구되었던 상황을 보여 주는 동시에 자유를 얻기 위해 필요한 고통을 암시하기도 하겠군.

└→ '나'는 파마늘로 인한 고통을 겪고 날개(= 자유)를 얻음.

| 〈보기〉 '나'의 겨드랑이에 돋은 정체불명의 파마늘이 주는 통증은 자유에 대한 요구를, ~ 의미한다.

| 〈1〉 파마늘은 어김없이 밤 12시부터 새벽 4시 사이에 솟구친다는 것. 방에 있으면 쑤시고 밖에 나가면 씻은 듯하다는 것. ~ 파마늘은 전혀 불규칙한 사이를 두고 튀어나왔다. 연이틀 쑤시는가 하면 한 일주일 소식을 끊고 하는 것이었다.

| 〈6〉 내 겨드랑에는 새끼 까마귀의 그것만 한 아주 치사하게 찌끄만 날개가 돋아나 있었다. ~ 이놈이 나오려는 아픔이었구나 하고 나는 생각했다.

| 뭔말?

· 〈보기〉에서 '파마늘'이 주는 통증은 자유에 대한 요구를 보여 준다고 함. 그러므로 '파마늘'이 돋을 때의 통증이 극심하다는 것은 자유가 그만큼 절박하게 요구되었던 상황을 보여 줌.

· 또한 '나'가 자유에 대한 요구로서 파마늘이 주는 통증을 겪은 결과 '날개'를 얻은 점을 고려할 때, '파마늘'이 돋을 때의 극심한 통증은 자유를 얻기 위해 필요한 고통을 암시한다고 볼 수 있음.

④ **정체불명의 파마늘이 '날개'의 형상으로 바뀐 것은, 처음에는 명료하지 않았던 자유를 향한 의지가 산책을 통해 심화되었다는 것을 의미하겠군.**

| 〈보기〉 '나'의 겨드랑이에 돋은 정체불명의 파마늘이 주는 통증은 자유에 대한 요구를, 그로 인한 밤 '산책'은 자유를 위한 실천을 의미한다. 작품은 처음에는 명료하지 않고 미약했던 자유를 향한 의지가 밤 산책을 거듭하면서 심화되는 모습과 함께

| 〈1〉 내 겨드랑에 생긴 이변의 전모가 대강 드러났다. 파마늘은 어김없이 밤 12시부터 새벽 4시 사이에 솟구친다는 것. 방에 있으면 쑤시고 밖에 나가면 씻은 듯하다는 것. 까닭은 전혀 알 길이 없다는 것 등이었다.

| 〈6〉 내 겨드랑에는 새끼 까마귀의 그것만 한 아주 치사하게 쬐끄만 날개가 돋아나 있었다.

| 뭔말?

· 〈보기〉에 따르면,

1. 정체불명의 파마늘 = 명료하지 않고 미약했던 자유를 향한 의지

2. 밤 산책 = 자유를 위한 실천 / 밤 산책의 반복 = 자유를 향한 의지 심화

· 이 내용을 글에 적용해 보면, 우선 '나'에게 돋아난 정체불명의 '파마늘'은 명료하지 않고 미약했던 자유를 향한 의지를 의미함.

· 그리고 이것이 밤 '산책'을 거듭하며 '날개'의 형상으로 바뀐 것은 '나'가 가지고 있던 자유를 향한 의지가 밤 산책의 반복을 통해 심화되었음을 보여 줌.

→ 귓바퀴를 자기 뜻처럼 움직일 수 없듯, 날개(= 자유)도 의지대로 움직이기 어려움.

⑤ **'날개'가 '귓바퀴' 같다는 점에 대해 '나'가 느낀 부끄러움은, 여러 차례의 산책에도 불구하고 자유를 의지대로 실현하기 어려웠던 한계에 대한 인식으로 볼 수 있겠군.**

| 〈보기〉 「크리스마스 캐럴 5」는 자유가 억압된 시대적 상황에서 자유의 가능성과 한계를 묻는 작품이다. ~ 자유를 향한 의지가 밤 산책을 거듭하면서 심화되는 모습과 함께 그 과정에서 생기는 문제점을 드러낸다.

| 〈6〉 내 겨드랑에는 새끼 까마귀의 그것만 한 아주 치사하게 쬐끄만 **날개**가 돋아나 있었다. ~ 나는 그 날개를 움직이려고 해 보았다. 귓바퀴가 말을 안 듣는 것처럼 그놈도 움직이지 않았다. 나는 참말 부끄러워졌다.

| 뭔말?

· 〈보기〉에 따르면, '나'가 밤 산책을 거듭한 결과로 '날개'를 얻은 것은 자유를 향한 의지가 심화되어 일종의 자유를 얻은 상황을 의미함.

· 그런데 '나'는 '날개'가 '귓바퀴' 같아 자신의 뜻대로 움직일 수 없어 부끄러움을 느끼게 됨. 이것은 〈보기〉에 언급된, 자유를 향한 의지가 심화되는 과정에서 생기는 문제점과 연결 지을 수 있는데, 자유를 얻었으나 그것을 자신의 의지대로 실현하기 어려운 한계를 인식한 것으로 해석할 수 있음.

▸ 본문 106쪽

현대 소설 09

2023학년도 6월 모의평가

01 ③ 02 ① 03 ③ 04 ⑤

채만식, 「미스터 방」

EBS 연결 고리

비연계

교과서 연계 정보

작품 문학 동아, 좋은책

해제 이 작품은 광복 직후 혼란스러웠던 사회를 배경으로, 가난한 신기료장수였던 '방삼복'이 미군 S소위의 통역관 '미스터 방'이 되어 출세하게 되는 과정을 그리고 있다. 작가는 외세에 기생하던 '방삼복'과 친일 행위로 권세를 누리던 '백 주사'를 통해 기회주의적이고 부정적인 인간형을 비판하고 있다. 또한 이러한 인물들이 대접받고 살던 당시의 사회 현실을 풍자하고 있다.

주제 광복 직후 외세에 기생하여 권세를 누리던 인물에 대한 풍자와 비판

전체 줄거리

짚신 장수의 아들이었던 상일꾼 방삼복은 돈벌이를 간답시고 처자식을 부모에게 맡긴 채 일본으로 떠난다. 그러나 방삼복은 칠팔 년이 지나도 신통한 벌이를 못 하고, 다시 중국 상해로 가 삼 년을 보낸다. 이렇다 할 성과 없이 십여 년을 떠돌다가 집에 돌아온 방삼복은 서울에서 신기료장수를 하면서 생계를 이어 간다. 해방이 된 후에도 자신에게는 아무런 이득이 없다고 투덜대던 방삼복은 상해에서 귀동냥으로 배워 두었던 영어를 이용해 말이 통하지 않아 불편을 겪던 미군 장교에게 접근한다. 이후 미군 S소위의 통역관이 된 방삼복은 사람들에게 뇌물을 받아 권세를 누리며 호사스러운 생활을 한다. 한편 백 주사는 아들 백선봉의 친일 행위로 호의호식하였으나, 해방 후 군중들의 습격을 받아 재산을 모두 빼앗기고 무일푼이 되어 서울로 피신한다. 복수를 꿈꾸던 백 주사는 길에서 우연히 고향 사람인 방삼복을 만나고, 미스터 방이 되어 권세를 누리던 그에게 자신의 복수를 부탁한다. 자신의 권세를 자랑하며 백 주사의 재산을 되찾아 주기로 약속한 방삼복은 양치한 물을 난간으로 뱉는다. 그러나 그 양칫물이 공교롭게도 그를 찾아온 미군 S소위의 얼굴에 떨어지고, 방삼복은 미군 S소위에게 턱을 얻어맞는다.

1 **[앞부분의 줄거리]** 해방 직후, 미군 소위의 통역을 맡아 부정 축재를 일삼던 방삼복은 고향에서 온 백 주사를 집으로 초대한다.

2 "서 주사가 이거 두구 갑디다."

[01-③] 방삼복이 비난하는 상대

들고 올라온 각봉투 한 장을 남편에게 건네어 준다.

"어디?"

그러면서 받아 봉을 뜯는다. 소절수 한 장이 나온다. 액면 만 원짜리다.

미스터 방은 성을 벌컥 내면서

"겨우 둔 만 원야?"

하고 소절수를 다다미 바닥에다 홱 내던진다.

"내가 알우?"

"우랄질 자식 어디 보자. 그래 전, 걸 십만 원에 불하 맡아다, 백만 원 하난 냉겨 먹을 테문서, 그래 겨우 둔 만 원야? 엠병헐 자식. ㉠내가 엠피*

[01-③] 서 주사에 대한 비난

헌테 말 한마디문, 전 어느 지경 갈지 모를 줄 모르구서."
[01-③] [02-①, ③, ⑤] 미군에 기대어 위세를 부리는 방삼복
"정종으루 가져와요?"

"내 말 한마디에, 죽을 놈이 살아나구, 살 놈이 죽구 허는 줄은 모르구서.
[01-③] 위세를 부리는 방삼복. 서 주사를 곤경에 빠뜨리려고 함.
흥, 이 자식 경 좀 쳐 봐라……. 증종 따근허게 데와. 날두 산산허구 허니."

3 새로이 안주가 오고, 따끈한 정종으로 술이 몇 잔 더 오락가락하고 나서였다.

백 주사는 마침내, **진작부터 벼르던 이야기**를 꺼내었다.

백 주사의 아들 ⓒ백선봉은, 순사 임명장을 받아 쥐면서부터 시작하여
[02-①] 일본에 기대어 부정한 방법으로 부를 축적한 백선봉
8·15 그 전날까지 칠 년 동안, 세 곳 주재소와 두 곳 경찰서를 전근하여 다니면서, 이백 석 추수의 토지와, 만 원짜리 저금통장과, 만 원어치가 넘는 옷이며 비단과, 역시 만 원어치가 넘는 여편네의 패물과를 장만하였다.

남들은 주린 창자를 졸라맬 때 그의 광에는 옥 같은 정백미가 몇 가
[04-①] 남들 ↔ 백선봉. 백선봉의 부정적 면모가 부각됨.
마니씩 쌓였고, 반년 일 년을 남들은 구경도 못 하는 고기와 생선이 끼니마다 상에 오르지 않는 날이 없었다. [A]

××경찰서의 경제계 주임으로 있던 마지막 이 년 동안은 더욱더 호화판이었었다. 8·15 그날 밤, **군중**이 그의 집을 습격하였을 때에 쏟아져 나온 물건이 쌀 말고도
[04-②] 군중 습격 당시 백선봉의 집에서 나온 물건을 하나씩 나열함.

광목 여섯 필

고무신 스물세 켤레

지카다비 여덟 켤레

빨랫비누 세 궤짝

양말 오십 타

정종 열세 병

설탕 한 부대 [B]

이렇게 **있었더란다.** 만 원어치 여편네의 패물과, 만 원어치의 옷감이
[04-③] 군중이 백선봉의 집에서 본 것을 누군가에게 들은 것처럼 서술함.
며 비단과, 만 원짜리 저금통장은 고만두고 말이었다. [C]

물건 하나 없이 죄다 빼앗기고, 집과 세간은 조각도 못 쓰게 산산 다 부수고, 백선봉은 팔이 부러지고, 첩은 머리가 절반이나 뽑히고, 겨우겨우 목숨만 살아, 본집으로 도망해 왔다.

일변 고을에서는, 백 주사가, 자식이 그런 짓을 해서 산 토지를 가
[04-④] 동네 사람의 시선에서 서술된 백 주사의 만행
지고, **동네 사람**한테 거만히 굴고, 작인들한테 팔 할 가까운 도지를 받고, 고리대금을 하고 하였대서, 백선봉이 도망해 와 눕는 그날 밤, 그의 본집인 백 주사네 집을 습격하였다. [D]

집과 세간 죄다 부수고, 백선봉이 보낸 통제 배급 물자 숱한 것 죄
[04-⑤] 서술자의 시선에서 백 주사 가족의 몰락을 서술함.
다 빼앗기고, **가족**들은 죽을 매를 맞고, 백선봉은 처가로, 백 주사는 서울로 각기 피신하여 목숨만 우선 보전하였다. [E]

백 주사는 비싼 여관 밥을 사 먹으면서, 울적히 거리를 오락가락, 어떻게 하면 이 분풀이를 할까, ⓐ어떻게 하면 빼앗긴 돈과 물건을 도로 다 찾을까 하고 궁리를 하는 것이나, 아무런 묘책도 없었다.
[03-①] 백 주사 혼자 힘으로는 재물을 되찾을 방법이 없는 상황

4 그러자 오늘은 우연히 이 미스터 방을 만났다. 종로를 지향 없이 거니는데, 지나가던 자동차가 스르르 멈추면서, 서양 사람과 같이 탔던 신사 양반 하나가 내려서더니, 어쩌다 눈이 마주치자

"아, 백 주사 아니신가요?" / 하고 반기는 것이었었다.
[01-④] 방삼복이 백 주사에게 먼저 알은체를 함.
자세히 보니, 무어 길바닥에서 신기료장수를 한다던 코삐뚤이 삼복이가 분명하였다.

"자네가, 저, 저, 방, 방……."

"네, 삼복입니다."
[01-⑤] 방삼복 백 주사의 말을 가로채 자기를 소개함.
"아, 건데, 자네가……."

"허, 살 때가 됐답니다."

그러고는 ⓑ내 집으루 갑시다, 하고 잡아끄는 대로 끌리어 온 것이었었다.
[03-②] 백 주사가 엉겁결에 방삼복의 집에 가게 됨.
의표하며, 집하며, 식모에 침모에 계집 하인까지 부리면서 사는 것하며,
[03-③] 과거와 달리 신수가 좋고 재력이 대단해 보이는 방삼복의 모습
신수가 훤히 트여 가지고, 말도 제법 의젓하여진 것 같은 것이며, ⓒ진소위 개천에서 용이 났다고 할 것인지.
[03-④] 방삼복의 처지를 비유한 말
옛날의 영화가 꿈이 되고, 일조에 몰락하여 가뜩이나 초상집 개처럼 초
[03-④] 백 주사가 스스로의 초라한 처지를 비유한 말
라한 자기가, ⓓ또 한 번 어깨가 옴츠러듦을 느끼지 아니치 못하였다. 그런
[03-④] 백 주사가 방삼복과 자신을 비교하며 주눅이 듦.
데다 이 녀석이, 언제 적 저라고 무엄스럽게 굴어, 심히 불쾌하였고, 그래서 ⓔ엔간히 자리를 털고 일어설 생각이 몇 번이나 나지 아니한 것도 아니
[03-⑤] 백 주사가 방삼복의 행동에 반감을 느낌.
었었다. 그러나 참았다.
[03-⑤] 백 주사가 방삼복의 도움으로 재물을 되찾을 수 있지 않을까 생각하며 불쾌함을 참음.
보아하니 큰 세도를 부리는 것이 분명하였다. 잘만 하면 그 힘을 빌려, 분풀이와, 빼앗긴 재물을 도로 찾을 여망이 있을 듯싶었다.

* 엠피(MP): 미군 헌병.

01 인물의 특징 파악 답 ③

선지별 선택 비율	①	②	③	④	⑤
화작	3%	3%	69%	13%	9%
언매	2%	2%	76%	10%	7%

윗글의 대화를 중심으로 '방삼복'을 이해한 것으로 가장 적절한 것은?

정답 띵! 똥!

→ 서 주사
③ 눈앞에 없는 사람을 비난하고 위협함으로써 함께 있는 상대에게 자신의 위세를 드러내고 있다.
→ 백 주사

| [앞부분의 줄거리] 방삼복은 고향에서 온 백 주사를 집으로 초대한다.

| ⟨2⟩ "서 주사가 이거 두구 갑디다" 들고 올라온 각봉투 한 장을 남편에게 건네어 준다. ~ "우랄질 자식 어디 보자. 그래 전, 걸 십만 원에 불하 맡아다, 백만 원 하난 냉겨 먹을 테문서, 그래 겨우 둔 만 원야? 엠병헐 자식, 내가 엠피헌테 말 한마디문, 전 어느 지경 갈지 모를 줄 모르구서."

| 뭔말?

· 방삼복은 아내가 준 각봉투를 뜯어보고는 자기가 기대한 것보다 적은 돈을 주고 간 눈앞에 없는 인물, 서 주사를 비난함.

· 그 과정에서 방삼복은 미군과의 친분을 내세워 서 주사를 곤경에 빠뜨릴 수 있다고 말함으로써 함께 있는 상대, 백 주사에게 자신의 위세를 드러냄.

오답 땡!

① 자신이 꾸미고 있는 일에 관심 없는 상대에게 자기 업무를 떠넘기는 뻔뻔함을 보이고 있다.
→ 방삼복이 꾸미는 일이 무엇인지 표출 X
방삼복이 아내, 백 주사에게 업무를 떠넘기는 장면 X

| 뭔말?

· 이 글에 방삼복이 꾸미고 있는 일이 무엇인지는 드러나 있지 않음.

· 방삼복은 아내에게 정종 심부름을 시키고 있을 뿐, 아내나 백 주사에게 자기 업무를 떠넘기고 있지 않음.

② 질문에 대꾸하지 않음으로써 상대가 같은 질문을 반복하도록 거드름을 피우고 있다.
→ 방삼복은 아내, 백 주사에 말에 대꾸하고 있음.

| 〈1〉 "정종으루 가져와요?" "내 말 한마디에, 죽을 눔이 살아나구, 살 눔이 죽구 허는 줄은 모르구서. 흥, 이 자식 경 좀 쳐 봐라……. 증종 따근허게 데와. 날두 산산허구 허니."

| 〈4〉 "자네가, 저, 저, 방, 방……." "네, 삼복입니다."

| 뭔말?

· 방삼복은 아내의 말에 대꾸하고 있으며, 백 주사에게 먼저 말을 걸어 대화하고 있음. 질문에 대꾸하지 않거나, 상대가 같은 질문을 반복하도록 거드름을 피우는 모습은 나타나지 않음.

→ 방삼복이 차에서 내리며 백 주사에게 먼저 알은체함.

④ 차에서 내려 상대에게 먼저 알은체하며 동승자에게 자신의 인맥을 과시하고 있다.
→ 동승자인 서양 사람에게 인맥 과시 X

| 〈4〉 지나가던 자동차가 스르르 멈추면서, 서양 사람과 같이 탔던 신사 양반 하나가 내려서더니, 어쩌다 눈이 마주치자 "아, 백 주사 아니신가요?" 하고 반기는 것이었다.

| 뭔말?

· 방삼복은 차에서 내려 백 주사에게 먼저 알은체를 하고 있긴 하지만, 동승자인 서양 사람에게 자신의 인맥을 과시하고 있지는 않음.

→ 백 주사가 방삼복의 이름을 제대로 말하기 전에 말을 가로채 '네, 삼복입니다.'라고 함.

⑤ 상대가 이름을 제대로 말하기 전에 말을 가로채 상대에 대한 열등감을 감추고 있다.
방삼복은 백 주사에게 열등감을 가지고 있지 않음. ←

| 〈4〉 "자네가, 저, 저, 방, 방……." "네, 삼복입니다." "아, 건데, 자네가……." "허, 살 때가 됐답니다." 그러고는 내 집으루 갑시다, 하고 잡아끄는 대로 끌리어 온 것이었었다.

| 뭔말?

· 방삼복은 백 주사가 이름을 제대로 말하기도 전에 말을 가로채 자신의 이름을 밝힘.

· 그러나 방삼복이 백 주사를 먼저 알은체하였고 '살 때가 됐'다면서 출세한 모습으로 백 주사를 초대하고 있는 것으로 보아 상대에 대한 열등감을 감추기 위한 행동으로 보기 어려움.

02 인물의 성격 파악

답 ①

선지별 선택 비율	①	②	③	④	⑤
화작	77%	4%	10%	3%	4%
언매	85%	2%	7%	2%	2%

㉠과 ㉡에 대한 설명으로 가장 적절한 것은?

정답 띵!동!

① ㉠과 ㉡에는 모두 외세에 기대어 사익을 추구하는 인물의 부정적 모습이 드러난다.
→ ㉠ 방삼복: 미군에 기대에, 서 주사에게 돈을 받고 거들먹거림.
㉡ 백선봉: 일본에 기대어, 여러 부를 축적해 왔음.

| 〈2〉 "우랄질 자식 어디 보자. 그래 전, 걸 십만 원에 불하 맡아다, 백만 원 하난 냉겨 먹을 테문서, 그래 겨우 둔 만 원야? 엠병헐 자식, ㉠내가 엠피헌테 말한 마디문, 전 어느 지경 갈지 모를 줄 모르구서."

| 〈3〉 백 주사의 아들 ㉡백선봉은, 순사 임명장을 받아 쥐면서부터 시작하여 8·15 그 전날까지 칠 년 동안, 세 곳 주재소와 두 곳 경찰서를 전근하여 다니면서, 이백 석 추수의 토지와, 만 원짜리 저금 통장과, 만 원어치가 넘는 옷이며 비단과, 역시 만 원어치가 넘는 여편네의 패물과를 장만하였다.

| 뭔말?

· ㉠에서 방삼복은 서 주사가 적은 돈을 주었다는 이유로 '엠피'와의 친분을 들먹거리며 위세를 부림. 이와 같은 행동은 해방 이후 외세(미군)의 힘에 기대어 사익을 추구하는 인물의 부정적 모습에 해당함.

· ㉡에서 백선봉은 일제 강점기에 순사 임명장을 받아 쥐면서부터 큰 부를 축적하였음이 나타남. 이와 같은 행동은 친일 행위로, 외세(일본)의 힘에 기대어 사익을 추구하는 인물의 부정적 모습에 해당함.

오답 땡!

② ㉠과 ㉡에는 모두 외세와 이를 돕는 인물 간의 권력 관계가 일시적으로 역전된 모습이 드러난다.
→ 미군이 방삼복에게, 일본이 백선봉에게 기대는 모습은 나타나지 않음.

| 뭔말?

· 외세와 이를 돕는 인물 간의 권력 관계가 역전된다는 것은, 미군과 일본이 방삼복이나 백선봉의 힘에 기대게 됨을 의미하는데, 그러한 모습은 나타나지 않음.

③ ㉠과 ㉡에는 모두 사회적 지위를 이용하여 타인의 권익을 침해하는 인물이 몰락하는 모습이 드러난다.
→ • 방삼복: 미군 통역 → 서 주사를 곤경에 빠뜨리려 함.
• 백선봉: 순사 → 타인의 재물을 부당하게 빼앗음.
→ 찾아볼 수 없는 내용

| 뭔말?

· ㉠에서 방삼복은 미군 장교의 통역을 맡으며 쌓은 '엠피'와의 친분을 이용해 서 주사를 곤경에 빠뜨리려 하므로 사회적 지위를 이용해 타인의 권익을 침해하는 인물임. 그러나 방삼복이 몰락하는 모습은 나타나지 않음.

· ㉡에서 백선봉은 '순사'라는 사회적 지위를 이용하여 부정하게 재물을 얻었으므로 사회적 지위를 이용해 타인의 권익을 침해하는 인물임. 그러나 ㉡에 한정하였을 때, 백선봉이 몰락하는 모습은 나타나지 않음.

④ ㉠에는 권력을 향한 인물의 조바심이, ㉡에는 권력에 의한 인물의 좌절감이 드러난다.
→ ㉠과 ㉡에서 모두 찾아볼 수 없는 내용

| 뭔말?

· ㉠에는 권력을 향한 방삼복의 조바심이 드러나 있지 않음.

· ⓒ에도 일제의 권력을 이용한 백선봉의 사익 추구가 나타날 뿐 권력에 의한 좌절감은 나타나지 않음.

→ 방삼복은 자신의 말 한마디면 서 주사를 바로 곤란하게 만들 수 있다고 확신함.

⑤ ㉠에는 자신의 권위에 대한 인물의 확신이, ㉡에는 ~~추락한 권위를 회복할 수 있다는 인물의 자신감이~~ 드러난다.

→ 찾아볼 수 없는 내용. ㉡은 백선봉이 잘살 때의 이야기임.

| 뭔말?

· ㉠에서 방삼복은 자신의 말한 마디면 서 주사를 곤란한 지경으로 만들 수 있다면서 자신의 권위를 확신하는 모습을 보임.

· 그러나 ㉡은 백선봉이 일제의 힘에 기대 잘살 때의 이야기이므로, ㉡에 추락한 권위를 회복할 수 있다는 자신감이 드러나 있지는 않음.

03 인물의 심리와 태도 파악 답 ③

선지별 선택 비율	①	②	③	④	⑤
화작	2%	2%	86%	3%	4%
언매	1%	1%	90%	2%	3%

ⓐ~ⓔ에 대한 이해로 적절하지 않은 것은?

정답 띵!동!

③ ⓒ: 신수가 좋고 재력이 대단해 보이는 방삼복의 모습에 ~~고향 사람에 대한 자부심을 갖게 되었음~~을 보여 준다.

→ 과거와 달라져서 매우 놀라워하고 있음.

| 〈4〉 의표하며, 집하며, 식모에 침모에 계집 하인까지 부리면서 사는 것하며, 신수가 훤히 트여 가지고, 말도 제법 의젓하여진 것 같은 것이며, ⓒ진소위 개천에서 용이 났다고 할 것인지. ~ 이 녀석이, 언제 적 저라고 무엄스럽게 굴어, 심히 불쾌하였고,

| 뭔말?

· '진소위'는 '정말 그야말로'라는 뜻이므로, ⓒ는 '그야말로 개천에서 용이 났다고 할 것이다.'와 같이 풀이할 수 있음.

· 이는 과거와 달리 신수가 좋고 대단한 재력을 가진 듯한 방삼복을 보고 놀란 백 주사의 생각을 보여 줄 뿐, 고향 사람에 대한 자부심과는 관계없음.

오답 땡!

① ⓐ: 스스로는 문제 해결이 불가능한 상태임을 강조하여 인물의 답답한 처지를 보여 준다.

→ 빼앗긴 돈과 물건을 되찾을 아무런 묘책이 없는 상황

| 〈3〉 8 · 15 그날 밤, 군중이 그의 집을 습격하였을 때에 ~ 물건 하나 없이 죄다 빼앗기고, ~ 백선봉은 처가로, 백 주사는 서울로 각기 피신하여 목숨만 우선 보전하였다. 백 주사는 ~ ⓐ어떻게 하면 빼앗긴 돈과 물건을 도로 다 찾을까 하고 궁리를 하는 것이나, 아무런 묘책도 없었다.

| 뭔말?

· ⓐ는 자신이 빼앗긴 돈과 물건을 어떻게 하면 되찾을까 고민해 보지만 되찾을 방안(= 묘책)이 전혀 떠오르지 않았다는 말로, 백 주사의 답답한 처지를 보여 줌.

② ⓑ: 방삼복의 제안에 엉겁결에 따라가는 모습을 통해 인물이 얼떨떨한 상태임을 보여 준다.

→ 우연히 만난 방삼복이 자기 집으로 가자고 잡아끌면서 백 주사는 뜻하지 않게 방삼복의 집에 가게 됨.

| 〈4〉 "네, 삼복입니다." "아, 건데, 자네가……." "허, 살 때가 됐답니다." 그러고는 ⓑ내 집으루 갑시다, 하고 잡아끄는 대로 끌리어 온 것이었었다.

| 뭔말?

· ⓑ는 우연히 만난 방삼복이 자기 집으로 가자며 잡아끄는 바람에 엉겁결에 끌리어 왔다는 말로, 백 주사가 뜻하지 않게 방삼복의 집을 방문하게 되어 얼떨떨한 상태임을 보여 줌.

④ ⓓ: 자신의 처지를 방삼복과 비교하면서 주눅이 들었음을 보여 준다.

→ 개천에 난 용(방삼복에 대한 비유) ↔ 초상집 개(백 주사에 대한 비유)

| 〈4〉 의표하며, 집하며, 식모에 침모에 계집 하인까지 부리면서 사는 것하며, 신수가 훤히 트여 가지고, 말도 제법 의젓하여진 것 같은 것이며, 진소위 개천에서 용이 났다고 할 것인지. ~ 일조에 몰락하여 가뜩이나 초상집 개처럼 초라한 자기가, ⓓ또 한 번 어깨가 옴츠러듦을 느끼지 아니치 못하였다.

| 뭔말?

· 백 주사는 출세한 방삼복과 일순간에 재산을 모두 잃고 초라한 자신을 비교하며, ⓓ와 같이 어깨가 옴츠러듦을 느끼므로 주눅이 들었음이 나타남.

→ 방삼복의 힘을 빌려 빼앗긴 재물을 되찾을 수 있다는 기대감

⑤ ⓔ: 방삼복에게 도움을 받을 수 있다는 기대감과 그에 대한 반감이 뒤섞여 있음을 보여 준다.

방삼복의 무례한 행동에 불쾌감을 느껴 자리를 털고 일어설 생각을 하게 됨. ←

| 〈4〉 이 녀석이, 언제 적 저라고 무엄스럽게 굴어, 심히 불쾌하였고, 그래서 ⓔ엔간히 자리를 털고 일어설 생각이 몇 번이나 나지 아니한 것도 아니었었다. 그러나 참았다. 보아하니 큰 세도를 부리는 것이 분명하였다. 잘만 하면 그 힘을 빌려, 분풀이와, 빼앗긴 재물을 도로 찾을 여망이 있을 듯 싶었다.

| 뭔말?

· ⓔ에서 백 주사는 거만하게 구는 방삼복의 행동에 불쾌함을 느껴 자리를 박차고 나가고 싶다는 감정을 느꼈다고 함.

· 그러면서도 꾹 참았다고 했는데, 이어지는 내용으로 볼 때 이것은 방삼복의 힘을 빌려 빼앗긴 재물을 찾을 수 있다는 기대감이 반영된 행동임.

04 외적 준거에 따른 작품 감상 답 ⑤

선지별 선택 비율	①	②	③	④	⑤
화작	2%	26%	9%	16%	44%
언매	1%	27%	7%	13%	49%

〈보기〉를 참고하여 [A]~[E]를 감상한 내용으로 적절하지 않은 것은? [3점]

> 보기
>
> '진작부터 벼르던 이야기'는 백 주사가 자신과 가족의 억울함을 하소연하는 부분이다. 그런데 서술자는 그 '이야기'를 서술자의 시선뿐 아니라 여러 인물들의 시선으로 초점화하여 서술함으로써 독자와 작중 인물 간의 거리를 조절한다. 또한 세부 항목을 하나씩 나열하여 장면의 분위기를 고조하고 정서를 확장하는 서술 방법으로 독자에게 현장감을 전해 준다. 이때 독자는 백 주사와 그의 가족에게 고통받았던 사람들의 입장에 서서 그들을 비판적으로 보게 된다.

정답 띵!동!

서술자의 시선으로 서술함. ←

⑤ [E]: 백 주사 '가족'의 몰락을 보여 주는 사건들을 ~~백 주사의 시선으로 일관되게~~ 초점화하여 그들에게 고통받았던 사람들의 편에 선 독자가 통쾌함을 느끼게 하고 있군.

| 〈보기〉 서술자는 그 '이야기'를 서술자의 시선뿐 아니라 여러 인물들의 시선으로 초점화하여 서술함으로써 독자와 작중 인물 간의 거리를 조절한다. ~ 이때 독자는 백 주사와 그의 가족에게 고통받았던 사람들의 입장에 서서 그들을 비판적으로 보게 된다.

| [E] 집과 세간 죄다 부수고, 백선봉이 보낸 통제 배급 물자 숱한 것 죄다 빼앗기고, 가족들은 죽을 매를 맞고, 백선봉은 처가로, 백 주사는 서울로 각기 피신하여 목숨만 우선 보전하였다.

| 뭔말?

· 〈보기〉에 따르면, 백 주사가 자신과 가족의 억울함을 하소연하는 부분이 서술자의 시선뿐 아니라 여러 인물들의 시선으로 초점화되어 서술된다고 함. 그런데 [E]는 백 주사가 아니라 서술자의 시선에서 백 주사 '가족'의 몰락을 서술한 부분임.

· 다만 [E]에서 재산을 빼앗긴 뒤 죽을 매를 맞고 백선봉은 처가로, 백 주사는 서울로 각기 피신하는 모습은 이들 가족의 몰락을 드러낸 장면이므로, 백 주사 '가족'에게 고통받았던 사람들의 편에 선 독자에게 통쾌함을 줌.

오답 땡!

① [A]: **백선봉의 풍요로운 생활을 '남들'의 굶주린 생활과 비교하여 서술함으로써 독자가 그를 비판적으로 보게 하고 있군.**
└→ 일제의 권력의 빌붙어 큰 재산을 형성한 백선봉의 부정적 모습이 부각됨.

| 〈보기〉 이때 독자는 백 주사와 그의 가족에게 고통받았던 사람들의 입장에 서서 그들을 비판적으로 보게 된다.

| [A] 남들은 주린 창자를 졸라맬 때 그의 광에는 옥 같은 정백미가 몇 가마니씩 쌓였고, 반년 일 년을 남들은 구경도 못 하는 고기와 생선이 끼니마다 상에 오르지 않는 날이 없었다.

| 뭔말?

· [A]는 풍요로운 생활을 하는 백선봉과 주린 창자를 졸라매는 '남들'의 굶주린 생활을 비교하여 서술함.

· 이와 같은 서술 방식은 일제의 권력에 빌붙어 살던 백선봉의 부정적 면모를 더욱 부각하여, 독자들이 그를 비판적으로 보게 함.

② [B]: **부정하게 모은 많은 물건들을 하나씩 나열하여 습격 당시 현장의 들뜬 분위기를 환기함으로써 '군중'의 놀람과 분노를 독자에게 전하려 하고 있군.**
└→ 백선봉이 가진 재산의 실상을 처음 보게 된 군중의 감정

| 〈보기〉 세부 항목을 하나씩 나열하여 장면의 분위기를 고조하고 정서를 확장하는 서술 방법으로 독자에게 현장감을 전해 준다.

| [B] 8 · 15 그날 밤, 군중이 그의 집을 습격하였을 때에 쏟아져 나온 물건이 쌀 말고도 광목 여섯 필 / 고무신 스물세 켤레 / 지카다비 여덟 켤레 / 빨랫비누 세 궤짝 / 양말 오십 타 / 정종 열세 병 / 설탕 한 부대

| 뭔말?

· 〈보기〉에 따르면, 세부 항목을 하나씩 나열하는 방식은 장면의 분위기를 고조하고 정서를 확장한다고 함.

· [B]는 백선봉이 일제의 힘에 기대 부정하게 축적한 재산들을 하나씩 나열하여 '군중'이 그의 집을 습격했을 당시의 들뜬 분위기를 환기하고, 수많은 재산을 본 군중들의 놀람과 백선봉에 대한 분노를 독자들에게 효과적으로 전달함.

③ [C]: **'있었더란다'를 통해 누군가에게 들은 것처럼 전하면서도, 전하는 내용을 '군중'의 시선으로 초점화하여 독자가 '군중'의 입장에 서도록 유도하고 있군.**
└→ 군중이 백 주사의 집을 습격하였을 때 직접 본 재물들에 대한 언급

| 〈보기〉 서술자는 그 '이야기'를 ~ 여러 인물들의 시선으로 초점화하여 서술함으로써 독자와 작중 인물 간의 거리를 조절한다. ~ 이때 독자는 백 주사와 그의 가족에게 고통받았던 사람들의 입장에 서서 그들을 비판적으로 보게 된다.

| [C] 이렇게 있었더란다. 만 원어치 여편네의 패물과, 만 원어치 옷감이며 비단과, 만 원짜리 저금통장은 고만두고 말이었다.

| 뭔말?

· [C]는 '있었더란다'라고 하여 누군가에게 들은 것처럼 서술함.

· 그러면서도 백선봉의 집에서 쏟아져 나온 재물들을 군중의 시선으로 초점화함으로써 독자가 군중의 입장에 서도록 유도하고 있음.

┌→ 한 고을의 '동네 사람들'의 입장에서 겪었던 백 주사의 만행이 서술됨.
④ [D]: **'동네 사람'의 시선으로 초점화하여 백 주사의 만행을 서술함으로써 백 주사가 습격의 빌미를 제공한 것처럼 독자가 느끼게 하고 있군.**

| 〈보기〉 서술자는 그 '이야기'를 ~ 여러 인물들의 시선으로 초점화하여 서술함으로써 독자와 작중 인물 간의 거리를 조절한다. ~ 이때 독자는 백 주사와 그의 가족에게 고통받았던 사람들의 입장에 서서 그들을 비판적으로 보게 된다.

| [D] 일변 고을에서는, 백 주사가, 자식이 그런 짓을 해서 산 토지를 가지고, 동네 사람한테 거만히 굴고, 작인들한테 팔 할 가까운 도지를 받고, 고리대금을 하고 하였대서, 백선봉이 도망해 와 눕는 그날 밤, 그의 본집인 백 주사네 집을 습격하였다.

| 뭔말?

· [D]는 '동네 사람'의 입장에서, 백 주사가 아들 백선봉이 부정하게 축적한 재산을 가지고 동네 사람들에게 거만하게 굴고 고리대금을 한 것을 서술함으로써 백 주사가 습격의 빌미를 제공하였음을 독자가 느끼도록 함.

꿀피스 Tip!

▸ 이 문제는 백 주사가 말하는 '진작부터 벼르던 이야기'에 관한 거야. 〈보기〉의 핵심 정보 먼저 정리하자. '진작부터 벼르던 이야기'의 서술자는 **서술자의 시선뿐 아니라 여러 인물들의 시선으로 초점화하여** 서술한다고 했어. 이 방식으로 **독자와 작중 인물의 거리를 조절한다**고 했고, 보통 한 명의 서술자가 이야기를 쭉 전개해 나가는 것이 일반적인데 이건 좀 특이하지? (특이하다 싶으면 출제 포인트지!) 그리고 이 이야기는 독자가 **백 주사와 그 가족에게 고통받았던 사람들의 입장에서 백 주사와 그 가족을 비판적으로 보게 된다고 했어.**

▸ 그럼 [E]를 보자. 이건 백 주사의 시선으로 전개된 부분일까?

> 집과 세간 죄다 부수고, 백선봉이 보낸 통제 배급 물자 숱한 것 죄다 빼앗기고, 가족들은 죽을 매를 맞고, 백선봉은 처가로, 백 주사는 서울로 각기 피신하여 목숨만 우선 보전하였다.

그렇지 않아. 백 주사의 시선이라면 자신이 얼마나 비참했는지, 얼마나 억울했는지 등을 구구절절 설명하고 보여 주지 않았겠어? **제3의 서술자가 '가족들은~', '백 선봉은~', '백 주사는~'과 같이 백 주사 가족의 몰락을 서술하고 있다고 보는 게 적절하지.**

▸ 그리고 〈보기〉에서 여러 인물의 시선으로 초점화하여 독자와 작중 인물의 거리를 조절한다고 했던 거 벌써 까먹은 건 아니지? [E]가 백 주사의 시선으로 초점화한 것이라면, 이 부분을 읽은 독자와 백 주사의 거리는 가까워지게 되지 않을까? (여기 읽으면서 백 주사를 가깝게 느낀 친구가 과연 있을지…) 그런데 백 주사와 그의 가족은 독자의 입장에서는 가깝게 느낄 대상이나 몰입의 대상이 아니라, 비판의 대상이라는 점을 생각해 봐. [E]를 백 주사의 시선으로 초점화하여 서술할 이유도 없는 거지.

메가스터디 (고등 학습) 시리즈

국어 문학

BOOK 1 최신 기출 ALL

정답 및 해설

메가스터디BOOKS

내용 문의 02-6984-6897 | 구입 문의 02-6984-6868,9 | www.megastudybooks.com

메가스터디 고등 학습 시리즈

국어 문학

BOOK 1 최신 기출 ALL

진짜 공부 챌린지 내/가/스/터/디

공부는 스스로 해야 실력이 됩니다. 아무리 뛰어난 스타강사도, 아무리 좋은 참고서도 학습자의 실력을 바로 높여 줄 수는 없습니다.
내가 무엇을 공부하고 있는지, 아는 것과 모르는 것은 무엇인지 스스로 인지하고 학습할 때 진짜 실력이 만들어집니다.
메가스터디북스는 스스로 하는 공부, **내가스터디**를 응원합니다.
메가스터디북스는 여러분의 **내가스터디**를 돕는 좋은 책을 만듭니다.

ISBN 979-11-297-1410-7

값 23,000원 (전 2권)

메가스터디BOOKS

내용 문의 02-6984-6897 | **구입 문의** 02-6984-6868,9 | www.megastudybooks.com

2026

수능 기출 올픽

최신 기출 ALL

우수 기출 PICK

국어 문학

BOOK 2 우수 기출 PICK

최근 3개년 이전(2018~2022학년도)
수능 · 평가원 기출 중 교과서 작품 · 작가 연계 세트 선별 수록

메가스터디BOOKS

메가스터디 수능 기출 '올픽'에 도움을 주신 선생님들

수능 기출 '올픽' BOOK❷ 우수 기출문제 엄선 과정에 참여하신 전국의 선생님들께 진심으로 감사드립니다.

가유림 이레국어논술
강윤숙 핵심학원
권영수 지니국어
김두남 양덕종로엠스쿨
김선희 김선희 국어대장
김승원 공부길목 리드인 독서논술국어학원
김영호 솟대국어학원
김옥경 1교시 국어영역
김옥선 한슬국어논술
김윤슬 윤슬국어
김윤정 뿌리깊은국어학원
김은정 광안고려학원
김정아 김정아 국어교습소
김지나 도담 국어교습소
김태호 중일고등학교
김혁재 코나투스재수종합반
김현아 광명북고등학교
김혜경 주감학원
김혜린 김혜린국어논술학원
김혜정 아름국어학원
노동운 유일여자고등학교
노신득 국산국어
류도희 유일여자고등학교
문미진 엠투엠수학국어학원
박근홍 풍산고등학교
박동민 인천 역전타 에듀 학원
박예슬 박예슬 국어학원
박인수 박인수 수능연구소
박정임 올바른국어학원
박진록 박진록 국어전문학원
박찬솔 베스트교육 인천연수점
박희옥 이박국어논술학원
배성현 국어논술자신감
백지은 정음국어학원
선동진 엠베스트에스이최강학원
손호심 손호심국어학원
송창현 대기고등학교
심해영 스터닝 학원
유병우 이유국어
유찬호 11월의 로렐 학원
이동익 든든한 국어
이빛나 일신여자고등학교
이세민 원탑학원
이승준 베이스학원
이승준 창원여자고등학교
이영철 차준호국어논술학원
이은정 정국어학원
이정자 수어람
이준석 벼리국어학원
이효준 수학서당학원
이희용 이탑스앤엠이케이학원
장영주 씨투엠학원
전계순 서현학원
전제영 이젠 국어교습소
정래원 정래원쌤 국어학원
정미진 글을품은학당
정서은 정서은 국어논술
정영국 대전한스터디 입시학원
정현숙 손호심 국어학원
조은숙 연암학원
조현수 한뜻학원
채수남 수국어학원
최동순 청주신흥고등학교
최일혁 목동전문가그룹학원
홍수경 목동 엘리엠학원

기출 학습을
효율적으로! 완벽하게!
수능 기출
올픽

수능 기출 '올픽'은 다음과 같이 BOOK❶ × BOOK❷ 구성입니다.

BOOK❶ 최신 기출 ALL 최근 3개년(2023~2025학년도) 수능 · 평가원 기출 전체 수록

BOOK❷ 우수 기출 PICK 최근 3개년 이전(2018~2022학년도) 수능 · 평가원 기출 중 교과서 작품 및 작가 연계 세트 선별 수록

국어 문학

BOOK ❷

역대 수능 기출문제를 다 풀어 보는 것은 비효율적입니다.
하지만 과거의 기출문제 중에는 반드시 짚고 넘어갈 만한 우수 문제들이 있습니다.
이에 여러 선생님들이 최근 3개년 이전 수능·평가원 기출(2018~2022) 중
수험생이 꼭 풀어야 하는 우수 기출문제를 선별하여 **BOOK❷**에 담았습니다.

수능 기출 학습 시너지를 높이는 '올픽'의 BOOK❶ × BOOK❷ 활용 Tip!

BOOK❶의 최신 기출문제를 먼저 푼 후, 본인의 학습 상태에 따라 **BOOK❷**의
교과서 연계 기출문제까지 풀면 효율적이고 완벽한 기출 학습이 가능합니다!

BOOK 2 구성과 특징

▶ 교과서 작가 · 작품과 연계하여, 최근 3개년 이전 기출문제 중 수험생이 꼭 풀어야 하는 필수 세트만을 선별하여 담았습니다.

1 옛기출 PICK

- 최근 3개년 이전(2018~2022) 기출문제 중 교과서 작가 · 작품 연계 세트를 선별하였습니다.
- 국어 교과서 11종 · 문학 교과서 10종을 분석하여 연계 정보를 본문/해설에 명시하였습니다.
- 선별에 참여해 주신 학교와 학원 선생님들의 PICK 이유를 제시하였습니다.

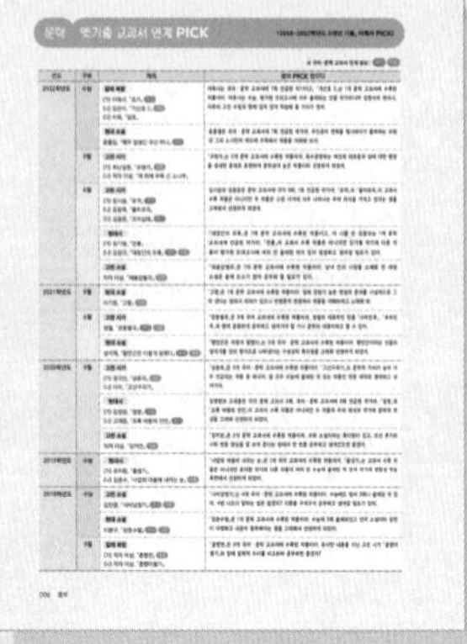

2 갈래별 기출 학습

- 교과서 작가 · 작품 연계 세트를 갈래별로 균형 있게 학습할 수 있도록 하였습니다.
- 정답률이 낮았던 문제는 매운맛 픽 으로 별도 표시하여 집중 학습할 수 있도록 하였습니다.

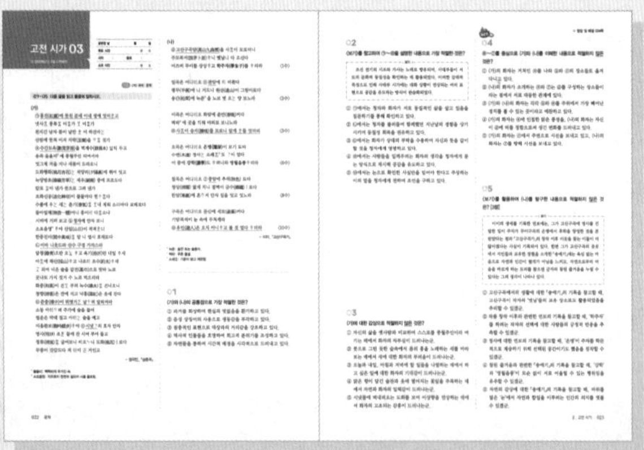

3 지문의 핵 분석

- 기출 지문의 존재 이유는? 문제를 풀기 위한 것! **문제, 선지와의 관련성을 밝힌 지문 분석**을 통해 일반적 독해가 아니라 문제를 풀기 위한 독해에 초점을 맞추었습니다.
- 지문에 대한 필수 정보인 해당 연도 **EBS 연계와 교과서 연계 정보**를 제시하였습니다.

4 띵 해설

- "이 선지는 어디까지 맞는 말이고, 어디까지 틀린 말일까?" ❶ **선지에 직접 첨삭하여 한눈에 보여 주는 띵 해설**로 빠른 이해, 가장 편리한 학습을 도모하였습니다.
- 해설에도 해설이 필요하지 않나요? 주절주절 읽기 힘든 **줄글 해설에서 과감하게 벗어나 ❷ 요점 정리형 해설을 제공**합니다.
  정답 띵!동! 왜 정답인지를 알고 생각을 띵(THINK)!
  오답 땡! 땡! 왜 오답인지를 알고 철저한 대비를!
- 낮은 정답률의 매운맛 문제는 꿀피스 Tip! 으로 확실히 해결할 수 있도록 하였습니다.

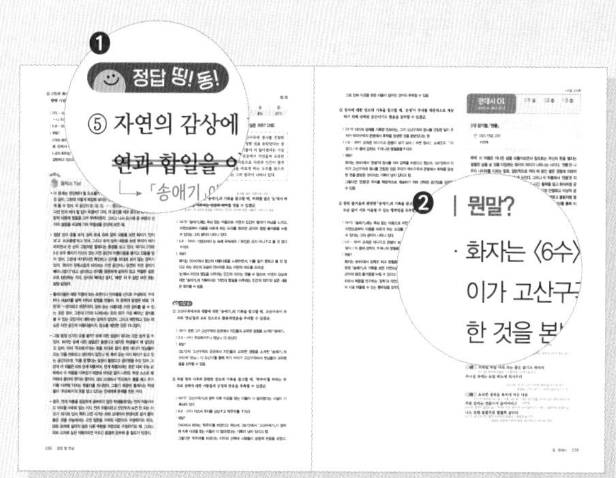

5 집중! 기출 속 문학 개념어 19

- 문제의 선지에 사용된 중요 개념 · 필수 개념을 선별하였습니다.
- 사전식 뜻풀이만으로는 알쏭달쏭한 문학 개념어. **개념어의 의미를 단계별로 분석하였고 풍성한 삽화와 예문, 기출 TIP**을 제공하여 완벽 대비할 수 있도록 하였습니다.

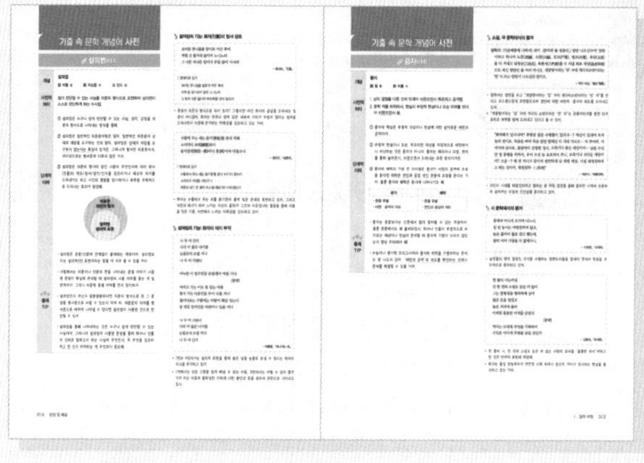

BOOK ❶ 최근 3개년 기출 ALL

BOOK ❶에는 2015 개정 교육과정으로 치러진 최근 3개년의 수능 · 평가원의 모든 기출문제를 담았습니다.

PICK
BOOK 2 차례

※ 국어·문학 교과서 연계 정보 : 작가 

갈래 복합

고전 시가

현대시

고전 소설

현대 소설

문학 옛기출 교과서 연계 PICK

*2018~2022학년도 5개년 기출, 이래서 PICK!

※ 국어·문학 교과서 연계 정보 :  

연도	구분	제재	쌤의 PICK 한마디
2022학년도	수능	**갈래 복합** (가) 이육사, 「초가」 작가 (나) 김관식, 「거산호 2」 작품 (다) 이옥, 「담초」	이육사는 국어·문학 교과서에 7회 언급된 작가이고, 「거산호 2」는 1개 문학 교과서에 수록된 작품이야. 이육사는 수능, 평가원 모의고사에 자주 출제되는 단골 작가이니까 김관식의 현대시, 이옥의 고전 수필과 함께 깊이 있게 학습해 둘 가치가 있어.
		현대 소설 윤흥길, 「매우 잘생긴 우산 하나」 작가	윤흥길은 국어·문학 교과서에 7회 언급된 작가야. 주인공이 권력을 행사하다가 몰락하는 과정과 그의 소시민적 태도에 주목해서 작품을 이해해 보자.
	9월	**고전 시가** (가) 허난설헌, 「규원가」 작품 (나) 작자 미상, 「재 위에 우뚝 선 소나무」	「규원가」는 2개 문학 교과서에 수록된 작품이야. 독수공방하는 여인의 외로움과 임에 대한 원망을 섬세한 문체로 표현하여 문학성이 높은 작품이라 선정하게 되었어.
	6월	**고전 시가** (가) 김시습, 「유객」 작가 (나) 김광욱, 「율리유곡」 (다) 김용준, 「조어삼매」 작가	김시습과 김용준은 문학 교과서에 각각 6회, 1회 언급된 작가야. 「유객」과 「율리유곡」이 교과서 수록 작품은 아니지만 두 작품은 고전 시가에 자주 나타나는 주제 의식을 가지고 있다는 점을 고려해서 선정하게 되었어.
		현대시 (가) 김기림, 「연륜」 (나) 김광규, 「대장간의 유혹」 작가 작품	「대장간의 유혹」은 1개 문학 교과서에 수록된 작품이고, 이 시를 쓴 김광규는 1개 문학 교과서에 언급된 작가야. 「연륜」이 교과서 수록 작품은 아니지만 김기림 작가의 다른 작품이 평가원 모의고사에 여러 번 출제된 적이 있어 점검하고 넘어갈 필요가 있어.
		고전 소설 작자 미상, 「채봉감별곡」 작품	「채봉감별곡」은 1개 문학 교과서에 수록된 작품이야. 남녀 간의 사랑을 소재로 한 애정 소설은 출제 요소가 많아 공부해 둘 필요가 있어.
2021학년도	9월	**현대 소설** 이기영, 「고향」 작품	「고향」은 1개 문학 교과서에 수록된 작품이야. 일제 강점기 농촌 현실의 문제를 사실적으로 그려 냈다는 점에서 의의가 있으니 반영론적 관점에서 작품을 이해하려고 노력해 봐.
	6월	**고전 시가** 정철, 「관동별곡」 작가 작품	「관동별곡」은 3개 국어 교과서에 수록된 작품이야. 정철의 대표작인 만큼 「사미인곡」, 「속미인곡」과 함께 꼼꼼하게 공부하고 넘어가야 할 가사 문학의 대장이라고 할 수 있어.
		현대 소설 성석제, 「황만근은 이렇게 말했다」 작가 작품	「황만근은 이렇게 말했다」는 3개 국어·문학 교과서에 수록된 작품이야. 황만근이라는 인물의 일대기를 전의 형식으로 나타냈다는 구성상의 특이점을 고려해 선정하게 되었어.
2020학년도	9월	**고전 시가** (가) 정극인, 「상춘곡」 작품 (나) 이이, 「고산구곡가」	「상춘곡」은 3개 국어·문학 교과서에 수록된 작품이야. 「고산구곡가」도 문학적 가치가 높아 자주 언급되는 작품 중 하나지. 둘 모두 수능에 출제된 적 있는 작품인 만큼 제대로 정리하고 넘어가자.
		현대시 (가) 김영랑, 「청명」 작가 (나) 고재종, 「초록 바람의 전언」 작가	김영랑과 고재종은 각각 문학 교과서 2회, 국어·문학 교과서에 5회 언급된 작가야. 「청명」과 「초록 바람의 전언」이 교과서 수록 작품은 아니지만 두 작품의 주제 의식과 작가의 문학적 위상을 고려해 선정하게 되었어.
		고전 소설 작자 미상, 「장끼전」 작품	「장끼전」은 2개 문학 교과서에 수록된 작품이야. 우화 소설이라는 특이점이 있고, 조선 후기의 사회 변동 양상을 잘 보여 준다는 점에서 한 번쯤 공부하고 넘어갔으면 좋겠어.
2019학년도	수능	**현대시** (가) 유치환, 「출생기」 (나) 김춘수, 「샤갈의 마을에 내리는 눈」 작품	「샤갈의 마을에 내리는 눈」은 1개 국어 교과서에 수록된 작품이야. 「출생기」는 교과서 수록 작품은 아니지만 유치환 작가의 다른 작품이 여러 번 수능에 출제된 적 있어 작가의 경향성 학습 측면에서 선정하게 되었어.
2018학년도	수능	**고전 소설** 김만중, 「사씨남정기」 작가 작품	「사씨남정기」는 4개 국어·문학 교과서에 수록된 작품이야. 수능에도 벌써 3회나 출제된 적 있어. 4번 나오지 말라는 법은 없겠지? 지문을 구석구석 공부하고 넘어갈 필요가 있어.
		현대 소설 이문구, 「관촌수필」 작가 작품	「관촌수필」은 1개 문학 교과서에 수록된 작품이야. 수능에 3회 출제되었고 연작 소설이라 장면이 다양하고 내용이 풍부하다는 점을 고려해서 선정하게 되었어.
	9월	**갈래 복합** (가) 작자 미상, 「춘향전」 작품 (나) 작자 미상, 「춘향이별가」	「춘향전」은 8개 국어·문학 교과서에 수록된 작품이야. 유사한 내용을 지닌 고전 시가 「춘향이별가」와 함께 갈래적 차이를 비교하며 공부하면 좋겠지?

갈래 복합

01 초가(이육사) / 거산호 2(김관식) / 담초(이옥)
현대시 + 현대시 + 고전 수필

02 유객(김시습) / 율리유곡(김광욱) / 조어삼매(김용준)
고전 시가 + 고전 시가 + 고전 수필

03 춘향전(작자 미상) / 춘향이별가(작자 미상)
고전 소설 + 고전 시가

갈래 복합 01

2022학년도 수능

공부한 날	월	일
목표 시간	분	초
시작 :	종료 :	
소요 시간	분	초

작가 (가) 국어 문학 작품 (나) 문학

01-06 다음 글을 읽고 물음에 답하시오.

(가)

구겨진 하늘은 묵은 애기책을 편 듯
돌담 울이 고성같이 둘러싼 산기슭 [A]
박쥐 나래 밑에 황혼이 묻혀 오면
초가 집집마다 **호롱불**이 켜지고
고향을 그린 묵화(墨畫) 한 폭 좀이 쳐.

띄엄 띄엄 보이는 그림 조각은
앞밭에 보리밭에 말매나물 캐러 간 [B]
가시내는 가시내와 종달새 소리에 반해

빈 바구니 차고 오긴 너무도 부끄러워
술레짠 두 뺨 위에 모매꽃이 피었고.

그넷줄에 비가 오면 풍년이 든다더니 [C]
앞내강에 씨레나무 밀려 나리면
젊은이는 젊은이와 **뗏목**을 타고
돈 벌러 항구로 흘러간 몇 달에
서릿발 잎 져도 못 오면 바람이 분다.

피로 가꾼 이삭이 참새로 날아가고
곰처럼 어린 놈이 북극을 꿈꾸는데 [D]
늙은이는 늙은이와 싸우는 입김도

벽에 서려 성에 끼는 한겨울 밤은
동리(洞里)의 밀고자인 강물조차 얼붙는다. [E]

- 이육사, 「초가」

(나)

오늘, 북창을 열어,
장거리 등지고 산을 향하여 앉은 뜻은
사람은 맨날 변해 쌓지만
태고로부터 푸르러 온 산이 아니냐.
고요하고 너그러워 수(壽)하는 데다가
보옥을 갖고도 자랑 않는 겸허한 산.
마음이 본시 산을 사랑해
평생 산을 보고 산을 배우네.
그 품 안에서 자라나 거기에 가 또 묻히리니
내 이승의 낮과 저승의 밤에
아아라히 뻗쳐 있어 다리 놓는 산.
네 품이 내 고향인 그리운 산아
미역취 한 이파리 상긋한 산 내음새
산에서도 오히려 산을 그리며
꿈같은 산 정기(精氣)를 그리며 산다.

- 김관식, 「거산호 2」

(다)

온갖 꽃들이 요란스럽게 일제히 터트려져 광채가 찬란하다. 이때에 바람이 살짝 불어오면 향기가 코를 스친다. 때마침 꼴 베는 자가 낫을 가지고 와서 손 가는 대로 베어 내는데, 아쉬워 돌아보거나 거리끼는 마음도 없다. 나는 이에 한숨을 쉬며 탄식하여 말하였다.

"땅이 낳고 하늘이 기르는바, 만물이 무성히 자라며 모두가 광대한 은택을 입는구나. 이에 따스한 바람이 불어 갖가지 형상을 아로새기고 단비를 내려 온 둘레를 물들이니, 천기(天機)를 함께 타고나 형체를 부여받음에 각기 그 자질에 따라 고운 자태를 드러낸다. 모란의 진귀하고 귀중함을 해당화의 곱고 아름다움에 견주어 보면, 비록 크고 작은 차이는 있겠으나, 어찌 **공교함과 졸렬함**에 다른 헤아림이 있었겠는가?

(중략)

그런데도 **귀함**이 저와 같고 **천함**이 이와 같아, 어떤 것은 **부호가의 깊은 장막 안**에서 눈앞의 봄바람을 지키고, 어떤 것은 짧은 낫을 든 어리석은 종의 손아귀에서 가을 서리처럼 변한다. 이 어찌 된 일인가? 뜨락은 사람 가까이에 있고 교외의 땅은 멀리 막혀 있어 가까운 것은 친하기 쉽고 멀리 있는 것은 저어하기 때문이 아니겠는가? 아니면 요황과 위자*는 성씨가 존엄한데 범상한 화초는 이름이 없으며, 성씨가 존엄한 것은 곱게 빛나는데 이름 없는 것들은 먼 데서 이주해 온 백성 같은 존재이기 때문인가? 그도 아니면 뿌리가 깊은 것은 종족이 번성한데 빽빽이 늘어선 것들은 가늘고 작으며, 높고 큰 것은 높은 자리에 있고 가늘고 작은 것들은 들판에 있기 때문인가?

아! 낳는 것은 하늘에 달려 있으나 **영화롭게** 하는 것은 인간에 달려 있다. 하늘은 사사로움이 없기에 그 **조화(造化)가 균일**하지만, 인간은 널리 베풀지 못하므로 **소원함**도 있고 **친함**도 있는 것이다. 하늘이 이미 낳아 주었는데 또 어찌 사람이 영화롭게 하고 영화롭지 못하게 한다고 원망하겠는가? 나에게는 비록 감정이 있지만 풀에는 감정이 없으니, 그것이 **소**의 목구멍을 채우는 것과 **나비**로 하여금 다투어 찾도록 하는 것을 어찌 달리 보겠는가?"

- 이옥, 「담초」

*요황과 위자: 모란의 진귀한 품종을 일컫는 말.

01

(가)~(다)에 대한 설명으로 가장 적절한 것은?

① (가)에서는 현실적인 문제 해결의 실마리로 조화로운 공동체의 모습을 제시하고 있다.
② (나)에서는 현실에 대한 부정적 인식을 바탕으로 앞날에 대한 회의를 드러내고 있다.
③ (다)에서는 자연과 인간의 관계를 살펴 자연을 바라보는 인간의 태도에 대한 성찰을 드러내고 있다.
④ (가), (다)에서는 모두 자연물이 쇠락하는 과정을 제시하여 인생에 대한 무상감을 드러내고 있다.
⑤ (가), (나), (다)에서는 모두 자연과의 교감을 통해 장소에 대한 낙관적 전망을 이끌어 내고 있다.

02

〈보기〉를 참고할 때, [A]~[E]에 대한 이해로 적절하지 않은 것은?

보기
이육사는 「초가」를 발표하면서 '유폐된 지역에서'라고 창작 장소를 밝혔다. 이곳에서 그는 오래전 떠나온 고향을 떠올려 시로 형상화했다. 계절의 흐름에 따라 낭만적인 봄에서 비극적인 겨울로 시상을 전개하여 악화되어 가는 일제 강점기의 현실을 묘사했다.

① [A]: 돌담 울에 둘러싸인 산기슭을 묘사하여 화자가 고향을 회상하는 장소의 분위기를 나타내고 있다.
② [B]: 봄날의 보리밭 풍경을 제시하여 화자가 떠올리는 고향의 모습을 형상화하고 있다.
③ [C]: 고향 사람들이 기대하던 앞내강 정경을 묘사하여 화자의 소망이 이루어진 상황을 나타내고 있다.
④ [D]: 풍족한 결실을 거두지 못한 상황에서 자신이 처한 현실 너머의 세계를 꿈꾸는 소년의 모습을 보여 주고 있다.
⑤ [E]: 강물이 얼어붙는 삭막한 겨울의 이미지로 일제 강점기의 가혹한 현실 상황을 드러내고 있다.

03

'산'에 대한 화자의 태도를 중심으로 (나)를 감상한 내용으로 적절하지 않은 것은?

① '산'을 수시로 변하는 인간과 달리 태고로부터 본질을 잃지 않는 불변성을 지닌 것으로 인식하는군.
② '산'을 인간의 덕성을 표면화하는 데 집중하는 적극적 의지를 지닌 존재로 여기는군.
③ '산'을 삶과 죽음을 이어 줌으로써 죽음 이후에도 함께할 대상으로 여기는군.
④ '산'을 근원적 고향으로 인식함으로써 그리움의 대상으로 바라보는군.
⑤ '산'을 현재 함께하는 존재로 여기면서도 지속적으로 지향해야 할 궁극적인 존재로 인식하는군.

04

(다)의 '나'에 대한 이해로 가장 적절한 것은?

① 꽃의 '공교함과 졸렬함'을 판단할 때는 꽃의 형체보다는 쓰임새에 기준을 두어야 함을 강조한다.
② 화초의 '귀함'과 '천함'에 대한 평가는 그 본성에 맞게 이름이 부여되었느냐에 달려 있다고 믿는다.
③ 풀을 '영화롭게' 만드는 주체는 인간이 아니라 하늘이어야 한다는 깨달음을 드러낸다.
④ 하늘의 입장에서 보면 모든 풀은 '조화가 균일'한 존재로서 가치의 우열을 가지지 않는다고 생각한다.
⑤ 인간의 감정에는 '소원함'과 '친함'이 모두 있으므로 사사로움을 넘어 균형을 도모할 수 있다고 본다.

05

묵화와 북창을 중심으로 (가)와 (나)를 비교한 내용으로 가장 적절한 것은?

① (가)에서는 '묵화'와 '박쥐 나래'의 이미지를 연결하여 고향의 어두운 분위기를, (나)에서는 '북창'에서 바라본 산의 '품'에 주목하여 산이 주는 아늑한 분위기를 드러낸다.
② (가)에서 '묵화'는 '황혼'이 상징하는 현실적 상황에, (나)에서 '북창'은 '저승의 밤'이 의미하는 절망적 상황에 대응된다.
③ (가)에서 '묵화'에 '좀이 쳐'라고 한 것은 화자가 고향에 대해 느끼는 세월의 깊이를, (나)에서 '북창'을 '오늘' 열었다고 한 것은 산을 대하는 화자의 인식이 변화된 시점을 드러낸다.
④ (가)에서 '묵화'를 '그림 조각'이라고 한 것은 고향의 분절된 이미지를, (나)에서 '북창'을 '열어' 산을 보고 있다는 것은 선망하는 세계와 분리된 이미지를 나타낸다.
⑤ (가)에서는 '묵화'에 그려진 '모매꽃'에 부끄러움의 정서를, (나)에서는 '북창'을 통해 본 '보옥'에 안타까움의 정서를 담아낸다.

06

〈보기〉를 참고하여 (가)~(다)를 감상한 내용으로 적절하지 않은 것은? [3점]

> **보기**
>
> 문학적 표현에는 표현 대상을 그와 연관된 다른 관념이나 사물로 대신하여 나타내는 방법이 있다. 여기에는 사물의 속성으로 실체를 대신하거나 대상의 한 부분으로 전체를 대신하는 것 등이 포함된다. 이러한 방법들은 서로 혼재되기도 하면서 구체적이고 생생한 이미지와 분위기를 환기한다.

① (가)에서 저녁이 오는 시간을 그와 연관된 사물인 '호롱불'이 켜진다는 것으로 나타냄으로써, 산골 마을의 저녁 풍경을 시각적 이미지로 보여 주는군.
② (가)에서 고향에 머무르지 못하고 객지로 떠나는 현실을 '뗏목'을 타고 흘러가는 것과 연관 지어 나타냄으로써, 삶의 불안정함을 구체적 이미지로 보여 주는군.
③ (나)에서 세속적인 삶의 공간 전체를 이해관계가 얽혀 있는 '장거리'의 속성을 활용하여 나타냄으로써, 인심이 쉽게 변하는 세속 공간의 분위기를 환기하는군.
④ (다)에서 귀한 대우를 받는 삶을 그러한 속성을 가진 '부호가의 깊은 장막 안'으로 나타냄으로써, 인간과 가까운 공간의 적막한 분위기를 환기하는군.
⑤ (다)에서 풀의 가치를 '소'와 '나비'의 행위와 연관 지어 나타냄으로써, 하찮게 취급되는 풀과 귀하게 여겨지는 풀의 차이를 구체적 이미지로 보여 주는군.

갈래 복합 02

2022학년도 6월 모의평가

공부한 날	월	일
목표 시간	분	초
시작 :	종료 :	
소요 시간	분	초

작가 (가) 문학 (다) 문학

01-06 다음 글을 읽고 물음에 답하시오.

(가)

청평사의 나그네 有客淸平寺
봄 산을 마음대로 노니네 春山任意遊
고요한 외로운 탑에 산새 지저귀고 鳥啼孤塔靜
흐르는 작은 내에 꽃잎 떨어지네 花落小溪流
좋은 나물은 때 알아 돋아나고 佳菜知時秀
향기로운 버섯은 비 맞아 부드럽네 香菌過雨柔
시 읊조리며 **신선 골짝** 들어서니 行吟入仙洞
나의 **백 년 근심** 사라지네 消我百年愁

- 김시습, 「유객」

(나)

도연명(陶淵明) 죽은 후에 또 연명(淵明)이 나다니
밤마을 옛 이름이 때마침 같을시고
돌아와 수졸전원(守拙田園)*이야 그와 내가 다르랴 〈제1곡〉

삼공(三公)이 귀하다 한들 이 강산과 바꿀쏘냐
조각배에 달을 싣고 낚싯대 흩던질 때
이 몸이 이 청흥(淸興) 가지고 만호후*인들 부러우랴 〈제8곡〉

어지럽고 시끄런 문서 다 주어 내던지고
필마(匹馬) 추풍에 채를 쳐 돌아오니
아무리 매인 새 놓였다고 **이대도록 시원하랴** 〈제10곡〉

세버들 가지 꺾어 낚은 **고기** 꿰어 들고
주가(酒家)를 찾으려 **낡은 다리** 건너가니
온 골에 살구꽃 져 쌓이니 갈 길 몰라 하노라 〈제15곡〉

최 행수 쑥달임 하세 조 동갑 꽃달임 하세
닭찜 게찜 올벼 점심은 날 시키소
매일에 이렇게 지내면 무슨 **시름** 있으랴 〈제17곡〉

- 김광욱, 「율리유곡」

*수졸전원: 전원에서 분수를 지키며 소박하게 살아감.
*만호후: 재력과 권력을 겸비한 세도가.

(다)

오십이 넘은 **판교(板橋)**는 마음에 맞지 않는 관직을 버리고 거리낌 없는 자유로운 심경에서 여생을 보냈다.

"**청수(淸瘦)한 한 폭 대**를 그리어 추풍강상(秋風江上)에 낚대나 만들까 보다."

㉠궁핍을 면할 양으로 본의 아닌 생활을 계속하느니보다 모든 속사(俗事)를 버리고 표연히 강상(江上)의 어객(漁客)이 되는 것이 운치 있는 생활이기도 하려니와 얼마나 자유를 사랑하는 청고(淸高)한 마음이냐. 고기를 낚는 취미도 실로 **삼매경**에 몰입할 수 있는 좋은 놀음이다.

푸른 물이 그득히 담긴 못가에서 흐느적거리는 낚싯대를 척 휘어잡고 바늘에 미끼를 물린다. 가장자리에는 물이끼들이 꽉 엉켰을 뿐 아니라 고기도 **송사리** 떼밖에 오지 않는지라, 팔 힘 자라는 대로 낚싯줄이 허(許)하는 대로 되도록 멀리 낚시를 던져 조금이라도 큰 고기를 잡을 양으로 한껏 내던져도 본다. 퐁당 물결이 여울처럼 흔들리고 나면 거울 같은 수면에 찌만이 외롭고 슬프게 곧추서 있다.

㉡한 점 찌는 객이 되고 나는 주인이 되어 알력과 모략과 시기와 저주로 꽉 찬 이 풍진(風塵) 세상을 등 뒤로 두고 서로 무언의 우정을 교환한다.

내 모든 정열을 오로지 외로이 떠 있는 한 점 찌에 기울이고 있노라면, 가다가 ㉢별안간 이 한 점 찌는 술 취한 놈처럼 까딱까딱 흔들리기 시작한다.

'고기가 왔구나!'

다음 순간, 찌는 물속으로 자꾸 딸려 들어간다.

'옳다, 큰 놈이 물린 게로군.'

[A] 잡아당길 때 무거울 것을 생각하면서 배꼽에 힘을 잔뜩 주고 행여나 낚대를 놓칠세라 두 손으로 꽉 붙잡고 번쩍 치켜 올리면, 허허 이런 기막힌 일도 있을까. 큰 고기는커녕 어떤 때는 방게란 놈이 달려 나오고, 어떤 때는 개구리란 놈이 발버둥을 치는 수가 많다. 하면 되는 줄만 알았던 낚시질도 간대로 우리 따위까지 단번에 되란 법은 없나 보다.

[B] 세상일이란 모조리 그러한 것이리랴마는 아무리 내 재주가 서툴다기로서니 개구리나 방게란 놈들도 염치가 있지, 속어에 이르기를 숭어가 뛰니 망둥이도 뛴다는 셈으로 나는 나대로 제법 강상의 어객인 양하고 나섰는 판에, 그래도 그럴 듯 미끈한 잉어까지야 못 물린다손 치더라도 고기도 체면은 알 법한지라, 하다못해 붕어 새끼쯤이야 안 물리랴 하는 판에, 얼토당토않은 구역질 나는 놈들이 제가 젠체하고 가다듬은 내 마음을 더럽힐 줄 어찌 알았으랴.

㉣세상이 하 뒤숭숭하니 고요히 서재나 지키어 한묵(翰墨)*의 유희(遊戲)로 푹 박혀 있자는 것도 말처럼 쉽사리 되는 것은 아니라, 그렇다고 거리로 나가 **성격 파산자**처럼 공연스레 왔다 갔다 하기도 부질없고, 보이는 것 들리는 것이 모조리 **심사 틀리는 소식**밖엔 없어 그래도 죄 없는 곳은 **내 서재**니라 하여 며칠만 틀어박혀 있으면 그만 **속에서 울화가 터져 나온다.**

위진(魏晉) 간에 심산벽촌(深山僻村)에 은거하여 청담(淸談)이나

일삼던 그네의 심경을 한때는 욕을 한 적도 있었으나, ㉤막상 나 자신이 그런 심경에 처해 있고 보니 고인(古人)의 불우한 그 심정을 넉넉히 동감하게 된다.

– 김용준, 「조어삼매」

*한묵: 글을 짓거나 쓰는 것을 이르는 말.

01

(가)와 (나)의 공통점으로 가장 적절한 것은?

① 자연물의 속성에 주목하여 교훈적 의미를 전달하고 있다.
② 설의적 표현을 통해 추구하고자 하는 삶의 태도를 제시하고 있다.
③ 먼 경치에서부터 가까운 곳으로 시선을 옮기며 심리의 변화를 드러내고 있다.
④ 화자가 자신을 객관화하는 표현을 내세워 내적 갈등에 대한 공감을 유도하고 있다.
⑤ 계절을 드러내는 시어를 사용하여 시기에 부합하는 자연의 모습을 구체화하고 있다.

02

(나)에 대한 이해로 적절하지 않은 것은?

① 〈제1곡〉에서는 지명에 주목하여 화자의 지향을 드러내고 있다.
② 〈제8곡〉에서는 자연의 가치를 부각하여 화자가 즐기는 흥취를 강조하고 있다.
③ 〈제10곡〉에서는 화자의 현재 상황에 대한 만족감을 바탕으로 자연물에 대한 연민을 드러내고 있다.
④ 〈제15곡〉에서는 다양한 행위를 연속적으로 나열하여 화자가 누리는 생활의 일면을 제시하고 있다.
⑤ 〈제17곡〉에서는 청자를 호명하며 즐거움을 함께하려는 화자의 마음을 전달하고 있다.

03

문맥을 고려하여 ㉠~㉤에 대해 이해한 내용으로 적절하지 않은 것은?

① ㉠: 생계를 유지하기 위한 생활과 대비되는 낚시의 의의를 드러내고 있다.
② ㉡: 낚시 도구와 글쓴이의 관계를 설정하여 낚시에 몰입하는 태도를 표현하고 있다.
③ ㉢: 낚시에 집중했던 글쓴이의 기다림과 기대에 부응하는 순간을 부각하고 있다.
④ ㉣: 낚시의 대안으로 선택한 것으로서, 글쓴이에게 마음의 안정을 찾게 해 준 방법으로 제시되고 있다.
⑤ ㉤: 낚시를 해 본 후 달라진 글쓴이의 마음가짐으로서, 은거했던 옛사람들에 기대어 자신의 심정을 드러내고 있다.

04

(나)와 (다)를 비교하여 이해한 내용으로 가장 적절한 것은?

① (나)의 '도연명'과 (다)의 '판교'는 각각 화자와 글쓴이가 행적을 따르고자 하는 인물이다.
② (나)의 '삼공'과 (다)의 '성격 파산자'는 모두 세속에서 높은 지위를 차지하고 있는 이들을 가리킨다.
③ (나)의 '세버들 가지'와 (다)의 '청수한 한 폭 대'는 각각 화자와 글쓴이가 자신과 동일시하는 대상이다.
④ (나)의 '고기'와 (다)의 '송사리'는 각각 화자와 글쓴이가 자신을 보잘것없는 존재로 비유한 표현이다.
⑤ (나)의 '시름'과 (다)의 '욕'은 각각 화자와 글쓴이가 자신을 억압하는 존재를 염두에 둔 표현이다.

05

[A]와 [B]에 대한 이해로 가장 적절한 것은?

① [A]에 나타난 글쓴이의 경이감은 [B]에서 인생에 대한 낙관적 기대로 확장된다.

② [A]에 나타난 글쓴이의 무력감은 [B]에서 과거의 삶에 대한 동경을 통해 해소된다.

③ [A]에 나타난 글쓴이의 실망감은 [B]에서 자신의 손상된 체면에 대한 한탄으로 이어진다.

④ [A]에 나타난 글쓴이의 상실감은 [B]에서 새로운 이상을 품도록 만드는 계기로 작용한다.

⑤ [A]에 나타난 글쓴이의 혐오감은 [B]에서 자신의 능력에 대한 겸손한 반성으로 전환된다.

06

〈보기〉를 바탕으로 (가)~(다)를 감상한 내용으로 적절하지 않은 것은? [3점]

보기

문학 작품에서 공간에 대한 인식을 형상화하는 방식은 다양하다. 공간에 대한 인식을 직접적으로 드러내는 표현을 사용하거나, 공간 내 특정 대상의 속성으로써 그 대상이 포함된 공간 전체를 표상하기도 한다. 또한 이러한 인식은 공간 간의 관계를 통해 표현되기도 한다. 이때 관계를 이루는 공간에는 작품에 명시된 공간은 물론 그 이면에 전제된 공간도 포함된다.

① (가)의 '신선 골짝'은 화자가 지향하는 공간으로서, 이에 대립되는 곳으로 '백 년 근심'이 유발된 공간이 이면에 전제된 것이라 할 수 있겠군.

② (나)의 '낡은 다리'는 '주가'와 '온 골'이라는 대비되는 속성을 지닌 두 공간의 경계를 표현하여, 양쪽 모두에 미련을 버리지 못한 화자의 상황을 상징하고 있겠군.

③ (나)에서 화자가 돌아온 곳은 '어지럽고 시끄런 문서'로 표상되는 공간과 대비되는 공간으로서, '이대도록 시원하랴'와 같은 반응을 자연스럽게 이끌어낸 것이겠군.

④ (다)에서 '푸른 물이 그득히 담긴 못가'는 글쓴이가 '삼매경'에 빠지기를 기대하는 곳으로, 글쓴이가 자신의 지향과 직결되는 공간을 직접적으로 드러낸 것이겠군.

⑤ (다)에서 '내 서재'는 '심사 틀리는 소식'을 피하기 위한 곳임에도 불구하고 '속에서 울화가 터져 나온다'고 언급되었다는 점에서, 그 이면에는 새로운 공간에 대한 지향이 있음을 알 수 있겠군.

갈래 복합 03

2018학년도 9월 모의평가

공부한 날	월	일
목표 시간	분	초
시작 :	종료 :	
소요 시간	분	초

작품 (가) 국어 문학

01-05 다음 글을 읽고 물음에 답하시오.

(가)

만금 같은 너를 만나 백년해로하잤더니, 금일 이별 어이하리! 너를 두고 어이 가잔 말이냐? 나는 아마도 못 살겠다! 내 마음에는 어르신네 공조참의 승진 말고, 이 고을 풍헌(風憲)만 하신다면 이런 이별 없을 것을, 생눈 나올 일을 당하니, 이를 어이한단 말인고? 귀신이 장난치고 조물주가 시기하니, 누구를 탓하겠냐마는 속절없이 춘향을 어찌할 수 없네! 네 말이 다 못 될 말이니, 아무튼 잘 있거라!

춘향이 대답하되, 우리 당초에 광한루에서 만날 적에 내가 먼저 도련님더러 살자 하였소? 도련님이 먼저 나에게 하신 말씀은 다 잊어 계시오? 이런 일이 있겠기로 처음부터 마다하지 아니하였소? 우리가 그때 맺은 금석 같은 약속 오늘날 다 허사로세! 이리해서 분명 못 데려가겠소? 진정 못 데려가겠소? 떠보려고 이리하시오? 끝내 아니 데려가시려 하오? 정 아니 데려가실 터이면 날 죽이고 가오! [A]

그렇지 않으면 광한루에서 날 호리려고 ㉠명문(明文) 써 준 것이 있으니, ㉡소지(所志) 지어 가지고 본관 원님께 이 사연을 하소연하겠소. 원님이 만일 당신의 귀공자 편을 들어 패소시키시면, 그 소지를 덧붙이고 다시 글을 지어 전주 감영에 올라가서 순사또께 소장(訴狀)을 올리겠소. 도련님은 양반이기에 ㉢편지 한 장만 부치면 순사또도 같은 양반이라 또 나를 패소시키거든, 그 글을 덧붙여 한양 안에 들어가서, 형조와 한성부와 비변사까지 올리면 도련님은 사대부라 여기저기 청탁하여 또다시 송사에서 지게 하겠지요. 그러면 그 ㉣판결문을 모두 덧보태어 똘똘 말아 품에 품고 팔만장안 억만가호마다 걸식하며 다니다가, 돈 한 푼씩 빌어 얻어서 동이전에 들어가 바리뚜껑 하나 사고, 지전으로 들어가 장지 한 장 사서 거기에다 언문으로 ㉤상언(上言)을 쓸 때, 마음속에 먹은 뜻을 자세히 적어 이월이나 팔월이나, 동교(東郊)로나 서교(西郊)로나 임금님이 능에 거둥하실 때, 문밖으로 내달아 백성의 무리 속에 섞여 있다가, 용대기(龍大旗)가 지나가고, 협연군(挾輦軍)의 자개창이 들어서며, 붉은 양산이 따라오며, 임금님이 가마나 말 위에 당당히 지나가실 제, 왈칵 뛰어 내달아서 바리뚜껑 손에 들고, 높이 들어 땡땡하고 세 번만 쳐서 억울함을 하소연하는 격쟁(擊錚)을 하오리다! 애고 애고 설운지고!

그것도 안 되거든, 애쓰느라 마르고 초조해하다 죽은 후에 넋이라도 삼수갑산 험한 곳을 날아다니는 제비가 되어 도련님 계신 처마에 집을 지어, 밤이 되면 집으로 들어가는 체하고 도련님 품으로 들어가 볼까! 이별 말이 웬 말이오?

이별이란 두 글자 만든 사람은 나와 백 년 원수로다! 진시황이 분서(焚書)할 때 이별 두 글자를 잊었던가? 그때 불살랐다면 이별이 있을쏘냐? 박랑사(博浪沙)*에서 쓰고 남은 철퇴를 천하장사 항우에게 주어 힘껏 둘러메어 이별 두 글자를 깨치고 싶네! 옥황전에 솟아올라 억울함을 호소하여, 벼락을 담당하는 상좌가 되어 내려와 이별 두 글자를 깨치고 싶네!

– 작자 미상, 「춘향전」

*박랑사: 중국 지명. 장량이 진시황을 암살하려 했던 곳.

(나)

이별이라네 이별이라네 이 도령 춘향이가 이별이로다
춘향이가 도련님 앞에 바짝 달려들어 눈물짓고 하는 말이
도련님 들으시오 나를 두고 못 가리다
나를 두고 가겠으면 홍로화(紅爐火) 모진 불에
다 사르겠으면 사르고 가시오
날 살려 두고는 못 가시리라
잡을 데 없으시면 ⓐ삼단같이 좋은 머리를
휘휘칭칭 감아쥐고라도 날 데리고 가시오
살려 두고는 못 가시리다 [B]
날 두고 가겠으면 용천검(龍泉劍) 드는 칼로다
요 내 목을 베겠으면 베고 가시오
날 살려 두고는 못 가시리라
두어 두고는 못 가시리다
날 두고 가겠으면 ⓑ영천수(潁川水) 맑은 물에다
던지겠으면 던지고나 가시오
날 살려 두고는 못 가시리다
이리 한참 힐난하다 할 수 없이 도련님이 떠나실 때
방자 놈 분부하여 나귀 안장 고이 지으니
도련님이 나귀 등에 올라앉으실 때
춘향이 기가 막혀 미칠 듯이 날뛰다가
우르르 달려들어 나귀 꼬리를 부여잡으니
ⓒ나귀 네 발로 동동 굴러 춘향 가슴을 찰 때
안 나던 생각이 절로 나
그때에 이별 별(別) 자 내인 사람 나와 한백 년 대원수로다
깨치리로다 깨치리로다 박랑사 중 쓰고 남은 철퇴로
천하장사 항우 주어 이별 두 자를 깨치리로다
할 수 없이 도련님이 떠나실 때
향단이 준비했던 주안을 갖추어 놓고
풋고추 겨리김치 문어 전복을 곁들여 놓고
잡수시오 잡수시오 이별 낭군이 잡수시오
언제는 살자 하고 화촉동방(華燭洞房) 긴긴 밤에
청실홍실로 인연을 맺고 백 년 살자 언약할 때
물을 두고 맹세하고 산을 두고 증삼(曾參)* 되자더니
ⓓ산수 증삼은 간 곳이 없고
이제 와서 이별이란 웬 말이오

잘 가시오
잘 있거라
산첩첩(山疊疊) 수중중(水重重)한데 부디 편안히 잘 가시오
나도 ⓔ명년 양춘가절*이 돌아오면 또다시 상봉할까나

– 작자 미상, 「춘향이별가」

*증삼: 공자의 제자. 고지식하여 약속을 반드시 지킴.
*양춘가절: 따뜻하고 좋은 봄철.

01

(가)에 대한 이해로 적절하지 않은 것은?

① '도련님'은 이별의 상황이 자신의 입장에서는 불가피한 것임을 드러내고 있다.
② '춘향'은 '도련님'을 처음 만날 때부터 이별의 상황을 우려하였음을 말하고 있다.
③ '춘향'은 '도련님' 곁에 머물고 싶은 마음을 자연물에 의탁하여 드러내고 있다.
④ '춘향'은 고사를 활용하여 자신의 상황이 역사적 사건과 관련되어 있음을 말하고 있다.
⑤ '춘향'은 천상의 존재에게 억울함을 전하는 상황을 설정하여 자신의 감정을 드러내고 있다.

02

㉠~㉤에 대한 설명으로 가장 적절한 것은?

① ㉠: '도련님'의 마음을 확인하고자 '춘향'이 쓴 글이다.
② ㉡: '도련님'이 자신의 무고함을 밝히는 내용이 담길 것이다.
③ ㉢: '춘향'과의 친밀감을 강화하려는 '도련님'의 마음을 전하는 내용이 담길 것이다.
④ ㉣: '도련님'에게는 약속 파기의 책임을 물을 수 없음을 밝히는 내용이 담길 것이다.
⑤ ㉤: '춘향'이 '순사또'의 힘을 빌려 '임금'에게 자신의 입장을 전하는 내용이 담길 것이다.

03

ⓐ~ⓔ에 대한 설명으로 가장 적절한 것은?

① ⓐ는 인물이 지닌 자부심을 환기하여 좌절감을 완화하는 소재이다.
② ⓑ는 초월적 공간에 대한 지향을 드러내어 현재의 고통과 대비하기 위한 소재이다.
③ ⓒ는 부정적인 상황을 희화화함으로써 당면한 현실을 풍자하는 표현이다.
④ ⓓ는 기대가 어긋나 버린 사정을 부각하여 비애감을 심화하는 표현이다.
⑤ ⓔ는 미래에 대한 전망을 바탕으로 대상과의 재회를 확신하는 표현이다.

04

〈보기〉를 바탕으로 (가), (나)를 이해한 내용으로 적절하지 않은 것은?

> 보기
>
> 여러 작품에서 '춘향'은 다양한 면모를 지닌 인물로 형상화되었다. '춘향'은 원치 않는 상황을 받아들이는 수용적 면모를 보이기도, 목표를 이루려 단호하게 행동하는 적극적 면모를 보이기도 한다. 신세를 한탄하며 절규하는 격정적 면모를 드러내는가 하면, 문제를 숙고하여 대응책을 모색하는 치밀한 면모를 표출하기도 한다. 한편 '춘향'은 당대 민중의 시각을 대변하는 면모를 지니기도 한다.

① (가)에서 양반들이 한통속이어서 '도련님'을 두둔할 것이라고 언급하는 모습을 통해, 민중의 입장을 취하는 '춘향'의 면모를 확인할 수 있다.

② (가)에서 구걸하고 다니면서라도 자신의 상황을 알리겠다는 모습을 통해, 뜻한 바를 성취하려는 '춘향'의 적극적 면모를 확인할 수 있다.

③ (나)에서 이별 후 자신이 겪을 고난을 말하며 '도련님'의 마음을 돌리려는 모습을 통해, 문제 해결책을 강구하는 '춘향'의 치밀한 면모를 확인할 수 있다.

④ (나)에서 '도련님'에게 주안을 올리며 어쩔 수 없이 이별을 받아들이는 모습을 통해, 서글픈 현실을 감내하려는 '춘향'의 수용적 면모를 확인할 수 있다.

⑤ (가), (나)에서 '이별'이라는 두 글자를 철퇴로 깨뜨리고자 하는 모습을 통해, 북받친 감정을 토로하면서 탄식하는 '춘향'의 격정적 면모를 확인할 수 있다.

05

〈보기〉를 바탕으로 [A], [B]를 감상한 내용으로 적절하지 않은 것은? [3점]

> 보기
>
> 조선 후기에 책을 대여하고 값을 받는 세책업자는 「춘향전」을 (가)와 같은 세책본 소설로, 유흥적 노래를 지은 잡가의 담당층은 「춘향전」의 대목을 (나)와 같은 잡가로 제작했다. 세책업자는 과장되고 재치 있는 표현을 활용하여 흥미를 높이거나 특정 부분의 분량을 늘려 이윤을 얻으려 했다. 잡가의 담당층은 노래의 내용을 단시간에 전달하기 위해 상황을 집약해 설명하고 인물의 감정을 드러내는 가사를 반복해 청중의 공감을 끌어냈다. 연속되지 않은 장면들을 엮어 노래를 구성할 때에는 작품 속 화자의 역할이 바뀌기도 하였다.

① [A]에서 '생눈 나올 일'이라는 과장된 표현을 쓴 것은 작품의 흥미를 높이려는 취지와 관련되겠군.

② [A]에서 '도련님'에게 거듭하여 묻는 형식을 사용한 것은 분량을 늘리려는 의도와 관련되겠군.

③ [B]에서 첫 행에 작품의 상황을 제시한 것은 청중을 작품의 내용에 빠르게 끌어들이려는 전략과 관련되겠군.

④ [B]에서 '못 가시리다'라는 구절을 반복하여 인물의 감정을 강조한 것은 청중의 공감을 유발하려는 목적과 관련되겠군.

⑤ [B]에서 화자가 해설자에서 인물로 역할을 바꾸는 것은 연속되지 않은 장면들이 엮여 작품이 구성되었음을 알게 해 주는 단서이겠군.

Ⅱ 고전 시가

고전 시가 01

2022학년도 9월 모의평가

공부한 날	월	일
목표 시간	분	초
시작 :	종료 :	
소요 시간	분	초

작품 (가) 문학

01-03 다음 글을 읽고 물음에 답하시오.

(가)

공후배필은 못 바라도 군자호구 원하더니
삼생의 원업(怨業)이오 월하의 연분으로
장안유협(長安遊俠) 경박자(輕薄子)를 ㉠꿈같이 만나 있어
당시의 용심(用心)하기 살얼음 디디는 듯
삼오이팔 겨우 지나 천연여질 절로 이니
이 얼골 이 태도로 백년기약하였더니
연광(年光)이 훌훌하고 조물이 다시(多猜)*하여
봄바람 가을 물이 베오리에 북 지나듯 [A]
설빈화안 어디 두고 면목가증(面目可憎)* 되거고나
내 얼골 내 보거니 어느 임이 날 괼소냐
(중략)
옥창에 심은 매화 몇 번이나 피여 진고
겨울밤 차고 찬 제 자최눈 섯거 치고 [B]
여름날 길고 길 제 궂은비는 무슨 일고
삼춘화류(三春花柳) 호시절(好時節)의 경물이 시름없다
가을 달 방에 들고 **실솔(蟋蟀)이 상(床)에 울 제**
긴 한숨 지는 눈물 속절없이 혬만 많다
아마도 모진 목숨 죽기도 어려울사
도로혀 풀쳐 혜니 이리하여 어이하리
청등을 돌라 놓고 녹기금(綠綺琴) 빗겨 안아
벽련화(碧蓮花) 한 곡조를 시름 좇아 섯거 타니
소상야우(瀟湘夜雨)의 댓소리 섯도는 듯
화표천년(華表千年)의 별학이 우니는 듯
옥수(玉手)의 타는 수단 옛 소리 있다마는
부용장(芙蓉帳) 적막하니 뉘 귀에 들리소니
간장이 구곡되어 굽이굽이 끊쳤어라
차라리 잠을 들어 ㉡꿈에나 보려 하니
바람의 지는 잎과 풀 속에 우는 짐승
무슨 일 원수로서 잠조차 깨우는다

– 허난설헌, 「규원가」

*다시: 시기가 많음.
*면목가증: 얼굴 생김이 남에게 미움을 살 만한 데가 있음.

(나)

재 위에 우뚝 선 **소나무 바람 불 적마다 흔덕**흔덕 [C]
개울에 섰는 **버들** 무슨 일 좇아서 흔들흔들
임 그려 우는 눈물은 옳거니와 **입하고 코**는 어이 무슨 일 좇아서 **후루룩 비쭉** 하나니

– 작자 미상

01

[A]~[C]의 표현상 특징에 대한 설명으로 적절하지 않은 것은?

① [A]는 여성의 생활에 밀접한 소재를 활용하여 흘러가는 세월에 대한 화자의 인식을 시각적으로 표현하였다.
② [B]는 단어를 반복하는 구절을 행마다 사용하여 화자가 주목하는 각 계절의 특성을 강조하였다.
③ [C]는 두 대상을 발음이 비슷한 의태어로 표현하여 움직이는 모습의 유사성을 드러내었다.
④ [A], [B]는 계절적 배경을 알려 주는 시어를 활용하여 시간에 따라 화자의 처지가 달라졌음을 드러내었다.
⑤ [B], [C]는 대구를 활용하여 리듬감을 형성하였다.

○ 정답 및 해설 024쪽

02

㉠, ㉡에 대한 이해로 가장 적절한 것은?

① ㉠은 흐릿한 기억 때문에 혼란스러운 화자의 심정을 나타낸다.
② ㉡은 현실에서는 화자가 문제를 해결할 수 없어서 선택한 방법이다.
③ ㉠은 임과의 만남에 대한 기대에서, ㉡은 임과의 이별에 대한 망각에서 비롯된다.
④ ㉠은 이미 일어난 일에 대해 회상하고, ㉡은 곧 일어날 일에 대해 단정하고 있다.
⑤ ㉠은 인연의 우연성에 대한, ㉡은 재회의 필연성에 대한 화자의 우려를 드러내고 있다.

03

〈보기〉를 참고하여 (가), (나)를 감상한 내용으로 적절하지 않은 것은? [3점]

보기

(가), (나)는 이별에 대한 서로 다른 대처를 보여 준다. (가)의 화자는 외부와 단절된 채 자신의 쓸쓸한 내면에 몰입하고, 자신의 슬픔을 주변으로 확장한다. (나)의 화자는 외부 대상의 모습에서 자신과의 동질성을 발견하며 슬픔을 확인하면서도, 슬픔을 분출하는 자신의 우스운 외양에 주목한다. (가)는 슬픔을 확장하고 펼쳐 냄으로써, (나)는 슬프지만 슬픔과 거리를 둠으로써 이별에 대처한다.

① (가)에서 '실솔이 상에 울 제'는 화자가 자신의 슬픔을 주변으로 확장한 것을 보여 주는군.
② (가)에서 '부용장 적막하니 뉘 귀에 들리소니'는 화자가 외부와의 교감을 거부하고 내면에 몰입하는 모습을 드러내는군.
③ (나)에서 화자는 '소나무'가 '바람 불 적마다 흔덕'거리는 모습에서 자신과의 동질성을 발견한 것이겠군.
④ (가)의 '삼춘화류'는, (나)의 '버들'과 달리 화자의 내면과 대비되어 외부와의 단절감을 강조하는군.
⑤ (나)의 '후루룩 비쭉'하는 '입하고 코'는, (가)의 '긴 한숨 지는 눈물'과 달리 화자가 자신의 우스운 외양에 주목하여 슬픔과 거리를 두는 것을 보여 주는군.

고전 시가 02

2021학년도 6월 모의평가

공부한 날		월	일
목표 시간		분	초
시작 :		종료 :	
소요 시간		분	초

작가 국어 문학  국어

01-03 다음 글을 읽고 물음에 답하시오.

[금강대] 맨 우층의 선학(仙鶴)이 삿기 치니
춘풍 옥적성(玉笛聲)의 첫잠을 깨돗던디
호의현상*이 반공(半空)의 소소 뜨니
서호 녯 주인*을 반겨셔 넘노는 듯
소향로 대향로 눈 아래 구버보고
정양사 [진헐대] 고텨 올나 안즌마리
여산 진면목이 여긔야 다 뵈는구나
어와 조화옹이 헌사토 헌사할샤
날거든 뛰디 마나 섯거든 솟디 마나 ┐
부용(芙蓉)을 고잣는 듯 백옥(白玉)을 뭇것는 듯 [A]
동명(東溟)*을 박차는 듯 북극(北極)을 괴왓는 듯 ┘
놉흘시고 망고대 외로올샤 **혈망봉**이
하늘의 추미러 므스 일을 사로려
천만겁(千萬劫) 디나도록 구필 줄 모르느냐
어와 너여이고 너 가트니 또 잇는가
[개심대] 고텨 올나 **중향성** 바라보며
만이천봉을 녁녁(歷歷)히 혀여 하니
봉마다 맷쳐 잇고 긋마다 서린 긔운
맑거든 조티 마나 조커든 맑디 마나
뎌 긔운 흐터 내야 인걸을 만들고쟈
형용도 그지업고 톄세(體勢)도 하도 할샤
천지 삼기실 제 **자연이 되**연마는
이제 와 보게 되니 유졍(有情)도 유졍할샤
(중략)
그 알픠 너러바회 [화룡소] 되어셰라
천년 노룡(老龍)이 구비구비 서려 이셔
주야의 흘녀 내여 창해(滄海)예 니어시니
풍운을 언제 어더 삼일우(三日雨)를 디련느냐
음애예 이온 플*을 다 살와 내여스라
마하연 묘길상 안문재 너머 디여
외나모 써근 다리 **[불정대]** 올라 하니
천심(千尋) 절벽을 반공애 셰여 두고
은하수 한 구비를 촌촌이 버혀 내여
실가티 플텨 이셔 **베**가티 거러시니
도경(圖經) 열두 구비 내 보매는 여러히라
이적선 이제 이셔 고텨 의논하게 되면
여산*이 여긔도곤 낫단 말 못 하려니

– 정철, 「관동별곡」

*호의현상: 흰 저고리에 검은 치마란 뜻으로 학을 가리킴.
*서호 녯 주인: 송나라 때 서호에서 학을 자식으로 여기며 살았던 은사(隱士) 임포.
*동명: 동해 바다.
*음애예 이온 플: 그늘진 벼랑에 시든 풀.
*여산: 당나라 시인 이백(이적선)의 시구에 나오는 중국의 명산.

01

윗글에 대한 설명으로 가장 적절한 것은?

① '금강대'에서 '진헐대'로 이동하면서 자연에 대한 화자의 이중적 태도를 보여 주고 있다.
② '진헐대'와 '불정대'에서는 이미지의 대립을 통해 화자의 내적 갈등이 고조되고 있다.
③ '개심대'에서는 선경후정의 방식으로 화자가 바라본 풍경과 그에 대한 감흥이 서술되고 있다.
④ '화룡소'에서는 화자의 시선이 원경에서 근경으로 이동하며 대상의 특징을 묘사하고 있다.
⑤ '화룡소'에서 '불정대'까지의 이동 경로를 드러내지 않아 시상이 빠르게 전개되고 있다.

02

[A]를 이해한 내용으로 적절하지 않은 것은?

① 봉우리를 '부용'을 꽂고 '백옥'을 묶은 듯한 시각적 형상으로 묘사하여 대상의 아름다움을 표현하였다.
② 봉우리를 '백옥', '동명'과 같은 무생물에 빗대어 대상에서 느낄 수 있는 자연의 영속성을 표현하였다.
③ 봉우리를 '동명'을 박차고 '북극'을 받치는 듯한 모습에 빗대어 대상의 웅장한 느낌을 표현하였다.
④ '날거든 뛰디 마나 섯거든 솟디 마나'와 같이 행위를 부각하는 대구를 통해 봉우리의 역동적인 느낌을 표현하였다.
⑤ '고잣는 듯', '박차는 듯'과 같이 상태나 동작을 보여 주는 유사한 통사 구조의 나열을 통해 봉우리의 다채로운 면모를 표현하였다.

03

〈보기〉를 바탕으로 윗글을 감상한 내용으로 적절하지 않은 것은? [3점]

보기

조선의 사대부들은 자연에 하늘의 이치[天理]가 구현된 것으로 보았으며, 그들 중 대부분은 자연의 미를 관념적으로 형상화하였다. 한편 「관동별곡」의 작가는 자연의 미를 현실에서 발견하여 사실감 있게 묘사함으로써 그들과의 차별성을 드러내었다. 또한 그는 자연을 바라보며 사회적 책무를 떠올리고 자연에 투사된 이상적 인간상을 모색하기도 하였다.

① '혈망봉'을 '천만겁'이 지나도록 굽히지 않는 존재로 본 것은, 작가가 지향하는 이상적 인간상을 자연에 투사한 것이군.
② '개심대'에서 '뎌 긔운 흐터 내야 인걸을 만들'겠다는 의지를 드러낸 것은, 작가가 자연을 바라보며 자신의 사회적 책무를 인식하고 있음을 보여 주는군.
③ '중향성'을 바라보며 천지가 '자연이 되'었다고 본 것은, 자연의 미가 하늘의 이치가 구현된 인간 사회의 영향을 받는다고 생각하는 작가의 인식을 보여 주는군.
④ '불정대'에서 본 폭포의 아름다움을 '실'이나 '베'와 같은 구체적 사물을 활용하여 표현한 것은, 자연을 사실감 있게 나타내려는 작가의 태도를 반영한 것이군.
⑤ '불정대'에서 본 풍경을 중국의 '여산'과 비교하며 우리 자연의 아름다움을 강조한 것은, 관념이 아닌 현실에서 아름다움을 발견하는 작가의 차별성을 보여 주는군.

고전 시가 03

2020학년도 9월 모의평가

공부한 날	월	일
목표 시간	분	초
시작 :	종료 :	
소요 시간	분	초

작품 (가) 국어 문학

01-05 다음 글을 읽고 물음에 답하시오.

(가)

㉠홍진(紅塵)에 뭇친 분네 이내 생애 엇더ᄒᆞᆫ고
녯사ᄅᆞᆷ 풍류ᄅᆞᆯ 미ᄎᆞᆯ가 뭇 미ᄎᆞᆯ가
천지간 남자 몸이 날만 ᄒᆞᆫ 이 하건마ᄂᆞᆫ
산림에 뭇쳐 이셔 지락(至樂)을 ᄆᆞᄅᆞᆯ 것가
ⓐ수간모옥(數間茅屋)을 벽계수(碧溪水) 앏픠 두고
송죽 울울리*예 풍월주인 되여셔라
엇그제 겨을 지나 새봄이 도라오니
도화행화(桃花杏花)ᄂᆞᆫ 석양리(夕陽裏)예 퓌여 잇고
녹양방초(綠楊芳草)ᄂᆞᆫ 세우(細雨) 중에 프르도다
칼로 ᄆᆞᆯ아 낸가 붓으로 그려 낸가
조화신공(造化神功)이 물물마다 헌ᄉᆞ롭다
수풀에 우ᄂᆞᆫ 새ᄂᆞᆫ 춘기(春氣)ᄅᆞᆯ 뭇내 계워 소리마다 교태로다
물아일체(物我一體)어니 흥이ᄋᆡ 다ᄅᆞᆯ소냐
시비예 거러 보고 ⓑ정자애 안자 보니
소요음영*ᄒᆞ야 산일(山日)이 적적ᄒᆞᆫᄃᆡ
한중진미(閒中眞味)ᄅᆞᆯ 알 니 업시 호재로다
㉡이바 니웃드라 산수 구경 가쟈스라
답청(踏靑)으란 오ᄂᆞᆯ ᄒᆞ고 욕기(浴沂)란 내일 ᄒᆞ새
아ᄎᆞᆷ에 채산(採山)ᄒᆞ고 나조ᄒᆡ 조수(釣水)ᄒᆞ새
ᄀᆞᆺ 괴여 닉은 술을 갈건(葛巾)으로 밧타 노코
곳나모 가지 것거 수 노코 먹으리라
화풍(和風)이 건ᄃᆞᆺ 부러 녹수(綠水)ᄅᆞᆯ 건너오니
청향(淸香)은 잔에 지고 낙홍(落紅)은 옷새 진다
㉢준중(樽中)이 뷔엿거든 날ᄃᆞ려 알외여라
소동 아ᄒᆡᄃᆞ려 주가에 술을 믈어
얼운은 막대 집고 아ᄒᆡᄂᆞᆫ 술을 메고
미음완보(微吟緩步)ᄒᆞ야 ⓒ시냇ᄀᆞ의 호자 안자
명사(明沙) 조ᄒᆞᆫ 믈에 잔 시어 부어 들고
청류(淸流)ᄅᆞᆯ 굽어보니 ᄯᅥ오ᄂᆞ니 도화(桃花)ㅣ로다
무릉이 갓갑도다 져 ᄆᆡ이 긘 거인고

– 정극인, 「상춘곡」

*울울리: 빽빽하게 우거진 속.
*소요음영: 자유로이 천천히 걸으며 시를 읊조림.

(나)

ⓓ고산구곡담(高山九曲潭)을 사ᄅᆞᆷ이 모로더니
주모복거(誅茅卜居)ᄒᆞ니 **벗님**ᄂᆡ 다 오신다
어즈버 무이를 상상ᄒᆞ고 **학주자(學朱子)**를 ᄒᆞ리라 〈1수〉

일곡은 어ᄃᆡ미오 ⓔ관암에 ᄒᆡ 비췬다
평무(平蕪)에 ᄂᆡ 거드니 원산(遠山)이 그림이로다
송간(松間)에 녹준*을 노코 벗 오ᄂᆞᆫ 양 보노라 〈2수〉

이곡은 어ᄃᆡ미오 화암에 춘만(春晩)커다
벽파*에 곳을 ᄯᅴ워 야외로 보ᄂᆡ노라
㉣사ᄅᆞᆷ이 승지(勝地)를 모로니 알게 ᄒᆞᆫ들 엇더리 〈3수〉

오곡은 어ᄃᆡ미오 **은병(隱屛)**이 보기 됴타
수변(水邊) 정사ᄂᆞᆫ 소쇄ᄒᆞᆷ*도 ᄀᆞ이 업다
이 중에 **강학(講學)**도 ᄒᆞ려니와 **영월음풍**ᄒᆞ리라 〈6수〉

칠곡은 어ᄃᆡ미오 ⓕ풍암에 추색(秋色) 됴타
청상(淸霜) 엷게 치니 절벽이 금수(錦繡)ㅣ로다
한암(寒巖)에 혼ᄌᆞ셔 안쟈 집을 잇고 잇노라 〈8수〉

구곡은 어ᄃᆡ미오 문산에 세모(歲暮)커다
기암괴석이 **눈** 속에 무쳐셰라
㉤유인(遊人)은 오지 아니ᄒᆞ고 볼 것 업다 ᄒᆞ더라 〈10수〉

– 이이, 「고산구곡가」

*녹준: 술잔 또는 술동이.
*벽파: 푸른 물결.
*소쇄ᄒᆞᆷ: 기운이 맑고 깨끗함.

01

(가)와 (나)의 공통점으로 가장 적절한 것은?

① 과거를 회상하며 현실의 덧없음을 환기하고 있다.
② 음성 상징어의 사용으로 생동감을 부각하고 있다.
③ 점층적인 표현으로 대상과의 거리감을 강조하고 있다.
④ 역사적 인물들을 호명하여 회고적 분위기를 조성하고 있다.
⑤ 자연물을 통하여 시간적 배경을 시각적으로 드러내고 있다.

02

〈보기〉를 참고하여 ㉠~㉤을 설명한 내용으로 가장 적절한 것은?

> 보기
>
> 조선 전기의 시조와 가사는 노래로 향유되며, 사대부들이 서로의 문화적 동질성을 확인하는 데 활용되었다. 이러한 갈래적 특성으로 인해 사대부 시가에는 대화 상황이 연상되는 여러 표현으로 공감을 유도하는 방식이 관습화되었다.

① ㉠에서는 청자와 화자가 서로 동질적인 삶을 살고 있음을 질문하기를 통해 확인하고 있다.
② ㉡에서는 청자를 불러들여 함께했던 지난날의 경험을 상기시키며 동질성 회복을 권유하고 있다.
③ ㉢에서는 화자가 상대의 부탁을 수용하며 자신과 뜻을 같이할 것을 청자에게 명령하고 있다.
④ ㉣에서는 사람들을 일깨우려는 화자의 생각을 청자에게 묻는 방식으로 제시해 공감을 유도하고 있다.
⑤ ㉤에서는 눈으로 확인한 사실만을 믿어야 한다고 주장하는 이의 말을 청자에게 전하며 조언을 구하고 있다.

03

(가)에 대한 감상으로 적절하지 않은 것은?

① 자신의 삶을 옛사람과 비교하며 스스로를 풍월주인이라 여기는 데에서 화자의 자부심이 드러나는군.
② 붓으로 그린 듯한 숲속에서 봄의 흥을 노래하는 새를 바라보는 데에서 새에 대한 화자의 부러움이 드러나는군.
③ 오늘과 내일, 아침과 저녁에 할 일들을 나열하는 데에서 하고 싶은 일에 대한 화자의 기대감이 드러나는군.
④ 맑은 향이 담긴 술잔과 옷에 떨어지는 꽃잎을 주목하는 데에서 자연과 화자의 일체감이 드러나는군.
⑤ 시냇물에 떠내려오는 도화를 보며 이상향을 연상하는 데에서 화자의 고조되는 감흥이 드러나는군.

04

ⓐ~ⓕ를 중심으로 (가)와 (나)를 이해한 내용으로 적절하지 않은 것은?

① (가)의 화자는 거처인 ⓐ를 나와 ⓑ와 ⓒ의 장소들로 옮겨 다니고 있다.
② (나)의 화자가 소개하는 ⓔ와 ⓕ는 ⓓ를 구성하는 장소들이라는 점에서 서로 대등한 관계에 있다.
③ (가)와 (나)의 화자는 각각 ⓑ와 ⓔ를 주위에서 가장 빼어난 경치를 볼 수 있는 곳이라고 예찬하고 있다.
④ (가)의 화자는 ⓐ에 인접한 맑은 풍경을, (나)의 화자는 자신이 ⓓ에 터를 정함으로써 생긴 변화를 드러내고 있다.
⑤ (가)의 화자는 ⓒ에서 주변으로 시선을 보내고 있고, (나)의 화자는 ⓕ를 향해 시선을 보내고 있다.

05

〈보기〉를 활용하여 (나)를 탐구한 내용으로 적절하지 않은 것은? [3점]

> 보기
>
> 이이의 생애를 기록한 연보에는, 그가 고산구곡에 정사를 건립한 일이 주자가 무이구곡의 은병에서 후학을 양성한 것을 본받았다는 점과 「고산구곡가」의 창작 이후 이곳을 찾는 이들이 더 많아졌다는 사실이 기록되어 있다. 한편 그가 고산구곡의 곳곳에서 지인들과 교유한 경험을 소개한 「송애기」에는 욕심 없는 마음으로 자연과 인간이 별개가 아님을 느끼고, 자연으로부터 마음을 바르게 하는 도리를 찾으면 군자의 참된 즐거움을 누릴 수 있다는 그의 생각이 나타나 있다.

① 고산구곡에서의 생활에 대한 「송애기」의 기록을 참고할 때, 고산구곡이 작자와 '벗님'들의 교유 장소로도 활용되었음을 추리할 수 있겠군.
② 작품 창작 이후와 관련한 연보의 기록을 참고할 때, '학주자'를 하려는 작자의 선택에 대한 사람들의 긍정적 반응을 추측할 수 있겠군.
③ 정사에 대한 연보의 기록을 참고할 때, '은병'이 주자를 학문적으로 계승하기 위해 선택된 공간이기도 했음을 짐작할 수 있겠군.
④ 참된 즐거움과 관련한 「송애기」의 기록을 참고할 때, '강학'과 '영월음풍'이 모순 없이 서로 어울릴 수 있는 행위임을 유추할 수 있겠군.
⑤ 자연의 감상에 대한 「송애기」의 기록을 참고할 때, 바위를 덮은 '눈'에서 자연과 합일을 이루려는 인간의 의지를 엿볼 수 있겠군.

절대 어제를 후회하지 마라.

인생은 오늘의 '나' 안에 있고

내일은 스스로 만드는 것이다.

현대시

현대시 01

2022학년도 6월 모의평가

공부한 날	월	일
목표 시간	분	초
시작 :	종료 :	
소요 시간	분	초

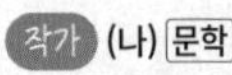
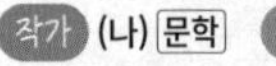
작가 (나) 문학 작품 (나) 문학

01-03 다음 글을 읽고 물음에 답하시오.

(가)

무너지는 꽃 이파리처럼
휘날려 발 아래 깔리는
서른 나문 해야

구름같이 피려던 뜻은 **날로** 굳어
한 금 두 금 곱다랗게 감기는 연륜(年輪)

갈매기처럼 꼬리 떨며
산호 핀 바다 바다에 나려앉은 섬으로 가자

비취빛 하늘 아래 피는 꽃은 맑기도 하리라
무너질 적에는 눈빛 파도에 적시우리

초라한 경력을 육지에 막은 다음
주름 잡히는 연륜마저 끊어버리고
나도 **또한** 불꽃처럼 **열렬히** 살리라

– 김기림, 「연륜」

(나)

제 손으로 만들지 않고
한꺼번에 싸게 사서
마구 쓰다가
망가지면 내다 버리는
플라스틱 물건처럼 느껴질 때
나는 **당장** 버스에서 뛰어내리고 싶다
현대 아파트가 들어서며
홍은동 사거리에서 사라진
털보네 대장간을 찾아가고 싶다
풀무질로 이글거리는 불 속에
시우쇠처럼 나를 달구고
모루 위에서 벼리고
숫돌에 갈아
시퍼런 무쇠 낫으로 바꾸고 싶다
땀 흘리며 두들겨 **하나씩** 만들어 낸
꼬부랑 호미가 되어
소나무 자루에서 송진을 흘리면서
대장간 벽에 걸리고 싶다
지금까지 살아온 인생이
온통 부끄러워지고
직지사 해우소
아득한 나락으로 떨어져 내리는
똥덩이처럼 느껴질 때
나는 가던 길을 멈추고 문득
어딘가 걸려 있고 싶다

– 김광규, 「대장간의 유혹」

01

(가)와 (나)에 대한 설명으로 가장 적절한 것은?

① (가)는 (나)와 달리 과정을 나타내는 시어들을 나열하여 시간의 급박한 흐름을 드러내고 있다.
② (나)는 (가)와 달리 자연물에 빗대어 화자의 움직임을 드러내고 있다.
③ (나)는 (가)와 달리 색채어를 활용하여 공간적 배경이 만들어 내는 분위기를 드러내고 있다.
④ (가)와 (나)는 모두 하강의 이미지가 담긴 시어를 활용하여 화자의 인식을 드러내고 있다.
⑤ (가)와 (나)는 모두 표면에 드러난 청자에게 말을 건네는 방식으로 화자의 정서를 드러내고 있다.

02

(가), (나)의 시어에 대한 이해로 적절하지 않은 것은?

① (가)에서 '열렬히'는 화자가 추구하는 삶에 대한 적극적인 태도를 표방한다.
② (나)에서 '한꺼번에'와 '하나씩'의 대조는 개별적인 존재의 고유성을 부각한다.
③ (나)에서 '온통'은 화자의 성찰적 시선이 자신의 삶 전반에 걸쳐 있음을 부각한다.
④ (가)에서 '날로'는 부정적 상황의 지속적인 심화를, (나)에서 '당장'은 당면한 상황에서 벗어나려는 절박감을 강조한다.
⑤ (가)에서 '또한'은 긍정적인 존재와 화자의 동질성을, (나)에서 '마구'는 부정적으로 취급되는 대상과 화자 간의 차별성을 부각한다.

03

〈보기〉를 참고하여 (가), (나)를 감상한 내용으로 적절하지 않은 것은? [3점]

> 보기
>
> 시인은 결핍을 느끼는 상황에서 새로운 가치를 발견하고 이를 통해 삶을 성찰하는 경우가 많다. 예컨대 「연륜」은 축적된 인생 경험에서, 「대장간의 유혹」은 현대인이 추구하는 편리함에서 결핍을 발견한 화자를 통해 일상에서 경험하는 것들이 재해석된다. 두 작품은 결핍된 상황에서 벗어나려는 의지를 구심점으로 삼아 시상을 전개한다.

① (가)에서 '서른 나문 해'를 '초라한 경력'으로 표현한 것은, 화자가 자신이 살아온 인생을 변변치 않은 경험으로 재해석한 것이겠군.
② (가)에서 '불꽃'을 긍정적인 이미지로 표현한 것은, '주름 잡히는 연륜'에 결핍되어 있는 속성을 끊을 수 있는 수단이라는 의미로 재해석한 것이겠군.
③ (나)에서 지금은 사라진 '털보네 대장간'을 '찾아가고 싶다'고 표현한 것은, 일상에서 결핍된 가치를 찾고자 하는 화자의 열망을 공간에 투영한 것이겠군.
④ (나)에서 '가던 길을 멈추고' '걸려 있고 싶다'고 표현한 것은, 화자가 추구하는 가치를 표상하는 사물의 상태가 되고 싶다고 진술함으로써 결핍에서 벗어나고자 하는 의지를 드러낸 것이겠군.
⑤ (가)에서 '육지'를 지나간 시간을 막아 둘 공간으로, (나)에서 '버스'를 벗어나고 싶은 공간으로 표현한 것은, '육지'와 '버스'를 화자가 결핍을 느끼는 공간으로 재해석한 것이겠군.

현대시 02

2020학년도 9월 모의평가

공부한 날		월	일
목표 시간		분	초
시작 :		종료 :	
소요 시간		분	초

작가 (가) 문학 (나) 국어 문학

01-03 다음 글을 읽고 물음에 답하시오.

(가)

호르 호르르 호르르르 가을 아침
취어진* 청명을 마시며 거닐면
㉠수풀이 호르르 벌레가 호르르르
청명은 내 머릿속 가슴속을 젖어 들어
발끝 손끝으로 새어 나가나니

온 살결 터럭 끝은 모두 눈이요 입이라
나는 수풀의 정을 알 수 있고
벌레의 예지를 알 수 있다
그리하여 나도 이 아침 청명의
가장 고웁지 못한 노래꾼이 된다

수풀과 벌레는 자고 깨인 어린애라
밤새워 빨고도 이슬은 남았다
남았거든 나를 주라
나는 이 청명에도 주리나니
방에 문을 달고 벽을 향해 숨 쉬지 않았느뇨

㉡햇발이 처음 쏟아오아
청명은 갑자기 으리으리한 관을 쓴다
그때에 토록 하고 동백 한 알은 빠지나니
오! 그 빛남 그 고요함
간밤에 하늘을 쫓긴 별살의 흐름이 저러했다

온 소리의 앞 소리요
온 빛깔의 비롯이라
㉢이 청명에 포근 취어진 내 마음
감각의 낯익은 고향을 찾았노라
평생 못 떠날 내 집을 들었노라

– 김영랑, 「청명」

*취어진: 계절의 정취에 젖어 든.

(나)

뒷동산 청솔잎을 빗질해 주던 바람이
무어라 무어라 하는 솔나무의 속삭임을 듣고
㉣푸른 햇살 요동치는 강변으로 달려갔다 하자.
달려가선, 거기 미루나무에게 전하니
알았다 알았다는 듯 나무는 잎새를 흔들어
강물 위에 짤랑짤랑 구슬알을 쏟아냈다 하자.
그 의중 알아챈 바람이 이젠 그 누구보단
앞들 보리밭에서 물결치듯 김을 매다
이마의 구슬땀 씻어올리는 여인에게 전하니,
여인이야 이윽고 아픈 허리를 곧게 펴곤
눈앞 가득 일어서는 마을의 정자나무를 향해
고개를 끄덕끄덕, 무언가 일별을 보냈다 하자.

㉤아무려면 어떤가, 산과 강과 들과 마을이
한 초록으로 짙어 가는 오월도 청청한 날에,
소쩍새는 또 바람결에 제 한 목청 다 싣는 날에.

– 고재종, 「초록 바람의 전언」

01

(가)와 (나)에 대한 설명으로 가장 적절한 것은?

① (가)와 (나)는 가정의 진술을 활용하여 현실과 이상의 거리감을 드러내고 있다.
② (가)와 (나)는 각각 동일한 종결 어미의 반복을 활용하여 리듬감을 형성하고 있다.
③ (가)와 (나)는 화자의 시선이 화자 내면에서 외부 세계로 이동하는 방식으로 시상을 전개하고 있다.
④ (가)는 여정에 따른 공간의 이동을 통해, (나)는 계절의 흐름에 따른 대상의 변화를 통해 풍경을 묘사하고 있다.
⑤ (가)는 종교적 관념에 대한 사색을 바탕으로, (나)는 일상생활에서 깨달은 바를 바탕으로 주제를 구체화하고 있다.

02

㉠~㉤에 대한 이해로 적절하지 않은 것은?

① ㉠은 청각적 심상을 활용하여 산뜻한 가을 아침에 대한 화자의 인상을 표현하고 있다.

② ㉡은 청명한 날이 으리으리한 관을 쓴다는 비유를 활용하여 햇빛이 쏟아지는 순간의 아름다운 모습을 표현하고 있다.

③ ㉢은 청명한 가을날에 느끼는 마음을 고향의 낯익음에 비유하여 지나가는 가을에 대한 아쉬움을 드러내고 있다.

④ ㉣은 역동적인 이미지를 활용하여 바람이 부는 강변의 풍경을 감각적으로 표현하고 있다.

⑤ ㉤은 청청한 날의 정경에 대한 화자의 반응을 제시하여 시적 상황에 대한 정서를 집약적으로 드러내고 있다.

03

〈보기〉를 참고하여 (가)와 (나)를 감상한 내용으로 적절하지 않은 것은? [3점]

보기

자연은 시인에게 상상력의 주요한 원천이 되어 왔다. 그중 생태학적 상상력은 생태계 구성원 간의 관계에 주목한다. 생태학적 상상력은 모든 생태계 구성원을 평등한 존재로 보는 데에서 출발하여, 서로 교감 · 소통하며 유대감을 느끼는 관계로, 나아가 영향을 주고받는 순환의 관계로 인식한다. 생태학적 상상력을 통해 시인은 자연의 근원적 가치와, 인간과 자연의 조화로운 관계를 드러내며 궁극적으로는 이들을 하나의 생태 공동체로 형상화한다.

① (가)에서 화자가 '온 살결 터럭 끝'을 '눈'과 '입'으로 삼아 자연을 대하는 것은 인간과 자연 간의 교감을, (나)에서 '바람'이 '뒷동산 청솔잎을 빗질'하는 것은 자연과 자연 간의 교감을 드러내는군.

② (가)에서 화자가 '수풀의 정'과 '벌레의 예지'를 '알 수 있다'고 하는 것과 (나)에서 '솔나무'가 '무어라' 하고 '미루나무'가 '알았다'고 하는 것은 구성원들이 서로 소통하는 조화로운 생태계의 모습을 보여 주는군.

③ (가)에서 화자가 '수풀'과 '벌레'의 소리를 듣고 '나도' 청명함의 '노래꾼이 된다'고 하는 것과 (나)에서 '솔나무의 속삭임'을 '바람'이 '미루나무'에게 전하고, 이를 '여인'도 '정자나무'에게 전하는 것은 자연과 인간 간의 유대감을 드러내는군.

④ (가)에서 화자가 '동백 한 알'이 떨어지는 모습에서 '하늘'의 '별살'을 떠올린 것과 (나)에서 화자가 '잎새'의 흔들림에서 반짝이는 '구슬알'을 떠올린 것은 생명의 탄생을 계기로 순환하는 생태계의 질서를 보여 주는군.

⑤ (가)에서 자연을 '온 소리의 앞 소리'와 '온 빛깔의 비롯'이라고 표현한 것은 근원적 존재로서의 자연의 가치를, (나)에서 '오월'에 '산'과 '마을'이 '한 초록으로 짙어' 간다고 표현한 것은 인간과 자연이 하나가 되어 가는 생태 공동체를 형상화하는군.

현대시 03

2019학년도 수능

공부한 날		월	일
목표 시간		분	초
시작 :		종료 :	
소요 시간		분	초

작품 (나) 국어

01-03 다음 글을 읽고 물음에 답하시오.

(가)

검정 포대기 같은 까마귀 울음소리 고을에 떠나지 않고
밤이면 부엉이 괴괴히 울어 [A]
남쪽 먼 포구의 백성의 순탄한 마음에도
상서롭지 못한 세대의 어둔 바람이 불어오던
– 융희(隆熙) 2년!

그래도 계절만은 천 년을 다채(多彩)하여
지붕에 박넌출 남풍에 자라고 [B]
푸른 하늘엔 석류꽃 피 뱉은 듯 피어
나를 잉태한 어머니는
짐짓 어진 생각만을 다듬어 지니셨고 [C]
젊은 의원인 아버지는
밤마다 사랑에서 저릉저릉 글 읽으셨다

왕고못댁 제삿날 밤 열나흘 새벽 달빛을 밟고
유월이가 이고 온 제삿밥을 먹고 나서 [D]
희미한 등잔불 장지 안에
번문욕례 사대주의의 욕된 후예로 세상에 떨어졌나니

신월(新月)같이 슬픈 제 족속의 태반을 보고
내 스스로 고고(呱呱)*의 곡성(哭聲)*을 지른 것이 아니련만 [E]
명(命)이나 길라 하여 할머니는 돌메라 이름 지었다오

– 유치환, 「출생기」

*고고 : 아이가 세상에 나오면서 처음 우는 울음소리.
*곡성 : 사람이 죽어 슬퍼서 크게 우는 소리.

(나)

샤갈의 마을에는 **삼월에 눈**이 온다.
봄을 바라고 섰는 사나이의 관자놀이에
새로 돋은 정맥이
바르르 떤다.
바르르 떠는 사나이의 관자놀이에
새로 돋은 정맥을 어루만지며
눈은 수천수만의 **날개**를 달고
하늘에서 내려와 샤갈의 마을의
지붕과 굴뚝을 덮는다.
삼월에 눈이 오면
샤갈의 마을의 쥐똥만 한 **겨울 열매**들은
다시 **올리브빛**으로 물이 들고
밤에 **아낙**들은
그해의 제일 아름다운 불을
아궁이에 지핀다.

– 김춘수, 「샤갈의 마을에 내리는 눈」

01

(가)와 (나)의 공통점으로 가장 적절한 것은?

① 시간과 관련된 표지를 제시하여 시적 분위기를 조성하고 있다.
② 과거 시제를 사용하여 서사적 사건을 들려주는 형식을 취하고 있다.
③ 시적 상황의 객관적 관찰에 초점을 둠으로써 주관적 의미의 서술을 배제하고 있다.
④ 암울하고 비관적인 정서를 내포한 시어를 사용하여 비극적 상황을 고조하고 있다.
⑤ 자연물을 살아 있는 대상으로 묘사하여 화자가 느끼는 이국적인 세계의 모습을 담아내고 있다.

02

[A]~[E]에 대한 이해로 적절하지 않은 것은? [3점]

① [A]: 청각의 시각화를 통해 음산한 시적 상황을 조성하고 있다.
② [B]: 시대 상황과 대비되는 자연의 모습을 통해 생명력을 표현하고 있다.
③ [C]: 대구 형식을 활용하여 화자의 출생을 앞둔 집안의 분위기를 드러내고 있다.
④ [D]: 화자가 태어난 날의 상황을 구체적으로 서술하여 출생에 대한 감격을 드러내고 있다.
⑤ [E]: 울음소리에서 연상되는 상반된 의미와 연결하여 화자의 이름이 지어진 이유를 제시하고 있다.

03

〈보기〉를 참고하여 (나)를 감상한 내용으로 적절하지 않은 것은?

보기

김춘수는 샤갈의 그림 「나와 마을」에서 받은 느낌을 시로 표현함으로써 상호 텍스트성을 구현했다. 올리브빛 얼굴을 가진 사나이와 당나귀가 서로 마주 보고 있는 그림에서 영감을 받은 시인은, "특히 인상 깊었던 것은 커다란 당나귀의 눈망울이었고, 그 당나귀의 눈망울 속에 들어앉아 있는 마을이었다."라고 느낌을 말했다. 또한 밝고 화려한 색감을 지닌 이질적 이미지들의 병치로 이루어진 샤갈의 초현실주의적 그림에 대한 감각적 인상을, 자신의 고향 마을에 투사하여 다양한 이미지의 병치로 변용했다. 이는 봄을 맞이한 생동감과 고향 마을의 따뜻한 풍경에 대한 그리움을 형상화한 것이라고 할 수 있다.

① '샤갈의 마을'은 시인이 그림 속 마을 풍경에서 받은 인상을 자신의 고향 마을에 투사하여 표현한 것이군.
② '삼월에 눈', '봄을 바라고 섰는 사나이', '새로 돋은 정맥' 등은 시인이 그림 속 이질적 이미지들의 병치를 다양한 이미지들의 병치로 변용하여 봄의 생동감을 형상화한 것이군.
③ '날개', '하늘', '지붕과 굴뚝' 등은 시인이 밝고 화려한 색감을 지닌 그림 속 마을의 모습을 공감각적 이미지의 풍경으로 변용한 것이군.
④ '올리브빛'은 시인이 그림 속에서 영감을 받은 것으로 '겨울 열매들'을 물들이는 따뜻한 봄의 이미지를 표상한 것이군.
⑤ '아낙', '아궁이' 등은 시인이 초현실주의적 그림 속 풍경에 대한 감각적 인상을 고향 마을을 떠올리게 하는 이미지로 전이시킨 것이군.

꿈을 계속 간직하고 있으면

반드시 실현할 때가 온다.

고전 소설

고전 소설 01

2022학년도 6월 모의평가

공부한 날		월	일
목표 시간		분	초
시작 :		종료 :	
소요 시간		분	초

01-04 다음 글을 읽고 물음에 답하시오.

[앞부분의 줄거리] 김 진사의 딸 채봉은 선비 필성과 정혼하나, 우여곡절 끝에 스스로 기녀가 되어 송이로 이름을 바꾼다. 송이의 서화를 눈여겨본 감사가 송이를 데려와 관아에서 살게 한다.

송이는 감사가 있는 별당 건넌방에 가 홀로 살고 지내며 감사가 시키는 일을 처리하고 지내며 마음에 기생을 면함은 다행하나, 주야로 잊지 못하는 바는 부모의 소식과 장필성을 못 봄을 한하고 이 감사가 보는 데는 감히 그 기색을 드러내지 못하니, 혼자 있을 때에는 주야 탄식으로 지내더라.

장필성이 이 소문을 듣고 또한 다행하나, 이때 감사는 송이 있는 별당은 외인 출입을 일절 엄금하니, 다시 만날 길이 없어 수심으로 지내더니, 한 계책을 생각하되,

"나도 감사 앞에서 거행하는 관속이 된다면 채봉을 만나기가 쉬우리라."

하고 여러 가지로 주선하더니, ㉠이때 마침 감사가 문필이 있는 이방을 구하는지라. 필성이 한 길을 얻어 이방이 되어 감사에게 현신하니 감사가 일견 대희하여 칭찬하며 왈,

"가위 여옥기인(如玉其人)이로다. 필성아, 이방이라 하는 것은 승상접하(承上接下)하는 책임이 중대하니, 아무쪼록 일심봉공(一心奉公)하여 민원(民怨)이 없도록 잘 거행하라."

필성이 국궁수명(鞠躬受命)*하고 차후로 공사 문첩(文牒)*을 가지고 매일 드나들며 송이의 소식을 알고자 하나 별당이 깊고 깊어 지척이 천 리라 어찌 알리오.

차시 송이는 별당에 있어 이 감사가 들어와 공문을 쓰라면 쓰고 판결문을 내라면 내고 하더니, ㉡하루는 ⓐ공사 문첩 한 장을 본즉, 필성의 글씨가 완연한지라, 속으로 생각하되,

'이상하다. 필법이 장 서방님 필적 같으니, 혹 공청에를 드나드나.'

하고 감사더러 묻는다.

"㉢요사이 공사 들어온 것을 보면 전과 글씨가 다르오니 이방이 갈리었습니까?"

"응, 전 이방은 갈고 장필성이란 사람으로 시켰다. 네 보아라, 글씨를 잘 쓰지 않느냐."

송이가 이 말을 듣고 속으로 암암이 기꺼하며, 어떻게 하면 한번 만나 볼까, 그렇지 못하면 편지 왕복이라도 할까, 사람을 시키자니 만일 대감이 알면 무슨 죄벌이 내려올지 몰라 못 하고 무슨 기회를 기다리나 때를 타지 못하여 필성이나 송이나 서로 글씨만 보고 창연히 지내기를 ㉣이미 반년이라. 자연 서로 상사병이 될 지경이더라.

이때는 추구월(秋九月) 보름 때라. 월색은 명랑하여 남창에 비치었고, 공중에 외기러기 옹옹한 긴 소리로 짝을 찾아 날아가고, 동산의 송림 간에 두견이 슬피 울어 불여귀를 화답하니, 무심한 사람도 마음이 상하거든 독수공방에 눈물로 세월을 보내는 송이야 오죽할까. 송이가 모든 심사 잊어버리고 책상머리에 의지하여 잠깐 졸다가 기러기 소리에 놀라 눈을 뜨고 보니, 남창 밝은 달 발허리에 가득하고 쓸쓸한 낙엽성은 심회를 돕는지라. 잊었던 심사가 다시 가슴에 가득하여지며 눈물이 무심히 떨어진다.

송이가 남창을 가만히 열고 달빛을 내다보며 위연탄식하는데,

"달아, 너는 내 심사를 알리라. 작년 이때 뒷동산 명월 아래 우리 님을 만났더니, 달은 다시 보건마는 님은 어찌 못 보는고. 그 옛날 심양강 거문고 뜯던 여인은 만고문장 백낙천(萬古文章白樂天)을 달 아래 만날 적에 마음속에 맺힌 말을 세세히 풀었건만, 나는 어찌 박명하여 명랑한 저 달 아래서 부득설진심중사(不得說盡心中事)하니 가련하지 아니할까. 사람은 없어 말 못하나 차라리 심중사를 종이 위에나 그리리라." [A]

하고 연상을 내어 먹을 흠씬 갈고 청황모 무심필을 덤벅 풀어 백릉화주지를 책상에 펼쳐 놓고 섬섬옥수로 붓대를 곱게 쥐고 장우단탄(長吁短歎)에 맥맥히 앉았다가 고개를 돌리어 벽공의 높은 달을 두세 번 우러러보더니, 서두에 '추풍감별곡(秋風感別曲)' 다섯 자를 쓰고, 상사가 생각 되고 생각이 노래 되고 노래가 글이 되어 붓끝을 따라 나오니 붓대가 쉴 새 없이 쓴다.

(중략)

아득한 정신은 기러기 소리를 따라 멀어지고 몸은 책상머리에 엎드렸더니, 잠시간에 잠이 들어 주사야몽(晝思夜夢) 꿈이 되어 장주(莊周)의 나비같이 두 날개를 떨치고 바람 좇아 중천에 떠다니며 사면을 살피니, 오매불망하던 장필성이 적막 공방에 혼자 몸이 전일의 답시(答詩)를 내놓고 보며 울고 울고 보며 전전반측 누웠거늘, 송이가 달려들어 마주 붙들고 울다가 꿈 가운데 우는 소리가 잠꼬대가 되어 아주 내처 울음이 되었더라.

사람이 늙어지면 상하물론(上下勿論)하고 잠이 없는 법이라. ㉤이때 이 감사는 연광도 팔십여 세뿐 아니라, 일도방백(一道方伯)이 되어 밤이나 낮이나 어떻게 하면 백성의 원성이 없을까, 어떻게 하면 국은(國恩)에 보답할까 하며 잠을 이루지 못하고 누웠더니, 홀연히 송이의 방에서 흐느껴 우는 소리가 들리거늘, 깜짝 놀라 속으로 짐작하되,

'지금 송이가 나이 십팔 세라. 필연 무슨 사정이 있어 저리하나 보다.'

하고 가만히 나와 보니, 남창을 열고 책상머리에 누웠는데 불을 돋우어 놓고 책상 위에 무엇을 써서 펼쳐 놓았거늘, 마음에 괴이하여 가만히 들어가 ⓑ두루마리를 펼치고 본즉 '추풍감별곡'이라.

– 작자 미상, 「채봉감별곡」

*국궁수명: 존경하는 뜻으로 몸을 굽히며 분부를 받음.
*공사 문첩: 관청에서 공무상 작성하는 문서.

01

윗글의 내용에 대한 이해로 적절하지 않은 것은?

① 송이는 부모의 소식으로 애태우다 감사의 걱정을 산다.
② 송이는 필성이 이방이 되었음을 감사를 통해 알게 된다.
③ 감사는 필성의 문필 능력을 높이 평가하고 기대를 건다.
④ 송이는 필성과 꿈속에서나마 일시적으로 만남을 이룬다.
⑤ 필성은 송이를 그리워하는 마음을 감사에게 숨기고 있다.

02

ⓐ와 ⓑ에 대한 설명으로 가장 적절한 것은?

① ⓐ에 대해 대화하며 송이의 그리움을 눈치챈 감사는, ⓑ를 읽으며 그 대상이 필성임을 알게 된다.
② ⓐ를 작성한 사람에 대한 궁금증을 갖게 된 송이는, ⓑ를 통해 자신의 궁금증을 필성에게 알린다.
③ ⓐ를 본 송이는 필성이 가까운 곳에 있음을 알게 되고, ⓑ에 필성을 만나지 못하는 마음을 풀어낸다.
④ ⓐ를 감사로부터 전달받은 필성은 송이의 마음을 알게 되고, ⓑ를 쓰면서 송이에 대한 자신의 그리움을 드러낸다.
⑤ ⓐ를 보면서 필성이 자신을 찾고 있음을 알게 된 송이는, ⓑ를 쓰면서 필성과 재회하고자 하는 의지를 드러낸다.

03

[A]의 '달'에 대한 이해로 적절하지 않은 것은?

① 송이가 필성의 안녕을 기원하는 마음을 의탁하는 대상이다.
② 자연물의 다양한 소리와 어울려 송이의 외로움을 심화한다.
③ 송이가 자신의 심사를 들추어내어 감정을 토로하는 인격화된 상대이다.
④ 송이의 처지와 대조되는 옛 이야기를 환기시켜 송이가 스스로에 대한 연민을 표하게 한다.
⑤ 송이에게 필성과의 추억을 떠올리게 하면서 재회를 기약할 수 없는 현재 상황을 부각한다.

04

〈보기〉를 참고하여 ㉠~㉤을 이해한 내용으로 적절하지 않은 것은? [3점]

> 보기
>
> 소설에서 시간 표지는 배경을 지시할 뿐 아니라, 우연하게 일어날 수 있는 사건들에 개연성을 부여하거나 사건의 전개나 장면의 전환 등에 관여된 서사적 정보를 제시하기도 한다. 또한 장면을 제시하는 것은 물론 서로 다른 장면을 연결하거나, 사건이 요약적으로 제시되었음을 가늠하게 하는 등 서사의 주요 요소들을 보조하는 기능을 한다.

① ㉠은 우연으로 보이는 감사의 이방 선발이, 필성이 송이와 만나기 위해 애써 왔던 시간과 맞물려 있음을 드러냄으로써 필성의 관아 입성에 개연성을 부여한다.
② ㉡은 평범한 일상을 지내던 송이와 감사의 대화를 통해 중요한 서사적 정보가 드러난 시간을 부각하여, 필성과 재회하고자 하는 송이의 바람을 심화하게 되는 서사적 전환에 관여한다.
③ ㉢은 공청에서 일어난 최근의 변화에 송이가 주목하고 있음을 보여 주는 한편, 송이가 공청의 일을 돕게 되기까지의 과정이 요약적으로 제시되었음을 드러낸다.
④ ㉣은 송이와 필성의 만남이 이루어지지 않은 상태에서 상당한 시간이 흘렀음을 드러내면서, 송이와 필성이 가진 그리움의 깊이를 함축한 서사적 정보로 기능한다.
⑤ ㉤은 감사의 사람됨과 감사가 잠을 이루지 못하는 이유를 관련짓게 하는 한편, 흐느껴 울던 송이를 감사가 발견하는 사건의 시간적 배경을 지시한다.

고전 소설 02

2020학년도 9월 모의평가

공부한 날	월	일
목표 시간	분	초
시작 :	종료 :	
소요 시간	분	초

작품 문학

01-03 다음 글을 읽고 물음에 답하시오.

'콩알 하나 없으니 주린 처자를 어이할꼬? 어떻든 협사촌의 서대주가 도적들과 아래위 낭청을 다니며 함께 도적하여 부유하다 하니 찾아가 얻어 보리라.'

하고 협사촌을 찾아간다. 허위허위 이 산 저 산 어정어정 걸어가며 생각하되,

'이놈이 본디 큰 쥐로 도적질하는 놈이니 무엇이라 부를꼬? 쥐라 해도 좋지 않고, 서대주라 해도 좋지 않으니, 이놈 부르기 어렵구나. 어떻든 대접함이 으뜸이라.'

길을 재촉해 협사촌을 찾아 서대주 집 문 앞에서 장끼 큰기침 두 번 하고,

"서동지 계시오?"

하며 찾으니, 이윽고 시비 쥐 나오거늘 장끼 문왈,

"이 댁이 아래위 낭청으로 다니며 관리하시는 서동지 댁이오?"

물으니 시비 답왈,

"어찌 찾으시오?"

장끼 가로되,

"잠깐 뵈오리다."

이때 서대주 자녀의 재미 보며 아내와 함께 있더니, 시비 와서 왈,

"문전에 어떤 객이 왔으되 위풍이 헌앙(軒昂)*하고 빛갓 쓰고 옥관자 붙이고 여차여차 동지 님을 뵈러 왔다 하나이다."

서대주 동지란 말을 듣더니 대희하여 외헌으로 청하고, 정주(頂珠) 탕건 모자 쓰고 평복으로 나아가 장끼를 맞아 예하고 자리를 정하니, 장끼 하는 말이,

"댁이 서동지라 하시오? 나는 양지촌 사는 화충이라고도 하고, 세상에서 부르기를 장끼라고도 혹 꿩이라고도 하는데, 귀댁을 찾아 금일 만나니 구면처럼 반갑소이다. 한 번도 뵌 적 없으나 평안하시었소?"

서대주 맹랑하다, 탕건을 어루만지며 답왈,

"존객의 이름은 높이 들었더니 나를 먼저 찾아 누지에 와 주시니 황공 감사하오이다."

장끼 답왈,

"서로 찾기에 선후가 있는 것 아니니 아무커나 반갑다 못하여 진저리 나노라."

하거늘 서대주 웃으며 온갖 음식으로 대접하고 고금사를 문답하며 장끼를 조롱하며 벗하더니, 장끼 콧소리를 내며 말하기를,

"서동지께 청할 말이 있노라. 내 본시 넉넉지 못해 오늘까지 먹지 못하다가 처음 청하온데 양미 이천 석만 빌려주시면 내년 가을에 갚으리니 동지 님 생각에 어떠시오?"

서대주 웃으며 하는 말이,

"속담에 '우마(牛馬)도 초분식(草分食)하고, 산저(山猪)도 갈분식(葛分食)이라*.' 하였거든 우리 사이에 무엇이 어려우리오?"

(중략)

장끼 감사함을 칭사하고 양지촌으로 돌아가니라. 이때 서대주 노비 쥐를 명하여 창고를 열고 이천 석 콩을 배로 옮겨 양지촌으로 보내니라.

각설. 이때 동지촌에 딱부리란 새가 있으되 주먹볏에 흑공단 두루마기, 홍공단 끝동이며, 주둥이는 두 자나 하고 위풍이 헌앙한 짐승이라. 양지촌 장끼를 찾아가 오래 못 본 인사하고 하는 말이,

"자네는 어찌하여 양식이 저리 풍족하여 쌓아 두었는가?"

장끼가 협사촌 서대주를 찾아가 양식 빌린 사연을 자세히 말하니, 딱부리 놈이 고개를 끄덕이며,

"자네 마음이 녹녹지 아니하거늘 미천한 도적놈을 무엇이라 찾았는가?"

장끼 답왈,

"나도 생각이 있으나 옛글에 '교만한 자는 집이 망한다.' 했고, '남을 대접하면 내가 대접을 받는다.' 했고, 내 가난하여 빌리러 갔기로 저를 대접하여 서동지라 존칭하였더니 대희하여 후대하고 종일 문답하며 여차여차하였노라."

하거늘 딱부리 하는 말이,

"자네 일정 간사하도다. 만일 입신양명하면 충신을 험담하여 귀양 보내고 조정을 농권하며 임금을 어둡게 하리로다. 나는 그놈을 찾아가서 서대주라 하고 도적질한 말을 하면 그놈이 겁내어 만석이라도 추심(推尋)*하리라."

장끼 답왈,

"자네 재주를 몰랐더니 오늘에야 알리로다."

딱부리 웃으며 나와 협사촌을 찾아가, 구멍 앞에 나가서 생각은 많으나 이를 갈고 "서대주, 서대주." 찾으니 이윽하여 시비 쥐 나오며 하는 말이,

"뉘 집을 찾아오시니까?"

딱부리 하는 말이,

"네 명색이 무엇이냐? 이 집이 아래위 낭청으로 다니며 도적질하는 서대주 집이냐? 나는 동지촌 사는 딱장군이니 와 계시다 일러라."

하거늘 쥐란 놈이 골을 내어 대답하고 들어가 고하니, 서대주 크게 성내고 분부하는 말이,

"어떤 놈이든지 잡아들이라."

하니 수십 명 범 같은 쥐들이 명을 듣고 딱부리를 에워싸고 결박하고 이 빰 치고 저 빰 치며 몰아가니 딱부리 애걸하며 비는 말이,

"내 무슨 잘못이 있다 이리하시오? 내 손주 노릇할 터이니 놓아 주고 달아났다 하시오."

한데 듣지 않고 잡아들여 서대주 앞에다 꿇리니 서대주 호령하되,

"이놈! 너는 어인 놈이기에 주인 찾을 때 근본을 해하여 찾으니 그중에 너 같은 놈은 만단을 내리라."

하며 매우 치라 하니 딱부리 머리를 조아리고 애걸하며 빌더라.

– 작자 미상, 「장끼전」

*헌앙: 풍채가 좋고 의기가 당당함.
*우마도 초분식하고, 산저도 갈분식이라: 소와 말도 풀을 나눠 먹고, 산돼지도 칡을 나눠 먹는다.
*추심: 찾아내어 가지거나 받아 냄.

01

윗글에 대한 설명으로 가장 적절한 것은?

① 세밀한 외양 묘사를 통해 인물의 속성을 드러내고 있다.
② 서술자가 개입하여 인물의 행동에 대해 호감을 보이고 있다.
③ 속담과 옛글을 삽입하여 인물의 내적 갈등을 강조하고 있다.
④ 과거와 현재를 대비하여 인물의 초월적 능력을 부각하고 있다.
⑤ 공간적 배경을 자세히 묘사하여 인물의 심리 변화를 암시하고 있다.

02

'장끼'와 '딱부리'가 '서대주'를 각각 방문하는 상황에 대한 이해로 적절하지 않은 것은?

① 서대주를 방문하기 전에, 장끼와 딱부리는 서대주의 정체에 대해 알고 있었다.
② 서대주를 방문하기 전에, 장끼와 딱부리는 각자의 생각에 따라 서대주를 대할 방식을 계획했다.
③ 서대주를 방문하여, 장끼는 시종 일관된 태도를 보였고 딱부리는 상황의 변화에 따라 자신의 태도를 바꾸었다.
④ 서대주의 거처를 확인하면서, 장끼는 서대주의 환심을 살 만하게, 딱부리는 서대주의 반감을 살 만하게 표현했다.
⑤ 서대주를 방문하는 목적을, 장끼는 경제적인 이익을 취하는 데에 두었고 딱부리는 도적질을 벌로 다스리고 교화하는 데 두었다.

03

〈보기〉를 참고하여 윗글을 감상한 내용으로 적절하지 않은 것은? [3점]

보기

「장끼전」은 '까투리'를 중심으로 남존여비와 여성의 개가 금지 같은 가부장제 사회의 문제를, '장끼'를 중심으로는 몰락 양반의 삶과 조선 후기 향촌 사회의 다양한 변화상을 형상화했다. 이 대목은 가족의 생계 문제를 걱정하는 몰락 양반의 출현과 향촌 사회에 새롭게 등장한 신흥 부호의 생활상을 보여 주고 있다. 또한 신흥 부호의 위세로 인해 빚어지는 신흥 부호와 몰락 양반의 갈등, 그리고 신흥 부호를 둘러싼 몰락 양반 간의 불화를 그려 내고 있다.

① 장끼가 양식이 떨어져 굶주리는 처자식을 위해 부유한 서대주를 찾아가 양식을 빌리는 장면에서, 가장으로서의 책무를 다하려는 몰락 양반의 면모를 알 수 있군.
② 서대주가 '시비 쥐'를 부리고 복색을 갖추어 손님을 '외헌'에서 맞이하는 장면에서, 신흥 부호의 생활상을 알 수 있군.
③ 서대주를 대접하여 양식을 빌린 장끼에게 딱부리가 '간사하도다'라고 언급하는 장면에서, 신흥 부호에 대한 처신을 놓고 몰락 양반 간에 의견 차이가 있었음을 알 수 있군.
④ 서대주의 '시비 쥐'가 딱부리에게 골을 내는 장면에서, 몰락 양반의 경제적 곤궁함을 업신여기는 신흥 부호의 모습을 알 수 있군.
⑤ 서대주가 '수십 명 범 같은 쥐들'에게 명령하여 딱부리를 결박하는 장면에서, 향촌 사회에서의 신흥 부호의 위세를 알 수 있군.

고전 소설 03

2018학년도 수능

공부한 날	월	일
목표 시간	분	초
시작 :	종료 :	
소요 시간	분	초

01-04 다음 글을 읽고 물음에 답하시오.

왕비가 웃으며 말했다.

"부인이 이곳에 오긴 오겠지만 아직 때가 멀었소. 남해 도인이 그대와 인연이 있으니 잠깐 의탁하게 될 것이오. 이 또한 하늘의 뜻이니라."

사 씨가 여쭈었다.

"남해라면 바다 끝으로 알고 있사옵니다. 첩에게는 탈 것이 없고 돈도 없는데 어찌 갈 수 있겠나이까?"

왕비가 말했다.

"조만간 길을 인도하는 자가 있을 것이니 조금도 염려 마라."

이윽고 좌우에 앉아 있는 부인들을 하나하나 소개했다. 위국 부인 장강*, 한나라의 반첩여* 등이 있었다. 사 씨가 다소곳이 일어나 머리를 조아리고 말했다.

"뜻밖에도 모든 부인님의 얼굴을 오늘 뵙게 되니 크나큰 영광입니다."

드디어 하직을 하고 여동의 인도를 받아 내려오는데, 걷었던 ㉠주렴을 내리는 소리가 요란하였다. 이 소리에 놀라 몸을 일으키니 유모와 시비가 부인이 깨신다 하고 부르거늘 사 씨가 일어나 앉으니 이미 날이 저물었다. 멍한 정신이 한참 만에야 진정되었다. 입에서는 향기로운 냄새가 났고 왕비께서 하시던 말씀이 뚜렷했다. 유모에게 물었다.

"내가 어디 갔다 왔느냐?"

유모와 시비가 대답했다.

"부인께서 기절하는 바람에 소인들이 간호하여 이제야 깨어나셨는데 어디를 가셨단 말입니까?"

사 씨가 조금 전에 있었던 일을 다 말하고 ㉡대나무 수풀을 가리키며 말했다.

"분명히 저 길로 갔다 왔으니 어찌 꿈이라 하리오. 믿지 못하겠다면 나를 따라오라."

그러고는 길을 찾아 대나무 수풀 뒤쪽으로 가니 사당이 하나 있었다. 현판이 걸려 있는데 황릉묘*라고 쓰여 있었다. 분명 아황과 여영, 두 왕비의 묘로 ⓐ꿈에서 본 것과 같았다. 사당 안으로 들어가 살펴보니 두 왕비의 ㉢초상화가 걸려 있는데 꿈에서 본 것과 같았다. 이에 사 씨가 향을 피우고 절하며 말했다.

"첩이 왕비의 가르치심을 입어 훗날 좋은 시절을 만나서 영화를 누리게 된다면 어찌 그 은혜를 잊으리까?"

분향을 마친 후 앉아서 신세를 생각하니 슬픔이 밀려왔다. 시비를 시켜 묘지기 집에 가서 밥을 구해 와서는 세 사람이 나누어 먹었다. 이윽고 사 씨가 말했다.

"의지할 곳이 없으니 신령이 나를 놀리시는구나."

앞길이 막막하여 어쩔 줄 모르는 중 벌써 달이 밝았다. 세 사람이 방황하고 있는데 묘문으로 두 사람이 들어와 물었다.

"어려움을 만나 물에 빠지려 하시는 부인이 아니옵니까?"

사 씨가 눈을 들어 자세히 보니 한 명은 **여승**이고 다른 한 명은 여동이었다. 크게 놀라며 말했다.

"어찌 우리를 아는가?"

여승이 합장하고 말했다.

"우리는 동정 군산에 사는 사람인데 조금 전 꿈결에 관음보살께서 어진 여자가 화를 만나 날이 저물어 갈 곳을 몰라 방황하니 급히 황릉묘로 가서 구하라고 하셨습니다. 이에 ㉣배를 저어 와서 부인을 만나게 되었습니다."

(중략)

한편 한림학사 유연수는 유배지에 도착하니 바람이 거세고 **인심이 사나워** 갖은 고초를 겪게 되었다. 외로운 가운데 이러한 고생을 하니 **예전의 총명함**이 점점 돌아와 뉘우치며 말했다.

"사 씨가 동청을 꺼렸는데 이제 와서 생각하니 그 말이 옳도다. 어진 아내를 의심했으니 무슨 면목으로 조상을 대하리오."

밤낮 이런 생각을 하면서 탄식하니 병에 걸리고 말았다. 이곳에는 마땅한 의약이 없었다. 병세는 날로 심해져 죽을 지경에 이르렀다. 하루는 흰 옷 입은 노파가 ㉤병(甁)을 들고 와서 말했다.

"상공의 병이 위독하니 이 물을 먹으면 좋아지리라."

한림이 물었다.

"그대는 누구인데 유배당한 사람의 병을 구하시오?"

노파가 말했다.

"나는 동정 군산에 사는 사람이로다."

그러고는 병을 뜰 가운데 놓고 사라졌다. 한림이 놀라 일어나니 ⓑ꿈이었다. 이상하게 생각했는데 다음 날 아침 하인이 뜰을 청소하다가 들어와 고했다.

"뜰에서 물이 솟아나옵니다."

한림이 이상하게 여겨 창을 열고 보니 꿈에 노파가 병을 놓았던 자리였다. 물을 한 그릇 떠오라고 해서 마시니 맛이 달고 상쾌한 것이 마치 **단 이슬**을 먹은 것 같았다. 원래 행주는 수질이 좋지 않은 곳이다. 한림의 병도 그렇게 좋지 않은 물 때문에 생긴 것이었다. 그런데 이 물을 먹은 즉시 병세가 사라지고 예전의 얼굴과 기력을 회복하였다. 그것을 본 사람들이 모두 신기하게 여겼다. 이후로도 그 샘은 마르지 않아 마을 사람들이 나누어 마셨다. 이로 인해 물로 인한 병이 없어지자 사람들이 그 샘을 학사정이라고 하였는데 **지금까지 전해진다.**

- 김만중, 「사씨남정기」

*장강 : 춘추 전국 시대 위나라 장공의 아내.
*반첩여 : 한나라 성제의 후궁.
*황릉묘 : 순임금의 두 왕비인 아황과 여영을 추모하기 위해 세운 사당.

01

윗글의 내용에 대한 이해로 적절하지 않은 것은?

① '사 씨'는 꿈에서 '왕비'로부터 '남해 도인'과 인연이 있어 바다 끝으로 향할 여정이 예비되어 있음을 들었다.
② '사 씨'가 기절한 사이 '유모'는 황릉묘에 가서 '사 씨'를 깨울 방도를 찾아 왔다.
③ '사 씨'는 묘에서 만난 '여승'의 말을 통해 여승 일행이 찾아온 연유를 알게 되었다.
④ '유 한림'은 전에 '동청'을 꺼렸던 '사 씨'의 말을 받아들이지 않고 '사 씨'를 의심했었다.
⑤ '마을 사람들'은 '유 한림'의 사례를 보고 수질 탓에 생긴 병을 없앨 방도를 찾을 수 있었다.

02

㉠~㉤에 대한 설명으로 적절하지 않은 것은?

① ㉠: '사 씨'가 꿈에서 깨게 되는 소리로, '사 씨'가 비현실 세계에서 현실 세계로 돌아오게 되는 계기이다.
② ㉡: '사 씨'가 꿈에서 보았던 곳과 같은 장소로, 비현실적 상황과 현실적 상황의 경계를 모호하게 만드는 공간이다.
③ ㉢: '사 씨'가 꿈에서 보았던 왕비의 모습을 환기하는 물건으로, 초월적 존재에 대한 '사 씨'의 믿음을 드러내는 소재이다.
④ ㉣: '사 씨'가 꿈에서 계시를 받아 사전에 준비한 수단으로, '사 씨'가 두 왕비와 재회할 수 있도록 돕는 매개체이다.
⑤ ㉤: '유 한림'이 꾼 꿈에 등장한 물건으로, '유 한림'이 처한 위급한 상태를 호전시킬 방도가 생기게 하는 단초이다.

03

ⓐ와 ⓑ에 대한 이해로 가장 적절한 것은?

① ⓐ와 ⓑ에는 모두 꿈을 꾼 주체를 돕는 역할을 하는 존재가 출현한다.
② ⓐ와 ⓑ에는 모두 꿈을 꾼 주체가 만나고 싶어 하던 역사적 인물이 등장한다.
③ ⓐ와 ⓑ에는 모두 꿈을 꾼 주체가 처한 고난이 심화될 것임을 암시하는 징표가 제시된다.
④ ⓐ에는 ⓑ에서와 달리, 꿈을 꾼 두 주체가 공유하고 있는 과거의 기억이 나타나고 있다.
⑤ ⓑ에는 ⓐ에서와 달리, 꿈을 꾼 주체의 출생 내력이 제시되어 있다.

04

〈보기〉를 참고하여 윗글을 감상한 내용으로 적절하지 않은 것은? [3점]

보기

18세기의 선비인 이양오는 「사씨남정기」를 읽고 「사씨남정기 후서」를 썼다. 그는 이 소설이 착한 사람은 복을 받고 악한 사람은 벌을 받는다는 '복선화음'의 이치를 담고 있다고 평가한다. 다만 과오가 있는 사람이라도 잘못을 깨닫고 착한 데로 나아가는 과정에서 재앙이 상서로움으로 바뀌는 경우에도 주목한다. 한편 꿈속에서 벌어지는 일이나 기이한 만남이 나타나는 등 허구적인 이야기라도 사람의 일에 연관된다면 이를 두고 괴이하거나 맹랑한 것이라고 치부할 수만은 없다고 평한다. 그러면서 "말이 교화에 관련되면 괴이해도 해롭지 않고 일이 사람을 감동시키면 괴이하고 헛되어도 기뻐할 만하네."라는 김시습의 시 구절을 인용하였다.

① 유 한림이 유배지에서 얻은 질병이 '단 이슬'과 같은 물로써 치료된다는 설정에서, 유 한림의 재앙이 상서로움으로 전환되는 양상을 엿볼 수 있겠군.
② 유 한림이 유배지에서 고초를 겪는 가운데 '예전의 총명함'을 회복하는 장면에서, 과오가 있는 사람이라도 잘못을 깨닫고 착한 데로 나아가는 과정을 엿볼 수 있겠군.
③ 사 씨의 꿈에서 예견된 인도자와의 인연이 '여승'의 꿈에서 계시된 바와 조응하여 '여승' 일행이 사 씨를 찾은 장면에서, 기이한 만남이 이루어지는 양상을 엿볼 수 있겠군.
④ 학사정이 생기게 된 유래가 신이하지만 사람들에게 받아들여져 '지금까지 전해진다'고 한 점에서, 허구적인 이야기일지라도 사람의 일에 연관되므로 괴이한 것만으로는 볼 수 없겠군.
⑤ 유 한림에게 갖은 고초를 줄 만큼 '인심이 사나웠'던 행주 사람들이 샘에 얽힌 이야기를 듣고 복선화음의 이치를 깨달은 데서, 그 이야기를 맹랑한 것으로 치부해서는 곤란하다는 점을 알 수 있겠군.

당신이 할 수 있다고 믿든,

할 수 없다고 믿든, 믿는 대로 될 것이다.

V 현대 소설

현대 소설 01

2022학년도 수능

공부한 날	월 일
목표 시간	분 초
시작 :	종료 :
소요 시간	분 초

작가 국어 문학

01-04 다음 글을 읽고 물음에 답하시오.

[A] 김달채 씨는 퇴근하기 무섭게 뽀르르 집으로 달려가던 묵은 습관을 버리고 밤늦도록 하릴없이 길거리를 배회하면서 시간을 보내는 새로운 습관을 몸에 붙였다. 지하철이나 버스 혹은 공중변소나 포장마차 안에서, 백화점에서 사지도 않을 물건을 흥정하거나 정류장에서 토큰 아니면 올림픽복권을 사면서, 그리고 행인에게 담뱃불을 빌거나 더욱 과감하게는 파출소에 들어가 경찰관에게 길을 묻는 시늉을 하는 사이에 마주치는 각계각층의 사람들을 상대로 달채 씨는 실수를 가장하기도 하고 때로는 또렷한 목적의식을 드러내기도 해 가며 우산의 존재를 알리기 위해 갖가지 수단과 방법을 다 동원했다. 그런 다음 상대방의 눈에 과연 우산이 어떻게 비치는지, 그리하여 상대방이 우산 임자인 자기를 어떻게 대우하는지 반응을 떠보는 작업을 일삼아 계속해 나갔다. 참으로 긴장과 전율이 넘치는 뻐근한 나날들이었다. 구청 호적계장의 직위에 오르기까지 여태껏 전혀 몰랐던 세계가 구청과 자기 집구석 바깥에 따로 있음을 그는 우산을 통해서 비로소 실질적으로 체험할 수가 있었다.

그는 사람들의 반응을 종합해서 몇 가지 결론을 얻어내는 데 성공했다.

첫째는, 진짜 무전기에 익숙한 일부 극소수의 사람들을 제외한 거개의 서민들은 의외로 쉽사리 우산에 속아 넘어간다는 사실이었다.

둘째는, 상대방이 무전기를 지니고 있다고 알아차리는 그 순간부터 사람들의 태도가 확 달라진다는 사실이었다. 일껏 하던 이야기를 뚝 그치거나 얼렁뚱땅 말머리를 돌리는 등으로 지은 죄도 없이 공연히 겁부터 집어먹고는 꾀죄죄한 몰골의 자기한테 갑자기 저자세로 구는 것이었다. 밤늦도록 수고가 많다면서 한사코 술값을 받지 않으려 하던 어떤 포장마찻집 주인의 경우가 단적인 예였다.

셋째는, 노골적으로 손에 쥐고 보여 줄 때보다 그냥 뒤꽁무니에 꿰 찬 채 부주의한 몸가짐인 척하면서 웃옷 자락을 슬쩍 들어 ㉠<u>케이스의 끝부분만 감질나게 보여 주는 편</u>이 오히려 사람들을 놀라게 하는 데 훨씬 더 효과적이고 반응도 민감하다는 사실이었다.

김달채 씨는 그러잖아도 짧은 머리를 더욱 짧게 깎았다. 옷차림도 낡은 양복에서 스포티한 잠바 스타일로 개비했는가 하면 구청 밖에서는 항상 선글라스를 끼고 다녀 버릇했다. 달채 씨는 그처럼 달라진 모습으로 짬만 생기면 하릴없이 길거리를 나다니며 청명한 가을날에 우산을 이용해서 사람들을 떠보는 색다른 취미에 점점 깊숙이 빠져 들어가기 시작했다.

(중략)

그리 멀지 않은 곳에서 뭔가 벌어지고 있는 중이라고 생각하자 까닭 모를 흥분과 기대감이 그를 사로잡아 버렸다. 한 건 올리는 정도가 아니라 뭔가 이제껏 맛보지 못한 엄청난 보람을 느끼게 될 일대 사건을 만날 듯싶은 예감 때문이었다. 그는 다른 행인들이 종종걸음으로 달아나는 방향과는 정반대 편을 향해 정신없이 달려가기 시작했다.

예상했던 그대로의 살벌한 풍경이었다. 깨진 보도블록 조각이나 돌멩이들이 인도와 차도 가릴 것 없이 사방에 흩어져 나뒹굴고 있었다. 시커먼 그을음 연기를 피워 올리며 불타는 자동차와 창유리가 박살 난 건물도 보였다. 김달채 씨는 주체 못할 지경으로 쏟아지는 눈물 콧물도 돌볼 겨를 없이 여전히 선글라스를 착용한 채 최루 가스에 심하게 오염된 지역을 향해 가까이 접근했다. 중무장한 전경대에 의해 도로가 완전 차단되어 더 이상 접근이 불가능해지자 달채 씨는 구경꾼들 뒷전에서 작은 키를 한껏 발돋움하고는 시위 현장의 분위기를 살폈다. 어디선가 보이지 않는 저쪽 건물 모퉁이에서 어기찬 함성이 아직도 기세를 올리는 중이었다. 사복 경찰관들한테 붙잡혀 끌려오는 학생의 모습이 구경꾼들 어깨 너머로 내다보였다. 달채 씨는 저도 모르는 사이에 앞사람들 틈바귀를 비집고 전면으로 썩 나섰다.

"이봐요, 거기!"

김달채 씨는 창문마다 철망이 쳐진 버스 안으로 학생들을 마구 밀어 넣는 사복들을 향해 느닷없이 목청을 높였다.

"아직도 어린애야! 다치지 않게 살살 좀 다뤄!"

어디서 그런 용기가 솟아나는지 김달채 씨 자신도 깜짝 놀랄 지경이었다.

"당신 뭐야?"

옷깃에 비표를 단 사복 차림의 청년 하나가 달려와서 김달채 씨의 가슴을 떼밀었다.

"나 이런 사람이오."

김달채 씨는 엉겁결에 잠바 자락 한끝을 슬쩍 들어 뒷주머니에 꿰 찬 우산 케이스를 내보였다. 하지만 상대방 청년은 그런 물건 따위는 애당초 거들떠볼 생심조차 하지 않았다.

"당신도 저 차에 같이 타고 싶어? 여러 소리 말고 빨리 집에나 들어가 봐요!"

이른바 닭장차에 어린 학생들과 함께 실리고 싶은 생각은 물론 털끝만큼도 없었다. 옷깃에 비표를 단 청년이 우산을 ㉡<u>우산 이상의 것</u>으로 보아 주지 않는다면 그건 어쩔 도리 없는 노릇이었다. 김달채 씨는 남의 채마밭에서 무 뽑아 먹다 들킨 아이처럼 무르춤한 꼬락서니가 되어 맥없이 돌아설 수밖에 없었다.

– 윤흥길, 「매우 잘생긴 우산 하나」

01

[A]의 서술상 특징으로 가장 적절한 것은?

① 중심인물이 알지 못하는 사건을 제시해 긴장감을 조성하고 있다.

② 공간 이동에 따른 인물의 내면 변화를 회상을 통해 제시하고 있다.

③ 동시적 사건들의 병치로 사건에 대한 서로 다른 관점을 드러내고 있다.

④ 한 가지의 목적으로 수렴되는 인물의 의도적인 행위들을 나열하고 있다.

⑤ 상대를 달리하여 벌이는 인물의 행동을 서술하여 점진적으로 심화되는 갈등을 묘사하고 있다.

02

윗글의 내용에 대한 이해로 가장 적절한 것은?

① 거리를 배회하며 새로운 습관을 익히려는 김달채는 생활의 활기를 찾기 위해 비 오는 날을 기다린다.

② 꾀죄죄한 몰골의 김달채는 사람들이 자신을 무시하는 태도를 변화시키기 위해 무전기를 보여 준다.

③ 흥미를 느낄 만한 일이 벌어지고 있음을 짐작한 김달채는 달아나는 행인들과 달리 시위 현장으로 향한다.

④ 시위 진압의 영향으로 고통 받던 김달채는 전경대의 위세에 압도되어 구경꾼들 뒤로 물러선다.

⑤ 닭장차에 끌려가게 된 김달채는 건물 모퉁이에서 들려오는 함성에 안도감을 느낀다.

03

㉠, ㉡에 대한 이해로 적절하지 않은 것은?

① 김달채는 ㉠을 그 생김새로 인해 ㉡으로 인식하는 사람들이 있다는 사실을 발견한다.

② 김달채는 사람들로부터 기대하는 반응을 효과적으로 이끌어 낼 수 있는 ㉠의 사용법을 알게 된다.

③ '일부 극소수의 사람들'에게는 ㉡을 가진 사람으로 보이려는 김달채의 의도가 실현되지 않는다.

④ 김달채는 ㉡에 익숙하지 않은 '거개의 서민들'이 ㉠을 ㉡으로 오인한다고 판단한다.

⑤ '사복 차림의 청년'은 ㉡에 익숙하여 ㉠을 이용하려는 김달채의 의도를 알아챈다.

04

〈보기〉를 바탕으로 윗글을 감상한 내용으로 적절하지 않은 것은? [3점]

> 보기
>
> 소시민은 자신의 기득권을 지키기 위해 권력관계에 민감하게 반응한다. 권력관계가 형성되기 위해서는 타인의 승인이 요구되며, 이로 인해 힘의 우열 관계가 발생한다. 이 작품은 허구적 권력 표지를 통해 타인의 승인을 얻음으로써 자신감을 갖게 된 인물이, 승인을 거부하는 타인 앞에서는 소시민적 면모를 드러내는 상황을 그려 낸다. 이를 통해 상황 논리를 따르는 소시민의 타산적 태도를 비판하고 있다.

① 김달채가 각계각층 사람들의 반응을 떠보는 것은, 권력이 타인들에게 미치는 영향을 살핀다는 점에서 김달채가 권력 관계를 의식하는 인물임을 드러내는군.

② 김달채가 준 술값을 포장마찻집 주인이 받지 않으려는 것은, 권력에 대한 사람들의 태도를 나타낸다는 점에서 권력이 인물 간의 우열 관계를 형성하는 요인임을 보여 주는군.

③ 김달채가 외양에 변화를 준 것은, 타인의 승인을 용이하게 받으려 한다는 점에서 허구적 권력 표지를 이용하는 데 더 적극적으로 나서려는 김달채의 의도를 나타내는군.

④ 김달채가 사복들에게 목청을 높이며 항의하는 것은, 자신도 모르게 용기를 드러냈다는 점에서 승인받은 경험들을 통해 얻게 된 김달채의 자신감을 보여 주는군.

⑤ 김달채가 비표를 단 청년 앞에서 돌아서는 것은, 학생들과 맺은 유대 관계를 단절하여 기득권을 지키려 한다는 점에서 상황 논리를 따르는 김달채의 타산적 태도를 드러내는군.

현대 소설 02

2021학년도 9월 모의평가

공부한 날		월	일
목표 시간		분	초
시작 :	종료 :		
소요 시간		분	초

01-04 다음 글을 읽고 물음에 답하시오.

안승학은 원래 이 고을 읍내에서 살았다. 지금부터 이십 년 전만 해도 그는 다 찌그러진 오막살이에서 **콩나물죽으로 연명하**던 처지였다. 그러던 사람이 오늘은 수백 석 추수를 하고 서울 사는 민판서 집 **사음*까지** 얻어서 이 동리로 옮겨 앉은 것이다.

그것은 안승학의 **근본**을 아는 사람은 누구나 놀랄 만한 일이었다. 그는 **지체도 없**고 형세도 없이 타관에서 떠들어온 사람이었다. 그러므로 이 고을에는 그의 일가친척이라고는 면 서기를 다니는 아우 하나밖에 아무도 없다. 그의 부친은 경기도 죽산이라던가 어디서 호방 노릇을 하던 아전이었다는데 승학이가 성년 되기 전에 별세하고 그의 모친도 부친이 돌아간 지 삼 년 만에 마저 세상을 떠났다 한다. 그래서 거기서는 살 수가 없어서 아내와 어린 동생 하나를 데리고 이 고장으로 들어왔다. 이 고을 읍내에는 그의 처가가 사는 터이므로. [A]

처가도 역시 가난하였으나 그래도 처가 끝으로 옹대가리나마 다시 장만해 놓고 살림이라고 떠벌였다.

그런데 그 **무렵**이 마침 **경부선이 개통**한 직후이다. 이 근처 사람들은 생전 처음 보는 기차와 정거장과 전봇대를 보고 경이의 눈을 크게 떴다.

안승학은 지금도 그때 **목판차를 맨 처음으로** 먼저 타고 서울을 가 보았다는 것을 자랑삼아 말하였다. 그때 그는 어떤 **친구의 심부름으로** 혼수 흥정을 하러 따라간 것이었다.

그의 **자만**(自慢)은 그것뿐만 아니었다. 그는 경기도 출생이라고 이 지방에서는 제일 똑똑한 체를 하였다.

우편소가 새로 생긴 것을 보고 이웃 사람들은 그게 무엇인지 몰라서 겁을 잔뜩 집어먹고 있었다. 장승같이 늘어선 전봇대에는 노상 잉-하는 소리가 들렸다. 그것은 전신줄을 감은 사기 안에다 귀신을 잡아넣어서 그런 소리가 무시로 난다는 것이다. 그리고 우편소 안에는 무슨 이상한 기계를 해 앉히고 거기서는 무시로 괴상한 소리가 들렸다. 그래서 이웃 사람들은 그것도 무슨 귀신을 잡아넣어서 그런 소리가 들리는 것이라고 하였다. [B]

그럴 때에 안승학은 마술사처럼 이 귀신을 부리는 재주를 그들 앞에서 시험해 보였다.

그는 엽서 한 장을 사서 자기 집 통호수와 자기 이름을 쓰고 편지 사연을 써서 우편통 안으로 집어넣었다. 그리고 그들에게 장담하기를 이것이 오늘 해전 안에 우리 집으로 들어갈 터이니 가 보자는 것이었다. 과연 그날 저녁때였다. 지옥사자 같은 누렁 옷을 입은 사람은 안승학의 집에 엽서 한 장을 던지고 갔다. 그것은 아까 써 넣던 그 엽서였다.

"참, 조홧속이다!"

하고 그들은 일시에 소리를 질렀다.

(중략)

안승학이는 사랑방에서 혼자 앉아서 금테 안경을 콧잔등에 걸고는 문서질을 하다가 인동이를 앞세우고 김선달 조첨지 수동이아버지 희준이 이렇게 다섯 사람이 일시에 달려드는 것을 보고 적이 마음에 불안을 느꼈다.

그래 그는 붓을 놓고서 마당을 내려다보며

"무슨 일들인가? 식전 댓바람에 내 집에를 이렇게 찾아오거든 문간에서 주인을 찾고 들어와야지."

매우 **위엄스럽게** 하는 말이었다.

"아무도 없는데 누구보고 말하랍니까? 대문 기둥에다 대고 말씀하랍시오."

김선달이 받는 말이다.

저런 괘씸한 놈 말하는 것 좀 봐라…… 그런데 행랑 놈은 어디를 갔기에 문간에 아무도 없었더람! 안승학은 속으로 분해했다.

그러나 **호령할 용기**는 생기지 않는다. 희준이와 인동이와 김선달은 신발을 벗고 마루에 올라가 앉았다.

조첨지와 수동 아버지는 뜰아래서 올라갈까 말까 하는 눈치다.

"하여간 무슨 일들인가?"

안승학은 얼른 이야기나 들어보고 돌려보내자는 계획이다.

"저희들이 이렇게 댁을 찾아왔을 때는 무슨 별다른 소관사가 있겠습니까…… 지난번에도 왔다가 코만 떼우고 갔습니다만 대관절 어떻게 저희들의 요구 조건을 들어주시겠습니까?"

희준이가 정식으로 말을 꺼냈다.

"그따위 이야기를 할 작정으로 이렇게들 식전 아침에 왔어? 못 들어주겠어! 발써 여러 번째 요구 조건은 들을 수 없다고 말했는데, 자꾸 조르기만 하면 될 줄 아는가? 어림없지…… 괜히 그러지들 말고 일찍이 **나락을 베는 것**이 당신들에게 유익할 것이야……."

안승학이는 긴 장죽에 담배를 한 대 담아 가지고 불을 붙이기 위해서 성냥을 세 개비나 허비했건만 잘 붙지 아니하므로 그래 네 번째 불을 댕겨서는 쉴 새 없이 빠끔빠끔 빨다가 그만 입귀로 붉은 침을 주르르 흘리고서는 제 풀에 화가 나서 담뱃대를 탁 밀어 내던진다.

"괜스리 시간만 낭비하고 **피차의 물질상 손해**만 더 나게 하지 말고 어서 돌아가서 잘들 의논해서 오늘부터라도 일을 시작하란 말이야! 나도 아침부터 바쁜 일이 있으니 어서들 가소."

"그래 정녕코 요구 조건을 못 들어주시겠다는 말씀이지요."

"암!"

- 이기영, 「고향」

* 사음: 마름. 지주를 대리하여 소작권을 관리하는 사람.

01

[A]의 서술상 특징에 대한 설명으로 가장 적절한 것은?

① 서술 대상에 대한 독백적 서술을 통해 서술 대상에 대한 정서적 반응이 제시되고 있다.
② 서술 대상에 대한 회고적 서술을 통해 서술 대상에 대한 성찰적 태도가 드러나고 있다.
③ 서술 대상에 대한 병렬적 서술을 통해 서술 대상에 관한 정보가 반복적으로 제시되고 있다.
④ 서술 대상에 대한 묘사적 서술을 통해 서술 대상에 관한 정보가 단계적으로 제시되고 있다.
⑤ 서술 대상에 대한 요약적 서술을 통해 서술 대상에 관한 정보가 개괄적으로 제시되고 있다.

02

[B]에 대한 이해로 적절하지 않은 것은?

① 새로운 문물의 도입이 사람들의 의식을 혼란스럽게 하는 상황이 나타나고 있다.
② 새로운 문물이 실생활에 쓰이는 현장을 소개함으로써 사람들의 생활 방식이 변해야 함을 알려 주고 있다.
③ 새로운 문물의 이용 방법을 알고 있는 인물과 그렇지 못한 사람들 간에 문물에 대한 이해의 차이가 있음이 드러나고 있다.
④ 새로운 문물을 접한 사람들의 반응이 직접적으로 드러남으로써 새로운 세상의 도래에 대한 정서적 충격을 표현하고 있다.
⑤ 새로운 문물에서 신이한 현상을 연상하는 사람들의 반응을 통해 낯선 문물이 도입될 당시의 문화적인 환경을 보여 주고 있다.

03

요구 조건을 중심으로 윗글을 이해한 내용으로 적절하지 않은 것은?

① '요구 조건'을 관철시키러 온 '김선달'의 '안승학'에 대한 비아냥거리는 태도가 표출되고 있다.
② '요구 조건'의 이행을 요청하는 '희준'에 대해 '안승학'의 거부 의사가 직접적으로 표출되고 있다.
③ '요구 조건'의 불이행 때문에 벌어질 일을 경고하는 '희준'에 대해 '안승학'이 염려하고 있음이 암시되어 있다.
④ '요구 조건'의 수락 여부를 둘러싸고 빚어진 '안승학'과 '다섯 사람' 간의 갈등 양상이 긴장된 분위기를 자아내고 있다.
⑤ '요구 조건'에 대한 확답을 받기 원하는 '다섯 사람'의 갑작스러운 방문에 대한 '안승학'의 심리적인 동요가 제시되고 있다.

04

〈보기〉를 참고하여 윗글을 감상한 내용으로 적절하지 않은 것은? [3점]

보기

1930년대 리얼리즘 장편 소설에는 변화하는 사회적 환경 속에서 사회적 지위가 상승한 인물형이 등장한다. 이 유형의 인물들은 근대 문물에 발 빠르게 적응하면서도 소작제와 같은 전근대적 토지 제도에 편승하는 모습을 보인다. 이들은 근대 문물을 체험해 보지 못한 사람들에게 자신을 과시하지만 자신만의 이익을 추구하기 때문에 그 지위를 인정받지 못한다. 이러한 인물들을 통해 1930년대 농촌 사회에 등장한 속물적 인물형의 면모를 확인할 수 있다.

① '지체도 없'이 '콩나물죽으로 연명하'다가 '사음까지' 된 인물의 모습은, 소작제를 이용하여 지위가 변한 인물형을 보여 주는군.
② '경부선이 개통'할 '무렵'의 시대 변화에 적응하여 '근본'에서 벗어날 기회를 얻었던 인물의 모습은, 근대 문물이 유입되는 사회적 환경 속에서 변모해 갈 수 있었던 인물형을 보여 주는군.
③ '친구의 심부름으로' '목판차를 맨 처음으로' 타 보고서 '자만'하는 인물의 행동은, 근대 문물을 경험했다는 점을 앞세워 자신을 과시하는 인물의 모습을 보여 주는군.
④ '위엄스럽게' 하대하면서도 '호령할 용기'를 내지 못하는 인물의 심리는, 자신의 사회적 지위를 인정하지 않는 이들에게 반감을 드러내는 인물의 모습을 보여 주는군.
⑤ '피차의 물질상 손해'를 강조하면서도 일방적으로 사람들에게 '나락을 베는 것'을 종용하는 인물의 모습은, 다른 사람의 이익보다 사적인 이익을 우선시하는 인물형을 보여 주는군.

현대 소설 03

2021학년도 6월 모의평가

공부한 날		월	일
목표 시간		분	초
시작	:	종료	:
소요 시간		분	초

작가 국어 문학 작품 국어 문학

01-04 다음 글을 읽고 물음에 답하시오.

[앞부분의 줄거리] 황만근은 마을 사람들에게 바보 취급을 받지만, 외지 출신인 민 씨는 달리 생각한다. 어느 날, 밤늦게 집에 가던 황만근은 토끼 고개에서 거대한 토끼를 만난다.

"그기 뭔 소리라? 내가 내 집에 내 발로 가는데 니가 뭐라꼬 집에 못 간다 카나. 귀신이마 썩 물러가고 토끼마 착 엎디리라. 내가 너를 타고서라도 집에 갈란다."

거대한 토끼는 황만근이 한 번도 맡아 본 적이 없는 비린 냄새를 풍기면서 느릿하고 탁한 음성으로 다시 말했다.

"너는 ⓐ여기서 죽는다. **너는 여기서 죽는다.** 너는 여기서 죽는다. 너는 집에 못 간다."

황만근은 온몸에 소름이 돋고 털이란 털은 모두 위로 곤두섰다. 그래도 있는 힘을 다해 토끼를 밀치며 "비키라!" 하고 소리를 질렀다. 그런데 토끼를 밀친 황만근의 팔이 토끼의 털에 묻히는가 싶더니 진공청소기에 빨려 드는 파리처럼 쑤욱 안으로 빨려 들어가는 것이었다 ㉠(황만근이 한 말이 아니라 그 말을 들은 민 씨의 표현이다). 황만근은 한 팔로 옆에 있는 나무를 붙잡으면서 빨려 들어간 팔을 도로 빼려고 안간힘을 썼다. 황만근을 빨아들이려는 공간은 아무것도 잡히지 않을 정도로 넓었고 허전했고 또한 소름끼치도록 차가웠다. 토끼는 토끼대로 쉽게 끌려 들어오지 않는 황만근을 마저 끌어들이기 위해 온몸을 떨면서 뒷발을 든 채 버티고 있었다.

그런 상태로 시간이 하염없이 흘렀다. 어느새 동쪽 하늘이 부옇게 밝아 오기 시작했다. 그러자 토끼는 황만근을 향해 "너는 이제 살았다. 너는 이제 살았다. 너는 이제 살았으니 나를 놓아라" 하고 말했다. 황만근은 오기가 나서 "택도 없는 소리 말거라. 니를 탕으로 끓이서 어무이하고 나하고 마주 앉아서 먹어 치울 끼다. 니 가죽을 빗기서 어무이 목도리를 하고 내 토시를 하고 장갑을 할 끼다. **니는 인자 죽었다**, 자슥아" 하고 소리쳤다. 토끼는 다급하게 물었다. "그럼 어떻게 하면 네 팔을 빼겠느냐." 황만근은 팔을 안 빼는 게 아니라 못 빼고 있는데 토끼가 그렇게 물어 오자 할 말이 없었다. 그래서 되는 대로 "내 소원을 세 가지 들어주기 전에는 니까잇 거는 못 간다" 하고 말했다.

"네 소원이 뭐냐."

"우리 어무이가 팥죽 할마이겉이 오래오래 사는 거다."

㉡(팥죽 할마이란 팥죽을 파는 할머니, 혹은 늘 팥죽을 쑤고 있는 할머니 같은데 그 할머니가 누구인지, 어째서 오래 산다고 하는지 민 씨는 모른다.)

토끼는 ⓑ마을이 있는 서쪽으로 고개를 기울였다가 몸을 소스라치게 떨고 나서 힘겨운 목소리로 말했다.

"지금 들어주었다. 그 다음은?"

"여우 겉은 마누라가 생기는 거다."

"송편을 세 번 먹으면 네 집으로 올 거다. 다음은 무엇이냐?"

"떡두깨(떡두꺼비) 겉은 아들이다."

"마누라가 들어오면 용왕이 와서 그렇게 해 준다. 이제 나를 놓아라."

"내가 언제 니를 잡았나. 니가 가 뿌리만 되지, **바보 자슥아.**"

그러자 토끼는 속았다는 걸 알았는지 얼굴을 무섭게 부풀리더니 황만근의 얼굴에 뜨겁고 매운 김을 내뿜었다. 황만근이 눈을 뜨지 못하고 쩔쩔매다가 간신히 떠 보니 어느새 자신의 팔이 돌아와 있는 것이었다. 황만근의 ⓒ주변에는 토끼털이 무수히 떨어져 바늘처럼 반짝이고 있었다. 황만근은 제대로 숨 쉴 겨를도 없이 집으로 달려갔다. 동네 곳곳의 닭들이 횃대에서 소리쳐 울고 있었다. 황만근은 밖에서 "어무이, 어무이" 하고 소리치면서 ⓓ마당으로 뛰어 들어갔지만 방 안에서는 아무 기척이 없었다. 방 안에 들어가 보니 그의 어머니는 그가 나갔을 때의 모습 그대로, 얼굴이 백지장처럼 변해 앉아 있었다.

"어무이, 어무이!"

그가 어깨를 흔들자 젊은 어머니는 모로 쓰러져 버렸다. 그러면서 "카악!" 하고는 목에서 **주먹밥 덩어리**를 토해 냈다. 황만근이 어머니를 껴안고 통곡을 하다가 손발을 주무르고 온몸을 어루만지자 어머니는 눈을 떴다.

"니 와 인자 왔노?"

"밤새도록 토깨이 귀신하고 씨름을 하다 왔다. 니는 괘않나."

"니 기다리다가 아까 해 뜰 녘에 닭이 울길래 밥 한 덩이를 입에 넣었다가 목이 맥히서 죽을 뻔했다. 움직있다가는 더 맥힐 거 같애서 손가락 하나 까딱 모하고 이래 니가 오기 기다리고 있었니라. 이 문디 겉은 놈의 자슥아, 와 밥만 해 놓고 물은 안 떠다 놨나!"

황만근은 울다가 웃다가 덩실덩실 춤을 추었다. 그러고는 어머니에게 엉덩이를 채어 물을 뜨러 동네 ⓔ우물로 달려갔다.

그날 우물가에서는 황만근의 기이한 체험이 여러 사람의 입으로 하루 종일 수십 번 되풀이되었고 종내 황만근이 우물가로 초청되어 입이 아프도록 같은 **이야기**를 늘어놓아야 했다. [A]

송편을 세 번 빚을 만큼의 시간, 곧 세 해가 흐른 뒤에 토끼의 **말**대로 어떤 처녀가 그의 집으로 들어왔을 때 동네 사람들이 황만근을 보는 눈이 달라졌다. [B]

– 성석제, 「황만근은 이렇게 말했다」

01

㉠, ㉡의 서술 효과로 가장 적절한 것은?

① ㉠을 통해 민 씨가 황만근에게 들은 말을 그대로 전하고 있음을 알 수 있다.
② ㉡을 통해 황만근의 말을 전하는 민 씨도 다른 인물들처럼 서술자의 서술 대상임을 알 수 있다.
③ ㉠과 ㉡을 삭제하면 황만근과 토끼의 대결 과정을 파악하기 어렵게 된다.
④ ㉠과 ㉡은 황만근과 토끼의 대결 과정 자체에 더 몰입하여 읽도록 도와주는 기능을 한다.
⑤ ㉠과 ㉡을 통해 황만근이 민 씨로부터 전해 들은 이야기가 다시 서술되고 있음을 알 수 있다.

02

ⓐ~ⓔ를 이해한 내용으로 적절하지 않은 것은?

① ⓐ: 주인공이 기이한 체험을 하는 공간
② ⓑ: 주인공이 복귀해야 할 일상적 공간
③ ⓒ: 주인공의 지난밤 체험의 흔적이 남아 있는 공간
④ ⓓ: 주인공이 어머니에 대한 불안을 감지하는 공간
⑤ ⓔ: 주인공이 어머니의 요청을 동네 사람들에게 전하러 간 공간

03

[A], [B]에 대한 설명으로 가장 적절한 것은?

① [A]는 마을 사람들이 '이야기'를 여러 차례 들었으나 여전히 흥미를 느끼지 못했음을 보여 준다.
② [A]는 직접 경험한 사건이라도 반복적으로 전달되면서 '이야기'의 내용이 점차 달라지고 있음을 보여 준다.
③ [B]는 새로운 등장인물의 '말'에 따라 '말'을 처음 전한 존재에 대한 평가가 달라졌음을 보여 준다.
④ [B]의 '말'은 [A]의 '이야기'의 일부로, '말'의 실현이 '이야기'의 신뢰성을 높이고 있음을 보여 준다.
⑤ [B]는 [A]의 '이야기'가 삼 년 동안 전해질 수 있었던 이유가 '말'의 실현에 대한 공동체의 확신 때문임을 보여 준다.

04

〈보기〉를 참고하여 윗글을 감상한 내용으로 적절하지 않은 것은? [3점]

보기
윗글은 민담적 요소를 적극 활용한 현대 소설이다. 바보 취급을 받는 황만근이 신이한 존재와 대면했으나 위기를 극복하며 의외의 승리를 거둔다는 비현실적 이야기는 민담적 특징을 잘 보여 준다. 또한 반복적이거나 위협적인 어구 사용, 구성진 입담 등에는 언어의 주술성과 해학성이 잘 드러난다.

① 황만근이 '거대한 토끼'와 겨루는 비현실적인 이야기 전개는 민담의 일반적 특성과 맞닿아 있는 것이겠군.
② 토끼가 '너는 여기서 죽는다.'라는 말을 세 번 반복한 것은 언어의 주술적 특성을 드러내는 것이겠군.
③ 황만근이 '니는 인자 죽었다.'라고 발언하며 위협한 것은 의외의 결과를 가져와 토끼가 황만근의 소원을 들어주기로 하였겠군.
④ '바보 자슥아'라는 말은 황만근에 대한 신이한 존재의 우위가 변했음을 보여 주는 것이겠군.
⑤ 어머니가 '주먹밥 덩어리'를 토해 내는 것은 황만근에게 속은 것을 깨달은 토끼의 주술적 복수라 할 수 있겠군.

현대 소설 04

2018학년도 수능

공부한 날	월	일
목표 시간	분	초
시작 :	종료 :	
소요 시간	분	초

01-03 다음 글을 읽고 물음에 답하시오.

조무래기들은 도깨비불만 보면 네 그르니 내 옳으니 하며 **짜그락거리기** 일쑤였고, 그러면 나이 좀 있는 사람이 얼른 쉬쉬하면서, 도깨비가 듣겠다고 나무라 주게 마련이었던 것이다. 도깨비가 들으면 무엇이 어떻다고 불똥 끄듯 서두르며 말리려 들었을까. 그것은 아무도 가르쳐 주지 않았다. 알면서도 짐짓 모르는 시늉을 해 보이려 했지만, 그네들도 어려서부터 가르쳐 준 이가 없어 **이렇다 하게 내놓지 못하는 눈치가 역연**하던 것이다. 그것은 바지랑대에 등을 매달고 멍석에 둘러앉아 삼을 삼거나 태모시를 톺던* **늘그막의 아낙네들**도 마찬가지로 가늠을 못 해, **도깨비불에 손가락질하면 도깨비가 쫓아온다**는 것밖에 다른 말은 할 줄 모르고 있었다. **그네들**은 **낮춘말**로, **도깨비들이 벌거벗고 산다**더라고 **귀띔**해 주었으며, 그것은 그것들이 여름내 왕대뫼 자드락이나 갯가에 나와 불놀이를 하다가도, ㉠기러기 그림자에 논두렁 콩노굿*이 지고 오려논에 자마구*가 일며부터는 아무도 모르게 간곳없이 사라지던 것을 보아 믿을 만한 말이라고 우길 따름이었다.

된내기* 빛에 두엄이 허옇게 쉰 위로 난초 치던 붓끝 같은 마늘싹이 솟고, 보리밭 머리에 장끼가 내리기 시작하여 이듬해 구렁찰 논배미에서 뜸— 뜸— 뜸부기 짝 찾는 소리로 개구리 논두렁 넘기 바쁘던 여름까지는 도깨비들이 감뭇하기도* 했었다. 그러나 아직 학령기에도 이르지 않았던 나는 정말 알지 못했다. 차지던 바람이 메져지고 개펄에 성에 엉기듯 허옇게 소금기가 끼는 철이 되면, 음습한 바람이 맴돌아야 난동하던 인화(燐火)가 전혀 일지 않던 것을.

어른들이 눈을 꿈적이며 먹탕곶 개펄께를 그만 보라고 타이른 밤이면 ㉡담 밑에 반딧불만 자주 날아도, 촛불 붙이려 혼자 사당(祠堂) 문을 열 때처럼 뒷덜미가 선뜩하고 떨떠름하여 담 밑에도 가지 못할 만큼이나 그 도깨비불은 여간 두려운 존재가 아니었다. 그러므로 그런 날은 **아무리 무더워도** 모기가 떠메어 간다는 핑계로 **마실 마당에서 일찍 물러나곤** 하였다.

(중략)

복산이가 자리를 만들 동안 나는 변소를 찾아 나섰다. 농가라면 흔히 그렇듯 그곳은 저만치 밭마당 구석에 따로 나와 있었다. ㉢나는 마당을 가로질러 가면서 무심결에 개펄 쪽을 둘러보다가 소스라쳐 놀라며 그 자리에 굳어 버리고 말았다.

아— 나는 참으로 오랜만에 가슴이 벅차오르는 것을 느꼈다. 도깨비불—— 그렇다. 왕대뫼 밑 먹탕곶 개펄에 푸른빛을 내뿜는 도깨비불이 즐비하게 늘어서 있던 것이다.

하나 둘 서이 너이…… 나는 어느새 도깨비불들을 손가락으로 헤아려 나가고 있었다. 변치 않은 것이 한 가지 더 있다는 반가움, 반가움과 즐거움에 들떠 그것들을 차곡차곡 빠뜨리지 않고 세어 나갔다.

"마흔다섯……."

하고 중얼거리며 나는 손가락을 떨었다. ㉣내일 새벽엔 안개도 볼 수 있으리라고 믿어, 가슴의 설렘에 손가락마저 떨린 거였다. 모를 일이었다. 옛날로 돌아가 혹시 길 잃은 여우가 울부짖게 될는지도.

"게서 뭣 허나?"

복산이가 같은 용무로 나오면서 허텅지거리를 했다.

"아, 도깨비불…… 생전 못 볼 줄 알았다가 보니 좋은데. 멋있는 걸."

나는 건너편을 손가락질하면서 들뜬 소리로 말했다.

"무엇이?"

"저 도깨비불……."

"무엇 불?"

"옛날에 보던 도깨비불, 그거 아녀?"

"무슨 불? 허어 참, 그러게 장가를 가라구."

"……"

"도깨비불 좋아허네…… 저게? 술고래라서 안주두 고루 먹어 헛소리는 안 헐 중 알았더니……."

"그럼 모르겠는데……."

"뭘 몰러? 저건 서울서 온 낚시꾼들의 간드레 불이여. 명색 문화인이라면서 밤낚시 한 번두 못 해 봤구먼."

나는 무엇에 받혀 하늘 높이 떠올랐다가 거꾸로 떨어진 기분이었다. 오랜 꿈결에서 순간적으로 깨어난 것처럼 허망하고 민망했다.

"이리 죽 늘어앉은 디는 물길이구, 저쪽 저리 둘러앉은 디가 유수지여. 갯물이 들어오면 수문을 막았다가 쓸물 때 열어 물을 빼는디 민물고기 갯물 고기가 섞이구 해서 씨알두 게가 굵구, 물길에서는 잔챙이래두 붕어만 문다네. 남포, 청라 담에는 여기를 친다는 겨."

그제서야 나는 늘어앉은 불빛들이 제자리에 죽어 있음을 비로소 깨달았다. ㉤무등 타기와 숨바꼭질을 하던 살아 있는 불이 아니란 것만 진작 알았어도 마흔다섯까지 수효를 헤아리지는 않았을 터였다. 나는 무슨 **재산붙이**를 어둠 속에 잃고 찾지 못한 투로 **무거워진 가슴을 안고** 복산이 따라 방으로 들어갔다.

– 이문구, 「관촌수필」

* 톺던: 끝을 가늘고 부드럽게 하려고 톱으로 훑던.
* 콩노굿: 콩의 꽃.
* 자마구: 곡식의 꽃가루.
* 된내기: 된서리.
* 감뭇하기도: 보이던 것이 전연 보이지 않아 찾을 곳이 감감하기도.

01

윗글에 대한 설명으로 가장 적절한 것은?

① 반복되는 사건을 제시하여 인물들의 갈등을 심화하고 있다.

② 빈번하게 장면을 교차하여 상황의 긴박한 분위기를 조성하고 있다.

③ 과거와 현재를 매개하는 경험을 제시하여 인물이 겪는 인식의 변화를 드러내고 있다.

④ 공간의 이동에 따라 서술자를 달리하여 사건에 대한 다양한 관점을 제시하고 있다.

⑤ 시간의 역전을 통해 인과 관계를 재구성한 서사를 함께 제시하여 사건의 내막을 감추고 있다.

02

㉠~㉤에 대한 이해로 적절하지 않은 것은?

① ㉠에는 어른들의 말을 온전하게 받아들이지는 않는 '나'의 미심쩍음이 드러난다.

② ㉡에는 착각으로 인해 연상된 상황을 궁금해 하는 '나'의 호기심이 나타난다.

③ ㉢에는 우연히 발견한 대상에 대한 '나'의 반가움이 담겨 있다.

④ ㉣에는 예측하는 상황이 일어날 것이라는 짐작에서 비롯된 '나'의 기대감이 나타난다.

⑤ ㉤에는 대상의 실체를 확인하기 전에 했던 자신의 행동에 대한 '나'의 허무감이 드러난다.

03

〈보기〉를 참고하여 윗글을 감상한 내용으로 적절하지 않은 것은? [3점]

보기

금기란 어떤 대상을 꺼리거나 피하는 행위를 가리킨다. 공동체의 구성원들은 금기를 위반하면 그 대상에 의해 공동체 혹은 그 구성원이 처벌을 받는다는 인식을 공유한다. 일반적으로 금기를 설정하는 근본적인 이유는 알려지지 않지만, 금기와 그 대상에 대한 추측은 구전의 방식을 통해 은밀하게 전파되어 구성원들 간에 회자된다. 이를 통해 금기와 금기의 대상이 환기하는 의미는 세대를 거쳐 전달됨으로써 서로 다른 세대 간에 공동체의 체험을 공유하는 데에 기여하기도 한다.

① '짜그락'거리는 '조무래기들'을 말리던 어른들이 그 이유를 '이렇다 하게 내놓지 못하는 눈치가 역연'하였던 것은, 금기가 설정된 근본적 이유가 알려지지 않았기 때문이겠군.

② '늘그막의 아낙네들'이 아이들에게 '도깨비불에 손가락질하면 도깨비가 쫓아온다'고 말하는 것은, 공동체의 금기를 서로 다른 세대가 공유하는 장면이라고 할 수 있겠군.

③ '그네들'이 '낮춘말'로 '도깨비들이 벌거벗고 산다'고 '귀띔'을 해 주는 행위는, 구전의 방식을 통해 금기의 대상에 대한 추측이 은밀하게 전파되는 정황을 보여 주는 것이겠군.

④ '아무리 무더워도' 핑계를 대고 '마실 마당에서 일찍 물러나곤' 한 것은, 금기를 위반한 '나'가 자신에게 닥칠 어른들의 처벌이 두려워서 한 행동이겠군.

⑤ '재산붙이'를 잃은 듯 '무거워진 가슴을 안고' 방으로 들어가는 행동은, 공동체에서 공유되던 금기에 관련된 일들이 추억으로만 남게 된 상황에 대한 '나'의 심리를 드러낸 것이라 할 수 있겠군.

Speed Check

Ⅰ 갈래 복합

01	▸	01 ③	02 ③	03 ②	04 ④	05 ①	06 ④
02	▸	01 ⑤	02 ③	03 ④	04 ①	05 ③	06 ②
03	▸	01 ④	02 ④	03 ④	04 ③	05 ⑤	

Ⅱ 고전 시가

01	▸	01 ④	02 ②	03 ②		
02	▸	01 ③	02 ②	03 ③		
03	▸	01 ⑤	02 ④	03 ②	04 ③	05 ⑤

Ⅲ 현대시

01	▸	01 ④	02 ⑤	03 ②
02	▸	01 ②	02 ③	03 ④
03	▸	01 ①	02 ④	03 ③

Ⅳ 고전 소설

01	▸	01 ①	02 ③	03 ①	04 ③
02	▸	01 ①	02 ⑤	03 ④	
03	▸	01 ②	02 ④	03 ①	04 ⑤

Ⅴ 현대 소설

01	▸	01 ④	02 ③	03 ⑤	04 ⑤
02	▸	01 ⑤	02 ②	03 ③	04 ④
03	▸	01 ②	02 ⑤	03 ④	04 ⑤
04	▸	01 ③	02 ②	03 ④	

MEMO

MEMO

수능 기출

2026 수능 기출 올픽

최신 기출 ALL

우수 기출 PICK

국어 문학

BOOK 2 우수 기출 PICK

정답 및 해설

메가스터디BOOKS

국어 **문학**

BOOK 2

정답 및 해설

INDEX 기출 속 문학 개념어

BOOK 1
최신 기출 ALL

BOOK 2
교과서 연계 기출 PICK

▸ 본문 008쪽

갈래 복합 01

2022학년도 수능

01 ③ 02 ③ 03 ② 04 ④ 05 ① 06 ④

(가) 이육사, 「초가」

EBS 연결 고리
비연계

교과서 연계 정보
작가 국어 금성, 좋은책, 지학, 천재(박) 문학 금성, 동아, 비상

해제 이 작품은 일제 강점기 피폐한 농촌의 사계절 풍경을 통해 비극적인 시대 상황을 환기하고 있는 시이다. 작가가 '유폐된 지역'에서 창작을 했다고 밝힌 작품으로, 화자는 퇴락한 산기슭에서 오래전 떠나온 고향의 풍경을 떠올리고 있다. 보리밭에 나물 캐러 간 아가씨들이 부끄러워하던 봄날의 풍경, 마을 청년들이 돈을 벌기 위해 고향을 등지고 도시로 떠났던 여름, 힘겨운 노동에도 수확할 곡식이 풍성하지 않은 가을, 강물조차 얼어붙게 하는 추위와 궁핍이 지속되는 겨울의 모습을 그림으로써 비극적 시대 상황으로 인해 피폐해진 농촌의 풍경을 담담하면서도 사실적으로 드러내고 있다.

주제 일제 강점기 피폐해진 농촌의 비극적 현실과 고향에 대한 그리움

짜임

1연	퇴락한 산기슭에서 떠올리는 고향
2~3연	순수하고 아름다운 봄날의 고향 풍경
4연	젊은이들이 도시로 떠난 뒤의 삭막한 고향 풍경
5연	수확할 곡식이 풍성하지 않은 고향의 가난한 현실
6연	모든 것이 얼어붙은 혹독한 겨울의 고향 풍경

1연 구겨진 하늘은 묵은 얘기책을 편 듯 [A]
[02-①] 고향을 회상하는 장소의 암울하고 폐쇄적 분위기
돌담 울이 고성같이 둘러싼 산기슭

박쥐 나래 밑에 황혼이 묻혀 오면
[05-①] 어두운 이미지 → 고향의 이미지와 연결
초가 집집마다 **호롱불**이 켜지고
[06-①] 산골 마을의 저녁 풍경에 대한 시각적 이미지
고향을 그린 [묵화(墨畫)] 한 폭 좀이 쳐.
[05-①, ③] 어둡고 낡은 이미지 → 고향에 대해 느끼는 세월의 깊이

2연 띄엄 띄엄 보이는 그림 조각은
[05-④] 고향의 분절적 이미지
앞밭에 보리밭에 말매나물 캐러 간 [B]
[02-②] 화자가 떠올리는 고향의 봄 풍경
가시내는 가시내와 종달새 소리에 반해

3연 빈 바구니 차고 오긴 너무도 부끄러워
[05-⑤] 나물을 캐지 못한 것에 대한 부끄러움
술레짠 두 뺨 위에 모매꽃이 피었고.

4연 그넷줄에 비가 오면 풍년이 든다더니 [C]
[02-③] 기대와 달리 홍수로 인해 농사를 망치게 되는 상황
앞내강에 씨레나무 밀려 나리면

젊은이는 젊은이와 **뗏목**을 타고
[01-①] [06-②] 객지로 떠나는 현실, 불안정한 삶
돈 벌러 항구로 흘러간 몇 달에

서릿발 잎 져도 못 오면 바람이 분다.

5연 피로 가꾼 이삭이 참새로 날아가고 [D]
[01-①] 현실적인 문제 상황
곰처럼 어린 놈이 북극을 꿈꾸는데
[02-④] 현실 너머의 세계를 꿈꾸는 모습
늙은이는 늙은이와 싸우는 입김도

6연 벽에 서려 성에 끼는 한겨울 밤은 [E]

동리(洞里)의 밀고자인 강물조차 얼붙는다.
[02-⑤] 일제 강점기의 가혹한 현실

(나) 김관식, 「거산호 2」

EBS 연결 고리
2022학년도 수능특강 문학 288쪽

교과서 연계 정보
작품 문학 천재(정)

해제 이 작품은 '산에 사는 것이 좋다'라는 제목의 의미와 같이 산에 대한 애정을 바탕으로 자연에 동화된 삶을 살고 싶은 바람을 노래한 시이다. 화자는 영원한 자연과 유한한 인간사를 대조하며, 산을 보고 겸허함을 배우고 산을 그리워하고 있는데, 이는 자연을 속세를 떠나 지향하는 공간으로 보는 동양적 가치관을 드러내고 있다. 또한 산을 삶과 죽음이 공존하는 곳으로 인식하면서 맑고 깨끗한 산에 동화되어 살고자 하는 자연 친화적 태도를 보여 주고 있다.

주제 산이 지닌 덕성을 배우며 자연과 동화된 삶을 살고 싶은 마음

짜임

1~4행	인간과 달리 변함없는 자연(산)에 대한 지향
5~8행	너그럽고 겸허한 산을 보면서 배우는 바람직한 삶의 자세
9~11행	삶과 죽음을 함께하는 안식처로서의 산
12~15행	산의 정기를 그리며 사는 삶

1~4행 오늘, [북창]을 열어,

장거리 등지고 산을 향하여 앉은 뜻은
[01-②] [05-④] 현실에 대한 부정적 인식, 선망하는 세계(산)와의 연결
사람은 맨날 변해 쌓지만
[03-②] [06-③] 인심이 변해 가는 세속 공간, 인간에 대한 부정적 인식
태고로부터 푸르러 온 산이 아니냐.
[03-①] 인간과 달리 불변성을 지닌 '산'

5~8행 고요하고 너그러워 수(壽)하는 데다가
[03-②] [05-⑤] '산'의 덕성
보옥을 갖고도 자랑 않는 겸허한 산.

마음이 본시 산을 사랑해

평생 산을 보고 산을 배우네.
[01-⑤] [03-⑤] 자연과의 교감, 지속적으로 지향해야 할 존재인 '산'

9~11행 그 품 안에서 자라나 거기에 가 또 묻히리니
[03-③] [05-①] 죽음 이후 함께할 '산', 아늑한 분위기
내 이승의 낮과 저승의 밤에
[03-③] 삶과 죽음을 이어 주는 '산'
아아라히 뻗쳐 있어 다리 놓는 산.

12~15행 네 품이 내 고향인 그리운 산아
[03-④] [05-①] 근원적 고향인 '산', 아늑한 분위기
미역취 한 이파리 상긋한 산 내음새

산에서도 오히려 산을 그리며

꿈같은 산 정기(精氣)를 그리며 산다.

(다) 이옥, 「담초」

EBS 연결 고리
비연계

해제 이 작품은 낫에 베이는 화초를 보며 자연물을 대하는 인간의 태도에 대한 성찰을 드러내고 있는 고전 수필이다. 글쓴이는 하늘이 꽃과 같은 자연물을 세상에 낼 때 모두 동등한 존재로 태어나게 했지만, 세상에서는 어떤 것은 귀하게, 어떤 것은 천하게 대우를 받는다고 말하고 있다. 모든 자연물이 하늘이 준 본성대로 살고 있을 뿐인데 인간에 의해 그 가치가 차별받는 현실을 비판하면서 화초가 위치하는 공간이나 크기 등에 얽매여 가치의 우열을 판단해서는 안 된다는 교훈을 전달하고 있다.

주제 자연을 대하는 인간의 태도에 대한 성찰과 비판

짜임

1문단	꽃이 마구 베이는 것을 보고 탄식함.
2문단	모든 자연물은 동등하며 각자의 자질과 자태를 지님.
3문단	자연물이 차별받는 이유를 생각함.
4문단	인간에 의해 자연물의 영화로움이 결정되는 현실에 대한 안타까움

1문단 온갖 꽃들이 요란스럽게 일제히 터트려져 광채가 찬란하다. 이때에 바람이 살짝 불어오면 향기가 코를 스친다. 때마침 꼴 베는 자가 낫을 가지고 와서 손 가는 대로 베어 내는데, 아쉬워 돌아보거나 거리끼는 마음도 없다. 나는 이에 한숨을 쉬며 탄식하여 말하였다.

2문단 "땅이 낳고 하늘이 기르는바, 만물이 무성히 자라며 모두가 광대한 은택을 입는구나. 이에 따스한 바람이 불어 갖가지 형상을 아로새기고 단비를 내려 온 둘레를 물들이니, 천기(天機)를 함께 타고나 형체를 부여받음에 각기 그 자질에 따라 고운 자태를 드러낸다. 모란의 진귀하고 귀중함을 해당화의 곱고 아름다움에 견주어 보면, 비록 크고 작은 차이는 있겠으나, 어찌 공교함과 졸렬함에 다른 헤아림이 있었겠는가?
[04-①] 꽃의 공교함과 졸렬함을 구분하지 않는 '나'

(중략)

3문단 그런데도 **귀함**이 저와 같고 **천함**이 이와 같아, 어떤 것은 **부호가의 깊은 장막 안**에서 눈앞의 봄바람을 지키고, 어떤 것은 짧은 낫을 든 어
[06-④] 베어지는 화초와 달리 귀한 대우를 받는 부호가의 장막 안 화초
리석은 종의 손아귀에서 가을 서리처럼 변한다. 이 어찌 된 일인가? 뜨락은 사람 가까이에 있고 교외의 땅은 멀리 막혀 있어 가까운 것은 친하기 쉽고 멀리 있는 것은 저어하기 때문이 아니겠는가? 아니면 요황과 위자* 는 성씨가 존엄한데 범상한 화초는 이름이 없으며, 성씨가 존엄한 것은 곱
[04-②] 이름에 따라 귀함과 천함을 구분할 수 없다고 보는 '나'
게 빛나는데 이름 없는 것들은 먼 데서 이주해 온 백성 같은 존재이기 때문인가? 그도 아니면 뿌리가 깊은 것은 종족이 번성한데 빽빽이 늘어선 것들은 가늘고 작으며, 높고 큰 것은 높은 자리에 있고 가늘고 작은 것들은 들판에 있기 때문인가?

4문단 아! 낳는 것은 하늘에 달려 있으나 **영화롭게** 하는 것은 인간에 달
[04-③] 인간에 의해 자연의 영화로움이 결정되는 현실에 대한 안타까움
려 있다. 하늘은 사사로움이 없기에 그 **조화(造化)가 균일**하지만, 인간은
[01-③] [04-④, ⑤] 하늘과 달리 자연에 대해 가치의 우열을 가지는 인간에 대한 성찰
널리 베풀지 못하므로 **소원함**도 있고 **친함**도 있는 것이다. 하늘이 이미 낳아 주었는데 또 어찌 사람이 영화롭게 하고 영화롭지 못하게 한다고 원망하겠는가? 나에게는 비록 감정이 있지만 풀에는 감정이 없으니, 그것이 **소**의 목구멍을 채우는 것과 **나비**로 하여금 다투어 찾도록 하는 것을 어찌
[06-⑤] 하찮게 여겨지는 풀과 귀하게 여겨지는 풀의 차이
달리 보겠는가?"

* 요황과 위자: 모란의 진귀한 품종을 일컫는 말.

---

01 화자 및 글쓴이의 태도 파악 답 ③

선지별 선택 비율	①	②	③	④	⑤
화작	1%	2%	88%	4%	2%
언매	1%	1%	93%	2%	1%

(가)~(다)에 대한 설명으로 가장 적절한 것은?

정답 띵!동!
→ 하늘: 만물에 대한 균일한 태도를 보임.
인간: 만물을 귀하고 천한 것으로 구분 지음.

③ (다)에서는 자연과 인간의 관계를 살펴 자연을 바라보는 인간의 태도에 대한 성찰을 드러내고 있다.
→ 자연물을 차별하는 인간의 태도에 대한 성찰

| (다) - 〈3문단〉 그런데도 귀함이 저와 같고 천함이 이와 같아, ~ 이 어찌 된 일인가?
| (다) - 〈4문단〉 낳는 것은 하늘에 달려 있으나 영화롭게 하는 것은 인간에 달려 있다. 하늘은 사사로움이 없기에 그 조화가 균일하지만, 인간은 널리 베풀지 못하므로 소원함도 있고 천함도 있는 것이다.
| 뭔말?
· 글쓴이는 하늘은 사사로움이 없어 모든 조화가 균일하지만 자연물을 영화롭게 하는 것은 인간에게 달려 있다고 말하면서, 인간이 마음대로 어떤 것은 귀하게, 어떤 것은 천하게 여긴다고 함.
· 따라서 글쓴이는 자연과 인간의 관계를 살펴 자연물을 차별하는 인간의 태도에 대한 성찰을 드러내고 있다고 할 수 있음.

오답 땡!

① (가)에서는 ~~현실적인 문제 해결의 실마리로 조화로운 공동체의 모습을 재시하고 있다.~~
→ 현실적인 문제 상황만 제시, 문제 해결의 실마리 X

| (가) - 〈4연〉 젊은이는 젊은이와 뗏목을 타고 / 돈 벌러 항구로 흘러간 몇 달에 / 서릿발 잎 져도 못 오면 바람이 분다.
| (가) - 〈5연〉 피로 가꾼 이삭이 참새로 날아가고
| 뭔말?
· (가)에서는 돈 벌러 타지로 떠난 젊은이들이 돌아오지 않는 고향의 삭막한 모습, 수확할 곡식이 풍성하지 않은 고향의 가난한 모습 등 피폐해진 농촌의 현실적인 문제가 제시됨. 그러나 이러한 문제들을 해결할 수 있는 실마리는 찾아볼 수 없음.

→ 장거리(속세)를 등진 화자의 모습에서 확인

② (나)에서는 현실에 대한 부정적 인식을 바탕으로 ~~앞날에 대한 회의를 드러내고 있다~~.

→ 찾아볼 수 없는 내용

| (나) – 〈2~3행〉 장거릴 등지고 산을 향하여 앉은 뜻은 / 사람은 맨날 변해 쌓지만

| 뭔말?

· 인심이 쉽게 변하는 현실에 대한 화자의 부정적 인식은 나타나 있지만, 앞날에 대한 회의적 태도는 드러나 있지 않음.

④ (가), (다)에서는 ~~모두 자연물이 쇠락하는 과정을 제시하여 인생에 대한 무상감을 드러내고 있다~~.

→ (가), (다) 모두 자연물이 쇠락하는 과정 X 인생에 대한 무상감 X

| 뭔말?

· (가)는 피폐하고 쇠락한 고향 농촌의 모습만 제시되어 있지, 자연물이 쇠락하는 과정과 인생무상은 나타나 있지 않음.

· (다)는 자연물을 차별하는 인간의 태도를 비판하고 있지, 자연물이 쇠락하는 과정과 이에 대한 인생무상은 나타나 있지 않음.

→ (다) X / (나) 산과 교감하는 화자의 모습 (다) 꽃향기를 맡는 글쓴이의 모습

⑤ ~~(가), (나), (다)에서는 모두 자연과의 교감~~을 통해 ~~장소에 대한 낙관적 전망을 이끌어 내고 있다~~.

→ (가)~(다) 모두에서 찾아볼 수 없는 내용

| (나) – 〈2~15행〉 산을 향하여 앉은 뜻은 ~ 평생 산을 보고 산을 배우네. / 그 품 안에서 자라나 거기에 가 또 묻히리니 ~ 네 품이 내 고향인 그리운 산아 ~ 꿈같은 산 정기를 그리며 산다.

| 뭔말?

· (가)는 농촌의 피폐하고 삭막한 이미지가 주로 나타나 있을 뿐, 장소에 대한 낙관적 전망은 나타나 있지 않음.

· (나)는 산을 향하여 앉아 있고 평생 산을 보고 배우려는 데에서 자연과의 교감이 나타남. 그러나 산에 대한 긍정적 인식은 나타나 있으나 낙관적 전망은 찾아볼 수 없음.

· (다)는 꽃향기를 맡는 글쓴이의 모습에 자연과의 교감이 나타나 있다고 볼 수도 있지만, 장소에 대한 낙관적 전망은 나타나 있지 않음.

02 외적 준거에 따른 작품 감상 답 ③

선지별 선택 비율	①	②	③	④	⑤
화작	1%	2%	86%	8%	1%
언매	1%	1%	90%	5%	0%

〈보기〉를 참고할 때, [A]~[E]에 대한 이해로 적절하지 않은 것은?

보기

이육사는 「초가」를 발표하면서 '유폐된 지역에서'라고 창작 장소를 밝혔다. 이곳에서 그는 오래전 떠나온 고향을 떠올려 시로 형상화했다. 계절의 흐름에 따라 낭만적인 봄에서 비극적인 겨울로 시상을 전개하여 악화되어 가는 일제 강점기의 현실을 묘사했다.

정답 띵! 동!

③ [C]: ~~고향 사람들이 기대하던 앞내강 정경을 묘사하여 화자의 소망이 이루어진 상황을 나타내고 있다~~.

→ 기대: 비가 내려 풍년이 듦. ↔ 현실: 홍수로 인해 농사를 망침.

| 〈보기〉 오래전 떠나온 고향을 떠올려 시로 형상화했다.

| (가) – [C] 그넷줄에 비가 오면 풍년이 든다더니 / 앞내강에 씨레나무 밀려 나리면

| 뭔말?

· '그넷줄에 비가 오면 풍년이 든다더니'는 그넷줄을 매는 단오에 비가 오면 풍년이 든다는 속설을 말함. 즉, 고향 사람들은 단오에 비가 내려 풍년이 들기를 기대한 것!

· '앞내강에 씨레나무 밀려 나리면'은 홍수가 나서 강이 불어 씨레나무가 떠내려가는 상황, 즉 홍수로 인해 농사를 망치는 부정적 상황을 드러냄.

· [C]는 고향 사람들이 기대하던 앞내강의 정경을 묘사한 것이 아니며, 또한 이를 통해 화자의 소망이 이루어진 상황을 나타낸 것도 아님.

오답 땡!

① [A]: 돌담 울에 둘러싸인 산기슭을 묘사하여 화자가 고향을 회상하는 장소의 분위기를 나타내고 있다.

→ 폐쇄적이고 암울한 분위기

| 〈보기〉 이육사는 「초가」를 발표하면서 '유폐된 지역에서'라고 창작 장소를 밝혔다. 이곳에서 그는 오래전 떠나온 고향을 떠올려

| (가) – [A] 구겨진 하늘은 묵은 얘기책을 편 듯 / 돌담 울이 고성같이 둘러싼 산기슭

| 뭔말?

· 〈보기〉에 따르면, '구겨진 하늘', '돌담 울이 고성같이 둘러싼 산기슭'은 작가가 고향을 떠올리고 있는 '유폐된 지역'에 해당함.

· '구겨진 하늘'에서 암울한 분위기를, '돌담 울이 고성같이 둘러'쌌다는 데서 폐쇄적인 분위기를 읽을 수 있음.

② [B]: 봄날의 보리밭 풍경을 제시하여 화자가 떠올리는 고향의 모습을 형상화하고 있다.

| (가) – [B] 앞밭에 보리밭에 말매나물을 캐러 간 / 가시내는 가시내와 종달새 소리에 반해

| 뭔말?

· 보리밭에서 나물을 캔다는 내용과 종달새 소리를 통해 봄의 계절감을 확인할 수 있음. 이 봄날 보리밭 풍경은 화자가 떠올리는 고향의 모습을 형상화한 것임.

→ '피로 가꾼 이삭이 참새로 날아가고'

④ [D]: 풍족한 결실을 거두지 못한 상황에서 자신이 처한 현실 너머의 세계를 꿈꾸는 소년의 모습을 보여 주고 있다.

→ '곰처럼 어린 놈이 북극을 꿈꾸는데'

| (가) – [D] 피로 가꾼 이삭이 참새로 날아가고 / 곰처럼 어린 놈이 북극을 꿈꾸는데

| 뭔말?

· '피로 가꾼 이삭이 참새로 날아가고'에는 '참새'가 힘들게 가꾼 농작물을 앗아 간 상황, 즉 풍족한 결실을 제대로 거두지 못한 가난한 현실이 나타남.

· '곰처럼 어린 놈이 북극을 꿈꾸는데'에는 현실 너머의 세계인 '북극'을 꿈꾸는 소년(곰처럼 어린 놈)의 모습이 형상화됨.

⑤ [E]: 강물이 얼어붙는 삭막한 겨울의 이미지로 일제 강점기의 가혹한 현실 상황을 드러내고 있다.

| 〈보기〉 계절의 흐름에 따라 낭만적인 봄에서 비극적인 겨울로 시상을 전개하여 악화되어 가는 일제 강점기의 현실을 묘사했다.

| (가) – [E] 벽에 서려 성에 끼는 한겨울 밤은 / 동리의 밀고자인 강물조차 얼붙는다.

| 뭔말?

· 〈보기〉에 따르면, '강물조차 얼붙는' 삭막한 겨울의 이미지는 악화되어 가는 일제 강점기의 현실을 드러낸 것에 해당함.

03 화자의 정서와 태도 파악 답 ②

선지별 선택 비율	①	②	③	④	⑤
화작	2%	87%	3%	4%	2%
언매	1%	92%	2%	2%	1%

'산'에 대한 화자의 태도를 중심으로 (나)를 감상한 내용으로 적절하지 않은 것은?

정답 띵!동!

② ~~'산'을 인간의 덕성을 표면화하는 데 집중하는 적극적 의지를 지닌 존재로 여기는군.~~
└ 산 = 인간(속세)와 대비되는 대상, 인간의 덕성을 표면화하는 데 집중 X

| (나) – ⟨3~6행⟩ 사람은 맨날 변해 쌓지만 / 태고로부터 푸르러 온 산이 아니냐. / 고요하고 너그러워 수하는 데다가 / 보옥을 갖고도 자랑 않는 겸허한 산.

| 뭔말?

· 화자는 '산'을 고요하고 너그러우며 변함없고 겸허한 덕성을 지닌 존재로 인식함.

· 화자는 인간을 가변적 존재로 부정적으로 인식하고 있으며, '산'을 인간의 덕성을 드러내거나 여기에 집중하는 적극적 의지를 지닌 존재로 여기고 있지 않음.

오답 땡!

① '산'을 수시로 변하는 인간과 달리 태고로부터 본질을 잃지 않는 불변성을 지닌 것으로 인식하는군.
└ 푸르름

| (나) – ⟨3~4행⟩ 사람을 맨날 변해 쌓지만 / 태고로부터 푸르러 온 산이 아니냐.

| 뭔말?

· 인간(수시로 변하는 가변적 존재) ↔ 산('푸르름'이라는 본질을 잃지 않는 불변적 존재)

③ '산'을 삶과 죽음을 이어 줌으로써 죽음 이후에도 함께할 대상으로 여기는군.

| (나) – ⟨9~11행⟩ 그 품 안에서 자라나 거기에 가 또 묻히리니 / 내 이승의 낮과 저승의 밤에 / 아아라히 뻗쳐 있어 다리 놓는 산.

| 뭔말?

· 이승의 낮과 저승의 밤을 다리 놓는다고 한 데서 '산'을 삶과 죽음을 이어 주는 대상으로 여김을 알 수 있음.

· 화자가 산 안에서 태어나 산에 가 또 묻힐 것이라 한 데서 '산'을 죽음 이후에도 함께할 대상으로 여김을 알 수 있음.

④ '산'을 근원적 고향으로 인식함으로써 그리움의 대상으로 바라보는군.

| (나) – ⟨12~15행⟩ 네 품이 내 고향인 그리운 산아 ~ 산에서도 오히려 산을 그리며 / 꿈 같은 산정기를 그리며 산다.

| 뭔말?

· 화자가 산의 품이 자신의 고향이라고 한 데서 '산'을 자신의 근원적 고향으로 인식하고 있음을 알 수 있음.

· 또한 '그리운 산', '산을 그리며', '산 정기를 그리며 산다'에서 '산'을 그리움의 대상으로 보고 있음을 알 수 있음.

⑤ '산'을 현재 함께하는 존재로 여기면서도 지속적으로 지향해야 할 궁극적인 존재로 인식하는군.

| (나) – ⟨1~15행⟩ 오늘, 북창을 열어, / 장거릴 등지고 산을 향하여 앉은 뜻은 ~ 마음이 본시 산을 사랑해 / 평생 산을 보고 산을 배우네. ~ 꿈같은 산 정기를 그리며 산다.

| 뭔말?

· '산'은 화자가 본시 사랑해 '평생' 보고 배워야 할 대상임. 그래서 화자는 '장거릴 등지고 산을 향하여' 앉으며, '산 정기'를 그리며 삶.

· 이를 통해 볼 때, 화자는 '산'을 현재 함께하는 존재로 여기면서도 지속적으로 지향해야 할 궁극적인 존재로 여기고 있음.

04 글쓴이의 관점 및 주제 의식 파악 답 ④

선지별 선택 비율	①	②	③	④	⑤
화작	3%	3%	3%	84%	5%
언매	2%	2%	1%	90%	3%

(다)의 '나'에 대한 이해로 가장 적절한 것은?

정답 띵!동!

→ 사사로움이 없음.

④ 하늘의 입장에서 보면 모든 풀은 '조화가 균일'한 존재로서 가치의 우열을 가지지 않는다고 생각한다.
└ 조화가 균일하게 작용 → 가치의 우열 X

| (다) – ⟨4문단⟩ 하늘은 사사로움이 없기에 그 조화가 균일하지만,

| 뭔말?

· '나'는 하늘은 사사로움이 없어 만물의 조화가 균일하다고 함.

· 이를 통해 볼 때, '나'는 그런 하늘의 입장에서 보면, 모든 풀은 동등한 존재로서 그 가치의 우열이 없다고 생각함.

오답 땡!

→ 꽃의 '공교함과 졸렬함'을 판단하고 있지 않음.

① 꽃의 '공교함과 졸렬함'을 ~~판단~~할 때는 꽃의 형체보다는 ~~쓰임새에 기준을 두어야 함을 강조한다.~~
└ 찾아볼 수 없는 내용

| (다) – ⟨2문단⟩ 모란의 진귀하고 귀중함을 해당화의 곱고 아름다움에 견주어 보면, 비록 크고 작은 차이는 있겠으나, 어찌 공교함과 졸렬함에 다른 헤아림이 있었겠는가?

| 뭔말?

· '나'는 모란과 해당화가 크고 작은 차이는 있겠지만 근원적으로 '공교함'과 '졸렬함'으로 구분하려는 생각이 있지 않았다고 함.

· 꽃의 '공교함과 졸렬함'을 꽃의 쓰임새에 기준을 두고 판단해야 한다는 '나의 생각'은 찾아볼 수 없음.

② 화초의 '귀함'과 '천함'에 ~~대한 평가는 그 본성에 맞게 이름이 부여되었느냐에 달려 있다고 믿는다.~~
└ 이름에 따라 귀함과 천함을 나눌 수 없다고 생각함.

| (다) – ⟨3문단⟩ 그런데도 귀함이 저와 같고 천함이 이와 같아, 어떤 것은 부호가의 깊은 장막 안에서 눈앞의 봄바람을 지키고, 어떤 것은 짧은 낫을 든 어리석은 종의 손아귀에서 가을 서리처럼 변한다. 이 어찌된 일인가? ~ 요황과 위자는 성씨가 존엄한데 범상한 화초는 이름이 없으며, 성씨가 존엄한 것은 곱게 빛나는데 이름 없는 것들은 먼 데서 이주해 온 백성 같은 존재이기 때문인가?

| 뭔말?

· '나'는 인간이 만물을 귀함과 천함으로 구별하는 것을 비판적으로 인식하면서 그 예로 범상한(평범한) 화초에 이름조차 붙여지지 않는 현실을 제시하며 이름에 따라 귀함과 천함이 구분될 수 없다는 생각을 드러냄.

③ 풀을 '영화롭게' 만드는 주체는 인간이 아니라 하늘이어야 한다는 깨달음을 드러낸다. 풀을 영화롭게도, 천하게도 만드는 인간에 대한 비판, 안타까움임.

| (다) – 〈6문단〉 아! 낳는 것은 하늘에 달려 있으나 영화롭게 하는 것은 인간에 달려 있다. 하늘은 사사로움이 없기에 그 조화(造化)가 균일하지만, 인간은 널리 베풀지 못하므로 소원함도 있고 친함도 있는 것이다.

| 뭔말?

· '나'는 인간에 의해 자연물의 영화로움이 결정되는 것에 대해 안타까움을 드러냄.

· 또한 하늘은 사사로움이 없기에 그 조화가 균일하여 자연물을 영화롭게 하지도 영화롭지 않게 하지도 않는다고 봄.

· 이를 통해 볼 때, '나'가 풀을 '영화롭게' 만드는 주체가 하늘이어야 한다는 깨달음을 드러내고 있는 것은 아님.

⑤ 인간의 감정에는 '소원함'과 '친함'이 모두 있으므로 사사로움을 넘어 균형을 도모할 수 있다고 본다. (→ 사사로움이 있음. / 찾아볼 수 없는 내용)

| (다) – 〈6문단〉 하늘은 사사로움이 없기에 그 조화가 균일하지만, 인간은 널리 베풀지 못하므로 소원함도 있고 친함도 있는 것이다.

| 뭔말?

· '나'가 하늘은 사사로움이 없어 만물이 균일하다는 것으로 볼 때, 인간의 감정에 '소원함'과 '친함'이 모두 있다는 것은 인간이 사사로움이 있음을 의미함.

· '나'가 인간이 사사로움을 넘어 균형을 도모할 수 있다고 한 내용은 찾아볼 수 없음.

05 작품 간의 비교 감상 답 ①

선지별 선택 비율	①	②	③	④	⑤
화작	52%	3%	17%	23%	2%
언매	61%	2%	14%	20%	1%

묵화와 북창을 중심으로 (가)와 (나)를 비교한 내용으로 가장 적절한 것은?

정답 띵!동!

① (가)에서는 '묵화'와 '박쥐 나래'의 이미지를 연결하여 고향의 어두운 분위기를, (나)에서는 '북창'에서 바라본 산의 '품'에 주목하여 산이 주는 아늑한 분위기를 드러낸다. (→ 좀이 쳐 있음. / → 황혼이 지는 때 / → 아늑함이 느껴지는 대상)

| (가) – 〈1연〉 박쥐 나래 밑에 황혼이 묻혀 오면 / 초가 집집마다 호롱불이 켜지고 / 고향을 그린 묵화 한 폭 좀이 쳐.

| (나) – 〈9~12행〉 그 품 안에서 자라나 거기에 가 또 묻히리니 ~ 네 품이 내 고향인 그리운 산아

| 뭔말?

· (가)는 고향을 그린 '묵화'는 먹으로 그린 데다가 좀이 쳐 있어 어둡고 낡은 고향의 이미지를 드러내고, '박쥐 나래'는 해가 져 어둠에 묻혀 가는 마을의 모습을 형상화함. 따라서 '묵화'와 '박쥐 나래'를 연결해 고향의 어두운 분위기를 드러냄.

· (나)는 '그 품 안에서 자라나 거기에 가 또 묻히리니', '네 품이 내 고향인 그리운 산'과 같이 산의 '품'에 주목하면서 산이 주는 아늑한 분위기를 드러냄.

오답 땡!

② (가)에서 '묵화'는 '황혼'이 상징하는 현실적 상황에, (나)에서 '북창'은 '저승의 밤'이 의미하는 절망적 상황에 대응된다. (→ 황혼이 어떤 구체적 현실 상황을 상징하는지는 알 수 없음. / → 북창, 저승의 밤 모두 절망적 상황에 대응 X)

| (가) – 〈1연〉 박쥐 나래 밑에 황혼이 묻혀 오면 ~ 고향을 그린 묵화 한 폭 좀이 쳐.

| (나) – 〈1~11행〉 북창을 열어, ~ 산을 향하여 앉은 뜻은 ~ 내 이승의 낮과 저승의 밤에 / 아아라히 뻗쳐 있어 다리 놓는 산

| 뭔말?

· (가)는 좀이 친 '묵화'는 암울한 고향의 모습을 나타냄. '황혼'은 화자가 현재 처해 있는 상황을 드러내는 것으로 고향의 암울한 분위기와 연결되지만 어떤 구체적 현실 상황을 상징하는지는 알 수 없음. 따라서 '묵화'가 '황혼'이 상징하는 현실 상황에 대응된다고 보는 것은 적절하지 않음.

· (나)는 '북창'을 통해 사랑하고 그리운 산을 바라보고 있으므로 '북창'은 절망적 상황과 관련 없음. '저승의 밤'도 산이 삶(이승의 낮)과 죽음(저승의 밤)을 매개함을 드러낼 때 사용된 시어일 뿐 절망적 상황과 관련 없음.

③ (가)에서 '묵화'에 '좀이 쳐'라고 한 것은 화자가 고향에 대해 느끼는 세월의 깊이를, (나)에서 '북창'을 '오늘' 열었다고 한 것은 산을 대하는 화자의 인식이 변화된 시점을 드러낸다. (→ 좀이 칭. = 벌레의 일종인 좀이 슬어 구멍이 났다는 말 → 낡고 오래된 이미지. 세월의 깊이와 연결됨. / → 산에 대한 긍정적 인식 쭉~ 유지)

| (가) – 〈1연〉 고향을 그린 묵화 한 폭 좀이 쳐.

| (나) – 〈1~8행〉 오늘 북창을 열어, / 장거릴 등지고 산을 향하여 앉은 뜻은 ~ 마음이 본시 산을 사랑해 / 평생 산을 보고 산을 배우네.

| 뭔말?

· (가)에서 '고향을 그린 묵화'가 '한 폭 좀이 쳐' 있다는 것은 좀이 슬어 구멍이 났다는 뜻으로, 오랜 세월이 흘러 낡아졌다는 의미임. 따라서 이는 화자가 고향에 대해 느끼는 세월의 깊이를 드러낸 것임.

· (나)에서 화자는 평생 산을 배운다고 하였으므로 '산'에 대한 긍정적 인식이 '오늘'을 시점으로 변화된 것이 아니라 오랫동안 변함없이 이어져 온 것임.

④ (가)에서 '묵화'를 '그림 조각'이라고 한 것은 고향의 분절된 이미지를, (나)에서 '북창'을 '열어' 산을 보고 있다는 것은 선망하는 세계와 분리된 이미지를 나타낸다. (→ 고향에 대한 기억이 띄엄띄엄 나는 것 / 연결된 이미지. 자연과 동화되고 싶은 마음 반영!)

| (가) – 〈2연〉 띄엄 띄엄 보이는 그림 조각

| 뭔말?

· (가)에서 고향을 그린 '묵화'의 '띄엄 띄엄 보이는 그림 조각'은 고향에 대한 화자의 단편적인 기억을 의미하는 것으로, 고향의 분절된 이미지로 볼 수 있음.

· (나)에서 '북창을 열어' 산을 보고 있다는 것은 자연과 동화되고 싶은 화자의 모습을 형상화한, 화자가 선망하는 세계와 연결된 이미지로 볼 수 있음.

⑤ (가)에서는 '묵화'에 그려진 '모매꽃'에 부끄러움의 정서를, (나)에서는 '북창'을 통해 본 '보옥'에 안타까움의 정서를 담아낸다. (→ 나물을 캐지 못한 가시내의 부끄러움 / → 보옥 = 귀하고 가치 있는 것. 안타까움의 정서 X)

| (가) – 〈2연〉 말매나물 캐러 간 / 가시내

| (가) – 〈3연〉 빈 바구니 차고 오긴 너무도 부끄러워 / 술래짠 두 뺨 위에 모매꽃이 피었고.

| (나) 보옥을 갖고도 자랑 않는 겸허한 산.

| 뭔말?

· (가)의 '모매꽃'은 나물을 캐지 못해 빈 바구니를 차고 오는 것이 부끄러웠던 가

시내의 두 뺨이 붉게 된 것을 나타내는 것이므로 부끄러움의 정서와 연결됨.

· (나)의 '보옥'은 산이 지닌 겸허한 덕성을 드러내기 위해 사용된 소재이므로 안타까움의 정서와는 거리가 멂.

매웠지?

꿀피스 Tip!

▸ 이 문제는 두 작품의 소재를 비교해야 해서 판단 요소가 다소 복잡해. 정답 선지 ①을 보면, (가)에서는 '묵화'와 '박쥐 나래'의 이미지가 비슷한지 또 이 둘이 고향의 어두운 이미지와 관련 있는지를 판단해야 하고, (나)에서는 산의 '품'이 어떤 속성이 있고 산이 아득한 분위기를 주는지를 판단해야 하지.

▸ (가)의 '묵화'는 고향을 그린 그림이야. 이 묵화는 먹으로 그리기 때문에 흑백 이미지이지. 이때 주목할 것은 '좀이 쳐'라는 표현이야. '좀'은 옷이나 종이를 갉아먹는 좀벌레를 말해. 이 좀벌레가 먹었다는 것은 오래되어 낡았다는 것을 의미해. 그림이 어두운 먹으로 그린 데다가 좀까지 쳐 있으면 어떨까? 당연 어둡고 퇴락한 분위기이겠지! 이 말은 학생들이 잘 쓰지 않으니 모를 수 있어. 그렇다고 문학 작품에서 대부분 고향은 따뜻하고 정다운 곳으로 그려지니 '고향의 어두운 분위기'가 틀렸다고 속단하면 안 돼. 특히 '고향을 그린 묵화 한 폭 좀이 쳐' 다음에 고향의 긍정적 모습을 보여 주고 있어 그렇게 생각하기가 쉬워. 그러나 시는 시적 상황, 시상의 흐름, 앞뒤 문맥을 종합적으로 판단해야 해. 귀에 딱지가 앉을 정도로 지겹게 들었지? 문학적 장치들은 다 서로 연결되어 있으니 전체적인 흐름 속에 파악해야 한다는 것, 잊지 말자! 작품의 흐름을 살펴보면 현재 암울한 상황에 있는 화자는 아름다운 고향의 모습을 떠올렸다가 고향을 떠나야 했던 고향의 가난한 현실을 마주하게 되는 거야.

▸ '박쥐 나래'는 그 밑에 황혼이 묻혀 온다고 하여 시간적 배경이 어두워지는 해 질 녘임을 알 수 있어. 또한 박쥐는 주로 밤에 활동하는 동물로 역시 어둠의 이미지이지. 따라서 '박쥐 나래'는 '묵화'의 어두운 이미지와 연결됨으로써 고향의 어두운 분위기를 드러내는 거야.

▸ (나)에서 화자는 산의 '품' 안에서 자라나고 묻힌다고 하며 그 품이 자신의 고향이라고 하고 있어. '품'은 본래 아늑하다는 이미지가 있으니 너그럽고 겸허한 산의 품은 당연히 그럴 것이야.

▸ 함정 선지 ③에서는 '좀이 쳐' 있다는 표현을 '세월의 깊이'와 연결하지 못해서, ④에서는 '고향의 분절적 이미지'의 의미를 알지 못해서 함정에 걸려들었을 가능성이 커. '묵화에 좀이 쳐' 있다는 것은 좀이 먹을 만큼 낡고 오래되었다는 것이지. 즉 세월의 깊이를 드러내는 것. 그리고 '분절적 이미지'는 하나의 대상이 여러 개로 나눠져 있다는 의미야. 묵화를 좀이 갉아먹어서 묵화에 담긴 고향의 모습이 하나로 온전히 보이지 않고 몇 개의 조각으로 띄엄띄엄 보인다는 것은 고향의 부분적인 모습, 즉, 고향의 분절적 이미지를 나타내는 것이지. 이처럼 선지에 제시된 특정 용어를 잘 모를 경우 지문의 앞뒤 문맥에서 단서를 찾자. 또 ③, ④에서 주의할 것은 '화자의 인식의 변화', '선망하는 세계와 분리'라는 표현이야. (나)의 화자는 시종일관 '산'을 긍정적으로 바라보며 산의 덕성을 배우고 산을 닮고자 해. 따라서 화자의 인식 변화나 선망하는 세계와의 분리는 틀린 말!

매운맛 픽

06 외적 준거에 따른 작품 감상 답 ④

선지별 선택 비율	①	②	③	④	⑤
화작	2%	4%	13%	42%	37%
언매	1%	4%	7%	48%	37%

〈보기〉를 참고하여 (가)~(다)를 감상한 내용으로 적절하지 않은 것은? [3점]

보기

문학적 표현에는 표현 대상을 그와 연관된 다른 관념이나 사물로 대신하여 나타내는 방법이 있다. 여기에는 사물의 속성으로 실체를 대신하거나 대상의 한 부분으로 전체를 대신하는 것 등이 포함된다. 이러한 방법들은 서로 혼재되기도 하면서 구체적이고 생생한 이미지와 분위기를 환기한다.

정답 띵!동!

인간에게 대우받는 화초의 삶

④ (다)에서 귀한 대우를 받는 삶을 그러한 속성을 가진 '부호가의 깊은 장막 안'으로 나타냄으로써, ~~인간과 가까운 공간의 적막한 분위기를 환기하는군.~~

↳ 인간에게 대우받는 화초의 화려함, 우월함에 가까움.

| (다) - 〈3문단〉 그런데도 귀함이 저와 같고 천함이 이와 같아, 어떤 것은 부호가의 깊은 장막 안에서 눈앞의 봄바람을 지키고, 어떤 것은 짧은 낫을 든 어리석은 종의 손아귀에서 가을 서리처럼 변한다.

| 뭔말?

· '부호가의 깊은 장막 안'에 있다는 것은 추위를 피해 자라는 화초의 삶, 즉 인간에게 귀한 대우를 받는 삶을 나타냄.

· 그러나 인간과 가까운 공간의 적막한 분위기를 환기하는 것은 아님. 오히려 인간에게 귀한 대우를 받는 화초의 화려함, 우월함의 이미지에 주목한 것으로 볼 수 있음.

오답 땡!

→ 날이 저물 때 켜는 것

① (가)에서 저녁이 오는 시간을 그와 연관된 사물인 '호롱불'이 켜진다는 것으로 나타냄으로써, 산골 마을의 저녁 풍경을 시각적 이미지로 보여 주는군.

| (가) - 〈1연〉 황혼이 묻혀 오면 / 초가 집집마다 호롱불이 켜지고

| 뭔말?

· '호롱불'은 호롱에 켠 등잔불로 날이 어두워지면 켜는 것이므로 산골 마을의 저녁 풍경을 시각적 이미지로 나타낸 것으로 볼 수 있음.

풍파에 뒤집힐 수도 있는 불안정한 속성의 것

② (가)에서 고향에 머무르지 못하고 객지로 떠나는 현실을 '뗏목'을 타고 흘러가는 것과 연관 지어 나타냄으로써, 삶의 불안정함을 구체적 이미지로 보여 주는군.

| (가) - 〈4연〉 젊은이는 젊은이와 뗏목을 타고 / 돈 벌러 항구로 흘러간 몇 달

| 뭔말?

· '뗏목'은 풍파가 심하면 뒤집힐 수도 있는 불안정한 속성을 지닌 대상이므로 고향을 등진 젊은이들의 삶의 불안정함을 구체적으로 보여 주는 이미지라고 볼 수 있음.

물건을 사고파는 장이 서는 곳 = 세속적 공간

③ (나)에서 세속적인 삶의 공간 전체를 이해관계가 얽혀 있는 '장거리'의 속성을 활용하여 나타냄으로써, 인심이 쉽게 변하는 세속 공간의 분위기를 환기하는군.

| (나) - 〈2~3행〉 장거릴 등지고 산을 향하여 앉은 뜻은 / 사람은 맨날 변해 쌓지만

| 뭔말?

· '장거리'는 물건을 사고파는 장이 서는 번잡한 거리로 사람들의 이해관계가 얽혀 있는 공간이므로 인심이 쉽게 변하는 세속 공간의 분위기를 환기함.

⑤ (다)에서 풀의 가치를 '소'와 '나비'의 행위와 연관 지어 나타냄으로써, 하찮게 취급되는 풀과 귀하게 여겨지는 풀의 차이를 구체적 이미지로 보여 주는군.
└→ 소의 목구멍을 채우는 풀 ↔ 나비가 다투어 찾는 풀

| (다) – 〈4문단〉 풀에는 감정이 없으니, 그것이 소의 목구멍을 채우는 것과 나비로 하여금 다투어 찾도록 하는 것을 어찌 달리 보겠는가?

| 뭔말?

· '소'의 목구멍을 채우는 풀은 하찮게 취급되는 '풀'의 이미지를, '나비'로 하여금 다투어 찾도록 하는 '풀'은 귀하게 여겨지는 '풀'의 이미지를 보여 줌.

매뭔지?

꿀피스 Tip!

▶ 이 문제는 〈보기〉가 있지만 선지만으로도 풀 수 있는 문제야. 그런데도 정답률이 낮은데, 그만큼 함정이 많았다는 거겠지. 정답 선지 ④를 보면, 대부분 '부호가'가 귀한 대우를 받는 삶과 관련된다는 것은 알았을 거야. 그런데 '깊은 장막'이라는 표현에 주목해서, 고전 시가에 많이 등장하는 '장막'(독수공방하는 화자가 있는 공간, 알지?)을 떠올리고 적막한 분위기라고 생각했을 수 있어. 또 장막 안에서 봄바람을 지킨다는 표현에 집중하여 왠지 고독하다는 느낌을 받았을 수도 있지. 더군다나 뒤의 '뜨락(집 안의 빈터)은 사람 가까이에 있고'라는 구절이 있으니 '인간과 가까운 공간의 적막한 분위기'와 관련지어 판단했을 거야. 그런데 이는 **글쓴이의 관점과 내용 전개 방식을 파악하지 못한 명백한 오판이야!**

▶ **이 문제는 글의 내용 전개 방식을 알면 아주 쉽게 풀 수 있어. 글쓴이가 자신의 생각을 다양한 예를 대조하여 나타내고 있거든.** '부호가의 깊은 장막 안에서 눈앞의 봄바람을 지키'는 것과 대조되는 것을 찾아보면 '짧은 낫을 든 어리석은 종의 손아귀에서 가을 서리처럼 변'하는 것이지. 전자는 추운 겨울 장막 안에서 귀하게 자라는 화초를, 후자는 낫에 베여 사라지는 하찮은 화초를 나타내. **이 둘을 비교할 때 '부호가의 깊은 장막 안'은 화초가 서리와 추위를 피할 수 있는 곳이며 봄을 기다리며 곱게 자라고 있는 공간이므로 적막함과는 관련이 없어. 이렇게 글에서 함께 사용된 소재나 예, 비유를 비교하는 것은 문제를 해결하는 지름길이야.**

▶ 이는 함정 선지 ⑤에서도 마찬가지야. '소의 목구멍을 채우는 것'은 소의 먹이로 쓰이는 풀이며, '나비로 하여금 다투어 다시 찾도록 하는 것'은 아름다움을 지닌 풀이지. 전자는 소의 목구멍으로 넘어가 곧 사라지므로 하찮게 여기는 존재이며, 후자는 아름다움을 구경하기 위해 계속 찾는 대상이므로 귀하게 여기는 존재야 '소'와 '나비'의 행위와 관련된 풀도 대조적인 예라는거 알겠지? 여기서 풀에 대한 글쓴이의 생각을 짚어 보자. 글쓴이는 인간은 감정이 있어 풀의 귀함과 천함을 구별하지만 풀은 감정이 없어 그런 사사로움이 없으므로 '소'와 '나비'가 대하는 풀은 다르지 않다고 봐. 따라서 '소'와 '나비'의 행위에 글쓴이가 말하는 풀의 가치를 연결하고 있는 거야. '풀의 가치'와 '풀의 차이'를 혼동해 글쓴이가 '풀의 차이'를 말하고 있다고 착각한 것은 아니겠지? 글쓴이는 풀에는 귀함과 천함의 차이가 없다는 '풀의 가치'를 '풀의 차이'가 있다고 보는 인간들의 시각을 나타내는 위의 예들을 통해 드러내고 있는 거야. 이제 알겠지?

▸ 본문 011쪽

갈래 복합 02

2022학년도 6월 모의평가

01 ⑤	02 ③	03 ④
04 ①	05 ③	06 ②

(가) 김시습, 「유객」

EBS 연결 고리
비연계

교과서 연계 정보
작가 문학 금성, 동아, 미래엔, 비상, 지학, 창비

해제 이 작품은 오언 율시의 한시로, 근심 많은 세상을 벗어나 아름답고 고요한 자연에서 유유자적하는 삶을 그려 내고 있다. 다양한 자연물을 감각적 이미지를 활용하여 제시함으로써 봄 산의 자연 풍경과 거기에서 느끼는 화자의 정취를 효과적으로 노래하고 있다. 또한 자연 속에서 근심을 잊는다고 하여 속세에 대한 부정적 인식을 드러내고 있다.

주제 자연에서 세상의 근심을 잊으며 즐기는 봄의 정취

짜임

기	봄 산에서 유유자적하는 모습
승	고요하고 아름다운 자연 풍경
전	봄 산에서 자라나는 식물들
결	자연에서 세상의 근심을 잊음.

기 청평사의 나그네 有客清平寺
[01-④] 화자 자신을 객관화한 표현
봄 산을 마음대로 노니네 春山任意遊
[01-⑤] 계절적 배경

승 고요한 외로운 탑에 산새 지저귀고 鳥啼孤塔靜
[01-①] 자연물의 속성에 대한 주목
흐르는 작은 내에 꽃잎 떨어지네 花落小溪流

전 좋은 나물은 때 알아 돋아나고 佳菜知時秀
[01-⑤] 봄에 부합하는 자연의 모습
향기로운 버섯은 비 맞아 부드럽네 香菌過雨柔

결 시 읊조리며 신선 골짝 들어서니 行吟入仙洞
나의 백 년 근심 사라지네 消我百年愁
[06-①] 화자가 지향하는 공간인 '신선 골짝'

(나) 김광욱, 「율리유곡」

EBS 연결 고리
2022학년도 수능특강 문학 225쪽

해제 이 작품은 조선 광해군과 인조 때 정치적 상황에 휘말려 은거와 유배 생활을 반복했던 작가가 말년에 관직을 그만두고 자연에 귀의했을 때 지은 연시조이다. 공명과 부귀를 탐하는 정치 현실에서 벗어나 자연에서 욕심 없이 소박하게 살아가고자 하는 삶의 태도가 잘 드러나고 있다.

주제 벼슬살이에서 벗어나 자연에서 소박하게 살아가는 흥취

짜임

제1곡	도연명과 같은 자연에서의 삶 추구
제8곡	자연 속에서 유유자적하는 삶의 흥취
제10곡	벼슬살이에서 벗어나 자연에 귀의한 삶에 대한 만족감
제15곡	자연에서의 풍류적 삶
제17곡	자연에 묻혀 벗들과 즐기는 일상의 삶

제1곡 도연명(陶淵明) 죽은 후에 또 연명(淵明)이 나다니

밤마을 옛 이름이 때마침 같을시고
[02-①] 동일한 지명(도연명이 살았던 곳) → 화자의 지향
돌아와 수졸전원(守拙田園)*이야 그와 내가 다르랴
[01-②] [04-①] 도연명의 행적을 따르고자 하는 화자, 설의적 표현

도연명이 죽은 후에 또 연명이 나타났다는 말이
밤마을의 옛 이름과 더불어 공교롭게도 같구나
돌아와 전원을 지키며 살고자 하는 것이 그와 내가 다르겠는가

제8곡 삼공(三公)이 귀하다 한들 이 강산과 바꿀쏘냐
[04-②] 세속의 높은 벼슬
조각배에 달을 싣고 낚싯대 흩던질 때

이 몸이 이 청흥(淸興) 가지고 만호후*인들 부러우랴
[02-②] 자연의 가치 부각 → 화자의 흥취 강조

세상에서 영의정, 좌의정, 우의정 같은 높은 벼슬이 귀하다고 한들 어찌 이 자연과 바꿀 수 있겠는가
조각배에 달빛을 가득 싣고 낚시대를 던질 때에
이 몸이 (자연의) 이 맑은 흥취를 가지고 있는데 만호후인들 부러워하겠는가

제10곡 어지럽고 시끄런 문서 다 주어 내던지고
[06-③] 부정적 공간 표상
필마(匹馬) 추풍에 채를 쳐 돌아오니

아무리 매인 새 놓였다고 이대도록 시원하랴
[02-③] [06-③] 관직 생활에서 벗어난 해방감, 자연에서의 삶에 대한 만족감

흩어져 어수선하고 시끄러운 문서를 모조리 집어 내던지고
한 필의 말을 타고 가을바람을 스치면서 채찍을 쳐서 고향으로 돌아오니
아무리 갇혔던 새가 놓인다고 한들 이처럼 시원하겠는가

제15곡 세버들 가지 꺾어 낚은 고기 꿰어 들고
[02-④] [04-③, ④] 다양한 행위 나열, 자연에서 유유자적하는 생활
주가(酒家)를 찾으려 낡은 다리 건너가니
[06-②] '주가'와 '온 골'이라는 유사한 속성을 지닌 공간의 경계
온 골에 살구꽃 져 쌓이니 갈 길 몰라 하노라
[01-①, ⑤] 계절에 부합하는 자연의 모습, 자연물의 속성에 주목

가는 버들의 가지를 꺾어 낚은 고기를 꿰어 들고
술집을 찾으려고 낡은 다리를 건너가니
온 골짜기에 살구꽃이 떨어져 쌓이니 갈 길을 몰라 하노라

제17곡 최 행수 쑥달임 하세 조 동갑 꽃달임 하세
[02-⑤] 청자 호명 → 청자와 즐거움을 함께하려는 마음
닭찜 게찜 올벼 점심은 날 시키소

매일에 이렇게 지내면 무슨 시름 있으랴
[04-⑤] 속세에서의 억압

최 행수 쑥달임하세 조 동갑 꽃달임하세
닭찜 게찜 올벼 점심은 나를 시키소
매일을 이렇게 지낸다면 무슨 시름이 있으랴

* 수졸전원: 전원에서 분수를 지키며 소박하게 살아감.
* 만호후: 재력과 권력을 겸비한 세도가.

(다) 김용준, 「조어삼매」

EBS 연결 고리
비연계

교과서 연계 정보
작가 문학 지학

해제 이 작품은 해방 이후 혼탁한 세상을 살아가는 지식인의 고통과 울분을 형상화한 수필이다. 글쓴이는 혼탁한 세상을 멀리하고 집 안의 서재에만 머물지만 심사 틀리는 소식으로 인해 울분이 터져 낚시를 하러 간다. 하지만 여기에서도 방게와 개구리만 잡히는 봉욕을 당한다. 이에 글쓴이는 세상에서와 마찬가지로 자신이 멸시를 받았다고 생각하면서 깨끗하고 자유로운 잉어를 보고 싶다고 말하며, 자유롭고 고결한 선비 정신을 추구하는 내면세계를 드러내고 있다.

주제 혼탁한 세상을 살아가는 지식인의 고통

짜임

처음	세상을 잊고자 낚시를 하러 감.
중간	낚시가 뜻대로 되지 않자 세상일에 대한 울분이 터짐.
끝	맑고 고결한 존재와의 만남에 대한 바람

처음 오십이 넘은 **판교(板橋)**는 마음에 맞지 않는 관직을 버리고 거리낌 없는 자유로운 심경에서 여생을 보냈다.

"**청수(淸瘦)한 한 폭 대**를 그리어 추풍강상(秋風江上)에 낚대나 만들까 보다."
[04-③] 풍류의 도구

㉠궁핍을 면할 양으로 본의 아닌 생활을 계속하느니보다 모든 속사(俗事)를 버리고 표연히 강상(江上)의 어객(漁客)이 되는 것이 운치 있는 생활이기도 하려니와 얼마나 자유를 사랑하는 청고(淸高)한 마음이냐. 고기를 낚는 취미도 실로 **삼매경**에 몰입할 수 있는 좋은 놀음이다.
[03-①] 생계를 위한 공간과 대비되는 낚시의 의의

중간 **푸른 물이 그득히 담긴 못가**에서 흐느적거리는 낚싯대를 척 휘어잡고 바늘에 미끼를 물린다. 가장자리에는 물이끼들이 꽉 엉켰을 뿐 아니라 고기도 **송사리** 떼밖에 오지 않는지라, 팔 힘 자라는 대로 낚싯줄이 허(許)하는 대로 되도록 멀리 낚시를 던져 조금이라도 큰 고기를 잡을 양으로 한껏 내던져도 본다. 퐁당 물결이 여울처럼 흔들리고 나면 거울 같은 수면에 찌만이 외롭고 슬프게 곧추서 있다.
[06-④] 글쓴이가 삼매경에 빠지기를 기대하는 곳
[04-④] 송사리를 잡지 않는 이유

㉡한 점 찌는 객이 되고 나는 주인이 되어 알력과 모략과 시기와 저주로 꽉 찬 이 풍진(風塵) 세상을 등 뒤로 두고 서로 무언의 우정을 교환한다.
[03-②] 낚시 도구와 글쓴이의 관계 설정 → 낚시에 대한 몰입 표현

내 모든 정열을 오로지 외로이 떠 있는 한 점 찌에 기울이고 있노라면, 가다가 ㉢별안간 이 한 점 찌는 술 취한 놈처럼 까딱까딱 흔들리기 시작한다.
[03-③] 낚시에 집중했던 글쓴이의 기다림과 기대에 대한 부응

'고기가 왔구나!'

다음 순간, 찌는 물속으로 자꾸 딸려 들어간다.

'옳다, 큰 놈이 물린 게로군.'

잡아당길 때 무거울 것을 생각하면서 배꼽에 힘을 잔뜩 주고 행여 나 낚대를 놓칠세라 두 손으로 꽉 붙잡고 번쩍 치켜 올리면, 허허 이런 기막힌 일도 있을까. 큰 고기는커녕 어떤 때는 방게란 놈이 달려 나오고, 어떤 때는 개구리란 놈이 발버둥을 치는 수가 많다. 하면 되는 줄만 알았던 낚시질도 간대로 우리 따위까지 단번에 되란 법은 없나 보다. [A]

[05-②] 글쓴이의 무력감, 허탈감
[05-①, ③, ④, ⑤] 글쓴이의 실망감

세상일이란 모조리 그러한 것이리랴마는 아무리 내 재주가 서툴다기로서니 개구리나 방게란 놈들도 염치가 있지, 속어에 이르기를 숭어가 뛰니 망둥이도 뛴다는 셈으로 나는 나대로 제법 강상의 어객인 양하고 나섰는 판에, 그래도 그럴 듯 미끈한 잉어까지야 못 물린다손 치더라도 고기도 체면은 알 법한지라, 하다못해 붕어 새끼쯤이야 안 물리랴 하는 판에, 얼토당토않은 구역질 나는 놈들이 제가 젠체하고 가다듬은 내 마음을 더럽힐 줄 어찌 알았으랴. [B]

[05-①, ⑤] 강상의 어객으로서 손상된 체면에 대한 한탄

㉣ 세상이 하 뒤숭숭하니 고요히 서재나 지키어 한묵(翰墨)*의 유희(遊戲)로 폭 박혀 있자는 것도 말처럼 쉽사리 되는 것은 아니라, 그렇다고 거리로 나가 **성격 파산자**처럼 공연스레 왔다 갔다 하기도 부질없고, 보이는 것 들리는 것이 모조리 **심사 틀리는 소식**밖엔 없어 그래도 죄 없는 곳은 **내 서재**니라 하여 며칠만 틀어박혀 있으면 그만 **속에서 울화가 터져 나온다.**

[03-④] [06-⑤] 마음의 안정을 찾을 수 있다는 글쓴이의 기대와 다른 공간인 '서재'

끝 위진(魏晉) 간에 심산벽촌(深山僻村)에 은거하여 청담(淸談)이나 일삼던 그네의 심경을 한때는 **욕**을 한 적도 있었으나, ㉤ 막상 나 자신이 그런 심경에 처해 있고 보니 고인(古人)의 불우한 그 심정을 넉넉히 동감하게 된다.

[04-⑤] 과거 글쓴이가 은거하던 아들에게 했던 것
[03-⑤] 낚시를 해 본 후 변화된 글쓴이의 마음

* 한묵: 글을 짓거나 쓰는 것을 이르는 말.

01 작품 간 공통점 파악 답 ⑤

선지별 선택 비율	①	②	③	④	⑤
화작	18%	5%	5%	4%	66%
언매	14%	3%	3%	2%	76%

(가)와 (나)의 공통점으로 가장 적절한 것은?

정답 띵! 동!

⑤ 계절을 드러내는 시어를 사용하여 시기에 부합하는 자연의 모습을 구체화하고 있다.
└→ (가) 봄 산, 꽃잎, 나물, 버섯 (나) 살구꽃

| (가) – 〈기〉 청평사의 나그네 / 봄 산을 마음대로 노니네
| (가) – 〈승〉 흐르는 작은 내에 꽃잎 떨어지네
| (가) – 〈전〉 좋은 나물은 때 알아 돋아나고 / 향기로운 버섯은 비 맞아 부드럽네
| (나) – 〈제15곡〉 온 골엘 살구꽃 져 쌓이니 갈길 몰라 하노라
| 뭔말?
· (가)는 '봄 산'을 통해 계절적 배경이 봄임을 드러냄. 또한 흐르는 내에 떨어지는 꽃잎, 좋은 나물과 향기로운 버섯 등으로 시기(봄)에 부합하는 자연의 모습을 구체화함.
· (나)는 '살구꽃' 등을 통해 계절적 배경이 봄임을 드러냄. 또한 골짜기에 살구꽃이 져서 쌓인 모습을 통해 시기(봄)에 부합하는 자연의 모습을 구체화함.

오답 땡!

① 자연물의 속성에 주목하여 ~~교훈적 의미를 전달~~하고 있다.
└→ (가), (나) 모두에서 찾아볼 수 없는 내용

| (가) – 〈승〉 산새 지저귀고 / 흐르는 작은 내에 꽃잎 떨어지네
| (가) – 〈전〉 좋은 나물은 알아 돋아나고 / 향기로운 버섯은 비 맞아 부드럽네
| (나) – 〈제15곡〉 온 골에 살구꽃 져 쌓이니 갈 길 몰라 하노라
| 뭔말?
· (가)는 지저귀는 '산새', 떨어지는 '꽃잎', 돋아나는 '나물', 비 맞아 부드럽고 향기로운 '버섯' 등 자연물의 속성에 주목하는 부분이 나타남. 그러나 그러한 속성에 주목하여 어떤 교훈적 의미를 전달하고 있지는 않음.
· (나)는 온 골짜기에 져서 쌓여 있는 '살구꽃'에서 피고 지는 자연물의 속성을 알 수 있음. 그러나 그러한 속성에 주목하여 어떤 교훈적 의미를 전달하고 있지는 않음.

② ~~설의적 표현을 통해 추구하고자 하는 삶의 태도를 제시하고 있다.~~
└→ (가) X / (나) O

문학 개념어(013)

| (나) – 〈제1곡〉 돌아와 수졸전원이야 그와 내가 다르랴
| (나) – 〈제8곡〉 삼공이 귀하다 한들 이 강산과 바꿀쏘냐 ~ 이 몸이 이 청흥 가지고 만호후인들 부러우랴
| (나) – 〈제10곡〉 아무리 매인 새 놓였다고 이대도록 시원하랴
| (나) – 〈제17곡〉 매일에 이렇게 지내면 무슨 시름 있으랴
| 뭔말?
· (가)에서 종결 표현은 모두 '–네'라는 어미를 사용함. 의문형 어미를 사용한 설의적 표현은 나타나 있지 않음.
· (나)는 '~ 다르랴', '~ 바꿀쏘냐', '~ 부러우랴', '~ 시원하랴', '~ 시름 있으랴', 등에서 설의적 표현을 사용함. 이를 통해 속세의 부귀영화를 좇기보다는 자연에서 풍류를 즐기며 소박하게 살아가는 삶을 추구하는 삶의 태도를 드러냄.

③ ~~먼 경치에서부터 가까운 곳으로 시선을 옮기며 심리의 변화를 드러내고 있다.~~
└→ (가), (나) 모두에서 찾아볼 수 없는 내용

| 뭔말?
· (가)는 '봄 산'의 경치만 드러날 뿐, 먼 경치에서부터 가까운 곳으로 화자의 시선을 옮기고 있지 않음. 심리 변화를 드러낸 부분 역시 찾아볼 수 없음.
· (나)는 '온 골에 살구꽃이' 져 있는 경치만 드러날 뿐, 먼 경치에서부터 가까운 곳으로 화자의 시선을 옮기고 있지 않음. 이로부터 심리 변화를 드러내고 있지도 않음.

→ (나) X / (가) 청평사 나그네

④ ~~화자가 자신을 객관화하는 표현을 내세워 내적 갈등에 대한 공감을 유도하고 있다.~~
(가), (나) 모두에서 찾아볼 수 없는 내용 ←

| (가) – 〈기〉 청평사의 나그네 / 봄 산을 마음대로 노니네
| 뭔말?
· (가)는 화자가 '청평사의 나그네'라고 하여 자신을 객관화하는 표현을 사용함. 하지만 이는 봄 산을 마음대로 노니는 화자의 모습에 해당할 뿐, 내적 갈등에 대한 공감을 유도하는 것과는 관계없음.
· (나)는 화자가 자신을 객관화하는 표현을 사용하고 있지 않음. 따라서 이로부터 내적 갈등에 대한 공감을 유도하고 있지도 않음.

02 화자의 정서와 태도 파악

답 ③

선지별 선택 비율	①	②	③	④	⑤
화작	6%	3%	80%	3%	5%
언매	4%	2%	87%	2%	3%

(나)에 대한 이해로 적절하지 않은 것은?

정답 띵! 동!

③ 〈제10곡〉에서는 화자의 현재 상황에 대한 만족감을 바탕으로 ~~자연물에 대한 연민~~을 드러내고 있다.
→ 자연물과 비교해 자신의 만족감을 강조할 뿐, 연민 X

| (나) - 〈제10곡〉 어지럽고 시끄런 문서 다 주어 내던지고 / 필마 추풍에 채를 쳐 돌아오니 / 아무리 매인 새 놓였다고 이대도록 시원하랴

| 뭔말?

· 〈제10곡〉에서 화자는 관직에서 물러나 고향에 돌아온 현재 상황에서 느끼는 만족감을 갇혀 있다 풀려난 새('매인 새')의 해방감과 비교하여 드러냄.

· '매인 새'에 대한 연민은 드러나 있지 않음.

오답 땡!

① 〈제1곡〉에서는 지명에 주목하여 화자의 지향을 드러내고 있다.
→ 자신이 살고 있는 마을의 이름(밤마을) = 도연명이 살았던 마을의 이름

| (나) - 〈제1곡〉 밤마을 옛 이름이 때마침 같을시고 / 돌아와 수졸전원이야 그와 내가 다르랴

| 뭔말?

· 〈제1곡〉에서 화자는 옛날의 도연명이 살았던 마을의 이름과 자신이 살고 있는 마을의 이름이 '밤마을'로 같다는 점에 주목함.

· '수졸전원이야 그와 내가 다르랴'라고 함으로써, 도연명과 같이 전원에서 분수를 지키며 소박하게 살아가겠다는 삶의 지향을 드러냄.

② 〈제8곡〉에서는 자연의 가치를 부각하여 화자가 즐기는 흥취를 강조하고 있다.
→ 강산(자연) > 삼공, 만호후(세속적 부귀영화) → 청흥

| (나) - 〈제8곡〉 삼공이 귀하다 한들 이 강산과 바꿀쏘냐 / 조각배에 달을 싣고 낚싯대 흩던질 때 / 이 몸이 이 청흥 가지고 만호후인들 부러우랴

| 뭔말?

· 〈제8곡〉에서 화자는 자연인 '강산'과 달빛 아래 낚시를 하며 느끼는 흥('청흥')을 각각 '삼공', '만호후'와 비교하여 높이 평가함.

· 이는 화자가 누리는 자연 및 자연에서 즐기는 흥취를 강조하기 위한 것임.

④ 〈제15곡〉에서는 다양한 행위를 연속적으로 나열하여 화자가 누리는 생활의 일면을 제시하고 있다.
→ 꺾어, 꿰어 들고, 건너가니
→ 자연에서 유유자적하는 생활의 한 모습 제시

| (나) - 〈제15곡〉 세버들 가지 꺾어 낚은 고기 꿰어 들고 / 주가를 찾으려 낡은 다리 건너가니 / 온 골에 살구꽃 져 쌓이니 갈 길 몰라 하노라

| 뭔말?

· 〈제15곡〉에서는 '세버들 가지 꺾어', '낚은 고기 꿰어 들고', 주가를 찾으려 '다리를 건나가'는 등의 행위들을 연속적으로 나열함.

· 이를 통해 화자가 자연 속에서 유유자적하는 생활의 일면을 제시함.

⑤ 〈제17곡〉에서는 청자를 호명하며 즐거움을 함께하려는 화자의 마음을 전달하고 있다.
→ 최 행수, 조 동갑을 부르며 쑥달임, 꽃달임을 하자고 함.

| (나) - 〈제17곡〉 최 행수 쑥달임 하세 조 동갑 꽃달임 하세

| 뭔말?

· 〈제17곡〉에서 화자는 '최 행수'와 '조 동갑'을 부르면서 쑥달임, 꽃달임을 하자고 하며 자연 속에서 즐거움을 함께 누리려는 마음을 전하고 있음.

03 구절의 의미 파악

답 ④

선지별 선택 비율	①	②	③	④	⑤
화작	3%	4%	4%	83%	3%
언매	2%	2%	3%	88%	2%

문맥을 고려하여 ㉠~㉤에 대해 이해한 내용으로 적절하지 않은 것은?

정답 띵! 동!

④ ㉣: ~~낚시의 대안으로 선택한 것으로서~~, 글쓴이에게 ~~마음의 안정을 찾게 해 준 방법~~으로 제시되고 있다.
→ 낚시의 대안인지는 확실하지 않음.
→ 속에서 울화가 터져 나온다고 함. 마음의 안정 X

| (다) - 〈중간〉 ㉣세상이 하 뒤숭숭하니 고요히 서재나 지키어 한묵의 유희로 푹 박혀 있자는 것도 말처럼 쉽사리 되는 것은 아니라, ~ 내 서재니라 하여 며칠만 틀어박혀 있으면 그만 속에서 울화가 터져 나온다.

| 뭔말?

· 서재에서 한묵 즐기는 것이 낚시의 대안인지 확인할 근거를 찾을 수 없음.

· 또한 ㉣처럼 서재에 며칠만 틀어박혀 있으면 속에서 울화가 터져 나온다고 하였으므로, ㉣은 마음의 안정을 찾게 해 준 방법과는 거리가 멂.

오답 땡!

① ㉠: 생계를 유지하기 위한 생활과 대비되는 낚시의 의의를 드러내고 있다.
→ 궁핍을 벗어나기 위한 본의 아닌 생활
강상의 어객이 되는 것
→ 운치 있는 생활, 자유를 사랑하는 청고한 마음

| (다) - 〈처음〉 ㉠궁핍을 면할 양으로 본의 아닌 생활을 계속하느니보다 모든 속사를 버리고 표연히 강상의 어객이 되는 것이 운치 있는 생활이기도 하려니와 얼마나 자유를 사랑하는 청고한 마음이냐.

| 뭔말?

· 생계를 유지하기 위한 생활을 '궁핍을 면할 양으로 본의 하는 생활을 계속하'는 것이라고 하고 낚시를 '강상의 어객의 되는 것'이라고 함.

· 이 둘을 대비하면서 '운치 있는 생활', '자유를 사랑하는 청고한 마음'이라고 낚시의 의의를 드러냄.

② ㉡: 낚시 도구와 글쓴이의 관계를 설정하여 낚시에 몰입하는 태도를 표현하고 있다.
→ 찌(낚시 도구) = 객, 글쓴이 = 주인
'이 풍진 세상을 등 뒤로 하고 ~ 우정을 교환'

| (다) - 〈중간〉 ㉡한 점 찌는 객이 되고 나는 주인이 되어 알력과 모략과 시기와 저주로 꽉 찬 이 풍진 세상을 등 뒤로 두고 서로 무언의 우정을 교환한다.

| 뭔말?

· 낚시 도구인 찌를 '객'으로, 글쓴이를 '주인'으로 설정함.

· '~ 이 풍진 세상을 등 뒤로 두고 서로 무언의 우정을 교환한다'는 것은 세상사를 잊고 낚시에 몰입하는 태도로 볼 수 있음.

③ ㉢: 낚시에 집중했던 글쓴이의 기다림과 기대에 부응하는 순간을 부각하고 있다.
└→ 물고기가 미끼를 물어 찌가 흔들리기 시작한 순간

| (다) – 〈중간〉 내 모든 정열을 오로지 외로이 떠 있는 한 점 찌에 기울이고 있노라면, 가다가 ㉢별안간 이 한 점 찌는 술 취한 놈처럼 까딱까딱 흔들리기 시작한다.

| 뭔말?

· 모든 정열을 오로지 낚싯대의 찌에 기울이고 있다는 것은 글쓴이가 낚시에 집중했다는 말과 같음.

· 낚싯대의 찌가 흔들리는 것, 즉 물고기가 미끼를 문 것은 낚시를 나온 글쓴이의 기다림과 기대에 부응하는 순간이라고 할 수 있음.

┌→ 세상일은 뜻대로 되지 않는다는 것을 느낌.

⑤ ㉤: 낚시를 해 본 후 달라진 글쓴이의 마음가짐으로서, 은거했던 옛사람들에 기대어 자신의 심정을 드러내고 있다.
└→ 답답한 현실을 피해 은거한 옛사람(판교)을 이해하게 됨.

| (다) – 〈중간〉 위진 간에 심산벽촌에 은거하여 청담이나 일삼던 그네의 심경을 한때는 욕을 한 적도 있었으나, ㉤막상 나 자신이 그런 심경에 처해 있고 보니 고인의 불우한 그 심정을 넉넉히 동감하게 된다.

| 뭔말?

· ㉤은 낚시를 해 보고 세상일이 뜻대로 되지 않는다는 것을 깨달은 후 한 말로, 한때는 혼란한 시대에 은거했던 옛사람들의 소극적 태도를 비난한 적도 있었으나, 낚시를 하는 지금은 그들의 마음을 이해하게 됨.

· 이는 그들을 통해 뒤숭숭한 세상에서 느끼는 글쓴이 자신의 심정을 드러내는 것임.

04 글쓴이의 생각과 태도 파악 답 ①

선지별 선택 비율	①	②	③	④	⑤
화작	59%	21%	6%	5%	7%
언매	70%	16%	4%	3%	5%

(나)와 (다)를 비교하여 이해한 내용으로 가장 적절한 것은?

정답 띵!동!

┌→ 수졸전원하는 삶을 긍정함.

① (나)의 '도연명'과 (다)의 '판교'는 각각 화자와 글쓴이가 행적을 따르고자 하는 인물이다.
└→ 강상의 어객이 되어 자유롭게 사는 것을 긍정함.

| (나) – 〈제1곡〉 도연명 죽은 후에 또 연명이 나다니 ~ 돌아와 수졸전원이야 그와 내가 다르랴

| (다) – 〈처음〉 오십이 넘은 판교는 마음에 맞지 않는 관직을 버리고 거리낌 없는 자유로운 심경에서 여생을 보냈다. ~ 모든 속사를 버리고 표연히 강상의 어객이 되는 것이 운치 있는 생활이기도 하려니와 얼마나 자유를 사랑하는 청고한 마음이냐.

| 뭔말?

· (나)의 화자는 스스로를 도연명이라 하며 자신이 수졸전원하는 생활이 그와 다르지 않다고 함. 이는 화자가 자연에서 분수를 지키며 소박하게 살아간 도연명의 행적을 따르고자 하는 것으로 볼 수 있음.

· (다)의 글쓴이는 마음에 맞지 않는 관직을 버리고 자유로운 심경에서 여생을 보낸 판교를 긍정하며, 속사를 버리고 강상의 어객이 되는 것은 운치 있는 생활, 자유를 사랑하는 청고한 마음이라고 함. 그리고 글쓴이는 그처럼 낚시를 하고 있으므로 '판교'는 그의 행적을 따르고자 하는 것으로 볼 수 있음.

오답 땡!

┌→ 높은 벼슬을 하는 사람

② (나)의 '삼공'과 ~~(다)의 '성격 파산자'~~는 모두 세속에서 높은 지위를 차지하고 있는 이들을 가리킨다.
└→ 혼란한 시대에 거리를 헤매는 지식인에 가까움.

| (나) – 〈제8곡〉 삼공이 귀하다 한들 이 강산과 바꿀쏘냐

| (다) – 〈중간〉 세상이 하 뒤숭숭하니 고요히 서재나 지키어 ~ 한묵의 유희로 푹 박혀 있자는 것도 말처럼 쉽사리 되는 것은 아니라, 그렇다고 거리로 나가 성격 파산자처럼 공연스레 왔다 갔다 하기도 부질없고

| 뭔말?

· (나)에서 '삼공'은 영의정, 좌의정, 우의정을 가리키는 말임. 자연의 가치를 부각하기 위한 상대적 개념으로 높은 벼슬, 속세의 부귀영화를 의미함.

· (다)의 글쓴이는 세상이 매우 뒤숭숭하니 고요히 서재를 지키는 것도 쉽지 않고, 성격 파산자처럼 공연스레 왔다 갔다 하는 것도 부질없다고 함. 문맥을 고려할 때 혼란한 시대에 방황하는 사람으로 볼 수 있으므로, 세속에서 높은 지위를 차지하고 있는 이들로 볼 수 없음.

┌→ 물고기를 꿰거나 낚싯대를 만들 때 활용되는 도구

③ (나)의 '세버들 가지'와 (다)의 '청수한 한 폭 대'는 각각 ~~화자와 글쓴이가 자신과 동일시하는 대상~~이다.
└→ 풍류, 유유자적한 삶을 표현하기 위한 대상일 뿐, 동일시 X

| (나) – 〈제15곡〉 세버들 가지 꺾어 낚은 고기 꿰어 들고

| (다) – 〈처음〉 청수한 한 폭 대를 그리어 추풍강상에 낚대나 만들까 보다.

| 뭔말?

· (나)의 '세버들 가지'는 낚은 고기를 꿰는 도구로, 자연과 벗하며 유유자적하는 삶을 살아가는 화자의 모습을 보여 주는 데 활용됨. 화자가 이를 자신과 동일시하고 있지는 않음.

· (다)의 '청수한 한 폭 대'는 낚싯대를 만들 때 쓰이는 대나무를 가리키는 것으로, 글쓴이가 긍정하는 풍류와 운치 있는 삶을 표현하는 데 활용됨. 글쓴이가 이를 자신과 동일시하고 있지는 않음.

④ (나)의 '고기'와 (다)의 '송사리'는 각각 ~~화자와 글쓴이가 자신을 보잘것없는 존재로 비유한 표현~~이다.
└→ (가) 소박한 음식 (다) 화자가 잡고 싶지 않는 것

| (나) – 〈제15곡〉 세버들 가지 꺾어 낚은 고기 꿰어 들고 / 주가를 찾으려 낡은 다리 건너가니

| (다) – 〈중간〉 고기도 송사리 떼밖에 오지 않는지라, 팔 힘 자라는 대로 ~ 되도록 멀리 낚시를 던져 조금이라도 큰 고기를 잡을 양으로 한껏 내던져도 본다.

| 뭔말?

· (나)의 '고기'는 화자가 자연에서 낚은 대상임. 이를 들고 주가를 찾아가는 것으로 보아, 화자가 즐기는 소박한 음식으로서 자연 속에서 유유자적하는 삶을 나타냄. 화자가 자신을 보잘것없는 존재로 비유한 표현이 아님.

· (다)의 글쓴이가 조금이라도 큰 고기를 잡고 싶어서 송사리들을 잡지 않고 낚싯대를 멀리 던지는 것으로 보아, '송사리'는 작아서 글쓴이가 잡고 싶지 않은 대상임. 글쓴이는 자신을 송사리에 비유하고 있지 않음.

┌→ 속세의 일

⑤ (나)의 '시름'과 (다)의 '욕'은 각각 화자와 글쓴이가 자신을 억압하는 존재를 염두에 둔 표현이다.
└→ 은거하던 이들에게 한 비난

| (나) – 〈제10곡〉 어지럽고 시끄런 문서 다 주어 내던지고,

| (나) – 〈제17곡〉 매일에 이렇게 지내면 무슨 시름 있으랴

| (다) – 〈중간〉 위진 간에 심산벽촌에 은거하여 청담이나 일삼던 그네들 심경을 한때는 욕을 한 적도 있었으나

| 뭔말?

· (나)의 화자는 관직을 버리고 '밤마을'에 돌아와 자연 속 소박한 삶에 만족감을 느끼며, 이렇게 지내면 '시름'이 없겠다고 함. 이 '시름'은 '어지럽고 시끄런 문서'로 표현되는 관직 생활, 자신을 억압하는 존재를 염두에 둔 표현으로 볼 수 있음.

· (다)의 '욕'은 글쓴이가 세상이 뒤숭숭한 때에 은거하던 이들에게 한때 한 것으로, 이들에 대한 비난을 담고 있음. 글쓴이를 억압하는 존재와는 관계없음.

05 표현상 특징 파악 답 ③

선지별 선택 비율	①	②	③	④	⑤
화작	2%	3%	86%	4%	2%
언매	2%	2%	90%	3%	1%

[A]와 [B]에 대한 이해로 가장 적절한 것은?

정답 띵!동!

③ [A]에 나타난 글쓴이의 실망감은 [B]에서 자신의 손상된 체면에 대한 한탄으로 이어진다.
→ 큰 물고기를 잡지 못하고 방게와 개구리만 잡은 것
→ 제법 강상의 어객인 양하고 나섰던 체면 손상

| (다) – [A] 허허 이런 기막힌 일도 있을까. 큰 고기는커녕 어떤 때는 방게란 놈이 달려 나오고, 어떤 때는 개구리란 놈이 발버둥을 치는 수가 많다. 하면 되는 줄만 알았던 낚시질도 간대로 우리 따위까지 단번에 되란 법은 없나 보다.

| (다) – [B] 나는 나대로 제법 강상의 어객인 양하고 나섰는 판에, ~ 고기도 체면은 알 법한지라, ~ 하다못해 붕어 새끼쯤이야 안 물리랴 하는 판에, 얼토당토않은 구역질 나는 놈들이 제가 젠체하고 가다듬은 내 마음을 더럽힐 줄 어찌 알았으랴.

| 뭔말?

· [A]에서 글쓴이는 큰 고기를 잡을 수 있을 것이라고 기대했는데 방게, 개구리만 잡히자 하면 되는 줄만 알았던 낚시질마저도 쉽게 되란 법은 없나 보다고 하며 실망감을 표현함.

· [B]에서 글쓴이는 붕어 새끼쯤은 잡히리라 생각했으나 방게, 개구리만이 잡히니 제법 강상의 어객인 양하고 나섰던 자신의 마음을 더럽힐 줄 어찌 알았겠냐고 하며 자신의 손상된 체면에 대해 한탄함.

오답 땡!

① [A]에 나타난 ~~글쓴이의 경이감은~~ [B]에서 ~~인생에 대한 낙관적 기대로 확장된다.~~
→ 실망감일 뿐, 경이감 X
→ 한탄일 뿐, 낙관적 기대 X

| (다) – [A] 허허 이런 기막힌 일도 있을까. 큰 고기는커녕 어떤 때는 방게란 놈이 달려 나오고, 어떤 때는 개구리란 놈이 발버둥을 치는 수가 많다.

| (다) – [B] 제법 강상의 어객인 양하고 나섰는 판에, ~ 얼토당토않은 구역질 나는 놈들이 제가 젠체하고 가다듬은 내 마음을 더럽힐 줄 어찌 알았으랴.

| 뭔말?

· [A]에는 큰 고기를 잡지 못한 데 대한 실망감만 나타나 있지, 경이감은 찾아볼 수 없음.

· [B]에는 글쓴이가 강상의 어객으로서 체면이 손상된 것을 한탄하는 내용만 나타나 있지, 인생에 대한 낙관적 기대는 찾아볼 수 없음.

② [A]에 나타난 글쓴이의 무력감은 [B]에서 ~~과거의 삶에 대한 동경을 통해 해소된다.~~
→ 과거의 삶에 대한 동경 X, [A]에서 나타난 감정 해소 X

| (다) – [A] 허허 이런 기막힌 일도 있을까. ~ 하면 되는 줄만 알았던 낚시질도 간대로 우리 따위까지 단번에 되란 법은 없나 보다.

| (다) – [B] 개구리나 방게란 놈들도 염치가 있지, ~ 하다못해 붕어 새끼쯤이야 안 물리랴 하는 판에, 얼토당토않은 구역질 나는 놈들이 제가 젠체하고 가다듬은 내 마음을 더럽힐 줄 어찌 알았으랴.

| 뭔말?

· [A]에서 글쓴이는 하면 되는 줄만 알았던 낚시질도 마음대로 되지 않아 허탈감, 무력감을 느낌.

· [B]에서는 원하는 대로 고기를 낚지 못한 것에 대한 불만, 한탄만 드러나 있을 뿐, 과거에 대한 동경은 찾아볼 수 없음. [A]에서 나타난 감정도 해소되지 않음.

④ [A]에 나타난 ~~글쓴이의 상실감은~~ [B]에서 ~~새로운 이상을 품도록 만드는 계기~~로 작용한다.
→ 무력감일 뿐, 상실감 X
→ 상황 한탄일 뿐, 새로운 이상 X

| 뭔말?

· [A]에서 글쓴이는 낚시질이 마음대로 되지 않아 무력감을 느끼지만 이는 상실감과는 다름. 상실감은 무엇인가를 잃어버린 후의 느낌이나 감정 상태를 의미함.

· [B]에서 글쓴이는 낚시질이 잘 안 되어 한탄하고 있을 뿐, 새로운 이상을 가지게 되지는 않음.

⑤ [A]에 나타난 ~~글쓴이의 혐오감은~~ [B]에서 ~~자신의 능력에 대한 겸손한 반성으로 전환된다.~~
→ 작은 물고기가 잡힌 것에 대한 실망감일 뿐, 혐오감 X
→ 자신의 능력이 안 되는 것 한탄, 자신의 능력에 대한 반성 X

| (다) – [A] 허허 이런 기막힌 일도 있을까. 큰 고기는커녕 어떤 때는 방게란 놈이 달려 나오고, 어떤 때는 개구리란 놈이 발버둥을 치는 수가 많다.

| (다) – [B] 얼토당토않은 구역질 나는 놈들이 제가 젠체하고 가다듬은 내 마음을 더럽힐 줄 어찌 알았으랴.

| 뭔말?

· [A]에서 글쓴이는 자신이 원하지 않았던 방게나 개구리가 잡히자 실망감을 드러내고 있을 뿐, 혐오감을 표출하고 있지는 않음. 혐오감은 무엇인가를 병적으로 의미함.

· [B]에서 글쓴이는 낚시질이 자기의 뜻대로 되지 않아 속상해 하고 있을 뿐, 낚시질을 잘 못하는 자신의 능력에 대한 반성을 하고 있지는 않음.

06 표현상 특징 파악 답 ②

선지별 선택 비율	①	②	③	④	⑤
화작	3%	71%	5%	5%	14%
언매	2%	78%	3%	3%	11%

<보기>를 바탕으로 (가)~(다)를 감상한 내용으로 적절하지 않은 것은? [3점]

보기

문학 작품에서 공간에 대한 인식을 형상화하는 방식은 다양하다. 공간에 대한 인식을 직접적으로 드러내는 표현을 사용하거나, 공간 내 특정 대상의 속성으로써 그 대상이 포함된 공간 전체를 표상하기도 한다. 또한 이러한 인식은 공간 간의 관계를 통해 표현되기도 한다. 이때 관계를 이루는 공간에는 작품에 명시된 공간은 물론 그 이면에 전제된 공간도 포함된다.

정답 띵!동!

② (나)의 '낡은 다리'는 '주가'와 '온 골'이라는 ~~대비되는 속성을 지닌~~ 두 공간의 경계를 표현하여, ~~양쪽 모두에 미련을 버리지 못한 화자의 상황을 상징~~하고 있겠군.
→ 유유자적하는 삶의 속성, 대비적 속성 X
→ 찾아볼 수 없는 내용

| (나) – 〈제15곡〉 주가를 찾으려 낡은 다리 건너가니 / 온 골에 살구꽃 져 쌓이니 갈 길 몰라 하노라

| 뭔말?

· (나)의 화자는 주가를 찾으려 '온 골'에서 낡은 다리를 건너가고 있으므로, '낡은 다리'가 두 공간의 경계를 표현한다고도 볼 수 있음.

· 그러나 '주가'와 '온 골'은 화자가 유유자적한 삶을 즐기는 유사한 속성의 공간이므로, 대비적 속성을 지녔다는 설명은 적절하지 않음.

· 또한 화자가 주가와 온골에 대해 미련을 갖고 있는 상황은 찾아볼 수 없음.

오답 땡!

→ 백 년 근심이 사라지는 공간

① (가)의 '신선 골짝'은 화자가 지향하는 공간으로서, 이에 대립되는 곳으로 '백 년 근심'이 유발된 공간이 이면에 전제된 것이라 할 수 있겠군.

| (가) – 〈결〉 시 읊조리며 신선 골짝 들어서니 / 나의 백 년 근심 사라지네

| 뭔말?

· (가)에서 신선 골짝에 들어서니 백 년 근심이 사라진다고 하였으므로 '신선 골짝'은 화자가 지향하는 공간임.

· 〈보기〉에 따르면, 관계를 이루는 공간에는 작품에 명시된 공간은 물론 그 이면에 전제된 공간도 포함된다고 하였으므로 백 년 근심이 사라지는 '신선 골짝'과는 반대로, 백 년 근심이 유발되는 공간이 그 이면에 전제되어 있다고 볼 수 있음.

→ 어지럽고 시끄런 문서를 다 내던지고 온 곳

③ (나)에서 화자가 돌아온 곳은 '어지럽고 시끄런 문서'로 표상되는 공간과 대비되는 공간으로서, '이대도록 시원하랴'와 같은 반응을 자연스럽게 이끌어 낸 것이겠군.

→ 해방감

| (나) – 〈제10곡〉 어지럽고 시끄런 문서 다 주어 내던지고 ~ 아무리 매인 새 놓였다고 이대도록 시원하랴

| 뭔말?

· 〈보기〉에 따르면, 공간 내 특정 대상의 속성으로써 그 대상이 포함된 공간 전체를 표상하기도 한다고 하였으므로 '어지럽고 시끄런 문서'는 부정적인 공간 전체를 표상함.

· (나)의 화자는 어지럽고 시끄런 문서를 다 내던지고 밤마을로 돌아왔으므로, 밤마을은 '어지럽고 시끄런 문서'가 표상하는 부정적 공간과 대비되는 곳임. 따라서 부정적 공간에서 벗어났으므로 '이대도록 시원하랴'와 같은 반응을 자연스럽게 이끌어 낼 수 있음.

→ • 고기 낚는 취미 = 삼매경에 몰입할 수 있는 놀이
• 푸른 물이 그득히 담긴 못가 = 고기 낚는 곳 = 삼매경에 빠지기를 기대하는 곳

④ (다)에서 '푸른 물이 그득히 담긴 못가'는 글쓴이가 '삼매경'에 빠지기를 기대하는 곳으로, 글쓴이가 자신의 지향과 직결되는 공간을 직접적으로 드러낸 것이겠군.

→ 강상의 어객이 되는 것

| (다) – 〈처음〉 강상의 어객이 되는 것이 운치 있는 생활이기도 하려니와 얼마나 자유를 사랑하는 청고한 마음이냐. 고기를 낚는 취미도 실로 삼매경에 몰입할 수 있는 좋은 놀음이다.

| (다) – 〈중간〉 푸른 물이 그득히 담긴 못가에서 흐느적거리는 낚싯대를 척 휘어 잡고 바늘에 미끼를 물린다.

| 뭔말?

· (다)는 글쓴이는 고기를 낚는 취미를 실로 삼매경에 몰입할 수 있는 좋은 놀음이라고 함. 따라서 낚시를 하기 위한 '푸른 물이 그득히 담긴 못가'는 글쓴이가 삼매경이 빠지기를 기대하는 곳이라고 볼 수 있음.

· 글쓴이는 강상의 어객이 되는 것은 운치 있는 생활이며 자유를 사랑하는 청고한 마음이라고 함. 따라서 낚시를 하기 위한 '푸른 물이 그득히 담긴 못가'는 글쓴이의 지향과 직결되는 공간이라고 볼 수 있음.

→ 글쓴이의 바람

⑤ (다)에서 '내 서재'는 '심사 틀리는 소식'을 피하기 위한 곳임에도 불구하고 '속에서 울화가 터져 나온다'고 언급되었다는 점에서, 그 이면에는 새로운 공간에 대한 지향이 있음을 알 수 있겠군.

→ 글쓴이의 바람 실패

'심사 틀리는 소식'이 들리지 않는 공간

| (다) – 〈중간〉 보이는 것 들리는 것이 모조리 심사 틀리는 소식밖엔 없어 그래도 죄 없는 곳은 내 서재니라 하여 며칠만 틀어박혀 있으면 그만 속에서 울화가 터져 나온다.

| 뭔말?

· 〈보기〉에 따르면, 관계를 이루는 공간에는 작품에 명시된 공간은 물론 그 이면에 전제된 공간도 포함된다고 함. 따라서 '내 서재'라는 공간과 반대되는 공간이 이면에 전제되어 있다고 볼 수 있음.

· (다)의 글쓴이는 '내 서재'에서 '심사 틀리는 소식'을 피하고자 했지만 '속에서 울화가 터져 나온다.'라고 함. 이는 글쓴이의 바람대로 되지 않은 것을 의미함. 따라서 그 이면에는 글쓴이가 '내 서재'와는 다른 새로운 공간을 지향하고 있다고 볼 수 있음.

기출 속 문학 개념어 사전

설의법(013)

개념	설의법 設 베풀 설 疑 의심할 의 法 법도 법
사전적 의미	쉽게 판단할 수 있는 사실을 의문의 형식으로 표현하여 상대편이 스스로 판단하게 하는 수사법.
단계적 이해	① 설의법은 누구나 쉽게 판단할 수 있는 사실, 생각, 감정을 의문의 형식으로 나타내는 방식을 말해. ② 설의법은 일반적인 의문문이랑은 달라. 일반적인 의문문이 상대의 대답을 요구하는 것과 달리, 설의법은 상대의 대답을 요구하지 않는다는 특징이 있거든. 그러니까 형식만 의문문이지, 의미상으로는 평서문과 다르지 않은 거지. ③ 설의법은 의문의 형식에 담긴 내용이 무엇인지에 따라 화자(인물)의 태도/정서/생각/인식을 강조하거나 대상의 처지를 드러내기도 하고 사건의 결말을 암시하거나 속뜻을 우회적으로 드러내는 효과가 발생해. 
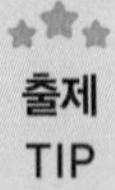 출제 TIP	• 설의법은 운문/산문에 관계없이 출제되는 개념이야. 설의법보다는 설의적(인) 표현이라는 말을 더 자주 볼 수 있을 거야. • 시험에서는 의문이나 반문의 뜻을 나타내는 종결 어미가 사용된 문장이 확실히 존재할 때 설의법의 사용 여부를 묻는 게 일반적이야. 그러니 의문형 종결 어미를 먼저 찾아보자. • 설의법인지 아닌지 알쏭달쏭하다면 의문의 형식으로 된 그 문장을 평서문으로 바꿀 수 있는지 따져 봐. 의문문의 의미를 평서문으로 바꾸어 나타낼 수 있다면 설의법이 사용된 것으로 판단할 수 있어. • 설의법을 통해 나타내려는 것은 누구나 쉽게 판단할 수 있는 사실이야. 그러니까 설의법이 사용된 문장을 통해 화자나 인물이 진짜로 말하고자 하는 사실이 무엇인지, 즉 무엇을 강조하려고 한 건지 파악하는 게 무엇보다 중요해.

설의법의 기능: 화자(인물)의 정서 강조

보리밥 픗나물을 알마초 머근 후에
바횟 긋 믈가의 슬카지 노니노라
그 나믄 녀나믄 일이야 부럴 줄이 이시랴

– 윤선도, 「만흥」

| 현대어로 읽기

보리밥 풋나물을 알맞게 먹은 후에
바위 끝 물가에서 실컷 노니노라
그 밖의 다른 일이야 부러워할 것이 있으랴

▸ 종장이 의문의 형식으로 되어 있지? 그렇지만 이건 화자의 궁금증 드러내는 질문이 아니잖아. 화자는 부귀나 권력 같은 세속적 가치가 부럽지 않다는 생각을 드러내면서 자연에 은거하는 만족감을 강조하고 있는 거야.

수풀에 우는 새는 춘기(春氣)를 못내 계워
소리마다 교태(嬌態)로다
물아일체(物我一體)어니 흥(興)이야 다를소냐

– 정극인, 「상춘곡」

| 현대어로 읽기

수풀에서 우는 새는 봄기운을 끝내 이기지 못하여
소리마다 아양을 떠는구나
자연과 내가 한 몸이거니 흥겨움이야 다르겠는가

▸ 화자는 수풀에서 우는 새를 봄기운에 흠뻑 젖은 존재로 표현하고 있어. 그리고 자연과 하나가 되어 느끼는 자신의 흥취가 그것과 다르겠냐는 물음을 통해 새봄을 맞은 기쁨, 자연에서 느끼는 자족감을 강조하고 있어.

설의법의 기능: 화자의 의지 부각

나 두 야 간다
나의 이 젊은 나이를
눈물로야 보낼 거냐
나 두 야 가련다

아늑한 이 항구인들 손쉽게야 버릴 거냐
(중략)
버리고 가는 이도 못 잊는 마음
쫓겨 가는 마음인들 무어 다를 거냐
돌아다보는 구름에는 바람이 희살 짓는다
앞 대일 언덕인들 마련이나 있을 거냐

나 두 야 가련다
나의 이 젊은 나이를
눈물로야 보낼 거냐
나 두 야 간다

– 박용철, 「떠나가는 배」

▸ 1연과 4연에서는 설의적 표현을 통해 젊은 날을 눈물로 보낼 수 없다는 화자의 의지를 부각하고 있어.

▸ 2연에서는 정든 고향을 쉽게 떠날 수 없는 마음, 3연에서는 어쩔 수 없이 쫓겨 가야 하는 마음과 불확실한 미래에 대한 불안감 등을 설의적 표현으로 나타내고 있지.

▸본문 014쪽

갈래 복합 03

2018학년도 9월 모의평가

01 ④ 02 ④ 03 ④ 04 ③ 05 ⑤

(가) 작자 미상, 「춘향전」

EBS 연결 고리
2018학년도 수능완성 국어 176쪽

교과서 연계 정보
작품 국어 금성, 동아, 좋은책, 지학, 창비, 천재(박), 해냄 문학 비상

해제 이 작품은 조선 시대 전라도 남원을 배경으로 하여 신분을 초월한 남녀 간의 사랑을 그리고 있는 판소리계 소설이다. 표면적으로는 양반 자제 이몽룡과 퇴기 딸 춘향의 신분을 뛰어넘는 사랑을 그리고 있지만, 그 이면에는 신분적 제약을 벗어나려는 인간 해방의 주제 의식을 담아내고 있다. 특히 춘향과 이몽룡이 신분의 격차를 뛰어넘어 사랑을 이루는 과정 속에서 정절을 지키려는 춘향의 굳은 의지와 탐관오리를 혁파하는 이몽룡의 모습이 잘 형상화되어 있다. 제시된 부분은 부친의 승진 때문에 이몽룡이 남원을 떠나는 장면으로, 이별을 슬퍼하는 춘향이 이몽룡에게 헤어질 수 없다고 하소연하고 있다.

주제 신분을 초월한 남녀 간의 사랑

전체 줄거리

단옷날 춘향이 그네 뛰는 모습에 반한 이몽룡은 춘향과 백년가약을 맺고 잠시 행복한 나날을 보내지만, 아버지의 전출로 어쩔 수 없이 춘향과 헤어지게 된다. 이몽룡은 꼭 다시 돌아오겠다는 약속을 하고 춘향과 이몽룡은 눈물의 이별을 한다. 춘향은 이몽룡의 과거 급제를 바라며 한숨의 나날을 보내는데, 악명 높은 변학도가 고을 사또로 부임해 와 춘향에게 수청을 들 것을 요구한다. 춘향이 열녀는 두 지아비를 섬기지 않는다며 수청을 거절하자 이에 분노한 변 사또는 춘향을 옥에 가두고 모진 고문을 한다. 변 사또는 자신의 생일날에 춘향을 죽일 것을 다짐하며 생일잔치를 연다. 한편 서울로 떠난 이몽룡은 과거에 급제하여 어사라는 직분을 받아 남원으로 내려온다. 이몽룡은 변 사또의 생일잔치에 어사출또하여 변 사또의 직분을 파하고 춘향과 재회하여 행복하게 산다.

1 만금 같은 너를 만나 백년해로하잤더니, 금일 이별 어이하리! 너를 두고 어이 가잔 말이냐? 나는 아마도 못 살겠다! 내 마음에는 어르신네 공조참의 승진 말고, 이 고을을 풍헌(風憲)만 하신다면 이런 이별 없을 것을, 생눈 나올 일을 당하니, 이를 어이한단 말인고? 귀신이 장난치고 조물주가 시기하니, 누구를 탓하겠냐마는 속절없이 춘향을 어찌할 수 없네! 네 말이 다 못 될 말이니, 아무튼 잘 있거라!

[01-①] 춘향과의 이별이 자신의 힘으로는 어찌할 수 없는 불가피한 것임을 드러냄.
[05-①] 과장 → 작품의 흥미를 높임.
[01-①] 춘향과의 이별을 어찌할 수 없는 것으로 받아들임.

2 춘향이 대답하되, 우리 당초에 광한루에서 만날 적에 내가 먼저 도련님더러 살자 하였소? 도련님이 먼저 나에게 하신 말씀은 다 잊어 계시오? 이런 일이 있겠기로 처음부터 마다하지 아니하였소? 우리가 그때 맺은 금석 같은 약속 오늘날 다 허사로세! 이리해서 분명 못 데려가겠소? 진정 못 데려가겠소? 떠보려고 이리하시오? 끝내 아니 데려가시려 하오? 정 아니 데려가실 터이면 날 죽이고 가오! [A]

[01-②] 춘향이 도련님과의 처음 만남 때부터 이별의 가능성을 우려함.
[05-②] 질문의 연속 → 분량을 늘리려는 세책업자의 의도와 관련됨.

3 그렇지 않으면 광한루에서 날 호리려고 ㉠명문(明文) 써 준 것이 있으니, ㉡소지(所志) 지어 가지고 본관 원님께 이 사연을 하소연하겠소. 원님이 만일 당신의 귀공자 편을 들어 패소시키시면, 그 소지를 덧붙이고 다시 글을 지어 전주 감영에 올라가서 순사또께 소장(訴狀)을 올리겠소. 도련님은 양반이기에 ㉢편지 한 장만 부치면 순사또도 같은 양반이라 또 나를 패소시키거든, 그 글을 덧붙여 한양 안에 들어가서, 형조와 한성부와 비변사까지 올리면 도련님은 사대부라 여기저기 청탁하여 또다시 송사에서 지게 하겠지요. 그러면 그 ㉣판결문을 모두 덧보태어 돌돌 말아 품에 품고 팔만장안 억만가호마다 걸식하며 다니다가, 돈 한 푼씩 빌어 얻어서 동이전에 들어가 바리뚜껑 하나 사고, 지전으로 들어가 장지 한 장 사서 거기에다 언문으로 ㉤상언(上言)을 쓸 때, 마음속에 먹은 뜻을 자세히 적어 이월이나 팔월이나, 동교(東郊)로나 서교(西郊)로나 임금님이 능에 거둥하실 때, 문밖으로 내달아 백성의 무리 속에 섞여 있다가, 용대기(龍大旗)가 지나가고, 협연군(挾輦軍)의 자개창이 들어서며, 붉은 양산이 따라오며, 임금님이 가마나 말 위에 당당히 지나가실 제, 왈칵 뛰어 내달아서 바리뚜껑 손에 들고, 높이 들어 땡땡하고 세 번만 쳐서 억울함을 하소연하는 격쟁(擊錚)을 하오리다! 애고애고 설운지고!

[02-①] '명문'에 담긴 의도 = 도련님이 춘향의 마음을 얻고자 함.
[02-②] '소지'에 담길 내용 = 춘향의 억울함 호소
[02-③] '편지 한 장'의 내용 = 춘향의 소장에 담긴 내용에 대한 반박
[04-①] 양반의 행태에 대한 당대 민중의 시각이 반영됨.
[02-④] 춘향의 패소를 판결한 글 → 도련님에게 약속 파기 책임을 물을 수 없다는 내용
[04-②] 자신이 목표한 것을 이루기 위한 적극적인 면모가 나타남.
[02-⑤] 백성이 임금에게 올리는 글 → 춘향의 '마음속 먹은 뜻'이 담김.

4 그것도 안 되거든, 애쓰느라 마르고 초조해하다 죽은 후에 넋이라도 삼수갑산 험한 곳을 날아다니는 제비가 되어 도련님 계신 처마에 집을 지어, 밤이 되면 집으로 들어가는 체하고 도련님 품으로 들어가 볼까! 이별 말이 웬 말이오?

[01-③] 자연물에 의탁하여 '도련님' 곁에 머물고 싶은 마음 표현

5 이별이란 두 글자 만든 사람은 나와 백 년 원수로다! 진시황이 분서(焚書)할 때 이별 두 글자를 잊었던가? 그때 불살랐다면 이별이 있을쏘냐? 박랑사(博浪沙)*에서 쓰고 남은 철퇴를 천하장사 항우에게 주어 힘껏 둘러메어 이별 두 글자를 깨치고 싶네! 옥황전에 솟아올라 억울함을 호소하여, 벼락을 담당하는 상좌가 되어 내려와 이별 두 글자를 깨치고 싶네!

[01-④, 04-⑤] 고사의 활용 → 도련님과의 이별을 거부하고자 하는 의지 표출. 격정적 면모가 나타남.
[01-⑤] 천상 존재의 힘을 빌려서라도 이별을 막고자 하는 심정

*박랑사: 중국 지명. 장량이 진시황을 암살하려 했던 곳.

(나) 작자 미상, 「춘향이별가」

EBS 연결 고리
2018학년도 수능완성 국어 176쪽

해제 이 작품은 판소리 「춘향가」의 일부분을 노래로 만든 조선 시대의 잡가이다. 당시 인기 있었던 판소리 「춘향가」에서 청중이 사랑하고 좋아하는 부분인 춘향과 이 도령의 이별 장면을 따로 떼어 노래하고 있다. 한편 잡가는 조선 시대 문학 작품 중 일부를 수용하여 당대의 정서를 표출하였고, 또 그중 일부가 국악이나 민요 형식으로 현대에 계승되고 있는 점으로 보아, 과거와 현재를 이어 주는 과도기적인 문학 양식이라 할 수 있다.

주제 이별의 정한(情恨)

짜임

1~2행	춘향과 이 도령의 이별 상황
3~16행	춘향이 이별하지 않겠다는 의지를 드러냄.
17~23행	이 도령이 올라앉은 나귀가 춘향의 가슴을 참.
24~27행	이별의 거부
28~39행	춘향이 몽룡과의 이별을 수용함.

1~2행 이별이라네 이별이라네 이 도령 춘향이가 이별이로다
[05-③, ⑤] 춘향과 이 도령의 이별 상황 - 해설자 역할의 화자가 제시
춘향이가 도련님 앞에 바짝 달려들어 눈물짓고 하는 말이

이별이라네 이별이라네 이 도령과 춘향이가 이별이구나
춘향이가 도련님 앞에 바짝 달려들어 눈물을 지으며 하는 말이

3~16행 도련님 들으시오 나를 두고 못 가리다
[05-⑤] 화자가 '춘향'으로 바뀜.
[05-④] □: 반복 → 춘향의 감정 강조, 청중의 공감을 유발하려는 목적과 관련됨.
나를 두고 가겠으면 홍로화(紅爐火) 모진 불에
[04-③] 죽음을 각오하고서라도 이별을 거부하겠다는 의지 표현
다 사르겠으면 사르고 가시오

날 살려 두고는 못 가시리라

잡을 데 없으시면 ⓐ삼단같이 좋은 머리를
[03-①] 자신도 데려가라는 애원
휘휘칭칭 감아쥐고라도 날 데리고 가시오

살려 두고는 못 가시리다

날 두고 가겠으면 용천검(龍泉劍) 드는 칼로다
[04-③] 죽음을 각오하고서라도 이별을 거부하겠다는 의지의 표현
요 내 목을 베겠으면 베고 가시오

날 살려 두고는 못 가시리라

두어 두고는 못 가시리다

날 두고 가겠으면 ⓑ영천수(潁川水) 맑은 물에다
[03-②, 04-③] 자신을 죽이고 떠나라는 말로, 이별에 대한 강한 거부 의지를 드러냄.
던지겠으면 던지고나 가시오

날 살려 두고는 못 가시리다

[B]

도련님 들으시오 나를 두고 못 가리다
나를 두고 가겠으면 붉게 달아오른 화로의 거센 불에
(나를) 다 불태우겠다면 불태우고 가시오
날 살려 두고는 못 가시리라
잡을 데가 없으시면 (내) 숱 많고 좋은 머리카락을
휘휘칭칭 감아쥐고라도 날 데리고 가시오
(나를) 살려 두고는 못 가시리다
나를 두고 가겠으면 용천검같이 잘 드는 칼로다
요 내 목을 베겠으면 베고 가시오
날 살려 두고는 못 가시리라
(나를) 이대로 두고는 못 가시리라
날 두고 가겠으면 영천수 맑은 물에다
(나를) 던질 수 있으면 던지고나 가시오
날 살려 두고는 못 가시리다

17~23행 이리 한참 힐난하다 할 수 없이 도련님이 떠나실 때
[05-⑤] 화자가 '해설자'로 바뀜. 이별 장면은 그대로 연속됨.
방자 놈 분부하여 나귀 안장 고이 지으니

도련님이 나귀 등에 올라앉으실 때

춘향이 기가 막혀 미칠 듯이 날뛰다가

우르르 달려들어 나귀 꼬리를 부여잡으니
[03-③] 이별을 막으려고 춘향이 나귀의 꼬리를 잡으면서 일어난 상황 → 희화화를 통한 웃음 유발
ⓒ나귀 네 발로 동동 굴러 춘향 가슴을 찰 때

안 나던 생각이 절로 나

이렇게 한참 트집 잡고 따지고 들다가 할 수 없이 도련님 떠나실 때
(도련님이) 방자 놈에게 분부하여 나귀에 안장을 올려놓게 하니
도련님이 나귀 등에 올라앉으실 때
춘향이가 기가 막혀 미칠 듯이 날뛰다가
우르르 달려들어 나귀 꼬리를 부여잡으니
나귀가 네 발을 동동 굴러 춘향의 가슴을 찰 때
안 나던 생각이 (춘향의 머릿속에) 저절로 나

24~26행 그때에 이별 별(別) 자 내인 사람 나와 한 백 년 대원수로다

깨치리로다 깨치리로다 박랑사 중 쓰고 남은 철퇴로
[04-⑤] 이별로 인해 북받치는 감정 토로 → 격정적 면모
천하장사 항우 주어 이별 두 자를 깨치리로다

그때에 이별 '별' 자를 만든 사람이 나와 한 백 년 큰 원수로다
(이별 '별' 자를) 깨부수겠노라 깨부수겠노라 박랑사에서 (장량이 진시황을 죽이고자) 쓰고 남은 쇠몽둥이로
천하장사 항우에게 주어 이별 두 글자를 깨부수겠노라

27~39행 할 수 없이 도련님이 떠나실 때

향단이 준비했던 주안을 갖추어 놓고

풋고추 겨리김치 문어 전복을 곁들여 놓고

잡수시오 잡수시오 이별 낭군이 잡수시오
[04-③, ④] 이별의 수용 → 서글픈 현실을 감내하는 수용적 면모
언제는 살자 하고 화촉동방(華燭洞房) 긴긴 밤에

청실홍실로 인연을 맺고 백 년 살자 언약할 때

물을 두고 맹세하고 산을 두고 증삼(曾參)* 되자더니

ⓓ산수 증삼은 간 곳이 없고
[03-④] 백 년을 함께 살자던 언약이 깨짐. → 이별의 비애감 심화
이제 와서 이별이란 웬 말이오

잘 가시오
[04-③] 이별의 수용
잘 있거라

산첩첩(山疊疊) 수중중(水重重)한데 부디 편안히 잘 가시오
[04-③] 이별의 수용
나도 ⓔ명년 양춘가절*이 돌아오면 또다시 상봉할까나
[03-⑤] 의문의 형식을 통해 재회를 확신할 수 없음을 드러냄.

할 수 없이 도련님이 떠나실 때
향단이가 준비했던 술과 안주가 있는 술상을 갖추어 놓고
풋고추 겨리김치 문어 전복을 곁들여 놓고
잡수시오 잡수시오 이별하는 낭군이 잡수시오
언제는 (함께) 살자 하고 화촉동방 긴긴 밤에
청실홍실로 인연을 맺고 백 년 살자 약속할 때
물을 두고 맹세하고 산을 두고 이 약속 반드시 지키자 하더니
이 약속은 간 곳이 없고
이제 와서 이별이란 웬 말이오
잘 가시오
잘 있거라
산이 첩첩, 물이 중중 (길이 험하니) 부디 편안히 잘 가시오
나도 내년에 따뜻하고 화창한 봄이 돌아오면 또다시 (임을) 만날 수 있을까 (알 수 없구나)

*증삼: 공자의 제자. 고지식하여 약속을 반드시 지킴.
*양춘가절: 따뜻하고 좋은 봄철.

01 인물의 성격, 태도 파악 답 ④

선지별 선택 비율	①	②	③	④	⑤
	4%	21%	7%	54%	11%

(가)에 대한 이해로 적절하지 않은 것은?

정답 띵!동!

→ 진시황, 박랑사와 관련된 고사 활용
→ '이별'이란 글자를 없애고 싶은 마음

④ '춘향'은 고사를 활용하여 ~~자신의 상황이 역사적 사건과 관련되어 있음~~을 말하고 있다.
└→ '도련님'과의 이별을 거부하고자 하는 의지를 표현함.

| (가) - <5> 진시황이 분서할 때 이별 두 글자를 잊었던가? 그때 불살랐다면 이별이 있을쏘냐? 박랑사에서 쓰고 남은 철퇴를 천하장사 항우에게 주어 힘껏 둘러메어 이별 두 글자를 깨치고 싶네!

| 뭔말?

· '도련님'이 이별을 고하자, '춘향'은 '도련님'과의 이별을 거부하며 '이별'이라는 글자를 깨치고 싶다고 함.

· 이때 '춘향'은 '이별'이라는 글자를 없애고 싶은 마음을 진시황, 박랑사와 관련된 고사를 활용하여 표현하고 있을 뿐, 자신의 상황이 역사적 사건과 관련되어 있음을 말하고 있지 않음.

오답 땡!

① '도련님'은 이별의 상황이 자신의 입장에서는 불가피한 것임을 드러내고 있다.
└→ 어르신네 공조참의 승진으로 벌어진 일이라고 생각함.

| (가) - <1> 나는 아마도 못 살겠다! 내 마음에는 어르신네 공조참의 승진 말고, 이 고을 풍헌만 하신다면 이런 이별 없을 것을, 생눈 나올 일을 당하니, 이를 어이한단 말인고? ~ 누구를 탓하겠냐마는 속절없이 춘향을 어찌할 수 없네! 네 말이 다 못 될 말이니, 아무튼 잘 있거라!

| 뭔말?

· '도련님'은 '어르신네 공조참의 승진'이 아니었다면 '이런 이별 없을 것'이라며 춘과의 이별을 어쩔 수 없는 일, 불가피한 일로 받아들이고 있음.

· 또한 '도련님'의 말 '누구를 탓하겠냐마는 속절없이 춘향을 어찌할 수 없네!'에서도 이별의 상황이 자신의 입장에서는 불가피한 것임을 드러내고 있음.

② '춘향'은 '도련님'을 처음 만날 때부터 이별의 상황을 우려하였음을 말하고 있다.

| (가) - <2> 이런 일이 있겠기로 처음부터 마다하지 아니하였소?
└→ 이별

| 뭔말?

· '춘향'은 '도련님'과 처음 만날 때부터 '이런 일', 즉 지금과 같은 이별의 상황을 우려하여 '도련님'과의 만남을 마다했다고 함.

③ '춘향'은 '도련님' 곁에 머물고 싶은 마음을 자연물에 의탁하여 드러내고 있다.
└→ 제비

| (가) - <4> 애쓰느라 마르고 초조해하다 죽은 후에 넋이라도 삼수갑산 험한 곳을 날아다니는 제비가 되어 도련님 계신 처마에 집을 지어, 밤이 되면 집으로 들어가는 체하고 도련님 품으로 들어가 볼까!

| 뭔말?

· '춘향'은 '제비'가 되어 도련님 계신 처마에 집을 지어 도련님 품으로 들어가 볼까 한다며 제비라는 자연물에 의탁해 '도련님'과 함께하고 싶은 마음을 드러냄.

⑤ '춘향'은 천상의 존재에게 억울함을 전하는 상황을 설정하여 자신의 감정을 드러내고 있다.
└→ '옥황전'에 머무는 존재 = 옥황상제

| (가) - <5> 옥황전에 솟아올라 억울함을 호소하여, 벼락을 담당하는 상좌가 되어 내려와 이별 두 글자를 깨치고 싶네!

| 뭔말?

· '춘향'은 '옥황전'에 올라 천상의 존재인 옥황상제에게 이별로 인한 억울함을 전하는 상황을 설정하여 이별의 안타까움, 슬픔을 표현하고 있음.

매웠지?

꿀피스 Tip!

▸ 이 문제가 사실 어렵지 않은 문제임에도 정답 선택률이 꽤 낮은 편이야. 왜 이런 일이 벌어졌을까? 그건 선지 ②의 선택률이 높았던 것에서 이유를 추측해 볼 수 있어. 그게 무슨 얘기냐고? ②를 정답으로 생각해 선택한 학생들이 나머지 선지들을 보지 않고 다음 문제로 넘어갔을 가능성이 크다는 거지. 문제 푸는 데 시간을 절약하려면 쉬운 문제는 정답 체크만 하고 바로바로 넘어가야 한다는 생각이 강했던 거야. **아무리 정답 같이 느껴져도** (그게 정답이라는 것이 100% 보장된 것이 아니잖아.) **다른 선지들의 적절성도 판단해 봐야 하는데, 자신이 선택한 답이 정답이라는 아주 오만한(?) 생각을 한 거지.**

▸ 그렇다면 왜 ②를 적절하지 않은 설명으로 이해했을까? (가)를 보면 모든 문단이 아주 긴 줄글로 이루어져 있지? **이 문제의 함정은 바로 지문이 이처럼 긴 줄글로 이루어져 있다는 거였어.** 뭔 소리냐고? **이렇게 여러 문장이 줄줄이 이어져서 문단을 이루면, 글을 읽다가 놓치는 문장들이 생기게 마련이잖아.** 그래서 '이런 일이 있겠기로 처음부터 마다하지 아니하였소?'라는 춘향의 말을 대수롭지 않게 넘겼을 것으로 보여. 여기서 '처음부터'는 춘향이 이몽룡을 만난 처음을 말하는 거지. 그리고 '마다하'였다는 것은 이몽룡을 거부했다는 거야. 왜? '이런 일이 있겠기로'라고 했잖아. '이런 일'이 뭐야? 바로 현재의 이별 상황인 거지. 이를 종합해 보면, 춘향은 이몽룡과 처음 만날 때부터 앞으로 이별의 상황이 발생할 것을 알고 이를 우려해서 이몽룡과 사귀지 않으려고 했다는 거야.

▸ 그렇다면 이런 지문에서 오답을 고르지 않으려면 어떻게 해야 할까? 다른 방법이 없어. 그저 꼼꼼하게 자세히 살펴보며 읽는 수밖에. **평소에 (가)와 같은 형태의 글을 많이 읽고 분석해 보면서 이런 형태의 글에 익숙해지는 방법이 가장 최선의 방법일 듯하네.**

▸ 만약 ②를 선택하지 않고 나머지 선지들도 살펴보았다면 정답 선지를 고를 가능성도 있었겠지? 그럼 정답 선지 ④를 보자. 판단해야 할 요소가 뭐지? 일단 '고사를 활용'이네. (가)가 긴 줄글로 되어 있어서 고사가 어디에 사용되었는지 확인하기 힘들었을 수도 있어. **그런데 마지막에 주석으로 제시된 '박랑사'를 보면 '중국', '진시황' 등이 등장하네. 바로 고사가 활용된 거지.** 그럼 어떻게 해야 해? 맞아. '박랑사'가 있는 부분을 찾아 내용을 확인해 봐야지.

▸ **수능에서 어휘 풀이가 제시되었다는 것은 그 단어나 구절이 문제와 관련이 있다는 뜻이야. 그런데 대부분의 학생들이 그저 어휘 풀이구나 하고 넘어가는 경우가 많아.** 그러면 안 되겠지? 이제부터라도 **지문의 마지막에 어휘 풀이가 제시되면 관련 문제가 있을 것임을 염두에 두도록 해.** 이 문제에서도 고사가 활용된 부분을 찾는 데 '박랑사'가 아주 중요한 역할을 하잖아.

▸ '고사 활용'이 맞는 설명인 것을 확인했으면 선지 뒷부분의 설명이 적절한지 판단해 봐야겠지? 춘향이 '박랑사'를 언급한 것이 '자신의 상황이 역사적 사건과 관련되어 있음'을 드러내기 위한 의도일까? 아니지. 춘향이 '고사를 활용'하는 이유는 현재 자신의 심정을 말하기 위한 것이잖아. 그 심정이 뭐야? 바로 이몽룡과 절대로 이별할 수 없다는 거잖아. 그러니 역사적 사건과 관련 있다는 말은 적절하지 않아.

02 소재의 의미와 기능 파악 답 ④

선지별 선택 비율	①	②	③	④	⑤
	3%	4%	3%	78%	9%

㉠~㉤에 대한 설명으로 가장 적절한 것은?

정답 띵!동!

④ ㉣: '도련님'에게는 약속 파기의 책임을 물을 수 없음을 밝히는 내용이 담길 것이다.
→ 춘향이 약속 파기의 억울함을 호소하였으나, 도련님이 여기저기 청탁하여 자신의 입장에서 유리하게 받은 판결문이므로

| (가) – ⟨3⟩ 도련님은 사대부라 여기저기 청탁하여 또다시 송사에서 지게 하겠지요. 그러면 그 ㉣판결문을 모두 덧보태어

| 뭔말?

· '춘향'은 억울함을 호소하는 송사를 하겠다고 하였으나 곧, 도련님은 사대부라 여기저기 청탁하여 또다시 송사에서 지게 할 것이라고 예상함.

· 따라서 ㉣ '판결문'에는 '도련님'의 입장에서 유리한 말, 즉 '도련님'에게 '춘향'과의 약속을 파기한 죄를 물을 수 없다는 내용이 담길 것이라는 추측이 가능함.

오답 땡!

① ㉠: ~~'도련님'의 마음을 확인하고자 '춘향'이 쓴 글이다~~.
→ 춘향의 마음을 얻으려고 도련님이 쓴 글에 해당함.

| (가) – ⟨3⟩ 광한루에서 날 호리려고 ㉠명문 써 준 것

| 뭔말?

· '춘향'의 말 '광한루에서 날 호리려고'로 보아, ㉠ '명문'은 '도련님'이 광한루에서 '춘향'의 마음을 얻고자 쓴 글에 해당함.

② ㉡: ~~'도련님'이 자신의 무고함을 밝히는 내용~~이 담길 것이다.
→ 춘향의 자신의 억울함을 호소하는 내용

| (가) – ⟨3⟩ ㉡소지 지어 가지고 본관 원님께 이 사연을 하소연하겠소.

| 뭔말?

· '춘향'이 소지를 지어 본관 원님께 자신의 억울한 사연을 하소연하겠다고 하였으므로, ㉡ '소지'에는 '춘향'이 자신의 억울함을 호소하는 내용이 담길 것임.

· 참고로, '소지'는 예전에, 청원이 있을 때에 관아에 내던 서면을 의미함.

③ ㉢: ~~'춘향'과의 친밀감을 강화하려는 '도련님'의 마음을 전하는 내용~~이 담길 것이다.
→ 춘향의 말에 반박하는 말, 순사또에게 재판을 청탁하는 내용

| (가) – ⟨3⟩ 도련님은 양반이기에 ㉢편지 한 장만 부치면 순사또도 같은 양반이라 또 나를 패소시키거든,

| 뭔말?

· '춘향'은 억울함을 호소하는 송사를 하면 '도련님'이 순사또에게 편지 한 장 부쳐 '춘향'을 패소시킬 것이라 예상함.

· 정리하면, ㉢ '편지 한 장' = 도련님이 순사또에게 춘향의 패소를 청탁하는 글 → '도련님'이 죄가 없음을 밝히는 글에 해당함.

⑤ ㉤: '춘향'이 ~~'순사또'의 힘을 빌려~~ '임금'에게 자신의 입장을 전하는 내용이 담길 것이다.
→ 춘향이 스스로의 힘으로 장지를 마련하여 언문으로 쓰려는 글임.

| (가) – ⟨3⟩ 순사또도 같은 양반이라 또 나를 패소시키거든, ~ 지전으로 들어가 장지 한 장 사서 거기에다 언문으로 ㉤상언을 쓸 때, 마음속에 먹은 뜻을 자세히 적어
→ 백성이 임금에게 글을 올리는 일

| 뭔말?

· '춘향'의 말 '언문으로 상언을 쓸 때, 마음속에 먹은 뜻을 자세히 적어'로 보아 ㉤ '상언'에는 '춘향'이 '임금'에게 자신의 입장을 전하는 내용이 자세히 담길 것이라 예상할 수 있음.

· 그러나 '춘향이' '순사또'의 힘을 빌린다고 하지는 않았으므로 '춘향'이 ㉤ '상언'을 '순사또'의 힘을 빌려 전한다는 내용은 적절하지 않음.

03 작품의 내용 이해 답 ④

선지별 선택 비율	①	②	③	④	⑤
	2%	3%	7%	83%	2%

ⓐ~ⓔ에 대한 설명으로 가장 적절한 것은?

정답 띵!동!

④ ⓓ는 기대가 어긋나 버린 사정을 부각하여 비애감을 심화하는 표현이다.

| (나) – ⟨32~35행⟩ 청실홍실로 인연을 맺고 백 년 살자 언약할 때 / 물을 두고 맹세하고 산을 두고 증삼 되자더니 / ⓓ산수 증삼은 간 곳이 없고 / 이제 와서 이별이란 웬 말이오

| 뭔말?

· '춘향'과 '도련님'은 언약할 때 물과 산을 두고 서로 변치 말자 맹세하며 함께 '증삼'이 되자고 함. → '산수' · '증삼' = 두 인물이 백년가약을 맹세한 대상

· 그런데 ⓓ에서 '산수 증삼'이 간 곳이 없다고 하였으므로, 이는 '춘향'과 '도련님'의 맹세가 깨어져 버린 상황을 부각하여 '춘향'의 비애감을 심화하는 표현이라고 할 수 있음.

오답 땡!

① ⓐ는 ~~인물이 지닌 자부심을 환기하여 좌절감을 완화~~하는 소재이다.
→ 이별을 피하고 싶은 마음, 도련님과 함께하고 싶은 간절한 마음을 부각

| (나) – ⟨7~8행⟩ 잡을 데 없으시면 ⓐ삼단같이 좋은 머리를 / 휘휘칭칭 감아쥐고라도 날 데리고 가시오

| 뭔말?

· '춘향'은 '도련님'에게 자신을 두고는 한양으로 가지 못한다고 말하면서 '잡을 데 없으시면 삼단같이 좋은 머리'를 감아쥐고서라도 데려가 달라고 애원함.

· 이로 보아, ⓐ '삼단같이 좋은 머리'는 이별을 피하고 싶은 '춘향'의 간절함을 드러내는 소재에 해당함.

② ⓑ는 ~~초월적 공간에 대한 지향을 드러내어 현재의 고통과 대비~~하기 위한 소재이다.
↳ 죽음을 각오할 정도로 도련님과 이별하고 싶지 않은 심정을 표현

| (나) - 〈14~15행〉 날 두고 가겠으면 ⓑ영천수 맑은 물에다 / 던지겠으면 던지고나 가시오

| 뭔말?

· '춘향'은 '도련님'에게 자신을 두고 가겠으면 '영천수 맑은 물에다' 던지고 가라고 하며 자신을 살려 두고는 못 갈 것이라고 함.

· 이로 보아, ⓑ '영천수 맑은 물'은 죽음을 각오하고서라도 '도련님'을 붙잡고 싶은 '춘향'의 절박한 심정을 드러내는 소재에 해당함.

춘향이 나귀의 발에 차이는 모습 / 이별의 상황을 표현할 뿐, 당면한 현실 풍자와는 관계없음.

③ ⓒ는 부정적인 상황을 희화화함으로써 ~~당면한 현실을 풍자하는 표현~~이다.

문학 개념어(014)

| (나) - 〈20~22행〉 춘향이 기가 막혀 미칠 듯이 날뛰다가 / 우르르 달려들어 나귀 꼬리를 부여잡으니 / ⓒ나귀 네 발로 동동 굴러 춘향 가슴을 찰 때

| 뭔말?

· '춘향'은 '도련님'과 이별하는 상황에서 기가 막혀 미칠 듯이 날뛰고 나귀에 달려들어 나귀 꼬리를 부여잡다가 나귀의 발에 가슴을 차임.

· 이것은 '도련님'과의 이별이라는 부정적인 상황을 '춘향'이 나귀의 발에 차이는 모습으로 표현하여 희화화한 것이나, 현실을 풍자하는 것과는 거리가 멂.

⑤ ⓔ는 ~~미래에 대한 전망을 바탕으로 대상과의 재회를 확신~~하는 표현이다.
↳ '~ 상봉할까나'는 의문이나 추측을 나타내는 표현. 춘향은 이별을 받아들이며 도련님과의 재회를 확신하지 못함!

| (나) - 〈38~39행〉 산첩첩 수중중한데 부디 편안히 잘 가시오 / 나도 ⓔ명년 양춘가절이 돌아오면 또다시 상봉할까나

| 뭔말?

· '춘향'은 ⓔ에 앞서, '산첩첩 수중중한데 부디 편안히 잘 가시오'라고 하며 '도련님'과의 이별을 받아들임.

· 그리고 ⓔ '명년 양춘가절이 돌아오면 또다시 상봉할까나'와 같이 의문을 표현하고 있으므로, 이는 '도련님'과의 재회를 확신하지 못하는 모습에 해당함.

04 인물의 심리와 태도 파악 답 ③

선지별 선택 비율	①	②	③	④	⑤
	5%	3%	81%	6%	3%

〈보기〉를 바탕으로 (가), (나)를 이해한 내용으로 적절하지 않은 것은?

보기

여러 작품에서 '춘향'은 다양한 면모를 지닌 인물로 형상화되었다. '춘향'은 원치 않는 상황을 받아들이는 수용적 면모를 보이기도, 목표를 이루려 단호하게 행동하는 적극적 면모를 보이기도 한다. 신세를 한탄하며 절규하는 격정적 면모를 드러내는가 하면, 문제를 숙고하여 대응책을 모색하는 치밀한 면모를 표출하기도 한다. 한편 '춘향'은 당대 민중의 시각을 대변하는 면모를 지니기도 한다.

정답 띵!동!

③ (나)에서 ~~이별 후 자신이 겪을 고난을 말하며~~ '도련님'의 마음을 돌리려는 모습을 통해, ~~문제 해결책을 강구하는 '춘향'의 치밀한 면모~~를 확인할 수 있다.
→ 찾아볼 수 없는 내용. 차라리 죽음을 택하겠다며 도련님과의 이별을 거부함.
↳ 마지막 부분에 이르러 이별(문제 상황)을 수용함. 해결책 강구 X

| 〈보기〉 '춘향'은 원치 않는 상황을 받아들이는 수용적 면모를 보이기도, 목표를 이루려 단호하게 행동하는 적극적 면모를 보이기도 한다.

| (나) - 〈4~16행〉 나를 두고 가겠으면 홍로화 모진 불에 / 다 사르겠으면 사르고 가시오 / 날 살려 두고는 못 가시리라 ~ 날 두고 가겠으면 영천수 맑은 물에다 / 던지겠으면 던지고나 가시오 / 날 살려 두고는 못 가시리라
→ 이별을 하느니 차라리 죽음을 택하겠다는 태도

| (나) - 〈27~36행〉 할 수 없이 도련님이 떠나실 때 / 향단이 준비했던 주안을 갖추어 놓고 / ~ 잘가시오 → 이별을 수용하는 모습

| 뭔말?

· (나)에서 '춘향'은 이별 후 자신이 겪을 고난을 말하는 것이 아니라 차라리 죽음을 택하겠다는 의지를 드러내며 '도련님'의 마음을 돌리려는 모습을 보임.

· 그리고 문제(이별 상황)를 해결할 수 있는 방안을 강구하는 것이 아니라 '도련님'과의 이별을 받아들이는 모습을 보임. 그러므로 문제 해결책을 강구하는 '춘향'의 치밀한 면모를 확인할 수 있다는 내용은 적절하지 않음.

오답 땡!

① (가)에서 양반들이 한통속이어서 '도련님'을 두둔할 것이라고 언급하는 모습을 통해, 민중의 입장을 취하는 '춘향'의 면모를 확인할 수 있다.

| 〈보기〉 한편 '춘향'은 당대 민중의 시각을 대변하는 면모를 지니기도 한다.

| (가) - 〈3〉 소지를 지어 가지고 본관 원님께 이 사연을 하소연하겠소. 원님이 만일 당신의 귀공자 편을 들어 패소시키면 ~ 도련님은 양반이기에 편지 한 장만 부치면 순사또도 같은 양반이라 또 나를 패소 ~ 형조와 한성부와 비변사까지 올리면 도련님은 사대부라 여기저기를 청탁하여 또다시 송사에서 지게 하겠지요.

| 뭔말?

· (가)에서 '춘향'은 자신을 데려가지 않으면 자신의 사연을 원님, 순사또, 형조, 한성부, 비변사에게 알리겠다고 하면서도, 그들도 같은 양반(사대부)인 '도련님'의 편을 들 것이라 예상함.

· 이는 양반의 행실에 대해 민중의 입장을 취하는 '춘향'의 면모로 볼 수 있음.

② (가)에서 구걸하고 다니면서라도 자신의 상황을 알리겠다는 모습을 통해, 뜻한 바를 성취하려는 '춘향'의 적극적 면모를 확인할 수 있다.
↳ 자신의 억울함을 호소하려고 함.

| 〈보기〉 목표를 이루려 단호하게 행동하는 적극적 면모를 보이기도 한다.

| (가) - 〈3〉 팔만장안 억만가호마다 걸식하며 다니다가, 돈 한 푼씩 빌어 얻어서 동이전에 들어가 바리뚜껑 하나 사고, 지전으로 들어가 장지 한 장 사서 거기에다 언문으로 상언을 쓸 때,

| 뭔말?

· (가)에서 '춘향'은 자신의 억울함을 호소하기 위해 벌인 송사에서 지게 될 경우 판결문을 모아 품에 품고 구걸하고 다니면서 돈을 모아 마음속의 뜻을 상언으로 써서 임금님께 나아가 자신의 억울함을 알리겠다고 함.

· 이는 뜻한 바(= 억울함 호소)를 성취하려는 '춘향'의 적극적 면모로 볼 수 있음.

④ (나)에서 '도련님'에게 주안을 올리며 어쩔 수 없이 이별을 받아들이는 모습을 통해, 서글픈 현실을 감내하려는 '춘향'의 수용적 면모를 확인할 수 있다.

| 〈보기〉 '춘향'은 원치 않는 상황을 받아들이는 수용적 면모를 보이기도,

| (나) - 〈27~30행〉 할 수 없이 도련님이 떠나실 때 / 향단이 준비했던 주안을 갖추어 놓고 / 풋고추 겨리김치 문어 전복을 곁들여 놓고 / 잡수시오 잡수시오 이별 낭군이 잡수시오

| (나) - 〈36~38행〉 잘 가시오 ~ 부디 편안히 잘 가시오

| 뭔말?

· (나)에서 '춘향'은 '할 수 없이 도련님이 떠나실 때' 주안을 올리며 '잘 가시오', '부디 편안히 잘 가시오'라며 이별을 받아들임.

· 이는 원치 않는 상황, 즉 이별이라는 서글픈 현실을 감내하려는 '춘향'의 수용적 면모로 볼 수 있음.

⑤ **(가), (나)에서 '이별'이라는 두 글자를 철퇴로 깨뜨리고자 하는 모습을 통해, 북받친 감정을 토로하면서 탄식하는 '춘향'의 격정적 면모를 확인할 수 있다.**

| 〈보기〉 신세를 한탄하며 절규하는 격정적 면모를 드러내는가 하면,

| (가) – 〈5〉 박랑사에서 쓰고 남은 철퇴를 천하장사 항우에게 주어 힘껏 둘러메어 이별 두 글자를 깨치고 싶네!

| (나) – 〈25~26행〉 깨치리로다 깨치리로다 박랑사 중 쓰고 남은 철퇴로 / 천하장사 항우 주어 이별 두 자를 깨치리로다

| 뭔말?

· (가), (나) 모두에서 '춘향'은 '이별'이라는 글자를 원수로 여기고 천하장사 항우에게 철퇴를 주어 이를 깨뜨리고 싶다고 말하며 이별의 상황을 한탄함.

· 이는 이별하는 자신의 신세를 한탄하면서 북받친 감정을 토로하는 '춘향'의 격정적인 면모로 볼 수 있음.

05 외적 준거에 따른 작품 감상 답 ⑤

선지별 선택 비율	①	②	③	④	⑤
	3%	12%	12%	6%	65%

〈보기〉를 바탕으로 [A], [B]를 감상한 내용으로 적절하지 않은 것은? [3점]

보기

조선 후기에 책을 대여하고 값을 받는 세책업자는 「춘향전」을 (가)와 같은 세책본 소설로, 유흥적 노래를 지은 잡가의 담당층은 「춘향전」의 대목을 (나)와 같은 잡가로 제작했다. 세책업자는 과장되고 재치 있는 표현을 활용하여 흥미를 높이거나 특정 부분의 분량을 늘려 이윤을 얻으려 했다. 잡가의 담당층은 노래의 내용을 단시간에 전달하기 위해 상황을 집약해 설명하고 인물의 감정을 드러내는 가사를 반복해 청중의 공감을 끌어냈다. 연속되지 않은 장면들을 엮어 노래를 구성할 때에는 작품 속 화자의 역할이 바뀌기도 하였다.

정답 땡! 동!

⑤ **[B]에서 화자가 해설자에서 인물로 역할을 바꾸는 것은 ~~연속되지 않은 장면들이 엮여 작품이 구성되었음~~을 알게 해 주는 단서이겠군.**
└ 연속적인 장면에서 춘향과 도련님의 이별 상황을 일관되게 서술함.

| 〈보기〉 연속되지 않은 장면들을 엮어 노래를 구성할 때에는 작품 속 화자의 역할이 바뀌기도 하였다.

| (나) – [B] 이별이라네 이별이라네 이 도령 춘향이가 이별이로다 / 춘향이가 도련님 앞에 바짝 달려들어 눈물짓고 하는 말이 → 해설자의 역할을 하는 화자

| (나) – [B] 도련님 들으시오 나를 두고 못 가리다 ~ 날 살려 두고는 못 가시리다 → 춘향의 역할을 하는 화자

| 뭔말?

· [B]에서 화자는 '이별이라네 ~ 눈물짓고 하는 말이'에서 해설자의 역할을, 이후 대목에서는 '춘향'의 역할을 하므로, '해설자 → 인물'의 역할 바꿈은 일어남.

· 그러나 연속적인 장면에서 '춘향'과 '도련님'의 이별 장면이 서술됨.

오답 땡!

① **[A]에서 '생눈 나올 일'이라는 과장된 표현을 쓴 것은 작품의 흥미를 높이려는 취지와 관련되겠군.**
(→ 생눈 나올 일 = 춘향과의 이별을 과장되게 표현한 것)

| 〈보기〉 세책업자는 과장되고 재치 있는 표현을 활용하여 흥미를 높이거나

| (가) – [A] 생눈 나올 일을 당하니, 이를 어이한단 말인고?

| 뭔말?

· 〈보기〉에서 세책업자가 '과장되고 재치 있는 표현을 활용하여 흥미를 높이'려 했다는 내용 확인할 수 있음.

· 이로 보아, '도련님'이 춘향과의 이별 상황을 '생눈 나올 일'과 같이 과장되게 표현한 것은 작품의 흥미를 높이기 위한 취지와 관련됨.

② **[A]에서 '도련님'에게 거듭하여 묻는 형식을 사용한 것은 분량을 늘리려는 의도와 관련되겠군.**

| 〈보기〉 특정 부분의 분량을 늘려 이윤을 얻으려 했다.

| (가) – [A] 우리 당초에 광한루에서 만날 적에 내가 먼저 도련님더러 살자 하였소? 도련님이 먼저 나에게 하신 말씀은 다 잊어 계시오? 이런 일이 있겠기로 처음부터 마다하지 아니하였소? ~ 이리해서 분명 못 데려가겠소? 진정 못 데려가겠소? 떠보려고 이리하시오? 끝내 아니 데려가시려 하오?

| 뭔말?

· 〈보기〉에서 세책업자가 '특정 부분의 분량을 늘려 이윤을 얻으려' 했다는 내용을 확인할 수 있음.

· 이로 보아, '춘향'이 '도련님'에게 이별의 안타까움을 드러내며 거듭하여 묻는 형식을 사용한 것은 분량을 늘리기 위한 의도와 관련됨.

③ **[B]에서 첫 행에 작품의 상황을 제시한 것은 청중을 작품의 내용에 빠르게 끌어들이려는 전략과 관련되겠군.**
(→ 이 도령과 춘향의 이별 상황)

| 〈보기〉 잡가의 담당층은 노래의 내용을 단시간에 전달하기 위해 상황을 집약해 설명하고

| (나) – [B] 이별이라네 이별이라네 이 도령 춘향이가 이별이로다

| 뭔말?

· 〈보기〉에서 '잡가의 담당층은 노래의 내용을 단시간에 전달하기 위해 상황을 집약해 설명하고' '청중의 공감을 끌어냈다'는 내용을 확인할 수 있음.

· 이로 보아, 첫 행에서 춘향'과 '도련님'의 이별 상황을 집약적으로 제시한 것은 청중을 작품의 내용에 빠르게 끌어들이기 위한 전략에 해당함.

④ **[B]에서 '못 가시리다'라는 구절을 반복하여 인물의 감정을 강조한 것은 청중의 공감을 유발하려는 목적과 관련되겠군.**

| 〈보기〉 인물의 감정을 드러내는 가사를 반복해 청중의 공감을 끌어냈다.

| (나) – [B] 나를 두고 못 가리다 ~ 날 살려 두고는 못 가시리라 ~ 살려 두고는 못 가시리다 ~ 날 살려 두고는 못 가시리라 / 두어 두고는 못 가시리다 ~ 날 살려 두고는 못 가시리다

| 뭔말?

· 〈보기〉에서 잡가의 담당층이 '인물의 감정을 드러내는 가사를 반복'하는 것을 통해 '청중의 공감을 끌어냈'다는 내용을 확인할 수 있음.

· 이로 보아, '못 가시리다'라는 구절을 반복하여 '춘향'의 이별에 대한 절박한 심정을 강조한 것은 이별을 거부하는 춘향의 감정에 대해 청중의 공감을 유발하려는 목적과 관련됨.

기출 속 문학 개념어 사전

풍자(014)

개념	**풍자** 諷 욀 ㉮ 刺 찌를 ㉯
사전적 의미	1. 남의 결점을 다른 것에 빗대어 비웃으면서 폭로하고 공격함. 2. 문학 작품 따위에서, 현실의 부정적 현상이나 모순 따위를 빗대어 비웃으면서 씀.
단계적 이해	① 풍자의 핵심은 부정적 대상이나 현상에 대한 날카로운 비판과 공격이야. ② 부정적 현실이나 모순, 부조리한 대상을 직접적으로 비판하거나 비난하는 것은 풍자가 아니야. 풍자는 왜곡이나 과장, 반어를 통해 놀리듯이, 비웃으면서 드러내는 표현 방식이거든. ③ 풍자와 해학의 가장 큰 차이점은 풍자가 비판과 공격에 초점을 둔다면 해학은 연민과 공감 섞인 웃음에 초점을 둔다는 거야. 물론 풍자와 해학은 동시에 나타나기도 해.

풍자	해학
• 웃음 유발 • 비판 · 공격의 의도	• 웃음 유발 • 연민과 공감의 의도

출제 TIP

• 풍자는 운문보다는 산문에서 많이 찾아볼 수 있는 개념이야. 물론 운문에서도 꽤 출제되었지. 화자나 인물이 부정적으로 바라보는 대상이나 현실이 존재할 때 풍자적 기법이 쓰이지 않았는지 항상 주의해야 해!

• 수능이나 평가원 모의고사에서 풍자와 해학을 구별하라는 문제는 잘 나오지 않아. '비판과 공격'의 의도를 확인하는 선에서 문제를 해결할 수 있을 거야.

소설, 극 문학에서의 풍자

> 말뚝이: (가운데쯤에 나와서) 쉬이. (음악과 춤 멈춘다.) 양반 나오신다아! 양반이라고 하니까 노론(老論), 소론(少論), 호조(戶曹), 병조(兵曹), 옥당(玉堂)을 다 지내고 삼정승(三政丞), 육판서(六判書)를 다 지낸 퇴로 재상(退老宰相)으로 계신 양반인 줄 아지 마시오. 개잘량이라는 '양' 자에 개다리소반이라는 '반' 자 쓰는 양반이 나오신단 말이오.
>
> – 작자 미상, 「봉산 탈춤」

▸ 말뚝이는 양반을 두고 "개잘량이라는 '양' 자에 개다리소반이라는 '반' 자"를 쓴다고 우스꽝스럽게 표현함으로써 양반에 대한 비판적 · 풍자적 태도를 드러내고 있어.

▸ "개잘량이라는 '양' 자에 개다리 소반이라는 '반' 자"는 동음이의어를 통한 언어유희로 해학을 함께 드러내고 있다고 볼 수 있어.

> "화적패가 있너냐아? 부랑당 같은 수령들이 있더냐…? 재산이 있대야 도적놈의 것이요, 목숨은 파리 목숨 같던 말세넌 다 지내 가고오… 자 부아라. 거리거리 순사요, 골골마다 공명헌 정사, 오죽이나 좋은 세상이여… 남은 수십만 명 동병을 히여서, 우리 조선 놈 보호히여 주니, 오죽이나 고마운 세상이여? 으응…? 제 것 지니고 앉아서 편안하게 살 태평 세상, 이걸 태평천하라고 하는 것이여, 태평천하…! (후략)"
>
> – 채만식, 「태평천하」

▸ 식민지 시대를 태평천하라고 말하는 윤 직원 영감을 통해 불의한 시대에 순응하며 살아가는 부정적 인간상을 풍자하고 있어.

시 문학에서의 풍자

> 참새야 어디서 오가며 나느냐,
> 일 년 농사는 아랑곳하지 않고,
> 늙은 홀아비 홀로 갈고 맸는데,
> 밭의 벼며 기장을 다 없애다니.
>
> – 이제현, 「사리화」

▸ 농민들의 땀의 결실인 곡식을 수탈하는 탐관오리들을 참새에 빗대어 현실을 우의적으로 풍자하고 있어.

> 한 줄의 시는커녕
> 단 한 권의 소설도 읽은 바 없이
> 그는 한평생을 행복하게 살며
> 많은 돈을 벌었고
> 높은 자리에 올라
> 이처럼 훌륭한 비석을 남겼다
> (중략)
> 역사는 도대체 무엇을 기록하며
> 시인은 어디에 무덤을 남길 것인가
>
> – 김광규, 「묘비명」

▸ 한 줄의 시, 한 권의 소설도 읽은 바 없는 사람의 묘비를 '훌륭한 비석'이라고 한 것은 반어적 표현에 해당해.

▸ 화자는 물질 만능주의가 만연한 사회 속에서 정신적 가치가 경시되는 현상을 풍자하고 있는 거야.

▸ 본문 018쪽

고전 시가 01

2022학년도 9월 모의평가

01 ④ 02 ② 03 ②

(가) 허난설헌, 「규원가」

EBS 연결 고리
2022학년도 수능특강 문학 061쪽

교과서 연계 정보
작품 문학 금성, 해냄

해제 이 작품은 '원부사(怨夫詞)'로도 불리는 가사로, 독수공방하는 여인의 남편에 대한 그리움과 원망, 남편의 무관심 속에서 늙어 가는 자신의 모습에 대한 한탄이 주를 이루고 있다. 화자의 원망 속에는 조선 시대 가부장적 사회 질서 속에서 인고의 삶을 강요받은 여인들의 한이 내재되어 있다고 할 수 있다. 현전하는 최초의 규방 가사로 알려진 이 작품은 여인의 한스러움을 세련되고 섬세한 문체로 표현하여 높은 문학성을 인정받고 있다.

주제 독수공방하는 여인의 외로움과 임에 대한 원망

짜임

기	과거 회상과 늙음에 대한 한탄
승	임에 대한 원망과 애달픈 심정
전	거문고 연주로 달래는 외로움
결	임에 대한 그리움

기 공후배필은 못 바라도 군자호구 원하더니
삼생의 원업(怨業)이오 월하의 연분으로
[02-⑤] 임과의 인연에 대한 운명적 인식
장안유협(長安遊俠) 경박자(輕薄子)를 ㉠꿈같이 만나 있어
[02-①, ③, ④] 임과 혼인한 일에 대한 회상
당시의 용심(用心)하기 살얼음 디디는 듯
삼오이팔 겨우 지나 천연여질 절로 이니
이 얼골 이 태도로 백년기약하였더니
연광(年光)이 훌훌하고 조물이 다시(多猜)*하여
봄바람 가을 물이 베오리에 북 지나듯 ┐
[01-①] 여성과 밀접한 소재를 통한 세월에 대한 시각적 표현 [A]
설빈화안 어디 두고 면목가증(面目可憎)* 되거고나 ┘
[01-④] 시간에 따라 변화된 화자의 처지
내 얼골 내 보거니 어느 임이 날 괼소냐

높은 벼슬아치의 배필은 못 바라도 군자의 좋은 짝이 되기를 원하였더니
삼생의 원망스러운 업보요 월하노인이 맺어 준 연분으로
장안에서 잘 놀기로 유명한 경박한 사람을 꿈같이 만나 있어
(시집 갈) 당시에 마음 쓰기가 (마치) 살얼음 디디는 듯 (조심스러웠다)
열다섯, 열여섯 살을 겨우 지나 타고난 고운 모습이 저절로 나타나니
이 얼굴과 이 모습으로 평생을 부부로 함께 살자 약속하였더니
세월이 빨리 지나가고 조물주가 시기함이 많아서
봄바람 가을 물이 베틀의 올에 북이 지나가듯 (빨리 흐르니)
꽃같이 아름다운 얼굴 어디 두고 밉게도 되었구나
내 얼굴을 내가 보거니 어느 임이 나를 사랑하겠는가

(중략)

승 옥창에 심은 매화 몇 번이나 피여 진고
겨울밤 차고 찬 제 자최눈 섯거 치고 ┐
[01-②, ⑤] 단어 반복으로 계절의 특성 강조, 대구 활용 [B]
여름날 길고 길 제 궂은비는 무슨 일고 ┘
삼춘화류(三春花柳) 호시절(好時節)의 경물이 시름없다
[03-④] 화자와 대비되는 대상인 '삼춘화류'
가을 달 방에 들고 실솔(蟋蟀)이 상(床)에 울 제
[03-①] 화자의 슬픔이 확장된 대상인 '실솔'
긴 한숨 지는 눈물 속절없이 혬만 많다
[03-⑤] 화자의 슬픔에 대한 직접적 표출

규방 앞에 심은 매화는 몇 번이나 피었다 졌는가
겨울밤 차고 찬 때 자국눈이 섞어 치고
여름날 길고 긴 때 궂은비는 무슨 일인가
봄날 온갖 꽃이 피어나고 버들잎이 돋아나는 좋은 시절에 아름다운 경치를 보아도 아무 생각이 없다
가을 달이 방에 비추고 귀뚜라미가 침상에서 울 때
긴 한숨 흘리는 눈물에 헛되이 생각만 많다

전 아마도 모진 목숨 죽기도 어려울사
도로혀 풀쳐 혜니 이리하여 어이하리
청등을 돌라 놓고 녹기금(綠綺琴) 빗겨 안아
벽련화(碧蓮花) 한 곡조를 시름 좇아 섯거 타니
[03-②] 외부와의 교감 시도
소상야우(瀟湘夜雨)의 댓소리 섯도는 듯
화표천년(華表千年)의 별학이 우니는 듯
옥수(玉手)의 타는 수단 옛 소리 있다마는
부용장(芙蓉帳) 적막하니 뉘 귀에 들리소니
[03-②] 외부와의 교감 실패
간장이 구곡되어 굽이굽이 끊쳤어라

아마도 모진 목숨 죽기도 어렵구나
돌이켜 풀어 헤아려 보니 이렇게 살아서 어찌하리
푸른 등불을 돌려 놓고 푸른빛 거문고를 비스듬히 안아
벽련화 한 곡조를 시름을 섞어 연주하니
소상강 밤비에 대나무 소리가 함께 들리는 듯
(묘앞에 세우는) 망주석 위에 천 년 만에 돌아온 이별한 학이 우니는 듯
아름다운 손으로 연주하는 솜씨는 옛 가락이 아직 남아 있지만
연꽃 무늬 휘장을 친 방 안이 적막하니 (거문고 소리가) 누구 귀에 들리겠는가
마음속이 (괴로움으로) 뒤틀리어 굽이굽이 끊어졌도다

결 차라리 잠을 들어 ㉡꿈에나 보려 하니
[02-②, ③, ④, ⑤] 임을 만날 수 없는 현실에서 선택한 방법
바람의 지는 잎과 풀 속에 우는 짐승
무슨 일 원수로서 잠조차 깨우는다

차라리 잠이 들어 꿈에서나 (임을) 보려고 하니
바람에 지는 잎과 풀 속에 우는 짐승은
무슨 일로 원수가 되어 잠조차 깨우는가

* 다시: 시기가 많음.
* 면목가증: 얼굴 생김이 남에게 미움을 살 만한 데가 있음.

(나) 작자 미상, 「재 위에 우뚝 선 소나무」

EBS 연결 고리
비연계

해제 이 작품은 임과 이별한 후의 슬픔과 그리움을 해학적으로 표현한 사설시조이다. 초장, 중장에서는 임과의 이별로 심리적으로 흔들리는 화자가 '소나무'나 '버들'이 '흔덕흔덕', '흔들흔들'하는 모습에서 동질감을 느끼는 것으로 표현하고 있으며, 종장에서는 '후루룩 비쭉'이라는 표현을 통해 눈물, 콧물을 쏟으며 슬퍼하는 화자의 모습을 우스꽝스럽게 나타내면서 이별의 슬픔을 승화하고 있다.

주제 이별의 슬픔과 임을 그리는 애절한 마음

짜임

초장	소나무가 바람에 흔들리는 모습
중장	버들이 흔들리는 모습
종장	임에 대한 그리움으로 울고 있는 화자의 모습

초장 재 위에 우뚝 선 **소나무 바람 불 적마다 흔덕**흔덕 [C]
[01-③, ⑤] [03-③, ④] 비슷한 의태어와 대구, 화자와 동질적인 대상
중장 개울에 섰는 **버들** 무슨 일 좇아서 흔들흔들

종장 임 그려 우는 눈물은 옳거니와 **입하고 코는** 어이 무슨 일 좇아서
[03-⑤] 슬픔을 우스운 외양으로 표현 → 슬픔과 거리는 두는 방식
후루룩 비쭉 하나니

고개 위에 우뚝 선 소나무는 바람 불 적마다 흔덕흔덕
개울에 서 있는 버들은 무슨 일 좇아서 흔들흔들
임 그리워 우는 눈물은 당연하거니와 입하고 코는 무슨 일 좇아서 어이 후루룩 비쭉 하나니

01 표현상 특징 파악 　　　답 ④

선지별 선택 비율	①	②	③	④	⑤
화작	8%	8%	3%	72%	6%
언매	4%	5%	1%	84%	2%

[A]~[C]의 표현상 특징에 대한 설명으로 적절하지 않은 것은?

정답 딱! 등!

→ [A] 봄바람, 가을 물, [B] 겨울밤, 여름날
④ [A], [B]는 계절적 배경을 알려 주는 시어를 활용하여 ~~시간에 따라 화자의 처지가 달라졌음을 드러내었다.~~
→ [B] X / [A] 시간의 흐름에 따른 화자의 외모 변화 언급

| (가) – [A] 봄바람 가을 물이 베오리에 북 지나듯 / 설빈화안 어디 두고 면목가증 되거고나

| (가) – [B] 겨울밤 차고 찬 제 자최눈 섯거 치고 / 여름날 길고 길 제 궂은비는 무슨 일고

| 뭔말?

· [A]는 '봄바람 가을 물'이라는 시어를 통해 봄과 가을이라는 계절적 배경을 알려 주고 있고, '설빈화안 어디 두고 면목가증 되거고나'라고 하여 세월의 흐름에 따른 화자의 외모 변화를 나타내고 있음.

· [B]도 '겨울밤', '여름날'이라는 시어를 통해 계절적 배경을 알려 주고 있음. 그러나 [B]에서는 계절이 바뀌어도 여전히 외로운 화자의 처지를 드러내고 있을 뿐임.

오답 땡!

→ 베오리, 북: 여성들이 길쌈을 할 때 사용하는 도구
① [A]는 여성의 생활에 밀접한 소재를 활용하여 흘러가는 세월에 대한 화자의 인식을 시각적으로 표현하였다.
→ 세월의 흐름에 대한 인식을 베를 짤 때 베틀에 북이 빠르게 움직이는 것에 비유함.

| (가) – [A] 봄바람 가을 물이 베오리에 북 지나듯 / 설빈화안 어디 두고 면목가증 되거고나

| 뭔말?

· '봄바람 가을 물'은 세월을 의미하고 '베오리'와 '북'은 여성들이 길쌈을 할 때, 즉 옷감을 짤 때 사용하는 도구에 해당함.

· [A]에서는 '베오리에 북 지나듯'이라고 하여 세월이 매우 빠르게 지나간다는 화자의 인식을 시각적으로 표현한 것임.

→ '차고 찬 제', '길고 길 제'
② [B]는 단어를 반복하는 구절을 행마다 사용하여 화자가 주목하는 각 계절의 특성을 강조하였다.
→ 겨울밤의 차가운 특성, 긴 여름날의 특성 강조

| (가) – [B] 겨울밤 차고 찬 제 자최눈 섯거 치고 / 여름날 길고 길 제 궂은비는 무슨 일고

| 뭔말?

· [B]에서는 '차고 찬 제', '길고 길 제'와 같이 단어를 반복하는 구절을 행마다 사용함. 이를 통해 추운 겨울밤의 특성과 긴 여름날의 특성을 강조함.

③ [C]는 두 대상을 발음이 비슷한 의태어로 표현하여 움직이는 모습의 유사성을 드러내었다.
→ 소나무 '흔덕흔덕', 버들 '흔들흔들' → 움직이는 모습의 유사성

| (나) – [C] 재 위에 우뚝 선 소나무 바람 불 적마다 흔덕흔덕 / 개울에 섰는 버들 무슨 일 좇아서 흔들흔들

| 뭔말?

· '소나무'와 '버들'의 모습을 발음이 유사한 '흔덕흔덕', '흔들흔들'이라는 의태어를 사용하여 표현함으로써 두 대상의 움직이는 모습의 유사성을 드러냄.

⑤ [B], [C]는 대구를 활용하여 리듬감을 형성하였다. 　문학 개념어(015)
→ [B]는 '~고 ~ 제 ~고', [C]는 '~에 ~ㄴ(는)'의 구조로 리듬감 형성

| (가) – [B] 겨울밤 차고 찬 제 자최눈 섯거 치고 / 여름날 길고 길 제 궂은비는 무슨 일고

| (나) – [C] 재 위에 우뚝 선 소나무 바람 불 적마다 흔덕흔덕 / 개울에 섰는 버들 무슨 일 좇아서 흔들흔들

| 뭔말?

· [B]는 '~고 ~ 제 ~고'라는 문장 구조를 지닌 두 어구가 서로 대응됨. 이를 통해 리듬감을 형성함.

· [C]는 '~에 ~ 선(섰는)'라는 문장 구조를 지닌 두 어구가 서로 대응됨. 또 '바람 불 적마다 흔덕흔덕'과 '무슨 일 좇아서 흔들흔들'에서도 '흔덕흔덕'과 '흔들흔들'이 대응되며 리듬감을 형성함.

02 시구의 의미 파악 　　　답 ②

선지별 선택 비율	①	②	③	④	⑤
화작	2%	85%	5%	3%	2%
언매	1%	92%	2%	1%	1%

㉠, ㉡에 대한 이해로 가장 적절한 것은?

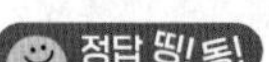

정답 띵!동!

② ㉡은 현실에서는 화자가 문제를 해결할 수 없어서 선택한 방법이다.
└→ 현실: 임을 만나지 못하는 상황 ↔ 꿈: 임과의 만남 소망

| (가) - 〈결〉 차라리 잠을 들어 ㉡꿈에나 보려 하니

| 뭔말?

· (가)의 화자는 임이 집으로 돌아오지 않아 만날 수 없는 상황에 놓여 있음. 따라서 ㉡에서 꿈속에서나마 임을 보려 한다는 것은 현실에서는 문제를 해결할 수 없는 화자가 그 해결 방안으로 선택한 방법임.

오답 땡!

① ㉠은 ~~흐릿한 기억 때문에 혼란스러운 화자의 심정을 나타낸다~~.
└→ 남편과의 혼인 당시를 떠올린 것

| (가) - 〈기〉 월하의 연분으로 / 장안유협 경박자를 ㉠꿈같이 만나 있어

| 뭔말?

· ㉠은 화자가 임과 혼인했던 과거를 떠올리는 부분임. 그와 관련된 기억이 흐릿하다는 것은 알 수 없고 이로 인해 혼란스러운 화자의 심정도 나타나 있지 않음.

┌→ 찾아볼 수 없는 내용

③ ㉠은 ~~임과의 만남에 대한 기대~~에서, ㉡은 ~~임과의 이별에 대한 망각~~에서 비롯된다.
└→ 임에 대한 그리움에서 비롯됨.

| (가) - 〈기〉 장안유협 경박자를 ㉠꿈같이 만나 있어

| (가) - 〈결〉 차라리 잠을 들어 ㉡꿈에나 보려 하니

| 뭔말?

· ㉠은 임과 혼인했던 시절에 대한 회상으로, 임과의 만남에 대한 기대에서 비롯된 것이 아님.

· ㉡은 꿈속에서라도 임과 만나고 싶은 소망, 그리움에서 비롯된 것으로 임과의 이별에 대한 망각과는 관계없음.

┌→ 과거에 임과 혼인한 일을 떠올림.

④ ㉠은 이미 일어난 일에 대해 회상하고, ㉡은 ~~곧 일어날 일에 대해 단정하~~고 있다.
화자의 소망이지 일어날 일에 대한 단정 X ←┘

| 뭔말?

· ㉠은 임과 혼인했던 과거를 떠올리는 것이므로 이미 일어난 일을 회상하는 것임.

· ㉡은 꿈에서라도 임을 보고 싶다는 마음을 드러내고 있을 뿐, 곧 일어날 일에 대해 단정하는 것이 아님.

┌→ 임과의 인연 = 삼생의 원업, 월하의 연분 → 운명적 인식

⑤ ㉠은 ~~인연의 우연성~~에 대한, ㉡은 ~~재회의 필연성에 대한 화자의 우려~~를 드러내고 있다.
화자의 소망일 뿐 재회의 필연성 X 화자의 우려 X ←┘

| (가) - 〈기〉 삼생의 원업이오 월하의 연분으로 / 장안유협 경박자를 ㉠꿈같이 만나 있어

| (가) - 〈결〉 차라리 잠이 들어 ㉡꿈에나 보려 하니 ~ 무슨 일 원수로서 잠조차 깨우는다.

| 뭔말?

· '삼생의 원업', '월하의 연분'으로 보아 화자는 임과의 인연을 운명으로 인식하고 있음. 따라서 임과의 인연을 우연으로 여기지 않으며, 인연의 우연성에 대한 우려를 드러내고 있지도 않음.

· ㉡은 임과의 재회에 대한 간절한 소망을 드러낸 구절임. 그러나 임과 반드시 만날 것이라는 필연성과는 거리가 멀고, 이에 대한 화자의 우려도 찾아볼 수 없음.

매운맛 픽

03 외적 준거에 따른 작품 감상 답 ②

선지별 선택 비율	①	②	③	④	⑤
화작	5%	42%	4%	40%	6%
언매	3%	58%	2%	30%	4%

〈보기〉를 참고하여 (가), (나)를 감상한 내용으로 적절하지 않은 것은? [3점]

보기

(가), (나)는 이별에 대한 서로 다른 대처를 보여 준다. (가)의 화자는 외부와 단절된 채 자신의 쓸쓸한 내면에 몰입하고, 자신의 슬픔을 주변으로 확장한다. (나)의 화자는 외부 대상의 모습에서 자신과의 동질성을 발견하며 슬픔을 확인하면서도, 슬픔을 분출하는 자신의 우스운 외양에 주목한다. (가)는 슬픔을 확장하고 펼쳐 냄으로써, (나)는 슬프지만 슬픔과 거리를 둠으로써 이별에 대처한다.

정답 띵!동!

② (가)에서 '부용장 적막하니 뉘 귀에 들리소니'는 화자가 ~~외부와의 교감을 거부하고 내면에 몰입하는 모습~~을 드러내는군.
└→ 거문고 연주로 외부와의 교감 시도.
→ 들어 줄 사람 없는 처지로, 외부와의 교감에 실패함.

| 〈보기〉 (가)의 화자는 외부와 단절된 채 자신의 쓸쓸한 내면에 몰입하고,

| (가) - 〈전〉 녹가금 빗기 안아 / 벽련화 한 곡조를 시름 좇아 섯거 타니 ~ 부용장 적막하니 뉘 귀에 들리소니

| 뭔말?

· (가)의 화자는 거문고로 '벽련화 한 곡조'를 연주했다는 점에서 외부와의 교감을 시도한 것으로 볼 수 있음.

· 그러나 '뉘 귀에 들리소니'에서 알 수 있듯이 화자가 연주하는 '벽련화 한 곡조'를 들어 줄 사람이 없으므로 외부와의 교감에 실패한 것이라 할 수 있음.

· 따라서 '부용장 적막하니 뉘 귀에 들리소니'가 화자가 외부와의 교감을 거부하고 내면에 몰입하는 모습을 드러낸다는 것은 적절하지 않음.

오답 땡!

┌→ 화자가 느끼는 슬픔을 실솔이 우는 것으로 표현한 것

① (가)에서 '실솔이 상에 울 제'는 화자가 자신의 슬픔을 주변으로 확장한 것을 보여 주는군.

| 〈보기〉 (가)의 화자는 외부와 단절된 채 자신의 쓸쓸한 내면에 몰입하고, 자신의 슬픔을 주변으로 확장한다.

| (가) - 〈승〉 가을 달 방에 들고 실솔이 상에 울 제 / 긴 한숨 지는 눈물 속절없이 헴만 많다

| 뭔말?

· (가)에서 화자는 침상에서 실솔(귀뚜라미)이 우는 소리를 들으며 독수공방의 슬픔을 드러내고 있음. 따라서 '실솔'은 임이 돌아오지 않는 상황에서 화자가 느끼는 슬픔이 투영된 대상으로, 〈보기〉에 따를 때 화자가 자신의 슬픔을 주변으로 확장한 것이라 볼 수 있음.

③ (나)에서 화자는 '소나무'가 '바람 불 적마다 흔덕'거리는 모습에서 자신과의 동질성을 발견한 것이겠군.
└→ 흔들리는 소나무 ≒ 임을 그리워하며 심리적으로 동요하는 화자

| 〈보기〉 (나)의 화자는 외부 대상의 모습에서 자신과의 동질성을 발견하여 슬픔을 확인하면서

| (나) - 〈초장〉 재 위에 우뚝 선 소나무 바람 불 적마다 흔덕흔덕

| (나) – 〈종장〉 임 그려 우는 눈물은 옳거니와 입하고 코는 어이 무슨 일 좇아서 후루룩 비쭉 하나니

| 뭔말?

· 소나무가 바람에 흔들리는 모습을 '흔덕흔덕'으로, 화자가 임이 그리워 눈물 콧물을 흘리는 모습을 '후루룩 삐죽'으로 표현함. 여기서 '소나무'가 흔들리는 모습과 임을 그리워하며 심리적으로 동요되는 화자의 모습은 불안정하게 흔들린다는 점에서 유사함.

· 〈보기〉에 따를 때 이는 화자가 '소나무'가 '바람 불 적마다 흔덕'거리는 모습에서 자신과의 동질성을 발견한 것으로 볼 수 있음.

→ 화자가 동질감을 느끼는 대상

④ (가)의 '삼춘화류'는, (나)의 '버들'과 달리 화자의 내면과 대비되어 외부와의 단절감을 강조하는군.

→ 삼춘화류(아름다운 정경)가 화자의 외로움을 더욱 자극해서 외부와의 단절감을 강조하는 것

| 〈보기〉 (가)의 화자는 외부와 단절된 채 자신의 쓸쓸한 내면에 몰입하고, 자신의 슬픔을 주변으로 확장한다. (나)의 화자는 외부 대상의 모습에서 자신과의 동질성을 발견하며

| (가) – 〈승〉 삼춘화류 호시절의 경물이 시름없다

| (나) – 〈중장〉 개울에 섰는 버들 무슨 일 좇아서 흔들흔들

| (나) – 〈종장〉 임 그려 우는 눈물은 옳거니와 입하고 코는 어이 무슨 일 좇아서 후루룩 비쭉 하나니

| 뭔말?

· (가)의 '삼춘화류 호시절의 경물이 시름없다'에서 화자는 봄날 온갖 꽃이 피고 버들잎이 돋아나는 아름다운 경치를 보아도 남편의 부재로 인해 아무 느낌이 없다고 함. 이로 보아, '삼춘화류'는 임의 부재로 외로워하는 화자의 내면과 대비되는 외부의 대상에 해당함.

· 〈보기〉에 따르면 (가)의 화자는 외부와 단절되어 쓸쓸한 내면에 몰입한다고 했는데, (가)의 '삼춘화류'는 화자의 내면과 대비를 이루고 있으므로 화자가 느끼는 외부와의 단절감을 더욱 강조한다고 볼 수 있음.

· (나)에서 화자는 임이 그리워 울고 있는데, '버들'의 흔들리는 모습에서 그런 자신과의 동질성을 발견하고 있으므로 '버들'은 화자의 내면과 대비되는 대상이 아니며 따라서 외부와의 단절감을 강조하고 있지도 않음.

→ 임을 그리워하며 우는 모습

⑤ (나)의 '후루룩 비쭉'하는 '입하고 코'는, (가)의 '긴 한숨 지는 눈물'과 달리 화자가 자신의 우스운 외양에 주목하여 슬픔과 거리를 두는 것을 보여 주는군.

→ 〈보기〉에서 설명한, (나)의 화자가 이별에 대처하는 방식

| 〈보기〉 (나)의 화자는 ~ 슬픔을 분출하는 자신의 우스운 외양에 주목한다. (가)는 슬픔을 확장하고 펼쳐 냄으로써, (나)는 슬프지만 슬픔과 거리를 둠으로써 이별에 대처한다.

| (가) – 〈승〉 긴 한숨 지는 눈물 속절없이 헴만 많다

| (나) – 〈종장〉 임 그려 우는 눈물은 옳거니와 입하고 코는 어이 무슨 일 좇아서 후루룩 비쭉 하나니

| 뭔말?

· (나)의 '후루룩 비쭉'하는 '입하고 코'는 임을 그리워하며 우는 화자의 모습을 우스꽝스럽게 묘사한 표현임. 이는 〈보기〉에 따르면 슬픔을 분출하는 화자 자신의 우스운 외양에 주목하여 슬픔과 거리를 둠으로써 이별에 대처하는 것으로 볼 수 있음.

· 반면, (가)의 '긴 한숨 지는 눈물'은 남편의 부재로 인한 화자의 슬픔과 서글픔을 직접적으로 보여 주는 것임.

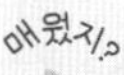

꿀피스 Tip!

▶ 이 문제는 정답 선지 ②와 오답 선지 ④의 선택률이 비슷해. 먼저 정답 선지 ②를 보면, (가)의 '부용장 적막하니 뉘 귀에 들리소니'라는 구절에서 '외부와의 교감을 거부하'는 화자의 모습과 '내면에 몰입하는 모습' 두 가지 요소를 판단해야 해.

▶ 일단 쉬운 것부터 확인하자. '내면에 몰입하는 모습'은 쉽게 알 수 있어. 부용장, 즉 자신이 머무는 공간이 적막하고 자신이 하는 거문고 연주를 들어 줄 사람이 없어 외롭다고 하니 자신의 내면에 몰입해 있는 것은 맞아. 문제가 된 판단 요소는 '외부와의 교감을 거부하'는 모습이야. 〈보기〉의 '외부와 단절된 채'라는 표현에 주목해 이를 외부와의 교감을 거부하는 것으로 잘못 이해했을 수 있어. 화자가 임이 부재하는 상황에서 외부 세계와 잘 교류하고 있지 않은 건 맞아. 그러나 그렇다고 화자가 교감을 거부했을까? 교감은 서로 접촉하여 소통하는 것을 말해. (이 말의 뜻조차 모르는 건 아니겠지?) '자연과의 교감'이란 말 많이 들었지? 뜻을 모르면 이렇게 비슷한 표현을 떠올리면 돼. 어쨌건 교감의 전제는 어떤 대상이 앞에 있어야 하겠지? 그런데 부용장이 적막한 걸 보니 화자 앞에는 아무도 없어. 그런데 문제는 화자가 교감을 거부했느냐는 거야. 화자는 거문고로 벽련화 곡조를 연주하고 있어. 물론 연주는 자신만을 위해 할 수도 있겠지. 그러나 화자는 '뉘 귀에 들리소니'라고 하여 들어 줄 사람을 전제로 하고 있어. 즉 교감하고 싶으나 교감할 사람이 없다는 거야. 그러니 화자는 외부와의 교감을 거부하는 것이 아니라, 거문고 연주를 통해 외부와의 교감을 시도했으나 실패한 거지. 깔끔하게 정리되었지?

▶ 함정 선지 ④에서는 '버들'이 (나)의 화자의 내면과 대비되지는 않는지 확인하고, '삼춘화류'가 (가)의 화자의 내면과 대비되고, 외부와의 단절감을 강조하는지를 판단해야 해. 항상 쉬운 것부터 해결하자! (나)에서 '버들'은 '소나무'와 동격이야. 즉, 임이 그리워 우는 화자가 소나무와 버들이 흔들거리는 모습에서 자신과의 동질성을 발견하지. 그러니 '버들'이 화자의 내면과 대비되지 않는 건 맞아. 그럼 해결의 키는 '삼춘화류'가 잡고 있다는 거네. (가)의 '삼춘화류'는 아름다운 봄 경치를 의미해. 그러니 독수공방으로 외로운 화자의 내면과 대비되는 대상이지. 그런데 화자는 그런 경치는 '시름없다'라고 해. 여기서 '시름없다'는 말은 '아무 생각이 없다.'라는 뜻이야. 혹시 이를 '근심 걱정이 없다.'로 이해한 건 아니겠지? (구박하는 게 아냐.) 그럴 수 있어. 고전 시가에서 '시름'은 주로 그런 의미로 쓰이니까. 그러나 판단은 문맥을 고려해 해야 하는 것. 문맥은 시적 상황에 대한 화자의 정서와 태도를 알면 돼. 그리고 이때 화자의 정서·태도와 비교해 소재가 하는 역할을 파악하면 끝! (가)의 화자는 임의 부재로 인해 봄날의 경치에 관심이 없어. 외부의 상황이나 대상과 단절되어 있는 거지. 이렇게 화자와 대비되는 대상이 화자의 정서를 더욱 부각하는 역할을 한다는 거. 딱 떠오르는 작품이 있지? 바로 그 유명한 「황조가」. 암수 서로 정다운 꾀꼬리가 화자의 외로움을 더욱 자극하듯이, 이 '삼춘화류'도 화려하고 아름다워서 그렇지 않은 처지에 있는 화자의 외로움을 더욱 자극하는 거지. 그러니 화자의 내면과 대비되어 외부와의 단절감을 강조하고 있는 것 맞지!

기출 속 문학 개념어 사전

대구(015)

개념	**대구** 對 대답할 ㉠ 句 구절 ㉡
사전적 의미	비슷한 어조나 어세를 가진 어구를 짝 지어 표현의 효과를 나타내는 수사법. = 대구법. cf. 어세: 말에서 느껴지는 힘. 말의 높낮이, 길고 짧음, 세고 여림 등으로 나타난다.
단계적 이해	① 대구는 동일하거나 유사한 어구, 문장을 짝 지어 나란히 배열하는 방식의 표현법을 말해. ② 동일하거나 유사한 어구, 문장을 짝 지어 제시하면 반복되는 표현으로 인해 운율이 형성되고, 나타내려는 바(의미)를 강조할 수 있지. ③ 나란히 제시된 어구나 문장이 대구인지를 판단하려면 문장의 뼈대를 이루고 있는 조사나 어미, 문장 성분 등을 종합적으로 고려해야 해. 이때 대구는 두 그룹이 꼭 짝을 이루어야 한다는 게 포인트야! 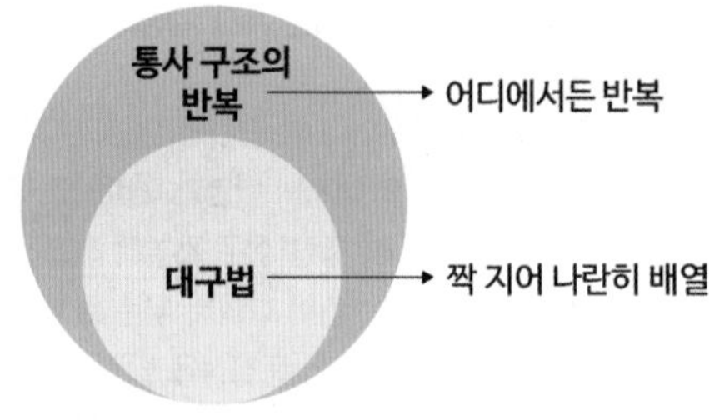
출제 TIP	• 대구는 거의 매해 출제될 정도로 중요한 개념이야. 고전 시가와 고전 소설, 현대시에서 출제되곤 했지. 수능이나 평가원 모의고사로 한정하면, 현대 산문에서는 출제된 적이 한 번도 없어. • 대구는 줄을 바꿔 두 행의 형태로 제시되기도 하지만, 한 행 안에서 앞뒤 구절이 대구를 이룰 수도 있다는 걸 꼭 기억해야 해! 특히 고전 시가를 만났을 때 때 한 행의 앞뒤 구절이 이루는 대구를 놓치지 않도록 주의하자. • 대구를 묻는 선지들은 비슷하게 생겼어. "대구를 통해(대구를 활용하여) / ~하고 있다."와 같은 형태로 제시되거든. 그러니까 작품에 대구가 쓰였는지부터 먼저 찾고, 대구가 사용된 표현이 있다면 그 효과로 제시된 선지의 내용이 작품에서 벗어나지 않는지 판단하면 돼.

✎ 현대시에 사용된 대구

떠나고 싶은 자 / 떠나게 하고
잠들고 싶은 자 / 잠들게 하고 //
그리고도 남는 시간은 / 침묵할 것.

– 강은교, 「사랑법」

▸ '~고 싶은 자 / ~게 하고'라는 문장 구조를 반복하여 운율을 형성하고 의미를 강조하고 있어.

감나무 잎새를 흔드는 게 / 어찌 바람뿐이랴.
감나무 잎새를 반짝이는 게 / 어찌 햇살뿐이랴.

– 고재종, 「감나무 그늘 아래」

▸ '감나무 잎새를 ~는 게 / 어찌 ~뿐이랴'라는 문장 구조로 이루어진 유사한 두 구절을 짝 지어 제시하고 있어.

✎ 고전 시가에 사용된 대구

오백 년 도읍지를 필마로 도라드니
산천은 의구하되 인걸은 간 듸 업다
어즈버, 태평연월(太平烟月)이 꿈이런가 ᄒᆞ노라

– 길재

| 현대어로 읽기

오백 년 도읍지를 한 필의 말을 타고 돌아 들어가니
자연은 변함이 없는데 뛰어난 인재는 간 곳이 없다
아아 (고려의) 태평한 시절이 꿈이런가 하노라

▸ 중장에서 앞뒤 구절이 짝을 이룬 대구를 찾아볼 수 있어. 자연은 변함이 없는데 뛰어난 인재를 찾아볼 수 없는 현실을 한탄하고 있지.

산두(山頭)에 한운(閑雲) 일고 수중(水中)에 백구(白鷗) 난다
무심코 다정(多情)한 것 이 두 것이로다
일생(一生)에 시름을 잊고 너를 좇아 놀리라

– 이현보, 「어부단가」

| 현대어로 읽기

산봉우리에 구름이 일어나고 물 가운데 흰 갈매기가 날아간다
욕심 없이 다정한 것은 이 두 것이로다
평생 동안 시름을 잊고 너를 좇으며 놀리라

▸ 초장에서 앞뒤 구절이 짝을 이룬 대구를 찾아볼 수 있어. 자연 경물의 모습으로 한가한 분위기를 드러내고 있지.

날거든 뛰디 마나 섯거든 솟디 마나
부용(芙蓉)을 고잣는 듯 백옥(白玉)을 믓것는 듯
동명(東溟)을 박차는 듯 북극(北極)을 괴왓는 듯

– 정철, 「관동별곡」

| 현대어로 읽기

나는 듯하면서도 뛰는 듯하고, 서 있는 듯하면서도 솟은 듯하구나
연꽃을 꽂아 놓은 듯 백옥을 묶어 놓은 듯
동해를 박차는 듯 북극을 괴어 놓은 듯하구나

▸ 산봉우리의 변화무쌍한 모습, 역동적인 느낌을 대구법을 통해 효과적으로 표현하고 있어.

▸ 본문 020쪽

고전 시가 02

2021학년도 6월 모의평가

01 ③ 02 ② 03 ③

정철, 「관동별곡」

EBS 연결 고리
비연계

교과서 연계 정보
작가 국어 금성, 동아, 비상(박안), 좋은책, 지학
문학 금성, 동아, 미래엔, 비상, 좋은책, 지학, 창비, 천재(정)
작품 국어 금성, 좋은책, 천재(이)

해제 이 작품은 작가가 강원도 관찰사로 임명되어 내금강과 동해안의 관동 팔경을 살펴보면서, 그 빼어난 경치에 대한 감탄과 연군의 정, 선유(仙遊)의 꿈 사이에서의 갈등과 정감을 읊은 뒤, 꿈속에서의 선연(仙緣)을 노래한 가사이다. 대구를 사용하여 율격을 살림으로써 시적 화자의 정서적 추이가 잘 드러나며 우리말의 유창성과 묘미를 살리는 표현이 많아 가사 문학의 백미로 일컬어지고 있다.

주제 관동 지방의 절경 유람과 연군, 애민의 정

짜임

서사	관찰사 부임과 관내 순회
본사 1	금강산 유람
본사 2	관동 팔경 유람
결사	망양정에서의 달맞이와 꿈속에서의 선연

본사 1 금강대 맨 우층의 선학(仙鶴)이 삿기 치니
[01-①] 화자가 바라본 금강대 위의 풍경
춘풍 옥적셩(玉笛聲)의 첫잠을 깨돗던디

호의현상*이 반공(半空)의 소소 뜨니
[01-①] 금강대 위의 학이 나는 모습 → 자연에 대한 화자의 긍정적 시선이 나타남.
서호 녯 주인*을 반겨셔 넘노는 듯

금강대 맨 꼭대기에 신선의 학이 새끼를 치니
봄바람에 들려오는 옥피리 소리에 선잠을 깨었던지
(몸은 희고 날개 끝이 검은) 학이 공중에 솟아 뜨니
서호의 옛 주인인 임포를 반겨서 넘나들며 노는 듯하구나

소향로 대향로 눈 아래 구버보고

정양사 진헐대 고텨 올나 안즌마리
[01-①] 진헐대로의 이동
여산 진면목이 여긔야 다 뵈는구나
[01-①] 진헐대에서 본 풍경을 '여산 진면목'으로 표현
어와 조화옹이 헌사토 헌사할샤
[01-①] 자연에 대한 화자의 긍정적 시선이 나타남.
날거든 뛰디 마나 셧거든 솟디 마나
[02-④] 대구적 표현, 역동적 이미지
부용(芙蓉)을 고잣는 듯 백옥(白玉)을 뭇것는 듯 [A]
[02-①, ②, ⑤] 시각적 형상으로 묘사 → 봉우리의 아름다운 부각
동명(東溟)*을 박차는 듯 북극(北極)을 괴왓는 듯
[02-②, ③, ⑤] 비유, 통사 구조의 반복 → 봉우리의 웅장함, 다채로운 표현
놉흘시고 망고대 외로올샤 **혈망봉**이

하늘의 추미러 므스 일을 사로려
[03-①] 혈망봉을 지조 있는 존재로 비유 → 자연에 이상적인 인간상을 투사
천만겁(千萬劫) 디나도록 구필 줄 모르느냐

어와 너여이고 너 가트니 또 잇는가

소향로봉 대향로봉을 눈 아래 굽어보고
정양사 진헐대에 다시 올라 앉으니
중국 여산의 참모습이 여기서야 다 보인다
아아! 조물주의 솜씨가 야단스럽기도 야단스럽구나
(저 수많은 봉우리들은) 날려거든 뛰지 말거나, 섰거든 솟지 말거나
연꽃을 꽂아 놓은 듯, 백옥을 묶어 놓은 듯
동해를 박차는 듯, 북극을 떠받쳐 괴고 있는 듯하구나
높기도 하구나 망고대여, 외롭기도 하구나 혈망봉이여
(망고대와 혈망봉은) 하늘에 치밀어 올라 무슨 일을 아뢰려고
오랜 세월이 지나도록 굽힐 줄 모르는가
아! (망고대와 혈망봉) 너로구나, 너 같은 것이 또 있겠는가

개심대 고텨 올나 **중향셩** 바라보며

만이천봉을 녁녁(歷歷)히 혀여 하니
[01-③] 개심대에서 바라본 풍경(선경)
봉마다 맷쳐 잇고 긋마다 서린 긔운

맑거든 조티 마나 조커든 맑디 마나

뎌 긔운 흐터 내야 인걸을 만들고쟈
[01-③, 03-②] 개심대에서의 감흥(추정), 인재 양성의 사회적 책무 인식
형용도 그지업고 톄세(體勢)도 하도 할샤

천지 삼기실 제 **자연이 되**연마는
[03-③] 자연에 하늘의 이치가 구현됨.
이제 와 보게 되니 유정(有情)도 유정할샤
[01-③] 개심대에서의 감흥(추정)

개심대에 다시 올라 중향성을 바라보며
만 이천 봉을 똑똑히 헤아려 보니
산봉우리마다 맺혀 있고 그 끝마다 서린 기운
맑거든 깨끗하지 말거나, 깨끗하거든 맑지나 말거나
(맑고 깨끗한) 저 기운을 흩어 내어 인재를 만들고 싶구나
(산봉우리가) 생긴 모양도 끝이 없고 다양하구나
천지가 생겨날 때에 (만 이천 봉이) 저절로 이루어진 것이지만
이제 와서 보니 모두가 뜻이 있구나

(중략)

그 알픽 너러바회 화룡소 되어셰라

천년 노룡(老龍)이 구비구비 서려 이셔
[01-④] 화룡소의 특징 묘사
주야의 흘녀 내여 창해(滄海)에 니어시니

풍운을 언제 어더 삼일우(三日雨)를 디련느냐

음애에 이온 플*을 다 살와 내여스라

그 앞의 너럭바위 화룡소가 되었구나
(마치) 천 년 묵은 늙은 용이 굽이굽이 서려 있는 듯한
(화룡소의 물이) 밤낮으로 흘러내려 넓은 바다에 이었으니
(전설 속의 용처럼) 바람과 구름을 언제 얻어 흡족한 비를 내리려느냐
그늘진 벼랑에 시든 풀을 다 살려 내려무나

마하연 묘길상 안문재 너머 디여
[01-⑤] 화자의 이동 경로가 나타남.
외나모 써근 다리 불정대 올라 하니

천심(千尋) 절벽을 반공애 셰여 두고

은하수 한 구비를 촌촌이 버혀 내여
[03-④] 폭포의 아름다운 비유 → 현실에서 발견한 자연의 미를 사실감 있게 묘사
실가티 플텨 이셔 **베**가티 거러시니
[03-④] 구체적 사물을 활용한 묘사
도경(圖經) 열두 구비 내 보매는 여러히라

이적선 이제 이셔 고텨 의논하게 되면

여산*이 여긔도곤 낫단 말 못 하려니
[03-⑤] 불정대에서 본 풍경을 중국 여산과 비교 → 우리 자연의 아름다움 강조

마하연, 묘길상, 안문재를 넘어 내려가
외나무 썩은 다리를 건너 불정대에 올라 보니
(눈앞의 십이 폭포는) 천 길이나 되는 절벽을 공중에 세워 두고
은하수 큰 굽이를 마디마디 잘라 내어
실같이 풀어서 베처럼 걸었으니
도경에는 열두 굽이라 하였으나 내가 보기에는 그보다 여러 개라
이백이 지금 있어서 다시 의논하게 되면
중국 여산이 여기보다 낫다는 말은 못할 것이다

*호의현상: 흰 저고리에 검은 치마란 뜻으로 학을 가리킴.
*서호 녯 주인: 송나라 때 서호에서 학을 자식으로 여기며 살았던 은사(隱士) 임포.
*동명: 동해 바다.
*음애예 이온 플: 그늘진 벼랑에 시든 풀.
*여산: 당나라 시인 이백(이적선)의 시구에 나오는 중국의 명산.

01 화자의 정서와 태도 파악 답 ③

선지별 선택 비율	①	②	③	④	⑤
	3%	4%	79%	7%	4%

윗글에 대한 설명으로 가장 적절한 것은?

정답 띵!동!

③ '개심대'에서는 선경후정의 방식으로 화자가 바라본 풍경과 그에 대한 감흥이 서술되고 있다. 문학 개념어(016)

| 개심대 고텨 올나 중향성 바라보며 / 만이천봉을 녁녁히 혀여 하니 / 봉마다 맷쳐 잇고 긋마다 서린 긔운 → 선경
| 뎌 긔운 흐터 내야 인걸을 만들고쟈 ~ 천지 삼기실 제 자연이 되연마는 / 이제와 보게 되니 유정도 유정할샤 → 후정
| 뭔말?
· 개심대에 오른 화자는 금강산의 봉우리마다 서린 깨끗하고 맑은 기운을 먼저 묘사한 다음(선경), 금강산의 기운을 흩어 내어 인걸을 만들고자 하는 마음과 함께 봉우리를 바라보며 '유정도 유정할샤'와 같은 감흥을 드러냄(후정).

오답 땡!

① '금강대'에서 '진헐대'로 이동하면서 자연에 대한 화자의 ~~이중적 태도~~를 보여 주고 있다.
→ 자연을 긍정적으로 바라보는 일관된 태도가 나타남.

| 금강대 맨 우층의 선학이 삿기 치니 ~ 호의현상이 반공의 소소 뜨니 / 서호 녯 주인을 반겨셔 넘노는 듯
| 정양사 진헐대 고텨 올나 안즌마리 / 여산 진면목이 여긔야 다 뵈는구나 / 어와 조화옹이 헌사토 헌사할샤
| 뭔말?
· '금강대'를 바라보며 자연을 대하는 태도: '선학'이 '서호 녯 주인'을 반기듯 자신을 반기고 있다며 자연과 동화되어 느끼는 만족감을 드러냄.
· '진헐대'에서의 태도: 금강산의 풍경을 중국 여산 못지않다며 '어와 조화옹이 헌사토 헌사할샤'와 같은 감탄을 드러냄.
· 정리하면, '금강대'를 바라볼 때나 '진헐대'로 이동할 때나 자연에 대한 화자의 태도는 변함이 없으므로, 이중적 태도를 보인다는 것은 적절하지 않음.

② '진헐대'와 '불정대'에서는 ~~이미지의 대립을 통해 화자의 내적 갈등이 고조~~되고 있다.
→ 이미지의 대립 X
자연의 아름다움을 예찬할 뿐, 내적 갈등 X

| 정양사 진헐대 고텨 올나 안즌마리 / 여산 진면목이 여긔야 다 뵈는구나 ~ 날거든 뛰디 마나 섯거든 솟디 마나 / 부용을 고잣는 듯 백옥을 뭇것는 듯 / 동명을 박차는 듯 북극을 괴왓는 듯 → 역동적 이미지가 나타날 뿐 이미지 대립 X
| 외나모 써근 다리 불정대 올라 하니 / 천심 절벽을 반공애 셰여 두고 / 은하수 한 구비를 촌촌이 버혀 내여 / 실가티 플터 이셔 베가티 거러시니 ~ 여산이 여긔도곤 낫단 말 못 하려니
| 뭔말?
· '진헐대'에서 화자는 금강산의 아름다움, 다채로운 봉우리의 모습 등을 역동적이면서 다양한 이미지를 통해 나타내고 있을 뿐, 이미지 대립이나 내적 갈등은 나타나지 않음.
· '불정대'에서도 화자는 십이 폭포의 장관을 묘사하며 그 아름다움을 감탄하고 있을 뿐, 이미지 대립이나 내적 갈등은 나타나지 않음.

④ '화룡소'에서는 ~~화자의 시선이 원경에서 근경으로 이동하며~~ 대상의 특징을 묘사하고 있다.
→ 화자의 시선 이동 X
→ 천년 노룡이 굽이굽이 서려 있는 것 같다는 데서 화룡소의 묘사 확인 O

| 그 알피 너러바회 화룡소 되어셰라 / 천년 노룡이 구비구비 서려 이셔 / 주야의 흘녀 내여 창해예 니어시니
| 뭔말?
· 화자는 '화룡소'에 '천년 노룡이 구비구비 서려' 있는 것 같다고 묘사하고, '화룡소'가 주야로 흘러 창해로 이어진다고 설명하였을 뿐, 시선의 이동을 보이고 있지 않음.

⑤ '화룡소'에서 '불정대'까지의 ~~이동 경로를 드러내지 않아~~ 시상이 빠르게 전개되고 있다.
→ 마하연 → 묘길상 → 안문재 → 외나모 써근 다리로 이동 경로가 나타남.

| 마하연 묘길상 안문재 너머 디여 / 외나모 써근 다리 불정대 올라 하니
| 뭔말?
· 화자는 '화룡소'에서 '불정대'로 이동할 때 '마하연 묘길상 안문재'를 넘어 지나 '외나모 써근 다리'를 오른다고 하였으므로 이동 경로가 제시됨.
· 다만 '마하연 묘길상 안문재'에 대한 견문, 감상을 제시하지 않음으로써 시상을 빠르게 전개하고 있음.

02 표현상 특징 파악 답 ②

선지별 선택 비율	①	②	③	④	⑤
	3%	68%	6%	15%	5%

[A]를 이해한 내용으로 적절하지 않은 것은?

정답 띵!동!

② 봉우리를 '백옥', '동명'과 같은 무생물에 빗대어 대상에서 느낄 수 있는 ~~자연의 영속성~~을 표현하였다.
→ 봉우리의 아름답고 역동적이며 웅장한 모습을 표현함. 영속성 X

| [A] 부용을 고잣는 듯 백옥을 뭇것는 듯 / 동명을 박차는 듯 북극을 괴왓는 듯
| 뭔말?
· [A]에서는 봉우리를 '백옥', '동명'에 빗대어 '백옥'을 묶어 놓은 듯 아름답고, '동명'을 박차는 듯 역동적이며 웅장하다고 표현함.

· 이때, '백옥', '동명'이 무생물에 해당하기는 하나 이 둘에 빗대어 자연의 영원히 계속되는 성질(영속성)을 표현한 것은 아님.

오답 땡!

① 봉우리를 '부용'을 꽂고 '백옥'을 묶은 듯한 시각적 형상으로 묘사하여 대상의 아름다움을 표현하였다.

| [A] 부용을 고잣는 듯 백옥을 믓것는 듯

| 뭔말?

· [A]에서는 봉우리를 '부용(연꽃)'을 꽂아 놓은 것, '백옥'을 묶어 놓은 것에 빗대어 시각적 형상으로 묘사함으로써 봉우리의 아름다움을 표현함.

③ 봉우리를 '동명'을 박차고 '북극'을 받치는 듯한 모습에 빗대어 대상의 웅장한 느낌을 표현하였다.

| [A] 동명을 박차는 듯 북극을 괴왓는 듯

| 뭔말?

· [A]에서는 봉우리를 '동명'을 박차고 '북극'을 받치는 듯한 모습에 빗대어 넓고 거대한 것처럼 나타냄으로써 대상의 웅장한 느낌을 표현함.

'날다, 뛰다, 서다, 솟다' + '~거든 ~디 마나'의 대구

④ '날거든 뛰디 마나 섯거든 솟디 마나'와 같이 행위를 부각하는 대구를 통해 봉우리의 역동적인 느낌을 표현하였다.

| [A] 날거든 뛰디 마나 섯거든 솟디 마나

| 뭔말?

· [A]에서 '날다', '뛰다', '서다', '솟다'는 행위를 부각하는 말로, 이 단어들을 활용하여 '~거든 ~디 마나'의 유사한 문장 구조로 나타냄. 이를 통해 봉우리가 힘차고 활발하게 움직이는 듯한 느낌, 즉 역동적인 느낌이 들도록 표현함.

⑤ '고잣는 듯', '박차는 듯'과 같이 상태나 동작을 보여 주는 유사한 통사 구조의 나열을 통해 봉우리의 다채로운 면모를 표현하였다.

| [A] 부용을 고잣는 듯 백옥을 믓것는 듯 / 동명을 박차는 듯 북극을 괴왓는 듯

| 뭔말?

· [A]에서 '고잣는 듯'은 꽂혀 있는 상태를, '박차는 듯'은 박차는 동작을 나타냄. 이를 '~는 듯'의 유사한 형태로 나열하여 봉우리의 아름다운 모습, 웅장한 모습, 역동적인 모습 등 다채로운 면모를 표현함.

03 외적 준거에 따른 작품 감상 답 ③

선지별 선택 비율	①	②	③	④	⑤
	5%	7%	71%	5%	10%

〈보기〉를 바탕으로 윗글을 감상한 내용으로 적절하지 않은 것은? [3점]

보기

조선의 사대부들은 자연에 하늘의 이치[天理]가 구현된 것으로 보았으며, 그들 중 대부분은 자연의 미를 관념적으로 형상화하였다. 한편 「관동별곡」의 작가는 자연의 미를 현실에서 발견하여 사실감 있게 묘사함으로써 그들과의 차별성을 드러내었다. 또한 그는 자연을 바라보며 사회적 책무를 떠올리고 자연에 투사된 이상적 인간상을 모색하기도 하였다.

정답 띵! 동!

③ '중향성'을 바라보며 천지가 '자연이 되'었다고 본 것은, ~~자연의 미가 하늘의 이치가 구현된 인간 사회의 영향을 받는다고 생각하는~~ 작가의 인식을 보여 주는군. (→ 자연에 하늘의 이치가 구현된 것으로 본 것)

| 〈보기〉 조선의 사대부들은 자연에 하늘의 이치가 구현된 것으로 보았으며

| 개심대 고텨 올나 중향성 바라보며 / 만이천봉을 녁녁히 혀여 하니 ~ 천지 삼기실 제 자연이 되연마는 / 이제 와 보게 되니 유정도 유정할샤

| 뭔말?

· 화자는 개심대에 올라 '중향성'을 바라보며 천지가 생겨날 때 만 이천 봉도 '자연이' 생겨난 것이지만 이제 와 보니 이러한 천지 창조에 조물주의 뜻(유정)이 담겨 있다는 생각을 드러냄.

· 이는 〈보기〉의 언급과 같이 자연에 하늘의 이치가 구현되어 있다고 생각하는 것이지, 자연의 미가 인간 사회의 영향을 받는다고 인식하는 것은 아님.

· 또한 〈보기〉의 언급에 따르면 하늘의 이치가 구현된 것은 자연이지 인간 사회가 아니므로 '하늘의 이치가 구현된 인간 사회'라는 선지의 진술도 적절하지 않음.

오답 땡!

① '혈망봉'을 '천만겁'이 지나도록 굽히지 않는 존재로 본 것은, 작가가 지향하는 이상적 인간상을 자연에 투사한 것이군. (→ 지조 있는 존재)

| 〈보기〉 자연에 투사된 이상적 인간상을 모색하기도 하였다.

| 놉흘시고 망고대 외로올샤 혈망봉이 / 하늘의 추미러 므스 일을 사로려 / 천만겁 디나도록 구필 줄 모르나냐

| 뭔말?

· '혈망봉'이 천만 겁이 지나도록 굽힐 줄 모른다는 것은 아주 굳센 지조를 가진 존재라는 것을 나타냄.

· '자연에 투사된 이상적 인간상을 모색하기도' 했다는 〈보기〉의 언급을 고려하면, '혈망봉'이라는 자연에 작가가 지향하는 지조 있는 인물이라는 이상적 인간상을 투사한 것으로 볼 수 있음.

(나라에 필요한 인재 ←)

② '개심대'에서 '뎌 긔운 흐터 내야 인걸을 만들'겠다는 의지를 드러낸 것은, 작가가 자연을 바라보며 자신의 사회적 책무를 인식하고 있음을 보여 주는군.

| 〈보기〉 또한 그는 자연을 바라보며 사회적 책무를 떠올리고

| 개심대 고텨올나 중향성 바라보며 ~ 뎌 긔운 흐터 내야 인걸을 만들고쟈

| 뭔말?

· '뎌 긔운'은 '개심대'에서 바라본 만 이천 봉의 봉마다 서린 깨끗하고 맑은 기운으로, 작가는 이것을 흩어 내어 인걸(나라에 필요한 인재)을 만들겠다고 함.

· '자연을 바라보며 사회적 책무를 떠올'렸다는 〈보기〉의 언급을 고려하면, 이와 같은 작가의 의지적 태도는 작가가 자연을 바라보며 자신의 사회적 책무를 인식한 것으로 볼 수 있음.

(실생활에서 찾아볼 수 있는 대상 ←)

④ '불정대'에서 본 폭포의 아름다움을 '실'이나 '베'와 같은 구체적 사물을 활용하여 표현한 것은, 자연을 사실감 있게 나타내려는 작가의 태도를 반영한 것이군.

| 〈보기〉 「관동별곡」의 작가는 자연의 미를 현실에서 발견하여 사실감 있게 묘사함으로써 그들과의 차별성을 드러내었다.

| 불정대 올라 하니 / 천심 절벽을 반공애 셰여 두고 / 은하수 한 구비를 촌촌이 버혀 내여 / 실가티 플텨 이셔 베가티 거러시니

| 뭔말?

· 화자는 '불정대'에서 본 폭포의 아름다움을 실생활 속 구체적 사물인 '실'과 '베'를 활용해 표현함.

· '자연의 미를 현실에서 발견하여 사실감 있게 묘사'했다는 〈보기〉의 언급을 고려하면, 현실의 소재를 사용하여 십이 폭포의 아름다움을 사실감 있게 나타내려는 태도가 반영된 것으로 볼 수 있음.

→ 작가가 현실에서 직접 본 것

→ 당나라 시인 이백의 시구에 나오는 중국의 명산 = 관념적 대상

⑤ '불정대'에서 본 풍경을 중국의 '여산'과 비교하며 우리 자연의 아름다움을 강조한 것은, 관념이 아닌 현실에서 아름다움을 발견하는 작가의 차별성을 보여 주는군.

| 〈보기〉 그들 중 대부분은 자연의 미를 관념적으로 형상화하였다. 한편 「관동별곡」의 작가는 자연의 미를 현실에서 발견하여 사실감 있게 묘사함으로써 그들과의 차별성을 드러내었다.

| 불정대 올라 하니 ~ 이적선 이제 이셔 고텨 의논하게 되면 / 여산이 여긔도곤 낫단 말 못 하려니

| 뭔말?

· 작가가 '불정대'에서 본 풍경은 현실에서 직접 본 대상이고, '여산'은 당나라 시인 이백의 시구에 나오는 중국의 명산이라는 점에서 관념적 대상임.

· 조선의 사대부들이 자연의 미를 관념적으로 형상화한 데 비해, 「관동별곡」의 작가는 자연의 미를 현실에서 발견하는 차별성을 드러냈다는 〈보기〉의 언급을 고려하면, 작가가 중국 여산과의 비교를 통해 '불정대'에서 본 우리 자연의 아름다움을 강조한 것은, 대부분의 조선 사대부들과 달리 현실에서 발견한 아름다움을 높이 평가하는 차별성과 연결됨.

기출 속 문학 개념어 사전

선경후정(016)

개념	**선경후정** 先 먼저 ㉠ 景 경치 ㉡ 後 뒤 ㉢ 情 뜻 ㉣
사전적 의미	시에서, 앞부분에 자연 경관이나 사물에 대한 묘사를 먼저하고 뒷부분에 자기의 감정이나 정서를 그려 내는 구성
단계적 이해	① 선경후정은 '경치를 먼저, 감정을 나중에'로 이해하면 쉬워. 외부 세계에 대한 것을 앞에, 화자의 내면세계에 대한 것을 뒤에 배치하는 방식이지. ② 시의 전반부에는 자연 경관, 풍경 위주의 묘사가 나타나. 그리고 그에 대한 감흥, 정서가 후반부에 이어지지. 전반부의 풍경 묘사와 후반부의 정서는 긴밀한 관련을 가지고 있어.  ③ 주의할 점이 있어. 선경후정에서 '정'을 판단할 때는 단순히 희로애락 같은 감정뿐만 아니라 내면의 깨달음, 인식, 태도 등을 포함해 생각해야 해. ④ 선경후정으로 시상을 전개하면 외부와 내면이 구분되어 각각을 드러내는 데 효과적이라고 할 수 있어. 이때 외부와 내면이 대비되는 경우, 화자의 내면이 더욱 강조되지.
 출제 TIP	• 선경후정은 현대시에서도 언급되는 개념이지만, 고전 시가에서 출제된 경우가 압도적으로 많아. • 선경후정은 시상 전개 방식을 확인하는 것을 넘어, 어떤 정서나 깨달음을 드러내고 있는지 같이 묻는 편이야. '후정'의 내용이 작품의 주제를 그대로 담고 있기 때문일 거야.

현대시에서의 선경후정

해ㅅ살 피여 / 이윽한 후, //
머흘 머흘 / 골을 옮기는 구름. //
길경(桔梗) 꽃봉오리 / 흔들려 씻기우고. //
차돌부리 / 촉 촉 죽순(竹筍) 돋듯. //
물 소리에 / 이가 시리다. //
앉음새 갈히여 / 양지 쪽에 쪼그리고, //
서러운 새 되어 / 흰 밥알을 쫏다.

– 정지용, 「조찬」

▶ 전반부(1~4연)는 산골의 아침 풍경을 묘사하고, 후반부(5~7연)는 밥을 먹는 화자의 쓸쓸한 정서를 제시하고 있어.

낙엽은 폴란드 망명 정부의 지폐
포화(砲火)에 이지러진
도룬 시의 가을 하늘을 생각케 한다.
길은 한 줄기 구겨진 넥타이처럼 풀어져
일광(日光)의 폭포 속으로 사라지고
조그만 담배 연기를 내뿜으며
새로 두 시의 급행열차가 들을 달린다.
포플라나무의 근골(筋骨) 사이로
공장의 지붕은 흰 이빨을 드러내인 채
한 가닥 구부러진 철책(鐵柵)이 바람에 나부끼고
그 위에 세로판지로 만든 구름이 하나.
자욱한 풀벌레 소리 발길로 차며
호올로 황량(荒凉)한 생각 버릴 곳 없어
허공에 띄우는 돌팔매 하나.
기울어진 풍경의 장막(帳幕) 저쪽에
고독한 반원(半圓)을 긋고 잠기어 간다.

– 김광균, 「추일서정」

▶ 앞부분(1~11행)은 황량한 도시의 가을 풍경을 묘사하고, 뒷부분(12~16행)은 방황하는 화자의 고독한 정서를 제시하고 있어.

고전 시가에서의 선경후정

한식(寒食) 비 온 밤에 봄빗치 다 퍼졋다
무정(無情)한 화류(花柳)도 때를 아라 픠엿거든
엇더타 우리의 님은 가고 아니 오는고

– 신흠, 「방옹시여」

| 현대어로 읽기

한식날 비가 온 밤에 봄빛이 다 퍼졌다
무정한 꽃과 버들도 때를 알아 피었는데
어찌하여 우리 임은 가고 나서 돌아오지 않는가

▶ 초장은 봄비가 내린 후의 정경을, 중장은 꽃과 버들이 활짝 핀 모습을 표현하였어. 그리고 종장에서 돌아오지 않는 임에 대한 안타까움을 드러내고 있으니 선경후정의 방식이 사용된거야.

▸본문 022쪽

고전 시가 03

2020학년도 9월 모의평가

01 ⑤	02 ④	03 ②
04 ③	05 ⑤	

(가) 정극인, 「상춘곡」

EBS 연결 고리
2020학년도 수능특강 문학 063쪽

교과서 연계 정보
작품 국어 천재(박), 해냄 문학 천재(김)

해제 이 작품은 조선 성종 때 정극인이 지은 가사이다. 단종이 폐위되자 정극인은 벼슬에서 물러나 고향인 전라북도 태인에 내려와 은거하는데, 이 작품은 이때 지어진 것이다. 속세를 떠나 자연에 묻혀 사는 즐거움에 대해 노래하고 있는데, 특히 봄 경치를 완상하는 과정을 좁은 공간에서 점점 넓은 공간으로 나아가는 공간 확장을 통해 전개하면서 안빈낙도의 생활에 대한 만족감을 드러내고 있다. 설의, 대구, 직유 등 여러 가지 수사법을 사용하고 고사를 인용하여 자연에서 살아가는 삶의 흥취와 만족감을 효과적으로 잘 드러내고 있다.

주제 봄의 완상(玩賞)과 안빈낙도(安貧樂道)

짜임

서사	아름다운 자연 속에서 사는 즐거움
본사 1	봄의 아름다운 경치와 흥취
본사 2	산수 구경 권유 및 술을 마시며 즐기는 풍류
본사 3	산봉우리에서 조망한 봄의 정경
결사	안빈낙도의 삶에 대한 지향

서사 ㉠ 홍진(紅塵)에 뭇친 분네 이내 생애 엇더ᄒᆞ고
[02-①] 청자 = 홍진에 뭇친 분네 = 세속에 사는 사람들 ↔ 화자 = 자연에 묻혀 풍류를 즐기는 사람
녯사ᄅᆞᆷ 풍류ᄅᆞᆯ 미ᄎᆞᆯ가 ᄆᆞᆺ 미ᄎᆞᆯ가
[03-①] 옛사람과 비교 → 자신의 삶이 옛사람의 풍류에 미침.
천지간 남자 몸이 날만 ᄒᆞᆫ 이 하건마ᄂᆞᆫ
산림에 뭇쳐 이셔 지락(至樂)을 ᄆᆞᄅᆞᆯ 것가
ⓐ 수간모옥(數間茅屋)을 벽계수(碧溪水) 앏픠 두고
[04-①, ④] 화자가 거처하는 공간 → 맑은 풍경이 인접해 있음.
송죽 울울리*예 풍월주인 되여셔라
[03-①] 자연에서 사는 삶에 대한 자부심이 담김.

속세에 묻혀 사는 분들이여, 나의 생활이 어떠한가
옛사람들의 풍류에 미칠까 못 미칠까
세상에 남자로 태어난 몸으로서 나만 한 사람이 많건마는
자연에 묻혀 사는 지극한 즐거움을 모르는 것인가
몇 칸쯤 되는 초가집을 맑은 시냇물 앞에 지어 놓고
소나무와 대나무가 우거진 속에 자연의 주인이 되었구나

본사 1 엇그제 겨을 지나 새봄이 도라오니
도화행화(桃花杏花)ᄂᆞᆫ 석양리(夕陽裏)예 퓌여 잇고
[01-⑤] 자연물을 통해 시간적 배경(봄)을 시각적으로 제시
녹양방초(綠楊芳草)ᄂᆞᆫ 세우(細雨) 중에 프르도다
칼로 ᄆᆞᆯ아 낸가 붓으로 그려 낸가
조화신공(造化神功)이 물물마다 헌ᄉᆞ롭다
수풀에 우ᄂᆞᆫ 새ᄂᆞᆫ 춘기(春氣)ᄅᆞᆯ ᄆᆞᆺ내 계워 소리마다 교태로다
[03-②] 봄의 흥취를 노래하는 새와 화자의 흥이 다르지 않음. = 물아일체
물아일체(物我一體)어니 흥이ᄋᆡ 다ᄅᆞᆯ소냐
시비에 거러 보고 ⓑ 정자애 안자 보니
[04-①, ③] 공간의 이동이 나타남. → 화자는 한중진미를 느낌.
소요음영*ᄒᆞ야 산일(山日)이 적적ᄒᆞᆫᄃᆡ
한중진미(閑中眞味)ᄅᆞᆯ 알 니 업시 호재로다

엊그제 겨울 지나 새봄이 돌아오니
복숭아꽃과 살구꽃은 저녁 햇빛 속에 피어 있고
푸른 버들과 향기로운 풀은 가랑비 속에 푸르도다
칼로 재단해 내었는가 붓으로 그려 내었는가
조물주의 신비스러운 솜씨가 사물마다 야단스럽구나
수풀에서 우는 새는 봄기운을 끝내 이기지 못하여 소리마다 아양을 떠는구나
자연과 내가 한 몸이거니 흥겨움이야 다르겠는가
사립문 주변을 걷기도 하고 정자에 앉아 보기도 하니
천천히 거닐며 나직이 시를 읊조리는, 산속의 하루가 적적한데
한가로운 가운데 참된 즐거움을 아는 사람이 없이 혼자로구나

본사 2 ㉡ 이바 니웃드라 산수 구경 가쟈스라
[02-②] 청자 = '니웃'들 → 산수 구경을 함께 가자고 권유함.
답청(踏靑)으란 오ᄂᆞᆯ ᄒᆞ고 욕기(浴沂)란 내일 ᄒᆞ새
[03-③] 오늘·내일, 아침·저녁의 할 일 나열 → 자연 속에서 하고 싶은 일들에 대한 기대감이 담김.
아ᄎᆞᆷ에 채산(採山)ᄒᆞ고 나조ᄒᆡ 조수(釣水)ᄒᆞ새
ᄀᆞᆺ 괴여 닉은 술을 갈건(葛巾)으로 밧타 노코
곳나모 가지 것거 수 노코 먹으리라
화풍(和風)이 건ᄃᆞᆺ 부러 녹수(綠水)ᄅᆞᆯ 건너오니
청향(淸香)은 잔에 지고 낙홍(落紅)은 옷새 진다
[03-④] 자연과의 동화, 자연과 화자의 일체감이 나타남.
㉢ 준중(樽中)이 뷔엿거든 날ᄃᆞ려 알외여라
[02-③] 청자 = 소동 아히 → 술독이 비었으면 알릴 것을 명령
소동 아ᄒᆡᄃᆞ려 주가에 술을 믈어
얼운은 막대 집고 아ᄒᆡᄂᆞᆫ 술을 메고
미음완보(微吟緩步)ᄒᆞ야 ⓒ 시냇ᄀᆞ의 호자 안자
[04-①] 시냇가로의 공간 이동이 나타남.
명사(明沙) 조ᄒᆞᆫ 믈에 잔 시어 부어 들고
청류(淸流)ᄅᆞᆯ 굽어보니 ᄯᅥ오ᄂᆞ니 도화(桃花)ㅣ로다
[04-⑤] 시냇가 주변으로의 시선 이동이 나타남.
무릉이 갓갑도다 져 ᄆᆡ이 긘 거인고
[03-⑤] '도화'에서 '무릉(이상향)'을 연상 → 화자의 고조된 감흥이 나타남.

이봐 이웃들아, 산수 구경을 가자꾸나
산책은 오늘 하고 냇물에서 목욕하는 것은 내일 하세
아침에 산나물을 캐고 저녁에 낚시질을 하세
이제 막 익은 술을 갈건으로 걸러 놓고
꽃나무 가지 꺾어 잔 수를 세면서 먹으리라
화창한 바람이 문득 불어서 푸른 시냇물을 건너오니
맑은 향기는 술잔에 가득하고 붉은 꽃잎은 옷에 떨어진다
술독이 비었으면 나에게 말하여라
아이를 시켜서 술집에 술이 있는지를 물어서
어른은 지팡이를 짚고 아이는 술을 메고
나직이 읊조리며 천천히 걸어 시냇가에 혼자 앉아
고운 모래가 비치는 맑은 물에 잔을 씻어 술을 부어 들고
맑은 시냇물을 굽어보니 떠오는 것은 복숭아꽃이구나
무릉도원이 가까이에 있구나 저 들이 바로 그곳인가

*울울리: 빽빽하게 우거진 속.
*소요음영: 자유로이 천천히 걸으며 시를 읊조림.

(나) 이이, 「고산구곡가」

EBS 연결 고리
2020학년도 수능완성 국어 230쪽

해제 이 작품은 작가가 43세 되던 해에 벼슬에서 물러나 황해도 해주 석담에서 후학을 양성하며 자연에 은거하는 삶을 노래한 연시조이다. 주자(朱子)의 「무이구곡가(武夷九曲歌)」를 모방해서 지은 작품으로, 서사와 함께 총 10수로 이루어져 있다. 〈1수〉인 서사에서 아름다운 자연을 벗하며 학문을 닦겠다는 다짐을 드러낸 뒤, 〈2수〉에서 〈10수〉까지 고산의 아름다운 경치를 예찬하며 그 속에서 학문하는 즐거움을 노래하였다.

주제 자연에 대한 예찬과 학문을 깨우치는 즐거움

짜임

1수	주자학을 연구하고자 하는 결의
2수	관암의 아침 경치
3수	화암의 늦은 봄 경치
6수	수변 정사에서의 강학과 영월음풍
8수	단풍으로 덮인 풍암에서의 흥취
10수	문산의 아름다움과 세속의 경박함

1수 ⓓ고산구곡담(高山九曲潭)을 사룸이 모로더니
[04-②] <2수>에서 <10수>까지의 각 공간들을 통틀어 가리킴.
주모복거(誅茅卜居)ᄒᆞ니 **벗님**니 다 오신다
[04-④, 05-①] 고산구곡에 터를 정함. → 벗님들이 모여듦. 고산구곡 = 화자와 벗님들의 교유 장소
어즈버 무이를 상상ᄒᆞ고 **학주자(學朱子)**를 ᄒᆞ리라
[05-②] 주자가 무이구곡에서 후학을 양성했던 것을 본받고자 함.

고산의 아홉 굽이 계곡의 아름다움을 세상 사람들이 모르더니
풀 베고 터 닦아 집을 지으니 (그때야) 벗님네가 찾아오는구나
아, 무이산을 생각하고 주자를 배우리라

2수 일곡은 어드미오 ⓔ관암에 ᄒᆡ 비쵠다
[04-②] 고산구곡 중 하나
평무(平蕪)에 ᄂᆡ 거드니 원산(遠山)이 그림이로다
[04-③] 관암에서 바라본 자연 풍경의 아름다움
송간(松間)에 녹준*을 노코 벗 오는 양 보노라

일곡은 어디인가? 관암에 아침 해가 비친다
잡초가 우거진 들판에 안개가 걷히니, 먼 산이 그림같이 아름답구나
소나무 사이에 술동이를 놓고 벗이 찾아온 것처럼 바라보노라

3수 이곡은 어드미오 화암에 춘만(春晩)커다
벽파*에 곳을 띄워 야외로 보니노라
[01-⑤] 자연물을 통해 시간적 배경(봄)을 시각적으로 제시함.
ⓡ사룸이 승지(勝地)를 모로니 알게 ᄒᆞᆫ들 엇더리
[02-④] 물음 형식: 승지를 알도록 일깨우고자 하는 화자의 생각 제시 → 청자의 공감 유도

이곡은 어디인가? 화암에 늦봄이 들었구나
푸른 물결에 꽃을 띄워 멀리 들판 밖으로 보내노라
사람들이 (이) 경치 좋은 곳을 모르니 알게 하면 어떻겠는가

6수 오곡은 어드미오 **은병(隱屛)**이 보기 됴타
수변(水邊) 정사는 소쇄흠*도 ᄀᆞ이 업다
[05-③] 학문을 가르치기 위한 집을 마련. 은병 = 학주자를 위해 선택한 공간
이 중에 **강학(講學)**도 ᄒᆞ려니와 **영월음풍**ᄒᆞ리라
[05-④] '수변 정사'에서 하려는 일 = 강학 + 영월음풍

오곡은 어디인가? 은병이 보기도 좋구나
물가에 세워진 정사는 맑고 깨끗함이 끝이 없구나
여기서 글도 가르칠 뿐만 아니라 자연을 벗 삼아 시도 지어 읊으며 흥겹게 지내리라

8수 칠곡은 어드미오 ⓕ풍암에 추색(秋色) 됴타
[04-②] 고산구곡 중 하나
청상(淸霜) 엷게 치니 절벽이 금수(錦繡) ㅣ로다
[01-⑤, 04-⑤] 시각적 묘사 → 풍암에서 바라본 가을 풍경
한암(寒巖)에 혼ᄌᆞ셔 안자 집을 잇고 잇노라

칠곡은 어디인가? 풍암에 가을빛이 짙구나
맑은 서리가 엷게 덮이니 (단풍에 둘러싸인) 절벽이 비단처럼 아름답구나
찬 바위에 혼자 앉아 집에 돌아갈 일도 잊고 있구나

10수 구곡은 어드미오 문산에 세모(歲暮)커다
기암괴석이 눈 속에 무쳐세라
[01-⑤, 05-⑤] 문산의 겨울 풍경을 시각적으로 제시
ⓜ유인(遊人)은 오지 아니ᄒᆞ고 볼 것 업다 ᄒᆞ더라
[02-⑤] 고산구곡을 와 보지도 않고 부정 평가하는 사람들에 대한 비판, 안타까움

구곡은 어디인가? 문산에 한 해가 저무는구나
기이하게 생긴 바위와 돌이 눈 속에 묻혀 버렸구나
사람은 오지 아니하고 볼 것 없다 하더라

*녹준: 술잔 또는 술동이.
*벽파: 푸른 물결.
*소쇄흠: 기운이 맑고 깨끗함.

01 작품 간의 공통점 파악 답 ⑤

선지별 선택 비율	①	②	③	④	⑤
	5%	2%	3%	2%	86%

(가)와 (나)의 공통점으로 가장 적절한 것은?

정답 띵!동!

⑤ 자연물을 통하여 시간적 배경을 시각적으로 드러내고 있다.

| (가) – 〈본사 1〉 도화행화는 ~ 퓌여 잇고 / 녹양방초는 ~ 프르도다 → 봄
| (나) – 〈3수〉 화암에 춘만커다 / 벽파에 곳을 띄워 야외로 보니노라 → 봄
| (나) – 〈8수〉 풍암에 추색 됴타 / 청상 엷게 치니 → 가을
| (나) – 〈10수〉 기암괴석이 눈 속에 무쳐세라 → 겨울

| 뭔말?

· (가)의 '도화행화'는 복숭아꽃과 살구꽃을, '녹양방초'는 푸른 버들과 아름다운 풀을 가리킴. 이 자연물을 통해 시간적 배경인 봄을 시각적으로 드러냄.
· (나)의 〈3수〉 '벽파'와 '곳'은 각각 푸른 물결과 꽃을 뜻하는 말로 봄이라는 시간적 배경을, 〈8수〉의 '청상'은 맑은 서리를 뜻하는 말로 가을이라는 시간적 배경을 드러냄. 그리고 〈10수〉의 '눈'은 겨울이라는 시간적 배경을 드러냄.

오답 땡!

① ~~과거를 회상~~하며 ~~현실의 덧없음을 환기~~하고 있다.
└ 과거 회상 X └ 현실의 덧없음 환기 X

| 뭔말?

· (가), (나) 모두 과거를 회상하거나 현실의 덧없음을 환기하고 있지 않음.

② ~~음성 상징어의 사용~~으로 생동감을 부각하고 있다.
└ 의성어나 의태어의 사용 X

| 원말?

· (가), (나) 모두 의성어나 의태어와 같은 음성 상징어가 사용되지 않음.

③ ~~점층적인 표현으로 대상과의 거리감을 강조~~하고 있다.
└→ 점층적 표현 X 대상과의 거리감 X

| 원말?

· (가)는 점층적인 표현을 사용하고 있지 않고, 화자가 봄의 아름다움을 즐기고 있을 뿐, 대상과의 거리감을 드러내고 있지 않음.

· (나)도 점층적인 표현을 사용하고 있지 않고, 화자가 학문의 즐거움과 자연의 아름다움을 표현하고 있을 뿐, 대상과의 거리감을 드러내고 있지 않음.

→ (가) X (나) 주자 언급, 그러나 호명하는 방식 X
④ ~~역사적 인물들을 호명~~하여 ~~회고적 분위기~~를 조성하고 있다.
└→ (가) X (나) X

| (나) – 〈1수〉 어즈버 무이를 상상ᄒᆞ고 학주자를 ᄒᆞ리라

| 원말?

· (가)는 역사적 인물을 호명하지 않았고, 회고적 분위기와도 관련이 없음.

· (나)는 역사적 인물인 '주자'를 언급하고 있으나 '주자여!'와 같이 호명하는 방식을 취하고 있지 않음. 그리고 주자를 언급한 것은 주자의 학문을 배우겠다는 의지를 드러내기 위한 것일 뿐, 회고적 분위기 조성과는 관련이 없음.

02 외적 준거에 따른 작품 감상 답 ④

선지별 선택 비율	①	②	③	④	⑤
	3%	7%	6%	79%	3%

〈보기〉를 참고하여 ㉠~㉤을 설명한 내용으로 가장 적절한 것은?

보기

조선 전기의 시조와 가사는 노래로 향유되며, 사대부들이 서로의 문화적 동질성을 확인하는 데 활용되었다. 이러한 갈래적 특성으로 인해 사대부 시가에는 대화 상황이 연상되는 여러 표현으로 공감을 유도하는 방식이 관습화되었다.

정답 띵! 동!

④ ㉣에서는 사람들을 일깨우려는 화자의 생각을 청자에게 묻는 방식으로 제시해 공감을 유도하고 있다.
└→ [생각] 고산구곡의 아름다움을 알리고 싶음. → [표현] '~들 엇더리'

| 〈보기〉 이러한 갈래적 특성으로 인해 사대부 시가에는 대화 상황이 연상되는 여러 표현으로 공감을 유도하는 방식이 관습화되었다.

| (나) – 〈3수〉 ㉣ 사름이 승지를 모로니 알게 ᄒᆞᆫ들 엇더리

| 원말?

· ㉣은 고산구곡의 아름다움을 모르는 세상 사람들을 일깨우려는 화자의 생각을 '사람들이 경치 아름다운 곳을 모르니 알게 하면 어떻겠는가?'와 같이 청자에게 묻는 방식으로 나타내어 공감을 유도하고 있음.

오답 땡!

① ㉠에서는 ~~청자와 화자가 서로 동질적인 삶을 살고 있음~~을 질문하기를 통해 확인하고 있다.
└→ 화자가 홍진에 묻혀 사는 사람들을 청자로 삼아, 자연에 묻혀 사는 자신의 삶이 어떠한지 물음.

| (가) – 〈서사〉 ㉠홍진에 뭇친 분네 이내 생애 엇더ᄒᆞᆫ고

| 원말?

· ㉠에서는 화자가 청자인 '홍진(속세)'에 묻혀 사는 사람들에게 자연에서 살아가는 자신의 삶이 어떠한지 묻고 있을 뿐, 청자와 화자가 서로 동질적인 삶을 살고 있음을 질문하기를 통해 확인하고 있지 않음.

· 이는 '홍진'과 대조되는 자연 공간에 사는 화자 자신의 삶을 부각하는 것으로, 화자가 청자와 다른 삶을 살아가고 있음을 보여 줌.

→ 이웃 사람
② ㉡에서는 ~~청자~~를 불러들여 ~~함께했던 지난날의 경험을 상기시키며 동질성 회복~~을 권유하고 있다.
└→ 산수 구경갈 것을 권유함.

| (가) – 〈본사 2〉 ㉡이바 니웃드라 산수 구경 가쟈스라

| 원말?

· ㉡은 화자가 청자인 이웃 사람들에게 산수 구경을 권유하는 것일 뿐, 그들을 불러들여 지난날의 경험을 상기시키는 것이 아님.

③ ㉢에서는 화자가 ~~상대의 부탁을 수용하며 자신과 뜻을 같이할 것을 청자에게 명령~~하고 있다.
└→ 술동이가 비었으면 자신에게 알려 달라고 함.

| (가) – 〈본사 2〉 ㉢ 준중이 뷔엿거ᄃᆞᆫ 날ᄃᆞ려 알외여라

| 원말?

· ㉢은 술동이가 비었으면 자신에게 말하라는 것으로, 화자가 상대의 부탁을 수용하거나 자신과 뜻을 같이할 것을 청자에게 명령하는 내용이 아님.

⑤ ㉤에서는 ~~눈으로 확인한 사실만을 믿어야 한다고 주장하는 이의 말을 청자에게 전하며 조언을 구하고 있다~~.
└→ 화자는 고산구곡에 와 보지도 않고 볼 것 없다 하는 이들에 대한 비판, 또는 안타까움을 드러냄.

| (나) – 〈10수〉 ㉤유인은 오지 아니ᄒᆞ고 볼 것 업다 ᄒᆞ더라

| 원말?

· ㉤은 고산구곡에 와 보지도 않고 볼 것이 없다고 말하는 사람들에 대해 화자가 비판 또는 안타까움을 드러내는 것으로, 청자에게 조언을 구하는 것이 아님.

03 감상의 적절성 평가 답 ②

선지별 선택 비율	①	②	③	④	⑤
	4%	78%	11%	2%	2%

(가)에 대한 감상으로 적절하지 않은 것은?

정답 띵! 동!

② 붓으로 그린 듯한 숲속에서 봄의 흥을 노래하는 새를 바라보는 데에서 ~~새에 대한 화자의 부러움~~이 드러나는군.
└→ 새가 느끼는 흥과 자신이 느끼는 흥이 다르지 않음을 표현함.

| (가) – 〈본사 1〉 칼로 몰아 낸가 붓으로 그려 낸가 / 조화신공이 물물마다 헌ᄉᆞ롭다 / 수풀에 우ᄂᆞᆫ 새ᄂᆞᆫ 춘기ᄅᆞᆯ 뭇내 계워 소리마다 교태로다 / 물아일체어니 흥이이 다ᄅᆞᆯ소냐

| 원말?

· 화자는 봄의 아름다운 경치를 즐기고 있는데, 이 아름다운 자연의 모습이 마치 붓으로 그려 낸 것 같다고 함.

· 그리고 그 속에서 우는 새가 봄의 기운을 끝내 못 이겨 소리마다 아양을 떤다고

하며, 자연과 자신이 한 몸인 것과 같은 '물아일체'의 인식을 드러낼 뿐 새에 대한 부러움을 표현하고 있지 않음.

오답 땡!

① 자신의 삶을 옛사람과 비교하며 스스로를 풍월주인이라 여기는 데에서 화자의 자부심이 드러나는군.

| (가) - 〈서사〉 녯사름 풍류를 미출가 못 미출가 ~ 송죽 울울리예 풍월주인 되여셔라

| 뭔말?

· 화자는 자신의 삶을 옛사람이 즐긴 풍류에 빗대어 보고, 자신이 소나무와 대나무가 우거진 속에 자연의 주인이 되었다며 스스로를 풍월주인이라 여김.

· 이는 자연 속에서 풍류를 즐기는 자신의 삶에 대한 자부심이 반영된 표현으로 볼 수 있음.

③ 오늘과 내일, 아침과 저녁에 할 일들을 나열하는 데에서 하고 싶은 일에 대한 화자의 기대감이 드러나는군.

| (가) - 〈본사 2〉 답청으란 오늘 ᄒᆞ고 욕기란 내일 ᄒᆞ새 / 아춤에 채산ᄒᆞ고 나조히 조수ᄒᆞ새

| 뭔말?

· 봄의 경치를 즐기던 화자는 오늘은 산책하고 내일은 목욕하고 아침에는 산나물을 캐고 저녁에는 낚시질을 하자며 오늘과 내일의 할 일은 물론 아침과 저녁에 할 일을 나열함. 이는 자연에서 하고 싶은 일에 대한 화자의 기대감이 담긴 말로 볼 수 있음.

④ 맑은 향이 담긴 술잔과 옷에 떨어지는 꽃잎을 주목하는 데에서 자연과 화자의 일체감이 드러나는군.

| (가) - 〈본사 2〉 청향은 잔에 지고 낙홍은 옷새 진다

| 뭔말?

· 맑은 향기가 잔에 가득하고 붉은 꽃잎이 옷에 진다는 말은 화자가 자연과 하나가 된 모습으로, 자연과 화자의 일체감을 드러냄.

⑤ 시냇물에 떠내려오는 도화를 보며 이상향을 연상하는 데에서 화자의 고조되는 감흥이 드러나는군.
(→ 이상향: 무릉도원)

| (가) - 〈본사 2〉 청류를 굽어보니 써오ᄂᆞ니 도화ㅣ로다 / 무릉이 갓갑도다 져 미이 긘 거인고

| 뭔말?

· 화자는 시냇물에 떠내려오는 도화(복숭아꽃)를 보며 무릉도원을 연상함.

· 이는 봄의 경치를 보며 흥취를 느끼는 화자가 도화를 보고 동양적 이상향인 무릉도원을 떠올릴 만큼 감흥이 고조되었음을 드러냄.

매운맛 픽

04 공간적 의미와 기능 파악 답 ③

선지별 선택 비율	①	②	③	④	⑤
	3%	7%	54%	23%	11%

ⓐ~ⓕ를 중심으로 (가)와 (나)를 이해한 내용으로 적절하지 않은 것은?

정답 띵!동!

③ (가)와 (나)의 화자는 각각 ⓑ와 ⓔ를 ~~주위에서 가장 빼어난 경치를 볼 수 있는 곳이라고 예찬~~하고 있다.
(→ ⓑ는 한중진미를 느끼는 공간, ⓔ는 일출 광경과 풍경에 감탄하는 공간임.)

| (가) - 〈본사 1〉 시비예 거러 보고 ⓑ정자애 안자 보니 / 소요음영ᄒᆞ야 산일이 적적ᄒᆞᆫ딕 / 한중진미를 알 니 업시 호재로다

| (나) - 〈2수〉 일곡은 어디미오 ⓔ관암에 ᄒᆡ 비췬다 / 평무에 ᄂᆡ 거드니 원산이 그림이로다

| 뭔말?

· (가)의 화자는 ⓑ '정자'에 앉아 보고 소요음영하며 산일이 적적하다고 함. 그러므로 ⓑ는 화자가 앉아서 한중진미를 즐기는 공간일 뿐, 가장 빼어난 경치를 볼 수 있어 예찬하는 곳이 아님.

· (나)에서 화자는 ⓔ '관암'에 해가 비치고 들판에 안개가 걷히니 원근의 풍경이 아름답다고 감탄하고 있음. 그러므로 ⓔ는 주위의 아름다운 경치를 볼 수 있는 공간일 뿐, 가장 빼어난 경치를 볼 수 있어 예찬하는 곳이 아님.

오답 땡!

① (가)의 화자는 거처인 ⓐ를 나와 ⓑ와 ⓒ의 장소들로 옮겨 다니고 있다.

| (가) - 〈서사〉 ⓐ 수간모옥을 벽계수 앏픠 두고

| (가) - 〈본사 1〉 시비예 거러 보고 ⓑ 정자애 안자 보니

| (가) - 〈본사 2〉 미음완보ᄒᆞ야 ⓒ 시냇ᄀᆞ의 호자 안자

| 뭔말?

· (가)의 화자는 ⓐ '수간모옥'을 거처로 삼고 있으며 이곳을 나와 봄의 경치를 즐기고 있는데 사립문 주변을 걸어 보다 ⓑ '정자'에 앉아 보고 있으며 다시 천천히 걸어 ⓒ '시냇ᄀᆞ'에 가서 혼자 앉음.

② (나)의 화자가 소개하는 ⓔ와 ⓕ는 ⓓ를 구성하는 장소들이라는 점에서 서로 대등한 관계에 있다.
(→ 관암, 풍암 ⊂ 고산구곡담)

| (나) - 〈1수〉 ⓓ고산구곡담을 사룸이 모로더니

| (나) - 〈2수〉 일곡은 어디미오 ⓔ관암에 ᄒᆡ 비췬다

| (나) - 〈8수〉 칠곡은 어디미오 ⓕ풍암에 추색 됴타

| 뭔말?

· (나)의 화자는 ⓓ '고산구곡담'의 경관을 사람들이 모른다고 하며 ⓓ의 구곡에 대해 한 수씩 읊음.

· ⓔ '관암'과 ⓕ '풍암'은 ⓓ '고산구곡담'을 구성하는 일곡과 칠곡이라는 점에서 서로 대등한 관계에 있음.

④ (가)의 화자는 ⓐ에 인접한 맑은 풍경을, (나)의 화자는 자신이 ⓓ에 터를 정함으로써 생긴 변화를 드러내고 있다.
(→ 맑은 풍경: 벽계수 = 맑은 시냇물)
(→ 생긴 변화: 벗님니가 찾아오기 시작함.)

| (가) - 〈서사〉 ⓐ수간모옥을 벽계수 앏픠 두고

| (나) - 〈1수〉 ⓓ고산구곡담을 사룸이 모로더니 / 주모복거ᄒᆞ니 벗님닉 다 오신다

| 뭔말?

· (가)의 화자는 ⓐ '수간모옥'이 맑은 시냇물인 벽계수를 앞에 두었다며 ⓐ에 인접한 맑은 풍경을 드러내고 있음.

· (나)의 화자는 ⓓ '고산구곡담'의 경관을 사람들이 몰랐는데, 자신이 집터를 마련하니 그 변화로 '벗님닉 다 오'는 상황을 언급하고 있음.

⑤ **(가)의 화자는 ⓒ에서 주변으로 시선을 보내고 있고, (나)의 화자는 ⓕ를 향해 시선을 보내고 있다.**

| (가) – 〈본사 2〉 미음완보ᄒᆞ야 ⓒ 시냇ᄀᆞ의 호자 안자 ~ 청류ᄅᆞᆯ 굽어보니 ᄯᅥ오ᄂᆞ니 도화ㅣ로다 / 무릉이 갓갑도다 져 ᄆᆡ이 긘 거인고

| (나) – 〈8수〉 칠곡은 어ᄃᆡᄆᆡ오 ⓕ 풍암에 추색 됴타

| **뭔말?**

· (가)의 화자는 ⓒ '시냇ᄀᆞ'에 혼자 앉아 '청류'를 굽어보고 'ᄆᆡ'를 바라보고 있으므로, ⓒ에서 주변으로 시선을 보내고 있는 것임.

· (나)의 화자는 단풍이 물든 ⓕ '풍암'에 가을빛이 깨끗하다고 하며 그 아름다움에 감탄하고 있으므로, ⓕ를 향해 시선을 보내고 있는 것임.

매웠지?

꿀피스 Tip!

▸ 이 문제는 판단해야 할 요소들이 많아 어렵게 느낀 학생들이 꽤 있었을 것 같아. 그런데 이렇게 복잡해 보이는 문제도 사실 알고 보면 어렵지 않게 풀 수 있어. 각 공간이 ⓐ, ⓑ, ⓒ, …… 등으로 제시되어 있잖아. 그렇다면 먼저 해야 할 일이 뭐겠어? **그래, 각 공간을 네모 등으로 표시하고, 앞뒤 내용에 밑줄을 그어 두어야겠지.** 그러고 나서 표시해 둔 부분과 선지의 설명을 비교해 가며 적절성을 판단해 보면 돼.

▸ 정답 선지 ③을 보자. ⓑ와 ⓔ네. ⓑ의 앞뒤 내용을 보면 화자가 '안자보'고 '소요음영'하고 있네. 그리고 ⓔ의 앞뒤 내용을 보면 화자가 해가 비치면서 먼 산이 그림처럼 펼쳐지는 풍경을 보고 있어. 여기서 (가)와 (나) 모두 화자가 자신이 있는 자연 공간의 아름다움을 즐기고 있음을 알 수 있어. 그런데 여기까지만 확인하고 선지를 제대로 보지 않는 경우가 있어. '화자가 만족스럽게 바라보는 자연 공간이니 당연히 자연 경치가 빼어나겠지?'라고 생각하고 **선지를 꼼꼼하게 살피지 않고 적절한 설명으로 판단하는 거지. 선지의 '빼어난 경치', '예찬' 이 두 말만 보면 맞는 설명 같잖아.**

▸ 출제자들은 해당 작품에 맞는 표현이나 단어들을 선지로 구성하되, 수식어나 서술어를 살짝 바꿔서 함정을 만들어. 이 문제의 함정은 바로 '가장'과 '~곳이라고 예찬'이야. ⓑ와 ⓔ는 아름다운 자연 경치를 볼 수 있는 곳은 맞아. 그런데 (가)와 (나)에서는 ⓑ와 ⓔ가 가장 빼어난 경치를 볼 수 있는 곳인지에 대해서는 말하지 않았어. 그리고 예찬하고 있는 대상은 자연 공간의 아름다움이지, 장소를 예찬한 것은 아니잖아.

▸ 그럼 함정 선지인 ④를 볼까? ⓐ에 대한 설명이 맞다는 것은 쉽게 알 수 있어. 하지만 ⓓ에 대한 설명은? 틀렸다고 생각한 학생들이 꽤 많았던 것 같아. 아마 '주모복거'라는 뜻을 제대로 알지 못한 데다가 벗님들이 오는 것을 변화라고 생각하지 않았나 봐. 특히 ⓓ는 이미 화자가 살고 있는 공간이므로, '터를 정'했다는 설명이 틀렸다고 생각했을 수도 있어. 그런데 **이 작품은 EBS 연계 작품이야. 연계 작품이라는 뜻은 이미 수능 교재에서 이 작품을 다루었기 때문에 어려운 말이 나와도 학생 스스로 해석해서 풀어야 한다는 말이지.** EBS 교재에서 '주모복거: 풀을 베고 주거지를 마련함.'이라는 뜻풀이를 제시했어. 그렇기 때문에 출제자는 학생들이 '주모복거'의 뜻을 알고 있다는 전제하에 문제를 만든 거야.

▸ 결국, 연계 작품을 꼼꼼하게 공부하지 않은 학생들에게는 연계 작품이어도 어려울 수밖에 없는 거지. 연계 작품이라고 만만하게 보면 안 되는 이유가 여기에 있어. **특히 고전 시가는 EBS 교재에서 현대어로 쉽게 풀어 놓은 것을 수능에서는 고전 원문을 가져와 지문으로 구성하기도 하고, EBS 교재에 실리지 않은 다른 부분을 지문으로 구성하기도 해.** 그러니 EBS 교재에 실린 작품이라면 무조건 꼼꼼히 공부해 둘 필요가 있겠지.

05 외적 준거에 따른 작품 감상 답 ⑤

선지별 선택 비율	①	②	③	④	⑤
	3%	7%	14%	8%	65%

〈보기〉를 활용하여 (나)를 탐구한 내용으로 적절하지 않은 것은? [3점]

보기

이이의 생애를 기록한 연보에는, 그가 고산구곡에 정사를 건립한 일이 주자가 무이구곡의 은병에서 후학을 양성한 것을 본받았다는 점과 「고산구곡가」의 창작 이후 이곳을 찾는 이들이 더 많아졌다는 사실이 기록되어 있다. 한편 그가 고산구곡의 곳곳에서 지인들과 교유한 경험을 소개한 「송애기」에는 욕심 없는 마음으로 자연과 인간이 별개가 아님을 느끼고, 자연으로부터 마음을 바르게 하는 도리를 찾으면 군자의 참된 즐거움을 누릴 수 있다는 그의 생각이 나타나 있다.

정답 띵! 동!

⑤ **자연의 감상에 대한 「송애기」의 기록을 참고할 때, 바위를 덮은 '눈'에서 ~~자연과 합일을 이루려는 인간의 의지~~를 엿볼 수 있겠군.**

(문산을 덮은 아름다운 자연)

(「송애기」에 자연과 합일을 이루려는 인간의 의지에 관한 내용은 나타나지 않음.)

| 〈보기〉 「송애기」에는 욕심 없는 마음으로 자연과 인간이 별개가 아님을 느끼고, 자연으로부터 마음을 바르게 하는 도리를 찾으면 군자의 참된 즐거움을 누릴 수 있다는 그의 생각이 나타나 있다.

| (나) – 〈10수〉 기암괴석이 눈 속에 무쳐셰라 / 유인은 오지 아니ᄒᆞ고 볼 것 업다 ᄒᆞ더라

| **뭔말?**

· 화자는 〈10수〉에서 문산의 아름다움을 노래하면서, 이를 알지 못하고 볼 것 없다고 하는 유인의 모습에 안타까움 또는 비판의 태도를 드러냄.

· '눈'에서 자연과 합일을 이루려는 인간의 의지는 엿볼 수 없으며, 자연의 감상에 대한 「송애기」의 기록에서도 '자연과 합일을 이루려는 인간의 의지'와 같은 내용은 찾아볼 수 없음.

오답 땡!

① **고산구곡에서의 생활에 대한 「송애기」의 기록을 참고할 때, 고산구곡이 작자와 '벗님'들의 교유 장소로도 활용되었음을 추리할 수 있겠군.**

| 〈보기〉 한편 그가 고산구곡의 곳곳에서 지인들과 교유한 경험을 소개한 「송애기」

| (나) – 〈1수〉 주모복거ᄒᆞ니 벗님니 다 오신다

| **뭔말?**

· 〈보기〉의 '고산구곡의 곳곳에서 지인들과 교유한 경험을 소개한 「송애기」'와 〈1수〉의 '벗님니 다 오신다'를 통해 작가 이이가 고산구곡에서 벗님들과 교유했음을 짐작할 수 있음.

② **작품 창작 이후와 관련한 연보의 기록을 참고할 때, '학주자'를 하려는 작자의 선택에 대한 사람들의 긍정적 반응을 추측할 수 있겠군.**

| 〈보기〉 「고산구곡가」의 창작 이후 이곳을 찾는 이들이 더 많아졌다는 사실이 기록되어 있다.

| (나) – 〈1수〉 어즈버 무이를 상상ᄒᆞ고 학주자를 ᄒᆞ리라

| **뭔말?**

· 〈1수〉에서 화자는 '학주자'를 하겠다고 하는데, 〈보기〉에서 「고산구곡가」가 창작된 이후 이곳을 찾는 이들이 더 많아졌다는 기록이 남아 있다고 함.

· 그렇다면 '학주자'를 하겠다는 이이의 선택에 사람들이 긍정적 반응을 보였고,

그로 인해 이곳을 찾은 이들이 많아진 것이라 추측할 수 있음.

③ **정사에 대한 연보의 기록을 참고할 때, '은병'이 주자를 학문적으로 계승하기 위해 선택된 공간이기도 했음을 짐작할 수 있겠군.**

| 〈보기〉 이이의 생애를 기록한 연보에는, 그가 고산구곡에 정사를 건립한 일이 주자가 무이구곡의 은병에서 후학을 양성한 것을 본받았다는 점

| (나) – 〈6수〉 오곡은 어딕미오 은병이 보기 됴타 / 수변 정사ㄴ 소쇄ᄒᆞᆷ도 ᄀᆞ이 업다 / 이 중에 강학도 ᄒᆞ려니와 영월음풍ᄒᆞ리라

| 뭔말?

· 화자는 〈6수〉에서 '은병'에 정사를 지어 강학을 하겠다고 했는데, 〈보기〉에서 이이가 고산구곡에 정사를 건립한 것은 주자가 무이구곡의 은병에서 후학을 양성한 것을 본받은 것이라는 기록이 남아 있다고 함.

· 그렇다면 '은병'은 주자를 학문적으로 계승하기 위해 선택된 공간임을 짐작할 수 있음.

④ **참된 즐거움과 관련한 「송애기」의 기록을 참고할 때, '강학'과 '영월음풍'이 모순 없이 서로 어울릴 수 있는 행위임을 유추할 수 있겠군.**

| 〈보기〉 「송애기」에는 욕심 없는 마음으로 자연과 인간이 별개가 아님을 느끼고, 자연으로부터 마음을 바르게 하는 도리를 찾으면 군자의 참된 즐거움을 누릴 수 있다는 그의 생각이 나타나 있다.

| (나) – 〈6수〉 오곡은 어딕미오 은병이 보기 됴타 / 수변 정사ㄴ 소쇄ᄒᆞᆷ도 ᄀᆞ이 업다 / 이 중에 강학도 ᄒᆞ려니와 영월음풍ᄒᆞ리라

| 뭔말?

· 화자는 〈6수〉에서 강학도 하고 영월음풍도 하겠다고 했는데, 참된 즐거움과 관련된 「송애기」의 기록을 보면 자연으로부터 마음을 바르게 하는 도리를 찾으면 군자의 참된 즐거움을 누릴 수 있다고 했음.

· 따라서 학문을 연구하는 '강학'과 자연과 더불어 시를 읊는 '영월음풍'은 모순 없이 서로 어울릴 수 있는 행위임을 짐작할 수 있음.

▸ 본문 026쪽

현대시 01

2022학년도 6월 모의평가

01 ④ 02 ⑤ 03 ②

(가) 김기림, 「연륜」

EBS 연결 고리
비연계

해제 이 작품은 지나온 삶을 되돌아보면서 앞으로는 자신의 뜻을 펼치는 열렬한 삶을 살 것을 다짐하는 화자의 의지가 나타나는 시이다. '연륜'은 나무의 나이테를 이르는 말로, 일반적으로 여러 해 동안 쌓은 경험에 의하여 이루어진 숙련의 정도를 나타낼 때 쓰인다. 그러나 이 작품에서 '연륜'은 자신의 뜻을 펴지 못한 채 덧없이 흘러가 버린 시간, 활력을 잃고 화석처럼 굳어져 버린 삶을 의미한다. 화자는 자신의 이러한 삶과 단절하고 이상적 공간인 섬으로 떠나고자 하며, 그곳에서 과거와 단호히 결별하고 불꽃처럼 열렬히 살아갈 것을 다짐하고 있다. '–자', '–리라' 등의 종결 어미를 통해 이러한 화자의 강한 의지를 드러내고 있다.

주제 초라한 삶에서 벗어나 열정적인 삶을 살겠다는 다짐

짜임

1연	서른 해 남짓 살아온 삶
2연	이상을 펼치지 못한 채 활력을 잃은 삶
3연	이상적 공간(섬)으로 떠나고 싶은 마음
4연	섬의 아름다운 모습
5연	열정적인 삶을 살고자 하는 의지

1연 무너지는 꽃 이파리처럼
[01-④] 하강 이미지. 초라하고 보잘것없는 화자의 인생 비유
휘날려 발 아래 깔리는
[01-④] 하강 이미지
서른 나문 해야
[01-⑤] [03-①] 화자가 살아온 삶

2연 구름같이 피려던 뜻은 날로 굳어
[02-④] 뜻을 펴지 못하는 상황의 지속적인 심화
한 금 두 금 곱다랗게 감기는 연륜(年輪)
[02-④] 뜻을 펴지 못한 채 굳어 감기는 연륜 = 활력이 없는 연륜 → 부정적 상황의 지속

3연 갈매기처럼 꼬리 떨며
[01-②] '갈매기'에 빗대어 섬으로 가려는 화자의 움직임을 드러냄.
산호 핀 바다 바다에 나려앉은 섬으로 가자
[03-⑤] 열정적인 삶을 살려는 화자가 가고자 하는 공간 ↔ '육지'

4연 비취빛 하늘 아래 피는 꽃은 맑기도 하리라
[01-③] 색채어의 활용 → 아름다운 '섬'의 모습 묘사
무너질 적에는 눈빛 파도에 적시우리

[03-⑤] 지나간 시간('초라한 경력')을 막아 둘 공간. 결핍을 느끼는 공간 ↔ 새로운 삶의 공간인 '섬'

5연 초라한 경력을 육지에 막은 다음
[03-①] 화자의 지난 삶 = '서른 나문 해' → 자신의 인생을 변변치 않은 경험(경력)으로 표현함.
주름 잡히는 연륜마저 끊어버리고
[03-②] 열정이 결핍된 삶 = '피려는 뜻은 굳어' 한 금씩 쌓여 감긴 연륜 ↔ 불꽃처럼 열렬한 삶
나도 또한 불꽃처럼 열렬히 살리라
[02-①, ⑤] [03-②] '불꽃'과 화자의 동질성 = 열렬한 삶 추구 → 결핍된 상황에서 벗어나려는 적극적이고 의지적인 태도

(나) 김광규, 「대장간의 유혹」

 EBS 연결 고리
2022학년도 수능특강 문학 107쪽

 교과서 연계 정보
작가 문학 좋은책 작품 문학 좋은책

해제 이 작품은 자신의 삶에 대한 치열한 반성을 통해 본질적 자아를 찾고, 문명 사회에서 일상적이고 무의미한 삶에 젖어 살아가는 자신을 성찰하고자 하는 의지를 그린 시이다. 화자는 자신이 일회용 플라스틱 물건처럼 쓸모없는 존재라고 생각될 때 지금은 사라진 '털보네 대장간'을 찾아가고 싶어 한다. 이 시에서 '플라스틱 물건'은 현대의 물질문명 사회에서 대량으로 생산되고 대량으로 소비되는 물건을 뜻하고, '대장간'은 지금 사라지고 없지만 쇠를 단련하여 가치 있는 물건으로 만드는 생산적 공간을 뜻한다. '대장간'과 같은 공간에서 단련되어 가치 있는 존재로 거듭나고 싶은 화자의 갈망을 '대장간의 유혹'이라고 표현하고 있다.

주제 자아 성찰을 통한 참다운 삶의 가치 추구

짜임

1~6행	무가치하고 몰개성적인 삶에 대한 회의
7~9행	사라진 대장간에 찾아가고 싶은 마음
10~18행	가치 있고 진정성 있는 삶에 대한 열망
19~25행	삶에 대한 반성과 참된 삶의 추구

1~6행 제 손으로 만들지 않고

한꺼번에 싸게 사서
[02-②] 개별적인 고유성이 없이 사용되는 플라스틱 물건 ↔ '하나씩' 만들어지는 '꼬부랑 호미'
마구 쓰다가
[02-⑤] 부정적으로 취급당하는 플라스틱 물건
망가지면 내다 버리는

플라스틱 물건처럼 느껴질 때
[02-⑤] '플라스틱 물건'에 동질성을 느끼는 화자
나는 **당장** 버스에서 뛰어내리고 싶다
[02-④] [03-⑤] 결핍을 느낌. → 당면한 상황(플라스틱 물건처럼 느낌)에서 벗어나려는 절박감이 드러남.
7~9행 현대 아파트가 들어서며

홍은동 사거리에서 사라진

털보네 대장간을 찾아가고 싶다
[03-③] 개성적이고 가치 있는 것을 만들어 내는 공간. 결핍된 가치를 찾고자 하는 화자의 열망이 투영된 공간
10~18행 풀무질로 이글거리는 불 속에

시우쇠처럼 나를 달구고
[01-①] 무쇠 낫을 만드는 과정: 달구고→벼리고→갈아
모루 위에서 벼리고

숫돌에 갈아

시퍼런 무쇠 낫으로 바꾸고 싶다
[03-④] 화자가 추구하는 가치를 표상하는 사물 ①
땀 흘리며 두들겨 **하나씩** 만들어 낸
[02-②] 장인의 정성으로 만들어진 '꼬부랑 호미'의 고유성 부각
꼬부랑 호미가 되어
[03-④] 화자가 추구하는 가치를 표상하는 사물 ②
소나무 자루에서 송진을 흘리면서

대장간 벽에 걸리고 싶다

19~25행 지금까지 살아온 인생이
[02-③] 지나온 삶에 대한 성찰적 태도가 나타남.
온통 부끄러워지고

직지사 해우소

아득한 나락으로 떨어져 내리는
[01-④] 하강 이미지. 똥덩이 = 무가치한 삶
똥덩이처럼 느껴질 때

나는 가던 길을 멈추고 문득
[03-④] 무가치한(결핍된) 상황에서 벗어나 참된 가치를 추구하고자 하는 의지
어딘가 걸려 있고 싶다

---

01 표현상 특징 파악 답 ④

선지별 선택 비율	①	②	③	④	⑤
화작	4%	7%	9%	74%	4%
언매	3%	5%	7%	80%	2%

(가)와 (나)에 대한 설명으로 가장 적절한 것은?

정답 띵! 동!

→ (가) 하강: 무너지는, 발 아래 깔리는 '꽃 이파리'
(나) 하강: 나락으로 떨어져 내리는 '똥덩이'

④ (가)와 (나)는 모두 하강의 이미지가 담긴 시어를 활용하여 화자의 인식을 드러내고 있다.
→ (가) 지금까지 자신의 인생이 초라하고 보잘것없음을 표현함.
(나) 자신의 삶이 '똥덩이'처럼 무가치하게 느껴지는 순간을 표현함.

| (가) – 〈1연〉 무너지는 꽃 이파리처럼 / 휘날려 발 아래 깔리는 / 서른 나문 해야
| (나) – 〈19~23행〉 지금까지 살아온 인생이 / 온통 부끄러워지고 / 직지사 해우소 / 아득한 나락으로 떨어져 내리는 / 똥덩이처럼 느껴질 때

| **뭔말?**
· (가)의 화자는 '무너지는', '발 아래 깔리는'과 같은 하강의 이미지가 담긴 '꽃 이파리'라는 시어를 통해 지금까지의 자신의 삶이 초라하고 보잘것없음을 드러냄.
· (나)의 화자는 '떨어져 내리는'과 같은 하강의 이미지가 담긴 '똥덩이'라는 시어를 통해 자신의 삶이 무가치하게 느껴지는 순간을 표현함.

오답 땡!

→ (나)에 해당함. → (가)와 (나) 모두 X

① ~~(가)는 (나)와 달리~~ 과정을 나타내는 시어들을 나열하여 ~~시간의 급박한 흐름~~을 드러내고 있다.
→ (나) 무쇠 낫을 만드는 과정을 나타내는 시어 (달구고-벼리고-갈아)

| (나) – 〈10~14행〉 풀무질로 이글거리는 불 속에 / 시우쇠처럼 나를 달구고 / 모루 위에서 벼리고 / 숫돌에 갈아 / 시퍼런 무쇠 낫으로 바꾸고 싶다

| **뭔말?**
· (가)는 과정을 나타내는 시어를 나열하거나, 이를 통해 시간의 급박한 흐름을 표현한 부분이 드러나지 않음.
· (나)는 과정을 나타내는 시어 '달구고 → 벼리고 → 갈아'를 나열하여 '무쇠 낫'이 단련되는 모습을 제시하고 있을 뿐이며, 시간의 급박한 흐름을 드러내고 있지는 않음.

→ (가)에 해당함.

② ~~(나)는 (가)와 달리~~ 자연물에 빗대어 화자의 움직임을 드러내고 있다.
→ (나)는 섬으로 가려는 화자의 움직임을 갈매기에 빗댐.

| (가) – 〈3연〉 갈매기처럼 꼬리 떨며 / 산호 핀 바다 바다에 나려앉은 섬으로 가자

| **뭔말?**
· (가)는 섬으로 가는 화자의 움직임을 자연물인 '갈매기'에 빗대어 나타냄.
· (나)는 '뛰어내리고', '찾아가고', '멈추고' 등을 통해 화자의 움직임을 드러내고 있으나, 화자의 움직임을 자연물에 빗대어 드러내고 있지는 않음.

③ ~~(나)는 (가)와 달리~~ 색채어를 활용하여 공간적 배경이 만들어 내는 분위기를 드러내고 있다.
→ (가)에 해당함.
→ (가)는 비취빛 하늘, 눈빛 파도 → 섬의 아름다운 분위기를 드러냄.

| (가) – 〈4연〉 비취빛 하늘 아래 피는 꽃은 맑기도 하리라 / 무너질 적에는 눈빛 파도에 적시우리

| (나) – 〈14행〉 시퍼런 무쇠 낫으로 바꾸고 싶다 → 시퍼런: 색채어 X

| 뭔말?

· (가)는 '비취빛 하늘', '눈빛 파도' 등에서 색채어를 활용하여 화자가 이상적으로 생각하는 공간인 '섬'의 분위기를 드러냄.

· (나)에서 '시퍼런'은 '매우 퍼렇다.'라는 의미가 아니라 무쇠 낫의 '날이 몹시 날카롭다.'라는 의미로 사용된 것이므로 (나)는 색채어를 통해 공간적 배경의 분위기를 드러낸 부분이 없음.

⑤ ~~(가)와 (나)는 모두~~ 표면에 드러난 청자에게 말을 건네는 방식으로 화자의 정서를 드러내고 있다. 문학 개념어(017)

| (가) – 〈1연〉 무너지는 꽃 이파리처럼 / 휘날려 발 아래 깔리는 / 서른 나문 해야

| (가) – 〈3연〉 산호 핀 바다 바다에 나려앉은 섬으로 가자

| 뭔말?

· (가)는 '서른 나문 해야'에서 '야'라는 호격 조사에 주목할 때 표면화된 청자에게 말을 건네는 방식을 사용한 것으로도 볼 수 있음.

· (나)는 시의 표면에 드러난 청자에게 말을 건네는 방식이 아님. 독백적 어조를 통해 화자가 소망하는 바를 드러냄.

02 시어의 의미 파악 답 ⑤

선지별 선택 비율	①	②	③	④	⑤
화작	2%	6%	4%	8%	78%
언매	1%	4%	2%	6%	84%

(가), (나)의 시어에 대한 이해로 적절하지 않은 것은?

정답 띵!동!

⑤ (가)에서 '또한'은 긍정적인 존재와 화자의 동질성을, (나)에서 '마구'는 부정적으로 취급되는 대상과 화자 간의 ~~차별성~~을 부각한다.
→ 불꽃(긍정적인 존재)처럼 살겠다는 화자 → 동질성
→ 자신을 플라스틱 물건(부정적 취급 대상)처럼 느끼는 화자 → 동질성

| (가) – 〈5연〉 초라한 경력을 육지에 막은 다음 / 주름 잡히는 연륜마저 끊어버리고 / 나도 또한 불꽃처럼 열렬히 살리라

| (나) – 〈3~5행〉 마구 쓰다가 / 망가지면 내다 버리는 / 플라스틱 물건처럼 느껴질 때

| 뭔말?

· (가)의 '또한'은 '어떤 것을 전제로 하고 그것과 같게'라는 뜻임.

· (가)의 화자는 5연에서 자신의 초라한 경력을 육지에 막고 주름 잡히는 연륜도 끊어 버린 후 '나도 또한 불꽃'처럼 열정적인 삶을 살겠다고 함. 따라서 '또한'은 긍정적인 존재 '불꽃'과 화자의 동질성을 부각함.

· (나)의 '마구'는 '아무렇게나 함부로'라는 뜻으로, 맥락상 '플라스틱 물건'이 부정적으로 취급되고 있음을 드러내는 말임.

· (나)의 화자는 자신이 이러한 '플라스틱 물건'처럼 느껴진다고 말하고 있으므로 '마구'는 부정적으로 취급되는 대상인 '플라스틱 물건'과 화자 간의 차별성이 아닌 동질성을 부각함.

오답 땡!

① (가)에서 '열렬히'는 화자가 추구하는 삶에 대한 적극적인 태도를 표방한다.
→ 불꽃처럼 열정적으로 살겠다는 태도를 드러냄.

| (가) – 〈5연〉 나도 또한 불꽃처럼 열렬히 살리라

| 뭔말?

· '열렬히'는 '어떤 것에 대한 애정이나 태도가 매우 맹렬하게'라는 뜻임.

· (가)의 화자는 초라하고 덧없는 삶을 버리고 '불꽃'과 같이 열정적으로 살겠다는 태도를 보이고 있으므로, '열렬히'는 화자가 추구하는 열정적인 삶에 대한 적극적인 태도를 표방함.

② (나)에서 '한꺼번에'와 '하나씩'의 대조는 개별적인 존재의 고유성을 부각한다.
→ 대량 생산, 대량 소비되는 플라스틱 물건의 몰개성적인 속성
→ 개별성, 고유성
→ 장인이 정성을 다해 '하나씩' 만들어 낸 꼬부랑 호미의 고유성

| (나) – 〈1~5행〉 제 손으로 만들지 않고 / 한꺼번에 싸게 사서 / 마구 쓰다가 / 망가지면 내다 버리는 / 플라스틱 물건

| (나) – 〈15~16행〉 땀 흘리며 두들겨 하나씩 만들어 낸 / 꼬부랑 호미

| 뭔말?

· '한꺼번에'는 '몰아서 한 차례에. 또는 죄다 동시에'라는 뜻으로, (나)에서는 대량 생산되어 대량 소비되는 '플라스틱 물건'의 몰개성적인 속성을 드러냄.

· '한꺼번에'는 장인이 땀 흘리며 두들겨 '하나씩' 만들어 낸 '꼬부랑 호미'의 개성적인 속성과 대비를 이루며, 개성적이고 가치 있는 존재인 '꼬부랑 호미'의 고유성을 부각함.

③ (나)에서 '온통'은 화자의 성찰적 시선이 자신의 삶 전반에 걸쳐 있음을 부각한다.
→ 지금까지 살아온 인생 전체를 '온통'으로 묶어 부끄럽다고 함.

| (나) – 〈19~20행〉 지금까지 살아온 인생이 / 온통 부끄러워지고

| 뭔말?

· '온통'은 '전부 다'라는 뜻으로, (나)의 화자는 '온통 부끄러워지고'라고 하여 자신의 삶 전체에 대한 반성적 인식을 드러냄.

④ (가)에서 '날로'는 부정적 상황의 지속적인 심화를, (나)에서 '당장'은 당면한 상황에서 벗어나려는 절박감을 강조한다.
→ 피려던 뜻이 굳어지는 상황
→ 스스로가 플라스틱 물건처럼 느껴지는 상황에서 즉시 벗어나고 싶은 심정

| (가) – 〈2연〉 구름같이 피려던 뜻은 날로 굳어

| (나) – 〈5~6행〉 플라스틱 물건처럼 느껴질 때 / 나는 당장 버스에서 뛰어내리고 싶다

| 뭔말?

· (가)의 '날로'는 '날이 갈수록'이라는 뜻임. 화자는 자신의 뜻을 피지 못하는 부정적 상황이 지속적으로 심화되고 있음을 '날로'를 통해 강조함.

· (나)의 '당장'은 '일이 일어난 바로 직후의 빠른 시간'이라는 뜻임. 화자는 자신이 '플라스틱 물건'처럼 느껴지는 상황에서 즉시 벗어나고 싶다는 절박한 마음을 '당장'을 통해 강조함.

03 외적 준거에 따른 작품 감상 답 ②

선지별 선택 비율	①	②	③	④	⑤
화작	11%	37%	8%	13%	29%
언매	10%	43%	6%	9%	30%

〈보기〉를 참고하여 (가), (나)를 감상한 내용으로 적절하지 않은 것은? [3점]

보기

시인은 결핍을 느끼는 상황에서 새로운 가치를 발견하고 이를 통해 삶을 성찰하는 경우가 많다. 예컨대 「연륜」은 축적된 인생 경험에서, 「대장간의 유혹」은 현대인이 추구하는 편리함에서 결핍을 발견한 화자를 통해 일상에서 경험하는 것들이 재해석된다. 두 작품은 결핍된 상황에서 벗어나려는 의지를 구심점으로 삼아 시상을 전개한다.

정답 띵! 동!

② (가)에서 '불꽃'을 긍정적인 이미지로 표현한 것은, '주름 잡히는 연륜'에 결핍되어 있는 속성을 끊을 수 있는 수단이라는 의미로 재해석한 것이겠군.

→ 불꽃 = 주름 잡히는 연륜에 결핍된 것 = 열정 = 화자가 추구하고자 하는 삶의 태도

| (가) – 〈5연〉 주름 잡히는 연륜마저 끊어버리고 / 나도 또한 불꽃처럼 열렬히 살리라

| 뭔말?

· (가)의 '주름 잡히는 연륜' = '피려던 뜻'이 '날로 굳어' 감긴 것 → 화자는 이것을 끊어 버리고 '불꽃처럼 열렬히' 살겠다는 의지를 표현함.

· 여기서 '연륜'은 화자가 벗어나고자 하는 상황이며 열정이 결핍된 상태를 의미한다는 것과 '불꽃'은 긍정적인 이미지의 시어이며 화자가 추구하고자 하는 삶의 태도라는 것을 파악할 수 있음.

· 정리하면, '불꽃'은 '주름 잡히는 연륜'에 결핍된 요소이자 앞으로 추구하려는 삶의 태도이지, 결핍되어 있는 속성을 끊을 수 있는 수단이 아님.

오답 땡!

→ 자신의 지나온 삶을 표현한 말

① (가)에서 '서른 나문 해'를 '초라한 경력'으로 표현한 것은, 화자가 자신이 살아온 인생을 변변치 않은 경험으로 재해석한 것이겠군.

| (가) – 〈1연〉 무너지는 꽃 이파리처럼 / 휘날려 발 아래 깔리는 / 서른 나문 해야

| (가) – 〈5연〉 초라한 경력을 육지에 막은 다음

| 뭔말?

· '서른 나문 해' = 화자의 지나온 삶 → '초라한 경력'으로 표현 → 화자가 자신의 지나온 삶을 보잘것없고 변변하지 못한 경험으로 재해석하고 있음.

→ 개성적이고 가치 있는 것을 만들어 내던 공간

③ (나)에서 지금은 사라진 '털보네 대장간'을 '찾아가고 싶다'고 표현한 것은, 일상에서 결핍된 가치를 찾고자 하는 화자의 열망을 공간에 투영한 것이겠군.

| (나) – 〈7~9행〉 현대 아파트가 들어서며 / 홍은동 사거리에서 사라진 / 털보네 대장간을 찾아가고 싶다

| 뭔말?

· 도시 문명에서 자신의 삶이 무가치하다고 느낀 화자(플라스틱 물건처럼 느껴짐.)는 가치 있는 것을 만들어 내던 공간인 '털보네 대장간'을 '찾아가고 싶다'고 함.

· '털보네 대장간'은 현재의 공간과 대비되는 곳, 개성적이고 가치 있는 삶이 존재하는 공간을 상징한다고 볼 수 있음. 즉, 개성적이고 가치 있는 삶을 찾고자 하는 화자의 열망을 '털보네 대장간'이라는 공간에 투영하여 표현한 것임.

④ (나)에서 '가던 길을 멈추고' '걸려 있고 싶다'고 표현한 것은, 화자가 추구하는 가치를 표상하는 사물의 상태가 되고 싶다고 진술함으로써 결핍에서 벗어나고자 하는 의지를 드러낸 것이겠군.

→ 털보네 대장간의 무쇠 낫, 꼬부랑 호미 → 화자가 추구하는 참된 가치

| (나) – 〈14행〉 시퍼런 무쇠 낫으로 바꾸고 싶다

| (나) – 〈16~18행〉 꼬부랑 호미가 되어 ~ 대장간 벽에 걸리고 싶다

| (나) – 〈22~25행〉 아득한 나락으로 떨어져 내리는 / 똥덩이처럼 느껴질 때 / 나는 가던 길을 멈추고 문득 / 어딘가에 걸려 있고 싶다

| 뭔말?

· (나)의 화자는 스스로가 무가치한 '똥덩이'처럼 느껴질 때 '가던 길을 멈추고' 털보네 대장간의 '무쇠 낫', '꼬부랑 호미'처럼 '걸려 있고 싶다'고 함.

· 여기서 스스로를 무가치한 '똥덩이'처럼 느끼는 것은 화자가 벗어나려 하는 상황이자 결핍으로 볼 수 있음.

· 그렇다면, 화자가 추구하는 참된 가치인 '무쇠 낫'과 '꼬부랑 호미'가 되고 싶다는 말은 그 결핍에서 벗어나고자 하는 의지와 연결 지을 수 있음.

→ 새로운 삶을 위해, 과거의 초라한 경력을 막아 둘 공간

⑤ (가)에서 '육지'를 지나간 시간을 막아 둘 공간으로, (나)에서 '버스'를 벗어나고 싶은 공간으로 표현한 것은, '육지'와 '버스'를 화자가 결핍을 느끼는 공간으로 재해석한 것이겠군.

→ 뛰어내리고 싶은 공간

| (가) – 〈5연〉 초라한 경력을 육지에 막은 다음 ~ 나도 또한 불꽃처럼 열렬히 살리라

| (나) – 〈5~6행〉 플라스틱 물건처럼 느껴질 때 / 나는 당장 버스에서 뛰어내리고 싶다

| 뭔말?

· (가)에서 열정적인 삶을 살고자 '섬'으로 가려는 화자에게 '육지'는 지난날 자신의 '초라한 경력'을 막아 두고자 하는 공간이므로, 화자가 결핍을 느끼는 부정적 공간에 해당함.

· (나)에서 자신의 삶이 '플라스틱 물건'처럼 느껴진 화자에게 '버스'는 당장 벗어나고자 하는 공간이므로, 화자가 결핍을 느끼는 부정적 공간에 해당함.

매웠지?

꿀피스 Tip!

▸ 〈보기〉는 각 작품의 특징을 반드시 구분해서 정리해야지. 그렇지 않으면 함정에 빠질 위험이 커져. 〈보기〉의 두 번째 문장에서 (가)(「연륜」)에 관한 것만 뽑으면 "「연륜」은 축적된 인생 경험에서, ~ 결핍을 발견한 화자를 통해 일상에서 경험하는 것들이 재해석된다.'가 돼. 이를 통해서 (가)의 '연륜'은 무엇인가가 결핍된 부정적인 상태를 나타낸다는 것을 알 수 있어. 그런데 이렇게 꼼꼼하게 살피지 않고 〈보기〉를 대충 보면, (가)에서 '연륜'은 축적된 인생 경험으로 긍정적 상태를 나타내는 것으로 착각할 수 있어. 여기에 우리 일상에서 '연륜'이 주로 긍정적 의미로 사용된다는 주관까지 더해지면, 두말할 것도 없이 잘못된 작품 감상의 길로 빠지게 되지.

▸ 그렇다면 '연륜'에서 결핍되어 있는 것은 무엇일까? 그것은 (가)를 통해서 확인해야겠지? (가)의 2연에서 '피려는 뜻은 날로 굳어'서 '연륜'이 되고, 5연에서 그렇게 '주름 잡히는 연륜'은 '끊어버리고 / 불꽃처럼 열렬히' 살겠다고 하네. 이를 보면 화자가 지금까지 '열렬히' 살지 못했다는 걸 알 수 있어. 그렇다면 '주름 잡히는 연륜'에 결핍되어 있던 것은? 그래, 삶의 열정이지. 따라서 '불꽃'은 '주름 잡히는 연륜'에서 결핍되었던 '열정'을 의미하겠지? 따라서 '불꽃'은 '주름 잡히는 연륜'에 결핍되어 있는 속성에 해당하는 것으로, 결핍된 속성을 끊을 수 있는 수단인 것은 아니지.

▸ 함정 선지인 ⑤를 보자. 확인해야 할 요소가 세 가지나 있어. 하나는 (가)에 표현된 '육지'의 의미, 또 하나는 (나)에 표현된 '버스'의 의미, 그리고 나머지 하나는 '육지'와 '버스'의 공통적 의미. 이 중에서 하나라도 잘못 이해하면 바로 오답을 고르는 거지. (가)에서 '육지'를 '초라한 경력'이라는 지나간 시간을 막아 둘 공간으로 표현했지. 그리고 (나)에서는 화자 자신이 플라스틱처럼 느껴질 때 버스에서 내리고 싶다고 하였으니, '버스'는 벗어나고 싶은 공간임을 알 수 있어. 여기까지는 대체로 맞는 해석을 했을 거야. 이제 문제는 '육지'와 '버스'의 공통적 의미이지.

▸ '버스'는 벗어나고 싶어 하는 공간이니까, 화자가 결핍을 느끼는 공간으로 재해석된 것, 맞지? '버스'보다는 '육지'의 의미를 잘못 해석한 경우가 많았을 것 같아. "육지가 초라한 경력을 막아 주는 공간이니까, 육지는 긍정적 의미를 지니겠지? 그러니 화자가 결핍을 느끼는 공간으로 재해석한 것은 틀린 설명이야." 이렇게 생각을 한 거지. 늘, 항상 하는 말이야. 너희들은 귀에 못이 박이게 듣던 말 있지? 그래, 제발 주관적 해석은 하지 말라고. 근거는 지문이나 〈보기〉에서 찾으라고. (가)에서 화자가 가고 싶어 하는 곳은 '섬'이야. 그렇다면 '육지'는 떠나려는 공간이지. 왜 떠나려고 하겠어? '초라한 경력', '주름 잡히는 연륜'에서 발견한 결핍을 느끼는 공간이기 때문이겠지. '육지'는 화자가 결핍을 느끼는 공간인 게 맞아.

기출 속 문학 개념어 사전

말을 건네는 방식(017)

개념

말을 건네는 방식

方 모㉥ 式 법㉦

단계적 이해

① 말을 건네는 방식은 화자가 혼자서만 이야기를 하고, 청자가 이에 대해 반응이 없는 경우 주로 사용되는 개념이야.

② 말을 건네는 방식은 대화와 비교해 알아 둘 필요가 있어. 대화는 둘 이상의 화자가 등장해 서로 말을 주고받아. 그러나 말을 건네는 방식은 대화와 달리 말을 '건네기만' 하면 돼. 이에 대한 응답은 확인 요소가 아닌 거지.

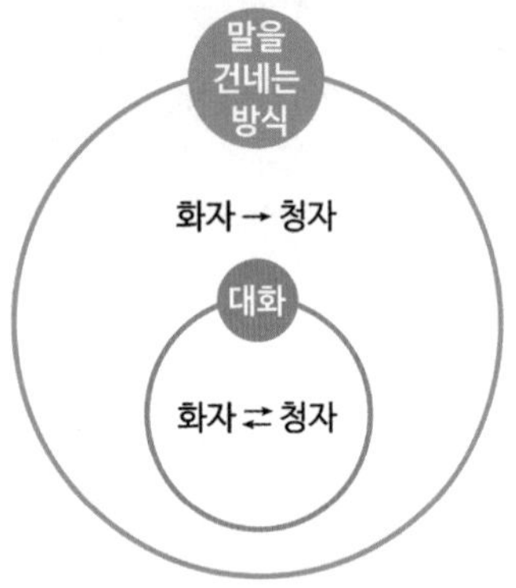

③ 누군가를 부르거나 호칭하는 말이 나타난다면 당연히 상대방을 전제하고 있는 것이니 말을 건네는 방식이라고 할 수 있어.

④ 화자가 상대 높임법(경어체)을 사용하고 있다면 발화자 앞에 존재하는 상대방에 대한 고려가 있는 것이니 말을 건네는 방식을 사용하고 있다고 볼 수 있을 거야.

⑤ 명령이나 청유는 문법적으로 2인칭 상대방을 전제하는 문장의 종결 방식이야. 따라서 명령문이나 청유문이 사용되었을 때에도 말을 건네는 방식으로 판단할 수 있어. 근데 이건 정말 정말 주의해야 해! 명령문이나 청유문이라고 하더라도, 화자 스스로(내면의 자아)에게 하는 말일 수도 있거든. 모든 명령문과 청유형이 말을 건네는 방식인 건 아니란 걸 기억해 줘.

출제 TIP

• 말을 건네는 방식은 운문 문학에서 주로 출제되는 개념이야.

• 단순히 말을 건네는 방식이 사용되었는지를 묻기보다는, 누구(무엇)에게 어떤 말을 했는지를 묻기 때문에 화자가 말하고자 하는 바를 정확히 파악하는 것도 매우 중요해.

✎ 작품 표면에 청자가 나타나는 경우

예제로 떠도는 장꾼들이여!
상고하며 오가는 길에
혹여나 보셨나이까.

전나무 우거진 마을
집집마다 누룩 디디는 소리, 누룩이 뜨는 내음새…….

– 오장환, 「고향 앞에서」

▸ 화자가 '장꾼들'을 청자로 설정하여, 장사를 하며 오가는 길에 고향의 모습을 보았는지 물으면서 말을 건네고 있어.

어머님,
제 예닐곱 살 적 겨울은
목조 적산 가옥 이층 다다미방의
벌거숭이 유리창 깨질 듯 울어 대던 외풍 탓으로
한없이 추웠지요. 밤마다 나는 벌벌 떨면서
아버지 가랭이 사이로 시린 발을 밀어 넣고
그 가슴팍에 벌레처럼 파고들어 얼굴을 묻은 채
겨우 잠이 들곤 했었지요.

– 이수익, 「결빙의 아버지」

▸ 화자가 '어머니'를 청자로 설정하여, 어린 시절 가난과 추위로부터 자신을 지켜 주었던 아버지의 희생적 사랑에 대해 말하고 있어.

공산리(空山裏) 저 가는 달에 혼자 우는 저 두견(杜鵑)아
낙화 광풍(落花狂風)에 어느 가지 의지하리
백조(百鳥)야 한(恨)하지 말아 내곳 설워 하노라

– 권구, 「병산육곡」

| 현대어로 읽기

텅 빈 산 지는 달에 혼자 우는 저 두견아
꽃잎 떨어지게 하는 거센 바람에 어느 가지 의지하리
백조야 한탄하지 마라 나도 서러워 하노라

▸ 화자는 '두견'과 '백조'를 청자로 설정하여, 혼탁한 현실에 대해 탄식하는 마음을 드러내고 있어.

✎ 작품 표면에 청자가 나타나지 않는 경우

울지 마라
외로우니까 사람이다
살아간다는 것은 외로움을 견디는 일이다
공연히 오지 않는 전화를 기다리지 마라
눈이 오면 눈길을 걸어가고
비가 오면 빗길을 걸어가라

– 정호승, 「수선화에게」

▸ 화자는 표면에 드러나 있지 않은 누군가를 전제로 말을 건네고 있어. 외로움에 가슴 아파하는 모든 사람들을 위로하면서 외로움은 인간이 피할 수 없는 삶의 본질임을 토로하고 있는 거야. 명령문이 사용되었을 때 말을 건네는 방식으로 판단할 수 있다고 한 거 잊지 않았지?

▸ 본문 028쪽

현대시 02

2020학년도 9월 모의평가

01 ② 02 ③ 03 ④

(가) 김영랑, 「청명」

EBS 연결 고리

비연계

교과서 연계 정보

작가 문학 미래엔, 비상

해제 이 작품은 가을 아침, 계절의 정취를 느끼며 자연과 교감하는 마음을 담아낸 것이다. 화자는 수풀의 호르르 소리, 벌레의 호르르르 소리를 들으며 거닐면 머릿속 가슴속으로 청명이 젖어든다고 하면서 자연과 하나되는 모습을 보인다. 그리고 햇빛 쏟아지는 순간 빠진 동백 한 알을 보며 빛남과 고요함, 근원적 존재로서의 가치를 가진 자연에 감흥을 느끼고 있다.

주제 청명한 가을 아침의 정취에 젖어 든 마음

짜임

1연	온몸으로 스며드는 청명
2연	수풀, 벌레와 더불어 노래꾼이 된 '나'
3연	청명에도 주린 '나'의 답답한 생활
4연	햇살 쏟아지는 순간 빠지는 동백 한 알의 빛남과 고요함
5연	청명에 포근하게 젖어 있는 내 마음

1연 호르 호르르 호르르르 가을 아침

취어진* 청명을 마시며 거닐면

㉠수풀이 호르르 벌레가 호르르르
[02-①] 청각적 심상의 활용

청명은 내 머릿속 가슴속을 젖어 들어

발끝 손끝으로 새어 나가나니

2연 온 살결 터럭 끝은 모두 눈이요 입이라
[03-①, ②] 인간과 자연 간의 교감, 서로 소통하는 조화로운 생태계

나는 수풀의 정을 알 수 있고

벌레의 예지를 알 수 있다

그리하여 나도 이 아침 청명의
[03-③] 화자가 자연의 일부가 되는 것 → 자연과 인간 간의 유대

가장 고웁지 못한 노래꾼이 된다

3연 수풀과 벌레는 자고 깨인 어린애라

밤새워 빨고도 이슬은 남았다

남았거든 나를 주라

나는 이 청명에도 주리나니

방에 문을 달고 벽을 향해 숨 쉬지 않았느뇨

4연 ㉡햇발이 처음 쏟아오아

청명은 갑자기 으리으리한 관을 쓴다
[02-②] 비유적 표현, 햇빛 쏟아지는 순간의 아름다움을 나타냄.

그때에 토록 하고 동백 한 알은 빠지나니

오! 그 빛남 그 고요함

간밤에 하늘을 쫓긴 별살의 흐름이 저러했다
[03-④] '동백 한 알'에서 연상한 것, '빛남 그 고요함'이라는 유사성이 있음.

5연 온 소리의 앞 소리요
[03-⑤] 자연 = 근원적 존재

온 빛깔의 비롯이라

㉢이 청명에 포근 취어진 내 마음
[02-③] 가을의 정취에 젖은 마음을 고향의 낯익음에 비유하여 나타냄.

감각의 낯익은 고향을 찾았노라 [01-②] □: 반복

평생 못 떠날 내 집을 들었노라

*취어진: 계절의 정취에 젖어 든.

(나) 고재종, 「초록 바람의 전언」

EBS 연결 고리

2020학년도 수능특강 문학 087쪽

교과서 연계 정보

작가 국어 금성, 비상(박안), 좋은책 문학 좋은책, 지학

해제 이 작품은 뒷동산 청솔잎과 강변의 미루나무, 앞들 보리밭에서 김을 매는 여인의 모습을 통해 생동감 넘치는 봄날의 풍경을 제시하고 있는 작품이다. 의인화된 봄바람과 여러 자연물이 서로 화답하는 모습을 보리밭에서 김을 매던 여인의 모습과 연결하면서 봄날의 풍경을 감각적인 이미지를 활용하여 그려 내고 있다.

주제 봄을 맞이한 자연의 생동감

짜임

1연	뒷동산에서 시작되어 마을로 전해지는 바람의 전언 • 뒷동산 솔나무의 속삭임을 전하는 바람 • 바람을 통해 응답하는 미루나무 • 앞들 보리밭에서 김매던 여인과 봄의 정경
2연	자연과 마을이 초록으로 짙어 가는 청청한 봄날

1연 뒷동산 청솔잎을 빗질해 주던 바람이
[03-①] 자연과 자연 간의 교감

무어라 무어라 하는 솔나무의 속삭임을 듣고
[03-②] 서로 소통하는 조화로운 생태계

㉣푸른 햇살 요동치는 강변으로 달려갔다 하자. [01-①, ②] □: 반복
[02-④] 역동적 이미지의 활용 → 바람 부는 강변의 풍경 표현

달려가선, 거기 미루나무에게 전하니
[03-②] 서로 소통하는 조화로운 생태계

알았다 알았다는 듯 나무는 잎새를 흔들어

강물 위에 짤랑짤랑 구슬알을 쏟아냈다 하자.
[03-④] '잎새'의 흔들림에서 연상한 것, 반짝인다는 유사성이 있음.

그 의중 알아챈 바람이 이젠 그 누구보단

앞들 보리밭에서 물결치듯 김을 매다

이마의 구슬땀 씻어올리는 여인에게 전하니,

여인이야 이윽고 아픈 허리를 곧게 펴곤
[03-③] 자연-인간-자연으로 소통이 이어짐, 자연과 인간 간의 유대

눈앞 가득 일어서는 마을의 정자나무를 향해

고개를 끄덕끄덕, 무언가 일별을 보냈다 하자.

2연 ⓜ아무려면 어떤가, 산과 강과 들과 마을이
[02-⑤] 청청한 날의 정경에 대한 만족감
한 초록으로 짙어 가는 오월도 청청한 날에,
[03-⑤] 자연과 인간이 같은 빛깔로 하나가 되어 감.
소쩍새는 또 바람결에 제 한 목청 다 싣는 날에.

01 작품 간의 공통점 파악 답 ②

선지별 선택 비율	①	②	③	④	⑤
	3%	80%	6%	6%	3%

(가)와 (나)에 대한 설명으로 가장 적절한 것은?

정답 띵!동!

② (가)와 (나)는 각각 동일한 종결 어미의 반복을 활용하여 리듬감을 형성하고 있다.
→ (가) '-노라'의 반복적 사용 (나) '-자'의 반복적 사용

| (가) – 〈5연〉 감각의 낯익은 고향을 찾았노라 / 평생 못 떠날 내 집을 들었노라
| (나) – 〈1연〉 푸른 햇살 요동치는 강변으로 달려갔다 하자. ~ 강물 위에 짤랑짤랑 구슬알을 쏟아냈다 하자. ~ 무언가 일별을 보냈다 하자.
| 뭔말?
· (가)는 종결 어미 '–노라'를 반복적으로 사용하여, (나)는 종결 어미 '–자'를 반복적으로 사용하여 리듬감을 형성함.

오답 땡!

① (가)와 (나)는 ~~가정의 진술~~을 활용하여 ~~현실과 이상의 거리감~~을 드러내고 있다.
→ (가) X (나) '~다 하자' → (가), (나) 모두에서 찾아볼 수 없는 내용

| (나) – 〈1연〉 푸른 햇살 요동치는 강변으로 달려갔다 하자. ~ 강물 위에 짤랑짤랑 구슬알을 쏟아냈다 하자. ~ 무언가 일별을 보냈다 하자.
| 뭔말?
· (가)의 '취어진 청명을 마시며 거닐면'에서 '–면'은 가정의 연결 어미보다는 뒤의 사실이 실현되기 위한 단순한 근거 따위를 나타내거나 수시로 반복되는 상황에서 그 조건을 말할 때 쓰는 연결 어미로 보는 것이 적절함. 또한 (가)는 현실과 이상의 거리감을 드러내고 있지 않음.
· (나)의 '~다 하자'에서 가정의 진술을 찾아볼 수 있음. 그러나 이를 통해 봄을 맞이하는 자연과 인간의 모습을 그리고 있을 뿐, 현실과 이상의 거리감을 드러내지 않음.

③ (가)와 (나)는 ~~화자의 시선이 화자 내면에서 외부 세계로 이동하는 방식으로 시상을 전개~~하고 있다.
→ (가), (나) 모두에서 찾아볼 수 없는 내용

| 뭔말?
· (가)는 가을 아침 청명을 마시며 느끼는 정취를 중심으로 시상을 전개하고 있을 뿐, 화자의 시선이 내면에서 외부 세계로 이동하는 시상 전개는 나타나지 않음.
· (나)는 바람의 공간 이동에 따라 시상을 전개하고 있을 뿐, 화자의 시선이 내면에서 외부 세계로 이동하는 시상 전개는 나타나지 않음.

→ 풍경 묘사는 나타나지만, 여정에 따른 공간의 이동 X
④ (가)는 ~~여정에 따른 공간의 이동~~을 통해, (나)는 ~~계절의 흐름에 따른 대상의 변화를 통해~~ 풍경을 묘사하고 있다.
→ 풍경 묘사는 나타나지만, 계절의 흐름이나 대상의 변화 X

| 뭔말?
· (가)는 화자가 '취어진 청명을 마시며 거닐면'이라고는 하였지만 가을 아침 청명을 마시며 느끼는 정취를 중심으로 시상을 전개하고 있을 뿐, 여정에 따른 공간의 이동은 나타나지 않음.
· (나)는 바람의 움직임에 따라 '뒷동산', '강변', '앞들 보리밭', '마을'로의 공간 이동만이 나타날 뿐, 계절의 흐름이나 이에 따른 대상의 변화는 나타나지 않음.

→ 찾아볼 수 없는 내용
⑤ (가)는 ~~종교적 관념에 대한 사색~~을 바탕으로, (나)는 ~~일상생활에서 깨달은 바~~를 바탕으로 주제를 구체화하고 있다.
→ 찾아볼 수 없는 내용

| 뭔말?
· (가)의 주제는 '청명한 가을 아침의 정취에 젖어 든 마음'인데, 이와 관련한 종교적 관념에 대한 사색은 나타나지 않음.
· (나)는 봄을 맞이한 자연의 모습과 앞들 보리밭에서 김을 매는 여인을 연결하여 생동감 넘치는 봄의 모습을 보여 주고 있을 뿐, 일상생활에서 깨달은 바를 구체화하고 있지 않음.

02 시구의 의미와 기능 파악 답 ③

선지별 선택 비율	①	②	③	④	⑤
	1%	1%	91%	2%	2%

㉠~㉤에 대한 이해로 적절하지 않은 것은?

정답 띵!동!

③ ㉢은 청명한 가을날에 느끼는 마음을 고향의 낯익음에 비유하여 ~~지나가는 가을에 대한 아쉬움~~을 드러내고 있다.
→ 가을의 정취에 젖어 든 마음을 표현한 것

| (가) – 〈5연〉 ㉢이 청명에 포근 취어진 내 마음 / 감각의 낯익은 고향을 찾았노라
| 뭔말?
· ㉢에서 화자는 청명한 가을의 정취에 젖어 있고, 그 속에서 느끼는 감흥을 고향의 낯익음에 비유하고 있는 것이지, 지나가는 가을에 대한 아쉬움을 드러내고 있지 않음.

오답 땡!

① ㉠은 청각적 심상을 활용하여 산뜻한 가을 아침에 대한 화자의 인상을 표현하고 있다.
→ '호르르' = 소리를 나타내는 말

| (가) – 〈1연〉 ㉠수풀이 호르르 벌레가 호르르르
| 뭔말?
· '호르르'는 '작은 새 따위가 날개를 가볍게 치며 날아가는 소리'를 나타냄.
· ㉠에서는 '수풀', '벌레'의 이 '호르르', '호르르르'라는 청각적 심상을 통해 산뜻한 가을 아침에 대한 인상을 구체화하고 있음.

② ㉡은 청명한 날이 으리으리한 관을 쓴다는 비유를 활용하여 햇빛이 쏟아지는 순간의 아름다운 모습을 표현하고 있다.

| (가) - 〈4연〉 ⓒ햇발이 처음 쏟아오아 / 청명은 갑자기 으리으리한 관을 쓴다

| 뭔말?

· '햇발이 처음 쏟아오아'는 햇빛이 쏟아지는 순간을 표현한 말에 해당함.

· 그리고 그 순간의 아름다움을 '청명'이 '으리으리한 관을 쓴다'와 같이 비유적 표현을 통해 나타내고 있음.

④ ⓔ은 **역동적인 이미지를 활용하여 바람이 부는 강변의 풍경을 감각적으로 표현하고 있다.**

→ 요동치다, 달려가다 = 힘차고 활발한 움직임을 나타내는 말

| (나) - 〈1연〉 ⓔ푸른 햇살 요동치는 강변으로 달려갔다 하자.

| 뭔말?

· '요동치다'와 '달려가다'는 힘차고 활발한 움직임을 표현한 말로 역동적 이미지와 연결됨.

· ⓔ에서는 바람이 불어와 햇살 비친 물결이 이리저리 흔들리는 모습을 '푸른 햇살 요동치는 강변으로 달려갔다'라고 하여 역동적 이미지를 활용해 표현하고 있음.

⑤ ⓜ은 **청청한 날의 정경에 대한 화자의 반응을 제시하여 시적 상황에 대한 정서를 집약적으로 드러내고 있다.**

→ 청청한 봄날의 아름다움을 느끼는 만족감

| (나) - 〈2연〉 ⓜ아무려면 어떤가, 산과 강과 들과 마을이

| 뭔말?

· ⓜ은 '산과 강과 들과 마을이 / 한 초록으로 짙어 가는 오월도 청청한 날'에 대한 반응으로, 화자의 만족감을 집약적으로 드러냄.

03 외적 준거에 따른 작품 감상 답 ④

선지별 선택 비율	①	②	③	④	⑤
	2%	3%	4%	86%	3%

〈보기〉를 참고하여 (가)와 (나)를 감상한 내용으로 적절하지 않은 것은? [3점]

보기

자연은 시인에게 상상력의 주요한 원천이 되어 왔다. 그중 생태학적 상상력은 생태계 구성원 간의 관계에 주목한다. 생태학적 상상력은 모든 생태계 구성원을 평등한 존재로 보는 데에서 출발하여, 서로 교감 · 소통하며 유대감을 느끼는 관계로, 나아가 영향을 주고받는 순환의 관계로 인식한다. 생태학적 상상력을 통해 시인은 자연의 근원적 가치와, 인간과 자연의 조화로운 관계를 드러내며 궁극적으로는 이들을 하나의 생태 공동체로 형상화한다.

정답 띵!동!

④ **(가)에서 화자가 '동백 한 알'이 떨어지는 모습에서 '하늘'의 '별살'을 떠올린 것과 (나)에서 화자가 '잎새'의 흔들림에서 반짝이는 '구슬알'을 떠올린 것은 ~~생명의 탄생을 계기로 순환하는 생태계의 질서~~를 보여 주는군.**

→ 동백 한 알 - 하늘의 별살, 잎새의 흔들림 - 반짝이는 구슬알의 유사성을 보여 준 것

| 〈보기〉 생태계 구성원을 ~ 영향을 주고받는 순환의 관계로 인식

| (가) - 〈4연〉 햇발이 처음 쏟아오아 / 청명은 갑자기 으리으리한 관을 쓴다 / 그 때에 토록 하고 동백 한 알은 빠지나니 / 오! 그 빛남 그 고요함 / 간밤에 하늘을 쫓긴 별살의 흐름이 저러했다

| (나) - 〈1연〉 달려가선, 거기 미루나무에게 전하니 / 알았다 알았다는 듯 나무는 잎새를 흔들어 / 강물 위에 짤랑짤랑 구슬알을 쏟아냈다 하자.

| 뭔말?

· (가)의 화자는 햇빛이 쏟아지는 순간에 토록 하고 빠지는 '동백 한 알'을 보면서 '그 빛남 그 고요함'이라는 유사성을 바탕으로 '간밤에 하늘을 쫓긴 별살의 흐름'을 떠올림.

· (나)의 화자는 미루나무의 잎새가 흔들리는 모습을 보면서 반짝임이라는 유사성을 바탕으로 '강물 위'의 '짤랑짤랑 구슬알'을 떠올림.

· 정리하면, (가)와 (나) 모두 두 대상 간의 유사성에 기인한 연상 작용일 뿐, 생명의 탄생을 계기로 순환하는 생태계의 질서를 보여 주는 것과는 관계없음.

오답 땡!

→ 온몸으로 수풀, 벌레 등을 대하는 것

① **(가)에서 화자가 '온 살결 터럭 끝'을 '눈'과 '입'으로 삼아 자연을 대하는 것은 인간과 자연 간의 교감을, (나)에서 '바람'이 '뒷동산 청솔잎을 빗질'하는 것은 자연과 자연 간의 교감을 드러내는군.**

→ 바람이 청솔잎 사이를 오가며 부는 것

| 〈보기〉 모든 생태계 구성원을 ~ 서로 교감 · 소통하며 유대감을 느끼는 관계

| (가) - 〈2연〉 온 살결 터럭 끝은 모두 눈이요 입이라 / 나는 수풀의 정을 알 수 있고 벌레의 예지를 알 수 있다

| (나) - 〈1연〉 뒷동산 청솔잎을 빗질해 주던 바람이

| 뭔말?

· (가)의 화자가 '온 살결 터럭 끝', 즉 온몸을 '눈'과 '입'으로 삼아 수풀, 벌레 등 자연을 대하는 것이므로 인간과 자연 간의 교감에 해당함.

· (나)의 '바람'이 '뒷동산 청솔잎을 빗질'하는 것은 바람이 청솔잎 사이를 오가며 부는 것이므로 자연과 자연 간의 교감에 해당함.

→ 화자가 수풀, 벌레와 교감하는 것

② **(가)에서 화자가 '수풀의 정'과 '벌레의 예지'를 '알 수 있다'고 하는 것과 (나)에서 '솔나무'가 '무어라' 하고 '미루나무'가 '알았다'고 하는 것은 구성원들이 서로 소통하는 조화로운 생태계의 모습을 보여 주는군.**

→ '솔나무'의 말을 '미루나무'가 전해 받는 상황

| 〈보기〉 모든 생태계 구성원을 ~ 서로 교감 · 소통하며 ~ 인간과 자연의 조화로운 관계

| (가) - 〈2연〉 온 살결 터럭 끝은 모두 눈이요 입이라 / 나는 수풀의 정을 알 수 있고 벌레의 예지를 알 수 있다

| (나) - 〈1연〉 바람이 / 무어라 무어라 하는 솔나무의 속삭임을 듣고 ~ 달려가선, 거기 미루나무에게 전하니 / 알았다 알았다는 듯 나무는 잎새를 흔들어

| 뭔말?

· (가)에서 화자가 '수풀의 정'과 '벌레의 예지'를 '알 수 있다'고 하는 것은 화자가 풀, 벌레와 소통하며 교감할 수 있다는 말이므로, 인간과 자연이 서로 소통하는 조화로운 생태계의 모습에 해당함.

· (나)에서 '솔나무'가 '무어라'고 한 말에 '미루나무'가 '알았다'고 화답하는 모습은 솔나무와 미루나무가 소통하는 것이므로, 자연과 자연이 서로 소통하는 조화로운 생태계의 모습에 해당함.

→ 화자가 자연의 일부(청명함의 노래꾼)가 되는 것

③ **(가)에서 화자가 '수풀'과 '벌레'의 소리를 듣고 '나도' 청명함의 '노래꾼이 된다'고 하는 것과 (나)에서 '솔나무의 속삭임'을 '바람'이 '미루나무'에게 전하고, 이를 '여인'도 '정자나무'에게 전하는 것은 자연과 인간 간의 유대감을 드러내는군.**

→ 솔나무 - 바람 - 미루나무 - 바람 - 여인(인간) - 정자나무로 소통이 이어짐.

| 〈보기〉 모든 생태계 구성원을 ~ 서로 교감 · 소통하며 유대감을 느끼는 관계

| (가) - 〈1연〉 수풀이 호르르 벌레가 호르르르

| (가) - 〈2연〉 나는 수풀의 정을 알 수 있고 / 벌레의 예지를 알 수 있다 / 그리하여 나도 이 아침 청명의 / 가장 고웁지 못한 노래꾼이 된다

| (나) – 〈1연〉 뒷동산 청솔잎을 빗질해 주던 바람이 / 무어라 무어라 하는 솔나무의 속삭임을 듣고 ~ 달려가선, 거기 미루나무에게 전하니 / 알았다 알았다는 듯 나무는 잎새를 흔들어 ~ 그 의중 알아챈 바람이 ~ 이마의 구슬땀 씻어올리는 여인에게 전하니, 여인이야 이윽고 아픈 허리를 곧게 펴곤 눈앞 가득 일어서는 마을의 정자나무를 향해 고개를 끄덕끄덕, 무언가 일별을 보냈다 하자.

| 뭔말?

· (가)의 화자가 '수풀'과 '벌레'의 소리를 듣고 자신도 청명함의 '노래꾼'이 되는 것은 수풀, 벌레와 함께 자연의 일부가 되어 서로 조화를 이루며 소리를 내는 것이므로, 자연과 인간의 유대감을 드러내는 것에 해당함.

· (나)에서 '바람'이 '솔나무의 속삭임'을 '미루나무'에게 전하고 이를 또 '여인'이 '정자나무'에게 전하는 모습은 인간과 자연이 연결되어 있음을 보여 주는 것이므로, 자연과 인간 간의 유대감을 드러내는 것에 해당함.

→ 모든 소리와 빛깔을 자연에서 비롯된 것으로 보는 인식

⑤ (가)에서 자연을 '온 소리의 앞 소리'와 '온 빛깔의 비롯'이라고 표현한 것은 근원적 존재로서의 자연의 가치를, (나)에서 '오월'에 '산'과 '마을'이 '한 초록으로 짙어' 간다고 표현한 것은 인간과 자연이 하나가 되어 가는 생태 공동체를 형상화하는군.

→ 자연과 마을(인간)이 같은 빛깔로 물드는 것

| 〈보기〉 자연의 근원적 가치와, 인간과 자연의 ~ 궁극적으로는 이들을 하나의 생태 공동체로 형상화

| (가) – 〈5연〉 온 소리의 앞 소리요 / 온 빛깔의 비롯이라

| (나) – 〈2연〉 아무려면 어떤가, 산과 강과 들과 마을이 / 한 초록으로 짙어 가는 오월도 청청한 날에,

| 뭔말?

· (가)에서 자연을 '온 소리의 앞 소리', '온 빛깔의 비롯'이라고 한 것은 모든 소리와 빛깔이 자연에서 비롯되었다는 것을 의미하므로, 모든 존재의 근원이 되는 자연의 가치를 드러낸 것에 해당함.

· (나)에서 '오월'에 '산'과 '마을'이 '한 초록으로 짙어' 가는 것은 자연과 마을(인간)이 같은 빛깔로 물드는 모습을 표현한 것이므로, 인간과 자연이 하나가 되어 가는 생태 공동체를 형상화한 것에 해당함.

현대시 03

2019학년도 수능

01 ① 02 ④ 03 ③

(가) 유치환, 「출생기」

EBS 연결 고리

비연계

해제 이 작품의 화자는 자신이 태어난 때의 상황을 제시하고, 출생 내력을 시대적 상황과 연결하여 표현하고 있다. 특히 '융희 2년'이라고 시간적 표지를 제시하여 암울한 시대적 상황을 암시하고 있으며, 태어난 해의 시대적 분위기와 집안 분위기, 태어나던 때의 상황을 각 연에서 구체화하고 있다. 작품 속 화자는 국운이 기울어지고 일제의 강점이 현실화되고 있는 시대의 암울함을 암담한 심정으로 바라보고 있다. 이러한 암울하고 비관적인 정서는 자신이 '번문욕례 사대주의의 욕된 후예'로 태어났다고 하며 자조하는 부분이나 '고고의 곡성'이라고 하여 아이가 태어날 때 우는 울음소리를 사람이 죽어 슬퍼서 우는 소리에 빗대는 부분을 통해 드러나고 있다.

주제 나의 출생 내력과 국운이 기울어지고 있는 시대의 암울함

짜임

1연	화자가 태어난 해의 시대적 분위기
2연	화자가 태어나던 때의 집안 분위기
3연	화자가 태어나던 때의 상황
4연	화자에게 '돌메'라는 이름이 지어진 이유

1연 검정 포대기 같은 까마귀 울음소리 고을에 떠나지 않고 [A]
[01-④] [02-①] 청각의 시각화(청각: 까마귀 울음소리 → 시각: 검정 포대기), 음울한 정서의 시어
밤이면 부엉이 괴괴히 울어
[01-④] 암울하고 비관적인 정서를 내포한 시어 ①
남쪽 먼 포구의 백성의 순탄한 마음에도

상서롭지 못한 세대의 어둔 바람이 불어오던
[01-④] 암울하고 비관적인 정서를 내포한 시어 ②
– 융희(隆熙) 2년!
[01-①] 시간 표지, 일제 강점을 앞둔 시기

2연 그래도 계절만은 천 년을 다채(多彩)하여

지붕에 박넌출 남풍에 자라고 [B]
[02-②] 생명력 넘치는 자연의 모습 ↔ 부정적 시대 상황(융희 2년)
푸른 하늘엔 석류꽃 피 뱉은 듯 피어

나를 잉태한 어머니는 [02-③] □: 대구

짐짓 어진 생각만을 다듬어 지니셨고

젊은 의원인 아버지는 [C]

밤마다 사랑에서 저릉저릉 글 읽으셨다

3연 왕고못댁 제삿날 밤 열나흘 새벽 달빛을 밟고 [D]
[02-④] 화자가 태어나던 날의 구체적 상황
유월이가 이고 온 제삿밥을 먹고 나서

희미한 등잔불 장지 안에

번문욕례 사대주의의 욕된 후예로 세상에 떨어졌나니

4연 신월(新月)같이 슬픈 제 족속의 태반을 보고

내 스스로 고고(呱呱)*의 곡성(哭聲)*을 지른 것이 아니련만 [E]

[02-⑤] 울음소리에서 연상되는 상반된 의미. 고고(탄생) ↔ 곡성(죽음)

명(命)이나 길라 하여 할머니는 돌메라 이름 지었다오

[02-⑤] 화자의 이름이 지어진 이유

*고고: 아이가 세상에 나오면서 처음 우는 울음소리.
*곡성: 사람이 죽어 슬퍼서 크게 우는 소리.

(나) 김춘수, 「샤갈의 마을에 내리는 눈」

EBS 연결 고리
2019학년도 수능특강 문학 101쪽

교과서 연계 정보
작품 국어 천재(이)

해제 이 작품은 샤갈의 그림인 「나와 마을」을 보며 떠올린 이미지를 감각적인 언어로 표현함으로써 봄의 순수한 생명력을 형상화한 작품이다. 화자는 초현실주의 작품으로 유명한 「나와 마을」을 보고 자신의 관념 속에 존재하는 '마을'을 그리며 눈이 내리는 가운데 새롭게 피어나는 봄의 생명력을 이국적이고 환상적인 분위기로 구체화하고 있다.

주제 봄의 맑고 순수한 생명력

짜임

1행	샤갈의 그림 속 눈 내리는 마을
2~4행	눈을 맞는 사나이의 모습에서 느껴지는 봄의 생명력
5~9행	샤갈의 마을을 덮는 삼월의 눈
10~15행	새롭게 소생하는 봄의 맑고 순수한 생명력

[03-②] □: 다양한 이미지의 병치 → 봄의 생동감

1행 샤갈의 마을에는 삼월에 눈이 온다.

[03-①] 그림 속 마을 풍경 → 고향 마을에 투사 [01-①] 시간 표지 - 삼월

2~4행 봄을 바라고 섰는 사나이의 관자놀이에

새로 돋은 정맥이

바르르 떤다.

5~9행 바르르 떠는 사나이의 관자놀이에

새로 돋은 정맥을 어루만지며

눈은 수천수만의 **날개**를 달고

[01-⑤] [03-③] 시각적 이미지. 눈 – 날개를 단 것처럼 묘사

하늘에서 내려와 샤갈의 마을의

지붕과 굴뚝을 덮는다.

10~15행 삼월에 눈이 오면

샤갈의 마을의 쥐똥만 한 **겨울 열매**들은

다시 **올리브빛**으로 물이 들고

[03-④] 올리브빛 → 겨울 열매를 물들이는 따뜻한 봄의 이미지

밤에 **아낙**들은

[03-⑤] 고향 마을을 떠올리게 하는 이미지 ①

그해의 제일 아름다운 불을

아궁이에 지핀다.

[03-⑤] 고향 마을을 떠올리게 하는 이미지 ②

01 작품 간의 공통점 파악

답 ①

선지별 선택 비율	①	②	③	④	⑤
	78%	2%	8%	2%	9%

(가)와 (나)의 공통점으로 가장 적절한 것은?

정답 띵!동!

① 시간과 관련된 표지를 제시하여 시적 분위기를 조성하고 있다.

| (가) – 〈1연〉 – 융희 2년! → 경술국치(1910년)를 앞두고 대한제국이 일제의 간섭을 받던 시기
| (나) – 〈1행〉 샤갈의 마을에는 삼월에 눈이 온다. → 겨울이 가고 봄이 오는 시기
| 뭔말?
· (가)는 '융희 2년'이라는 시간과 관련된 표지를 제시하여 일제 강점을 앞둔 1908년, 화자가 세상에 태어나던 때의 어둡고 암울한 시적 분위기를 조성함.
· (나)는 '삼월'이라는 시간과 관련된 표지를 제시하여 봄이 시작되는 따뜻하고 생동감 넘치는 분위기를 조성함.

오답 땡!

② ~~과거 시제를 사용하여 서사적 사건을 들려주는 형식을 취하고 있다.~~
→ (가) '나'가 태어난 내력이 과거 시제로 나타남. (나) X

| (가) – 〈2연〉 나를 잉태한 어머니는 / 짐짓 어진 생각만을 다듬어 지니셨고 / 젊은 의원인 아버지는 / 밤마다 사랑에서 저릉저릉 글 읽으셨다
| (가) – 〈3연〉 번문욕례 사대주의의 욕된 후예로 세상에 떨어졌나니
| (가) – 〈4연〉 명이나 길라 하여 할머니는 돌메라 이름 지었다오
| (나) – 〈1~15행〉 샤갈의 마을에는 삼월에 눈이 온다. ~ 바르르 떤다. ~ 지붕과 굴뚝을 덮는다. ~ 아궁이에 지핀다. → 현재 시제 사용
| 뭔말?
· (가)는 '지니셨고', '읽으셨다', '떨어졌나니', '지었다오' 등으로 과거 시제를 사용하여 화자의 출생 내력과 관련된 사건을 이야기 들려주듯 전달하고 있음.
· 그러나 (나)는 '온다', '떤다', '덮는다', '지핀다' 등으로 현재 시제를 사용하여 봄의 생동감을 표현하고 있을 뿐, 서사적 사건을 들려주는 형식과는 무관함.

③ ~~시적 상황의 객관적 관찰에 초점을 둠으로써 주관적 의미의 서술을 배제하고 있다.~~
→ (가), (나) 모두 시어, 표현에서 화자의 주관적 서술이 나타남.

| (가) – 〈1연〉 상서롭지 못한 세대의 어둔 바람이 불어오던 / – 융희 2년!
| (가) – 〈3연〉 번문욕례 사대주의의 욕된 후예로 세상에 떨어졌나니
| (가) – 〈4연〉 신월같이 슬픈 제 족속의 태반을 보고
| (나) – 〈13~15행〉 밤에 아낙들은 / 그해의 제일 아름다운 불을 / 아궁이에 지핀다.
| 뭔말?
· (가)는 '상서롭지 못한', '욕된', '신월같이 슬픈' 등에서 일제 강점을 앞둔 암울한 시대 상황과 관련하여 화자의 주관적 의미 부여가 드러나고 있음.
· (나)는 아낙들이 지피는 불을 '그해의 제일 아름다운 불' 등과 같이 표현한 데서 화자의 주관적 의미 부여가 드러나고 있음.

④ ~~암울하고 비관적인 정서를 내포한 시어를 사용하여 비극적 상황을 고조하고 있다.~~
→ (가)만 해당함.
(나)는 긍정적 정서를 내포한 시어로 생동감 넘치는 봄을 나타냄.

| (가) – 〈1연〉 검정 포대기 같은 까마귀 울음소리 ~ 밤이면 부엉이 괴괴히 울어 ~ 상서롭지 못한 세대의 어둔 바람이 불어오던

| 뭔말?

· (가)는 '까마귀 울음소리', '괴괴히', '어둔 바람' 등 암울하고 비관적인 정서를 내포한 시어를 사용하여 '나'가 일제 강점을 앞두고 '사대주의의 욕된 후예'로 태어난 비극적 상황을 고조함.

· 그러나 (나)는 '새로 돋은 정맥', '올리브빛', '제일 아름다운 불', '아궁이' 등 따뜻하고 생동감 넘치는 이미지의 시어를 사용하여 생명력 넘치는 봄의 모습을 형상화함.

→ (가) X (나) 수천수만의 날개를 단 '눈'

⑤ ~~자연물을 살아 있는 대상으로 묘사하여~~ ~~화자가 느끼는 이국적인 세계의 모습을 담아내고 있다.~~

→ (가), (나) 모두에서 찾아볼 수 없는 내용

| (나) - ⟨7~9행⟩ 눈은 수천수만의 날개를 달고 / 하늘에서 내려와 샤갈의 마을의 / 지붕과 굴뚝을 덮는다. → 눈송이가 날리는 모습일 뿐, 이국적 세계의 모습 X

| 뭔말?

· (가)는 자연물을 살아 있는 대상으로 묘사하고 있는 부분을 찾아볼 수 없으며 이국적인 세계의 모습도 다루지 않음.

· (나)는 '눈'이라는 자연물이 '수천수만의 날개를 달'았다고 했지만, 이것은 눈송이가 날리는 모습을 표현한 말이지 이국적 세계의 모습과는 관계없음.

02 작품의 종합적 이해 답 ④

선지별 선택 비율	①	②	③	④	⑤
	3%	4%	4%	82%	6%

[A]~[E]에 대한 이해로 적절하지 않은 것은? [3점]

정답 띵!동!

④ [D]: 화자가 태어난 날의 상황을 구체적으로 서술하여 ~~출생에 대한 감격~~을 드러내고 있다. 번문욕례 사대주의의 욕된 후예 → 출생에 대한 부정적 서술

| (가) - [D] 왕고못댁 제삿날 밤 열나흘 새벽 달빛을 밟고 / 유월이가 이고 온 제삿밥을 먹고 나서

| (가) - ⟨3연⟩ 희미한 등잔불 장지 안에 / 번문욕례 사대주의의 욕된 후예로 세상에 떨어졌나니

| 뭔말?

· [D]는 화가가 태어난 날의 상황을 구체적으로 서술한 것이 맞음.

· 그러나 이어지는 시행에서 '번문욕례 사대주의의 욕된 후예로 세상에 떨어졌'다고 하여 자신의 출생을 부정적으로 서술하고 있으므로 출생에 대한 감격을 드러냈다고 보기 어려움.

오답 땡!

① [A]: 청각의 시각화를 통해 음산한 시적 상황을 조성하고 있다.

→ 까마귀 울음소리(청각) → 검정 포대기(시각)

| (가) - [A] 검정 포대기 같은 까마귀 울음소리 고을에 떠나지 않고

| 뭔말?

· [A]는 '까마귀 울음소리'라는 청각적 대상을 '검정 포대기'라는 시각적 대상에 빗대어 어둡고 음울한 정서를 불러일으켜 음산한 시적 상황을 조성함.

② [B]: 시대 상황과 대비되는 자연의 모습을 통해 생명력을 표현하고 있다.

→ 일제 강점을 앞둔 융희 2년 ↔ 박넌출 자라고 석류꽃 피는 다채로운 자연

| (가) - ⟨1연⟩ - 융희 2년!

| (가) - [B] 그래도 계절만은 천 년을 다채하여 / 지붕에 박넌출 남풍에 자라고 / 푸른 하늘엔 석류꽃 피 뱉은 듯 피어

| 뭔말?

· (가)의 1연에는 '– 융희 2년'이라는 암울하고 부정적인 시대적 상황을 가리키는 말이 나타남.

· 반면 [B]는 남풍에 자라는 지붕의 박넌출, 푸른 하늘 아래 피 뱉은 듯 흐드러지게 핀 석류꽃 등 다채로운 자연의 모습을 통해 시대 상황과 대비되는 생명력을 표현함.

③ [C]: 대구 형식을 활용하여 화자의 출생을 앞둔 집안의 분위기를 드러내고 있다.

| (가) - [C] 나를 잉태한 어머니는 / 짐짓 어진 생각만을 다듬어 지니셨고 / 젊은 의원인 아버지는 / 밤마다 사랑에서 저릉저릉 글 읽으셨다

| 뭔말?

· '나를 잉태한 어머니는 / 짐짓 어진 생각만을 다듬어 지니셨고'와 '젊은 의원인 아버지는 / 밤마다 사랑에서 저릉저릉 글 읽으셨다'에서 대구 형식을 활용하여, 화자의 출생을 앞둔 집안의 분위기를 드러냄.

⑤ [E]: 울음소리에서 연상되는 상반된 의미와 연결하여 화자의 이름이 지어진 이유를 제시하고 있다. → 고고(탄생) ↔ 곡성(죽음)

| (가) - [E] 신월같이 슬픈 제 족속의 태반을 보고 / 내 스스로 고고의 곡성을 지른 것이 아니련만 / 명이나 길라 하여 할머니는 돌메라 이름 지었다오

| 뭔말?

· [E]는 화자의 울음소리에 탄생이 연상되는 '고고'와 죽음이 연상되는 '곡성'을 연결하여, 목숨이 길었으면 하는 할머니의 바람을 담아 '돌메'라는 화자의 이름이 지어졌음을 드러냄.

03 외적 준거에 따른 작품 감상 답 ③

선지별 선택 비율	①	②	③	④	⑤
	2%	9%	73%	7%	9%

⟨보기⟩를 참고하여 (나)를 감상한 내용으로 적절하지 않은 것은?

보기

김춘수는 샤갈의 그림 「나와 마을」에서 받은 느낌을 시로 표현함으로써 상호 텍스트성을 구현했다. 올리브빛 얼굴을 가진 사나이와 당나귀가 서로 마주 보고 있는 그림에서 영감을 받은 시인은, "특히 인상 깊었던 것은 커다란 당나귀의 눈망울이었고, 그 당나귀의 눈망울 속에 들어앉아 있는 마을이었다."라고 느낌을 말했다. 또한 밝고 화려한 색감을 지닌 이질적 이미지들의 병치로 이루어진 샤갈의 초현실주의적 그림에 대한 감각적 인상을, 자신의 고향 마을에 투사하여 다양한 이미지의 병치로 변용했다. 이는 봄을 맞이한 생동감과 고향 마을의 따뜻한 풍경에 대한 그리움을 형상화한 것이라고 할 수 있다.

정답 띵!동!

③ '날개', '하늘', '지붕과 굴뚝' 등은 시인이 밝고 화려한 색감을 지닌 그림 속 마을의 모습을 ~~공감각적 이미지의 풍경으로 변용~~한 것이군.

→ 시각적 이미지의 풍경으로 표현함.

| 〈보기〉 밝고 화려한 색감을 지닌 이질적 이미지들의 병치로 이루어진 샤갈의 초현실주의적 그림에 대한 감각적 인상을, 자신의 고향 마을에 투사하여 다양한 이미지의 병치로 변용했다.

| (나) – 〈7~9행〉 눈은 수천수만의 날개를 달고 / 하늘에서 내려와 샤갈의 마을의 / 지붕과 굴뚝을 덮는다

| 뭔말?

· '날개'는 '눈'의 이미지를 시각적으로 구체화한 것이고 '하늘'은 '눈'이 내리는 모습으로, '지붕과 굴뚝'은 '눈'이 덮인 모습으로 시각화되어 제시되고 있음.

· 그러므로 '날개', '하늘', '지붕과 굴뚝'은 밝고 화려한 색감을 지닌 그림 속 마을의 모습을 공감각적 이미지의 풍경으로 변용한 것이 아니라 시각적 이미지의 풍경으로 표현한 것에 해당함.

오답 땡!

① **'샤갈의 마을'은 시인이 그림 속 마을 풍경에서 받은 인상을 자신의 고향 마을에 투사하여 표현한 것이군.**

| 〈보기〉 밝고 화려한 색감을 지닌 이질적 이미지들의 병치로 이루어진 샤갈의 초현실주의적 그림에 대한 감각적 인상을, 자신의 고향 마을에 투사하여 다양한 이미지의 병치로 변용했다.

| (나) – 〈1행〉 샤갈의 마을에는 삼월에 눈이 온다.

| 뭔말?

· 〈보기〉의 언급에 따르면 (나)의 '샤갈의 마을'은 시인이 그림 속 마을 풍경에서 받은 인상을 자신의 고향 마을에 투사하여 표현한 것에 해당함.

② **'삼월에 눈', '봄을 바라고 섰는 사나이', '새로 돋은 정맥' 등은 시인이 그림 속 이질적 이미지들의 병치를 다양한 이미지들의 병치로 변용하여 봄의 생동감을 형상화한 것이군.**

| 〈보기〉 이질적 이미지들의 병치로 이루어진 샤갈의 초현실주의적 그림에 대한 감각적 인상을, 자신의 고향 마을에 투사하여 다양한 이미지의 병치로 변용했다. 이는 봄을 맞이한 생동감 ~ 형상화한 것이라고 할 수 있다.

| (나) – 〈1~4행〉 샤갈의 마을에는 삼월에 눈이 온다. / 봄을 바라고 섰는 사나이의 관자놀이에 / 새로 돋은 정맥이 / 바르르 떤다.

| 뭔말?

· 〈보기〉의 언급에 따르면, 이질적 이미지들의 병치로 이루어진 샤갈의 그림에 대한 감각적 인상을 다양한 이미지의 병치로 변용하여 봄을 맞이한 생동감을 형상화했다고 함.

· 따라서 (나)의 '삼월에 눈', '봄을 바라고 섰는 사나이', '새로 돋은 정맥' 등은 다양한 이미지의 병치로 고향 마을에 찾아온 봄의 생동감을 형상화한 것에 해당함.

④ **'올리브빛'은 시인이 그림 속에서 영감을 받은 것으로 '겨울 열매들'을 물들이는 따뜻한 봄의 이미지를 표상한 것이군.**

| 〈보기〉 올리브빛 얼굴을 가진 사나이와 당나귀가 서로 마주 보고 있는 그림에서 영감을 받은 시인은, ~ 이는 봄을 맞이한 생동감과 고향 마을의 따뜻한 풍경에 대한 그리움을 형상화한 것이라고 할 수 있다.

| (나) – 〈11~12행〉 샤갈의 마을의 쥐똥만 한 겨울 열매들은 / 다시 올리브빛으로 물이 들고

| 뭔말?

· 〈보기〉의 언급에 따르면, '올리브빛'은 시인이 샤갈의 그림 속 '올리브빛 얼굴을 가진 사나이'로부터 영감을 받은 것으로 볼 수 있음.

· 그리고 이 '올리브빛'으로 '겨울 열매들'이 물든다고 하여 봄의 생동감을 형상화하고 있으므로, '올리브빛'은 따뜻한 봄의 이미지를 표상함.

→ 샤갈의 그림에는 등장하지 않는 소재

⑤ **'아낙', '아궁이' 등은 시인이 초현실주의적 그림 속 풍경에 대한 감각적 인상을 고향 마을을 떠올리게 하는 이미지로 전이시킨 것이군.**

| 〈보기〉 샤갈의 초현실주의적 그림에 대한 감각적 인상을, 자신의 고향 마을에 투사하여 다양한 이미지의 병치로 변용했다. ~ 고향 마을의 따뜻한 풍경에 대한 그리움을 형상화한 것이라고 할 수 있다.

| (나) – 〈14~15행〉 밤에 아낙들은 / 그해의 제일 아름다운 불을 / 아궁이에 지핀다.

| 뭔말?

· 〈보기〉의 언급에 따르면, 샤갈의 초현실주의적 그림에 대한 감각적 인상을 자신의 고향 마을에 투사했다고 함.

· '아낙', '아궁이'는 샤갈의 그림에는 존재하지 않음. 이것은 시인이 초현실주의적 그림에서 받은 감각적 인상을 고향 마을의 따뜻한 풍경을 떠올리게 하는 이미지로 전이시킨 것에 해당함.

▸ 본문 034쪽

고전 소설 01

2022학년도 6월 모의평가

01 ① 02 ③ 03 ① 04 ③

작자 미상, 「채봉감별곡」

EBS 연결 고리
2022학년도 수능특강 문학 139쪽

교과서 연계 정보
작품 문학 해냄

해제 이 작품의 제목인 '채봉감별곡'은 주인공 '채봉'이 사랑하는 필성을 만나지 못해 슬퍼하고 그리워하는 마음을 읊은 노래라는 뜻이다. 이는 채봉이 부모의 출세욕 때문에 사랑하는 임과 헤어지게 되고 갖은 고초를 겪는 내용과 연결된다. 김 진사가 딸인 채봉을 팔아서 관직을 사려 하고, 허 판서가 관직을 조건으로 어린 채봉을 첩으로 들이고자 하는 모습에서 매관매직이 성행하였고 축첩 제도가 있었던 조선 후기의 시대상이 드러난다. 또한 양반의 자제인 채봉이 기생이 되고 필성이 이방이 되는 등 조선 후기의 무너진 신분 질서의 모습이 반영되어 있다. 그 가운데 신분이나 권위보다 자신의 사랑을 위해 적극적이고 주체적으로 행동하는 채봉과 필성의 모습에서, 근대로 전환되며 새로운 가치가 대두되던 조선 후기의 사회적 변화를 확인할 수 있다.

주제 온갖 시련과 어려움을 극복해 낸 젊은 남녀의 순결하고 진실한 사랑

전체 줄거리

평양성 밖에 사는 김 진사의 딸 채봉은 봄날 꽃구경을 나섰다가 전 선천부사의 아들 장필성을 만나게 된다. 채봉과 필성은 시를 주고받으며 서로에 대한 사랑을 확인한다. 그런데 벼슬을 얻기 위해 서울에 갔던 김 진사가 세도가 허 판서에게 벼슬을 받는 대신 채봉을 첩으로 보내기로 약속하고 돌아온다. 결국 채봉의 가족은 서울로 올라가게 되는데, 도중에 화적을 만나 모든 재물을 빼앗기고, 채봉은 그 틈을 타 부모에게 알리지 않고 평양으로 되돌아온다. 김 진사는 허 판서에게 사정을 알리지만 허 판서는 크게 노해 김 진사를 옥에 가둔다. 채봉은 아버지를 구하기 위한 돈을 마련하기 위해 송이라는 기명의 기생이 된다. 한편 평양감사 이보국은 송이의 서화가 뛰어나다는 말을 듣고 몸값을 지불한 후 데려와 곁에 두고 서신과 문서를 처리하는 일을 맡긴다. 그리고 필성은 채봉을 만나기 위해 감영의 이방이 된다. 이보국은 채봉과 필성의 사정을 알게 되고, 직접 혼례를 주관하여 두 사람을 맺어 준다.

1 **[앞부분의 줄거리]** 김 진사의 딸 채봉은 선비 필성과 정혼하나, 우여곡절 끝에 스스로 기녀가 되어 송이로 이름을 바꾼다. 송이의 서화를 눈여겨본 감사가 송이를 데려와 관아에서 살게 한다.

2 송이는 감사가 있는 별당 건넌방에 가 홀로 살고 지내며 감사가 시키는 일을 처리하고 지내며 마음에 기생을 면함은 다행하나, 주야로 잊지 못하는 바는 부모의 소식과 장필성을 못 봄을 한하고 이 감사가 보는 데는 감히 그 기색을 드러내지 못하니, 혼자 있을 때에는 주야 탄식으로 지내더라.
[01-①] 송이는 부모의 소식으로 애태웠지만 감사에게 기색하지 못함.

장필성이 이 소문을 듣고 또한 다행하나, 이때 감사는 송이 있는 별당은 외인 출입을 일절 엄금하니, 다시 만날 길이 없어 수심으로 지내더니, 한 계책을 생각하되,

"나도 감사 앞에서 거행하는 관속이 된다면 채봉을 만나기가 쉬우리라."

하고 여러 가지로 주선하더니, ㉠이때 마침 감사가 문필이 있는 이방을 구하는지라. 필성이 한 길을 얻어 이방이 되어 감사에게 현신하니 감사가 일견 대희하여 칭찬하며 왈,
[04-①] 개연성 있는 사건의 전개

"가위 여옥기인(如玉其人)이로다. 필성아, 이방이라 하는 것은 승상접하(承上接下)하는 책임이 중대하니, 아무쪼록 일심봉공(一心奉公)하여 민원(民怨)이 없도록 잘 거행하라."
[01-③] 감사가 필성의 문필 능력을 높이 평가함.

필성이 국궁수명(鞠躬受命)*하고 차후로 공사 문첩(文牒)*을 가지고 매일 드나들며 송이의 소식을 알고자 하나 별당이 깊고 깊어 지척이 천 리라 어찌 알리오.

3 차시 송이는 별당에 있어 이 감사가 들어와 공문을 쓰라면 쓰고 판결문을 내라면 내고 하더니, ㉡하루는 ⓐ공사 문첩 한 장을 본즉, 필성의 글씨가 완연한지라, 속으로 생각하되,
[02-③, ④] 필성이 쓴 것. 송이가 필성의 글씨를 알아봄.

'이상하다. 필법이 장 서방님 필적 같으니, 혹 공청에를 드나드나.'

하고 감사더러 묻는다.

"㉢요사이 공사 들어온 것을 보면 전과 글씨가 다르오니 이방이 갈리었습니까?"
[02-②] 필성의 글씨를 알아본 송이가 궁금증을 드러냄.

"응, 전 이방은 갈고 장필성이란 사람으로 시켰다. 네 보아라, 글씨를 잘 쓰지 않느냐."
[01-②] [02-③] 송이가 필성이 이방이 되어 가까운 곳에 있음을 알게 됨.

송이가 이 말을 듣고 속으로 암암이 기꺼하며, 어떻게 하면 한번 만나 볼까, 그렇지 못하면 편지 왕복이라도 할까, 사람을 시키자니 만일 대감이 알면 무슨 죄벌이 내려올지 몰라 못 하고 무슨 기회를 기다리나 때를 타지 못하여 필성이나 송이나 서로 글씨만 보고 창연히 지내기를 ㉣이미 반년이라. 자연 서로 상사병이 될 지경이더라.
[01-⑤] 필성과 송이가 마음을 드러내지 못하고 그리움만 깊어 가는 상황

4 이때는 추구월(秋九月) 보름 때라. 월색은 명랑하여 남창에 비치었고, 공중에 외기러기 옹옹한 긴 소리로 짝을 찾아 날아가고, 동산의 송림 간에 두견이 슬피 울어 불여귀를 화답하니, 무심한 사람도 마음이 상하거든 독수공방에 눈물로 세월을 보내는 송이야 오죽할까. 송이가 모든 심사 잊어버리고 책상머리에 의지하여 잠깐 졸다가 기러기 소리에 놀라 눈을 뜨고 보니, 남창 밝은 달 발허리에 가득하고 쓸쓸한 낙엽성은 심회를 돕는지라. 잊었던 심사가 다시 가슴에 가득하여지며 눈물이 무심히 떨어진다.
[03-②] 송이의 심회를 돋우는 자연물의 소리 ①
[03-②] 송이의 심회를 돋우는 자연물의 소리 ②
[03-②] 송이의 심회를 돋우는 자연물의 소리 ③

송이가 남창을 가만히 열고 달빛을 내다보며 위연탄식하는데,

"달아, 너는 내 심사를 알리라. 작년 이때 뒷동산 명월 아래 우리 님을 만났더니, 달은 다시 보건마는 님은 어찌 못 보는고. 그 옛날 심양강 거문고 뜯던 여인은 만고문장 백낙천(萬古文章白樂天)을 달 아래 만날 적에 마음속에 맺힌 말을 세세히 풀었건만, 나는 어찌 박명하여 명랑한 저 달 아래서 부득설진심중사(不得說盡心中事)
[03-③] 달을 '너'라고 부르며 감정을 토로함.
[03-⑤] 송이가 달을 보며 필성과의 추억을 떠올림.
[03-④] 송이의 처지와 대조되는 옛 이야기
[03-④] 송이가 스스로에 대한 연민을 드러냄.

[A]

하니 가련하지 아니할까. 사람은 없어 말 못하나 차라리 심중사를 종이 위에나 그리리라."

하고 연상을 내어 먹을 흠씬 갈고 청황모 무심필을 덤벅 풀어 백릉화주지를 책상에 펼쳐 놓고 섬섬옥수로 붓대를 곱게 쥐고 장우단탄(長吁短歎)에 맥맥히 앉았다가 고개를 돌리어 벽공의 높은 달을 두세 번 우러러보더니, 서두에 '추풍감별곡(秋風感別曲)' 다섯 자를 쓰고, 상사가 생각 되고 생각이 노래 되고 노래가 글이 되어 붓끝을 따라 나오니 붓대가 쉴 새 없이 쓴다.

[02-③] 필성과 만나지 못하는 그리움을 드러낸 글

(중략)

5 아득한 정신은 기러기 소리를 따라 멀어지고 몸은 책상머리에 엎드렸더니, 잠시간에 잠이 들어 주사야몽(晝思夜夢) 꿈이 되어 장주(莊周)의 나비같이 두 날개를 떨치고 바람 좇아 중천에 떠다니며 사면을 살피니, 오매불망하던 장필성이 적막 공방에 혼자 몸이 전일의 답시(答詩)를 내놓고 보며 울고 울고 보며 전전반측 누웠거늘, 송이가 달려들어 마주 붙들고 울다가 꿈 가운데 우는 소리가 잠꼬대가 되어 아주 내처 울음이 되었더라.

[01-④] 송이와 필성의 꿈을 매개로 한 일시적 만남.

6 사람이 늙어지면 상하물론(上下勿論)하고 잠이 없는 법이라. ⓜ이때 이 감사는 연광도 팔십여 세뿐 아니라, 일도방백(一道方伯)이 되어 밤이나 낮이나 어떻게 하면 백성의 원성이 없을까, 어떻게 하면 국은(國恩)에 보답할까 하며 잠을 이루지 못하고 누웠더니, 홀연히 송이의 방에서 흐느껴 우는 소리가 들리거늘, 깜짝 놀라 속으로 짐작하되,

[04-⑤] 감사가 잠을 이루지 못하는 이유로 드러나는 감사의 인물됨.

[04-⑤] 감사가 흐느껴 우는 송이를 발견하는 밤

'지금 송이가 나이 십팔 세라. 필연 무슨 사정이 있어 저리하나 보다.'

하고 가만히 나와 보니, 남창을 열고 책상머리에 누웠는데 불을 돋우어 놓고 책상 위에 무엇을 써서 펼쳐 놓았거늘, 마음에 괴이하여 가만히 들어가 ⓑ두루마리를 펼치고 본즉 '추풍감별곡'이라.

[02-③] 필성과 만나지 못하는 그리움을 드러낸 글 = 추풍감별곡

* 국궁수명: 존경하는 뜻으로 몸을 굽히며 분부를 받음.
* 공사 문첩: 관청에서 공무상 작성하는 문서.

01 작품의 내용 이해

답 ①

선지별 선택 비율	①	②	③	④	⑤
화작	77%	5%	5%	6%	5%
언매	83%	3%	4%	4%	4%

윗글의 내용에 대한 이해로 적절하지 않은 것은?

정답 띵! 동!

① 송이는 부모의 소식으로 애태우다 ~~감사의 걱정을 산다~~.
감사는 송이가 부모의 소식으로 애태운다는 사실을 모름.

| 〈2〉 송이는 ~ 주야로 잊지 못하는 바는 부모의 소식과 장필성을 못 봄을 한하고 이 감사가 보는 데는 감히 그 기색을 드러내지 못하니, 혼자 있을 때에는 주야 탄식으로 지내더라.

| 뭔말?

· 송이는 부모의 소식을 듣지 못해 혼자서는 주야로 탄식하며 지냈지만 감사 앞에서는 그 기색을 드러내지 못하였으므로, 송이가 감사의 걱정을 샀다는 진술은 잘못됨.

오답 땡!

② 송이는 필성이 이방이 되었음을 감사를 통해 알게 된다.
송이가 이방이 갈렸냐고 물음. → 감사는 장필성이 새로운 이방으로 왔다고 답함.

| 〈3〉 공사 문첩 한 장을 본즉, 필성의 글씨가 완연한지라, ~ '이상하다. 필법이 장 서방님 필적 같으니, 혹 공청에를 드나드나.' 하고 감사더러 묻는다. "요사이 공사 들어온 것을 보면 전과 글씨가 다르오니 이방이 갈리었습니까?" "응, 전 이방은 갈고 장필성이란 사람으로 시켰다. 네 보아라, 글씨를 잘 쓰지 않느냐."

| 뭔말?

· 송이는 공사 문첩에 쓰인 필성의 글씨를 알아본 후 감사에게 이방이 바뀌었는지를 묻고, 감사는 장필성이란 사람이 새로운 이방으로 왔다고 대답함.

③ 감사는 필성의 문필 능력을 높이 평가하고 기대를 건다.
문필 있는 이방을 구하면 감사는 필성을 여옥기인(= 귀한 옥같이 훌륭한 인재)이라며 칭찬함.

| 〈2〉 감사가 문필이 있는 이방을 구하는지라. 필성이 한 길을 얻어 이방이 되어 감사에게 현신하니 감사가 일견 대희하여 칭찬하며 왈, "가위 여옥기인이로다. ~"

| 〈3〉 "응, 전 이방은 갈고 장필성이란 사람으로 시켰다. 네 보아라, 글씨를 잘 쓰지 않느냐."

| 뭔말?

· 감사는 문필이 있는 이방을 구하다 필성이 이방이 되자 크게 기뻐하며 필성을 '여옥기인'이라고 칭찬하였음. 이는 감사가 필성의 문필 능력을 높이 평가하며 기대를 걸고 있는 모습에 해당함.

· 이후 감사는 송이에게도 '네 보아라, 글씨를 잘 쓰지 않느냐'와 같이 말하며 필성의 문필 능력을 높이 평가하는 모습을 보임.

④ 송이는 필성과 꿈속에서나마 일시적으로 만남을 이룬다.
송이는 꿈속에서 장필성을 만나 붙들고 욺.

| 〈2〉 잠시간에 잠이 들어 주사야몽 꿈이 되어 ~ 오매불망하던 장필성이 적막 공방에 혼자 몸이 전일의 답시를 내놓고 보며 울고 울고 보며 전전반측 누웠거늘, 송이가 달려들어 마주 붙들고 울다가

| 뭔말?

· 필성을 그리워하던 송이는 '추풍감별곡'을 쓰고 책상머리에 엎드려 잠이 들었다가 꿈속에서 오매불망하던 필성을 만나 마주 붙들고 울었음.

⑤ 필성은 송이를 그리워하는 마음을 감사에게 숨기고 있다.
필성과 송이는 서로 글씨만 보고 반년을 보냄.

| 〈3〉 필성이나 송이나 서로 글씨만 보고 창연히 지내기를 이미 반년이라. 자연 서로 상사병이 될 지경이더라.

| 뭔말?

· 필성은 송이(채봉)를 만나기 위해 이방이 되었지만, 글씨만 보며 반년을 보냈다고 했으므로 필성은 송이를 그리워하는 마음을 감사에게 숨기고 있음.

02 소재의 기능 파악

답 ③

선지별 선택 비율	①	②	③	④	⑤
화작	3%	3%	83%	4%	4%
언매	2%	2%	87%	3%	2%

ⓐ와 ⓑ에 대한 설명으로 가장 적절한 것은?
ⓐ 공사 문첩 한 장, ⓑ 두루마리

정답 띵!동!

→ 송이는 ⓐ를 쓴 사람이 필성이 맞는지 감사에게 확인했음.

③ ⓐ를 본 송이는 필성이 가까운 곳에 있음을 알게 되고, ⓑ에 필성을 만나지 못하는 마음을 풀어낸다.

→ 송이가 ⓑ에 쓴 추풍감별곡 → 필성을 만나지 못해 그리워하는 마음을 담은 것

| 〈3〉 하루는 ⓐ공사 문첩 한 장을 본즉, 필성의 글씨가 완연한지라. ~ '이상하다. 필법이 장 서방님 필적 같으니, 혹 공청에를 드나드나.' 하고 감사더러 묻는다. "요사이 공사 들어온 것을 보면 전과 글씨가 다르오니 이방이 갈리었습니까?" "응, 전 이방은 갈고 장필성이란 사람으로 시켰다. 네 보아라, 글씨를 잘 쓰지 않느냐."

| 〈6〉 홀연히 송이의 방에서 흐느껴 우는 소리가 들리거늘, 깜짝 놀라 속으로 짐작하되, '지금 송이가 나이 십팔 세라. 필연 무슨 사정이 있어 저리하나 보다.' 하고 가만히 나와 보니, 남창을 열고 책상머리에 누웠는데 불을 돋우어 놓고 책상 위에 무엇을 써서 펼쳐 놓았거늘, 마음에 괴이하여 가만히 들어가 ⓑ두루마리를 펼치고 본즉 '추풍감별곡'이라.

| 뭔말?

· 감사의 별당에서 지내던 송이가 ⓐ '공사 문첩 한 장'을 통해 필성의 글씨를 알아보고 감사에게 이방이 바뀌었는지를 물었고, 감사는 새로운 이방이 장필성임을 알려 주므로 송이는 ⓐ를 보고 필성이 자신과 가까운 곳에 있음을 알게 됨.

· 필성이 감사의 이방이 되었지만 송이는 필성과 만나거나 편지를 주고받지는 못하는데, 이런 상황에서 송이는 그리움을 담은 '추풍감별곡'을 ⓑ '두루마리'에 씀.

오답 땡!

→ 감사는 필성의 글씨만 칭찬했을 뿐, 송이의 그리움을 눈치채지 못함.

① ⓐ에 대해 대화하며 ~~송이의 그리움을 눈치챈 감사는~~, ⓑ를 읽으며 ~~그 대상이 필성임을 알게 된다~~.

→ 감사는 송이의 사정을 짐작할 뿐, 그 대상이 누군지 알지 못함.

| 뭔말?

· ⓐ '공사 문첩 한 장'에 대해 이야기하며 감사는 장필성이라는 새 이방이 글씨를 잘 쓰지 않느냐고만 물었을 뿐, 송이의 그리움을 눈치채고 있지 못함.

· ⓑ '두루마리'를 읽은 감사는 송이가 느끼는 그리움을 눈치챌 수는 있겠지만 그 대상이 필성인지는 알지 못함.

② ⓐ를 작성한 사람에 대한 궁금증을 갖게 된 송이는, ⓑ를 통해 ~~자신의 궁금증을 필성에게 알린다~~.

→ ⓑ에 쓴 추풍감별곡은 송이가 필성을 그리워하며 홀로 쓴 것

| 〈3〉 "요사이 공사 들어온 것을 보면 전과 글씨가 다르오니 이방이 갈리었습니까?"

| 뭔말?

· 송이는 ⓐ '공사 문첩 한 장'을 보고 필성의 글씨 같다고 생각하여 ⓐ를 작성한 사람에 대한 궁금증을 가지게 되었고, 감사에게 물어 필성이 새 이방으로 왔음을 알게 됨.

· 그러나 ⓑ '두루마리'는 송이가 필성에 대한 그리움을 드러낸 것이고 감사가 이를 보게 된 것일 뿐, 송이는 ⓑ를 통해 ⓐ에서 느낀 궁금증을 필성에게 알리고 있지 않음.

→ ⓐ는 필성이 쓴 것이지, 필성이 감사로부터 전달받은 것이 아님.

④ ~~ⓐ를 감사로부터 전달받은 필성은 송이의 마음을 알게 되고, ⓑ를 쓰면서 송이에 대한 자신의 그리움을 드러낸다~~.

→ ⓑ에 쓴 추풍감별곡은 필성이 아니라 송이가 필성을 그리워하며 홀로 쓴 것

| 뭔말?

· ⓐ '공사 문첩 한 장'은 필성이 쓴 것으로 감사로부터 송이가 전달받은 것임.

· ⓑ '두루마리'는 필성이 아니라 송이가 쓴 것으로, 송이가 필성에 대해 그리움을 드러낸 추풍감별곡임.

→ ⓐ는 관청에서 작성하는 공문서로, 필성이 송이를 찾는 내용 X

⑤ ⓐ를 보면서 ~~필성이 자신을 찾고 있음을 알게 된 송이는~~, ⓑ를 쓰면서 ~~필성과 재회하고자 하는 의지를 드러낸다~~.

→ 필성을 그리워하는 마음을 담았으나, 재회의 의지 표출 X

| 뭔말?

· ⓐ '공사 문첩 한 장'을 통해 송이는 필성의 글씨를 알아보았을 뿐, 필성이 자신을 찾고 있다는 것을 알게 된 것은 아님.

· ⓑ '두루마리'는 송이가 필성에 대한 그리움을 드러낸 것일 뿐, 이를 통해 송이가 필성과 재회하고자 하는 의지를 드러내고 있지는 않음.

03 소재의 기능 파악 답 ①

선지별 선택 비율	①	②	③	④	⑤
화작	68%	6%	8%	9%	6%
언매	76%	4%	5%	6%	5%

[A]의 '달'에 대한 이해로 적절하지 않은 것은?

정답 띵!동!

① ~~송이가 필성의 안녕을 기원하는 마음을 의탁하는 대상이다~~.

→ 찾아볼 수 없는 내용

| 뭔말?

· [A]에서 송이는 '달'을 부르며 필성을 만나지 못하는 자신의 처지와 심정을 토로하고 있을 뿐, '달'에게 필성의 안녕을 기원하고 있지는 않음.

오답 땡!

② 자연물의 다양한 소리와 어울려 송이의 외로움을 심화한다.

→ 달 + 외기러기 소리, 두견의 슬피 우는 소리, 낙엽 떨어지는 소리 → 송이의 심회를 돋움.

| [A] 공중에 외기러기 옹옹한 긴 소리로 짝을 찾아 날아가고, 동산의 송림 간에 두견이 슬피 울어 불여귀를 화답하니, 무심한 사람도 마음이 상하거든 독수공방에 눈물로 세월을 보내는 송이야 오죽할까. ~ 쓸쓸한 낙엽성은 심회를 돕는지라.

| 뭔말?

· 독수공방하며 눈물로 세월을 보내는 송이는 '달'이 뜬 풍경과 어우러진 외기러기, 두견이, 낙엽 등의 소리로 인해 더욱 외로움을 느끼고 있음.

③ 송이가 자신의 심사를 들추어내어 감정을 토로하는 인격화된 상대이다.

달을 '너'라고 부르며 필성에 대한 그리움을 토로함.

| [A] "달아, 너는 내 심사를 알리라. 작년 이때 뒷동산 명월 아래 우리 님을 만났더니, 달은 다시 보건마는 님은 어찌 못 보는고. 그 옛날 심양강 거문고 뜯던 여인은 만고문장 백낙천을 달 아래 만날 적에 마음속에 맺힌 말을 세세히 풀었건만, 나는 어찌 박명하여 명랑한 저 달 아래서 부득설진심중사하니, 가련하지 아니할까. 사람은 없어 말 못하나 차라리 심중사를 종이 위에나 그리리라."

| 뭔말?

· 송이는 '달'을 '너'라고 부르며 달은 자신의 심사를 알 것이라고 함. 이어서 필성을 만나지 못해 애달파하는 자신의 감정을 달에게 토로하고 있음.

→ 그 옛날 심양강 거문고 뜬던 여인 ↔ 송이

④ **송이의 처지와 대조되는 옛 이야기를 환기시켜 송이가 스스로에 대한 연민을 표하게 한다.**

└→ 스스로를 가리켜 가련하다고 함.

| [A] 그 옛날 심양강 거문고 뜯던 여인은 만고문장 백낙천을 달 아래 만날 적에 마음속에 맺힌 말을 세세히 풀었건만, 나는 어찌 박명하여 명랑한 저 달 아래서 부득설진심중사하니, 가련하지 아니할까.

| 뭔말?

· 송이는 '달'을 보며 자신과 달리 달 아래서 백낙천을 만나 마음속 맺힌 말을 풀었던 그 옛날 심양강 거문고 뜯던 여인의 이야기를 떠올림.

· 그리고 송이는 필성을 만나지 못하는 자신의 처지를 가리켜 가련하다고 말하며 스스로에 대한 연민을 드러냄.

→ 필성과 달밤 아래 만났던 추억을 떠올림.

⑤ **송이에게 필성과의 추억을 떠올리게 하면서 재회를 기약할 수 없는 현재 상황을 부각한다.**

└→ 다시 볼 수 있는 '달' ↔ 언제 다시 볼지 모르는 '필성'

| [A] "작년 이때 뒷동산 명월 아래 우리 님을 만났더니, 달은 다시 보건마는 님은 어찌 못 보는고."

| 뭔말?

· 송이는 '달'을 보고 과거 필성과 뒷동산에서 밝은 달 아래 만났던 추억을 떠올림.

· 또한 송이는 달은 다시 보건마는 필성은 어찌 못 보냐고 하면서 탄식하고 있으므로 달은 재회를 기약할 수 없는 현재 상황을 부각함.

04 외적 준거에 따른 작품 감상 답 ③

선지별 선택 비율	①	②	③	④	⑤
화작	3%	9%	76%	4%	6%
언매	2%	7%	82%	2%	4%

〈보기〉를 참고하여 ㉠~㉤을 이해한 내용으로 적절하지 않은 것은? [3점]

보기

소설에서 시간 표지는 배경을 지시할 뿐 아니라, 우연하게 일어날 수 있는 사건들에 개연성을 부여하거나 사건의 전개나 장면의 전환 등에 관여된 서사적 정보를 제시하기도 한다. 또한 장면을 제시하는 것은 물론 서로 다른 장면을 연결하거나, 사건이 요약적으로 제시되었음을 가늠하게 하는 등 서사의 주요 요소들을 보조하는 기능을 한다.

정답 띵! 동!

→ 공사 문첩에 쓰인 글씨가 예전과 달라짐.

③ **㉢은 공청에서 일어난 최근의 변화에 송이가 주목하고 있음을 보여 주는 한편, ~~송이가 공청의 일을 돕게 되기까지의 과정이 요약적으로 제시되었음을 드러낸다.~~**

└→ ㉢은 송이가 공청의 일을 돕게 된 이후의 시간. 그보다 과거인 '송이가 공청의 일을 돕게 되기까지의 과정'을 보여 주지 못함.

| 〈보기〉 소설에서 시간 표지는 ~ 사건이 요약적으로 제시되었음을 가늠하게 하는 등 서사의 주요 요소들을 보조하는 기능을 한다.

| "㉢요사이 공사 들어온 것을 보면 전과 글씨가 다르오니 이방이 갈리었습니까?"

└→ 송이가 공청의 일을 돕게 된 후, 공사 문첩의 글씨가 달라진 시기를 가리킴.

| 뭔말?

· 송이는 감사가 시키는 일을 처리하던 중 공사 문첩 한 장을 보고 글씨가 예전과 다름을 눈치챘으므로, ㉢ '요사이'는 송이가 공청에서 일어난 최근의 변화에 주목하고 있음을 보여 줌.

· 그러나 ㉢ '요사이'는 송이가 공청의 일을 돕기 시작한 이후의 시기에 해당함. 송이가 공청의 일을 돕게 되기까지의 과정을 요약적으로 제시한 것이 아님.

오답 땡!

① **㉠은 우연으로 보이는 감사의 이방 선발이, 필성이 송이와 만나기 위해 애써 왔던 시간과 맞물려 있음을 드러냄으로써 필성의 관아 입성에 개연성을 부여한다.**

└→ 필성이 송이를 만나려 관속이 될 계책을 생각하던 시점 = 감사가 이방을 구하는 시점

| 〈보기〉 소설에서 시간 표지는 ~ 우연하게 일어날 수 있는 사건들에 개연성을 부여하거나

| 〈2〉 감사는 송이 있는 별당은 외인 출입을 일절 엄금하니, 다시 만날 길이 없어 수심으로 지내더니, 한 계책을 생각하되, "나도 감사 앞에서 거행하는 관속이 된다면 채봉을 만나기가 쉬우리라." 하고 여러 가지로 주선하더니, ㉠이때 마침 감사가 문필이 있는 이방을 구하는지라. 필성이 한 길을 얻어 이방이 되어

| 뭔말?

· ㉠ '이때 마침' 감사가 이방을 선발하는 것은 우연한 사건에 해당함.

· 그러나 시간 표지가 '우연하게 일어날 수 있는 사건들에 개연성을 부여'한다는 〈보기〉의 설명을 참고할 때, ㉠ '이때 마침'은 필성이 송이를 만나기 위해 관속이 될 계책을 생각하고 애써 왔던 시간과 맞물려 필성의 관아 입성에 개연성을 부여한다고 할 수 있음.

→ 필성이 감사의 이방이 된 것을 알게 된 시점을 '하루는'으로 짚은 것

② **㉡은 평범한 일상을 지내던 송이와 감사의 대화를 통해 중요한 서사적 정보가 드러난 시간을 부각하여, 필성과 재회하고자 하는 송이의 바람을 심화하게 되는 서사적 전환에 관여한다.**

└→ 필성이 자신 가까이에 있는 것을 알게 되면서, 그와 재회하고자 하는 송이의 바람이 심화됨.

| 〈보기〉 소설에서 시간 표지는 ~ 사건의 전개나 장면의 전환 등에 관여된 서사적 정보를 제시하기도 한다.

| 〈3〉 ㉡하루는 공사 문첩 한 장을 본즉, 필성의 글씨가 완연한지라, 속으로 생각하되, '이상하다. 필법이 장 서방님 필적 같으니, 혹 공청에를 드나드나.' 하고 감사더러 묻는다. "요사이 공사 들어온 것을 보면 전과 글씨가 다르오니 이방이 갈리었습니까?" "응, 전 이방은 갈고 장필성이란 사람으로 시켰다. ~ 송이가 이 말을 듣고 속으로 암암이 기꺼하며, 어떻게 하면 한번 만나볼까, 그렇지 못하면 편지 왕복이라도 할까.

| 뭔말?

· 평범한 일상을 지내던 송이가 '하루는' 공사 문첩 한 장에서 필성의 필적을 보고 이방에 대해 물어봄으로써 필성이 이방으로 있음을 알게 됨.

· 시간 표지가 '사건의 전개나 장면의 전환 등에 관여된 서사적 정보를 제시하기도 한다.'는 〈보기〉의 설명을 참고할 때, ㉡ '하루는'은 위에서 설명한 서사적 정보가 드러난 시간을 부각함.

· 또한 필성이 이방으로 들어왔다는 사실을 알게 됨으로써 이후 필성과 재회하고자 하는 송이의 바람이 심화되는 서사적 전환이 일어나므로 ㉡ '하루는'은 이 서사적 전환에도 관여한다고 할 수 있음.

④ **㉣은 송이와 필성의 만남이 이루어지지 않은 상태에서 상당한 시간이 흘렀음을 드러내면서, 송이와 필성이 가진 그리움의 깊이를 함축한 서사적 정보로 기능한다.**

└→ 반년 동안 가까이 있으며 만나지 못함. → 그동안 서로에 대한 그리움의 정도가 깊어졌을 것

| 〈보기〉 소설에서 시간 표지는 ~ 사건이 요약적으로 제시되었음을 가늠하게 하는 등 서사적 정보를 제시하기도 한다.

| 〈3〉 기회를 기다리나 때를 타지 못하여 필성이나 송이나 서로 글씨만 보고 창연히 지내기를 ㉣이미 반년이라. 자연 서로 상사병이 될 지경이더라.

| 뭔말?

· 필성과 송이는 서로 가까이 있다는 것을 알면서도 만나지 못한 채 반년을 지내게 됨.

· 시간 표지가 '사건이 요약적으로 제시되었음을 가늠하게' 한다는 〈보기〉의 설명을 참고할 때, ㉣ '이미 반년이라'는 송이와 필성의 만남이 이루어지지 않은 상태에서 상당한 시간이 흘렀음을 요약적으로 드러냄.

· 그리고 이들이 만나지 못하고 지나 보낸 반년이라는 시간의 흐름은 송이와 필성이 가진 그리움의 깊이를 함축적으로 보여 주는 서사적 정보가 됨.

→ 감사가 '이때' 잠을 이루지 못하는 이유 = 나라와 백성을 걱정함.
→ 감사의 사람됨을 보여 주는 정보

⑤ ㉤은 감사의 사람됨과 감사가 잠을 이루지 못하는 이유를 관련짓게 하는 한편, 흐느껴 울던 송이를 감사가 발견하는 사건의 시간적 배경을 지시한다.

→ 감사가 잠을 이루지 못하던 밤
= 흐느껴 울던 송이를 발견되게 되는 사건이 일어난 시간

| 〈보기〉 소설에서 시간 표지는 배경을 지시할 뿐만 아니라 ~ 사건의 전개나 장면의 전환 등에 관여된 서사적 정보를 제시하기도 한다.

| 〈6〉 ㉤이때 이 감사는 ~ 일도방백이 되어 밤이나 낮이나 어떻게 하면 백성의 원성이 없을까, 어떻게 하면 국은에 보답할까 하며 잠을 이루지 못하고 누웠더니, 홀연히 송이의 방에서 흐느껴 우는 소리가 들리거늘,

| 뭔말?

· ㉤ '이때'의 앞뒤 내용을 보면, 사람이 늙어지면 잠이 없어지는데 감사는 나이가 팔십여 세일 뿐만 아니라 백성과 나라를 생각하느라 잠을 이루지 못하고 있음. 그러므로 ㉤ '이때'는 감사가 잠을 이루지 못하는 이유와 감사의 사람됨을 관련짓게 함.

· 시간 표지가 '배경을 지시'한다는 〈보기〉의 설명을 참고할 때, ㉤ '이때'는 감사가 송이의 방에서 흐느껴 우는 소리를 듣게 되는 사건의 시간적 배경이 밤임을 지시하는 역할을 함.

▸ 본문 036쪽

고전 소설 02

2020학년도 9월 모의평가

01 ① 02 ⑤ 03 ④

작자 미상, 「장끼전」

EBS 연결 고리
2020학년도 수능특강 문학 231쪽

교과서 연계 정보
작품 문학 좋은책, 창비

해제 이 작품은 조선 후기의 대표적 풍자 소설이자 우의적 기법이 돋보이는 소설이다. 이 작품에서는 수꿩인 장끼와 암꿩인 까투리를 통해 조선 후기 가정 내의 모습을 보여 주고 있다. 엄동설한에 먹이를 찾아 헤매는 장끼네 가족은 조선 후기 극빈한 생활을 하는 백성들의 모습이며, 까투리의 만류에도 불구하고 고집을 부리다 죽음에 이르는 장끼는 자신의 주장만 내세우는 가부장적인 남편을, 까투리는 불합리와 부조리를 감내하는 수동적인 아녀자를 상징한다. 이는 조선 후기 백성들의 생활상을 보여 주면서 당시에 만연해 있던 남존여비에 대한 비판을 담은 것이다. 또한 장끼의 죽음 이후 과부가 된 까투리를 호시탐탐 노리는 새들이 등장하는데, 이들은 개가 금지의 상황에서 부조리한 모습을 보여 주는 남성들을 풍자하는 것이라 할 수 있다.

주제 조선 후기의 변화된 사회상과 인간 세태 풍자

전체 줄거리

어느 겨울날, 굶주린 장끼와 까투리가 아홉 아들과 열두 딸을 거느리고 먹이를 찾아 산기슭으로 간다. 먹이를 찾아 헤매던 장끼는 땅에 떨어진 붉은 콩 한 알을 발견하고 기뻐한다. 까투리는 불길한 꿈 이야기를 들려주면서 콩을 먹지 말라고 만류하지만, 장끼는 여자의 말이라고 무시하며 고집을 부린다. 신중한 까투리가 중국의 고사들을 인용하며 콩을 먹지 말라고 계속 말리지만, 이를 아전인수식으로 해석한 장끼는 고집을 꺾지 않고 콩알을 먹으려다 결국 덫에 걸리게 된다. 장끼는 죽어 가면서도 까투리에게 수절하여 정렬부인이 되어 줄 것을 유언하고, 까투리는 장끼의 깃털 하나를 주워다가 장례를 치른다. 장끼의 장례식에 조문을 온 갈가마귀, 부엉이, 물오리 등이 까투리에게 청혼하나 까투리는 수절을 명분으로 거절한다. 그러다가 홀아비 장끼를 본 후로 수절할 마음을 버리고 유유상종이라는 명분을 내세우며 개가한다. 재혼한 이들 부부는 아들딸을 모두 혼인시키고 명산대천(名山大川)을 구경하다가 큰 물에 들어가 조개가 된다.

1 '콩알 하나 없으니 주린 처자를 어이할꼬? 어떻든 협사촌의 서대주가 도적들과 아래위 낭청을 다니며 함께 도적하여 부유하다 하니 찾아가 얻어 보리라.'

[03-①] 가장으로서의 고민
[02-①] 서대주의 정체
[02-⑤] [03-①] 장끼가 서대주를 방문하는 목적. 양식을 얻고자 함. - 경제적 이유

하고 협사촌을 찾아간다. 허위허위 이 산 저 산 어정어정 걸어가며 생각하되,

'이놈이 본디 큰 쥐로 도적질하는 놈이니 무엇이라 부를꼬? 쥐라 해도 좋지 않고, 서대주라 해도 좋지 않으니, 이놈 부르기 어렵구나. 어떻든 대접함이 으뜸이라.'

[02-①] 서대주의 정체
[02-②] 장끼는 서대주를 대접하여 부르기로 계획함.

2 길을 재촉해 협사촌을 찾아 서대주 집 문 앞에서 장끼 큰기침 두 번 하고,

"서동지 계시오?"

하며 찾으니, 이윽고 시비 쥐 나오거늘 장끼 문왈,

"이 댁이 아래위 낭청으로 다니며 관리하시는 서동지 댁이오?"
[02-③, ④] 장끼는 서대주에게 공손한 태도를 보임.

물으니 시비 답왈,

"어찌 찾으시오?"

장끼 가로되,

"잠깐 뵈오리다."

이때 서대주 자녀의 재미 보며 아내와 함께 있더니, 시비 와서 왈,
[03-②] 시비를 부릴 정도로 경제적으로 여유로운 서대주의 모습

"문전에 어떤 객이 왔으되 위풍이 헌앙(軒昂)*하고 빛갓 쓰고 옥관자
[01-①] 장끼의 외양 묘사
붙이고 여차여차 동지 님을 뵈러 왔다 하나이다."

서대주 동지란 말을 듣더니 대희하여 외헌으로 청하고, 정주(頂珠) 탕건 모자 쓰고 평복으로 나아가 장끼를 맞아 예하고 자리를 정하니, 장끼
[03-②] 서대주의 풍요로운 생활 → 신흥 부호의 생활상과 연결
하는 말이,

"댁이 서동지라 하시오? 나는 양지촌 사는 화충이라고도 하고, 세상에서 부르기를 장끼라고도 혹 꿩이라고도 하는데, 귀댁을 찾아 금일 만나니 구면처럼 반갑소이다. 한 번도 뵌 적 없으나 평안하시었소?"

서대주 맹랑하다, 탕건을 어루만지며 답왈,
[01-②] 서술자의 개입. 서대주에 대한 평가

"존객의 이름은 높이 들었더니 나를 먼저 찾아 누지에 와 주시니 황공감사하오이다."

장끼 답왈,

"서로 찾기에 선후가 있는 것 아니니 아무커나 반갑다 못하여 진저리나노라."

하거늘 서대주 웃으며 온갖 음식으로 대접하고 고금사를 문답하며 장끼를 조롱하며 벗하더니, 장끼 콧소리를 내며 말하기를,

"서동지께 청할 말이 있노라. 내 본시 넉넉지 못해 오늘까지 먹지 못하다가 처음 청하온데 양미 이천 석만 빌려주시면 내년 가을에 갚으리니 동지 님 생각에 어떠시오?"
[02-③] 장끼는 서대주에게 시종일관 공손한 태도를 보임.

서대주 웃으며 하는 말이,

"속담에 '우마(牛馬)도 초분식(草分食)하고, 산저(山猪)도 갈분식(葛分食)이라*.' 하였거든 우리 사이에 무엇이 어려우리오?"
[01-③] 속담의 활용. 서대주가 장끼에게 양식을 나눠 주기로 함.

(중략)

3 장끼 감사함을 칭사하고 양지촌으로 돌아가니라. 이때 서대주 노비 쥐를 명하여 창고를 열고 이천 석 콩을 배로 옮겨 양지촌으로 보내니라.

4 각설. 이때 동지촌에 딱부리란 새가 있으되 주먹볏에 흑공단 두루마기, 홍공단 끝동이며, 주둥이는 두 자나 하고 위풍이 헌앙한 짐승이라.
[01-①] 딱부리의 외양 묘사
양지촌 장끼를 찾아가 오래 못 본 인사하고 하는 말이,

"자네는 어찌하여 양식이 저리 풍족하여 쌓아 두었는가?"

장끼가 협사촌 서대주를 찾아가 양식 빌린 사연을 자세히 말하니, 딱부리 놈이 고개를 끄덕이며,

"자네 마음이 녹녹지 아니하거늘 미천한 도적놈을 무엇이라 찾았는가?"
[02-①] 서대주의 정체

장끼 답왈,

"나도 생각이 있으나 옛글에 '교만한 자는 집이 망한다.' 했고, '남을 대
[01-③] 옛글의 활용. 장끼가 서대주를 대접하여 부른 이유
접하면 내가 대접을 받는다.' 했고, 내 가난하여 빌리러 갔기로 저를 대접하여 서동지라 존칭하였더니 대희하여 후대하고 종일 문답하며 여차여차하였노라."

하거늘 딱부리 하는 말이,

"자네 일정 간사하도다. 만일 입신양명하면 충신을 험담하여 귀양 보
[03-③] 딱부리가 서대주를 대접하여 부른 장끼를 비난함.
내고 조정을 농권하며 임금을 어둡게 하리로다. 나는 그놈을 찾아가서
[02-②] 딱부리는 서대주에게 겁을 줄 것을 계획함.
서대주라 하고 도적질한 말을 하면 그놈이 겁내어 만석이라도 추심(推
[02-⑤] 딱부리도 서대주에게 양식을 얻고자 함.
尋)*하리라."

장끼 답왈,

"자네 재주를 몰랐더니 오늘에야 알리로다."

5 딱부리 웃으며 나와 협사촌을 찾아가, 구멍 앞에 나가서 생각은 많으나 이를 갈고 "서대주, 서대주." 찾으니 이윽하여 시비 쥐 나오며 하는 말이,

"뉘 집을 찾아오시니까?"

딱부리 하는 말이,

"네 명색이 무엇이냐? 이 집이 아래위 낭청으로 다니며 도적질하는 서
[02-③, ④] 딱부리는 서대주를 하대하며 거만하게 굶.
대주 집이냐? 나는 동지촌 사는 딱장군이니 와 계시다 일러라."

하거늘 쥐란 놈이 골을 내어 대답하고 들어가 고하니, 서대주 크게 성내고
[03-④] 딱부리가 거만하게 굴자 시비 쥐가 골을 냄.
분부하는 말이,
[03-⑤] 서대주의 권력, 위세가 드러나는 장면

"어떤 놈이든지 잡아들이라."

하니 수십 명 범 같은 쥐들이 명을 듣고 딱부리를 에워싸고 결박하고 이 빰 치고 저 빰 치며 몰아가니 딱부리 애걸하며 비는 말이,

"내 무슨 잘못이 있다 이리하시오? 내 손주 노릇할 터이니 놓아주고 달아났다 하시오."

한데 듣지 않고 잡아들여 서대주 앞에다 꿇리니 서대주 호령하되,

"이놈! 너는 어인 놈이기에 주인 찾을 때 근본을 해하여 찾으니 그중에 너 같은 놈은 만단을 내리라."

하며 매우 치라 하니 딱부리 머리를 조아리고 애걸하며 빌더라.
[02-③] 딱부리의 태도 변화. 비굴한 모습

* 헌앙: 풍채가 좋고 의기가 당당함.
* 우마도 초분식하고, 산저도 갈분식이라: 소와 말도 풀을 나눠 먹고, 산돼지도 칡을 나눠 먹는다.
* 추심: 찾아내어 가지거나 받아 냄.

01 서술상 특징 파악 답 ①

선지별 선택 비율	①	②	③	④	⑤
	77%	7%	10%	2%	4%

윗글에 대한 설명으로 가장 적절한 것은?

정답 띵! 동!

① 세밀한 외양 묘사를 통해 인물의 속성을 드러내고 있다.

| 〈2〉 "문전에 어떤 객이 왔으되 위풍이 헌앙하고 빛갓 쓰고 옥관자 붙이고 여차여차 동지님을 뵈러 왔다 하나이다." → 장끼의 외양 묘사

| 〈4〉 이때 동지촌에 딱부리란 새가 있으되 주먹볏에 흑공단 두루마기, 홍공단 끝동이며, 주둥이는 두 자나 하고 위풍이 헌앙한 짐승이라. → 딱부리의 외양 묘사

| 뭔말?

· 장끼와 딱부리의 외양을 구체적이고 세밀하게 묘사한 부분에서 풍채가 좋고 의기가 당당한 인물의 속성이 드러나고 있음.

오답 땡!

② 서술자가 개입하여 ~~인물의 행동에 대해 호감~~을 보이고 있다. → '맹랑하다'는 서대주에 대한 평가일 뿐, 호감 표현이 아님.

문학 개념어(018)

| 〈2〉 서대주 맹랑하다, 탕건을 어루만지며 답왈, "존객의 이름은 높이 들었더니 나를 먼저 찾아 누지에 와 주시니 황공 감사하오이다."

| 뭔말?

· '서대주 맹랑하다'는 서술자의 개입으로 볼 수 있지만, 인물의 행동에 대해 호감을 표현한 것이 아님.

③ 속담과 옛글을 삽입하여 ~~인물의 내적 갈등을 강조~~하고 있다.
→ 자신의 행동을 설명하는 이유 / 근거로써 활용함.

| 〈2〉 서대주 웃으며 하는 말이, "속담에 '우마도 초분식하고, 산저도 갈분식이라.' 하였거든 우리 사이에 무엇이 어려우리오?" → 속담의 삽입

| 〈3〉 "나도 생각이 있으나 옛글에 '교만한 자는 집이 망한다.' 했고, '남을 대접하면 내가 대접을 받는다.' 했고, 내 가난하여 빌리러 갔기로 저를 대접하여 서동지라 존칭하였더니 ~ 여차여차하였노라." → 옛글의 삽입

| 뭔말?

· 서대주는 장끼에게 곡식을 내어주겠다는 뜻을 전하며, 자신이 그와 같이 행동하는 이유이자 근거로써 속담을 활용하고 있음.

· 장끼는 딱부리에게 서대주로부터 곡식 얻은 사연을 전하며, 자신이 서대주를 대접하여 부른 이유이자 근거로써 옛글을 활용하고 있음.

④ ~~과거와 현재를 대비하여 인물의 초월적 능력을 부각하고 있다.~~
→ 과거와 현재의 대비 X 인물의 초월적 능력 X

| 뭔말?

· 이 글에 과거와 현재를 대비하고 있는 부분은 찾아볼 수 없고, 초월적 능력을 가진 인물이 등장하고 있지도 않음.

⑤ ~~공간적 배경을 자세히 묘사하여 인물의 심리 변화를 암시하고 있다.~~
→ 서대주의 집이나 장끼의 집에 대한 묘사 X 인물의 심리 변화 암시 X

| 뭔말?

· 이 글은 서대주가 사는 협사촌과 장끼가 사는 양지촌을 배경으로 함.

· 그러나 공간적 배경이 되는 서대주의 집이나 장끼의 집을 자세히 묘사하고 있지 않으며, 이로써 인물의 심리 변화를 암시하고 있지도 않음.

02 작품의 내용 파악 답 ⑤

선지별 선택 비율	①	②	③	④	⑤
	5%	6%	12%	8%	69%

'장끼'와 '딱부리'가 '서대주'를 각각 방문하는 상황에 대한 이해로 적절하지 않은 것은?

정답 띵! 동!

⑤ 서대주를 방문하는 목적을, 장끼는 경제적인 이익을 취하는 데에 두었고 딱부리는 ~~도적질을 벌로 다스리고 교화하는 데~~ 두었다.
→ 딱부리도 경제적인 이익을 취하기 위해 서대주의 집을 방문함.

| 〈1〉 '콩알 하나 없으니 주린 처자를 어이할꼬? 어떻든 협사촌의 서대주가 도적들과 아래위 낭청을 다니며 함께 도적하여 부유하다 하니 찾아가 얻어 보리라.' 하고 협사촌을 찾아간다. → 장끼가 서대주를 방문하는 목적

| 〈4〉 "자네 일정 간사하도다. ~ 그놈을 찾아가서 서대주라 하고 도적질한 말을 하면 그놈이 겁내어 만석이라도 추심하리라." → 딱부리가 서대주를 방문하는 목적

| 뭔말?

· 장끼는 처자가 굶주린 상황에서 서대주를 찾아가 '서동지'라 부르며 양식을 얻어 오므로, 경제적인 이익을 취하려는 목적에서 서대주를 방문한 것임.

· 딱부리는 장끼의 이야기를 듣고 서대주를 겁 주어 양식을 받아 낼 생각을 하므로, 역시 경제적인 이익을 취하려는 목적에서 서대주를 방문한 것임.

오답 땡!

① 서대주를 방문하기 전에, 장끼와 딱부리는 서대주의 정체에 대해 알고 있었다. → 도적놈, 도덕질을 하여 부유해졌다는 것

| 〈1〉 '콩알 하나 없으니 주린 처자를 어이할꼬? 어떻든 협사촌의 서대주가 도적들과 아래위 낭청을 다니며 함께 도적하여 부유하다 하니 찾아가 얻어 보리라.' ~ '이놈이 본디 큰 쥐로 도적질하는 놈이니 무엇이라 부를꼬? ~ 어떻든 대접함이 으뜸이라.'

| 〈4〉 딱부리 놈이 고개를 끄덕이며, "자네 마음이 녹녹지 아니하거늘 미천한 도적놈을 무엇이라 찾았는가?"

| 뭔말?

· 장끼는 서대주가 도적들과 아래위 낭청을 다니며 함께 도적하여 부유해졌다는 것을 알고 있었고 서대주를 가리켜 '도적질하는 놈'이라고 하였으므로, 서대주를 방문하기 전 서대주의 정체에 대해 알고 있었음.

· 딱부리도 장끼와 대화하는 과정에서 서대주를 가리켜 '미천한 도적놈'이라고 하였으므로, 서대주를 방문하기 전 서대주의 정체에 대해 알고 있었음.

② 서대주를 방문하기 전에, 장끼와 딱부리는 각자의 생각에 따라 서대주를 대할 방식을 계획했다.

| 〈1~2〉 '이놈이 본디 큰 쥐로 도적질하는 놈이니 무엇이라 부를꼬? 쥐라 해도 좋지 않고, 서대주라 해도 좋지 않으니, 이놈 부르기 어렵구나. 어떻든 대접함이 으뜸이라.' 길을 재촉해 협사촌을 찾아 서대주 집 문 앞에서 장끼 큰기침 두 번 하고, "서동지 계시오?" 하며 찾으니, → 장끼의 계획: 서대주를 대접하여 부를 것

| 〈4〉 "자네 일정 간사하도다. ~ 나는 그놈을 찾아가서 서대주라 하고 도적질한 말을 하면 그놈이 겁내어 만석이라도 추심하리라." → 딱부리의 계획: 서대주에게 겁을 줄 것

| 뭔말?

· 장끼는 서대주를 방문하기 전, 서대주를 무엇이라 부를지 고민하다가 어떻든 대접을 해야겠다고 계획함. 이후 '서동지'라 부르고 존대를 하며 양식을 얻어옴.

· 딱부리는 서대주에게 도적질한 말을 하면 그가 겁내어 양식을 내어 줄 것이라 생각하고 겁을 주기로 계획함. 이후 서대주에게 거만하게 굴며 겁을 주려다 도리어 매를 맞고 비굴한 모습을 보임.

③ 서대주를 방문하여, 장끼는 시종 일관된 태도를 보였고 딱부리는 상황의 변화에 따라 자신의 태도를 바꾸었다.
└→ 거만하게 굴던 딱부리는 매를 맞게 되자, 머리를 조아리며 애걸하는 비굴한 모습을 보임.

| 〈2〉 장끼 문왈, "이 댁이 아래위 낭청으로 다니며 관리하시는 서동지 댁이오?" ~ 장끼 큇소리를 내며 말하기를, "서동지께 청할 말이 있노라. 내 본시 넉넉지 못해 오늘까지 먹지 못하다가 처음 청하온데 양미 이천 석만 빌려주시면 내년 가을에 갚으리니 동지 님 생각에 어떠시오?" → 장끼: 공손한 태도

| 〈5〉 딱부리 하는 말이, "네 명색이 무엇이냐? 이 집이 아래위 낭청으로 다니며 도적질하는 서대주 집이냐? 나는 동지촌 사는 딱장군이니 와 계시다 일러라." ~ 서대주 호령하되, "이놈! 너는 어인 놈이기에 주인 찾을 때 근본을 해하여 찾으니 그중에 너 같은 놈은 만단을 내리라." 하며 매우 치라 하니 딱부리 머리를 조아리고 애걸하며 빌더라. → 딱부리: 거만한 태도 → 비굴한 태도

| 뭔말?

· 장끼는 서대주를 '서동지'라 높여 부르며 처음부터 끝까지 존대하는 공손한 태도를 보임.

· 그러나 딱부리는 서대주에게 겁을 주어 양식을 얻을 생각으로 처음에는 거만한 태도를 보이다가, 도리어 매를 맞자 서대주에게 애걸하는 모습을 보이므로 상황의 변화에 따라 자신의 태도를 바꾼 것에 해당함.

④ 서대주의 거처를 확인하면서, 장끼는 서대주의 환심을 살 만하게, 딱부리는 서대주의 반감을 살 만하게 표현했다.
└→ 서대주의 거처에 대해 장끼는 높여서, 딱부리는 비하하여 말함.

| 〈2〉 장끼 문왈, "이 댁이 아래위 낭청으로 다니며 관리하시는 서동지 댁이오?"

| 〈5〉 딱부리 하는 말이, "네 명색이 무엇이냐? 이 집이 아래위 낭청으로 다니며 도적질하는 서대주 집이냐? 나는 동지촌 사는 딱장군이니 와 계시다 일러라."

| 뭔말?

· 장끼는 서대주의 거처를 확인하면서 '아래위 낭청으로 다니며 관리하시는 서동지 댁'과 같이 높여 말함으로써 서대주의 환심을 살 만하게 표현함.

· 딱부리는 서대주의 거처를 확인하면서 '아래위 낭청으로 다니며 도적질하는 서대주 집'과 같이 비하하여 말함으로써 서대주의 반감을 살 만하게 표현함.

03 외적 준거에 따른 작품 감상 답 ④

선지별 선택 비율	①	②	③	④	⑤
	5%	3%	12%	77%	3%

〈보기〉를 참고하여 윗글을 감상한 내용으로 적절하지 않은 것은? [3점]

보기

「장끼전」은 '까투리'를 중심으로 남존여비와 여성의 개가 금지 같은 가부장제 사회의 문제를, '장끼'를 중심으로는 몰락 양반의 삶과 조선 후기 향촌 사회의 다양한 변화상을 형상화했다. 이 대목은 가족의 생계 문제를 걱정하는 몰락 양반의 출현과 향촌 사회에 새롭게 등장한 신흥 부호의 생활상을 보여 주고 있다. 또한 신흥 부호의 위세로 인해 빚어지는 신흥 부호와 몰락 양반의 갈등, 그리고 신흥 부호를 둘러싼 몰락 양반 간의 불화를 그려 내고 있다.

정답 띵!동!

④ 서대주의 '시비 쥐'가 딱부리에게 골을 내는 장면에서, ~~몰락 양반의 경제적 곤궁함을 업신여기는 신흥 부호의 모습~~을 알 수 있군.
└→ 시비 쥐 = 서대주의 종, 신흥 부호 X
시비 쥐는 딱부리가 제 주인인 서대주에게 무례한 모습을 보여 골을 냄.

| 〈5〉 "서대주, 서대주." 찾으니 이윽하여 시비 쥐 나오며 하는 말이, "뉘 집을 찾아오시니까?" 딱부리 하는 말이, "네 명색이 무엇이냐? 이 집이 아래위 낭청으로 다니며 도적질하는 서대주 집이냐? 나는 동지촌 사는 딱장군이니 와 계시다 일러라." 하거늘 쥐란 놈이 골을 내어 대답하고 들어가 고하니,

| 뭔말?

· '시비 쥐'는 서대주의 종이므로 〈보기〉의 신흥 부호에 해당하는 인물이 아님.

· '시비 쥐'는 딱부리가 찾아와 자신의 주인인 서대주를 함부로 부르며 무례한 언행을 하자 골을 낸 것일 뿐, 딱부리의 경제적 곤궁함을 업신여기지 않음.

오답 땡!

① 장끼가 양식이 떨어져 굶주리는 처자식을 위해 부유한 서대주를 찾아가 양식을 빌리는 장면에서, 가장으로서의 책무를 다하려는 몰락 양반의 면모를 알 수 있군.

| 〈보기〉 '장끼'를 중심으로는 ~ 가족의 생계 문제를 걱정하는 몰락 양반의 출현

| 〈1〉 '콩알 하나 없으니 주린 처자를 어이할꼬? 어떻든 협사촌의 서대주가 도적들과 아래위 낭청을 다니며 함께 도적하여 부유하다 하니 찾아가 얻어 보리라.'

| 뭔말?

· 장끼는 콩알 하나 없어 굶주린 처자식을 생각하며 서대주를 찾아가 양식을 빌리고 있음.

· 이것은 〈보기〉의 '가족의 생계 문제를 걱정하는 몰락 양반'의 모습에 대응하며 가장으로서 책무를 다하려는 태도로 볼 수 있음.

② 서대주가 '시비 쥐'를 부리고 복색을 갖추어 손님을 '외헌'에서 맞이하는 장면에서, 신흥 부호의 생활상을 알 수 있군.
└→ 서대주의 풍족한 생활상이 나타나는 장면

| 〈보기〉 향촌 사회에 새롭게 등장한 신흥 부호의 생활상을 보여 주고 있다.

| 〈2〉 이때 서대주 자녀의 재미 보며 아내와 함께 있더니, 시비 와서 왈, ~ 서대주 동지란 말을 듣더니 대희하여 외헌으로 청하고, 정주 탕건 모자 쓰고 평복으로 나아가 장끼를 맞아 예하고 자리를 정하니,

| 뭔말?

· 서대주 = 아래위 낭청을 오가며 부를 축적한 인물 = 〈보기〉의 신흥 부호

· 서대주는 자신이 부리는 '시비 쥐'가 와 장끼가 방문했음을 알리자 장끼를 외헌으로 청하고, 정주 탕건 모자 쓴 평복으로 복색을 갖추어 손님을 맞이함.

· 이것은 서대주의 풍족한 생활을 보여 주는 장면으로 〈보기〉의 '신흥 부호의 생활상'을 짐작하게 함.

③ 서대주를 대접하여 양식을 빌린 장끼에게 딱부리가 '간사하도다'라고 언급하는 장면에서, 신흥 부호에 대한 처신을 놓고 몰락 양반 간에 의견 차이가 있었음을 알 수 있군.
└→ (우호적) 서대주에게 공손한 태도를 보이는 장끼
↔ (비판적) 서대주를 무시하며 거만하게 구는 딱부리

| 〈보기〉 신흥 부호를 둘러싼 몰락 양반 간의 불화를 그려 내고 있다.

| 〈4〉 장끼 답왈, ~ 내 가난하여 빌리러 갔기로 저를 대접하여 서동지라 존칭하였더니 대희하여 후대하고 종일 문답하며 여차여차하였노라. → 실리 중심

| 〈4〉 딱부리 하는 말이, "자네 일정 간사하도다. 만일 입신양명하면 충신을 험담하여 귀양 보내고 조정을 농권하며 임금을 어둡게 하리로다. 나는 그놈을 찾아

가서 서대주라 하고 도적질한 말을 하면 그놈이 겁내어 만석이라도 추심하리라." → 명분, 위신 중심

| 뭔말?

· 장끼는 서대주를 '서동지'라 부르며 대접하여 양식을 빌리는 데 성공했고, 이런 장끼에 대해 딱부리는 '자네 일정 간사하도다.'라며 비판을 함.

· 이와 같은 장끼와 딱부리의 의견 차이는 〈보기〉의 '신흥 부호(= 서대주)를 둘러싼 몰락 양반(장끼, 딱부리) 간의 불화'를 알 수 있게 함.

→ 서대주가 지닌 권력이 나타나는 장면

⑤ 서대주가 '수십 명 범 같은 쥐들'에게 명령하여 딱부리를 결박하는 장면에서, 향촌 사회에서의 신흥 부호의 위세를 알 수 있군.

| 〈보기〉 신흥 부호의 위세로 인해 빚어지는 신흥 부호와 몰락 양반의 갈등

| 〈5〉 서대주 크게 성내고 분부하는 말이, "어떤 놈이든지 잡아들이라." 하니 수십 명 범 같은 쥐들이 명을 듣고 딱부리를 에워싸고 결박하고 이 뺨 치고 저 뺨 치며 몰아가니

| 뭔말?

· 서대주가 자신에게 '도적질하는 서대주'라고 한 딱부리를 잡아들이라고 하자 '수십 명 범 같은 쥐들'이 명을 듣고 딱부리를 결박하고 뺨을 때림.

· 여기서 서대주가 많은 인물을 부릴 만큼 상당한 돈이나 권력을 가진 인물임을 짐작할 수 있으므로, 이것은 〈보기〉의 '신흥 부호의 위세'를 알 수 있는 장면으로 볼 수 있음.

기출 속 문학 개념어 사전

서술자의 개입(018)

개념

서술자의 개입

敍 줄 ㉯　述 지을 ㉰　者 사람 ㉱

介 끼일 ㉲　入 들 ㉳

사전적 의미

[서술자] 어떤 내용을 일정한 기준이나 관점에 따라 정리하여 말하거나 쓰는 사람.

[개　입] 자신과 직접적인 관계가 없는 일에 끼어듦.

단계적 이해

① 서술자의 개입은 이야기 밖의 서술자가 이야기에 직접 개입하여 인물이나 사건에 대한 자신의 생각을 직접적으로 드러내는 것을 말해.

② 서술자가 개입하는 방식과 양상은 다양해. 서술자는 인물 · 배경 · 사건 · 대화 등에 대한 자신의 생각, 감정, 가치 판단 등을 직접 표현하는 방식으로 작품에 개입해. 지금까지 있었던 일을 요약한다거나 앞으로 일어날 사건을 간략히 언급하기도 하고, 서사의 흐름을 차단하는 발화를 의도적으로 하여 이야기의 전개를 지연시키기도 해.

③ 서술자의 개입은 편집자적 논평을 포함하는 넓은 개념이야. 편집자적 논평은 인물에 대한 평가, 상황에 대한 평가 등으로 서술자의 주관적 의견을 밝히는 거라고 생각하면 돼.

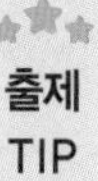

출제 TIP

- 서술자의 개입은 고전 소설에서 정말 많이 찾아볼 수 있는 개념이야. 설의적 의문이나 감탄, 추측의 문장 형태로 많이 나타나. 독자를 향한 말투로 제시되기도 하지.
- 수능이나 평가원 모의고사에 서술자의 개입과 편집자적 논평의 차이를 세밀하게 구분하는 수준은 요구하지 않아.

서술자의 정서 표현 · 인물 평가

> 병자년 12월 20일에 상이 항서를 닦아 보내시니, 그 망극함을 어찌 측량하리오.
>
> – 작자 미상, 「임장군전」

▶ 서술자가 임금이 항서를 보낸 상황에서 느낀 자신의 슬픔을 설의적 의문 형태로 표현한 거야.

> 춘풍이 이날부터 추월의 집 사환하는 일, 생불여사(生不如死)라 가련하다. 누더기 차림으로 이리저리 다닐 적에 거동 볼작시면 종로의 상거지라.
>
> (중략)
>
> 한량들이 이 말 듣고 하는 말이,
>
> "서울 산다 하니 불쌍하다."
>
> 하고 술 한 잔 가득 부어 주니, 춘풍이 갈지우갈(渴之又渴)하여 받아먹으니 가련하더라.
>
> – 작자 미상, 「이춘풍전」

▶ 서술자는 추월에게 돈을 모두 털리고 사환 노릇을 하는 춘풍의 상황이나 행동에 대해 '가련하다', '가련하더라'와 같이 연민의 감정을 표현하고 있어.

> 서대주 맹랑하다. 탕건을 어루만지며 답왈,
>
> "존객의 이름은 높이 들었더니 나를 먼저 찾아 누지에 와 주시니 황공 감사하오이다."
>
> – 작자 미상, 「장끼전」

▶ 서대주의 언행을 가리켜 '맹랑하다'라고 한 것은 인물이 아닌 작품 밖 서술자의 주관적 평가에 해당해.

독자에게 말 걸기

> 놀부 놈의 거동 보소. 성난 눈을 부릅뜨고 볼을 치며 호령하되
>
> – 작자 미상, 「흥부전」

▶ 서술자는 '놀부 놈'의 거동을 보라며 독자에게 말을 걸고 있어. 그리고 놀부를 놀부 '놈'이라고 지칭한 데서 인물에 대한 부정적 평가를 엿볼 수 있어.

> 영신과 주재소 주임 사이에 주고받은 대화나 그 밖의 이야기는 기록하지 않는다. 그러나 호출한 요령만 따서 말하면
>
> – 심훈, 「상록수」

▶ 서술자가 '기록하지 않는다', '말하면'과 같이 자신의 행동을 드러내며 독자에게 말을 건네고 있어.

> 그 산정의 양지바른 곳에 그의 할아버지와 아버지의 무덤이 있었다.
>
> — 고향이 여기가 아닌데 선인들의 무덤이 어떻게 그곳에 있었느냐? 그러나 그것은 나중 이야기하기로 하자.
>
> – 김정한, 「산거족」

▶ 서술자가 '그러나 그것은 나중에 이야기하기로 하자.'와 같이 독자에게 말을 건네며 사건 전개를 조절하고 있어.

▸ 본문 038쪽

고전 소설 03

2018학년도 수능

01 ② 02 ④ 03 ① 04 ⑤

김만중, 「사씨남정기」

EBS 연결 고리

2018학년도 수능특강 문학 221쪽

교과서 연계 정보

작가 문학 금성, 동아, 비상, 좋은책, 지학, 천재(정)

작품 국어 비상(박영), 천재(박) 문학 좋은책, 천재(김)

해제 이 작품은 처첩 간의 갈등을 그려 축첩 제도의 문제점을 드러낸 가정 소설이다. 치밀한 구성과 섬세한 심리 묘사로 당대의 현실을 사실적으로 그려 내고 있고, 후처의 모략으로 고생하던 본처가 고생 끝에 남편의 사랑을 되찾는다는 권선징악의 교훈을 준다. 또한 이 작품은 숙종이 인현 왕후를 폐출하고 장 희빈을 중전으로 책봉한 사건에 대하여 숙종의 미혹됨을 깨닫게 하기 위해 쓴 소설로, 작품의 실제 배경은 숙종의 인현 왕후 폐출 사건이지만, 소설 내용상의 배경이 중국 명나라인 것은 작가가 표현하고자 하는 주제를 이면에 숨기기 위한 것으로 볼 수 있다.

주제 처첩 간의 갈등과 사 씨의 고행, 사 씨의 덕행과 교 씨의 악행에 대한 사필귀정, 권선징악

전체 줄거리

명나라 금릉 순천부에 사는 유현이라는 명신(名臣; 이름난 훌륭한 신하)은 늦은 나이에 아들 연수를 얻지만 부인 최 씨는 연수를 낳고 세상을 떠난다. 연수는 재주와 기질이 뛰어나 15세에 과거에 응시해 장원 급제하여 한림학사에 제수되었으나, 아직 나이가 어리므로 10년을 더 수학하고 나서 관직에 나아가겠다고 한다. 유 한림(유연수)은 여승 묘혜를 통해 덕성과 재학을 겸비한 사 씨와 혼인한다. 사 씨는 유 한림과의 금슬은 좋으나 9년이 되어도 아이를 낳지 못하자 스스로 남편에게 첩을 얻기를 권유한다. 유 한림은 거절하다가 사 씨가 여러 번 권해 오니 마지못해 교 씨를 첩으로 맞이한다. 교 씨는 천성이 사악하고 질투와 시기심이 강한 여자로, 겉으로는 사 씨를 존경하는 듯하나 속으로는 증오한다. 그러다 아들 장주를 낳은 후로는 차츰 더 간악해지고, 이후 사 씨가 아들 인아를 낳자 교 씨는 문객 동청과 결탁해 사 씨를 모함하기 시작한다. 유 한림은 처음에는 교 씨의 말을 믿지 않았으나, 교 씨가 자신이 낳은 아들을 죽이고 그 일을 사 씨에게 뒤집어씌우니, 사 씨를 폐출시키고 교 씨를 정실부인으로 맞이한다. 교 씨는 이에 그치지 않고, 다시 문객 동청과 간통하며 유 한림의 전 재산을 탈취해 도망가 살기로 약속하고, 유 한림을 천자에게 참소하여 유배시키는 데 성공한다. 유 한림을 고발한 공으로 지방관이 된 동청은 교 씨와 함께 백성들의 재물을 빼앗는 등 갖은 악행을 저지른다. 한편 시비 설매는 교 씨로부터 인아를 살해하라는 사주를 받았으나 양심의 가책을 느끼고 도리어 그의 목숨을 구해 준다. 그러던 중 천자의 특사를 입어 유배지에서 돌아오던 유 한림은 시비 설매로부터 그간의 모의 사실을 듣게 된다. 이후 유 한림은 사 씨를 극적으로 만나 지난날의 잘못을 빌고, 충신을 참소한 동청과 교 씨는 처형을 당한다. 그리고 사 씨를 다시 정실로 맞이한 유 한림은 좌승상의 벼슬에 오르게 된다.

1 왕비가 웃으며 말했다.

[03-①] 사 씨를 돕는 조력자의 출현

"부인이 이곳에 오긴 오겠지만 아직 때가 멀었소. 남해 도인이 그대와 인연이 있으니 잠깐 의탁하게 될 것이오. 이 또한 하늘의 뜻이니라."

[01-①] 사 씨에게 남해(바다 끝)로 향할 여정이 예비됨.

사 씨가 여쭈었다.

"남해라면 바다 끝으로 알고 있사옵니다. 첩에게는 탈 것이 없고 돈도 없는데 어찌 갈 수 있겠나이까?"

왕비가 말했다.

"조만간 길을 인도하는 자가 있을 것이니 조금도 염려 마라."

[04-③] 꿈에서 인도자와의 인연이 예견됨.

이윽고 좌우에 앉아 있는 부인들을 하나하나 소개했다. 위국 부인 장강*, 한나라의 반첩여* 등이 있었다. 사 씨가 다소곳이 일어나 머리를 조아리고 말했다.

[03-②] 역사적 인물

"뜻밖에도 모든 부인님의 얼굴을 오늘 뵙게 되니 크나큰 영광입니다."

2 드디어 하직을 하고 여동의 인도를 받아 내려오는데, 걷었던 ㉠주렴을 내리는 소리가 요란하였다. 이 소리에 놀라 몸을 일으키니 유모와 시비가 부인이 깨신다 하고 부르거늘 사 씨가 일어나 앉으니 이미 날이 저물었다. 멍한 정신이 한참 만에야 진정되었다. 입에서는 향기로운 냄새가 났고 왕비께서 하시던 말씀이 뚜렷했다. 유모에게 물었다.

[02-①] 주렴을 내리는 소리 - 사 씨가 꿈에서 현실로 돌아오는 계기

"내가 어디 갔다 왔느냐?"

유모와 시비가 대답했다.

[01-②] 유모와 시비가 기절한 사 씨 곁을 지키며 간호함.

"부인께서 기절하는 바람에 소인들이 간호하여 이제야 깨어나셨는데 어디를 가셨단 말입니까?"

사 씨가 조금 전에 있었던 일을 다 말하고 ㉡대나무 수풀을 가리키며 말했다.

"분명히 저 길로 갔다 왔으니 어찌 꿈이라 하리오. 믿지 못하겠다면 나를 따라오라."

[02-②] 대나무 수풀 - 꿈과 현실을 모호하게 만드는 공간

3 그러고는 길을 찾아 대나무 수풀 뒤쪽으로 가니 사당이 하나 있었다. 현판이 걸려 있는데 황릉묘*라고 쓰여 있었다. 분명 아황과 여영, 두 왕비의 묘로 ⓐ꿈에서 본 것과 같았다. 사당 안으로 들어가 살펴보니 두 왕비의 ㉢초상화가 걸려 있는데 꿈에서 본 것과 같았다. 이에 사 씨가 향을 피우고 절하며 말했다.

[02-③] 초상화 - 사 씨가 꿈에서 본 왕비의 모습을 환기함.

"첩이 왕비의 가르치심을 입어 훗날 좋은 시절을 만나서 영화를 누리게 된다면 어찌 그 은혜를 잊으리까?"

분향을 마친 후 앉아서 신세를 생각하니 슬픔이 밀려왔다. 시비를 시켜 묘지기 집에 가서 밥을 구해 와서는 세 사람이 나누어 먹었다. 이윽고 사 씨가 말했다.

"의지할 곳이 없으니 신령이 나를 놀리시는구나."

4 앞길이 막막하여 어쩔 줄 모르는 중 벌써 달이 밝았다. 세 사람이 방황하고 있는데 묘문으로 두 사람이 들어와 물었다.

"어려움을 만나 물에 빠지려 하시는 부인이 아니옵니까?"

사 씨가 눈을 들어 자세히 보니 한 명은 **여승**이고 다른 한 명은 여동이었다. 크게 놀라며 말했다.

"어찌 우리를 아는가?"

여승이 합장하고 말했다.

"우리는 동정 군산에 사는 사람인데 조금 전 꿈결에 관음보살께서 어진 여자가 화를 만나 날이 저물어 갈 곳을 몰라 방황하니 급히 황릉묘로
[01-③] [02-④] [04-③] 여승이 꿈에서 관음보살의 계시를 받고 배를 저어 사 씨를 찾아옴.
가서 구하라고 하셨습니다. 이에 ㉣배를 저어 와서 부인을 만나게 되었습니다."

(중략)

5 한편 한림학사 유연수는 유배지에 도착하니 바람이 거세고 **인심이 사나워** 갖은 고초를 겪게 되었다. 외로운 가운데 이러한 고생을 하니 **예전의 총명함**이 점점 돌아와 뉘우치며 말했다.
[04-②] 유 한림이 잘못을 깨닫고 착한 데로 나아가는 과정

"사 씨가 동청을 꺼렸는데 이제 와서 생각하니 그 말이 옳도다. 어진 아
[01-④] 유 한림은 사 씨가 동청을 꺼렸으나 믿지 않고 의심함.
내를 의심했으니 무슨 면목으로 조상을 대하리오."

밤낮 이런 생각을 하면서 탄식하니 병에 걸리고 말았다. 이곳에는 마땅한 의약이 없었다. 병세는 날로 심해져 죽을 지경에 이르렀다. 하루는 흰 옷 입은 노파가 ㉤병(甁)을 들고 와서 말했다.
[03-①] 유 한림을 돕는 조력자의 출현

"상공의 병이 위독하니 이 물을 먹으면 좋아지리라."
[02-⑤] 병에 든 물 - 유 한림의 병을 낫게 함.

한림이 물었다.

"그대는 누구인데 유배당한 사람의 병을 구하시오?"

노파가 말했다.

"나는 동정 군산에 사는 사람이로다."

그러고는 병을 뜰 가운데 놓고 사라졌다. 한림이 놀라 일어나니 ⓑ꿈이었다. 이상하게 생각했는데 다음 날 아침 하인이 뜰을 청소하다가 들어와 고했다.

6 "뜰에서 물이 솟아나옵니다."

한림이 이상하게 여겨 창을 열고 보니 꿈에 노파가 병을 놓았던 자리였다. 물을 한 그릇 떠오라고 해서 마시니 맛이 달고 상쾌한 것이 마치 **단이슬**을 먹은 것 같았다. 원래 행주는 수질이 좋지 않은 곳이다. 한림의 병도 그렇게 좋지 않은 물 때문에 생긴 것이었다. 그런데 이 물을 먹은 즉시 병세가 사라지고 예전의 얼굴과 기력을 회복하였다. 그것을 본 사람들이
[04-①] 유 한림의 병(= 재앙)이 샘물로 치료됨.
모두 신기하게 여겼다. 이후로도 그 샘은 마르지 않아 마을 사람들이 나누
[01-⑤] 유 한림의 사례를 본 마을 사람들이 샘물로 병을 치료함.
어 마셨다. 이로 인해 물로 인한 병이 없어지자 사람들이 그 샘을 학사정이라고 하였는데 **지금까지 전해진다.**
[04-④] 신이한 사건이지만 사람들에게 받아들여져 전승됨.

* 장강: 춘추 전국 시대 위나라 장공의 아내.
* 반첩여: 한나라 성제의 후궁.
* 황릉묘: 순임금의 두 왕비인 아황과 여영을 추모하기 위해 세운 사당.

01 작품의 내용 파악 답 ②

선지별 선택 비율	①	②	③	④	⑤
	1%	93%	2%	2%	2%

윗글의 내용에 대한 이해로 적절하지 않은 것은?

정답 띵!동!

② '사 씨'가 기절한 사이 '유모'는 ~~황릉묘에 가서 '사 씨'를 깨울 방도를 찾아왔다~~
→ 사 씨를 간호했을 뿐, 황릉묘에 가지 않음.

| 〈2〉 "내가 어디 갔다 왔느냐?" 유모와 시비가 대답했다. "부인께서 기절하는 바람에 소인들이 간호하여 이제야 깨어나셨는데 어디를 가셨단 말입니까?"

| 뭔말?

· 유모와 시비의 말을 통해 '사 씨'가 기절한 사이 '유모'는 시비와 함께 '사 씨' 곁에 머물며 '사 씨'를 보살폈음을 알 수 있음.

오답 땡!

① '사 씨'는 꿈에서 '왕비'로부터 '남해 도인'과 인연이 있어 바다 끝으로 향할 여정이 예비되어 있음을 들었다.

| 〈1〉 왕비가 웃으며 말했다. "부인이 이곳에 오긴 오겠지만 아직 때가 멀었소. 남해 도인이 그대와 인연이 있으니 잠깐 의탁하게 될 것이오. 이 또한 하늘의 뜻이니라."

| 〈1〉 사 씨가 여쭈었다. "남해라면 바다 끝으로 알고 있사옵니다. ~ 어찌 갈 수 있겠나이까?" 왕비가 말했다. "조만간 길을 인도하는 자가 있을 것이니 조금도 염려 마라."

| 뭔말?

· '사 씨'는 꿈에서 '왕비'로부터 자신이 '남해 도인'과 인연이 있으며 길을 인도하는 자를 따라 바다 끝 남해로 향하게 될 것임을 들음.

③ '사 씨'는 묘에서 만난 '여승'의 말을 통해 여승 일행이 찾아온 연유를 알게 되었다.

| 〈4〉 여승이 합장하고 말했다. "우리는 동정 군산에 사는 사람인데 조금 전 꿈결에 관음보살께서 어진 여자가 화를 만나 날이 저물어 갈 곳을 몰라 방황하니 급히 황릉묘로 가서 구하라고 하셨습니다. 이에 배를 저어 와서 부인을 만나게 되었습니다."

| 뭔말?

· '사 씨'는 묘에서 '여승'을 만남. 그리고 꿈결에 관음보살께서 어진 여자(= 사 씨)를 구하라고 명령하여 여승 일행이 자신을 찾아온 것임을 알게 됨.

④ '유 한림'은 전에 '동청'을 꺼렸던 '사 씨'의 말을 받아들이지 않고 '사 씨'를 의심했었다.

| 〈4〉 "사 씨가 동청을 꺼렸는데 이제 와서 생각하니 그 말이 옳도다. 어진 아내를 의심했으니 무슨 면목으로 조상을 대하리오."

| 뭔말?

· 유배지에서 '유 한림'은 '동청'을 꺼렸던 '사 씨'의 말을 받아들이지 않고 오히려 '사 씨'를 의심했었던 과거 행동을 뉘우치고 있음.

⑤ '마을 사람들'은 '유 한림'의 사례를 보고 수질 탓에 생긴 병을 없앨 방도를 찾을 수 있었다.

| 〈6〉 원래 행주는 수질이 좋지 않은 곳이다. 한림의 병도 그렇게 좋지 않은 물 때문에 생긴 것이었다. 그런데 이 물을 먹은 즉시 병세가 사라지고 예전의 얼굴과 기력을 회복하였다. 그것을 본 사람들이 모두 신기하게 여겼다. 이후로도 그 샘은 마르지 않아 마을 사람들이 나누어 마셨다. 이로 인해 물로 인한 병이 없어지자 사람들이 그 샘을 학사정이라고 하였는데 지금까지 전해진다.

| 뭔말?

· '유 한림'은 행주의 좋지 않은 물 때문에 병을 얻었는데 샘물을 마신 즉시 예전의 얼굴과 기력을 회복함.

· '유 한림'의 사례를 본 '마을 사람들'은 신기하게 여기면서 샘물을 나누어 마셨고, 이로써 수질 탓에 생긴 병을 없앰.

02 소재와 배경의 기능 파악 답 ④

선지별 선택 비율	①	②	③	④	⑤
	1%	1%	3%	93%	1%

㉠~㉤에 대한 설명으로 적절하지 않은 것은?

정답 띵!동!

→ 배는 관음보살의 꿈을 꾼 여승이 준비한 것

④ ㉣: ~~'사 씨'가~~ 꿈에서 계시를 받아 ~~사전에~~ 준비한 수단으로, ~~'사 씨'가 두 왕비와 재회할 수 있도록 돕는 매개체~~이다.

└→ 여승이 배를 저어 와 사 씨를 만나므로, 이 둘의 만남을 돕는 매개체임.

| 〈4〉 "우리는 동정 군산에 사는 사람인데 조금 전 꿈결에 관음보살께서 어진 여자가 화를 만나 날이 저물어 갈 곳을 몰라 방황하니 급히 황릉묘로 가서 구하라고 하셨습니다. 이에 ㉣ 배를 저어 와서 부인을 만나게 되었습니다."

| 뭔말?

· ㉣ '배'는 '사 씨'가 아니라, 꿈에서 관음보살의 명을 받은 여승이 '사 씨'를 구하러 오기 위해 준비한 수단임.

· 그러므로 ㉣ '배'는 여승과 '사 씨'의 만남을 돕는 매개체이지 '사 씨'가 두 왕비와 재회할 수 있도록 돕는 매개체가 아님.

오답 땡!

① ㉠: '사 씨'가 꿈에서 깨게 되는 소리로, '사 씨'가 비현실 세계에서 현실 세계로 돌아오게 되는 계기이다.

| 〈2〉 드디어 하직을 하고 여동의 인도를 받아 내려오는데, 걷었던 ㉠주렴을 내리는 소리가 요란하였다. 이 소리에 놀라 몸을 일으키니 유모와 시비가 부인이 깨신다 하고 부르거늘 사 씨가 일어나 앉으니

| 뭔말?

· '사 씨'는 왕비를 만나는 꿈을 꾸다가 ㉠ '주렴을 내리는 소리'가 요란하여 놀라 잠을 깸.

· 그러므로 ㉠ '주렴을 내리는 소리'는 '사 씨'가 꿈이라는 비현실 세계에서 현실 세계로 돌아오게 되는 계기가 됨.

② ㉡: '사 씨'가 꿈에서 보았던 곳과 같은 장소로, 비현실적 상황과 현실적 상황의 경계를 모호하게 만드는 공간이다.

| 〈2〉 사 씨가 조금 전에 있었던 일을 다 말하고 ㉡대나무 수풀을 가리키며 말했다. "분명히 저 길로 갔다 왔으니 어찌 꿈이라 하리오. 믿지 못하겠다면 나를 따라오라."

| 〈3〉 그러고는 길을 찾아 대나무 수풀 뒤쪽으로 가니 사당이 하나 있었다. 현판이 걸려 있는데 황릉묘라고 쓰여 있었다. 분명 아황과 여영, 두 왕비의 묘로 꿈에서 본 것과 같았다.

| 뭔말?

· '사 씨'가 ㉡'대나무 수풀'을 가리키며 "분명히 저 길로 갔다 왔으니 어찌 꿈이라 하리오."라고 한 데서, ㉡이 꿈에서 본 곳과 같은 장소임이 드러남.

· 그러므로 ㉡ '대나무 수풀'은 꿈이라는 비현실적 상황과 현실적 상황의 경계를 모호하게 만드는 공간에 해당함.

③ ㉢: '사 씨'가 꿈에서 보았던 왕비의 모습을 환기하는 물건으로, 초월적 존재에 대한 '사 씨'의 믿음을 드러내는 소재이다.

| 〈3〉 사당 안으로 들어가 살펴보니 두 왕비의 ㉢초상화가 걸려 있는데 꿈에서 본 것과 같았다. 이에 사 씨가 향을 피우고 절하며 말했다. "첩이 왕비의 가르치심을 입어 훗날 좋은 시절을 만나서 영화를 누리게 된다면 어찌 그 은혜를 잊으리까?"

| 뭔말?

· '사 씨'는 꿈에서 보았던 왕비의 모습을 ㉢ '초상화'를 통해 확인하고 있음.

· 또한 '사 씨'는 ㉢ '초상화'를 보며 '첩이 왕비의 가르치심을 입어 훗날 좋은 시절을 만나서 영화를 누리게 된다면'과 같이 믿음을 드러내고 있음.

⑤ ㉤: '유 한림'이 꾼 꿈에 등장한 물건으로, '유 한림'이 처한 위급한 상태를 호전시킬 방도가 생기게 하는 단초이다.

| 〈5〉 하루는 흰 옷 입은 노파가 ㉤병을 들고 와서 말했다. "상공의 병이 위독하니 이 물을 먹으면 좋아지리라."

| 〈5〉 노파가 말했다. "나는 동정 군산에 사는 사람이로다." 그러고는 병을 뜰 가운데 놓고 사라졌다. 한림이 놀라 일어나니 꿈이었다.

| 〈6〉 "뜰에서 물이 솟아나옵니다." 한림이 이상하게 여겨 창을 열고 보니 꿈에 노파가 병을 놓았던 자리였다. ~ 한림의 병도 그렇게 좋지 않은 물 때문에 생긴 것이었다. 그런데 이 물을 먹은 즉시 병세가 사라지고 예전의 얼굴과 기력을 회복하였다.

| 뭔말?

· ㉤ '병'은 '유 한림'의 꿈에 나타난 한 노파가 가져온 것으로, 노파는 이 병의 물을 먹으면 '유 한림'의 위독한 상태가 좋아질 것이라 말함.

· 꿈 속 노파가 ㉤ '병'을 놓았던 자리에서 샘물이 솟은 것이므로 ㉤ '병'은 '유 한림'이 처한 위급한 상태를 호전시킬 방도가 생기게 하는 단초에 해당함.

03 극적 장치의 기능 파악 답 ①

선지별 선택 비율	①	②	③	④	⑤
	94%	1%	1%	2%	1%

ⓐ와 ⓑ에 대한 이해로 가장 적절한 것은?

└→ ⓐ (사 씨의) 꿈, ⓑ (유한림의) 꿈

정답 띵!동!

① ⓐ와 ⓑ에는 모두 꿈을 꾼 주체를 돕는 역할을 하는 존재가 출현한다.

└→ ⓐ에는 사 씨를 돕는 왕비가, ⓑ에는 유 한림을 돕는 노파가 나타남.

| 〈1〉 왕비가 말했다. "조만간 길을 인도하는 자가 있을 것이니 조금도 염려 마라."

| 〈3〉 분명 아황과 여영, 두 왕비의 묘로 ⓐ꿈에서 본 것과 같았다.

| 〈3〉 하루는 흰 옷 입은 노파가 병(甁)을 들고 와서 말했다. "상공의 병이 위독하니 이 물을 먹으면 좋아지리라." ~ 그러고는 병을 뜰 가운데 놓고 사라졌다. 한림이 놀라 일어나니 ⓑ꿈이었다.

| 뭔말?

· 사 씨는 ⓐ '꿈'을 꾸는데, 왕비를 만나 남해 도인에게 의탁하게 될 것이며 길을 인도하는 자를 만나게 될 것이라는 이야기를 듣게 됨.

· 한편 병세가 심해져 죽을 지경에 이른 '유 한림'은 ⓑ '꿈'을 꾸고, 노파를 만나 병을 낫게 할 물을 얻음.

오답 땡!

② ⓐ와 ⓑ에는 모두 ~~꿈을 꾼 주체가 만나고 싶어 하던 역사적 인물~~이 등장한다.
↳ ⓐ의 장강, 반첩여 = 역사적 인물. '사 씨'가 만나고 싶어 한 것 X
ⓑ의 노파 = 역사적 인물 X '유 한림'이 만나고 싶어 한 것 X

| 뭔말?

· ⓐ '꿈'에는 장강, 반첩여 등 역사적 인물이 나타남. 그러나 꿈을 꾼 주체인 '사 씨'가 이들을 만나고 싶어 했는지는 알 수 없음.

· ⓑ '꿈'에 등장하는 노파는 역사적 인물인지 알 수 없으며, 꿈을 꾼 주체인 '유 한림'이 노파의 정체를 물은 것으로 보아, 노파를 만나고 싶어 한 것도 아님.

③ ⓐ와 ⓑ에는 모두 꿈을 꾼 주체가 처한 고난이 ~~심화될 것임을 암시하는~~ 징표가 제시된다.
ⓐ, ⓑ 모두에서 찾아볼 수 없는 내용

| 뭔말?

· ⓐ '꿈'에서 왕비는 '사 씨'가 조력자의 도움을 받게 될 것이라고 말하고 있을 뿐, '사 씨'의 고난이 심화될 것임을 암시하는 징표는 제시하지 않음.

· ⓑ '꿈'에서 노파는 병에 든 물을 먹으면 '유 한림'의 병이 나을 것이라고 말하고 있으므로, 오히려 '유 한림'의 고난 해결을 암시하는 징표를 제시하고 있음.

④ ~~ⓐ에는 ⓑ에서와 달리, 꿈을 꾼 두 주체가 공유하고 있는 과거의 기억이 나타나고 있다~~.
↳ ⓐ, ⓑ 모두에서 찾아볼 수 없는 내용

| 뭔말?

· ⓐ '꿈'과 ⓑ '꿈' 모두에 '사 씨'와 '유 한림'이 공유하고 있는 과거의 기억은 언급되지 않음.

⑤ ~~ⓑ에는 ⓐ에서와 달리, 꿈을 꾼 주체의 출생 내력이 제시되어 있다~~.
↳ ⓐ, ⓑ 모두에서 찾아볼 수 없는 내용

| 뭔말?

· ⓐ '꿈'과 ⓑ '꿈' 모두에 '사 씨'와 '유 한림'의 출생 내력은 언급되지 않음.

04 외적 준거에 따른 작품 감상 답 ⑤

선지별 선택 비율	①	②	③	④	⑤
	3%	2%	3%	4%	88%

〈보기〉를 참고하여 윗글을 감상한 내용으로 적절하지 않은 것은? [3점]

보기

18세기의 선비인 이양오는 「사씨남정기」를 읽고 「사씨남정기 후서」를 썼다. 그는 이 소설이 착한 사람은 복을 받고 악한 사람은 벌을 받는다는 '복선화음'의 이치를 담고 있다고 평가한다. 다만 과오가 있는 사람이라도 잘못을 깨닫고 착한 데로 나아가는 과정에서 재앙이 상서로움으로 바뀌는 경우에도 주목한다. 한편 꿈속에서 벌어지는 일이나 기이한 만남이 나타나는 등 허구적인 이야기라도 사람의 일에 연관된다면 이를 두고 괴이하거나 맹랑한 것이라고 치부할 수만은 없다고 평한다. 그러면서 "말이 교화에 관련되면 괴이해도 해롭지 않고 일이 사람을 감동시키면 괴이하고 헛되어도 기뻐할 만하네."라는 김시습의 시 구절을 인용하였다.

정답 땅! 동!

⑤ 유 한림에게 갖은 고초를 줄 만큼 '인심이 사나웠'던 행주 사람들이 ~~샘에 얽힌 이야기를 듣고 복선화음의 이치를 깨달은 데서~~, 그 이야기를 맹랑한 것으로 치부해서는 곤란하다는 점을 알 수 있겠군.
↳ 찾아볼 수 없는 내용

| 〈보기〉 허구적인 이야기라도 사람의 일에 연관된다면 이를 두고 괴이하거나 맹랑한 것이라고 치부할 수만은 없다고 평한다.

| 〈5〉 한편 한림학사 유연수는 유배지에 도착하니 바람이 거세고 인심이 사나워 갖은 고초를 겪게 되었다.

| 〈6〉 한림의 병도 그렇게 좋지 않은 물 때문에 생긴 것이었다. 그런데 이 물을 먹은 즉시 병세가 사라지고 예전의 얼굴과 기력을 회복하였다. 그것을 본 사람들이 모두 신기하게 여겼다. 이후로도 그 샘은 마르지 않아 마을 사람들이 나누어 마셨다. 이로 인해 물로 인한 병이 없어지자 사람들이 그 샘을 학사정이라고 하였는데 지금까지 전해진다.

| 뭔말?

· 유 한림이 유배지인 행주에서 사람들의 인심이 사나워 고초를 겪게 되었다는 내용이 나타남.

· 그러나 인심이 사나웠던 행주 사람들이 샘에 얽힌 이야기를 듣고 착한 사람은 복을 받고 악한 사람은 벌을 받는다는 '복선화음'의 이치를 깨달았다고 볼 만한 내용은 나타나지 않음. 이들은 유 한림의 사례를 보고 샘물은 나누어 마신 뒤 병을 고쳤을 뿐임.

오답 땡!

① 유 한림이 유배지에서 얻은 질병이 '단 이슬'과 같은 물로써 치료된다는 설정에서, 유 한림의 재앙이 상서로움으로 전환되는 양상을 엿볼 수 있겠군.
↳ 유 한림이 잘못을 뉘우치는 과정에서 질병(= 재앙)이 샘물로 치료됨(상서로움).

| 〈보기〉 다만 과오가 있는 사람이라도 잘못을 깨닫고 착한 데로 나아가는 과정에서 재앙이 상서로움으로 바뀌는 경우에도 주목한다.

| 〈6〉 물을 한 그릇 떠오라고 해서 마시니 맛이 달고 상쾌한 것이 마치 단 이슬을 먹은 것 같았다. ~ 이 물을 먹은 즉시 병세가 사라지고 예전의 얼굴과 기력을 회복하였다.

| 뭔말?

· 유 한림이 유배지에서 얻은 질병은 〈보기〉의 '재앙'에 해당함.

· 그리고 유 한림은 고초를 겪고 예전의 총명함이 돌아와 잘못을 뉘우치는 과정에서 '단 이슬'과 같은 물을 얻어 병을 치료하게 되는데, 이는 〈보기〉의 '재앙이 상서로움으로 전환되는 양상'으로 볼 수 있음.

② 유 한림이 유배지에서 고초를 겪는 가운데 '예전의 총명함'을 회복하는 장면에서, 과오가 있는 사람이라도 잘못을 깨닫고 착한 데로 나아가는 과정을 엿볼 수 있겠군.
↳ 사 씨를 의심했던 일을 뉘우침.

| 〈보기〉 다만 과오가 있는 사람이라도 잘못을 깨닫고 착한 데로 나아가는 과정에서 재앙이 상서로움으로 바뀌는 경우에도 주목한다.

| 〈5〉 한림학사 유연수는 유배지에 도착하니 바람이 거세고 인심이 사나워 갖은 고초를 겪게 되었다. 외로운 가운데 이러한 고생을 하니 예전의 총명함이 점점 돌아와 뉘우치며 말했다. "사 씨가 동청을 꺼렸는데 이제 와서 생각하니 그 말이 옳도다. 어진 아내를 의심했으니 무슨 면목으로 조상을 대하리오."

| 뭔말?

· 유 한림은 유배지에서 고초를 겪으며 예전의 총명함이 돌아오고 사 씨를 믿지 않고 의심했던 일을 뉘우치는데, 이는 〈보기〉의 '과오가 있는 사람'이 '잘못을 깨닫고 착한 데로 나아가는 과정'으로 볼 수 있음.

③ 사 씨의 꿈에서 예견된 인도자와의 인연이 '여승'의 꿈에서 계시된 바와 조응하여 '여승' 일행이 사 씨를 찾은 장면에서, 기이한 만남이 이루어지는 양상을 엿볼 수 있겠군.

| 〈보기〉 꿈속에서 벌어지는 일이나 기이한 만남이 나타나는 등
| 〈1〉 왕비가 말했다. "조만간 길을 인도하는 자가 있을 것이니 조금도 염려 마라."
| 〈5〉 "우리는 동정 군산에 사는 사람인데 조금 전 꿈결에 관음보살께서 어진 여자가 화를 만나 날이 저물어 갈 곳을 몰라 방황하니 급히 황릉묘로 가서 구하라고 하셨습니다."
| 뭔말?
· 사 씨는 꿈에서 자신을 남해로 인도하는 자(여승)가 있을 것이라는 말을 들음.
· 그리고 '여승'은 꿈에서 어진 여자를 구하라는 관음보살의 명을 받아 사 씨가 있는 황릉묘로 감.
· 사 씨의 꿈에서 왕비를 통해 예견된 인도자(= 여승)와의 인연이 '여승'의 꿈에서 계시된 바와 조응하여 둘의 만남이 이루어진 것으로, 이는 〈보기〉의 '기이한 만남이 이루어지는 양상'으로 볼 수 있음.

④ 학사정이 생기게 된 유래가 신이하지만 사람들에게 받아들여져 '지금까지 전해진다'고 한 점에서, 허구적인 이야기일지라도 사람의 일에 연관되므로 괴이한 것만으로는 볼 수 없겠군.

| 〈보기〉 한편 꿈속에서 벌어지는 일이나 기이한 만남이 나타나는 등 허구적인 이야기라도 사람의 일에 연관된다면 이를 두고 괴이하거나 맹랑한 것이라고 치부할 수만은 없다고 평한다.
| 〈6〉 한림의 병도 그렇게 좋지 않은 물 때문에 생긴 것이었다. 그런데 이 물을 먹은 즉시 병세가 사라지고 예전의 얼굴과 기력을 회복하였다. 그것을 본 사람들이 모두 신기하게 여겼다. 이후로도 그 샘은 마르지 않아 마을 사람들이 나누어 마셨다. 이로 인해 물로 인한 병이 없어지자 사람들이 그 샘을 학사정이라고 하였는데 지금까지 전해진다.
| 뭔말?
· 유 한림의 꿈에 노파가 나타나 병을 놓고 간 자리에서 샘물이 솟아나왔고 그 물을 마시니 사람들의 병이 나았다는 학사정의 유래는 신이한 일임.
· 하지만 그 이야기가 사람들에게 받아들여져 지금까지 전해진다는 것은 〈보기〉의 '허구적인 이야기라도 사람의 일에 연관된다면 이를 두고 괴이'한 것만으로는 볼 수 없다는 태도와 연결됨.

현대 소설 01

2022학년도 수능

01 ④ 02 ③ 03 ⑤ 04 ⑤

윤흥길, 「매우 잘생긴 우산 하나」

EBS 연결 고리
비연계

교과서 연계 정보
작가 국어 금성, 비상(박안), 비상(박영), 천재(박), 천재(이) 문학 동아

해제 이 작품은 김달채라는 소시민이 우산 때문에 겪는 에피소드를 통해, 권력의 형성 – 권력의 행사 – 권력의 몰락 과정을 그리고 있다. 주인공 김달채는 친구로부터 우산을 얻는데, 그 우산이 무전기와 유사한 형태를 띠고 있어 사람들에게 권력 기관의 인물로 오인받는다. 작가는 일부러 사람들에게 우산을 노출하면서 권력자로 대접받는 자신의 모습을 즐기다가, 실체가 드러나자 즉시 비굴해지는 주인공의 모습을 풍자적으로 그려 내며 당대 사회에 대한 비판적 시선을 드러내고 있다.

주제 권력의 속성에 대한 통찰과 소시민의 타산적 태도 비판

전체 줄거리

호적계장으로 일하는 김달채는 어느 날 성공한 친구 조 박사로부터 우산을 선물받는다. 이 우산은 까만색 케이스에 들어 있는데, 사람들이 이를 무전기로 오인하여 김달채를 경찰 등 권력 기관 종사자로 생각하고 태도를 바꾸는 경우가 종종 발생한다. 김달채는 거리를 배회하며 우산을 이용해서 사람들을 떠보는 취미에 빠져들고, 급기야 시위 현장에서 사복 경찰에게 우산 케이스를 내보이며 큰소리를 치게 된다. 그러나 진짜 무전기에 익숙한 경찰은 우산을 거들떠보지도 않고, 김달채는 맥없이 물러선다. 멀리서 사태를 주시하던 김달채는 화염병을 던지려는 학생들을 말리려 현장에 뛰어들었다가 거구의 장정들에게 끌려가고, 바닥에 떨어져 짓밟히는 우산을 본다.

1 김달채 씨는 퇴근하기 무섭게 뽀르르 집으로 달려가던 묵은 습관을 버리고 밤늦도록 하릴없이 길거리를 배회하면서 시간을 보내는 새로운 습관을 몸에 붙였다. 지하철이나 버스 혹은 공중변소나 포장마차 안에서, 백화점에서 사지도 않을 물건을 흥정하거나 정류장에서 토큰 아니면 올림픽복권을 사면서, 그리고 행인에게 담뱃불을 빌거나 더욱 과감하게는 파출소에 들어가 경찰관에게 길을 묻는 시늉을 하는 사이에 마주치는 각계각층의 사람들을 상대로 달채 씨는 실수를 가장하기도 하고 때로는 또렷한 목적의식을 드러내기도 해가며 우산의 존재를 알리기 위해 갖가지 수단과 방법을 다 동원했다. 그런 다음 상대방의 눈에 과연 우산이 어떻게 비치는지, 그리하여 상대방이 우산 임자인 자기를 어떻게 대우하는지 반응을 떠보는 작업을 일삼아 계속해 나갔다. 참으로 긴장과 전율이 넘치는 뻐근한 나날들이었다. 구청 호적계장의 직위에 오르기까지 여태껏 전혀 몰랐던 세계가 구청과 자기 집구석 바깥에 따로 있음을 그는 우산을 통해서 비로소 실질적으로 체험할 수가 있었다. [A]

[02-①] 김달채의 새로운 습관
[01-②] 여러 공간에서 김달채의 의도적 행위가 반복됨.
[01-④] [04-①] 각계각층의 사람들을 상대로 김달채의 의도적 행위가 반복됨.
[01-④] [04-①] 김달채 행위의 목적. 우산(= 허구적 권력 표지)이 타인에게 미치는 영향을 살핌.

2 그는 사람들의 반응을 종합해서 몇 가지 결론을 얻어내는 데 성공

했다.

첫째는, 진짜 무전기에 익숙한 일부 극소수의 사람들을 제외한 거개의
[03-③, ⑤] [04-⑤] 비표를 단 사복 차림의 청년은 우산을 무전기로 오인하지 않음.
서민들은 의외로 쉽사리 우산에 속아 넘어간다는 사실이었다.
[03-①, ④] 우산을 무전기로 오인하여 김달채에게 쉽게 속는 사람들

둘째는, 상대방이 무전기를 지니고 있다고 알아차리는 그 순간부터 사람들의 태도가 확 달라진다는 사실이었다. 일껏 하던 이야기를 뚝 그치거나 얼렁뚱땅 말머리를 돌리는 등으로 지은 죄도 없이 공연히 겁부터 집어먹고는 꾀죄죄한 몰골의 자기한테 갑자기 저자세로 구는 것이었다. 밤늦
[02-②] 우산을 무전기로 착각한 사람들의 태도 변화
도록 수고가 많다면서 한사코 술값을 받지 않으려 하던 어떤 포장마찻집
[04-②] 김달채와 포장마찻집 주인 간에 우열 관계가 형성됨.
주인의 경우가 단적인 예였다.

셋째는, 노골적으로 손에 쥐고 보여 줄 때보다 그냥 뒤꽁무니에 꿰 찬 채 부주의한 몸가짐인 척하면서 웃옷 자락을 슬쩍 들어 ㉠<u>케이스</u>의 끝부
[03-②] 김달채가 사람들의 반응을 효과적으로 이끌어 내는 방법을 알게 됨.
분만 감질나게 보여 주는 편이 오히려 사람들을 놀라게 하는 데 훨씬 더 효과적이고 반응도 민감하다는 사실이었다.

김달채 씨는 그러잖아도 짧은 머리를 더욱 짧게 깎았다. 옷차림도 낡은
[04-③] 권력 기관의 사람을 연상시키는 모습 → 무전기 모양 우산 이용 시 효과적
양복에서 스포티한 잠바 스타일로 개비했는가 하면 구청 밖에서는 항상 선글라스를 끼고 다녀 버릇했다. 달채 씨는 그처럼 달라진 모습으로 짬만 생기면 하릴없이 길거리를 나다니며 청명한 가을날에 우산을 이용해서 사람들을 떠보는 색다른 취미에 점점 깊숙이 빠져 들어가기 시작했다.

(중략)

3 그리 멀지 않은 곳에서 뭔가 벌어지고 있는 중이라고 생각하자 까
[02-③] 김달채가 흥미를 느낄 만한 일이 벌어짐.
닭 모를 흥분과 기대감이 그를 사로잡아 버렸다. 한 건 올리는 정도가 아니라 뭔가 이제껏 맛보지 못한 엄청난 보람을 느끼게 될 일대 사건을 만날 듯싶은 예감 때문이었다. 그는 다른 행인들이 종종걸음으로 달아나는 방
[02-③] 김달채가 시위 현장으로 향함.
향과는 정반대 편을 향해 정신없이 달려가기 시작했다.

예상했던 그대로의 살벌한 풍경이었다. 깨진 보도블록 조각이나 돌멩이들이 인도와 차도 가릴 것 없이 사방에 흩어져 나뒹굴고 있었다. 시커먼 그을음 연기를 피워 올리며 불타는 자동차와 창유리가 박살 난 건물도 보였다. 김달채 씨는 주체 못할 지경으로 쏟아지는 눈물 콧물도 돌볼 겨를
[02-④] 시위 진압의 영향으로 고통 받는 김달채의 모습
없이 여전히 선글라스를 착용한 채 최루 가스에 심하게 오염된 지역을 향해 가까이 접근했다. 중무장한 전경대에 의해 도로가 완전 차단되어 더 이상 접근이 불가능해지자 달채 씨는 구경꾼들 뒷전에서 작은 키를 한껏 발돋움하고는 시위 현장의 분위기를 살폈다. 어디선가 보이지 않는 저쪽 건물 모퉁이에서 어기찬 함성이 아직도 기세를 올리는 중이었다. 사복 경찰관들한테 붙잡혀 끌려오는 학생의 모습이 구경꾼들 어깨 너머로 내다보였다. 달채 씨는 저도 모르는 사이에 앞사람들 틈바귀를 비집고 전면으로 썩 나섰다.

4 "이봐요, 거기!"

김달채 씨는 창문마다 철망이 쳐진 버스 안으로 학생들을 마구 밀어 넣는 사복들을 향해 느닷없이 목청을 높였다.
[04-④] 김달채가 사복들에게 목청 높여 항의함.

"아직도 어린애야! 다치지 않게 살살 좀 다뤄!"
[04-④] 김달채는 권력을 지닌 인물로 오인받았던 경험을 하며 자신감을 얻음.
어디서 그런 용기가 솟아나는지 김달채 씨 자신도 깜짝 놀랄 지경이었다.

"당신 뭐야?"

옷깃에 비표를 단 사복 차림의 청년 하나가 달려와서 김달채 씨의 가슴을 떼밀었다.

"나 이런 사람이오."

김달채 씨는 엉겁결에 잠바 자락 한끝을 슬쩍 들어 뒷주머니에 꿰 찬 우산 케이스를 내보였다. 하지만 상대방 청년은 그런 물건 따위는 애당초 거들떠볼 생심조차 하지 않았다.

"당신도 저 차에 같이 타고 싶어? 여러 소리 말고 빨리 집에나 들어가 봐요!"

이른바 닭장차에 어린 학생들과 함께 실리고 싶은 생각은 물론 털끝만
[02-⑤] 시위를 하던 어린 학생들이 끌려감.
큼도 없었다. 옷깃에 비표를 단 청년이 우산을 ㉡<u>우산 이상의 것</u>으로 보
[03-③] [04-⑤] 우산을 진짜 무전기라고 생각하지 않음.
아 주지 않는다면 그건 어쩔 도리 없는 노릇이었다. 김달채 씨는 남의 채마밭에서 무 뽑아 먹다 들킨 아이처럼 무르춤한 꼬락서니가 되어 맥없이 돌아설 수밖에 없었다.
[04-⑤] 승인을 거부하는 타인 앞에서는 상황 논리를 따름. → 타산적 태도

01 서술상 특징 파악 답 ④

선지별 선택 비율	①	②	③	④	⑤
화작	1%	2%	1%	91%	2%
언매	1%	1%	1%	94%	1%

[A]의 서술상 특징으로 가장 적절한 것은?

정답 띵! 동!

→ 무전기 모양의 우산에 대한 사람들의 반응을 확인하고자 함.
④ 한 가지의 목적으로 수렴되는 인물의 의도적인 행위들을 나열하고 있다.
→ 지하철, 버스, 공중변소, 포장마차, 백화점, 정류장, 행인, 경찰관 등에게 접근하는 행위

| [A] 지하철이나 버스 혹은 공중변소나 포장마차 안에서, 백화점에서 사지도 않을 물건을 흥정하거나 정류장에서 토큰 아니면 올림픽복권을 사면서, 그리고 행인에게 담뱃불을 빌거나 더욱 과감하게는 파출소에 들어가 경찰관에게 길을 묻는 시늉을 하는 사이에 마주치는 각계각층의 사람들을 상대로 달채 씨는 실수를 가장하기도 하고 때로는 또렷한 목적의식을 드러내기도 해 가며 우산의 존재를 알리기 위해 갖가지 수단과 방법을 다 동원했다. 그런 다음 상대방의 눈에 과연 우산이 어떻게 비치는지, 그리하여 상대방이 우산 임자인 자기를 어떻게 대우하는지 반응을 떠보는 작업을 일삼아 계속해 나갔다.

| 뭔말?

· [A]는 무전기 모양의 우산을 본 사람들의 반응을 살피기 위한 한 가지 목적으로, 각계각층의 사람들에게 접근해 우산을 보이는 김달채의 의도적 행위를 나열함.

오답 땡!

① ~~중심인물이 알지 못하는 사건을 제시~~해 긴장감을 조성하고 있다.
→ 찾아볼 수 없는 내용

| 뭔말?

· [A]에 중심인물 김달채가 알지 못하는 사건은 제시되지 않음.

② 공간 이동에 따른 ~~인물의 내면 변화~~를 회상을 통해 제시하고 있다.
└→ 찾아볼 수 없는 내용

| [A] 지하철이나 버스 혹은 공중변소나 포장마차 안에서, 백화점에서 ~ 상대방의 눈에 과연 우산이 어떻게 비치는지, 그리하여 상대방이 우산 임자인 자기를 어떻게 대우하는지 반응을 떠보는 작업을 일삼아 계속해 나갔다. 참으로 긴장과 전율이 넘치는 뻐근한 나날들이었다.

| 원말?

· [A]에서 김달채는 여러 공간을 배회하고 있지만 이 과정에서 인물의 내면 변화는 나타나지 않음.

· [A]에서 김달채는 공간을 이동하며 무전기 모양의 우산을 본 사람들의 반응을 살피고 긴장과 전율을 느꼈던 일들을 회상하고 있음.

③ ~~동시적 사건들의 병치로 사건에 대한 서로 다른 관점을 드러내고 있다.~~
└→ 김달채가 무전기 모양 우산의 위력을 확인하는 하나의 사건만 제시됨.

| 원말?

· [A]에는 중심인물인 김달채가 거리를 배회하며 무전기 모양 우산의 위력을 확인하는 하나의 사건만이 제시됨.

· 참고로, '동시적 사건들의 병치'라는 것은 동시에 일어나는 서로 다른 사건들이 나란히 배열되는 것을 말함.

┌→ 김달채가 각계각층의 사람을 상대로 벌이는 행동이 나타남.
⑤ 상대를 달리하여 벌이는 인물의 행동을 서술하여 ~~점진적으로 심화되는 갈등을 묘사~~하고 있다.
└→ 찾아볼 수 없는 내용

| 원말?

· 김달채는 각계각층의 사람을 상대로 무전기 모양의 우산에 대한 반응을 떠봤다고 했으므로, [A]에는 상대를 달리하여 벌이는 김달채의 행동이 나타남.

· 하지만 [A]에서 김달채가 갈등을 겪는 모습은 나타나지 않으므로, 점진적으로 심화되는 갈등을 묘사하고 있는 것은 아님.

02 작품의 내용 이해 답 ③

선지별 선택 비율	①	②	③	④	⑤
화작	1%	5%	88%	2%	1%
언매	1%	4%	91%	1%	1%

윗글의 내용에 대한 이해로 가장 적절한 것은?

정답 띵!동!

③ 흥미를 느낄 만한 일이 벌어지고 있음을 짐작한 김달채는 달아나는 행인들과 달리 시위 현장으로 향한다.

| <3> 그리 멀지 않은 곳에서 뭔가 벌어지고 있는 중이라고 생각하자 까닭 모를 흥분과 기대감이 그를 사로잡아 버렸다. ~ 그는 다른 행인들이 종종걸음으로 달아나는 방향과는 정반대 편을 향해 정신없이 달려가기 시작했다. ~ 달채 씨는 구경꾼들 뒷전에서 작은 키를 한껏 발돋움하고는 시위 현장의 분위기를 살폈다.

| 원말?

· 김달채는 멀지 않은 곳에서 뭔가 벌어지고 있다는 생각에 흥분과 기대감을 느끼고, 다른 행인들이 종종걸음으로 달아나는 방향과는 정반대 편의 시위 현장으로 정신없이 달려감.

오답 땡!
┌→ 사람들의 반응을 떠보기 위해 거리를 배회하는 습관이 생긴 것이지 새로운 습관을 익히기 위해 거리를 배회하는 것이 아님.

① ~~거리를 배회하며 새로운 습관을 익히려는 김달채는 생활의 활기를 찾기 위해 비 오는 날을 기다린다.~~
└→ 찾아볼 수 없는 내용

| <1> 김달채 씨는 ~ 밤늦도록 하릴없이 길거리를 배회하면서 시간을 보내는 새로운 습관을 몸에 붙였다.

| <2> 달채 씨는 ~ 하릴없이 길거리를 나다니며 청명한 가을날에 우산을 이용해서 사람들을 떠보는 색다른 취미에 점점 깊숙이 빠져 들어가기 시작했다.

| 원말?

· 김달채에게 거리를 배회하는 새로운 습관이 생긴 것은 무전기 모양의 우산을 본 사람들의 반응을 떠보며 권력을 누리는 즐거움을 느꼈기 때문이지, 새로운 습관을 익히기 위해서가 아님.

· 김달채는 청명한 가을날에도 우산을 들고 길거리를 나다녔는데, 이것은 생활의 활기를 찾기 위해 비 오는 날을 기다린 것이 아니라 무전기 모양의 우산으로 사람들을 떠보는 행위에 빠져 들었기 때문임.

② 꾀죄죄한 몰골의 김달채는 ~~사람들이 자신을 무시하는 태도를 변화시키기 위해 무전기를 보여 준다.~~
└→ 사람들이 김달채를 무시하는 모습 X
김달채가 보여 준 것은 무전기가 아니라 무전기 모양의 우산임.

| <2> 둘째는, 상대방이 무전기를 지니고 있다고 알아차리는 그 순간부터 사람들의 태도가 확 달라진다는 사실이었다. ~ 공연히 겁부터 집어먹고는 꾀죄죄한 몰골의 자기한테 갑자기 저자세로 구는 것이었다. 포장마찻집 주인의 경우가 단적인 예였다.

| 원말?

· 포장마찻집 주인을 비롯한 사람들이 꾀죄죄한 몰골의 김달채를 무시하는 구체적 모습은 찾아볼 수 없음.

· 김달채는 무전기가 아니라 무전기 비슷한 모양을 우산을 은근히 보여 주었고, 꾀죄죄한 몰골의 자기한테 사람들이 갑자기 저자세로 구는 것을 확인하였음.

┌→ 시위 진압을 위한 최루 가스에 눈물, 콧물을 쏟음.
④ 시위 진압의 영향으로 고통 받던 김달채는 ~~전경대의 위세에 압도되어 구경꾼들 뒤로 물러선다.~~
└→ 김달채는 전경대의 위세에 압도되고 있지 않음.
시위 지역에 더 이상 접근이 어려워지며 구경꾼들 뒤에 선 것

| <3> 김달채 씨는 주체 못할 지경으로 쏟아지는 눈물 콧물도 돌볼 겨를 없이 여전히 선글라스를 착용한 채 최루 가스에 심하게 오염된 지역을 향해 가까이 접근했다. 중무장한 전경대에 의해 도로가 완전 차단되어 더 이상 접근이 불가능해지자 달채 씨는 구경꾼들 뒷전에서 작은 키를 한껏 발돋움하고는 시위 현장의 분위기를 살폈다.

| 원말?

· 김달채는 시위 진압을 위한 최루 가스에 고통 받으면서도 가까이 다가가려 함.

· 김달채는 전경대에 의해 도로가 차단되어 더 이상 접근이 불가능해지자 구경꾼들 뒷전에 서서 시위 현장의 분위기를 살폈을 뿐, 전경대의 위세에 압도되어 구경꾼들 뒤로 물러서는 모습은 보이지 않음.

┌→ 닭장차에 끌려간 이들은 시위하던 학생들임.
⑤ ~~닭장차에 끌려가게 된 김달채는 건물 모퉁이에서 들려오는 함성에 안도감을 느낀다.~~
└→ 찾아볼 수 없는 내용

| <3> 어디선가 보이지 않는 저쪽 건물 모퉁이에서 어기찬 함성이 아직도 기세를 올리는 중이었다. 사복 경찰관들한테 붙잡혀 끌려오는 학생의 모습이 구경꾼들 어깨 너머로 내다보였다.

| 〈4〉 이른바 닭장차에 어린 학생들과 함께 실리고 싶은 생각은 물론 털끝만큼도 없었다.

| 뭔말?

· 닭장차에 끌려간 것은 시위하던 학생들이지, 김달채가 아님.

· 또한 김달채가 건물 모퉁이에서 들려오는 함성(학생들의 시위 소리)에 안도감을 느끼는 모습은 찾아볼 수 없음.

03 소재의 기능 파악 답 ⑤

선지별 선택 비율	①	②	③	④	⑤
화작	3%	2%	3%	6%	84%
언매	2%	1%	2%	4%	89%

㉠, ㉡에 대한 이해로 적절하지 않은 것은?
→ ㉠ 케이스, ㉡ 우산 이상의 것

정답 띵!동!

→ 사복 경찰관은 진짜 무전기에 익숙하여, 우산을 무전기로 오인하지 않음.

⑤ '사복 차림의 청년'은 ㉡에 익숙하여 ~~㉠을 이용하려는 김달채의 의도를 알아챈다~~.
→ 찾아볼 수 없는 내용

| 〈2〉 첫째는, 진짜 무전기에 익숙한 일부 극소수의 사람들을 제외한 거개의 서민들은 의외로 쉽사리 우산에 속아 넘어간다는 사실이었다. → 사복 차림의 청년

| 〈4〉 옷깃에 비표를 단 사복 차림의 청년 하나가 달려와서 김달채 씨의 가슴을 떠밀었다. "나 이런 사람이오." 김달채 씨는 엉겁결에 잠바 자락 한끝을 슬쩍 들어 뒷주머니에 꿰찬 우산 케이스를 내보였다. 하지만 상대방 청년은 그런 물건 따위는 애당초 거들떠볼 생심조차 하지 않았다. "당신도 저 차에 같이 타고 싶어? 여러 소리 말고 빨리 집에나 들어가 봐요!" ~ 옷깃에 비표를 단 청년이 우산을 ㉡우산 이상의 것으로 보아 주지 않는다면 그건 어쩔 도리 없는 노릇이었다.

| 뭔말?

· ㉠은 무전기 모양을 한 우산이고, ㉡은 진짜 무전기를 가리킴.

· '사복 차림의 청년'은 김달채가 자신의 행위에 참견하며 무전기 모양을 한 우산 ㉠을 보여 주지만 이를 거들떠볼 생각조차 하지 않고, 도리어 윽박지름.

· 이로 보아 '사복 차림의 청년'은 김달채가 앞서 언급한 '진짜 무전기에 익숙한 일부 극소수의 사람들'로, 우산을 무전기로 오인하지 않았음을 알 수 있음.

· 그러나 이 '사복 차림의 청년'이 케이스에 담긴 우산을 무전기로 오인하게 하려는 김달채의 의도를 알아차렸다고 볼 만한 근거는 없음.

오답 땡!

① 김달채는 ㉠을 그 생김새로 인해 ㉡으로 인식하는 사람들이 있다는 사실을 발견한다.

| 〈2〉 첫째는, 진짜 무전기에 익숙한 일부 극소수의 사람들을 제외한 거개의 서민들은 의외로 쉽사리 우산에 속아 넘어간다는 사실이었다.

| 뭔말?

· 김달채는 사람들의 반응을 종합한 결과, 대다수의 사람들이 그 생김새로 인해 무전기 모양의 우산(㉠)을 무전기(㉡)로 오인한다는 사실을 발견하게 되었음.

② 김달채는 사람들로부터 기대하는 반응을 효과적으로 이끌어 낼 수 있는 ㉠의 사용법을 알게 된다.

| 〈2〉 셋째는, 노골적으로 손에 쥐고 보여 줄 때보다 그냥 뒤꽁무니에 꿰 찬 채 부주의한 몸가짐인 척하면서 웃옷 자락을 슬쩍 들어 ㉠케이스의 끝부분만 감질나게 보여 주는 편이 오히려 사람들을 놀라게 하는 데 훨씬 더 효과적이고 반응도 민감하다는 사실이었다.

| 뭔말?

· 김달채는 사람들의 반응을 종합한 결과, 무전기 모양의 우산(㉠)을 노골적으로 보여 줄 때보다 끝부분만 살짝 노출함으로써 무전기로 오인되도록 하는 것이 사람들의 반응을 이끌어 내기에 효과적이라는 것을 알게 됨.

③ '일부 극소수의 사람들'에게는 ㉡을 가진 사람으로 보이려는 김달채의 의도가 실현되지 않는다.

| 〈2〉 첫째는, 진짜 무전기에 익숙한 일부 극소수의 사람들을 제외한 거개의 서민들은 의외로 쉽사리 우산에 속아 넘어간다는 사실이었다.

| 뭔말?

· 김달채는 사람들의 반응을 종합한 결과, 진짜 무전기에 익숙한 '일부 극소수의 사람들'에게는 무전기(㉡)를 가진 사람으로 보이려는 김달채의 의도가 실현되지 않음을 알았음.

· 이후 김달채가 만난 '사복 차림의 청년'이 '일부 극소수의 사람들'에 해당하여 무전기(㉡)를 가진 사람으로 보이려는 김달채의 의도가 실현되지 않음.

④ 김달채는 ㉡에 익숙하지 않은 '거개의 서민들'이 ㉠을 ㉡으로 오인한다고 판단한다.

| 〈2〉 첫째는, 진짜 무전기에 익숙한 일부 극소수의 사람들을 제외한 거개의 서민들은 의외로 쉽사리 우산에 속아 넘어간다는 사실이었다.

| 뭔말?

· 김달채는 사람들의 반응을 종합한 결과 '거개의 서민들'은 무전기(㉡)에 익숙하지 않아서 의외로 쉽게 무전기 모양의 우산(㉠)을 무전기(㉡)로 오인한다고 판단함.

04 외적 준거에 따른 작품 감상 답 ⑤

선지별 선택 비율	①	②	③	④	⑤
화작	1%	3%	4%	4%	86%
언매	1%	2%	2%	3%	90%

〈보기〉를 바탕으로 윗글을 감상한 내용으로 적절하지 않은 것은? [3점]

보기

소시민은 자신의 기득권을 지키기 위해 권력관계에 민감하게 반응한다. 권력관계가 형성되기 위해서는 타인의 승인이 요구되며, 이로 인해 힘의 우열 관계가 발생한다. 이 작품은 허구적 권력 표지를 통해 타인의 승인을 얻음으로써 자신감을 갖게 된 인물이, 승인을 거부하는 타인 앞에서는 소시민적 면모를 드러내는 상황을 그려 낸다. 이를 통해 상황 논리를 따르는 소시민의 타산적 태도를 비판하고 있다.

정답 띵!동!

⑤ 김달채가 비표를 단 청년 앞에서 돌아서는 것은, ~~학생들과 맺은 유대 관계를 단절하여 기득권을 지키려 한다는 점에서~~ 상황 논리를 따르는 김달채의 타산적 태도를 드러내는군.
→ 김달채가 학생들과 유대 관계를 맺거나 단절하는 내용 X

| 〈보기〉 승인을 거부하는 타인 앞에서는 소시민적 면모를 드러내는 상황을 그려 낸다. 이를 통해 상황 논리를 따르는 소시민의 타산적 태도를 비판하고 있다.

| 〈4〉 김달채 씨는 엉겁결에 잠바 자락 한끝을 슬쩍 들어 뒷주머니에 꿰 찬 우산 케이스를 내보였다. 하지만 상대방 청년은 그런 물건 따위는 애당초 거들떠볼 생심조차 하지 않았다. ~ 옷깃에 비표를 단 청년이 우산을 우산 이상의 것으로

보아 주지 않는다면 그건 어쩔 도리 없는 노릇이었다. 김달채씨는 ~ 맥없이 돌아설 수밖에 없었다. ↳ 우산에 관심을 주지 않는 청년 앞에서 보이는 김달채의 비굴한 모습이 상황 논리를 따르는 타산적 태도와 연결됨.

| 뭔말?

· 김달채가 시위를 하는 학생들과 유대 관계를 맺거나 단절하는 내용은 찾아볼 수 없음.

· 김달채는 비표를 단 사복 차림의 청년, 즉 사복 경찰관이 '거개의 시민들'과 달리 무전기 모양의 우산에 관심을 주지 않고 윽박을 지르자 맥없이 돌아섬.

· 이것이 〈보기〉에 언급된, 승인을 거부하는 타인(= 비표를 단 청년) 앞에서 상황 논리를 따르는 소시민의 타산적 태도와 연결되는 모습에 해당함.

오답 땡!

① **김달채가 각계각층 사람들의 반응을 떠보는 것은, 권력이 타인들에게 미치는 영향을 살핀다는 점에서 김달채가 권력관계를 의식하는 인물임을 드러내는군.**

| 〈보기〉 소시민은 자신의 기득권을 지키기 위해 권력관계에 민감하게 반응한다. 권력관계가 형성되기 위해서는 타인의 승인이 요구되며, 이로 인해 힘의 우열 관계가 발생한다.

| 〈1〉 각계각층의 사람들을 상대로 달채 씨는 ~ 상대방의 눈에 과연 우산이 어떻게 비치는지, 그리하여 상대방이 우산 임자인 자기를 어떻게 대우하는지 반응을 떠보는 작업을 일삼아 계속해 나갔다.

| 뭔말?

· 김달채는 무전기 모양의 우산을 노출시키며 각계각층 사람들이 어떻게 반응하는지, 우산을 무전기로 착각한 사람들이 자기를 어떻게 대우하는지를 봄.

· 이것은 허구적 권력 표지(= 우산)를 통해 권력이 사람들에게 미치는 영향을 살피는 것으로, 이와 같은 행동은 김달채가 권력관계를 의식하는 인물임을 보여 줌.

② **김달채가 준 술값을 포장마찻집 주인이 받지 않으려는 것은, 권력에 대한 사람들의 태도를 나타낸다는 점에서 권력이 인물 간의 우열 관계를 형성하는 요인임을 보여 주는군.**
↳ 김달채에게 권력이 있다고 생각하자, 포장마찻집 주인이 저자세를 보임.
→ 힘의 우열 관계: 김달채 > 포장마찻집 주인

| 〈보기〉 권력관계가 형성되기 위해서는 타인의 승인이 요구되며, 이로 인해 힘의 우열 관계가 발생한다.

| 〈2〉 둘째는, 상대방이 무전기를 지니고 있다고 알아차리는 그 순간부터 사람들의 태도가 확 달라진다는 사실이었다. ~ 밤늦도록 수고가 많다면서 한사코 술값을 받지 않으려 하던 어떤 포장마찻집 주인의 경우가 단적인 예였다.

| 뭔말?

· 김달채의 술값을 포장마찻집 주인이 받지 않으려 하는 것은 그가 우산을 무전기로 오인하여 김달채를 권력자로 인식하고 저자세를 취하는 모습임.

· 이는 권력을 지닌 인물에 대한 태도를 보여 주는 동시에, 권력이라는 요인으로 인해 김달채와 포장마찻집 주인 사이에 힘의 우열 관계가 형성됐음을 보여 줌.

→ 권력 기관의 사람을 연상시키는 차림

③ **김달채가 외양에 변화를 준 것은, 타인의 승인을 용이하게 받으려 한다는 점에서 허구적 권력 표지를 이용하는 데 더 적극적으로 나서려는 김달채의 의도를 나타내는군.** ↳ 권력 기관에 소속된 사람처럼 보이도록 외양을 바꾸어 사람들이 우산을 무전기라고 더 잘 믿게 됨.

| 〈보기〉 이 작품은 허구적 권력 표지를 통해 타인의 승인을 얻음으로써 자신감을 갖게 된 인물

| 〈2〉 김달채 씨는 그러잖아도 짧은 머리를 더욱 짧게 깎았다. 옷차림도 낡은 양복에서 스포티한 잠바 스타일로 개비했는가 하면 구청 밖에서는 항상 선글라스를 끼고 다녀 버릇했다.

| 뭔말?

· 〈보기〉에 언급된 허구적 권력 표지는 무전기 모양의 우산으로, 이를 통해 김달채는 사람들로부터 권력을 지닌 인물로 받아들여짐.

· 김달채의 외양 변화, 즉 '짧은 머리', '스포티한 잠바 스타일', '선글라스'는 무전기와 더불어 사복 경찰관이나 권력 기관의 사람을 연상시키므로, 무전기 모양의 우산을 이용하는 데 더 적극적으로 나서려는 김달채의 의도를 나타냄.

④ **김달채가 사복들에게 목청을 높이며 항의하는 것은, 자신도 모르게 용기를 드러냈다는 점에서 승인받은 경험들을 통해 얻게 된 김달채의 자신감을 보여 주는군.** ↳ 무전기 모양의 우산을 통해 권력을 지닌 인물로 오인받았던 경험들

| 〈보기〉 이 작품은 허구적 권력 표지를 통해 타인의 승인을 얻음으로써 자신감을 갖게 된 인물

| 〈4〉 김달채 씨는 창문마다 철망이 쳐진 버스 안으로 학생들을 마구 밀어 넣는 사복들을 향해 느닷없이 목청을 높였다. "아직도 어린애야! 다치지 않게 살살 좀 다뤄!" 어디서 그런 용기가 솟아나는지 김달채 씨도 자신도 깜짝 놀랄 지경이었다.

| 뭔말?

· 김달채가 무전기 모양의 우산을 통해 권력을 지닌 인물로 오인받았던 일은 허구적 권력 표지를 통해 타인의 승인을 얻은 경험을 한 것을 의미함.

· 그리고 김달채가 자신도 놀랄 만큼 용기를 내어 사복들에게 목청을 높이며 항의하는 것은 그동안 타인의 승인을 받은 경험(= 권력을 지닌 인물로 오인받았던 경험)을 통해 자신감을 갖게 되었음을 보여 줌.

▸본문 044쪽

현대 소설 02

2021학년도 9월 모의평가

01 ⑤ 02 ② 03 ③ 04 ④

이기영, 「고향」

EBS 연결 고리
2021학년도 수능특강 문학 151쪽

교과서 연계 정보
작품 문학 천재(김)

해제 이 작품은 대표적인 경향 소설로, 일제 강점기의 부조리한 농촌 현실을 사실적으로 그려 내고 있다. 당시 농촌은 식민지 수탈과 근대화의 변혁 속에서 황폐화되었고 많은 농민들이 소작농으로 전락하였으며, 그 결과 고향을 떠난 유랑민이 늘어나고 소작 쟁의가 빈번하게 발생하는 등 혼란을 겪었다. 이 작품은 일본 유학을 마치고 고향으로 돌아온 지식인 '김희준'을 내세워 이러한 현실을 사실적으로 보여 주면서, 주체적 공동체를 통해 당면한 문제를 해결할 수 있다는 가능성을 제시하고 있다.

주제 일제 강점기의 궁핍한 농촌 현실과 이를 극복해 나가는 농민들의 의식 성장

전체 줄거리

김희준은 일본 동경에서 유학을 하나 학자금 부족으로 학업을 포기하고 5년 만에 고향인 원터 마을로 돌아온다. 희준은 황폐해진 고향의 현실을 보고, 앞으로 농촌 계몽을 위해 살 것을 다짐한다. 희준은 소작인이 되어 농사를 지으면서 청년회와 야학 활동을 하고, 두레를 조직하여 마을 사람들 간의 연대를 구축한다. 한편, 희준을 중심으로 한 소작인들은 마름인 안승학과 갈등을 빚는데, 승학은 다른 사람들보다 먼저 개화하여 이해타산이 밝은 인물로, 교활한 방법으로 지주인 민판서의 마름 자리를 차지하여 마을을 실질적으로 관리한다. 승학의 큰딸 갑숙은 읍내 상인인 권상철의 아들 경호와 연애를 하는 사이이다. 승학은 경호가 권상철의 친아들이 아니라는 것을 알고 이를 빌미로 상철에게 돈을 뜯어내려고 하다가 갑숙과 경호와의 관계를 알고 갑숙을 괴롭힌다. 이에 갑숙은 가출하여 희준의 주선으로 제사 공장에 취직하여 '옥희'라는 가명으로 일을 하게 된다. 그러던 중 공장에서 갑숙을 중심으로 노동 쟁의가 벌어지고 희준이 이들을 돕는데, 이 과정에서 희준과 갑순은 동지애를 키우게 된다. 한편, 그해 마을에 수재가 나는 바람에 집들이 무너지는 등 농가의 피해가 커지자 희준을 중심으로 한 소작농들은 승학을 찾아가 소작료 감면을 요구하나 거절당한다. 승학에 맞서 희준 등은 추수 때까지 벼를 베지 않고 버티지만 먹을 것이 떨어지자 농민들이 하나둘씩 이탈함으로써 곤경에 처하게 된다. 갑숙은 희준에게 자신과 경호와의 연애 사건으로 안승학에게 협박할 것을 제안한다. 체면을 중시하는 안승학은 경호가 머슴의 아들이고 자신의 딸이 그런 인물과 연애를 한 것을 부끄럽게 생각하여 비밀로 간직하고 있었는데, 희준이 갑숙의 제안을 받아들여 승학을 협박하자, 승학은 이에 굴복하여 농민들의 요구 조건을 받아들이고 이로써 소작 쟁의는 농민들의 승리로 끝난다.

1 안승학은 원래 이 고을 읍내에서 살았다. 지금부터 이십 년 전만 해도 그는 다 찌그러진 오막살이에서 **콩나물죽으로 연명하**던
[01-⑤] [04-①] 요약적 서술. 안승학의 사회적 지위 변화
처지였다. 그러던 사람이 오늘은 수백 석 추수를 하고 서울 사는 민판서 집 **사음*****까지** 얻어서 이 동리로 옮겨 앉은 것이다.

그것은 안승학의 **근본**을 아는 사람은 누구나 놀랄 만한 일이었다. 그는 **지체도 없**고 형세도 없이 타관에서 떠들어온 사람이었다. 그러므로 이 고을에는 그의 일가친척이라고는 면 서기를 다니는 아우 하나밖에 아무도 없다. 그의 부친은 경기도 죽산이라던가 어디서 호방 노릇을 하던 아전이었다는데 승학이가 성년 되기 전에 별세하고 그의 모친도 부친이 돌아간 지 삼 년 만에 마저 세상을 떠났다 한다. 그래서 거기서는 살 수가 없어서 아내와 어린 동생 하나를 데리고 이 고장으로 들어왔다. 이 고을 읍내에는 그의 처가가 사는 터이므로. [A]

처가도 역시 가난하였으나 그래도 처가 끝으로 옹대가리나마 다시 장만해 놓고 살림이라고 떠벌였다.

2 그런데 그 **무렵**이 마침 **경부선이 개통**한 직후이다. 이 근처 사람들
[04-②] 근대 문물의 유입. 안승학은 시대 변화에 적응하여 '근본'에서 벗어남.
은 생전 처음 보는 기차와 정거장과 전봇대를 보고 경이의 눈을 크게 떴다.

안승학은 지금도 그때 **목판차를 맨 처음으로** 먼저 타고 서울을 가 보았
[04-③] 근대 문물을 경험했다는 점을 내세워 자신을 과시함.
다는 것을 자랑삼아 말하였다. 그때 그는 어떤 **친구의 심부름으로** 혼수 흥정을 하러 따라간 것이었다.

3 그의 **자만**(自慢)은 그것뿐만 아니었다. 그는 경기도 출생이라고 이 지방에서는 제일 똑똑한 체를 하였다.

우편소가 새로 생긴 것을 보고 이웃 사람들은 그게 무엇인지 몰라서 겁을 잔뜩 집어먹고 있었다. 장승같이 늘어선 전봇대에는 노상 잉-하는 소리가 들렸다. 그것은 전신줄을 감은 사기 안에다 귀신을 잡아넣어서 그런 소리가 무시로 난다는 것이다. 그리고 우편소 안에
[02-①, ⑤] 새로운 문물에서 신이한 현상을 연상하는 사람들. 의식의 혼란 ①
는 무슨 이상한 기계를 해 앉히고 거기서는 무시로 괴상한 소리가 들렸다. 그래서 이웃 사람들은 그것도 무슨 귀신을 잡아넣어서 그런 소
[02-①, ⑤] 새로운 문물에서 신이한 현상을 연상하는 사람들. 의식의 혼란 ②
리가 들리는 것이라고 하였다.

그럴 때에 안승학은 마술사처럼 이 귀신을 부리는 재주를 그들 앞
[02-②, ③] 안승학은 새로운 문물의 이용 방법을 알고 그 점을 과시함.
에서 시험해 보였다.

그는 엽서 한 장을 사서 자기 집 통호수와 자기 이름을 쓰고 편지 사연을 써서 우편통 안으로 집어넣었다. 그리고 그들에게 장담하기를 이것이 오늘 해전 안에 우리 집으로 들어갈 터이니 가 보자는 것이었다. 과연 그날 저녁때였다. 지옥사자 같은 누렁 옷을 입은 사람은 안승학의 집에 엽서 한 장을 던지고 갔다. 그것은 아까 써 넣던 그 엽서였다.

"참, 조홧속이다!"
[02-③, ④] 새로운 문물을 접한 사람들의 정서적 충격. 직접적 제시
하고 그들은 일시에 소리를 질렀다. [B]

(중략)

4 안승학이는 사랑방에서 혼자 앉아서 금테 안경을 콧잔등에 걸고는 문서질을 하다가 인동이를 앞세우고 김선달 조첨지 수동이아버지 희준이 이렇게 다섯 사람이 일시에 달려드는 것을 보고 적이 마음에 불안을 느꼈다.
[03-⑤] 다섯 사람의 갑작스러운 방문에 안승학이 심리적으로 동요함.
그래 그는 붓을 놓고서 마당을 내려다보며

"무슨 일들인가? 식전 댓바람에 내 집에를 이렇게 찾아오거든 문간에서

주인을 찾고 들어와야지."

매우 **위엄스럽게** 하는 말이었다.

"아무도 없는데 누구보고 말하랍니까? 대문 기둥에다 대고 말씀하랍시오."
[03-①] 김 선달의 비아냥거리는 태도
김선달이 받는 말이다.

저런 괘씸한 놈 말하는 것 좀 봐라…… 그런데 행랑 놈은 어디를 갔기에 문간에 아무도 없었더람! 안승학은 속으로 분해했다.

그러나 **호령할 용기**는 생기지 않는다. 희준이와 인동이와 김선달은 신
[03-⑤] [04-④] 다섯 사람의 방문에 불안해하고 있기 때문.
발을 벗고 마루에 올라가 앉았다.

조첨지와 수동 아버지는 뜰아래서 올라갈까 말까 하는 눈치다.

"하여간 무슨 일들인가?"

안승학은 얼른 이야기나 들어보고 돌려보내자는 계획이다.

"저희들이 이렇게 댁을 찾아왔을 때는 무슨 별다른 소관사가 있겠습니까…… 지난번에도 왔다가 코만 떼우고 갔습니다만 대관절 어떻게 저희들의 요구 조건을 들어주시겠습니까?"

희준이가 정식으로 말을 꺼냈다.

"그따위 이야기를 할 작정으로 이렇게들 식전 아침에 왔어? 못 들어주
[03-②] 요구 조건 이행에 대한 안승학의 거부
겠어! 발써 여러 번째 요구 조건은 들을 수 없다고 말했는데, 자꾸 조르기만 하면 될 줄 아는가? 어림없지…… 괜히 그러지들 말고 일찍이 **나**
[04-⑤] 사음으로서의 이익을 우선시하는 태도
락을 베는 것이 당신들에게 유익할 것이야……."

안승학이는 긴 장죽에 담배를 한 대 담아 가지고 불을 붙이기 위해서 성냥을 세 개비나 허비했건만 잘 붙지 아니하므로 그래 네 번째 불을 댕겨서는 쉴 새 없이 빠끔빠끔 빨다가 그만 입귀로 붉은 침을 주르르 흘리고서는 제 풀에 화가 나서 담뱃대를 탁 밀어 내던진다.

"괜스리 시간만 낭비하고 **피차의 물질상 손해**만 더 나게 하지 말고 어서 돌아가서 잘들 의논해서 오늘부터라도 일을 시작하란 말이야! 나도 아침부터 바쁜 일이 있으니 어서들 가소."

"그래 정녕코 요구 조건을 못 들어주시겠다는 말씀이지요."

"암!"

* 사음: 마름. 지주를 대리하여 소작권을 관리하는 사람.

01 서술상 특징 파악 답 ⑤

선지별 선택 비율	①	②	③	④	⑤
	3%	1%	9%	9%	78%

[A]의 서술상 특징에 대한 설명으로 가장 적절한 것은?

정답 띵!동!

⑤ 서술 대상에 대한 요약적 서술을 통해 서술 대상에 관한 정보가 개괄적으로 제시되고 있다.
→ 안승학의 이십 년 전 처지와 오늘날의 근황을 압축적으로 설명함.

| [A] 안승학은 원래 이 고을 읍내에서 살았다. 지금부터 이십 년 전만 해도 그는 다 찌그러진 오막살이에서 콩나물죽으로 연명하던 처지였다. 그러던 사람이 오늘은 수백 석 추수를 하고 서울 사는 민판서 집 사음까지 얻어서 이 동리로 옮겨 앉은 것이다. ~ 그는 지체도 없고 형세도 없이 타관에서 떠들어온 사람이었다. ~ 이 고을 읍내에는 그의 처가가 사는 터이므로.

| 뭔말?
· [A]의 서술 대상은 안승학으로, 이 인물에 대한 정보가 요약적으로 제시됨.
· '지금부터 이십 년 전' 안승학의 '다 찌그러진 오막살이에서 콩나물죽으로 연명'하던 처지, '지체도 없고 형세도 없이 타관에서' 이 마을로 떠들어오게 된 이유, 부친과 모친과 관련한 가족사 등을 압축적으로 제시하여 안승학에 대한 정보를 개괄적으로 나타내고 있음.

오답 땡!

① ~~서술 대상에 대한 독백적 서술을 통해 서술 대상에 대한 정서적 반응이 재서되고 있다.~~
→ 안승학에 대한 독백적 서술, 정서적 반응 모두 X

| 뭔말?
· [A]에 안승학에 대한 독백적 서술이나 안승학에 대한 정서적 반응은 나타나지 않음.

→ 안승학의 이십 년 전 처지가 언급됨.
② 서술 대상에 대한 회고적 서술을 통해 ~~서술 대상에 대한 성찰적 태도~~가 드러나고 있다.
→ 찾아볼 수 없는 내용

| [A] 안승학은 원래 이 고을 읍내에서 살았다. 지금부터 이십 년 전만 해도 그는 다 찌그러진 오막살이에서 콩나물죽으로 연명하던 처지였다.

| 뭔말?
· [A]에 안승학의 '이십 년 전' 처지를 언급한 부분에서 회고적 서술이 일부 나타나지만, 안승학에 대한 서술자의 성찰적 태도는 나타나지 않음.

③ ~~서술 대상에 대한 병렬적 서술을 통해 서술 대상에 관한 정보가 반복적으로 제시되고 있다.~~
→ 안승학에 대한 병렬적 서술, 반복적 정보 제시 모두 X

| 뭔말?
· [A]에 안승학에 대한 정보가 나란히 배치되는 병렬적 서술은 나타나지 않음.
· [A]는 안승학의 과거와 현재 처지를 먼저 제시하고, 안승학의 가족사를 시간의 흐름에 따라 제시하여 안승학이 이 마을로 들어오게 된 내력을 서술하고 있으므로 서술 대상(안승학)에 대한 정보가 반복적으로 제시되는 것도 아님.

④ ~~서술 대상에 대한 묘사적 서술을 통해 서술 대상에 관한 정보가 단계적으로 제시되고 있다.~~
→ 안승학에 대한 묘사적 서술, 단계적 정보 제시 모두 X

| 뭔말?
· [A]는 안승학이 이 마을로 들어오게 된 내력을 가족사와 관련지어 서술하고 있을 뿐, 안승학에 대한 묘사적 서술은 나타나지 않음.
· 또한 안승학에 대한 정보가 단계적으로 제시되고 있지도 않음.

02 세부 내용 이해 답 ②

선지별 선택 비율	①	②	③	④	⑤
	1%	94%	2%	1%	1%

[B]에 대한 이해로 적절하지 않은 것은?

정답 띵!동!

→ 우편소

② 새로운 문물이 실생활에 쓰이는 현장을 소개함으로써 ~~사람들의 생활 방식이 변해야 함을 알려 주고 있다~~.

└→ 안승학이 자기 지식을 과시하는 것일 뿐, 생활 방식 변화 주장 X

| [B] 안승학은 마술사처럼 이 귀신을 부리는 재주를 그들 앞에서 시험해 보였다. 그는 엽서 한 장을 사서 자기 집 통호수와 자기 이름을 쓰고 편지 사연을 써서 우편통 안으로 집어넣었다. 그리고 그들에게 장담하기를 이것이 오늘 해전 안에 우리 집으로 들어갈 터이니 가 보자는 것이었다. 과연 그날 저녁때였다. 지옥사자 같은 누렁 옷을 입은 사람은 안승학의 집에 엽서 한 장을 던지고 갔다.

| 뭔말?

· [B]에서 안승학은 엽서를 작성해 우편통에 넣은 다음, 그 엽서가 자신의 집에 배달되는 모습을 이웃 사람들에게 보이고 있음.

· 이와 같은 모습은 안승학이 자신의 지식을 뽐내는 상황에 해당할 뿐, 사람들의 생활 방식이 변해야 함을 알려 주고 있는 것이 아님.

오답 땡!

① 새로운 문물의 도입이 사람들의 의식을 혼란스럽게 하는 상황이 나타나고 있다.

└→ 우편소, 전봇대에서 소리가 나자 귀신을 잡아넣었기 때문이라고 여김.

| [B] 우편소가 새로 생긴 것을 보고 이웃 사람들은 그게 무엇인지 몰라서 겁을 잔뜩 집어먹고 있었다. 장승같이 늘어선 전봇대에는 노상 잉-하는 소리가 들렸다. 그것은 전신줄을 감은 사기 안에다 귀신을 잡아넣어서 그런 소리가 무시로 난다는 것이다. 그리고 우편소 안에는 무슨 이상한 기계를 해 앉히고 거기서는 무시로 괴상한 소리가 들렸다. 그래서 이웃 사람들은 그것도 무슨 귀신을 잡아넣어서 그런 소리가 들리는 것이라고 하였다.

| 뭔말?

· [B]에서 사람들은 '우편소'가 생기자 그것이 무엇인지 몰라 겁을 먹었고, '전봇대'나 '우편소' 안에서 소리에 나자 귀신을 잡아넣어서 그런 것이라 여김.

· 이와 같은 모습은 새로운 문물 '우편소', '전봇대'의 도입이 사람들의 의식을 혼란스럽게 하는 상황을 보여 줌.

→ 우편소 이용 방법을 아는 안승학

③ 새로운 문물의 이용 방법을 알고 있는 인물과 그렇지 못한 사람들 간에 문물에 대한 이해의 차이가 있음이 드러나고 있다.

└→ 이웃 사람들

| [B] 우편소가 새로 생긴 것을 보고 이웃 사람들은 그게 무엇인지 몰라서 겁을 잔뜩 집어먹고 있었다. ~ 그럴 때에 안승학은 마술사처럼 이 귀신을 부리는 재주를 그들 앞에서 시험해 보였다. ~ "참, 조홧속이다!" 하고 그들은 일시에 소리를 질렀다.

| 뭔말?

· [B]에서 새로운 문물인 '우편소' 이용 방법을 알고 있는 안승학은 똑똑한 체를 하며 엽서 한 장을 사 우편통에 넣고 이 엽서를 자신의 집에서 받아봄.

· 반면, 사람들은 '우편소'가 무엇인지 몰라 겁을 먹었고, 안승학의 집으로 엽서가 날아든 것을 보고 '참, 조홧속이다!'와 같이 놀라므로 이들 간에 문물에 대한 이해의 차이가 있음이 드러남.

④ 새로운 문물을 접한 사람들의 반응이 직접적으로 드러남으로써 새로운 세상의 도래에 대한 정서적 충격을 표현하고 있다.

└→ 사람들의 반응을 직접 인용을 통해 보여 줌.

| [B] "참, 조홧속이다!" 하고 그들은 일시에 소리를 질렀다.

| 뭔말?

· [B]에서 안승학이 우편통에 넣은 엽서 한 장이 저녁때 안승학의 집에 배달된 것을 보고 사람들은 '참, 조홧속이다!'와 같이 일시에 소리를 지름.

· 이는 '우편소'의 도입으로 새로운 문물을 접한 사람들의 직접적 반응이 제시된 것으로, 새로운 세상의 도래에 대한 정서적 충격을 표현한 것에 해당함.

→ 귀신을 잡아넣어 소리가 나는 것이라는 인식

⑤ 새로운 문물에서 신이한 현상을 연상하는 사람들의 반응을 통해 낯선 문물이 도입될 당시의 문화적인 환경을 보여 주고 있다.

| [B] 그것은 전신줄을 감은 사기 안에다 귀신을 잡아넣어서 그런 소리가 무시로 난다는 것이다. 그리고 우편소 안에는 ~ 이웃 사람들은 그것도 무슨 귀신을 잡아넣어서 그런 소리가 들리는 것이라고 하였다.

| 뭔말?

· [B]에서 사람들은 '전봇대'나 '우편소' 안에서 나는 소리를 듣고, 귀신을 잡아넣어서 그런 소리가 나는 것이라 생각하며 신이한 현상을 연상함.

· 이는 '전봇대'나 '우편소'와 같은 낯선 문물이 도입될 당시, 이를 접해 본 사람들이 거의 없었던 농촌의 문화적인 환경을 짐작할 수 있게 함.

03 인물의 심리와 태도 파악 답 ③

선지별 선택 비율	①	②	③	④	⑤
	3%	2%	92%	1%	2%

요구 조건을 중심으로 윗글을 이해한 내용으로 적절하지 않은 것은?

정답 띵!동!

→ 희준은 요구 조건 이행 의사를 확인할 뿐, 경고하고 있지 않음.

③ ~~'요구 조건'의 불이행 때문에 벌어질 일을 경고하는 '희준'~~에 대해 ~~'안승학'이 염려하고 있음이 암시되어 있다~~.

└→ 희준의 경고가 나타나지 않으므로 이에 대한 안승학의 염려 X

| 뭔말?

· '희준'은 '안승학'에게 '정녕코 요구 조건을 못들어주겠다는 말씀이냐며 확인하고 있을 뿐, 요구 조건의 불이행 때문에 벌어질 일을 경고하지 않음.

· 따라서 '희준'의 경고로 인해 '안승학'이 염려하고 있음이 암시되는 부분도 나타나지 않음.

오답 땡!

① '요구 조건'을 관철시키러 온 '김선달'의 '안승학'에 대한 비아냥거리는 태도가 표출되고 있다.

| 〈4〉 그는 붓을 놓고서 마당을 내려다보며 "무슨 일들인가? 식전 댓바람에 내 집에를 이렇게 찾아오거든 문간에서 주인을 찾고 들어와야지." 매우 위엄스럽게 하는 말이었다. "아무도 없는데 누구보고 말하랍니까? 대문 기둥에다 대고 말씀하랍시오." 김선달이 받는 말이다.

| 뭔말?

· '요구 조건'을 관철시키러 온 '김선달'은 식전 댓바람부터 찾아오거든 문간에서 주인을 찾고 들어와야 한다는 '안승학'의 말에, '아무도 없는데 누구보고 말하랍니까? 대문 기둥에다 대고 말씀하랍시오.'와 같이 비아냥거리는 태도를 보임.

② '요구 조건'의 이행을 요청하는 '희준'에 대해 '안승학'의 거부 의사가 직접적으로 표출되고 있다.

| 〈4〉 "저희들이 ~ 지난번에도 왔다가 코만 떼우고 갔습니다만 대관절 어떻게 저희들의 요구 조건을 들어주시겠습니까? 희준이가 정식으로 말을 꺼냈다.

| 〈4〉 그따위 이야기를 할 작정으로 이렇게들 식전 아침에 왔어? 못 들어주겠어!

| 뭔말?

· '희준'이 '요구 조건'을 들어달라고 요청하자, '안승학'은 '못 들어주겠어!'라고 답하고 있으므로 '안승학'의 거부 의사가 직접적으로 표출되고 있음.

④ **'요구 조건'의 수락 여부를 둘러싸고 빚어진 '안승학'과 '다섯 사람' 간의 갈등 양상이 긴장된 분위기를 자아내고 있다.**

└→ 다섯 사람의 요청과 안승학의 거절이 반복되므로 긴장이 고조됨.

| 〈4〉 "저희들이 ~ 지난번에도 왔다가 코만 떼우고 갔습니다만 대관절 어떻게 저희들의 요구 조건을 들어주시겠습니까?" 희준이가 정식으로 말을 꺼냈다.

| 〈4〉 "그따위 이야기 ~ 못 들어주겠어! 발써 여러 번째 요구 조건은 들을 수 없다고 말했는데, 자꾸 조르기만 하면 될 줄 아는가? 어림없지…… 괜히 그러지들 말고 일찍이 나락을 베는 것이 당신들에게 유익할 것이야……."

| 〈4〉 "그래 정녕코 요구 조건을 못 들어주시겠다는 말씀이지요." "암!"

| 뭔말?

· '안승학'은 '요구 조건'을 들어달라는 '다섯 사람'의 말에 단호히 거부 의사를 밝히고, '괜스리 시간만 낭비하'지 말고 돌아가라고 함.

· '다섯 사람'은 '안승학'의 반응에 '정녕코 요구 조건을 못 들어주시겠다는 말씀이지요.'라고 하며 다시 맞서고 있으므로, '요구 조건'의 수락 여부를 둘러싼 '안승학'과 '다섯 사람' 간의 갈등 심화와 긴장된 분위기를 확인할 수 있음.

⑤ **'요구 조건'에 대한 확답을 받기 원하는 '다섯 사람'의 갑작스러운 방문에 대한 '안승학'의 심리적인 동요가 제시되고 있다.**

| 〈4〉 안승학이는 ~ 인동이를 앞세우고 김선달 조첨지 수동이아버지 희준이 이렇게 다섯 사람이 일시에 달려드는 것을 보고 적이 마음에 불안을 느꼈다.

| 〈4〉 "아무도 없는데 누구보고 말하랍니까? 대문 기둥에다 대고 말씀하랍시오." 김선달이 받는 말이다. ~ 안승학은 속으로 분해했다. 그러나 호령할 용기는 생기지 않는다.

| 뭔말?

· '안승학'은 '요구 조건'에 대한 확답을 받으려는 '다섯 사람'이 갑작스럽게 찾아와 일시에 달려드는 것을 보고 적이 마음에 불안을 느꼈다고 함.

· 또한 자신에게 비아냥거리는 태도를 보이는 '김선달'에게 분함을 느끼지만, '호령할 용기'는 내지 못하고 있음.

04 외적 준거에 따른 작품 감상 답 ④

선지별 선택 비율	①	②	③	④	⑤
	4%	4%	1%	85%	7%

〈보기〉를 참고하여 윗글을 감상한 내용으로 적절하지 않은 것은? [3점]

보기

1930년대 리얼리즘 장편 소설에는 변화하는 사회적 환경 속에서 사회적 지위가 상승한 인물형이 등장한다. 이 유형의 인물들은 근대 문물에 발 빠르게 적응하면서도 소작제와 같은 전근대적 토지 제도에 편승하는 모습을 보인다. 이들은 근대 문물을 체험해 보지 못한 사람들에게 자신을 과시하지만 자신만의 이익을 추구하기 때문에 그 지위를 인정받지 못한다. 이러한 인물들을 통해 1930년대 농촌 사회에 등장한 속물적 인물형의 면모를 확인할 수 있다.

정답 띵!동!

④ **'위엄스럽게' 하대하면서도 '호령할 용기'를 내지 못하는 인물의 심리는, ~~자신의 사회적 지위를 인정하지 않는 이들에게 반감을 드러내는~~ 인물의 모습을 보여 주는군.**

└→ 다섯 사람이 일시에 찾아오자 불안을 느낀 것이지 사회적 지위 인정 여부를 둘러싼 반감 X

| 〈보기〉 이들은 근대 문물을 체험해 보지 못한 사람들에게 자신을 과시하지만 자신만의 이익을 추구하기 때문에 그 지위를 인정받지 못한다.

| 〈4〉 안승학이는 ~ 인동이를 앞세우고 김선달 조첨지 수동이아버지 희준이 이렇게 다섯 사람이 일시에 달려드는 것을 보고 적이 마음에 불안을 느꼈다.

| 〈4〉 그는 붓을 놓고서 마당을 내려다보며 "무슨 일들인가? 식전 댓바람에 내 집에를 이렇게 찾아오거든 문간에서 주인을 찾고 들어와야지." 매우 위엄스럽게 하는 말이었다. ~ "아무도 없는데 누구보고 말하랍니까? 대문 기둥에다 대고 말씀하랍시오." 김선달이 받는 말이다. 저런 괘씸한 놈 말하는 것 좀 봐라…… ~ 그러나 호령할 용기는 생기지 않는다.

| 뭔말?

· 안승학이 '호령할 용기'를 내지 못하는 것은 갑작스럽게 방문한 다섯 사람이 일시에 달려드는 것을 보고 불안을 느꼈기 때문임. 자신의 사회적 지위를 인정하지 않는 이들에게 반감을 드러내는 것과는 관련이 없음.

· 참고로, 다섯 사람이 안승학에게 요구 조건의 수락 여부를 묻는 것은 안승학이 지주를 대리하여 소작권을 관리하는 사음이라는 사회적 지위를 가지고 있기 때문이므로, 이 다섯 사람은 일단은 안승학의 사회적 지위를 인정하고 있는 것으로 볼 수 있음.

오답 땡!

① **'지체도 없'이 '콩나물죽으로 연명하'다가 '사음까지' 된 인물의 모습은, 소작제를 이용하여 지위가 변한 인물형을 보여 주는군.**

└→ 안승학의 사회적 지위 = 사음 = 지주를 대리하여 소작권을 관리하는 사람

| 〈보기〉 변화하는 사회적 환경 속에서 사회적 지위가 상승한 인물형이 등장한다. 이 유형의 인물들은 ~ 소작제와 같은 전근대적 토지 제도에 편승하는 모습을 보인다.

| 〈1〉 이십 년 전만 해도 그는 다 찌그러진 오막살이에서 콩나물죽으로 연명하던 처지였다. 그러던 사람이 오늘은 수백 석 추수를 하고 서울 사는 민판서 집 사음까지 얻어서 이 동리로 옮겨 앉은 것이다. ~ 그는 지체도 없고 형세도 없이 타관에서 떠들어온 사람이었다.

| 뭔말?

· 안승학은 '지체도 없'이 '콩나물죽으로 연명하'던 처지의 사람이었으나 오늘날에는 민판서 집 사음까지 얻어 위세를 부리고 있음.

· 사음이 지주를 대리하여 소작권을 관리하는 사람이라는 점을 고려하면, 안승학의 모습은 소작제를 이용하여 지위가 변한 인물형을 보여 줌.

② **'경부선이 개통'할 '무렵'의 시대 변화에 적응하여 '근본'에서 벗어날 기회를 얻었던 인물의 모습은, 근대 문물이 유입되는 사회적 환경 속에서 변모해 갈 수 있었던 인물형을 보여 주는군.**

| 〈보기〉 1930년대 리얼리즘 장편 소설에는 변화하는 사회적 환경 속에서 사회적 지위가 상승한 인물형이 등장한다. 이 유형의 인물들은 근대 문물에 발 빠르게 적응하면서도 소작제와 같은 전근대적 토지 제도에 편승하는 모습을 보인다.

| 〈1〉 그것은 안승학의 근본을 아는 사람은 누구나 놀랄 만한 일이었다. 그는 지체도 없고 형세도 없이 타관에서 떠들어온 사람이었다.

| 〈2〉 그런데 그 무렵이 마침 경부선이 개통한 직후이다.

| 뭔말?

· 지체도 없고 형세도 없었던 안승학이 사음이 되고 목판차, 우편소, 전봇대 등이

도입되는 시대 변화에 적응하여 '근본'에서 벗어나는 모습은, 근대 문물이 유입되는 사회적 환경 속에서 변모해 갈 수 있었던 인물형을 보여 줌.

③ **'친구의 심부름으로' '목판차를 맨 처음으로' 타 보고서 '자만'하는 인물의 행동은, 근대 문물을 경험했다는 점을 앞세워 자신을 과시하는 인물의 모습을 보여 주는군.**

| 〈보기〉 이들은 근대 문물을 체험해 보지 못한 사람들에게 자신을 과시하지만

| 〈2〉 안승학은 지금도 그때 목판차를 맨 처음으로 먼저 타고 서울을 가 보았다는 것을 자랑삼아 말하였다. 그때 그는 어떤 친구의 심부름으로 혼수 흥정을 하러 따라간 것이었다. 그의 자만은 그것뿐만 아니었다.

| 뭔말?

· 안승학은 '친구의 심부름'으로 혼수 흥정을 하러 서울에 따라갔다가 '목판차를 맨 처음으로 먼저' 타 본 것을 자랑하며 자만함.

· 이는 '목판차'라는 근대 문물을 체험해 보지 못한 사람들에게 근대 문물을 경험했다는 점을 앞세워 자신을 과시하는 인물의 모습을 보여 줌.

⑤ **'피차의 물질상 손해'를 강조하면서도 일방적으로 사람들에게 '나락을 베는 것'을 종용하는 인물의 모습은, 다른 사람의 이익보다 사적인 이익을 우선시하는 인물형을 보여 주는군.**

└→ 사람들이 나락을 베는 것은 안승학의 사적 이익에만 도움이 되는 행동임.

| 〈보기〉 이들은 근대 문물을 체험해 보지 못한 사람들에게 자신을 과시하지만 자신만의 이익을 추구하기 때문에 그 지위를 인정받지 못한다.

| 〈4〉 어림없지…… 괜히 그러지들 말고 일찍이 나락을 베는 것이 당신들에게 유익할 것이야…….

| 〈4〉 피차의 물질상 손해만 더 나게 하지 말고 어서 돌아가서 잘들 의논해서 오늘부터라도 일을 시작하란 말이야!

| 뭔말?

· 안승학이 '요구 조건'의 이행을 거절할 때 '피차의 물질상 손해'를 언급하면서도, '나락을 베는 것'을 종용하는 것은 소작농인 다섯 사람의 이익보다 사음인 자신의 사적 이익을 우선시하는 모습에 해당함.

▸ 본문 046쪽

현대 소설 03

2021학년도 6월 모의평가

01 ② 02 ⑤ 03 ④ 04 ⑤

성석제, 「황만근은 이렇게 말했다」

EBS 연결 고리

2021학년도 수능특강 문학 17 · 153 · 189쪽

교과서 연계 정보

작가 국어 좋은책, 해냄 문학 동아, 지학, 창비, 천재(김), 천재(정)

작품 국어 천재(박) 문학 금성, 비상

해제 이 작품은 농촌 마을에서 반편이로 취급받는 가난하고 어리석은 농부 황만근의 삶을 그리고 있다. 모든 면에서 평균치에 못 미치는 농부 황만근의 일생을 묘비명의 형식을 삽입해 서술하고 있으며, 그의 진면모를 한 외지인의 시선을 통해 그려 내고 있다. 작가는 남의 비웃음을 꺼리지 않고 평생 자신의 일을 다하며 이웃을 돌보다 갑작스럽게 사고사를 당한 황만근의 삶과 함께 힘겨운 농촌의 실상과 이기적인 인간의 모습을 그려 내고 있다. 제목의 '이렇게'는 황만근의 특별한 말을 가리키는 것이라기보다는 황만근의 삶의 태도를 나타내는 것으로, 말없이 도리를 다한 황만근의 생을 통해 현대인들의 욕망과 이기심을 비추고 있다.

주제 농가 부채 문제가 심화되는 농촌의 현실 고발과 인정이 메말라 가는 현대인 비판

전체 줄거리

황만근이 실종됐다는 소식에 마을 사람들은 마을 회관 앞에 모인다. 하지만 마을 사람들은 그의 실종을 대수롭지 않게 생각하고, 도시에서 살다가 귀농한 민 씨만 진심으로 황만근을 걱정한다. 민 씨는 이장의 권유로 황만근이 농가 부채 탕감을 위한 궐기 대회에 간 것을 생각해 내고 이장과 말다툼을 한다. 황만근은 어릴 때부터 자주 넘어지고 말투가 어눌하여 마을 사람들에게 놀림을 받아 왔지만, 실상은 이기적인 마을 사람들과 달리 마을의 온갖 궂은일을 불평 없이 도맡아 하는 성실하고 인정 많은 사람이다. 신대리에서 나고 자란 황만근은 나이가 차자 군대 징집영장이 나오고, 신체검사를 받고 돌아오던 고갯길에서 거대한 토끼를 만난다. 토끼와의 대결에서 황만근이 승리하고, 토끼는 황만근에게 세 가지 소원(어머니의 장수, 아내와 아들이 생기는 것)을 들어 주기로 한다. 그 후 황만근은 마을 저수지에서 자살을 하려던 처녀를 구하고 그 인연으로 아들을 얻지만, 처녀는 아이를 낳고 얼마 후 사라져 버린다. 농민 궐기 대회를 앞둔 전날 밤 이장은 황만근에게 군청까지 경운기를 타고 참가할 것을 당부하는데, 그날 밤 황만근은 민 씨와 술을 마시며 농사꾼이 빚을 내게 만드는 정부 정책과 더 많은 돈을 벌기 위해 빚을 내면서까지 무리하게 농사를 짓는 사람들을 비판한다. 민 씨가 잠든 사이에 황만근은 농민 궐기 대회에 참가하기 위해 경운기를 몰고 군청으로 떠나고, 그 후로 돌아오지 않는다. 황만근이 군청에 도착했을 때는 이미 농민 궐기 대회가 끝난 후였고, 어머니에게 줄 고등어를 사서 어두운 길을 돌아오던 그는 경운기 사고를 당해 주검이 되어 마을로 돌아온다. 민 씨는 이러한 황만근의 삶을 긍정적으로 평가한 묘지명을 쓴 후, 다시 도시로 돌아간다.

1 **[앞부분의 줄거리]** 황만근은 마을 사람들에게 바보 취급을 받지만, 외지 출신인 민 씨는 달리 생각한다. 어느 날, 밤늦게 집에 가던 황만근은 토끼 고개에서 거대한 토끼를 만난다.

"그기 뭔 소리라? 내가 내 집에 내 발로 가는데 니가 뭐라꼬 집에 못 간

다 카나. 귀신이마 썩 물러가고 토끼마 착 엎디리라. 내가 너를 타고서 라도 집에 갈란다."

거대한 토끼는 황만근이 한 번도 맡아 본 적이 없는 비린 냄새를 풍기
[04-①] 황만근과 대결하는 존재, 비현실성
면서 느릿하고 탁한 음성으로 다시 말했다.

"너는 ⓐ여기서 죽는다. **너는 여기서 죽는다.** 너는 여기서 죽는다. 너
[02-①] [04-②] 여기 = 기이한 체험의 공간. 위협적인 말의 반복 → 언어의 주술적 특성
는 집에 못 간다."

황만근은 온몸에 소름이 돋고 털이란 털은 모두 위로 곤두섰다. 그래도 있는 힘을 다해 토끼를 밀치며 "비키라!" 하고 소리를 질렀다. 그런데 토끼를 밀친 황만근의 팔이 토끼의 털에 묻히는가 싶더니 진공청소기에 빨려 드는 파리처럼 쑤욱 안으로 빨려 들어가는 것이었다 ㉠(황만근이 한 말이 아니라 그 말을 들은 민 씨의 표현이다). 황만근은 한 팔로 옆에 있
[01-②] 민 씨 = 서술자의 서술 대상. 황만근의 말을 자기 식으로 전하는 민 씨
는 나무를 붙잡으면서 빨려 들어간 팔을 도로 빼려고 안간힘을 썼다. 황만근을 빨아들이려는 공간은 아무것도 잡히지 않을 정도로 넓었고 허전했고 또한 소름끼치도록 차가웠다. 토끼는 토끼대로 쉽게 끌려 들어오지 않는 황만근을 마저 끌어들이기 위해 온몸을 떨면서 뒷발을 든 채 버티고 있었다.

2 그런 상태로 시간이 하염없이 흘렀다. 어느새 동쪽 하늘이 부옇게 밝아 오기 시작했다. 그러자 토끼는 황만근을 향해 "너는 이제 살았다. 너는 이제 살았다. 너는 이제 살았으니 나를 놓아라" 하고 말했다. 황만근은 오기가 나서 "택도 없는 소리 말거라. 니를 탕으로 끓이서 어무이하고 나하고 마주 앉아서 먹어 치울 끼다. 니 가죽을 빗기서 어무이 목도리를 하고 내 토시를 하고 장갑을 할 끼다. **너는 인자 죽었다.** 자슥아" 하고 소리
[04-③] 황만근의 위협. 토끼가 황만근의 소원을 들어주는 일이 발생함.
쳤다. 토끼는 다급하게 물었다. "그럼 어떻게 하면 네 팔을 빼겠느냐." 황만근은 팔을 안 빼는 게 아니라 못 빼고 있는데 토끼가 그렇게 물어 오자 할 말이 없었다. 그래서 되는 대로 "내 소원을 세 가지 들어주기 전에는 니까잇 거는 못 간다" 하고 말했다.

"네 소원이 뭐냐."

"우리 어무이가 팥죽 할마이겉이 오래오래 사는 거다."

㉡(팥죽 할마이란 팥죽을 파는 할머니, 혹은 늘 팥죽을 쑤고 있는 할머
[01-②] 민 씨 = 서술자의 서술 대상. 황만근의 말을 전하는 민 씨
니 같은데 그 할머니가 누구인지, 어째서 오래 산다고 하는지 민 씨는 모른다.)

토끼는 ⓑ마을이 있는 서쪽으로 고개를 기울였다가 몸을 소스라치게
[02-②] 마을 = 황만근이 복귀해야 할 일상적 공간
떨고 나서 힘겨운 목소리로 말했다.

"지금 들어주었다. 그 다음은?"

"여우 겉은 마누라가 생기는 거다."

"송편을 세 번 먹으면 네 집으로 올 거다. 다음은 무엇이냐?"

"떡두깨(떡두꺼비) 겉은 아들이다."

"마누라가 들어오면 용왕이 와서 그렇게 해 준다. 이제 나를 놓아라."

"내가 언제 니를 잡았나. 니가 가 뿌리만 되지, **바보 자슥아.**"
[04-④] 신이한 존재(토끼)를 대하는 황만근의 태도 변화: 두려움 → 비웃음

3 그러자 토끼는 속았다는 걸 알았는지 얼굴을 무섭게 부풀리더니 황만근의 얼굴에 뜨겁고 매운 김을 내뿜었다. 황만근이 눈을 뜨지 못하고 쩔쩔매다가 간신히 떠 보니 어느새 자신의 팔이 돌아와 있는 것이었다. 황만근의 ⓒ주변에는 토끼털이 무수히 떨어져 바늘처럼 반짝이고 있었다.
[02-③] 주변 = 거대한 토끼의 대결 흔적(토끼털)이 남아 있는 공간
황만근은 제대로 숨 쉴 겨를도 없이 집으로 달려갔다. 동네 곳곳의 닭들이 횃대에서 소리쳐 울고 있었다. 황만근은 밖에서 "어무이, 어무이" 하고 소
[02-②] 마당 = 황만근이 어머니에 대한 불안을 감지하는 공간
리치면서 ⓓ마당으로 뛰어 들어갔지만 방 안에서는 아무 기척이 없었다. 방 안에 들어가 보니 그의 어머니는 그가 나갔을 때의 모습 그대로, 얼굴이 백지장처럼 변해 앉아 있었다.

"어무이, 어무이!"

그가 어깨를 흔들자 젊은 어머니는 모로 쓰러져 버렸다. 그러면서 "카악!" 하고는 목에서 **주먹밥 덩어리**를 토해 냈다. 황만근이 어머니를 껴
[04-⑤] 황만근이 어머니의 목숨을 구함.
안고 통곡을 하다가 손발을 주무르고 온몸을 어루만지자 어머니는 눈을 떴다.

"니 와 인자 왔노?"

"밤새도록 토깨이 귀신하고 씨름을 하다 왔다. 니는 괘않나."

"니 기다리다가 아까 해 뜰 녘에 닭이 울길래 밥 한 덩이를 입에 넣었다가 목이 맥히서 죽을 뻔했다. 움직있다가는 더 맥힐 거 같애서 손가락 하나 까딱 모하고 이래 니가 오기 기다리고 있었니라. 이 문디 겉은 놈의 자슥아, 와 밥만 해 놓고 물은 안 떠다 놨나!"

황만근은 울다가 웃다가 덩실덩실 춤을 추었다. 그러고는 어머니에게 엉덩이를 채어 물을 뜨러 동네 ⓔ우물로 달려갔다.
[02-⑤] 우물 = 황만근이 어머니의 요청에 따라 물을 뜨러 간 공간

[A] 그날 우물가에서는 황만근의 기이한 체험이 여러 사람의 입으로 하루 종일 수십 번 되풀이되었고 종내 황만근이 우물가로 초청되어 입이 아프도록 같은 **이야기**를 늘어놓아야 했다.
[03-①, ②] 황만근의 경험이 반복적으로 전달됨.

[B] 송편을 세 번 빚을 만큼의 시간, 곧 세 해가 흐른 뒤에 토끼의 말
[03-④] 토끼의 말이 실현되며 이야기의 신뢰성을 높임.
대로 어떤 처녀가 그의 집으로 들어왔을 때 동네 사람들이 황만근을
[03-③] 황만근에 대한 평가 변화
보는 눈이 달라졌다.

01 서술 효과의 파악

답 ②

선지별 선택 비율	①	②	③	④	⑤
	13%	69%	3%	8%	7%

㉠, ㉡의 서술 효과로 가장 적절한 것은?

정답 딱! 딱!

② ㉡을 통해 황만근의 말을 전하는 민 씨도 다른 인물들처럼 서술자의 서술 대상임을 알 수 있다.

| ⟨2⟩ "네 소원이 뭐냐." "우리 어무이가 팥죽 할마이같이 오래오래 사는 거다." ⓒ(팥죽 할마이란 팥죽을 파는 할머니, 혹은 늘 팥죽을 쑤고 있는 할머니 같은 데 그 할머니가 누구인지, 어째서 오래 산다고 하는지 민 씨는 모른다.)

| 뭔말?

· ⓒ에서는 팥죽 할마이가 누구인지, 어째서 오래 산다고 하는지 민 씨는 모른다고 하여, 서술자의 입장에서 민 씨를 서술하고 있음.

· 즉, 민 씨도 다른 인물들과 마찬가지로 서술자의 서술 대상임을 보여 줌.

오답 땡!

① ㉠을 통해 민 씨가 황만근에게 들은 말을 ~~그대로 전하고 있음~~을 알 수 있다.
→ 민 씨의 표현대로 전하고 있음.

| ⟨1⟩ 그런데 토끼를 밀친 황만근의 팔이 토끼의 털에 묻히는가 싶더니 진공청소기에 빨려 드는 파리처럼 쑤욱 안으로 빨려 들어가는 것이었다 ㉠(황만근이 한 말이 아니라 그 말을 들은 민 씨의 표현이다).

| 뭔말?

· ㉠에서는 앞의 말을 가리켜 황만근의 말을 들은 '민 씨의 표현'이라고 하였으므로, 민 씨는 황만근의 말을 그대로 전하는 것이 아니라, 자기 식으로 바꾸어 전달하고 있음이 나타남.

③ ㉠과 ⓒ을 삭제하면 황만근과 토끼의 대결 과정을 ~~파악하기 어렵게 된다~~.
민 씨에 대한 부연 설명이므로, 황만근과 토끼의 대결 과정을 파악하는 데 문제 없음.

| ⟨1⟩ ㉠(황만근이 한 말이 아니라 그 말을 들은 민 씨의 표현이다).

| ⟨2⟩ ⓒ(팥죽 할마이란 팥죽을 파는 할머니, 혹은 늘 팥죽을 쑤고 있는 할머니 같은데 그 할머니가 누구인지, 어째서 오래 산다고 하는지 민 씨는 모른다.)

| 뭔말?

· ㉠과 ⓒ은 황만근의 이야기를 전하는 민 씨에 관한 부가적인 설명이므로, 이 내용을 삭제해도 황만근과 토끼의 대결 과정을 파악하는 데 문제가 없음.

④ ㉠과 ⓒ은 ~~황만근과 토끼의 대결 과정 자체에 더 몰입하여 읽도록 도와주~~는 기능을 한다.
→ 민 씨에 대한 부연 설명이므로, 황만근과 토끼의 대결이라는 주된 이야기의 흐름을 끊음.

| ⟨1⟩ ㉠(황만근이 한 말이 아니라 그 말을 들은 민 씨의 표현이다).

| ⟨2⟩ ⓒ(팥죽 할마이란 팥죽을 파는 할머니, 혹은 늘 팥죽을 쑤고 있는 할머니 같은데 그 할머니가 누구인지, 어째서 오래 산다고 하는지 민 씨는 모른다.)

| 뭔말?

· ㉠과 ⓒ은 황만근의 이야기를 전하는 민 씨에 관한 부가적인 설명임.

· 황만근과 토끼의 대결이라는 주된 이야기의 흐름이 끊어지므로, 황만근과 토끼의 대결 과정에 더 몰입할 수 있도록 돕는 기능과는 거리가 멂.

⑤ ㉠과 ⓒ을 통해 ~~황만근이 민 씨로부터 전해 들은 이야기~~가 다시 서술되고 있음을 알 수 있다.
→ 민 씨가 황만근으로부터 전해 들은 이야기

| ⟨1⟩ ㉠(황만근이 한 말이 아니라 그 말을 들은 민 씨의 표현이다).

| ⟨2⟩ ⓒ(팥죽 할마이란 팥죽을 파는 할머니, 혹은 늘 팥죽을 쑤고 있는 할머니 같은데 그 할머니가 누구인지, 어째서 오래 산다고 하는지 민 씨는 모른다.)

| 뭔말?

· ㉠에서 '황만근이 한 말이 아니라 그 말은 들은 민 씨의 표현'이라고 하였으므로, 민 씨가 황만근으로부터 전해 들은 이야기가 서술됨을 알 수 있음.

· ⓒ에서도 황만근이 말한 팥죽 할마이에 대해 '민 씨는 모른다'라고 하였으므로 민 씨가 황만근으로부터 전해 들은 이야기가 서술됨을 알 수 있음.

02 배경의 의미와 기능 파악

답 ⑤

선지별 선택 비율	①	②	③	④	⑤
	2%	2%	2%	3%	91%

ⓐ~ⓔ를 이해한 내용으로 적절하지 않은 것은?

정답 띵! 동!

⑤ ⓔ: 주인공이 어머니의 요청을 ~~동네 사람들에게 전하러 간~~ 공간
→ 어머니는 동네 사람들에게 어떤 요청도 하지 않음.

| ⟨3⟩ 이 문디 겉은 놈의 자슥아, 와 밥만 해 놓고 물은 안 떠다 놨나!

| ⟨3⟩ 어머니에게 엉덩이를 채어 물을 뜨러 동네 ⓔ우물로 달려갔다.

| 뭔말?

· ⓔ '우물'은 주인공인 황만근이 어머니에게 줄 물을 뜨러 가는 공간임.

· 어머니는 동네 사람들에게 무엇을 요청하고 있지 않으며 황만근에게 자신의 요청을 전하라고 시키고 있지도 않음.

오답 땡!

① ⓐ: 주인공이 기이한 체험을 하는 공간
→ 거대한 토끼와의 대결

| ⟨1⟩ 거대한 토끼는 황만근이 한 번도 맡아 본 적이 없는 비린 냄새를 풍기면서 느릿하고 탁한 음성으로 다시 말했다. "너는 ⓐ 여기서 죽는다. 너는 여기서 죽는다. 너는 여기서 죽는다. 너는 집에 못 간다."

| 뭔말?

· ⓐ '여기'는 황만근이 거대한 토끼를 만난 곳이자, 그 토끼와 대결을 하는 곳이므로 주인공이 기이한 체험을 하는 공간에 해당함.

② ⓑ: 주인공이 복귀해야 할 일상적 공간

| ⟨2⟩ 토끼는 ⓑ 마을이 있는 서쪽으로 고개를 기울였다가 몸을 소스라치게 떨고 나서 힘겨운 목소리로 말했다.

| 뭔말?

· ⓑ '마을'은 황만근과 어머니의 집이 있는 곳이므로 주인공이 토끼와의 대결이라는 기이한 체험을 마치고 복귀해야 할 일상적 공간에 해당함.

③ ⓒ: 주인공의 지난밤 체험의 흔적이 남아 있는 공간
→ 거대한 토끼와 만나 대결한 증거

| ⟨3⟩ 황만근의 ⓒ 주변에는 토끼털이 무수히 떨어져 바늘처럼 반짝이고 있었다.

| 뭔말?

· ⓒ '주변'은 황만근과 대결한 토끼의 털이 무수히 떨어져 있는 곳이므로, 주인공의 지난밤 체험의 흔적이 남아 있는 공간에 해당함.

④ ⓓ: 주인공이 어머니에 대한 불안을 감지하는 공간
→ 어머니를 불렀으나 아무런 응답이 들리지 않는 상황

| ⟨3⟩ 황만근은 밖에서 "어무이, 어무이" 하고 소리치면서 ⓓ 마당으로 뛰어 들어갔지만 방 안에서는 아무 기척이 없었다.

| 뭔말?

· ⓓ '마당'은 어머니를 부르는 황만근의 소리에도 아무런 기척이 들려오지 않은 곳이므로, 주인공이 어머니에 대한 불안을 감지하는 공간에 해당함.

03 사건 전개 과정 파악 답 ④

선지별 선택 비율	①	②	③	④	⑤
	2%	2%	4%	90%	2%

[A], [B]에 대한 설명으로 가장 적절한 것은?

정답 띵! 동!

④ **[B]의 '말'은 [A]의 '이야기'의 일부로, '말'의 실현이 '이야기'의 신뢰성을 높이고 있음을 보여 준다.**
→ 기이한 '이야기' 속 토끼의 '말'이 실제로 이루어진 것 → 신뢰성 확보

| [A] 그날 우물가에서는 황만근의 기이한 체험이 여러 사람의 입으로 하루 종일 수십 번 되풀이되었고 종내 황만근이 우물가로 초청되어 입이 아프도록 같은 이야기를 늘어놓아야 했다.

| [B] 송편을 세 번 빚을 만큼의 시간, 곧 세 해가 흐른 뒤에 토끼의 말대로 어떤 처녀가 그의 집으로 들어왔을 때 동네 사람들이 황만근을 보는 눈이 달라졌다.

| 뭔말?

· [A]의 '이야기'는 황만근이 토끼와 대결했던 밤의 이야기이고, [B]의 '말'은 이 '이야기' 속에서 행해진 토끼의 약속임.

· 그리고 처녀가 찾아와 황만근의 집으로 들어왔을 때 송편을 세 번 먹으면 아내를 얻을 것이라는 토끼의 '말'이 실제로 이루어진 것이므로, 이것이 '이야기'의 신뢰성을 높여 동네 사람들이 황만근을 보는 눈이 달라지게 됨.

오답 땡!

① **[A]는 마을 사람들이 '이야기'를 여러 차례 들었으나 ~~여전히 흥미를 느끼지 못했음~~을 보여 준다.**
→ 마을 사람들이 흥미를 느꼈으므로 이야기가 여러 차례 반복된 것임.

| 뭔말?

· 황만근의 기이한 체험이 여러 사람의 입으로 하루 종일 수십 번 되풀이되었고 황만근도 입이 아프도록 같은 이야기를 늘어놓아야 했다고 한 것은 마을 사람들이 황만근의 이야기에 흥미를 느꼈음을 보여 줌.

② **[A]는 직접 경험한 사건이라도 반복적으로 전달되면서 ~~'이야기'의 내용이 점차 달라지고 있음~~을 보여 준다.**
→ 이야기의 내용 변화 X

| 뭔말?

· 황만근은 '입이 아프도록 같은 이야기를 늘어놓'았다고 하였으므로, 이야기의 내용 변화 없이 반복적으로 전달되었음을 보여 줌.

③ **[B]는 ~~새로운 등장인물의 '말'에 따라~~ '말'을 처음 전한 존재에 대한 평가가 달라졌음을 보여 준다.**
→ [B]의 말 = 토끼의 발화
새로운 등장인물 ≠ 어떤 처녀

| 뭔말?

· [B]의 '말'을 한 토끼는 황만근이 마을 사람들에게 한 [A] '이야기' 속 인물로, 새로운 등장인물이라고 할 수 없음.

· [B]에서는 기존의 등장인물인 토끼의 '말'이 실현됨으로써 '말'을 처음 전한 존재인 황만근에 대한 평가가 달라지고 있음.

⑤ **[B]는 [A]의 '이야기'가 삼 년 동안 전해질 수 있었던 이유가 ~~'말'의 실현에 대한 공동체의 확신 때문~~임을 보여 준다.**
→ 마을 사람들은 말이 실현되기 전까지 이야기를 확신하지는 않았음.

| 뭔말?

· [B]의 '말'이 실현되자 동네 사람들이 황만근을 보는 눈이 달라졌다고 함.

· 이는 사람들이 [A] '이야기'를 들으면서도 내심 확신하지는 않았음을 보여 주므로, 이야기의 전승 이유를 공동체의 확신에서 찾는 것은 적절하지 않음.

04 외적 준거에 따른 작품 감상 답 ⑤

선지별 선택 비율	①	②	③	④	⑤
	2%	2%	3%	12%	81%

〈보기〉를 참고하여 윗글을 감상한 내용으로 적절하지 않은 것은? [3점]

보기

윗글은 민담적 요소를 적극 활용한 현대 소설이다. 바보 취급을 받는 황만근이 신이한 존재와 대면했으나 위기를 극복하며 의외의 승리를 거둔다는 비현실적 이야기는 민담적 특징을 잘 보여 준다. 또한 반복적이거나 위협적인 어구 사용, 구성진 입담 등에는 언어의 주술성과 해학성이 잘 드러난다.

정답 띵! 동!

⑤ **어머니가 '주먹밥 덩어리'를 토해 내는 것은 황만근에게 속은 것을 깨달은 ~~토끼의 주술적 복수~~라 할 수 있겠군.**
→ 토끼는 화를 냈을 뿐, 주술적 복수를 하지 않음.

| 〈3〉 토끼는 속았다는 걸 알았는지 얼굴을 무섭게 부풀리더니 황만근의 얼굴에 뜨겁고 매운 김을 내뿜었다.

| 〈3〉 그가 어깨를 흔들자 젊은 어머니는 모로 쓰러져 버렸다. 그러면서 "카악!" 하고는 목에서 주먹밥 덩어리를 토해 냈다. 황만근이 어머니를 껴안고 통곡을 하다가 손발을 주무르고 온몸을 어루만지자 어머니는 눈을 떴다.

| 뭔말?

· 토끼는 자신이 속은 것을 알고 화를 내며 황만근의 얼굴에 뜨겁고 매운 김을 내뿜었을 뿐, 어떤 주술적 복수를 하지 않음.

· 어머니가 '주먹밥 덩어리'를 토해 내는 것은 음식물이 목에 걸려 죽을 위기에 처한 상황에서 황만근이 어깨를 흔들어 목숨을 구하는 상황을 보여 줌.

오답 땡!

① **황만근이 '거대한 토끼'와 겨루는 비현실적인 이야기 전개는 민담의 일반적 특성과 맞닿아 있는 것이겠군.**
→ 비현실성

| 〈보기〉 황만근이 신이한 존재와 대면 ~ 비현실적 이야기는 민담적 특징을 잘 보여 준다.

| 〈1〉 거대한 토끼는 황만근이 한 번도 맡아 본 적이 없는 비린 냄새를 풍기면서 느릿하고 탁한 음성으로 다시 말했다. "너는 여기서 죽는다. 너는 여기서 죽는다. 너는 여기서 죽는다. 너는 집에 못 간다."

| 〈1〉 황만근은 ~ 있는 힘을 다해 토끼를 밀치며 "비키라!" 하고 소리를 질렀다.

| 뭔말?

· 황만근이 '거대한 토끼'와 겨루며 세 가지 소원을 얻어 내는 등의 일은 현실에서는 일어날 수 없는 것으로, 〈보기〉에 언급된 민담의 일반적 특징인 '비현실성'과 맞닿아 있음.

② **토끼가 '너는 여기서 죽는다.'라는 말을 세 번 반복한 것은 언어의 주술적 특성을 드러내는 것이겠군.**
→ 위협적인 말의 반복
→ 반복적이거나 위협적인 어구의 사용으로 실현되는 특성

| 〈보기〉 반복적이거나 위협적인 어구 사용, 구성진 입담 등에는 언어의 주술성과 해학성이 잘 드러난다.

| 〈1〉 거대한 토끼는 ~ 느릿하고 탁한 음성으로 다시 말했다. "너는 여기서 죽는다. 너는 여기서 죽는다. 너는 여기서 죽는다. 너는 집에 못 간다."

| 뭔말?

· 토끼가 황만근에게 '너는 여기서 죽는다.'라는 말을 세 번 반복하는 것은 '반복적이거나 위협적인 어구 사용'에 해당하므로, 〈보기〉에 언급된 언어의 주술적 특성을 드러냄.

토끼가 어떻게 하면 황만근이 팔을 뺄 것인지 물어 옴.

③ 황만근이 '니는 인자 죽었다.'라고 발언하며 위협한 것은 의외의 결과를 가져와 토끼가 황만근의 소원을 들어주기로 하였겠군.

| 〈보기〉 황만근이 신이한 존재와 대면했으나 위기를 극복하며 의외의 승리를 거둔다는 비현실적 이야기

| 〈2〉 황만근은 오기가 나서 "택도 없는 소리 말거라. ~ 니는 인자 죽었다, 자슥아" 하고 소리쳤다. 토끼는 다급하게 물었다. "그럼 어떻게 하면 네 팔을 빼겠느냐." 황만근은 팔을 안 빼는 게 아니라 못 빼고 있는데 토끼가 그렇게 물어 오자 할 말이 없었다. 그래서 되는 대로 "내 소원을 세 가지 들어주기 전에는 니까잇거는 못 간다" 하고 말했다. "네 소원이 뭐냐."

| 뭔말?

· 토끼는 동쪽 하늘이 밝아 오자 황만근을 놓아 주려 하는데 오기가 난 황만근이 '니는 인자 죽었다'고 소리치며 도리어 토끼를 위협함.

· 이에 당황한 토끼는 놓여 나기 위해 황만근의 소원을 들어주겠다고 제안하므로, 황만근의 위협은 의외의 결과를 가져와 황만근이 소원을 이루게 됨.

④ '바보 자슥아'라는 말은 황만근에 대한 신이한 존재의 우위가 변했음을 보여 주는 것이겠군.

황만근이 두려움을 느끼던 토끼에게 비웃음 섞인 말을 함.

| 〈보기〉 황만근이 신이한 존재와 대면했으나 위기를 극복하며 의외의 승리를 거둔다는 비현실적 이야기

| 〈2〉 "마누라가 들어오면 용왕이 와서 그렇게 해 준다. 이제 나를 놓아라." "내가 언제 니를 잡았나. 니가 가 뿌리만 되지, 바보 자슥아." 그러자 토끼는 속았다는 걸 알았는지 얼굴을 무섭게 부풀리더니

| 뭔말?

· 황만근은 신이한 존재인 토끼와의 대결에서 '너는 여기서 죽는다'라는 말을 듣고는 온몸에 소름이 돋고 털이란 털은 모두 위로 곤두설 정도로 무서움 느낌.

· 그런데 날이 밝으면서 상황이 역전되자 황만근은 토끼를 '바보 자슥아'라고 부르면서 비웃고 있으므로 황만근에 대한 신이한 존재, 즉 토끼의 우위가 변했음을 보여 줌.

▸ 본문 048쪽

현대 소설 04

2018학년도 수능

01 ③ 02 ② 03 ④

이문구, 「관촌수필」

EBS 연결 고리

2018학년도 수능특강 문학 167쪽

교과서 연계 정보

작가 국어 비상(박영), 좋은책, 천재(박), 천재(이) 문학 미래엔

작품 문학 해냄

해제 이 작품은 총 8편의 단편으로 구성된 연작 소설로서, 작가의 체험을 바탕으로 자신이 성장했던 고향 마을 '관촌'의 생활상을 사실적으로 그린 자전 소설이다. 1인칭 서술자인 '나'가 어린 시절에 대한 회상, 어른이 된 후 고향에서 겪은 경험 등을 제시하고 있다. 또한 과거 농촌 사회에 대한 실감 나는 묘사와 근대화 이후 변해 버린 농촌 세태에 대한 사실적인 묘사를 통해 가난했지만 정신적으로 풍요로웠던 고향에 대한 향수를 불러일으키고 농촌 공동체의 해체가 가속화되어 가던 당대 현실을 비판적으로 제시하고 있다. 이 작품은 예스러운 문장과 풍부한 토속어, 충청도 사투리를 사용하여 독자에게 생생한 느낌을 전달하고 있다.

주제 산업화, 도시화로 인해 농촌 공동체가 사라져 가는 현실과 이에 대한 안타까움

전체 줄거리

'나'는 어린 시절 땅거미가 어리기 시작하면 마당에 모여 바다 건너 불을 지켜보곤 했었다. 조무래기들은 도깨비불만 보면 서로 자기가 옳다고 다투었고, 이를 보는 어른들은 도깨비가 듣겠다고 나무라곤 했다. 도깨비가 들으면 안 되는 이유에 대해서는 아무도 가르쳐 주지 않았지만 어린 '나'는 그런 도깨비불을 두려워한다. 갯가에 안개가 자욱한 새벽, 여우 우는 소리가 들릴 때면 마을 어른, 아이 할 것 없이 작대기를 들고 여우를 잡으러 나가는데, 이렇게 여우 우는 소리를 들은 후엔 마을에 상여 나가는 일이 생기곤 했다. '나'의 어릴 적 친구 복산이는 어른들을 어려워하고 어린아이를 고루 사랑하고 남이 무슨 심부름을 시키건 잘 들어줄 만큼 착하다. 그러나 그의 아버지 유천만은 일제 강점기 때 징용에 끌려가 고생한 인물로, '나'는 어느 봄날 여우 우는 소리를 들은 새벽에 그가 죽었다는 소식을 듣게 된다. 세월이 흘러 서울에서 살고 있는 '나'는 오랜만에 관촌 마을을 방문하여 복산이를 만난다. 관촌 마을은 세월이 흘러 옛 모습을 찾아볼 수 없을 만큼 많이 변하였지만, 복산이는 여전히 변하지 않고 학교의 온실지기로 일하면서, 농업고등학교도 마치고 어엿한 섬지기 농사꾼이 되어 있다. 복산이가 잠자리를 준비할 동안 '나'는 변소를 찾아 나섰다가 개펄 쪽에서 푸른빛을 내뿜는 도깨비불을 발견하고 가슴이 벅차오른다. 하지만 복산이는 그것이 도깨비불이 아니라 서울에서 온 낚시꾼들의 간드레 불이라고 알려 주면서, 지금은 동네 인심도 변해 콩서리만 해도 고발될 정도이고 아이들은 이웃도 몰라본다며 탄식한다. 특히 낚시꾼들이 버린 쓰레기 때문에 돼지가 죽기도 했고, 아이들을 들판에 내보내지도 못하게 되었다고 하면서 낚시꾼들을 인간 공해라고 탓한다. '나'는 퇴폐적인 관광지로 변해 버린 관촌의 모습에 마음이 무거워지지만, 동네 토박이로서 궂은일을 마다하지 않으며 고향을 지키는 복산이가 있어 '나'에게는 아직도 고향이라는 것이 존재한다고 생각한다.

1 **조무래기들**은 도깨비불만 보면 네 그르니 내 옳으니 하며 **짜그락**거리기 일쑤였고, 그러면 나이 좀 있는 사람이 얼른 쉬쉬하면서, 도깨비가

[01-①] 도깨비불과 관련한 과거의 경험이 나타남.

듣겠다고 나무라 주게 마련이었던 것이다. 도깨비가 들으면 무엇이 어떻다고 불똥 끄듯 서두르며 말리려 들었을까. 그것은 아무도 가르쳐 주지 않았다. 알면서도 짐짓 모르는 시늉을 해 보이려 했지만, 그네들도 어려서부터 가르쳐 준 이가 없어 **이렇다 하게 내놓지 못하는 눈치가 역연**하던 것이
[03-①] 도깨비를 조심해야 하는 근본적 이유를 알지 못함.
다. 그것은 바지랑대에 등을 매달고 멍석에 둘러앉아 삼을 삼거나 태모시를 톺던* **늘그막의 아낙네들**도 마찬가지로 가늠을 못 해, **도깨비불에 손**
[03-②] 도깨비에 관한 이야기가 세대를 넘어 공유됨.
가락질하면 도깨비가 좇아온다는 것밖에 다른 말은 할 줄 모르고 있었다. **그네들은 낮춘말로, 도깨비들이 벌거벗고 산다**더라고 **귀띔**해 주었으며,
[03-③] 구전의 방식으로 금기의 대상에 대한 추측이 전파됨.
그것은 그것들이 여름내 왕대뫼 자드락이나 갯가에 나와 불놀이를 하다가도, ㉠기러기 그림자에 논두렁 콩노굿*이 지고 오려논에 자마구*가 일며부터는 아무도 모르게 간곳없이 사라지던 것을 보아 믿을 만한 말이라고
[02-①] 어른들의 말을 미심쩍게 여기는 '나'
우길 따름이었다.

된내기* 빛에 두엄이 허옇게 쉰 위로 난초 치던 붓끝 같은 마늘 싹이 솟고, 보리밭 머리에 장끼가 내리기 시작하여 이듬해 구렁찰 논배미에서 뜸— 뜸— 뜸부기 짝 찾는 소리로 개구리 논두렁 넘기 바쁘던 여름까지는 도깨비들이 감뭇하기도* 했었다. 그러나 아직 학령기에도 이르지 않았던 나는 정말 알지 못했다. 차지던 바람이 메져지고 개펄에 성에 엉기듯 허옇게 소금기가 끼는 철이 되면, 음습한 바람이 맴돌아야 난동하던 인화(燐火)가 전혀 일지 않던 것을.

어른들이 눈을 꿈적이며 먹탕곶 개펄께를 그만 보라고 타이른 밤이면 ㉡담 밑에 반딧불만 자주 날아도, 촛불 붙이려 혼자 사당(祠堂) 문을 열
[01-①] [02-②] 도깨비불에 대한 두려움
때처럼 뒷덜미가 선뜩하고 떨떠름하여 담 밑에도 가지 못할 만큼이나 그 도깨비불은 여간 두려운 존재가 아니었다. 그러므로 그런 날은 **아무리 무더워도** 모기가 떠메어 간다는 핑계로 **마실 마당에서 일찍 물러나곤** 하였다.
[03-④] 도깨비불을 두려워하던 '나'의 모습

(중략)

2 복산이가 자리를 만들 동안 나는 변소를 찾아 나섰다. 농가라면 흔히 그렇듯 그곳은 저만치 밭마당 구석에 따로 나와 있었다. ㉢나는 마당을 가로질러 가면서 무심결에 개펄 쪽을 둘러보다가 소스라쳐 놀라며
[01-①] [02-③] 도깨비불과 관련한 현재의 경험. 반가운 감정
그 자리에 굳어 버리고 말았다.

아— 나는 참으로 오랜만에 가슴이 벅차오르는 것을 느꼈다. 도깨비불—— 그렇다. 왕대뫼 밑 먹탕곶 개펄에 푸른빛을 내뿜는 도깨비불이 즐비하게 늘어서 있던 것이다.

하나 둘 서이 너이…… 나는 어느새 도깨비불들을 손가락으로 헤아려 나가고 있었다. 변치 않은 것이 한 가지 더 있다는 반가움, 반가움과 즐거움에 들떠 그것들을 차곡차곡 빠뜨리지 않고 세어 나갔다.

"마흔다섯……."

하고 중얼거리며 나는 손가락을 떨었다. ㉣내일 새벽엔 안개도 볼 수 있
[02-④] 내일 새벽 안개를 보리라는 기대에 참.
으리라고 믿어, 가슴의 설렘에 손가락마저 떨린 거였다. 모를 일이었다. 옛날로 돌아가 혹시 길 잃은 여우가 울부짖게 될는지도.

"게서 뭣 허나?"

복산이가 같은 용무로 나오면서 허텅지거리를 했다.

"아, 도깨비불…… 생전 못 볼 줄 알았다가 보니 좋은데. 멋있는걸."

나는 건너편을 손가락질하면서 들뜬 소리로 말했다.

"무엇이?" / "저 도깨비불……."

"무엇 불?" / "옛날에 보던 도깨비불, 그거 아녀?"

"무슨 불? 허어 참, 그러게 장가를 가라구."

"……"

"도깨비불 좋아허네…… 저게? 술고래라서 안주두 고루 먹어 헛소리는 안 헐 중 알았더니……."

"그럼 모르겠는데……."

"뭘 몰러? 저건 서울서 온 낚시꾼들의 간드레 불이여. 명색 문화인이라면서 밤낚시 한 번두 못 해 봤구먼."

나는 무엇에 받혀 하늘 높이 떠올랐다가 거꾸로 떨어진 기분이었다. 오랜 꿈결에서 순간적으로 깨어난 것처럼 허망하고 민망했다.

"이리 죽 늘어앉은 디는 물길이구, 저쪽 저리 둘러앉은 디가 유수지여. 갯물이 들어오면 수문을 막았다가 쓸물 때 열어 물을 빼는디 민물고기 갯물 고기가 섞이구 해서 씨알두 게가 굵구, 물길에서는 잔챙이래두 붕어만 문다네. 남포, 청라 담에는 여기를 친다는 겨."

그제서야 나는 늘어앉은 불빛들이 제자리에 죽어 있음을 비로소 깨달았다. ㉤무둥 타기와 숨바꼭질을 하던 살아 있는 불이 아니란 것만 진작 알
[02-⑤] 자신의 행동에 대한 허무감
았어도 마흔다섯까지 수효를 헤아리지는 않았을 터였다. 나는 무슨 **재산붙이**를 어둠 속에 잃고 찾지 못한 투로 **무거워진 가슴을 안고** 복산이 따라
[03-⑤] 도깨비불이 추억으로만 존재하는 안타까움, 허무감
방으로 들어갔다.

* 톺던: 끝을 가늘고 부드럽게 하려고 톱으로 훑던.
* 콩노굿: 콩의 꽃.
* 자마구: 곡식의 꽃가루.
* 된내기: 된서리.
* 감뭇하기도: 보이던 것이 전연 보이지 않아 찾을 곳이 감감하기도.

01 서술상 특징 파악 답 ③

선지별 선택 비율	①	②	③	④	⑤
	2%	4%	90%	2%	2%

윗글에 대한 설명으로 가장 적절한 것은?

정답 띵! 동!

→ 도깨비불을 중심으로 한 과거, 현재의 경험
③ **과거와 현재를 매개하는 경험을 제시하여 인물이 겪는 인식의 변화를 드러내고 있다.**
→ 도깨비불에 대한 두려움 → 반가움

| ⟨1⟩ 어른들이 눈을 꿈적이며 먹탕곶 개펄께를 그만 보라고 타이른 밤이면 담 밑에 반딧불만 자주 날아도, 촛불 붙이려 혼자 사당 문을 열 때처럼 뒷덜미가 선

뜩하고 떨떠름하여 담 밑에도 가지 못할 만큼이나 그 도깨비불은 여간 두려운 존재가 아니었다.

| 〈2〉 나는 마당을 가로질러 가면서 무심결에 개펄 쪽을 둘러보다가 소스라쳐 놀라 며 그 자리에 굳어 버리고 말았다. 아 ― 나는 참으로 오랜만에 가슴이 벅차오르는 것을 느꼈다. 도깨비불 ――그렇다. 왕대뫼 밑 먹탕곶 개펄에 푸른빛을 내뿜는 도깨비불이 즐비하게 늘어서 있던 것이다.

| 뭔말?

· '나'는 어린 시절 고향에서 '도깨비불'을 경험했던 일과, 어른이 된 후 고향에 돌아와 낚시꾼들의 간드레 불을 '도깨비불'로 착각한 경험을 연결 지음.

· 이때 어린 시절의 '나'는 '도깨비불'을 보고 두려움을 느꼈으나 어른이 된 후에는 '도깨비불'이라 생각한 것을 보고 가슴이 벅차오르는 감격을 느끼므로 인식의 변화를 드러내고 있음.

오답 땡!

① ~~반복되는 사건을 제시하여 인물들의 갈등을 심화하고 있다.~~

└→ 반복되는 사건 제시 X 인물들의 갈등 심화 X

| 뭔말?

· '도깨비불'과 관련된 과거의 경험과 현재의 경험을 각각 제시하고 있을 뿐, 동일한 사건이 반복되고 있지 않음. 또한 인물들의 갈등 역시 찾아볼 수 없음.

② ~~빈번하게 장면을 교차하여 상황의 긴박한 분위기를 조성하고 있다.~~

└→ 빈번한 장면 교차 X 상황의 긴박한 분위기 X

| 뭔말?

· '나'의 어린 시절과 어른이 된 현재가 나타날 뿐, 장면이 빈번하게 교차되고 있지 않음. 또한 긴박한 분위기와도 거리가 멂.

┌→ 고향인 '왕대뫼 밑 먹탕곶 개펄' 주변으로 공간이 한정됨.

④ ~~공간의 이동~~에 따라 ~~서술자를 달리하여 사건에 대한 다양한 관점을 제시~~하고 있다.

└→ 서술자 '나'의 일관된 시선으로 제시됨.

| 뭔말?

· '도깨비불'과 관련된 과거의 경험과 현재의 경험 모두 '왕대뫼 밑 먹탕곶 개펄' 주변에서 나타나며, 1인칭 서술자 '나'의 관점에서 서술되고 있음.

⑤ ~~시간의 역전을 통해 인과 관계를 재구성한 서사를 함께 제시하여 사건의 내막을 감추고 있다.~~ 문학 개념어(019)

└→ 과거 → 현재로 사건이 전개됨. 감춰진 사건의 내막 X

| 〈1〉 조무래기들은 도깨비불만 보면 ~ 아무리 무더워도 모기가 떠메어 간다는 핑계로 마실 마당에서 일찍 물러나곤 하였다.

| 〈2〉 복산이가 자리를 만들 동안 나는 변소를 찾아 나섰다. ~ 무거워진 가슴을 안고 복산이 따라 방으로 들어갔다.

| 뭔말?

· '도깨비불'과 관련된 과거의 경험과 현재의 경험이 차례로 이어지므로 시간의 역전, 인과 관계의 재구성 모두 나타나지 않음.

· 또한 이 글에는 감추어진 사건의 내막도 나타나지 않음.

02 인물의 심리 파악 답 ②

선지별 선택 비율	①	②	③	④	⑤
	10%	78%	8%	3%	1%

㉠~㉤에 대한 이해로 적절하지 않은 것은?

정답 딱! 동!

② ㉡에는 착각으로 인해 연상된 상황을 ~~궁금해 하는 '나'의 호기심~~이 나타난다.

└→ 반딧불 → 도깨비불 └→ '나'는 두려움을 느낌.

| 〈1〉 ㉡담 밑에 반딧불만 자주 날아도, 촛불 붙이려 혼자 사당 문을 열 때처럼 뒷덜미가 선뜩하고 떨떠름하여 담 밑에도 가지 못할 만큼이나 그 도깨비불은 여간 두려운 존재가 아니었다.

| 뭔말?

· ㉡은 담 밑의 반딧불을 도깨비불로 착각한 '나'의 선뜩하고 떨떠름한 마음을 보여 주는 것으로, 호기심이 아니라 두려움이 나타남.

오답 땡!

① ㉠에는 어른들의 말을 온전하게 받아들이지는 않는 '나'의 미심쩍음이 드러난다.

'나'는 어른들이 '우기는 것'이라고 표현하고 있음. ←┘

| 〈1〉 그네들은 낮춘말로, 도깨비들이 벌거벗고 산다더라고 귀띔해 주었으며, 그것은 그것들이 여름내 왕대뫼 자드락이나 갯가에 나와 불놀이를 하다가도, ㉠기러기 그림자에 논두렁 콩노굿이 지고 오려논에 자마구가 일며부터는 아무도 모르게 간곳없이 사라지던 것을 보아 믿을 만한 말이라고 우길 따름이었다.

| 뭔말?

· 어른들(= 그네들)은 도깨비가 벌거벗고 살기 때문에 더운 여름에는 도깨비불이 보이고 날씨가 쌀쌀해지면 보이지 않는 것이라고 함.

· 이에 대해 '나'는 ㉠에서 '우길 따름이었다'와 같이 표현하고 있으므로, 어른들의 말을 온전하게 받아들이지 않는 '나'의 미심쩍음이 드러남.

③ ㉢에는 우연히 발견한 대상에 대한 '나'의 반가움이 담겨 있다.

└→ 도깨비불을 발견한 '나'가 가슴이 벅차오르는 것을 느낌.

| 〈2〉 ㉢나는 마당을 가로질러 가면서 무심결에 개펄 쪽을 둘러보다가 소스라쳐 놀라며 그 자리에 굳어 버리고 말았다. 아 ― 나는 참으로 오랜만에 가슴이 벅차오르는 것을 느꼈다. 도깨비불 ―― 그렇다. 왕대뫼 밑 먹탕곶 개펄에 푸른빛을 내뿜는 도깨비불이 즐비하게 늘어서 있던 것이다.

| 뭔말?

· 어른이 된 '나'는 우연히 도깨비불을 발견하고 오랜만에 가슴이 벅차오르는 것을 느꼈다고 했으므로 ㉢의 행동에는 반가움이 담겨 있음.

④ ㉣에는 예측하는 상황이 일어날 것이라는 짐작에서 비롯된 '나'의 기대감이 나타난다.

└→ 새벽 안개를 보리라는 예측에 가슴의 설렘을 느꼈음.

| 〈2〉 ㉣내일 새벽엔 안개도 볼 수 있으리라고 믿어, 가슴의 설렘에 손가락마저 떨린 거였다. 모를 일이었다.

| 뭔말?

· ㉣에서 '나'는 내일 새벽엔 안개를 볼 수 있을 것이라 짐작하며 가슴의 설렘을 느끼므로 기대감이 나타남.

⑤ ㉤에는 대상의 실체를 확인하기 전에 했던 자신의 행동에 대한 '나'의 허무감이 드러난다.

└→ 낚시꾼들의 간드레 불을 도깨비불이라 지레짐작하고 그 수를 셈.

| ㉤무등 타기와 숨바꼭질을 하던 살아 있는 불이 아니란 것만 진작 알았어도 마흔다섯까지 수효를 헤아리지는 않았을 터였다. 나는 무슨 재산붙이를 어둠 속에 잃고 찾지 못한 투로 무거워진 가슴을 안고 복산이 따라 방으로 들어갔다.

| 뭔말?

· ⓜ의 '무등 타기와 숨바꼭질을 하던 살아 있는 불' = 도깨비불

· ⓜ은 도깨비불이 낚시꾼들의 간드레 불이었다는 것을 알았더라면, 그 수효를 헤아리는 행동은 하지 않았으리라는 뜻의 말임. 낚시꾼들의 간드레 불을 도깨비불이라 지레짐작하고 그 수를 세었던 자신의 조금 전 행동에 대한 허무감이 담긴 표현을 볼 수 있음.

03 외적 준거에 따른 작품 감상 답 ④

선지별 선택 비율	①	②	③	④	⑤
	3%	2%	2%	87%	7%

〈보기〉를 참고하여 윗글을 감상한 내용으로 적절하지 않은 것은? [3점]

보기

금기란 어떤 대상을 꺼리거나 피하는 행위를 가리킨다. 공동체의 구성원들은 금기를 위반하면 그 대상에 의해 공동체 혹은 그 구성원이 처벌을 받는다는 인식을 공유한다. 일반적으로 금기를 설정하는 근본적인 이유는 알려지지 않지만, 금기와 그 대상에 대한 추측은 구전의 방식을 통해 은밀하게 전파되어 구성원들 간에 회자된다. 이를 통해 금기와 금기의 대상이 환기하는 의미는 세대를 거쳐 전달됨으로써 서로 다른 세대 간에 공동체의 체험을 공유하는 데에 기여하기도 한다.

정답 띵! 동!

④ '아무리 무더워도' 핑계를 대고 '마실 마당에서 일찍 물러나곤' 한 것은, ~~금기를 위반한 '나'가 자신에게 닥칠 어른들의 처벌이 두려워서 한 행동~~이겠군.

└→ 도깨비불이 두려워서 한 행동임.

| 〈보기〉 공동체의 구성원들은 금기를 위반하면 그 대상에 의해 공동체 혹은 그 구성원이 처벌을 받는다는 인식을 공유한다.

| 〈1〉 담 밑에도 가지 못할 만큼이나 그 도깨비불은 여간 두려운 존재가 아니었다. 그러므로 그런 날은 아무리 무더워도 모기가 떠메어 간다는 핑계로 마실 마당에서 일찍 물러나곤 하였다.

| 뭔말?

· '나'가 금기를 위반한 내용은 나타나지 않음.

· 그러므로 '나'가 '아무리 무더워도' 핑계를 대고 '마실 마당에서 일찍 물러나곤' 한 것은, 도깨비불이 두려웠기 때문이지 자신에게 닥칠 어른들의 처벌을 두려워한 것이 아님.

오답 땡!

① '짜그락'거리는 '조무래기들'을 말리던 어른들이 그 이유를 '이렇다 하게 내놓지 못하는 눈치가 역연'하였던 것은, 금기가 설정된 근본적 이유가 알려지지 않았기 때문이겠군.

| 〈보기〉 일반적으로 금기를 설정하는 근본적인 이유는 알려지지 않지만,

| 〈1〉 조무래기들은 도깨비불만 보면 네 그르니 내 옳으니 하며 짜그락거리기 일쑤였고, 그러면 나이 좀 있는 사람이 얼른 쉬쉬하면서, 도깨비가 듣겠다고 나무라 주게 마련이었던 것이다. 도깨비가 들으면 무엇이 어떻다고 불똥 끄듯 서두르며 말리려 들었을까. ~ 그네들도 어려서부터 가르쳐 준 이가 없어 이렇다 하게 내놓지 못하는 눈치가 역연하던 것이다.

| 뭔말?

· 〈보기〉에서 금기를 설정하는 근본적인 이유는 알려지지 않는다고 함.

· 그러므로 도깨비불만 보면 '짜그락'거리는 '조무래기들'을 말리던 어른들이 그 이유를 '이렇다 하게 내놓지 못하는 눈치가 역연'하였던 것은 금기가 설정된 근본적 이유가 이들에게 알려지지 않았기 때문이라고 할 수 있음.

② '늘그막의 아낙네들'이 아이들에게 '도깨비불에 손가락질하면 도깨비가 쫓아온다'고 말하는 것은, 공동체의 금기를 서로 다른 세대가 공유하는 장면이라고 할 수 있겠군.

└→ 도깨비를 조심해야 함.

| 〈보기〉 이를 통해 금기와 금기의 대상이 환기하는 의미는 세대를 거쳐 전달됨으로써 서로 다른 세대 간에 공동체의 체험을 공유하는 데에 기여하기도 한다.

| 〈1〉 늘그막의 아낙네들도 마찬가지로 가늠을 못 해, 도깨비불에 손가락질하면 도깨비가 쫓아온다는 것밖에 다른 말은 할 줄 모르고 있었다.

| 뭔말?

· '늘그막의 아낙네들'이 아이들에게 '도깨비불에 손가락질하면 도깨비가 쫓아온다'고 말함으로써 아이들은 도깨비불이라는 금기를 알게 되므로, 〈보기〉의 언급과 같이 공동체의 금기를 서로 다른 세대가 공유하는 장면이라고 할 수 있음.

③ '그네들'이 '낮춘말'로 '도깨비들이 벌거벗고 산다'고 '귀띔'을 해 주는 행위는, 구전의 방식을 통해 금기의 대상에 대한 추측이 은밀하게 전파되는 정황을 보여 주는 것이겠군.

└→ 말에서 말로, 도깨비에 대한 추측이 전달되고 있는 상황

| 〈보기〉 금기와 그 대상에 대한 추측은 구전의 방식을 통해 은밀하게 전파되어 구성원들 간에 회자된다.

| 〈1〉 그네들은 낮춘말로, 도깨비들이 벌거벗고 산다더라고 귀띔해 주었으며,

| 뭔말?

· '그네들'이 '낮춘말'로 '도깨비들이 벌거벗고 산다'고 '귀띔'을 해 주는 행위는 말을 통해 도깨비에 대한 추측이 전해지는 것으로, 〈보기〉의 언급과 같이 구전의 방식을 통해 금기의 대상에 대한 추측이 은밀하게 전파되는 정황을 보여 줌.

⑤ '재산붙이'를 잃은 듯 '무거워진 가슴을 안고' 방으로 들어가는 행동은, 공동체에서 공유되던 금기에 관련된 일들이 추억으로만 남게 된 상황에 대한 '나'의 심리를 드러낸 것이라 할 수 있겠군.

| 〈보기〉 금기와 금기의 대상이 환기하는 의미는 세대를 거쳐 전달됨으로써 서로 다른 세대 간에 공동체의 체험을 공유하는 데에 기여하기도 한다.

| 〈2〉 저건 서울서 온 낚시꾼들의 간드레 불이여. ~ 그제서야 나는 늘어앉은 불빛들이 제자리에 죽어 있음을 비로소 깨달았다. ~ 나는 무슨 재산붙이를 어둠 속에 잃고 찾지 못한 투로 무거워진 가슴을 안고 복산이 따라 방으로 들어갔다.

| 뭔말?

· '나'는 자신이 반가워했던 도깨비불이 낚시꾼들의 간드레 불임을 알고 '재산붙이'를 잃은 듯 '무거워진 가슴을 안고' 방으로 들어감.

· 이것은 공동체에서 공유되던 금기인 도깨비불에 관련된 일들이 사라지고 이제는 추억으로만 남게 된 상황에 대한 '나'의 안타까움, 허무감을 드러냄.

기출 속 문학 개념어 사전

역행적 구성(019)

개념	**역행적 구성** 逆 거스를 ㉮ 行 다닐 ㉯ 的 과녁 ㉰ 構 얽을 ㉱ 成 이룰 ㉲
사전적 의미	[역행적] 보통의 방향과 반대 방향으로 거슬러 나아가는. [구 성] 문학 작품에서 형상화를 위한 여러 요소들을 유기적으로 배열하거나 서술하는 일.
단계적 이해	① 역행적 구성은 작가의 의도에 따라 시간의 흐름을 뒤바꾸어 사건을 전개하는 것을 말해. ② 시간은 과거-현재-미래로 흐르는 게 자연스럽지? 그런데 역행적 구성에서는 시간의 역전이 일어나 현재에서 과거로 회귀하거나, 현재에서 과거로 갔다가 다시 현재로 돌아오는 등의 모습이 나타나.  ③ 역행적 구성은 현재의 시점에서 이야기를 전개하다가 과거로 돌아가는 것이므로 인물의 회상이 일어나게 돼. 인물의 회상을 매개로 과거 사건 · 장면의 소환이 이루어지는 거지.
출제 TIP	• 역행적 구성 · 역전적 구성 · 역순행적 구성은 모두 동일한 개념이야. • 수능이나 평가원 모의고사에서 '시간의 역전적 구성', '시간의 역전을 통해 인과 관계를 재구성한 서사'라는 표현으로 풀어 제시한 경우도 있었어. • 역행적 구성과 인물의 회상은 짝궁처럼 붙어다니지만, 예외가 한 번 있었어. 바로 앞에서 2018학년도 수능 「관촌수필」 풀고 왔지? 현재 시점에서 과거를 회상한 게 아니라, 인물의 회상이 끝나면서 현재가 시작됐잖아. 이 경우 인물의 회상은 나타나지만 역전적 구성 · 역행적 구성이라고 할 순 없지. 시험용으로 구성된 짤막한 지문에서 찾아볼 수 있는 예외라고 할 수 있어. 무조건 기계적 암기로 해결하면 안 돼!

✎ 인물의 회상을 통한 시간의 역행적 구성

> 나는 숨을 죽이고 지그시 아픔을 견디며, 또 하나의 아픈 날을 회상한다. 꼭 이만큼이나 아팠던 날을.
>
> 그것은 아마 나의 고가가 헐리던 날이었을 게다.
>
> 남편은 결혼식을 치르자 제일 먼저 고가의 철거를 주장했다. 터무니없이 넓은 대지에 불합리한 구조로 서 있는 음침한 고가는 불필요한 방들만 많고 손댈 수 없이 퇴락했으니, 깨끗이 헐어 내고 대지의 반쯤을 처분해서 쓸모 있는 견고한 양옥을 짓자는 것이었다.
>
> – 박완서, 「나목」

▸ '나'가 아픈 날로 기억하는 과거를 회상하며 고가가 헐리던 때의 일을 서술하고 있어.

> 이인국 박사는 양복 조끼 호주머니에서 십팔금 회중시계를 꺼내어 시간을 보았다. … 이 시계는 제국 대학을 졸업할 때 받은 영예로운 수상품이다. 뒤쪽에는 자기 이름이 새겨져 있다.
>
> 그 후 삼십여 년, 자기 주변의 모든 것은 변하여 갔지만 시계만은 옛 모습 그대로다. 주변뿐만 아니라 자기 자신은 얼마나 변한 것인가. 이십 대 홍안을 자랑하던 젊음은 어디로 사라진 것인지 머리카락도 반백이 넘었고 이마의 주름은 깊어만 간다. 일제 시대, 소련군 점령하의 감옥 생활, 6 · 25 사변, 38선, 미군 부대, 그동안 몇 차례의 아슬아슬한 죽음의 고비를 넘긴 것인가.
>
> (중략)
>
> "아마도 소련군이 들어오나 봐요. 모두들 야단법석이에요……."
>
> 숨을 헐레벌떡이며 이야기하는 혜숙의 말에 이인국 박사는 아무 대꾸도 없이 눈만 껌벅이며 도로 앉았다. 여러 날째 라디오에서 오늘 입성 예정이라고 했으니 인제 정말 오는가 보다 싶었다.
>
> – 전광용, 「꺼삐딴 리」

▸ '중략' 앞부분은 현재야. 이인국 박사는 회중시계를 꺼내어 보며 자신의 과거를 떠올리고 있어.
▸ 이인국이 떠올린 과거의 행적이 '중략' 뒷부분에서 펼쳐져. 이인국은 소련군 입성 소식을 듣고는, 이후 월남하여 서울로 오게 돼.

✎ 현대시에서 시간의 역행적 구성

> 여승은 합장하고 절을 했다
> 가지취의 내음새가 났다
> 쓸쓸한 낯이 옛날같이 늙었다
> 나는 불경(佛經)처럼 서러워졌다
>
> 평안도의 어느 산 깊은 금점판
> 나는 파리한 여인에게서 옥수수를 샀다
> 여인은 나어린 딸아이를 때리며 가을밤같이 차게 울었다
>
> 섶벌같이 나아간 지아비 기다려 십 년이 갔다
> 지아비는 돌아오지 않고
> 어린 딸은 도라지꽃이 좋아 돌무덤으로 갔다
>
> 산꿩도 섧게 울은 슬픈 날이 있었다
> 산절의 마당귀에 여인의 머리오리가 눈물방울과 같이 떨어진 날이 있었다
>
> – 백석, 「여승」

▸ 1연은 '나'와 여승의 만남이 이루어지는 현재야. 그리고 2~4연은 여승이 된 여인의 삶을 압축적으로 보여 주는 과거의 이야기로 전개되고 있어.

MEMO

메가스터디 고등 학습 시리즈

국어 문학

BOOK 2 우수 기출 PICK

정답 및 해설

메가스터디BOOKS
내용 문의 02-6984-6897 | 구입 문의 02-6984-6868,9 | www.megastudybooks.com